編年体大正文学全集

taisyô bungaku zensyû　第一巻　大正元年

1912

編年体　大正文学全集　第一巻　大正元年　1912

目次

創作

小説・戯曲・児童文学

評論

評論・随筆・小品・記録他

詩歌

詩・短歌・俳句

［詩］

［短歌］

編年体　大正文学全集　第一巻　大正元年　1912

ゆまに書房

創作

小説
戯曲
児童文学

かのやうに

森　鷗外

朝小間使の雪が火鉢に火を入れに来た時、奥さんが不安らしい顔をして、「秀麿の部屋にはゆうべも又電気が附いてゐたね」と云つた。

「おや。さやうでございましたか。先つき瓦斯煖炉に火を附けにまゐりました時は、明りはお消しになつて、お床の中で烟草を召し上がつて入らつしやいました。」

雪は此返事をしながら、戸を開《あ》けて自分が這入つた時、大きい葉巻の火が、暗い部屋の、しんとしてゐる中で、ぼうつと明るくなつては、又微かになつてゐたことを思ひ出して、折々あることではあるが、今朝もはつと思つて、「おや」と口に出さうであつたのを呑み込んだ、その瞬間の事を思ひ浮かべてゐた。

「さうかい」と云つて、奥さんは雪が火を活けて、大きい枠火鉢の中の、真つ白い灰を綺麗に、盛り上げたやうにして置いて、起つて行くのを、矢張不安な顔をして、見送つてゐた。邸では瓦斯が勝手にまで使つてあるのに、奥さんは逆上《のぼ》せると云つて、炭火に当つてゐるのである。

電燈は邸ではどの寐間にも夜どほし附いてゐる。併し秀麿は寝る時必ず消して寝る習慣を持つてゐるので、それが附いてゐれば、又徹夜して本を読んでゐたと云ふことが分かる。それで奥さんは手水に起きる度に、廊下から見て、秀麿のゐる洋室の窓の隙から、火の光の漏れるのを気にしてゐるのである。

＊　＊　＊

秀麿は学習院から文化大学に這入つて、歴史科で立派に卒業した。卒業論文には、国史は自分が畢生の事業として研究する積りでゐるのだから、苟しくも筆を着けたくないと云つて、古代印度史の中から「迦膩色迦王と仏典結集」と云ふ題を選んだ。これは阿輸迦王の事はこれ迄問題になつてゐて、此王の事がまだ研究してなかつたからである。併しこれまで特別にさう云ふ方面の研究をしてゐたのでないから、秀麿は一歩一歩非常な困難に撞着して、どうしてもこれはサンスクリットを丸で知らないでは、正確な判断は下されないと考へて、急に高楠博士の所へ駈け附けて、梵語研究の手ほどきをして貰つた。併しかう云ふ学問はなか／＼急拵へに出来る筈のものでないから、少しづゝ分かつて来れば来る程、困難は増すばかりであつた。それでも屈せずに、選んだ問題だけは、どうにかかうにか解決を附けた。自分ではひどく不満足に思つてゐるが、率直な、一切の修飾を郤けた秀麿の記述は、これまでの卒業論文には余り類がないと云ふことであつた。

丁度此卒業論文問題の起つた頃からである。秀麿は別に病気はないのに、元気がなくなつて、顔色が蒼く、目が異様に赫いで、これまでも多く人に交際をしない男が、一層社交に遠ざかつて来た。五条家では、奥さんを始として、ひどく心配して、医者に見せようとしたが、「わたくしは病気なんぞはありません」と云つて、どうしても聴かない。奥さんは内証で青山博士が来た時尋ねて見た。青山博士は意外な事を問はれたと云ふやうな顔をして、かう云つた。

「秀麿さんですか。診察しなくちや、なんとも云はれませんね。ふん。さうですか。病気はないから、医者には見せないと云ふのでしたつけ。さうかも知れません。わたくしなんぞは学生を大勢見てゐるのですが、少し物の出来る奴が卒業する前後には、皆あんな顔をしてゐますよ。毎年卒業式の時、側で見てゐますが、お時計を頂戴しに出て来る優等生は、大抵秀麿さんのやうな顔をしてゐて、卒倒でもしなければ好いと思ふ位です。も少しで神経衰弱になると云ふ所で、ならずに済んでゐるのです。卒業さへしてしまへば直ります。」

奥さんもなる程さうかと思つて、強ひて心配を押さへ附けて、今に直るだらう、今に直るだらうと、自分で自分に暗示を与へるやうに努めてゐた。秀麿が目の前にゐない時は、青山博士の言つた事を、一句一句繰り返して味つて見て、「なる程さうだ、なんの秀麿に病気があるものか、大丈夫だ、今に直る」と思つて見る。そこへ秀麿が蒼い顔をして出て来て、何か上《うは》の空で言つて、跡は黙り込んでしまふ。こつちから何か話し掛けると、実《み》の入つてゐないやうな、責を塞ぐやうな返事を、詞の調子だけ優しくしてする。なんだか、こつちの詞は、子供が銅像に吹矢を射掛けたやうに、皮膚から弾き戻されてしまふやうな心持がする。それを見ると、切角青山博士の詞を基礎にして築き上げた楼閣が、覚束なくぐらついて来るので、奥さんは又心配をし出すのであつた。

＊　　＊　　＊

秀麿は卒業後直に洋行した。秀麿と大した点数の懸隔もなくて、優等生として銀時計を頂戴した同科の新学士は、文部省から派遣せられる筈だのに、現にヨオロツパにゐる一人が帰らなくては、経費が出ないので、それを待つてゐるうちに、秀麿の方は当主の五条子爵が先へ立たせてしまつた。子爵は財政が割合に豊かなので、嫡子に外国で学生並の生活をさせる位の事には、さ程困難を感ぜないからである。

洋行すると云ふことになつてから、余程元気附いて来た秀麿が、途中からよこした手紙も、ベルリンに着いてからのも、総ての周囲の物に興味を持つてゐて書いたものらしく見えた。印度の港で魚のやうに波の底に潜《もぐ》つて、銀銭を拾ふ黒ん坊の子供の事や、ポルトセエドで上陸して見たと云ふ、ステレオチイプな笑顔の女藝人が種々の楽器を奏する国際的団体の事や、マルセイユで始て西洋の町を散歩して、嘘と云ふものを衝かぬ店で、掛値と云ふもののない品物を買つて、それを持つて帰らうとして、紳士がそんな物をぶら下げてお歩きにならなくても、こちらからお宿へ届けると云はれ、頼んで置いて帰つて見ると、品物が先へ届いてゐた事や、それからパリイに滞在してゐて、或る同族の若殿に案内せられてオペラを見に行つた時、フオアイエエで立派な貴夫人が来て何か云ふと、若殿がつつけんどんに、わたし共はフランス語は話しませんと云つて置いて、自分が呆れた顔をしたのを見て女に聞えたかと思ふ程大きい声をして、「Tout ce qui brille, n'est pas or」と云つたので、始てなる程と悟つた事や、それからベルリンに着いた当時の印象を瑣細な事まで書いてあつて、子爵夫婦を面白がらせた。子爵は奥さんに三省堂の世界地図を一枚買つて渡して、電報や手紙が来る度に、鉛筆で点を打つたり線を引いたりして、秀麿はこゝに着いたのだ、こゝを通つてゐるのだと言つて聞せた。

ヨオロツパではベルリンに三年ゐた。その三年目がエエリヒ・シユミツトの総長の下に、大学の三百年祭をする年に当つたので、秀麿も鍔の嵌まつた松明を手に持つて、松明行列の仲間に這入つて、ベルリンの町を練つて歩いた。大学にゐる間、秀麿は此期にはこれ〳〵の講義を聴くと云ふことを、精しく子爵の所へ知らせてよこしたが、その中にはイタリア復興時代だとか、宗教革新の起原だとか云ふやうな、歴史その物の講義と、史的研究の原理と云ふやうな、抽象的な史学の講義とがあるかと思ふと、民族心理学やら神話成立やらがある。プラグマチスムスの哲学史上の地位と云ふのがある。或る助教授の受け持つてゐるフリイドリヒ・ヘツベルと云ふ文藝史方面のものがある。ずつと飛び離れて、神学科の寺院史や教義史がある。学期ごとにこんな風で、専門の学問に手を出した事のない子爵には、どんな物だか見当の附かぬ学科さへあるが、兎に角随分雑駁な学問のしやうをしてゐるらしいと云ふ事丈は判断が出来た。併し子爵はそれを苦にもしない。息子を大学に入れたり、洋行させたりしたのは、何も専門の職業がさせたいからの事ではない。追つて家督相続をさせた後に、恐多いが皇室の藩屏になつて、身分相応な働きをして行くのに、基礎になる見識があつてくれれば好い。その為めに普通教育より一段上の教育を受けさせて置かうとした。だから本人の気の向く学科を、勝手に選んでさせて置いて好いと思つてゐるのであつた。

ベルリンにゐる間、秀麿が学者の噂をしてよこした中に、エエリヒ・シユミツトの文才や弁説も度々褒めてあつたが、それよりも神学者オツトオ・ハルナツクの事業や勢力がどんなものだと云ふことを、繰り返してお父うさんに書いてよこしたのが、どうも特別な意味のある事らしく、帰つて顔を見て、土産話にするのが待ち遠いので、手紙でお父うさんに飲み込ませたいとでも云ふやうな熱心が文章の間に見えてゐた。殊に大学の三百年祭の事を知らせてよこした時なんぞは、秀麿はハルナツクをこの目覚ましい祭の中心人物として書いて、ヰルヘルム第二世とハルナツクとの君臣の間柄は、人主が学者を任用し、学者が献身的態度を以て学術界に貢献しながら、同時に君国の用をなすと云ふ方面から見ると、模範的だと云つて、ハルナックが事業の根抵をはつきりさせる為めに、とう〳〵兄テオドジウスの事にまで溯つて、精しく新教神学発展の跡を辿つて述べてゐた。自分の専門だと云つてゐる歴史の事に就いても、こんなに力を入れて書いてよこしたことはないのに、どうしてハルナックの事ばかりを、特別に言つてよこすのだらうと子爵は不審に思つて、此手紙だけ念を入れて、度々読み返して見た。そしてその手紙の要点を攫まへようとして、おほよそこんな意味の事が書いてあるやうに判断した。政治は多数を相手にした為事《しごと》である。それだから政治をするには、今でも多数を動かしてゐる宗教に重きを置かなくてはならない。ドイツは内治の上では、全く宗教を異にしてゐる北と南とを擣きくるめて、人心の帰響《きかう》を繰つて行かなくてはならないし、外交の上でも、いかに勢力を失墜してゐるとは云へ、まだ深い根柢を持つてゐるロオマ法王を計算の外に置くことは出来ない。それだからドイツの政治は、旧教の南ドイツを逆はないやうに抑へてゐて、北ドイツの新教の精神で、文化の進歩を謀つて行かなくてはならない。それには君主が宗教上の、しつかりした基礎を持つてゐなくてはならない。その基礎が新教神学に置いてある。その新教神学を現に代表してゐる学者はハルナックである。さう云ふ意味のある地位に置かれたハルナックが、少しでも政治の都合の好いやうに、神学上の意見を曲げてゐるかと云ふに、そんな事はしてゐない。君主もそんな事をさせようとはしてゐない。そこにドイツの強みがある。それでドイツは世界に羽をのして、息張つてゐることが出来る。それで今のやうな、社会民政党の跋扈してゐる時代になつても、ヰルヘルム第二世は護衛兵も連れずに、侍従武官と自働車に相乗をして、ぷつぷと喇叭を吹かせて、ベルリン中を駈け歩いて、出し抜に展覧会を見物しに行つたり、店へ買物をしに行つたりすることが出来るのである。ロシアとでも比べて見るが好い。グレシア正教の寺院を沈滞の儘に委せて、上《うは》辺《べ》を真綿にくるむやうにして、そつとして置いて、黔首《けんしゆ》を愚にするとでも云ひたい政治をしてゐる。その愚にせられた黔首が少しでも目を醒ますと、極端な無政府主義者になる。だからツアアルは平服を着た警察官が垣を結つたやうに立つてゐる間でなくては歩かれないのである。一体宗教を信ずるには神学はいらない。ドイツでも、神学を修めるのは、牧師になる為めで、ちよつと思ふと、宗教界に籍を置かないものには、神学は不用なやうに見える。併し学問なぞをしない、智力の発展してゐない多数に不用なのである。学問をしたものには、それが有用になつて来る。原来学問をしたものには、宗教家の謂ふ「信仰」は無い。さう云ふ人、即ち教育があつて、信仰のない人に、単に神を尊敬しろ、福音を尊敬しろと云つても、それは出来ない。そこで信仰しないと同時に、宗教の必要をも認めなくなる。さう云ふ人は危険思想家である。中には実際は危険思想家になつてゐながら、信仰のないのに、信仰のある真似をしたり、宗教の必要を認めないのに、認めてゐる真似をしてゐる。実際この真似をしてゐる人は随分多い。そこでドイツの新教神学のやうな、教義や寺院の歴史をしつかり調べたものが出来てゐると、教育のあるものは、志さへあれば、専門家の綺麗に洗ひ上げた、滓のこびり付いてゐない教義をも覗いて見ることが出来る。それを覗いて見ると、信仰はしないまでも、宗教の必要丈は認めるやうになる。そこで穏健な思想家が出来る。ドイツにはかう云ふ立脚地を有してゐる人の数がなか／＼多い。ドイツの強みが神学に基づいてゐると云ふのは、こゝにある。秀麿はかう云ふ意味で、ハルナックの人物を称讃してゐるらしく、子爵は判断したのである。

西洋事情や輿地誌略の盛んに行はれてゐた時代に人となつて、翻訳書で当用を弁ずることが出来、華族仲間で口が利かれる程度に、自分を養成した丈の子爵は、精神上の事には、朱子の註に拠て、論語を講釈するのを聞いたより外、なんの智識もないのだが、頭の好い人なので、これ丈の判断は出来て、さて内々自ら省みて見た。倅の手紙にある宗教と云ふのはクリスト教で、神と云ふのはクリスト教の神である。そんな物は自分とは全く没交渉である。自分の家には昔から菩提所に定まつてゐる寺があつた。それを維新の時、先代が殆ど縁を切つたやうにして、家の葬祭を神官に任せてしまつた。それからは仏と云ふものとも、全く没交渉になつて、今は祖先の神霊と云ふものより外、認めてゐない。現に邸内にも祖先を祭つた神社丈はあつて、鄭重な祭をしてゐる。ところが、その祖先の神霊が存在してゐると、自分は信じてゐるだらうか。祭をする度に、祭るに在《いま》すが如くすと云ふ論語の句が頭に浮ぶ。併しそれは祖先が存在してゐられるやうに思つて、お祭をしなくてはならないと云ふ意味で、自分を顧みて見るに、実際存在してゐられると思ふのではないらしい。ゐられるやうに思ふのでもないかも知れない。ゐられるやうに思はうと努力するに過ぎない位ではあるまいか。さうして見ると、倅の謂ふ、信仰がなくて、宗教の必要丈を認めると云ふ人の部類に、自分は這入つてゐるものと見える。いや／＼。さうではない。倅の謂ふのは、神学でも覗いて見て、これ丈の教義は、信仰しないまでも、必要を認めなくてはならぬと、理性で判断した上で認めることである。自分は神道の書物なぞを覗いて見たことはない。又自分の覗いて見られるやうな書物があるか、どうだか、それさへ知らずにゐる。そんならと云つて、教育のない、信仰のある人が、直覚的に神霊の存在を信じて、その間になんの疑をも挿まないのとも違ふから、自分の祭をしてゐるのは形式丈で、内容がない。よしや、在《いま》すが如く思はうと努力してゐても、それは空虚な努力である。いや／＼。空虚な努力と云ふものはありやうがない。そんな事は不可能である。さうして見ると、教育のない人の信仰が遺伝して、微かに残つてゐるとでも思はなくてはなるまい。併しこれは倅の考へるやうに、教育が信仰を破壊すると云ふことを認めた上の話である。果してさうであらうか。どうもさうらしい。今の教育を受けて、神話と歴史とを一つにして考へてゐることは出来ない。世界がどうして出来て、どうして発展したか、人類がどうして出来て、どうして発展したかと云ふことを、学問に手を出せば、どんな浅い学問の為方をしても、何かの端々で考へさせられる。そしてその考へる事は、神話を事実として見させては置かない。神話と歴史とをはつきり考へ分けると同時に、先祖その外の神霊の存在は疑問になつて来るのである。一体世間の人はこんな問題をどう考へてゐるだらう。昔の人が真実だと思つてゐた、神霊の存在を、今の人が嘘だと思つてゐるのを、世間の人は当り前だとして、平気でゐるのではあるまいか。随つてあらゆる祭やなんぞが皆内容のない形式になつてしまつてゐるのも、同じく当り前だとしてゐるのではあるまいか。又子供に神話を歴史として教へるのも、同じく当り前だとしてゐるのではあるまいか。そして誰も誰も、自分は神話と歴史とをはつきり別にして考へてゐながら、それをわざと擣き交ぜて子供に教へて、怪まずにゐるのではあるまいか。自分は神霊の存在なんぞは少しも信仰せずに、唯俗に従つて聊復爾り位の考で、糊塗して遣つてゐて、その風俗、即ち昔神霊の存在を信じた世に出来て、今神霊の存在を信ぜない世に残つてゐる風俗が、いつまで現状を維持してゐようが、いつになつたら滅亡してしまはうが、そんな事には頓着しないのではあるまいか。自分が信ぜない事を、信じてゐるらしく行つて、虚偽だと思つて疚しがりもせず、それを子供に教へて、子供の心理状態がどうならうと云ふことさへ考へても見ないのではあるまいか。倅は信仰はなくても、宗教の必要を認めると云ふことを言つてゐる。その必要を認めなくてはならないと云ふこと、その必要を認める必要を、世間の人は思つても見ないから、どうしたら神話を歴史だと思はず、神霊の存在を信ぜずに、宗教の必要が現在に於いて認めてゐられるか、未来に於いて認めて行かれるかと云ふことなんぞを思つて見やうもなく、一切無頓着でゐるのではあるまいか。どうも世間の教育を受けた人の多数は、こんな物ではないかと推察せられる。無論此多数の外に立つて、現今の頽勢を挽回しようとしてゐる人はある。さう云ふ人は、倅の謂ふ、単に神を信仰しろ、福音を信仰しろと云ふ類である。又それに雷同してゐる人はある。それは倅の謂ふ、真似をしてゐる人である。これが頼みにならうか。更に反対の方面を見ると、信仰もなくしてしまひ、宗教の必要をも認めなくなつてしまつて、それを正直に告白してゐる人のあることも、或る種類の著述に徴して知ることが出来る。倅はさう云ふ人は危険思想家だと云つてゐるが、危険思想家を嗅ぎ出すことに骨を折つてゐる人も、こつちでは存外そこまでは気が附いてゐないらしい。実際こつちでは、治安妨害とか、風俗壊乱とか云ふ名目の下に、そんな人を羅致した実例を見たことがない。

五条子爵は秀麿の手紙を読んでから、自己を反省したり、世間を見渡したりして、ざつとこれ丈の事を考へた。併しそれに就いて倅と往復を重ねた所で、自分の満足する丈の解決が出来さうにもなく、倅の帰つて来る時期も近づいてゐるので、それまで待つ気になつて、返信は別に宗教問題なんぞに立ち入らずに、只委細承知した、どうぞなるべく穏健な思想を養つて、国家の用に立つ人物になつて帰つてくれとしか云つて遣らなかつた。そこで秀麿の方でも、お父うさんにどれ丈自分の言つた事が分かつたか知らずにゐた。

秀麿は平生丁度その時思つてゐる事を、人に話して見たり、手紙で言つて見たりするが、それをその人に是非十分飲み込ませようともせず、人を自説に転ぜさせよう、服させようともしない。それよりは話す間、手紙を書く間に、自分で自分の思想をはつきりさせて見て、そこに満足を感ずる。そして自分の思想は、又新しい刺戟を受けて、別な方面へ移つて行く。だからあの時子爵が精しい返事を遣つたところで、秀麿はもう同じ問題の上で、お父うさんの満足するやうな事を言つてはよこさなかつたかも知れない。

* * *

洋行をさせる時健康を気遣つた秀麿が、旅に出ると元気になつたらしく、筆まめに書いてよこす手紙にも生々した様子が見え、ドイツで秀麿と親しくしたと云つて、帰つてから尋ねて来る同族の人も、秀麿は随分勉強をしてゐるが、玉も衝けば氷滑りもすると云ふ風で、上流の人を相手にして開いてゐる、某夫人のパンジオナアトでは、若い男女の寄宿人が、芝居の初興行をでも見に行くとき、ヰコント五条が一しよでなくては面白くないと云ふ程だと話して聞せるので、子爵夫婦は喜んで、早く丈夫な男になつて帰つて来るのを見たいと思つてゐた。

秀麿は去年の暮に、書物をむやみに沢山持つて、帰つて来た。洋行前にはまだどこやら少年らしい所のあつたのが、三年の間にすつかり男らしくなつて、血色も好くなり、肉も少し附いてゐる。併し待ち構えてゐた奥さんが気を附けて様子を見ると、どうも物の言振が面白くないやうに思はれた。それは大学を卒業した頃から、西洋へ立つ時まで、何か物を案じてゐて、好い加減に人に応対してゐると云ふやうな、沈黙勝な会話振が、定めてすつかり直つて帰つたことと思つてゐたのに、帰つた今も矢張立つ前と同じやうに思はれたのである。

新橋へ着いた日の事であつた。出迎をした親類や心安い人の中には、邸まで附いて来たのもあつて、五条家ではさう云ふ人達に、一寸した肴で酒を出した。それが済んだ跡で、子爵と秀麿との間に、こんな対話があつた。

子爵は袴を着けて据わつて、刻烟草を烟管で飲んでゐたが、痩せた顔の目の縁に、皺を沢山寄せて、嬉しげに息子をぢつと見て、只一言「どうだ」と云つた。

「はい」と父の顔を見返しながら秀麿は云つたが、傍で見てゐる奥さんには、その立派な洋服姿が、どうも先つき客の前で勤めてゐた時と変らないやうに、少しも寛《くつろ》いだ様子がないやうに思はれて、それが気に掛かつた。

子爵は息子がまだ何か云ふだらうと思つて、暫く黙つてゐたが、それ切りなんとも云はないので、詞を続いだ。「書物を沢山持つて帰つたさうだね。」

「こつちで為事《しごと》をするのに差支へないやうにと思つて、中には読んで見る方の本でない、物を捜し出す方の本も買つて帰つたものですから、嵩《かさ》が大きくなりました。」

「ふん。早く為事に掛かりたからうなあ。」

秀麿は少し返事に躊躇するらしく見えた。「それは舟の中でも色々考へて見ましたが、どうも当分手が着けられさうもないのです。」かう云つて、何か考へるやうな顔をしてゐる。

「急ぐ事はない。お前のは売らなくてはならんと云ふのでもなし、学位が欲しいと云ふのでもないからな。」一旦かうは云つたが、子爵は更に、「学位は貰つても悪くはないが」と言ひ足して笑つた。

こゝまで傍聴してゐた奥さんが、待ち兼ねたやうに、いろ〳〵な話をし掛けると、秀麿は優しく受答をしてゐた。此時奥さんは、どうも秀麿の話は気乗がしてゐない、附合に物を言つてゐるやうだと云ふ第一印象を受けたのであつた。

それで秀麿が席を立つた跡で、奥さんが子爵に言つた。「体は大層好くなりましたが、なんだかかう控へ目に、考へ〳〵物を言ふやうではございませんか。」

「それは大人になつたからだ。男と云ふものは、奥さんのやうに口から出任せに物を言つては行けないのだ。」

「まあ。」奥さんは目を睜つた。四十代が半分過ぎてゐるのに、まだぱつちりした、可哀らしい目をしてゐる女である。

「おこつては行けない。」

「おこりなんかいたしませんわ」と云つて、奥さんはちよいと笑つたが、秀麿の返事より、此笑の方が附合らしかつた。

* * *

その時からもう一年近く立つてゐる。久し振の新年も迎へた。秀麿は位階があるので、お父う様程忙しくはないが、幾分か儀式らしい事もしなくてはならぬ。新調せられた礼服を著て、不精らしい顔をせずに、それを済ませた。「西洋のお正月はどんなだつたえ」とお母あ様が問ふと、秀麿は愛想好く笑ふ。「一向駄目ですね。学生は料理屋へ大晦日の晩から行つてゐまして、ボオレと云つて、シヤンパンに葡萄酒に砂糖に炭酸水と云ふやうに、いろ〳〵交ぜて温めて、レモンを輪切にして入れた酒を拵へて、夜なかになるのを待つてゐます。そして十二時の時計が鳴り始めると同時に、さあ新年だと云ふので、その酒を注いだ杯をてんでに持つて、こつ〳〵打ち附けて、プロジツト・ノイヤアルと大声で呼んで飲むのです。それからふざけながら町を歩いて帰ると、元日には寝てゐて、午《ひる》まで起きはしません。町でも家は大抵戸を締めて、ひつそりしてゐます。まあ、クリスマスにお祭らしい事はしてしまつて、新年の方はお留守になつてゐるやうなわけです」と云ふ。「でもお上《かみ》のお儀式はあるだらうね。」「それはございますさうです。拝賀が午後二時だとか云ふことでした。」こんな風に、何事につけても人が問へば、ヨオロツパの話もするが、自分から進んで話すことはない。

二三月の一番寒い頃も過ぎた。お母あ様が「向うはこんな事ではあるまいね」と尋ねて見た。「それはグラットアイスと云つて、寒い盛りに一寸温い晩があつて、積つた雪が上融《うはどけ》をして、それが朝氷つてゐることがあります。木の枝は硝子で包んだやうになつてゐます。ベルリンのウンテル・デン・リンデンと云ふ大通りの人道が、少し凸凹のある鏡のやうになつてゐて、滑つて歩くことが出来ないので、人足が沙を入れた籠を腋に抱へて、蒔いて歩いてゐます。さう云ふ時が一番寒いのですが、それでもロシアのやうに、町を歩いてゐて鼻が腐るやうな事はありません。煖炉のない家もないし、毛皮を着ない人もない位ですから、寒さが体には徹《こた》へません。こちらでは夏座敷に住んで、夏の支度をして、寒がつてゐるやうなものですね。」秀麿はこんな話をした。

桜の咲く春も過ぎた。お母あ様に桜の事を問はれて、秀麿は云つた。「ドイツのやうな寒い国では、春が一どきに来て、何の花も一しよに咲きます。美しい五月と云ふ詞があります。桜の花もないことはありませんが、あつちの人は桜と云ふ木は桜ん坊のなる木だとばかり思つてゐますから、花見はいたしません。ベルリンから半道ばかりの、ストララウと云ふ村に、スプレエ川の岸で、桜の沢山植ゑてある所があります。そこへ日本から行つてゐる学生が揃つて、花見に行つたことがありましたよ。絨緞を織る工場の女工なんぞが通り掛かつて、あの人達は木の下で何をしてゐるのだらうと云つて、驚いて見てゐました。」

暑い夏も過ぎた。秀麿はお母あ様に、「ベルリンではこんな日にどうしてゐるの」と問はれて、暫く頭を傾けてゐたが、とう〳〵笑ひながら、かう云つた。「一番詰まらない季節ですね。誰も彼も旅行してしまひます。若い娘なんぞがスヰツツルに行つて、高い山に登ります。跡に残つてゐる人は為方《しかた》がないので、公園内の飲食店で催す演奏会へでも往つて、夜なかまで涼みます。大ぶ北極が近くなつてゐる国ですから、そんなにして遊んで帰つて、夜なかを過ぎて寝ようとすると、もう窓が明るくなり掛かつてゐます。」

彼此するうちに秋になつた。「ヨオロツパでは寒さが早く来ますから、こんな秋日和の味は味ふことが出来ませんね」と、秀麿は云つて、お母あ様に対して、ちよつと愉快げな笑顔をして見せる。大抵こんな話をするのは食事の時位で、その外の時間には、秀麿は自分の居間になつてゐる洋室に籠つてゐる。西洋から持つて来た書物が多いので、本箱なんぞでは間に合はなくなつて、此一間丈壁に悉く棚を取り附けさせて、それへ一ぱい書物を詰め込んだ。棚の前には薄い緑色の幕を引かせたので、一種の装飾にはなつたが、壁がこれまでの倍以上の厚さになつたと同じわけだから、室内が余程暗くなつて、それと同時に、一間が外より物音の聞えない、しんとした所になつてしまつた。小春の空が快く晴れて、誰も彼も出歩く頃になつても、秀麿はこのしんとした所に籠つて、卓の傍を離れずに本を読んでゐる。

窓の明りが左手から斜に差し込んで、緑の羅紗の張つてある上を半分明るくしてゐる卓である。

＊　　＊　　＊

此秋は暖い／＼と云つてゐるうちに、稀に降る雨がいつか時雨めいて来て、もう二三日前から、秀麿の部屋のフウベン形の瓦斯煖炉にも、小間使の雪が来て点火することになつてゐる。

朝起きて、庭の方へ築き出してある小さいヱランダへ出て見ると、庭には一面に、大きい黄いろい梧桐の葉と、小さい赤い山もみぢの葉とが散らばつて、ヱランダから庭へ降りる石段の上まで、殆ど隙間もなく彩つてゐる。石垣に沿うて、露に濡れた、老緑の広葉を茂らせてゐる八角全盛《やつで》が、所々に白い茎を、枝のある燭台のやうに抽き出して、白い花を咲かせてゐる上に、薄曇の空から日光が少し漏れて、雀が二三羽鳴きながら飛び交はしてゐる。

秀麿は暫く眺めてゐて、両手を力なく垂れた儘で、背を反らせて伸びをして、深い息を衝いた。それから部屋に這入つて、洗面卓の傍へ行つて、雪が取つて置いた湯を使つて、背広の服を引つ掛けた。洋行して帰つてからは、いつも洋服を着てゐるのである。

そこへお母あ様が這入つて来た。「けふは日曜だから、お父う様は少しゆつくりして入らつしやるのだが、わたしはもう御飯を戴くから、お前もおいでゞないか。」かう云つて、息子の顔を横から覗くやうに見て、詞を続けた。「ゆうべも大層遅くまで起きてゐましたね。いつも同じ事を言ふやうですが、西洋から帰つてお出の時は、あんなに体が好かつたのに、余り勉強ばかりして、段々顔色を悪くしておしまひなのね。」

「なに。体はどうもありません。外へ出ないでゐるから、日に焼けないのでせう。」笑ひながら云つて、一しよに洋室を出た。

併し奥さんにはその笑声が胸を刺すやうに感ぜられた。秀麿が心からでなく、人に目潰しに何か投げ附けるやうに笑声をあびせ掛ける習癖を、自分も意識せずに、いつの間にか養成してゐるのを、奥さんは本能的に知つてゐるのである。

食事をしまつて帰つた時は、明方に薄曇のしてゐた空がすつかり晴れて、日光が色々に邪魔をする物のある秀麿の室を、物見高い心から、依怙地に覗かうとするやうに、窓帷のへりや書棚のふちを彩つて、卓の上に幅の広い、明るい帯をなして、インク壺を光らせたり、床に敷いてある絨緞の空想的な花模様に、刹那の性命を与へたりしてゐる。そんな風に、日光の差し込んでゐる処の空気は、黄いろに染まり掛かつた青葉のやうな色をして、その中には細かい塵が躍つてゐる。

室内の温度の余り高いのを喜ばない秀麿は、煖炉のコツクを三分の一程閉ぢて、葉巻を銜へて、運動椅子に身を投げ掛けた。

秀麿の心理状態を簡単に説明すれば、無聊に苦んでゐると云ふより外はない。それも何事もすることの出来ない、低い刺戟に饑ゑてゐる人の感ずる退屈とは違ふ。内に眠つてゐる事業に圧迫せられるやうな心持である。潜勢力の苦痛である。三国時代の英雄は髀に肉を生じたのを見て歎じた。それと同じやうに、余所目には痩せて血色の悪い秀麿が、自己の力を知覚してゐて、脳髄が医者の謂ふ無動作性萎縮に陥いらねば好いがと憂へてゐる。そして思量の体操をする積りで、哲学の本なんぞを読み耽つてゐるのである。お母あ様程には、秀麿の健康状態に就いて悲観してゐない父の子爵が、いつだつたか食事の時息子を顧みて、「一肚皮時宜に合はずかな」と云つて、意味ありげに笑つた。秀麿は例の笑を顔に湛へて、「僕は不平家ではありません」と答へた。どうもお父う様はこつちが極端な自由思想をでも持つてゐはしないかと疑つてゐるらしい。それは誤解である。併し流石男親丈にお母あ様よりは、切実に少くもこつちの心理状態の一面を解してゐてくれるやうだと、秀麿は思つた。

秀麿は父の詞を一つ思ひ出したのが機縁になつて、今一つの父の詞を思ひ出した。それは又或る日食事をしてゐる時、父が「どうも人間が猿から出来たなんぞと思つてゐられては困るからな」と云つた。秀麿はぎくりとした。秀麿だつて、ヘツケルのアントロポゲニイに連署して、それを自分の告白にしても好いとは思つてゐない。併しお父う様の此詞の奥には、こつちの思想と相容れない何物かが潜んでゐるらしい。まさかお父う様だつて、草昧の世に一国民の造つた神話を、その儘歴史だと信じてはゐられまいが、うかと神話が歴史でないと云ふことを明言しては、人生の重大な物の一角が崩れ始めて、船底の穴から水の這入るやうに物質的思想が這入つて来て、船を沈没させずには置かないと思つてゐられるのではあるまいか。さう思つて知らず識らず、頑冥な人物や、仮面を被つた思想家と同じ穴に陥いつてゐられるのではあるまいかと、秀麿は思つた。

かう思ふので、秀麿は父の誤解を打ち破らうとして進むことを躊躇してゐる。秀麿が為めには、神話が歴史でないと云ふことを明言することは、良心の命ずる所である。それを明言しても、果物が堅実な核を蔵してゐるやうに、神話の包んでゐる人生の重要な物は、保護して行かれると思つてゐる。彼を承認して置いて、此を維持して行くのが、学者の務だと云ふばかりではなく、人間の務だと思つてゐる。

そこで秀麿は父と自分との間に、狭くて深い谷があるやうに感ずる。それと同時に、父が自分と話をする時、危険な物の這入つてゐる疑のある箱の蓋を、そつと開けて見ようとしては、その手を又引つ込めてしまふやうな態度に出るのを見て、歯痒いやうにも思ひ、又気の毒だから、いたはつて、手を出させずに置かなくてはならないやうにも思ふ。父が箱の蓋を取つて見て、白昼に鬼を見て、毒でもなんでもない物を毒だと思つて怖れるよりは、箱の内容を疑はせて置くのが、まだしもの事かと思ふ。秀麿と父との対話が、ヨオロツパから帰つて、もう一年にもなるのに、兎角対陣してゐる両軍が、双方から斥候を出して、その斥候が敵の影を認める度に、遠方から射撃して還るやうに、はか〴〵しい衝突もせぬ代りに、平和に打ち明けることもなくてゐるのは、かう云うわけである。

秀麿の銜へてゐる葉巻の白い灰が、大ぶ長くなつて持つてゐたのが、とう〳〵折れて、運動椅子に倚り掛かつてゐる秀麿のチヨツキの上に、細い鱗のやうな破片を留めて、絨緞の上に落ちて砕けた。今のやうに何もせずにゐると、秀麿はいつも内には事業の圧迫と言うやうな物を受け、外には家庭の空気の或る緊張を覚えて、不快である。

秀麿は「又本を読むかな」と思つた。兼ねて生涯の事業にしようと企てた本国の歴史を書くことは、どうも神話と歴史との限界をはつきりさせずには手が着けられない。寧ろ先づ神話の結成を学問上に綺麗に洗ひ上げて、それに伴ふ信仰を、教義史体にはつきり書き、その信仰を司祭的に取り扱つた機関を寺院史体にはつきり書く方が好さゝうだ。さうしたつてプロテスタント教がその教義史と寺院史とで毀損せられないと同じ事で、祖先崇拝の教義や機関も、特にそのために危害を受ける筈はない。これ丈の事を完成するのは、極て容易だと思ふと、もうその平明な、小ざつぱりした記載を目の前に見るやうな気がする。それが済んだら、安心して歴史に取り掛られるだらう。併しそれを敢えてする事、その目に見えてゐる物を手に取る事を、どうしても周囲の事情が許しさうにないと云ふ認識は、ベルリンでそろ〳〵故郷へ帰る支度に手を着け始めた頃から、段々に、或る液体の中に浮んだ一点の塵を中心にして、結晶が出来て、それが大きくなるやうに、秀麿の意識の上に形づくられた。これが秀麿の脳髄の中に蟠結してゐる暗黒な塊で、秀麿の企てゝゐる事業は、此塊に礙げられて、どうしても発展させるわけに行かないのである。それで秀麿は製作的方面の脈管を総て塞いで、思量の体操として本だけ読んでゐる。本を読み出すと、秀麿は不思議に精神をそこに集注することが出来て、事業の圧迫をも感ぜず、家庭の空気の緊張をも感ぜないでゐる。それで本ばかり読んでゐることになるのである。

「又本を読むかな」と秀麿は思つた。そして運動椅子から身を起した。

丁度その時こつ〳〵と戸を叩いて、秀麿の返事をするのを待つて、雪が這入つて来た。小さい顔に、くり〳〵した、漆のやうに黒い目を光らして、小さくて鋭く高い鼻が少し仰向いてゐるのが、ひどく可哀らしい。秀麿が帰つた当座、雪はまだ西洋室で用をしたことがなかつたので、開けた戸を、内からしやがんで締めて、絨緞の上に手を衝いて物を言つた。秀麿は驚いて、笑顔をして西洋室での行儀を教へて遣つた。なんでも一度言つて聞せると、しつかり覚えて、その次の度からは慣れたもののやうにするのである。

煖炉を背にして立つて、戸口を這入つた雪を見た秀麿の顔は晴やかになつた。エロチツクの方面の生活の丸で瞑つてゐる秀麿が、平和ではあつても陰気な此家で、心から爽快を覚えるのは、この小さい小間使を見る時ばかりだと云つても好い位である。

「綾小路さんが入らつしやいました」と、雪は籠の中の小鳥が人を見るやうに、くり〳〵した目の瞳を秀麿の顔に向けて云つた。雪は若檀那様に物を言ふ機会が生ずる度に、胸の中で凱歌の声が起る程、無意味に、何の欲望もなく、秀麿を崇拝してゐるのである。

此時雪の締めて置いた戸を、廊下の方からあら〳〵しく開けて、茶の天鵞絨の服を着た、秀麿と同年位の男が、駆け込むやうに這入つて来て、行きなり雪の肩を、太つた赤い手で押へた。「おい、雪。若檀那の顔ばかり見てゐて、取次をするのを忘れては困るぢやないか。」

雪の顔は真つ赤になつた。そして逃げるやうに、黙つて部屋を出て行つた。綾小路の方は振り返つても見なかつたのである。

秀麿の眉間には、注意して見なくては見えない程の皺が寄つたが、それが又注意して見ても見えない程早く消えて、顔の表情は極真面目になつてゐる。「君詰まらない笑談は、僕の所で丈はよしてくれ給へ。」

「劈頭第一に小言を食はせるなんぞは驚いたね。気持の好い天気だぜ。君の内の親玉なんぞは、秋晴とかなんとか云ふのだらう。尤もセゾンはもう冬かも知れないが、過渡時代には、冬の日になつたり、秋の日になつたりするのだ。けふはまだ秋だとして置くね。どこか底の方に、ぴりつとした冬の分子が潜んでゐて、夕日が沈み掛かつて、かつと照るやうな、悲哀を帯びて爽快な処がある。まあ、年増の美人のやうなものだね。こんな日に鼹鼠のやうになつて、内に引つ込んで、本を読んでゐるのは、世界は広いが、先づ君位なものだらう。それでも机の上に俯さつてゐなかつた丈を、僕は褒めて置くね。」

秀麿は真面目ではあるが、厭がりもしないらしい顔をして、盛んに饒舌り立ててゐる綾小路の様子を見てゐる。簡単に言へば、此男には餓鬼大将と云ふ表情がある。額際から顱頂へ掛けて、少し長めに刈つた髪を、真つ直に背後へ向けて掻き上げたのが、日本画にかく野猪の毛のやうに逆立つてゐる。細い目のちよいと下がつた目尻に、嘲笑的な微笑を湛へて、幅広く広げた口を囲むやうに、左右の頰に大きい括弧に似た、深い皺を寄せてゐる。

綾小路はまだ饒舌る。「そんなに僕の顔ばかし見給ふな。心中大いに僕を軽侮してゐるのだらう。好いぢやないか。君がロアで、僕がブツフオンか。ドイツ語でホオフナルと云ふのだ。陛下の倡優を以て遇する所か。」

秀麿は覚えず噴き出した。「僕がそんな侮辱的な考をするものか。」

「そんなら頭からけんつくなんぞを食はせないが好い。」

「うん。僕が悪かつた。」秀麿は葉巻の箱の蓋を開けて勧めながら、独言のやうにつぶやいた。「僕は人の空想に毒を注ぎ込むやうに感じるものだから。」

「それがサンチマンタルなのだよ」と云ひながら、綾小路は葉巻を取つた。秀麿はマツチを摩つた。

「メルシイ」と云つて、綾小路が吸い附けた。

「暖かい所が好からう」と云つて、秀麿は椅子を一つ煖炉の前に押し遣つた。

綾小路は椅背に手を掛けたが、すぐに据わらずに、あたりを見廻して、卓の上にゆうべから開けた儘になつてゐる、厚い、仮綴の洋書に目を着けた。傍には幅の広い鑿のやうな形をした、鼈甲の紙切小刀が置いてある。「又何か大きな物にかじり附いてゐるね。」から云つて秀麿の顔を見ながら、腰を卸した。

＊　　＊　　＊

綾小路は学習院を秀麿と同期で通過した男である。

秀麿は大学に行くのに、綾小路は画かきになると云つて、溜池の洋書研究所へ通ひ始めた。それから秀麿がまだ文科にゐるうちに、綾小路は先へ洋行して、パリイにゐた。秀麿がマルセイユから上陸して、ベルリンへ行く途中で、二三日パリイに滞在してゐた時には、親切に世話を焼いて、シヤン・ゼリゼエの散歩やら、テアアトル・フランセエとジムナアズ・ドラマチツクとの芝居見物やら、時間を吝まずに案内をして歩いて、ベルリンへ行つてから着る服まで誂へさせてくれた。

綾小路は目と耳とばかりで生活してゐるやうな男で、藝術をさへ余り真面目には取り扱つてゐないが、明敏な頭脳がいつも何物にか饑ゑてゐる。それで故郷へ帰つて以来引き籠り勝にしてゐる秀麿の方からは、尋ねても行かぬのに、折々遊びに来て、秀麿の読んでゐる本の話を、口ではちやかしながら、真面目に聞いて考へても見るのである。

綾小路は卓の所へ歩いて行つて、開けてある本の表紙を引つ繰り返して見た。「ヂイ・フイロゾフイイ・デス・アルス・オツプか。妙な標題だなあ。」

そこへ雪が楕円形のニツケル盆に香茶の道具を載せて持つて来た。そして小さい卓を煖炉の前へ運んで、その上に盆を置いて、綾小路の方を見ぬやうにしてちよいと見て、そつと部屋を出て行つた。何か言はれはしないだらうか。言へば又恥かしいやうな事を言ふだらう。どんな事を言ふだらう。言はせて聞いても見たいと云ふやうな心持で雪はゐたが、こん度は綾小路が黙つてゐた。

秀麿は伏せてあるタツスを起して茶を注いだ。そして「牛乳を入れるのだらうな」と云つて、綾小路を顧みた。

「こなひだのやうに沢山入れないでくれ給へ。一体アルス・オツプとはなんだい。」から云ひながら、綾小路は煖炉の前の椅子に掛けた。

「コム・シイさ。かのやうにとでも云つたら好いのだらう。妙な所を押さへて、考を押し広めて行つたものだが、不思議に僕の立場其儘を説明してくれるやうで、愉快で溜まらないから、とう〳〵ゆうべは三時まで読んでゐた。」

「三時まで。」綾小路は目を睜つた。「どうして、どこが君の立場其儘なのだ。」

「さう」と云つて、秀麿は暫く考へてゐた。千ペエジ近い本を六七分通り読んだのだから、どんな風に要点を撮んで話したものかと考へたのである。「先づ本当だと云ふ詞からして考へて掛からなくてはならないね。裁判所で証拠立てをして拵へた判決文を事実だと云つて、それを本当だとするのが、普通の意味の本当だらう。ところが、さう云ふ意味の事実と云ふものは存在しない。事実だと云つても、人間の写象を通過した以上は、物質論者のランゲの謂ふ湊合が加はつてゐる。意識せずに詩にしてゐる。嘘になつてゐる。そこで今一の意味の本当と云ふものを立てなくてはならなくなる。小説は事実を本当とする意味に於いては嘘だ。併しこれは最初から事実がらないで、嘘と意識して作つて、通用させてゐる。そしてその中に性命がある。価値がある。尊い神話も同じやうに出来て、通用して来たのだが、あれは最初事実がつた丈違ふ。君のかく画も、どれ程写生したところで、実物ではない。嘘の積りでかいてゐる。人生の性命あり、価値あるものは、皆この意識した嘘だ。第二の意味の本当はこれより外には求められない。かう云ふ風に本当を二つに見ることは、カントが元祖で、近頃プラグマチスムなんぞで、余程卑俗にして繰り返してゐるのも同じ事だ。これ丈の事は一寸云つて置かなくては、話が出来ないのだがね。」

「宜しい。詞はどうでも好い。その位な事は僕にも分かつてゐる。僕のかく画だつて、実物ではないが、今年も展覧会で一枚売れたから、慥かに多少の価値がある。だから僕の画を本当だとするには、異議はない。そこでコム・シイはどうなるのだ。」

「まあ待ち給へ。そこで人間のあらゆる智識、あらゆる学問の根本を調べて見るのだね。一番正確だとしてある数学方面で、点だの線だのと云ふものがある。どんなに細かくぽつんと打つたつて点にはならない。どんなに細くすうつと引いたつて線にはならない。どんなに好く削つた板の縁も線にはなつてゐない。角も点にはなつてゐない。点と線は存在しない。例の意識した嘘だ。併し点と線があるかのやうに考へなくては、幾何学は成り立たない。あるかのやうにだね。コム・シイだね。自然科学はどうだ。物質と云ふものでからが存在はしない。物質が元子から組み立てられてゐると云ふ。その元子も存在はしない。併し物質があつて、元子から組み立てゝあるかのやうに考へなくては、元子量の勘定が出来ないから、化学は成り立たない。精神学の方面はどうだ。自由だの、霊魂不滅だの、義務だのは存在しない。その無いものを有るかのやうに考へなくては、倫理は成り立たない。理想と云つてゐるものはそれだ。法律の自由意志と云ふものの存在しないのも、疾つくに分かつてゐる。併し自由意志があるかのやうに考へなくては、刑法が全部無意味になる。どんな哲学者も、近世になつては大抵世界を相待に見て、絶待の存在しないことを認めてはゐるが、それでも絶待があるかのやうに考へてゐる。宗教でも、もう大ぶ古くシユライエルマツヘルが神を父であるかのやうに考へると云つてゐる。孔子もずつと古く祭るに在すが如くすと云つてゐる。先祖の霊があるかのやうに祭るのだ。さうして見ると、人間の智識、学問は扨置き、宗教でもなんでも、その根本を調べて見ると、事実として証拠立てられない或る物を建立してゐる。即ちかのやうにが土台に横はつてゐるのだね。」

「まあ一寸待つてくれ給へ。君は僕の事を饒舌ると云ふが、君が饒舌り出して来ると、駆足になるから、附いて行かれない。その、かのやうにと云ふ怪物の正体も、少し見え掛かつては来たが、まあ、茶でももう一杯飲んで考へて見なくつては、はつきりしないね。」

「もうぬるくなつただらう。」

「なに。好いよ。雪と云ふ、証拠立てられる事実が間へ這入つて来ると、考がこんがらかつて来るからね。さうすると、詰まり事実と事実がごろ〱転がつてゐてもしやうがない。それを結び附けて考へようとすると、厭でも或る物を土台にしなくてはならない。その土台が例のかのやうにだと云ふのだね。宜しい。ところが、僕はそんな怪物の事は考へずに置く。考へても言はずに置く。」綾小路は生温い香茶をぐつと飲んで、決然と言ひ放つた。

秀麿は顔を蹙めた。「それは僕も言はずにゐる。併し君は画だけかいて、言はずにゐられようが、僕は言ふ為めに学問をしたのだ。考へずには無論ゐられない。考へてそれを真つ直に言はずにゐるには、黙つてしまふか、別に嘘を拵へて言はなくてはならない。それでは僕の立場がなくなつてしまふのだ。」

「併しね、君、その君が言ふ為めに学問をしたと云ふのは、歴史を書くことだらう。僕が画をかくやうに、怪物が土台になつてゐても好いから、構はずにずん〱書けば好いぢやないか。」

「さうは行かないよ。書き始めるには、どうしても神話を別にしなくてはならないのだ。別にすると、なぜ別にする、なぜごちや〱にして置かないかと云ふ疑問が起る。どうしても歴史は、画のやうに一刹那を捉へて遣つてゐるわけには行かないのだ。」

「それでは僕のかく画には怪物が隠れてゐるから好い。君の書く歴史には怪物が現れて来るから行けないと云ふのだね。」

「まあ、さうだ。」

「意気地がないねえ。現れたら、どうなるのだ。」

「危険思想だと云はれる。それも世間が彼此云ふだけなら、奮闘もしよう。第一父が承知しないだらうと思ふのだ。」

「いよ〱意気地がないねえ。そんな葛藤なら、僕はもう疾つくに解決してしまつてゐる。僕は画かきになる時、親爺が見限つてしまつて、現に高等遊民として取扱つてゐるのだ。君は歴史家になると云ふのを、お父うさんが喜んで承知した。そこで大学も卒業した。洋行も僕のやうに無理をしないで、気楽にした。君は今まで葛藤の繰延をしてゐたのだ。僕の五六年前に解決した事を、君は今解決して、好きなやうに歴史を書くが好いぢやないか。已むを得んぢやないか。」

「併し僕はそんな葛藤を起さずに這つて行かれる筈だと思つてゐる。平和な解決がつひ目の前に見えてゐる。手に取られるやうに見えてゐる。それを下手に手に取らうとして失敗をすることなんぞは、避けたいと思つてゐる。それでぐづ〳〵してゐて、君にまで意気地がないと云はれるのだ。」秀麿は溜息を衝いた。「ふん。どうしてもお父うさんを納得させようと云ふのだ。」

「僕の思想が危険思想でもなんでもないと云ふことを言つて聞せさへすれば好いのだが。」

「どう言つて聞せるね。僕がお父うさんだと思つて、そこで一つ言つて見給へ。」

「困るなあ」と云つて、秀麿は立つて、室内をあちこち歩き出した。

暑はもうヱランダの檐を越して、屋根の上に移つてしまつた。真つ蒼に澄み切つた、まだ秋らしい空の色がヱランダの硝子戸を青玉《せいぎよく》のやうに染めたのが、窓越しに少し翳んで見えてゐる。山の手の日曜日の寂しさが、大ぶ広い此邸の庭に、田舎の別荘めいた感じを与へる。突然自動車が一台煉瓦塀の外をけたたましく過ぎて、跡は又元の寂しさに戻つた。

秀麿は語を続いだ。「まあ、かうだ。君がさつきから怪物々々と云つてゐる、その、かのやうにだがね。あれは決して怪物ではない。かのやうにがなくては、学問もなければ、藝術もない、宗教もない。人生のあらゆる価値のあるものは、かのやうにを中心にしてゐる。昔の人が人格のある単数の神や、複数の神の存在を信じて、その前に頭を屈めたやうに、僕はかのやうの前に、敬虔に頭を屈める。その尊敬の情が熱烈ではないが、澄み切つた、純潔な感情なのだ。道徳だつてさうだ。義務が事実として証拠立てられるものでないと云ふこと丈分かつて、怪物扱、幽霊扱にするイプセンの芝居なんぞを見る度に、僕は憤懣に堪へない。破壊は免るべからざる破壊かも知れない。併しその跡には果してなんにもないのか。手に取られない、微かな様な外観のものではあるが、底にはかのやうにが儼乎として存立してゐる。人間は飽くまでも義務があるかのやうに行はなくてはならない。僕はさう行《おこな》つて行く積りだ。人間が猿から出来たと云ふのは、あれは事実問題で、事実として証明しようと掛かつてゐるのだから、ヒポテジスであつて、かのやうにではないが、進化の根本思想は矢張かのやうにだ。生類は進化するかのやうにしか考へられない。僕は人間の前途に光明を見て進んで行く。祖先の霊があるかのやうに背後を顧みて、祖先崇拝をして、義務があるかのやうに、徳義の道を踏んで、前途に光明を見て進んで行く。さうして見れば、僕は事実上極蒙昧な、極従順な、山の中の百姓と、なんの択ぶ所もない。只頭がぼんやりしてゐない丈だ。極頑固な、極篤実な、敬神家や道学先生と、なんの択ぶ所もない。只頭がごつ〳〵してゐない丈だ。ねえ、君、この位安全な、危険でない思想はないぢやないか。神が事実でない。義務が事実でない。これはどうしても今日になつて認めずにはゐられないが、それを認めたのを手柄にして、神を濆す。義務を蹂躙する。そこに危険は始て生じる。行為は勿論、思想まで、さう云ふ危険な事は十分撲滅しようとするが好い。併しそんな奴の出て来たのを見て、天国を信ずる昔に戻さう、地球が動かずにゐて、太陽が巡回してゐると思ふ昔に戻さうとしたつて、それは不可能だ。さうするには大学も何も潰してしまつて、世間をくら闇にしなくてはならない。黔首を愚にしなくてはならない。それは不可能だ。どうしても、かのやうにを尊敬する、僕の立場より外に、立場はない。」

　これまで例の口の端の括弧を二重三重にして、妙な微笑を顔に湛へて、葉巻の烟を吹きながら聞いてゐた綾小路は、烟草の灰を灰皿に叩き落して、身を起しながら、「駄目だ」と、簡単に一言云つて、煖炉を背にして立つた。そしてめまぐろしく歩き廻りながら饒舌つてゐる秀麿を、冷やかに見てゐる。

　秀麿は綾小路の正面に立ち止まつて相手の顔を見詰めた。蒼い顔の目の縁がぽつと赤くなつて、その目の奥にはフアナチスムの火に似た、一種の光がある。「なぜ。なぜ駄目だ。」

「なぜつて。知れてゐるぢやないか。人に君のやうな考になれと云つたつて、誰がなるものか。百姓はシの字を書いた三角の物を額へ当てゝ、先祖の幽霊が盆にのこ〳〵歩いて来ると思つてゐる。道学先生は義務の発電所のやうなものが、天の上かどこかにあつて、自分の教はつた師匠がその電気を取り続いて、自分に掛けてくれて、そのお蔭で自分が生涯ぴり〳〵と動いてゐるやうに思つてゐる。みんな手応のあるものを向うに見てゐるから、崇拝も出来れば、遵奉も出来るのだ。人に僕のかいた裸体画を一枚遣つて、女房を待たずにゐろ、けしからん所へ往かずにゐろ、これを生きた女であるかのやうに思へと云つたつて、聴くものか。君のかのやうにはそれだ。」

「そんなら君はどうしてゐる。幽霊がのこ〳〵歩いて来ると思ふのか。電気を掛けられてゐると思ふのか。」

「そんな事はない。」

「そんならどう思ふ。」

「どうも思はずにゐる。」

「思はずにゐられるか。」

「さうさね。丸で思はない事もない。併しなる丈思はないやうにしてゐる。極めずに置く。画をかくには極めなくても好いからね。」

「そんなら君が仮に僕の地位に立つて、歴史を書かなくてはならないとなつたら、どうする。」

「僕は歴史を書かなくてはならないやうな地位には立たない。御免を蒙る。」綾小路の顔からは微笑の影がいつか消えて、平気な、殆ど不愛想な表情になつてゐる。

　秀麿は気抜けがしたやうに、両手を力なく垂れて、こん度は自分が寂しく微笑んだ。「さうだね。てんでに自分の職業を遣つて、そんな問題はそつとして置くのだらう。僕は職業の選びやうが悪かつた。ぼんやりして遣つたり、嘘を衝いて遣れば造《ざう》做《さ》はないが、正直に、真面目に遣らうとすると、八方塞がりになる職業を、僕は不幸にして選んだのだ。」

　綾小路の目は一刹那鋼鉄のやうに光つた。「八方塞がりになつたら、突貫して行く積りで、なぜ遣らない。」

秀麿は又目の縁を赤くした。そして殆ど大人の前に出た子供のやうな口吻で、声低くく云つた。「所詮父と妥協して遣る望はあるまいかね。」

「駄目、駄目」と綾小路は云つた。

綾小路は背をあぶるやうに、煖炉に太つた体を近づけて、両手を腰のうしろに廻して、少し前屈みになつて立ち、秀麿はその二三歩前に、痩せた、しなやかな体を、まだこれから延びようとする今年竹のやうに、真つ直にして立ち、二人は目と目を見合はせて、良久しく黙つてゐる。

山の手の日曜日の寂しさが、二人の周囲を依然支配している。

（「中央公論」明治45年1月号）

暮れがた

久保田万太郎

登場人名

おりゐ
おせん
おみよ
嘉介
庄太郎
善次郎
源吉
喜代蔵
末吉
半造

義太夫の流し、買物に来る娘、使の男、下女等賑やかな祭の囃子が遠くゆるやかに聞える。――その遠いゆるやかな囃子の調子が更にだんだん遠くゆるやかになつて続く。音もなくしづかに幕明く。

舞台は三味線屋の見世の模様。下手は土間。上手奥の斜めに往来に面した入口がついてゐる。そこには祭で見世が休みなので半分格子戸が這入つてゐる。『御琴三絃師』と書いた白い撥形の看板が軒にさがつてゐるのがその格子の蔭から見える。
見世の一部は仕切がしてあつて細工場になつてゐる。琴や三味線を並べた戸棚。絃や駒を入れた抽斗。奥への通ひ路には細かい大阪格子がしまつてゐる。壁はすべて鼠色。
五月十八日。三社祭の二日目の午後五時頃——空は今曇りかけて来たので家の中もどこか薄暗い。併し日が暮れるのにはまだ間がある。細工場の後ろの壁に懸かつた時計がその薄暗い中に仄白く光つてゐる。時計の上には神棚がつつてある。
店の隅には貼りまぜの六枚屛風が立ててあり、赤い毛氈が敷いてある。土間には脱ぎ捨てられた下駄が五六足。入口の格子戸の内側には赤く塗つた万燈が一つ立てかけてある。見世全体の様子は片付いてはゐるけれどどこか纏りのつかない、調子が緩んでゐるやうな心持を見せてゐる。
見世の上り口には源吉と喜代蔵とが将棋をさしてゐる。その周囲には末吉や半造や善次郎が寄り集まつてその勝負を見てゐる。(末吉と半蔵の二人は神輿を担いで来たあとで、卸立の絆纏に晒を襷にしてゐる。二人とも足袋跣足なので上り口に腰をかけて見てゐる。)この五人に少し離れておせんがおみよに膝枕をさせながら絵草紙を切り抜いてゐる。——煙草盆や茶道具などが順序なくちらかつてゐる。
囃子の音が断えずゆるやかに聞える。——折々遠くで神輿の渡御を報らせる太鼓の重い鈍い音が間を置いて聞える。人々はすべて無言——誰も皆賑やかな花やかな心持に疲れてしまつて、何かもの足りないやうな心持に窺はれてゐる。やや長き間。将棋の勝負がついて、ふと賑やかな笑声が起こる。おせんはふと後ろを振返つて見てほほゑむ。笑声が全く消えてしまはないうちに奥からおりゑが嘉介を送つて出て来る。人々はふとそれに注意する。
嘉介　(五十五六。小商人風の構はぬ身形。——少し酔つてゐる。呟くやうに)どうも鳥渡上りまして、すつかりご馳走になつてしまつて。
おりゑ　(四十二三。やや粋な身形。)いいえ、いつも何にもお関ひ申しませんで。生憎お相手が居りませんで。——
嘉介　どういたして。(無意味な笑。)——お帰りになりましたらどうぞ宜しく。(土間へ下りようとする。近くに居た末吉が急いで下駄を直す。)やあ——こりやあどうも恐れ入ります。有難うご座います。(おみよを見て)みいちやんはいつも音無でようご座んすね。
おりゑ　いいえもうやんちやんで為方がご座いません。何だか今日は、歯が痛いとか何とか云つて、愚図つて居ります。
嘉介　おやおや。そりやあ、いけませんね。お子さんは歯が痛いのが一等いけません。どうもやつぱり未だ、本当に時候が定まりませんから。——
おりゑ　さうでご座いますよ。何だか変に、蒸蒸致しますから。——(誰にといふ事なく)なんだか嫌に暗くなつて来たんだね。
末吉　(二十三四。職人の一人。——側から)ええ何だか曇つて来ました。
嘉介　(外の方を見るやうにして)さうですな。何だか可笑しな模様になつて来ましたな。
おりゑ　もうちつとだから降らせたくないもんでご座います。——何なら御用心に傘をお持ちになつたら。
嘉介　いいえどういたして。それには及びません。——いえ是ならどうにか今夜位は持つかも知れません。だけど三社様はきつと一日は降らなきやあ承知しないんだから困ります。いつでしたかな。二日ともまるつきり潰れてしまつて十九日に神輿が廻つた事がありましたが。

末吉　ありやあ一昨年《をととし》――一昨々年《さきをととし》でした。

嘉介　一昨々年《さきをととし》――さうか、もうさうなりますかね。早いもんですな。（無意味な笑。）だけどお祭つて奴はいつになつても悪くないもんですが、併しどうも年々に何だかかう、さびれて来るぢやあご座いませんか。

おりゑ　さうでご座いますね。世の中がだんだん進んで来ると人間がみんな怜悧《りこう》になつて莫迦な事はしなくなると見えます。この四五年といふものは山車《だし》はおろかお揃ひだつてまんぞくに出来や致しません。三芳屋さんがいらしつた時分のやうな事はもうとても見られない事でご座いませう。

嘉介　（ふと声高な笑。）あの時分は揃つて居りましたな、呑気な連中が。私、佐野屋、柏屋、こちらの大将――（ふと思ひ出したやうに）ああさう云へば柏屋はとうとう見世を締めてしまつたつて云ふぢやあご座んせんか。

おりゑ　（小声で）さうなんでご座います。とうとういけないで。

――

嘉介　だけどもねえ。どうして彼の家がさうなりましたらう。

――気の毒な。

おりゑ　庄ちゃんが気の毒でご座いましてね。――それ、あの総領の息子さん。そこにはそこにいろいろな顛末《いきさつ》もあるんでご座いますけれど。

嘉介　（頷づく。）さうでせうなあ。併しのんきな連中はやつぱりどうも――いけませんな。（無意味な笑。）こりやあ、またお喋舌をしてしまひました。ぢやあお暇いたします。どうも鳥渡上りましてご馳走様になりまして。

おりゑ　本当にお関ひ申しませんで。

嘉介　ぢやあまた近いうちにまた鳥渡伺ひますが先刻《さつき》お話しして置いた事をどうぞお話しなすつて置いて。

おりゑ　かしこまりました。帰りましたらさう申して置きませう。

嘉介　どうぞ何分一つ。――ぢやあご免下さい。どうぞ宜しく。（居合はす人々に）皆さんぢやあご免下さい。（二三度挨拶をして出て行く。末吉は上り口を離れて格子の所まで立つて見送る。）

善次郎　（三十八九。職人の一人。――ふと口を出す。）いつも元気な人ですね。

おりゑ　気楽な人さね。あれでも三芳屋つて云へば随分鳴らしたもんだけれど。とうとうあんなになつちやつて。

善次郎　今は何をしてゐるんです。

おりゑ　今かい。今はなにか才取見たやうな事をしてゐるんだらう。――（おせんに）おせんさん済みませんね。折角遊びに来てもおみよがくつついてしまつて。

おせん　（二十一二。襟のかゝつた袷を着た身形。）いいえ。（おみよの顔を覗くやうにして）今姉様《あねさま》に着物を着せるんですね。
おりゑ　（おみよの側に坐つて）まだ歯が痛いかい。
おみよ　（六つ。友襟の着物を着た身形。）痛いの。
おせん　まだ痛たござんすか。もうぢき癒りますよ。音無しくしてゐると。ね。
おりゑ　ぢつとしてゐると、ぢき収まるからね。（間。）
樽神輿が近くを通る囃声。——神輿の渡御を報らせる太鼓の音がだんだん近くなつて来る。——強い音が間を置いて響いて来る。
半造　（二十五六。職人の一人。——末吉に声をかける。）もう納まるんだぜ。
末吉　（嘉介を送り出したまま格子の所に立つて外を見てゐる。）ああもう納まる。
おりゑ　あれは何処の神輿だい。
末吉　四の宮でさあ。——田町。
おりゑ　ぢやあ一番荒いんだね。
半造　さうです。あの擬宝珠んです。去年はあれで人死《ひとじに》があつたんです。
おりゑ　嫌だね。危ない。神輿を担いで怪我をしちやあ随分ひきあはない話しぢやあないか。
末吉　お内儀《かみ》さんさういつたつていけませんや。怪我をするのは自分勝手にするんでさあ。神輿が悪いんぢやあありませんや。
半造　どうだい。もう一遍揉んで来やうか。
末吉　行かうか。
半造　宮出しをして納めなくつちやあ心持が悪いやな。（その儘二人一緒に出て行く。善次郎は見てゐた将棋から再び眼を離して二人の出て行くのを見てゐる。）
おりゑ　為様がない人達だね。頼みもしないのに重い目をして騒いでさ。二日も三日も肩が痛いの腰が痛いのつて為事を休むんだから始末が悪くつていけない。
善次郎　（軽き笑。——一旦近よつた太鼓の音が今度はだんだん遠くなつて行く。——尚鈍い重い音で響く。）お祭お祭つて騒いで居ても、なつて見るとすぐもうお仕舞だ。（独語のやうに）
おりゑ　何んでも待つてゐるうちが花さ。——だけど気になるね。嫌に暗いぢやあないか。まだそんな時間ぢやあないんだらう。
善次郎　ええ（後ろの時計を振向く。）まだ五時——二十分でさあ。暗くなるのにはまだ一時間、間があります。すつかり雲が廻つちやつたんでせう。
おりゑ　嫌に陰気臭い日だね。降るんならいつそ降つちやつた方がいいかも知れない。（ふとおみよがしくしく泣いてゐるのに気がつく。）おや。どうしたの。
おせん　（おみよを抱き上げる。）痛いの、ええ、痛いんですか。
おりゑ　痛いかい。ええ。——為様がないね。どうしても夕方はうつとしくつて、くさくさするからね。
善次郎　少し表へ出て風にでも吹かれたらいいでせう。

おりゑ　さうだね。風に当つたらいいかも知れない。――少し表へ出てごらんな。

おせん　(おみよに) 表《おんも》へいつて見ませうか。ええ。――まだ三社様へお詣りしませんから三社様へ行きませうか、ねえ。

おりゑ　ああそりやあ却つて気が紛れていいかも知れない。私もまだお詣りに行かないから。――(おみよに) ぢやあ私の代りにお詣りして来てお呉れ。

おせん　(おみよに) ぢやあ行きませう。ね。(立ちかかる。)

善次郎　三社様へ行くのなら、おせんさん一人ぢやあ無理ですぜ。神輿の納まるのを見る人で仁王門からお堂の近辺はなかなか通りきれやしません。

おりゑ　さうだね。――ぢやあみいちやんは善さんに負《おぶ》つてつてお貰ひな。

おせん　ようござんよ。小母さん。私一人で………

おりゑ　お前さんが負つちやあ大変だ。どうせ善さんは遊んでゐるんだから一緒に行つて貰つた方がいいよ。一人ぢやあ人込はなかなか大変だから。

善次郎　(笑ひながら、わざと) うつかりした事は云へない。――

(煙管を筒にさしながら立つて来る。)

おみよ　(尚しくしく泣きながら) 姉ちやんでなくつちやあ嫌。

おりゑ　姉ちやんが一緒に行くんだからいいぢやあないか。

おみよ　姉ちやんにおんぶでなくつちやあ嫌。

おりゑ　そんな解らない事云つちやあいけません。お前のやうな重いものをおぶつたら姉さんがやりきれやしない。いい子だから………

おみよ　嫌、嫌、嫌、姉ちやんでなくつちやあ嫌。(懊《じ》れる。)

おりゑ　だつてお前………

おみよ　嫌、嫌、嫌。(懊れて泣く。)

おりゑ　云ふ事きかない子だね。本当に、そんなら何《ど》うでもおし。(おりゑがやや声を強くする。おみよが泣き募る。)

おせん　(宥める。) 泣くんぢやありませんよ。泣くんぢやありませんよ。いい子ですからね。泣くと余計歯が痛くなりますからね。私がおぶつて行つてあげますから泣くんぢやありませんよ。もう泣くんぢやありませんよ。(おみよ、おせんの袖の蔭で泣きじやくる。善次郎は笑ひながら立つてゐる。)

おりゑ　ほんとに為様のない子だね。駄駄ばかり捏ねて。

おせん　(土間に下りて下駄を穿く。上り口へ腰をかけておみよを負ふ。) さ、行きませうね。行くんだからもう泣くのは止めて、ね。

(やがて出て行く。)

おりゑ　本当に剛情張り出したら挺でも動かないんだもの。為様がありやあしない。(善次郎に) 善さん。お前気の毒だけれども後から一緒に行つて見て呉れないか。

善次郎　よござんす。途中でだまつて此方へ取りませう。(表へ出て行きかけて立留る。外を見る。) 危ねえな。

おりゑ　(後から) どうしても降りさうかい。

善次郎　(空を仰ぐこころ。) ええ――いまにざあつと来ますぜ。

（出て行く。）

樽神輿が遠くを通る囃声――その騒がしい物音がぢき通りすぎてしまふ。――と、ふと四辺が沈んだやうに静かになる。囃子の音はいつの間にか止んでしまつてゐて聞えない。家の中がいよいよ暗くなつて来る。――空がだんだん曇つて来たままに日が暮れて来る心持。ふと賑やかな併しもう疲れたやうな鈍い笑声が起る。おりゑ振返つて見る。源吉と喜代蔵とは将棋を止めて片付け初める。

源吉　（四十二三。職人の一人。――根がつきた様子。）ああ今日は指した。――（がつかりしたやうに）くたびれた。

喜代蔵　（三十八九。職人の一人。――駒を箱の中に仕舞ひながら）眼がぼんやりしちやつた。（笑。）

おりゑ　（笑を帯びた調子。）おやもうおしまひかい。

喜代蔵　ええ、もうお仕舞です。（軽き笑。――源吉に）今日は何番指したらう。

源吉　さうさな、――何しろ十一時つから休みなしだから。

おりゑ　ほんとに呆れちやうね、どうしてそんな将棋なんかが面白いだらう。碁だの将棋だのをやる人はみんな夢中になつてしまふんだねえ。

源吉　（笑。）ばかに暗いな。もうそんな時間かしら。

喜代蔵　（時計を仰ぐ。）まだ六時十分前だ。こんな暗い事はないんだが。（ふと立つて側の電燈を捩る。――灯《つ》かず。）まだ来てゐねえ。灯《つ》かないや。

おりゑ　すつかり曇つちやつたんだよ。

源吉　（独語のやうに）どら、そろそろ帰《けえ》らうかな。――今年の祭は将棋で暮した。

おりゑ　まあいいぢやないか。御飯でも食べておいでな。

源吉　ええ。――朝、湯に行くといつて家を出たまんまここへ引つかかつちやつたんだから、家の奴は何処へいつたかと思つてゐるでせう。

おりゑ　嫌だよ。

おりゑ話をしながら四辺に散らかつてゐる茶道具や煙草盆などを片付ける。源吉と喜代蔵は将棋盤を片付けて店の真中に立つて来る。煙草を吸つたりする。

ふと話が途切れて沈黙。通りがかりの義太夫の流しが門口へ立留まつて千両幟の佐和利を語り初める。――その三味線の鈍い音がそぞろ暮方の遣瀬ない心持。

おりゑ　（間。――無言のまま手を振つて追ふ。流しは弾きながら去る。）

源吉　喜代さん、行かねえか。

喜代蔵　ああ行きませう。（煙管をはたく。――立ちかかる。）

おりゑ　まあいいぢやないか。本当に。御飯でも食べておいでな。

源吉　（気のない調子。）ええ有難う。

おりゑ　喜代さんもいいんだらう。

喜代蔵　ええ――私《あつし》は湯へ一杯這入つて来ます。

源吉　私《あつし》も一遍家へ帰つて来ます。また晩に出直して来ませう。

おりゑ　さうかい、ぢやあ晩にまたお出でよ。親方ももうぢき帰つて来るだらうから。

この間に源吉喜代蔵土間へ下りて下駄を穿く。

喜代蔵　降るかなあ。
源吉　どうにか渋渋持つかも知れねえぜ。（出て行く。）
二人と殆ど入れ違ひに十四五の娘が這入つて来る。袋に包んだ三味線を持つ。
娘　こんちは。
おりゑ　いらつしやい。
娘　あの済みませんが是を貼りかへて頂きたいんですけれど。
（三味線を出す。）
おりゑ　へえ。――（袋から出して検める。）
娘　あのやつぱりよつでして頂きたいんですけれど。――それで何日頃出来ませうか――
おりゑ　今、生憎見世の者が皆《みんな》出てしまつて――誰もゐなくつて鳥渡解らないんでご座いますけれど。
娘　ああさうですか、ぢやあ成りたけ早く出来るやうに。
おりゑ　宜しうございます。あのお序でがございましたら明日でも鳥渡お寄り下さいませんかしら。
娘　どうせ毎日ここん所を通りますから。ぢやあ明日また。
――
おりゑ　どうぞ済みませんが、さうなすつて。――ああそれからお名前何とおつしやいます。
娘　吉田。
おりゑ　吉田さん。――はあ宜しうご座います。
娘　それから済みませんが、十二の三を二掛け………
おりゑ　十二でございますか。――（ふと困つたやうな様子。）
抽斗の側へ寄つて彼方此方探す。時計が緩やかな調子で六時をうつ。庄太郎影のやうに寂しく這入つて来る。娘がふと注意する。
庄太郎　（二十六七。気の弱い地道な商人風の身形。）ごめん下さい。
おりゑ　（探しながら振り返つて見る。）おや庄ちやん――まあお上んなさい。
庄太郎　有難う、ごめん下さい。（上り口の隅の方から上つて来る。）
おりゑ　（やうやう探し、糸を袋へ入れて渡す。）どうもお待遠様でご座います。
娘　如何《いか》程でせうか。
おりゑ　四銭でご座います。
娘　ぢやあまた明日。
おりゑ　どうぞ済みませんが、さうなすつて。――有難う。
（娘出て行く。）
庄太郎　小母さん、暫らくご無沙汰いたしました。
おりゑ　いいえ。御無沙汰はお互なんですよ。一度上らうとは思ふんでご座んすけれどつひ手前にかまけてしまつて――ああお父さんが此間おわるかつたさうですが如何で御座います。
庄太郎　有難うご座います。どうも思はしくないんで困つて居るんでご座んす。
おりゑ　おやおやそりやあ、いけませんね。さうですか、そんなにおわるいんですか。そんなにおわるいんだとはちつとも知りませんでした。

庄太郎　いえ——やつぱり色々心配があるもんでご座いますから——それやこれやでつひ御無沙汰をしてしまひまして、——それに御町内の方にお目にかかるのが極りが悪いもんでご座いますから。——
おりゑ　何んですねそんな詰らない事を云つて。極りの悪いもわるくないもないぢああありませんかね。
庄太郎　へえ。——（寂しい微笑。）
おりゑ　ですけどね、お父さんでもお母さんでも今までああやつて何一つ御不自由なくしていらしつたんですから——さぞ——と思ひましてね。
庄太郎　それもこれも、みんな私がいく地がないから起つたんだと思ふと——なんだか父親《おやぢ》にも母親《おふくろ》にも気の毒な気がして為方がないんでご座います。（寂しい微笑。）
おりゑ　さう云つたつて一概にさうと云へやしませんやね——つまり運なんですからね。善くなるのも悪くなるも——何も運で、是ばかりは為方がありません。人間運には勝てませんよ。それも是も定まつた運だと諦めりやあ——善い事ばかりないとおんなしでさうさう悪い事ばかりありやあしません、本当ですよ。だからなりたけ気を落さない方がようご座んすよね。
庄太郎　有難うご座います。（間。）そりやあもう何《ど》うなるも皆《みんな》約束事だと諦めて居りますが、どうも併し、四十何年といふもの折角まあこの町内で続いてやつてゐたのを鳥渡した手違ひから全然《まるつきり》知らない他所外《よそほか》の土地へ引込んでしまつたんだと思ふと、何だか情ないやうな口惜しい気がして為様がないんでご座います。
おりゑ　そりやあねえ、もう、さうでせうともね。——
庄太郎　（間。思ひついたやうに顔を上げる。）小父さんは今日は。——
おりゑ　今日はいつもの通り警固に出てまだ帰つて来ないんですの。
庄太郎　（気がついたやうに）ああさうでご座いますか。（ふと失望したやうな心持。）
おりゑ　もういい加減隠居して、若い方達にまかしてしまへばいいんですけれど、持つたが病でお祭なんぞと云ふと、いい年をしてもう相変らず先立なんでござんすものね。困つてしまひます。
庄太郎　家《うち》の親父なんぞもさうなんで。それを今年はこんな事になつたんでさうも出来ず——丁度今度越しました家もやつぱり三社様の氏子なんで昨日の朝も今朝《けさ》も起きますと、屋台の囃子なんかが聞えて来るんでご座います。何処もおんなじで子供達が早くから騒いでゐるんでご座います。さう云ふやうな事を見聞きしたら身体が悪くつて寐てゐる親父は余計もとの事を思ひ出して堪るまいと思ふと、また気の毒になりました。
おりゑ　ほんにね。（同情に堪へないといふやうな心持。）——いえね、先刻《さつき》もね、三芳屋さんが鳥渡見えて、いろいろお話ししたんですけれど。――
庄太郎　へえ――三芳屋さんが来たんでご座いますか。
おりゑ　ええ、ええ、三芳屋さんはよく見世まで見えるんでご座んすよ。
庄太郎　さうでご座いますか――私はまあ暫らくお目にかかりません。今は何処《どちら》にお出でなんでご座います。
おりゑ　今は何でも本所の方にお出でなんですよ。あの方もね、ひとしきりは――とうとうああいふ風にいけなくなつてお見世をしまつてここの町内から下谷の方へ行つた当座は、随分お困りなすつた様子ですけれどもね、此頃はとにかくまた少しいいやうなんですよ。
庄太郎　さうでご座いますか。それは何よりでご座いますが。今は何をなすつてゐらつしやるんでご座います。やつぱり元《もと》のやうに下駄の方を――。
おりゑ　いえ、さうぢやないんですよ。何か地所だの家屋《うち》だの、才取見たやうな事を、してゐるんです。ああ云ふ方だから却つてさう云ふ商売はいいんでせう。――ああさう云へばやつぱり続いて貴方は米屋町の方へ――
庄太郎　へえ――いえ（うつむいた顔を上げる。）実はもう彼方《あつち》へは行かないんでご座います。
おりゑ　まあ、さうですか。どうしてね。
庄太郎　いえ――失敗した当時世話をして呉れる人があつてまあ或る店に這入るには這入つたんでご座んすけれど――ご存じの通りのああ云ふ激しい商売なんで、とても私のやうな臆病なやうな人間には勤まりきらないもんでご座いますから――一と月ばかり通つて見込がないから止めてしまつたんでご座います。それで私のやうないく地のない人間にはやつぱり地道な商売でなくつちやあ駄目だと思ひまして――此頃は西洋箱の内職を初めたんでご座います。
おりゑ　西洋箱つて云ふと――あああのボオル箱の事なんですか。
庄太郎　さうでご座います。まあやうやくの事で少し馴れて来たんでご座いますが、それでもまだお得意へ出来た箱を風呂敷へ包んでしよつて行くのがどうも辛《つら》くつて為様がないんでご座います。（寂しい微笑。）
おりゑ　まあ、貴方が箱をしよつてねえ、（堪らなく痛ましい心持。）そりやあお辛《つら》うご座んせうともねえ。此間まではただ小僧さんや何かの指図さへしてゐれば、そんで済んでた方が急に自分でそんな骨折業をするんですものね――でもねえよくまあそれまでに諦めがつきましたはねえ。
庄太郎　夜なんか一人でぼつぼつ箱をしよつて真暗な道を通つて来ると、何んだか心細いやうな情ないやうな変な気になつちやつてもう、堪らなく泣きたいやうな気になる事が幾度もございます。よく人が大きな声を出して唄をうたひますが、こんな時一つ真似をして自分もうたつて見ようと思ひますが、どうしても喉からさきへ声が出ません。思ひきつてもう声を出して見ると、その声がまるつきり自分の声のやうぢやあないんでございます。何だか余計情ないやうな気になつてしまひました。

おりゑ　（次第に身をつまされる心持。）さうでせうつてねえ。ですけれどもね。さうやつて地道にして稼いでゐれば何時《いつ》か一度はきつと、またいい時が来ますよ。だから力を落しちやあ駄目ですよ。是が何も貴方が道楽をしたとか何とかしてかうなつたと云ふんぢやあなし——

庄太郎　ええ有難うございます。——併しどうも何時まで箱を貼つてたら、いいんでご座いますか——考へると嫌になりますから——いつそ止めてしまはうかと思ひます。（次第に小声になる。）

おりゑ　（それには深く注意をしないで、何気なく話頭をかへようとする）先刻《さつき》もね、三芳屋さんと話したんですけれどお祭なんぞでも年々にさびれて来て寂しくなります。以前のやうな気の揃ふ連中が少なくなつたからでもあらうと思ふんですがね。町内でも古い家《うち》がだんだん減つて来て今ぢやあ家《うち》と佐野屋さんが一番古い分になつてしまひました。そんな事を考へるとやつぱり心細い事もあります。

庄太郎　さうでご座いませうなあ。（ふと話が途切れかかる。）

家の内も外も全く黄昏の薄闇に包まれる。——一度止んだ囃子の音がまた遠く緩やかに聞え初める。

おせんと善次郎とが帰つて来る。善次郎の脊中にはおみよが眠つてゐる。

おせん　只今。

おりゑ　（庄太郎と一緒にふと振返へる。）おやお帰り。——まあおみよは寝ちやつたの。

おせん　ええ外へ出て善さんにだまされておぶさるとぢき寝てしまつたんです。（善次郎は笑ひながら静かに見世へ上る。）

おりゑ　おやおやそりやあ大変だつたね。重かつたらうね、御苦労様。（おみよが善次郎の背から下ろす。）

善次郎　他愛がありませんや。（ふと気がついて庄太郎に会釈する。）

おりゑ　たいへんな人だつたらう。神輿はもうみんな納まつたの。

善次郎　暗いぢやありませんか。電気は来ないんですか。（捩る。——灯《つ》く。家の中にふと或る生気が湧いたやうに明るくなる。）ええもうすつかり納まりました。（おりゑに

おせん　途中で小父さんに会ひました。今ぢき帰るつて云つていらつしやいました。

おりゑ　さうですか——あの鳥渡済みませんけど。おせんさん。

おせん　はあ。（側へ寄つておみよを抱き取る。——よき頃に立つて奥へ行く。）

おりゑ　庄ちやん鳥渡ごめんなさい。

庄太郎　私はもうお暇いたします。

おりゑ　まあいいぢやありませんか、折角お出でなすつたのに。

今家《うち》のも帰つて来ますから。——鳥渡ごめんなさい。(構はず大阪格子を開けて奥へ這入る)
長き間。——囃子の音は次第に賑やかな心持を増す。
庄太郎　何んだか降りさうな模様で御座いましたが。——
善次郎　さうで御座います。今夜だけは持たしたいもんですが。——先刻の模様ぢやあ今にも降るかと思ひましたが、なかなか降つて来ない所を見ると殊によつたら今夜位は持つかも知れません。だけど雨が降つちやあ御難でご座いますからなあ。
庄太郎　さうでござゐます。今の雨は陰気でくさくさしてしまひます。
おりゑ、下女と共に酒の仕度をして奥から運んで来る。下女はすぐ奥へ這入る。
おりゑ　何にもご座いませんけれど、お祭ですから一杯。——
庄太郎　どうもこりやまことに相済みません。鳥渡上りましたばかりで御心配をかけまして。
おりゑ　いいえ、そんなんぢやあないんですよ。ほんの有合はせなんです。お祭ですから今夜はくよくよ思はないで陽気に飲《あが》つて下さいな。(笑。)善さんお前お相手をして呉れないか。
善次郎　へい。——かう云ふお相手ならいつでも結構。(軽い調子の笑。)どうでご座いますお一つ。——
庄太郎　有難うご座います。ええ——いえ——実は此頃は飲《や》らないやうにしてゐるんでご座います。貧乏してお酒でもご座いませんから。(情なさうな笑。)
おりゑ　そんな事云つたつて、庄ちやん、それはいけません。いくら苦労があるからつて、苦労は苦労、お酒はお酒でさあね。さう始終《しよつちゆう》しつきりなしに、くよくよしてゐて、すきなお酒を飲む事まで遠慮してゐたら今度は身体がたまりませんよ。それに是が外ぢやあなし、私の所ぢやあありませんか。そんな事云はないで飲《あが》つて下さい。よ。
善次郎　さあ、如何です、一つ。(切にすすめる。)
庄太郎　ええ、有難うござゐます。(間。)ぢやあお盃だけ。——
おりゑ　何ですね、庄ちやん。まだそんな事云つて。——さあ善さん、お酌しないかね。
善次郎　さあ、どうぞ一つ。——私《あつし》が叱られますから、どうぞ一つ。
おりゑ　善さん、お前さんまづいね。鳥渡私にお貸しよ。(無理に酌をして庄太郎に飲ます。そのまますすめて盃を二つ三つ重ねさす。)
囃子の音いよいよ賑やかに高くなる。灯の色も明るくなる。門口へ使の男が来る。
使の男　今晩は。(おりゑも庄太郎も善次郎もふと話をやめてその方を注意する。)佐野屋から参りましたが、こちらの旦那様は三社様の方からすぐに御町内の方と一緒にすぐ草津の方《はう》へお廻りになりましたから、鳥渡お断り申します。
おりゑ　ああさうでご座いますか。わざわざ済みません。どうも御苦労様でご座います。
使の男　ではどうぞ、そのお積りで。左様なら。

おりゑ　どうぞお宅へ宜しく。(使すぐ帰る。) いつもは一度家へ帰って出直すんだにね。
善次郎　今夜は親方はぐでんぐでんになつて来さうだな。
おりゑ　(庄太郎に酌をしながら) なぜさ。
善次郎　なぜつて――なんだかそんな気がします。
おりゑ　お祭だから為方ないさ。だけど此頃は大丈夫だよ。
善次郎　相変らず草津でご座いますか。
おりゑ　さうなんですよ。併しこの頃はね。年のせいかも知れませんが、余《あんま》り以前ほど飲みませんでね。余《あんま》り失敗《しくじり》もやらなくなりましたよ。(笑。)
庄太郎　(少し酔が廻って来る。) 失敗って云やあ、何時《いつ》でご座いしたかなあ。やつぱり草津の二階で、こちらの小父さんと、家《うち》の親父と喧嘩をして階子から落つこちて怪我をした事がご座いましたねえ。それでゐて翌る日になつて酔が醒めたら両方でどうして怪我をしたんだらうつて、喧嘩をした事は忘れてしまつて不思議がつてた事があつたぢやあご座んせんか。
おりゑ　さうさう、そんな事がありましたね。それで三代次つて藝者がとめに這入つたのが癪に障るつて殴つたりなんかして――あとでまた二人でその藝者を招《よ》んであやまつたんぢやああありませんか。(笑。)
庄太郎　さうですか、そりやあ知りませんでした。そんなあやまりに行つた事は親父は云ひませんでした。(何かしら嬉しさうな笑。)

おりゑ　それが可笑しいんですよ。その三代次つて云ふ藝者が佐野屋さんのお馴染でね、とうとう今ぢやあ佐野屋さんに囲はれてゐるんですよ。
庄太郎　(驚いたやうに) へえ。――
善次郎　家《うち》の親方は大丈夫ですか。
おりゑ　家のぢやあ向ふで相手にしないから大丈夫だよ。

ふと賑やかな笑声。

囃子の音。

末吉、半造、帰つて来る。二人とも燈火《あかり》に酔つたやうに気が浮き立つてゐる。何か面白さうに笑つて這入つて来る。

末吉　(這入りかけてふと止まる。) まだ家《うち》ぢやあ提灯をつけないいんですね。
おりゑ　ああすつかり忘れてゐた。済まないけれどつけて呉れないか。
善次郎　(上り口へ立つて行く。) 蠟燭は這入つてゐる筈だ。――燐寸はここにあるよ。

半造と末吉、外へ出て軒の梯子をかけ、提灯を下ろす模様。――囃子の音。

おりゑ　あの囃子の音をきくとなんだか気がかう浮き浮きして来ますね。――三芳屋さんぢやあないけれど、お祭つて云ふものはやつぱりいいもんですね。――いい気なもんだけれど。(笑。)
庄太郎　まつたくでご座います。あの囃子の音が遠くから聞えたり、花や提灯がずうつと並んだりしてゐる所を見ると子供のやうな気になつてもう堪らなくなつてしまひます。――実は何をやつても駄目ですから、いつそ田舎の方へでも行つて一と稼ぎして見ようかとも思つたんでご座いますが、かうやつて御馳走になつて、昔のお話なんかしたら、なんだかこの土地を離れるのが嫌になつてしまひました。もういくら貧乏しても三社様の側は離れない事にしませう。

おりゑ　（深く注意をしない笑。）ぢやあその積りでもつと飲《あが》つて下さいよ。

庄太郎　ええもう遠慮なく頂くつて事にします。（笑。）

この間に末吉と半造、提灯を下ろして来て、土間で蠟燭に灯をつけかける。

おりゑ　（思ひ出したやうに）ああ先刻《さつき》方降り出しさうだつたが、どうしたらう。

善次郎　持ち直しやあしないか。

半造　（門口から外を見る。）莫迦にしてゐやあがる。すつかり霽れて星が出てゐる。

おりゑ　おや、さうかい。

善次郎　そんなもんだ。

居合はす人々がふと賑やかに笑ふ。（おせんもまた何時の間にか見世へ帰つて来てゐる。）末吉は提灯をつける。囃子の音。――門口の外はもう全く暗くなつてゐる。

（幕）

（四十四年十一月）

（「スバル」明治45年1月号）

お絹

青木健作

一

何処《どこ》から吹くとも無い習風《そよかぜ》が心地よく顔を撫でる夏の朝だ。浅黄《あさぎ》の大きな風呂敷包を抱へたお絹は綺麗に掃かれた町々を通り貫けて錦帯橋の袂に出た。橋の五つの算盤珠《そろばんだま》の各《おのおの》の片側は僅に後方の山から出た濡れた様な日の光に照らされて、その上を素足になつて渡つて見たい様に思はせた。丸い山を背にした河向の家々から立つ朝餉の煙は横に薄青う棚引いて、古い屛風の大和絵に有りさうな静な景色を彩つて居る。昨夜まで五年の久しい間、一寸《ちよつと》も騒々しい物音の絶えぬ廓《くるわ》から一歩も外へ出た事の無いお絹には、こんな和かい奥床しい光景が、今朝小暗い中に廓を出て広島発の一番汽車で岩国駅へ下りて、其から電車で今この町へ来た許《ばか》りの慌《あはた》しい心をぢつと優しく落ち着けて呉れるやうに感じられた。お絹は包を下に置いて露に濡れた欄干に倚り凭つた。そして袂から赤く縁を取つた手帛《はんけち》を出して、少し汗ばんだ額の辺を拭き乍ら、左の手で解《ほつ》れた髪の毛を掻き上げ〳〵した。かうして居る中にも橋を渡る人は間遠にあつた。其が皆お絹の前を過る時は一様に珍らし相にじろ〳〵と視て行つた。

「…………」

「馬鹿、一人で駈落があるもんかえ。」

「……夜遁……。」

行商人らしい二人連が少し隔つてから後方を振り向き〳〵して小声で、此様事を話して行くのが遠耳に聞えた。その後から一心に書物を読みつゝ来た白服の大きな中学生が、ふと顔を上げて妙な流眄《ながしめ》をお絹に呉れた。お絹はその様子が余り可笑しかつたので、覚えず口下に微笑を洩した。

やゝあつてお絹は予て聞いた事のある河船に乗り合す為に、橋の袂から草の中の小路を河へ下つて、夜露に洗はれた礫《こいし》の上を歩き悪《に》く相に麻裏草履を撥ね返し乍ら、橋の真下を水汀《みづきは》の方へ行つた。水は河の向の半分を流れて、芭蕉の若葉が擦れ合ふやうな音を立てゝ居る。お絹は水汀に来た時、船はまだ上つて来ぬかと、遥に河下の方を眺めたが、只河原の涼茶屋《すゞみぢやや》の天幕が白く朝日に照り返されて居るのみで、船らしい物は未だ眼に入らなかつた。で包は橋の組み上げた台柱の横へ置いて来て、水汀に屈んで両手で掬ひ飲んだ。冷い水は胸の中を清々さした。其からまた素の処へ帰つて、手帛を礫の上に布いて、少し休む積で腰を据ゑた。すると昨日からの気の焦燥《あせり》やら身体の激しい働やらの疲労が一時に出てきちんとしては居られぬ程、全身がぐつたり弛んだ。

二

それで側の風呂敷包へ身を寄せ凭けて、見るともなく単調に滑り流れる水の面を見て居ると、次第に上瞼が重く垂れて、気分も遠くなつて、時々頭の上にがたごとと響く下駄の音さへ自分とは余程かけ離れた高い高い所で鳴るものゝ様に幽かに聞える。お絹は到頭包に頭を靠《もた》せて眠り入つた。

少時《しばらく》して不意に頭の上で高い話声がしたので眼を覚すと、何だか此様所《こんなところ》へ斯うして居るのが腑に落ち兼ねるやうにじろ〳〵と寝足りない眼で周囲を見廻した。頭の上をも仰いだ。上にはごた〳〵した込入つた細工の橋の裏が頭を押しつける様に塞つて居る。橋の上の話声は尚も続いた。

「何しろ大水の時にや此処の縁迄突くのぢやからなあ。」

「この橋が浮いて流れる様な事はないかえ。」

「何、流れ相になると町中の四斗樽を駆り集めて小石を詰めて此上へ載せるから大丈夫え。」

「平生は此様に河原になつて居るになあ。」

「これで罪深い河ぢやて。去年の大水の時にや二里程上の村の十九になる女が引き浚はれたえ。」

「十九とは惜しいなあ。」と答へた若い声の男は此時、お絹が下に居るとも知らずそつと大きな唾を吐いた。其がお絹の眼の前に落ちて、霧の様な飛沫《しぶき》が顔へ掛つた。お絹は顔を反向けて立ち上らずには居られなかつた。

　間も無く遥か河下から牽かれて来る船が見えた。牽く若者は船首《みよし》から長く張つた綱を肩にとつて、前に偃《のめ》るやうに屈んで、河原の上を一歩一歩力を込めて蹈み上る。船首が細く宙に反り上つた船が漸く近いた時、お絹は艪を漕ぐ老船頭に便乗を乞うた。船頭は直ぐ手を叩いて牽手の若者を呼び止めて、便だから廉く乗せる事に承諾した。この船は河上の出合といふ所から前日に新港へ炭を運んで出て、翌日は其処から米を積んで帰る荷船だつた。

　お絹は以前広島へ出る時には安藝街道を歩いたので、船に乗るのは今が初めてであつた。

「さあ乗らつせい。」と船頭は河原に近く寄れる丈船を寄せて、水棹でぢつと動かぬやうに止めて居た。お絹は先づ風呂敷包と蝙蝠傘とを船頭に取つて貰つて、自分は脱いだ足袋と草履とを片手に持て、片手では着物の裾を高く紮《から》げ上げて、皮膚の下へ泌み通る様な澄んだ流の中を二三歩船まで行つた。そして足袋等を中に置いて船框《ふなかまち》に手をかけて、乗らうとすると船は狼狽へた様に急に此方へ傾いたので、驚いて

「私や危うて乗れやせんわいな。」と船頭を見上げた。

「可《よ》し来た。」船頭はかう言つて直ぐお絹の腋の下に手を廻して無雑作に抱へ上げた。その拍子にお絹は船框で強く向脛を打つた。痛さを怺へてお絹が米俵の後方へ敷いてある花蓙《はなござ》の上へ座つた時、船頭は手を振つて若者に合図をすると若者は直ぐ綱を引き初めた。船頭は復《また》ぎい〳〵と艫で艪を押した。日はやゝ高くなつて河原の所々に咲いて居る待宵草の花は暑さに耐へぬ様にみんな頭を低れて、瓣の黄色も白ぽく褪せて見えた。お絹は濃鼠の傘を拡げた。艪が左右に動くに連れて、船も緩く左右に揺れる。初めの程は気味悪う思つたが少し慣れるに従つて、頭の中まで、軽く揺れるやうで、却つて心持よく感じた。二三町も上つた時、お絹は頭を上げて、後方を振り返つた。船頭の踏張つた股の間から算盤橋は絵に画いたやうにくつきりと河幅一杯に浮び上つて見える。其上を様々の色の傘を指した女生徒や、真白な服の中学生の群などが西へ動いて居る。お絹は幼い時から話にのみ聴いた此橋を今更の様に珍しがつて、眼を据ゑて見遣つた。

三

　河は直に崖に沿うて左に折れて、橋も見えなくなつた。静な河の中で僅に揺られ乍らぢつとして居ると、自然と昨日からの種々の事が一一胸に浮んで来て、動《やゝ》もすると傘の柄を握つた手が緩む程心が空になるのだつた。――明日は愈々此処を出るのぢや、籠の中から広い世界へ飛び出るのぢやと思ふと嬉しいとも心細いとも自分乍ら解らぬ位胸の中が騒いで、どうして良いか何事も手につき兼ねて、髪を結ひに行くのも忘れて、懵然《ぼんやり》と自分の部屋の中に立ち竦んで居た。其でも主婦《かみさん》の指図で路金も

拵へ親への土産も拵へる為に、午後に古着屋を呼んで貰つて自分の物を売つた。櫛、笄《かうがい》、簪などの頭道具も大抵売つた。裲襠《うちがけ》の下へ着る緋縮緬の冬着も売つた。夏の店着も売つた。古着屋の番頭が一切の物を大風呂敷に括《くる》んで、平気で出て行つた後、紙屑などが散ばつたがらんとした部屋中を見廻はした時は、どんなに心淋しかつたらう。形見ぢやとて少し許《ばかり》の物を遣つた朋輩の誰れ彼れが入り代り来ては、お羨しいとか、お名残惜しいとか言ふのを聞くのさへ何となう心苦しうて、ろくに挨拶も出来なかつた。素より昨夜は店を張らずに早く寝む事を許された。寝巻に着換へて床の側へ一人坐つた時は電燈の光が今夜は特更《ことさら》に眩しく思はれた。自分の古い紅のメリンスの扱帯を裂いて拵へた釣手で蚊帳を吊るにも妙に手が顫へる様な気がした。寝ても中々寝つかれなかつた。蚊帳の外で泣く蚊の音が侘しう耳に立つた。不意に何処かの部屋で男の調子外な唄が聞えた。其から下で家の旦那が朋輩の誰さんかを叱り付ける癇高い声が貫くやうに聞えた。もう二度と彼の声を聞く事は無いのぢやと思ふと、まちつと誰かを叱つて見れば宜いにと望む程、嬉しくもあつた。――

「姐さあ。」と船頭は片手に艪を操り乍ら片手では顔の汗を拭き〳〵不意に呼びかけた。お絹は驚いて顔を挙げた。見れば船は赤く剝げ落ちた崖の下の青光のする淵の上を上つて居る。

「あんたの所は出合から余程遠いのかえ。」

「あえ、宇佐いふ所ぢやけ出合から四五里もありやすやらう。」

「其ぢや今日はどうしても暮れるわい。――広島へでも奉公に出て居りやつたのかえ。」

「さうでやす。」

「何年行つて居りやつたの？ え満五年、随分久しいもんぢやのう。其で矢張家へ往《い》に度いかえ。」

「別に往に度い云ふ程でも無いのえ。」

「彼様《あんな》山奥で猿と同じ様な生計《くらし》をするよりや、城下の大家へでも奉公しちよる方が何ぼ増か知れんて、」船頭は独言の様にかう言つて口を噤《つぐ》んだ。お絹も黙つて河の底を恐し相に覗いて見た。船に連れて起る漣の為に、きら〳〵と白い石が深い底の所々に動いて見える。低く飛び廻る燕の影が時々水面に幻のやうに映つた。如何《いくら》上つても一方は崖で一方は開けた青い田だ。田の向には白壁の土蔵などが眩しく日光に照り返されて居る。崖の上の雑木の山で鳴く蟬の声が盛に蒸し暑く聞える。何処かの田で歌ふ田草取の歌も幽かに伝はる。総てがお絹には物珍しく感じられた。その中に腹が減つたのでお絹は包の中から弁当を取り出した。其は今朝主婦が拵へて呉れた握飯だつた。お絹は其を噛り乍ら今朝の事を思ひ出さずには居られなかつた。――

今朝は二時頃から起きて仕度にかゝつた。部屋の窓を開けて見ると涼しい風が颯《さつ》と顔を吹いて、空には星が輝いて居た。空になつた簞笥の側の姿見の前に坐つた時は、も早この鏡に顔を映すのも今日限りぢやと思ふと、見飽きた自分の顔乍らもつく〴〵と良く視て置きたい様な気がした。停車場《ステーション》まで俥で行く事にして玄関に出ると客を取らなかつた朋輩衆が待ち受けて、何や彼やと一一別れを言つた。そして朋輩中よりとして餞別を呉れた。平生は悪《にく》い〳〵と思つて居た意地悪の菊野さん迄が出て来て、着物の背中の皺や帯の具合を直して呉れた。仲善で妹分の種世さんが肩に手をかけて、「お絹さん、もう一生逢ふ事もあるまいなあ。」と自分の本名を初めて呼びかけた時は、気分がほろりとして、何となしに止め度も無く涙が流れた。それでも酷く自分を苛めた旦那の四角な肥つた顔を見ると、面憎うも腹立たしうもなつて、二度とお世話にやならん、糞でも食へと言つて遣りたかつた。見上げる様な大きな家が並んだ町を出て、急に薄暗い淋しい通へ来た時は、有繫《さすが》にまだ何やら心残がするやうで、傭屋が平気で走つて居るのさへ恨めしかつた。汽車に乗つてから少時して漸く白う明け放れた海を眺めた時、初めて広い世間へ出た心地がしてほつと息を吐いた。薄い靄の中を彼方此方に勝手に走つて行く、大船や小船の数々を見てさへ、縛られた綱を切り離した気持になつた。——お絹は此様事を思ひ續けつゝ、沢庵の最後の一切を食ひ尽して、船頭が酌いで呉れた濃茶を啜つた。

四

一方打ち開けた田の側も段々狭く迫つて来て、船は何時の間にか山と山との間の稍急な瀬を溯つて居る。半町許り前を牽く若者の鉢巻をした後頭が岸の川柳の灰色の葉の間に見えたり隠れたりする。両側の山には真直な杉の木立が高く聳えて居る。その暗い木々の間から処々にひよろひよろとした合歓の木が覗いて、咲き残りの淡紅い花を美しく見せた。森と森の間に狭められた空には真白な雲の千切が動くとも無く浮んで居る。種々の蟬の声は益々乱れ合つて、夕立の音のやうに聞える。船頭は瀬が早いので艪を止めて水棹に代へて悠々と船を押し上せる。船舷《ふなばた》には流に逆ふ音がさら〳〵と高く聞え初めた。ふと青竹の筏に乗つて、お絹の船と擦れ違ひに頬被の若者が下つた。「やあ」と両方から声を掛け合ふ間に筏はもう矢の如く行き過ぎた。間も無く筏がまた下つた。今度の筏士は真裸体に紅の褌を締めて、大声に歌を唄つて居た。溯るに従つて、真昼に近い日に照らされ乍らも、物慕しい山の気が冷々と心地よく肌に滲み入つて、流れる水も生々した山の香に満ちて居る如く見えた。其と共にお絹は自然と、今日の中に帰り着く故郷や自分の家の事などを明瞭《はつきり》と思ひ浮べた。——何方《どちら》を向いても高い山が鼻を突くやうに聳え立つて居て、息苦しい程狭い彼の村は自分の生れた所乍ら厭になる。其に春から秋にかけて親父にこき使はれて、荒々しい仕事に骨身を砕かねばならぬ。冬になると雪に閉ぢ籠められて、時とすると一ケ月以上も一歩も家の外へ踏み出せないで、煙い囲炉に燻つて居るのだし、その上に雪眼《ゆきめ》を煩うて眼瞼が赤く爛れる痛い目に遇ふ事もある。実に先刻《げ》も船頭さんが言やる様に猿と同じ生計ぢや、美味い物食るでは無し、美え物着るでは無し、生甲斐もない。……自分が親に背いて、あんな苦界に身を沈めたのも、広島から其頃よく来た小間物の商人が甘く口車に乗せた為ではあるが、其もとを良く考へて見ると、自分にも何処か南の方の暖い国へ行つて気儘に暮してみたいといふ下心《したごころ》が多少有つたからぢや。「あの商人ばかりが悪いのぢや無いわな。」――お絹は片手を船框に置いて、うつとりと遠白い河下の方を眺め乍ら思ひ続けた。

瀬を越すと流がまた緩くなつた。何時も此処で一休するものと見えて、牽手の若者は岸の下に覆ひ茂つた栴檀の下に立ち止つて、船を手繰り寄せた。風に揺れる樹の葉の影は静な水の淀みの上に絶えず散ら付く斑紋を画いて居る。

「此処で私等あ弁当を使ふのぢやけ、姐さあ、お前さんも上つて用でも足して少し休みなせえ。」かう船頭は言つて、艫の下から重箱と土瓶とを持ち出して若者に渡した。お絹は復船頭に抱へ上げて貰つた。三人は未だ涼しい露の気の失せない青草の上に蓙を敷いて坐つた。木の葉を洩れる日の光は五色に織つた花蓙の上を飛び動いた。船頭の父子は箱を開いて食ひ初めた。麦飯を盛り上げた上に真紅な梅干が半分埋つて居た。お絹は渋茶を飲み乍ら耳の中を掻き廻す様な八釜しい蟬の声を聞いた。其所此所の木蔭の深い草の間からは火を吐くやうな鬼百合が首を長く突き出して、風にゆら〳〵揺れて居る。その百合の一本に黒い川蜻蛉《かはとんぼ》が止まつて羽を拡げては畳み、畳んでは拡げして、無駄な事を繰り返す。お絹はぢつとかうして居る中にも復狭苦しい自分の家の事を考へない訳には行かなかつた。――父も母も自分を可愛がつて呉れたには相違あるまいが、貧乏な生計の中では親とは思はれぬ程酷い目に遇された事も度々あつた。あの商人が自分を身売奉公に出す相談を親達に持ち掛けた時は、有繋《さすが》に其を撥ねつけたが、自分が夜遁をして出た後で、承諾書とやらへ印を捺したので見ると、矢張内心では自分を売つて金を儲けたかつたのに違ひない。情ない。浅間しい。思うて見ると今かうして親達の家へだん〳〵に近うなつて来るのが、自分乍ら何の為か解らぬ。世間は親子もへちまも有つたもんぢや無いのか知ら。――

「まだ出合まで遠うござんすかえ。」とお絹は如何かして此様事を思ふまいとして不意に言ひ紛らした。

「これ迄の半分位ぢやから、早近いえ。」と若者は口に一杯飯を含んだ儘答へた。お絹は獣物の様な若者の顔を見て、厭はしさに首を彼方へ振り向けた。そして思ひ出した様にすつと立ち上つて、白い素足で草の中へ分け入つて、百合の花を五六本折り取つた。

「鬼百合は毒ぢや云ふから止さつせい。」と船頭は箸を持つた手で制するやうな真似をした。

「何故《なぜ》に？」お絹は最後の一本を折らうとした手を止めて振り返つた。

「その白い汁が毒ぢやとえ。」

「何。構ひやせん。毒なら毒でも。」

「中《あた》つても私等知らんぞや。」

「可《よ》ごさんすともえ。私や此の赤いのが好きぢやから。」お絹は到頭最後のをも折り取つて、故意《わざ》とらしく花の束を自分の身にひたと抱いた。花房はお絹の高島田の上に被さつた。

五

お絹は花束を特つて座に帰つた。もさ〳〵と揺れる花の心からは粘々《ねばく》しい白い露が長く糸を引いて滴つた。父子は漸く食ひ仕舞つて、重箱へ茶を流し込んで、洗ひ飲んだ。

「お前さんは何所へ奉公して居りやつたのかえ。」船頭は百合の花を見上げつゝ、突然に訖《き》いた。

「西遊廓へよ。」お絹は平気で答へた。

「ぢやあ身売奉公かえ。――ふむ、俺の見当が違はぬてえ。」と船頭は得意らしく自ら頷いて、お絹をぢろりと見遣つた。若者も驚いた様に異様に眼を光らして、暑さに火照つたお絹の顔を視た。お絹は其には気が付かぬ風で、持つた百合を蓙の上に置いて、懐から莨入《たばこいれ》を出して、若者に火を借りて吸つた。煙管を持つた若者の手は妙に顫へて居た。

「誰かに受出されやしたのかえ。」と船頭は頻被し乍ら訊く。

「否《いな》、年が開いたのえ。」

「はあ、良う辛棒しやつたもんぢやのう。随分辛かつたらうに。」

「其や苦しい事も有りやしたえ。」

「素から其様に痩せてかえ?」と船頭はお絹の細い頸から繊《しなや》かに流れた両肩の辺を見た。

「生れ着《つき》だすの。」とお絹はほゝと軽く笑つて、銀煙管を掌に当てゝ火殻を敲き出した。草の中からは糸の様な白い煙が立ち上つた。

「さあ、そろ〳〵上らうえ。」船頭がかう言つて漸く腰を上げた時、恍惚《うつとり》とお絹の様子を見て居た若者は撥かれた様に急に親父の方へ振り向いた。

間も無く船は出た。お絹は花を持つた儘素の席へ坐つて居た。幾何《いくばく》も時が経たぬ中に上から船が一艘下つて来た。船首《みよし》に脚を股げて梶を取つて居る男が此方の船頭と声を掛け合ふ間にもう五六間も行き過ぎた。お絹は如何にも軽さうに下る船を見送つた。そして上つて行く此の船の捗取らぬのが緩《まどろ》しくて、彼に乗つて自由に流れて見たいものなあといふ気も起つた。白手拭を被つた船頭の頭は直に見えなくなつた。

川は益々急になつて、処々に黒く突き出て居る巌に打突かる水は真白な飛沫を高く巻き上げる。ざあ〳〵と河幅一杯に流れ走る瀬の音は蟬の声をも聞えさせぬ程凄じい。舟は何故か流れの最も急な右側の崖の下を上る。舷に当る勢込んだ浪は時々舟の中にびしよつと迸つて、冷い水煙をお絹の顔に浴せ掛ける。お絹は着物を濡すまいとして傘を傾けた。舟の両側にうね〳〵と白う突き進む浪を視凝めて居ると、眼が舞つて気分が遠くなるやうで覚えず身体が縮むのだつた。頭の上には山が愈々迫つて、杉林の頂が日の光を全く遮つた。

「此処が一番の難所ぢやて。」と船頭は舟の中程に立つて、片膚脱いで、丈夫な水棹が弓の様に歪む迄力を籠めて押し上げる。若者の牽く綱は針金の様に張り切つて居るが、舟は中々進むとも見えない。その中にまた下る舟がお絹の舟に打突つたかと思ふ程接近して通り過ぎた。その拍子に飛沫がざぶつと傘の上に散りかゝつた。お絹は怖いのも忘れて、飛び下る舟を見送つた。そして焦燥《じれつ》たくなつて、鬼百合の花を引き捥《むし》つて川に投げた。白い早瀬の中に捲き込まれては浮き、浮いては沈んで流れる紅い花の行方《ゆくへ》を見遣ると、心が釣り込まれるやうになつて、お絹は引き続き捥つては投げ〳〵した。後方の者は前者のを追うて行方も知れず流れる。中には黒い巌に撥ね上げられるのもあつた。最後の花を投げ了うてから、葉の着いた茎を一所に投げた。すると心が妙に乱れて、一切の物を片端から流して見たいやうな気がした。で先づ自分の左手に握つて居る傘を放り込まうとしたが急に惜くなつて止めた。そして自分で自分を可笑《をかし》がらずには居られなかつた。

其所を漸くにして上り切ると流はまた緩くなつた。山も多少打ち開けて、河端には二三軒の家さへ見え出した。鶏の声も反響した。家の後方では腰に赤い物を纏うた裸体女が河に屈んで何か一心に洗物をして居るのも見えた。

六

お絹が出合で河舟から上つたのはもう午後の三時頃で、紅い財布から出した船賃の五十銭銀貨を稍々傾いた日がぎらぎらと照らした。暑さうな濁つた声で群れ鳴く家鴨を後にして、船宿と竹藪の間の物暗い小路を貫け出ると、広い通だつた。此処は近在での中心になつて居て、小商人が軒を並べた小さい町である。お絹は子供の時に此処までは母親に云ひ付かつて、よく織機の糸を染めに紺屋へ来たりなどした事があるので、今でも朧げに見覚えのある家々が尠く無かつた。併し其処の帘《さかばやし》が朽ちて下つて居る酒屋の西隣だつたと思ふ紺屋は何処へ去つたのか、もう住み換つて、墓を刻む石工が軒下へ白木綿の日覆を張つて、かん〳〵と鎚を揮うて居る。紺屋の主婦《おかみ》さんが忙しい時には自分で藍壺に股つて糸を絞つたもんぢやが、其の藍壺はみんな跡形も無く埋められて、大小の墓石がごちや〳〵に並らべてある。お絹は不確な記憶を辿つて、その頃の事を思ひ起しつゝ、左右の家々を見廻して行く中には町は間も無く尽きて、川に沿うた泥砂のごぼ〳〵と深い路になつた。以前には此の町を唯一の繁華な処のやうに思つて居るのが可笑しくもある。併し自分が是から帰る村はもつと〳〵激《ひど》い山奥だと思ふと愈々情無い。——片側には処々に串差の焼鮎や草鞋などが吊してある小店があつた。お絹はまた腹が減つたので茶店に立ち寄つた。

其処で十分腹を満した後、身仕度を手落なく調へて、着物の裾を高く紮《から》げて出かけた。少し行くと川端を離れて山の中の小径へ這入つた。直に汗が身体一杯に滲み出て、桃色の襦袢をべたく〳〵にし、腰の物を両脚に歩き悪く纏れさした。幾度も往来した路ではあるが、時には初めて行くやうな気のする深い谷もあつた。谷を越えて森から森へ渡す蜘蛛の糸が暑い日光に照されて銀の針金のやうに見えた。行き逢ふ者は大抵馬子で、その馬の鈴も倦怠る相に聞えた。

　一里余も歩いたと思ふ頃、喉がからからに渇いたので、木陰の清水の傍で休んだ。包を草の上に置くと、掌は風呂敷の色で浅黄に染つて居る。帯を解き捨てゝ諸肌を脱いで、痺れる程冷い清水の中へ屈んで、火照つた顔を浸けると甦へつた様なすが〳〵しい気持になつた。茂つた木の葉はお絹の真白い肌を青く見せた。やゝ有つてお絹は清水を出て、草の上に立つて濡た手拭で身体を拭いて居ると、洋服に脚絆掛の二人連の男がぬつと路に露はれた。お絹は直ぐ山を見廻るお役人だと識つた。

「宜え清水ぢやに、少し休まうよ。」と背の高い方の男が、にや〳〵笑ひ乍ら他の男に言つた。二人はお絹の帯の傍へ腰を卸した。お絹は厭な奴が来たと思ひつゝ、急いで肌を納めにかゝつた。

「お前さん何処へ行くの?」と背の高い方が真黒な顔の中に輝く眼で、お絹の身体を探るやうに見遣りつゝ訖《き》いた。

「宇佐へだす。」お絹は見向もしずに答へた。

「たつた一人かえ。」

「御覧なはる通り。」

「一体何処から来たのかえ。」

「広島から。」とお絹は愛想なく言つて、きりつと帯を締めた。そして包を抱へるや否や、「御ゆつくり休みやせ。」と軽く頷いて立つて行つた。

「姐さん、お前もま少し休んでお出でやえ。」と初の男は媚びる様に言ひかける。お絹は平生の口癖の「お相憎様。」が喉下まで出て居たのを辛《やつ》と噛み殺して後をも見ずに急いだ。

「駄目ぢやよ、どうせ道連にはならんから。」

「でも良え代物ぢやないか。」

　こんな事を二人が話すのをお絹は背後に聞いた。——あんな男にも厭厭《あきあき》した。此間も今の大きな男に似た兵隊が来て、自分の疲れ切つた身体を散々に窘《いぢ》めた。色狂者めが。——お絹はたつた今その苦みを受けたものゝ様に劇しい嫌悪《いとは》しさに襲はれて思はず身を顫はした。夫でも清水に身体を洗つた為に、元気を得たので、路は割合に捗つた。喧しかつた蟬の声も耳に慣れて気に止まらなかつた。暫時行く中にふと戛々《かつかつ》と木を樵る音がして、谷に反響した。お絹は其を聞くと益々自分の村に近いた気がして、其樵夫も自分の親父では無いかとさへ疑はれるのだつた。

七

　行くに従つて山は一層嶮しく聳えて、其を蔽ふ林は愈々深く生ひ茂つた。路の上にも大欅木の枝など大蛇のやうに蜿《うね》〳〵と蟠《はびこ》り出て、仰ぎ見るのも気味悪う思はせた。脚下の深い谷底には粗削《あらけづり》の儘の大木が処々に巌と巌との間などへ挟つて、横はつて居るのが遥に瞰下《みおろ》された。其は洪水に乗じて下流に流さうとしたのが中途で引掛つたのだ。そしてまた洪水が出る迄何年でも其儘に放つて置かれるのをお絹は能く知つて居た。ふと貫く様な鳥の声がしたのでお絹は向を見上た。と尖つた山の上を二羽の鷲が飛で居る。お絹は驚愕の眼を瞠つたが鷲は間も無く山を越えて見えなくなつた。鷲は此から奥の山を除いては近国に見られぬ鳥だ。お絹は久し振に其を見て、自分の家の上の、親方の家を思ひ起さぬ訳には行かなかつた。その家の床には鷲の生きた儘の様な置物が据ゑてあつた。其は今の旦那が二十歳頃に、猟に行つて、兎を攫《つか》んで上るのを、兎と一所に打ち止めたのだと能く話に聞かされた。——自分は十一二の頃まで親方の家へ子守に行つて居たが、平常も負つたり抱いて寝たりした彼の仙さんも余程大きうなりやつたらう。可愛い素直な子供であつたが。逢うて見たい。——お絹は彼から此へと故郷の事に思ひ耽つて、脚の疲労も少時《しばらく》は忘れて居た。

何時の間にか日は高い山の林の間に陰れた。お絹は其に気が付くと、暗くならぬ中にと急がうとしたが案外に足が疲れて其上に緒摺《をずれ》が痛むので捗取《はかどら》なかつた。其からまた上路になつた頃には、日が黄昏《たそが》れたのと、樹々の繁みとで路が明瞭《はつきり》とは見えなかつた。知らぬ間に八釜しい蟬は鳴き止んで、調子の高い蜩がかな〳〵と遠近で競ひ鳴いて居る。谷から吹き上げる風は涼しく顔に当つて天気を添へて呉れる。お絹は傘を杖にして、じめ〳〵に腐つた落葉の上を喘ぎ〳〵上つたが、以前には暮れても平気で往来した処だのに、今は何となく物に襲はれるやうで心が怖《おび》えた。やつと峠を上り尽すと、平に打ち開けた芋畠が有る。お絹は寂地山《ぢやくぢさん》からこの芋を掘りに来ると聞いた猿の事を思ひ起しつゝ辿つた。空にはもう白い星が撒き散らされて居た。平地が尽きて、また暗い林の中を少時《しばら》く下ると、お絹の村は眼《ま》の当《あたり》見えた。何処の家でか蓆を叩く音がばた〳〵と湿つた空気を伝うて響き渡る。お絹の家はこの谷間の村の一番奥にあつた。あの灯が親方の家で、その下の薄い灯が自分の家ぢやらうと思ひつゝ坂町を小走に下つた。お絹の胸には激しく動悸が打つた。もう一切の事を忘れて、唯早く親々に逢ひたい気になつた。星明に見える白い路や方々の家々も素《もと》と少しの変も無いらしい。と不意に向ふから貰ひ風呂に行つて帰る裸体男に出逢つた。「誰ぢやえ。」男はかう声を掛けてお絹の顔を覗き見た。お絹は何とも答へずに遁げるやうに行き過ぎた。

以前のやうに凌霄蔓《のうぜんかづら》が家根に這ひ上つて、風に揺ぐ花が夜眼にも人を誘ふ如く著しく見える自分の家の戸口を潜ると、むせ返る程な煙が家中に満ちて居た。見れば台所で母が一人かた〳〵と物を刻んで居る。お絹は慌しう側へ行つた。

母は驚いて庖丁を握つた儘、見違へる程変つたお絹の姿をしげ〳〵と見る許りだつた。お絹も妙に心が騒いだ。二人はろくに言葉も出さず、顔を見合つた。それから母は背戸へ出て、盥《たらひ》に水を汲んで来て、お絹に使はせた。お絹は腰掛の儘で着物を脱いで、襦袢一枚になつて、冷い水で身体を洗つた。其で段々に気も落ち着いて来た。

「父さあは何処へなのえ?」とお絹は忙しく胡瓜を刻んで居る母に訊いた。

「九一を連れて滝へ鱒を打ちに行きやつたが、まだ遅うならうも知れんわえ。」

　九一といふ名を聞いてお絹は是迄殆ど忘れて居た弟を思ひ出した。九一は真の弟で有り乍らお絹には何故か幼時から肉親といふ感が無いのだつた。

八

　お絹は囲炉の煙で眼に涙を泌み出し乍ら、「上《うへ》にも皆お達者やらうな。」と訊た。

「お前はまだ知るまいが去年の春お袋様が死なれたえ。」

「まあ、さうやすか。健《まめ》な方ぢやつたになあ。」お絹はその人を思ひ浮べる様に眼を小さくして頭を傾げたが、直ぐ「仙さんが可哀相やなあ。」と気の毒がつた。

「何、仙さあも十八にお成りで、良え若者ぢやから夫れ程でも無いや。」

　良え若者と言はれてお絹は自分が手に掛けて育てた仙二の彼の冴え冴えしい眼や濃い眉毛が五年の間に如何に立派になつたかと思ふと、是から直にも行つて逢ひ度い気にもなつた。

　少時《しばらく》待つたが父親達は帰つて来さうにも無いので、二人は夕飯を食べる事にした。久し振で囲炉に母と並んで座つて、麦飯を食うお絹の心には淡い慕しさが湧いた。けば〱しい胡瓜膾《きうりなます》も久しく舌に味はない「家」といふ感をしみ〲と味はした。食事の間にも母は勤先の事を管々《くだくだ》しく訪ねる。段々お絹には夫が五月蝿《うるさ》くなつて、他の事を考へて居るやうに生返事をした。食べ了へてお絹は莨入《たばこいれ》を出して、燻る囲炉に屈んで吸つた。

「莨も吸うやうになつたかえ。」母は煙管を啣《くは》へたお絹の横顔を見遣て訊いた。

「あえ、彼方へ行くと直に吸ひ初めやしたの。」

「其も勤《つとめ》の中《うち》かのう。——お酒もかえ?」

「同じ事なの。」

　母は額に太い幾条の皺を寄せて苦笑した。

　山中の村の夜は、襦袢一枚では堪へられなかつた。で、母に寝巻を頼んだ。母は煤けた行燈を点して、暗い納戸の間へ行つて、開け悪《に》く狂うた古箪笥の抽出をがた〱させて、お絹が以前着古した粗い棒縞の袷衣を出して来た。お絹は襦袢を脱いで、其を着換へると黴の強い臭がぷんと鼻を衝いた。母はまた種々細い事を訊き続ける。煙に巻かれる母の艶気も無く薄くなつた髪を見て居ると、お絹も何となく哀はれつぽくなつて、母の問ふ事には勤めて心よく答へてやり、自分からも村の事を訊ねもした。

　父親達の帰らぬ中に母はお絹を寝《やす》ませた。仏壇がある表の間に薄縁《うすべり》を敷いて、疲れた身体を投げ臥したが、低い木枕が髪を破すだらうと気に掛つた。夫でも蚊帳が要らぬのはお絹にとつて余程楽だつた。母は経木真田を編むものと見えて、さら〳〵と笹が習《そよ》ぐ様な音が絶えず聞える。お絹は脚を棒のやうに伸し切つた。そして早く寝着きたいと焦燥つたが却つて眼が冴えて、また昨夜からの事が頭の中で繰り返された。——其が一時間も経たぬ前のやうにも思はれる。騒々しい朋輩衆の声まで一一聞き分けられる程鮮に思ひ浮べられる。名を呼べば其処で返事をしさうだ。と、其がもう余程日数が経つた昔のやうにもなつて、たつた昨夜の今夜とはどうしても考へられない。今からして山奥の暗い部屋に一人で薄縁の上に寝て居るのが不思議でもある。明日からは一体どうなる身ぢやらう。山や田へ出て、骨身を窘《きいな》むのか。心細い。——お絹は急に末怖しくなつて、塞いだ眼を開けずには居られなかつた。境の障子に映る灯は不恰好な薄い母の影を投げて居る。ぢつと長く視凝めて居るとその影が段々気味悪う変つて、仕舞には話に聞いた山姥のやうにも想はれる。お絹は木枕に折つた左の耳朶《みゝたぶ》が痛くなつたのを幸に、そつと彼方へ寝返した。と、床下で啼く蟋蟀の幽な声が、絶えず細い枯枝を折るやうにこき〳〵と侘しく聞えるのだつた。

九

少時して門口の方で跫音がしたと思ふと、直ぐ軒下へ何かどつと置く音がした。

「今夜は駄目ぢやつたえ、母。——あら此の蝙蝠傘は誰のかえ?」と頓狂な九一の声らしいのも聞えた。

「姉やが戻つたえ、九。」

「姉やが? 何処に居やるの?」

「草臥《くたぶ》れたから寐たえ。」

「何時《いつ》頃戻つたのぢやえ。」と父親の声が初めて聞えた。

「暮れてからぢや。草臥れちよるから起さんが宜《よ》からう。みんな大きな声をせんが宜《え》えぞえのう。」と母は制する様子だつた。

父と九一が茶漬を掻き込む音が一しきり続いた。その間も両親はお絹の事を窃々と語つた。

「この包には何が這入つて居るのかえ。」と問ふ父の声もした。

「何か土産があつたの?」と訊く九一の声も聞えた。

お絹は其様事を耳にするのが辛かつた。いつそ先刻母に包を解いて土産を渡して置けば良かつたにと思つた。が有繫に泥の様に疲れた身体は間も無くうと〳〵眠り入るのだつた。

翌朝お絹は家内の者より少し遅れて眼を覚した。歯磨粉も楊子も無いので。塩を掌に乗せて、指で口に擦り込みつゝ、戸口の外へ出て見た。軒には投網が竿に立てかけて拡げてある。見卸す谷からは朝霧がもやもやと立ち上つて、向の山の中腹に白う棚引いて居る。彼方此方の家々は以前と少しの変も無く、灰色の藁で鳥の巣の様に小さく作られてある。霧の切目から見える向の山の炭焼小屋までが崩れかゝつた素の儘の様に見えた。お絹は晴々しい心持でこの光景に少時うつとりとして立ち竦《すく》んだ。其から背戸へ廻つて竹の筒から出る水を盥に受けて顔を洗つた。其処は狭い池になつて居て、片隅に燈心草が叢り生えて居る。筒から落ちる水で絶えず小波が揺れる浅い底には緋鯉や真鯉がじつと静まつて腮《あぎと》を開閉して居た。お絹はタオルで顔を拭き／＼家へ這入らうとすると、九一が草履を穿いてひつそりと背後《うしろ》に立つて居るのに気が附いた。

「まあ九一かえ、大きうなつたなあ。」とお絹は九一の呆れた様な黒い顔を視つゝ言つた。「はや十五ぢやつたかなあ、」と問うたが、九一は黙つて拗ねた様な笑を洩して家へ駈け込んだ。長く被さつた髪の下から真黒な首筋が一寸お絹の眼に留まつた。厭な弟ぢやと思ひながらお絹も続いて家へ這入つて見ると、土瓶の懸つた囲炉の傍で父親が煙草を吸つて居た。お絹は妙に気愧しい心で簡単な挨拶を述べた。

「でも健康《たつしや》で戻つて呉れて結構ぢやえ。是からちと働いて貰はにやならんて。」父はろくにお絹の方を見向きもせず、最後にかう附け加へた。

　四人は朝餉の膳に就いた。此辺の習慣《ならはし》として朝は必ず茶粥だつた。お絹は五年振にその慕しい香を味ひ啜つた。一同が食べ了へた時お絹は包を解いて柿羊羹の一皮を九一に与つた。其から両親への土産として少しの金包を差し出した。父は其を受け取つて、

「まあ良う勤めて呉れたのう。」と嬉しさを殺した様な眼付をして、仏壇の上の煤けた神棚へ上げた。そしてぱち／＼と手を敲いて拝んだ。お絹は心に可笑しがらずには居られなかつた。その中に母も何くれと、お絹の是迄の苦労を勦《ねぎら》つた。

　お絹は持つて帰つた平生着《ふだんぎ》を着て、上の家に挨拶に行く事にした。何となく髪形が気になるので、仏壇の側の小床に据ゑてある母の鏡台の前に坐つた。古形の円い鏡は裏の水銀が剝げ落ちて、処々妙に光つた。櫛を出さうとして抽斗を開ると、大きな油虫が飛び出た。お絹は一寸驚愕《びつくり》した。こぼれた櫛の歯の間には母の灰色の抜毛が縺れ着いて居る。お絹は夫《それ》を不潔《きたな》らしく指の先で挟み除けて、解れた自分の髪を掻き上げた。そして鉛毒に赤く爛れた頰に塗るべき白粉は無いかと抽斗の中を捜したが見当らなかつた。で、台所の方へ向いて母に訊くと、

「そねえな物が家《うち》に有るもんかえ。」母の声は情なく響いた。お絹は櫛を荒々くし抽斗に投げ込んで、すつと立ち上つた。

十

　上の家はお絹の家の横の小径を半町も上ると直ぐ其処だつた。お絹は着物の前を抓み上げて草の露を除けつゝ上つた。この界隈での豪家だけに家構も茅葺ながら大きい。お絹は門《かど》の隅にある高い公孫樹《いてふ》を今更のやうに見上げて、毎年秋になると竹竿を幾本も継いで、銀杏を叩き落して食つた事を思ひ出した。

　旦那と仙二とは恰度鎌を提げて仕事に出る所だつたが、お絹が来たのを見て引き返した。家には耳の遠い隠居さんが今漸く朝餉を了へて表の間へ出て胡坐《あぐら》を搔いて居られた。一同もう九一に聞いたとかで、お絹の帰つたのを左程驚かれもしない。お

絹は留守中世話になつた礼や、死なれたお袋様の悔《くやみ》を述べて、小さい娘の児には羊羹を与《や》つた。

「これや何？」と娘は呆れた様に若い母親に訊いた。

「この姐さあのお土産。お前姐さあを覚えて居まいてのう。」

子供は母の袂の陰から訝しさうにお絹を見上げ乍ら、「何処から来やつたの？」

「遠い〳〵賑な所から戻つたのぢやえ。」と側で旦那が答へた。

「お前も大きうなつたら連れて行つてやるぞえ。」

仙二は上框《あがりがまち》へ腰を掛けてぢろ〳〵とお絹の姿を珍しさうに見遣つた。そして五年前の覚束ない記憶を呼び起し得た様にうつとりと頭を低れた。他人の言ふ事は一向耳に入らぬ隠居さんは、雁首の変な大きな煙管で絶えず煙草を吸ひ乍ら、「見違へる程綺麗になつて戻つたもんぢや。」など、独《ひとり》ごつて居られた。

お絹は間もなく辞して帰つた。背後《うしろ》で主婦《かみ》さんが「まあ島田が良う似合ひやす事え。」といふのも聞えた。坂を下り乍らお絹は母に聞いた様に仙二が立派な若者になつて居るのを何となく心強く愉快に感じた。

家では父と九一はもう仕事に出た後で、母が一人門《かど》に蓆を数いて麦を干して居た。母はお絹に留守番を吩咐《いひつ》けた。そして旅疲を今日の中によく休めて置くやうに言ひ残して、手拭の上に編笠を被つて、田草取に出かけた。

お絹は表の間へ膝を崩して坐つた。人声もせぬ物静な中に、背後の山や、家の右手に被さる柿の木で鳴く蟬の声のみ心をそゝる様に囃し立てる。霧は何時の間にか晴れて、真向にぬつと聳え立つ鬼ケ城山の頂にある黒い大巌も手に取るやうに見えた。——あれは動岩《うごきいは》ぢや。何時かお正月に彼の岩の横の穴にある地神様へお飾の裏白と霰餅を持つて行つた時、他所の子供等と一所にあの岩を動かして見た。子供の力でさへ彼の大きなのがごと〳〵動き出した。恐しい岩ぢや。是から先も何百年経つても転り落ちもせずにぶら〳〵浮いて居るのか知ら。それに彼を動かした者は地神様の祟で一生落着かずに流れ歩いて、仕舞には野たれ死するのぢやと、嘗《いつ》か母に言ひ聞かされた事も有つたが、まさか其様理不尽《りふじん》な事は無い筈ぢや、「山奥の人の言ふ事が当になるものかえ。馬鹿々々しい。」お絹はかう独言《ひとごと》つて直ぐ眼を谷底の方へ転じた。其処には両岸に生ひ茂つた野茨の白い花が永く続いて、近く行つて其香を嗅いで見たいやうに思はせた。ぢつと耳を澄すと蟬の声の間から幽な谷の流の音も聞えた。急に心淋しくなつたので、彼方此方を見廻はしたが、どの家も戸が閉つて居て、人らしい者は眼に入らない。ふと木の板を叩く音が高く谷から谷へ響き渡つた。其はこゝから四五丁下の小学校の始業の合図だつた。お絹は其を聞くと直ぐ幼時の記憶の中に浸けられずには居られなかつた。もう二十年以上も一人で学校を受け持つて居る老先生、——其は何時も鼠色の洋服に白足袋を穿いて居られた——男や女の幼馴染、夏は屋根から妙な虫が落ちる古い藁葺の教場、其等は前後《あとさき》の続も無くお絹の疲れた頭に浮ぶのだつた。

十一

日は稍高く上つて強い光を静な山や谷に投げた。お絹はもう取纏《とりとめ》も無い種々な思出に厭いて、所在も無いやうに身体を横にぐつたりと倒して肱枕をした。すると何年か前に上の家で貰つた支那の女の絵がどす黒く煤けた儘、以前と変らず床に掛つて居るのが眼に着いた。机を囲んだ三人の不検束相《ふしだら》な女が一斉にお絹の方を見て居る。それが絶えず来い来いと誘ふやうにも見える。お絹は何となく慕しい朋輩にでも逢つた様な気持で其に心を奪はれて居た。と、急に立てた方の肱が痒くなつたので、見れば蚤が食ひ入つて居る。真ぐ一方の手で抓み捕らうとしたが蚤は飛び遁げて行方が見えなくなつた。其時お絹は右手の薬指に嵌めて居た指輪が無いのを気付いて、唯不恰好に五本の指が列んで居るのを、どうも物足りなく感じた。そして指輪までも古着屋へ売り払つた事を悔いぬ訳には行かなかつた。さう思うと一層心淋しくなつて、一人で此様な所へ斯うして居るのが堪へられぬ、早く誰か帰つて来れば宜《よ》いにと焦心《あせ》つた。何時の間にか風が出て、柿の葉がざわ〳〵と戦《そよ》いだ。お絹はまた遣る瀬も無いやうに起き上つて、着物の前から大きな膝頭が食《は》み出て居るのも構はず、ウンと背伸をして涼しい風に吹かれた。

漸く正午になると家内の者が皆泥だらけになつて帰つて来た。お絹はその前に茶を沸して置いた。一同蕎麦の粉を掻いて、醤油を着けて食つた。

「お絹、今日は良う休んで置きやれ。明日からちと働いて貰はにやならんから。」と、食事を了へた時父親が言つた。其を聞いてお絹は愈々恐しい物に迫られる様に感じた。以前とは甚だしく皺枯れた父の声はお絹の耳に気味悪う響いた。父親が竿の先へ吊して干した投網を片附けた後、家内は又打連れて仕事に出て行つた。

お絹は物倦《ものう》さうに食事の後片附にかゝつた。人々の食ひ荒した茶碗に蕎麦が不潔《きたな》らしく粘着いて居るのを洗ひ落すのは久しく斯ういふ事に遠《とをざ》かつたお絹には厭はしい業であつた。漸く仕舞を了へてお絹が何の気なしに門口の方へ出ようとすると、母親が忙しさうに帰つて来る所だつた。母の高く紮げた着物の裙や筒袖の口からは泥水がぼた〳〵滴つて居る。

「何しに戻りやしたえ。」

「お前にチト頼みたい事が有るのえ。今晩のう、経木真田の問屋から来る筈ぢやが、未だ少し編み残りが有るから、お前編み仕舞うて置いて呉れやい。納戸の戸棚の上に風呂敷に包んだのが有るから、」

「はいよ、宜えわいなあ。」

母は安心した様に直ぐ引き返して行つた。坂を下る母の身窄《みすぼ》らしい案山子《かゝし》のやうな後姿を見送つて、お絹は不愍にも思つた。

滅多に針をさへ採つた事の無いお絹には、こんな手細工も中々上手には行かなかつた。広島へ出る以前には、昼休や雨の日などに、他家の娘達と他愛も無い話に笑つたり怒つたりして真田を組んだ。冬は囲炉の端で殆んどこれ許り組んで居た。其頃はお絹は他の者に優れて、日に三反位は楽に組み得たのであつた。――母の談《はなし》によると其頃の娘達は大抵縁付いた相だが彼《あ》の口曲のお留までが早や誰かの嬶《かゝ》になつて、子餓鬼の二人も生《な》した事かと思ふと、可笑しい。さぞ猿見たやうな夫婦が沢山出来たことぢやらうわい。――お絹の唇は冷笑に顫へた。そして捗らぬ自分の組み手をもどかしがつては幾度も経木の原料を引き捞つた。僅な風に吹き散らされる屋根の凌霄蔓の花はお絹の眼の前の軒から二片三片引き続いて落ちては、日に熱せられた土の上に砕けて散り布いた。

十二

蟬が鳴き止んで、蜩の声のみ澄み渡つた空気を貫いて聞える頃、家内は帰つて来た。お絹はそれ迄に漸く真田の原料を組み終へた。母は其を持つて戸の外の薄明《うすあかり》へ出て調べて見た。

「これぢや役に立たんや。お絹や良う見なえ。継ぎ目が此様にばら〳〵離れるぢやあ無いかえ。」母は真田を無理に引き千切るやうにして、出て来たお絹に見せつけた。

「どうも未だ慣れんもんぢやから。」お絹は泥に汚れた母に近くのを避けつゝ、詫びるやうに言ひ紛らした。

「情ない事をしたのう。お絹は前にや上手ぢやちう評判もあつたに、彼方へ行つた間にみんな忘れて仕舞《しまう》たのかえ。」父は泥着物を脱ぎつゝ言《いつ》た。

「ろくな事は無いのえ。今晩問屋から来ると組賃をまた値切られるのぢやえ。」母は誰に言ふとも無く喃《つぶや》いた。

夕食を了へてからお絹は上の家へ風呂を貰ひに行つた。これ迄朋輩と賑かに大きな風呂へ這入つて、一日の中で最も楽しい一時間を過すのが例であつたお絹には、こんな薄暗いカンテラに照らされた狭苦しい五右衛門風呂は物足りなく心侘しいが、其でも五年前に毎晩来ては九一と一所に這入つたり、時とすると仙さんと這入つたりした事などを思ひ起すと、以前の儘のすべ〳〵した踏段の石までが慕しくも感じられる。お絹が斯うして身体を深く湯の中に浸けて遠い思ひ出にぢつと耽つて居ると、フト直ぐ外でさらさらと鎌を研ぐ音がする。お絹はそつと切戸を押して頭を出して見た。下は池になつて居て青い星がちら〳〵と浮いて見える。池の端には黒い影が動く、

「仙さんでがんすかえ。」

「さうぢやえ。緩けれや燃して上げうか。」

「否《いゝえ》、恰度良えの、此頃は草刈でござんすかえ。」

「うむ、朝が早いから今鎌を研ぐのえ。」こんな事を語り合つてお絹は身体を擦り磨いた。仙二の研ぐ鎌の音は絶えず単調に聞える。母屋の方で旦那が小さい娘さんを叱る声も聞えた。

「仙さん、母様が亡くなりやつて、淋しからうなあ。」お絹はまた不意に談《はな》しかけた。

「はあ淋しいのにも慣れたえ。」

「近頃は夜学には行きまへんの？」

「あの先生には教はる事が無うなつから、去年から止めたえ。」

「他に良先生が無いから困りやすなあ。」

仙二はその中に鎌を研ぎ了へて、立ち上つて、親指を刃に当て、擦つて見る様子であつた。

「はあ、研げたの?。暗うござんせうから。」と言ひつゝ、お絹は柱に懸けてあるカンテラを外して、窓の外へ出した。

「何、良う解るよ。」仙二はかう言つて、明白《あからさま》なお絹の湯に赤く火照《ほて》つた腕や膨らんだ胸の辺を一寸見上げたが、直ぐ眩し相に彼方へ振り向いて、母家の方へすた〳〵と帰つて行つた。お絹は其を見送つて、につこりと眼の下にあどけない笑を見せて、窓の戸を締めた。

風呂から帰ると間も無くお絹は温つた身体を硬い夜具の上に横へて、家内の者とろくに口も利かずに寝た。併し何となく心が苛々《いら〳〵》と落着かないので中々眠られなかつた。それに囲炉の煙は部屋中に籠つて、息も詰るやうに苦しませた。間も無く経木真田の問屋の主婦らしいのが来て母と談し初めた。年とつた二人の女の声はお絹の耳に慳貪《けんどん》に聞えた。少時して母がお絹の組んだ真田の粗末なのを詫びると、問屋の主婦は

「真田を組む事は忘れて仕舞うても、他に可え事をたんと覚えて戻りやつたらうから結構ぢやて、へへ……。」と笑つた。それがお絹の頭を益々苛々と激さすのであつた。

十三

翌朝お絹は忙しさうに立ち働く家内の者の声に夢を破られた。開け悪い雨戸をがたごとと漸くに繰つて、門に出て見ると、重く湿つた空気が寝巻の袖や懐から這入つて倦怠《けだる》い身体の毛穴に泌み通る。淵のやうな深い大空には未だ処々に淡白い星があつた。お絹は其を仰いで、是迄早帰の客を送り出してから漸く役目を了へた嬉しい心地で、二階の自分の部屋の前の欄干に倚り凭つて、疲れた眼に恍惚《うつとり》と、こんなに次第に消える白い星を眺め入つて少時は自分を忘れる事が度々あつたのを思ひ出して、今かうして深い山中の朝の中にぢつと浸つて居るのが真実《ほんとう》とは思はれぬ程妙な気がして、段々に心が空の方へ奪ひ去られて、一ツ一ツ消えて行く淡い星の後を追うて見るのであつた――何処で啼くのか威勢の良い鶏の声は狭い谷中の村中へ響き渡つて、何時迄も浅間しい睡眠《ねむり》を貪つて居る山の人々の耳を驚かさうとする如く思はれた。

「お絹は何を為ちよるかのう、この忙しいのに。」と家の中でいふ母の声が聞えたのでお絹は不意に振り向いて、顔を洗ひに背戸へ廻らうと、少し足早に歩んだ。すると根の緩んだ島田は頭の上で今にも崩れさうに重く揺れる。

「チヨツ、むさ苦しい。」お絹は片手で髪を押へる様にして、其儘座敷へ上つて薄暗い納戸の鏡台の抽斗から手探《てさぐ》りでざら〳〵に錆びた鋏を持つて出た。

「何を為るのかえ。早う飯を食うて一所に仕事に出るんぢやよ。」熱い茶粥を啜り乍ら父は叱るやうに言つた。

「今仕度をして居りやすぢやに。」お絹も腹立しさうに答へて、背戸へ出た。樋の水は桶を溢れて小池の中へ小波を立てゝ注いで居る。お絹は池に屈んで島田の根の元結を切つて解き乱した。浅く透き通つた池の中に、流れる漆の様な髪が漂ふのを見ると、もう彼様《あんな》島田に結うて呉れるものも無いに、一層自然に乱れる迄、解かずに放つて置けば宜かつた、惜い、といふ気がする。さう思ひ乍ら両方の袂を口に啣《くは》えて、両手でごし〳〵と髪を揉み洗つた上で、滴る水を絞つて、頭の上にぐる〳〵と束ねた。池には油垢が所々に漾《たゞよ》うて居る間に、切れた元結が蛭の様に流れ這ふのも見えた。

家内はもう朝餉を了へて仕度にかゝつて居た。お絹は冷たい粥を大急で啜つて、以前に着古した仕事着を着て、家内と一所に家を出た。家には雨戸が入れられた。稲田に少し蜉蝣《うんか》が湧いたから、今日は油を撒いて、震ひ落すといふのだ。父は油徳利を提げて先に立つた。母は害虫除の祈禱で貰つたお砂を風呂敷に包んで行く。お絹は足中草履を穿いて、石塊《いしころ》の多い小径を下る時、尖つた石などを蹈んで、堪へ兼ねて「あ痛い」と口に出さずには居られなかつた。

「姉や、痛い〳〵云ふが何処が痛いのえ。」と背後《うしろ》から九一が急ぎ立てる様に云ふ。何だが弟までが自分を酷めるらしくて、お絹は泣き度くなる程、胸が詰つた。

「痛いから痛い云ふのえ。」

「早う行かにや、母さあ達に遅れるに。」

「好《すき》にせえ。お前はんのお世話にやならん。小悴の癖に。」お絹は嫌ひな客との諍《いさかひ》に使ふ言葉が其儘出たのを自分に気付いた。九一はお絹の側を駈け越して、

「姉やの阿魔ツちよ。」と憎々しい顔をする。

「山兎！」

「女郎！」

「帰る早々から喧嘩かえ。」と母は振り返つて、二人を叱つた。お絹は腹立しさに顔を真赤にして漸く口を噤んだ。草の露はお絹の白い脚を膝までも濡した。

十四

田は谷川から二三段上であつた。その下の田でも他所の夫婦が唄を歌ひ乍ら蜉蝣《ふいう》を払うて居た。

徳利の口からちびり〳〵田一杯へむらの無い様に油を落して行くのは母の役であつた。その後を残りの三人は這うて、稲株を一つ一つ手でばた〳〵叩いては水を散らし掛けるのだ。お絹は父親と九一の真中を這うた。油の臭が気分悪くなる程鼻を衝く。株を叩くと黒い粉の様な蜉蝣がきら〳〵する油の上に落ちては死ぬる。父親は真直に植つた株の六列を引き受けた。お絹と九一とは四列宛であつたが、お絹は間も無く腰が痛くなつて、立ち上つて休まぬ訳には行かなかつた。

「はあ休むかえ、遅れうぞ。」と父は屈んだ儘云つた。お絹は着物が肩から背にかけて、稲の露に滴る程濡れたので、うすら寒く感じた身体を新しい日光に照らさせつゝ、白い手拭の下から眼を細くして、眩しい光を仰いだ。再び屈んだ時は父と九一は二三間も先へ行つて居た。かうしてお絹が三回も休む間に二人は一回も立ち上らなかつた。油を撒き終つた母はお絹の遅れたのを手伝つて、お絹と摺れ合ふ程に並んで這つた。そして母らしい声で勦つた。

「まだ慣れんから骨が折れるぢやらうのう。」さう言はれるとお絹は訳も無く心が融けて、初て温い日向に遇つた気がした。

「私や腰の骨が痛うて堪らんのえ。」お絹は小娘のやうに甘へた調子で言つて、稲株の間から母の顔を見遣つた。

「四五日も争くと何とも無くなるえ。――それとも。」と母は一寸言ひ澱んだが、

「それとも彼方《あちら》で下《しも》の病に罹つた事があるのかえ。」と故意《わざ》とらしく田の水をびちや〳〵搔き廻した。

「ありやすとも。五六ぺんも。その為に随分久しう病院で難儀した事もあるのえ。」

「其が癒り切らんで、今に腰に出るのぢや無いか。」

「さあ。」と言つた限お絹は黙した。母も黙した。お絹は直ぐ彼《あ》のガラス戸に寒い風が吹き当る病院の冬の夜を思ひ出して生甲斐も無い苦しみを眼の当り見る気持がして、思はず身を顫はした。稍あつて、

「病院で歿くなつた人も有りやすえ。」と不意に口を切つた。

「可哀相にのう。お前の友達ででもあつたのかえ。」

「あい。私のお隣の家の花魁ぢやつたから良う識つて居やした。――恰度私も其時入院して居やしたの。」

「まあ、彼の病でも馬鹿にならんてのう。」

「否、夫ぢや無い。便所へ頸を吊つたのえ。」お絹は其時の光景を詳しく語つて最後に、「此頃でも風の強い恐しい晩などには、繋ぎ合せた赤い扱帯にぶら下つた長い頸が眼に付いて仕様が無いわよ。」と結んだ。

「若い命を何故に自分から捨るかのう。」

「辛うて怺へ切れんからえ。」

母と此様話をして居る間はお絹は殆んど腰の痛みも忘れて、仕事を続ける事が出来た。二人が立ち上つた時は父と九一は田の向ふの端を這つて居た。下の田で若い夫婦の唄ふ声が益々長く尾を引て長閑に聞えた。

其田を行《や》り了へた時は、日が殆んど頭の上にあつた。お絹は先へ帰つて茶を沸す事にした。母は祈禱のお砂をばら〳〵と田へ撒いて歩いた。父と九一はその上の田へ取掛つた。

路傍に咲いて居る淋しい露草の花などを摘んだり拗つたりしつゝ、お絹が漸く家に帰つて、戸口を開けて小暗い台所へ腰を卸した時は、ガツカリしてもう何をする元気も無く、少時は穢《きたな》らしい土間の走《はしり》の方を茫然と見る許りであつた。

十五

それでも家内の者が帰つて来る迄には漸く昼餉の仕度をした。一同泥足の儘、台所へ腰を掛けて、掻蕎麦を貪り食ふ。お絹も朝が早かつた上に、激しい働きをした為めに、甚く空腹を感じて居たので、大きな茶碗に幾杯も重ねた。彼方《あちら》では、客を取らなかつた夜には、幾何程《いかほど》腹が隙《す》いても天井が映る様な粥の冷たいのを二杯しか食《たべ》させられなかつた事を思ふと、不味くとも斯うして腹一杯に食う事が出来るのは、お絹には多少嬉しくも、有り難くもあつた。食事を了へてから、今日は骨休に少時昼寝をする事にして、両親と九一とは其処へ其儘ごろりと横になつた。お絹は汗を拭き〳〵戸口を出て、表の間の戸を少し開けて腰を卸した。

真昼の日は陰に居ても眩しい程強く照つた。村の人々も少時この暑さを避けて、深い午睡に入つた者らしく、人の居ない国の様に物静で、山々に鳴く蟬の単調な声も、眼覚めて居る総ての物を眠れ〳〵と誘ふやうに聞える。この中にぢつと疲れた身体を浸けて居るお絹の上瞼も段々に重く下に閉ぢたので、うつら〳〵身体を横に倒さずには居られなかつた。…………フト人声がしたのでお絹は驚いて撥ね起きた。見れば素からの役場の小使が禿げた頭を日に輝かしつゝ、来るのであつた。小使はお絹の顔をつく〴〵と見て、驚いた様な頓狂な声で、

「誰かと思うたらお絹さあかえ。何時戻りやつたの。何、一昨日？　まあ達者で良えわよ。でも随分苦労が多かつたと見えて、痩せもしたのう。五年前とは全然見違へる程、変つて居ら。顔《かほ》容《かたち》なら身体の格《つくり》なら、素の様な艶も張も見られんわよ。さう言うちや何ぢやが、お前さあも娘盛を惜しい事したのう。」こんな事を饒舌り立てる。

「要らぬお世話やすえ。自分にも良え爺様の癖に。」お絹は苦い笑を紛らし乍ら言つた。

「時に父様は昼寝かえ。うむ、そんならお前さあに言ふが、今年もまた一昨日《おとゝひ》痢病が起つたから明後日迄に大掃除をして置くのぢやえ。――お前さあは知るまいが一昨年から宇佐にも毎年悪い病が流行つて、俺の仕事が多くて困るよ。でも今年は此春出来た避病院があるから大分助かるえ。それ其処の日天寺の森の向ふに赤瓦の家根が見えるぢやらう。あれぢや。一昨日の晩、下宇佐の甚助方から母子二人彼処へ担ぎ込まれたのえ。子供の方は迚《とて》も長う持つまいちう話ぢや。――ともかく明後日までに綺麗に家を掃除するんぢやぞえ。」かう言ひ捨てゝ小使は急いで坂を下りて行つた。

お絹は今彼が指さした赤瓦の棟を見遣つて、一昨年の夏、酷い勢で廓中《くるわぢう》に流行つた伝染病を想ひ起した。彼の狭苦しい廓の街を絶えず担架で病院に運ばれる人々、何処へ行つても臭ふ蒸せ返るやうな石炭酸の臭、折々街を提げて行かれる白い布に包まれた小甕、――其には火葬にした骨が納めてあるのだ――別《わけ》てもお絹の朋輩の女で一週間前に病院に送られたのがもう骨に

なつて帰つて来た彼《あ》の曇つた蒸し暑い夕暮、其等は今お絹の頭に生々しく浮んだ。同時に又明日か今日かと恐しい病が自分の身を襲ふのを待ち構へつゝ、一寸腹中が鳴つてももう骨になるのだと一刻一刻を針で螫される様に過した当時が思ひ出されて、思はず身体が寒く顫うのであつた。あんな恐しい病気だけは山奥には無いから良いと思つて居たに、何時の間にか此処にも流行るのか、厭だ、さう思ふと彼《あ》のきら〳〵しい赤瓦の上に立つ陽炎《かげらふ》は絶えず酷い毒を噴き上げて居るのだとも見られる。

　お絹はもう静な真昼にぢつと斯うして座つて居るのさへ何物か眼に見えぬ者に襲はれる気がして堪へられなかつた。台所の方から幽に聞える父親の鼾《いびき》も何か恐しい物が唸るやうだ。ふと立ち上ると脚は自分のでは無い様に痺れて居る。其が膝から下は灰色の泥に塗れて厭はしい。着物も筒袖の半分は泥水に汚れて居る。お絹は自分乍ら浅間しく情無く思つた。先刻の小使が言つた様にもう自分は真実に五年前のお絹では無い。娘盛はもう二度と来ない。こんな処へ斯うして居て、是から先はどうなる事やら。悲しい。恐しい。——お絹は到頭暑い日向へ走り出て、

　五年十年百年待てど、ソレモソヂヤナイカ、ドスコイ……

と気紛な唄を吾知らず小声に口ずさんだ。

十六

午後にも一同田の中を這つた。田の水は湯の様に生熱くなつて居る。お絹は一層苦しんだ。被つた手拭の下の両頬の白粉負がした所に稲葉が擦れて、それに汗が痛く沁み込んだ。時には尖つた葉の先で眼の球を突かれて、涙が滲み出た。今日中に片附けて仕舞ひ度いといふので、日が隠れて、手元がよく見えぬ頃までも仕事を続けた。漸く終へて帰る頃には宵闇の谷の家々に明が見えた。お絹は拳で痛い腰の骨を叩き乍ら三人の背後をとぼ〳〵と歩いた。

　飯を済して家内は代る〳〵上の家へ風呂を貰ひに行つた。お絹は最後に行つた。骨の節々が離れ〴〵になるかと思ふ程、疲れ切つた身体を恰度好い加減な湯の中に浸けて居ると、身も骨も湯と一所に融け合ふ様なうつとりとした気持になつて何時迄もかうして居たかつた。やがて湯から上つて、煩の多い頭の底まで洗はれた様に清々して帰りかけると、母屋の表の間の小ランプの下に机を置いて、仙二が小さい娘に何か教へて居るのが眼に入つた。

「叔父さあ、ぬの字は六ケ敷しうて書けんのえ。」と子供はペンを石盤の上でカチ〳〵さして居る。

「お雪さん、字のお稽古やすなあ。」お絹はかう言つて、明《あかり》に近く立ち寄つた。子供は耻し相に石盤を抱えてよち〳〵と奥の方へ走つて行つた。

「妾《わたし》が見ても良うござんせうに、お雪さん。——仙さんも勉強しやすのなあ。」

「外史の復習ぢやえ。」

「はあ余程字を覚えなしたやらうなあ。学校の先生に教はる事が無けれや、お寺の和尚さんに夜学に行きなはれば良え。」

「素の和尚さんは何処か他所《よそ》へ代りやつた。今度のは若いが余り学問が無いちう評判ぢやえ。大黒の方が強《えら》いや、裁縫も教へるし、三味線も弾けるし。今夜のやうな静な晩にや三味の音が此処迄聞える事もあるのえ。」仙二はかう言つて、遠方の慕しい音を聞き度い様に頭を傾《かし》げる。

「お寺で三味線が鳴るのは可笑しいやすなあ、仙さん。――今度の和尚さんは何処から来やしたのやらう。」

「何処か南の方の海辺の人ぢやげな。去年の夏には和尚さんの親類とやら知合とやらいふ海軍の軍人と東京の方の学校の生徒とが暑さ避に一月も来て居つたえ。海軍は良えのう、短い金色の剣を提げて。」仙二は湯上りの火照つたお絹の顔を見て、今もその若い軍人の姿に憧れるやうな眼付をした。

「あんたでも勉強なはつたら成れませうに。」お絹は滲んだ額の汗を濡手拭で拭き乍ら慰める様に言ふ。

「駄目ぢやえ。こんな山奥に居ては、第一英語など教はる人も無いのえ。」

「英語？　毛唐の言葉でやせう。」お絹は直ぐ、呉に着いた外国船の水兵がよく遊びに来たのを思ひ出した。彼の逞しい体格、濁つた目、飽く事を知らない慾、其を思ふと愕然《ぎよつ》と嫌《いとは》しさが込み上るのであつた。

「毛唐の言葉でも其を知らにや立身出来んからのう。」仙二は訝るやうにお絹を見た。お絹は直ぐまた気を変へて、

「どうかして其を勉強しなはると良えがなあ。」といふ。

「こんな山奥へ生れたのが身の不仕合ぢやと諦める他、仕方が無いわえ。」仙二の眼は悔しさに湿うて居た。二人は其きり黙した。

お絹は辞して、帰り乍ら仙二の若々しい顔やあどけない気心に心を奪はれて、酒に酔つた人の様に自分の身をも忘れた。そして何だか自分も六七年昔の初々しさに返つたやうで、頬に触れる涼しい夜の気にも熱い血が湧くやうだつた。

十七

翌日お絹の家では役場の達しの大掃除を行る事に決めた。素より家内が残らず其に掛る程の広い家でも無いので、父と九一とは山の畑へ仕事に出た。その後でお絹も甲斐々々しく身仕度を整へて、母と共に掃除を初めた。障子や襖を外した狭い家中に朝日が眩しく射し込んで、納戸の押入の戸に貼つてある恵比寿大黒の煤けた絵をも明《あきらか》に見せた。

先づ表の間の畳を一枚宛二人で舁《かつ》いで出ては、門に敷いた蓆の上に、薪木を助《すけ》にして立て並べた。畳の縁は大抵とれて、蛇の様に垂れるのもあつた。お絹が子供の時、置火燵で焦した焼痕のある畳も其儘に残つて居た。

「蚤が甚《ひど》いから、もつと尻を紮げるが宜えぞ。」と母に言はれたので、お絹は思ひ切つて高く裾を揚げて帯に挟んだが、その

時、只昨日一日でもう余程日に焼けて居る自分の脛を熟々と見て痛ましく思つた。畳を出し了へてから、お絹は床の下の掃除を行らなければならなかつた。土龍《もぐら》のやうに平く地に這つても頭の閊《つか》へる下で、古い蜘蛛の巣に顔を撫でられ乍ら、黴臭い塵を掃き廻すのは息の詰る苦しい仕事であつた。時には何時落したのか将棊《しやうぎ》の駒もあつた。人間の白い歯もあつた。自分の幼い時、上顎の歯が抜けたのを人に教はつて此処へ投げ込んだ事もある。偶然《ひよつ》とすると此歯は彼の時の自分の歯かも知れん。お絹はかう思ひつゝ、塵の中から小さい其を拾ひ上げて、掌に乗せて眼に近寄せて視た。そして帯の間に蔵《しま》つた。

「母さあん、此を拾うた。私の歯ぢやなからうかえ?」漸く床下から出た時、お絹は土間を掃いて居る母に歯を見せて言つた。

「誰のか分るもんか、上歯が抜ければ誰でも床下へ投げ込むのぢやに。」

「でも何だか私の歯のやうな気がするのえ。」

「誰のでも宜えが、そんな汚い者を何故に拾ひ出して来たのかえ。三文にもならぬに。」

お絹は何とも答へないで、今の自分とは全然《まるで》別物の彼の子供の時の唯一の記念でゞも有るやうに、慕しく其歯を握り締めたが、「過ぎ去つた者は追うても駄目ぢや、詰らん、馬鹿らしい。」と心に言ひつゝ、外へ出て、握つた歯を高く投げ捨てた。白い歯は微《かすか》な流星の如く下の方へ落ちた。

家の隅々や流下《ながしもと》やその他汚い所へ石灰が振り撒かれて、一応掃除が済んだのはもう正午前であつた。父と九一は弁当を持つて行つたので、昼飯は母とお絹で侘しく終へた。それから母は台所へ枕を持つて来て昼寝をした。お絹は落ち着かぬ心で外へ出て見ると、焼く様な真昼の日に照らされる畳は妙な臭を発する上に、みし〳〵と虫が這ふ様な音を立てる。ぢつと立つて居ると眼が眩む様な暑い日だ。ふと虻が耳の側をぶんと過ぎた。その中に下の方でがや〳〵と子供等の騒ぐ声がする。見れば何かきら〳〵光る物を抱へた柿色の着物の男が真前《まつさき》を来る、その後を男女の子供が追いて来るのだ。其が暫時見えなくなつたと思ふと又顕れてお絹の家の下の路から、此方へ坂を上つて来る。柿色の男の抱へて居るのは立派な衣裳を着せた人形で、きら〳〵光るのは人形の髪から下る銀色の髪差だつた。男はもう余程な歳と見えて、腰が少し屈んで居るらしい。干してある畳を避けて、戸口の処へ来ると、一寸お絹に挨拶して、直ぐ人形を使ひ乍ら、

「いやいや、いーや、是が泣かずに居られうか。打死の門出には……」と皺枯た声を絞り出して語り初めた。彼方で良く聞いた鎌倉三代記だなとお絹は慕しく思ひつゝ、小さい人形の遣る瀬ない様な身振を一心に見た。子供等も呆れた様な顔をして、黙つて囲《まはり》に立つて居る。母も驚いて起きて出て、寝足らぬ眼を擦りつゝ見る。語るに連れて男の声は悲しく聞える。殊に相の手に口三味線を弾く声の絶え入る様な調子はお絹には余程痛しく感じられた。漸く触《さわり》を語り終へて、人形を横に倒した時、お

絹はほつと息を吐いて、奥の押入から二銭銅貨を一つ持つて来て、男に渡した。男は慇懃に礼を述べて立ち去ると、子供等は復《また》どや〳〵と後を追うて坂を下つた。母は

「折角良う寝て居つたのに。」と腹立し相に呟き乍ら、台所へまた寝た。お絹は一人取り残された様に門に立つて、彼の男が下の他の家に這入る迄見送つた。そして方々を流れ歩く彼の老人や、華麗な姿をして良人に恋ひ焦れる人形の時姫の姿態《こなし》などを思つて、訳も無く身に詰まされるやうな心持がするのだつた。

十八

掃除の日の夕方から空に雲が蔓《はびこ》つて、到頭夜になつて雨になつた。久しく天気が続いた勢か、その夜は激しく降つて、寝て居ても、小さい藁屋根やその四辺《あたり》に灑《そゝ》ぐ音がざあ〳〵と耳に騒しく聞える。お絹は彼方で客の無い夜など一人部屋に寝て居る時、トタン屋根に此様《こんな》雨が高い音を立てるのが淋しく胸に泌み入るやうで、堪らず両手で耳を蓋うた事の度々あつたのを思ひ起して、少時眠られなかった。日に干されたのを憤つたのか、蚤が今夜は一層酷く身体の方々に食ひ着いて、むさ苦しくもあつた。

昨夜程に甚くは無いが、明けても尚雨は降つて居た。その日は父と九一は土間へ蓆を敷いて投網の修繕をやつた。お絹と母とは表の間で経木真田を組んだ。四人は滅多に口を利く事も無かつた。お絹は唯手の先を機械的に動かすのみで、心は上の空だつた。少時して大きな女が経木の原料を抱へて、お絹の居る間の前へ直ぐ来た。其はお絹の幼馴染のお辰だつた。お絹は其見違へる程変つた姿を驚いた。向ふでも同じ様に驚いたらしく、初はロクに挨拶の言葉も出し悪い様子で、腰掛けた身体をもじ〳〵させて居た。

「まあ上つて一所に組みなはれよ。」お絹の母にかう言はれて、漸くお辰はお絹と並んで坐つた。

「お絹さあが戻れたちう事を聞いて、お談《はなし》に来う〳〵と思うて居やしたが、家が忙しうてのう。――今日は幸ひ雨降で隙ぢやから一所に真田でも組うと思うて。――でもまあ久し振でござんしたのう。」お辰は肥つた血色の良い顔に嬉し相な笑を洩して絶え〳〵に言つた。お絹はお辰が三年前に二三町奥の吉助の所へ嫁に行つて、今は妊娠の身だといふ事を母に聞いて居たが、別に遇ひ度いとも思はなかつた。併し今かう言はれて見ると有繋《さすが》に慕しい気もする。その笑ふ時に糸の様に細くなる眼や癖のある髪丈でも昔を思はせるに十分であつた。

「私もあんたの事を忘れはしませんが、まだ何処へも出かけませんので。」と答へて、真田を止めて、煙草を吸ひ出した。お辰は真田を組み初めた。其から二人は種々の細かい事を訖《きい》たり話したりした。母も折々口を添へた。併しお絹は何を聞いても格別面白いとも珍らしいとも思はなかつた。話せば話す程お辰の下司な土臭い奥が見えて却て厭になるのだつた。其中にお絹はお辰が話し乍らも苦し相に肩で息をするのも知つた。不恰

好に下腹が膨れ上つて居るのも見ぬ振して見た。そして、「見つとも無い、此人に似た子供を生んでどうするのやらう。」とさへ思つた。お辰の方でも段々興が醒めると見えて初の程に話に熱を持たなくなつた。何時の間にか話は途絶え勝になつて、外《そと》の静な雨と組む真田の音とのみ単調に聞える事もあつた。

「あんたの兄さあは未だ家に居やるの？」お絹はふと思出してかう尋ねた。其は是迄滅多に頭に浮ぶ事も無い位、浅い関係では有つたが、お絹が未だ此方に居た時分にお絹を恋して度々言ひ寄つた男だつた。お絹は何だか厭なので何時も撥ね付けて居たが其中に彼方へ行く事に決めたので、今では殆んど忘れて居た。

「彼はあんたが彼方へお出でた翌年の春布哇《はわい》へ出稼に行つて今に戻つて来やせんのえ。それにはや久しう銭も手紙も寄越さんから、どうして居るか訳らんのえ。」お辰は今更の様に兄を思ひ起したらしく、遠方の物を望むやうな幽な眼付をして、向の黒い山の方を見た。

「其は良え事しやつた。仮令野たれ死をしても此様山の中で朽ちるより、広い世界へ出る方がどれ程一生の得が知れんのぢやに。」お絹は息を隆《はず》ませて言つた。

「馬鹿な事はいふもんぢや無い。のうお辰さあ。」母はお絹を睨め付けて叱つた。お辰はほほと無邪気に笑つた。三人はまた口を噤んだ。折から何処かで牛の吼える声が谷に反響した。

十九

午後にはもうお辰は来なかつた。父と九一は下の大瀑へ鱒を打ちに出かけた。お絹と母とはまた魚の如く黙つて真田を組んだ。少しの風も無い細い雨は傍から深い地の下へ汲ひ取られるやうに音も立てず降つて居る。や、有つて二人はがちや〳〵と鳴る音に驚かされて頭を一斉に上げて門の方を見た。其処には巡査と役場の書記が来たのだつた。母は狼狽へたやうに立ち上つた。

「掃除は済んだかのう？」と巡査は外套の頭巾を除《と》り乍ら言ふ。素《もと》からの巡査は去つたと見えて、お絹には初めての若い巡査だ。「――ふむ、昨日行《や》つたのか。それぢや一つ検査しやう。」と書記に目配《めくばせ》して、二人は戸口から土間の方へ這入つて行つた。母は怖々《おづ〳〵》と台所の方へ行つて散らかつた火吹竹や箒などを片附けた。方々を見廻つた時、巡査は「先づ宜しい。」と言ひ乍ら表の間へ腰を掛けた。書記も並んで腰を掛けて検査済の札を風呂敷から出して呉れた。

「時にお前さんは家の人ぢや有るまいのう。」巡査はぢろりとお絹を見遣つた。

「否《いえ》、矢張私の子供でござんすが。」母はかう言つて後を躊《ため》つて居ると、村の事情を詳しく知つて居る書記は直ぐ、

「広島へ永う行つて居やしたので。例の――」と意味有りげに巡査に向つて微笑した。

「あゝ解つた。そうかえ、早や満期兵で戻つたのかえ。——成る程。」巡査は物珍しさうにお絹をしげ〳〵と見て居たが、到頭「家へ戻って嬉しからうのう。」とお絹に話しかけた。

「さうでも有りやせん。」とお絹は一寸見上げたが直ぐまた一心に真田を組んだ。巡査は、

「淋しいのかえ、此方は?」かう言つてへゝゝと笑つた。お絹はもう何とも答へない。そして「厭な助平巡査、早う彼方へ行つて了へば良えに。」と心に言つた。

「さあ是から焼きに行かざなるまいか。」巡査はかう言つて漸く立ち上つた。

「誰が死んだのでござんすかえ。」母は組む手を止めて訖いた。

「到頭今朝児餓鬼《こがき》が死んだよ。」

巡査等が去つた後でも母は可哀相にと一人で哀れがつて居た。お絹は別に深く感じもしないやうに別な事を思つて居た。

其からもう夕方に近い頃に突然仙二が九一は居るかと訪ねて来た。お絹は仙二の涼しい眼や朗かな声に接すると、是迄の鬱《ふさが》つた心が急に明るくなつて、泥水の中から真白な小さい石を拾つた様な気になるのだつた。仙二は九一等が漁に行つた事を聞いて自分も一所に行けばよかつたにと悔しがつた。

「九一が居らいでも遊んでお出でなよ。」とお絹は何時に無く軽快《はしや》いで言つた。同時に仙二を負つたり抱いたりして守をした昔の儘の気に返つて、彼の艶々しい血色の良い顔に頬摺をして見たくも思つた。

「此処からは痢病を焼くのが良う見えんのう。俺の家からは余程良う見えるが。——もちつと端へ出たら見えるかも知れん。」仙二は独言の様に言つて坂の降口迄出て見た。

「はや、焼いて居りやすかえ。」

「先刻からぢやえ。——あゝ見える、此処からでも見える。」

お絹は片々の下駄を穿いて急々《いそ〳〵》と出て、仙二の傾けた傘の下に潜り込んだ。そして仙二の指さす方を見上げて、「まあ」と故意《わざ》とらしい溜息を吐いた。寂地山《ぢやくぢさん》の中腹から立つ火葬の薄白い煙は斜に高く上つて、膿を持つた様な雨雲の中へ融け去るのだつた。

「人を焼くのは鮗《このしろ》を焼く様な臭ひがするげなのう。」と仙二はなほ向ふを見つめて言つた。

「気味が悪うござんすなあ。」とお絹は答へたものゝ、斯うして仙二と同じ傘を指して擦れ〳〵に並んで居るのが何より嬉しかつた。何時までも火葬があつて、日も暮れないで、かうして居られゝば良いと窃《ひそか》に思つた。そして仙二の温い身体の熱が自分の身体に伝はるやうにも感じられた。

二十

その後もお絹は毎日働かされた。仕事に次第に慣れて身体の苦しみは薄らいで来たが、落着か無い物足らぬ心は日に増長する許だつた。朝に手水《てうづ》を使ふ時、何時の間にか手が荒れて、顔にざら〳〵と触るのも解るやうになつた。どうかして母の古鏡

に向つた折などは、顔がどす黒く日に焦けて、もう彼方に居た時の姿は自分乍ら見られぬ程変つて居るのを見ると、声を上げて泣き度くなる位悲しい事もあつた。

併しこんな荒れ果てた日々の中にも、仕事を終へて夕暮に上の家へ風呂を貰ひに行つて仙二の顔を見る事が、お絹の唯一つの楽しみだつた。お絹は其によつて一日の苦しさを忘れた。例へば疲れ果てた旅人が岩間に迸る清水にほつと甦へると同様だつた。時には朝からの仕事も彼の仙二の顔を見んが為めに行《や》つて居るのだ、自分は仙さんの為めにかうして生きて居るのか知ら、とさへ翻つて思つて見る事もあつた。

ある晩お絹は例の様にぢつと風呂の中に心地よく首から下を浸けて居ると、ふと澄み渡つた尺八の音が聞える。静な水の底で鳴るやうな幽な音だ。是迄聞いた事も無いのに誰が吹くのぢやらうとお絹は不思議に思ひつゝ、湯を使ふ音で、あの音が妨げられるのを恐れる様に身動きもせずに恍惚《うつとり》と聞き惚れて居た。その音が止んだ時、お絹はロクに身体を洗ひもしないで風呂から出て、尺八の音の後を追ふやうに母屋の方へ行つた。見れば門の公孫《いてふ》の樹の下に黒い影が立つて居る。星明りに其は仙二だと直ぐ知れた。お絹は風呂に上せた身体をふら〳〵と仙二に近寄せて、

「今のは仙せんが吹きなしたのかえ。まあ何時の間にあんなに上手になりやしたの？」

「一昨年《おとゝし》石州から来て居つた奉公人に習うたのぢや。——今夜は淋しいからツイ吹いて見たのえ。」

「沢山お習ひなしたの？」

「うむ、祇園囃も習うた。越後獅子も習うた。其から伊勢神楽も六段も追分も。——鶴の巣籠ちうのは面白いげなが、其男も知らざつた。何でもこの近国では何とかいふ島に居る老人が真実に其を吹く許ぢやとよ。其も習ひ度いと思ふのぢやけど。」

「でも随分習ひましたのなあ。何でも良えから一つ吹いて聞かして呉れませえ。さあ。」とお絹は尺八を持つてる仙二の手を強ひる様に上げさせた。

「ぢや出雲節を吹くからのう。俺や此が何故だか一番好ぢやえ。」かう言ひ乍ら仙二は尺八を唇に当てた。咽《むせ》ぶやうな悲しい音は夜の湿つた空気を顫はして響き渡つた。其が済むとお絹は復他のを強《せが》んだ。仙二も胸の中の抑へ切れぬ焔を吐き出すやうに興に乗じて吹き続けた。お絹は益々心をそゝられた。尺八の歌口を洩れて出る有り余る仙二の息を窃に汲ひ取つて見たいと思つた。ふと、後から主婦が、

「大層今晩は豪気に吹けますのう、仙さん。」と声を掛けたので、仙二は直ぐ止めた。婢にかう言はれるのが何だか気耻しいのらしかつた。お絹も不意に夢を破られて決悪《きまり》る相に仙二から遠ざかつて、そこ〳〵に挨拶して帰つて行つた。

その夜お絹は寝てから自分乍ら今の心が不思議だと考へた。こんな歳をして彼の若い仙さんに惚れる訳は無い。否《いや》惚れたのぢや無い。が何故仙さんが好なのぢやらう。あの人の傍へ行く

と堪らぬ程嬉しい気がする。矢張惚れたのか知ら。早も、人に恋の惚れるのといふ事は飽き〱した自分ぢやが。恥しい。お絹はこんな事を思はずに早く眠らうと焦心《あせ》つたが、何処かで噪き泣く鼠の声などに益々眼が冴えるのであつた。

二十一

「木村きぬちうのはお家かえ。――はあそれで安心した。やれ〱先刻からまあ大変に捜し廻つた事ぢやえ。」かう後は独語の様に言ひつゝ、年寄つた郵便脚夫が投げ出して去つた手紙を、お絹が台所から走つて出て受け取つたのは、家内が寝て了つてお絹一人が小ランプの下で解《ほぐ》し物をして居た或る夜だつた。其は広島に居た頃お絹の一番の仲善《なかよし》だつた、本名をたねといふのから来たのだ。お絹は慕しさに胸が騒いで封を切る手先も顫へた。ランプを掻き上げて、厚く巻いた中身を取り出して、眼に近くして読まうとすると、中に封じた幽な香水の臭が鼻に泌み入つた。殆んど仮名許《ばかり》の読み悪い文字を辿り乍も何だか其人に接する様で嬉しくて、独で微笑まずには居られない。初の方には、此頃は親しい両親の許で嘸《さ》ぞ楽しく暮されるだらうなどゝ、散々此方の幸福を羨む様な文句が並べてあつた。次には自分の身の心細い事を言つて、

「……あんたがかへつたあとわ、わたしわさびしうて、あんたのことばかりおもいます。あんたのへやのまえを、とをるたびに、わたしわしようじをあけてがらんとした中をみまわします。かやの赤いつり手がのこつてをるのも、おもいのたねになります。たゝみのやけあとも、なつかしうあります。……」

と書いて、お絹の去つた後の出来事も前後の順序無く続けてある。

「……はやく手がみを上げよう〱とおもうてゐても、いそがしいので心ならずおくれました。今《こん》やわきやくが今よくねむつてをりますから、そつとおきてかきます。一じごろだす。ひつそりして、しん内のながしもきこえません、あんまのふえもきこえません、たゞそこにようてねてをるきやくのはなが、いやにがら〱なります。きやくといへば、あのわたしのれこの大手町の時計やはんなあ、あれもちかごろふつつりきません、どうせ男いふものはあてにならんとは、ようしつてゐても、くやしうござんす。それからあんたのところへ、ようかようた青すぢのへいたいが、こないだ、きてあんたが、かへつたときいて、たいへんがつかりしてゐました。あんたを大へんくるしめたくせに、これだもの、ざまあみやがれとでもいうてやりたかつた。えゝきびだした。」

読めば読む程お絹の心は彼方へ誘はれて、その朋輩と向ひ合つて話し合つて居る気持になるのだつた。

「……まだかきたいことわ、たんとありますが、どうやらきやくが、めをさましそうだすから、これでやめます。おからだをだいじに。わたしのぢびようもちかごろはよほどよいから、

安しんしてくだされ。かしこ、」

巻紙を解き終つた時、別に小さく紙に包んだ物がほろりと落ちた。開けて見ると、幾筋かの艶の良い髪毛が円く輪にしてある。紙の端には

「なにも上げるものもないから、これを上げます。わたしとおもうて、どうぞわすれてくださんすな。もはや、しぬまで、あんたのかを見ることもないかとおもうと、かなしうてたまりません。あんたもかみげを、おくつて下され。」

とある。お絹の眼には覚えず涙が滲み出た。そして輪にした髪毛を長く解いて両手に引張つて見たり、鼻に擦り着けて嗅いで見たりした。最後に輪にして素のやうに紙に包んだ時、お絹は急にこの髪の主に逢つて見たい心がむら〳〵と起つた。そして再びあの花やかな廓の中へ帰つて見たい気にもなつて、一切の他の事を忘れて、今にも慕しい朋輩の声を聞くやうにじつと頭を傾けた。

二十二

お絹は早速返事が書きたかつたが、迚《とて》も家には巻紙も封筒も無いに決つて居るから今更どうする事も出来ない。併しこの儘寝る気にもなれないので、仕方なしに戸口を開けて外へ出て見た。空には無数の星が一様にお絹に対して何かを告げるやうに輝いて居る。相続く山々は各《おのおの》の真黒な姿を高く天に聳えさせて、今にも此小さい谷村を一呑にしようとする如く見える。深い谷底を流れる瀬の音が幽な啜泣の様に聞えるのみで、大きな洞穴のなかのやうに静な闇の中に立ち悚んで居ると、自分の身体もこの闇と一所に融け合ふのかとも思はれる。冷々と身体に当る夜の気も魔の手に撫でられる様に空怖しい。其でもお絹は何だか闇に誘はれる気持がして、何時迄もかうして立つて居たかつた。闇の中から今にも自分の名を呼ぶ者があるかと耳を傾ける様に、自分の吐く息の音をも止てぢつと立ち悚んだ。併し素より何の声も無い。フトお絹の胸には彼の賑な廓の事が浮んだ。

——今頃はみんなが店の明い電燈の下の赤い坐蒲団の上へ並んで坐つて、格子の外の素見の客と口問答をして有頂天に騒いで居やるぢやらう。も早や私の事なんぞ種さんの他には口にする人も無からう。此間までは随分大勢の朋輩の中でも姉様株で人に羨まれもしたのに、もう段々に忘れられて仕舞ふ。ほんに是から私は如何なる事ぢやらう。浮ぶ瀬も無い。夜が更けて朋輩衆は夫々客を取つて、自分の部屋へ行つた後、自分一人が寒い晩なぞ坐蒲団のみ列んだ店にしよんぼりと取り残されて坐つて居た時は何とも言へぬ程心細かつたが、今の身に較べると、何れ程良いか知れん。明日の晩はといふ心頼があつたのぢやが、今は明日になるのが却つて恐しい。はや両親の顔を見るのも厭ぢや——お絹は身の置き所も無い程思ひ惑うた。そして何か声を出して紛したくなつたので、突然力のある、絹糸の様な澄み切つた声を絞つて、向で覚えた端唄を出まかせに

仇し仇浪よせてはかへる浪、朝妻船の浅間しや、あゝまた

の日は誰に契を交して色を。枕恥し偽がちなるわが床の山。

よしそれとても世の中。

と謡つた。歌の声は側から闇黒の中に吸ひ取られる。謡ひ終へた後は、素よりも一層静さに返つた。で「よしそれとても世の中」といふ終の句を幾度も繰り返さずには居られなかつた。仕舞には其を謡ひ乍らもまた他の事が考へられて、何だか別な人が謡うて居るやうで、堪へられない。到頭急にばた〳〵と家へ駈け入つて、雨戸を閉めた。そしてまた先刻の手紙を取り出して、丁寧に読み返した後、今一度その臭を嗅いで見たが、もう香水の薫は消え失せて居た。

稍あつてお絹は枕に就いた。もう夜も余程更けたのに眠られさうも無い。直ぐ其処で九一が歯をかり〳〵軋らす音や、母の間遠な寝息や、父の苦しげな鼾が入り交つて、お絹の心を益々焦々と掻き乱した。その中に、夢でも見たのか九一が不意に「あれ、来た〳〵。早う遁げないよ。」と叫んで、後はむちや〳〵と口を叩いた。お絹は驚いて、思はず薄い蒲団を頭から引被つて、身体を海老の様に曲げ縮めた。

二十三

翌日は寺の横にある地蔵様の祭で、村中の人は団子を拵へて仕事を休んだ。お絹は朝餉を終へると直ぐ村に一軒しかない小間物屋へ行つて巻紙と封筒を買つて来た。そして一人表の間でおたねに遣るべき手紙を書かうと筆を執つたが、さて何から書出して良いやら解らなかつた。で少時は禿筆を窪んだ硯に浸けて躊躇つて居たが、到頭思つた儘に片端から取り留も無く書き連ねた。帰つて見ると彼方で思つた程両親が慕しくも無い事、日々の仕事が彼方での勤よりも却つて苦しい事、顔や手足が荒れて僅の間に見る影も無い姿になつた事、昨夜の手紙を読んで気分がほろりと融けて、直にも駈出して花々しい廓に帰りたかつた事など細々と仮名許で熱心に書き綴つて居ると、仕舞には曲《かゞ》めた頸が痛くなつて来た。最後に

……たゞ一人すきな男がをります。それはまだ十七八の子どもぢやが、わしはこの男をとき〳〵みるのが、なによりのたのしみでござんす。日々のくるしさも、この男がをるためにしんぼうできるのだす。これはけつして、のろけではありません。

と書き足して、首を挙げた時は血が顔に漲つて真赤になつて居た。朝の日は座敷の真中辺までも照らして、お絹の膝から流れ溜つた紙を真白に眩しく射た。

其からお絹は束ねた髪を前に解き流して、鋏を持つて来て、前髪の中から幾本を前に攫んで、ふツつりと根本から切り放した。其を別に包んで手紙と一所に封筒の中に巻込んで、上書を書き了へた時、ほつと溜息を吐いて、乱れた前髪を理《おさ》めようともせずに、ぼんやりと座つた儘、眼を小さくして前方の山を見るともなく視て居た。がまた思ひ出した様に頭髪を束ねて、急いで郵便に出しに出かけた。午後には寺で説教があつた。

「お前の様な者は説教でも聴くが宜えぞや。」と母はお絹に勧めた。お絹も気晴しに出かける事にして、母に髪を結つて貰つた。出来上つた髪を合せ鏡で見ると、後の方が潰された様な不恰好な銀杏返だが、それでもお絹は不平をいふ程な元気さへ持たなかつた。

　お絹が母に連れられて、寺の石段を上つた時はもう説教が始つて居るらしく、ひつそりした本堂の方で朗かな声が聞えた。漸く二人が本堂の正面の階段を上つて見ると、緑の衣を着た若い坊さんが説教壇に座つて、のべつに饒舌つて居られる。下には三四十人の聴者が頭を低れて一心に聴いて居る。其は大低老人だつた。中には説教の一句の終る毎に「南無阿弥陀仏」を唱へる者もある。母はお絹の手を取つてしとやかに人々の後方へ坐つた。初めてこんな場所へ出たお絹には、総てが眼新しくて、何だか気分にそぐはぬ光景だつた。殊に堂にもや〳〵する線香の薫は赤い心を灰色にでも塗らうとする様で、気持悪かつた。でもお絹も人並に頭を低れて聴いて居ると、和尚の饒舌る声や調子が何うやら自分が何処かで聞いた事のある気がする。お絹は少時それを思ひ出さうと焦心《あせ》つて、到頭あの幇間の金孝にそつくりだと心着いた時、可笑しくなつて、屈んだ儘くす〳〵笑つた。そして和尚の顔が見たくなつたので、首を上げた。さう思ふと、和尚の濃い眉の動く様や、扇を故意《わざ》とらしく使ふ具合まで何処やら金孝に似てる様だつた。

　お絹は不思議がつて和尚の顔を見守つて居ると、和尚も「この時一羽の鳩が飛んで来てお釈迦様のお衣の下に隠れました。」など、饒舌り乍らお絹の方を凝視めて居る。そして何か合図をする様な手附をする。他の者は一斉に頭を低れて居るので、和尚は勝手にお絹に流眄《ながしめ》を呉れる。お絹は「この色坊主が」と思ひつゝも、面白半分に和尚を凝視めた。

二十四

　その説教が終ると、お絹はもう次のを聞く気にはなれなかつた。今度のは他所から見えた名高い知識だからと、母はたつて勧めたが駄目だつた。寺の坂を二人が下つた時、母は

「面白い説教ぢやつたのう。」と感じ入つたやうに言つた。お絹は

「私にはちつとも面白うござんせんがな。」と別な事を考へて居るやうに、無精々々に口を利いた。

「でも彼の坊さあは若い割に説教が上手な方ぢやえ。」

　お絹はもう何とも答へない。そして「男の中でも取り分け、坊主と兵隊は厭ぢやと思ひ乍ら、大きな藁草履でばた〳〵埃を立てる母の後方を追《つ》いて行く。午後の日は水色絹の蝙蝠傘を透して、お絹の顔を蒼く見せた。

　漸く家に帰つて見ると、九一の友達らしい五六人の若衆が表の間で、賭博を行つて居る様子だつたが、お絹が其処へ出ると、直ぐ小銭をちやら〳〵鳴らして、夫々財布へ納めた。座には妊娠のお辰も交つて居た。若衆等は今日を晴に綺麗な着物を着て

居た。中には不似合な大柄な浴衣の短い袖から真黒な大きな手をぬつと出して居るのもある。彼等はきよと〳〵お絹の様子を見る許で、何とも口を利く者も無い。お絹も仙二が居ないのを物足らず思つて、黙つて厭らしい若衆共を見廻はした。其処へ母も顔を出して、

「お前さあ達も説教聞きに行けばよかつたにのう。」と言つた。

「面白うござんしたかえ。」とお辰は乗気に尋ねる。

「面白う無うて如何しよう。——お釈迦様の御慈悲の話ぢやつたえ。」

「聴かして呉れなさい、小母さあ。」

「お釈迦様が深山で御修業して居りやる時にのう、白羽の鷹に追はれた一羽の鳩が、その御衣の袖に隠れて、扶けて呉れえと頼んだとよ。お釈迦様は憐ぢやと思うて、しつかりと庇《かば》うて遣りやつたとよ。すると白羽の鷹は憤つて、あなたは鳩ばかり可愛がつて、私を苛めるのぢやのう。私の食物の鳩を庇へば、私は飢死《うゑじに》するのぢやにと言うたとよ。お釈迦様も其には一寸と困られたが、到頭自分の腿《もゝ》の肉を切り裂いて鷹に与りなされたとよ。——まあ御慈悲深い話ぢやあ無いかのう。」と母は重苦しい口調で語り続ける。一同感心して聞いて居る。お辰は

「有り難い説教でござんしたのう。聞きに行けば良かつたに。」

と口惜しがる。

「でも馬鹿々々しいわなあ。今時そんな痛い思ひしても、人に笑はれる許《ばかり》ぢやが。飢ると自分の子供の肉でもしやぶるのが当り前の世の中ぢやもの。」とお絹は白い歯を見せて、冷笑《あざわら》つた。

「この罰当めが、何を言ふかえ。」母はお絹を睨め付ける。

「でも母さあもさうぢやつたに。」

「黙れよ。恩知らず。」母の声は益々高く顫へる。若衆等は呆れたやうに口を開いて、お絹と母を見比べて居た。不意に

「姉やは彼方へ行きなえ。」と九一は泣声に言つた。続いて

「何処かへ出て行つて仕舞へよ。」と母は愈々怒つた。

二十五

お絹は裏から抜けて、急いで上の家へ行つた。其処では主婦さんが公孫樹《いてふ》の木の下へ牀几《しやうぎ》を置いて、小娘と一所に涼んで居られた。湯上りと見えて主婦さんの顔は火照つて、黒い髪は濡れて艶よく光つて居る。日はもう山に陰れて、公孫樹の葉のそよぐ間から、七日頃の月が淡く見えた。

「今家《うち》で喧嘩をして来やしたの。」お絹は忙しく息を吐いて、行成《いきなり》かう言つた。そして主婦さんと並んで腰を掛けた。

「まあ、誰と？」主婦さんは覗き込むやうにして訊く。

「母さあとだすの。——でも余りな事をお言やるから、私もつい黙つて居られませんので。」

「併し年寄には成る丈け抵抗《はむか》はんが良えぞえのう。——其やお前の方にも十分言ひ分が有るには有らうが。私もお前の事は何時も気の毒に思うて居るのぢやが。」と主婦さんは側の娘を絵団扇でゆつくり煽ぎながら言ふ。娘さんは一心に二疋の蟷螂《かまきり》を

喧嘩さして居た。

お絹はかう言はれると、もう張り詰めた気が緩んで、何とも返す言葉も無く、ぢつと頭を低れて、膝の上の浴衣地の濡れ燕の模様を見詰めるのみだつた。間も無く主婦さんは気を変へたやうに口軽に、

「それはさうと今日はお前さんに彼方での面白い話を聴きたいがのえ。随分種々な事が有つたらうに。」と進める。

「否《いえ》、ちつとも面白いお話もござんせんの。苦しい事ばかり多いのだすもの。」お絹は初めて頭を上げて主婦さんの方を振り向いた。

「でも思うたり思はれたりした事はたんと有るのぢやらうえ。」

「其や永年の間やから少しはさういふ事も有りやしたが、今から思ふと、其は残らず嘘ばかりでござんしたわよ。仮令此方では真実に思うても、先方のは何時も口の先許で実が有りやせんから、自然と此方も何時の間にか嘘を吐くやうになるのだす。」

「一人位真実に思うた男もあつたらうがの。」

「否、一人も無かつたのだす。男いふ者は豆殻を見たやうに一時にぱあと燃え上つても直ぐ消えて了ひやすわよ。(嘘のかたまり真《まこと》の情、その真中にかきくれて、降る白雪の)などゝ良う歌にも謡ひやすが、真の情いふたら爪の垢ほどもござんせん。ほんに嘘の塊だすのえ。」

「さういふ者かのう。」

二人はほゝと声を合せて笑つた。その時娘さんは不意に

「母さん。此の蟷螂が到頭負けた。此奴は弱虫ぢやのう。」と言ひ〳〵、握つた蟷螂の小さい首を引き抜いて、地の上に投げ捨てた。そして家の方へ走つて行つた。他の一疋の蟷螂は牀几の向ふの端で、ぬつと頭を挙げて、身構へして居た。

ふと其処へ仙二が坂の上り口へのつそり現はれた。主婦さんは彼を見ると直ぐ

「まあ仙さあ、今朝からお昼も食べずに何処へ行つて居りやつたの。家の者は大気遣ぢやに。」と問ひ掛けた。

「寂地《ぢやくぢ》へ登つたの。――お昼は今朝の団子を持つて行きやした。」と仙二は眼の辺に微笑を洩して答へ乍ら、腰に挟んだ尺八を抜き取つて、疲れたといふ風にお絹の傍へ腰をどつと卸した。

「一人でかえ。そして何しに登つたの。」と嫂は引き続き訊く。

「今日は遊日《あそびゝ》ぢやけ、只登つて見たうなりやした。」

「四方が良う見えやしたかえ。」とお絹も問ふ。

「良う晴れちよつたから、雲州や石州の方も手に取るやうに見えたえ。殊に南の方は広い海らしい涯《はて》までも眩しい程良う見えたのえ。」かう言つて仙二は今もその南方の国を望むやうに幽な眼付をした。

「気が晴々しやしたらうなあ。」お絹はもう仙二の言葉に釣込まれて居た。

「それに山の上で唇が痛うなる迄、尺八を吹いたのえ。誰も聴く者も居らんから気楽で余程良う鳴つたわよ。」

「私がそつと下から聴きに行けば良かつたに。」とお絹は故意《わざ》とらしく笑つた。その中に嫂は老父が待つて居るからと言つて、仙二を連れて家の方へ這入つて行つた。お絹は黄昏の牀几に独り取り残されて、茫然と少時は身動もしなかつた。

二十六

お絹は少しも永く上の家に止つて居たかつた。で仙二が風呂に這入るのを見ると直ぐその方へ行つて外から

「仙さん、燃して上げやせうかえ。」と声を掛けた。仙二は恰度良いと答へたので、お絹は黙つて入口に立て、少時仙二の使ふ湯の音を聞いて居たが、到頭何の考もなく引き込まれる様に開戸を開けて、もや〱と湯気に満ちた中に頭を差し覗いて、

「仙さん背を流して上げやせうえ、」と言つた。黄色い小ランプの光に仙二の半身が浮き上つて見えた。仙二が不意を食つて

「どうでも良えが。」と曖昧な返事をした時にはもうお絹は踏石の上に上つて、両の袖を高く腕に巻繰り上げて、「さあ」と用意して居た。仙二は黙つて彼方向いて、手拭をお絹に渡した。

「山の上では大抵気が延々《のびのび》しやしたらうなあ。」と滑な背中を擦り乍らお絹は話しかける。仙二はまだ人を憚るやうに進まぬ答をしたが、ふと思ひ出した様に

「でも帰途の立木の中では恐しい者を見たぞえ。」と言ひ出した。

「何だす？」

「大蚯蚓《おほみヽず》ぢやえ。――大木が茂つた暗い中を下る時、腐つた落葉の下からする〱と這ひ出て、魂消る程速う滑り下つたのえ。あんな大きい蚯蚓は俺あ初めて見たえ。何でも長さが一尺五寸もあつたと思ふが。」

「其や気味悪うござんしたらうな。――まちつと立ち上りなせえ。腰の方が擦り悪いから。」

漸く流し終へて、お絹が其処を出ると、仙二も間も無く出て母家の方へ帰つた。お絹がその後で一人静に這入ると、軟かい湯は仙二の若々しい血に温められた様に思はれて、濃い膩垢《あぶらあか》の臭まで心を誘ひ乱すのだつた。併し風呂から出た時は、別に行き処も無いので、厭々ながら両親の家へ帰らねばならなかつた。とぼ〱と坂を下るお絹の姿は寝ぼけた様な薄白い月の光に包まれた。

家では恰度夕飯の最中だつた。母も先刻ほどには怒つて居なかつたが、敢て口を利かうともしない。盃を手にした父はもう大分酔つて居るらしく、そのどす黒い顔も艶を持つて見える。

「われや母やと喧嘩しちや不可んぞえ。今迄何処へ行つて居つたのかえ。まあ久し振ぢやから一杯飲め。」といふ父の声は何時に無く上機嫌で優しかつた。お絹は九一と列んで坐つて父の盃を受けると、母は矢張黙つてなみ〱と酌いで呉れた。幾日振で杯に触れるお絹の唇は妙に顫へた。舌触の悪いとげ〱しい酒ではあるが、鼻を衝つ芳しい強い香はお絹の心を盪して、彼方での華々しい夜を思ひ起させた。ぐつと飲んだのが咽を越

して、湯上りの空腹の奥に泌み入る時、お絹は覚えず眼を屡叩《しばたゝ》いて、美しい濃い眉をびり〳〵と動かした。飲干した杯を父に返して、お絹は今日父が河で漁《と》つて来たらしい泥鰌《どろばえ》や平目の煮たのを突つき食つた。母は精進だと言つて其には箸を付けない。九一は滅多に有り着いた事の無い米の飯を、首を傾けてがさ〳〵貪り食つて居る。酔つた父は四方山の談《はなし》を快活にして聞かした。そして良い相手を得た様に幾杯もお絹に飲ました。今夜に限つて、母よりも父の方が良いとお絹は窃に思ひ乍ら、杯を重ねた。

「われも良え年ぢやから、程良え先方《さき》が有つたら嫁に行かにやならんがのう。」こんな事も父は正気とも管を巻くのとも訳らぬ様に言つた。お絹は腹の中で笑つた。

「是迄われには大変に難儀を見せたから是からはちと楽に暮さしたいと思ふのぢやが。」父はまたかうも言つた。さう言はれるとお絹も気がほろりとなつて、父のいふ事なら何でも聴いてやりたいとも思ふのだつた。

二十七

酔つた父は仕舞には舌もろくに廻らぬ様になつてもお絹を相手に飲み続けた。母は口の欠けた蕪徳利を傾けて惜し相にちびり〳〵酌ぐ。お絹も夢中になつて飲んで居る中に思はず酔つた。彼方では是許の酒に酔ふ自分では無かつたにと不思議がる程酔つて、頭の中がふら〳〵と混ぜ返される様になる。顔も上気して、上瞼が重く下に垂れる心地がした。

「何も前世からの約束ぢやけ、誰を恨む事はない。諦めるより他仕方が無いぞえ。」今迄黙つて居た母が初めて静にかう言ひ出した。「私でも父さあでも好でお前をあんな所へ遣つた訳ぢや無い。ツイ困つた行掛からさうなつたのぢや。お前にも弱味があつたらうがのう。其処を良う弁へて呉れうぞえ。」

「さうぢやとも。皆約束ごとぢやて。」と父はがぶりと無理に杯を飲み干して、大声に言ふ。

「其や私も良う知つて居やす。も早や私の身は是から如何なつても、決つた約束々々と思うて気儘に世を渡りやせうえ。」酔を含んだお絹の声は捨鉢の調子を帯びて居た。

父が酔ひ潰れた時、一同寝る事にした。お絹も硬い蒲団に包つて枕に就いたが、酒に狂はされた身体は妙に血が高ぶる様で、彼方での盛な華麗《はでや》かな夜が思ひ起される。緋メリンスの寝巻を着て、厚い軟かな夜具の中に今一度臥《ふせ》つて見たい気もする。今晩の様に蒸し暑い夜には良く窓を開けて、青い蚊帳に吹き付ける涼しい風を懐に入れた事も胸に浮ぶ。それに今こんな処へ斯して一人寝て居るのは情ない。物足りない。矢鱈に男の名でも呼んで見たい気がする。——お絹は一体に客に対して不愛想で人好のせぬ性《たち》だつた。で五年の間に是ぞと言つて深く馴染を重ねた客は無かつた。その代り新しい客は絶ず取つたので、同じ家の中でも売つ子の方であつた。初は素より毎夜の勤が身を切る程辛かつたが、段々慣《なれ》るに連てさほどでも無くなつて、三年日頃からは客の無い晩は却つて淋しくて、心が焦々して耐へられない位だつた。偶々病気に罹つて入院でもした時は、幾日も客に接しないのが、病気よりも苦しくて、故意《わざ》と癒つた振りして一日も早く退院を願つたものだ。それでも愈々堪らぬ時は入院した他の朋輩と一所に浅間しい真似をして僅に眠られぬ悶《もどか》しい夜々を紛らした事も少くなかつた。——お絹は今そんな事を思うて益々怺へ切れなくなつて、身を悶える。物あらば何でも抱き度い気がする。早く誰かが来て酒にぐつたりと緩んだ身体の空いた処を充して呉れゝば宜いとも思はれる。で、是まで接した数知れぬ客の中から誰かの顔を思ひ浮べようとして眼を固く閉ぢて一心に焦心《あせ》つたが、唯ぼんやりと無数の同じ様な男の顔が暗闇の中に重なり合つて、散らつくのみで、何れと言つて明瞭《はつきり》と攫むべき顔は浮ばない。焦烈《じれつ》たくて、横にばつたりと寝返を打つて、両脚を重ねて、又考に耽ると、ふと最後に仙二の罪の無い顔がありありと眼の前に露れた。お絹は何だか気の毒な相済まぬ様な気がして、其姿を払ひ除けようとして蒲団を頭から被つたが、矢張駄目だつた。仙二の顔は愈々鮮明に迫つて、莞爾《につこり》と此方を手招して居るらしく見えた。

二十八

其後幾日か経つて、お絹の家の夏の仕事が一段落着いた時、父と九一は木挽として官林に雇はれて、毎朝弁当を持つて出る事になつた。その中、或る晩に上の旦那が来て、当分の間お絹に仕事の手伝をして貰ひたいと両親に頼んだ。お絹は其を聞くと、願うても無い事のやうに心に喜んだ。

で翌朝は是迄に無く夙《はや》く勇んで起きて手水を使ふと直ぐ出かけようとしたが、何だか髪形の事が気になるので、鏡に向つて手取早く搔き理《をさ》めた。手拭も新しいのを下した。急ぎ脚に上の家へ行つて見ると、家内中が炉の側に輪を作つて朝飯を食べて居られる。お絹も上口に腰を掛けて一所に食べさせられた。同じ茶粥でも自分の家で食べるよりは美味い。香の物も特に新しい臭がするやうで慕しい。で、仕舞には主婦さんに酌いで貰ふのが耻しい程幾杯も重ねた。

仕事は寂地山の杉の若木の中の草を刈るので、旦那夫婦と仙二とお絹の四人は、鎌や弁当や土瓶を手に〳〵提げて家を出た。お絹は真白な手拭を被つた上に編笠を着て、赤い襷を十字に掛けて、脚には甲斐々々しく紺の脚絆を締めて、三人の後を追つて行く。旦那夫婦は高声に語つて、お絹にも絶えず話しかける。併しお絹の心は直ぐ前を行く仙二のきりゝと八巻をした姿に奪はれて居た。その中に旦那は後を振り向いて、

「お絹は此間来た人形使の男に二銭遣つたらう？」と訊いた。

「はい遣りましたえ。また如何してそがいな事が解りましたのかえ。」

「彼が後で家《うち》へも来て、さう言つて余程喜んで居つたわえ。この辺ぢやあがいな者に二銭も遣る者は無いからのう。」

「お絹は物持でやすからのう。」主婦さんが直ぐ受けて言ふ。

「まあ、主婦さんは悪らしいなあ。」お絹は故意と耻し相な言ひ方をした。旦那はから〳〵と大声に笑つた。山から出たての日は四人の姿を眩しく照した。段々上るに従つて路は急になつて、お絹は三人の後を後れずに行くのが多少苦しかつた。それに余り朝飯を食べ過したので、横腹が詰めるのだつた。仙二はお絹の後れ勝なのを気付いて、お絹の提げた重い弁当の包を自分の鎌と取り換へて遣つた。その時お絹は、「どうも気の毒でござんす」と言つて仙二の顔を視た。四つの眼は一寸の間ぴつたりと合つた。が仙二は決悪《きまり》さうに直ぐすた〳〵と急いで嫂等に追付いた。お絹もまた仙二の手の温の失せない鎌の柄を握つて、後を追うた。涼しい朝の風は木の葉の露を振ひ落して、襟下などにひやりと散り掛らせた。

　少時行く中に、ふとがや〳〵騒いで此方へ下る男女の子供等に行き合つた。それは此峠を越えて来る隣村の小学生徒だとお絹にも直ぐ知れた。子供等は路傍に除けて四人を通したが、夫々お絹の顔を編笠の下から覗くやうにして視て、何かこそ〳〵合図をするらしかつた。と、四人が半町も行き過ぎた頃、子供の中でも一番大きい男の子が、

「女《ぢよ》ツ、女ツ、女郎蜘蛛。」と音頭を取る様に叫んだ。その後を他の者も一斉に

「女ツ、女ツ、女郎蜘蛛」と同じ事を繰り返して、ばた〳〵と下つて行つた。お絹は振り向いて、怒つた眉を釣り上げて、

「この山猿等めが。」と叫ばずには居られなかつた。旦那は

「仕方の無い子供等ぢやのう。――またそがいな事を誰が言ひ触らしたのか知らんが。」と独言の様に言つた。

「ほんにまあ。」と主婦さんも気の毒がる。

　お絹は一切の事を忘れて見て居た美しい夢を、不意に打ち破られた様な腹立たしい厭な心地で、黙つて一同の後をとぼ〳〵と歩いた。

二十九

松や杉の深い森の中を上つて抜けると漸く今日の草刈場だつた。幾千本とも知れぬ一丈位の若杉が正しく間を隔てゝ真直に立ち並んで居る。お絹は六七年前にこの杉の尺にも満たぬ苗が植ゑられたのを思ひ出してずん〳〵と遠慮なく延びて行く速《すみや》かさを驚きの眼を瞠《みは》つて見上げた。杉の間には草が長くお絹の帯の辺までも伸びて居る。其は毎年刈られて、其儘腐らされて、木の肥料にせられるのだつた。

　一同鎌を提げて一列に並んだ時主婦さんは「杉に鎌を触《あ》てぬ様に気を付けよや。」とお絹に注意して、「お前は仕事が良う慣れる迄は緩然《ゆつくり》やつても善えから我慢せぬが増しぢやえ。」と優しく言ひ添へた。間も無く四挺の鎌が草を薙ぐ音がさら〳〵と調子よく聞え始める。お絹は仙二の直ぐ側を刈るので、何となく張合がついて、仕事も余り苦しいとは思はなかつた。やゝ高く上つた日の光は、草の露にびつしよりと濡れて、両脚に絡み着くお絹の赤い腰の物などを乾かすやうに照つた。旦那は絶え

ず唄を歌つて居られる。嘿《だま》つて仕事を励む仙二を間にして、主婦さんとお絹は彼や此やと他愛も無い事を語り続けた。その中には此様事も話した。

「去年の夏には広島の大川が洪水で酷い騒動ぢやつたげなが、遊廓の方は何ともなかつたかえ。」

「何とも有りやせんの。一層の事、浮いて流れて仕舞へば宜えにと思ひやしたがなあ。」

「怪我人も無かつたかえ。」

「有りやせん。併し其騒ぎに紛れて廓を抜け出た人が一人有りやした。可哀相にその人は食ひ詰めた馴染客と宇品の海で心中しやしたのえ。其や二三日経つて解りやしたが、二人の帯や扱帯でしつかり括り合はした身体を海から上げて見ると、まあ情無いぢや有りませんか、何方も顔は血塗泥《ちみどろ》に搔挘《かきむし》られて居やしたとえな。」

「まあ何故にかえ？」

「苦し紛《まぎれ》に何方も相手の顔を無茶苦茶に爪で搔き挘つた者と見えやすの。――書遺には羨しい程な恋仲のやうに書いて有つたに、其態ぢや恋も情も有りやせんわなあ。」

「惨酷《むごたら》しい事えの。」

話の間もお絹は時々腰を伸して隣の仙二の血の漲つた横顔を見遣つた。

正午には其処から少し隔つた空地にある堀建小屋で休んだ。小屋の中の櫟《くぬぎ》の切株からは高く芽が出て居る。その前の、小石で築いた竈で茶が沸された。主婦さんは蟻が集《たか》らぬ様に草蔓で小屋の丸木へ吊り下げて置いた飯笊を卸して、一同に食べさした。食後には、各自《めいく》鎌を砥石にかけた。お絹のは旦那が研いで呉れるので、お絹はその間に外へ出て、松葉を四五本取つて来た。

「松葉で何をするんぢやえ。」と旦那は怪んで訊く。

「手の掌に此間から肉刺《まめ》が出て痛いから潰さうと思ひやして。」

「見せな。まあ大きな血肉刺、痛い筈ぢやえ。」と主婦さんは覗き込んで言ふ。

「松葉ぢや迚《とて》も潰れんわい。嫂さあ、頭の針を貸しなえ、俺が潰してやるから。」と言つて仙二は赤い裏の手覆を当てたお絹の右手を引き寄せる。主婦さんは短い白糸のついた針を抜いて渡した。

「見ちよると痛いから、彼方へ向いて居れよ。」と仙二は屈んでお絹の掌に近く顔を寄せて肉刺を刺し潰す。お絹は其間仙二の突く息が熱く手に触るのを覚えて、痛さを忘れて居た。

三十

其から刈り立ての青草を手に手に小屋へ運び込んで、其上へ寝た。枕には束にした草の上に手拭を布いた。草の中には萎れかけた百合や待宵草の花などが交つて居る。他の者は直ぐ眠つたのに、お絹は気が上せた勢か背中へ草の茎がじくじく刺す様で、どうも寝着かれない。小屋の前をぶんと横ぎる山虻の羽音まで気を焦立たせる。で、身の置き所に困つた様に起き上つて、草の花などを弄り乍ら、旦那の向ふ側へ寝て居る仙二の顔を見た。その軟かく閉ぢた眼や、半分開いた赤い唇などは殊にお絹の心を誘うて、そつと忍んで行つて口付して見たくも思はせた。

　旦那や主婦さんが眼を覚したのは其から大分後だつた。お絹はその間もじ〳〵と落ち着かぬ心に悩んで過した。

「眠《やす》まれたかえ、お絹。」と主婦さんは手拭で眼を擦り〳〵訊く。

「どうも眠まれやせんの。」

「眠られん筈ぢやてお絹は。こんな草の上などへ近頃寝た事は無いのぢやけ。」と旦那は笑つた。仙二は笑ひ声に驚いて起き上つて、赤く血走つた眼できよと〳〵周囲《あたり》を見廻はして、一寸お絹と見合つた時、物愧《ものはづか》しいやうに莞爾《にっこり》した。間も無く一同小屋を出て、仕事にかゝつた。他の者は昼寝に元気を取返した風に威勢よく働いたが、お絹は空景気を無理に付けて漸く仕事を続けた。

　今晩は寺で衛生の談合があるといふので、旦那は日の暮れかゝる頃に先へ帰つた。昼休が長かつた代りに、残の三人は月のあるのを幸に、夜に入つても仕事を続ける事にした。日が隠れる頃には下の方から水の様な涼しい風が吹いて、疲れた人々に新しい力を添へるので、三人は早や露を帯びた草を滅法に刈つた。

　その中《うち》に東の方の立木の間が山火事の様に紅く焦《こげ》たが、其が段々に拡つたと思ふ間も無く、月は黒い林の上に覗き出た。水気を含んだ大きな月だ。風に戦く草は白う照らされる。草を薙ぐ利鎌も時々月の光を射返した。主婦さんとお絹はなほ種々の事を語る。主婦さんの笑ふ声が折々高く夜の山に響き渡つた。少時の間に三人は全身冷かな露を浴びた。しと〳〵と濡れた女の髪は月に艶々しく照らされた。

「今日は是で仕舞はうやえ。」と主婦さんが言つた時、お絹はほつと息を吐いた。月はやゝ高く林を離れた。霧に埋められた谷の方は一面の湖水のやうに見える。家々の灯がちら〳〵と深い〳〵水の底からのやうに幽に霧を漏れる。三人は夫々編笠と鎌を提げて帰り途に就いた。お絹は別に飯笊をも提げた。

「まあ良えお月さまじやのう。」と主婦さんは先に立つて言ふ。

「玉子の黄身の様でござんすなあ。」とお絹は一番後方を下り乍ら言つた。

「このお月さあが虧《か》けて、また円うなると盆ぢや。盆にはお寺へ踊に行かうぞえのう、お絹。」

「踊もう忘れやしたらうて。」

「なあに、人に追いて踊ると直ぐ覚えられるのえ。」

「仙さんも踊りやすかえ。」とお絹は前を黙つて行く仙二に訊いた。

「二三年前までは良う踊つたもんぢやが、此頃は馬鹿らしうなつたえ。」

「今年は私と一所に踊りやせんかな。十郎五郎の姿に作つて。」

「馬鹿、そがいな事をすると、直ぐ悪い噂が立たうぞえ。」と主婦さんは叱り乍らも笑つて言つた。仙二は敢て何とも口を利かなかつた。

三十一

少時して路は深い森の中に入つた。明るい月夜から俄に暗闇の中に這入つたので、木の根が処々に突き出て居る路を辿るのは一通でない。其に腐つた落葉の湿つぽい臭や松脂などの香が一所になつて、冷々と気味悪く肌に迫る。跫音に驚いて、時々けたたましく立つて遁げる鳥の声も身の毛をよ立たせる程物凄い。

「淋しうござんすなあ。」とお絹は自分の声を憚るやうに言ふと、主婦さんは
「木に突き当ると危いから、三人が手を繋いで下りる事にせうえ。」と立止つて、探るやうにして後方を来る仙二の手を把つた。お絹も続いて仙二の一方の手を把らうと近寄つて、

「仙さん、貴郎《あんた》の鎌は私の飯笊《めしざる》の中に入れて上げやすから、手をお貸しやす。」と言ひ乍ら、捥ぎ取る様に仙二の手を握つた。そして臂《ひぢ》と臂とが擦れ合う程に密接《くつゝ》いて行く。固く握り締められた仙二の手は、爪弾の三味の糸の様に微に顫うのだつた。

森が段々に疎になつて、木の葉を漏れる月がちら〳〵と人々の顔や身体に動き初めたので、仙二は無理にお絹の手を振り離した。

「あゝ気味が悪るかつたのう。」主婦さんも全く森を出て、再び円い月を仰いだ時、かう言つて仙二の手を離した。

「でも良え晩でござんす事。あれ、谷の方で河鹿が鳴いて居りやすなあ。」とお絹は故意と子供らしく言ふ。

「仙さあ、歌でも唄やれ。それ、石州から来て居た男に習うた追分の前節でも宜えからのう、さあ。」と主婦さんは思ひ出した様に勧める。仙二は
「尺八と合さにや駄目のえ。」と笑ひ声で言ふ。

「さう言はずに唄うて聞かせやせ。仙さんえ。」とお絹も迫《せが》む。

「笑ふちや不可んぞえ。」と言つて到頭仙二は唄ひ初めた。


冬が来やすよ身を切る冬が、殿御雪眼にさす冬が、あれ見やしやんせ燕でさへも、飛んで行きやす南の国へ、エンヤラヤノヤ〳〵

朗かな唄の声は月の光を微に振はして、淡い夜霧の中に側から融け去る。唄ひ了へた時、主婦さんは、良え声ぢやと讃めそやした。

「飛んで行きやす南の国へ、いふのが面白うござんすわなあ。」とお絹も聞き惚れた様に言つた。其から少し行く中に仙二は、咽が渇いたと独言の様に少し微触《かす》れた声で言ひ出した。

「私も水が欲しうなりやした。」とお絹も直ぐ追いて言ふ。やゝ有つて主婦さんは清水の湧く所を二人に教へて、

「私や此所で待つて居るから早う戻れや、」と言ひ足した。二人は草の深い中を横に上つて行くと、間も無く秋の虫が啼く様

な幽な音が聞え初めて、草の下が段々じめ〳〵して来た。

「清水の湧く所には蝮蛇《まむし》が居るもんぢやから、気を付けなえ。」

と仙二は恐々と足下を見て歩む。

「さうだすなあ。でも貴郎が蝮蛇に食ひ着かれたら、私が直ぐ口で毒を吸ひ取つて上げやすから心配はござんせんぞな。」お絹はかう口軽に言つて、ほゝと笑つた。

　二人は漸く清水の側に立つた。月の光は細竹の樋から落ちる水を、融かした銀のやうに見せる。ふと仙二は思ひ付いた様に
「お前、先へ飲んで見なえ。余り冷けれや俺あ飲まんから。」

と言つた。

「折角来たのだすに、何故？」お絹は怪しんだ。

「歯が痛み出すからよ。此間も其で困つたのえ。」

「あゝさうなの。貴郎は少《ちい》さい時から、奥の歯が悪うござんしたなあ。」とお絹は気の毒に言つて、一寸と思案する風だつたが、「あ、其ぢや私が良え法を知つて居りやす。私が口に含んで温めて上げるから待つてお出やせ。それ、貴郎が子供の時、さうして飲まして上げた事があるのを記憶《おぼ》えて居やすやらう？」と仙二の肩に手を掛けて促した。仙二はうつとりと言はれるまゝに泉の傍に立つてゐた。

＊　＊　＊

　急に主婦さんが彼方から、「早うお出でよ、何をしちよるのかえ」と高く呼んだので、二人は酔はされた甘い酒から急に醒された如く、愕然《ぎよつ》として我に帰つた。そして嘿《だま》つてすた〳〵と歩き出した。仙二はなほ口の中にねば〳〵しい生暖い水が残つてゐる様に感じた。

三十二

　お絹が其晩風呂に這入つて、夕飯を済して、気の抜けた人の様にふらふらと坂を下りて、家へ帰つた時、父は一人入口の敷居に腰を掛けて、鋸の歯を月に透しては鑢《やすり》でぎし〳〵と研いで居た。がお絹の帰つたのを見て、家に這入らす為めに一寸立ち上つて、側へ避けて、

「ひどい遅いぢやないか。」と訝し気に訊く。

「夜業をしやしたからなあ。」と答へ乍もお絹はなほ他の事に心を奪はれて居た。暗い小ランプの光は前後も知らぬ母や九一の厭らしい寝姿を見せて居る。お絹は漸くに寝巻を着換へて、次の間へ蒲団を延べると直ぐ、永い日の仕事に疲れ、思ひに疲れた身体をぐつたりと海鼠《なまこ》の様に横へた。併し頭の中が妙に狂つた様で中々眠られさうも無い、鑢の音は益益高く軋つて、頭の軟かい底を突かれる気がする。――思へば此頃の自分は全然別の人の様ぢや。何故にまあ彼様《あんな》子供に上せて夢中になつて居る事か知ら。馬鹿らしいとは平生も思つて居ても、彼の人の顔を見ると不思議に心が融る様に緩む、彼の人に近寄ると十六七の頃の様に胸が動悸する。矢張自分は未だ男が欲いのぢや。男が無うては夜も日も過ぎぬ女ぢや。浅間しい助平女ぢや。此先如何なるぢやらう。何ぼ年を取つても今の様な女ぢやらうか。

……あゝ考へまい。考へる程馬鹿々々しい事は無い。どうせ前世からの約束ぢや。その日〳〵に勝手な事をして、楽しめば良い。仙さんは自分のものぢや。彼の人さへ居れば生甲斐がある。さう思ふと自分は此辺の女の中でも一番に仕合者かも知れん。あの蟇蛙の様な大きな腹を抱へたお辰などより何れ程増か知れん。恐ろしい行末の事はどうでも良い。早う夜が明けれや良い。そして仙さんが見たい、一所に仕事がしたい。――お絹は一図に思ひ耽つた。

翌朝も早く起きて行つて見ると、主婦さんは朝餉や弁当の仕度に忙し相に立ち廻つて居られる。旦那は一段下の田の畔で、牛に食べさす草を刈つて居られる。お絹は失くした物を探す様に落ち着かず背戸へ廻つた。と、其処では仙二が池の側で一心に鎌を研いで居た。が、お絹の近づいたのを見て、物を憚る様な顔付をした。お絹は其側に蹲んで、

「私も手伝しやせうか。」と言葉を掛けた。

「お前ぢや駄目ぢやらうて。」

「まあ行つて見《や》やせうな。」と、別な砥石でざら〳〵と不器用に研ぎ初めた。少時して仙二は

「お絹や。」と四辺を見廻して小声で呼びかけた。「俺あ昨夜《ゆうべ》兄さあに叱られたぞえ。」

「何でなあ?」とお絹は一寸手を止めて、仙二の方へ振り向いて訊く。

「お前の事でや。」

「私の事? どうして? 早う言ひなんせや。」

「お前と余り親しうしちや不可んちうて。」

「何故?」

「昨夜、寺で衛生の談合が有つた時、お前の様な商売して居つた者が戻つて来ちやあ、村の為が悪いちうて一同《みんな》が言やつたとえ。痢病の毒が戻つた様なもんぢやと誰かは言やつたとえ。」

「へえツ。」とお絹は眼を瞠つたきり、何とも其次の言葉が出せない。

「けど、俺あそんな事は有るまいと思うわえ、のうお絹、人間は心が大切ぢやに。」

「人は何と言うても構ひやせん、私や私の思ふ通をして、一刻一刻が過《た》てば宜えのぢやけ。――私や此頃あ仙さんの事許り思うて居やすのえ。」と到頭お絹は悲しい調子で、投げ出す様に言つた。仙二は何とも答へないで俯向いて力なく鎌を研ぎ続けた。

三十三

二人が斯うして同じ心に少時ぢつと黙つて蹲んで居る中に仙二はふと頭を挙げて見るともなく池の中を見た。と、澄み切つた水の上に、一尾の緋鯉が腹を返して浮き上つて居るのが眼に入つた。

「あら鯉が死んで居らあ。」と仙二は立ち上つて、池の向ふ側へ廻つた。

「今朝起きた時や何とも無かつたがのう。」

「まあ、立派な緋鯉ぢやに、惜しい事やすな。」とお絹は心の中を紛らさうとする様に、故意と驚いた声を出した。

「まだ顋を動かして居るらしうも見えるが」と、仙二は竹切を持つて来て、鯉を岸の方へ掻き寄せる。夫に連れて、糸の様な小波が起る。其時納屋の牛に草を与つて、旦那が此方へ来た。お絹は疑深い落付かぬ眼で、一寸其方を見たが、旦那は平常と別に変つた様子もなく、

「お絹も昨夜は草臥れたらうのう、」と底意なく言はれる。

「兄さあ、鯉が死んだのえ。」と仙二は燈心草の間に掻き寄せた鯉を攫み上げて言つた。

「鼬鼠《いたち》の外道にでもやられたのかえ。」

「いんや、さうでも無いえ。これ、何処にも傷は見えんから。併し全然《まるで》頭許りで、身は無い程痩せてらあ。」と仙二は鯉を掌に載せて旦那に渡さうとした。と、急に鯉は撥ねて、岸の草の間へ落ちた。

「あら、未だ生きて居やがる。」

「何、今のが死踠《しにあがき》ぢやらうえ、」と旦那は鯉を採り上げて、熟々と眼に近寄せて視て居たが、「やあ、是や大変虫が着いてらあ、仙や。それ、眼にも見えん様な透き通つた平たい虫奴が、鱗の上をぐよ〳〵這ひ廻らあ。是ぢや死ぬる筈ぢやえ。」と気味悪く額に皺を寄せた。

「実《げ》にのう。これ、抓み除けやうと思や、びつたり鱗に吸ひ着きやがる。」

「困つたのう、他の鯉にも着いて居るに違ないが、近い中にみんな死んで仕舞ふぢやらう。」と言ひ乍ら旦那は眼を池の底に転じて、元気よく泳ぎ廻る沢山な鯉を見遣りつゝ、首を傾げた。

「あれ、あがいに騒いで岸に腹をすつと擦つたり為るのは、虫に食はれて痒いからぢやらう。」

「さう云へば近頃は夜中にでも池で鯉が飛び上る音が良う聞えるが、其も苦しい紛れに撥ねるのかも知れんて。」と仙二も池の中を覗いて見た。

「直に死ぬるのとも知らずに、騒いで居るわのう。」

「私にもお見せやす。」と此時まで黙つて、二人の話を聞いて居たお絹は側へ行つて来て、冷たい鯉の死屍を採つて、朱を塗つた様な背や腹の方を視たが、

「まあ、気味の悪い。」と金切声を出して、直ぐ側を向いた。

「一体是や何いふ虫でござんせうなあ旦那さん、私や初て見やしたの。」

「何ちう虫か知らんが。馬鹿にならんてのう、生命を取るから。まあ人間で云やコレラの虫や痢病の虫見た様なもんぢやらうえ。」

「厭な虫だす事。」お絹は斯う言つて鯉を草の中に投げ捨てた。

「黒いのよりか緋鯉は弱いから直に死んだのぢやのう兄さあ。」

「さうぢや、緋鯉は鯉の女ちう事ぢやからのう。」

此様事を話して居る中に母家の方から主婦さんが飯の仕度が

出来たと呼んだので、三人は連立つて其処を去つた。歩き乍らもお絹は言ひ難い厭しい心地が続いて苦しんだ。そして不意に気が附いた様に掌に、ぬめぬめする鯉の滑汁《のろ》を前垂で拭いた。

三十四

その日も朝飯を終へると四人は山へ出て行つて、昨日と同じ仕事を繰返した。主婦さんもお絹に対して別段変つた態度は無く、良く語りもし笑ひもした。併し話の中に
「お前も是からの身の持ち様一《ひとつ》で、如何にもなるのぢやから、良う気を付けんと不可んぞえ。」と言はれた時には、お絹は何となく当て擦《こす》られる様で、苦しく胸に応へた。仙二とお絹は成る可く口を利かぬ様にしたが、其でも二人の四の眼は編笠の下から時々ぴつたりと合ふのだつた。

昼の休息には復一同小屋へ寝たが、お絹は種々の事が心に往来して、今日も眠られない。仕方なしに草の上に不検束《だらしな》く横に坐つて、髪の中に指を突込んで、がし〳〵と掻いたりして居たが、ふと仙二の寝て居る方を見ると、彼も眼を開けて此方をぢつと視て居る。お絹は思はず莞爾《につこり》して、そつと立ち上つた。そして入口へ出て、軽く手招する。仙二も直ぐ起きて、狐鼠々々《こそ〳〵》と出て、

「何ぢやえ。」と小声で訊いた。

「苺を捥ぎに行きやせうえ。」とお絹も窃々《ひそひそ》と言ふ。仙二は黙つて点頭《うなづ》いた。二人は跫音を憚る様にして出て行く。未だ刈らぬ草さへぢり〳〵と縒《よ》れ上るかと思はれる程な暑い盛である。何処かで、「テテツポツポ」と山鳩が倦怠る相に鳴いて居る。

「何処へ行つたら苺が有やせうかなあ。」

「俺も知らんが。」

「えゝ何処でも歩く中には見付かりやせうえ。」


二人は当もなく刺の多い山の中を駈落者の様に逍遥ひ歩いた。その中に到頭苺の小籔に出逢つた。お絹の脱いだ編笠の中に手拭を敷いて、手に手に黒ずんだ草苺を捥いでは入れる。と、見る〳〵中に笠が重くなる程溜つた。

「はあ宜ござんすわよ。あの木の下へ行つて食べやせうなあ。」

とお絹は仙二を誘うて、扇の様に枝が拡つた一本松の蔭に行つて、二人擦れ〳〵に並んで腰を卸した。そして水気の多い苺を貪り舐めつゝ、他愛も無く談し合ふ。涼しい風は二人を静に撫でゝ吹いた。談が隆《はず》んでお絹の顔が自分のに触る程近寄つた時、仙二は、

「お前の髪は余程臭いのう。」と言つて、一寸顔を反向けた。

「近頃はちつとも洗ひやせんからな。」

「さう思や苺も髪臭いわえ。お前の笠にお前の手拭を敷いて入れたのぢやけ。」

「それで私が厭だすかえ。」

「さう言ふ訳ぢや無いけど。」

「お好なの？」お絹は片手を仙二の背中に廻して、抱く様にして、編笠の下から覗き込んで訊く。仙二は答へないで、唯僅に

首を前に動かした。

「お好？　夫なら私や嬉しうて堪らんのだすえ。」お絹は小娘の様な甘へた調子で言つた。少時してお絹は不意に思ひ付いた様に、直ぐ其処に見卸される山の嶺の黒い岩を指して、

「仙さんは彼の動岩を動かしやした事は無いなあ。」と言ひ出した。

「有るえ、一度。」

「まあ貴郎もかえ。――彼を動かした者は神様の祟で一生家も持たずに、仕舞には野たれ死するのだすとえ。真実でござんせうかなあ。」

「嘘ぢやえ。」

「全然で嘘とも言はれやせんの。今思ふと、辰さんの兄の布哇《はわい》へ行つた人も私と一所に動かした事があるのぢやから。」とお絹はそは〳〵と心配気に言つたが、仙二は其様ことには心を向けない様子で、恍惚とお絹の腕に縋つて居た。赤蜻蛉の群は二人の前を縺れ飛んだ。

三十五

「私もなあ仙さん。」とお絹は仙二の長い睫毛を読む様にして、同情を求める様な低い声で語を継いだ。「是で此方へ戻つて未だ僅にしか成りやせんが、まあどんなに苦しい思をしやしたらう。其や広島に居つた時も苦しいには違ありやせんが、今思うて見ると、彼地に居つた時の方が良えと思ふ事も度々ござんすのえ。」

「広島は良え処かえ。」仙二は初めて乗気になつて訊く。

「賑かな処でござんすぞえ。汽車もありやす、電燈もありやす。それに海にも近うござんすの。」

「お前海を見たの？」

「あえ、戻る時汽車の中から見やした。青い海の上を白帆をかけた船が勝手な方へ走つて居るのを見ると、乗つて見たい気がしやしたえ。」

「船に乗つた事は無いのぢやのう。」

「河舟に乗つた限りだす。河舟でも面白うござんすぞえ。彼に乗つて下つて見たらどんなに気持が良からうと思はれやす。白い瀬の上抔《など》を矢の様に下つて見たら。」

「算盤橋も良う見たかえ。」

「見やしたとも。まあ絵に画いたよりも立派でござんすぞなあ。――仙さん今日は良う晴れて居やすから、序に山の巓辺へ上つて、南の方でも眺めやせうえ。さあ、お立ちやす。」お絹は仙二の手を捉つて促す。

「でも早直に兄さあ達が眼を覚しやすぢやらうて。」

「未だ大丈夫だすえ。昨日の事を思うと。さあ速うしなんしな。」お絹はもう苺の這入つた編笠を把つて行きかける。仙二も直ぐ立ち上つて、小鹿のやうにお絹の後方を追いて行く。先刻から鳴く鳩の声は未だ暑さうに続いた。

険しい山の深い草を分けて、二人は夢心地で少時上つて居る

と、先を行くお絹の足下から二羽の雉子が不意にけたゝましい羽音を立てゝ、立ち上つた。お絹はぎよつとして、

「まあ愕然しやしたえ。」と叫んで、後方を来る仙二に寄り添うた。

「でもあの牡鳥の尾を見なえ、立派ぢや無いか。日にきら〳〵して。」

二人は右手の林を越えて行く女夫《めをと》の鳥の行方を恍惚と見遣り乍ら、一寸佇《たたづ》んだ。が、またずん〳〵上つて行く中、偶然に、少し切り拓いた平地に出た。

「やあ此処は痢病の死人を焼く所ぢやえ。」

「まあさうだすか。此間の煙も此処から立ちやしのかえ。」

二人は立留つて、陽炎の立ち上る黒い焼石や、其処らに散らばつて居る古蓆などをぢつと見遣つた。日に輝く虧茶碗も見えた。

「どうも妙な臭がしやすなあ。――あれ、彼の白い花は見付ん花でござんすなあ。」とお絹はひよろ〳〵と茎の細長い先に咲いた白い花を指した。

「彼は死人の霊が咲いたのぢやとえ。」

「あゝ気味が悪い。さあ彼方へ行きやせうなあ。こんな処は厭。」お絹はかう言つて、仙二の手を捉つて、流れる顔の汗を袂で拭き〳〵促した。

二人は息も吐かぬ程にすた〳〵と上つて、到頭山の頂上に達した。足袋を穿かぬ仙二の足は刺に掻かれて、縦横に血の線を滲ませた。

「草臥れやしたなあ。――でも宜え気持ぢやござんせんか。日本国が皆見える様な気がしますわえ。」お絹は四方の遠い国々を眩し相に見廻はし乍ら、抑へ切れない晴々しい心でかう言つた。高い山の頂を渡る真夏の風は二人の心に新しい血を湧かすのだつた。やゝ有つてお絹は南の方を遥に指して、

「仙さん、此通りの山と山の間に、蜒蜿《うね〳〵》と長うて、白う光るのが見えやせう。」と快燥《はしや》いで言ふ。

「あ、見える〳〵」

「彼が此下を流れる谷川の末でござんすぞえ。……どうも霞んで良う見えやせんが、其先が段々拡うなつて、到頭海に出やすのえ。」

仙二は浅い編笠の下から物慕しい湿んだ眼を細くして、遥々と果も無い野山の末を眺め入つた。

「私等見たよな女子でさへ、此様狭苦しい山の中へは住ひ度う無いから、男には迚も怺へ切れまいとは思はれやすのえ。」とお絹は黙つて居る仙二をもどかしがつて、何かを誘ひ出す様に言ふ。

「俺も南の方の広い所へ出て見たいわえ。」仙二は到頭誰に言ふとも無く口を切つて、微な溜息を吐いた。

「私と一所に行きやせんかえ。」

「お前と?」

「さう。お厭かえ?」お絹は仙二の垂れた左手を引攫んで、答

を迫つた。

　仙二は急に何とも言ひ難い不安を覚えて、口も利けない。で、お絹に靠れ掛り乍ら、無意識にお絹の片手に提げて居る編笠の中の苺を採らうとして右手を伸ばすと、お絹は其を無理に払ひ除けて、

「一所に行きやせうなあ。お厭？――苺なら私が食べさして上げやすに。」と言つて、苺を攫んで仙二の口に摺り付けた。が、仙二はなほ口を開かずに、気の抜けた人の様に懵然《ぼんやり》して居たので、苺は紅く潰れて、血のやうにぽた〳〵と草の中へ滴り落ちた。


（「読売新聞」明治45年1月1日〜2月5日）

悪魔

谷崎潤一郎

　真暗な箱根の山を越すときに、夜汽車の窓で山北の富士紡の灯をちらりと見たが、やがて又佐伯《さへき》はうと〳〵と眠つてしまつた。其れから再び眼が覚めた時分には、もう短い夜がカラリと明け放れて、青く晴れた品川の海の方から、爽かな日光が、真昼のやうにハツキリと室内へさし込み、乗客は総立ちになつて、棚の荷物を取り片附けて居る最中であつた。酒の力で漸く眠り通して来た苦しい夜の世界から、ぱつと一度に明るみへ照らし出された嬉しさのあまり、彼は思はず立ち上つて日輪を合掌したいやうな気持になつた。

「あゝ、これで己もやうやう、生きながら東京へ来ることが出来た。」

　斯う思つて、ほつと一息ついて、胸をさすつた。名古屋から東京へ来る迄の間に、彼は何度途中の停車場で下りたり、泊つたりしたか知れない。今度の旅行に限つて、物の一時間も乗つて居ると、忽ち汽車が恐ろしくなる。さながら自分の衰弱した

魂を脅喝するやうな勢で、轟々と走つて行く車輪の響きの凄じさ。グワラ〱〱と消魂《けたたま》しい、狂じみた声を立て丶機関車が鉄橋の上だの隧道の中へ駈け込む時は、頭が悩乱して、胆が潰れて、今にも卒倒するやうな気分に胸をわく〱させた。彼は此の夏祖母が脳溢血で頓死したのを見てから、平生大酒を呷る自分の身が急に案じられ、何時《いつ》やられるかも知れないと云ふ恐怖に始終襲はれ通して居た。一旦汽車の中で其れを想ひ出すと、体中の血が一挙に脳天へ逆上して来て、顔が火のやうにほてり出す。

「あツ、もう溜らん。死ぬ、死ぬ。」

かう叫びながら、野を越え山を越えて走つて行く車室の窓枠にしがみ着くこともあつた。いくら心を落ち着かせようと焦つて見ても、強迫観念が海嘯のやうに頭《あたま》の中を暴れ廻り、唯わけもなく五体が戦慄し、動悸が高まつて、今にも悶絶するかと危ぶまれた。さうして次の下車駅へ来れば、真青な顔をして、命《いのち》から〲汽車を飛び下り、プラツトホームから一目散に戸外《おもて》へ駈け出して、始めてはつと我に復つた。「ほんとうに命拾ひをした。もう五分も乗つて居れば、屹度己は死んだに違ひない。」など丶腹の中で考へては、停車場附近の旅館で、一時間も二時間も、或時としては一晩も休養した後、充分神経の静まるのを待つて、扨て再びこは〲汽車に乗つた。豊橋で泊り、浜松で泊り、昨日《きのふ》の夕方は一旦静岡へ下車したもの丶、だんだん夜になると、不安と恐怖が宿屋の二階に迄もひたひたと押し寄せて来るので又候《またぞろ》其処に居たたまれず、今度はあべこべに夜汽車の中へ逃げ込むや否や、一生懸命酒を呷つて寝てしまつたのである。

「それでもまあ、よく無事に来られたものだ。」と思つて、彼は新橋駅の構内を歩みながら、今しも自分を放免してくれた列車の姿を、いまいましさうに振り顧つた。静岡から何十里の山《さん》河《か》を、馬鹿気た速力で闇雲《やみくも》に駈け出して、散々原《さんざツぱら》人を嚇かし、勝手放題に唸り続けて来た怪物が、くたびれて、だらけて、始末の悪い長いからだを横へながら、「水が一杯欲しい。」とでも云ひさうに、鼻の孔からふツふツと地響きのする程ため息をついて居る。何だかパツクの絵にあるやうに、機関車が欠伸をしながら大きな意地の悪い眼をむき出して、コソコソ逃げて行く自分の後姿を嘲笑して居るかと思はれた。

人々の右往左往するうす暗い石畳の構内を出て、正面の玄関から俥に乗る時、彼は旅行鞄を両股の間へ挿みながら、

「おい、幌をかけてくれ。」

かう云つて、停車場前の熱した広い地面からまともにきらきらと反射する光線の刺戟に堪へかね、まぶしさうに両眼をおさへた。

漸く九月に入つたばかりの東京は、まだ残暑が酷しいらしかつた。夏の大都会に溢れて見える自然と人間の旺盛な活力——急行列車の其れよりも更に凄じく、逞しい勢の前に、佐伯はまざまざと面《おもて》を向けることが出来なかつた。剣《つるぎ》のやうな鉄路を走る電車の響、見渡す限り熱気の充満した空の輝き、銀色に燃へ

てもくもくと家並《やなみ》の後ろからせり上る雲の塊、赭く乾いた地面の上を、強烈な日を浴びて火の子の散るやうに歩いて行く町の群衆、――上を向いても、下を向いても、激しい色と光とが弱い心を圧迫して俥の上の彼は一刻も両手を眼から放せなかつた。

　今迄ひたすら暗黒な夜の魔の手に悩まされて居た自分の神経が、もう白日の威力にさへも堪え難くなつて来たかと思ふと、彼は生きがひのない心地がした。これから大学を卒業する迄四年の間、昼も夜も喧囂《けんがう》の騒ぎの絶えぬ烈しい巷に起き臥しして、小面倒な法律の書物や講義にいらいらした頭を泥《なず》ませる事が出来るであらうか。岡山の七高に居た時分と違ひ、本郷の叔母の家へ預けられれば、再び以前のやうな自堕落な生活は送れまい、永らくの放蕩で、脳や体に滲み込んでゐるいろ〳〵の悪い病気を直すにも、人知れず医者の許に通つて、こつそりと服薬しなければなるまい。事によると、自分は此のまゝ段々頭が腐つて行つて、廃人になるか、死んでしまふか、いづれ近いうちにきまりが着くのだらう。

「ねえあなた、どうせ長生《ながい》きが出来ない位なら、わたしがうんと可愛がつて上げるから、いつそ二三年も落第して此処に居らつしやいよ。わざ〳〵東京へ野たれ死にをしに行かなくてもいゝぢやありませんか。」

　岡山で馴染になつた藝者の蔦子が、真顔で別れ際に説きすゝめた言葉を想ひ出すと、潤ひのない、乾涸らびた悲しみが、胸に充ち充ちて、やる瀬ない悩ましさを覚える。あの色の青褪めた、感じの鋭い、妖婦じみた蔦子が、時々狂人のやうに昂奮する佐伯の顔をまぢまぢと眺めながら、よく将来を見透すやうな事を云つたが、残酷な都会の刺戟に、肉を啄かれ、骨をさいなまれ、いたいたしく傷けられて斃れて居る自分の屍骸を、彼は実際見るやうな気がした。さうして十本の指の間から、憶病らしい眼つきをして、市街の様子を垣間見た。

　俥はいつしか本郷の赤門前を走つて居る。二三年前に来た時とは大分変つて、新しく取り拡げた左側の人道へ、五六人の工夫が、どろ〳〵に煮えた黒い漆のやうなものを流しながら、コンクリートの路普請をして居る。大道に据えてある大きな鉄の桶の中から、赤熱されたコークスが炎天にいきりを上げて、陽炎のやうに燃えて居る。新調の角帽を冠つて、意気揚々と通つて行く若い学生達の風采には、佐伯のやうな悲惨《みぢめ》な影は少しも見えない。

「彼奴等は皆己の競争者《ライヴアル》だ。見ろ、色つやのいゝ頬《ほつ》ぺたをして如何にも希望に充ちたやうに往来を濶歩して行くぢやないか。彼奴等は馬鹿だけれども、獣《けだもの》のやうな丈夫さうな骨格を持つて居やがる。己はとても彼奴等に敵ひさうもない。」

　そんな事を考へて居るうちに、やがて「林」と肉太に記した、叔母の家の電燈の見える台町の通りへ出た。門内に敷き詰めた砂礫の上を軋めきながら、俥が玄関の格子先に停ると、彼は漸く両手を放して、駈け込むやうに土間へ入つた。

「二三日前に立つたと云ふのに、今迄何をして居たのだい。」

元気の好い声でかう云ひながら、叔母は佐伯を廊下伝ひに、一と先づ八畳ばかりの客間へ案内して、いろ〳〵と故国《くに》の様子を聞いた。五十近い、小太りに太つた、いつ見ても気の若い女である。

「ふむ、さうかい。……お父さんも今年は大分儲けたつて話ぢやないか。お金が儲かつたら、家《うち》の普請でもするがいゝつて、お前様《まへさん》から少《ち》つとさう云つておやり。ほんとにお前さん所ぐらゐがらんとして、古ぼけた穢《きたな》い家はありやしないよ。わたしや名古屋へ行く度毎にさう云つてやるんだけれど、いづれ其のうちにとか何とか、長いことばかり云つて居るんだもの。此の間も博覧会の時に、二三日泊りに来いつて云つて寄越したから、わたしやさう云つてやつたのさ。えゝと、遊びに参り度きは山々に候へども、……兼ねがね御勧め申置き候御普請の儀、いまだ出来かね候うちは、地震が恐ろしくてとても御宅に逗留し難く候つてね。ほんとうにお前さん冗談ぢやない。少し強い地震が揺つて御覧、あんな家《うち》は忽ちぴしやんこになつちまふから。お父さんは頭が禿げて、耄碌爺さんになつて居るから好いが、叔母さんは色気こそなくなつたものゝ、まだ命は中々惜しいからね。」

佐伯は頓興な話を聞きながら、にや〳〵と優柔不断の笑ひ顔をして、頻に団扇を動かして居る叔母の、嬰児《あかご》のやうにむくんだ手頸を見詰めて居たが、やがて自分も出された団扇を取つて扇ぎ始めた。

家の中へ落ち着いて見ると、暑さは一と入であつた。風通しの好いやうにと、残らず開け広げた椽外の庭に、こんもりした、二三本の背の高い楓と青桐が、日を遮つて、其の蔭に南天や躑躅が生ひ茂り、大きな八つ手の葉がそよ〳〵と動いて居る。濃い緑色の反射の為めに、室内は薄暗くなつて、叔母の円々した赭ら顔の頬の半面ばかりが、青く光つて居る。戸外《おもて》の明る味から、急に穴倉のやうな処へ引き擦り込まれた佐伯は、俯向《うつむ》き加減に眼瞼をぱちぱちさせながら、久留米絣の紺が汗に交つて、痩せた二の腕を病人のやうに染めて居るのを、いやな気持で眺めて居た。多少神経が沈まると、俥の上で背負つて来た炎熱が、今一時に発散するかとばかり満身の皮膚を燃やして、上気した顔が、眼の暈《くら》む程かツと火照《ほて》り始め、もの静かな脂汗《あぶらあせ》が頸のまはりにぬるぬると滲み出た。

のべつに独で喋舌り立てゝ居た叔母は、ふと、誰か唐紙の向うを通る足音を聞き付けて、小首をかしげながら、

「照ちやんかい。」

と呼びかけたが、返事のないのに暫く考へた後、

「照ちやんなら、ちよいと此処へお出でゞないか。謙《けん》さんがお前、漸く今頃名古屋からやつて来たんだよ。」

かう云つて居るうちに、襖が開いて従妹の照子が入つて来た。佐伯は重苦しい頭を上げて、さやさやと衣擦れの音のする暗い奥の方を見た。今しがた出先から帰つて来た儘の姿であらう。東京風な粋の庇髪に、茶格子の浴衣の上へ派手な縮緬の夏羽織

を着て、坐敷の中が狭くなりさうな大柄な、すらりとした体を、窮屈らしくしなやかにかゞめながら、よく都会の処女が田舎出の男に挨拶する時のやうに、安心と誇のほの見える態度で照子は佐伯に会釈をした。

「どうしたい、赤坂の方は。お前で用が足りたのかい。」

「えゝ、彼方様《あちらさま》でさう仰つて下さいますなら、其処はもう何でございます、ようく解つて居りますから、決して御心配下さいませんやうにツてね。……」

「さうだらう。其の筈なんだもの。一体鈴木があんなへまをやらなければ、元々かうはならなかつたんだからね。」

「其れも左様ですけれど、先方《さき》の人も随分だわ。」

「さうだともサ、……孰方《どちら》も孰方だあね。」

親子は暫くこんな問答をした。薄馬鹿と云ふ噂のある、此の家の書生の鈴木が、何か又失策を演じたものらしい。別段今此の場で相談せずともの事だが、叔母は甥の前で、自分の娘の利巧らしい態度や話振を、一応見せて置きたいのであらう。

「お母さんも亦、鈴木なんぞをお頼みなさらなければ好いのに。後で腹を立てたつて、仕様がありませんよ。」

照子はませた調子で、年増のやうな口を利いた。少し擦れ枯らしと云ふ所が見える。正面から庭のあかりを受けて、光沢《つや》のない、面長の顔が、ほんのり匂つて居る。此の前逢つた時には、あどけない乙女の心持と、大きな骨格と、シツクリそぐはぬやうであつたが、今では其んな所はない。大きいなりに豊艶な肉附きへなよ〳〵と余裕が付いて、長い長い腕や項や脚のあたりは柔い曲線を作り、たつぷりした着物迄が、美にして大なる女の四肢を喜ぶやうに、素直に肌へ纏はつて居る。重々しい眼瞼の裏に、冴えた大きい眼球のくるくると廻転するのが見えて、生え揃つた睫毛の蔭から、男好きのする瞳が、細く陰険に光つて居る。蒸し暑い部屋の暗がりに、厚味のある高い鼻や、蛞蝓《なめくじ》のやうに潤んだ唇や、ゆたかな輪廓の顔と髪とが、まざまざと漂つて、病的な佐伯の官能を昂奮させた。

二三十分立つてから、彼は自分の居間と定められた二階の六畳へ上つて行つた。さうして、行李や鞄を運んでくれた書生の鈴木が下りてしまふと、大の字になつて、眉を顰めながら、庇の外の炎天をぼんやりと視詰めて居た。

正午近い日光は青空に漲つて、欄杆の外に見晴らされる本郷小石川の高台の、家も森も大地から蒸発する熱気の中に朦々と打ち煙り、電車や人声やいろ〳〵の燥音が一つになつて、遠い下の方からガヤガヤと響いて来る。何処へ逃げても、醜婦の如く附き纏ふ夏の恐れと苦しみを、まだ半月も堪《こら》へねばならないのかと思ひながら、彼ははんぺんのやうな照子の足の恰好を胸に描いた。何だか自分の居る所が十二階のやうな、高い塔の頂《てつ》辺《ぺん》にある部室かとも想像された。

東京へは二三度来たこともあるし、学校も未だ始まらないし、何を見に行く気も起らずに、毎日々々彼は二階でごろ寝をしながら、まづい煙草を吹かして居た。敷島を一本吸ふと、口中が不愉快に乾燥して、直ぐゲロゲロと物を嘔きたくなる。それでも関はず、唇を歪めて、涙をぼろ〳〵とこぼして、剛情に煙を吸ひ込む。

「まあ、えらい吸殻だこと、のべつに兄さんは召し上るのね。」

こんな事を云ひながら、照子は時々上つて来て、煙草盆を眺めて居る。夕方、湯上りなどには、藍の雫のしたゝるやうな生々しい浴衣を着て来る。

「頭が散歩をして居る時には、煙草のステツキが入用ですからね。」

と、佐伯はむづかしい顔をして、何やら解らない文句を並べる。

「だつてお母さんが心配して居ましたよ。謙さんはあんなに煙草を吸つて、頭が悪くならなければ好いがつて。」

「どうせ頭は悪くなつて居るんです。」

「それでも御酒は上らないやうですね。」

「ふむ、……どうですか知らん。……叔母様には内証だが、まあ此れを御覧なさい。」

かう云つて、錠の下りて居る本箱の抽出しから、彼はヰスキーの罎を取り出して見せる。

「此れが僕の麻睡剤なんです。」

「不眠症なら、お酒よりか睡り薬の方が利きますよ。妾も随分内証で飲みましたつけ。」

照子はこんな塩梅に、どうかすると、一二時間も話し込んで下りて行く。

暑さは日増しに薄らいだが、彼の頭は一向爽やかにならなかつた。後脳ががん〳〵痛んで、首から上が一塊の焼石のやうに上気《のぼ》せ、毎朝顔を洗ふ時には、頭の毛が抜けて、べつとりと濡れた頬へ着く。やけになつて、髪を毟ると、いくらでもバラバラ脱落する。脳溢血、心臓麻痺、発狂、……いろ〳〵の恐怖が鳩尾《みぞおち》の辺に落ち合つて、激しい動悸が全身に響き渡り、両手の指先を始終わなわな顫はせて居た。

それでも一週間目の朝からは、新調の制服制帽を着けて、弾力のない心を引き立たせ、不承無承に学校へ出掛けたが、三日も続けると、直ぐに飽き飽きしてしまひ、何の興味も起らなかつた。

よく世間の学生達は、あんなに席を争つて教室へ詰めかけ、無意義な講義を一生懸命筆記して居られたものだ。教師の云ふ事を一言半句も逃すまいと筆を走らせ、黙々として機械のやうに働いて居る奴等の顔は、朝から晩迄悲しげに蒼褪めて、二た眼と見られたもんぢやない。其れでも彼奴等は、結構得々として、自分達が如何に見すぼらしく、如何にみじめで、如何に不仕合せであるかと云ふ事を知らないのだらう。講師が講壇に立つて咳一咳、

「……エヽ前回に引き続きまして、……」

とやり出すと、場内に充ち充ちた頭臚が、ハツと机にうつむ

いて、ペンを持つた数百本の手が、一斉にノートの上を走り出す。講義は人々の心を跳び越して、直ちに手から紙へ伝はる。行儀の悪い、不思議に粗末《ぞんざい》な、奇怪なのらくらした符号のやうな文字となつて、紙へ伝はる。唯手ばかりが生きて働いて居る。あの広い教場の中が、水を打つたやうにシんとして、凡べての脳髄が悉く死んで了つて、唯手ばかりが生きて居るのだ。手が恐ろしく馬鹿気た勢で、盲目的にスタコラと字を書き続けたり、ガチガチとインキ壺へペンを衝込んだり、ぴらりと洋紙の頁を捲くつたりする音が聞える。

「さあさあ早く気狂ひにおなんなさい。誰でも早く気狂ひになつた者が勝ちだ。可哀さうに皆さん、気狂ひにさへなつて了へば、其んな苦労はしないでも済みます。」

何処かで、こんな蔭口を利いて居る奴の声も聞える。他人は知らないが、佐伯の耳には、屹度此の蔭口を囁く奴が居るので、憶病な彼はとても怯えて居たゝまれなくなる。

流石に叔母の手前があるから、半日位は已むを得ず図書館へ入つたり、池の周囲をぶら附いたりした。家へ帰れば、相変らず二階で大の字になつて、岡山の藝者の事や、照子の事や、死の事や、性慾の事や、愚にも附かない種々雑多な問題を、考へるともなく胸に浮べた。どうかすると、寝ころんだ儘枕元へ鏡を立てゝ、肌理《きめ》の粗い、骨ばつた目鼻立ちをしげしげと眺めながら、自分の運命を判ずるやうな真似をした。さうして、恐ろしくなると急いで抽出しのヰスキーを飲んだ。

アルコールと一緒に、だんだん悪性の病毒が、脳や体を侵して来るやうであつた。東京へ出たらば、上手な医者に一度診察して貰ひませうと思つて居たのだが、今更注射をする気にも、売薬を飲む気にもなれなかつた。彼はもう骨を折つて健康を回復する精力さへなくなつて居た。

「謙さん、一緒に歌舞伎へ行かないかね。」

など、叔母はよく日曜に佐伯を誘つた。

「折角ですが、僕は人の出さかる所へ行くと、何だか恐《こは》くなつていけませんから……実は少し頭が悪いんです。」

かう云つて、彼は悩ましさうに頭を抱へて見せる。

「何だね、意久地のない。お前さんも行くだらうと思つて、態々日曜迄待つて居たんだのに、まあ好いから行つて御覧。まあさ、行つて御覧よ。」

「いやだつて云ふのに、無理にお勧めしたつて駄目だわ。お母様は自分ばかり呑気で、ちつとも人の気持が解らないんだもの。」

と、傍から照子がたしなめるやうなことを云ふ。

「だけど、彼の人も少し変だね。」

と、叔母は二階へ逃げて行く佐伯の後ろ影を見送りながら、

「猫や鼠ぢやあるまいし、人間が恐いなんて可笑しいぢやないか。」

と、今度は照子に訴へる。

「人の気持だから、さう理責めには行かないわ。」

「あれで岡山では大分放蕩をしたんださうだが、もう少し人間が砕けそうなものだね。尤も書生さんの道楽だから、知れて居るけれど、未だからつきし世馴れないぢやないか。」

「謙さんだつて、妾だつて、学生のうちは皆《みんな》子供だわ。」

照子は斯う云つて、皮肉な、人の悪い眼つきをする。結局、親子は女中のお雪を伴れて、書生の鈴木に留守を頼んで出かけて行く。

鈴木は毎朝佐伯と同じ時刻に、弁当を下げて神田辺の私立大学へ通つて居た。家に居ると玄関脇の四畳半に籠つて、何を読むのか頻にコツコツ勉強するらしい。眉の迫つた、暗い顔をいつもむつつりさせて、朝晩には風呂を沸かしたり、庭を掃いたり、大儀さうにのそのそ仕事をして居る。少し頭が低能で、不断何を考へて居るのか要領を得ないが、叔母やお雪に一言叱言を云はれゝば、表情の鈍い面を脹《ふく》らせ、疑深い、白い眼をぎよろりとさせて怒る事だけは必ず確かである。始終ぶつぶつと不平らしく独語を云つて居る。

「鈴木を見ると、家の中に魔物《まもの》が居るやうな気がしますよ。」

と、叔母の云つたのも無理はない。馬鹿ではあるが、いやに陰険で煮え切らない所がある。あれでも幼い頃には一と角《かど》の秀才で、叔父が生前に見込みを付けて家へ置いたのだが、将来立派な者にさへなれば、随分照子の婿にもしてやると、ウツカリほのめかしたのを執念深く根に持つて、一生懸命勉強して居る間に馬鹿になつて了つたのださうだ。いまだに照子の云ふ事なら、腹を立てずに何でも聴く。屹度彼奴は照子に惚れて、Onanismに没頭した結果馬鹿になつたのに違ひない、と佐伯は思つた。鈴木ばかりか、自分も照子に接近してから、余計神経が悩んで、馬鹿になつたやうに思はれる。実際彼の女と対談した後では五体が疲れる。彼の女は男の頭を掻き毟るやうな所があるらしい。……佐伯はそんな事を考へた。

みしり、みしり、と梯子《はしご》段《だん》に重い足音をさせて、ある晩鈴木が二階へ上つて来た。もう九月の末の秋らしい夜で、何処かに蟋蟀がじいじい啼いて居る。叔母を始め、女連は皆出かけて、ひつそりとした階下の柱時計のセコンドが、静かにコチコチと聞えて居る。

「何か御勉強中ですか。」

と云ひながら、鈴木は其処へ坐つて、部屋の中をじろじろ見廻した。

「いや、」

と云つて、佐伯は居ずまひを直して、けげんさうに鈴木の顔色を窺つた。めつたに自分に挨拶をした事もない、無口な男が、何用あつて、珍しくも二階へ上つて来たのだらう。……

「大変夜が長くなりましたな。」

曖昧な聞き取りにくい声で、もぐもぐと物を云つたが、やがて鈴木はうつ向いてしまつた。毒々しく油を塗つた髪の毛が、電燈の下でてかてかして居る。頑丈な、真黒な、茎莪の根のやうな指先を、ピクリピクリ動かしつゝ、黙つて膝頭で拍子を取つて居る。何か相談があつて、家族の留守を幸に、やつて来たのだらうが、容易に切り出しさうもない。妙に重々しく圧さへ付けられるやうで、佐伯は気がいらいらして来た。全体何を云ふ積りで、もぢもぢといつ迄も考へて居るのだらう。話があるならさツさと喋舌るがいゝぢやないか。……と、腹の中で呟きたくなる。

　が、鈴木はなか〳〵喋舌り出さない。「あなたは其処で勉強して居るがいゝ。私は自分の勝手で此処に坐つて居るのだ。」と云はんばかりに、畳の目を睨みつゝ、上半身で貧乏揺すりをして居る。……夜は非常に静かである。からりころりと冴えた下駄の音が聞えて、遥かに本郷通りの電車の軌めきが、鐘の余韻のやうに殷々と響く。

「甚だ突然ですが、少し其の、あなたに伺ひたい事があつて……」

　いよ〳〵何か云ひ始めた。相変らず畳を視詰めて、貧乏揺すりをして、——

「……他の事でもありませんが、実は照子さんの事に就いてなんです。」

「はあどんな事だか、まあ云つて見給へ。」

　佐伯は出来るだけ軽快を装つて、少し甲高い調子で云つたが、咽喉へ唾吐が溜つて居たものと見えて、ひしやげたやうな声が出た。

「それからもう一つ伺ひたいんですが、一体あなたが此の家へ入らしつたのは、どう云ふ関係でございませう。」

「どう云ふ関係と云つて、僕と此処とは親類同志だし、学校も近いから、都合が好いと思つたんです。」

「唯其れだけですかなあ。あなたと照子さんとの間に、何か関係でもありはしませんか。親と親とが、結婚の約束を取り極めたとでも云ふやうな。」

「別にそんな約束はありませんがね。」

「さうですかなあ。何卒本当の事を仰しやつて下さい。」

　鈴木は胡散臭い眼つきをしながら、歯並びの悪い口元で、にた〳〵と無気味に笑つて居る。

「いゝや、全くですよ。」

「まあ其れにしても、此れから先になつて、あなたが欲しいと仰しやれば、結婚なさる事も出来さうだと思ひますが、……」

「欲しいと云つたら、叔母は呉れるかも知れないけれど、当人が判りますまい。其れに僕は当分結婚なんかしませんよ。」

　佐伯は話をして居るうちに、だんだん癪に触つて来て、何だか馬鹿が此方へも乗り移りさうな気分になつた。大声で怒鳴りつけてくれようかと思ふ程、胸先がムカムカしたが、ぢつと堪《こら》へて居る。其れに相手が愚鈍な脳髄を遺憾なく発揮するのを、多少痛快にも感じて居る。

「しかし結婚はどうでも、兎に角あなたは照子さんが御好きでせう。嫌ひと云ふ筈はありませんよ。どうも僕にはさう見えます。」

「別段嫌ひぢやありません。」

「いや好きでせう。或は恋ひして居らつしやりはしませんか。其れが僕は伺ひたいのです。」

かう云つて、鈴木は如何にも根性の悪さうな、仏頂面をして、ぱちくりと眼瞬《めばた》きをしながら、思つて居る事を皆云はせなければ承知しないと云ふやうに、佐伯の一挙手一投足を監視して睨め付けて居る。

「恋ひをしてゐるなんて、そんな事は決して……」

と、佐伯はおづおづ弁解しかけたが、どうした加減か、中途で急に腹が立つて来た。

「一体君は、そんな事をしつくどく根掘り葉掘りしてどうするんだい。恋ひしようと恋ひしまいと僕の勝手ぢやないか。好い加減にし給へ、好い加減に。」

喋舌つて居る間に、心臓がドキドキ鳴つて、かつと一時に血が頭へ上つて行くのが、自分にも判る。嚙み付くやうな怒罵を、不意に真甲《まつかふ》から叩きつけられて、鈴木の脹《ふく》れツ面はだんだん険悪な相を崩し始め、遂には重苦しい、薄気味のわるい笑顔になつて行く。

「さうお怒りになつちや困りますなあ。僕は唯あなたに忠告したいと思つたんです。照子さんは中々一と通りの女ぢやありませんよ。不断は猫を被つて居ますが、腹の中ではまるで男を馬鹿にし切つて居るんです。実は極《ご》く秘密の話なんですが、……」

と、鈴木は一段声をひそめ、膝を乗り出して、さも同感を求めるやうな句調で、

「大概お解りでせうが、彼《あ》の女はもう処女ぢやありませんよ。随分いろいろな男の学生と関係したらしいんです。第一、僕とも以前に関係があつたんですから。……」

さう云つて、暫く相手の返事を待つて居たが、佐伯が何とも云はないので、又話を続ける。

「けれども全く美人には違ひありませんね。僕は彼の女の為めなら、命を捨てゝもいゝ積りなんです。照子のお父様が生きて居る時分に、確かに僕に呉れると云つたんです。実は話がさうなつて居たんですが、此の頃になつて、どうも母親の考が変つたらしく思はれるものですから、其れで先刻《さつき》あんな事をあなたに伺つて見ました。――全体母親も良くはありません。男親の極めて置いた約束を、今更反古にするなんて、少し無法ぢやありませんか。先がさう云ふ了見なら、僕の方にも覚悟があります。なあに、照子の気持は、母親よりも僕の方が能く解つて居る。彼の女は非常に冷酷で、男を弄ぶ気にはなつても、惚れるなんて事はないのです。だから、うるさく附け廻してやれば、根負けがして、誰とでも結婚するに極まつて居ますよ。」

こんな事を、とぎれ〳〵に、ぶつぶつと繰り返して、いつ迄立つても止みさうもなかつたが、突然戸外《おもて》の格子がガラガラと開いて、三人の足音がすると、

「何卒今日の話は内分に願ひます。」

かう云ひ捨てゝ、鈴木は大急ぎで下へ行つた。

何でも十一時近くであらう、其れから一時間ばかり立つて、皆寝静まつた頃に、

「謙さん、まだお休みでないか。」

と云ひながら、叔母がフランネルの寝間着の上へ羽織を引懸けて、上つて来た。

「先刻《さつき》鈴木が二階へ来やしないかい。」

かう云つて、佐伯の凭れて居る机の角へ頬杖を衝いて、片手で懐から煙草入を出した。多少気がゝりのやうな顔をして居る。

「え丶来ましたよ。」

「さうだらう。何でも帰つて来た時に、ドヤドヤと二階から下りて来た様子が変だつたから、行つて聞いて見ろツて、照子が云ふんだよ。めつたにお前さんなんぞには、ろくすつぽう口も利かないのに、可笑しいぢやないか。全体何だつて云ふの。」

「愚にも附かない事ばかり、独で喋舌つてゐるんですよ。ほんとに彼は大馬鹿だ。」

珍しく佐伯は、機嫌の好い声で、すら〳〵と物を云つた。

「又私の悪口ぢやないのかい。方々へ行つて、好い加減な事を触れて歩くんだから、困つちまふよ。あれで、彼《あ》の男は馬鹿の癖になかなか小刀細工をするんだからね。――いづれお前さんと照子と、どうだとか云ふんだらう。」

「さうなんです。」

「そんなら、もう聞かないでも、大概わかつて居らあね。若い男がちよいとでも照子と知り合ひになると、直ぐに彼奴は聞きに出かけるんだよ。彼奴の癖なんだから、お前さん悪く思はないやうにね。」

「別に何とも思つちや居ません。しかし彼《あ》れぢや叔母さんもお困りでせう。」

「お困りにも、何にも……」

と、眉を顰める拍子に、ぽんと灰吸《はいふき》へ煙管を叩いて、叔母は又語り続ける。

「彼奴の為めには、私は時々魘《うな》されますよ。叔父様が亡《なくな》つてから、一度暇を出したんだけれど、其の時なんざ、私達親子を恨んで、毎日々々刃物を懐にして、家の周囲《まはり》をつろついてるツて騒ぎなんだらう。まあ私達がどんなに酷い事でもしたやうで、世間体が悪いぢやないか。家へ入れてやらなければ、火附け位はしかねないし、仕方がないから、又引き取つてやつたあね。照子はなに鈴木は憶病だから、いつもの小刀細工で人を嚇かしてるんだツて、云ふけれど、私は、満更さうでもあるまいと思ふ。なあに、あゝ云ふ奴が、今に屹度人殺しなんぞするんです。……」

ふと、佐伯は、フランネルに包まれた、むくむくした叔母の体が、襟髪か何かをムヅと摑まれて、残酷にづてんどうと引き擦り倒され、血だらけになつて、キヤツと悲鳴を揚げて居る所を想像した。あの懐に見えて居る、象の耳のやうにだらりと垂れた乳房の辺へ、グサツと刃物を突き立てたら、どんなだらう。

不恰好に太つた股の肉をヒクヒクさせ、大根のやうな手足を踏ん張つて、ひいひいばたばたと大地を這ひ廻つた揚句、あの仔細らしい表情の中央《まんなか》にある眉間を割られて、キユツと牛鍋の煮詰まつたやうに、息の根の止る所はどんなだらう。……

ぼんと階下で時計が半を打つた。あたりがしんしんと更けて、大分寒さが泌み渡る。叔母は話に夢中になつて、頻に煙草盆の灰の中を、雁首で掻き廻して居る。灰の山がいろいろの形に崩れて、時々蛍ほどの炭火がちらちら見えるが、容易に煙草へ燃え移らない。

「……だから私も心配でならない。照子だつて、いづれ其のうち婿を貰はなけりやならないけれど、又あの馬鹿が、何をするかも知れないと思ふと……」

いつの間にか火を付けたと見えて、叔母の鼻の孔から、話と一緒に白い煙の塊がもくもく吐き出され、二人の間に漂ひながら、はびこつて行く。

「それに照子が、縁談となると嫌な顔をするので、私も弱り切るのさ。謙さんからもちつとさう云つて見ておくれな。そりや私も随分呑気だけれど、彼の娘《こ》と来たら、又一倍だからね。二十四にもなつて、一体まあどうする気なんだらう。」

叔母はいつもの元気に似合はず、萎れ返つて、散々愚痴をこぼしたが、十二時が鳴ると話を切り上げ、

「さう云ふ訳だから、鈴木が何と云つたつて、取り上げないでおくんなさい。あんな奴に掛り合ふと、しまひにはお前さん迄恨まれるからね。――さあ〳〵遅くなつちまつた。謙さんもモウお休み。」

かう云つて、下りて行つた。

明くる日の朝、佐伯は風呂場で顔を洗つて居ると、跣足になつて庭を掃いて居た鈴木が、湯船の脇の木戸口から、のつそり這入つて来た。

「お早う。」

と、佐伯は少しギヨツとして、殊更機嫌を取るやうに声をかけたが、何か非常に腹を立てゝ居るらしく、暫くは返事もせずに、面を脹らして居る。

「あなたは、昨夜の事をすつかり云附けましたね。――お恍けになつたつていけません。僕はあれから、まんぢりともしないで、様子を聞いて居たんです。たしかに奥様が二階へ上つて行つて、十二時過ぎまで話をして居ました。僕はもうあなたとも仇《かたき》同士だから、此れからは決して口を利きませんよ。僕に何を云ひかけたつて無駄だから、何卒其の積りで居て下さい。」

かう云つて、ぷいと風呂場を出て行つたかと思ふと、何喰はぬ顔をして庭を掃いて居る。

「とうたう己にも、魔者が取り付いた。」

佐伯は腹の中で斯う呟いた。彼奴は人が親切にしてやればやる程、仇《かたき》だと思つて付け狙ふんだ。事に依ると、己が彼奴に殺されるのかも知れない。如何に彼奴の為めに利益を図つて、成る可く照子にも近附かないやうにして、真実を尽せば尽すほど、

いよ／＼彼奴は己を恨んで、揚句の果てに殺すのかも知れない。始終殺されまい、殺されまいと気を配りつゝ、逃げて廻つて居るうちに、だんだん自分が照子と恋に落ちて、矢張《やつぱり》殺されなければならないやうな運命に、陥《はま》り込みはしないだらうか。……

鈴木はまだ庭を掃いて居る。頑丈な、糞力のありさうな手に帚木を握つて、臀端折で庭を掃いて居る。あの体で押さへ付けられたら、己はとても身動きが出来まい。――種々雑多な、取り止めのないもや／＼とした恐怖が、佐伯の頭の中に立ち騒いで居る。

十月も半ばになつて、学校の講義は大分進んだが、彼のノートは一向厚くならなかつた。

「なに毎日出席しなくつてもいゝんです。」

とか、

「今日は少し気分が勝れない。」

とか、だんだん図々しい事を云つて、三日に上げず欠席するやうになつた。朝も非常に寝坊をした。暇さへあれば、蒲団にもぐり込んで、獣のやうな、何かに渇えたやうな眼をぱつちりと開いて、天井を視詰めながら、うとうとと物を考へる。脳を循る血が、ヅキンヅキンと枕へ響き、眼の前に無数の泡粒がちらちらしたり、耳鳴りがしたりして、体の節々のほごれるやうな、慵い、だるい日が続く。ちよいとごろ寝をした間にも、恐ろしく官能的な、奇怪な、荒唐な夢を無数に見る。さうして其れが眼を覚ました後迄も、感覚に残つて居る。天気の好い日は、南の窓から瘤に触る程冴え返つた青空が、濁つた頭を覗き込んで居る。もう再び放蕩をしようと云ふ気も起らない。こんな衰弱した体で、刺戟の強い、糜爛した歓楽を二日も試みたら、屹度死んでしまふだらうと思はれる。

照子は日に何度となく二階へ上つて来る。あの大柄な女の平《ひら》べつたい足で、寝て居る枕元をみしみし歩かれると、佐伯は自分の体が蹈み付けられるやうに感じた。

「私が梯子段を上る度毎に、鈴木が可笑しな眼つきをするから、猶更意地になつてからかつてやるのよ。」

かう云つて、照子は佐伯の眼の前へ坐りながら、

「此の二三日感冒《かぜ》を引いちやつて。」

と、袂から手巾を出して、ちいちいと洟を擤《か》んだ。

「こんな女は、感冒を引くと、余計 attractive になるものだ。」

と思つて、佐伯は額越しに、照子の目鼻立ちを見上げた。寸の長い、たつぷりした顔が、喰ひ荒らした喰べ物のやうに汚《よご》れて、唇の上がじめじめと赤く爛れて居る。生暖い活気と、強い底力のある息が、頭の上へ降つて来るのを、佐伯は悩ましく感じながら、

「ふむ、ふむ」

と、好い加減な返事をして、胸高に締めた塩瀬の丸帯の、一呼吸毎に顫へるのを、どんよりと眺めて居る。

「兄さん――あなたは鈴木に捕まつてから、私が来るといやに

気色を悪くなさるのね。」

　かう云つて、照子は腰を下ろして、ぴしやんこに坐り直した。湯へ入らないせゐであらう、膝の上へ投げ出した両手の指が、稍黒ずんで居る。あの面積の広い掌《てのひら》が、今にも自分の顔の上を撫で廻しに来やしないかと、佐伯は思つた。

「何だか僕は、彼奴に殺されるやうな気がする。」

「どうしてなの。何か殺されるやうな覚えがあつて？　あなた迄恨まれる因縁はありやしないわ。」

「そりや、何も因縁はないさ。」

　佐伯は惶て丶取り消すやうに云つたが、何だか気不味《まづ》い所があるので、照子の顔を見ないやうに話をつゞける。

「けれども彼奴は、因縁なんぞなくつたつて、恨む時には恨むんだから抗はない。——唯訳もなく殺されるやうな気がするんだ。」

「大丈夫よ、そんな事が出来る位な、ハキハキした人間ぢやないんですもの。——けれども殺すとしたら、先づお母様だわ。私を殺す気にはとてもなれないらしい。」

「そいつは判らないな。可愛さ余つて憎さが百倍と云ふぢやないか。」

「い丶え、たしかに殺す筈はないの。いつか家を追ひ出された時だつて、お母様ばかり嚇かして居るんですよ。私は夜昼《よるひる》平気で戸外《おもて》へ出てやつたけれど、てんで傍へも寄り付いて来なかつたわ。……」

　照子はこつそりと前の方へ、蓋《かぶ》さるやうに乗り出して来る。

「其れだのに兄さんが殺されるなんて、其んな事がありつこないわ。よしんば、二人の間にどんな事があつたつて………」

　佐伯は急に、何か物に怖れるやうな眼つきをして、

「照ちやん僕は頭が痛いんだから、又話しに来てくれないか。」

と、いらいらした調子で、慳貪に云ひ放つた。


　間もなく照子と入れ代りに、女中のお雪が上つて来て、何か部屋の中を、こそこそと捜して居る。

「お嬢さんが手巾をお忘れになつたさうですが、御存じございませんか知ら。何でも洟を擤んだ穢い物だから、持つて来てくれと仰つしやいますが。……」

「忘れたのなら、其処いらにあるだらう。僕は気がつかなかつたがね。」

　佐伯は無愛想な返事をすると、背中を向けて寝て了つた。それから、お雪が稍暫く捜ねあぐんで下りて行つた頃、又むくむくと起き返つた。さうして梯子段の方へ気を配りながら、憶病らしく肩をすぼめて、布団の下から其の手巾を引き擦り出し、拇指と人差指で眼の前へ摘み上げた。

　四つに畳まれた手巾は、どす黒く板のやうに濡れて癒着《くっつ》いて、中を開けると、鼻感冒《はなかぜ》に特有な臭気が発散した。水洟が滲み透して、くちやくちやになつた冷めたい布を、彼は両手の間に挿んでぬるぬると擦《こす》つて見たり、ぴしやりと頬《ほっ》ぺたへ叩き付けた

り、して居たが、しまひに顰《しか》めツ面をして、犬のやうにぺろぺろと舐め始めた。

……此れが洟の味なんだ。何だかむつとした生臭い匂を舐めるやうで、淡い、塩辛い味が、舌の先に残るばかりだ。しかし、不思議に辛辣な、怪しからぬ程面白い事を、己は見付け出したものだ。人間の歓楽世界の裏面に、こんな秘密な、奇妙な楽園が潜んで居るんだ。……彼は口中に溜る唾吐を、思ひ切つて滾々と飲み下した。一種搔き毟られるやうな快感が、煙草の酔の如く脳味噌に浸潤して、ハツト気狂ひの谷底へ、突き落されるやうな恐怖に追ひ立てられつゝ、夢中になつて、唯一生懸命ぺろぺろと舐める。

やがて二三分立つと、彼は手巾を再びそつと布団の下へ押し込み、眼が眩《くるめ》くやうに惑乱された頭を抱へながら、憂鬱な暗澹とした物思ひに耽つた。己は斯うやつて、だんだん照子に蹈み躪られて行くのだ。彼の女は蜥蜴《とかげ》のやうに細長い、しなしなした体で、鈴木と一緒に己の運命の上へ黒雲の如く蓋《かぶ》さつて来るのだ。………

翌朝佐伯は床を離れると、早速手巾を洋服の内隠嚢へ入れて、こそこそと鈴木の前を逃げるやうに学校へ行つた。さうして便所の戸を堅く締めて、其の中でそつと拡げたり、池の汀の雑草の中に埋れて、野獣が人肉をしやぶるやうに、ぺちやぺちやとやる。やがて又何とも名状し難い、浅ましい、不快な気分に呪はれつゝ、物凄い青黒い顔をして、ふらりと家へ戻つて来る。

其のうちに手巾は、水洟の糟も残らず、綺麗に黄色く乾上《ひあが》つて、突張つてしまつた。

「もう好い加減に降参しろ。」と云はんばかりに、照子は相変らず二階へ上つて来ては、チクチクと佐伯の神経をつツ突く。あの銀の鍼《はりがね》に似た眼元に、媚びるやうな、冷かすやうな微笑を泛べて、ぢり〱と肉薄されると、佐伯は手巾の一件を見破られるかと思はれて、避《よ》けて廻りながらも、存分に翻弄され、悩まされて行く。あの柔かさうに嵩張つた、すべ〱と四肢の発達した肉体の下に、魂が押し潰されて、藻掻いても、焦つても、逃げようのない重苦しさに、彼は哀れを乞ふが如き眼つきをしながら、

「照子の淫婦奴!」

と呻るやうな声で怒号して見たくなるかと思へば

「いくら誘惑したつて、降参なんかするもんか。己には彼奴にも鈴木にも知れないやうな、秘密な楽園があるんだ。」

こんな負け惜しみを云つて、せゝら笑ふ気持にもなつた。で、又こつそりと、照子の手巾を盗んだり、喰ひかけの菓子を拾つて来たり、しまひには足袋の裏や下駄の台をぴちや〱と甜めたりした。

考へて見れば、彼の所謂「楽園」はなか〱豊富だ。足袋でも、下駄でも、手袋でも、まだ其の他に、鼻紙や、洗濯物や、蜜柑の皮の吐き出したのや、苟くも照子の体に触れた物は、悉く之を楽園に移し植ゑて、舌の爛れる限り、唇の腐るかぎり、

其の香気を貪ることが出来る。だんだん彼は壺中の天地を開拓して、芳烈な甘味をすゝり始め、肝心の照子に対しては、一向直接の圧迫を感じたり、誘惑に襲はれたりしなくなつた。とうたう「鈴木の馬鹿奴、いまだに何も気が付かないらしい。己に胡麻化されてしまやがつた。」

かう云ふ安心が出来た時分には、彼はもう完全に、奇妙なる楽園の主人公となつて了つた。一つ近いうちに照子の様子を伺つて、雪隠へもぐり込んでやらうか、など丶企《たく》んで、大分其れを楽しみにして居る。…………

（「中央公論」明治45年2月号）

妾宅

永井荷風

一

どうしても心から満足して世間一般の趨勢に伴つて行くことが出来ないと知つたその日から、彼はとある堀割のほとりなる妾宅にのみ、一人倦みがちなる空想の日を送る事が多くなつた。今の世の中には面白い事が無くなつたといふばかりならまだしもの事、見たくでもない物のかぎりを見せつけられるに堪へられなくなつたからである。進んで其等のものを打破《うちこわ》さうとするよりも寧しろ退いて隠れるに如くはないと思つたのである。何も彼《か》も時世時節《ときよじせつ》ならば是非もないといふやうな川柳式のあきらめが、遺伝的に彼の精神を訓錬さしてゐたからである。見過《みす》ぎ世過《よす》ぎならば洋服も着やう。生れ落ちてから畳の上に両足打曲げて育つた捩《ねぢ》れた身体《からだ》にも、当節の流行とあれば、直立した国の人達の着る洋服を憶面もなく採用しやう。用があれば停電しがちの電車にも乗らう。自動車にも乗らう。園遊会にも行かう。

浪花節も聞かう。女優の鞦韆《ぶらんこ》を下からのぞかう。沙翁劇も見やう。洋楽入りの長唄も聞かう。頼まれれば小説も書かう。粗悪な紙の上に誤植だらけにされて印刷もして頂かう。それに対する粗忽《そこつ》千万なジウルナリズムの批評も聞かう。同業者の誼《よし》みにあんまり黙《だま》つてゐても悪いやうなら議論のお相手もしやう。けれども要するに、其れはみんな身過ぎ世過ぎである。川竹の憂き身をかこつ哥沢の、糸より細き筆の命毛《いのちげ》を渡世《とせい》にする是非なさ……オツト大変忘れたり。彼と云ふは瞠々たる現代文士の一人、但し人の知らない別号を珍々先生と云ふ半可通である。かくして先生は時代の生存競争に負けないため、時代の人達のする事は善悪無差別に一通りは心得てゐやうと勤めた代り、さうするには何処にか人知れず心の隠れ家を求めて、時々は生命の洗濯をする必要を感じた。宿なしの乞食でさへ眠むるには猶橋の下を求めるではないか。厭な客衆の勤めには、傾城をして引《ひけ》過《す》ぎの情夫《まぶ》を許してやらねばならぬ。先生は現代生活の仮面を成るべく巧みに被《かぶ》り畢《おほ》せるためには、人知れずそれを抜き捨てべき楽屋を必要としたのである。昔より大隠のかくるゝ町中の裏通り、堀割に添ふ日かげの妾宅は即ちこの目的の為めに作られたる彼が心の安息所であつたのだ。

二

妾宅は上《あが》り框《かまち》の二畳を入れて僅かに四間ほどしかない古びた借家であるが、拭込《ふきこ》んだ表の格子戸と家内の障子と唐紙は、今の職人の請負仕事を嫌ひ、先頃吉原の焼ける前、廃業する藝者家の古建具を其のまゝに買ひ取つたものである。二階の一間の欄干だけには日が当るけれど、下座敷は茶の間も共に、外から這入ると人の顔さへ鳥渡は見分かぬほどの薄暗さ。厠へ出る椽先の小庭に至つては、日の目を見ぬ地面の湿け切つてゐること気味わるいばかりである。然し先生はこの薄暗く湿《しめ》つた家をば、薄暗く湿《しめ》つてゐるがために、猶ほなつかしく、如何にも浮世に遠く、失敗した人の隠家らしい心持をさせる事を喜んでゐる。石菖の水鉢を置いた櫺子窓の下には朱の溜《ため》塗の鏡台がある。藝者が弘《しろ》めをする時の手拭の包紙で腰張した壁の上には、欝金の包を着た三味線が二挺かけてある。大きな如輪《ぢよりん》の長火鉢の傍《そば》にはきまつて猫が寝てゐる。襖を越した次の座敷には薄暗い上にも更に薄暗い床の間に、極彩色の豊国の女姿が、石州流の生花のかげから、過ぎた時代の風俗を見せてゐる。片隅には「命《いのち》」といふ字を傘《かさ》の形のやうに繋いで染出した赤い更紗の蒲団をかけて、炭団《たどん》の火の薄暖い置炬燵。その後には二枚折の屏風に、今は大方故人となつた役者や藝人の改名披露やおさらひの色紙を張つた中に、田之助半四郎なぞの死絵二三枚をも交ぜてある。彼が殊更に、この薄暗い妾宅をなつかしく思ふのは、風鈴の音の涼しい夏の夕よりも、虫の音の冴える夜長よりも、却つて底寒く曇つた暗い冬の日の、どうやら雪にでもならうかといふ暮れ方近く、この一間の置炬燵に猫を膝にしながら、所業《しよざい》なげに生欠伸《なまあくび》をかみしめる時であるのだ。彼は窓外を呼び過ぎる物売りの声と、遠い大通りに轟き渡る車の響と、厠の向うの、腐りかけた建仁寺垣を越して、隣りの家から聞え出すはたきの音をば、何といふわけもなく悲しく聞きなす。お妾はいつでも此の時分には銭湯に行つた留守のこと、彼は一人《ひとり》燈火《あかり》のない座敷の置炬燵に肱枕して、折々は隙漏《すきも》る寒い川風に身顫ひをするのである。珍々先生はこんな処にこうしていぢけて居ずとも、便利な今の世の中はもつと暖かな、もつと明るい賑かな場所がいくらも在る事を能く承知してゐる。けれども然う云ふ明い晴れやかな場所へ、得意然と出しやばるのは、自分なぞが先きに立つてやらずとも、成功主義の物欲《ものほ》しい世の中には、さう云ふ処へ出しやばつて歯の浮くやうな事を云ひたがる連中が、有り余つて困るほどある事を思返すと、先生は寧ろ薄寒い妾宅の置炬燵にかぢりついて居るのが、涙の出るほどに嬉しく淋しく悲しく、同時にまた何とも云へぬほど皮肉な得意を感じるのであつた。表の河岸通りには日暮れにつれて吹起る空《から》つ風の音が聞え出すと、妾宅の障子はどれが動くとも知れず、ガタリ／＼と妙に気力の抜けた陰気な音を響かす。その度々《たびたび》に寒さはゾク／＼襟元へ浸み入る。勝手の方では、いつも居眠りしてゐる下女が、又しても皿小鉢を破《こわ》したらしい物音がする。炭団《たどん》はどうやらもう灰になつて仕舞つたらしい。先生はかう云ふ時、つくづくこれが先祖代々日本人の送り過して来た日本の家の冬の心持だと感ずるのである。宝井其角の家にもこれと同じやうな冬の日が幾度となく来たのであらう。北川歌麿の絵筆持つ指先もかゝる寒さの為めに凍つたのであらう。馬琴や北斉もこの置炬燵の火の消えかゝつた果敢なさを知つてゐたであらう。京伝一九春水種彦を始めとして、魯文黙阿弥に至るまで、少くとも日本文化の過去の誇りを残した人々は、皆おのれと同じやうな此の日本の家の寒さを知つてゐたのだ。而して彼等は此の寒さと薄暗さの中にも、恨むことなく反抗することなく、手錠をはめられ版木を取壊《とりこわ》すお上《かみ》の御成敗《ごせいばい》を甘受してゐたのだと思ふと、時代の思想はいつになつても、昔に代らぬ今の世の中、先生は形ばかり西洋模倣の倶楽部やカツフエーの暖炉のほとりに葉巻をくゆらし、新時代の人々と舶来の火酒を傾けつゝ、恐れ多くも天下の御政治を云々したとて何にならう。吾々日本の藝術家の先天的に定められた運命は、矢張かうした置炬燵の肱枕より外にはないと云ふやうな心持になるのであつた。

三

人種の発達と共に其の国土の底に深くも根ざした思想の濫《らん》觴《ちやう》を鑑み、幾時代の遺伝的修養を経たる忍従棄権の悟りに、われ知らず襟を正す折しもあれ。先生は時々かゝる暮れがた近く、隣の家から子供のさらふ稽古の三味線が、却つて午飯過ぎの真昼よりも一層賑かに聞え出すのに、眠るともなく覚めるともなく、疲れきつた淋しい心をゆすぶらせる。家の中はもう真暗になつてゐるが、戸外にはまだ斜にうつろふ冬の夕日が残つてゐるに違ひない。あゝ、三味線の音色。何といふ果敢《はかな》い、消えも入りたき哀れさを催させるのであらう。嘗てそれほどにまだ自己を知らなかつた得意の時分に、先生は長々しい小説を書いて、その一節に三味線と西洋音楽の比較論なぞを試みた事を思返す。世の中には古社寺保存の名目の下に、古社寺の建築を修膳するのではなく、却て此れを破壊若しくは俗化して仕舞ふ山師があるやうに、邦楽の改良進歩を企て丶、却て邦楽の真生命を殺して了ふ熱心家のある事を考へ出す。然し先生はもう其等をば余義ない事であると諦《あき》らめた。こんな事を云つて三味線の議論をする事すらが、已に三味線の為には此の上もない汚辱なのである。江戸音曲の江戸音曲たる所以は時勢のために見る影なく踏みにぢられて行く処にある。時勢と共に進歩して行く事の出来ない処にある。然も一思ひに潔く殺され滅されてしまふのではなく、新時代の色々な野心家の汚《きたな》らしい手にいぢくり廻はされて、散々慰まれ辱しめられた上句、なぶり殺しにされてしまふ傷《いたま》しい運命。それから生ずる無限の哀傷が、即ち江戸音曲の真生命である。少くともそれは二十世紀の今日洋服を着て葉巻を吸ひ乍ら聞く吾々の心に響くべき三味線の呟きである。さればこれを改良するといふのも、或はこれを撲滅するといふのも、何《いづ》れにしても滅行く三味線の身に取つては同じであると云はねばならぬ。珍々先生が帝国劇場に於て「金毛狐」の如き新曲を聴く事を辞さないのは、つまり灰《はひ》の中から宝石を捜出《さがしだ》すやうに、新しきもの丶処々にもまだ残されてゐる昔のま丶の節付を拾出す果敢い楽しさの為である。同時に擬古派の歌舞伎座に於て、大薩摩を聞く事を喜ぶのは、古きもの丶中にも知らず〳〵浸み込んだ新しい病毒に、遠からず古きもの全体が腐つて倒れてしまひさうな、其の遺瀬ない無常の真理を悟り得るが為めである。思へば却て不思議にも、今日と云ふ今日まで生残つた江戸音曲の哀愁をば、先生は恰も廓を抜け出て、唯だ一人闇の夜道を跣《はだ》足《し》のま丶にかけて行く女のやうだと思つてゐる。たよりの恋人に出逢つた処で、末永く添ひ遂げられるといふではない。互に手を取つて南無阿弥陀仏と死ぬばかり。若し駕輿かきの悪者に出逢つたら、庚申塚の藪《やぶ》かげに思ふさま辱《はづかし》められて、猶生命あらばまた遠国へ売り飛ばされるにきまつてゐる。追手に捕まれば元の曲輪へ送り戻されゝば、煙管の折檻に、又そしても毎夜の憂きつとめ。死ぬと云ひ消えると云ふが、此の世の中に此女の望み得べき幸福の最絶頂なのである。と思へば先生の耳には本調子も二上りも三下りも皆この世は夢ぢや諦《あきら》めしやんせ、諦《あきら》めしやんせと響くのである。されば隣りで唄ふ小歌の文句の、「夢と思ひて清心は。」といひ「頼むは弥陀の御ン誓ひ、南無阿弥陀仏々々々々。」といふあたりの節廻しや三味線の手に至つては、江戸音曲中の仏教的思想の音楽的表現が、その藝術的価値に於て正に楽劇パルシフワル中の例へば「聖金曜日」のモチイブなぞにも比較し得べきもの丶やうに思はれるのであつた。

四

諦めるにつけ悟るにつけ、流石はまだ凡夫の身の悲しさに、珍々先生は昨日と過ぎし青春の夢を思ふともなく思ひ返す。ふとしたことから、こうして囲《かこ》つて置くお妾の身の上や、其の馴《なれ》初《そ》めの歴史を繰返して考へる。お妾は無論藝者であつた。仲の町で半玉から仕上げた腕だけに、藝のある代り、全くの無筆である。稽古本で見馴れた仮名より外には何にも読めない明盲目《あきめくら》である。此の社会の人の持つてゐる諸有《あらゆ》る迷信と癖見と虚偽と不健康とを一つ残らず遺伝的に譲り受けてゐる。糸織の縞柄を論ずるには委しいけれど、電車に乗つて新しい都会を一人歩きする事は今だに出来ない。つまり明治の新しい女子教育とは全く無関係な女なのである。稽古唄の文句によつて、親の許さぬ色恋は悪い事であると知つてゐたので、初恋の若旦那とは生木《なまき》を割く辛《つら》い目を見せられても、たゞ其の当座泣いて暮して、そして自棄酒《やけざけ》呑む事を覚えた位のもの、別に天も怨まず人をも怨まず、やがて周囲から強ひられるがまゝに、厭《いや》な男にも我慢して身をまかした。いやな男への屈従からは忽ち情夫《まぶ》といふ秘密の快楽を覚えた。多くの人の弄び物になると同時に、多くの人を弄んで、浮きつ沈みつ定めなき不徳と淫蕩の生涯の、其の果が此の河添ひの妾宅に余生を送る事になつたのである。深川の湿地に生れて吉原の水に育つたので、顔の色は生れつき浅黒い。一度髪の毛がすつかり抜けた事があるさうだ。酒を呑み過ぎて血を吐いた事があるさうだ。それから身体が生れ代るやうに丈夫になつて、中音の音声《のど》に意気な錆《さび》が出来た。時々頭が痛むと云つては顳顬《こめかみ》へ膏薬を張つて居るものゝ、今では滅多に風邪を引くこともない。突然お腹へ差込みが来るなどと大騒ぎをすると思ふと、納豆にお茶漬を三杯もかき込んで平然としてゐる。お参りに出かける外、芝居へも寄席へも一向に行きたがらない。朝寝が好きで、髪を直すに時間を惜しまず、男を相手に卑陋な冗談を云つて夜更《よふか》しをするのが好きであるが、その割には世帯持がよく、借金の云訳がなか〳〵巧い。年は二十五六。この社会の女にしか見られない其の浅黒い顔の色の、妙に滑《すべつこ》く磨き込まれてゐる様子は、丁度多くの人手にかゝつて丁寧に拭き込まれた桐の手あぶりの光沢に等しく、いつも重さうな瞼の下に、鈍つたやうな夢見るやうなその眼色には、照りもせず曇りも果てぬ晩春の空の云ひ知れぬ沈滞の味が宿つてゐる――とでも云ひたい位に先生は思つてゐるのである。実際今の世の中に、この珍々先生ほど藝者の好きな人、賤業婦の病的美に対して賞讃の声を惜しまない人は恐らくあるまい。彼は何故に賤業婦を愛するかといふ理由を自ら解釈して、道徳的及藝術的の二条に分つた。道徳的には嘗て「見果てぬ夢」といふ短篇小説中にも書いた通り、特種の時代と制度の下に発生した花柳界全体は、最初から明白《あからさま》に虚偽を標榜してゐるだけに、その中には却て虚偽ならざるものゝある事を嬉しく思ふのであつた。つまり正等なる社会の偽善を憎む精神の変態が、幾多の無理な訓錬修養の結果によつて、か丶る不正暗黒の方面に一条の血路を開いて、玆に僅かなる満足を得やうとしたものと見て差支ない。或は又あまりに枯淡なる典型に陥り過ぎて却て真情の潤ひに乏しくなつた古来の道徳に対する反感から、わざと悪徳不正を迎えて一時の快哉を呼ぶものとも見られる。要するに厭世的なるか丶る詭弁的精神の傾向は破壊的なるロマンチズムの主張から生じた一種の病弊である事は、彼自身もよく承知してゐるのである。承知してゐながら、決して改悛する必要がないと思ふほど、この病弊を藝術的に崇拝してゐるのである。されば賤業婦の美を論ずるには、極端に流れたる近世の藝術観を以てするより外にはない。理性にも同情にも訴ふるのでなく、唯だ過敏なる感覚をのみ基礎とした近世の極端なる藝術を鑑賞し得ない人は、彼から云へば到底縁なき衆生であるのだ。女の嫌ひな人に強ひて女の美を説き教る必要はない。酒に害あるは云はずと知れた話である。然もその害毒を恐れざる多少の覚悟と勇気あつて、初めて酒の徳を知り得るのである。伝へ聞く北米合衆国に於て、亜米利加印甸人に対して絶対的に火酒を売る事を禁ずるは、印甸人の一度び酔へば全く狂暴なる野獣と変ずるが為めである。印甸人の神経は浅酌微酔の文明的訓錬なきが為めである。修養されたる感覚の快楽を知らざる原始的健全なる某帝国社会に於ては、婦人の裸体画を以て直ちに国民の風俗を破壊するものと認めた。南亜仏利加の黒人は獣の如く口を開いて哄笑する事を知つてゐるが、声もなく言葉にも出さぬ美しい「微笑」によつて、云ふに云はれぬ複雑な内心の感情を表白する術を知らないさうである。健全なる某帝国の法律が恋愛と婦人に関する一切の藝術をポルノグラフィー以外に認める事の出来ないのも、思へば無理もない次第である――議論が思はず岐路《わきみち》へそれた――妾宅の主人《あるじ》たる珍々先生は此の如くに社会の輿論の極端にも厳格枯淡偏狭単一なるに反して、これはまた極端に、凡そ売淫とよぶ一切の行動には何とも云へない悲壮の神秘が潜んでゐると断言してゐるのである。冬の闇夜に、悪病を負ふ辻君が人の袖を引き止める傷《いたま》しい呼声は、直ちにこれ、罪障深き人類の止み難き真正《まこと》の嘆きではないか。Marcel Schwof といふ仏蘭西の詩人は、吾々が悲しみの淵に泣き沈んでゐる瞬間にのみ、唯だの一夜、唯だの一度吾々の目の前に現はれて来るといふ辻君。二度巡り会はうとしても最う会ふ事の出来ないといふ辻君の事を書いて、「あの女達はいつまでも吾々の傍《そば》にゐるものではない。あまりに悲しい身の上の耻かしく、長く止《とゞま》つてゐるには堪えられないからである。あの女達は吾々が涙に暮れてゐるのを見ればこそ、面《めん》と向つて吾々の顔を見上げる勇気があるのだ。吾々はあの女達を哀れと思ふ時にのみ、彼女等を了解し得るのだ。」といつてゐる。近松の心中物を見ても分るではないか、傾城の誠が金で面《つら》を張る圧制な大尽に解釈されやう筈はない。変る夜《よ》毎《ごと》の枕に泣く売春婦の誠の心の悲しみは、親の慈悲妻の情を仇にした其の罪の恐しさに泣く放蕩児の身の上になつて、初めて知り得るのである。傾城に誠あるほど買ひもせずと川柳子も已に名句を吐いてゐる、珍々先生は生れ付きの旋毛曲《つむじまが》り、親には見放され、学校は追出され、其の後は白浪物の主人公のやうな心持になつて兎角に強いもの、えばるものが大嫌ひであつたから、自然と巧《たくま》ずして若い時分から売淫婦には惚れられ勝ちであつた。然しかう云ふ業《がう》つくばりの男の事故、藝者が好きだと云つても、当時新橋第一流の名花と世に持囃される名古屋種の美人なぞに目をくれるのではない。深川の堀割の夜更《よふけ》石置場のかげから這出す辻君にも等しい彼の水転《みづてん》の身の浅間しさを愛するのである。悪病をつゝむ腐りし肉の上に、爛《たゞ》れしわが心の悲しみを休ませるのである。されば河添ひの妾宅にゐる先生のお妾も要するに世間並の眼を以て見れば、少しばかり甲羅を経たるこの種類の安物たるに過ぎないのである。

五

隣りの稽古唄はまだ止まぬ。お妾は大分化粧に念が入つてゐると見えてまだ帰らない。先生は昔の事を考へながら、夕飯時《ゆふめしどき》の空腹をまぎらすためか、火の消えかゝつた置炬燵に頬杖をつき口から出まかせに、

変り行く末の世ながら「いにしへ」を
「いま」に忍ぶの恋草を
誰れにつめとか繰返へし
うたふ娘のけいこ唄。
宵はまちそして恨みて暁……と
聞く身につらきいもがりは
同じ待つ間の置炬燵。
川風寒き窓越しに
急ぐ足音きゝつけて
かけし蒲団の格子外
もしやそれかとのぞいて見れば
河岸《かし》の夕日にしよんぼりと
柳が立つてゐたわいな。

まだ帰つて来ぬ。先生もう一ツ、胸に余る日頃の思ひを同じ置炬燵に事寄せて、

春水が手錠はめられ海老蔵は
お江戸かまひの「むかし」なら
わしも定めし島流し。
硯の海の波風に
命の筆の水馴竿《みなれざほ》
折れてたよりも荒磯の
道理引ツ込む無理の世は
今もむかしの夢のあと
たづね見やんせ思ひ寝の
手枕寒し置炬燵。

とやらかした。小走りの下駄の音。がらりと今度こそ格子が明いた。お妾は抜衣紋《ぬきえもん》にした襟頸ばかりを驚く程真白《まつしろ》に塗りたて、浅黒い顔の皮をば拭き込んだ煤竹《すすだけ》のやうに光らせ、銀杏返の両

鬢へ毛而棒《けすじ》を挿込んだまゝで、直ぐと長火鉢の向うに据えた朱の溜塗の鏡台の前へ座つた。カチリと電燈を捻ぢる響と共に、黄い光が唐紙の隙間《すきま》にさす。先生はのそ〳〵置炬燵から次の間へ這ひ出して有合ふ長煙管で二三服煙草を吹ひつゝ、余念もなくお妾の化粧する様子を眺めた。先生は女が髪を直す千姿万態の、而もその有らゆる場合を通じて、尽く此れを秩序的に諳《そら》んじ、猶且つ飽きないほどの熱心なる観察者である。忍び逢ひの小座敷には、刎返《はねかへ》した重い夜具へ背をよせかけるやうに、そして立膝した長襦袢の膝の上か、或は又船底枕の横腹に懐中鏡を立掛けて、かゝる場合に用意する黄楊《つげ》の小櫛を取つて先づ二三度、枕のとがなる鬢の後毛《おくれげ》を掻き上げた後は、揉《ねぢ》るやうに前身をそらして、櫛の背を歯に啣へ、両手を高く、長襦袢の袖口は此の時下へと滑つて其の二の腕の奥に若し入黒子《いれぼくろ》あらば見えもやすると思はれるまで、両肱を菱の字なりに張出して後の髱《たぼ》を直し、扨てまた最後には宛ら《さながら》糸爪《へちま》の取手《とつて》でも摘《つま》むがやうに、二本の指先で前髪の束ね目を軽く持ち上げ、片手の櫛にて前の髪のふくらみを生際《はへぎは》の下から上へと迅速に掻き上げる。髱留《たぼど》めの一二本はいつも口へ啣へてゐるもの丶、女はこの長々しい熱心な手藝の間、黙つてぼんやり男を退屈さして置くものでは決してない。またの逢瀬の約束やら、これから外の座敷へ行く辛さやら、兎に角寸鉄人を殺すべき片言隻語は、却て自在に有力に、この忙しい手藝の間に乱発され易いのである。先生は芝居の桟敷にゐる最中と雖も、女が折々思出したやうに顔を斜めに浮かして、丁度仏画の人物にでもあるやうな奇麗に揃えた指の平で、絶えず鬢の形を気にする有様をも見逃さない。さればいよ〳〵湯上りの両肌抜ぎ、家が潰れやうが地面が裂けやうが、われ関せずといふ有様、身も魂も打込んで鏡に向ふ姿に至つては、先生は全くこれこそ、日本の女の最も女らしい形容を示す時であると思ふのである。幾世紀の洗錬を経たる Alexandrine 十二音の詩句を以て、自在にミユツセをして巴里娘の踊の裾を歌はしめよ。われにはまた来歴ある一中節の黒髪がある。黄楊の横櫛と云ふ単語さへもが吾々の情緒を動すに何れだけ強い力があるか。其処へ行くと哀れや、色さま〴〵のリボン美しと雖も、ダイヤモンド入りのハイカラ櫛立派なりと雖も、其等の物の形と物の色よりして、新時代の女性の生活が藝術的幻想を誘起し得るまでには、まだ〳〵多くの年月を経た後でなければならぬ。新時代の藝術の力をもつと〳〵沢山に借りた上句の果でなければならぬ。然るに已に完成し了つた江戸藝術によつて、溢るゝまで其の内容の生命を豊富にされた斯る下町の女の立居振舞《たちゐふるま》ひには、敢て化粧の時の姿に限らない。春雨の格子戸に渋蛇の目開きかける様子と云ひ、長火鉢の向うに長煙管取り上げる手付きと云ひ、物思ふ夕まぐれ襟に埋める頤《おとがひ》と云ひ、さては唯だ風に吹かれる鬢の毛の一筋、そら解けの帯の端しにさへ、云ふばかりなき風情《ふぜい》が生ずる。「ふぜい」とは何ぞ。藝術的洗錬を経たる空想家の心にのみ味はれべき、言語に云現し得ぬ複雑豊富なる美感の満足ではないか。然もそれは軽く淡《あは》く快き、半音下つたmineur《ミノール》の調子のものである。珍々先生は藝者上りのお妾の夕化粧をば、つまり生きて物云ふ浮世絵と見て楽しんでゐるのである。明治の女子教育と関係なき賤業婦の淫靡なる生活によつて、爛熟した過去の文明の遠い囁きを聞かうとしてゐるのである。この僅かなる慰安が珍々先生をして、洋服を着ないでもすむ半日を、唯だうつ〳〵と此の妾宅に送らせる理由である。已に「妾宅」といふ此の文字が、もう何となく廃滅の気味を帯びさせる上に、若し此れを雑誌なぞに出したなら、定めし文藝即悪徳と思込んでゐる老人達が例の物議を起す事であらうと思ふと、猶更に先生は嬉しくて堪らないのである。「妾宅」はこれからまだ長くつゞくか、此れなりお仕舞ひになるか、どうだか分らない。読者諒せよ。

六

お妾のお化粧がすむ頃には、丁度下女がお釜の火を引いて、膳立の準備をしはじめる。この妾宅には珍々先生一流の趣味によつて、食事の折には一切《せつ》、新時代の料理屋又は小待合の座敷を聯想させるやうな、上等ならば紫檀《したん》、安物ならばニス塗の食卓を用ゐる事を許さないので、長火鉢の向うへ持出されるのは、古びて剝げてはゐれど、稍《やゝ》大形の猫足の塗膳であつた。先生は最初感情の動くがまゝに小説を書いて出版するや否や、忽ち内務省からは風俗壊乱、警察からは発売禁止、本屋からは損害賠償の手詰の談判、さて文壇からは引続き歓楽に哀傷に、放蕩に追憶と、身に引き受た看板の瑕《きず》に等《ひとし》き悪名が、今はもつけの幸に、高等遊民不良少年をお顧客《とくい》の、文藝雑誌で飯を喰ふ売文の奴《やつ》とまでに成り下つてはゐるものの流石に筋目正しい血統《ちすぢ》の昔を忘れぬ為めであらうか、或は又、あらゆる藝術の放胆自由の限りを欲する中にも、自然と備る貴族的なる形の端麗、古典的なる線の明晰を望む先生一流の藝術的主張が、知らず〳〵些細なる常住坐臥の間に現はれる為めであらうか（そは作者の知る処に非ず。）兎に角珍々先生は食事の膳につく前には必ず衣紋《えもん》を正し角帯のゆるみを締直し、椽側に出て手を清めてから、折々窮屈さうに膝を崩す事はあつても、決して胡坐《あぐら》をかいたり毛脛を出したりする事はない。食事の時、仏蘭西人が極つてServiette《セルヴィエット》を頤《あご》の下から涎掛のやうに広げて掛けると同じく、先生は必ず三ツ折にした懐中の手拭を膝の上に置き、お妾がお酌する盃を一嘗《ひとな》めしつゝ徐《おもむろ》に膳の上を眺める。

小《ちひさ》な汚しい桶のまゝに海鼠腸《このわた》が載つてゐる。小皿の上に三片《きれ》ばかりの赤味がゝつた松脂《まつやに》見たやうなもの、あるのは鱲《からすみ》である。千住の名産寒鮒の雀焼に川海老の串焼と今戸名物の甘い〳〵柚味噌は、お茶漬の時お妾が大好物の無くてはならぬ品物である。先生は汚らしい桶の蓋を静に取つて、下痢した人糞のやうな色を呈した海鼠《なまこ》の腸《はらわた》をば、杉箸の先ですくひ上げると長く糸のやうにつながつて、なか〳〵切れないのを、気長に幾度となくすくつては落し、落してはまたすくひ上げて、丁度好加減の長さになるのを待つて、傍《かたはら》の小皿に移し、再び丁寧に蓋をした後、稍暫くの間は口をも付けずに唯恍惚《うつとり》として荒海の磯臭い薫りをのみ味《あぢは》つてゐた。先生は海鼠腸のこの匂ひと云ひ色と云ひ又其の汚しい桶と云ひ、凡て何等の修飾をも調理をも出来得るかぎりの人為的技巧を加味せざる（少くとも表示せざる）天然野生の粗暴が陶器漆器などの食器に盛られてゐる料理の真中に出しやばつて、玆《こゝ》に何とも云へない大胆な意外な不調和を見せてゐる処に、所謂雅致と称る極めてパラドックサルな美感の満足を感じて止まなかつたからである。由来この種の雅致は或一派の愛国主義者をして断言せしむれば、日本人独特固有の趣味とまで解釈されてゐる位で、室内装飾の一例を以てしても、床柱には必ず皮のついたまゝの天然木を用ゐたり花を活けるに切り放した青竹の筒を以てするなどは、成程 Roccoco 式にも Empire 式にも無いやうである。然し此の議論はいつも或る条件をつけて或程度に押止めて置かなければならぬ。あんまりお調子づいて、この論法一点張りで東西文明の比較論を進めて行くと、些細な特種の実例を上げる必要なく所謂 Maison《メイゾン》 de《ド》 papier《パピエー》「紙の家に住んで畳の上に夏は昆虫類と同棲する日本の生活全体が、何よりの雅致になつて仕舞ふからである。珍々先生はこんな事を考へるのでもなく考へながら、多年の食道楽の為めに病的過敏となつた舌の先で、苦味《にが》いとも辛《から》いとも酸《すつぱ》いとも、到底一言では云現し方のない此の奇妙な食物の味《あぢはひ》を吟味して楽しむにつけ、国の東西時の古今を論ぜず文明の極致に沈湎した人間は、是非にもかう云ふ食物を愛好するやうになつて仕舞はなければならぬ。藝術は遂に国家と相容れざるに至つて初めて尊《たつと》く、食物は衛生と背戻《はいれい》するに及んで真の味を生ずるのだ。けれども其処まで進まうと云ふには、妻あり子あり金あり位ある普通人には到底薄気味わるくて出来るものではない。其処で自然《おのづ》と、物には専門家《くろうと》と素人《しろうと》の差別が生じるのだと、珍々先生は自己の廃頽趣味に絶対の藝術的価値と威信とを附与して、聊《いさ》さか得意の感をなし、荒みきつた生涯の、せめてもの慰藉《なぐさめ》にしようと試みるのであつたが、然し何となくわが身の行末空恐しく、あゝ〳〵人間の斯うなつちまつちや、もうお仕舞だ。滋養に富んだ牛肉とお行儀のいゝ鯛の塩焼位を美味のかぎりと思つてゐられるほどの健全な朴訥《ぼくとつ》な無邪気な人達は幸福だ。もしや自分も最《も》う一度さういふ人達の程度にまで復帰する事が出来たとしたら、どんなに萬々歳なお目出度かりける次第であらう……。惆悵《てうちやう》として杯を傾ける事二度び三度び。唯見《と》ればお妾は新らしい手拭をば撫付けたての髪の上にかけ、台所の板の間に膝をついて、下女まかせにはして置けない白魚か何かの料理を拵へる為めにと、頻に七輪の下をば渋団扇《しぶうちは》であふいでゐる。

七

何たる物哀れな美しい姿であらう。夕化粧の襟足際立つ手拭の冠《かぶ》り方、襟付の縞の小袖、肩から滑り落ちさうな絹の半纏、絹の前掛、しどけなき腹合《はらあはせ》の引掛帯、凡て現代の道徳家をしては覚えず眉を顰めしめ、警察官をしては坐《そゞろ》に嫌疑の眼を鋭くさせるやうな国貞振《くにさだ》りの年増盛りが、まめ〳〵しく台所に働いてゐる姿は勝手口の破れた水障子、引窓の綱、七輪、水瓶、竈《かまど》、その傍《そば》の煤けた柱に貼た荒神様のお札なぞ、一体に貧しく汚らしく乱雑に見える周囲の道具立と相俟つて、草双紙に見るやうな何と云ふ果敢い佗住居の情調、また哥沢の節廻しに唄ひ古されたやうな、何と云ふ三絃的情調を示すのであらう。先生は単にわが食事を調理してくれるお妾の姿を見る時のみではない。長火鉢の傍《かたはら》に今こそお誂への行燈《あんどう》はなけれ。孰《いづ》れ「夜」と云ふ幽愁の世界の燈火の光る、しよんぼりした其の影を汚れた妾宅の壁の上に映させつゝ、物静に男の着物を縫つてゐる時、或はまた夜の寝床に先づ男を寐かした後、わが身は静に其の羽織着物を畳んで角帯を其の上に載せ、枕頭《まくらもと》の煙草盆の火を検査し、四辺《あたり》を暗くする為めに行燈の燈心を少しく引込め、宵の口下女が蒲団を敷くと同時に引廻して置く屛風の引廻し方を少しく直してから、初めて片膝を蒲団の上に載せるやうに枕頭に坐つて、先づ一服した後の煙管《きせる》を男に差し出してやる――――さう云ふ時々先生は口には出せない無限の哀傷と無限の感謝を覚えずには居られないのである。この無限の哀傷、この無限の感謝は独り妾宅の女の上にのみ止まらず、かうした女のかうした場合に於けるかうした時の姿を見る時には必ず先生の心の中に発動する感情なのである。無限の哀傷は、新時代の感化に遠い無教育なる下町の女の血の中に、遺伝的に残された恐しい専制時代の女子教育の面影をしのぶからである。無限の感謝は、新時代の企てた女子教育の効果が、専制時代のそれに比して、徳育的にも智育的にも実用的にも審美的にも一つとして見るべきものゝない実例を証拠立て得るからである。無筆のお妾は瓦斯ストーブも、エプロンも、西洋綴の料理案内と云ふ書物も、凡て下手《へた》の道具立なくして、巧に甘いものを作り得ると同時に、又四季折々の時候に従つて俳諧的詩趣を覚えさせる野菜魚介の選択に通暁してゐる。それにも係らず私《わたし》はもと〳〵賤しい家業をした身体《からだ》ですからと、万事に謙譲であつて、いかほど家庭をよく修め男に満足と幸福を与へたからとて、露ほどもそれを己れの功として此れ見よがしに誇るの念なければ、女学校出身の誰々さんのやうに、夫の留守に新聞雑誌記者の訪問を受け、原稿料いらずの好い喰物にされるとはお気がつかれず、ましてや雑誌のでき上つた時には淋病、梅毒、子宮丸の広告の赤紙の間に生恥曝すことゝは知らぬが仏、直に得意の小鼻を蠢かして有難からぬ御面相の写真まで取出して、『わらはの家庭』談なぞおつぱじめるやうな虞《おそ》れは決してない。かく口汚く罵るものゝ、先生は何も新しい女権主義《フエミニズム》を根本から否定してゐる為めではない。婦人参政権の問題なぞも寧ろ当然の事としてゐる位である。然し人間は総じて男女の別なく、いかほど正当な当然な事でも、それをば正当なりと自分からは主張せずに、出しやばらずに、何処までも遠慮深くおとなしくして居る方が、却て奥床しく美しくはあるまいか。現代の新婦人連は大方此れに答へて、『そんなお人好な態度を取つてゐたなら増々権利を蹂躙されて、遂には浮瀬《うかむせ》がなくなる。』と云ふかも知れぬ。若《も》し浮瀬なく、強い者のために沈まされ、滅されてしまふものであつたならば、其れは所謂《いはゆる》月に村雲、花に嵐の風情《ふぜい》。弱きを滅す強き者の下賤にして無礼野蛮なる事を証明すると共に、滅さるゝ弱き者のいかほど上品で美麗であるかを証明するのみである。自己《みづから》を下賤醜悪になしてまで存在を続けて行く必要が何処にあらう。潔《いさぎ》よく落花の雪となつて消るに如くはない。何に限らず正当なる権利を正当なりなぞと主張せる如きは、聞いた風な屁理屈を楯にするやうで、実に三百代言的、新聞屋的、田舎議員的ではないか。それよりか、身に覚えなき罪過も何の明しの立てやうなく哀れ刑場の露と消え………なんと云ふ方が、何となく東洋的なる固有の残忍非道な思ひをさせて却て痛快ではないか。青山原宿あたりの見掛けばかり門構への立派な貸家の二階で、勧工場式の椅子テーブルの小道具よろしく、女子大学出身の妻君が鼠色になつたパク〳〵な足袋をはいて、夫の不品行を責め罵るなぞは、一寸輸入用ノラらしくて面白いかも知れぬが然し見た処の外観からして如何にも真底《しんそこ》からノラらしい深みと強みをみせやうと云ふには、矢張り髪の毛を黄く眼を青くして、成らう事なら言語《ことば》も英語か独逸語でやつた方が猶一層よさゝうに思はれる。そも〳〵日本の女の女らしい美点――歩行に不便なる長い絹の衣服と、薄暗い紙張りの家屋と、母音の多い緩慢な言語と、其等凡てに調和して動かすことの出来ない日本的女性の美は、動的ならずして静止的でなければならぬ。争つたり主張したりするのではなくて苦しんだり悩んだりする哀れ果敢《はかな》い処にある。いかほど悲しい事辛い事があつても、それをば決して彼《か》のサラ・ベルナールの長台詞《ながせりふ》のやうには弁じ立てず、薄暗い行燈のかげに「今頃は半七さん」の節廻しその儘、身をねじらして黙つて鬱込《ふさぎこ》むところに在る。昔から云ひ古した通り海棠の雨に悩み柳の絮《いと》の風にもまれる風情は、単に日本の女性美を説明するのみではあるまい。日本といふ庭園的の国土に生ずる秩序なき、淡泊なる、可憐なる、疲労せる生活及び思想の、弱く果敢き凡ての詩趣を説明するものであらう。

八

然《しか》り、多年の厳しい制度の下に吾等の生活は遂に因襲的に活気なく、貧乏臭くだらしなく、頼りなく、間の抜けたものになつたのである。その堪へ難き裏淋しさと退屈さをまぎらすせめても手段は、不可能なる反抗でもなく、憤怒怨嗟でもなく、ぐつとさばけて、諦めてしまつて、そして其の平々凡々極まる無味単調な生活の一寸した処に、一寸した可笑味面白味を発見して、これを頓智的な極めて軽い藝術にして嘲つたり笑つたりして戯れ遊ぶ事である。桜さく三味線の国は同じ専制国でありながら、支那や土耳古のやうに金と力がない故万代不易の宏大なる建築も出来ず、荒涼たる砂漠や原野がない為めに、孔子、釈迦、基督なぞの考へ出したやうな宗教も哲学もなく、また同じ暖い海はありながら何う云ふ訳か希臘のやうな藝術も作らずにしまつた。よし一つや二つ何か立派などつしりした物があつたにしても、古今に通じて世界第一無類飛切りとして誇るには足りないやうな気がする。然らば何をか最も無類飛切りとしやうか。貧乏臭い間の抜けた生活の一寸した処に可笑味《をかしみ》面白味を見出して戯れ遊ぶ俳句、川柳端唄、小噺の如き種類の文学より外には求めても求められまい。論より証拠、先づ試みに詩経を繙《ひもと》かうが、唐詩選、三体詩を開かうが、わが俳句にある如き雨漏りの天井、破れ障子、人馬鳥獣の糞、便所、台所などに、純藝術的の興味を託した作品は容易に見出されない。希臘、羅馬以降泰西の文学は如何ほど熾であつたにしても、未だ一人として我が俳人一茶、大江丸の如くに、放屁や小便や野糞までを詩化するほどの大胆を敢てするものは無かつたやうである。日常の会話にも下《しも》がかつた事を軽い可笑味《ユーモア》として取扱ひ得るのは日本文明固有の特徴と云はなければならない。此の特徴を形造つた大天才は、矢張り凡ての日本的固有の文明を創造した籠居《ろうきよ》の「江戸人」である事は今更茲に論ずるまでもない。若し以上の如き珍々先生の所論に対して不同意な人があるならば、請ふ試みに、旧習に従つた極めて平凡なる日本人の住家について、先づ其の便所なるものが椽側と座敷の障子と庭なぞと相俟つて、如何なる審美的価値を有してゐるかを観察せよ。本家から別れた其の小さな低い鱗葺《こけらぶき》の屋根と云ひ、竹格子の窓と云ひ、入口の杉戸と云ひ、特に手を洗ふ椽先の水鉢、柄杓《ひしやく》、その傍には極つて葉蘭や石蕗《つはぶき》なぞを下草にして、南天や紅梅の如き庭木が眼隠しの柴垣を後にして立つてゐる有様。春の朝には鶯がこの手水鉢の水を飲みに柄杓の柄にとまる。夏の夕には椽の下から大な蟇《ひきがへる》が湿つた青苔の上にその腹を引摺りながら歩き出る。家の主人《あるじ》が石菖や金魚の水鉢を椽側に置いて楽しむのも大抵はこの手水鉢《てうづばち》の近くである。宿の妻が虫籠や風鈴を吊すのも矢張便所の戸口近くである。草双紙の表紙や見返しの意匠なぞには、便所の戸と掛けた手拭と手水鉢とが、如何に多く使用されてゐるか分らない。かくの如く都会に於ける家庭の幽雅なる方面、町中の住居の詩的情趣を、専ら便所と其の周囲の情景に仰いだのは、実際日本ばかりであらう。西洋の家庭には何処に便所があるか決して分らぬやうにしてある。習慣と道徳とを無視する如何に狂激なる仏蘭西の画家と雖も、まだ便所の詩趣を主題にしたものはないやうである。そこへ行くと、江戸の浮世絵師は便所と女とを配合して、巧みなる冒険に成功してゐるではないか。細帯しどけなき寝衣姿の女が、懐紙を口に啣《くは》へて、例の艶かしい立膝ながらに手水鉢の柄杓から水を汲んで手先を洗つてゐると、其の傍に置いた寝屋の雪洞の光は、此の流派の常として極端に陰影の度を誇張した区画の中に夜の小雨のいと蕭条《しめやか》に海棠の花弁《はなびら》を散す小庭の風情を見せてゐる等《など》は、誰でも知つてゐる、誰でも喜ぶ、誰でも誘はれずには居られぬ微妙な無声の詩ではないか。敢へて画空事なんぞと言ふ勿《なか》れ。兎角に芝居を芝居、画を画とのみして、其等の藝術的情趣は非常な奢侈贅沢に非らざれば決して日常生活中には味はれぬものゝやうに独断《ひとりぎめ》してゐる人達は、容易に首肯しないかも知れないが、便所によつて下町風な女姿が一層の嬌態を添へ得る事は、何も豊国や国貞の画図中のみに限らない。嘘と思ふなら其の実例は目にも三坪の侘住居。珍々先生は現に其の妾宅に於て其のお妾によつて、実地に安上りにこれを味つて御座るのである。

九

一体に唯だ何といふ考へもなしに、文学美術を其の弊害からのみ観察して、宛《さなが》ら十悪七罪の一ツのやうに思ひなしてゐる連中は、日常の生活に藝術味を加へて生存の楽しさを深重ならしむる事をば、好からぬ行とするのが例であるが、何にもそれほどまでに用心して恐れ慄《おのゝ》く必要はあるまい。それア成程立派な大きな藝術を興すには、個人としても国家としても、其れ相当に金と力と時間の犠牲を払はなければならぬ故、万が一しくじつた場合には損害ばかりが残つて危険かも知れぬ。日本のやうな貧乏な国では、いかに思想上価値があるからとて若しワグナーの如き楽劇一曲を稍完全に演ぜんなどと思ひ立たば、米や塩にまで重税を付して人民共に塗炭の苦しみをさせねばならぬやうな事が起るかも知れぬが、然しそれはまア其れとして、何も其れほどまでに考へずとも或種類の藝術に至つては決して二宮尊徳教と抵触《ていしよく》しないで済むものが許多《いくら》もある。日本の御老人連は英吉利の事とさへ云へば何でもすぐに安心して喜ぶから丁度よい。健全なるジヨン・ラスキンが理想の流れを汲んだ近世装飾美術の改革者ウイリアム・モオリスと云ふ英吉利人は、現代の装飾及工藝美術の堕落に対して常に、趣味 Goût と贅沢 Luxe とを混同し、また美 Beauté と富貴 Richesse とを同一視せざらん事を説き、趣味を以て贅沢に代へよと叫んでる。モオリスは其の主義として藝術の専門的偏狭を憎み、飽くまで其の一般的鑑賞と実用とを欲した為めに、時には却て極端過激なる議論をしてゐるが、然し其の言ふ処は、敢へて英国のみならず、殊にわが日本の社会なぞに対しては此の上もない教訓として聴かれべきものが尠くない。その一例を上ぐれば、現代一般の藝術に趣味なき点は金持も貧乏人もつまりは同じであると云ふ事から、モオリスは世の所謂高尚優美なる紳士にして伊太利亜、埃及等を旅行して古代の文明に対する造詣深く、古美術の話とさへ云へば人に劣らぬ熱心家でありながら、平然として何の気にする処もなく、請負普請のやうな醜劣俗悪な居室の中に住つてゐる人があると慨嘆してゐる。これは知識ある階級の人すらが家具及び家内装飾等の日常藝術に対して、一向に無頓着である事を痛罵したものであらうが、わが日本の社会に於ても亦同様。書画骨董と称する古美術品の優秀清雅と、其れを愛好するとか称する現代紳士富豪の思想及生活を比較すれば、誰れか唖然たらざるを得んや。而《しか》して茲《こゝ》に更に更に一層唖然たらざるを得ざるは、新しき藝術、新しき文学を唱ふる若き近世人の立居振舞であらう。彼等は口に伊太利亜復興期の美術を論じ、仏国近世の叙情詩を云々して、藝術即ち生活、生活即ち美とまで云《いひ》做《な》しながら其の言行の一致せざる事寧ろ憐むべきものがある。看《み》よ。彼等は己れの容貌と体格とに調和すべき日常の衣服の品質縞柄さへ、満足には撰択し得ないではないか。或者は代言人の玄関番の如く、或者は歯医者の零落《おちぶれ》の如く、或者は非番巡査の如く、又或者は浪花節語りの如く、壮士役者の馬の足の如く、其の外見は千差萬様なれども、其の褌《ふんどし》の汚さ加減はいづれも嘸《さ》ぞやと察せられるものばかりである。彼等は又己れが思想の伴侶たるべき机上の文房具に対しても、何等の興味も愛好心もなく卑俗の商人が売捌く非美術的の意匠を以て、更に意とする処がない。彼等は単に己れの居室を不潔乱雑にしてゐる位ならまだしもの事である。遠慮会釈もなく外に出で、公衆の為めに設られたる料理屋の座敷に上つては、忽ちに掛物と称する絵画と置物と称する彫刻品を置きたる床の間に、泥だらけの外套を投げ出し、掃き清めたる小庭に巻煙草の吸殻を捨て、畳の上に焼《やけ》焦《こが》しをなし、火鉢の灰に啖をはくなぞ、一挙一動いさゝかも居室、家具、食器、庭園等の美術に対して、尊敬の意も愛情の念も何にもない。軍人か土方の親方ならば其れでも差支はなからうが、苟《いやし》くも美と調和を口にする画家文士にして、此の如き粗暴なる生活をなしつゝ、毫も己れの藝術的良心に恥る事なきは、実《げ》にや実《げ》に怪しとも怪しき限りならずや。されば此等の心なき藝術家によりて新《あらた》に興さるゝ新しき文学、新しき劇、新しき絵画、新しき音楽が、如何にも皮相的にして精神気魄に乏しきは寧ろ当然の話である。当節の文学雑誌の紙質の粗悪に、植字の誤り多く、体裁の卑俗な事も、単に経済的事情の為めとのみは云はれまい………。

閑話休題《あだしごとはさておきつ》。妾宅の台所にてはお妾が心づくしの手料理白魚の海丹焼《うにやき》が出来上り、それからお取り膳の差しつ押へつ、まことにお浦山吹きの一場は次の号の出づるをまちたまへ。

（「三田文学」明治45年5月号）

魔

田村俊子

一

その青年と鴇子《ときこ》が手紙の往復をし始めたのは一と月ばかり前からであつた。その前も鴇子《ときこ》の詩作がいろ〳〵な雑誌の上に現はれる度にいつも讃美をこめた青年の情緒の燃えつくやうな手紙をよこし〳〵してはゐたけれども、鴇子《ときこ》はつい返事をやる様なこともなかつた。青年は自作の戯曲の載つてゐる△△の雑誌を送つてよこしたりした。

（私はあなたの情熱の火にすべてを焼《や》き爛《たゞ》らされてしまつたやうな気持がしてゐます、私の心臓のたゞれた痛み――私はそれに呼吸のいきの幽にふれることを思つてもふるえ上るやうな痛みを感じます――）

そんな事の書いてある手紙を読むと、鴇子《ときこ》にはたゞ、僅な手紙一本にも何かしらやる瀬ない思ひを漂《たゞよ》はせずにはゐられない文学好きな青年が見えるだけで、その他は何事もそら〳〵しかつた。鴇子《ときこ》は相手《あいて》にならない態度をとりながらも矢つ張りいたづらのやうに、

（あなたは一体《いつたい》どんなかたなんでせう、まだお若い方なんでせうね、私はおばあさんです、もうおばあーさんなんです、あなたは可愛らしい坊ちやんでせう――、坊ちやんへのお愛想が上手にできるやうになつては女もつまらないものですねえ――）

と書いてやつた事があつた。青年からの手紙は殊にしげ〳〵くるやうになつて、日を続《つゞ》けて白の洋封が鴇子《ときこ》の机の上におかれる事もあつた。さうしてこの頃は鴇子《ときこ》のことをよその小母さん、と云ふ宛名《あてな》にしてあつた。

（私はあなたがよその小母さんであることもそれ以上のこともみんな能く知つてゐるのです――私は恐しい宿命を思はされるほどあんまり私にはあなたが理解されすぎるのです――よその小母さん――然しそんな理由が私のこの憧れごゝろを抑えるのに何の役に立つでせうか、何の役にも立ちませぬ、かへつて私はその為に色濃い幻影を生むばかりです……）

（私はゆるされるなら、私の全身をもう心からよその小母さんにさゝげてしまひたいのです、私はこんな失礼なことを申上げる私を憎いものとして、残酷な目にあはせてやれと仰有るなら、私はどんな目にでもあはされます、――私はどんな目にでもあはれされます、私の生きたからだを切りきざま

れても切りさいなまれても――唯一つ最後に呼ぶことさへ許して下されば……)

そんな手紙の終《しま》ひにはきつと、まだ云ひ足りませぬ、云ひ足りませぬと、云ふやうなことが附けてあつた。

狭山春作――青年の名は然う云ふ名であつた――鴇子《ときこ》はその名から青年の面影を描かうとした事もあつた。けれどもその名によつて浮ぶ幻は、前髪に熨斗目《のしめ》の振袖をきた若衆姿であつた。上々吉弥おしろいかけねなし……むかしの西鶴がそんな文句でも冠らせさうな……さやましゆんさくと云ふ名が余り綺麗すぎて美しい夢の中のやうな眉付よりほか浮んでこぬ、今の若い人にありさうな事実に近い姿はその名からでは思ひ付くことができなかつた。

一度こんな事があつた。それはよく晴れた真昼であつたが、四谷の×橋の傍の停留場で鴇子《ときこ》が小川町行の電車を待つてゐたとき、同じやうに鴇子《ときこ》の傍に立つてゐた若い男があつた。その人は鴇子《ときこ》の顔に馴染みのある様な笑ひを漏らしながら何か云ひかけるやうにその唇を動かしたけれども、鴇子《ときこ》が黙つてゐたので男は恥ぢを含んだ眼の閃きを残して顔をそむけて了つた。色の白い頰のふつくりした、五分刈りの頭に帽子はなかつた。さうして絣りの着物をその人は厚く着かさねてゐた。

後になつて、その辺が手紙をよこす青年のアドレスの近所であつたと気付いてから、ふとその男が春作と云ふのだつたかも知れないと云ふ気がした。鴇子《ときこ》の顔は雑誌に出《で》てゐた写真でよく知つてると云ふ事などもその青年からよこす手紙の中にあつた。

その後からは鴇子《ときこ》が青年に向つて手紙を書くときは、停留所で見た若い男の様子を想像して、その人にきめて了つてるやうな心持になることがあつた。さうしてその時は瞥《ちら》と見た若い男のふくらみのある白い頰を、時々なつかしく思ひ出すことがないでもなかつた。

(僕は苦しくて〳〵たまりませぬ……)

(何事もどうかゆるして下さい、どうぞゆるして下さい、こんなくだらぬ事を申してたゞすみませぬ……)

手紙の中にある然う云ふ言葉の中から、鴇子《ときこ》は強ひても若い男の甘えたひゞきをふるひ上げやうとしたりした。

けれど、此方《こつち》からその云《い》ひ草《ぐさ》を可愛《かわ》いゝものにして、

(私はいまドロツプを食べてゐます、その坊ちやんに一とつ、つまんでやりたくなつた……)

と云ふやうな二三行を交《ま》ぜた手紙をやつたとき、直ぐそれに乗つてまつはり付くやうなことを云つてよこすやうなことがあると、鴇子《ときこ》は嫌味《いやみ》で仕方がなくなつた。青年の手紙の中には何《ど》うかすると水つぽい嫌味《いやみ》の流《なが》れてゐることが鴇子《ときこ》に見え透かされた。

その青年から今日もまた手紙が来た。

丁度鴇子《ときこ》は鳥籠の掃除をしてゐた。今朝良人が出際に頼んで

行つたことをいま思ひ出して、日射しも消えてしまつた夕方になつてから鴇子は軒の鳥籠をはづした、おろされながら籠の中の紅雀《べにどり》は、ちよろゝ、ちよろゝ、と忍び鳴きをしてゐた。

田舎娘がいたづらに赤い色をつけてゐる様な小さい鳥は品わるい行作で宿り木にとまつてゐた。

鴇子《ときこ》は小盥《こだらい》の中の冷めたい水に両手をさらしながら、他《ほか》の籠にうつされて脅かされたやうに翼を窄めてゐる小鳥の方を、時々振返つて見た。籠を洗つてしまふと、門のポストの開いた音がした。

下女の持つて来た封書をふところに入れておいて、鴇子は小鳥をもとの籠に入れてやつたり餌をくばつたりした。さうして椽側に立つたまゝその手紙を読んだ。青年から来たこの手紙には、思ひ切つて打《ぶ》つ突《つ》けたやうに、また、何の雑作もないやうに恋と云ふ文字がいくつも〳〵散らばつてゐた。

（私はよその小母さんを恋してゐたのです…………ゆるして下さい、私はあなたを恋してゐるのです…………名もいりませぬ、生命も要りませぬ、名よりも生命よりも私には恋が大切なのです

恋　恋　恋…………

私の恋は、あなたの詩の上に現はれたあなたの思想から受ける興奮の変形なのです…………

すべての物象も法則もこの恋を打消すだけの力を持つてゐませぬ…………

私の恋はいつか知らずかうしてだん〳〵と募つてきました…………

私はかう云ふことを申上げたと同時に死を覚悟せねばならぬことも知つてゐます…………）

飛び〳〵に恋と云ふ字のあるところを拾つて見ると、こんな文句が抜きだされる。長い手紙であつた。さうして又まづい手紙の書きかただつた。自分でも

（こんな平凡なまづい手紙を差し上げると、折角の美しい幻影も破壊されるやうなものですけれども、私にはすべてが混乱してゐて字も何も書けないのです…………）

とことわつてあつた。

こんな事を云つてよこして、何うしてくれと云ふのだらう――鴇子はかう思ひ詰めると退《の》つ引《ぴ》きならない瀬戸際へ押しせまられたやうな当惑した気持にもなつた。けれどまた、まだ〳〵強い男の息《いき》の力に騒ぎ立つて見たいと願つてゐる浮気な血ではりきつている部分を、巧みに探されてその上を軽く押してさわられたやうな小憎《こにく》い気もされた。鴇子は片手をふところに差し入れて襦袢の襟先きをかたく握つてゐた。さうして暫らく、手紙の中の草書にくづした恋と云ふ字を見つめてゐた。

手紙はめづらしく巻紙に墨で書いてあつた。

けれど何時までもその手紙に拘泥してゐる様な自分の様子が鴇子《ときこ》は気恥かしくなつた。鴇子《ときこ》は手紙から目をはなしてわざと笑つた。無暗《むやみ》とをかしいにして終《しま》はなければ胸の落着きやうの

ない感じがしたからだつた。さうして鴇子《ときこ》は自分の身体をひとつ所へぢつと据ゑてゐられなくなつた。

鴇子《ときこ》の調子はゴム製のはづみ玉のやうに軽くはづみ始めた。手紙を幾つにも折つてふところに入れてから、床の間の菊の花をもいで来たり、椽へ腮をのせてゐた犬の頸を抱いたり、柱を指で叩きながら遠い〳〵空のなかへ走り込んでゆくやうな眼付で軒を見上げたりした。

鴇子《ときこ》は今日の夕方、雑司ケ谷の友達のところへ行く約束がしてあつた。けれど今日の鴇子《ときこ》の気分は出無性《でぶしやう》になつてゐたので行かないことに定《き》めてゐた。鴇子は不意とそれを思ひ付いて急に外へ出て見る気になつた。温《ぬく》いものにそろ〳〵と胸の中を掻きまはされてゐるやうな落着かぬ心持を、外へ出て散《ち》らけてこなければ夫《をつと》にも逢ひたくなかつた。

鴇子《ときこ》は鏡の前へ行つて顔を直した。熱い湯でしぼつた手拭で顔をおさへたときに、蒸《む》されたやうな白粉の匂ひのかすかにしたのが懐《なつか》しい気がした。鴇子《ときこ》は髪にも着物にも、強いローズの香水を一面《いちめん》にふりかけた。さうしてやはらかいコートを着て家を出た。

二

×の停車場から山の手の電車に乗つて、池袋でおりると雑司ケ谷へ通ふ田甫道を鴇子《ときこ》は歩《ある》いて行《い》つた。細ながく東の方になびいてゐた赤い雲が吹き消されたやうに見えなくなつてから、急に熱のさめた銀盤の中を辿つてゆくやうに頬にあたる空気が冷めたくなつた。森の梢の赤い葉、黄色い葉が、凋落の一瞬前を引きちゞまつてぢつと動かずにでもゐるやうに僅な風のおのゝきさへも見せずにゐる。静寂な、際限のない、銀色に塗りこめた広い平野のところ〴〵に、薄赤いコスモスの花がひよろ高くもつれて中間に匹田絞りをちらしてゐる。鴇子は淋しい顔をしながら寒さのしみる瞼をしばたゝいた。力強い男の手が自分の手を探《さぐ》らうとしてゐるやうなこそばゆい気分がまだ鴇子の胸に消えきらずにゐる。鴇子は自分の胸から散る強い香水の匂ひをかぎながら下を向いてあるいてゐた。

雑司ケ谷の方へ行く道を曲《まが》つてから、直ぐ右側の新しい家の前に鴇子は立つた、出窓《でまど》の硝子の中から見付けた女が急いで格子の方へまはつた。

「もういらつしやらないんぢやないかつて云つてましたの。」

利世子《りせこ》が然う云ひながら格子を開けた。巻子が窓を開けて其所から鴇子の方を視ながら笑つた。

洋画をやつてる利世子が明日から赤城の方へ旅に出《で》るので今夜三人寄つて何か話をしやうと云ふ約束だつたのだけれども、わざ〳〵寄り合はうと約束して逢つた時は面白い話もなくつて別れるのがいつもの癖であつた。鴇子は疲れた目をして食卓に寄《よ》りかゝつてゐた。巻子は自分の仕事をしてゐる教会の内部の話や、伝道《でんだう》のために英米から来てゐる西洋婦人の勤勉なことなどを話してゐた。

「あの人たちは学問をする事を一とつの趣味に解してゐるのね。ミス　×××なんかはバツサル大学《カレージ》を卒業して来て、宗教の為めにいま日本語を勉強してゐるのよ。尋常一年の読本を持つてやつてるのよ。大きな仕事だわねえ。然うしてやつぱり凡てが世界的ね。傍にゐる私なんぞはほんとに小さなものだと思つてつく〴〵嫌になつてしまふ。」

こんな話をしても利世子《りせこ》も鴇子《ときこ》も興《きよう》に乗らないことを知つてゐる巻子は直きに止めてしまつた。

「淋しいつて？」

鴇子《ときこ》はこの間巻子から貰つた手紙のことを思ひ出してから聞いた。鴇子《ときこ》は巻子がむいてくれた林檎をナイフで裁《た》ち割《わ》りながらそれをナイフの尖きに突きさしては口の中に入れた。さうして脂肪でねち〳〵した下腮の太《ふと》つた巻子の顔を見た。もう三十にならうとしてまだ未婚でゐるその人の鞠のやうにふくらんだ胸元《むねもと》や、小さい袖口に括り締められてる弾力のある赤味をもつた腕なぞをぢつと見てゐると、いつもながら鴇子は何も支《さゝ》へる力のない自分の身体の上へのしかゝつてくる重さを望むやうな圧迫を感じる。鴇子は何となく自分の脊筋が波のやうに揺れるやうな気がした。鴇子の眼はくぼんで眼尻が紅《べに》をさしたやうに刻みをつけて釣《つ》れてゐた。

「今夜のあなたの顔はね、ばかに神経的よ。」

巻子は小さな初々しい眼の働きを見せながら鴇子《ときこ》の身体にぴたりと寄つてその手を取つた。巻子が鴇子《ときこ》に逢つたときは、きつとかうして鴇子《ときこ》の身体の何所かしらにその手を触れてゐないではゐられないやうに別れるまで執拗くその肥満つた身体を鴇子にすりつけてゐる。鴇子はいつも然う云ふ巻子の発作的の愛着の自由になつてゐた。

「私はねいつそ尼か救世軍にでも入《はい》らうかと思つてゐるの。ほんとうに、今の私の生活から比べたら尼の生活なんぞはなんでもない。」

巻子は声に力を入れてゐた。

「あまになるんですつて。頭を剃つて。」

利世子は遠くの柱に寄りかゝつてゐた。さうして然《さ》う聞いた。

「いつたい何うして日本の尼は頭を剃るんでせう。髪をおとすつて事は何の現はしなの。」

「禁欲の徴《しるし》ぢやありませんか――私は頭を剃ることぐらゐ何《なん》でもないと思ふ。とてもこんな欺いた苦しい生活はつゞけてゐられないんですもの――そりやあ私の生活は苦しいんですもの。」

巻子は然う云つて口を結んだ。巻子は何日中《いつかぢう》は南米へ行くと行つてゐた。それから又非常な金儲けがしたいと云つてゐた。宗教的でなくつて何か救世の大事業がやつて見たいとも云つてゐた。巻子は何時《いつ》逢つても少し話してゐるうちに直《ぢ》きに太《ふと》つた顔を倦《う》んだ血にみなぎらして眠い〳〵と云ふのが癖だつた。

吐きだしどころのない濁つた血がだん〳〵体内を溶《とろ》かして行つて巻子の神経をにぶらせるのではないかとも思はれた。巻子の肩《かた》や股《もゝ》が鴇子にはうづく様に見えた。利世子《りせこ》も鴇子《ときこ》もだまつてゐた。

窓の障子の紙が紺どさをかさねたやうに薄暗く暮《く》れてきた。利世子の妹がらんぷを点《つ》けて卓の上に載せて行つた。洋燈の蓋《かさ》の桃色絹の柔《やは》らかい色が、くすんだ人々の身の囲《まは》りに華やかな色を投げた。

「これからの一人の旅行は寂しいでせう。」

「然うでもありませんね。私はいつも一人ですから、いつだからと云つて然う一人で寂しいと思つたことはないんです。」

「私は放浪の旅を思ふけれど、けれど矢つ張り私には寂しいわ。私は何のかのと云つても生涯群《む》れの中に交《ま》ぢつてまご／＼して暮らさなけりやならない人間に生れ付いてるのね。」

そんな声が耳に入《はい》ると鴇子《ときこ》は気の付いたやうに顔を上げてみんなを見た。

鴇子《ときこ》はいまふつと自分を死へ引《ひ》つ攫《さら》つてゆくやうな粘り強い執着のまぼろしに襲はれてゐた。あの青年は何時《いつ》かしら私の腕の筋肉《きんにく》を血の通はなくなつた手で、摑みしめることがあるのぢやないか。――――もし、この世で凡ての誓ひがゆるされないなら海の底での始めてのキスに満足しやうと血を狂はしてその青年に迫られるやうな事があつたら私はその時は何《ど》うしたらいゝのだらう――――私はその時になつたら何所《どこ》でも好《い》い深い谷底の絶壁のそばまで引つ張つて行《い》つて、何《なに》も云はずに――ほんたうに突き落してやる。力いつぱい小突《こづ》きおとしてやる。――けれども若《も》しその時にあの青年が私に最後の○○○○だけを叫んでさうして温和《をとな》しく突き落されて死んだなら――――そんな事はありはしない。あの青年は自分の生に演劇的の色を塗つて見たいと思つて、その相方《あいかた》に私を選んだだけなのだ。少《すこ》し自分の顔の色が生《なま》つ白《しろ》いかどうかして芝居をやつてゐるのだ。相人《あいて》にならずにゐさへすれば手紙も来《こ》ないやうになるに違ひない。

――――然しその青年が女の媚《なまめ》いた肌の色を見ても直ぐ其の肌から血のふきでる程《ほど》な厳しい乱打《らんだ》を想像するやうな肉の為に酷《むご》く荒びた男だつたら――――鴇子《ときこ》は胸がふるえた。さうして男の皮膚の下をうねり流れてゐる淫《みだ》らな血液が白く膿《う》みかゝつたやうな冷めたいものに、ついと自分の指先が触《ふ》れたやうにぞつとした。

鴇子《ときこ》は裸にされたやうな寒さを感じながら、友達の顔を見てさうして何《なん》ともつかず口を閉《と》ぢて笑つた。

「今夜はあなたはだんまり虫だわ。」

巻子が然う云つた。巻子の脂肪《あぶら》にぬれた冷《つ》めたい手が鴇子《ときこ》の指先をいぢつてゐた。

「今夜は少し疲れてゐるんですよ。然う見えるでせう。」

鴇子《ときこ》は然う云つてから、急に友達がなつかしくなつて三人の身体をぎゆつと抱き合はせ度いやうな気がした。

「この儘宿《とま》りたくなつた。」

いつまでもいつまでも一緒にゐたいと鴇子《ときこ》は云ひたかつた。

「お宿《とま》んなさい。私も宿《とま》るから。その代り朝になるとあなたただけ置いてきぼりよ。甲野《かふの》さんは汽車に乗つちまふし。」

　巻子は大きな声で笑つた。鴇子《ときこ》はちよつとした今の友達の言葉が自分の望んだまゝに自由にさせるやうな返事でなかつたのが、つまらなくて淋しかつた。わざと戯談にした友達の言葉が何《なん》とも云へず恨めしかつた。

「帰りたくなつた。」

「ぢやあお帰んなさい。」

　巻子はまた大きな声で笑つた。鴇子《ときこ》はほんたうにコートの紐をむすんで帰り支度をした。

「ぢや、また逢ふわ。」

「ほんとに帰るんですか。」

「ほんとに帰るの。甲野さん。旅へ行つてから端書を下さる?。」

「然うですね。上げるかも知れませんけれど、でも上げなかつたら勘忍《かんにん》して下さい。」


　二人は停車場まで鴇子《ときこ》を送つて来た。月の光りを一面に漂よはした広い野は、丁度暁方《あけがた》の海面のやうであつた。別れるとき友達は鴇子《ときこ》の手を堅く握つたりした。

　電車に乗つてから窓から振返ると、薄赤い停車場の明《あか》りの下に二人の顔が同じやうに薄赤く重《かさ》なり合つて此方《こつち》を見てゐた。鴇子《ときこ》は眼をはつきりと見張ることの出来ないほど神経が疲れてゐた。丁度自分の前に新聞紙でかこつたダアリヤを持つてゐる人が花を積み合はせた小口《こぐち》を此方に見せて腰をかけてゐた。鴇《とき》子《こ》はその濃《こ》い色彩の花片の上に、気儘に自分の眼をうつとりと落着けてゐることの出来るのが嬉しかつた。

三

　上野まで真つ直ぐに乗り通して、明るい町を柔らかい裾を曳きずつて歩きたいやうな気もしたのだけれども。例《いつも》の時刻に帰つて来てゐる夫《をつと》が時計の針を繰りながら自分の帰るのを待つてゐることを思ふと、鴇子《ときこ》は矢つ張り家の方へ淋しく引き付けられた。さうして鴇子《ときこ》の疲れてゐる神経に夫《をつと》の痩せた姿の輪廓だけがぽつと映《うつ》つてゐた。

　鴇子は×の停車場で電車を下りた。

　坂を上つてゆくと、月の光りの中へ浸《ひた》し込《こ》まれてゐるやうな街燈の灯の下に、夫の類三が電車の線路の方を眺めて立つてゐた。その外套の姿に目が付くと鴇子《ときこ》は通せん棒をする様に両手をひろげながら息《いき》を詰《つ》めて夫《をつと》の方へ歩るいて行つた。そしてその手で軽るく類三の身体を抱いた。

「何所《どこ》へ行つたの。」

「甲野さんのところ。」

　類三は鴇子《ときこ》と擦れ違ふやうにして反対の坂の下の方へ歩きだした。類三の何か云つた声が向ふむきに響いて消えた。鴇子《ときこ》の耳には羽織の袖裏の甲斐絹《かひき》の擦れあふ音がやさしく残つた。

鴇子《ときこ》はその後を一寸見送つてから又一人になつて家の方へ向つて歩いた。大きな寺院の土塀に引つ沿ふて自分の影を見詰めながら足を運《はこ》んでゐると、層をかさねて冷めたく沈んだ空気の底から自分の名を呼ばれてゐるやうな物恐《ものお》びえのする気持になつた。さうして誰かゞ耳の傍で囁きつゞけてゐるやうに、唇に発音の打つ突かる響きが鴇子《ときこ》の耳元をくすぐる様な神経的の感触が鴇子《ときこ》の肌を粟立《あはだ》たせた。

　鴇子《ときこ》は自分の身体がかすかに慄えてゐるのを知つてゐた。足袋を穿《は》いてる足の底に冷めたいあぶらが絞りだされたやうに粘り流れてゐるのも覚えてゐた、鴇子《ときこ》は髪の毛を持つて引きずられるのに反抗する様な、あがいた気分で五六間駈《かけ》出した。他《ほか》に人の通つてゐない狭い通りに鴇子の足音ばかりが物を追ふやうにかた〳〵とひゞいた。意地になつて地面の下からも鴇子《ときこ》の下駄の音に調子を合はせながら槌でゞも叩き立てゝるやうに、その音が二倍にも三倍にもの大きさになつて血のさわいでる鴇子《ときこ》の心臓をおどろかした。鴇子は切迫した呼吸づかいをしながら又そろ〳〵と歩いた。さうして家へ帰つたらすぐ春作の手紙を見なければ、と思つた。

　障子を開けて茶の間へ入《はい》つたとき、電気の光りの中へ逃げ込んだやうな眼をして鴇子《ときこ》は明《あか》るい座敷をなつかしさうに見まはした。其所《こゝ》には類三の夕飯をすました食卓の上がまだ片付かずにあつた。鴇子《ときこ》はすぐ自分の座敷にはいつて用箪笥の小抽斗からさつきの手紙をだして見た。

（あなたを恋してゐました）と云ふ意味の長い手紙は最前見た時の字と少しも変つてはゐなかつたが、唯恋と云ふ字の形の上に今の鴇子《ときこ》の眼には眩いやうな絢爛《けんらん》な光りが彩《いろど》られて見えてゐた。さうして手紙をたぐる時の紙のふるえが男の咽び泣く声のやうにも聞えた。

（あなたは真実に死を覚悟してゐらつしやいますか。そんな事を仰有るあなたは鋭い刃物で身体を切りきざまれる以上の、もつと〳〵酷い残酷な目にあはされるかもしれませんよ

　燃えてる火へ手をつけたならあなたは身体ぢうを焼き尽されなければならないんです、あなたは私をほんとに分りもしないくせに、恋なんて、そんなことを仰しやつてはいけない、いけない、いけない、何事もだまつてゐらつしやい。だまつてゐらつしやい

　あなたはきれいな夢を見て、ゐるんです、けれどその夢はぢきと恐しい事実になるのぢやありませんか、あなたのその恋には美しい幻影が引つ添つてゐるのぢやなくつて恐しい死が伴つてゐるのですよ

　あなたの云つてゐらつしやるすべては、私は戯談だらうと思つてゐます、坊ちやんの遊戯が少し過ぎたのだらうと思つてゐます、あなたはもう決してあれ以上のことを私におつしやつてはいけないのです）

鴇子《ときこ》はこゝまで一気《いつき》に書いてしまふと、ふいと肩の上から乗

しか丶つてゐた魔がはなれたやうな、はなれる時に何かしら大きな声で笑はれてその笑ひ声ではつきりと目の覚《さ》めたやうな気持がした。鴇子《ときこ》は自分も笑ひたくなつてペンを投げだした。若い頃にまた見たがる夢幻の中から作らへ上げた虹のやうな一句一句に、少しでも興奮されたやうな心持になつてペンを握りしめてこんな事を書いたことが、若い男と自分との対象を唯いや味にいや味にさせて何《ど》うにもならなくなつた。

鴇子《ときこ》は書きかけた手紙を机の抽斗に入れてしまつて茶の間の方に来た。下女の出してきた平常着《ふだんぎ》に着代《きか》へながら鴇子《ときこ》はわざと大きな声で下女と無駄話をした。

類三《るゐざう》が口笛をふきながら帰つて来た。

類三《るゐざう》は鴇子《ときこ》が何所へ行つてもその出《で》た先《さ》きのすべてを聞かないでは済まされなかつた。鴇子《ときこ》は巻子が尼になりたいと云つてゐたことを話した。

「結婚さへすりやすべて解決がつくのさ。」

類三《るゐざう》は煙草をのみながら然う云つて笑つた。

「頭を剃つてしまはう。」

何《なん》と云ふみじめな絶望の叫びだつたんだらう――鴇子《ときこ》は友達の云つたことをいま意味もなく人に伝《つた》へてから、ふとそんな事が考へられた。さうして烈しい欲求のためにあの太《ふと》つた身体全体の血が動揺して渦巻きあがるやうな苦しさも思ひやられた。巻子《まきこ》はいつも

「私は決してつまらない人たちの前で結婚と云ふ事は口にしない。直ぐその人たちから誤解と侮蔑を受けるから。」

と云つてぢつと息《いき》を潜めるやうな顔をすることがある。けれど矢つ張りあの人の精神はある満足を強ひるために旋風《せんぷう》のやうに荒れ狂ふことがあるのだ。そんな時宗教からでもなく救世の為でもなくたゞ尼になりたいと叫ぶのであらう。これほどの痛ましい声を聞きながらあの時自分たちは静にだまつてゐた。

――別れるとき巻子の太つた顔は笑つてゐた――

鴇子《ときこ》はそんな事を考へながら類三の顔をながめてゐた。上唇の上に短く摘《つ》んだ濃い髯をぢつと見守つてゐるうちに鴇子《ときこ》はふと夫《をつと》がなつかしくなつた。夫と妻との僅な隔《へだ》りの間に絶えず通ひあつてゐる温な息吹《いぶき》、それが今鴇子《ときこ》の心の上に濡れた湿《しめ》りを含んだまゝふつと鮮かに吹きかけられたやうな融《と》け合つた気分が感じられた。鴇子《ときこ》は首をまげた儘矢つ張り夫《をつと》の顔をながめてゐた。

「好いものを見せて上げませう。」

鴇子《ときこ》は奥へ行つて春作から来た手紙をふところに入れて戻つて来た。

「よんで御らんなさい。」

鴇子《ときこ》は然う云つて、僅の時間に自分の肌のぬくもりに温められた青年の手紙を類三に渡した。

だまつて其れを読みかけた類三は、途中までくるとあとは読まないでその手紙を傍《わき》へおいた。類三の顔に、隠そうとする人の秘密をうつかり覗いて了つたやうな人の好い表情が、現はれ

てゐた。二人は暫らくだまつてゐた。

「どう思つて。自分の妻君のところへこんな手紙の来たのをどう思つて。」

鴇子《ときこ》は戯れるやうに唇をちゞめて笑つた。

「なんともない」

然う云つた類三は笑はなかつた。お互の刹那の感情をそつと動かさずに過ごしてしまはうとする様な、光りを忍ばした、然《さ》り気《げ》のない眼色《まなさし》がぴたりと合ふと、すぐ又別々になつた。

「けれど、こんな事は何《なん》でもありやしない。ねえ然うでせう。私はこの手紙をあなたに見せて上げたくらゐですもの。」

鴇子《ときこ》は急に何事か打消《うちけ》さなければならないものがあるやうなあわてた気持がした。

類三は鴇子《ときこ》の眼元《めもと》に平常《ふだん》見ることの出来ない色つぽいしほを見付《みつ》けてゐた。さうして、自分の身体の血がだん〳〵と強い酒の香気のうちに浸みこんでゆくのをぢつと味はつてゐるやうな、だるさうな崩《くづ》れた素振《そぶ》りをその気儘《きまゝ》な鴇子《ときこ》の居住《ゐずま》ひから捉へることも出来た。類三は淡《あは》い嫉妬をおこさずにゐられなかつた。

「女の胸にはひゐき役者が舞台の上から真《ま》つ直《す》ぐに視線を注《そゝ》いでくれた時と同じやうな蓮葉な浮ついた心持をその男の手紙によつて受取つてゐるに違ひない。」

類三は然う思ふと、「へつ」と云つて苦《にが》い一瞥を鴇子《ときこ》の面前《めんぜん》に投げつけてやり度いやうな反感《はんかん》がおこつてゐた。

「侮辱されてゐるのをお前は知らないのか。人を侮辱した手紙ぢやないか。」

類三は慳貪《けんどん》に然《さ》う云つた。

「お前《まい》の平生《ふだん》やつてゐる手紙の書きかたが悪るいんだ。お前はいつも小説でも書く気になつて手紙を拵《こしら》へるんだから。」

さうして、引つ切りなしに何物かに悩乱されてゐるやうな鴇《とき》子《こ》のすべての表情を見てゐると、類三は焼《や》け銅《がね》でちり〳〵と露出した肉の上を焼きつまれてゆく様な思ひがした。

鴇子《ときこ》はだまつてゐた。さうして類三の顔に不快の色の漂つてゐるのを眺めてゐるうちに何《ど》うしたのか突拍子《とつぴやうし》もない大きな笑ひが胸の底を揺《ゆす》ぶり返し揺《ゆす》ぶり返しするやうな、はしやいだ、あたけた、ふざけた、気持になつた。

「だから何《ど》うだつて云ふんです。」

鴇子《ときこ》は然う云つてから物を開くやうな音を立てゝ笑つた。

「だから何《ど》うだとは何《なん》だ。」

「だから何《ど》うだつて云ふの。あとを云つて御らんなさい。」

鴇子《ときこ》は眼の端《ふち》を赤くして唇を乾かして笑ひつゞけてゐた。

「ぢきに動揺する女だ。」

類三の苦々しいやうに云つた言葉が、また鴇子《ときこ》の擽《くすぐ》つたいところを一寸松葉《まつば》の先きで突《つ》ついた様な思ひをさせた。

「えゝ。私は誰とでも何時《いつ》でも心中の出来る女なんですもの。あなたになんか、いつ左様《さ》ならを云ふか分りませんよ。」

鴇子《ときこ》はそんな事を云つてる間に、もう好《い》い加減色の薄くなつた愛の影の上をいろいろな絵の具で上塗りしやう上塗《うはぬ》りしやうとあせつてゐるやうな二人の間の毎日がちらりと頭《つむり》の中を過ぎて去つた。鴇子《ときこ》は自分の眼の前に、明るい電燈の茶の間にはつきりと類三の姿を認《みと》めてゐながら、さつきの電車の中のやうに類三の痩せた姿の輪廓だけがその揉み疲れた神経の中にぼんやりと映つた。

「春作と云ふ男は目の覚めるやうな美しい男であればいゝ。目の覚めるやうな。」

　鴇子《ときこ》はそんな事を思ひながら、犬を呼びながら外に出た。茶の間から見通しの玄関の障子に月の明《あか》りで格子の桟《さん》がうつつてゐた。

死

ザイツエフ作
昇曙夢譯

　閉ぢ籠めた病室の窓框《まどわく》を取外して、パウエル・アントヌイチが四月の空気を胸一杯に吸ひ込みながら、蒼白い空や、雀や、小さな園にチラホラ芽を萌《ふ》き出したばかりの弱々しい青葉やを見た時、彼は是《こ》れが見納めの春だなと思つた。が、自分は最《も》う死ぬんだと云ふ思想《かんがへ》に彼は少しも驚かされなかつた。それどころか却《かへ》つて一入瞭然《ひとしほはつきり》と身の置所が定《き》まつたやうに思はれて気も心も落着いたのであつた。

『何と云ふ空気だらうね。あゝ好い心持だ。お前のお蔭で本当に清々《すが〴〵》しい気持がするよ。』と彼は妻に向つて言つた。

『寒むかアありませんか。』とナデジユダ・ワシリエフナが訊ねた。此頃は彼女《かれ》の言葉にも思想《かんがへ》にもたつた一つ、何《ど》うかパウエル・アントヌイチの心持を乱すまい、彼れの気を引立てゝ上げたいと云ふことばかりが漲《みなぎ》つて居た。

『否《いゝ》や』と言つて彼は深く溜息を吐き、『余程楽になつた。呼吸をするにも、何ともなくなつたよ。』

ナデジユダ・ワシリエフナは彼の額に接吻して出て行つた。

此日一日彼は安静で、黙つては居たが息切は少しもしなかつた。で、飽かず庭園《にわ》を眺めて居た。が、日の暮にバルコンへ雀に穀粒を撒いてやつて呉れろと言つて莞爾《にこ〳〵》しながら、

『彼奴等《あいつら》を眺《み》て居るのが面白くつてなア』と言つた。

それから丸一週間は何のこともなく平穏に過ぎた。そればかりではない、奈何《どう》なるかと危まれた水腫《みづばれ》も余程減《ひ》いたやうに思はれた。然しパウエル・アントヌイチは全然《まるつきり》変つて了つた。始《しよつ》終《ちう》雀ばかり見てゐて、何一つ読むでもなく、そしてナデジユダ・ワシリエフナが能《よ》く見慣れてゐる、その双の眼には、執着な、秘め匿した思想のあるのが能く見えた。

で、惑時彼女は夫に向つて恁《か》う訊ねた。

『貴郎《あなた》、何を考へて被居《ゐら》つしやるの？　何故貴郎は私に何にも仰有《おつしや》らないんです？』

『何を考へてゐると云ふのかい？』と彼は莞爾《にっこり》して『遺言さ』と言つた。

『えつ、貴郎《あなた》、何故其様な事を仰有るんです？』

するると、彼は少し真面目になつて、

『ナデジユダ！　俺は少しお前と話をしたいことがあるんだよ』と言つた。が、仕舞まで考へてなかつたものか、それとも恰度《ちやうど》其時来合はした医師に妨げられたものか、後は言はずに了つた。

そう云ふことがあつてから五月の初めつ方、園《その》は最《も》う悉皆《すつかり》緑色になつて、お寺の鐘も楽しげに響くやうになつた或日のこと、パウエル・アントヌイチをバルコンに出してやると、彼は妻に向つて、

『ナデジユダ、最《も》う隠すことなんかいらん。春は本当に心持が好い……けれど、その、つまり、つまりねえ』と、彼は息を喘ませて、『お前は俺を大層愛して呉れた、大層……』

『何を仰有るの？』と彼女《かれ》は言つたが、其声は顫《ふる》へて居た。

『それだのに俺はお前をえらく苦しめた……本当に苦しめた……お前は宥《ゆる》して呉れるかい。』

『え丶、最《も》う其様《そん》なことを仰有《おつしや》らないで下さい。最《も》う宜《い》いぢやありませんか。何も宥すなんてことはありやしませんわ。』

斯《か》う言ひながら、ナデジユダ・ワシリエフナは欄干を手でコ、ツ〳〵叩いた。薄白くなつた髪の毛が頭巾の下で微かに戦《ふる》えた。

『それは宥して呉れるかも知れん』と、パウエル・アントヌイチは矢張小さな声で静かに、『然し今話さうと思ふのは他の事なんだよ。』

斯う言つて、彼はホツと溜息を吐き、身姿《みなり》を正して煙草を喫つた。そして言ふ、

『……お前は俺が愛してゐた女のあることを知ツてるの？』

『はい、知ツてます。』

『俺に娘のあることも知ツてるの？』

『はい、知ツてます。』

『それだ。それで、其方《そなた》……いまそのお前とアンナ・ペトロウ

ナとが始終《しよつちう》憎み合つて居たんだね。』

『貴郎《あなた》の仰有《おつしや》ることはちやんとお聴してます。何を仰有ツても其通致しますから、何卒悉皆《どうぞすつかり》言つて下さい。』

斯《か》う言つて、ナデジユダ・ワシリエフナは凝《ぢ》ツと欄干に捉《つか》まつて指を握り緊《し》めた。

『それで、俺は間もなく死ぬんだからね……お前にもう一ツお願があるんだよ。まア犠牲とでも云ふか、何卒《どうか》犠牲となつて呉れ。そして彼女《あれ》の方からも矢張犠牲となつて貰ふんだ……それで、俺は茲《こゝ》に彼女《あれ》に宛て、手紙を書いて置いたよ』と、彼は一通の封書を示した、『俺が死んだ後で、お前達が配《わ》けるものとては何もなからう。俺達は毎日の生計《くらし》にも随分と苦しんだからねえ……で、なにかい……お前達は俺が死んでも矢張憎み合つて居るのかい?……』

『貴郎《あなた》、奈何《どう》なさらうと仰有《おつしや》るんです?』

『ナダジユダ！　仲直りがして貰いたいのだ……宥《ゆる》して貰いたいのだ。俺が安心して死ねるやうにね。』

ナデジユダ・ワシリエフナは直には答えなかつた。暫くしてから、

『では、お互ひに仲好くしろと仰有《おつしや》るんですか。』

斯《か》う言つた彼女《かれ》の声は聞えるか聞えない位ゐに小さく、圧着《おしつ》けられたやうであつた。

『否《いゝ》え、たゞお互ひに宥《ゆる》し合つて貰いたいのだ。それから俺にも宥して貰ひたいのだ……彼女《あれ》がこの家を呪はないやうに……それからお前が俺の娘を見棄てないやうに……』

ナデジユダ・ワシリエフナは黙つて居たが、やがて、

『娘を?　貴郎の娘は私の娘ではありませんか……他に貴郎の娘があるもんですか。』と詰つた。

『ナデジユダ！』と応《こた》へたパウエル・アントヌイチの顔は蒼褪《あをざ》めて居た。『俺はお前に対して誠に済《す》まないことをした。えらく済《す》まないことをした。だが、何卒其様《どうぞさう》して呉れ、頼むよ。』

彼女《かれ》は石のやうに突立つて居た。何か余燼《もえさし》のやうに彼女《かれ》の眼に燃え付いたものがある。が、彼女《かれ》はぢツと其れを抑えて、

『ねえ貴郎《あなた》、余りに風に当つては身体《からだ》に障りやしないでせうか』斯《か》う言つて彼女《かれ》は露台《バルコン》の窓を閉めた。それから部屋を出ながら、

『もう、其様《そん》な事を言ふのは止めにしませう』と附け足した。

パウエル・アントヌイチは口を噤んだ。そして初めのうちはぢツとして横はつてゐたが、其のうちに老の惨々《いたいた》しい涙をハラ〳〵と落して泣きだした。今は最う此の輝く春の世界に唯一人で居ることが全く堪えられぬ、迚《とて》も忍び難い、寧《いつ》そ小供にでもなつて、母親の手に抱かれて、何の思ひ煩らうこともなく、慰めて貰ひたい、さう云つたやうな気が起つた。けれど……けれど、彼の後ろには過去つた生活……恐ろしく見すぼらしかつた生活がぢツと控へて居る。其の生活のうちに何をしたらう。二人の婦人を苦しめ悩まし、そして自分も……

ナデジユダ・ワシリエフナがまた入つて来た。最《も》う先刻《さつき》とは

打ツて変つて、長い間の親友、医師、看護婦、さう云つたやうな風であつた、然し、パウエル・アントヌイチには今の談話《はなし》が消し難い重い印象を与へて居た。斯様《こん》な時に妻が何も言はないのは、それは彼女《かれ》が深く怨恨《うらみ》を含んで居るからだと云ふことが彼には能《よ》く了解《わか》つてゐた。

『仕方がない。随分過失も行《や》つた。罪なこともした。それが積り積つて今俺を苦しめるんだ。俺は最《も》うアンナ・ペトロウナにも、ナターシャにも逢へまい。あゝ仕方がない。』と、彼は独語《ひとりごと》を言つた。

彼はまた自分とナデジユダ・ワシリエフナとの間に儲けた息子のアンドレイのことも想ひ出した。アンドレイは今大学生で、南の方の大学に行つて居る。

パウエル・アントヌイチは何うか此の息子に逢ひたいと思つた。で、妻に向つて、

『何故お前はアンドリユーシヤに手紙を遣らないのだ。帰つて来さしても宜《い》いではないか。』

『でも、今試験中ですから心配させたりしては可《い》けないでせう。手紙でも遣れば、甚麼《どんな》に悪いだらうなんと思つて心配するかも知れないぢやありませんか。』

『だが、俺はつまりどツち道死ぬんぢやないか。』と、パウエル・アントヌイチは言はうとしたが口には出さず、たゞ深く溜息を吐いた。

『だけど、上げたければ出しても宜《よろ》しうございますよ。』

パウエル・アントヌイチは五月の中旬《なかば》には目立つ程悪くなつた。いくら庭園《にわ》へ出してやつても、亦《また》いくら彼が春を吸ひ込まうとしても、呼吸《いき》をするのが日増に苦しくなるばかりだつた。水腫《みづばれ》が酷《ひど》く張つて来るので毎晩眠られないで苦しんだ。恁《か》うした孤独な夜、妻は身体が綿になるまで、彼の肩や胸を擦つてやるのであつた。仕舞《しまひ》には熱い空気風呂までたてゝやつた。が、其の苦しさは一通りではなかつた。

パウエル・アントヌイチは叫び度い位ゐであつたが懸命の努力で辛《や》ツと耐《こら》へた。医師が去つて了ふと、彼は後ろを向いて、妻に涙を見せまい〳〵としながら、

『なんだつて、あの人達は俺を苦しめるんだらう』と言つた。

翌《あ》くる朝、彼は酷く苦悩した。今迄にないほど恋の歴史が彼の心を掻挘《かきむし》り、死の思ひが彼を悩ました。辛《や》ツとの事、彼はシレン（連翹）を取つて来て呉れと言つた。シレンは爽やかな薄《うす》菫色《すみれいろ》をして、数滴の露さへ帯びて居た。彼は其の香を吸ひ込んで、弱々しい指を花に触れた。シレンの花弁は五枚に足りない……彼は幸福がないと云ふことを連想して苦笑した。それから眼を閉ぢて神のことを考へ初めた。その間、彼は自分の生涯も、友も、敵も悉皆《すつかり》忘れて了つて、たゞ神のみがある、このシレンも、他の凡ての美しい花、美しい恋も所詮は神の保障である、神の現はれであると、其様なことを思つた。それからまた愛した女を想ひ出した。若い時に空想したやうな、この地上には絶えて無い不可思議な恋を少しも知らずに過して了つたことを考

へた。さう思つて彼はまたシレンを取つて、それを接吻した。そして心の中で、一刻も早く神様が此の不幸な、苦しい生涯から自分を救ひ出して下さるやうにと祈つた。

日暮方彼は息子に手紙を書いた。手紙の中には斯様《こん》なところがあつた。

『アンドレイよ、俺はお前に逢ひたい。最《も》う永いこと逢はなかつたがお前は俺を忘れて了つたかも知《し》れぬ。然し俺はお前を能《よ》く憶えて居る。お前は俺の息子だ。お前がまだ赤ん坊の時、頭の黒い小供の時、俺は今より苦が少かつた、安楽に暮して居た。それが今は重い不治の病に悩まされるばかりでなく、俺が一生の間に為した過失の為に苦しんで居る。と言つても解らないかも知れないが、俺はお前の母親の外につひ近頃までもう一人他のアンナ・ペトロウナ・ゴリヤイノーワと云ふ婦人と近しくして居て、二人の間にはナターシヤと云ふ娘まであるのだ。ナデジユダ・ワシリエフナは此事を能く知つて居る。で、俺は彼女《あれ》がアンナ・ペトロウナと仲好くなつて呉れず、また今後とも仲好くなつて呉れ相《さう》にも見えないので、苦しみ悩んで居る。お前の母の仕打は勿論無理のないことだ。何といつても俺が全く悪いのだから。この上お前に最《も》う一つ憎しみを加えられても仕方がない。兎に角お前はまだ若い。お前は晴々とした明るい生涯を送るやうに望む。あゝ我が愛児よ……最大なる不幸は最大なる幸福と同じく、恋であることを能く記憶せられよ。そして父の生涯よりも最《も》ツと〳〵価値ある生涯を築き上げるやうに工夫せられよ。で、若《も》し出来ることなら、どうか此の父のことも不愍《ふびん》だと思つて呉れ。若し一滴なりと愛して呉れる心があるならば、どうか俺が死んだ後アンナを見棄ず、またナターシヤの力となつてやつて呉れ。兎にも角にも彼女《あれ》はお前には実の妹だ……』

この手紙を認め終るとパウエル・アントヌイチは酷《ひど》く疲れて了つた。夜一夜《よつぴて》息切がしながら一睡もせず、遣瀬ない、物憂ひ思ひに追はれつ、広く見開いた眼で蠟燭の火を凝ツと見詰めてゐた。ナデジユダ・ワシリエフナは看護に疲れて退いて居た。パウエル・アントヌイチは黙つて一言も言はず、たゞ溜息を吐きながら幾度か胸に手を当てた。斯《か》うして次の日も夜も、亦其《またそ》の翌日も過ぎた。三日目の夜に発作が酷くなつた。

『ナデジユダ！ 俺は最う死ぬよ。』と、二時頃に彼が言つた。

彼女《かれ》は後ろから彼を抱いて、離すのは厭だと云ふ風に犇《ひし》と抱き緊めた。

『我が妻、ナデジユダ、忠実な妻、押へて居ても駄目だ……だが……だが、押へてゐて呉れ！』と、彼は断々《きれ〴〵》に言つた。

程なく呼吸が急迫《せわ》しくなつて顔が歪んで来た。ナデジユダ・ワシリエフナは辛《やツ》と我を抑へて居た。隣りの部屋には静かに看護婦が座つてゐた。パウエル・アントヌイチは突然苦悶の間に、大きな間を置いて、

Te spectem suprema mihi cum venorit hora.（最後の時が来た時何《どう》して私はお前を見る事が出来やう）

Te teneam moriens deficiente manu.（死にながら何《どう》して弱い腕一つでお前を支へる事が出来やう）

斯《か》う言つて、妻の手を接吻した。ナデジユダ・ワシリエフナは此の言葉が何のことだか解らなかつた。が、心には能く感じた。と、彼は静かに覚束なげに言つた、

『宥《ゆる》して呉れ、ナデジユダ……ナデジユダ、宥して呉れ！』

ナデジユダ・ワシリエフナは彼が何を言つてるのか能《よ》く知つて居た。彼女《かれ》は泣いて彼れの頬の上に自分の顔を落した。そしてパウエルの大きな、少し厳《きつ》いけれど、昔から愛らしい、苦しみ悩んだ双の眼を眺めた時、彼女《かれ》は心臓が張裂けるやうに思つた。パウエルは多分彼女《かれ》の顔に何か読み取つたのでもあらう、黙つたまゝ頭を揺《ふ》つて、

『さうかい』と言つた。

朝、彼は死んだ。

木曜日、お寺の蕭々《しやう〱》たる弔《とむら》ひの鐘に送られて彼を葬つた。ナデジユダ・ワシリエフナと、此朝着いたばかりのアンドレイとは式に列つた。ふツくらと優しい夕暮の空は水晶のやう、寺に吹き送られる光にはげに春の爽やかさが籠もつてゐた。司祭が香を焚く一段高まつたところに横はつてる父の遺骸を眺めて、アンドレイは今更のやうに強い、活々とした父の面影を想ひ浮んだ。それから近頃受取つた手紙のことに考へ及んで、今漸《や》ツと父が生前度々人知れぬ憂鬱な病に苦しんで居た理由が了解《わか》つた。何故年より早く母の髪が霜を戴き、何故家庭の中に一種緊張したやうなところがあつたか、今初めて合点が行つた。

別離の時刻が来た。母は長い間離れることが出来なかつた。アンドレイはぢツと眼を閉ぢてゐた。ふと眼を開けて眺めると、棺の傍に喪服を着けた背の高い夫人が立つて、亡父の片手に接吻してゐた。彼女《かれ》は見るからに弱々しく、なよやかに、風にも堪えないと云つた風情、立つてゐるのさへ漸《や》う〱のことであつた。「ゴリヤイノーワ」と誰かゞ囁いた。アンドレイは冷りとした。彼女《あれ》だ、彼女《あれ》だ、父の恋、母の悲しみよ。アンドレイは凝ツと見詰めた。

《何が父を魅したのだらう。》ゴリヤイノーワは世の中に幾許《いくら》もある尋常の女であつた。《さうだ、この女のとこに娘があるんだ、私の妹がゐるんだ、私の妹！……そして此の二人は父の臨終《いまわ》に来て死目に遇ふことが出来なかつたのだ。》斯うアンドレイは考へた。

法事が終つてお寺から棺を出す時、彼は母の手を取つて支へてあげた。棺は先に立つて運んで行かれた。葬列は静かに白い石碑の間を縫ふて行つた。そしてつひ近頃開いたばかりの新らしい墓地に葬つた。此の墓地は元草原だつたので、其時はまだ草花が沢山名残を留めてゐた。ただ遠い端の方に小さな墓が二つ淋しげに立つて居るだけであつた。パウエル・アントヌイチは此所《こゝ》へ三番目に葬られたのだ。香炉を鳴らす音がした。乳香の煙が青く立昇る。金色の夕暮が薄れかゝつた。地平線の上を白い煙が走つて行く——汽車だ。離別を告ぐるかのやうに、此《こ》

所彼処《かしこ》の丘が青ずんでゆく。棺を穴の中へ下ろした時、ナデジユダ・ワシリエフナは危く倒れやうとした。アンドレイは『お母さん〳〵！』と叫びながら母を支えた。そして張裂けるやうな胸の思ひをぢツと堪えてゐた。けれども他の人が皆な行つて了つた後で、彼は母と二人で長いこと亡き人の事を想ふて誰《た》れ憚らず声を挙げて泣いた。

　それから一週間経つた。日も早や暮つ方、アンドレイは小さな庭の白楊樹《はくやうじゆ》の間の小径を歩いてゐた。庭の端まで来ると、彼はシレンの花を摘んだ。バルコンでは茶をたて〻居た。ナデジユダ・ワシリエフナは蒼い顔色をして、黙つて椅子の上に座つて居た。亡夫の横はつてゐる寺院で鐘が鳴つた。薔薇色の鳩が空に縺れて居る。

『お母さん！』と、アンドレイは余り確りしない語調で、『少しお話したいことがあるんです、大事なことですが。』

『何です？』と母の声。

　アンドレイはちよツと出て、父の手紙を持つて戻つて来た。

『これですお母さん、若《も》しお母さんのお気に触ツたら御免なさい。然《しか》し……私は……是非お話しなければならないと思うんです。』

　斯《か》う言つて、アンドレイは吃りながら父の生前の希望――自分に近しい関係の人を放り出して置きたくないと云ふ希望を、其儘にして打棄《うつちや》ツて置く訳には行かないと云ふことを説いた。

　ナデジユダ・ワシリエフナは其の手紙を読んだ。彼女《かれ》の顔は、手紙を読んでるうちも、読み終つてからもぢツとして少しも色が変らなかつた。

『お父さんも気の毒な人だつたねえ』と、彼女《かれ》は言つた。

　二人は暫時《しばし》黙つて居た。

『お母さん、奈何《どう》です』と、アンドレイは悸々《おづ〳〵》と、胸に何か重たいものでも置かれてるやうな気持で訊ねた、『奈何《どう》しませう？』

『これは最《も》う長い間の噺なんだよ。だけど今は悉皆《すつかり》お仕舞になつたのです。私はあの女に対して最う何とも思つてゐやしません』斯《か》う言つてナデジユダ・ワシリエフナは少時《しばし》黙つて居たがやがて、『お父さんの後に残つたものも少しはあります。私は本当に僅かしか要りません。若しあの女が困つてゞも居ると云ふことなら助けてお遣んなさい。これは皆んなお前のやることだよ。つまりね、あの女を捜し出して、それ丈の物を渡して遣るのです。何も斯《か》も最《も》う其丈《それだけ》のことです』と言つて彼女はほツと溜息を吐いた。

　アンドレイは母の手に接吻して、

『お母さん、難有《ありがた》うございます。本当にお母さんは優しい……』

『それからね、私は最《も》う些《ち》ツとも怒つてやしないと言つてお呉れ』と、母は言つたが、『だけどね』と、ちよツと眉を顰《ひそ》めて『逢いたかないよ』と附加えた。

　其れ以上二人は話をしなかつた。ナデジユダ・ワシリエフナは茶を喫んで、夕映の為に薔薇色に染まつた雲を見て居た。軈《やが》てサモワルを片附けて仕舞ふと、彼女《かれ》は晴々とした、何とも言へない微笑を浮べて、

『お前も嫁を娶《と》ツたら悉皆了解《すつかりわか》るよ』と、謎のやうに言つた。

十一時に彼女《かれ》は退いた。アンドレイはシレンが花咲き、白楊が潜んで居る小径を歩いた。星が煌々《きら〱》輝いて居る。青い深い空が招いて居る。それを眺めながら、アンドレイは人生の悲哀、人の身上に落ち来る苦しく暗い運命と云つたやうなことを考へた。『嫁を娶《と》ツたら了解《わか》るよ。』あゝ、あのジーニヤに対する恋に燃えてるアンドレイも矢張苛酷、侮辱、不義の中を通ほつて行かなければならないだらうか。一日彼女《かれ》の事を想い浮ぶと、彼の心臓は急に引縮まつた。彼は長椅子の上に横はつて空を眺めながら、恋は今自分の上に輝やく此の無限と同じやうなものだと感じた。彼は夜の明けるまで逍遥《さまよ》つた。鶏が細い高い声で鬨《とき》を作るまで。

アンドレイが出発した後、ナデジユダ・ワシリエフナは一層引籠り勝になつた。家を出るのはほんの日暮方ばかりで、それも亡き夫の墓を訪づれるのみであつた。お寺へ行つて、黄金の円天井、僧坊の古い建築物、紀念碑などの間を通ほつて行く。大理石の墓石、アレクサンドル帝時代の白い小さな礼拝堂、千八百十二年（奈翁浸入時代）の将軍等の上に立つて居る赤銅製の青みがゝつた二人の武士……其等は最《も》う幾度も〱見たのだつた。それを過ぎると、今度は新らしい墓地だ。彼女は細径を辿つて左の方に行き、柵の傍の腰掛に座る。十字架の上には小さな燈明が光つて居て、手向《たむ》けたばかりの新らしい花が土饅頭の上に置いてある。長い間其処に座つて祈つて居ると、死んだ夫が生きて居た時とは全《まる》で異《ちが》つた人のやうに想はれて来る。儚ない一時的のことや、世の中の日に日に起つて来るせゝこましいことは皆んな何処かへ消えて了つて、甘い、懐かしい追憶の中には亡き人の面影がずツと清らかな、ずツと崇高なものとなつて彷彿として来る。

七月の唯《と》ある日暮方、彼女《かれ》は例のやうに墓の傍に座つて居た。太陽は早や西に傾いて、暮れなんとする空はひときわ明るく、金色に輝いて居た。何処からとなく枯草の香が漂ふて来る。偶《ふ》と、ナデジユダ・ワシリエフナが頭を擡《もた》げると、突然十四歳位の女の児が眼に付いた。其娘の手には花を持つて居る。

『御免なさい、とんだお邪魔をしまして』と言つて女の児は去りさうにした。

ナデジユダ・ワシリエフナは目立つほどではなかつたがブル〱と顫《ふる》えた。何だか親しみのある、懐かしいものが此の娘の眼に見えたので。

『ちよいとお待ちなさいよ、どちらへ行くの？』

女の児は立止まつた。ナデジユダ・ワシリエフナは凝《ぢ》ツと彼女を見守つた。女の児は首を俛《た》れた。

『些《ち》ツとも邪魔ぢやありませんよ』と、ナデジユダ・ワシリエフナは言つて、『此処《こちら》へ入らツしやいな、花を持つて居ますね、

あなたはお墓へ上げに来たんでせう?』

『え丶、パウエルおぢさんのお墓へ。』と、女の児は答へた。

ナデジユダ・ワシリエフナは太息《といき》を吐いて、

『あ丶、矢張さうなんだ』

斯う言はれて、女の児はちよツと狼狽した。奈何《どう》したら宜《よ》からうと思つて躊躇《ためら》つて居た。

『あなたはナターシヤさんとおツしやるんでせう?』と、ナデジユダ・ワシリエフナが訊ねた。

『え丶。』

『さう、では此処《こちら》へいらツしやい、ナターシヤさん。お知己《ちかづき》になりませう。パウエルおぢさんはね、私の旦那様でしたのよ。』

『えツ!』と、ナターシヤは言つて、持つて居た花を落した。

『花を持つて来て下さる位ゐですから、あなたは屹度《きつと》おぢさんを可愛がつて下すツたんでせう。さうなら私の親友ですよ。』

悸々《おづおづ》しながらナターシヤは近寄つた。ナデジユダ・ワシリエフナは彼娘《かのこ》を抱いて接吻した。

『あなたが持つて来た花を拾つてお墓へお上げなさいな。おぢさんが屹度《きつと》喜びますから』と、ナデジユダ・ワシリエフナは言つて、『パウエルおぢさんはねえ、生きてるうち大層悲しい思ひをしたんですよ。』と附け足した。

ナターシヤは花を手向けて、ナデジユダ・ワシリエフナと並んで座つた。彼娘《かのむすめ》は黙つて口を利かなかつたが、其眼には何か戦《ふる》えて居た。ナデジユダ・ワシリエフナは娘の頭を撫で丶やつた。周囲《あたり》が急に暗くなつて来た。空は高く高く澄み切つて、星がピカ〳〵輝き初めた。

『どうぞ』と、尼が近づいて来てお辞儀をしながら言つた、『最《も》う直ぐに門を閉めますから。』

下《お》り敷く露と冷気の為に枯草が香ばしく匂つた。彼方此方にチラホラと墓の上の小さな燈明が赤く点つた。ナデジユダ・ワシリエフナはナターシヤと腕を組んで歩いて来たが、出口の所まで来るとナターシヤを抱いて、

『お母さんを熱《よ》く接吻《きつす》しておやんなさい。そしてね私がどうぞ宅へお出で下さいと、さう言つて頂戴!　若《も》し宜しけりや此方から上がると申したと言つて頂戴ね。』

家に戻つてから、ナデジユダ・ワシリエフナは最《も》ふ今度こそ何も斯《か》も終を告げたと感じた。彼女は心の真底《しんそこ》から宥《ゆる》したのだ。

(パウエル・アントヌイチさん!　今度と云ふ今度は全く貴郎《あなた》の思つた通ほりにしましたよ。)

最終の覊絆《きづな》――地と生――も亡くなつた。彼女は息子のところへ手紙を遣りたいと思つたのだが、疲れて了つたので其儘横になつた。夢にパウエル・アントヌイチを見た。彼は晴々とした顔をして何事をか言つた。然し何だか了解らなかつた。

ナデジユダ・ワシリエフナは息子にもゴリヤイノーワにも逢はなかつた。

一週間程経つてから彼女は死んで了つた。

(「新小説」明治45年2月号)

うすごほり

水上瀧太郎

始めてお澄さんが東京に出て来た時、私はやつと六歳でした。其の二三週間も前から、

「もう直き名古屋からお澄さんと云ふ娘《こ》が来ますから、駄々をこねたり、あばれたりして、年雄は厭な子だと思はれないやうになさい」

と母が云ひ聞かせたので、私は毎日々々お澄さんの来るのを待つて居ました。なんでもお澄さんには新しいお母さんが出来たから、東京へ来るのだと、母は教へてくれましたが、何故新しいお母さんが出来ると東京へ来るのか私には解りませんでした。

或日、「今日はお澄さんが着く〳〵」と云ふので、母が指図して、朝から二階を掃除して、

「マアこれでお澄のお室も出来ました」

と祖母がニコ〳〵していらつしやる。私と妹は、一刻も早くお澄さんが来ればいいと思ひながら、無闇に嬉しがつて家中を飛廻つて居ました。やがて、

「お澄さんは何時来るんだらう」

待ちくたびれた私は、母の膝を枕にして、足をバタ〳〵やつてゐました。

「もう直きですから、おとなしくしていらつしやい」

母は私の頭を撫でながら、祖母と話をして居ました。

「貴方にはほんとに御迷惑だが、お澄も母無し子で可哀さうだから、目を掛けてやつて下さい」

「イ、エどう致しまして、私で出来ます事なら何でも、お世話致します」

「それと云ふのも、山田の心柄が悪いからです………」

祖母はしきりにクド〳〵と云つて居られる。私は全く待疲れてウト〳〵して了ひました。

フと目が覚めると耳に這入つた人声の方へ、母の膝に眠つた私は、寝がへりました。すると母と祖母に対つて伏目に坐つた、ネルの着物を着た、見た事の無い娘が、チラと私を見ました。蒼白い顔が少し上気してゐました。「お澄さんだ」と思ふと、私は眠つてゐたのが羞しくて、又元に寝がへりました。西日の充分《いつぱい》にさし込んだ庭には、浅緑の若葉がキラ〳〵反射する中に、うす紫の桐の花が寝起きの目を射して光りました。

当分のうち、羞しがりの私は「お澄さん」と呼ぶ事も出来ませんでした。母の手助をして、何彼と立働くお澄さんは、始終うつむきがちでしたが、それでもなほ私は、未だ馴染まない女《ひと》

の視線を避ける事につとめました。それでゐて私の方からはお澄さんの一挙一動に眼をひかれて居るのでした。

「年ちやんはお温《とな》しいんですねえ」

とお澄さんが笑つて見せても、私は母の背にかくれました。

「イ、エやんちやで困ります、今に真実《ほんと》の年雄が出て来ますとお澄さんなんか到底《とても》かなひませんよ」

と云ふ母の言葉を恨みながら、鼻白むのでした。けれども私はお澄さんに、優しい声をかけられるのを望んだばかりか、どうかしてお澄さんと仲善《なかよし》になりたいと思つてゐました。

お澄さんは草花が好きでした。庭の花壇には強烈な色彩の西洋花が咲く頃で、三色菫《パンゼー》、金蓮花、麝香撫子《カーネーション》。それからそれと紫に、黄に、紅に、咲いてはしぼむ花草に、如露の水をそそぐのがお澄さんの日課の一つでした。

「年ちやん、いらつしやい。お庭の花に水をやりませう」

と誘つて呉れるのを私は待つてゐました。大きな庭下駄を引きずる私の手を、お澄さんが取つてくれます。その手から親しみが湧いたやうに思はれました。

お澄さんの室は二階の六畳でした。立居に音もさせない人だつたので、私も二階へ行く時は、成丈足音のしないやうに楷子段を上つて行きました。西向の窓に机を据ゑてお澄さんは何時も其の上に本を開いて居ましたが、読んでるのか、居ないのか、隣の寺の墓地をヂツと見詰めて居る時が多かつたやうです。

「アラ年ちやん」

とお澄さんはハツとしたやうに眼を見張つて私を迎へ、傍に坐らせては後から抱くやうに、私の肩へ手を廻してヒツタリと寄添ひながら、本箱からいろんな本を出してはお話をしてくれました。細く沈んだ声で、涙を誘ふやうなお話ばかりでした。『お銀小銀』と云ふ姉妹が継母にいぢめられる話を、私は幾度も、せがんでは聞きました。

「又『お銀小銀』ですか」

と幾度も幾度も同じ話を繰かへして語るお澄さんも、ツイ哀れな姉妹の身の上に誘はれて声が震へてゆく。

「もう泣くのならお話はしませんよ」

と云はれて居るのを、一生懸命で耐へやうとしても、知らず〳〵私の頬を涙が伝はると、お澄さんは其の胸に抱き寄せてハンケチで拭いてくれる、さうしてヂツト抱きしめて何時迄も何時迄も動かない時もありました。私は女の懐の温い事を忘れる事は出来ませんでした。

その夏も漸くうつろへば、山の手の朝夕はスイ〳〵と風が白く流れます。暑かつた土用の中、かよわいお澄さんは目に立つて痩せたやうに見えました。何時も眩暈《めまひ》がすると云つて食事もすすまない程でした。

「澄は身体が弱くていけない。あまり本ばかり読んでゐないで、運動をして丈夫にならなくては駄目だ」

と父は常に云ひました。

「第一、サウ小食ではいかん。伯母さんなんか、宅《うち》にお嫁に来た時から伯父さんの倍も喰べて驚かしたものだ」

「嘘ばつかり」

と云ふ母も気づかはしさうにお澄さんを見ました。それでもお澄さんは閑暇《ひま》さへあれば、二階の室の机に対つて、何かしら読んでゐました。


蜩が高い梢で鈴を振ると、夕暮は窓に忍んで来る。お澄さんは読みさしの本をそのままに、うすく黄昏れてゆく西の空を遠く眺めてゐるのでした。そんな時にはキツトお澄さんの目はうるんでゐました。或時は暮れ切つた室内の薄明に、泣き伏したお澄さんの襟足ばかりが、ほの〴〵と白く浮んでゐました。私の足音に驚いて顔をあげるお澄さんは、

「年ちやんですか」

と云つては寂しく笑つて見せました。

「お澄さんは何故泣いてるの」

私は其の膝に乗りながら尋ねました。

「何故でせう。私にも解りませんの」

「ぢやあ悲しいんぢやないの」

「イ、エ矢張り悲しいんですけれど…………。私、夕方になると泣きたくなるんですよ、何故だか自分でも解らないくせに、馬鹿ですねえ。私は」

お澄さんは云ひながら、私を抱絞るのでした。

「夕方になると悲しい」と云ふ事は大きな謎でした。私は母に其の事を話しました。

「お澄さんは真実《ほんと》のお母さんが死んで可哀さうな娘《こ》なんですから、お前も親切にして上るんですよ」

と母は云ふばかりでした。

それはもう秋の一夜の事。木立の多い庭の中にも日光が蒼白く流れて、暗い隅々には虫の音がしきりでした。父の帰宅《かへり》の遅い日で、縁端に虫を聴く母に、私と妹が両方から縋つてゐました。

「年雄や。お澄さんは如何したんでせう。二階には燈火《あかり》がついてゐないぢやありませんか。一寸行つて見ていらつしやい」

と云はれて私は二階に上つて行きました。室の内は畳も浮くやうな月あかりで、お澄さんは水底の人のやうに一際蒼白く見えました。

「今ね、お母さんがお澄さんはあかりもつけないで如何したんだか見てお出でつて云つたの」

「私、どうもしやあしません。あんまりいいお月夜だから燈火《あかり》をつけるのが惜しいやうな気がしたのですよ。それぢやあ一緒に階下《した》に行きませう」

お澄さんは机の上の硯に蓋をして立上るとそのまま私の後から楷子段を下りて来ました。

「お母さん、お澄さんを連れて来ました」

「伯母さん、どうも済みませんでした。私、伯母さんに見て頂かうと存じまして歌のやうなものをこしらへて見ましたが、どうしても駄目なんで御座います」

「どれ見せてごらんなさい。私も一首まとめたいと思ひながら、こんなに二人が取りついてゐるものですから為方がないのですよ」

母は懐に這入つてゐる妹の顔を指さきで一寸突きました。

「いいお月夜ですね、斯う云ふ晩にはいい歌が出来るでせう、見せてごらんなさい」

「ハイ、でも駄目なんでございます」

云ひながらお澄さんは手に持つてゐた紙片を渡しました。

「硯に水を入れますとそれにも月がうつりますのです、ほんとに奇麗ですこと」

お澄さんは軒を仰いで月に顔を照らされました。母は小声で歌を口誦んでゐました。

「よくマアこんなに沢山出来ましたね、皆面白う御座んすが、なかでも此の始めの歌が私は身に沁みるやうに思ひます」

母なくて汝《なれ》もなくらん月あかりささぬ草葉にすだく
こほろぎ
母は繰返へし繰返へし細い声で、節づけて歌ひました。

「やさしい、哀れな歌ですこと。お澄さんのお歌を拝見すると、私迄悲しくなりますよ」

しんみりと母の声もしめつて聞えました。

「伯母さん、私には如何しても、悲しい歌つきり出来ません」

お澄さんは云ひながら泣き出してしまひました。

翌年、お澄さんは上野の音楽学校に入学しました。毎朝芝から上野迄通ふのは大変だと云ふので小石川の叔母の家に移る事になりました。お澄さんは泣きながら俥に乗つて行きました。私はそれを遠い別れのやうに思ひました。

小石川に移つてからもお澄さんは、土曜から日曜にかけて、泊りがけで来ました。その度に私は、うるさい程お澄さんにつきまつはりました。

「お澄さんはお茶を飲むひまもありませんね、年雄がちつとも放さないんですもの」

とよく母が云ひました。

或日曜日。朝のうちからお澄さんはお友達を二人連れて来ました。太田さんは背の高い、よく笑ふ人でした。久野さんは小作りな、丸顔の愛嬌のある美しい人でした。祖母も母も若い女《ひと》達《たち》を喜び迎へ、お澄さん迄が何時もよりも、はしやいでゐました。ふだんは弾手のない琴が持出されて、太田さんと久野さんが替る替る弾きました。

「皆さんがお上手になさるのに、澄は何も出来ませんで、意気地が御座いませんね」

と祖母が云ひますと、太田さんも
「ほんとに山田さんも何かなさいな」

とすすめます。

「でも私、何も出来ないんですもの」

「ぢやあ、お歌ひなさいよ」

「私一人つきりで可笑しいぢやありませんか」

「そんな事云つて私だつて一人でお琴を弾きましたわ」

とうとうお澄さんも英語の唱歌を歌ひました。

「私には何の事だか少許も解りません、異人の歌なんか歌つて」

と祖母が云つたので、皆笑ひ倒れました。

それから時々、お澄さんは太田さんと久野さんを連れて来るやうになりました。賑やかな事の好きな太田さんは、何時でも、わだかまりのない声を張上げて笑ひました。太田さんの兄さんは有名な海軍の軍人で、小さな端艇《ボート》で千島の果迄行つたと云ふので、其頃流行つた壮士節や、唱歌に迄うたはれてゐました。私の絵草紙の中にも、勇しい其人の姿は見られました。

「これが太田さんの兄さんですよ」

と母から幾度も、その冒険談を聞かされました。次ぎの兄さんは大変偉い小説家でした。三番目の兄さんは、大学を優等で卒業した学者ださうですし、姉さんは矢張り音楽学校を一番で出たピアノの上手でした。

「太田さんの御兄弟は、皆さんお偉い方ばかり、太田さんも私達の学校では天才と云ふ評判の方なのです」

とお澄さんが祖母に云ふのを聞きました。

「マア左様かい。人は見かけによらないものだね、私は彼の人は、ただのお転婆さんかと思ひましたよ」

「イ、エ、活潑な方ですけれど、それはそれは親切な方なのです。太田さんも久野さんも私と同じやうに、早くお母様がおかくれになつたので、三人でお話をして泣きました。それから姉妹《きやうだい》のやうに仲善くしようと約束したのです」

お澄さんは嬉しさうに、そんな話をしました。母の無い若い女達《ひとたち》は、私の母の事を伯母さん伯母さんと、へだてなく呼んでゐました。私も太田さんや久野さんには随分遠慮なく振舞ひましたが、何方かと云ふと私は、美しい久野さんの方が好きでした。それで三人の女《ひと》の膝から膝へと渡されて行く時でも、久野さんの所に行きたいくせに、故意《わざ》と太田さんに抱かれました。

「私の所にもちつとはいらつしやいよ」

と久野さんが手を出しますと、

「いけません、年ちやんは私の弟です」

太田さんは故意《わざ》と真面目くさつて云ふのでした。

三人の女《ひと》はよく合唱しました。「春の弥生の曙に」と云ふのは母も知つてゐました。

「今様ならば私も歌ひませう」

と云つて膝の上で手拍子を取りながら、若々しい三人の声にまじつて母も歌ひました。

「今度は年ちやんの番よ、私が教へて上げるからお唄ひなさい」

恥しがつて逃げようとする私を捕へて、太田さんは無理に歌はせるのでした。

「サア、よござんすか、私の後からついて歌ふんですよ」

寧楽の都のその昔

みやびつくして宮人の
と私はほめられるままに歌ひました。

月日が経つてお澄さんが音楽学校を卒業した頃は、私も尋常小学校の上級に通つてゐました。太田さんは学校始まつてから初めてと云ふ成績で卒業し、久野さんも優等だつたと聞きました。三人揃つて宅《うち》に来ました。祖母や母は皆に「お目出たう」を繰かへしてゐましたが、太田さんでさへも妙に改つて了つて、何時ものやうには騒ぎませんでした。私はもう以前のやうに、其の人達の膝に抱かれる程幼くはありませんでした。

間もなくお澄さんは郷里にかへりました。その前一週間ばかりは、小石川を引払つて宅《うち》に泊つてゐました。東京に来てゐる間、一度も帰らなかつた故郷へかへるのに、お澄さんは浮かない顔をしてゐました。愈々たつと云ふ前の晩には、人目も憚らず泣きました。涙のひまにはかこちました。

「永々御世話になりましたが、私はもう伯母さんにもお目にかかれないかもしれません」

「そんな事があるものですか、又何時でも出て来られますよ」

云ひながら母も泣いてゐました。

翌日お澄さんは、私が学校に行つてる中にたつてしまひました。間もなくお澄さんは又東京に出て来ました、けれども、もう娘ではなくて人妻でした。夫は同じ郷里出身の法学士で、或専門学校に教鞭を執つてる人でした。二人揃つて来ましたが、頭髪《あたま》をテカ〳〵油で光らせて、父の前にかしこまつてゐるお澄さんの旦那を私は虫が好きませんでした。

若杉――お澄さんの旦那は若杉と云ふのです――の家は大森にありました。

「私の家は停車場の傍で、縁先を汽車が通りますよ」

お澄さんは、是非一度遊びにいらつしやいと誘つてくれました。私は祖母に連れられて行きました。春さきの事でしたから、大森辺は緑の草場に、れんげや菫が咲き揃つてゐました。停車場にはお澄さんが迎いに出てゐて、直ぐに其の家に案内しました。若杉は留守で、若杉のお母さんと云ふ切髪のやさしさうなお婆さんが出て来ました。二階座敷の障子をあけると、室の中に充分《いつぱい》、春の日が溢れる。欄干《てすり》の下を、すさまじい音を立てて汽車が幾度も通ります。其の度に家中、地震のやうに揺れました。

「どうも此の物音と、煙の舞ひ込みますには困り切ります」

若杉のお母さんは何か云ふ時にはキツト笑顔になる人でした。

「でも見晴しがよろしくて結構で御座いますよ」

祖母の云ふ通り、青田の向ふの松原を越して、真青な海が見通しでした。

「ほんとに結構で御座いますよ」

祖母は繰返して同じ事を云ひます。

「ハイ見晴しはマア御覧の通りで御座いますが、手狭ではありますし、先程のやうに汽車の通ります度、家中ガタガタ申しまして、未だ越して参りましたばかりには、夜中に地震かと存じまして飛起きましたので御座いますよ、今の中は、それでもマア宜しう御座いますがこれに赤ん坊でも出来ましたら越さなくてはならないかと存じます」

お澄さんは顔を赤らめて下を向いて居ました。若杉のお母さんが立つて階下《した》に行くのを見送つて祖母が云ひました。

「お母様がおやさしさうでお前も幸福《しあはせ》だよ」

「ソウ申しては、なんですが、お母様はあれでなかなかおきびしいんですよ」

お澄さんは楷子の上り口を見かへつて、声をひそめました。

其年の暮、お澄さんは男の子を生みました。前から少し癖のあつた、生際《はえぎは》が目に立つてうすくなりました。子供を抱きながら、祖母や母の前で泣いてゐる事もありました。

「若杉のお母さんこそ見かけによらないつて云ふ人なんですね」

「だから私は始めから、彼の人は愛想が好過ぎるつて、云つてたのですよ、いい年をして夫婦仲の好いのを嫉妬《やつか》むなんてねえ」

母と祖母のそんな話を聞いた事もありました。

お澄さんがお嫁に行つてから二年目の秋でした。或日学校から帰りますと、お澄さんが来てゐて、茶の間で泣きながら母と話をしてゐました。私は襖越しに次の間で聴耳を立てました。

「若杉さんがそんな事を云ふんですか」

「エ、毎日のやうに酔つて帰つて参りまして、里の方か、それでなければ、伯父さんか伯母さんに話をして見ろつて申します。どうしてそんな事が父や伯父さんに願へますものか。私は、ぶたれたり、叩かれたり………」

お澄さんは烈しく泣き伏したやうでした。

其の事があつてから間もなく、或晩、若杉が酔払つて来ました。父に対つて長い事、何か頼み込んでゐるやうでしたが、段々双方の声が高くなりました。

「それは貴方の勝手だ。もう澄にも宅《うち》へは来るなと云つて下さい」

怒つた父の声に続いて荒々しく襖をあけたてして若杉は帰つて行きました。

四五日後。お澄さんから長い長い手紙が届きました。母はそれを見て泣いてゐました。

「マア、若杉が夜逃げをしたんですつて」

祖母も袖口で幾度も眼鏡の曇りを拭きました。私にはよくはわかりませんでしたが、若杉には学生時代からの借金がある上に其後友達と連帯で借りて、投機《やな》を張つた金のかたがつかなくなつたのださうです。

………澄は夜逃げする身と成果て申候。東京を去る前に、一度はお祖母様、伯母様のお顔も拝し度、御膝に縋りて心ゆくばかり泣かせて頂き度存じながら、それさへも心耻しく、面目なくて思ひ止り候。何方へ落行く身か、私も存じ申さず、再び御目にかかる事さへ思ひも及ばざる身の上かと、ひたすら涙のみ流れて止み不申候。最早や一時の後には、行方知らぬ旅路に上り可申、何を申すも甲斐なき事ながら、澄が二十年は何故に、かくは憂き事のみ多かりしと、思へば更に悲しく歎かれ申候。私よりのお願ひとしては、澄は最早や世になき者と思召被下度候。

お澄さんの手紙には祖母や母のみか、私も声をあげて泣きました。

お澄さんの行方は暫く解りませんでした。「無事」と云ふ葉書が、大阪から私の家とお澄さんの実家とにあつたばかりでした。

年がかはつた春夏も過ぎてから、お澄さんの便りがありました。若杉は今は広島の或学校に奉職してゐると云ふ事でした。上書にはただ広島とあるばかりなので、此方からは手紙をやる術もありませんでした。それからは時折、消息がありましたが、それもただ時候見舞や、当方も無事だから安心してくれと云ふやうな、簡短《てみぢか》なものばかりでした。「お澄さんは如何したらう」と人々の心に思ひ出るほか、何の話もなく幾年か過ぎました。其の間にお澄さんは三人の子の母になつたと聞きました。

まだ私が小学校に通つてゐる時でした。愛読してゐた『少年世界』に小波さんの『伯林日記』が出て居ました。その中に伯林で日本の琴を聴いた記事が出ましたが、それは太田さんの事でした。留学を命ぜられて独乙に行つた太田さんが振袖姿で琴を弾いて、外国人をも感動させたと云ふのでした。山中古洞さんの挿絵のあるのを、私は幾度も繰返して読んだものでした。「あの久野さんは如何したらう」と折々思ひ出すのでしたが、未だお澄さんが大森にゐる頃、何処かに嫁に行つたと聞いたばかり、其後何の消息もありませんでした。さうして、お澄さん、太田さん、久野さん達がよく歌つた頃から十年近い月日が何時か過ぎました。私の祖母はまだ壮健《たつしや》ですが、若杉のお母さんは広島で亡くなつたさうです。私はもう中学を卒業しようと云ふ年配《とし》でした。

其頃妹がピアノを習つて居た、英吉利婦人が、故郷に帰つたので、誰か代りをと探して居ましたが或人の世話で、三並と云ふ女の先生が来てくれる事になりました。初めての稽古の日に、母が逢つたら、それは昔の久野さんでした。

「奥様、おなつかしう存じます」

と云つて久野さんは母の膝に縋つて泣いたさうです。久野さんがお嫁に行つた三年目に、夫はかりそめの風邪のこじれから肺炎になつて、一年半ばかりブラブラしてゐたが、夥しい血を吐いて死んでしまつたのです。家には姑と、夫が忘れがたみの女の子のほか、財産らしい財産も、ありませんので、久野さんは田舎の女学校の、唱歌の先生になつて、つましい生活を続けてゐたのださうですが、ツイ昨年から東京の女学校に転任したのださうです。

或日。お稽古が終つてから、

「兄さん、三並先生が御目にかかり度いつて云つていらつしやつてよ」

と妹が呼びに来ましたので、私は不思議な胸騒ぎを感じながら、西洋間の扉を押しました。

「マア、年雄さんでいらつしやいますか」

と云つたきりで久野さんはもう涙でした。ひつつめた束髪の毛も薄くなつて、汚点《しみ》の出来た顔は長い間の苦労を語つてゐました。服装《みなり》もみすぼらしく、地味な紫紺の袴の色も褪せてゐました。あの美しかつた久野さんの面影は、何処にも見られないで、物云ふ時、少し首をかしげる癖ばかりが、僅に残つて居るのでした。

其後、一年ばかりは、一週二度宛本郷から通つて来るのでしたが、妹が他家へ縁付いたので、ピアノの稽古もなくなりました。

「あの人も気の毒な人ですねえ」

と折につけては祖母や母の口から久野さんの噂は出るのです。

去年の秋上野の音楽学校の演奏会に行つた時です。独乙から帰つて、学校に奉職してゐる間に、男のやうな気性の人だつた太田さんさへ、音楽家には、ありがちな浮名をうたはれましたが、間もなく太田さんは其の人と結婚したと聞きました。其の日の目録には太田さんの独奏がありました。私にはよく解らないのですが、曲は中世の騎士の恋を歌つたものだと云ふ事でした。咽び泣くやうな絃の音が、絶えやうとしては又続いて漸く曲が終つた時に、聴衆《ききて》は始めて眼が覚めたやうに、烈しい拍手を浴せました。一度消えた太田さんの華美《はで》づくりな姿を再び呼出さうとする満場の、興奮した拍手の中に、私はうらざびしく伏目にひかへた久野さんの姿を見とめました。

その秋のなかばも過ぎて、久しく消息のなかつたお澄さんから、若杉が新潟へ転任する事になつたと云ふ便りが来ました。其後又
……都は如何に候はん、ここらあたりは早や霙降る日のみうち続きて、夜もすがらうすきふすまをかこち居候。私は広島に居りし頃より少々心地悪しく候ひしが、旅の障りにや発熱致候て、此の両三日枕を離るる事かなはぬ身に御座候へば、万々後便に譲り可申候へ共、やがて心地よく相成る日も遠かるまじく被存候へば御心配被下まじく候
と云ふやうな手紙が来ました。その手紙の終りに書いてあつた
さすらひて北の海辺に流れ寄る薄氷こそは悲しかりけれ
と云ふ歌には誰しも涙を催しました。而してそれがお澄さんの最後の便りになつてしまひました。その年の暮に、お澄さんは、日本海に面した、暗い北国の旅の果で死んだのです。

（明治四十五年一月十日）

（「スバル」明治45年2月号）

雨の降る日

夏目漱石

（一）

雨の降る日に面会を謝絶した松本の理由は、遂に当人の口から聞く機会を得ずに久しく過ぎた。敬太郎も其内に取り紛れて忘れて仕舞つた。不図《ふと》それを耳にしたのは、彼が田口の世話で、ある地位を得たのを縁故に、遠慮なく同家へ出入の出来る身になつてからの事である。其時分の彼の頭には、停留所の経験が既に新らしい匂ひを失ひ掛けてゐた。彼は時々須永から其話を持ち出されては苦笑するに過なかつた。須永はよく彼に向つて、何故其前に僕の所へ来て打ち明けなかつたのだと詰問した。内幸町の叔父が人を担ぐ位の事は、母から聞いて知つて居る筈だのにと窘《たしな》める事もあつた。仕舞には、君があんまり色気が有り過るからだと調戯《からか》ひ出した。敬太郎は其度に「馬鹿云へ」で通してゐたが、心の内では毎《いつ》も、須永の門前で見た後姿の女を思ひ出した。其女が取も直さず停留所の女であつた事も思ひ出した。さうして何処か遠くの方で気恥かしい心持がした。其女の名が千代子で、其妹の名が百代子《もゝよこ》である事も、今の敬太郎には珍らしい報知ではなかつた。

彼が松本に会つて、凡て内幕の消息を聞かされた後、田口へ顔を出すのは多少極りの悪い思をする丈であつたに拘はらず、笑顔を出さなければ締め括りが付かないといふ行き掛りから、笑はれるのを覚悟の前で、又田口の門を潜つた時、田口は果して大きな声を出して笑つた。けれども其笑ひの中には己の機略に誇る高慢の響よりも、迷つた人を本来の路に返して遣つた喜びの勝利が聞えてゐるのだと敬太郎には解釈された。田口は其時訓戒の為だとか教育の方法だとかいつた風の、恩に着せた言葉を一切使はなかつた。ただ悪意でした訳でないから、怒つては不可《いけ》ないと断つて、すぐ其場で相当の位置を拵へて呉れる約束をした。それから手を鳴らして、停留所に松本を待ち合はせてゐた方の姉娘を呼んで、是が私の娘だとわざ〳〵紹介した。さうして此方は市さんの御友達だよと云つて敬太郎を娘に教へてゐた。娘は何で斯《か》ういふ人に引き合されるのか、一寸解しかねた風をしながら、極めて余所々々しく叮嚀な挨拶をした。敬太郎が千代子といふ名を覚えたのは其時の事であつた。

是が田口の家庭に接触した始めての機会になつて、敬太郎は其後も用事なり訪問なりに縁を藉りて、同じ人の門を潜る事が多くなつた。時々は玄関脇の書生部屋へ這入て、嘗て電話で口を利き合つた事のある書生と世間話さへした。奥へも無論通る必要が生じて来た。細君に呼ばれて内向の用を足す場合もあつた。中学校へ行く長男から英語の質問を受て窮する事も稀ではなかつた。出入の度数が斯《か》う重なるにつれて、敬太郎が二人の娘に接近する機会も自然多くなつて来たが、一種間の延びた彼の調子と、比較的引き締つた田口の家風と、差向ひで坐る時間の欠乏とか、容易に打ち解け難い境遇に彼等を置き去りにした。彼等の間に取り換はされた言葉は、無論形式丈を重んずる堅苦しいものではなかつたが、大抵は五分と掛からない当用に過ぎないので、親しみは夫程出る暇がなかつた。彼等が公然と膝を突き合はせて、例になく長い時間を、遠慮の交らない談話に更かしたのは、正月半ばの歌留多会の折であつた。其時敬太郎は千代子から、貴方随分鈍いのねと云はれた。百代子からは、妾《あたし》貴方《あなた》と組むのは厭よ、負けるに極つてるからと怒られた。

　夫《それ》から又一ケ月程経つて、梅の音信《たより》の新聞に出る頃、敬太郎はある日曜の午後を、久し振に須永の二階で暮した時、偶然遊びに来てゐた千代子に出逢つた。三人して夫《それ》から夫《それ》へと纏まらない話を続けて行くうちに、不図《ふと》松本の評判が千代子の口に上つた。

「あの叔父さんも随分変つてるのね。雨が降ると一しきり能く御客を断つた事があつてよ。今でも左《さ》うか知ら」

(二)

「実は僕も雨の降る日に行つて断られた一人なんだが…」と敬太郎が云ひ出した時、須永と千代子は申し合せた様に笑ひ出した。

「君も随分運の悪い男だね。大方例の洋杖《ステツキ》を持つて行かなかつたんだらう」と須永は調戯《からか》ひ始めた。

「だつて無理だわ、雨の降る日に洋杖《ステツキ》なんか持つて行けつたつて。ねえ田川さん」

　此理攻めの弁護を聞いて、敬太郎も苦笑した。

「一体田川さんの洋杖《ステツキ》つて、何んな洋杖《ステツキ》なの。妾《わたし》一寸《ちよいと》見たいわ。見せて頂戴、ね、田川さん。下へ行つて見て来ても好くつて」

「今日は持つて来ません」

「何故持つて来ないの。今日は貴方《あなた》夫《それ》でも好い御天気よ」

「大事な洋杖《ステツキ》だから、いくら好い御天気でも、只の日には持つて出ないんだとさ」

「本当？」

「まあ其んなものです」

「ぢや旗日に丈突いて出るの」

　敬太郎は一人で二人に当つてゐるのが少し苦しくなつた。此次内幸町へ行く時は、屹度《きつと》持つて行つて見せるといふ約束をして漸く千代子の追窮を逃れた。其代り千代子から何故松本が雨の降る日に面会を謝絶したかの源因を話して貰ふ事にした。―

夫《それ》は珍らしく秋の日の曇つた十一月のある午過《ひるすぎ》であつた。千代子は松本の好きな雲丹《うに》を母から言付かつて矢来へ持つて来た。久し振に遊んで行かうか知らと云つて、わざ〳〵乗つて来た車迄返して、緩《ゆつ》くり腰を落ち付けた。松本には十三になる女を頭《かしら》に、男、女、男と互違に順序よく四人の子が揃つてゐた。是等《これら》は皆二つ違ひに生れて、何れも世間並に成長しつゝあつた。家庭に華やかな匂を着ける此生き〳〵した装飾物の外に、松本夫婦は取つて二つになる宵子《よひこ》を、指環に嵌めた真珠の様に大事に抱いて離さなかつた。彼女は真珠の様に透明な青白い皮膚と、漆の様に濃い大きな眼を有つて、前の年の雛の節句の前の宵に松本夫婦の手に落ちたのである。千代子は五人のうちで、一番この子を可愛がつてゐた。来る度びに屹度《きつと》何か玩具《おもちや》を買つて来て遣つた。或時は余り多量に甘いものを当がつて叔母から怒られた事さへある。すると千代子は、大事さうに宵子を抱いて縁側へ出て、ねえ宵子さんと云つては、わざと二人の親しい様子を叔母に見せた。叔母は笑ひながら、何だね喧嘩でもしやしまいしと云つた。松本は、お前そんなに其子が好《すき》なら御祝ひの代りに上るから、嫁に行くとき持つて御出と調戯《からか》つた。

其日も千代子は坐ると直宵子を相手にして遊び始めた。宵子は生れてからついぞ月代《さかやき》を剃つた事がないので、頭の毛が非常に細く柔かに延びてゐた。さうして皮膚の青白い所為《せい》か、其髪の色が日光に照らされると、潤沢《うるほひ》の多い紫を含んでぴか〳〵縮れ上つてゐた。「宵子さんかんかん結つて上ませう」と云つて、千代子は鄭寧に其縮れ毛に櫛を入れた。それから乏しい片鬢《かたびん》を一束割いて、其根本に赤いリボンを括り付けた。宵子の頭は御《お》供《そなへ》の様に平らに丸く開いてゐた。彼女は短かい手をやつと其御供の片隅へ乗せて、リボンの端を抑へながら、母のゐる所迄よた〳〵歩いて来て、イボン〳〵と云つた。母があゝ、好くかん〳〵が結へましたねと誉めると、千代子は嬉しさうに笑ひながら、子供の後姿を眺めて、今度は御父さんの所へ行つて見せて入らつしやいと指図した。宵子は又足元の危ない歩き付をして、松本の書斎の入口迄来て、四つ這になつた。彼女が父に礼をするときには必ず四つ這になるのが例であつた。彼女は其処で自分の尻を出来る丈高く上て、御供の様な頭を敷居から二三寸の所迄下げて、又イボン〳〵と云つた。書見を一寸《ちよつと》已めた松本が、あゝ好い頭だね、誰に結つて貰つたのと聞くと、宵子は頸を下げた儘、ちい〳〵と答へた。ちい〳〵と云ふのは舌の廻らない彼女の千代子を呼ぶ常の符徴であつた。後に立つて見てゐた千代子は小さい唇から出る自分の名前を聞いて、又嬉しさうに大きな声で笑つた。

(三)

其内子供がみんな学校から帰つて来たので、今迄赤いリボンに占領されてゐた家庭が、急に幾色かの華やかさを加へた。幼稚園へ行く七つになる男の子が、巴《ともゑ》の紋の付いた陣太鼓の様なものを持つて来て、宵子さん叩かして上るから御出と連れて行つた。其時千代子は巾着の様な恰好をした赤い毛織の足袋が廊下を動いて行く影を見詰めてゐた。其足袋の紐の先には丸い房が付いてゐて、それが小さな足を運ぶ度にぱつ〳〵と飛んだ。

「あの足袋は慥《たしか》御前が編んで遣つたのだつたね」

「えゝ可愛らしいわね」

千代子は其処へ坐つて、しばらく叔父と話してゐた。其うちに曇つた空から淋しい雨が落ち出したと思ふと、それが見る〳〵音を立てゝ、空坊主になつた梧桐をしたゝか濡らし始めた。松本も千代子も申し合せた様に、硝子越《ガラスごし》の雨の色を眺めて、手焙《てあぶり》に手を翳《かざ》した。

「芭蕉があるもんだから余計音がするのね」

「芭蕉は能く持つものだよ。此間から今日は枯るか、今日は枯るかと思つて、毎日斯《か》うして見てゐるが中々《なか〳〵》枯ない。山茶花が散つて青桐が裸になつても、まだ青いんだからなあ」

「妙な事に感心するのね。だから恒三は閑人《ひまじん》だつて云はれるのよ」

「其代り御前の御父さんには芭蕉の研究なんか死ぬ迄出来つこない」

「為たかないわ、そんな研究なんか。だけど叔父さんは内のお父さんよりか全く学者ね。妾《わたし》本当に敬服して、よ」

「生意気云ふな」

「あら本当よ貴方。だつて何を聞いても知つてるんですもの」

二人が斯んな話をしてゐると、只今此方が御見えになりましたと云つて、下女が一通の紹介状の様なものを持つて来て松本に渡した。松本は「千代子待つて御出。今に又面白い事を教へて遣るから」と笑ひながら立ち上つた。

「厭よ又此間見たいに、西洋煙草の名なんか沢山覚えさせちや」

松本は何にも答へずに客間の方へ出て行つた。千代子も茶の間へ取つて返した。其処には雨に降り込められた空の光を補ふため、もう電気燈が点つてゐた。台所では既に夕飯の支度を始めたと見えて、瓦斯《ガス》七輪が二つとも忙しく青い焰を吐いてゐた。やがて子供は大きな食卓に二人づゝ向ひ合せに坐つた。宵子丈は別に下女《げをんな》が付いて食事をするのが例になつてゐるので、此晩は千代子が其役を引受た、彼女は小さい朱塗の椀と小皿に盛つた魚肉とを盆の上に載せて、横手にある六畳へ宵子を連れ込んだ。其処は家のもの、着更をする為に多く用ひられる室なので、簞笥が二つと姿見が一つ、壁から飛び出した様に据ゑてあつた。千代子は其姿見の前に玩具《おもちや》の様な椀と茶碗を載せた盆を置いた。

「さあ宵子さん、まんまよ。お待ち遠さま」

千代子が粥を一匙宛《きじづ》掬《すく》つて口へ入れて遣る度に、宵子は甘《おい》しい〳〵だの、頂戴頂戴だの色々な藝を強ひられた。仕舞に自分一人で食べると云つて、千代子の手から匙を受け取つた時、彼女は又丹念に匙の持ち方を教へた。宵子は固《もと》より極めて短い単語より外に発音出来なかつた。さう持つのではないと叱られると、屹度《きつと》御供の様な平たい頭を傾げて、斯《か》う？斯《か》う？と聞き直した。それを千代子が面白がつて、何遍も繰り返さしてゐるうちに、何時もの通り斯《か》う？と半分言ひ懸けて、心持横にした大きな眼で千代子を見上た時、突然右の手に持つた匙を放り出して、千代子の膝の前に俯伏になつた。

「何《ど》うしたの」

千代子は何の気も付かずに宵子を抱き起した。すると丸で眠つた子を抱へた様に、たゞ手応がぐたりとした丈なので、千代子は急に大きな声を出して、宵子さん宵子さんと呼んだ。

（四）

宵子はうと〳〵寝入つた人の様に眼を半分閉ぢて口を半分開けた儘千代子の膝の上に支へられた。千代子は平手で其脊中を二三度叩いたが、何の効目もなかつた。

「叔母さん、大変だから来て下さい」

母は驚いて箸と茶碗を放り出したなり足音を立てゝ這入つて来た。何《ど》うしたのと云ひながら、電燈の真下で顔を仰向にして見ると、唇にもう薄く紫の色が注してゐた。口へ掌を当てがつても、呼息の通ふ音はしなかつた。母は呼吸の塞《つま》つた様な苦しい声を出して、下女《げぢよ》に濡手拭を持つて来さした。それを宵子の額に載せたる時、「脈はあつて」と千代子に聞いた。千代子はすぐ小さい手頸を握つたが脈は何処にあるか丸で分なかつた。

「叔母さん何《ど》うしたら好いでせう」と蒼い顔をして泣き出した。母は茫然と其処に立つて見てゐる子供に、「早く御父さんを呼んで入らつしやい」と命じた。子供は四人《よつたり》とも客間の方へ馳け出した。其足音が廊下の端で止まつたと思ふと、松本が不思議さうな顔をして出て来た。「何《ど》うした」と云ひながら、蔽《お》ひ被さる様に細君と千代子の上から宵子を覗き込んだが、一目見ると急に眉を寄せた。

「医者は…」

医者は時を移さず来た。「少し模様が変です」と云つてすぐ注射をした。然し何の効能もなかつた。「駄目でせうか」といふ苦しく張り詰めた問が、固く結ばれた主人の唇を洩れた。さうして絶望を怖れる怪しい光に充ちた三人の眼が一度に医者の上に据られた。鏡を出して瞳孔を眺めてゐた医者は、此時宵子の裾を捲つて肛門を見た。

「是では仕方がありません。瞳孔も肛門も開いて仕舞つてゐますから。何うも御気の毒です」

医者は斯う云つたが又一筒の注射を心臓部に試みた。固《もと》より夫は何の手段にもならなかつた。松本は透徹る様な娘の肌に針の突き刺される時、自から眉間を険しくした。千代子は涙をぽろ〳〵膝の上に落した。

「病因は何でせう」

「何うも不思議です。たゞ不思議といふより外に云ひ様がないやうです。何う考へても…」と医者は首を傾むけた。「辛子湯でも使はして見たら何《ど》うですか」と松本は素人料簡で聞いた。「好いでせう」と医者はすぐ答へたが、其顔には毫《がう》も奨励の色が出なかつた。

やがて熱い湯を盥に汲んで、湯気の濛濛《まうまう》と立つ真中へ辛子を一袋空けた。母と千代子は黙つて宵子の着物を取除けた。医者は熱湯の中へ手を入れて、「もう少し注水《うめ》ませう。余り熱いと火傷でもなさると不可《いけ》ませんから」と注意した。

医者の手に抱き取られた宵子は、湯の中に五六分浸けられてゐた。三人は息を殺して柔かい皮膚の色を見詰てゐた。「もう好いでせう。余まり長くなると…」と云ひながら、医者は宵子を盥から出した。母はすぐ受取つてタオルで鄭寧に拭いて元の着物を着せて遣つたが、ぐた〳〵になつた宵子の様子に、些とも前と変りがないので、「少しの間此儘寐かして置いて遣りませう」と恨めしさうに松本の顔を見た。松本は夫《それ》が可からうと答へた儘、又座敷の方へ取つて返して、来客を玄関に送り出した。

小さい蒲団と小さい枕がやがて宵子の為に戸棚から取り出された。其上に常の夜の安らかな眠りに落ちたとしか思へない宵子の姿を眺めた千代子は、わつと云つて突伏した。

「叔母さん飛んだ事をしました…」

「何も千代ちやんがした訳ぢやないんだから…」

「でも妾が御飯を喫べさしてゐたんですから…叔父さんにも叔母さんにも洵《まこ》とに済みません」

千代子は途切れ〳〵の言葉で、先刻自分が夕飯の世話をしてゐた時の、平生《ふだん》と異らない元気な様子を、何遍も繰返して聞かした。松本は腕組をして、「何《ど》うも矢張り不思議だよ」と云つたが、「おい御多代、此処へ寝かして置のは可哀さうだから、あつちの座敷へ連れて行つてやらう」と細君を促がした。千代子も手を貸した。

（五）

手頃な屏風がないので、唯都合の好い位置を択《よ》つて、何の囲ひもない所へ、そつと北枕に寐かした。今朝方玩弄《おもちゃ》にしてゐた風船玉を茶の間から持つて来て、お多代が其枕元に置いて遣つた。顔へは白い晒し木綿を掛けた。千代子は時々それを取り除けて見ては泣いた。「一寸貴方《ちよつとあなた》」とお多代が松本を顧みて、「丸で観音様の様に可愛い顔をしてゐます」と鼻を詰らせた。松本は「左《さ》うか」と云つて、自分の坐つてゐる席から宵子の顔を覗き込んだ。

やがて白木の机の上に、樒《しきみ》と線香立と白団子が並べられて、蠟燭の灯が弱い光を放つた時、三人は始めて眠りから覚めない宵子と自分達が遠く離れて仕舞つたといふ心細い感じに打たれた。彼等は代る〴〵線香を上げた。其煙の香が、二時間前とは全く違ふ世界に誘なひ込まれた彼等の鼻を断えず刺激した。外の子供は平生の通り早く寐かされた後に、咲子といふ十三になる長女丈《だけ》が起きて線香の側を離れなかつた。

「御前《おまへ》も御寐《おね》よ」

「まだ内幸町からも神田からも誰も来ないのね」

「もう来るだらう。好いから早く御寐《おね》」

咲子は立つて廊下へ出たが、其所で振り回つて、千代子を招いた。千代子が同じく立つて廊下へ出ると、小さな声で、怖いから一所に便所へ行つて呉れろと頼んだ。便所には電燈が点けてなかつた。千代子は燐寸《マッチ》を擦つて雪洞《ぼんぼり》に灯を移して、咲子と一所に廊下を曲つた。帰りに下女部屋を覗いて見ると、飯焚《めしたき》が出入の車夫と火鉢を挟でひそ〳〵何か話してゐた。千代子には夫《それ》が宵子の不幸を細かに語つてゐるらしく思はれた。外の下女は茶の間で来客の用意に盆を拭いたり茶碗を並べたりしてゐた。

通知を受けた親類のものが其内二三人寄つた。何《いづ》れ又来るからと云つて帰つたのもあつた。千代子は来る人毎に宵子の突然な最期を繰返し〳〵語つた。十二時過からお多代は通夜をする人の為に、わざと置火燵を拵へて室《へや》に入れたが、誰もあたるものはなかつた。主人夫婦は無理に勧められて寝室へ退いた。其後で千代子は幾度か短くなつた線香の煙を新しく継いだ。雨はまだ降り已まなかつた。夕方芭蕉に落ちた響はもう聞こえない代りに、亜鉛葺《トタンぶき》の庇にあたる音が、非常に淋しくて悲しい点滴を彼女の耳に絶えず送つた。彼女は此雨の中で、時々宵子の顔に当てた晒を取つては啜泣《すゝりなき》をしてゐるうちに夜が明けた。

其日は女がみんなして宵子の経帷子《きやうかたびら》を縫つた。百代子が新たに内幸町から来たのと、外に懇意の家の細君が二人程見えたので、小さい袖や裾が、方々の手に渡つた。千代子は半紙と筆と硯とを持つて廻つて、南無阿弥陀仏といふ六字を誰にも一枚づゝ書かした。「市さんも書いて上げて下さい」と云つて、須永の前へ来た。「何うするんだい」と聞いた須永は、不思議さうに筆と紙を受取つた。

「細かい字で書ける丈一面に書いて下さい。後から六字宛を短冊形に剪《きつ》て棺の中へ散らしにして入れるんですから」

皆な畏まつて六字の名号《みやうがう》を認めた。咲子は見ちや厭よと云ひながら袖屛風をして曲くねつた字を書いた。十一になる男の子は僕は仮名で書くよと断つて、ナムアミダブツと電報の様に幾何も並べた。午過《ひるすぎ》になつて、愈《いよ〳〵》棺に入れるとき松本は千代子に「御前着物を着換さして御遣りな」と云つた。千代子は泣きながら返事もせずに、冷たい宵子を裸にして抱き起した。その脊中には紫色の斑点が一面に出てゐた。着換が済むとお多代が小さい数珠を手に掛てやつた。同じく小さい編笠と藁草履を棺に入れた。昨日の夕方迄穿いてゐた赤い毛糸の足袋も入れた。其紐の先に付けた丸い珠のぶら〳〵動く姿がすぐ千代子の眼に浮んだ。みんなの呉れた玩具《おもちや》も足や頭の所へ押し込だ。最後に南無阿弥陀仏の短冊を雪の様に振り掛た上へ蓋をして、白綸子の被《おひ》をした。

（六）

友引は善くないといふお多代の説で、葬式を一日延ばしたため、家の中は陰気な空気の裡に常よりは賑はつた。七つになる嘉吉といふ男の子が、何時もの陣太鼓を叩いて叱られた後、そつと千代子の傍へ来て、宵子さんはもう帰つて来ないのと聞いた。須永が笑ひながら、明日は嘉吉さんも焼場へ持つて行つて、宵子さんと一所に焼いて仕舞ふ積だと調戯《からか》ふと、嘉吉はそんな積なんか僕厭だぜと云ひながら、大きな眼をくる〳〵させて須永を見た。咲子は、御母さん妾《わたし》も明日御葬式に行きたいわとお多代に強請《せび》つた。妾《わたし》もねと九つになる重子が頼んだ。お多代は漸く気が付いた様に、奥で田口夫婦と話をしてゐた夫《をつと》を呼んで、「貴方《あなた》、明日入らしつて」と聞いた。

「行くよ。お前も行つてやるが好い」

「え、行く事に極めてます。子供には何を着せたら可いでせう」

「紋付で可《い》いぢやないか」

「でも余まり模様が派手だから」

「袴を穿けば可《い》いよ。男の子は海軍服で沢山だし。お前は黒紋付だらう。黒い帯は持つてるかい」

「持つてます」

「千代子、御前も持つてるなら喪服を着て供に立つて御遣り」

斯んな世話を焼いた後で、松本は又奥へ引返した。千代子も亦線香を上げに立つた。棺の上を見ると、何時の間にか綺麗な花環が載せてあつた。「何時来たの」と傍に居る妹の百代に聞いた。百代は小さな声で「先刻《さつき》」と答へたが、「叔母さんが子供のだから、白い花だけでは淋しいつて、わざと赤いのを交ぜさしたんですつて」と説明した。姉と妹はしばらく其処に並んで坐つてゐた。十分ばかりすると、千代子は百代の耳に口を付けて、「百代さん貴方宵子さんの死顔を見て」と聞いた。百代は「えゝ」と首肯づいた。

「何時《いつ》」

「ほら先刻御棺に入れる時見たんぢやないの。何故」

千代子は夫《それ》を忘れてゐた。妹が若《も》し見ないと云つたら、二人で棺の蓋をもう一遍開けやうと思つたのである。「御止しなさいよ、怖いから」と云つて百代は首を掉《ふ》つた。

晩には通夜僧が来て御経を上げた。千代子が傍で聞いてゐると、松本は坊さんを捕まへて、三部経がどうだの、和讃がどうだのといふ変な話をしてゐた。其会話の中には親鸞上人と蓮如上人といふ名が度々出て来た。十時少し廻つた頃、松本は菓子と御布施を僧の前に並べて、もう宜《よろ》しいから御引取下さいと断つた。坊さんの帰つた後でお多代が其の理由を聞くと、「何坊さんも早く寝た方が勝手だあね。宵子だつて御経なんか聴くのは嫌だよ」と済ましてゐた。千代子と百代子は顔を見合せて微笑した。

あくる日は風のない明かな空の下に、小ひさな棺が静かに動いた。路端の人はそれを何か不可思議のものであるかの様に目送した。松本は白張の提灯や白木の輿が嫌ひだと云つて、宵子の棺を喪車に入れたのである。其喪車の周囲に垂れた黒い幕が揺れる度に、白綸子の覆をした小さな棺の上に飾つた花環がちら〳〵見えた。其処いらに遊んでゐた子供が駆け寄つて来て、珍らしさうに車の中を覗き込んだ。車と行き逢つた時、脱帽して過ぎた人もあつた。

寺では読経も焼香も形式通り済んだ。千代子は広い本堂に坐つてゐる間、不思議に涙も何も出なかつた。叔父叔母の顔を見ても是《これ》といつて憂ひに鎖された様子は見えなかつた。焼香の時、重子が香を撮《つま》んで香炉の裏へ燻《くべ》るのを間違へて、灰を一撮《ひとつか》み取つて、抹香の中へ打ち込んだ折には、可笑《をか》しくなつて吹き出した位である。式が果てから松本と須永と別に一二人棺に附き添つて火葬場へ廻つたので、千代子は外のものと一所に又矢来へ帰つて来た。車の上で、切なさの少し減つた今よりも、苦しい位悲しかつた昨日一昨日の気分の方が、清くて美しい物を多量に含んでゐたらしく考へて、其時味はつた痛烈な悲哀を却《かへつ》て恋しく思つた。

（七）

骨上《こつあげ》にはお多代と須永と千代子と夫《それ》に平生《ふだん》宵子の守《もり》をしてゐた清といふ下女《げぢよ》が附いて都合四人で行つた。代々木の停車場《ステーシヨン》を下りると二丁位な所を、つい気が付かずに宅から車に乗つて出たので時間は却《かへつ》て長く掛つた。火葬場の経験は千代子に取つて生れて始めてであつた。久しく見ずにゐた郊外の景色も忘れ物を思ひ出した様に嬉しかつた。眼に入るものは青い麦畠と青い大根畠と常磐木《ときはぎ》の中に赤や黄や褐色を雑多に交ぜた森の色であつた。前へ行く須永は時々後を振り返つて、穴八幡だの諏訪の森だのを千代子に教へた。車が暗いだら〳〵坂へ来た時、彼は又小高い杉の木立の中にある細長い塔を千代子の為に指した。夫《それ》には弘法大師千五十年供養塔と刻んであつた。その下に熊笹の生ひ茂つた吹井戸を控へて、一軒の茶見世が橋の袂を左も田舎路らしく見せてゐた。折々坊主になりかけた高い樹の枝の上から、色の変つた小さい葉が一つづゝ落ちて来た。夫《それ》が空中で非常に早くきり〳〵舞ふ姿が鮮やかに千代子の眼を刺激した。夫《それ》が容易に地面の上へ落ちずに、何時迄も途中でひら〳〵するのも、彼女には眼新しい現象であつた。

火葬場は日当りの好い平地に南を受けて建てられてゐるので、車を門内に引き入れた時、思つたより陽気な影が千代子の胸に射した。お多代が事務所の前で、松本ですがと云ふと、郵便局の受付口見た様な窓の中に坐つてゐた男が、鍵は御持ちでせうねと聞いた。お多代は変な顔をして急に懐や帯の間を探り出した。

「飛んだ事をしたよ。鍵を茶の間の用箪笥の上へ置いたなり……」

「持つて来なかつたの。ぢや困るわね。まだ時間があるから急いで市さんに取つて来て貰ふと好いわ」

二人の問答を後の方で冷淡に聞いてゐた須永は、鍵なら僕が持つて来てゐるよと云つて、冷たい重いものを袂から出して叔母に渡した。お多代が夫を受付口へ見せてゐる間に、千代子は須永を窘《たし》なめた。

「市さん、貴方本当に悪《にく》らしい方ね。持つてるなら早く出して上げれば可いのに。叔母さんは宵子さんの事で、頭が盆槍《ぼんやり》してゐるから忘れるんぢやありませんか」

須永は唯微笑して立つてゐた。

「貴方の様な不人情な人は斯んな時には一層来ない方が可いわ。宵子さんが死んだつて、涙一つ零《こぼ》すぢやなし」

「不人情なんぢやなし。まだ子供を持つた事がないから、親子の情愛が能《よ》く解らないんだよ」

「まあ。能《よ》く叔母さんの前でそんな呑気な事が云へるのね。ぢや妾《あたし》なんか何《ど》うしたの」何時《いつ》子供持つた覚《おぼえ》があつて」

「あるか何《ど》うか僕は知らない。けれども千代ちやんは女だから、「大方男より美しい心を持つてるんだらう」

お多代は二人の口論を聞かない人の様に、用事を済ますとすぐ待合所の方へ歩いて行つた。其処へ腰を掛けてから、立つてゐる千代子を手招きした。千代子はすぐ叔母の傍へ来て座に着いた。須永も続いて這入つて来た。さうして二人の向側にある涼み台見た様なもの丶上に腰を掛けた。清もお掛けと云つて自分の席を割いて遣つた。

四人が茶を呑んで待ち合はしてゐる間に、骨上の連中が二三組見えた。最初のは田舎染みたお婆さん丈《だけ》で、是《これ》はお多代と千代子の服装に対して遠慮でもしたらしく口数を多く利かなかつた。次には尻を絡《から》げた親子連が来た。活潑な声で、壺を下さいと云つて、一番安いのを十六銭で買つて行つた。三番目には散髪に角帯を締めた男とも女とも片の付かない盲者が、紫の袴を穿いた女の子に手を引かれて遣つて来た。さうして未だ時間はあるだらうねと念を押して、袂から出した巻煙草を吸ひ始めた。須永は此盲者の顔を見ると立ち上つてぷいと表へ出たぎり中《なか》々返つて来なかつた。所へ事務所のものがお多代の傍へ来て、用意が出来ましたから何うぞと促したので、千代子は須永を呼びに裏手へ出た。

（八）

真鍮の掛札に何々殿と書いた並等の竈を、薄気味悪く左右に見て裏へ抜けると、広い空地の隅に松薪《まつまき》が山の様に積んであつた。周囲には綺麗な孟宗藪が蒼々と茂つてゐた。其下が麦畠で、麦畠の向ふが又岡続きに高く蜿蜒《うねく》してゐるので、北側の眺めは殊に晴々しかつた。須永は此空地の端に立つて広い眼界をぼんやり見渡してゐた。

「市さん、もう用意が出来たんですつて」

須永は千代子の声を聞いて黙つた儘帰つて来たが、「あの竹藪は大変見事だね。何だか死人の膏《あぶら》が肥料《こやし》になつて、あ丶生生延びる様な気がするぢやないか。此処に出来る筍は屹度《きつと》旨いよ」と云つた。千代子は「お丶厭だ」と云ひ放しにして、さつさと又並等を通り抜けた。宵子の竈は上等の一号といふので、扉の上に紫の幕が張つてあつた。その前に昨日の花環が少し凋《しぼ》み掛けて、台の上に静かに横たはつてゐた。夫《それ》が昨夜宵子の肉を焼いた熱気の記念の様に思はれるので、千代子は急に息苦しくなつた。御坊《おんぼう》が三人出て来た。其内の一番年を取つたのが「御封印を…」と云ふので、須永は「よし、構はないから開けて呉れ」と頼んだ。畏まつた御坊は自分の手で封印を切て、かちやりと響く音をさせながら錠を抜いた。黒の鉄の扉が左右へ開くと、薄暗い奥の方に、灰色の丸いものだの、黒いものだの白いものだのが、形を成さない一塊となつて朧気に見えた。御坊は「今出しませう」と断つて、レールを二本前の方に継ぎ足して置いて、鉄の環に似たものを二つ棺台の端に掛けたかと思ふと、忽然がら〳〵といふ音と共に、かの形を成さない一塊の焼残りが四人の立つてゐる鼻の下へ出て来た。千代子は其なかで、例の御供に似てふつくらと膨らんだ宵子の頭蓋骨が、生きてゐた時其儘の姿で残つてゐるのを認めて急に手帛《ハンケチ》を口に銜《くは》へた。御坊は此頭蓋骨と頬骨と外に二つ三つの大きな骨を残して、「あとは綺麗に篩《ふる》つて持つて参りませう」と云つた。

　四人《よつたり》は名自《めい〳〵》木箸《きばし》と竹箸を一本宛持つて台の上の白骨を思ひ思ひに拾つては、白い壺の中へ入れた。さうして誘ひ合せた様に泣いた。たゞ須永丈は蒼白い顔をして口も利かず鼻も鳴らさなかつた。「歯は別になさいますか」と聞きながら、御坊が小器用に歯を拾ひ分けて呉れた時、顎をくしや〳〵と潰して其中から二三枚択り出したのを見た須永は、「斯うなると丸で人間の様な気がしないな。砂の中から小石を拾ひ出すと同じ事だ」と独言の様に云つた。下女が三和土《たゝき》の上にぽたぽたと涙を落した。御多代と千代子は箸を置いて手帛《ハンケチ》を顔へ当てた。

　車に乗るとき千代子は杉の箱に入れた白い壺を抱いて夫《それ》を膝の上に載せた。車が駆け出すと冷たい風が膝掛と杉箱の間から吹き込んだ。高い欅が白茶けた幹を路の左右に並べて、彼等を送り迎へる如くに細い枝を揺り動かした。其細い枝が遥か頭の上で交叉する程繁く両側から出てゐるのに、自分の通る所は存外明るいのを奇妙に思つて、千代子は折々頭を上げては、遠い空を眺めた。宅に着いて遺骨を仏壇の前に置いた時、すぐ寄つて来た子供が、蓋を開けて見せて呉れといふのを彼女は断然拒絶した。

　やがて家内中同じ室で昼飯の膳に向つた。「斯うして見ると、まだ子供が沢山ゐるやうだが、是で一人もう欠けたんだね」と須永が云ひ出した。

「生きてる内は夫程《それほど》にも思はないが、逝《ゆ》かれて見ると一番惜しい様だね。此処にゐる連中のうちで誰か代りになれば可いと思ふ位だ」と松本が云つた。

「非道《ひど》いわね」と重子が咲子に耳語《さゝや》いた。

「叔母さん又奮発して、宵子さんと瓜二つの様な子を拵へて頂戴。可愛がつて上げるから」

「宵子と同じ子ぢや不可《いけ》ないでせう、宵子でなくつちや。御茶碗や帽子と違つて代りが出来たつて、亡くしたのを忘れる訳にや行かないんだから」

「己は雨の降る日に紹介状を持つて会ひに来る男が厭になつた」

（「東京朝日新聞」明治45年3月5日〜12日）

日光

島崎藤村

左様《さう》だ、光と熱と夢の無い眠の願ひ、と言つた人もある。斯ういふ言葉を聞いて笑ふ人もあるだらうか。もしこれが唯の想像の美しい言ひ廻しでなく、実際斯の面白さうなことで満されて居る世の中に、光と、熱と、それから夢のない眠より外に願はしいことも無いとしたら、奈様《どん》なものだらう。丁度私はそれに似た名状し難い心地で、二週間ばかり床の上に震へて居たことが有つた。

過る年の冬の寒さも矢張斯の神経痛を引出した。私が静座する習癖は――実は私はそれでもつて自分の健康を保つと考へて居るのだが――それが反つて斯うした疼痛を引起すやうに成つたのかも知れない。それに喋舌が煩しくて、月に三四度づゝは必ず頼んだ上手な按摩も廃《や》めた。私は自分の身体が自然と回復するのを待つより外は無かつた。はか〴〵しい治療の方法も無いと言ふのだから。

私は眠られるだけ眠らうとした。ある時は酣酔した人のやうに、一日も二日も眠り続けた。我等の肉体は、ある意味から言へば、絶えず病みつゝあるのかも知れない。それを忘れてゐられるほど平素あまり寝たことも無い私は、斯ういふ場合に自分で自分の身体を持てあました。ある時はもつと重い病でも待受けるやうな心地で、床の上に眼が覚めることがあつた。不思議な震動が私の全身に伝はつて来た。それが障子の外に起る町の響か、普通の人の感じないやうな極く軽い微かな地震か、それとも自分の身体の震へか、殆んど差別のつかないもので有つた。私は自分で自分の眠が恐ろしく成つて来て、枕許にいろいろな本や雑誌を取出して読んだ。

『我等藝術の憐むべき労働者よ。普通の人々にはしかく簡単に自由を与へられるものも、我等には何故に容易に許されぬであらう。それも理《ことはり》である。普通の人々は真心《ハアト》を持つ。我等は遂に真心《ハアト》の何物をも持たぬ。我等は到底理解されざる人間である……。』

斯の言葉に籠る可傷《いたま》しい真実を私は寝ながら思ひ続けた。回想は私の心を高い煙突の立つた火葬場の方へ連れて行つた。長く続く貧しい町々、畠中にある細い平坦な一筋の道路、車の両側へ来て煩いほど取付く乞食の群、左様いふものが雑然と私の胸に浮んで来た。今でもまだ私はあの待合処に朝早く集つた人々の顔、入口の棚の上に並べてあつた陶器の壺、床の間に掛つた地獄極楽の絵なぞを記憶でしかもあり〳〵と見ることが出来る。私達は導かれて、天井の高い、薄暗い、赤煉瓦の建物の中へ入つた。そして大きな竈の鉄の扉の前に立つた。御坊《おんぼう》がその中から、灰色に焼け遺つた貝殻のやうな骨や、歯や、それから黒い海綿のやうに焦げた脳髄なぞを取出して、私達の前に置いた。それが私の妻だ。

回想は又、私の心を樹木の多い静かな墓地の方へ連れて行つた。長雨の降り続いた後のことで、墓守が掘つた土の中には黄に濁つた泥水が涌き溢れて居た。墓守は両手を深くその中に差入れたり、両足の爪先で穴の隅々を探つたりして、小さい髑髏を三つと、離れ〴〵の骨と、腐つた棺桶の破片とを掘出した。残酷な土の臭気は私達の鼻を衝いた。丁度八月の明るい光が緑葉の間から射し入つて、雨降揚句《あめふりあげく》の墓地を照らして見せた。蒸《むし》〳々とした空気の中で、墓守は汚れた額の汗を拭ひながら、三つの髑髏の泥を洗ひ落した。その中でも一番小さく日数の経つたのは頭や顔の骨の形も崩れ、歯も欠けて取れ、半ば土に化して居た。一番大きいのは骸骨としての感じも堅く、歯並も揃ひ、髪の毛までもいくらか残つて、まだ生々とした額の骨の辺に土と一緒に附着して居た。それが私の子供等だ。

すべてこれらの光景に対しても、私は涙一滴流れなかつた。唯、見つめたまゝで立つて居た。憐むべき観察者。然り、我等は遂に真心《ハアト》の何物をも持たぬのであらう。

多くの悲痛、厭悪、畏怖、艱難なる労苦、及び戦慄は、私の記憶に上るばかりでなく、私の全身に上つた――私の腰にも、私の肩にまでも。

"The whole of winter enters in my Being—pain,
Hate, horror, labour hard and forced—and dread,
And like the northern sun upon its polar plane,
My heart will soon be but a stone, iced and red."

私は斯の歌の意味を切に感じた。その意味をズキ〳〵病める疼痛で感じた。

斯ういふ中で、最も私の心を慰めたものは、本間久雄君が訳したオスカア、ワイルドの『獄中記』であつた。私は床上であの翻訳を読むのを楽みとした。

いかなる苦痛も、それが自己のものであれば尊いやうな気がする。すくなくも人は他人の楽みにも勝《まさ》つて自己の苦みを誇としたいものである。しかし私は深夜独り床上に座して苦痛を苦痛と感ずる時、それが麻痺して自ら知らざる状態にあるよりは一層多く生くる時なるを感ずる度に、斯くも果てしなく人間の苦痛が続くかといふことを思はずには居られない。

オスカア、ワイルドは傷いた天才のやうな傲然とした調子で、ある時は人目も忍ぶ囚人の心弱い調子で、一生の憤りと感激とを泄らして居る。

彼、『獄中記』に駄多をこねて曰く、

『神々はありとある凡てのものを私に与へた。私には天才があつた、優れた名前があつた、高い社会的地位があつた、潑溂たる情緒、智力的勇悍があつた。私は哲学をして藝術たらしめ、藝術をして哲学たらしめた。私は人々の心根を更へ、事物の色彩をも更へた。私の言つたこと、乃至行つたことで世人をして驚嘆せしめなかつたことは一つとしてなかつた。私は最も客観的形式の藝術として知られて居る戯曲を取つて、それを抒情詩や小唄の如き主観的表白の藝術を造り上げた。同時に戯曲の範囲を広め、その特質を豊富にした。……私は偽りなるものも又真なるものと等しく、同様の領域を占むべきが真理であるとなし、真偽は要するに智識的存在の形式に過ぎないことを明かにした。私は藝術を以て最高の現実となし、人生を以て作り物語の単なる様式となした……これらのことに関しては私は全く他人と異なつた天才を持つて居たのである。けれども私は、又、愚かな、嬌逸な安佚の永き連鎖に吾れと吾身を誘はれるに委せた。私は流行児を以て自ら任じ、洒落者を以て自ら快しとした。自分の周囲をも亦、多くの小人物、卑しい心の人々に取まかれるに委せた。私は吾れと吾天才の浪費者となつた。面して曾て自分に不可思議な喜悦を与へた永への若さを恣ま丶にするやうになつた。高きものに疲れ果てた私は、更に新しき刺激を求めて一向に下劣《ひく》きに就いた………………………………私は最早霊魂の支配者でなくなつた。而もこれを知らなかつた。私はたゞ〳〵快楽の命ずるま丶に身を委せた……。』

風流にして才気ある貴公子の面目がこれを読むと想像される。同時に人をして、斯の婬逸な一生に何が根強く潜んで居たかを思はしめる。彼は二年牢獄に呻吟し、堪えがたき絶望に陥り、悲痛のかず〳〵のありとある心持を経験したとまで記して居る。所謂流行児であるならば、そこを終の幕としたかも知れない。否、ここまで行かなかつたかも知れない。『獄中記』の面白味はそれから更に始めやうとしたところにある。彼は悲哀のかず〳〵も、一生の根底に横はれる苦痛も、拭ひ難き耻辱も、堕落も、隠れたる卑しき行ひも、罪悪も、乃至身に蒙れる刑罰までも、直にそれを霊的な意味あるものに化さうと努めた。彼の『新生』とは人生を以て藝術の形式と成すにあつた。斯くして始まる藝術的生活は結局一種の作り物語であらうと思ふけれど、彼の所謂智力的勇悍には動かされる。

『私にして、私が到着し得る最高のところを言明すれば、それは藝術的生活の絶対的実現といふ境地である……ペータアはその「快楽主義者マリウス」に於て、藝術的生活と、深い、快い、而かも厳かな意味に於ける宗教的生活とを融合しやうと試みた。けれどもマリウスは要するに一種の傍観者に過ぎなかつた……ワーヅワースは詩人の真の目的を、人生の諸相を適当な情緒もて観照するにあると言ふたが、理想的傍観者も又、かくの如き観照眼を有する。けれども要するにたゞ〳〵傍観者に過ぎない。この人々は静かに霊場の長椅子に腰うち掛けて、自分の眺めて居るところが悲哀の霊場であることに思ひ到るものは殆んど無いのである。』

見よ、いかに哀傷多く音調と、宗教的情緒の色彩と、そして性急な夢想とに富めるかを。

彼の声はあまりに高くて、どうかすると直に嗄れて了ひそうな気がすることや、警句百出して星の如くに其言説を飾るところから、見たところ多趣多様の趣はあるが、その基調を成すものは割合に単調な気がすることや、それから野に埋れし宝の如く心の奥深く潜めるものは即ち謙譲といふことであると説いて居るにも関らず、その実、彼が嘲笑した傍観者ほどの謙譲をも感ぜしめないことなぞは、私の心を満足させない。けれども私は慰藉を得た。私の病んで居る耳に、種々な快いことを囁いて呉れたやうな気がした。私は種々な暗示をも受けた。その証拠には、ボオドレエルの詩集と斯の『獄中記』は絶えず私が自分の枕許から離さなかつたばかりでなく、若い友達で見舞に来て呉れる人がある度に、『苦艱は一種の長い瞬間である』といふ句だの、囚人の一人でも斯の世に象徴的な位置に立つて居ないものは無いといふ一節だの、其他、彼の熱心な基督論に関する部分だのを引合に出して、かのガリレヤの農夫が幾多の驚嘆すべきことを単に己が身に想像したのみに止らずそれを実際に実現したといふ、あの魔力のある言葉なぞを話して聞かせた位だから。

十二月の末のある夕、私は床を離れて忘年会に行つた。集つた友達の中には久し振で逢つた人もあつた。私はまだ顔色が悪いと言はれた。N君はしきりに私に温泉行を勧め、春は早々箱根へ同行するといふ約束までした。O君もその仲間に加はるとのことだつた。

私は遠方に居る親しい友達なぞから見舞の手紙を受取つたが、どうかするとそれからも床の上に横に成つて、左様いふ手紙を読んだ。私はまだ臥たり起きたりして居た。

『心が渇いて来た――どれ、日光を浴びやうか。』

これはある画家の版画集のうちに、以前私が書いて贈つた言葉だが、丁度私の願ひは斯の短い言葉に尽きて居た。長いこと友達も訪ねず、旅にも行かず、寒い部屋の中に閉ぢ籠つてばかり居た私は、国府津の海岸あたりの暖い日光に饑え渇いた。

春が来た。正月らしい朝日が私の部屋の障子にあたつて来た。電車の車掌や運転手が同盟罷工を行つて、東京の町々はめづらしく静かだ。皆ぞろ〳〵年始廻りに歩いて居る中を、私も親戚の家だけ訪問して、二日には早や旅の仕度を始めた。

青い国府津の海は私を呼ぶやうな気がして居た。私は一時も早く箱根へ急いで行つて、温泉の浴槽の中へ身を浸さうとした。

(「中央公論」明治45年4月号)

零落

長田幹彦

私が野寄《のよろ》の町へ入つたのはもう十月の末近い頃であつた。北の国の冬は思つたよりも早く来て、慌たゞしい北風が一夜のうちに落葉松《からまつ》の梢を黄褐色に染めてしまつたかと思ふと、すぐそのあとから凍えたやうな灰色の雲が海の方から断絶《しつきり》なしに流れて来て、夜となく昼となく、寂しい氷雨《ひさめ》がはらはらと亜鉛《とたん》葺《ぶ》きの屋根に降り灑ぐやうな日が幾日となく続いた。収獲のすんだ野面や、なだらかな起伏のつゞいた傾斜地には薫りの高い林檎が紅く熟しきつて忙はしげに餌を漁《あさ》りながら冬に慴えて啼きしきる群鴉の声も悲しく、雲のきれめから時折姿を現はす国境の連山の頂にはもういつかしら真白に雪が降り積もつてゐた。

私はその町の大通りの端れにある穢《むさく》ろしい旅人宿の二階で、なすこともなく幾日かの取留めもない日を送つた。二箇月に余る長い長い旅を続けて来た私は、いつしか疲労のあとにつゞいて起る不思議な心持ちに悩まされて、もうすつかり元気と云ふものを喪つてゐた。これから先どういふ路をとつて旅をつゞけて行かうといふ計画もなく、それかと云つて、また自分から進んで急に懐かしい東京の方へ引返へさうといふ気もなく、唯その日の徐ろに移つてゆく果敢ない変化を頼りに、路銀の残つてゐる間は何時までもこの衰頽してゆく静かな廃市に逗留してゐたいやうな気になつてゐたのであつた。

事実、私にとつては此度の旅ほど法外な、変化の多い旅はなかつた。――青い酒や、紅い酒を並べたカツフエーや、毒を含んだやうに脣の紅い女や、瞳を爛らかす眩ゆい燈火の輝き、すべてさうした若い生命を蝕む濃烈な刺激に充たされた都会の生活がしみじみ厭はしくなつて、真夏の白らけた日射しがまだ甍の上に烈々と燃えさかつてゐる頃、至純な自然の抒情詩を懐かしむ心持ちでふと旅へ出たのではあつたが、常陸の沿岸から磐城境の炭坑地方まで来かゝると、例の気紛《きまぐ》れな私の好奇心はいやがうへに増長して来て、福島、仙台と旅程は次第次第に延びてゆくばかりであつた。鉱山の坑夫を誘拐して歩く山のしと称する悪漢に欺かれて、龕燈返へしの密室を有する怪しげな婬売窟で四日も五日も逗留を強ゐられたり、樺太へ出稼ぎに行く若い酌婦の一団と道連れになつたり、路銀が尽きて、賭博に耽る鉄道工夫の群や薬売りの親爺などと宿場はづれの木賃宿に夜を明かしたり、種々さまざまな、普通の賢い旅人の見も知らぬ危げな出来事に出逢へば出逢ふほど私は却つて誘なはれるやうな不思議な興味を覚えて兎角するうちに到頭青森まで来てしまつた。そして真紅に煅け爛れた夕雲が陰鬱な青森湾のうへを北へ北へと流れて行く光景をみると、今度は平生から遥かに憧がれてゐた北海道の未開の自然が俄かに慕はしくなつて、まるで理性の麻痺した狂人のやうな気持ちで即夜夜航の連絡船に飛び乗つたが、愈々函館の港外へ近づいて、暗い津軽海峡の怒濤が舷側を打つ轟響《どよみ》を聞きながらほのぼのと白んでゆく暁方の空に真白な海鳥が幾羽となく群れ飛んでゐる姿をみた時には、さすがに我ながら涙の滲むやうな悲壮な気にうたれて、船尾の冷たい欄干に身を倚せたまゝ遠い遠い海の彼方の内地の空をみつめながら茫然と立ち尽した。そして荒寥とした駒ケ岳の高原から遥かに噴火湾の紺碧を眺めた時も、人住まぬ未開地のやうな知別《ちべつ》の谿谷から雪を戴いた崇厳なマツカリヌプリの山容を振り仰いだ時も、また倶知安《くつちやん》の新開町で暗澹とした夜の闇の底に黄いろい灯が幾つとなく寂しげに瞬いてゐるさまを望んだ時も、胸に迫る遣る瀬ない哀愁は覚えながら、私にはまだそれでも自然に対する好奇な旅人の鋭い感覚が残つてゐた。遠くカウカサスの山地の方へ遁れてゆく彼の「コザツク」の若い主人公のやうな美しい憧憬も、情感も残つてゐた。そしてまたこの新らしく開拓された地方の奇怪な熊の話にも、純樸なアイヌのメノコの恋語りにも限りない興趣を誘はれるだけの素地を、私は決して失はなかつたのであつた。

　それがどうしたものか僅か一箇月ばかり経つた後、あの殖民地のやうな美しいアカシアの並木をもつた札幌の町を離れる頃にはもういつの間にかその新らしい歓喜も、憧憬も悉く跡かたもなく消え失せて自分自身が既に生れおちからの漂泊者でゞもあつたやうな寂しい、頼りない気持ちになつてゐた。旅宿で逢ふ人も、汽車の中で逢ふ人も、親切な人も、冷淡な人ももう唯通り一遍の逢遇で意味もなく身辺を流れ過ぎてゆく水のやうに思はれ、自分の身が全く孤独であることを痛いほど明らかに知るにつけ、もう美しい自然の魅力さへ私の心には何等の印銘をも残さないやうになつた。そして、この野寄へ来る途すがら、ほそぼそと降りしきる雨に濡れながら、索漠とした石狩川の流れを渡つた夜の、滅入るやうな疲れ果てた気持ちは、到底旅愁といふやうな空疎な言葉で云ひ表はすことの出来ない切なさをもつてゐた。一度は後に見捨てゝ来た都会の華麗な生活に対する思慕の情が、その時、忽然と湧き起つて、暗い河面には珠玉を聯ねたやうな妖艶な燈火の幻影が波紋のやうにありありと蕩めいたが、それとともに私は何とも知れぬ不安さへ覚えて、遣り端のない悲しみが潮のやうに胸の底へ波うつて来るのであつた。

……………………

　野寄へ落着いてから幾日目かのことであつた。その日もいつものやうに朝からなすこともなく空しい時を過ごして、人気のない部屋の隅へ火鉢を抱へながらしよんぼり坐つてゐると、いつのまにかもう寂しい黄昏の色が障子のうへゝ一面に匐ひかゝつて来た。

「あゝ、今日ももうこの儘暮れてしまうのか。」と思ふと、私は余りの所在なさに堪へ兼ねて、小窓の硝子戸を細目にあけて、そこから蒼茫と暮れてゆく四辺の光景を眺めた。

黄褐色に霜枯れた石狩の原野は際涯もなく小雨に煙つて、みるもの総て生色を失つた冷たい黄昏の底にひろびろと溢れた湖のやうな石狩川の河面がほの白く浮き出してみえた。枯葦のそよぐ蕭条とした岸辺には灰色に建ち腐された製紙工場や、洪水のために半ば倒壊しかゝつた倉庫などが今にも河底へ滑り落ちさうに平たく建ち続いて、湿つぽい風が声もなくそのうへに吹き満ちてゐた。眼を移して町の方を顧みると、其処にも灰色の衰頽が力なくたち澱んで、軒並の店看板にも、家々の外壁にも、または路傍の石崖の断面にも、すべての繁栄を嘲ふ「時」の浸蝕が怖ろしいまで鮮かに浮きあがつてゐたが、中にも、旅宿のすぐ下を流れてゐる大きな溝渠が、開拓者といふ純潔な理想家の手によつて人工的に井然と塀鑿されたにも拘らず、最早いつしか死相を帯びた蒼黒い水垢に閉ざゝれて、痩せ細つた水草が底の方から湧きあがつて来る沼気に誘はれながらぬらぬらと蛆のやうに蠢めいてゐる有様は、この町の悲惨な推移を最も鋭く暗示してゐるのであつた。

私は、身も心もそのもの悲しい色彩のなかへ引込まれてゆくやうな気持ちで、何時までも、何時までも、遠くたちかさなつた町の家並のうへゝ、眼をさまよはせてゐた。と、深い溝渠の底からも、家々の陰からも、または往きゝの途絶えた狭い街路の面からも、いつかしら濃い夜の闇が次第々々に湧きあがつて、その底には、寒気に慴えたやうな灯の光がぼんやり雨に滲みながら遠く近く瞬きはじめた。私は、その黄昏の死色が頭から足の爪先まで沁み徹つてゆくやうな寂しさに犇々と取囲まれながら身動きもせず茫然としてゐたが、そのうちに、果てしもない空虚のなかへ唯ひとりとり残されたやうな心細さが容赦もなくじりじりと心の底へ喰入つて来て、しまいには到頭座にゐたゝまれない程気が滅入つて来た。で何と云ふつもりもなく立上つて、その儘冷たい糠雨の降り罩めてゐる戸外へふらりと飛び出してしまつた。

大通りへ出ると、町の人々はもう越年《をつねん》の準備で忙はしかつた。納屋から橇を曳出してきて丸釘をしめなほしたり、冬籠りの間の食用に供する野菜物を囲つたりするので、疲れきつたやうな顔容をしながら静かに立働いてゐた。

案内さへ知らぬ暗い巷路を、寒い風に追はれながら右へ左へさまよひ歩いてゐるうちに、私はふと思ひもかけぬ色街らしい一廓の街へ出た。硝子窓のある西洋風の板羽目を用ゐた廃滅しかゝつたやうな建物ばかり建並んではゐたが、それでも河の漁期で、人が入込んでゐるだけに何処となく景気づいて、賑やかな三味線の音や、艶めいた女の笑ひ声はそこにも濃い酒と、安価な媚びを売る女のあることを想ひ起こさせた。と、私の心はもう久しい間さう云ふものに飢ゑてゐたやうに激しく躍つてきて、火の方へ引寄せられてゆく夏虫のやうに前後の弁へもなくふらふらとそのなかでも一番見附きのいゝ酔月亭と云ふ料理店の表階子を登つてしまつた。そして明るい洋燈の下に鮭の刺身や、貽子の酢あへといつたやうな土地の季節に応じた種々《くさぐ》の肴と、熱い湯気のたつ酒が置きならべられた時には、云ひ知れぬ嬉れしさが喉元まで込みあげて来て、貪るやうな手つきで頻りに盃の数を重ねた。

遮るものもない興趣が静かに胸に溢れてくる頃、私は勧められるまゝに、内藝者の美登利といふ妓を招んだ。小樽生れの頬の紅い、気の軽さうな女だつた。年は十八だと云つてゐたが、その割りには老けてみえる方で、別に取立てゝいふほど美しくもなければ醜くゝもなかつた。私はかうした寂しい晩にふさはしい情調の満足を求める外に、この女をどうしやうといふ好奇心もなかつたので、旅宿の廊下で行逢つた人のやうな拘はりのない態度であつさり遇らつてゐたが、そのうちに漸次とまわつて来る酒の酔ひと一緒に河の漁猟の話なども思はずはづんで、お互に少しづゝ隔てがとれて来た頃、彼女は急に思ひ出したやうに浮々した調子をかへて、

「ねえ、貴方、少しお願ひがあるんですけど、聞いて下すつて?」と、云つて、顔色をよむやうな眼眸をしながら私をみつめた。

「何だい、遊んでゐる姐さんでも招んで呉れつて云ふのかい?」と、私もつい引込まれて真顔になつて訊いた。

「いゝえ、そんなことぢやありません。」暫らくの間躊躇するやうな気振りをみせてゐたが、やがて思ひきつたやうに、「あの、誠に申兼ねますけど、これから芝居見に連れてつて下さいな。」

「なに、芝居? 此辺のことだから又円車の浪花節だらう。俺は誰方のお願ひでもあいつばつかしは真平だね。」

「いゝえ、今度のはさうぢやないんですよ。」と、美登利は真《む》気《き》になつて打消しながら、「今度は中村一座つていふ旧芝居がかゝつてゐるんです。昨夜内の姐さんと一緒に見にいつたんですけど、そりや実によく演《や》りますよ。もうふたりしてさんざん泣かされちやつて、筋もなにもよく覚えて来なかつた位なんですもの。」

私はさう云はれて初めて思ひ出した。この二三日前から、毎日午後になると慵い廻はし太鼓の音が雨に紛れながら町から町へ、どろんどろんと静かに響いてゆくのであつた。平生から旅役者とか、旅藝人とかいふやうな憐れな漂泊者に対して特殊の興味を懐いてゐた私は、旧芝居、中村一座といふ言葉を耳にすると、急に誘はれるやうな懐かしさを覚えて、その儘直ぐに行つてみる気になつた。で、立ちぎわに、「その一座に誰かお前の惚れた役者でもゐると面白いんだがな。」と、心に思つた儘を揶揄ふやうに云ふと、美登利は

「ゐないこともないわ。」と、云つて、蓮葉に笑ひながらいそいそ身仕度をしはじめたが、その眼には包みきれぬ嬉れしさが輝いてゐた。そして姐さんも見度がつてゐるからといふので、

その店の若い女将《おかみ》も取巻きに加はつた。

野寄座《のよろざ》といふ芝居小屋はその廓を出端れた処にあつた。湿つぽい沼気のひそひそと匂ひあがつてくる暗い溝渠を渡ると、僅かばかりの広場があつて、風雨に吹曝らされたバラツクのやうな見すぼらしい小屋の表がゝりがすぐその向ふに立ち現はれて来た。白堊塗りの板壁はところどころ創痕のやうに剝げ落ちて、傾きかゝつた破風の下には役者の藝名をしるした絵看板と小さな紅提灯が薄寒さうに懸けつらねられ、色の褪めた幟がその薄闇のなかで雨に濡れながらはたはたと重々しく鳴つてゐた。そして、大人十二銭、小人六銭と拙い勘亭流で書きあらはした黄いろい懸行燈の影から客を呼ぶ木戸番の声さへ何となくひつそりとしてもの寂しかつた。私は女将のあとについて木戸を潜つた。

「へえ、お三人さあ。」と、下足の老爺が勢よく札を打合はせると、炉傍で股火をしながら居睡りしてゐた表方の男は吃驚したやうに眼を覚まして、きよろきよろ四辺を眴はしたが、すぐ後に女将と美登利が立つてゐるのをみると、急に間のぬけた愛想笑ひを浮べて叮嚀に挨拶をした。そしてアセチリン瓦斯の匂ひの漂つた階段を上つて、私達を二階桟敷へ案内した。

小屋のなかは表がゝりの割りに広かつた。それでも、たかだか四百の入りが関の山であらう、じめじめするやうな垢染みた畳を敷きつめた土間には、隅の方に小さな花道がついてゐるきりで、桝もなければ、鶉もなかつた。低い天井には真黒に煤けた広告絵のやうなものが幾枚となく貼り連ねてあつて、その上には雨漏りの跡がぼやけたやうな雲形を一面に描いてゐた。そして、舞台寄りに僅か四つのアセチリン燈が点つてゐるきりなので、場内の隅々にはいぢけたやうな薄闇が漂つて、饐ゑ腐ちてゆく果敢ない廃滅の香がそのなかにじつとたち澱んでゐるやうに思はれ、殊にその晩は入りが漸う四分ぐらゐの景気だつたので、がらんとした寂しさはまたひとしほだつた。

その晩の出しものは「中将姫」に「野晒悟助」だつた。もう一番目は既に終つて、丁度中入りの幕間であつたが、私達が坐につくとやがて色の褪めた継ぎはぎだらけの引幕を掲げて、直垂れのやうな浅黄の着附けの上へ穢い紋附の羽織をひつかけた一人の役者が、今髷をとつたばかりといふやうな顔容をしながらぬつと出て来た。そして、

「東西、東西。」と、声高に云ひながら舞台の端へ平蜘蛛のやうに平伏して、新潟訛りのある鼻声でながながと口上を述べはじめた。

「演藝半ばには御座りますれど、一寸御免を蒙りまして明晩の解題を御披露致します。またしても扮装を致した儘でこれへ出まして、さぞかしお見苦しうは御座いませうが、今晩も最早時間が迫つて居りますので、お湯に入つてゐる暇がありません。……えゝ、御当処開演中は御贔負をもちまして、毎夜毎夜賑々しく御見覧下され、楽屋一同大喜びで御座います。さて、又候

明晩取り仕組んで御一覧に供しまする狂言の儀は、一番目狂言と致しまして「苅萱道心筑紫苞」二番目「野狐三次」都合あはせて八幕、幕あひなしの大勉強をもつて御覧に入れまする間、何卒明晩もお誘ひあはされまして御来場のほど偏に願ひ上げ奉ります。……扨て、茲もと取り仕組んで御一覧に供しまするは、お馴染の「野晒悟助」、先づは愈住吉社内の場より始めますれば、幕が開きましたら隅から隅まで御神妙に御見覧下さる可し。先づはそのため口上東西。」

縁日商人のやうな切り口上で述べたてながら、態と首を左右に振り動かして、白粉を塗つた美しくもない顔を観客の前へ見て呉れがしにひけらかす容子が虫唾《むしづ》のはしるほど厭味だつた。東京の華やかな劇場の空気に馴らされた私は、擽られるやうな可笑しさを耐へながら、

「おい、美登利。お前の惚れてゐるのはあの役者だらう。」と、揶揄ふと、さすがに彼女も噴笑《ふきだ》して、

「厭だわ、あんな厭味な奴ッ。」と云ひ放つて私の膝を軽くうつた。

「何を云つてるのさ。お前さんにや丁度い丶似合ひ聟ぢやあないか。」と、女将も相槌を打つて面白さうに笑つた。

幕が開いた。住吉神社の松原はまるで櫟林のやうに暗かつた。海の遠見にはたゞ浅黄の幕を垂らしたゞけで、役者の頭の間へさうな低い鳥居の傍には玉垣もなければ、舗石もなかつた。そして、妙な処に藪畳みがあつたり、石塔があつたり、有り合はせの道具を種々にはぎあはせたものと見えて、場面には辻褄の合はぬ処が多かつた。そして舞台へ出て来る提婆組の悪侍どもや町娘の小田井までが兎もすると役々の気をぬいて、女将や、美登利の方へ厭な眼使ひをする容子が可笑しくて、私はしみじみ芝居をみる気にもなれず、丁度その時酔月亭から婢が運んで来てくれた酒肴を開きながら、手酌でちびりちびり酒ばかり飲んでゐた。

そのうちに、ふとした機会《きつかけ》で、私の眼は思はず土器売の娘に扮した若い役者の方へ惹かされた。年はまだ十八九であらう、細りした眼の大い、何処か愁ひを含んだやうな美しい顔容で、細く慄へる柔《しな》やかな声までそつくり女だつた。私は軽い驚きに打たれて、美登利の肩をそつと突きながら、

「ありや何んて云ふ役者だい。莫迦に奇麗ぢやないか。」と、小声で訊くと、彼女は振顧へりもせず、

「田之助つて云ふんです。」と、うわの空で答へて、釘づけにされたやうに一心にその役者の横顔を凝視めてゐた。

私の心はその美しい田之助の顔からいつの間にか漸次と演技のなかへ吸い込まれて行つた。と、土器売の詫助に扮した扇昇といふ役者の藝がその時になつて初めて眼について来て、娘に対する濃やかな情愛や、場当りの軽い諧謔のうちに、旅藝人にはまるで予期してゐなかつたやうな老熟さが現はれてゐるのをみると、私の心からは今までの不愉快な矛盾が悉く消え去つて、熟しきつたやうな興味が自然と湧きあがつて来た。そして幕が

下りてから後、女将に、

「東京の芝居で、千両役者ばかり見つけて被居つた口にやさぞ可笑しう御座いませうねえ。」と、云はれた時には真実私はもう笑へなくなつてしまつた。

「いや、どうして中々うまいよ。」と、私は自ら確めるやうな強い声で云つて、「扇昇と云ふ役者なんざ東京へ出したつて決して恥かしかないね。」

「まあ、可成りにや演りますけど、なにしろ田舎のことですから……。」

「それに、今娘になつた女形なんざあ男にや惜しい位の容貌ぢやないか。」

「え、全くですねえ。私もあんな可愛いゝ役者は久振りで見ますよ。ねえ、美登利さん。お座敷へ招《よ》んだらさぞだらうね。」と、若い女将は生娘の昔に帰つたやうな浮々した声で笑ひながら、美登利の袖を強くひいた。

美登利は意味の分らぬ薄笑ひを浮べながら眼で答へて、思ひ出したやうに
「はい、お酌。」と、冷たい酒を私の盃へ注いだが、暫らくするとまた何時の間にか舞台の方へ顔を振り向けて、風を孕んでふわりと膨れあがつてゐる幕の面をうつとり凝視めてゐた。

幕数が進むにつれて私は益々深くこの憐れな一座の演ずる不具な技藝に引込まれていつた。そして、一座の役者達の境遇が孰れも一種の永遠の旅人であることが私の心に強い強い懐かしみを喚び起して、彼等の過去の生涯に対する空想や、萍のやうな現在の生活に対するさまざまの感情が漸次と細かく縺れてゆくうちに、到頭或不可思議な感激が私の胸一杯に漲つて来た。私は突如我を忘れたやうに財布のなかゝら三円ばかりの紙幣を取り出して、それをそつと女将の手へ握らせながら、

「お前の家の名にして、これで纏頭《はな》をつけておやり。」と、小声で囁いた。

「まあ、」と、女将はさも吃驚したやうに私の顔をじろじろ眺めてゐたが、やがて、「こんなに沢山お遣りなさらなくつても宜しう御座んすよ。此辺ぢや五十銭が定例《きまり》なんですから。」

「まあいゝから、それだけ通ほしてお呉れ。」と云つて私はその儘顔を背けてしまつた。

女将はそのうへ抗ひも出来ず、笑ひながら立ち上つて廊下の方へ出て行つた。するとやがてさつきの表方の男が揚幕のところからそつと花道へ出て来て、私達の坐つてゐる桟敷の横板へ脊のびをしながら、金三十円、中村一座へ、酔月亭御客様。と筆太に書いた畳一枚ぐらゐな大さのビラを貼りつけた。多数の観客は一斉に舞台から眼を移して私達の方を不思議さうに眺めた。そしてしまいには仁三と刀を合はせてゐる悟助までが、時々そつとそのビラの面へ流眸をはしらせた。

幕がおりると間もなく後の板戸がすうつと開いて、そこから二人の老爺が顔を出した。とみると、一人は舞台顔とさして変らぬ扇昇で、もう一人は一座の紋のついた印絆纏を着た座頭だ

つた。

「どうも只今は有難う御座いました。」と、二人はその儘冷たい板敷のうへ、手をついて、卑下した言葉で纏頭の礼を述べた。

「いや、どうも僅かなことで。まあ此方へ入つて一杯お上り。」と、私は妙に嬉れしくなつて盃をさしたが、座頭は舞台の都合でゆつくりしてゐられぬと云つて、幾度か礼を繰り返へしながら帰つて行つた。そして扇昇だけが私達と一緒にあとまで桟敷に残つた。

彼はもう五十の坂を余程越してゐるのであらう、世路の艱難が刻みつけた深い皺は額にも頬にも幾条となく暗い陰影を描いて、何処となく生に疲かれたやうな弱々しい表情が動いてはゐたが、それでも軽く微笑む度に、その円らな瓢軽な眼と、色の褪めた脣の辺には悪気のない心をその儘証拠だてるやうな何とも云へぬ懐かしみが濃く浮きあがつて来た。そして洗ひ晒らした盲縞の布子に、縁の摺り切れた角帯をしめて、少し前屈《まへくゞ》みに坐つてゐる彼の姿をみると、私は胸をそゝられるやうな感激にうたれて、頻りに彼へ盃をさした。

「いや。どうも有難う御坐います。手前は至つてこの御酒の方は好物でな。」と、彼はさも嬉れしさうに脣をひきゆがめながら、残り少なになつた酒を惜しむやうに味はつてゐたがやがて私の顔をしげしげうち眺めて、

「失礼な事を伺ふやうで御坐んすが、貴方様《あんつさま》は此地《こちら》のお方で？」と、怪しむやうに訊いた。

「いや、私は東京からやつて来たものさ。」

「さうで御座いませうな。どうもお見懸け申すところ彼地《あちら》の方としきや思はれませんもの。」と、彼は大きく合点いて、又盃を脣へもつてゆきながら、人懐い調子で、「かう申すとお恥かしう御坐いますが、実は私も生れは東京で御坐んしてな。……」

「東京？ へえ、そりや懐かしいねえ。」思ひもかけぬその言葉にひどく驚かされて、私は思はず声を高めながら云ひ放つたが、丁度その時は野晒の後日譚めいた次の幕の愁嘆場があいてゐたので、しんとした土間からは白い顔が幾つとなく私の方を見上げた。そして連の女達も涙ぐむだ顔をそつと振向けて薄く笑つたが、私はそんなことは気にもかけず熱心に、「そうしてもう久しく旅へ出てゐるのかね。」

「へえ、もう何で御坐います、彼此二十年にもなりますよ。」と、扇昇は寂しく笑ひながら嗄《かす》れた声で徐かに答へた。

「東京は何処だね？」

「生れは浅草で御坐いますけど。彼地でも矢張り小供の時からこの稼業《しやうばい》をして居りましたもんですから……。」

「ほう、何処へ勤めてゐたね？」と、私は益々興味を惹かれて、貪るやうに彼の顔を見詰めながら訊いた。

「今は何うなつて居りますか、もう長いことかうして他処《よそ》の土地へ出て居りますんで薩張り分りませんが、その時分にや吾妻座といふのが御坐んしてな、その座へあれでも五年越し欠かさ

ず出て居りましたよ。」と、彼は深く息をついて、「自体、私はもと橘屋でしてな、三八さんや、橘蔵さんなぞとは随分久しいこと交際つて居りましたが……。」

と、何か長い話でもしさうにしたが、その時、板戸の隙間から労働者のやうな顔容をした一人の下廻はりが首をだして、小声で扇昇の耳へ何事か囁いた。と、彼は急に浮かぬ顔になつて思ひ切り悪さうにもぢもぢしてゐたが、やがて舞台でするやうにとんと畳のうへゝ片手をついて、

「では、楽屋の方が忙がしいさうで御坐いますから、私は此れで失礼を致します。どうもつい長座を致して。」と、云つて徐かに立上つた。私は何だか一旦貰つたものを奪ひ返へされるやうな離れ難い気がして、幾度か止めてはみたが、使に立つた下廻はりがせきたてるので詮方なく別れの言葉を述べた。そして、

「暇があつたら私の宿へ遊びにおいで。毎日寂しくつて困つてゐるんだから。」と、感情の籠つた声で云ふと、彼は板戸の外へ出ながら名残惜しさうに振顧つて、

「有難う御坐います。是非彼地のお話を伺ひにあがります。貴方様もお隙で御坐いましたら、穢い処で御坐いますけど、楽屋へもお入りなすつて下さいまし。では姐さん方、どうも種々御馳走様になりました。」と、低く頭をさげて、その儘楽屋の方へ帰つて行つた。

私は、その肩寒げな寂しい後姿をみると急に胸が込みあげて来て、板戸の閉ざゝれたあとまでもじつとそつちを凝視めてゐた。二十年も昔に都会を逐はれた憐れな藝人の成れの果。その長い長い漂泊の生涯。それを思ふと、酒の酔ひに彩られた私の心には惨ましい同情の念が息塞まるやうに波うつて来て、冷やかな事実の裏に鉛の如く膠着してゐる暗い人生の姿がまざまざと見透かされるやうな突詰めた気持ちがして来た。

打出しの太鼓が鳴ると、私は連れの女達にせきたてられて漸う立上つた。漸次と客の減つてゆく薄暗い土間には、すぐそのあとから陰影のやうな寂寥が匍ひ寄つて来て、幕の裏で道具をかたづける物音だけが冷たく響き渡つた。狭い階段もうわの空で下りて木戸へ出ると、表方の溜りの薄闇がりには座頭と大夫元が待受けてゐて、

「又明晩もおいでを。」と、いひながら賑やかに私達を送り出した。その声が私の胸には住み馴れた世界から逐ひたてられるやうに惨たらしく響いた。

芝居を出ると、冷たい風の吹きしきつてゐる広場の角の処に迎ひの婢が酔月とかいた提灯をみせて待つてゐた。私はたつてと云つて勧められるのを断つて、その儘女達と別れて、唯ひとり寐静まつた真暗な街路をとぼとぼと旅宿の方へ帰つて行つた。そして横しぶきに吹きつける冷たい雨の脚に追はれながら憐れな扇昇や田之助のうへを夢のやうに思ひ続けた。

その翌晩も私は魂を引寄せられるやうな気持ちで、降りしきる霙のなかを野寄座へ行つた。

例の小橋の上まで来懸ると、その晩はどうしたものか、軒へかけた懸行燈も、紅提灯もすつかり消えて、四辺はまるで空家のやうにしんと静まり返つてゐた。近寄つてみると、木戸の格子戸も堅く閉ざゝれて、裸の幟棹だけが四本も五本も闇のなかへぬつと突立つてゐるばかりであつた。私はその様をみると胸を押縮められるやうな失望を覚えて、暫らくの間その儘ぼんやり座のまへゝ立ち悚んで、真暗な表がゝりをうち眺めてゐた。漂泊常ならぬ旅藝人の事ゆゑ、入りが思はしくないのに見切りをつけて、急にまた先の興行地へ移つて行つたのではあるまいかと思ふと、しまいには淡い悲しみさへ犇々と湧き起つて、そのまゝ宿へ帰る気にもなれず、足は自ら酔月亭の方へ向いたが、小半丁も来た頃、私はふと楽屋へ来いと云つた扇昇の言葉を思ひ出して、若しやと思ふ気に先立たれながらまた急に後戻りをした。

真暗な座の周囲を幾度か行きつ戻りつした末、私はやつと楽屋口へ通ふ狭い路次を探し当てた。恐る恐るそこから木戸をあけて中へ入つてゆくと、丁度舞台裏と思ふ辺に荒れはてた小庭のやうな十坪ばかりの空地があつて、張りものゝ壊れたのや、空俵や、薪などが堆く積んであつた。楽屋の小窓からは黄いろい灯の光がぼんやり末広がりに雨のなかへ滲みだして、呟やくやうな人の話声がひそひそと洩れて来た。私はその下へ歩み寄つて案内を乞つたが、降る雨の音に紛れて私の声は容易になかへ通じなかつた。幾度か試みてゐるうちにやつとすぐ上の硝子戸が開いて、そこから印絆纏を着た道具方らしい若い男がぬつと顔を突出して、迂散臭さゝうに私の顔をみつめながら、

「何だな。」と、突慳貪に訊ねた。

私は態と言葉を卑くして扇昇に逢ひに来たことを告げた。そして案内を頼むとその男は煩さゝうにぶつぶつ口小言を云ひながらそのまゝ顔を引込めたが、それと同時に楽屋のなかでは

「誰れだ。誰れだ。」と、三四人の声が聞えて、いろんな顔がかはるがはる窓口へ現はれた。私は態と傘で顔を隠した。

少時するとあらぬ方でがらりと板戸を開ける音がして、さつと流れた燈の光のなかに半身外へ乗り出した扇昇の姿がみえた。

「誰れですい？」と、彼は眉を顰めながらじつと私の方をみてゐたが、私だといふことが分ると急に声の調子をかへて、

「おや、貴方様でしたか。こりやどうも失礼を。さあ、どうぞ穢いとこで御坐んすけどお入んなすつて下さいまし。」と、いそいそ戸を開け拡げた。

私は俄かに溢れて来る懐しさを抑へて、

「実は今夜も見に来たんだけど……」と、暗い足許を探りながら其方へ歩み寄ると、彼は額に人の好さゝうな太い皺をみせて、

「そりやお気の毒さまで。何分入りがありませんので到頭休んでしまひましたが、まあ、ずつとお上んなすつて下さいまし。おい、野郎共、そのお通り路を少しあけてくんな。」と、彼は忙はしさうに先へ立つて私を案内した。

入口の土間の隣りは道具方や、下廻はり達の溜りになつてゐ

ると見えて、賤しい顔容をした男の顔が薄暗い洋燈の光のなかに幾つも並んでゐた。私は、怪訝な眼眸をして見返へる彼等の間を通りぬけて、冷たい板敷の上へ出たが、わたり七間にも足りない狭い舞台はすつかり道具がかたづけてしまつてあるのでがらんとしてもの寂しく、楽屋の方から流れてくる靄のやうな薄い光が簀の子の上までぼんやり匍ひあがつて、人気のない観客席の暗闇からは湿つぽい匂ひのする風がすうつと顔を包むやうに冷たく吹いて来た。私は導かれるまゝに、扇昇の後についてぎしぎし軋む階子段を上つた。

　二階の楽屋は二十五六畳も敷かる細長い大部屋だつた。天井には煤けた梁が肋骨のやうに現はれて、乗込みの時に使ふ各《めい》〱自の藝名を記した絵ビラを結んだ造花の桜が一列に挿しつらねてあつた。反古で張つた板壁の際には衣裳の入つてゐるらしい三升《みます》や桔梗の紋どころの剝げかゝた古葛籠《ふるつゞら》が幾つも積み重ねてあつて、その側の棚にはいろいろな男や女の髪が曝首《さらしくび》のやうに置き並べてあつた。そしてまた三つの窓際にはそれぞれ小棚が釣つてあつて、そのうへには白粉入の竹筒や、水銀の斑らに剝げ落ちた凸凹な鏡や、その他の細々した化粧道具が乱雑に取散らかしてあつた。そして二箇所に釣るした暗い釣洋燈の光は、それ等総ての惨ましい物象のうへに深い深い悲しみの陰影を隈どつてゐた。

　部屋の真中に据ゑた大火鉢の周囲には、田之助や、昨夜口上を云つた幸吉をはじめ一座の役者が八九人円坐になつて茶話しをしてゐたが、私が入つてゆくのをみるとぴたりと話をやめて、急に坐を開いた。そして孰れも好奇心に充ちた眼眸で私の顔を偸み視ながら黙つて挨拶をした。

　扇昇は坐に就くと、大薬罐から濃い番茶を湯呑みに注いで薦めながら改まつて昨夜の礼を云つた。そして長い煙管で煙を吐きながら、

「寒いのによくお出掛でしたなあ。」と、云つて嬉しさうに笑つた。

　私は口を開かうにも何しろ見知らぬ男ばかりの中なので、妙にとり附き場がなくて困つた。それに役者らしくない二三の男の容子をみると博徒の宿へでも連れて来られたやうな淡い恐れさへ手伝つて、猶更舌の力を奪はれてしまつた。

　扇昇は頻りに取做す気で、

「だがまあ妙な御縁で、珍らしいお方にお眼にかゝれたものですよ。私やもう東京のお方と伺ふと真から懐かしう御座んしてな。」と、しみじみ懐かしさうに眼を細めながら云つて、「此地には大分長く御逗留で？」

「いゝや、まだ一週間ばかりですよ。」

「何か御商用でゞも？」

「なあに、唯ぶらぶら見物旁々旅をしてゐるんでさあ。」

「そりや何より結構で御座いますなあ。」と、扇昇はつとめて一座の話を促がすやうに笑つたが、併しその甲斐もなく却つて重苦しい沈黙が火鉢の周囲にたち帰つてきた。それとともに、

私の心からはいつかしら初めてこの小屋へ入つて来た時の疼くやうな歓びが漸次と消え失せて、緊張してゐた情趣はみるみる厭はしい破綻を示してきた。そして楽屋の隅々まで遍満してゐる詩のやうな美しい廃滅の匂が、今にも醜いもの、為めに裏切られてしまいさうな恐れが胸一杯に込みあげて来て、しまいには到頭我慢がしきれなくなつた。で、私は思ひ切つて扇昇を隅の方へ呼んで、何処か気のおけない家へ行つて一抔飲みながら面白い昔話でも聞かうと云ひ出すと、彼は急に相好を崩して、

「有難う御座いますが、それじや余りお気の毒ですから、……」

と、心にはない遠慮をした。

「い、さ。暇なら是非一緒につきあつておくれ。」

「さうで御座んすか。ぢやまあお言葉に甘えまして。」と、云つて、暫らくの間、何か思惑ありげにもじもじしてゐたが、やがて云ひ難くさうに、

「実は誠に申兼ねますが、少々お願がひがあるんで、」と、口のなかで呟きながら、一座の方を顧みて、田之助をそつと眼で招んだ。

田之助は怪訝《けゞん》な顔容をしながら立つて来た。と、扇昇は笑ひながらその耳へ口を寄せて、まるで我子にでも対するやうな優しい声で、

「今旦那がな、何処かへ連れてつて一杯飲してやると仰有るから、お前もお願ひ申して一緒にお伴をさせて戴きなよ。」

それを聞くと田之助は女のやうな柔い頬に包みきれぬ嬉れしさを波だ、せながら黙つて頭をさげた。固よりその願ひを待つまでもなく、此方から頼んで無理にも来て貰い度いくらゐだつたので、私は幾度か大きく合点いて、その儘階子段を下りた。そして薄暗い張物の陰に立つて待つてゐると、二階では二人が皆に何か云はれてゐる声が聞えた。

「おい、田之公。お前は何処へ行くんだい？」と、頓狂な声がしたが、それに答へる田之助の返事は聞きとれなかつた。と、今度は幸吉の意地張つた声が嫉ましさうに、

「旨え穴に喰らひ附きあがつたなあ。一体ありや何者でえ。……ふん、銭のある奴にや兎角莫迦が多いや。」

「失礼なことを云ふもんじやねえ。東京の方はみんな太ツ腹だ。手前えみたやうに根性がぎすぎすしちやゐねえんだ。」と、扇昇の太い声が聞えた。私は聞くに耐へないやうな不愉快な気になつて、そつと足音のしないやうに舞台から楽屋口の方へぬけ出した。と、やがて扇昇は鯉口のやうな厚いアツシを引被けて、その後から田之助が銘仙か何かの座敷着に着換へて、帯を結びながらいそいそ下りて来た。

「どうもお待ち遠様でした。」と、扇昇は笑ひながら戸を開けて、暗い路次を先へ立つた。

戸外へ出ると、私は今迄の不快な気分がさらりと消え失せて、再び新しく熟しきつたやうな情調になつた。遠い北の国の果てで、見も知らぬ旅の藝人と夜の霙に濡れながら、燈の疎らな寂しい街を歩いてゐるのが、何か深い深い因縁ごとのやうにも思

はれ、懐かしい東京の空を思ひ起しながらも私の胸には口をきくさへ惜しいやうな嬉れしさが一杯に漲つてきた。

「あの幸吉つてのは一座に長くゐる男なのかい？」と、私は長い沈黙の後に、ふと思ひ出してつかぬことを訊いた。

「なあに、渡り者でさあ。」と、扇昇は吐き出すやうに云ひ放つたが、そのあとに続いて田之助は、

「性《たち》が悪くてほんとに困るんです。」と、女のやうな約しやかな声で添け加へた。

ふと気づくと、私達はもういつの間にか酔月亭の前まで来かゝつてゐた。今夜は珍らしく客がないと見えて、明るい二階座敷もひつそりとしてゐた。私が先にたつてつつと店口へ上ると、帳場に坐つて子供をあやしてゐた女将は吃驚したやうに飛んで出て来て、口早に昨夜の礼を云ひながら、

「おや、まあ、今夜は面白いお連れさんですね。」と、云つて蓮葉な声を出して笑つた。

「驚いたらう。もうすつかり口説き落して、いゝ仲になつちやつたんだよ。」と、私もつい引込まれて笑談を云ふと、後では扇昇が声をあげて笑つた。そして彼は卑下した言葉で田之助を女将に紹介《ひきあ》はせながら、

「どうぞこれから御贔負に願ひます。」と、叮嚀に頭をさげた。

私達はすぐ奥まつた二階座敷に案内された。そして一つの餉《ちやぶ》台《だい》を三方から囲んでゆつくり座つた。見つくろつた肴も通つて、熱い酒が各自の盃に注がれると、扇昇と私との話は期せずして東京の芝居談に落ちて行つた。扇昇は貪るやうな調子で、諸方の座の運命や、役者達の浮沈を細々《こまぐ》と聞糺したが、併し、二人の間には余りに長い歳月の径底《へだゝり》があつた為めに、同じ事実を話し合つてゐながら互に意味の通じないやうな事が多かつた。殊に私の語る現在の役者の名や、狂言の名は彼にとつて最も解し難いもの、一つで、それが話題に上る度に、彼は幾度か「先代」といふ言葉を繰返さなければならなかつた。

そのうちに、彼はまだ若かつた時代の思ひ出の方へ漸次と話しを移して行つた。その頃繁栄を極めてゐた芝居街の光景や、当り狂言の荒筋や今はもう殆んど世人の記憶から拭ひ去られたやうな多くの名優の逸話などがそれからそれへ絶え間なく続いた。私は過ぎ去つた世界の美しい絵巻を繰り展げてゆくやうな面白さに引入れられてうつとり耳を傾けたが、そのうちに深い皺の刻まれた扇昇の頬には酒の酔ひとともに異様な若々しさが漸次と輝いて来て、身振手ぶりをする度にじつと私の顔を瞻める彼の瞳の底には限りない歓びが燃え上つて来た。そして戒を破つた僧の怨念で生きながら手足を地獄の毒気に蝕まれた昔の田之助の上へ話が及ぶと、その妖艶な「時代」の亡霊が巧みに彼の脣から織り出されて、私は全く彼の話上手に魅せられてしまつた。

その時、ひそやかな足音がするすると廊下の面を滑つて来た。と、みると、二人の役者達にはみえない障子の陰に美登利の白い顔がふうわりと浮び出て、暫らくの間そこから私の顔をじつ

と瞻めてゐたが、何と思つたかにつと艶やかに笑つて、軽く体を揉みながら両手を犇と組み合はせて私を拝んだ。私は、物語の腰を折る心許なさに、たゞ黙つてその容子を見てゐたが、到頭我慢しきれなくなつて噴笑しながら、

「何をしてゐるんだな。入つたらいゝぢやないか。」と、呼んだ。

その声に応じて彼女はやつと明るい座敷のなかへ入つて来たが、いつもより厚く化粧したその頬には上気したやうな血の色がぽうつと燃えてゐた。そして私の傍へきて坐をしめると、妙に取澄ました顔容をして、

「ほんとに酷いわねえ。」と、意味の分らぬことを云ひながら突如有り合ふ銚子を取り上げたが、その手は可笑しいほどぶるぶる慄へてゐた。私はそれをみると可憐な女の心持がすつかり読めて、再び擽られるやうな気持ちになりながら、

「おい、美登利。お前の御贔負はこの田之助さんだつたつけね。」と、空恍《そらとぼ》けて正面から揶揄ふと、彼女は俄かにさつと耳の附根から真紅になつて、

「知りませんよ。そんなこと。」と、云つて、私の膝をちかツと抓りあげた。

美登利のために話の継穂を奪はれてぼんやりしてゐた扇昇は、その容子をみると直ぐ気の好い笑ひを洩らして、

「いやはや、この田之助さんにも困りもので御坐いますよ。方々で悪い罪を作りましてな。はははゝゝゝ。今にあの手足へもきつと怨霊が憑きませうよ。」さう云ふ声はまるで祖父が孫自慢をしてゐるやうだつた。そして笑談らしく真顔になりながら、

「ですが、全く情事《いろごと》は若いうちの事ですな。男盛りも二度とないつてことを云ひますが、全く白髪が生へちや意気地がありませんや。」

「だけど、二十年もさうして旅をしてゐる間にや、随分面白いこともあつたらうねえ。」と、私は又話頭を扇昇の方へ移しながらしんみりした調子で云つた。

「そりやないぢや御坐んせんけど、今から考へてみりや皆夢でさあ。はははゝゝ。」と、深く息をひくやうに笑つたが、やがて又徐かな調子になつて、「私はいつも此奴《こいつ》に云つて聞かせるんですが、修業盛りにやまつたく女は絶ちものでさあ。私どものやうな細い稼業をしてゐるものは、ちよいとした一時の迷ひで出世の梯子を跨ぎそこなつたら、もう一生涯浮ばれやしませんからなあ。」

「さうだらうともさ。併し田之助さんのやうに余り奇麗すぎると、ついこんなのが引懸るんだねえ。」と、私は、時々田之助の方へ燃えるやうな流眄を送りながらうつとりしてゐる美登利の肩を叩きながら笑談のやうに云つて、「お前も惚れるんなら先の修業の邪魔にならないやうにするがいゝぜ。」と、高く笑つた。

酒の弱い彼女はもう度胸が出来たと見えて間の悪い顔もせず、浮々した声で、

「大丈夫ですよ。私の方でいくら惚れたつて、先様で相手にして下さらないから。」

それを聞くと、扇昇は急に気が変つたやうに噪《はしあ》ぎ出して、

「ふゝ、味を仰有るぜ。」と、頓狂な声で叫びながら、舞台でする「茶屋場」の伴内のやうに、平手で顎をついと上へ押しあげて、態と猿のやうな滑稽《おど》けた顔容をしながら、「私がもう十年も若いてえと、お相手になつて鞘当の一幕も演じるんだが、惜しいことにや年を老りましたよ。ははは、ゝゝ。だか、今だつてなあに相手次第に依つちやまだまだ。昔からこの役者つてえ商売にや思惑違《おもわくちが》えの益得《やくとく》がありましてね、この顔だつて、舞台で精々塗り立てた所を御覧に入れりや万更でも御坐んすまい。」

「ほほほゝゝゝ、厭だわねえ。」と、女も、田之助もその容子をみると、腹を抱へた。

そこへ階下から余りお賑やかだからと云つて、女将まで笑ひながら上つて来た。扇昇はまたそれに機を得て、一時に酔ひが発したやうに浮かれ出した。側で見てゐると可笑しい程挙動に油がのつて、軽い地口を云つたり、多愛もない笑談を云つたりひとりで騒いでゐたが、そのうちに感興が張り切れさうに熟して来たとみえて、到頭さびた中音で語呂のいゝ流行唄をうたひはじめた。そしてそれにも飽きてくると、今度はついと立上つて、勿体らしく衣紋をつくろひながら、

「近頃は地がないんで、舞台ぢやさつぱり踊りませんが、……と、」云つて、美登利の絃をかりておどりを踊りだした。

「紀伊の国」や、「喜撰」をやつてゐるうちはよかつたが、美登利の知らない古い手になると、彼は笑ひながら、

「えゝ、面倒臭え、口三味線で踊つて退けう。」と、声色《こわいろ》まじりに云ひ放つて、忙はしげに口で絃の音を真似ながら頻りに踊つた。体の固くなつたせいか、身ぶり手振りに折々調子のはづれた穴はあいて来るが、それでも流石は昔みつしり仕込んだ藝だけに、決して醜くゝはなかつた。そして一生懸命に踊りぬいてゐるうちに、漸次と息づかひがせわしくなつて来て、彼の額には玉のやうな脂汗が自づと滲み出て来たが、やがて苦しげな咳嗽をたて続けにせき込んだかと思ふと、急に眩暈でもして来たのか、畳の上へぐたりと倒れてしまつた。

「どうしたい。」と、私が思はず声をかけると、彼は顔を顰《しか》めながら力なく笑つて、

「愚痴を云ふんぢや御坐んせんが、全く年にや勝てませんなあ。」と、悲しげに呟いて漸う起上つて坐になほつた。私はその恍《とぼ》けたやうな萎えた顔をみると過ぎ去つた憂い辛い苦労がその儘その面に凝結して来たやうに思はれて、思はず眼を逸らした。そして亜鉛葺の屋根を打つ霙の音にじつと聞き入つてゐると、いつかしらこの年寄つた藝人の悲惨な生涯が暗い陰影のやうになつて私の眼の前にふらふら揺曳して来たが、それとともに私はその行詰めたやうな深い悲しみを心ゆくまで味つてみたい気になつて、噪《はしや》いでゐる女達や田之助を外にして、新らしい

盃を扇昇へさしながら、

「一体、お前さんはどうして旅へなんぞ出ることになつたんだい？」と、感情の溢れた声で訊いた。

扇昇はそれを聞くと、暫らくの間まじまじ私の顔をみつめてゐたが、やがて苦しげに笑つて、

「まあ、それも、かう云ふと可笑しう御坐いますが、つまり女故ですな。それをお話しすりや随分長いことになりますが、……」と、彼は酒で唇を湿ほしながら、淳々と身の上話をしはじめた。初めは促がされてやつと一句二句づゝ途絶れながら云つてゐたのが、暫らくすると漸次興にのつて来て自分から身を入れてしみじみ話しだした。

彼をかうした憐れな旅役者の境涯へ追ひ落したのは、今からはもう二十余年も昔、吉原の京町で可成の全盛を誇つてゐた遊女だつた。お互に惚れあつて、夫婦約束の堅い誓紙までとり交はした。そしてもうあと半年で年期もあけると云ふ間際になつて、その女はその頃流行つた虎列刺の為めに扇昇を跡に残して死んでしまつた。彼はその女ことについて余り多くを語らなかつたが、その時分、彼がまだ額に皺のない若い役者であつたといふ事実だけで、私はこの相思の二人の間に纏綿してゐた情緒と、それが女の死後彼の胸にどれほど惨ましい創痕を残したかと云ふことを充分想像することが出来た。そして、恋人の死は彼にとつて耐へ難い損害ではあつたが、それよりも猶一層彼を苦しめたのはそれ迄につくつた諸方の不義理であつた。その為めに彼はその頃浅草の三筋町で清元の師匠をしてゐたたつた一人の母親まで喪つて、到頭憐れな流浪の身となつてしまつた。

「………その時分にやまだ座の方でも相中《あいちゅう》どころでしたから、身上《しんしょう》と云つたつて別に定まつたものがあるぢやなし、年《ねん》が年中また貧乏のし通しだつたんです。ですから一旦捨鉢になつたとなると、肩身の狭めえ土地なんぞにや微塵も未練は残りや致しませんや。銭にさへなりや何処へでも行けつてんで、丁度あれは憲法発布の時でしたよ、十人ばかりの見ず知らずの一座で千葉へ買はれて行つたんです。それがまあこんな旅役者風情に身を落すはじまりで、それからずつと房州路へ廻りましたが、その時分にや何と云つてもまだ年が若いし、女は出来る、金は出来る。全く旅つてものはこんな面白いものかと思ひましてね、先のことなんかまるで考へもしずぐるぐる廻り歩いてうちに、到頭何時の間にかほんとうの旅役者になつてしまいました。」と、彼は寂しく笑ひながら、又盃をとりあげた。そして冷たくなつた酒を口に含んだまゝ、じつと一処に眼を据ゑてゐたが、やがて嗄れた声で痰をきりながら、

「その間にや幾度かもう一度東京へ帰つて見度いとも思はないぢやありませんでしたけど、その時分にやもう師匠も亡くなつてしまう、他《ほか》に頼りにする人はなし、自分も結句かうして旅へ出てゐる方が気楽のやうな気もするんで、到頭この年になるまでこんなことをして暮らしてしまひましたよ。……何しろあの中村一座へ入つてからだつて、もう十年近くにもなりますんで

すからなあ。」

「さうかねえ。」と、私は涙の滲むやうな悲しい心地に浸りながら、「今ぢやもう少しも東京へ帰つてみやうと云ふ気はないかね？」

「いゝえ、もうどう致して。私のやうなものが今更帰つてみましたところで仕様が御座んせんや。身寄りのものも生きてるか、死んでるかそれさへ分りませんし、たかだか飢《かつ》ゑ死にする位が落ちかも知れません、はゝゝ。まあかうして旅を歩いて居りますうちに、せめて内地で骨になれりやそれでもう本望で御座いますよ。」と、彼は汚れた前歯をみせて態と声高に笑つた。

私はそれを聞くと眼の前が急に暗くなつてゆくやうな気がして、心の底では人知れず嘘唏した。この一篇の哀史を身に纏つた憐れな藝人に対する同情の念は、その瞬時から不思議な執着に変つて、私の心に深い深い創痕を印した。そして到頭その晩は二人を無理に引留めて、一緒にその料理店へ泊つた。私は女将や美登利が余《あんま》りだと云つて留めるのも聞がず、扇昇と臥床を並べて寝ながらまた彼の色褪せた脣から起伏の多い生涯の追憶を貪つた。秋田で機屋の下男にまで成り下つた話や、函館で小料理屋の入夫になつた話や、さうした可笑しいやうな悲しいやうな閲歴を細々と物語つてゐるうちに、彼は宵からの酒疲れが出たと見え、いつの間にかすやすやと深い睡眠に落ちてしまつた。苦もなげな寝息は、滅入るやうなひそやかな雨滴の音に紛れて、暗く息づく行燈の火影は彼の横顔を木彫りの仮面のやうにぼんやり浮き出させたが、私はそれを瞻めてゐるうちに訳もない悲しさが犇々と胸に込み上げて来て、到頭暁方までさまざまな妄想にとり囲まれながらまんぢりともしなかつた。


その翌日も、またその翌日も私は野寄座を訪れた。扇昇は久振りであんな面白い一夜を送つたと云つて、私の顔をみる度に礼を云ふことを欠かさなかつた。田之助もそのうちにすつかり私に馴染んで、時には「大江山頼光館」や、「太皷わりの仁田」など、云ふ古い台本などを持つて私の宿へ話しに来ることもあつた。そのほか一座の誰れ彼れとも漸次と知合ひになつて来たが、深く知れば知るほど私はこの一団の役者のなかに不思議な零落の人がゐるのに驚かされない訳にはいかなかつた。そして扇昇にひかれた執着はいつともなしに漸次と一座の人々の上にまで拡がつて行つた。

座頭は嵐佳久蔵といつて、大阪の先代璃珏の弟子であつた。今では舞台へ出ることは多くないが、台本や演技にかけては驚く可き精通家だつた。道具方の豊爺はこれも矢張り大阪のもので、以前は梅昇の弟子で、小供の時から舞台の上で苦労をして来た男ではあつたが、今ではもう暗い簀の子の下で、塵に塗れながら道具を組立てることより外に殆んど何の能もない憐れな不具者だつた。鳴物のお吉も生れは東京だつた。

併し此等の人々の中で最も不思議なのは蝠若といふ年老つた役者であつた。生れは何でも栃木辺で、若い頃には東京にもゐたといふが、もう七年も一座にゐながら誰ひとり彼の閲歴を詳かに知つてゐるものがなかつた。彼は一座でも全く一個の廃人として通つてゐる男で、「達磨」といふその字名が示すやうに、日が一日口もきかず楽屋の片隅へ孑然《ぼつねん》と座つて、ぼんやり空《くう》を瞻めてゐるやうな男であつた。宙乗りで舞台へ落ちてからさうなつたのだとは云はれてゐたが、それには鉛毒や女の毒も余程手伝つてゐるらしく、口をきく時には必ず脣を激しくひき歪めて、やつと小供のやうな片語を発し得るに過ぎなかつた。そして唯食慾だけが並はづれて激しかつた。三人前の飯を平気で平らげる位のことは決して珍らしくなかつた。田之助などは彼が猿のやうな顔をして怒る容子が可笑しいと云つて、よく悪戯したり、揶揄つたりしてい丶玩弄《なぐさみ》ものにしてはゐたが、併し一座ではこの科白《かうせき》も碌に云へぬ男を誰れも皆不思議な位親切に介抱してやつてゐた。或日、私が扇昇にその訣をきくと、彼は寂しく笑つて、

「彼奴も可愛さうな男ですよ。あれでもこの一座へ来た時分にやケレン師で素晴らしい人気をとつたもんですがねえ。私達だつてこんな稼業をしてゐりや、何時あ丶なるか分らねえんですから、義理にも薄情な真似は出来ませんや。」と云つた。

それから又一座にはもう一人妙な老婆がゐた。それはお花婆さんと云つて、以前は郡山辺の有福な生糸商人の後家であつたが、去年の夏、網走へ興行にゆく途中、上常呂の谿間の寂しい駅逓で病死した鶴蔵といふ役者に惚れて、身上もすつかり入揚げてしまつた揚句、何時ともなしに一座のものになつて、もう八年近くも一緒に旅歩きをしてゐるのださうで、気の軽い、酒の好きな呑気な女だつた。

私は死んだ鶴蔵の名人であつた話も聞いた。旭川で女の手品使ひと駆落をした梅吉の話も聞いた。それから又田之助が去年の冬、小樽の運送問屋の娘に唆かされて、東京の方へ出奔しやうとした話も聞いた。雨に降りこめられたうすら寒い楽屋で、一座の人々と膝を並べながら、さうした耳新しい話を聞くことが私にとつてはどんなに楽しかつたらう。日一日に新らしい興味と、憧憬がそのなか丶ら湧き起つて、私は知らず識らずの間に漸次と深く没頭して行つた。そして私の名が誰彼の別なく自由に呼び馴らされるやうになつた頃には、もう私はその一座から全く離れ去ることの出来ないものになつてゐたのであつた。

或晩、私は寂しい夕餐を終はると又例のやうに宿をとびだした。

その晩は珍らしく凩の吹き去つた跡で、深海の底を思はせるやうな大空には蒼白い月光が際涯もなく充ち溢れてゐた。触れたら音をたて丶崩れさうな脆い寒気は万象の面を恐ろしいまで透明にみせて、ひつそりした廃市のうへには柩衣のやうな凄まじい色が慄へてゐた。

野寄座の前まで来か丶ると、その晩も木戸の灯が落ちて、人影もない広場には月の光が我もの顔にたちはだかつてゐた。私

はいつもよりひとしほ堪え難い寂しさに誘はれて、また扇昇達と面白い話しでもしながら一夜を暮らさうと思つて、通ひ馴れた狭い路次を楽屋の方へ入つて行つた。

　階下の溜りでは道具の豊爺や、鳴物のお吉や、下廻はりの誰彼が暗い洋燈の下へ集まつて頻りに花札をひいてゐた。僅か二厘か、三厘の端銭を賭けて勝負を争つてゐるのだが、彼等の顔には張りきつた熱心が動いてゐた。私はその側をすりぬけて二階の楽屋へ上らうとしたが、階子段のところにお花婆さんが小さな豆洋燈をつけて眼鏡をたよりに衣裳の綻びを縫つてゐて、私が来かゝるのをみると、急にその手をやめて笑ひながら挨拶した。

「どうしたんだい。又丸札ぢやないか。」と、私も愛想よく笑ひながら訊いた。

「え、つい今しがた札が上りましたで。」

「困るねえ、毎晩これぢや。二階もいやにひつそりしてゐるぢやないか。皆はどうしたい?。」

「今夜はねえ、座頭《おやかた》が割前《わりまへ》を出して、皆して酔月亭とかへ飲みに行きやしたよ。散銭《ちりせん》でも敷かなきやとても遣りきれねえつて云つてるんです。」と、彼女は眉を顰めて困つたやうな身振りをした。それを聞くと私は急に落胆して、

「ぢや誰もゐないのかい。」

「いゝえ、二階にや扇昇さんや、照さんが残つてゐやすよ。扇昇さんは又例の持病でな、今日は一日ひどく鬱ぎ込んでゐやすから、旦那どうにかしておやんなせえな。」と、婆さんは小鼻のわきに一杯小皺を寄せて笑つた。

　私はその儘楽屋へ上つた。

　火鉢の側には扇昇と、照十郎がしよんぼり対向《さしむか》ひに坐つて、少し離れた窓際には例の蝠若が棚の上へ片肱凭せながら慴えたやうな空洞《うつろ》な瞳を空にさまよはせてゐた。そのほかには三つの大入道のやうな黒影が壁の上へ匐ひかゝつてゐるぎりで、広い楽屋はいつになくひつそりと静まり返つてゐた。

　側へ寄つてみると、扇昇は「新田館の場」で笹目の兵太を勤めたらしく、鬘をとつたゞけで布子で作つた色の褪めた鎧の上へ真紅な陣羽織を着込んで、その上から楽屋着の穢い褞袍をはおつてゐた。照十郎も湊御前の派手な着附けに金糸の繍《ぬひ》のある襠衲《かいどり》を着た儘大趺坐《おほあぐら》をかいて徐かに煙草を吸つてゐた。いづれも仕度をかへる元気もなさゝうに悄れ返つて、今入つて来たばかりの私にも、彼等がもう長い間一言も言葉を交はさずに坐つてゐたらしいのがはつきり感じられた。それでも一番先に挨拶したのは照十郎だつた。私はそれに軽く答へながら、

「又今夜も出来ないんだつてねえ。」と云ふと、彼はつくづく情けなさうな声で、

「何うもこれぢや全く遣りきれませんよ。なにしろ三幕もあけて、入りが十二つて云ふんですから驚ろくぢやありませんか。それに今夜つから特別大勉強をして、場代木戸銭とも八銭《はつぴやく》てえ安値にしたんですから、上り銭がしめて九十《くかん》と六銭《ろつぴやく》さ。これぢ

や一座二十五人がお飯《まんま》を戴くことはさて置き、一晩の税金にもなりやしませんや。」

「酷いねえ。」私も気の毒になつて思ひやりの深い調子で云つた。

「なにしろ科白《かうせき》を云つたつて、土間ががらんとしてゐやがるから、張合ぬけがして、てんで芝居になつて来やしませんや。」と彼は自棄に烟管を叩きながらくどくどと不入りの愚痴をこぼしだした。――一体この石狩川の下流に沿つた町々は漁期をあてに入りこんでは来たものゝ、一座にとつては殆んど初めてと云つてもいゝほど馴染の浅い土地だつたので、初日から三日目頃までは可成りの大入りを占めたにも拘らず、もう五日目となるとがらりと客が落ちて、二週間ぢかくもうつてゐながら上り銭は一座の米代を支へるにも足りない程だつた。一座は今更どうすることも出来なかつた。幾許《いくら》かの纏つた金が集まるまでは次の興行地へゆくことはもとより、越年のために小樽の根城へ引上げる事すら出来ず、毎日毎日当てにもならぬ客足を頼みにして、何時までもこの野寄へ逗留してゐなければならないのであつた。

　扇昇はその晩どうしたものか、いつもとまるで違つてゐた。丸札を出さうが、入りがなからうが、いつもなら真先に飛び出して来て根も葉もない軽口を云ひながらひとりで噪いでまわる人が、どうしたものかその晩ばかりは蒼ざめた顔容をしてまるで口もきかず、前屈みに円く坐つて影の薄いやうにしよんぼりしてゐた。私は心細くなつて、

「おい、扇昇さん。どうしたんだな。馬鹿に悄気《しよげ》てるぢやないか。」と、賑やかに話を促した。

「また例の持病でさあ。鬱ぎの虫が腹んなかへ入えたんですよ。」と、照十郎は側から笑ひながら口を入れた。

「持病つて、何処か悪いのかい？」

「いゝえ、私は時々たゞかう鬱いで来ましてな……」扇昇は声まで低く落して、寂しさうに呟いた。

「ぢやなぜ座頭《おやかた》なんかと一緒に飲みに行かないんだい？　盃のちんと云ふ音を聞きやそんな持病なんざ何処かへとんで行つちまはあね。」と、私は気をひきたてるやうに云つたが、併し彼はたゞ
「えゝ。」と、煮えきらない返事をするばかりであつた。

　私は詮方なしに黙つてその横顔をじつと瞻めてゐた。薄暗い洋燈の光を斜に受けた半面には濃く塗つた白粉がぱさぱさに乾いて、処々荒れた地膚が黒く透いてみえた。そして蟀谷から頬へかけてたるんだやうな薄い陰影が浮いて、深い皺が幾条となくその上に断《き》れこんでゐる様をみると、私はまた耐らないほど胸が迫つて来て、態と景気よく調子を張りながら、

「どうだい、此れから座頭達の向ふを張つて、何処かへ飲みにいかうぢやないか。」と、云ひ出すと、彼は何時にない気の進まぬ気振をみせて
「え、有難う御坐います。」と、礼だけ云つた。

照十郎もいつかその調子に引込まれて、つまらなさうな顔をしてゐたが、やがて

「そんな無駄なお銭《あし》を使ふより、今夜は楽屋でしんみり飲まうぢやありませんか。さつきつから扇さんのおつきあひで、私まですつかり気を腐らしちまいましたよ。」

相談はすぐそれに纏つて、照十郎は引立てるやうに扇昇を促しながら階下へ着換へをしに下りて行つた。私は僅かな酒代を彼に渡してそれでい丶やうに取計らつて貰つた。そして二人が立つて行つた跡には、私と蝠若とたつた二人ぎり対向ひに面を合はせて残つたが、やがて彼は何と思つたかふらふらと蹌めきながら立上つて、隅の方から引幕の古いので作つた夜具をひき出して来て、窓際へごろりと横になつてしまつた。そして痩せた手を延ばして小棚から駄菓子のやうなものを袋ごと取りおろして、頻りにもりもり嚙つてゐたが、その音が聞えなくなつたかと思ふと、彼はいつの間にかもうぐつすりと深い眠りに落ちてゐた。そして緩かに寐息を吐く度に、夜着の脊なかで、鶴蔵さんへと書いた大きな紅文字が、生命を得たやうにかすかに蠢めいた。

暫らくすると、扇昇も照十郎も風呂を使つて平生の楽屋着に着換へて上つて来た。と、すぐにもう三升《みます》のついた大葛籠《つゞら》が餉《ちやぶ》台《だい》のかわりに火鉢の側へ持ち出されて、小道具のなか丶ら撰り分けた徳利や、盃がその上へ体よく並べられた。そして階下から下廻りの一人が買つて来た酒をもつて上つて来ると、照十郎はまめまめしく立働いて、それを大薬鑵のなかへ注けて燗をした。やがて香ばしい乾魚を肴に、私達の貧しい饗宴は開かれたのであつた。

扇昇は私や、照十郎にす丶められて重い手つきで幾つとなく盃を重ねたが、それでも矢張り浮いて来なかつた。黙つて俯向いて考へ込んでゐる間に、光のない瞳は時々私達の方へさまよつて来たが、ふと視線があふと彼は軽くうなづいて寂しく微笑むばかりだつた。それにひきかへて酒の弱い照十郎はすぐに眼の周囲を真紅にしながら、話の調子までひどく若やいで来て、何くれとなく口まめに喋舌りつゞけた。私も余り扇昇が沈んでゐるのでつい照十郎の話の方へ引入れられて、

「どうだい、照さん。ちつと罪つくりな話でもして聞かせないか。」と、思はず水を向けると、彼は急に相好を崩して、

「はは丶丶。い丶ねえ。だけど、私や妙な性分でね、こんな稼業をしてゐながら、美い女をやらうなんてえ了見を起したことは一度もねえんですよ。まあ大概の場合が、此奴あ銭になる女だと踏んでからでなきあ手が出ませんや。」

「そりやまた酷いねえ。よく絞るとか、貢がせるとかいふ事を聞くが、随分腕がいるもんだらうねえ?」と云ふと、彼は益々図に乗つて、

「なあに、大した腕もいりませんや。だが此の息ばかりや旦那方みてえな銭のある方にや分りませんな。此間も旭川で饂飩屋の娘から七両がとこ巻きあげてやりましたが、こいつが此節ぢ

や一番面白うがしたね。一体田之公なんざ年もいかねえ癖に大きな事ばかり云つてやがるけど、渋皮のむけた面ばかりぢや中々さう口ほど器用に行くもんぢやあありませんや。どうして、当節の女ときたら皆悧巧になりやがつて、散々人を遊んどいて、いざとなると鐚一文だつて私達の自由にやさせませんからなあ。その饂飩屋の娘なんざあ、名はお菊ちやんてんですが、馬鹿な惚れかたをしやがつたもんでさあ。年は二十七だが、面だつてなに大して踏めねえ方ぢやねえんで………」と、彼は歯の脱けた穢らしい口を開けながら、聞くに耐へないやうな惚話を並べはじめた。

　私はい丶可減な返事をしながら側を向いて、いつか田之助の口から聞いた此の役者の身の上を思ひ起してゐた。彼はなんでも函館在の生れで、父親は博徒で、彼がまだ頑是ない小供の頃、入獄した儘行衛不明になつてしまつたのださうである。そして彼はたつた独りの母親に死別れるとすぐ大工になつて、樺太から露領のニコライエウスク辺を散々流浪した揚句、到頭この一座へ入つて役者になつてしまつたが、浪花節と、賽《さい》ころが一番好きで、五十近い年をしてゐながら、過去に大工であつたことが唯一つの誇りであるらしく、一生に一度でい丶から舞台らしい舞台で、二丁鉋をグツグツとひききるやうな威勢のい丶役を勤めて見てえと始終口癖に云つてゐるやうな男であつた。

「…………つまり私が役者なんかしてるけど、何処か堅気なところがあつて頼もしいと、かう云ひやがるんです。だからお前さんがそんなに苦労してるんなら、私や身の周囲《まわり》のものをすつかり売り払つて丶もきつとどうにか助《す》けて上げるつてね、へへへ丶丶丶。一寸安くねえ幕ぢやありませんか。」と、賤しげな笑ひを洩らしながら飽きもせず管を巻いてゐる。そして私が聞いてゐないのをみると、今度は扇昇の方を向いて、「なあ、扇さん、おい、橘屋。まあ聞きねえつてえことよ。さうずばぬけて惚れて来りや、ちつとやそつとの銭を絞つたつて罰も当るめえぢやねえか。なあ。」

　扇昇は盃の縁をかみながら私の方を向いて苦笑ひをしたが、急に真顔になつて、

「そんな罪なことをするもんぢやねえ。」と、腹の底から押し出すやうに重々しく云つた。

「へん、畜生めえ。堅さうなことを仰有るぜ。ねえ、あなた。旦那。それからねえ、私も愈々度胸をきめましたね、…………」と、又彼は私の肩を叩いて、妙な手つきをしながらその先を話しはじめた。

　やつとその一段を話し終ると、彼は急に今迄の女のこともケロリと忘れてしまつたやうに、

「時に橘屋。そんなに鬱がねえで、ちつと騒がうぢやねえか。今夜はやかましやの座頭もゐねえんだから、久振りに三味線でも弾いて景気をつけてやれ。」と、独言を云ひながらふらふら立上つて、階子の上り口から下を向いて、

「おうい、豊さん。一寸来ねえ。それからお花婆さん。お前え

も三味線をもつて上つて来なよ。」と、呼んだ。

扇昇は私の顔をみながら腹立たしさうに眉を顰めたが、何とも云はうとはしなかつた。照十郎が坐にかへるとやがて階下から豊爺がにやにや薄気味悪く笑ひながら跛をひいて上つて来た、

「さあ、此方へ来て一杯飲みねえ、今夜は旦那の御馳走だぜ。」

「はいはい。それはまあ御馳走さまで。えへへへゝゝゝ。」と、彼は苦しさうに坐つて、頭の禿げあがつた図ぬけて長い顔に間延びた表情を浮べながら盃を受けた。

そこへ又お花婆さんが三味線を抱へて上つて来た。

貧しい饗宴は期せずして不思議な色彩を帯びて来た。廃滅の壁に囲まれて、「生活」の日のめもみたことのないやうな湿々した楽屋の空気もいつかしら濃い酒の香に蒸されて、紋どころの剝げ落ちた古葛籠の食卓の周囲にはいづれも四十の阪を通り越した憐れな零落の男女が五人まで寄り集まつて、互に過去の閲歴を押し隠すやうな惨ましい眼眸をしながら騒々しく盃をあげた。

なかでも照十郎は独りで噪ぎながら、

「おい、お花婆さん。お前えも先の成田屋が死んでから、滅切り老けたぜ。ちつと浮気でもしねえな。はゝゝゝゝ。」

「笑談云ひなさるよ。此年になつて何が出来るものかね。当節ぢやそれよりもひどく喘息が病めてねえ。」

「喘息か、はゝゝゝ。そいつがなきや俺も情婦《いろ》に持つがなあ。折角乙な話しになつてる時なんぞにひゆうひゆうやり出された日にや全く浮ばれねえよ。」

「酷いことを云ふ人だよ。これだつて一度は文金に結うたこともあるがな。」

「昔ぢやどもならんわ。はゝゝゝ。」と豊爺は長い顔を斜にしながら笑つたが、やがて、「それよりや旦那へ御返礼に唄でもうたつてお聞かせや。」

「幾ら呉れるよ。」と、お花婆さんも調子をつけながら笑談らしく云つた。

「あれだもの、色気どころの騒ぢやあらへん。」

やがて彼女は娘盛りに習ひ覚えたと云ふ仙台辺の俗謡を唄ひ出した。その顔面には何の情緒も動いて来ないのに、低く沈んでゆくその嗄すれた声には昔を思ひ起させるやうな哀切な調子があつた。そして私には湿気で皮のゆるんだ三味線の音までが嗚咽してゐるやうに聞きなされた。

次に照十郎が頓狂な声を振絞つて得意の「国定忠治」を唸つたが、自分でも旨くいかないと思つたと見えて、

「どうも寒のせえかまるつきり声が潰れちやつた。」と、尤もらしく喉の辺を撫でながら、「ねえ、旦那。豊さんの義太夫をひとつ聞いてやつてお呉んなせえ。さすがは上方だけに本物ですぜ。」

それを聞くと、豊爺は待ち兼ねてゐたやうに微笑んで、勿体らしく居住ひをなほしながら、

「もう喉が潰れてしまうたんで、さつぱり調子がつきまへん

や。」と、云つて、「太十」の末尾を語りはじめた。時々はチヨボの代りも勤める男だけに、声には艶がなくても節廻はしだけはさすがに巧みだつた。そして嗄れた声で綿々とした「操」の情緒を語る時、彼の禿げ上つた額には汗が薄く滲んで、瞑つた眼の周囲には泣いてゐるやうな表情が浮んだ。

照十郎は時々思ひ出したやうに頓狂な懸声をかけて、体ごとそのものの悲しい佐和利のなかへ引込まれてゆくやうに軽く手足を揺り動かしながら一心に聞き惚れた。お花婆さんも血の気の褪せた唇をきつと結んで、うつとり眼を据ゑてゐたが、しまいには聞き飽きたと見えて、側をむいて欠伸をしはじめた。

やがて一節を語り終ると、豊爺は汚い手拭で額口の汗を押し拭ひながら、

「これでも、昔は随分女子《をなご》を泣かせた喉だつせ。」と、得意らしく云つた。

私は、自分の立入ることを許されない世界に連れて来られたやうな気がして、唯ひとり窓際の柱に脊を倚せながら、異邦人のやうな寂しい眼眸で漸次と興越が熟して来る一座の饗宴を打眺めてゐたが、しまいには到頭耐らなくなつて、

「どうだい、扇昇さん。清元でも出さないか。」と、親しいものを求めるやうに促がすと、

彼は、薄く眼を瞬いて

「もう長いことやりませんから……。」と、気のぬけた声で答へた。

二度買ひ足した酒が残少なになる頃には、豊爺もお花婆さんもすつかり酔ひ疲れて、階下へ降りてしまつた。照十郎は仰向けに寝そべつた儘呂律の廻らぬ口で頻りに「国定忠治」の続きを唸つてゐたが、その間延びた節もいつの間にか高い鼾声に変つてしまつた。そしてそれと同時に遠くへ吹き去つてゆく風の音を思はせるやうな寂寥が再び楽屋の隅々まで拡がつて来た。私は今更のやうに酒の匂ひの残つた四辺を眴はすと、座に居耐まれないやうな不安が自然と湧いて来て、燗のつきすぎた酒をそつと扇昇の盃へつぎながらまた彼から懐かしい昔話を貪らうとした。

初めは気の進まぬやうな顔をして深い思ひに沈んでゐたが、到頭余儀なくされて彼は盃をとりあげながら徐かに口を切つた。

「今頃こんな事を云つたつて、誰もほんとにしちや呉れませんけど、私やあの松岸にもゐたことがあるんです。全くあすこはいゝ処でした。こんな気の鬱ぐ晩にや彼処にゐた時分のことが思はれてなりません。」と、云ひながらいつもとまるで違つた途切れ勝ちな悲しい声で、大利根の流れに沿つたあの寂れ果てた松岸遊廓の昔を語り出した。

今でも現存してゐる開新楼と云ふ妓楼は丁度その時分が全盛期で、大漁踊りの唄にまでうたはれた美しい花魁と酒の香が、遊惰な男を諸方から誘き寄せた近郷唯一の歓楽境であつた。銚子からも、対岸の常陸からも、亦川上の町々からも数多い嫖客

が夕暮とともに舟で送られて来て、朝には岸辺に戦ぐ蘆荻の間から、大厦の欄に倚つて見送る妓達と名残りの尽きぬきぬぎぬの別れを惜しんだ。……

「大漁祝ひの晩なんといつたら、そりや全く豪勢なものでした。百五十畳も敷かる大広間を明け広げて百目蠟燭を昼間のやうにかんかん点けて、銚子からは女役者の一座がやつて来る、女魁は女魁で揃の衣裳で総踊りをやつたもんです。大伝馬を仕立て、乗り込んで来る旦那衆や、網主なんてえものはその頃の金にして一晩に二百の三百のつて投げだしたもんですからなあ。」

と、話し続けてゐるうちに漸次と興が乗つて来て、彼は思はず眼を輝やかした。

「お前さんはあすこでも矢張り役者をしてゐたのかい?」私は燃え上つて来る彼の感興に薪を添へる気で云つた。

「い、え。女魁衆の振附けをしてゐましたんです。あれでも彼此三年ばかりゐましたが、私にや今迄歩いたうちで一番面白い土地でした。」と、彼はその頃の思ひ出をまざまざとみるやうに大きく眼を睜きながらうつとりした。そして暫らくすると何か楽しかつた出来事でも思ひ起したのか、軽く微笑みながら私の方を向いて物語りを続けやうとしたが、その時、階子段のところで足音がして、ひよつくら田之助が帰つて来た。それを見ると扇昇は急に気が変つたやうに晴れやかな顔容をしながら、

「どうしたんだい、もうお退けかい?」

「い、え、私ひとり先へ帰つて来たんだ。」と、田之助は何時にない不機嫌な顔をしてゐる。

「なんだな、気持ちでも悪くなつたのか?」と、彼は笑ひながら顔をみてゐたが、田之助が返事もせずに着換へをしはじめるのを見ると、急に眉を顰めて、

「又幸吉の野郎と女のはりツこでもしたんだらう。」

「う、ん、詰まらないこつたけど、幸さんがあんまりなことを云ふから……」と、田之助は口籠りながら云つて、火鉢の側の徳利をかたづけて、そこへ坐つた。

「しやうのねえ奴等だなあ。一体あの幸吉つてえ野郎は根性がよくねえんだ。舞台の上ぢや手足の置きやうも碌々知らねえ癖にしやがつて、女を作ることばかり考へてゐやがる。今夜帰つて来たら俺がうんと脂を絞つてやるから、まあ、そんな浮かねえ顔はよしにして、機嫌から直しなよ。」と、扇昇は今しがたと、まるで別人のやうな声で恐ろしく気負つて云つたが、暫らくすると又もとのやうな感傷的な沈んだ調子に返つて、

「だけどお前もちつと気を付けなくちやいけねえぜ。今のうちは女よりも何よりも修業が第一だ。俺みたやうに旅で果てるやうになつちや藝人ももう駄目だからなあ。」としみじみ云つて、私の方を顧みながら、「ねえ、貴方可笑しなことを云ふやうですが、私や此奴あゆくゆく見込みのある奴だと思つて居りますんです。田之助てえ藝名も私がつけてやつたんで、檜舞台でみつしり修業させさへすりや末はきつと一廉の藝人になれる奴なんですが、どうかまあ、い、伝手でも御座んしたら、東京へ招

んで出世の出来るやうにしてやつて下さいまし。」と、扇昇は沈んでゆく気持を紛らかすやうに笑つたが、彼の胸の底にふるへてゐる総ての感情は自づと瞳のなかにはつきり映つて来た。

田之助の出世。それが時世に疎くなつた扇昇の果敢ない空想であるとしても、私にはそれを笑ふことの出来ない程の同情がその場合充分に充ち溢れてゐたので

「何と云つても修業が第一だ。」と、つい引込まれてしんみり云ひながら幾度か合点いたが、その時ふと見ると階子の上り口に白い女の顔がみえた。

「誰だい。女がゐるぢやないか。」と云ふと、田之助は弾かれたやうに立ち上つて、私の思惑をよむやうな眼眸をしながら、つツと其方へ出て行つた。そしてその儘長いこと小陰で二人は立話を続けてゐたが私はちらとみた顔が気になるのでそつと覗くと、その女は酔月の美登利だつた。私は吃驚して、

「美登利ぢやないか。何もそんな処で立話をしてゐることはない、さあ此処へお入り。」と、云つてみたが、暫らくの間返事がしないので、何気なく立上つてそつちへ出て行くと、彼女は柱の陰へ顔を隠して頻りに泣いてゐた。そして田之助はその肩へ手をかけて何やらひそひそ慰めてやつてゐる様子だつた。

「何をしてゐるんだな。」と笑ひながら後へ立つと二人は打踰めされたやうにつつと両方へ飛退いて、遁げるやうな身構へをしたが、美登利は私の顔をみると突如袂で顔を掩つて、

「私が悪いんです、私が悪いんです。」と、胸を絞るやうな泣声で云ひながら其儘階子を降りて、楽屋口の方へ遁げて行つた。呼び戻さうとして跡を追駆けると、彼女はそこの板戸の口から冷たい月光のなかへすつと消えてしまつた。

私には今宵酔月亭で起つた紛紜《ごたく》がやつとはつきり分つた。で、当惑した顔をして舞台へ下りてゐた田之助を連て笑ながら楽屋へ帰て来ると、扇昇は突如、田之助をきつと見据ゑて頬の肉をふるはせながら「おい、田之さん。お前えまさかあの女をどうかしたんぢやねえだらうな。」と云つたが、その声には罪を詰るやうな激しい調子があつた。

田之助はおどおどしながら俯向いてゐたが、漸う細い声で云ひにくさうに、

「だつて私の方からどうかうつて云つた訳ぢやないんだもの。」

「小生意気な口をきくぜ、大概にしな。お前えの方で引緊めてゐりや女が手出しをする訳はねえんだ。旦那がどんなに気を悪くなさるか、そんな了見ぢや俺や堪忍が出来ねえ。」と叱るやうに鋭く云ひ放つたが、やがてひどく気を兼ねてゐるやうな眼眸で私をみながら、「若え者は仕様のねえもんで御座んすなあ。」

相互に何だか気拙い思ひがして三人はその儘口を噤んでしまつた。扇昇は一処をみつめながらじつと考へ込んでゐたが、深い嘆息をつく度に彼の顔には又漸次と暗い陰影が射して来た。到頭しまいには我慢が出来なくなつたと見えて、田之助の方を向いて悲しげな思ひ入をしながら、

「今更云ふんぢやねえが、女つてえものは全く恐いもんだ。お前えは当人の成田屋から聞かされてるんだからまだ忘れやしめえが……」と、死んだ鶴蔵の情事を、愚痴をこぼしてゐるやうな果敢ない声でくどくどと私に話して聞かせた。

それはまだ鶴蔵が大阪役者の一座にゐた時分のことださうである。或年、金沢から能登路へかけて巡業して歩いた事があつたが、その途中彼はふと或大きな町の町長の愛娘に思はれた。その頃町長といへば一介の河原乞食とは士族と町人よりもまだ激しい階級の懸隔があつたので、粋な乳母の取りもちで嬉れしい首尾は叶つたものゝ、互に思ひ詰めれば詰めるほどその土地が狭くなつて、愈一座が次の興行地へ乗込まうと云ふ時には、愛着の念に眼の眩んだ娘はもう出奔するより外に道がなかつた。で、追手が懸つたら刺し違へて死ぬつもりで、その頃の金で二百円といふ大金を盗み出して、鶴蔵と一緒に舞台でする梅川忠兵衛のやうな美しい旅路へ出たが、まだ故郷から十里も逃げのびないうちに警吏の手に抑へられて彼は誘拐の罪で獄に繋がれる、娘は母親の膝元に厳しい監禁の身となつて、到頭彼が入牢してから三月目に惨ましい狂死を遂げてしまつた。……

「そのために成田屋は牢から出て来ても一座へ帰参することは出来ず、あの名人が長年の間苦労のしづくめで、到頭こんな旅先で死ぬやうなことになつてしまひました。……当人の話しぢや、生涯に一番奇麗で、一番執着の深かつた女だてえますが、よくよく忘れられなかつたものと見えまして、死ぬ二三日前にもそのことを云ひ出して、「俺あ近えうちに又逢へるかも知れねえなあ。」なんて云つてましたつけが、あの気の剛《きつ》い成田屋がその時ばかりは涙を零しましたよ。」と、扇昇は急に声を曇らせながら深い嘆息を吐いて、暫らくの間きつと脣を嚙みしめてゐたが、やがてまた失はれた緒を探るやうに、「梅公なんぞも今頃はどうしてゐやがるかしら、彼奴も舞台《いた》へかけちや技量《うで》は確かだつたがなあ。……」と、誰れに云ふともなく嘘唏するやうな声で呟いた。

窪んだ扇昇の眼はいつしか涙に湿んでゐた。それを紛らかさうとするのか、彼は皺だむだ頬に寂しい笑ひを浮べながら空になつた徳利を倒さまにして未練らしく酒の余滴をきつたが、その手は云ひ甲斐もなく小刻みに慄へて盃の縁はかちかちと冷たい音をたてた。私はそのさまをじつと見てゐるうちに、詩のやうな惨ましい零落の姿をその儘凝視してゐるやうな心持になつて思はず苦がい涙を呑んだ。

ひつそりとした楽屋には「時」の滴る音さへはつきり聞き分けられるやうな静けさがたち帰つて来て、時々田之助が思ひ入つたやうに吐く嘆息が疼くほど明かに響き渡るばかりであつた。硝子窓から戸外をみると、家々の屋根にはもう真白に霜が置いて、その家並の彼方に荒寥とした石狩川の流れがひろびろと彎曲しながら遠白く眺められた。灯影さへ見えぬ原野の面は無限の寂寥に掩はれ、その果てに聳えた国境の連山には雪が幻の如くに明るく輝いて、見渡すかぎり天にも地にも、蒼ざめた月光が音もなく降り灑いでゐた。私はその廓落とした大自然に面を合せてゐるうちに、いつかしら冷たい真実の底からひそひそと湧き上つてくる声なき慟哭が胸一杯に充ち溢れて、今、遠く都会から離れたこの石狩河畔の寂しい廃市で、「笹目の兵太」や土器売りの「詫助」に扮しながら哀残の藝を売つてゐるこの憐れな俳優の末路に藝術的感激の極致を見出さない訳にはいかなかつたのである。

それから二週間ばかり経つて後のことであつた、私は、寂しい河沿ひの街道を、道具や、衣裳や、鍋釜の類まで車に積んで、次の興行地へ移つてゆく旅役者の群のなかにうち交つてゐた。造花の飾りをつけた駄馬は真昼の明るい空気のなかに爽やかな鈴の音を響かせながら、その群を導いてゆくやうに先へ立つた。私は、晴れやかな顔色をした扇昇と肩を並べて歩きながら、今夜石狩の町で一座の演ずる「忠臣蔵」の定九郎に扮するため彼から仔細にその役の型を教はつてゐた。私達のすぐ後には酔月亭の美登利が涙を封じて贈つた守袋をしかと肌に押当て丶しよんぼり俛首れながら歩いて来る田之助がゐた。その後にはまた照十郎や豊爺や一座の誰彼が苦もなさ丶うに笑ひ興じながら続いた。そして、冷たい風が河面から吹きあげて来る度に、霜で浮きあがつた街道の黄い砂塵は車の轍から道を遮るやうに濛々と舞ひ騰つた。……………………

（「中央公論」明治45年4月号）

道成寺

郡　虎彦

人物

道成寺和尚　妙念……………市川左団次
僧　徒　　　妙信……………市川左升
僧　徒　　　妙源……………市川猿之助
僧　徒　　　妙海……………市川荒次郎
誤ち求めて山に入りたる若僧……………市川寿美蔵
女鋳鐘師　依志子……………市川松蔦
三つの相《すがた》に分ち顕れたる鬼女　清姫……………

今は昔、紀ノ国日高郡に道成寺と名づくる山寺ありしと伝ふれど、凡そ幾許《いくそばく》の年日を距つるの頃なるや知らず、情景はそのほとり不知の周域にもとむ。

僧徒等の衣形は誤ち求めて山に入りたる若僧を除き、悉く蓬髪裸足にして僧衣汚れ黒みたれど、醜汚の観を与ふるに遠きを分とす。

全曲に互り動白は凡て誇張を嫌ふ。

場　面

奥の方一面谷の底より這ひ上りし森のくらやみ、測り知らず年を経たるが、下手漸々《やう〳〵》に梢低まり行きて、明月の深夜を象りたる空のあを色、すみかゞやきて散らぼへるも見ゆ。上手四分の一が程を占めて正面の石段により登りぬべき鐘楼聳え立ち、その角を過れる路は尚奥に上《のぼ》る。下手舞台のつくる一帯は谷に落ち行く森に臨み、奥の方に一路の降るべきが見えたり。下手の方、路の片隅によりて月色渦をなし、陰地《かげち》には散斑《ばらふ》なる蒼き光り、木の間を洩れてゆらめき落つ。風の音時ありて怪しき潮の如く、おの〱ける樹々の梢を渡る。

第一段

誤ち求めて山に入りたる若僧と僧徒妙信とあり。若僧が上手鐘楼の角により奥の方を伺へる間、妙信は物おぢたる姿にて中辺に止まり、若僧のものいふをまつ。不安なる間。

若僧。（女人の美を具へたる少年、齢二十に余ること僅かなれば、新しき剃髪の相《すがた》傷ましく、未だ古びざる僧衣を纏ひ、珠数を下げ草鞋を穿ちたり。奥の方を望みつゝ）やつぱり和尚様で御座います。丁度いま月の流れが本堂の表へ溢れるやうにあたつてゐるので、蒼い明るみの真中《まんなか》へうしろ向きに見えて出ました――恐ろしい蜘蛛でも這ひ上《のぼ》るやうに、一つ一つ段へつかまりながら――

妙信。（年歯六十に近く白髯を蓄へ手には珠数を持てり。若僧のものいへる間やうやう上手に進み行きつひに肩を並べつゝ）今先刻《いまさつき》本門の傍で呻いて居ると思つたが、いつのまにか上《のぼ》つて来たのだな。あゝして狂気の顔が、水に濡れたされかうべのやうに月の中へ浮むで、うろうろ四辺《あたり》を振り向いた様子は、此の世からの外道ともいはふばかりだ。

若僧。あゝ――

妙信。あんなに跳り込んで、また本堂の片すみにつく這ひ乍ら、自分の邪婬は知らぬことのやうに邪婬の畜生のとわめくのがはじまらうわ。

若僧。もう呻くやうな声がきこえて参ります。

妙信。（必ずしも対者にもの言ふが如くならずして）だがとやかくいふものゝ今夜といふ今夜こそ、あのやうに乱れた心の中は蛇の巣でもあばいた様に、数知れぬむごたらしい恐れがうごめいて、どんな思ひをさせて居やうも知れぬことだ。

若僧。（妙信に向ひ）ほんとに悪蛇の怨霊といふのは、今夜の内に上つて来るので御座いませうか。

妙信。（若僧のものとへるを知らざるが如く、既に鐘楼の鐘を仰ぎ視て憎しげに）みんな此の鐘が出来たばかりよ。なまじ外道の呻くやうな音をひゞかしたばかりに、山中《やまぢゆう》がこんな恐ろしい思ひをせねばならぬわ――

若僧。（迹りてひそやかに強く）今夜の内に其の悪霊は、きつと上つて来るので御座いませうか。

妙信。（始めて顧み視て）ほんとにのぼつて来やうぞ。俺《わし》にはもうじとじとした呪の霧が山中にまつはつて、木々の影まで怪しくゆらめいて来たやうな気がするわ。それにしても和主は不憫だが、何《なんに》も知らずこんな山へ迷ひ込んで来たばかりに、遁れることも出来ない呪の網にかゝつてしまつたのだ――えゝ、そんな恐ろしい眼の色をせぬものよ――最前からまだ話もしなかつたが、この鐘には、仔細あつて悪蛇の執念が久遠《くをん》にかゝつてゐるのだ、その呪でこれまでは作るのも作るのも、供養に一と打ちすると陶器《すゑもの》の様にこはれてしまつたのが、今夜ばかりはどうしてか、一つ一つに打ち出す呻き声が先刻《さつき》の様に谷底の小蛇の巣や蜘蛛の網にまでひゞいて行つたのだから、ほんとにどのやうなしかへしが来やうも知れぬ、こんな益《やく》の無い見張りをしてゐる内には、何処からか鱗《うろこ》の音を忍んで這ひ上《のぼ》つて来るにちがひないのだ。

間。

妙信。（不安なる姿にて左右を顧眄しつ、鐘楼の石段に腰をおろして）さあ、この様な恐ろしい晩に、黙つてゐるのはよくないことだ。怪しい声音《こわね》がいろいろのくらやみから聞え出す、それにあの風の音よ。此処へ腰をおろして話でも始めないか。離れて居《ゐ》るとつい寒気《さむけ》などがして来るわ。

若僧。（立ちたるまゝ、決意の語調）老僧様。のがれることも出来ない網にかゝつたと申されましたが、私はどのやうな障碍にあひませうと、一人で降りて行き度う御座います。三善の知識が得度いばかりにわが家《や》をもぬけ出《で》て来ましたものを、まだ人の世の夢やかなしみのはかない姿も見わけぬ内、このやうに不祥な霧が若やかな樫の葉にも震へて居る山の中で、怪しい邪婬の火に身を巻かれ度うは御座いませぬ。私はまだこれから、いろいろの朝と夜とで満ちた命の間に、日の光りさへ及ばぬ遠国《をんごく》のはてまでもへ歴《めぐ》つて、たふとい秘密が草木《さうもく》の若芽にも輝く御山を求めに行かねばなりませぬ。（歎願の調）老僧様、どうぞ麓へをりる道をお教へ下さいまし、ゆふべはくらやみでどこをはせ上つて来たのやらもおぼえませぬ。ほんとに私は今の内にをりて行き度う御座います。（顧みつゝ言ふ）

妙信。うら若い身に殊勝な道心だが、どのやうなところに行き度うてももうこの山へ一度上つた者は、それきりで降《お》りることが出来ないのだ。これまで寺僧の内で幾人《いくたり》もぬけ出した者はあるのだが、一人として麓へ行きついた者は無い。盲目《めくら》にされても降り得やうほど案内知つた道でありながら、誰も彼も行き迷うた揚句《あげく》斃れてしまふのが、程経て道ばたへむごたらしい屍骸になつて知れるのよ。寺僧も多勢《おほぜい》居たのだが、そんな風に一人減り二人減つて、今では和尚の外にわし達三人が残るばかりになつてしまつたのだ。

若僧。（絶望の悲しみを帯べる語調）それではこの山に一度上《のぼ》つたものは、どの様にしても降《お》りることが出来ないと仰るので御座いますか。もう私も、かうして其の悪霊が忍んで来るのを、怪しい息を吐き乍ら怖れに汗ばむだ木や石なぞと一所に、今か今かとまつよりほかはどうすることも出来ないので御座いませうか。老僧様、私は不壊の智識を求めて上つて来たので御座います。ゆふべも日高川からこつち誰にも人にあふことが無かつたので、こんないまはしい山とは知らず、足元から崩れ落ちる真黒な山路《やまみち》も、物の怪のやうな岩の間を轟き流れる渓川も、慣れない身ながら恐れも無く、このやうな死人の息さへきこえぬ山奥で、金剛の道をきくばかりに程遠い磯辺の家をも捨てゝ来たのだと思ひ乍ら、智慧のよろこびにもえ立つてひた上りに上つて来たので御座います。それですのに私は、もう仔細も知らぬ呪の網につつまれて、どのやうにしても逋れることの出来ない身になつたので御座いませうか。老僧様。

妙信。不愍なことだが草木までも呪はれたこの山に這入つたからは、もうどのやうなことを願うても叶ひはせぬ。仔細といつてもやつぱりもとは邪婬の煩悩だが、もう二十年も昔になる丁度こんな息の苦しい五月頃の晩だつた。思ひをとげ度い一心を欺かれた怨みから、清姫といふやうやう十四になつた小娘が生き乍ら魔性の大蛇《おろち》になつて、この山へ男のあとを追つて来たのだ。和尚のはからひに男を伏せてかくまつたこの鐘よ、硫黄色の焔を吐き乍らいく廻《めぐ》り巻くかと思ふ内、鐘も男も鉛の様にどろどろ溶けてしまつたわ。まだ和尚も年は若く堅固な道人の時で、見事に魔性を追ひ払つてはしまつたが、その場のはからひに怨みを残して、執念といふものがあの頭の中へ、小虫のやうにかみ入つて来たのだ。恋を欺された女の心ほど恐しいものと言うても無い。あれほど天晴な善知識だつたのが、一日一日とたましひの奥を喰み破られて、もう此頃では爪の先まで狂気のいろに変つた様《ざま》だ。その上怪しい女鐘造りの依志子といふに、胎子《はらご》なぞを孕まして、邪婬の煩悩になほのこと、あんな此の世からの外道とでもいふ姿になつてしまつたのよ。この鐘も今夜はじめて音《ね》の出るやうに出来はしたが、性界も知れぬ怪体《けたい》の女が、胎子《はらご》と一所に鋳上げた不浄な鐘だ、あの様に呻くのがひゞいて行つたところには、山頂きの、月の色に燃えた杉の梢へでも、谷底の、岩の裂け目に咲く苔の花へでも、邪婬の霧が降らずには居やうもないわ。

若僧。その依志子といふ女人が山の中に居るので御座いますか。

妙信。この山の麓に鐘造りの小屋をたてゝ、女人の工人達と一所に住んで居《ゐ》る。男に怨みをかけた呪のためかも知らぬが、女人ばかりは自在に山の上り降《お》りが出来るので、ゆふべも此の鐘を車につんで真黒な装束をきせた女人達に、曳き上げさしてのぼつて来たが、恐ろしいことのあつた晩から、鐘の出来た夜は女人禁制といふ掟になつて、今夜はこのあたりにも姿を見せずに居《ゐ》るのだ。

間。

妙信。（若僧に向ひ）まあこゝへじつと坐つて居ないかといふに。その様に物も言はず立つてゐるのを見ると、和主の姿まで何ぞ怪しいもの、様に見えて来るわ。

（若僧は最前より妙信のものいへるを顧みざるが如く、下手の方を眺めたりしが、此の時蹌踉としてたましひうつけたる姿に歩み出づ。

妙信。(不安に目覚めたるが如く立ち上り) どうしたのだ、何処へ行かうといふのだ。

若僧。(立ち止り同じ姿にて) 何の声とも知れませぬ。あ、あの様にくり返して私の名を呼ぶのが、其処の谷からきこえてまゐります――

間。不安なる凝立。

若僧。もう何《なんに》も聞えなくなつてしまひました。

妙信。心を付けぬかよ、耳の迷ひだ。

若僧。いゝえ、か細い声でしたけれどたしかに、――丁度物怯ぢした煙《けむり》が木々の葉にかくれながらのぼつてでも来るやうに、其処のくらやみからきれぎれにきこえて来ましたのです。

第二段

若僧はもの言ひもてなほ下手に歩み出づる時、あわたゞしげに走せ来れる僧徒妙海と妙源とに行きあふ。四者佇立。

妙源。(手に珠数を持たず、中年にして容姿悪く悉く暴也《あらゝか》。若僧を直視するに或る敵意を持ちたるが、妙信に向ひ) ゆふべの新入りだな。

妙信。(なほ不安の姿にて) お前達は山門の傍に居る筈なのぢや無いか。何ぞの姿でも見えたといふのか。

妙海。(同じく中年なれど凡常《よのつね》の容貌を具へ手には珠数を下げたり) まだわし等が眼には見えぬといふだけのことだ。もう山中の露の色まで怪しい息にくもつて来たわ。

妙信。そんなことならお前達に聞かうまでも無い。わしはまた、何ぞに追ひかけられてでも来たのかと思つて、無益《むやく》なことに爪の先までわなないた。この様な晩にはあんまり人を驚かさぬものだ。

妙海。さうはいふものゝ、この路だ、くらやみと月明りで、いろいろに姿をかへた木や石が慄へる指をのばす様に前うしろから迫つて、真実魔性の息が小蛇のやうに襟元へ追ひかけてくる気もするぞい。

妙信。だが別に悪霊の姿といふても見えぬに、どうしてそんな息せいてかけ上つて来たのだ。

妙源。あんなところにたつた二人で、見はりなどがして居《ゐ》られると思ふかい。

妙海。こゝいらにゐては考へにも及ばぬ。丁度をととひの地崩れに、前の杉が谷の中へ落ち込んだので、門の下に坐つてゐると頭から蛇の鱗の様なつめ度い月の光りがひたひたまつはりついて、お互に見合す顔と云へば、滴でも垂れて来さうな気味の悪さだ。物を言へば物を言ふで、二人とも歯と歯の打ち合ふ音ばかり高くきこえて、常とは似つかぬ自分の慄へ声が、何ぞに乗りつかれでもしはせぬかと思ふ恐ろしさに、言ひ度いことも言はぬ内、われと口を噤んでしまふのよ。するとまた、お互ひに出し入れの息の音《ね》が、怪しい物の地《ぢ》をなめづる音《おと》の様にも聞こえて来る、明るみが恐ろしさにあの藪の蔭へ寄つて行けば、何がひそむでゐるかも見えぬ灰色のくらやみが、上《うへ》から上から数知れぬ指を慄はしてざわめくぢやないか。その上に時々吹きあてる風の音が――

妙源。（最前より四辺を顧眄したりしが唐突に）そんな話はよさぬかい、やくたいも無い。

間。

妙海。（また同じ調子をつゞけて）言ひ合しもせぬ内に、こゝへ来れば和主が居ると思つて、二人とも黙つたまゝかけ上つて来たのだが、ほんとにこんな処にゐては考へにも及ばぬ恐ろしさだ。

妙信。山門の傍ばかりが恐ろしいにきまつたことかい、何よりもこの鐘に悪霊の呪がかゝつて居るのぢや無いか、かうしてまつ黒な口をあけ乍ら物も言はぬ形を見てゐる内には、先刻《さつき》までなりひゞいた声より幾倍か恐ろしい邪婬の呻きが、煙のやうな渦をまいてあの洞《うつろ》からきこえてくるわ。

間。

妙海。このやうな恐ろしい晩は聞きも知らぬ。又いつもと同じ様に一と打ちで微塵にこはれてしまへばいゝに、なまじあんないやらしい呻き声がひゞき出したばかりよ。

妙信。先刻《さつき》からわしも此の子に言ふことだ。（間。）だが月もあんなにまはつて、段々夜あけ近くなつて来たが、上つて来やうといふのなら此の上時を移すまいぞ。

妙源。こんな風に怯《おび》え乍ら。甲斐の無い見張りをして居る内には、もうとつくに上つて、何処ぞ雷にさかれた巌間にでも潜んで居るか知れぬことだ。

妙信。（かすかに語調を失ひて）いゝや上つて来たものなら、何よりも先この鐘に異変が見えねばならぬのだ。蛇体のまゝでか、それとも鬼女の姿になつてか、一番に此の鐘へ取り付きに来やうわ。

妙源。それにしてもいま眼の前に姿が見えたら如何しやうといふのだ、誰ぞ退散の法力でも持つてゐるのかい。和尚はあんな様《ざま》だしよ。

間。四者の自ら知らざるが如く相寄るは、水に沈み行く稀有なる群像のさまを想はしむ。池底の如き沈黙。

妙源。（対者を定めず）和尚は何処へ行つたのだ。

妙信。ほんとに和尚は何処へ行つたのだらう。先刻《さつき》わし等が此処へ来た時、丁度本堂の中でいつもの様にわめき始めた所《とこ》だつたが、気づかぬ内に声もやんだやうな。だが今夜こそ峯から谷へ幾めぐり、爪を立てた野猫のやうにはせめぐつても片《かた》時《とき》落ちついてなぞ居《ゐ》られまいわ。

妙海。（にはかに或る不安を思ひつけるが如く）和尚といへば、わし達は山門の傍で見張りするやうに言はれて居たが、かうして此処に居る姿でも見付からうなら、悪霊の呪が来ないまでも、また妙良のやうな目にあひはせぬかの。

妙源。和尚の影がさしたら、其処の森の中へ身をかくさうまでよ。あんなぼうふらの様な血の走つた眼がぎよろ〳〵したとて、遠くから人の数なぞよめはせぬ。だがそれにしてもあの時は恐ろしかつたな。妙良の奴、つい和尚の来かゝつたのを知らず、依志子の腹のことを口走つたと思ふと、骨ばかりの指が咬ひ付くやうにのど元へかゝつて、見て居《ゐ》る内に目から鼻から血が流れ出すのよ。——

妙海。其話はやめにしよう。一つ一つ骨に絡《から》むだ腸でも手繰り出されるやうな妙良の悲鳴が、今だに耳の中で真赤な渦をまいて、思つてもぞつとするわ。

妙源。——血でひたひたになつた本堂の隅へ、悪魚の泳ぐやうに這ひつくばつて、とかげのやうな舌の断《きれ》を抓《むし》り乍ら、『執念が何だ、邪婬の外道が何の法力に叶ふかい』とわめいた眼付きは——

妙信。(戦慄) よさぬかといふに。さもないでさへ恐ろしいこの夜更けに、そんな話をしなくともものことぢや無いか。

若僧。(唐突に妙信に向ひ) 私はやつぱり降りて参り度う御座います。たとへ行き迷うてどのやうな恐ろしい目にあひましても、かうして、人を沈めた沼地のやうにいまはしい呪の霧が、骨の中までしみ込んで来る所に立つて居るよりも、一人で路を歩いて居《ゐ》る方がいくらよいか知れませせぬ。

妙海。(殆ど何等の感情なく) もう何をいうても叶はぬわ。お前はまだ仔細も知るまいが、この山へ一度上つたからは、どのやうにしても降りることは出来ないのだ。

この時若僧は甚だしく唐突に身を動かして、下手の方より何ものかをきゝ出でたるが如き姿す。

妙信。(刹那に来る不安の調) どうしたのだ。

若僧。(同じ姿を保ち) 怪しい物の音《ね》がきこえる。女人の髪の毛が笹の葉の上を流れて行くやうな。

他の三人。(聊か高低を違へて殆ど同時に) え——

僧徒等は恰もくらげの浮動するが如き怪しき姿して物の音《ね》をたづねてあり。間。

若僧。其処の杉の根元あたりで、あ、あんなに——

長き不安なる間。若僧は歩み出で、下手谷の底へ這ひ下れる森林の内を伺ひのぞく。間。

妙源。何ぞ見えるのか。

妙信。(恐怖に戦きつゝ) 静にせぬかよ。

間。

若僧。くらやみが煙の様にわき上つて来るばかりで何も見えは致しませぬ。(僧徒等の方を顧みつゝ) 物の音《ね》は三度目に、此の根元あたりできこえたので御座いますけれど。

妙源。(腹立たしげに) えゝ何もきこえたのでは無いのぢや無いか。わけもないことを云つて人を驚かす奴だ。

妙海。わしにもたしかにきこえた。丁度つめたい鱗が笹の葉をなでるやうな——

若僧。(迹りて) その様な物の音《ね》では御座いませぬ。やつぱり女人の長い髪が、重さうに葉の上を流れて行く音で御座いました。(再び森の中を見て) あすこの欅の根元からこの裾へかけて三度ばかりきこえました。

妙源。みんな恐ろしさに耳の中まで慄へるので、自分の血のめぐる音《おと》がいろいろな物の音《ね》にきこえるのだ。

第三段

此時上手鐘楼の角より和尚妙念顕はる。（僧徒等は中辺より下手の方にた丶ずみて脊《そびら》をなしたれば知らであり。）齢五十に満たざるが如くなれど、眼《まなこ》の色よのつねのものには似ず、面色憔悴して蒼白く、手には珠数を下げ僧衣古びたれど自ら別をなす格位を保てり。いま僧徒等の斉しく森の方を眺め入れるを見、にはかに恐怖を見出でたるが如く歩みを止む。若僧の顧み知りて怪しく叫ぶや、僧徒等攫むが如く相集ふ。不安なる対立。

妙念。悪霊の姿が見えたといふのでは無いのか。
妙信。まだ私共の眼に見えては居りませぬ。
妙念。もうどうしても上つて来る時分なのだ。お前達のやうな奴は眼の前へ形が見える先に、煙のやうな忍びの音《ね》が這つてくるのを知らないのだな。己があの本堂の傍へ犬の様につくばつて、地《ぢ》をなめずるみみずのうごめくのまで見張つてゐる間に、お前達はこんなところでいぎたなく唇を弛まし乍ら、眠つてなんぞ居たのぢや無いか。
妙信。眠つてゐるどころでは御座いませぬ。耳の中をめぐる血の音《おと》や、はかない出し入れの息の音《ね》にまで、とかげのやうに怯え乍ら心を付けてゐたので御座います。丁度いまも、怪しいもの丶音がきこえるなど丶申す耳の迷ひから――
若僧。（激しく語を避りて）耳の迷ひでは御座いませぬ。丁度女人の髪の毛が笹の上を重く流れて行くやうなもの丶音《ね》が、あの欅の根元から此処の裾へかけて、三度ばかり聞えたので御座います。
妙念。（にはかに激しく）其処に居るのは誰だ。

間。若僧は無言に妙念を視つめてあり。

妙信。（何物かをおそる丶が如く）ゆふべ新入りの若僧で御座います。
妙念。何しにこの山へ這入つて来たのだ。

間。

妙信。（若僧に向ひ）黙つて居ずと、お返事をせぬかい。
妙念。何しにこの山へ這入つて来たのだ。

間。

妙念。何しにこの山へ這入つて来たのだ。

いと長き間。若僧の眼はやうやうに鋭き凄色を帯び、妙念は怪しき焔を吐くばかりの姿して次第に蹂り迫る。更に長き期待の堪ふべからざるが如き場《ぢやう》の緊張。

妙念。（破る丶が如き憤怒の声）悪蛇の化性だな。そんな男体に姿をかへて上つて来たのが、睫毛まで焼きちゞらした己の眼をくらませると思ふのかい。此のおほどかな梵音が山中をゆさぶつて、木の根に巣をくふ虫けらまで仏願に喰ひ入るほども鳴りひゞいたに、まだ執念《しうね》く呪ひをかけやうといふのだな。――二つや三つの鐘を陶器《すゑもの》のやうにこはされても、そんなことで己の法力がゆるみはしないのだ。女鐘造り依志子の一念で、女人のたましひを千といふ数鋳込んだ鐘に、まじなひほどのひゞでも入れて見い。有難い梵音が大空の月の壁から川床の小石までゆさぶるので、其の身につけた鱗の皮が一つ一つ、はらゝけて落ちるまでおのゝき上つて来たのだらう。——二十年が間呪の執念のと小うるさく耳元にさゝやく声が、百足虫《むかで》のやうに頭の中を刺しまはつて、何を見るにも血色の網からのぞくやうな気持だつたが、今夜といふ今夜こそ、此の鐘がなりひゞいた祈誓の結着に、たゝきひしいで呉れようわ。

はためき号《をら》び、たちまち悪獣の餌に跳るが如く突き寄らんとするや、若僧は怪しく叫びて谷に下れる森林の中に身を退り、妙念之につゞきて二者の姿見えずなる。若僧の悲鳴。——その声たとへば打ち殺さるゝ犬等の、ゆらめき漂ふ煙にも似し悲鳴の如く、又たとへば直ちに腸を引きさかるゝ人間の喚ぶに似たり。迸り出づる血の絶叫と、ねぢりし出でし悶苦の声と、交々にたえだえにきこゆ。

場《ぢやう》に残れる三人の僧徒等は、悉く生色を失ひ、なすことを知らざるさまにおのゝきてあり。未だ程へざるに悲鳴已み、之に代へて更に怖るべき物の音《ね》を聞き出でたるが如く、恐怖の流れ、漲り脈打つが如き間。

妙念顕る。さきに墜ち入りたるほとりの雑草に、血に染みて生けるが如き指等を絡ましめつゝ這ひ出づ。衣形殆ど血に濡れてあり。僧徒等は其のさま一つ腹より出でたる犬の子等の如く、われともなしに退《すさ》り行き、上手二路の岐るゝほとりに止まる。

妙念。（下手恰も月色の渦巻ける片隅に立ちたれば、彩られたる血の色鮮かに、怪体なる微笑を浮めつゝ狂喜の語調にて）たたきひしいでくれたぞ、悪蛇の奴もうのたうつことも出来ないで、石の間に目も鼻もひしやげた顔を垂れて居るわ。己の指が小蛇のやう跳り乍ら、生白い首にからんで喉骨《のどぼね》のくだけるほども喰ひ入ると、腸の底から湧き上るやうな声がして、もう、あのぬめらめいた血の汁だ。鉛を溶かしたやうに熱いのが顔中に溢れて、悪蛇のうめくやうは——（息のつまる笑）丁度そばに細長い石があつたのをへらへらした舌の中へ、喰ひしばる歯をたゝき破《わ》つて押し込むと、段々呻くのが、きえて行く煙のやうに断え断えになつて来た。（再び笑）とうとうたゝきひしいでくれたのだ、石の上で。——骨のかけるのが貝殻のやうに飛び散るのは知れたが洞穴のやうなくらやみで、血味噌の中を幾度かきまはしても眼と舌との見わけは付かぬ。たゞ己の眼が段々あつい血の蒸気《ゆげ》にかすむで来て、しまひには苔の上から落ちて居た血の滴《しづく》も聞えずに、ぢかに打ち合ふ石の音ばかりするやうになつたのだから、もうほんとに執念深いたましひまで、どのやうな風が吹かうとも生き返つては来ないのだ、みんなも安心するがいゝ。二十年の間此の出を取り巻いて居た呪の霧が、蛇の鱗のやうに剝れ落ちて、おほどかな梵音のひゞく限りは、谷底に寝ほうけた蝦蟇《ひきがへる》まで、薄やにの目蓋をあけながら仏願に喰ひ入つて来やうわ。久遠といふえらさうな呪も、二十年しかたゝぬ今夜、有り難い法力で己の爪が搔きほどいてしまつたのだ。（和かなる微笑）みんなもよろこばないか。悪蛇の奴、もう血の汁も出なくなつて皮ばかりにひしやげた首を石の間に垂れてゐるわ。（此の時にはかに僧徒等の姿がいかなるかに気づけるもの、如く、容想忽ちにして忿恚を現じ、声調また激しく変ず）お前達は何だ、なぜそんな風をして物を言はずに立つてゐるのだ。己が悪霊をたゝきひしいだ話をしてゐるのに、なぜそんな、墓石《はかいし》から出た煙のやうに慄へてゐるのだ。

間。僧徒等ものいらへんとするも、舌硬ばりて能はざるが如し。唖口の空しく動けるは死に行く魚等のさまに似たり。

妙念。（いよいよ激して）なぜ黙つてゐるのだ。己の物を言ふのが聞えないといふのか。

再び同じき期待の緊張返り迫る。たゞ僧徒等に何等の抗意なく、徒らに戦慄けるのみなると、さきには陰地《かげぢ》に立てりし妙念の、今《いま》処を異にして月色の中に輝けると異る。（並びに血のいろと）しかも場に溢れたる景調は、恰も最前の恐るべき幻影を、又繰り返し見んとするが如きを思はしむ。同一なる恐怖の重複。

妙念。（全く同一なる怒調）お前達もやつぱり悪蛇の化生だな。そんなにいくつもの相《すがた》に分れて、この山へ這ひ上つて来たのだな。

妙信。（糸に操られて物言ふ如く声音悉く変じて）そのやうな恐ろしい者では御座いませぬ。私共で御座います。あなたのお身と同じこの山の僧徒等で御座います。

妙念。そんならなぜ物を言はないのだ。腐れたされかうべのやうに首を並べて、慄へてばかり居るのは何だ。（間）僧徒等の姿にのりうつつて、此の鐘へ取り付かうとするにちがひ無いわ。自分の名を称へて見ろ、一所に。

妙信――

三人の僧徒等。（斉しく）妙海――

妙源――

三者同じき頭音は殆ど高低と不調と無く、区々なる尾音おのゝき乱る。僧徒等自ら私に懐きたる恐怖に、まのあたり面あへりし如く、各々疑惧の眼を交ふ。間。

第四段

風の声やうやうはげしくなりまさりて、不断に梢を騒がす。僧徒等の内左位に立てりし妙源は、この時自ら覚えざるが如く身を退り、後の方坂路を顧みたるが恰も何ものかを見出でゝ。

妙源。や、女の姿が上つてくる――

他の僧徒等また一顧するや怪しく叫び、期せずして相捉ふ。たとへば恐怖の流れ狂僧の枯軀を繞り、歯がみして向ふ所を転ずる如き間。妙念は立てるがまゝに息たえし死相の如く、生色をひそめて凝立したりしが、やゝありて引き抜かるゝが如く唐突に上手坂路の一角に走り、不安なる期待の間上りくる怪体を窺視せるや、たちまちにして疑惧を明にしたる表情にて、

妙念。何だ其処へかけてくるのは依志子ぢや無いか。どうしたのだ。

依志子走り出づ。僧徒等卑しき犬等の如く視合ふ。

依志子。（歳三十に近く蒼白なる美貌。華やかならざれどもすゞしきみどり色の、たとへば陰地《かげぢ》に生ひたる草の葉の如くなるに装ひたり。妙念に縋り鐘楼に眼を定め、息を切らしつゝ）妙念様――鐘は、鐘はどのやうで御座います。（異変なきさまを見得てやゝ心落ち居しが如く、はじめて妙念の血の色に気付き驚き身を退りつゝ）あゝ、血が――

妙念。鐘は見る通りまじなひほどのひゞも入らぬ。（再び怪体なる驕慢の微笑）其の上にもう悪蛇は血の汁も出なくなつて、皮ばかりにひしやげた首をあすこの石の間に垂れてゐるわ。

依志子愕然たる表情。

妙念。（語り止むことなく）久遠までかゝつて居た邪婬の呪が二十年しかたゝぬ今夜、たふとい祈誓の法力で風に散らされた粉《こな》のやうに消え失せてしまつたのだ。悪蛇の奴、生白い男体に僧衣をまとつて呪ひに来たのだが、お前の一念が此の鐘を鋳上げたばかりに、己の指の爪といふ爪にも有り難い仏身の力が充ち満ちて、執念深い鱗の一とひらまで枯れ葉のやうに破り散らしてくれたのだ。

依志子。（傷ましげに妙念のものいへるをうちまもり、又不安なる態に周辺を顧みて）そんなことを仰つて、やつぱりそれが悪蛇では御座いませぬ。あの銀のやうにつめたい蛇身から、生赤い血の汁なぞが流れやうもありませぬし、何よりも私は、まのあたり上つて来る姿にあつたので御座います――

妙念。（焦ら立ち遮りて）己のたゝきひしいだのが悪蛇では無い？――（下手の森の方を一瞥し、また）その上つてくるのにお前があつたといふのはいつだ、何処で見たのだ。

依志子。川の、日高川の傍で。三人の鬼女に分れてお山へ消えて行くのを追ひ乍ら、私はかけ上つて来たのですから、もうどのやうにしてもこのあたりへ来て居る時で御座います。（再び妙念に縋り）妙念様。どうぞ気を鎮めて下さいまし、いよいよ最後の時が参りました。

妙念は不安に刻まるゝが如く、共に周辺を眺めたりしが、僧徒等の姿を見るや又あらゝかに、

妙念。お前達は本門の傍で見張をしてゐるのだ、また眠りこけてなんぞゐると、総身《そうみ》の膚膩《ふに》が焼き剝れて生き乍ら骨骸ばかりになつてしまふのだぞ。早く行け、何をぐづぐづして居るのだ。

僧徒等影の如く黙して後の坂路より降り行く。
依志子の動白は必ずしも恐怖の色に満たず。

依志子。あんな人達が見張りになぞ行つたつて、もう何の益《やく》にも立ちはしませんのに。

妙念。だがお前はどうして其の姿を見たのだ。川の傍へどうして行つたのだ。

依志子。ほんとに私は思ひもかけず恐ろしい姿を見たので御座います。此の鐘が始めて響いて来ましたのは、まだ月も赤い色をして、夕やみに濡れた草葉の吐息《といき》がしつとりした匂ひを野に撒いてる時分で御座いました。それまでは数知れぬ怖れと気づかはしさとが血管《ちくだ》の中を針の流れるやうに刺しまはつて、小さな瞬《めばたき》をするにも乳《ちゝ》までひゞくやうで御座いましたが、あの音が一つ一つ幾重の網を重ねたお山の木の葉からのがれて、月の色まで蒼白く驚かして行くのかと思ふほどおほどかに、ひゞいて来るのをきいて居ります内、段々恐ろしい呪も何も忘れて、丁度血吸ひ女《め》につかれた人達のやうにふらふら

と家を出て参りました。あとからあとからとひゞく鐘の音が、海の潮でも胸にぶつかるやうに、あちこちへ身をゆり動かすのに運ばれて、夜《よ》の更けるのも知らず、村中を何処といふあてもなしにさまよひ歩いて居りましたが、いつのまにか川の所まで来てしまつたので御座います。

妙念。（静に強く）川の中から蛇体が上つて来たのか。

依志子。いゝえ水の上には銀色《ぎんいろ》に濡れた月の煙が静によどむで、ずつと下《しも》のあたりまできらきら輝いた川波は、寝入つたやうな深い夜の息をついて居りました。私はまだうつゝない有様で、橋から此方《こつち》へ歩きつゞけて居りますと、不意に、露の上を素足で踏むやうな怪しい音がきこえて、四辺《あたり》が蒼白くかすむで来ました、私は思はずふり向いて見ますと、其処へもう、三人の鬼女に分れた悪蛇が、歩いて来るので御座います。

妙念。えゝ、どんな顔をしてゐた、お前はそれからどうしたのだ。

依志子。其のまゝ私のそばを見返りもせず走せぬけて、水に沈んで行く魚のやうにお山の方へ消えて行つてしまひました。みんな同《おんな》じ顔なので御座います。三人とも小さな眼に眉毛もなく、川魚の肌のやうな蒼白い顔色に、口だけがまだ濡れて居《ゐ》る血のやうに赤く光つて、左の肩から丈にあまる黒髪を地にしいて居りました。もう私は恐ろしさどころでは御座いませぬ。にはかに自分の心が白絹《しろぎぬ》のやうにはつきりして、あなたのお身と鐘とが気づかはしさに、胎の子も禁制のことも知つてはゐながら、命の最後を覚悟してはせ上つて来たので御座います。

妙念。（蹌踉として正面に眼をすゑたるまゝに歩み出で自らに言へるがごとへ声調怪しくゆるやか）三人の鬼女に分れて上つて来るといふのか、己の手がたゝきひしいだのは悪蛇では無かつたのだな。己の身はやつぱり遁れることも出来ない呪にまかれてしまつたといふのか。

依志子。（宥むる如く寄り縋り）気を鎮めて下さいまし妙念様。（手を取りて）こんな酷《むごた》らしい血を流して、まあ青すぢまでがみゝづのやうに。ほんとにどのやうな苦しい思が、乱れた心を刺しまはるやら——（俄にあたりを視まはして）あ、どうしたのでせう。大変鳥がむらがつて向うの方へ飛んで参ります。あんな怪しい叫びやうをしてあとからもあとからも。此の夜更けにどうしたといふのだらう。

妙念。（依然としてうつゝなき眼を定め）もう此の山から呪の霧をひきはがすことは出来ないといふのか、どんなたふとい法力をかりても、どんなおほどかな梵音をひゞかしても、己の祈念が外道の執念に叶はないといふのか。

依志子。（妙念の方は顧みで下手の空を仰ぎみつゝ）はげしい風が向うへ吹くので、みんな飛ばされるやうに羽根をひろげて、ほんとに幾千とも数が知れませぬ、山中の鳥が立つて行くやうで御座います。（新たなる聴覚の情）それに、不思議な物の音《ね》がきこえて参りました、あの鳥の声々にまじつて、——

この時より妙念は、心中に何事か思ひ当れるを自ら窺視せんとするが如く、内に鋭き眼を放ちて凝立してあり。二者の動白各個に分る。

依志子。（やうやうに肉体の平かならざるを感じつゝ声調次第に変ず）だけども私は――寒さが、妙念様、つめたい蛇の鱗に肌を巻かれるやうな寒さが、骨の中まで滲みて来る心持はなさいませぬか、（戦慄）何かの水が身体中《からだぢう》を流れる――（胸を攫み苦悶しつゝ）段々乳が、膿をもつたはれもの、様に動悸して、こんなに重くなつて来ました、――（にわかに思ひ当れるが如く）あゝ、やつぱり悪蛇が来たので御座います、あの蒼い霧が、何処からとも無く漂つて参りました妙念様、お手をかして下さいまし、もう眼の中が渦をまいて、あなたのお姿も見えませぬ、息をするのも、――髪の毛よりも細い蛇が首へからむで息がくるしくなつて来ました――

妙念。（俄に依志子に向ひ、破るゝが如く、しかれども悲み慄へて）依志子お前は己の胸の中へ、邪婬の息を吹き込んだのだな。

依志子。（身をあがきて）妙念様――

妙念。今といふ今己の眼に、ありありとした物の姿が見えて来た、これまでたふとい法力だと思つて居たのは、お前の腹の中でうごめいて居る醜い胎子《はらご》のことだつたのだ。お前は己の心を邪婬の爪で、ずたずたに引きさいてしまつたのだな――

第五段

この時三つの相《すがた》に分ち顕はれたる鬼女清姫、何処より登りしともなく鐘楼にあらはる。甚しき面色の蒼白は、赤き唇と小さき眼とのみありて、殆どなめらかなるが如く見え、その形打ちひしがれたる蛇の首の如く平たし。三つの鬼女全く同じ形相にて並びつく這ひたれば、左の肩よりいと長きくろ髪、石段の上に流れ横はる。依志子のものいふをながめてあれど、妙念も之を脊《そびら》にしたれば知ることなし。

依志子。妙念様、さうでは御座いませぬ、もう最期《いまは》に私も、物のまことを申し度う御座います、私は――私は――

語終らざるに怪しく叫びて遂に昏倒す。鬼女つくばひたるまゝに身を退けば、黒き髪のたうちのぼりて共にかくる。妙念は鬼女の顕れし頃より再び懵然としてたましひうつけ、依志子が最後の悶叫をも耳に入らざるさまにて、眼《まなこ》のいろゐりたるが如く、（観客の正面定まりなきあたりに据ゑて）たゝずみてあり。風の音いよいよはげしく、此頃より微かなるあか色漸々《やう〳〵》に月夜の空ににじみ来る。

やゝありて最前の僧徒三人、上手の坂路より逃げまどへる哀なる獣等の如く走せ上り、依志子の仆れたるを見更に驚ける様なりしが怯えたる姿にて妙念の上手に立ち――

妙信。和尚様。大事で御座います。怪しい火《ほ》むらがお山を取り巻いて参りました。

妙海。風の勢がはげしいので燃え上つて来るのはすぐで御座います、本門の処でも、山下の方にめらめらと焔が見えたと思ひます内、もう眼の前の空が真赤に映つて来たので御座います。

妙信。所詮かなはぬまでも裏山の滝津の中へ身をひそめて居るより道は御座いませぬ、和尚様。大事で御座います。

妙海。（愈いら立ちて）あの凄じい風の勢が、山上《さんじやう》と山下《さんげ》から焔の波を渦まき返してあふり立てるので御座います。ほんとに手間を取つては居られませぬ。あ、もうこんなに火の粉が飛んで参りました。

妙信。和尚様、どうなされたので御座います。其の内には滝津まで降りる道さへふさがれてしまひます。和尚様。

妙源。や、あの音は、（上手の路の方に走りてさしのぞき）もうあすこの大杉まで焼き仆れたのだ。血のしぶくやうに火の粉をちらした煙が渦をまいて、呻きながら湧きのぼつてくるわ。恐ろしい火の色が、まつ黒な木の間に姿をかくすかと思ふと、もう破りさくやうに跳り出してわきへ追ひかけて行く、こゝから見てゐると山中の木々が、泣きよばつて逃げまどひ乍ら、血煙の中に仆れるやうだ。（僧徒等を顧みあら、かに）だがみんなどうしようといふのだ。こんな所にぐづぐづして生き乍ら灰になるのをまつてゐるのかい。

妙信。和尚様、ほんとにどうなされたので御座います。このやうなところにお出でになつては——

妙源。妙信——

妙信と妙海とは、最前より同じき姿を保ちて佇立せる妙念の方を顧みつゝも、妙源の後につゞきて鐘楼を左折し去る。

次第に赤き煙、濃くなりまさりて場に漲る。たゞ、血に彩らるゝことなくして蒼白く残りたりし妙念の面にも、かの仆れたる女人のしかばねにも赤きいろは嚙み貪るが如くにじみつゝ来る也。

妙念。（怪体なる微笑を浮べつゝ声調極めて緩かに）段々赤くなつて来た。依志子、もう一度眼をあけて見ないか。血の粉《こな》を撒いたやうな霧が、谷の底から這ひ上つて、珍らしい夜明けが来たやうだ。空の胸まで薄皮を剝がれた肌のやうに生赤く、朝の風に苦しい息をついて居るわ。依志子。（はじめて女体をさしのぞきて）もう一度眼をあけて見ないか、お前の顔にも赤い色がにじんで、小さな耳が水に濡れた貝殻のやうに透き通つて見えて来た。依志子。（女体の傍にくづをれて這ひつくばひ）依志子、なぜ其の眼をあけないのだ、お前は死んだものゝ、やうに黙つてゐる、己達はまだこんな夜明けを見たことが無かつたのだ。（つくばひたるまゝにあたりを見廻して）ほんとに赤く、（既に幕下り始む）見て居る内に段々赤くなつて行く——

幕下りて鐘楼の欄を覆はんとする時、再び悪鬼の三女あらはれたるが如く、其の面は既に見るよしなけれど、黒き髪石段の上にのさばり落つ。

幕は（能ふべくば華美ならざるを用ゐ度し）妙念がもの白ひて後、おもむろに閉ぢ終る。——終焉——

——一九一二・四——　自由劇場

（「三田文学」明治45年4月号）

魯鈍な猫

小川未明

一

氷を噛んで来たやうな、北風が、白く鈍色《にぶいろ》に光つたレールの上を吹いた。汽車に乗つて既に幾十分か、幾時間か前へ此の駅を出発して、何処にか行つてしまつた人々の捨てた紙切れが、当てもなく地面に転がつてレールの上を越して行つた。

並んでゐる倉庫の三角形の家根と家根の間から、遠い北の国境の山々が見えた。まだ其等の山には雪があつて花崗石を刻んだやうに頂きが鋭く光つてゐた。青い雲切れのした空が慰めるやうに、山々を見落してゐた。

私《わたし》は、停車場の外側の、風に吹き晒されてゐる柱に身を凭《よ》せて、北国《ほくこく》から来る汽車を待ちつゝあつた。其の汽車には、まだ互に顔も知らない十二になる女の児が乗つてゐる筈であつた。其の児は孤児《みなしご》である。故郷にゐる叔母が、子供の守に世話してくれたのであつて、私が旅費を送つて呼び寄したのであつた。

まだ、汽車がこの停車場の構内に入つて来るには三十分ばかり間《あひだ》があつた。其処に私の傍に、二三人の者が立つてゐたけれど、何の関係もない、始めて顔を見た、而《そ》してまた直に其の顔を忘れてしまふやうな人々であつた。其等の人々も、やはり、誰か汽車に乗つて来るのを迎ひに出て待ちつゝある様子であつた。

其の中の一人は、手荷物取扱室の窓口の上に懸つてゐた、大きな時計を見上げて、何やら口の中で呟いてゐた。時計の白い大きな丸い顔には、二本の黒い針が時間の推移を差し示して、永遠に人間の憎愛から離れて、冷かに、淋しく流転の真理を語つてゐた。

褐色の襟巻をした、痩形の女の人は、黙つて、プラットフォームの低い柵に片手をかけて、頸を伸して、汽車の来る方を眺めてゐた。けれど、まだ、汽笛の音は聞えなかつた。

私は、是等の人々と過去に於て、現在に於て、恐らくまた、未来に於ても何等の関係がない。たとへ是等の人々が悲しいことがあつて泣く時でも自分は、其れを知らう筈もなければ、共《も》に泣く理由もない。同じく、自分が生活のために苦しみ、若しくは病んで死ぬとも、是等の人々は、其れを知らう筈もなく、同情せぬとて憾《うら》む理由もないのである。

其時《そのとき》、私は二《ふた》たび、幾百里隔てた遠い北国から汽車に揺られて来つゝある孤児の少女のあることを思つた。曾《かつ》て、この孤児とは互に顔を見たこともないのに、偶然に顔を知り、偶然に物を言ふやうになつた、人生を繋ぎ合ふ目に見えない約束といふものが不思議でならなかつた。

私は、独り柱に凭《もた》れて昵《ぢつ》としてゐる所在なさに、敷石の上を下駄でコツコツと鳴らしてゐた。而して、今頃は、汽車が何処の辺りを黒い煙を上げて走つてゐるかと思つた。

ふと、倉庫の家根のあたりを見ると、黒い鳥が一羽、五ツある倉庫の右から三つ目の家根に止まつてゐた。烏にしては、少し躰が小さいやうに思はれたが、やはり烏であらう。彼方に幾つも立つてゐる煙突から黒い煙を吐いて、空の色は濁つてゐる。私には、何故此の鳥は、都会などに住んでゐずに、広々とした田舎へ飛んで行かないのだらうかと怪しまれた。

二

雲の切れ目から、黄色く落ちる夕暮方の日は、飴色に電車の硝子《がらす》窓を染めてゐる。私は、神経衰弱にかゝつてゐると見えて、車台が左右に揺れるたびに、頭痛は激しくなつた。而《そ》して、胸がむか〳〵して吐瀉《としや》を催して来る厭な気分を堪へてゐた。

電車は、街の中を走つてゐる。夕日は、町の建物をも色彩つてゐた。さながら地球の上に、黄色な悩ましい軽い熱病を見舞つて、いづれのものもこの熱にかゝつてゐるやうであつた。私は、この夕暮の光線の中に浮き出てゐる赤い色の看板や、黒い煙の立つてゐる煙突などを見まいものと思つた。何となれば、こんなものを一々見てゐると眼が暈《まわ》つて来て、益々吐気が催ほして来たからであつた。静かに瞼を閉ぢると、電気をかけたやうに痙攣を感じて瞼の上が痛んだ。

何時《いつ》の間にか、眼を開けて、他のことを考へ出した。僅か十二歳にしかならない北国から出て来た少女が、汽車から下りて、右も左も知らずたゞ一人、停車場の構内から、この賑かな通りに押し出されたら、どんなに驚くだらう。此の次に着く汽車は今日の夜中であつた。私は、もう、一度迎ひに出て見やうか、其れとも構はずに置いて見やうか。冷かに運命のまゝに突き放して置いて見たいやうな心持にもなつたので、何方《どちら》にしたらいゝか決心が出来なかつた。

「今日は立たなかつたのでなからうか。」

こんな余計な事件が、楽しみの少ない、淋しい自分の生活を掻き乱すのを腹立しく考へた。早速、電報を打つて聞き合はして見やうかと思つた。しかし、このこともまた決し兼ねて、遂に家に帰つたのである。

戸口に来ると、家の内は依然としてひつそりとしてゐる。私の心は、また、急に暗くなつた。

「来はしなかつた。」

と、言つて手荒く襖を開けて入つた。

其処には、南向きの障子の方を枕にして、病み窶《やつ》れた妻が、二つになる幼児を抱いて眠つてゐるのであつた。妻は、静かに細く瞼を見開いた。其の眼の中は、弱々しく、力なくうるんでゐた。乱れた頭髪は、枕の上に垂れかゝつた。

私の顔を見ると、妻は、微かに笑つた。青い笑である。私は、憫れみ、且つ優さしくしてやらなければならぬと思ひながら、もう幾日もかうして臥てゐる女を見るのが不快でならなかつた。

「何《ど》うして、来なかつたのでせう。」

と、咽喉にひついたやうな乾いた声で妻は言つた。

私は、陰気な霧の裡《うち》に居るやうに、心が重く苦しくていら〳〵とした。而して、慳貪な声で、

「叔母から来た、手紙は何処にあるか。」

と、妻の枕許に突立つて言つた。

妻は、静かに躰を動かしながら、

「彼処です。」と、言つた。

私は、妻の床から半分身を起して指した方に行つた。もう、病気になつてから、幾日も使つたことのない針箱の抽出を開いた。而して、其の中から妻の叔母から寄来した手紙を摑み出した。

三

手紙の中には、

「何分にも、みなし子のことゝて、ひがみ心もあることとゆえ、わるいことした時には、叱りなされ、小さな時より、不仕合せな子供なれば、不憫をかけてやり下されたく……」と、書いてある文字の上に私は、眼を速かに走らせて、三月五日に当地一番にてと書いてある処に来て瞳を止めて日附を確めた。而して、かう書いてある上は、もう、一度迎ひに出て見なければ気が済まないと思つた。

此時、暮方の日がほんのりと、妻の枕許の障子の一部分に当つてゐた。

「もう、お前も起きたら何うだ。少し位苦しくても我慢してやるのだ。」

と、私は、自分の感情を其の儘、妻に向つて言つた。妻が病気にかゝつてから此の附近の口入宿を幾軒となく歩き廻つて下女を探ねたけれど、病人があつて、幼児のある家と聞いて来るものがなかつた。近所の人が親切心で世話してくれた車屋の老婆は、まだ六十になつたかならない位の年頃であつた。毎日、朝と暮方に来て飯の仕度をして帰つて行くのであつた。けれど、此の老婆のすることは、不潔で、親切心がなくて却つて不快に感ぜられた。昨日は朝来るのが十一時頃になつて漸く来たので、私が、これから、もう少し早く来てくれいと言つた。其れが老婆の癪に障つたと見えて今日から来なくなつた。

私は、こんな目に出遭ふ毎に、空虚な博愛主義を説くもの、無意味にして愚なることを感ずるのである。自分等が憐む下層社会の者等や、多くの労働者は、自分等が考へるやうに自覚してゐるものでない。たとへ、五十年の生活を青空の下で共にして此の地上に住んでゐる人間といひながら、他の苦しみを見て、自分の苦しみの万分の一にも思つてゐるものがない。幾百万の人間の中には、稀れに真に他を愛し、他のためにも犠牲とならう

とするものはあるかも知れぬけれど、殆んど、悉《ことごと》くは利己的で、無同情にして、冷酷である。然るにこの人生に縋つて、博愛を説くのは、自から弱いがために説くのではなからうか。極端に言へば、社会に道徳の存在したのは、自からの生の不安に感ずるためにこの正義といふものを楯にした、人間共通の弱点でなかつたらうか。たゞ、独り野獣の如く躰力さへ強かつたなら、この自然力に対抗して戦つて行くことが出来ると思つた。

私は、独り、うす暗く、灰色からだん〳〵と黒色に変つて行く障子戸を見詰めて、空想に耽りながら坐つてゐると、遠く、生活といふ盲目の本性のために争ひ戦つてゐる人間と、石炭の熱度で運転する物質文明とが、さながら肉の声と鉄の響きとが相縺れあつて、地獄を呪ふ歌の如くに空に向つて訴へてゐる。

「また、日が暮れるのだ。」

と、私は、常の如く変化なき夕暮を見て言つた。自分の死ぬまでに、こんな夕暮をこれから幾たび見るであらう。

此時、勝手許で音が聞えた。其処に働いてゐる妻は、今日で三日間、飯を食べなかつた。あゝして、病んで苦しい中を起きて働かなければならぬのも、やはり生活をなしつゝあるからの責任の如く感ぜられた。私は、尚ほ、長い未来と戦闘と苦痛をとを経なければならぬといふことを考へるのが苦しかつた。さながら暗澹として夜の垂れかゝつた沙漠の中に一人居残されて坐つてゐるやうな心細さと寂寥とを感じた。

四

母に抱かれて眠つてゐた幼児《おさなご》は、母が、床を抜け出た後にもやはり何も知らずに眠つてゐた。此時、私は、裏の庭に出て、猫は、何処にゐるだらうかと探したのであつた。

夕暮方の空には、灰色の雲が乱れてゐた。やがて襲はんとしてゐた夜は、其の雲の断れ間から下界を覗いてゐる。風は、悲しげに吹いた。庭に出て見ると羅漢松《くさまき》の葉が黒い帽子を被つたやうに鬱然《こんもり》として、音もなく木の蔭には闇が屯《たむろ》を造つてゐた。

ふと、青桐の木が、太い枝をくつきりとうす明るい空に浮き出してゐるのを見て、私の心は、何物かに驚かされた。よく考へて見ると、其れは、何時であつたか、「前世界」といふ書物を見た時にあつた、巨大な動物の遺骨の図に何処か似てゐたからであつた。

長い冬の間、太陽の光りは、此の庭の上へ射さなかつた。秋の頃、繁つてゐた薄や菊などが赤く枯れてゐた。春が来て、時節はめぐつても、冬の遺して行つた傷痕は取り去ることが出来なかつた。而して、赤い花咲く草花の根は腐《くさ》れたと見えて哀れな、花壇には、緑色の芽も見られなかつた。

たゞ、土の色は黒くなつて、凍傷を起した生物の膚を見るやうに、醜くなつてゐた。私は、眉を顰めて地の面を見詰めたけれど、虚心の土は何の苦痛も語らなかつた。而して、黙り返つてゐる地面は、独り残忍の冬が荒して行つたまゝにしてあつた。

私は、この寒い、暗い、陰気な庭を見舞つて、小さな猫の名を呼んだのである。

　低い、呻くやうな啼声が、羅漢松の木蔭から聞えた。私は、うす闇を透《すか》しながら、忍び足に、其の啼声のする方へと近寄つた。此時、地平線から全く、太陽の光りが沈んでしまつたと共に、冷えきつた空気は何処からともなく地球の上に襲つて来た。此の一本の木にも、また、寒い風は吹いたのである。其の木の下に、白と黒の斑毛の小さな猫は、昵《じつ》として竦んでゐた。私は、この小猫が、茫然として、夜になりつゝあるのも知らずに、かうして此処に昵として居る心を悟り兼ねたのである。

「なんで、こんなに寒くなつたのに、此処にかうしてゐるのだ。」

と、言つて、私は、慄へてゐる獣物を抱き上げた。猫の躰は、凍えたやうに冷たくなつてゐるのを感じたと同時に、私の、心には憐愍の情が浮んで来て、いつしか涙が眼に湧いたのであつた。――自分の力で、何うにでもなるやうな弱いものは、慣れんでやらなければならぬと思つたからである。而《そ》して、自分も、猫も、いつか死んでしまはなければならぬ同じい運命を持つて此の世に生れて来たものであると思つたからである。而して、人間は心の苦しさ、悲しさを言葉に出して訴へることが、出来るけれど、この哀れな動物には、物言ふことが出来ぬと思つたからである。私は、自分が此の世に於て孤独であるよりも、一層此の小猫が此の世に於て孤独であるやうに感じたのであつた。

　私は、慄へてゐる小猫を懐の中に押し入れて、自分の躰の温味で暖めてやらうと思つた。

五

　この猫は、私が、街から拾つて来たのであつた。木枯に夕陽の色は傷んで、うす黄色に西の空を染めた二月の夕暮方であつた。彼方《あちら》から、剣を佩《さ》げた兵隊の一列が、乾いた途の上に白い煙のやうな塵埃を上げて靴音を立て来た。彼等は、西から来て街を東の方に行かうとした。

　其処、此処に子供等の遊んでゐる叫び声が聞えた。赤い、星のやうな軒燈は木枯に磨ぎ澄されて、菓子屋には、青い瓦斯の光りが硝子戸を射し透して往来の上を照らしてゐた。此時、隣の足袋屋では、店頭の戸を閉してしまつた。

　この足袋屋の前の途の上に、白い小さな猫が昵としてゐて動かなかつた。兵隊の一列は、間近かに足音を立て来かゝつたけれど、猫は驚いて逃げやうともしなかつた。

　私は、この有様を見て其の猫を追はうとした。すると小猫は、曾て私を見知つてゐた人のやうに、さも懐しげに顔を見上げて啼いた。私は、其の小猫を抱き上げて、衝突しかゝつた兵隊の列から慌て避けた。而して、この誰でも通つて差支へない往来の上を独り、威張つて通る兵隊を面憎く思つた。

　若し、私が、救つてやらなかつたら、この小猫は、一直線にしか進むことの出来ない自動機械のやうな兵隊の靴の踵の下に踏み潰されて、今頃は、血を吐いて路の上に斃れてゐるであらう。而して誰も、この哀れな動物の死について、余り多く悲しみもしないだらうと考へた。

私は、其時、暫く小猫を抱いたまゝ兵隊を見送つて、道の上に佇んでゐた。街を行く人々に、いかなる思ひを抱かせたか知らないけれど、人々は私の顔を見守つて過ぎた。私は、猫を救つたのに何の不思議もない。何が珍らしくて、自分の顔を見守つて過ぎるのか不快に感ぜられた。而して、私は、其等の人々を無神経な、無同情な、冷かな人間の如く見做して、憎悪の眸《まなざし》を以て見返してやつた。恐らく、私の見返すのが、睨んだやうに見えたであらう。何となれば、中には、急に下を向いて気まり悪さうにして、行つてしまふ者もあつたからだ。

西の地平線に沈んだ黄色な入日の名残りは次第にうすれかゝつた。寂しい、灰色の冬の日は暮れて、家々では戸を閉して長い、寒い沈黙の夜の来ることを思はせた。けれど誰も哀れな小猫のために戸の外に出て来て呼ぶものをも見なければ、探して歩くものをも見なかつた。

私は、小猫を抱いて四五軒此方に来かゝると、明るい光りを路上に投げてゐる家があつた。其家は酒屋で、店頭の戸を開いて、小僧や若者等が立働いてゐるのを見た。

「この小猫は、何家のか知りませんか。」

と、私は、酒屋の前に立つて明るい方に顔を向けて聞いた。

小僧や、若者等は、何れもちよつと暗い、外の方を見たが直ぐ、燈火《ともしび》の下で、脊を円くして下に屈んで早く片附けてしまふと働き始めた。たゞ十五六の小僧が、国のことでも考へ出してゐたのであらうか、ぼんやりと立ちながら此方を見て白い息で、指頭《ゆびさき》を温めてゐたが、

「知りませんね。」

と、眠さうな声で、答へた。

六

私は、街から、この小猫を拾つて来た日のことを思ひ出しながら、家の内に、小猫を連れて入つた。雲の乱れた空の下を寒い風が走つた。私は、縁側に上ると直に雨戸を閉めてしまつた。

毎夜の義務に疲れたやうに、うす赤味を帯んだランプの光りが、一室に置かれてある物の上を悲しく彩つてゐた。ランプの下に坐つてゐる青い妻の顔の上にも妻に抱かれた痩せてゐる幼児の上にも、又、私の腕から離されて室の片隅に小さくなつて竦んでゐる哀れな猫の上にも、一様にうす赤い不安な光りは漂てゐる。此時、急に、私には、妻と子供と、この小猫の行末がどうなることだらうかと淋しく感ぜられた。何となれば、自分が是等の自分よりは弱い者の生活を保護して行かなければならないからである。私は、自分の境遇と、社会に対する反抗力と戦闘力ともいふべきものを考たのである。而して、其処には、其の人の努力で動かすことの出来ない逆境と名づけられた一種の暗い運命の存在することに思ひ至つた。

この暗い、冷かな翼に掩《おほ》はれて、終生明るい日の光りを見ずに死んだ人々が幾何《いくばく》あるか知れない。主義を持つてゐるために、また、自分でどうすることも出来ない不調和の性格を持つてゐるために、よぎなくせられた者を見もし、また知りもしてゐるのであつた。さう考へる自分もまた其の一人であるまいか。

私は、さながら、自分の未来が、漠然として限りない曠野に、灰色の霧が一寸先も見えないまでにかゝつてゐる。其の裡を歩いて行くやうに、明日の太陽を痛ましい憂愁なしに、のんびりとした気持で迎へることが出来なかつた。独り自分ばかりでない、自分と共に生活する一家の者が、黙つて、いづれも自分を頼りとして、この一夜を送らうとしてゐるのを見て怖しくなつた。

私は、気持が焦々した。死刑の行はれる前夜、それを予知して、獄屋の中で悶掻《もが》く罪人のやうに、室の中を歩き廻つた。昵《ぢつ》として坐つて考へてゐるよりは、急激に躰を動かして思想に静かなる時間と自由を与へない方が、全然、思想を持たない野獣の如く、たゞ、盲目的に檻の中を往来してゐるばかりで、苦痛を感ずることがなかつたからだ。しかし、忽ち空想は、空虚な頭に潜り込んだ。私は、いつしか今夜、十時に、もう一度停車場まで迎ひに行かなければならぬだらうかと考へた。而して、瓦斯と電気の明るい街頭の光景を目に描いてゐた。

私は、常に鋭い実感の苦痛よりも、奇怪な色彩を織る空想の重い魘《うな》されの方を幾分か快く感じた。

其時、郵便が来た。自から受取つて見ると田舎の叔母が出した手紙である。まだ封を切らないうちに、孤児のことについてゞあると直覚せられた。私の驚き易い胸は、こんな時にも躍るのを禁じられなかつた。果して、手紙には、独りで立たせるといつた少女《をとめ》は、幸、当地から東京へ行く人があるから、二三日後れるけれど、其の人に頼んで、共に旅立たせるといふ意味のことが書いてあつた。

七

今夜、停車場まで迎ひに出なくてもいゝといふことが、私には、頭の上に宿つてゐた憂はしげな黒雲が去た後のやうな、軽い嬉しさが感ぜられた。しかし、其の嬉しさも、もう一度反省して味はつて見た時には、全くはかない夢に過ぎなかつた。此世に於て、何等か夢でない幸福を捉んで見たい。空想でない、愉快な事実に出遭つて見たい。長い間、寂然とした、日蔭の如き生活を送つてゐる一家に、大自然の循環の掟として、もはや、明るい日の光りは射して来てもよい時分だと考へもしたのであつた。かう思つた刹那、楽しい形の分らない顔が漠然として灰色の未来に笑つてゐるやうな心持がした。私は、尚ほ一層明かに其の顔を見詰めやうとした。而して、明日、誰かと利害関係のある事件について、約束したことがなかつたかと考へた。また、自分の懐しいと思ふやうな人が遠くから訪ねて来る筈にでもなつてゐるのでなかつたかと考へた。しかし、すべて是等のはかないやるせないやうな空想は、直ちに、身に迫りつゝある実感によつて破壊せられた。自分は、闇の中に突き出された。其処には、寒い、不公平の世界が眼前に横はつてゐた。

而して、また今夜も、幼児が夜泣きをするだらうと思つた時、心が暗くなつて、此の世界に苦しまんがため生れて来た如く考へられた。而して、毎夜の睡眠不足から、――夜遅くまで労働に従事してゐる職工等の欲望と同じいやうに――何処かへ逃げて行つてせめて飽々するまで安眠に耽りたいと思つた。

毎日の如く、太陽の光りが沈みかゝると共に、暫らく忘れられてゐた空怖しい沈黙と、赤味を帯んだランプの光りが壁や、襖を彩る長い夜の来たのを思はせたのである。

幼児は、不幸な両親を撰んで産れて来た。盲目の社会に対する幾多の犠牲者の呪ひ叫びは、永遠に人生の暗い底に流れなければならない。両親の呪ひ、怖れ、争ふ心は、直ちに幼児の精神となつた。両親の、疲労、苦痛、屈辱は、直ちに幼児の不健全な肉躰と化した。しかし、自然は、尚ほ、この哀れな幼児の生命を断たずに、社会といふ形も、意志も分らない、怪物と最後の血を流すまでの戦闘に徴集しやうとしてゐる。

妻が妊娠した当時は、私等は生活難のために、針のやうに鋭く神経は過敏になつて精神の休まる日がなかつた。而して幼児の産れたのは去年の夏である。ちやうど日にまし黄金色に葡萄の実が色づいて、枝に止つたまゝ濃い緑色の甘い酒に醱酵せられるかと思ふやうに、美しく夕日に種子が透されて見える、もうやがて夏も徂かんとしてゐる頃であつた。庭前には、青々と木立の葉が繁つてゐるのに、妻が衰弱してゐて乳が不足であつたゝめに、産れた児供は湿気のない地面に生えた草のやうに、肥立ちがよくなかつた。而して、常に、何物かの暗い影に襲はれて見えた。

此頃は、殆んど毎夜のやうに、夜泣きをするのであつた。こんな、何も知らぬ幼児の頭の中に、いかなる怖しい幻影が映ずるのであらうか？

八

母親から伝はつた、生に対する恐怖心が、悪魔の姿となつて、まだ何を見ても意識がない幼児の眼に映じて、心を脅かすのでなければ、私の不健全な思想がこの幼児の頭に残されて、衝動的に眼を醒してかうして毎夜、魂消たやうに泣くのでなからうか。親が社会の迫害に対して抱いた思想、親が日常秘密に犯して来た罪悪が、其れと無関係に新しい時代を歩む幼児の身心に伝はるといふことは、私ばかりでない、人類の意志でなかつた。この承認し難い自然力に対して、単に不可思議の眼を見張つて、戦慄すべき以外に、人間は採るべき手段はなからうか。

私は考へた。私の産んだ子供は、大きくなつた暁には、私と同じいやうに暗い人生観に捉へられて苦しみ悶えるだらう。而して、肉体が其の苦しみに堪へられる程健全でなかつたなら、病的な思想は、終に脳髄を破壊してしまふに相違ない。此処に於て、道徳家が言ふ如く、親と子の関係は動物的、盲目的、本能的の結果でなくして、ヒユーマニズムの上に立脚するものであるとしたなら、始めから子供を産むのを避けなければならなかつた。科学の力によつて避妊を自由になし得る時代にあつては、避け得るといふことを知らないのでない。而して、原始的時代のやうに、子を産むといふことは無意識であると言はれなくなつた。

例を他に仮りて言へば、始めから、遂げられない恋であると知つてゐたなら、心で恋してゐても、口に言はなかつた方が却つて、其の人を愛してゐた所以であつたらう……真に愛してゐたなら、始めから分つてゐた苦痛を出させるに忍びない訳であつた。善悪をたゞさずに、常に有は、無に勝るといふ真理は、未だ何処にも見出されないのである。

苦しき世界に、生れ出た児は、自己の運命を呪ふよりも、産んだ其の親を呪ふべきであるまいか？

私は、眼付の何となく臆病げな幼児を見詰めて、こんな児供を自分が自然に対して何の約束もなしに産んだのを悔た。児供が親に対して、言ふべき怨みはあつても、親が児供に対して怨むべき道理はないと思つた。

母の腕に抱かれてゐた幼児は、いつしか眠りから醒めて、疲れた、赤いランプの火影を見詰めてゐた。ランプの火影は、無心の幼児の青い瞳に、小さな赤い星のやうに、可憐に光りを映じて、慰める如く思はれた。

幼児は、毎日の如く、昼過ぎから晩方にかけて僅かばかりの間眠つた。何故、此の時間に限つて眠るかといふことは分らなかつた。若し、私等二人の力で、この幼児の眠る時間を夜に、換へることが出来たなら是程の幸福はないと思つた。

或日、妻は、幼児の眠りかゝつたのを無理に眠させまいとした。きつと夜になつたら昼間の疲れで眠るに相違ない。而して、是から、夜眠る癖を付けなければならぬと言つた。「児供の時分には、癖はどうにでも附くものです。夜、眠ないのは、きつと昼間眠るからなんですから、昼間眠らせない方がいゝと思ひます。」

と、妻は私に向かつて言つた。

九

私には、幼児が昼過ぎになるとすや〳〵眠るのには、何等か空気とか光線のデリケートな官能と関係があるのでないかと考へられたけれど、たゞ黙つて妻のするのを見てゐた。妻は、幼児が眠りかゝると、手を叩いたり、笛を吹いたりして眠るのを妨げた。幼児は眠る代りに泣きつゞけた。やがて夜が来た。私等は、眠りを催ほしたけれど幼児は、尚ほ泣き止まなかつた。

「昼間も眠らなかつたのだよ。」

と、私は、此の弱々しい幼児の肉体の衰弱を気遣つて言つた。

「坊や、毒だからねんねしておくれ。」

と、妻は、怨めしさうに、幼児の顔を眺めて、起つて室の中を子守唄をうたつて歩き始めた。

「昼間眠てゐる時に眠させて置けばいゝのだ。癖をつけるといつてお前が眠させなかつたのだ。人間の考へ通りに何事も出来るものだと思つてゐるのが滑稽ぢやないか。」

と、此時私は、妻ばかりでない、世間の自然力を認めずに、たゞ、矯正とか習慣とかいふ教育家が憎くなつた。

長い間、心臓病に罹つてゐる妻は、生活の絶えざる苦痛と、この幼児の夜泣きのために、静かに躰を休める暇がなかつた。而して妻が一日の中で、僅かにうと〳〵と眠るのも、やはり昼過ぎから晩方にかけての時間に過ぎなかつた。

常の如く、午後の空には、白雲が浮遊して、どんよりと日の光りがうるんだ。さながら、この地球の上に柔かな灰色の絹を被せたやうに、遠く、近く、四辺《あたり》の物音も静まつて、家の内が寂然としてしまつた。此時、私は、隣の室で、机に向つて、いろ〳〵な追懐や、空想に耽りながらペンを紙の上に走らした。而して、暫らくこの苦しい生活の意識を離れて、真に優しみのある自然に同感して、藝術的の享楽に心酔するのも此時であつた。

私は、極めて人気のなかつた画家である。其の自分の絵画について弁護するために、新聞雑誌に断片的の評論を書いたのでない。私は、寧ろ絵具を使はずに新緑のやうに柔かな緑色の夢のやうな追懐的気分を文字に描いて、ラインの面白味をリズムに出したいためであつた。而して、私の書いた散文詩が、本職の絵画よりも、自分の生活を援けたのであつた。

太陽は、音なく西に廻つた。もう、日影が庭の垣根に遮られる頃になると、妻は、先づ怖しい思想が眠りを揺つて、隣の室で眼を醒すのであつた。私も、また此の世界の苦しい現実の巷に呼び返されて、子供の時分に遊んだ、故郷の景色や、幼な友達の短かい美しい髪を吹いた風の輝きは忽然として眼前から消え失せてしまつた。

赤いランプの光りが、室の中の埃りのかゝつた器具の上を彩つてゐた。濃い漆のやうに黒い夜が、家の周囲を取り巻いてゐた。幼児は、苦しさうに躰を揺つて、さも飢じいのを訴へるやうに苦しい声を上げて泣き出した。

悪魔の溜息を吐くやうに、鞭を振りあげて此世の罪人を擲《むちう》つ音のやうに、風は杜絶《とぎ》れつ吹いた。

十

私は、頭が其の泣き声の為めに掻き乱された。而して隣の室に駆け込んで来て怒鳴つた。

「やかましい。何にも考へたり、書けないぢやないか。この児の泣声は特別だ。身を切るやうに神経に戦ひ付いて、心が暗くなつてしまふ。」

而して、どうかして泣かさない方法がないかと言つて、妻の黙つてゐる青白い横顔を睨み付けた。妻の眼には、涙が光つた。私は、其の光りが遠い処に輝いてゐるやうに思つた。而して、妻が、どんなことを考へてゐるか知りたかつた。

「貴様には、藝術家に対する同情といふものが少しもない。」

と、言つた。

「だつて、泣くのですもの、私にだつてどうしてい丶か分りません。」

と、妻は、怨めしさうに言つた。

「外へ連れて出れ。」

と、私は嚇となつた。而して手荒く襖を閉めて、自分の室に戻つたが机の前に坐らずに、茫然と佇んでゐた。耳を暗い外の風の音に傾けて、考へれば、急に気が静まつて、哀れを催した。生れながら、別々に、孤独の霊魂が闇の中に、嵐に吹き晒らされてゐるのだ。誰の罪でもない、この灰色の世界に生れて、本能を附与せられた生物の苦しき叫びであつた。

私は、此時、戸を開けて、暗い戸外に泣き叫ぶ児供を負つて出かける妻を呼び止めた。而して、茶箪笥の中から、ビスケットの鑵を取り出した。蓋を開けてビスケットを摘み出して幼児の指に握らせたけれど其れを食べなかつた。而してやはり泣きつゞけた。私は、哺乳器にミルクを溶かして、ゴムの赤い色の乳首を、幼児の口に無理に押し込んだけれど、直ちに吐き出した。私は、此の刹那、幼児自身の気持になつて見た。自分の欲するものを与へられざる、もどかしさと腹立しさとに同感することが出来た。母親の乳の不足を感ずる児供よりも、与へることの出来ない親の悲しみを禁ずることが出来なかつた。

「どうして、此の児は牛乳を飲みませんのでせう。」

と、青い顔をした妻は、ランプの下に坐つて言つた。私は、馬鹿ツ！と怒鳴つて、無同情に見えた其の横顔を擲《なぐ》りたかつた。しかし私はこの衰へた妻に充分の滋養分も与へることが出来ない。かう思ふと、私は、急に悄れてしまつた。

「母親の乳が飲みたいのだらう。」

と、言つた。私の声は、感情のために戦《おのゝ》いた。真面目に努力して働いてゐる自分に対して、冷然として黙過する社会がある。人生がある。すべての人間は、其の与へられたる生涯を平和に送るべき筈であつた。人間の寿命は、徒らに自然が与へたものでない。其の寿命を本能を遂げるため、思索するため、享楽するために送らしめんが為めであつた。

然るに、吾等は、自然の理法に反した生活を営みつ丶あるのだ。しかも私の苦しんでゐる生活を見て当然の如く冷笑し、悪罵する知人や、敵意ある批評家に対して必ず何時か復讐を企て丶やると思つた。如何なる目的も、事業も、また破壊も、たゞ自からの生命に執着してゐることを知らなければならなかつた。先づ人間は憧がれる。要求する。訴へる。而して得られなければ、自から打ち砕いて要求する生命を断つに如《し》かなかつた。

十一

私は、さま〴〵なことを考へながら、妻の傍に立つてゐる。常よりも淋しい晩であつた。闇の裡《うち》に、溜息するやうな風の音は杜絶《とだえ》つ吹いた。私の心は、風の遠く、木立を揺つてさらに遠方に走つて消える行衛に取られてゐたが、眼は、下に落ちて、ランプの光りがうす赤く彩つた妻と幼児を見詰めてゐた。而して妻が、青筋の見える凋《しな》びた乳房を、幼児の口に当て、痛々しさうに顔を顰めるのを見ながら、血を啜つても、生きんとする動物の本能が怖しくなつた。

此の幼児の泣く態《さま》は醜く、また哀れであつた。青い痩せた脾《ひ》腹《ばら》に波を立て、腹の中から絞り出すやうに泣くのであつた。ちやうど蠟色のゴム人形の腹を強く圧し附けると人形は、鋭い泣声を立てるやうに、泣き疲れて、次第に其の声は細くなり行くのであつた。

此の泣声は、風の淋しく吹く夜、何処からともなく闇の中から聞えて来る声でなくて、何処へともなく、血を絞るやうな悲しい泣声は、此の室の中から、闇の中に消えて行くのであつた。寒い、黒い木立が呻いて、雲間から、凄い星の光りが洩れる夜中に、この悲しげな、力ない、細い泣声は、闇の中を何処へともなく辿つて、墓場の方へと消えて行つた。私の家の近くに寺があつた。寺の墓場には、木立が繁つてゐた。多くの墓は、頭を並べて、昼でもうす暗い日陰にあつた。其処には、青く苔の生えた墓もあれば、まだ、屍が埋められてから幾日にもならない新しい墓もあつた。霊魂といふものが不滅であつたならば、児を遺し、親を遺し、思ひを此の世に遺して行つた死んだ人々の霊魂が、夜中に、この墓場を歩き廻つてゐるであらう。

空の、星は、不可思議を語り、霜は、常磐木の黒ずんだ葉を白く染めてゐる。而して、四辺《あたり》は、寂然として人の気はひもしない。此時、偶々、遠くから、闇を辿つて来る幼児の泣声を聞き付けて、亡霊は、人間の住家が恋しくなつた。彼等は、この泣声の聞えて来る方へと、闇の中を迷つて来た。而して、直ぐ私の家の裏庭に入つて来た。雨戸の隙間から、僅かばかりのランプの火影が、暗い空漠の世界の中に光りを細長く突込んでゐる。彼等は足音も立てずにこの光りを頼りに進んで、戸の傍に立寄つて隙間から家の内の様子を覗つた。

ランプの光りを受けて、うす赤味を帯んだ破れた障子や、襖や、穴の明いた壁が人間とは無関係で無心であつた。力の衰へた幼児が泣きつゞけてゐる。青い顔の母親は、床の上に坐つて思案にくれてゐた。

戸の外に立聞をしてゐる無縁の亡霊は、声を立てなかつた。たゞ、雨気を含んだ風が戸を鳴らした。淋しい、悲しい、心細い気分が冷かな空気と共に一家の内を占領してゐる。私は、いろ〳〵の空想に耽けつてゐた。其の中にもいつしか、自分が美しい、はかない、夢を追ひながら、知らぬ間に児供の父となつてしまつたといふことが、もはや取り返しのつかぬことのやうに最も悲しかつた。過去を懐へば、すべて夢のやうであるが尚ほ華かで麗はしい。現在から未来を思へば、冬のやうに寒く、暗く、墓場が望まれるばかりであつた。

十二

曾て、父や母に我儘をし尽して、昼間の遊び疲れに、何の苦しみもなく、何の考へもなく、死んだものゝやうになつて日が暮れると、明日の朝まで眠つた時分のことが考へ出されて、其の自分の幼児の時分が羨ましくなつた。しかし、其の時分にも、父や、母は、やはり生活の苦闘をつゞけてゐたのであつた。而して、夜は、両親の悪夢のために襲はれる怖しい時であつたに相違ない。

私は、この泣き疲れて、なほも泣き叫ぶ幼児を抱いて真夜中に室の中を子守歌をうたつて、眠かし付けやうと歩き廻つた。私は、幼児が乳が不足のために眠むれないことを知つてゐた。しかし、其れを忘れて泣かずに眠てくれいといふ願望と憐憫《あはれみ》を歌の節に托して訴へた。人間の力でどうすることも出来ない自然力に対して反抗するよりは、寧ろ訴へ、懐かしんで、涙ぐんで憐れみを請ふより仕方がなかつた。けれど、私の腕に抱かれてゐる幼児は、時々、思ひ出したやうに泣き叫んだ、父親の手に抱かれてゐても、忍び寄つて来る悪魔の手に奪ひ去られるのを怖れるやうに、目に見えない何物かの影におびやかされて眼を開いて、火の付くやうに泣き叫んだ。而して、この切なる要求が、親にすら分らないのかといふやうに、悲しく痛ましく響いた。

かうして、毎夜のやうに、私と妻の二人は、この一人の幼児のために、苦しみから免れることが出来なかつた。

「これでも日数が経てば、どうにかなるだらう……」といふやうな、望みにつながれて、幸福といふものを漠然とした未来に求めた。

灰色の日がつゞいた。悪寒い風が吹いた。私は、何時か或る医者がいつたやうに皮膚が弱かつたので、また風邪に罹つて悪熱に冒されて床についた。而して、三日間といふもの頭痛に苦しめられた。或日、私は、アンチピリンを多量に飲んで、外界が黄色く見えた。而して、眼底に痛みを覚えて物を凝視することに居堪へられなかつた。

既に幾日か病める妻は、衰弱してゐて、尚ほ苦しいにもかゝはらず起きて働かなければならなかつた。或朝、私は、重苦しい疲れた眠りから醒めた。隣の室で、妻と曾て聞き慣れない人声がした。直に、田舎から孤児を伴れて来た人が訪ねたのだと分つた。

朝日が、庭の羅漢松にうす紅の光りを投げた。其の光りには、愉快な分子が抜き取られたやうに光沢《つや》がなかつた。しかし、此の世界が、日に何となく春めいて来たのである。何処か、遠くの方で鶯の啼声が聞えた、私の、床を離れた時には、もう、隣の室に来てゐた人の話声は止んでゐた。其人は、帰つたのであつた。

孤児だけが私の家に遺されたのである。妻は、孤児を伴れて来た男は、此方に用向きがあつて出て来て田舎の町の小間物商であると言つた。また、金の指輪をはめて、丈《せ》の低い男だといふことも語つた。

私は、心の中でつい一枚の襖を隔てた隣の室まで来た其の男を見なかつたのが名残惜しいやうな気持もした。何となれば、もう永遠に其の男を見ないだらう。而して、どうしても其の男の顔には、うすいあばたがあるやうに思はれた。私は、独り、空想の目に其の男の姿を描いて見た。たとへ真実の顔はどうであつてもいゝ。私は、空想の眼に浮んだ顔を其の男の顔と思つて懐しく思つた。而して何となく悲しかつた。

十三

其日から少女《をとめ》は、幼児を負つて子守歌をうたつた。其の孤児の眼は硝子《がらす》のやうに光つて、小鷲の眼のやうに鋭かつた。顔は日に焼けて黒く痩せてゐた。足の爪も、手の爪も延びて、其の中に泥が溜まつてゐた。昨日まで、野、山を駆け廻つてゐたことが知れた。何の節とも名のつかぬ憂鬱な子守歌を朝から晩まで口吟《くちずさ》んでゐた。

私が、始めて顔を見た時、少女は、気まり悪いといふ風もせずに、黙つて私の顔を見上げたまゝ前に突立つてゐた。妻が、「お辞儀をしなさいよ」と穏かに言つた時、彼女《かれ》は、始めてお辞儀といふ、曾て、他人のするのを見たことのあつたものを思ひ出して、妙な手付で、其処に坐つて頭を下げると、再び、其処に突立つて私の顔を見上げたが色光沢の悪い頬に、うす紅い色を帯んでゐたのが可憐らしかつた。

あゝ、かうして、だん／＼他人にもまれいつしか都会の空気にしみて俗化されてしまふのだと考へると、私は、急に少女の今迄遊んでゐた森の多い、風の野に叫ぶ荒涼たる自然を眼に描いて、其処に二たび此の少女を帰してやりたいやうな気にもなつた。

其の日の午後であつた。

「田舎が恋しくないか？」

と、私は、言つて孤児を眺めた。少女は、垢れた頭髪《かみ》をぎり／＼と引き結んだ頭を下げた。傍に、仕事をしてゐた妻が、

「この児をあづかつてゐた家は、遠い親類とかいふんださうですが、この児を甚くいぢめたさうです。時々、食物を食べさせないこともあつたと、女房といふのが癇癪持で直に火箸で擲つたり、冬の晩に、戸の外に出したきり、明る日の朝までかまはなかつたことがあるといひます。ほんたうに、この児から其の話しを聞いて、親のない児は、不憫なものだと思ひました。考へて見れば、いくら甚く、いぢめられて苦しいことがあつても行く家はなし、訴へて見る者もないのですから……今度、旅へ出すにも、これが世話のし納めでありながら、平常着のまゝこんな風をさして寄来す位ですから大抵様子が分りますが……」

と、言つた。

人間の住む所は、何処に行つても、こんなやうな悲劇は行はれてゐる。たゞ漫然として田舎は、質朴で、人情に温厚である

と言ふことは出来ない。たゞ、自然は常に最も偽りのない友達である。

幼な馴みの、親しい自然を見捨て、知らぬ他国の空で、同じい冷淡な社会にもまれて、泣くことがあつても、もはや、其の涙を覗いてなぐさめてくれる森の上に出た月影もよければ、家を逃げ出して来ても、其の身を護つてくれる、こんもりとした親しい行きなれた杉の木の森もないであらう……或時は、母となり、或時は、姉となつて淋しい孤児の身の上を慰めて共に遊んでくれた自然から、遠く離れて来た少女の身の上を悲しく考へた。而して、私は、都会に来るよりも田舎にゐた方が、いくら苛くても幸福であるやうに考へた。

「田舎が恋しくないか。」と、私は、同じいことを聞いた。少女は、やはり、黙つて下を向いてしまつた。

「そんな、怖しい家などにゐるよりか、いくら東京がいゝか知れないわねえ。」と妻が言つた。

「さうでないさ、やはり、子供の時分から遊びなれた故郷がいゝにきまつてゐる。」と私は、感慨を催して言つた。

十四

此の孤児が来てから三日目であつた。前隣の女房が、私の家に怒鳴り込んで来た。あなたの家へ田舎から来た子守が、自分の児供を擲つたばかりでなく、悪口を言つて泣して帰《かへ》したといふのであつた。

此時、私は、日当りのいゝ椽側で、小猫を撫でながら、眩しい光りを身に浴びてゐた。遥か南の太平洋を渡つて太陽が近づきつゝあるのを思ひ、耳許を過ぐるうす寒い、北の青い海の方から吹いて来る風の次第に和ぐのを感じた。而して、遠い処を思はせるやうな、冬が去つて、春の来ない間の心地よい、物悲しい空虚のやうに、音もなく、自然は無心でゐるのを見た。私は、空想した。憧がれた。しかし、其れは気にとめて考へて見た時には、全く形のないもので、失望と現実に対する憎みを感ずるに過ぎなかつた。幼児の時分に、よく夢想したやうな、遠い、美しい見られない世界を恋ふる心であつた。幼児の時分には、いろんなことを空想しながらも、いつか大くなつたら、其の美しい世界を見ることが出来て、其の幸福が得られるやうに、さながら好い香気のする酒のやうな、不可思議な気分に酔はされることが出来た。しかし、今では、空想の破れた後には白い牙を見せて嘲笑ふ醜い悔恨があるばかりだ。

私は、首垂れて、眼を哀れな動物の上に落した。この小猫は生れながら耳が遠く、眼がよく見えなかつた。この小猫の眼には、他の猫に見られないやうな、薄膜がまだ切れずに瞼を半分閉してゐた。

この白い膜が、たえず私の神経を悩まして、一日とて気にかゝらない日がなかつた。それは自然にかういふ別の膜が、この小猫に限つて生れながら張つてゐるのであらうか、それとも、生れると同時に切れるべき筈のものが未だに切れずにゐるのであらうか分らなかつた。而して、仕事に倦むと猫を抱いて来て、指で瞼を開けて覗きながら今後、この膜は自然に切れるものであらうか、それとも、私が、小刀で切つてやつた方がいゝものであらうかと思つた。私は、たび〳〵小刀で膜を切つたら、其の下から、黒い、円い、澄みきつた瞳が出て、小猫が目がよく見えるやうになつて喜んで、飛び廻る光景を空想に描いたのであつた。——日の光りは弱々しい瞳の中に映じてゐる。而して、発育の悪い躰を掩ふてゐる堅い毛は薄く貧しかつた。

　妻は、しきりに孤児のことで、隣の女房に詫びを言つてゐた。私は、聞くともなく、隣の女房の話を聞いてゐたが、ふと、自分の子供の時分のことが考へ出されて、よくちよつとしたことで泣いて告げ口をしに帰る子供のあつたことを思ひ出した。而して直に、自分の子供の言つたことを信じて、真赤な顔をして眼に角を立て怒つて来る母親のあつたことを思ひ浮べて、急に、血が頭の方に走て、何となく腹立たしくなつた。私は、出て行つて、隣の女房を怒鳴り帰《かへ》してやらうと思つたが、無理に堪えてゐた。隣の女房の声は、だん〳〵低くなつた。而して造つて押し付けたやうな笑声が聞えた。もう、四十に近い、身形を構はない女の姿が目に浮んだ。其の顔には、小皺が寄つて、歯が黄色かつた。「糞婆め！」と私は、言つたが、案外に其の声の大きかつたのに自から驚かされた。たしかに先方に聞えたと思つた時、二たび心が騒いだ。

　孤児は、まだ帰つて来なかつた。僅かばかり、不安な沈黙がつゞいた。

「帰つたら、よく言ひ聞かせます。」

と、妻が、其場を繕ふやうに、女房に言つたけれども女房は、返事をしなかつた。私は、馬鹿め！と心に叫んだ。而して妻をつく〴〵弱い女だと思つた。

十五

　それからまた四五日は経つた。妻は、私の仕事に倦んで、椽側に出て、小猫を弄んでゐる処に来て、叔母さんは、とんだ子供を寄来したもんだ。あの児は、性質が荒くて、とても私等の言ふことを聞くやうな子供でないと言つた。

　孤児は、正午前、幼児を負つて、遊びに出たぎり、午後になつて、乳を与へなければならない時刻が来ても帰つて来ないのであつた。妻は、度々、戸口に出て、白く土色の乾いた往来を見遣つた。遠くの木立が鬱陶しく、黙って、日に光つてゐた。空漠な、悲しい感じは心を襲つた。けれど子供の影も形も見えなかつた。妻は、口のうちで、「あんなに言つて聞かせて置くのに」といつて、眼の前に映つた少女の横顔を睨んだ。刹那、また、やるせない悲しみが胸をそゝつた。而して、少女の脊で泣き叫ぶ幼児を眼に描いた。

「もう、とつくに正午になつたのが分らないのだらうか……」

といつて、無智の田舎少女を憐れむやうな気にもなつた。同時に、ヒステリーの発作の閃めきが眼の上に青筋を立て、小皺を寄せた。而して、油のにじんだ、毛の抜けて薄くなつた頭髪の地肌を日に晒らしながら、妻は青い顔をして家の内に入つて来ると、私のゐる処に来たのであつた。

「まだ、いくら性質がよくないといつて十二でないか。これから直せばよくならんとも限らない。」

と、私は、たゞかう言つたばかりだ。荒々しく、何処か淋しい、北海の自然が産んだ寵児であつたやうに思はれた。其の寵児を奪つて都会に放つたやうな気持もした。私は、妻の言ふことに取り合はなかつた。其れよりも、小猫の眼に半分程かゝつてゐる白い薄膜が気にかゝつてならなかつた。生れた時に破れるべき筈であつたものが、かうしてかゝつてゐるやうな気がした。私は、自分の力で、其の薄膜を切つてやつたら、どういふものであらうかと考へた。

空は、日の光りにうるんで見えた。やがて春になつて、花が、あの枯れたやうな木立にも咲くだらうと思つた。もう四月には、幾日もないのに、なぜ、いつまで風が、かう寒いだらうか。四月になつたら慌てこの寒い風は北に、逃げて行くのだらう……妻は、話の付葉がないので黙つて去つた。

神経の過敏な、気の弱い妻には、其後、前隣の女房の声を聞くたびに、一種の不快と理由ない恐怖とに心が襲はれたのであつた。羅漢松の木が黒く繁つて、其の背後に押し付けられたやうな竹の垣根があつた。其の日蔭のうす暗い処で、隣の女房が小さな児を叱つてゐる声がした。毎日のやうに、此の女房の子供を叱る、嚙み付くやうな、声を聞かない日がなかつた。私は、彼女《かれ》が子供に対して、愛といふやうな分子を其の声の裡から感ずることが出来なかつた。たゞ、同類の憎しみである。残忍の閃めきである。自分の子供といふことを忘れた真に敵視した叫びである。この声を聞いた時に、先づ妻は口のうちで、「よく、子供を叱る人だ」と、傍にゐた私には聞えないやうな声で垣根の方に瞳を向けて言つた。しかし、私には、其の瞳のうちに、一種の怖れと、反抗と、憎しみのあつたのを認めた。やはり、妻は、隣の肥つた声の太い女房を怖れてゐるのだと思つた。

「あの児を田舎へ帰しませう。私には、どうしても面倒を見て行くことが出来ません。」

と、妻は、話を孤児の身の上に転じて私に向かつて言つた。

私は、直ちに、妻の複雑な、矛盾した、而して、物におびやかされてゐるやうな心理状態を察知することが出来た。

「お前が、呼び寄したのだよ。」

「いゝえ、あなたが………」

「まあいゝさ。明日にでも帰してしまはう。さう言つて叔母に手紙を出すから。」

と、私は、もうすべて過ぎ去つた問題の如く執着しなかつた。

妻は、考へ込んだ。

「でもねえ、折角来たのだから……帰れば、またいぢめられるのですから。」

と、言つて、心にもないこと言つたのを、独り悔ゆる様子が見えた。

十六

「飯さへ沢山食べれば、意地が汚くならない。」

と、いふ低い話し声が聞えた。天井張は頭の上を押へ付けて、ランプの光りは、黄色く濁つてゐる。私はこんな話を聞くと、自分の現在ゐる苦しい貧しい、牢獄の生活を意識して、いら〳〵と其処に突き立つた。其時、私は、ペンを下に置いて、自分の書きつゝあつた作品の価値について考へてゐた。自然と永遠に其の力を争ふ藝術的の価値である。自分は、この宇宙に存在する最も微かな、弱いものに対しても、自分の生命を捧げて歌ふべき力の潜んでゐることを知つた。たとへば草の葉を赤く染めて、地平線に沈む夕日に対して、うすく曇つた日に、木の葉の暮方の風に揺れてゐる景色に対して、後方を向いて黙つてすゝり泣く女の姿に対して、また、故郷の生れた家の裏長屋の糸車を廻してゐた、見覚えの微かにある老婆の幻に対して、其処に、此の天地の不可思議な、悲哀の力の潜んでゐるのを思ふて、それを描き歌ふために自分の短かい生命と生活と幸福を犠牲にしてい丶と思つた。而して、かういふ気持と、真率の態度で書いた、自分の未成品の価値を考へたのである。然るに、当時の或る批評家は、私の小品を空想の産物として、人生に寄与のないものだと断言したものもあつた。さうであつたなら、私は、何のために生きてゐるのだらうと惑つたこともあつた。また、真に悲しくなつて、泣いたこともあつた。而して、中には、私の生活を幾分なりと知つてゐた批評家は、なぜ君は、あんな灰色の雲とか、遠い遠い空とかいふやうな夢のやうなことを書かずに、此頃の、書物を売食ひしてゐる、日々の苦しい生活を生々しく有の儘に書かないのか、なぜ、君は、此の人生と関係のない、空想の天地に遊んでゐるのか?と詰つたものもあつた。

決して遊んでゐるのではない!私は、柔しい、悲しい、また物哀れな感情の響きを此の実生活と関係のない、セルフイシュな楽しみのための藝術とは思はなかつた。暗い、陰気な工場で重い槌を揮つて、鉄を叩いてゐる男は、常に火と、鉄と、煉瓦の壁とを考へてゐるものでない。たま〳〵、空想は、遥かの空を翔けめぐる。而して、彼等の冷《ひや》かな堅くなつた胸にも、しめつぽい故郷の野原を吹く風は吹く、雲や、小鳥の歌は、さま〴〵な思ひを呼び返して、新しい、子供の時分のやうな血潮を波立てる。其時の涙は、真実の涙である。思ひは、すなほな、真面目な思ひである。其処に、人生の真相がある!力のある藝術は、深い溜息と、深い哀愁とを、底知れぬ谷間から、立ち上る霧のやうに、いつとなしに身をつゝむものでなければならない。

私は、藝術といふものを美しいもの、優しいもの、而《そ》して力のあるものと思てゐる。私は、此の地球の上に錯雑として紛起する、多くの事件に対して、寧ろ、其の事件を彩る人間の目に見えない感情とか、若しくは、自然力の秘密な関係とを感ずるものである。而して、レールの上に流れた、血潮を見て必ずしも驚かない、鈍色に光るレールを見詰めて佇んでゐた人の神経の働きを想像して怖しく思ふ。こゝに、恐怖を描く藝術家があるとする。必ずしも其の人は超自然の妖怪を書かない。殺人、強盗、自殺を書かない。一室の中に瓶に挿された黄色な花の凋れて色褪めて行くのにも、自然力の怖しさと、戦慄を感ずることが出来るのであつた。同じく生活の悩ましさから産れる、さま〴〵の憧憬的の色彩ある作品は、人間の生命を求める時、眼から迸しる情火の閃めきである。真率を欠き、何等時代に反抗的精神のない、節操のない批評家の知る処でなかつた。

十七

ある誤解せる自然主義者は、人生の事実を争闘としか見得なかつたのであつた。而して同情の欠乏に泣き、恋愛のために悶える幾何の人生のあることを知らなかつた。即ち争闘は、同情と同感の欠乏から起る、人間の不自然な、悲劇であるといふことを知らなかつた。自然に帰れ!、原始時代の感情を持てよといふ藝術上の主張は、唯物主義に反抗したロマンチシストの叫びであつて、何の時代にもこの叫びには変りがなかつた。何となれば、幸福を不公平に配ち与へる社会制度の下に生活して、我等は、常に物質の欠乏に苦しみ、為に過度の肉躰の疲労を感じて、尚ほ、理想あるがために精神の苦痛に泣かなければならなかつた。而して、これを改めるためには、藝術的理想主義より、人間自然の感情に帰る運動を起すにあつた。原始時代の、子供らしい偽りない感情を慕ひ、喜ぶの情に堪へなかつたからである。

私は、机に向かつて書きかけてゐた、小品を読み返して、果してこれが、自分の主張を示した、人生の悲哀に触れた作品であらうかと考へた。而して、空漠とした。はかない悲しみのために心が暗くなつた私は、ちやうど自分が労作に疲れて、考へに倦んで顔の筋肉がたるんで、しかも心のうちでは泣いて、神経は益々過敏になりながら、肉体の之に伴はない場合がある。其時の姿があり〳〵と浮んだ。

たるんだ顔!ちやうど其のやうに、この作品には、生気と鋭い力といふものが欠けてゐるやうだ。あまり、自分は、生活のために臆病になつてしまつたのだ。知らず、知らずのうちに、俗世間の批評に動かされて、気がいぢけてしまつたのだ。藝術家の精神は、常に自由で、広く、大くなければならない。いかに鋭い自意識を必要としても、尚ほ一面に、奔放な雲を呼び、風に乗じて、星影を掠めて飛ぶ感情の活躍がなければならない。生気と精彩と、驚くべき魅する力といふものは、天才的の感興に待たなければならない。解剖と写実に終る藝術は、さながら、人にたとへたなら、飽迄、眼を地上に注いで、とぼ〳〵と背を丸くして歩いてゐる。灰色の影に似てゐる。もう、年老つて、躍つたり、跳ねたりすることの出来ぬ人のやうだ。

私は、さう思つて書きかけてゐた自分の原稿を引き破つてしまつた。而して、注意が散つて隣の室に気をとめるともなく妻の孤児に言つてゐる話声を聞いたのであつた。

「飯さへ沢山食べれば、意地が汚くならない。」

妻が、孤児に向つて言つてゐるのだ。私は、あの気が弱い、女の口から、いつこんなことを言ふやうになつたかと疑つた。この現実的な、どん底の経験をして来た人の言葉のやうな、曾て、青空を見て、遠い、空想に耽つたことのないやうな人間の思想を表白した言葉を、聞くのを悲しんだ。而して、いつしか自分等の貧しい生活は、私等の若々しい空想の世界を全く闇に破壊してしまつたのだと呪つた。

私は、この広い社会には、この風の吹く夜を、こんな暗い考へに耽らずに、また、こんな貧しい生活を知らずに、楽しく、賑かに、贅沢に笑つて送る人もあると思つた。而して、其等の人々は、同じく自分等の住む地球の上には、幾多の偶然にして、且つ盲目の運命に弄ばれて或者は幸福に送り、或者は逆境にゐるといふことを果して考へてゐるであらうか？

十八

風の吹く、頼りない晩であつた。外は、暗くて星の光りもなかつた。もう、直に春が来るのだらう……此頃は、毎夜のやうに風が吹いて、風は、北へと逃げて行くやうだ。妻は、声を殺して、低い、憚かるやうな調子で、孤児に対して決して他人の持つてゐる物を欲しがつてはならないと言つてゐた。勿論、私が此方《こちら》の室で、耳を澄してこんな話を聞いてゐるとは、妻は、思はなかつた。やはり、私は、熱心に机に向かつて、ペンを動かして、創作に耽つてゐると思つた。また、私が、原稿を引き裂いて茫然として、深い、絶望に陥つてゐることを知らなかつた。私は、耳を澄して話を聞いてゐたばかりでなく、妻の心理状態をも観察してゐたのである。

私は、考へさされた。この地球の上に存在するすべての物は、其の始めは、誰の所有にも属さなかつた。また、深く考へれば、如何なるものでも、全く自分の独占にするといふこととは意味のないことである。幼年時代乃至《ないし》少年時代の思想は、最も自然に近いものである。彼等は、如何なる貴重な品物に対しても、特別に、俗人の言ふやうな、金銭上の意味の価値を認めない。欲しい時に其れを手に持て弄ぶ。飽きれば其れを地上に投げ捨て、他人の拾つて行くのを何とも思つてゐない。大人のやうに、飽迄、其の物の金銭上の価値を考へて自分の所有にしやうとは思はない。若《も》し、社会の人々が、悉く、この幼年乃至少年時代の考へでゐたなら、この社会には、特別の貴重のものといふものはない筈である。すべての物の価値は平等となる筈であるまいか。

社会の人々が、自からを護らなければならなくなつたのは、此の人生の堕落でなければならぬ。然るに、多くの人は自分の経験について、智識について、思想について其を正しいものとして疑はない。罪悪に汚れた思想を子供の頭に吹き込んで教育と呼んでゐるのである。而して、他人の物を欲しがつてはならない。他人のものを盗んではならない。と教へられたゝめに、却つて子供等は、何も知らなかつた頭に罪悪といふやうな黒い影を刻み込まれるのである。人間は自然に、生活して行くために必要の智識だけは持つて産れて来た。人間が、不自然な境遇によつて学び得た智識は、これと同じいやうな境遇にゐる人にとつて必要となるとも自然の生活にとつては、不必要な、不快なものでなければならぬ。正直に言葉を信ずる人にとつては、他人の顔色を覗ふ機敏と警戒は要なきものであつた。此の自然界には、始めから善なる事実もなければ、悪なる事実もない。たゞ人間が、社会生活を標準として、自由の解釈に基づいて善とも見、悪とも見るに至つたのである。原始時代にあつては人間は、自己の境遇に従つて、本能を遂げるだけの智識しか必要を感じなかつた。現代にあつては、不自然な苦しい生活をせなければならぬために、神経が過敏に働いて、遂に病的となり、悪夢に魘《うな》されて、この、虚心の自然界をさま〴〵に見、苦しみ、悩み、憎んで日を送つてゐるのである。私は、このうす暗い、黄昏のやうな過度期の社会に産れて、しかも黙々として死んで行くものゝ運命を考へた。妻の如きも、即ち其の淋しい影の一つであつた。而して、比較的余裕のある、未開の田舎に生れた無智の少女が、この、都会に出て来たのを悪いことのやうに考へた。

十九

家の外には、春が来た。けれど春は家の戸口から内には入らなかつた。窓を開けて見ると、何《ど》の木も、赤く色づいて、新しい生命が宿つたやうに思はれた。垣根の隅の枯れかゝつてゐた桃の木にも花が咲いてゐた。

私は、急に、全く、別の世界に来たやうな気持がした。而して、此の世界が、自分の侮辱せられ、苦闘して来た、辛い、また罪悪に汚れた灰色の、同じい世界であるとは思はれなかつた。今迄、あまり人通りのなかつた往来の上を、華かな笑ひ声を立て、若い女が行つた。また、他にもいろんな人が話しながら、花見物に行くのであつた。しかし、家の内は、寂然《しん》として、冬の日が障子に差した時と変りがなかつた。妻も、私も、子供も、まだ冬からの衣物を着てゐた。

庭には、地面の上にいつしか家根を外れて、暖かな日の光りが落ちたけれど、すべての草花の根は、長い、冬の間に凍えて腐れてしまつたと見えて、去年植ゑたチユリツプは芽も出なければ、他に花も咲かなかつた。私は、やはり暗い思想に襲はれて、常に気が滅入つてゐた。

障子の硝子板を透して、庭の羅漢松《くさまき》の黒ずんだ、埃のかゝつたやうに日の光りを受けた葉の色を瞳に映しながら、極端に病的な人生を色濃く描くために、ペンを採つて机に向つてゐると、私には、春が来たといふことが、私の存在とは何の関係もないやうに思はれた。独り、私ばかりでない。妻にとつても、また小猫にとつても、少くともこの一家の者とは何の関係がないやうに思はれた。

春は、地上の草木に新しい生命を恵まんがために来た。而して、冷酷な冬のために傷ついた草木は、すべてこの暖かな日の光りに蘇生つた。しかし、人生の春は、永遠に来ない。私等のやうな、生活の為に傷ついたものは、遂に人生の春を見ずして死んでしまふのだらうと思つた。

なぜ、私は、春の来るのをあんなに待つてゐたであらう。さながら、春になつたら、苦しい身に纏つた縄が切り放されて、真の自由は得られて、楽しいことがあるやうに思つてゐた。而して、毎日、青く、狂人の瞳のやうに、凄く冴えた二月の空を見て、早く、肌《はだへ》に染む、寒い北風の逃げて行くのを思つたのであつた。また、太平洋の波の上を照して、黄色く燃える太陽の近づきつゝあることを思ひ、而して緑葉の頃になつたら頸のまわりの赤い燕が飛んで来て、いろんな小さな、赤い、白い花が咲いて、此の地球の上を麗はしく彩るだらうと思つた。而して、其れが自分のために自然がしてくれるやうに考へて、楽しく、心に待ち憧がれてゐたのであつた。

遂に、春が来た。けれど、其れは、哀れな空想児を楽しませんがためではなかつた。やはり、夕日は、灰色の壁を、昨日の如く染めて、湿りかへつた空気の裡に依然として生活の努力は営まれた。やはり、私の心は楽しむことが出来なかつた。却つて、春は、私の一家を除いて、他の人々に愉快な楽しい遊び場を造つてくれたやうな気持がした。毎日のやうに、私の家の横手を、さま〴〵の女や、男が賑かに、さも心から苦痛といふものを忘れて楽しさうに話して、群をなして花見に行くのが通つた。私には、此時、「どうして、あれ等の人々は、あゝしてのんきに日が送れるのであらう」と考へられた。而して、私は、淡く哀愁の霧がかゝつた、空虚な室の裡を見廻した。其処には、隣の室で黄色の青い、窶れた妻が襤褸《つゞれ》を縫つて幼児の春衣《はるぎ》を作つてゐるのであつた。椽側には、眼のよく見えない、耳の遠い、鼻も悪い、魯鈍な猫が竦んで、人間の心も疑はずに心地よく眠つてゐるのであつた。

二十

花の散つた頃だ。ある日正午時分、孤児は、脊に負さつてゐる幼児に乳を飲ますために外から帰つて来た。而して、妻は何やら少女に向つて小言をいつてゐた。

「お前は、何と言つて叱られても笑つてばかりゐる。少しは、身に染みて直すやうにしなければならぬ」と、言つてゐる声が聞えたのであつた。

私は、此時、茫然として庭の木立を見詰めてゐた。青桐の若葉が、日の光りに輝いて、静かな、晩春の愁しみが空気の裡に流れてゐた。しばらくすると、妻の話声は止んで、家の外で少女の子守唄の声がした。其の声は、私に、故郷の丘と麦圃や、青い海を思はせた。

私の眼にさま〴〵の幻想が浮んだ。北の方から、哀愁を含んだ潮風が、少女の頭髪を吹いて、魚と磯草の香の漂よつてゐる小さな港町を、少女が素跣《はだし》で歩いてゐたことがあつた。少女は、問屋の、前に立つてゐる高い竿の頂きに、赤い旗が、青い、無限の空の下に翻へつてゐたのを見たこともあつた。

また、村端れに立つてゐて、弥彦詣《いやひこまゐ》りに行く、人々が、山路を歩いて、風に日が輝く杉の木の下を通つて、麓の青田で啼く蛙《かわづ》の声に、恍惚《うつとり》と聞きとれた、汗ばんだ額を拭き、立止つて遅咲のうす赤いうつぎの花を見たり、遥か隔つた処で、晩春を惜しむ鶯の鳴声を聞いてゐるのを見た。しかし其等の人々は、かうして旅してゐる間にも、心は我が村に帰つていろ〳〵と家のことを考へたり、金円の出納を計算したりして思ひを煩らはすのであつた。

この孤児は、浜に、山に小守にやられたと言つた。けれども二月とはゐなかつた。まだ物心のつかぬ幼児の時分から他人の手に育てられて、いろ〳〵の悲しい目、つらい目に遇つて来た孤児は、早くから何処へ行つても、生きて行けるといふ思想を持つた。自然は、不幸な孤児に家を定めずして青空を家として生活する漂浪の味を教へたのである。けれど此の少女の歌つてゐる子守唄には、一種の哀しい響きがあつた。

秋の寒い晩に月が、雑木林から光りを投げて、既に、霜が真白に圃の上に降りて月の光りを受けて、青白く輝いてゐる時分になつても、まだ、戸の外に立つて、子守唄をうたひながら脊中の幼児を眠付かせなければならなかつたであらう。私は、子供の時分によく、隣のお作が、やはりこんなやうな哀れつぽい子守唄をうたつて、晩方遅くまで家の外に立つて脊中の幼児を眠かし付けてゐたのを覚えてゐる。お作の母親は、よく、お作を叱つたものだ。私の家と、お作の家との境には大きな柿の木があつて、しめつぽい曇つた空を渡る風に葉がひら〳〵と鳴つた。壊れかゝつた家の前の土塀には、石の間から蟋蟀《こをろぎ》が啼いてゐた。お作は、どうしたであらう……。眼の涼しい、色の黒い顔であつた。私が、十三の頃、学校へ通つてゐた時分に、上州へ行つたぎり再び私の村には帰つて来なかつた。

晩方、孤児が帰つて来た時に、私はランプの下で少女をしみ〴〵と見た。小険《さか》しい眼は、遠い処のものが何んでも見えるやうに冴えてゐた。而して、田舎から着て来た衣物に処々土がついてゐるのを見て、私は針仕事をしている妻を見返つて、

「この児にも新しい着物を被せてやらなければならない。」と言つた。妻は、顔を上げて、

「この着物が縫ひ上つてしまつたら、次に此の児のを縫つてやるつもりでゐます。」と答へた。

二十一

孤児は父の顔を知らなかつた。母は、五歳の時に死んだ。彼《か》女《れ》は、母の死んだ日のことを朧げながらに覚えてゐる。恐らく、

これが最も幼年時代の記憶であるやうに思はれた。人間は、僅かに記憶によつて、過去を感ずるものだ。しかも記憶の糸はだん〳〵遠ざかるに従つて、ぼんやりとした灰色の世界の裡に消えてしまふ。誰れしも、よく、幼児の時分にあつたことを思ひ出し得るものがない。たま〳〵、其ぼんやりとした灰色の世界から、顔を出してゐる記憶があつても、其顔の輪廓ははつきりとしてゐなかつた。

　哀れな少女は、誰もゐない時に、ぼんやりとして目に映る母の顔を、もつとはつきりと見たいと願つた。すると、不思議にまだ五つ時分の小さな自分の姿が目に浮んで来る。ちやうど、もう一つ自分といふものが浮き出たやうに思はれた。而して、まだ何も知らぬ自分が、何かして遊んでゐると、其処へ母が入つて来た。何となく、自分を抱いてくれたり、自分といつしよに寝てくれる時の様子とは異つてゐた。「いゝ子だからおとなしくしてゐるのだよ。母ちやんは、ちよつと他《よそ》へ行つて来るから、もう直に彼方《あつち》の叔母さんが来て下さるから……」と、母は言つて姿は見えなくなつた。少女は、日が暮れる時分になつても母が帰つて来ないので、大きな声で泣き叫んだことを覚えてゐる。また、其時見なれない女の人が、もう、母ちやんは帰つて来ないのだよと言つた。尚ほ悲しくなつて、家の外に出て、彼方《あちら》の森の方を見て母の帰つて来るのを待ち憧がれて泣き叫んだ。すると其の女の人は「この児は聞き分けのない児だよ」と言つたので、其の女の人を怖い人だと思つた。——少女の記憶はこれだけである。

　母は遂に帰らなかつた。其れから、孤児はこの女の人に育てられた。少女は、後になつて、母は、其の日、他へ出て行くと自分を偽つて、二階に上つて自から縊死したのを知つた。親類の女の人は、屢々、其の日のことを物語つて聞かせた。

「其日は、曇つた日で、裏の麦圃《むぎばたけ》で、村の人が此方《こつち》の家で、人が自殺したのも知らずに、歌をうたつて肥を撒いてゐた。」

と言つた。また女の人は、何か気に障つたことがあると、孤児を口穢なく叱つて、其の言葉の終りには、「お前の母親も、不品行をしたものさ。それで、あんな死態《しにざま》を晒したのだ。お前も、後にはどんなものになるか怖しいもんだ。」と毒々しく言つたことがあつた。

　私の家に、此の孤児が来てから、いつしか三十日は経つてしまつた。其間、私は、叱らなければならない時でも、眼前に其の孤児の姿を見ると急に憐れを催ほした。親がない児だ。誰が、親身になつて此の児を護《かば》つてくれるものがあるか。此の児は、此の世界に、全く孤独な児である。かう思ふと、其れぎり黙つてしまつた。而して、私も、妻も、「自分は、孤児だ」といふ反省をするやうな話題は、少女の前では避けてゐた。

　或時、私は、感激して、「お前は孤児だ。お母さんのことを思ふことがあらう」と言つた。すると少女は、顔の色も変へずに、にや〳〵笑つてゐた。「何といつて叱つても、身に染みて直すといふことはせずに笑つてゐる」と、曾て妻の言つた言葉を思ひ出した私は腹立しくなつた。

「お前は、真に自分の身を哀れに感じないか。」と、いつた。けれど、少女は、にや／＼下を向いて笑つてゐた。私は、考へざるを得なかつた。

この孤児は、これ迄、幾たび泣いたか知れなからう、而して、擲られた時に声を上て苦痛を訴へたか知れなからう。けれど、社会は、他の児の涙といふものを余りに安く見て過した。遂に、この孤児は、泣かなくなつた。心で苦しみを感じ、悲しいと思つても、眼に涙も湧かなければ、声にも出せなくなつた。自然は、この孤児に涙の不必要を知らせたばかりでない。此の少女の眼から涙を奪つて、涙の不必要な冷酷な境遇に適合するやうに躰を作り代へてしまつた。而して、社会から迫害せられた場合に泣かずして笑ふといふ、一種の皮肉な、敵に対する反抗を教へたのであつた。少女の頰や、背中には、擲れて紫色にあざとなつた血の染んだ痕があつた。

二十二

此頃になつて、幼児は夜もすや／＼と眠るやうになつた。人間の筋肉に疲れを感じさせるやうな甘い愁《かな》しみと、やるせない思ひをさせる暮春の時節となつた。日にまし、青桐の葉は大きくなつた。荒れて、色彩に貧しかつた庭にも、すべての木が生々とした若葉を出して賑かになつた。而して狭苦しいまでに地面の空間を塞いだ。窮りない、大空から射し込む光線は、若葉の間を洩れて、うす青い色に、木々の放つ香気を含んで室の裡に溢れた。其処に、幼児は臥かされて、おとなしく牛乳罎についてゐる赤い色の乳頭を弄んで、何やら訳の分らぬことを言つて、弱々しい柔な、瞳を、青桐の方に向けてゐた。動物の春情発動時期と見えて、牝を恋ふ牡猫の鳴き声が、暗い木蔭に聞えた、私は、怠屈まぎれに、どんな毛色の猫であらうか見届けやうと思つて椽側に出て、庭に下りて下駄を穿きかけた時分には、其の、切なさうな苦しいうちにも甘へるやうな啼声は、何処か遠くに行つて、聞えて来たのである。多くの他の猫は、かうして、如何ともし難い性慾のせめに狂ひ騒いでゐる間にあつて、独り、私の、小さな猫は、日にまし痩せて元気がなく、椽側に出て眠つてゐるのであつた。

私は、暫らく、縁側に腰をかけて、この肥立の悪い、自分の幼児と小猫とを眺めてゐた。而して、何となく心に期するところがあつた――かうして、日が経てば、いつか此の児は強くなるだらう――と思つたからだ。しかしそれは単に幼児の身の上にとつてゞあつた。眼を小猫の方に移して見入つた時に、痩せた脾腹《ひばら》のあたりに、呼吸すると骨が露はれた。また、鼻の悪いせいか、其の呼吸はいかにも苦しさうであつた。私は、指頭《ゆびさき》で小猫の瞼を静かに開いて覗き込んだ。其眼には、半分白い色の不要と思はれるやうな薄い膜が懸つて、視力を遮つてゐる。次に、私は、鼻の穴を覗いて見た。けれど、其の息苦しい原因を見出すことが出来なかつた。最後に私は、猫の耳の穴を吹いて見た。魯鈍な猫は驚いて走つた。私は、小刀で眼を半分閉いだ白い膜を切つたらどんなものだらう……といふ空想に耽つた。畢竟《ひつきやう》此の猫は、始めから、不具に生れて来た。而して、其の五感の発達を欠いてゐるために魯鈍であつた。従つて、他の壮健な猫のやうに、駆け騒ぐことも出来なければ、また、性慾を感ずることも少なかつた。斯のやうに、生れながら不具に、痴鈍に生れて来た動物は、いくら養生して体が強くなつたとて、到底普通の猫のやうになれないと考へた。――さうすると、自分は、この猫の死ぬまで、哀れな態を見てゐなければならなかつた。私は、何となく、暗い、気持に襲はれた。説明の出来ない不快を感じた。

日に三度、小猫に与へる飯は、妻のすることに定めて置いた。此日、私は、自分で久しぶりに猫に飯をやらうと思つて勝手に来て鰹節を削つた。すると、耳の遠い魯鈍な猫は、この鉋の音だけは耳に敏く聞えると見えて走つて来た。而して私の座つてゐる身の周囲に摺り付いて人懐しげに泣いた。

二十三

私は、鰹節を削り終つて、軽く小猫の頭を叩きながら、「待つてゐれよ」と言つて、小猫の飯皿の乗つてゐる盆のある処に来て見た。すると、もう何日前に入れたか知れない飯が、乾いて堅くなつてゐた。私は、これを見ると急に傍に来て泣いてゐた小猫が、さも自分に訴へてゐるやうに思へて哀れになつた。私は、直《たゞち》に妻の針仕事をしてゐる室に来て、「なんで、親切に猫に飯をやらんのだ。」と、投げ付けるやうに怒鳴つた。すると妻は、もう、何日も前から、猫の飯は、少女に委してゐると言つた。私は、少女を探した。けれど家にはゐなかつた。私は手に持つている盆を外の日が当つてゐる地の上に投げ付けた。而して、勝手に来て水を汲んで清潔《きれい》に猫の飯皿を洗つて、尚ほ付いてゐる黴菌を殺すために盆と共に日光に晒らして置いた。

其後、私は、幾たびとなく少女に向つて、殆んど毎朝のやうに、自分等が飯を食べてしまふと、同じいことを繰り返して言つた。

「親切に、猫に飯をやるんだよ。」

と、すると少女は、「ハイ」と返事をした。けれど、偶然《たま〳〵》、私が、勝手に出て見ると、猫の飯皿には、何もなかつたり、また幾日も皿を洗つてやらぬので、古い飯が乾き付いて、其に蠅が止つてゐたりするのを見た。私は、思つた。自分が不幸の児だからとて、其者は必ずしも、更に不幸の者に対して憐れみを抱くものでない。此の世界は、やはり、弱い者が虐待されて行くのだ。

最近、私を慰めてくれた唯一の友であり、室の色彩であつたものは、ムーテルの近世絵画史であつた。此書を買ふために、当時の余裕のない生活では、どれだけの苦心であつたか知れない。けれど其の苦心は、希望のある、楽しい苦心であつたと言ひ得る。私は、たび〳〵、多くの書物を売り払つたけれど此の書物だけは、其他の二三冊の愛読書と共に最後まで売《うら》なかつた。私は、いつまでもどんなことがあつても売らないと思つた。——しかし、後に至つて、ある困難のために、遂に此書も手放してしまつたが——私は中でも、第三巻を最も愛した。其の一冊には、私の大好きな、ベツクリンや、ギユスターヴ、モローのことが書いてあつた。私は、常に、此の第三巻目を読み耽つた。或時は、机の上に置いて、或時は、畳の上に開いて、自分と臥転んでゐて楽しみに見てゐたので、此の一冊だけが殊に手垢がついて際立つて汚れてゐた。

此日の午後、私は、モローの処を読みながら、冷たい紅い色、冷たい青い色を使つて描かれたクラシカルの匂ひのゆかしいザロメの傑作を想像してゐるうちにいつしか私は、高い、超現実界に聳えてある山の巓きに立つてゐるやうな好い気持になつてゐたかと思ふと、いつしか知らず、うと〳〵と眠つてしまつた。

私は、来客によつて眼を醒されたのである。此頃、来始めた例の批評家であつた。病後の彼は、頭髪が薄くなつて、顔の色が悪かつた。私は、どういふものか、此男に遇ふと平静な感情の調和が破られた。而して、最も、現実に対する悪感を此の男を見た時より鋭く意識せられたことがなかつた。批評家は、故意に逆境の和を嘲けるといふやうな態度を示してゐた。彼の目付は、何物かに饑ゑてゐるやうな、疑ひ深いやうな、女のやうな感情を囁いてゐた。私は、この眼を見た時、この眼を向けられた時、藝術家といふもの丶すべての誇りも、男性的自尊心も、イリユージヨンも打ち壊された。而して、今迄、忘れてゐた、煩らはしい感情をそ丶られて胸がわく〳〵なつた。彼は、此不思議な点に於てたしかにラザロである!

二十四

懐しく思ふ藝術家は真率で、無邪気で、而《そ》して主義の人であつた。しかし、いづれの時代でも、藝術の評価がたとへ一時的であつても、群集によつて定められることを知つた時に、また、無主義の批評家によつて定められることを知つた時に、私は、徒らに反抗的気分と不安とに心が襲はれた。而して人生のために闘つた幾多の真面目な藝術家の生活に死活の途を拓いた所謂人気とか、輿論とかいふもの丶多くは、根本のいはれなくして結果の怖るべきものであつたことを感じた。此時痩せた馬面の批評家の、物欲さうな、嫉妬深いやうな、物質と精神の饑を語るやうな、憶病げな、不安げな瞳が意味ありげに私の顔の上に向けられた。彼は、常に、私に対して虚心で藝術を語ることが出来なかつた。彼は、たえず自分を語らなければ、内面的に寂寥を感ずる人であつた。而して、現時の藝術家の世間的の地位を自分等の筆の力で授けたり、奪つたりすることが出来ると思つてゐた。而して、この浅果《あさはか》な、憐れむべき自尊心は、せめても、殆んど空虚に等しい生活的意識をまぎらせてゐる唯一の霞のやうな影であつた。彼が、此の内面的生活を反省した時に起る淋しさ、藝術的努力の対象を確かに握り得ざる怨みは、軈《やが》て、讒誣《ざんぶ》の鉾《ほこ》となつて、黙々として主義のために途を歩いてゐる作家を罵倒し、中傷するに向けられたのである。かゝる批評家は、極端に厚顔であつた。羞耻を知り、言責を貴んずることが男性の権威であると感じなかつた。たゞ、機敏に時流の趣く所に従つた。而して、離合常なく、売女のやうに巧言の阿諛《あゆ》と、円滑なる讒誣とを手に入れて世を渡つて行つた。真の藝術家らしい不遇の藝術家が自殺する時にあつて、是等の不貞の党は決して餓死はしなかつた。社会は案外に盲目である。無智である。而して群集は、藝術家の終生闘はなければならぬ性質を帯でゐた。ラザロのやうな批評家は言つた。

「何といつても、君は、あの頃の人々の中では、趣味《テースト》の人だよ。」

「Mや、Kが、今のやうなあれだけの地位になつたんだつて、僕が、S紙上に書いたのなどが影響してゐるのは分つてゐるさ。何時か君のことも書いて上げやう……」と、嘲けるやうな、いやらしい目附で私の顔を見て特有の音のない笑ひを見せた。

其時、私は、何となく不安を感じた。其れは、誰しも全然人気以外に立ち得るものでないと思つたからだ、さう考へると、自分の長い努力も、目的も、容易に他人の意志によつて或程度までは妨害せられるやうな気がした。私は、たゞ黙つてゐた。落付きのない彼は、立ち上つて私の書物棚の前に来て、忙しさうに其の中を探り始めた。彼の、青白い髭の疎な顔が幽霊の様に硝子戸の上に映つてゐた。

「君は、何かシモンズのものを持つてゐないかね。」と言つた。私は、其処にあるだけだと言つた。彼は、忙しさうに其れを抜いて中を拡げてゐたが、「君はマーテルリンクなんか読まずにモーパッサンを読みたまへ。」といつた。私は、黙つてゐた。彼はトルストイを褒めた。而して、私の書く小品や、随筆はあまり空想的であるといつて冷笑して帰つた。

二十五

彼の批評家の言ふやうに、私は、今後努力せなければならなかつた。ちやうど其時、私の机の傍には「アーサーシモンズの態度」といふ評論の載つてゐる近著のアウトルックがあつた。私は、雑誌を取り上げて、其の論旨を思ひ返した。或る批評家がシモンズの精神的努力に説き及ぼして、シモンズは遂に苦悶の人たるを免かれない。自由の人たらんとして、放縦な生活をした。けれど、其処にも霊魂の休息を見出さなかつた。彼は、神秘主義者の同時に信仰であつた象徴的藝術から鍵《キー》を探つて、現実苦逃避の道を僅かに此の幽遠の境地に見出さうとした。けれど、カソリシズムの氷のやうに冷かな窮窟の衣は、燃える焔の肉体を押し付けてゐる。シモンズは、終生矛盾と闘ひ霊肉の苦悶に狂ひ叫ぶ人であつたといふやうな意味のことであつた。私の好きな批評家は、かういふ真率な誠実な批評家である。私は、秋の展覧会に出す、絵画に取りかゝらなければならなかつた。

私の頭の中で描かうと思つてゐる絵画は、「労働者の妻」といふ画題であつた。勿論、材を現実に取つて、主観で色彩するつもりである。貧しげな家屋の内の光景を壁の色や、壊れた土器に示して、ランプを点ずる前約半時間の淡く烟つた淋しい夕暮方、子供を相抱き合つて茫然としてゐる三十前後の女の姿を描かうと思つた。私は、所謂暗い調子で画を描きたいと思つた。而して、重苦しい気分を現はしたかつた。黒と赤との勝つた中に、ほんのりと気持の好い黄色な明る味を浮き出して、黄昏の光線の微動してゐるのを落すのだ。ちやうど深山の血の流れた怪しげな黒い岩間から、硫黄がとろ〳〵と燃え上つてゐるやうに、魅力のある色を出すのだ、これは、もう、ずつと以前から書いて見たいと思つてゐたので、未に手に附けない、頭の中で出来上つてゐる空想画であつた。私は、どういうものか、この頭の中に存在してゐる自分の藝術を、或時は、出来るものならいつまでも秘して置いて、人に示したくないと思つた。而して独りで静かに美しい空想の世界に遊んでゐて楽しみたいと思つた。或時は、これを板や、布の上に画き出さうと思つて手に刷《は》毛《け》を取り上げると、もう、藝術を楽しむ気分よりも製作の苦しみが先に立つて、張り詰めてゐた感興が急にゆるんで、それがために動物的の筋肉が倦怠を処するのが常であつた。

其れで私は、頭の中の自分の空想画を、板や布の上に描く書くのを好まなかつた。書けば、きつと悔恨を感じ、失望を感じた。而して、成るべく、自分の天職は画家であることを自覚して、自分の真に喜ぶやうな空想画は、すべて板や布の上に描かずにイリュージョンの世界にゐて製作すべきものであることを知た。而して私は、常に自分の歩《あるい》て行く何処にもゐて、この時間《タイム》と空間《スペース》を超越した不思議な藝術品を眺めることが出来た。私は、独り道を歩いてゐる時にも、佇んで淋しくてこれを遠い処に眺めることが出来た。而して、うす青い世界に存在する――頭の中に存在する――神聖な気分の藝術は、決して澄み渡つた明るい現実の世界に赤裸に晒らされた時、其の不思議な魅力の衣を破られずにゐるものでないと感じてゐた。それで、私は、第二義の手段を散文詩の製作に試みた。而して、朧ろげに頭の中に存在する空想画の輪廓を描き出して、これで生活の道を開いて行かうと努力したのであつた。

しかし、遂に、私は、大胆に自分の頭の中にある絵画を発表したい気がしたのである。而して、秋までに、これを描き上げたいと想ふと、急に、この藝術的意識と感興を、何物かの刺激によつて高潮に達せられなければならなかつた。

二十六

「長い間、他人は、自分の本領を知つてくれなかつた。馬鹿にしてゐる。嘲弄してゐる。復讐せなければならぬ。レムブランドは自分の理想とする画家でないか?」とかう私は、自から励まして叫んだ。

私の心は、描かなければならぬと思つた瞬間から、不思議に慌しくなつて、神経が過敏になつた。

其の日の夕暮方、私は、ランプも点けずに室《へや》の裡《うち》に坐つてゐて、独り、書くべき画の構想に耽つてゐた。私の、頭は冴えて、耳が鳴り音を高めて来た。而して、頻りと、何等か自然界に隠れた強い力に打ち当つて見たい気がした。私は、室の中をぐる〳〵と夢中になつて廻り始めた。

而して、此の怖るべき作業的気分が、充分に強度に達してゐると知つた時に、恐らく、もう四五日の後にこの絵画が出来上るやうな気がした。多くの藝術家は、みんな斯《こ》のやうに憧がれるものを直ちに眼前に見詰めて進んだ。而して、皆んな深い、暗い、崖に迫つて倒れた！

見返れば累々たる、ロマンチシストの死骸よ！

都会が黄昏《たそがれ》の黄色な光を浴びてゐる。而して、軽い熱に冒されたやうにうめいてゐた。私は、暮方家を出た。而して、外濠線に乗つて、下町の方へ出かけた。電信柱と、家々の屋根の間をうす紅く染めて夕日が沈んだ。濠の対岸《あちら》には、燈火《ともしび》の影が閃めいて、黒ずんだ水に青い瓦斯の光りが映つてゐる。其の長い火影を掻き乱して音なく船が行つた。電車の窓からは、さま〴〵の人々が活動してゐる都会の夜の景色が見られた。

彼方《あちら》に大きな長い、黒い建物があつた。夜の、青白い空は、其の建物の上を掩ふてゐる。而して、其の長い建物に幾十となく並んだ窓は、青く燃えてゐた。其の建物の中には、幾多の労働者が働いてゐることを思はせた。疲れた顔、青白い腕を思つた時に私の身は鞭打たれたやうに引き締つた。而して、神経は、今迄気付かなかつた、夢として否定し難い冷かに眼前に横はつてゐた現実の一角に触れてゐた。而して、空しく、夜の空に、反響してゐる鉄槌の音を一つ一つ苦しい実感を起さずに聞くことが出来なかつた。私は、熱心に窓を見詰めた。血は、眼に向つて走つた。

空想が破れると、さながら自分は星影寒き、曠野に立つてゐるやうな感がした。自分は孤独を歌ふ丈の詩人であつて、未だ現実を描くだけの経験に触れてゐない。自分には「労働者の妻」を画くだけの力がなかつた。さうだ、自分は、単に、どうしてもこの生きた人間を画かなければならぬと思つた。而して、自分は光線の研究と色彩の調子を出すことに苦心した。けれど、若し、仮りに画題となつた労働者に自分の画を示して「何のために画かれたか？」といふ根本の思想をうなづかせるまでには、自分の人生観または哲学が深刻でなかつたのを語つたのである。

――電車は過ぎてしまつた。

私は、行き慣れた狭い町に行つた。其の町にゐる女としめつぽい柔かな誰でも来る人を迎へるやうな艶めかしい空気に触れた。私は、酒を飲んでも、女と話しても、やはり何処か淋しかつた。殊に始めて遇つた女の顔を見ると人生の味気なさが感ぜられた。私は、藝術的気分が全く別になつて、酒に酔ふと、狂ふた獣物のやうに物言ひが荒くなつた。而して、夜遅く、再び電車に揺られて帰つた。其時分には、何処の停留場からも余り人が乗らなかつた。赤い球燈は、力なげに昼間の雑沓した光景を、遠い昔の記憶のやうに思ひ出させた。電車は、闇の中を突いて走つた。車内には、燈火《ともしび》の光りが冴え返つてゐた。しかし、疲れた頭と、視力の衰へた眼には、此の光りも霞んで見えた。夜、遅く務めから帰るらしい痩せた三十五六の男と、家も定まらずに、何処へか乗つて行くやうな老婆とが間を隔て前側に腰をかけて居眠りをしてゐた。

窓から覗いて見ると、夜のほんのりと明る味を帯びた空には雲が乱れてゐた。其の下に横はつてゐた、黒い、長い建物の窓には、いつしか燈火が消えて、暗く死んだものゝやうになつて黙つてゐた。私は、冷え切つた鉄の上に手を載せた時のやうに感じた。

私は、再び頭の中の空想画を、板や布の上に描かうとは思はなかつた。また、展覧会に出品して審査を受けて見たいなど、は思はなかつた。

二十七

木々の下は、日が落ちると夜のやうに暗くなつた。近所の小供等は、其処に集つて眼を光らして怖しかつたこと、面白かつたことを語り合つた。小供等は、みんな私の家に田舎から来た孤児のことをひそ〳〵言つてゐた。意地の悪い児だとか、いぢめられたとか、いつも話し合つてゐた。

朝の色は、うす青かつた。障子の骨には、昨夜血を吸つた蚊が、腹を酸漿《ほうづき》のやうに赤く脹《ふく》らして止つてゐた。それを、蠟燭に火を点けて焼くやうな時節が来た。青梅の実が地上に音を立てて落ちて。いろ〳〵の青く繁つた木々の林の上を流れて行く白雲にも、落付きがなくて、何となく梅雨の近くなつた気はひがした。湿つぽい葉風が昼過から、毎日のやうに庭の青桐の葉をぱた〳〵と鳴らした。私は、毎日、物思ひに沈んでゐた。而して、机に向つて原稿を書いてゐた。私の単調な生活と、自然の慌しい変化とは、其の間に関係がなかつた。外界にはいつしか冬が過ぎ春が来て、春が過ぎて夏が来たけれど私の生活には何の変りもなかつた。さま〳〵の形して、自分の静かな生活に顔を出して単調を破つた現実界の事件に出遇つたけれど、やがて、其の事件もすんでしまふと、再び、水の合したやうに、私を、静かな夢のやうな気分が心地よく包んでしまつた。かくて、自分は、空想の世界に生きてゐる人であることを知つた。

孤児は、毎朝、幼児を負つて、外に遊に出て、正午頃になると帰つて来た。而して、また飯を食べて乳を飲ますと外に遊びに出て夕暮方に帰つて来た。夜は遅くならぬうちに帰つて来るやうにと妻から言ひ聞かせてあつた。しかるに、或日のこと、少女は、正午になつても帰つて来なかつた。

「何処へ行つたらう……」と妻は、たび〳〵外に出て見た。

いつしか正午過ぎになつたけれど、まだ帰つて来なかつた。何処を見ても、木の葉が繁つてゐて、しんみりとしてゐた。空気は、青い油を流したやうに重かつた。午後二時頃家の横手を金魚売が通つた。其の呼び声は、何となく一層、まだ帰らない幼児の身の上を思はせて、やるせない悲しみが心にそゝつた。其の他に道を通る人の話し声も聞えなかつた。遂に、日が暮れかゝつたけれど少女は帰つて来なかつた。

私は、じつとして机に向つてゐることが出来なくなつた。妻は、もう帰つて来ないものゝやうに悲しみに沈んで、外から黙つて入つて来た。私の心には、重い不安が落ちかゝつた。誰か、少女と幼児を伴れて行つてしまつたやうな気がした。私は、兎も角も、町の方へ行つて探して見て来ると言つて家を出た。

歩きながら、私は、警察署に行つて届ける時分の光景を想像した。また、これぎり少女も幼児も帰つて来なかつたらどうするだらう……而して、此世界の何処かに、生てゐるものとしたら……私は、いつしか、あてなき旅の日を考へてゐた。而して私は、遂に、暗愁のために眼が暗くなつて、倒れかゝつた。しかし、また、今夜の中に帰つて来るだらうといふやうな覚束ない希望もあつた。また、「行衛の知れなくなつた少女と幼児」といふやうな画題で、この悲しいやるせない気持を描いて見るやうな日が来ることを想像した。西の地平線は紅くなつて、夕日は沈んだ。私は、人家の稀な、郊外に来て立てゐた。木立も、草の葉も、永遠に二たび見ない、今日の落日の名残に傷んで、うす紅く悲しげに彩られてゐた。

二十八

青桐の頂きの夜の空を見れば、星の光りが雲間を洩れて、微かに光つてゐた。私が、机の前に坐つて、警察署に届け出やうと妻と相談をしてゐた時、前隣の女房が来て、其の話を聞いて印形を忘れて行つてはいけないと注意してくれた。私は、羽織を着かへてゐた。其処へ、少女は、悄然《せうぜん》として外から帰つて来た。此時、私も、妻も、隣の女房も皆んな、黙つて少女の姿を見詰めた。異常な感覚よりも、先づ暗い思想が心を暗くした。私は、今迄何処に行つてゐたかとたづねる前に、背中の幼児は、どうしたらうと覗き込んだ。うす暗いランプの火影は、よく幼児の顔まで届かなかつた。此時、妻は、物も言はずに脊中の幼児を抱き下した。而して眼に涙を浮べて、幼児をランプの下に伴れて来た。すると、長い間泣き疲れたと見えて、すや〳〵と眠入つてゐた。而して顔の色が青かつた。少女の肩から投げ出された片手を見ると何の草か名も知らない一本の茎を握つてゐた。唇のまはりには草の汁がついて黄色くなつてゐるので、其れを食べてゐたことが分つた。私も、妻も、鋭い眼を孤児の顔に向けた。其の眼には、何の権利があつて、この児の生命を自由にしやうとするのか？誰の許しで、こんな草を勝手に食はせたかと詰る光りが閃めいた。

「こんなものを、お前は食したのか？」

と言つて私は、早く其の返答を聞きたかつた。始めて、弱い者を擲るのも罪悪でない場合があると感じた。私の傍には、隣の肥つた女房も来て、眼の色を換へて立つてゐた。妻は、ランプの下に幼児を抱いて孤児の後方に立つてゐた。飽迄、孤児は黙つてゐた。しかし、何となく平常《へいぜい》にない、悄《しほ》れた姿に見えた。私は、胸が迫つて来た。而して言葉が思ふやうに速かに思想を伝へることが出来なかつた。

「なんで、………こんな時分になるまで何処に行つて遊んでゐたのだ。而して、こんな草をこの児に食べさせたのだ。今夜にでも、この児が死んだならどうするつもりだ………」と私は、怖しい未来が迫つてゐるのを感じて、言葉が戦《ふる》へた、

孤児の顔は、次第に血の気が減じて白くなつた。而して、冷かな色が浮んだ。私は、其の無自覚な冷かな色を見ると同時に、力に委せて少女の横顔を擲つた。此時、妻は、幼児の耳許で大声に、「坊や！坊や！」と叫んでゐた。けれど幼児は呼ぶたびにぼんやりと眼を開いたけれどまたすや〳〵と直に眠入つてしまつた。

孤児は、此方の騒ぎに関係せずに全く、独り別の世界にゐるやうに思はれた。而してたゞ下を向いて黙つて立つてゐた。妻は、幼児以外に、誰も其処にゐないものゝ如く、頻りに幼児を呼んでゐた。けれど幼児は、だん〳〵力が衰へて、顔の色が青くなつた。

「早くお医者に連れて行つた方がよくありませんか。」と隣の女房は、低い、暗い声で言つた。

「なんだか様子が変ですね。私は、こんなことがあらうと思つてゐました。」と妻が、怨めしさうに言つた。

「いや、今度ばかりは、此の児を帰してしまふ。」と私は言つた。此時ばかりは、孤児の姿を見て哀れと思はなかつた。

二十九

妻は、慌だしげに医者の家へ幼児を抱いて駆けて行つた。隣の女房も、今日ばかりは利害といふ考へなしに親切に物を言つて帰つて行つた。

妻は、医者の処から帰つて来ると、私が様子を聞いても答へずに、静かに幼児を床の上に眠かし付けて、自分は、心配さうな顔付をして其の傍に坐つてゐた。医者のくれた薬は、小さな罎の中に入つてゐた。暫らくすると、妻は、其の薬を茶碗に移して、幼児に飲ました。ランプの光りは、罎の上に力なく反射してゐた。私も其の傍に来て坐つた。

「なんと、医者はいつたか。」と二たび、私は、口を開いて聞いた。不安な沈黙が、二人の間を隔てゐた。

「熱がある様子です。草を食べたので、腸を少し傷めたといつてゐました。幸、毒草ではなかつたが、なんでこんなものを食べさせたんでせうね。」と、妻は、またしみ〴〵と幼児の眠つてゐる、青白い横顔を見入つてゐた。而して、何か言ひかけて不意に黙つて、いつまでも静かにかうして心配さうな顔付をしてゐた。

「死ぬやうなことはないと言つたか？」

と、私は、先刻、妻が医者へ行く時に持つて行つた、青い草の茎を思ひ出して言つた。

「夜中にでも、若し腹が痛み出して泣くやうなことがあつたら、直に呼びに来いと言ひました。而して、この薬を飲むと腹にあるものを出すから………と言ひました。」と妻は、語つた。

私は、今夜は、二人が眠らずに起きてゐなければならぬと思つた。而して、此の児が夜泣きをして毎夜のやうに、熟睡が出来なかつた、寒い、苦しかつた冬の夜のことを思ひ出した。而して、空想は遂に今日の幼児の身の上に及んだ。

「よく、あんな草を食べさしたものだ。」

と、私は、怖しい毒草の草に混つて生えてゐることを思つて、少女の幼児を負つて歩いて来た道の景色を考へたのであつた。

「あの草は、すいことかいふのです。よく、田舎の子供は食べるんです。」と、妻は言つた。

「そんなら、お前は、あの草の名を知つてゐたか？」と、私は、妻の生れた村の景色と子供の時分の姿を想像して見ながら、聞いたのであつた。妻は、昔の記憶を呼び返へすやうに鈍い眸《まなざ》しをして考へ込んだ。私は、急に孤児に対する憎しみが薄らいだのであつた。

私は、彼方の隅に黙つて坐つてゐる孤児の傍に来た。而て、しみぐ〵と姿を眺めた。まだ余り長くもない頭髪は汚れて、きりぐ〵と巻た許りであつた。私は、未に飾り気のない少女に対して哀れを催した。而して、少女の顔の色は、青晒めて、伏眼になつてゐる姿は、何処か自分等を親しみの少ない、未開の自然に接したやうな感じを抱かせるのであつた。

「今夜、お前を此の家に置かないといつて、今から追ひ出してしまつたら、お前は何処へ行くつもりだ。」と言つて、私は、孤児の淋しい胸の裡に、故意に暗い影を投げて見たくなつた。而して、此の上どんな顔付をして悲しむか見たくなつた。孤児は、やはり下を向いて黙つてゐた。

三十

私は、少女に何とか返事をしろと迫つた。孤児は、青白い顔を上げて私の顔を見た。ランプの光りを正面に受けて、唇の色が真紅に見えた。而して、自分のしたことを悪いと思つてゐないやうに私の顔を見上げて笑つた。私は、意外に感じた。何となれば、全く、此の夜、家を追ひ出すといつたら、泣いて、悲しむだらうと思つたからだ。而して、今更自分の強く言つたことが何の功果《きゝめ》もなかつたのが馬鹿にせられたやうな気がして、少女を悪く思つた。

「オイ、家から追ひ出したら、どうするつもりだ。」と私は、声を大きくして少女の笑ひを打ち消した。

「誰も泊めてくれなければ、川へ入つて死んでしまふ。」と、少女は言つた。

少女の言つたことは、虚偽とは思はれなかつた。青白い顔にも、少女の決心は見えてゐた。私は、何んだか、怖しくなつた。此の少女の死は、即ち、自分に対する反抗であると思つたからだ。而して、すべての反抗の中で自殺程、精神的に無形の圧迫を感じさせるものがないと考へた。何となれば、死は、其の人にとつて悲哀の極点であつた。自分のために生活を捨てた人があるといふ記憶は、終生、自己の生活を享楽する場合には氷のやうな冷かな影となつて心を掩ひ、何時の間にか其の快楽を打ち消してしまふからであつた。私は、急に、少女に対して、柔しく物を言はうといふ考へになつた。而して、少女でありながら、涙も出さずに死を考へるに至つた彼女の過去に於て他人に苛められて来た境遇に対して、一種の凄愴な同感を禁ずることが出来なかつた。

「何処へ行つて来たのだ。」と私は、少女に聞いたのであつた。

其の瞬間から、私は、もう少女を叱らないと思つた。少女は、かう優しく聞かれると眼に涙を浮べた。而して次のやうなことを語つた。

少女は、毎日のやうに行つた社の森に来た。幾つも石段を上つて高い処に立つた。白く乾いた石段の上を風が吹いて、沙塵が渦を巻いてゐる。町には日が当つてゐた。其処からは町を見下すことが出来た。人々が町の中の白い道の上を歩いてゐる。屋根瓦にも、初夏の光線は眩いやうに輝いて、空は明るかつた。而して、町を越して見える、森の若葉が、銀色に光つて、電信柱の高く、低く、連つてゐる上の空には、白い雲が、浮動してゐた。少女は、見慣れた社の鳥居の下に立つてゐた。頭の上の杉の木にも、幾分か風があつて、梢が動いてゐる。此時、少女は、しみ〴〵と誰れも友達がなくて淋しいと感じた。何の気なしに、神社の裏手に歩いて行つた。すると始めて見る細い道が、杉の木の林の中につゞいてゐた。少女は其の道について、杉の林に入つた。急に暗くなつたが、直に道は坂になつてゐたので其処を下りると、全く、来たことのなかつた、栗の木や、樫の木の両側に繁つた土手の間に下りた。道は稍々広くなつた。しかし日蔭のために地の色は、黒くて湿つぽかつた。而して此の林の間の、落込んだ低い道の上には荷車の轍の跡が付いてゐた。少女は、この道を歩いて行つたら、やはり高い煙突から、烟の空に立ち上つてゐる町の方へ帰られるやうに考へた。

三十一

少女の故郷には、かういふやうに暗く繁つた林は幾つもあつた。まだこれよりも、こんもりとした森の中を通つた道もあつた。彼女《かれ》はいろ〳〵の記憶を呼び返しながら、子守唄をうたつて歩いて行つた。けれどこの林は、故郷の林のやうに深くなかつた。空が、行手に露《あら》はれて垂れ下つてゐる。木々の葉風が何か懐かしいやうな声で囁いてゐる。けれど少女は立上つて考へたけれど、この世界には自分を愛してくれるやうな人はない筈であつた。それでも、長い間自分の育てられた山中の叔母の家を恋しく思つた。而して、自分を擲つたり叱つたりした叔母の姿が慕はしく思はれた。いつしか、林は、切れて、少女は、明るい空の下に立つてゐた。見廻したけれど、町は見えなかつた。其のかはりに、広い野原がつゞいてゐた。青々とした圃《はたけ》がつゞいてゐた。遥かに地平線は霞んでゐる。其処には、白い雲が顔を出してゐた。もう、いつの間にか麦は黄色くなつてしまつた。少女は国を出る時、まだ、野には処々雪があつた。汽車の窓から覗いて見た時は、名も知らぬ他国であつて、三寸ばかり延びた青い麦の葉に寒い風が吹いてゐた。こんな記憶が、目に浮んで、冬も、春も、さつさと独り自分を置きざりにして何処へか行つてしまふやうな気がして悲しくなつた。少女は、淋しさを禁ずることが出来なかつた。

少女は、鉄道線路が、一二丁先の処を通つてゐると知つた時に、其処まで歩いて来た。圃には、芋の葉が、うす紫色に繁つて、蔓を延してゐた。鉄道線路の傍に立つて、前を見ると、彼方にこんもりとした雑木林があつた。しかし、もう此先き線路を横ぎつて行きたくなかつた。たゞこの線路は、自分の来た時に汽車に乗つて通つた鉄道線路であつた。少女は、此の線路について行けば、故郷に帰れると思つた。線路の行衛を見渡すと、左手は、間もなく、林のある丘の方に湾曲に折れてゐたので、眼を遮られてしまつた。右手の方には、遠く眼を遮るものがなかつた。少女は、其の方を見て茫然と立つてゐた。

「あの、黒くなつてゐる森は、よく私の村の森に似てゐる。」と言つた。暫く考へてゐたが、少女は、線路について行つた。

正午頃《ひるごろ》になつた時、少女は、脊中の幼児に乳を飲ます時分であると思つた。たびく汽笛の音がして、轟々と地鳴をうつて汽車が過ぎた。少女は、路の端に避けて汽車の過ぎるのを待つてゐた。而して、見守ると、黄色な窓がぼんやりと一直線になつて見えた。人の顔などはよく分らなかつた。脊中の幼児が泣き出した時に、少女は、小守唄をうたつて眠かし付けやうとした。けれど幼児は泣き止まなかつた。少女は、出来るものなら、脊中の幼児を、路傍に捨てゝ、自分だけ駆けて行つてしまひたかつた。遠くに見えた森は、近づくにつれて、幾たびか其の姿を変じた。少女の胸は、其のたびに躍つた。遂に森に近づいた時、其処には、白いシグナルが見えて、全く、見知らぬ停車場があつた。而して、自分を慰さめてくれる者もない、知らぬ人の住んでゐる村があつた。少女は、失望と疲労に泣きたくなつて線路の傍に立つてゐると、これを見た駅夫は大きな声で叱り付けた。

家に帰れば、叱られると思つたので、少女は、野の上に佇んで空しく日の暮れるのを待つてゐた。紅く地平線を染めて日が沈んだ。其の落日を悲しく思つて眺めた。日が暮れると空には、濁つた雲が湧いて来た。少女は、道を間違はずに町に入つて来たのであつた。

「己れは、やはり野原の方まで探しに行つたんだ。」と、私は、孤児に言つた。孤児は下を向いて黙つてゐた。ランプの光りは、孤独の人々を淋しく、頼りなげに照らしてゐた。

三十二

明る日医者が来た。幼児の身には、格別の変化が来なかつた。しかし此日から再び少女に負させて外に出さなかつた。二人は、遂に孤児を帰すことに相談した。私は、妻の意に従つて、叔母に宛て、孤児にとつて不利益にならぬやうな口実を造つて認《したゝ》めた。其内に孤児を帰すといふことを言ひ送つた。而して誰か此方から北国に行く知つた人はないかと、好い便りのあるのを心待ちに探してゐたのであつた。

　四五日の後に北国へ帰る人があるといふ好いたよりを見付け出した。而して遂に、其の日孤児を其人に頼んで帰すことにしたのであつた。孤児が来てから、まだ四月しかならなかつた。けれど、もう長い間一つに住でゐた様にも思はれた。私は、少女が国に帰つたら、また淋しい、而して、一日余り多くの人を見ない麓の家に住んで、毎日、意地の悪い女房に叱られるのであらうと思つた。私は、さま〴〵の空想を描いて孤児を睨めた。「もう、お前も此の家にゐるのは今日と明日限りだ。」と言つた。それでも、孤児は、何となく国に帰るのを楽しむやうな様子が見えた。而して少女には、何となく今迄になかつた、落ちついた優しな風が見えた。私は、心のうちで、平常少女《へいぜいをとめ》が斯様であつたなら、いつまでも此の家に置いたものをと思つた。「お前は、国に帰るのが嬉しいか。」と私は、聞いたのであつた。彼《かれ》女は、癖であるが、微笑んで下を向いて黙つてゐた。妻は、少女が国に帰つたら、また何処か、他の家へ子守にやられるのだらうと言つた。而して、いよ〳〵明日の夜行の十時の汽車で立つと決つた時に、妻は、前夜遅くまで、孤児の着て帰る新しい衣物を縫つてゐた。其の衣物は、明る日の昼前に縫ひ上げられた。昼過ぎから妻は、自分の叔母の処に持つて行つてもらふ土産物を買ひに出かけた。此時、私は、妻を呼び止めて、少女にも何か他に買つてやらないかと言つた。私は、出来るものなら何《どう》かして充分に、やがて遠く別れて、二たび相見ない少女の心を楽しましてやりたかつた。私は、人生といふものを考へて、机に向つてゐて筆を取る気になれなかつた。同じい人間として何の権利もないのに、私は、この少女を叱つたことがあつた。その事は、猥《みだ》りに弱い者を苛めたやうな気がして、頻りに痛ましい哀愁を感じた。また、空漠とした前途の生活をつゞけなければならぬこの不幸な少女の歩んで行く道を考へた時、其の道は、極めて不安な同情せなければならぬものであつた。

　やがて、梅雨の時節が過ぎて、此の地球の上に烈しい日の光りが当つて、明るい夏が来た時に、少女は、何処にゐて子守歌をうたつてゐるだらう？……午後から、風が吹いて、雲が切れて、青い空が出た。妻は、風呂敷包を下げて帰つた。而して、叔母には、果物を土産にしたと言つた。風呂敷包を開けた時に、バナ、の入つた籠と鈴の入つてゐる塗つた、赤い鼻緒のついてゐる下駄と、花簪《はなかんざし》の入つてゐる箱が出て来た。下駄と花簪とは、孤児が、今日、故郷へ飾つて帰るために買つて来たのであつた。
「見れ、まあ奇麗な下駄だらう！」と、私は笑ひながら少女の顔を見た。

三十三

竹籠の中に入つてゐるバナ、の香《にほ》ひは、私の心をして、遥か南の国を思はせた。而して北海の青い色の身に浸みて淋しい如く、南の島の、椰揄樹の上に音なく出る赤い月影を淋しい悲しいものと思つた。此の南の産物が、今夜、遠い北に持つて行かれるのであつた。妻は、日が暮れると、幼児を床の上に眠かし付けた、而して、私に向つて、
「この頃は、この児は、三四時間は眼を醒まさずに眠てゐますから、私の帰つて来るまではかうしてゐますでせう。」と言つた。私は、今夜の創作を止して、幼児の傍に来て雑誌を読んでゐた。静かな晩であつた。忍び足に過ぎる夜嵐が、しめつぽい庭の木の葉を払つて行つた。少女は、ランプの光りのうす暗い、室の隅の方で、新しい着物を被た。妻が手伝つてやつた。而して田舎から来る時にして来た赤い色の帯を占めた。帯を占めてから足袋を被いて、自分の品物を風呂敷に包んで仕度をした。妻も、着物を被換へて停車場まで見送つて行く仕度をした。今夜、北国に帰る人で、少女を頼んだ其の人は、同じ時刻に停車場で落ち遇ふことになつてゐた。簞笥の上に置いてある時計が、もう十分で九時になつた時、いよ〳〵妻と少女は家を出かけることになつた。少女は、畳の上に両手を突いて、私に、暇乞を告げたのである。私は、もうこれが暫らくの見収めであると思つて眺めた。しかし、長い月日が経てば、全く、互に顔を忘れてしまふのだ。哀れとか、悲しいとか思ふのも一時の本能に過ぎなかつた。二人は出かけた。私は、幼児と共に家に残つてゐた。

悲しいとか、哀れとかいふことは、一時の本能に過ぎないと思つても、やはり、今、私の眼には、熱い涙が湧いた。胸には悲しみが乱れた。——人間は、偶然に知り、かうして別れ、而して忘れ、遂に互ひの生死すらも知らずに終るのだ。——而して、今、別れた少女の歩いて行く夜の賑かな都会の景色を思ひ、明るい停車場を思ひ、間もなく、汽車に乗つて、この明るい、賑かな都会に別れて、是から指して行く、淋しい、暗い、静かな田舎の天地を思つた。

私は、長い間独り感慨に耽つてゐた。妻が、十一時過ぎに帰つて来た時に、私は、うと〳〵となつて、手枕をして眠つてゐた。
「まだ、起きませんでしたか？」と妻は言つた。彼女《かれ》は、今頃、幼児が泣いてゐないかと思つて心配して来たのが、静かに眠つてゐたのを見て、喜ばしさうな顔付であつた。私は、この声で、半睡から呼び醒されて、何となく不快で、頭が重苦しかつた。此時、私は、少女はどうしたかと口に出して聞くのも物憂かつた。しかし、私の聞かないうちに、妻が、「宜しく言つ

てくれいと言ひました。而して、汽車が動いた時に、泣いて行きました。」と停車場で別れた時の光景を思ひ浮べて、ランプの下で、眼を拭いて語つた。

此の話を聞いて、私の眼は、二たび冴えた。而して、いつしか頭からは、不快な感じは消え去つた。始めて、家の内を見廻して既に、孤児が家族の中から欠けたと知つた時に、身の四辺には、新しい哀愁が生ずるのを感じた。夜は、更けて、庭前の木々の葉を吹く風の音が、青い雲切のした空に応へる如く冴えて来た。

三十四

明る日から、私は、少女がゐなくなつたので、小猫に三度の飯を与へた。勝手許の黴臭いやうな、湿気ばんだ臭ひが板の間に坐つて鰹節を削つてゐると何処からともなく鼻に浸みて来た。日の光りは、西向きの勝手には射さなかつた。僅かばかり戸の開いた間から、風が吹き込んで、掛竿にかゝつてゐる布巾をひら〳〵と揺つてゐた。これを見るのも私には、何となくわびしい感じがせられた。鰹節の削り粉を小皿に盛た飯の上にかけて、箸で其れを掻き混ぜてゐると、小猫は絶えず私の身の周囲《まわり》を巡つて、喜ぶやうに、訴へるやうに泣いてゐた。毎日のやうに飯をくれた、少女がゐなくなつて、今日から、自分が飯を与へるのを、不思議とも小猫は思つてゐないだらうかと獣物の心が怪しまれた。また私は、昨夜、十時の汽車で立つた少女は、もう何処の辺に行つたであらうと考へながら、猫に飯を与へると、私は、直に自分の机の前に来て坐つた。而して、昨日と変りのない重い心持でペンを採つて、やはり視線を庭の羅漢松の黒ずんだ葉の上に落して、書くべき思想を凝らすのであつた。私の疲れた頭では、さながら、役に立たなくなつた古綿を幾度も打ち直して、新しい光りのあるものに造りかへるやうな苦しさと経験の貧しさとが感ぜられた。しかし、たとへ、細くとも、出来るだけ至純のものを書きたいといふ気持だけは失せなかつた。青桐の頂きの空は、青く澄み渡つてゐた。日光が、すべての物の上に明るく染んで、すべての物は輝いて見えた。此時、妻は、長い雨の間に湿れ尽して紙のだらけたやうな傘だの、泥に塗れた下駄を洗つたのだのを庭に持ち運んで来て日陽に乾かした。而して、自分が机に向つて考へてゐるのを知つて、視線を遮ぎるのを避けるやうにして、黙つたまゝまた玄関の方に戻つて行つた。見てゐると、傘の上からも、下駄の上からも地面からも、白い淡い水蒸気が立ち上つた。私は、しばらく茫然としてそれを見つめてゐると、

「まあ、優曇華《うどんげ》の花が咲いた。」と玄関先で妻が言つた。其の驚いたやうな声が異様に私の耳に響いた。

「来て、ご覧なさい。こんなに優曇華の花が咲きました。」と、妻が、重ねて大きな声で言つたのであつた。

私は、暗い心持で玄関に出て見た。すると片側の灰色の壁の上に、黴が附いたやうに、一面に白い細い花が咲いてゐた。

「これは、何んでもないだらう。」と、私は、空想も、事実と共に打ち消してしまひたかつた。

「いゝえ、黴ではありません。多分優曇華の花といふのでせう。」

と、妻は、奇異な物を見るやうに眼を近かづけた。私も、この花が咲いた時は、何等か凶い《わる》ことのある兆《しらせ》であると聞いてゐたので、不安に胸を乱しながら、これを見上げてゐるうちに、自分等は、まだこれよりも苦しい境遇を経なければならぬやうになるのか知らんと思つた。而して、自分には、これ以上の屈辱を奮闘と生活の苦しみに堪へ得られるかゞ想像出来なかつた。それよりもこんな場合を強ひて考へたくはなかつた。次に、幼児がふとして死ぬのでないかと思つた。次に、妻が病気をするのでないかと思つた。けれど、そんなやうなことがある訳がないと、自から打消して、「長い間の雨のためで壁が湿けたのだらう。」といつて自分の室に戻つた。私の心は憶病になつた。而して明るい方を追はれて、暗い方にばかり、逃げ路を探し歩いてゐた。

三十五

私は、始めて気にとめて自分の室の裡を見廻した。私の室は、破れて処々貼紙をした色の褪めた襖で茶の間と仕切られてゐた。南側は庭に面してゐた。其処には障子がはまつてゐた。私の机は、其の障子の際に押し付けられてあつた。床の間の正面の壁は、大分傷んでゐると見えて、黄色の壁紙が貼られてゐたが、紙も大分古くなつたので其色が白ちやけてゐた。而《そ》して下の方が破れてゐて、何時となしに砂が落ちて来て板の上に溜つてゐた。

私は、今迄机の前に坐つて、ペンを持つて考へながら、床の間にかけた、友のBが描いた海の油絵に眼を注いだことはあつても、――而して金色の額縁に埃がかゝつて色が曇つたのと緑の勝つた海の色とが穏かに調和してゐると思ひながら別に気をとめて見もせずに、たゞ、心でさう思ひながら見てゐたことはあつても――未だこんな眼を壁に近づけて隅々まで壁の地肌を見たやうなことはなかつた、両横の幅の狭い処だけは、壁の上に黄色な紙が貼られてゐなかつた。而して、其のうす赤い、ちやうど紙の色と似てゐるやうな壁の上には、人の気の付かない、細かな疵が無数についてゐた。私は、眼が、其の壁の上を歩くやうに、力を入れて視線を上の方に引き摺つて行つた。すると遂に、予期したものに出遇つた、刹那に胸の躍るのを覚えた。而して、瞳は、蜘蛛の巣のかゝつた天井張の一尺許り下から、一面に優曇華《うどんげ》の花が白く咲てゐたのを見詰めて動かなかつた。此時冷かな異様な感じが躰を襲つた。私は、凶い兆がこのやうに、知らぬ間に身の四辺に現はれてゐるのを気味悪く感じた。たとへ手で、優曇華の花を拭き消すことは出来るとしても、この目に見えない運命の一旦示された象徴《しるし》を人間の力で何《ど》うすることも出来ないと思つた。私の神経は、いら〳〵として直ちに

「死」といふことが考へられた。自分の故郷か、それともこの家に何か不幸のことが起るのでないかと空虚な暗い世界に霊魂が触れたのである。私は、妻の仕事をしてゐる傍に行つた。而して、背を襖に凭せて、黙つて針を運ぶ指頭《ゆびさき》を眺めてゐた。この間にも、心は暗い空虚の谷底に落ちて行くのを感じた。

「何か凶《わる》いことがあるのか知らん。」と私は溜息を洩らして言つた。妻は、私のやうに優曇華の咲いたことを格別気にも止めてゐなかつた。而して、もう忘れてゐたやうな風が見えた。

「何しろ、古い家ですから、而して梅雨ですから咲いたんですよ。」と、妻は暗い室の裡を見廻した。妻は、かういつたけれど私は、意外の場合を予想した。而して、妻の心に迫るやうな、鋭い調子で言つた。其の言葉は、無理に妻を押し付けるやうに聞えた。

「もし、今、国許で誰か死んだら、どうするつもりだ」と、妻の平気でゐるのを暗に詰るつもりであつた。妻は、黙つて下を向いて針仕事をしてゐた。

「お前の着物は、みんな質に入つてゐるのだらう……」と、私は、自分等の苦しい境遇をもつと切実に自覚せなければならぬと思つた。故に、妻の神経を醒すやうに刺激のある言葉で言つた。妻は、黙つてゐたが、いつしか眼に涙ぐんでゐた。

「今、誰が死んだつて、行く金がないよ。万一のことがあつたらどうしたらい丶だらう。」と、私は、目の前に怖しい不意の事件を想像した。

「これから、苦しくても少しは、貯金しなければなりませんね。」と、妻がしみ〴〵とした声で言つた。

「そんな、そんな余裕があるか？」と私は、この言葉が何となく、此上にも自分に労作を強ゆるやうに聞えたので腹立しかつた。二人は、暗黒の思想の裡に沈み返つてしまつた。茫然として顔を背けると、庭の青葉が、障子の開てゐる間から涼しげに洩れて見られた。

三十六

私は、屢々、小猫の烈しい泣声に驚かされて、家の外に飛び出て見たことがあつた。其れは、此の近傍を常にうろついてゐる家なしの真黒の大きな猫が、私の家の弱い猫を苛めるのを知つてゐたからであつた。この眼に白い薄膜が半分かぶつてゐる鼻の悪い、耳の悪い其の上に性質の魯鈍な猫は、それでも日が経つにつれて家にばかりゐて、椽側に眠つてゐずに、此頃では、外へ出遊ぶやうになつた。しかし、もう猫の交尾する時節も過ぎてしまつた頃になつて、時ならぬこの慌しい、苦しさうな泣声は、私の神経に震ひ付くやうに痛ましく感じられた。私は、其の泣声の聞えて来る方を探ねて、家の横手に出て、寺の墓場を見ると、此時其方から、毛の白い小猫が一生懸命に此方《こちら》に駈けて来た。其の後を追つて黒い金色の眼をした大きな猫が、恰《あた》かも一摑《ひとつかみ》にする権幕で危く迫つて来た。私は、何を投げ付けてやらうかと立ちながら心は焦立つたけれど足許には何もなかつたので、自分の穿いてゐる下駄を脱いで、其の黒猫を目懸けて投げ付けた。けれど、いろんな木立に妨たげられて、青い葉を二片、三片落した位で黒猫には当らなかつた。私は、たゞ地に落ちた鈍い下駄の手応へを聞いたばかりだ。

　私は、ふとしてこの黒猫の姿を目に思ひ浮べると、夜もいつまでも眠られずに床の中で何して苦しめてやらうかと考へさせられたのである。食物を置いて誘《いざな》ひ出して、自分は物蔭に隠れてゐて一撃に殺してやらうか。それとも毒薬を手に入れて、これを食物に混ぜて置かうかとも考へた。しかし、是等のことをするには、ある忍耐とある時間とを要さなければならなかつた。そんなことは、私の、この単純な、一時的の憎悪には、却つて相反するやうな忌べきものであつた。私は、いつしか其れを忘れて、眠りに落ちてしまつた。明る日になると、また机に向つてペンを取つて、いつものやうに、自分の藝術上の主張とする「すべての物の価値は平等なり」といふやうな思想から、冥想に耽るのであつた。

　或日、小猫の鋭い泣き声が聞えたかと思ふと、駆けて来る足音がして、縁側から猫が躍り込んで私の机の傍に逃げて来た。而して悪い鼻を鳴らしながら息苦しげに痩せた脾腹《ひばら》のあたりに波を打たせて、庭の方を振り向いて止つた。私は、猫の背を撫て見ると、毛が湿れてゐた。異様に感じて、手を見ると生々しい血が付いてゐた。私は、刹那に、黒猫を突き刺すといふより他のことを考へることが出来なかつた。抽斗からナイフを取り出してそれを片手に握つて椽側に出ると、果して、羅漢松の下に大きな黒猫が金色の眼を光らして、此方を睨んでゐた。私は、不意にナイフを黒猫目がけて投げ付けた。黒猫は逃げてしまつた。私は、下駄を穿いて庭に出て見ると、ナイフが隣と境の垣根の処に深く地面を抉つて突立つてゐた。其れを拾つて、指頭で泥を拭き落した。而して、何の気なしに庭の面を見ると、其処此処に小猫の白い抜毛が固つて落ちてゐた。私は、一つ一つ拾つて掌に載せて見詰めながら、胸は、どき〳〵して、どうしても、黒猫をこの儘にして置くことが出来ぬやうな気がした。しかし、どうしたら懲らすことが出来やうかと頭を悩ました。

三十七

　暦の面では梅雨が上つたけれど、まだ未練らしく後を曳いてゐるやうに湿つぽい蒸し暑いやうな日がつゞいた。地面からは、物の腐れるやうな臭ひが立ち上つた。私は、青竹の尖《さき》に彼《か》のナイフを細い緒縄で括り付けて、ちやうど五尺ばかりの鎗を造つた。二日ばかりといふものは、日が暮れると其の鎗を持つて、羅漢松の蔭に身を潜めて、黒猫の来るのを待つてゐた。雲の厚く重つて蔓延《はびこ》つた、暗い夜が次第に垂れて来て地上を掩ふてしまつた。たま〳〵寺の墓場の方から、青い火を曳いて、蛍が人魂のやうに飛んで来て家根の上を越えて行つた。蚊は、思ひがけない動物の木蔭に蹲踞《うづくま》つてゐるので、其の動物が死んだものゝやうに動かなかつたので、盲目的に、私の手や足に来て生血を吸うとした。虚心で蚊の鳴声を聞くと、彼方の隅で鳴いてゐるものには、何となく厭世的な響きがあつた。しかし、夜の色と黒猫の色と分らなくなつた時に、私は、鎗を下に落して立上つた。四辺《あたり》は、静かであつた。青桐の葉風が、寂寥の空気を破つて鳴つた。私は、急に心の空虚と不安に堪へられなくなつた。自己の藝術に対しても、もつと、もつと深く考へなければならぬもの、やうに感じた。私は、暫らく星の光りも見えない暗い空を仰いでゐた。

「旅をして来やう。」……私は、急に旅を思ひ立つた。すると此の瞬間から、寂寥は潮のやうに私の心を襲つて、直にも、坐を逐ひ立て旅に上らさうとしたのだ。

其れから二三日といふものは、碌々《ろくろく》、妻と顔を合せても物を言はなかつた。食事の時膳に向つても、私は、漠然とした悲哀や、瞑想に囚へられて、たゞ黙つて、味も弁へずに慌しく食事を済して、机の前に来て坐つた。僅か一坪にも足りない机の前は、私の故郷である。私は、机の前に来て坐ると、常に心の落付くのを覚えた。私は、本箱の中から総ての書物を取り出した。而して、売るべく自分で価踏みをし始めた。いつしか遂に頭が疲れて書物を畳の上に投げ出したまゝ、書物の間に躰を横へたのであつた。是等の愛読書も、日ならず自分の手を離れるのかと思つて眺めてゐると、既に、自分のものでないやうな感じがした。此時、私の顔の前に幾人となく見覚えのある古本屋が現はれた。其等の顔は、いづれも、あまり好《い》い感じを私に与へなかつた。或者は、書物について無智であつた。或者は強慾であり過ぎた。私は、其の中で人の好さうな一人を選んだ。

午後から、私は、其の古本屋へ出かけて行つた。半年ばかり其の男に遇はなかつた間に、彼は顔貌まで違つてしまつた。彼の女房から受けたと思はれた、悪性の腫物は、熟した巴旦杏《はたんきやう》のやうに彼の顔を崩してしまつた。店頭には、表紙のとれた書物や、古い雑誌の上に埃が溜つてゐた。私は、無理に笑顔を造つて、店頭に腰を下した。しかも、最近に淫乱《いん》の妻《つま》は逃げた。而して、日にまし此の店が衰微して、新しく近所に出来た古本屋に圧倒せられて行くのであつた。不意に、こんな意識が、此の男を見てゐるうちに心を乱した時に、私は曾て、心に経験しなかつた異様な寂寥を感じた。

「原書を買はふかね。」と、私は、話の後で言つた。

「頂きます。」と、彼は、力強く言つて、やはり、自分の零落を見せまいとする様子が見えた。而して、近所に出来た彼の競争者に対する反抗の語気もほの見えてゐた。

日が暮れかゝる少し前に、此の男は来た。しかし、殆ど想像の出来ない程安く価を附けた。私は、腹立しく思つたけれど、黙つてゐた。而して、書物は一冊も売らずに古雑誌を与へて帰した。私は、同感より、寧ろ憎悪の眼で、彼を見送つた。

三十八

冬から春に、春から夏にかけて、常に暗い室にゐて沈みかへつてゐた私の心に、時ならぬ動揺が来た。今一度、若やかな気持に返りたいといふ心の運動であつた。自分の藝術に力を与へるやうな新しい生活に触れたかつた。若やかな気持――新しい生活――依然として其の形は自分に見えなかつたけれど、さながら外界に照り付けてゐる日光のやうに、銀の如く鋭い光沢を帯びた神経の緊張でなければならなかつた。

二三日の間に、書物は売り尽されて幾何《いくばく》かの金に換へられてしまつた。私は、空となつた本箱を古道具屋を呼んで来て売り払つた。幾何《いくら》にもならなかつた。たゞムーテルの近世絵画史だけは残して置いた。私は、此際思想上に何等かの確信を得ることが出来さへすれば、書物も、着物も、すべての物も犠牲にしたとて惜しくないと考へた。さうすれば、自分は強くなるのだ。たゞ人間として強くなるといふことが私の理想であつた。

私は、急に書物も本箱も失なつて、淋しくなつた室の中で、やはり机に向つてペンを採つてゐた。既に、約束のしてある原稿を書くためであつた。しかし心は、落付かなかつた。私の眼の前には、淋しい路を旅してゐる自分の姿が浮んだ。霧のかゝつた山が見えた。谷底に白く流れてゐる静かな渓川が見えた。其の傍に妻が来て、

「何日にお立ちなさいます。」と、言つた。

「さうさ。まだ分らない。」

と、私は、答へた。既に、私の心は、遠い他国の山野を歩いてゐた。故に頭が空虚のやうな気がして、容易に筆が捗らなかつた。私は、書きつゝあつた原稿を引き破つて、断つてしまひたかつた。而して直に旅立をしようかとも思つた。しかし、徒らに感情は熱しても、考へれば何処《いづこ》にも自分の言責を破るだけ、自分の心の驕る筈が見出されなかつた。私は、いかなる場合に於ても、少し真面目に考へれば、擲れてゐる自分を見出すことが出来た。飽迄《あくまで》真面目であれ！人気に立つ藝術ではない。真に、常に淋しい心持でゐる。たゞ一人道に行く真の藝術家として耻ぢるなかれ！と私の耳に何処からともなく叫んだ声があつた！

たとへ心は慌しく騒いでも、一日は、静かに音なく暮れた。夏の深くなるにつれて次第に、夕焼の色が鮮かになつた。しめつぽい重い空気に紫色を帯《お》んだ晩方《ばんがた》になると、蝙蝠が飛んで、蜻蛉が飛んで、蟬の鳴声が繁くなつた。而して、外に遊んでゐる子供等の叫び声が聞えた。私は、小供の時分のことを思ひ出した。村端れの橋の色が黒く、其の彼方の圃《はたけ》に沈む夕日《ひ》は紅かつた。私が、此の景色を独り立つて眺めてゐる姿が浮んだ。全く暗くなつた。夜は、遅くまで障子を開けて置いた。妻は隣の室に蚊帳を吊つて、幼児を日が暮れると早くから眠かし付た。其の青い、海色の蚊帳には孕《はら》む風もなかつた。縁側に置いた蚊遣線香の烟が、ゆら〳〵と白い糸のやうになびいて庭の木下闇《こしたやみ》の方に流れて行くかと思ふと、する〳〵と机の上に這ひ上つて来た。私は、いつしか作をしてゐた頭が疲れて、ペンを下に置いて其日の仕事を終ひにしたのであった。

三十九

私は、仕事が済むと、毎晩、故郷に其の日の新聞を送るのであつた。ペンで表書をする時に、明後日の朝、故郷の山家にゐて母はこの私の書いた文字を見るのだと思つた。私は、新聞を包んで、切手を貼らうとして抽斗を開けると、中に入れてあつた書物と本箱を売り払つて得た金が相触れ合つた音が聞えた。覗くと、ランプの光りが鈍色の銀貨の上に落ちた。私は、銀貨と紙幣の取り混ぜてあつたのを、悉く机の上に摑み出して、静かに価額を数へ始めた。指頭《ゆびさき》を離れて音を立てぬやうに注意して、机の上に置かれた銀貨には、多くの人々の手に渡つて来た、全く温味のない冷かな光りがあつた。而して色の汚れた紙幣には、汗と脂と涙の染みが附いてゐた。

「十五円五拾銭……これで二十円……」

と口のうちで小声に言つて、紙幣の上に銀貨を載せながら、心は一種の哀愁に襲はれてゐた。而して何となくまた慌しさを感じて、この計算を誰か傍にゐて急き立てゐるものがあるやうに思はれた。

私は、此時、人が垣根に寄つて間から、此方の様子を見て笑つてゐるやうに気が差した。急に、計算を止めて、障子を閉めやうかとも思つたが、また、全く気のせいであるとも考へ直した。何となれば、既に隣の女房も寝てしまつたと見えて四辺《あたり》が静かであつたからだ。青桐の木は、黒く黙つて、青い硝子色の空の下に突立てゐた。私は、やつと安心しながら、其の儘障子を開け放つて置いた。私は、自分の心が極めて消極的の気分に包まれてゐるのを知つた。私は、かういふやうな時には、すべての執着から離れて、全く、陰気な弱い人であつた。すべての金額は二十七円に、三拾銭が不足してゐた。私は、金を計算し終ると一種の頼りなさを感じた。書物を売つて得たといふことが意識せられたからだ。私は、自分の境遇を考へて、而して、自分といふものが明かに分れば分つた程、友人からは離れて、益々孤独となつて、社会から遠ざかつて、貧窮した生活を送つて行くやうな感じもした。私は、空しく、机の上に金を置いて、眤と其の金を見詰めて考へ込んでゐた。其処へ幼児を眠かし付けて妻が来た。

「まあ、沢山のお金ですね」と笑つて言つた。

「あゝ、みんな本を売てしまつた金だ。」

と私は、力なく答へた。而して、此の金はどんなことがあつても家庭の為めには使はないと決心した。此時、私は、妻の手が此の金に触れるのを気遣つたばかりでなかつた。自分の手が触れてさへ血の出るやうな痛ましさを覚えて戦《ふる》へるのであつた。ランプの光りは、銀貨の上に紗を被せたやうにどんよりと照らしてゐた。何となく、其の金を見詰めて、私には縁の薄い金の如く思つた。ちやうど、自分の金でありながら、長く、自分の手に握つて置かないといふ契約が何処かにしてゐる金の如く。私は、一日も、早く旅行に出かけなければ、自分の意志に対して偽りを言つたもの、如く考へられた。

「これだけの余裕があつたら………」と妻が言つた。

私は、長い間この古い暗い家に楽しみもなく生活してゐる妻のことを考へないではなかつた。而して常に経済のために憂へてゐるのを知らなかつたのでなかつた。けれど、自分等は、お互ひに敵に対して強くなければならぬと思つた。

「お前も知つてゐるやうに、此頃では友達すら、あまり来なくなつたでないか。好い作を遂に書かなければ己は、死んでしまつた方がいゝのだ。……やはり、ベツクリンが逆境時代には、途で友達に遇つても、物を言ふ者がなかつたさうだ。……」私は、神経が興奮し始めた。机の上の金を見るのさへ不快を禁じなかつた。

四十

哀れな夢遊病者《サムナンボリスト》のやうに、私は、此の二三日は、魘《うな》されてゐるやうな気持で送つた。稀《まれ》には規則正しく、猫に飯を与へないこともあつた。机の前に坐つて何を考へるとなく、たゞ、頻りに心が急き立てられて、既に時間が迫りながら、尚宿題が解けぬやうな悩ましさを感じた。而して、地図を拡げて、山国の中に印の付いてゐる温泉場を探ねたり、また、黒い脉管のやうに図面に引かれてゐた鉄道線路の哩数や、始めて知つた駅の名などに心をとめて見た。しかし、同時に私の頭には、この古い暗い家から、何処か明るい場処に移りたい気持があつた。もう、幾年も此の家に住んでゐた。其間に妻は病気にかゝつた。この痩せた幼児が産れた。私は、また庭の一本の大きな青桐の木を見上げた。而して、たとへこの家に別れても、この木に別れるのが悲しかつた、私は、いつしか心を落つけて地図を見てゐることも出来なくなつて、室の中を歩き廻つてゐたが、帽子を被つて杖を取るとふら〳〵と家を出て当もなく家を探しに歩いた、木立の葉に、また街の家根の瓦にうす赤味を帯んだ午前の日光が落ちてゐた。何となく、此の穏かな、雲もないどんよりとした空の景色は、午後には暑さが強烈となる前兆の如く思はれた。

重り合つてゐる街の瓦家根が光つてゐた。其の下の乾いた道の上を朝の涼しいうちに用事を済ます考へで、急しさうに往来する人々の影があつた。また、店前で立働いてゐる人々の姿を見た。其時、私には、幾年の昔から繋がつて来た人生の生活といふやうなものが考へられた。自分は、何故に、この人々等の虚心でなしつゝある仕事を、疑はずに、仲間となつてすることが出来ないのであらうか。何故に私は、独り、考へ、疑ひ、而して、この習慣に叛くやうな心を持たなければならぬのであらう。此の世の中の多くの人々の家庭に比して、自我の強い、また醒め易い私を中心としてゐる家庭を不幸なものだと思つた。

私は、家を探して歩いて、全く、自分と関係のない、顔も知らなかつた家を訪ねて、家賃を聞いた時に、神経は、病的に鋭くなつて、先方の疑ひ深い底意味の籠つた眼の光りを身に受けることを怖れた。知らぬ人にも家を貸すといふこと、知らぬ人からも家を借り得るといふこと、たゞ、其れはすべて金の関係に過ぎなかつた。必ずしもヒユマニズムのためではない。単に物質の関係に過ぎなかつた。この意識は、極端に私の心を憶病ならしめた。而して、新な土地、新な家に移るのを不安に思はしめた。私は、刹那に住み慣れた暗い、古い家が懐しくなつた。隣の女房も、彼の家主も、彼の米屋も、全く、知らぬ人々よりは幾分か自分等に懐しみのある人の如く感ぜられた。私は、家を探ねるのを思ひ止つて家に帰つた。

私は、疲れた足を、机の前に投げ出して、熟々《つく〴〵》と、暗い、古い家の内を見廻した。再び不快な陰気な重い空気は自分の躰を包んだ。長い間其の裡に呼吸した空気であつた。其日、昼飯の時に、私は妻に向つて言つた。

「とても家庭があつては駄目だ。思ひ切つたことが出来ないから。」――是迄にも、かういつたことは度々あつた。其のたびに互に面白くない感情を抱いて、其がために一日物を言はなかつたことも経験したのであつた。私は、黙つてゐる妻に向つて言つた。

「お前も、どうだ。子供をつれて田舎に帰つたら……」と、而して、冷かに其の青白い横顔を眺めた。

「私等が帰るのが、あなたの為めになりますなら帰ります。」と、妻は、幼児に乳房を含ませながら泣いて言つた。私は、翻然として、弱い者に向つて、こんなことを言ふのでなかつた。強い、自分等を苦しめる社会に対して反抗して、倒れて後止むばかりだと心で叫んだ。

四十一

翌朝、私は、旅に立つといふ前の日であつた。約束してあつた、仕事を済してしまふと、急に、張り詰めてゐた筋肉に弛みを感じて、もう一枚の原稿も書き得ないまでに疲れてしまつた。私は、眼を閉ぶると、汽車に揺られて、田舎の青い世界に、新鮮な空気を呼吸してゐるやうな感じがした。而して、是迄も単調につゞいて来た如く、この一日が、早く無事に暮れゝばい、と思つた。而して、自分の旅立つ前に何等の妨げの来らないことを希つた。私は、始めて追ひ立てられるやうな気持から脱れて、臥転んで、庭の景色を眺めてゐた。一日は、私の眼の前に是迄気の附かなかつた複雑な光線の変化を示してゐる。

「また、あのお祭の時分になりましたね。」と、私が、うつとりとした気持でゐると隣の室で妻が言つた。

此時、彼方《あちら》の町を行き尽した処で、叩いてゐる鉦の音が、静かな空気に響きを伝へて来た。カン、カン、カンカラカン……………カンと誰の手で叩かれてゐるか知らないけれど、一種の調子をとつて響いて来た。

「あのお富士様のお祭が済むと直に夏が行つてしまふやうな気がいたします。」と妻が言つた。私は、黙つて其の鉦の音を聞いてゐた。去年の今頃は、妻が大きな腹をして息苦しさうに働いてゐたのであつた。頬骨の尖つた色艶の悪い浅間しい姿が目に浮んだ。私は、心の眼を閉ぢて、強ひて、其等の幻想を打ち消した。

「をばさん。」と、戸口に来て子供の声がした。私は、何事かと思つて耳を欹てた。

「をばさん、猫が死にかゝつてゐますよ」と、近所の子供等が告げに来た。妻は、直様立ち上つて、

「猫が？　何処にゐますか？」と言つて急いで外に出た。私は、意外な事件に出遇つたと思ふと心が暗くなつた。

「こんなことが、あると思つてゐた。」と独りごとを言つて、つゞいて外に出て見た。眩しい日光が地上に漲つてゐた。どんなことがあつても、旅行に出かけるぞと目に見えない力に対して反抗の言葉を放つた。私は、子供等と妻の行つた後について往来を出ると、五六間隔てた溝の際に白毛の多い猫が倒れて、苦しんでゐた。私の家の猫であつた。忽ち心は、言ひ知れぬ愁しみに満された。而して、近づいて見ると、口から、泡を吹いて、痩せた躰全体に動悸を波の如く打つてゐた。而して、白い薄膜の半分かゝつた茶色の眼で、痛々しく染み入る日光を睨んでゐた。私は、刹那に、誰か此の猫に毒を飲ましたと思つた。同時に、この社会が悉くこの弱い動物のために敵であるやうに感ぜられた。私は、幾たびとなく隣の家から追はれて逃げて来た、この猫の姿を思ひ浮べた。而して、常に近所の家では彼《か》の兇猛な黒猫のしたことまで、此の魯鈍な猫のしたことゝ、思つてゐた。敏捷な黒猫は人に多く姿を見せなかつたけれど、この魯かな猫は、逐はれても容易に逃げなかつたからだ。

「誰か、毒を飲ましたんだ！」と私は、大きな声で叫んだ。而して、家に猫を抱いて来た。隣の家根を見ると、悪魔のやうな気がした。

「毒を飲ました奴は、己には分つてゐる！」と、私は其処に聞えるやうな大きな声で二たび叫んだ。私は、宝丹を水に溶いて飲ました。何うしても、猫は、歩くことが出来なかつた。此時、妻は、

「これは、きつと誰かに甚く擲られたんですよ。」と言つた。而して、私は、疑ひの眼を見張つて、猫の背中を撫でると猫は痛みに堪へかねて鋭い泣声を立てた。

私は、もう、こんなになつた猫をどうすることも出来なかつた。

四十二

妻は町に行つた。薬屋から「またゝび」を買つて来た。私は、其の黄色な粉を新聞紙の上に載せて、猫の鼻尖に付けたけれど、たゞ懐しげに鈍い鼻を鳴らして頭を摺り付けたばかりで嘗《な》めやうともしなかつた。而して、其の一日は暮れかゝつた。勝手許の隅に臥かして置いた猫の周囲には、いつしか柔かな鼠色の空気は取り巻いた。蚊は、隠れ場所から出て、夜の来たのを喜ぶやうに歌をうたつて、動物の血を吸うために群つてゐた。

「かうして、歩けなくなつて、何日も生きてゐられたら困りま

すね。」と妻が猫の方を見ながら言つた。私は、この言葉を聞いて、若《も》し、是れが人間の場合であつたら、どんなものだらうと考へされた。

「可哀さうですけれど、何処かへ、捨て来る訳に行きませんか？」と妻が、冷かに自分等の為めに考へて言つた。

　私は、この哀れな短かい間に、波瀾の多かつた動物の一生について考へされた。而して、遂にこの惨ましい末路を見て、他の家の猫の如く眼を閉ぢてゐる訳には行かなかつた。今は、苦しみの裡に生をつゞけるよりは、苦痛のない死の方が、この哀れな猫にとつて幸福であると考へた。而して、もはや再び、此の地上を自由に駆け廻ることも出来なくなつた動物を、いつまでもかうして見てゐることに忍びなかつた。私は、一思ひに此の猫の呼吸を止めてしまふことを考へた。妻は、殺すなどゝいふ残忍なことが出来るものでないと言つた。しかし、広い人家の稀な野原に伴れて行つて、此の猫を捨て来たなら、終夜、苦痛と物淋しさのために叫ぶ、猫の泣声は、野を吹く夜中の嵐に冴えるに相違ない。たとへ遠く隔てゐて、其の泣声は自分等の耳に聞えなくとも、私等の頭から、此の天地の何処かに、この苦しい泣声の起つてゐるといふ思想を取り去ることが出来なかつた。夜の十時頃、私は、傷いた猫を抱いたまま戸外に出た。空を仰ぐと、星晴れがしてゐた。街の中は、此の時分まで祭のために人の往来が絶えなかつた。遠くでは、鉦の音が聞えてゐた。私は、鉦の音の聞える方と反対の方向に歩いて行つた。ついに町を端れて、淋しい、郊外に出た。猫は、幾たびか悶掻《もが》いて泣いた。其のたびに、私は、頭を撫て猫を慰《いたは》つた。青黒い夜の空に、鬱然《こんもり》とした木立が、音もなく立つてゐた。夜は、都会に原始時代の幻を投げて見せた。私は、明日の夜は、高い山の麓で、真に荒涼とした自然に接することが出来ると考へた。私は、途を急いだ。而して、曾て、幾たびも散歩に来たことのあつた河淵に出た。水声が闇の底にあつた。私は、もう一度、苦しい生よりは、苦痛のない死の方が此の哀れな猫にとつて幸福であると考へた。

「好い処に、生れ変つて来いよ。」と私は、言つた。私の眼には、熱い涙が湧いた。私は、顔を猫の毛の中に埋めた。同じく、此の世に生を享けてゐるといふやうな懐しさを感じた。此時、一層自分の手で頸を締めて息を止めやうかと試みた。けれど、手に力が籠らなかつた。猫は、悲しさうな声で泣いた。私の胸は、塞つた。頭の中では生命を殺すことの怖しい罪悪であることを意識しながら、盲目の感情が、「より幸福に」と囁いて背後から迫つたので、私は、猫を眼の下の滝壺に投げ込んだ。暫らく立つてゐたが水声より何の音も聞えなかつた。私は、茨を分けて土手を滑り下ると、淋しい野中の道を駆け出した。急に、私は、途の上に立止つた。今、自分のしたことについて、静かに考へて見やうといふ気にはなれなかつた。死！戦ひに疲れきつた生物の上に垂れた休息の帷《とばり》である。生ある者のすべてが苦痛、争闘の最後に、泣て帰つて来た時に、我が子を抱く母のやうに、柔かに静かに抱いてくれる沈黙の母である。現在、此の地球の上に、動いてゐる人間は、幾十年を待たずして悉《こと〴〵》く死ぬ時があるのだ。而して、等しく公平な、光りの射して来ない暗い世界に永遠に消えて行くのだ。眼を上げて、彼方の都会の空を見渡すと、薔薇色に明るかつた。私は、胸に新しい希望を感じた。さま〴〵の音色が、面白さうに歌つてゐるやうに地平線から起つて来た。

（「読売新聞」明治45年4月24日～6月5日）

媾曳

徳田秋聲

川添《かはぞひ》は、今朝も寝放題に貪り寝た頭脳《あたま》が、どろ〴〵に澱《おど》んだやうになつてゐた　顔や手足の筋肉もふやけ切つてゐた。目には部屋一杯に漂つてゐる黄色い日の光が滲み込み、鈍い耳には子供の泣声や、往来の足音《あしおと》や、飴屋の太鼓の音などが懈《だる》く聞えるだけであつた。それに躰中気味のわるい寝熱《ねぼとり》がして、何だか己《おれ》は可恐《おそろ》しい熱病に罹《かゝ》りかけてゐるのではないかとさへ疑はれるのであつた。

　そこは天井も低く、往来向の方には陰気な格子のはまつた二階の六畳で壁には版画の西洋美人などが懸けられ、襖際《ふすまぎは》には古ぼけた箪笥の上に、手文庫のやうなものや、ボル箱のやうなごちや〴〵した物が気なしに置かれてある。四畳ばかり敷ける次の室にも椅子や卓子《てーぶる》や本箱のやうな西洋家具が、不規律に並べてあつた。

　陸軍少将某の兄だとか云ふ川添は、この近所では、そんな素姓を知つたものさへなかつた。少しばかり語学校へ入つてゐたことのある彼は、何を仕遂げて学んだと云ふこともなく、年取つてからも、色々な事に手を出して、いつも長持がしなかつた。するうちに、もう四十に成つてしまつた。昔し学んだ語学などは、大抵忘れてしまつた頃で、今は深川の方の或会社へ、遊び半分にぶら〳〵通つてゐるやうな身分であつた。

　川添は達者な病人のやうな体をくしや〳〵になつた白いシイツの被さつた蒲団のうへに起して、西洋仕入の活動写真に能《よ》く見るやうな、厳丈な輪廓の正しい顔に皺をよせて、体屈《たいくつ》な檻のなかの虎のやうに大きな叭《あくび》をした。わんにりした口には、細かい白い歯が綺麗に揃つてゐて、口髭も短かく刈られてあつた。

　起上るときに、少しくら〳〵するやうな頭を手で抑へて、段梯子を降りて行くと、階下は穴のなかのやうに薄暗かつたが、台所は流しの板敷のさゝくれまでが乾き切つて、そこから十時頃の淋しい日影がさしてゐた。ニスを塗つた明るい塀際に、痩せた躑躅が二株三株、心寂《うらさび》しげな赤や紫の花を着けて、久しく雨も吸はない赭土《あかつち》が、ぼろ〳〵に燥《はしや》いでゐた。

　川添は、そこに出てゐる餉台《ちやぶだい》のうへに拡がつた新聞に目を通しながら楊枝《やうじ》を使つてゐたが、頭脳《あたま》は何時《いつ》か昨夜も一緒に酒を飲んだ根岸の婆さんのことなどで充されてゐた。

　その婆さんは、門野《かどの》栄《えい》と云つて、川添より十二三も年上であつた。亭主に死別れてからは、子息《むすこ》が厭がるので、そんな事もやらずにゐるが、元は小金貸《こがねかし》から仕上げて可也《かなり》な地主になり、家作だけでも相当の揚《あがり》のある財産家であつた。貰い子だと云ふ其息子は、医術研究のために今は独乙《どいつ》へ留学中である。川添がこのお婆さんと懇意になつたのは、桜木町の其借家を借りてゐた頃からで、一時は其家作や土地の世話までするほどに、婆さんから信用を受けてゐた。川添はヒステレー性の若い妻を放抛《うつちや》らかして、始終その家に入浸《いりびた》つてゐた。

　お栄婆さんは、少《わか》いをりに仕込んだ常磐津《ときはづ》が地で、藝者でもしたかと思ふくらゐ唄が上手であつた。酒も少しは行ける方で、締まり家で評判な良人に死訣《しにわか》れてからは、心淋しい時々に、爺さんの妾のやうにしてゐた、渋皮のむけた傭女《やとひをんな》を相手に余所へ物を食べに出たり、方々のお寺詣などに出かけて、派手な金の使方をしてゐた。雨の降る日などは、蔵へ入つて、私《そつ》と三味線を弾きなどもした。温泉場めぐりや上方見物にも出たし、着ものや指環も渋い贅沢なものを拵へた。さうしてゐるうちに妾を余所へ片着けて、自分は川添に金や品物を注込むやうになつた。

　川添は貰へば貰ふだけ、だゝくさに金を費《つか》つた。金時計もさげたし、意気な洋服も作つた。一時、台所道具や玩具《おもちや》の発明に凝つてゐた頃などは、愚痴を言ひ〳〵婆さんの銀行から引出して、纏つて渡した金は、一々覚え切れぬほどであつた。気の小さい川添は、そんな泡沫銭《あぶくぜに》で、時々吝《しみつ》たれな女を買ひに出かけたりした。妻の千枝子へも、をり〳〵婆さんからの心着《こゝろづけ》があつた。子供の宮詣の費用を、悉皆《すつかり》持つたこともあつた。

　それで四五日川添の姿が見えないと、婆さんは菓子折や思ひつきの玩具《おもちや》などを提げて、家へ訪ねて来た。

体の弱い、気立の素直な妻の千枝子は、その度に赤い顔をして、おど〳〵しずにはゐられなかつた。

婆さんは、白髪も見えない髪を、小い意気な丸髷などに結つて、抜衣紋《ぬきえもん》の首を前へ据ゑて、内へ入つてもしみ〴〵話をするやうなこともなく、子供の躾け方や、家政《うち》の繰廻し方などについて、自分の嫁にでも指図するやうな調子で、深切に言聴した。自身台所などへも顔を出して、何彼《なにか》と心を配つた。丸いその目がくる〳〵と能《よ》く動き、体もじつと一所に落着いてゐるやうなことはなかつた。浅黒い其顔や手足も、かた〳〵しく肉がついて、声にも若い女のやうな嬌趣《しな》が未だ何処《どこ》かに残つてゐた。

半病人のやうな細君はいつも、子供を抱いて、気懈《けだる》さうに坐つてゐたが、お栄婆さんの活々した様子を見ると、自分の気の引立《ひつたち》のないことが、能く解つた。そして自分は別に、此の老婦人に対して、悪い心持を持つてゐないと云ふことを表はすために、出来るだけ愛相《あいそ》ぶかい様子を見せやうとしたが、奈何《どう》かすると、気の急々した婆さんの調子を折つて了ふやうな、無間《ぶま》な応答《うけこたへ》をして、取返しのつかぬ失策をすることがあつた。

「ちつと私の方へも、子供をつれて遊びにおいでなさいよ。」婆さんは煙管《たばこ》を筒に仕舞ひ込みながら、少し曇つたやうな顔をして言つた。

「庭は広いし、大久保の兄いさんの家のやうに、気のおける人はありやしないんだから、子供を遊ばすには持つて来いだよ。」

「有難うございます。」細君は皮膚の蒼白い胸を抜けて、萎びたやうな乳房に吸いついてゐる子供の顔を眺めながら答へた。

「お前さんも偶には髪の一つも結つてね、滋養になるものを食べなくちや不可《いけ》ませんよ。」

「ほんとに子供にかまけてばかりをりまして……。」

「子持は誰でも然《さう》ですよ。」婆さんは膝に散つた莨《たばこ》の粉を払ひおとしながら、「その代り先へ寄つて楽が出来ますよ。まア〳〵大事にお育てなさい。」

起がけに婆さんは、「それぢや、帰つたら忘れずに然《そ》う言つておくんなさいよ。独逸《どいつ》へ出す手紙の表書のことをね。他に能のない人だけれど、これだけは、あの人に限るんですよ。」

そして張合のないやうな顔をして、出て行くのであつた。

こゝへ移つて来たときも、婆さんは相当に纏つた金を出して、売に出てゐた文房具の店を譲受けさした。それが坐つてゐても、細君の小使取になるやうにとの目算であつた。店は新築の小学校の直ぐ門の前で、飾店には安物の石膏細工や、インキスタンドなどが駢べられ、小禽の標本のやうなものもあつた。川添が一頃凝つたことのある玩具《おもちや》の飛行器が吊されてあつたり、用器画の道具のやうなものも仕入れられた。

珍らしもの好きの川添は、一時此店の方にばかりかゝり果てゝゐた。そして自分は一角の商人にでもなつた心算《つもり》で、品物の仕入などに興味をもつてゐたが、その心持は長く続かなかつた。店の客足も遠かつた。

川添は一つ出癖がつくと、能《よ》くひよこ〳〵と外へ出歩いた。

どんな場合にでも、自分の顔や肉体にだけは深い愛着を持つてゐる川添は、一と通り新聞を見て了ふと、流元《ながしもと》へ出て行つて、石鹸《しやぼん》で顔や頭髪《あたま》を綺麗に洗つて、漸と肉が少し緊張して来たやうな心持がした。

細君は店の入口のところに、ぐたりと坐つて、体屈《たいくつ》な時間の過ぎるのも感じない未開国人か何ぞのやうな、表情のない顔をして、子供に紙風琴を鳴らして見せてゐたが、弛んだ優しい目元に、時々淋しさうな微笑の影が漂つた。

「今家の時計は何時かね。」

川添は段梯子を上りかけに、些《ちよつ》と細君の方へ声をかけた。

細君は体を捻ぢるやうにして、柱の時計を見あげた。

「然《さ》うです。」

「十時と十五分。」

「ほゝ、能く寝たな。」

川添は呟きながら、みし〳〵上つて行つた。

根岸の婆さんの方へ時々引取られるやうになつてから、細君は一層良人《をつと》の世話をしないことになつて了つた。そして偶《たま》には厭な顔をして送出すことなどがあつた。自分は自分だけで、店の揚で食べたり、子供を育てたりするやうにしなければならぬ。と然《そ》う思つて、折々は気を入れることもあるが、商《あきなひ》などは余り得手な方でもなかつた。二日も三日も、留守にされる時などは、二人の子供と一緒に、家の番をしてゐて、熟々《つく〴〵》厭だと思ふこともあつた。慾にばかりかゝつてゐるのでもなささうに思へた。そして母子三人で、田舎の実家へ帰つて了はうかなどゝ、しみ〳〵思込むのであつたが、毒のない良人の顔を見ると、つい言出せずに了ふことも度々であつた。

川添は二階へ上ると、押入から卸した鏡台の前に胡座《あぐら》を組んで、細そりした長い指で顔を撫まはし、褐色がゝつた目を剝出すやうにして眺入つてゐたが、旋《やが》て西洋剃刀《せいやうかみそり》を抽斗《ひきだし》から取出して、叮嚀に磨ぎすますと、子守に持つて来さした金盥《かなだらひ》の湯で、柔かい刷毛《はけ》に泡立つ石鹸《しやぼん》を顎に塗りつけた。石鹸の泡は、ふわ〳〵と心持よく、皮膚に吸ひこんだ。小瓶の化粧水が顔に塗られたり、油が光沢のある綺麗な髪にまぶされたりした。そこへ細君が、子供を子守に托けて、上つて来た。

「いやなんだよ、お化粧《めかし》ばかりして。」細君は見て見ぬ振をしながら、寝床をあげにかゝつた。

川添は鼻頭《はなさき》に小皺を寄せて、顎を突出して撫廻してゐた。

細君は畳みかけた蒲団のうへに、べつたり坐つて、「それでも今日は少しでもお鳥目《あし》が出来るんですか。大屋がやかましくて為様がないの。子供にだつて、時節ですから、ネルの一枚も拵へてやらなけアならないし。」

細君の方では些《ちよつ》と話しきれないやうな色々の込入つた金の入用があつた。近頃滅切《めつきり》寂《さび》れて来た店からは、川添の考へてゐるほどのものは迚《とて》も揚らなかつた。店曝の代物は、長いあひだ溜つた埃も払はれずにあつた。相当の買手さへつけば、早く手放したいくらゐであつた。花時分から先月へかけて、上方見物から金比羅詣りの旅に出てゐたお栄婆さんは、思ひのほかの金を使過したとか言つて、差当り金の相談に乗つてくれさうもなかつた。

「出来ますとも。」

川添は剃刀《かみそり》を仕舞込みながら答へた。

「お前が何もやきもきすることはない。」

「でも然《さう》は行きませんよ、貴方は始終外を浮かれあるいて面白いでせうけれど、私は大屋さんが来ると、冷りとするわ。」

「よろしい。己が承知してゐる。吝々《けちけち》言ふな。」

川添は起ちあがつて、鏡台を隅の方へ押遣ると、寝衣《ねまき》をぬいで、淡紅味《うすあかみ》を帯びた白い体の皮膚を心持よげに眺めながら、腕を振りまはして見せた。

「どうだ此の腹は。」

「何て色沢がいゝんでせう。」細君は目眩しさうな目をして見あげた。

「だからお婆さんが好くんだわ。」

「やくな〳〵。」

川添はいきなり傍へよつて、細君の体を抱きあげるやうにした。そして細君が体を縮めると、大股でその上を跨いで、そこらを踊つてあるきなどした。細君は慵《ものう》い声を出して、両手で目を掩ひながら笑つた。

朝とも昼ともつかぬ飯をすましてから、赤入のネキタイなどをつけて家を出たのは、もう十二時近くであつた。

外は目ぶしい初夏の日が照つてゐた。電車通へ出ると、きら〳〵光る線路を、ぐわら〳〵と可恐《おそろ》しい響を立てゝ電車が走つてゐたが、目の先へ近づいて来る車輪の廻転を見ると、川添はぐら〳〵と後へ突仆《つきたふ》されさうに感じた。酒飲みにはあり勝な中悸《ちうき》の素因、そんな恐怖が、此時もふと頭に閃いた。

会社の方を三時頃に引揚げて、帰りに些《ちよつ》と根岸へ寄つて来た川添のポケツトには、お栄婆さんから強請つた金が幾許《いくら》か入つてゐた。

お栄婆さんは、今日も昼前に川崎の大師へお詣をして来たとか云つて、川添の行つた時には、奥の小室で按摩を取つて、横になつてゐた。家は闃寂《ひつそり》として、庭にも青葉の蔭が深く、綺麗な芝生に蝶の影などが見えた。

黙つて手箪笥から金を出してくれる婆さんの顔には、まだ昨夜の酒の疲が残つてゐた。目の色も曇んで、皮膚の汚点が明々地《あからさま》に見えた。

婆さんは蒲団の処へ復つて来ると、気懈《けだる》さうな体を崩しかけて、莨を二三服ふかした。

「まア遊んでおいでよ、今に風呂もわくから。」

婆さんは庭の方を見詰めながら言つた。何か小言でも言出しさうなので、川添は黙つて莨《たばこ》を喫してゐた。

川添がそこを出て、上野の方へ出て来たのは、柳の蔭や高い窓にもう灯影のちらつく頃であつた。慌忙《あわたゞ》しい夕暮の町のさまは、何となし胸をそゝるやうで、頭が蘇るやうに水々して来た。彼は慌忙《あわたゞ》しい町中を、ふと神田の方に片着いてゐる或女の事を思浮べながら歩いてゐた。

その女は、以前根岸の家に暫らく立働をしてゐた。田舎を出て来てから一二度山の手の方に奉公などしたことのある、二十一二の小作の女で、相当に東京の水が滲みてゐた。女はお栄婆さんの目に立つほど、顔に白粉を塗つたり、クレームを着けたりしたが、川添の来てゐる時は、それが一層劇《はげ》しかつた。そして其声が聞えると何をおいても急いで蔭へかくれて、小い硝子の鏡に向つて、顔を直さなければ出て来なかつた。

「何て厭な奴だらう。女も色気がつくと、使ひにくゝて為様《しやう》がありやしない。」

然《さ》う言つて婆さんが口小言を言ふ頃には、女はもう尋常《たゞ》の体でなかつた。

しかし川添は、直に女をくれる処を捜しだして来た。それは柳原の方へ通つてゐる或印刷所の職工で少しばかり纏つた金をつけることにして、直に話が纏まつた。そして綺麗にくれて了つた。その時も、婆さんは可也《かなり》な金を使はせられた。

川添は、その後も思出したやうに、ちよい〳〵女に呼出をかけずにはおかなかつた。近所の安い飲食店へ呼出したり、薄暗い横町を引張まはしたりした。亭主が宿直の日には、上り込んで二三時間も寝転んで帰ることもあつた。

女は七月目《つきめ》に流産をしてから、元のやうな体《からだ》になれなかつたが、痩せた青白い顔をした亭主との間に時々口論が初まつた。始終おど〳〵してゐるやうな内気な若い亭主は、時とすると心から燃立つやうな嫉妬の目を輝かして、しね〳〵と女を窘《いび》つた。

「煩《うるさ》いね、だからお金さへ拵へてくれゝば、何時《いつ》だつて出て行きますよ。」

川添はその亭主のことをその初め能《よ》く女から聴かされた。そして奈何《どう》かすると、女へあてゝ、悪戯《いたづら》な葉書を書きなどした。

その晩も彼は夫婦の二階借をしてゐる家のある、路次口にうろついてゐた。ごちや〳〵立込んだ路次は、何の家も瓦斯《がす》や電気の明い影がさして、晩食頃《ばんめしごろ》の茶の室が賑かな声を立てゝゐた。

川添は女の家の前へ立つと、注意ぶかい耳を引立てゝ、内の気勢《けはひ》を聴取らうとしたが、障子には薄い明がさしてゐるだけで、室内には何の音もしなかつた。

川添は何時《いつ》もするやうに、フイ〳〵と微《かす》かな口笛の音を立てゝ、耳をすまして見たが、二階は矢張森としてゐた。

女が薄暗い水口から炊桶《かしぎをけ》をさげて、路次のどん尻に立つてゐる水道口へ出て来たのは、それから大分経つてからであつた。川添は小く姿作《なりづく》つた其姿で、直にそれと解つた。

二人は暗い水道端で、低声で立話を初めた。女は結立《ゆひたて》の髪に赤い手絡《てがら》などをかけて、見違へるほど顔に肉を持つて来た。亭主は近所の洗湯へ行つた留守であつた。

「それでも此頃は、些《ちつ》とは睦じい方かね。」川添は直《ひつた》り羽目板に体を喰着けるやうにして立つてゐた。

「すつかり内儀《かみ》さんになつて了《しま》つたね。」

「いやですよ、冷《ひや》かしちや。」

女は、余り口数を利かなかつた。そして時々頭髪を気にしながら、根岸のお婆さんのことを訊きなどしたが、身にしみて男の話を聞かうともしなかつた。

「貴方の奥さんはそれでも、能《よ》く辛抱なさると思ふわ。」女は呟いた。

「この頃に一度根岸の方へおいで。」

「駄目ですよ。其様《そんな》ことは私もう忘れてしまつた。」女は淋しい笑顔を見せて、独《ひとり》で笑つた。

行きがけに、川添は衣兜《かくし》から札を出して、女の手に握らせやうとした。女は些《ちよつ》とそれを突戻すやうにしたが、思返したと云ふ風で秘《そつ》と受取つた。

川添は直《じき》にそこを離れた。そしてふら〳〵と停留場まで行くと、急いで電車に乗つた。


（「新潮」明治45年5月号）

小猫

近松秋江

私《わたし》は、まだ子供を持つたことがありませんから、子供を亡くした時の心持も経験しませんけれど、もし子供があつて、死なれでもしたら、あゝもあらうかと思ふやうな悲しい心持になつたことが一度ございます。

私は随分我儘勝手ですけれど、それでゐて非常に情深い性質だと言ふことは何《ど》うしても争そはれません。それは自分を賞めていふのでも貶《け》なしていふのでもない。ありのまゝがさうなのです。

私は一度可愛い小猫がフトゐなくなつたので、それから急に気病みがしたやうになつて七日《なのか》ばかりといふもの、猫のことを思ひ続けて泣いてばかりゐたことがございました。さうしてその時私は、自分には子供がないけれど、成程子供に死なれた親の心持は斯《か》ういふものであらうかと思つたのでした。

私《わたし》の友人が猫を飼つてゐまして、それが四匹か五匹子を生んだのでした。友人も猫煩悩《ねこぼんなう》の男でしたから、親と一所に其れを可愛がつて育てゝゐました。障子を破らうが、畳を引掻かうがそんなことは一向構はないで、何時も家の中を五六匹の猫がぞろ〳〵歩いてゐました。

私は、その中で一番毛並の好い、尾《しつぽ》の余り長くない、まだ眼の見えぬ時分からムク〳〵と肥つた雄児《おす》を貰ふことに約束して、なるたけ乳は長く呑したがよからうと言つて、大きくなるまで矢張り親の傍《そば》に置いときました。

けれども四匹も五匹もの小猫が段々大きくなるにつけ、余りに悪戯が劇《はげ》しくなるものですから、流石《さすが》の友人も、

『早く連れて行つてくれ、遣りきれない。』

と言つて、其の家の書生が猫を扱かひつけてゐるものですから、元気で引掻いて仕方のない其の雄児《おす》を懐中《ふところ》に入れて、私と一所に其家からは可成《かなり》の道程《みちのり》のある私の家まで連れて来てくれました。

そりや活潑な好い猫でした。あばれること〳〵黒い処の多い、丁度頸輪《ちやうどくびわ》を入れたやうに、頸部《くび》の辺《あたり》に円く真白い班《ぶち》があつて、それから尾《しつぽ》と後足《あとあし》が白くつて、丸く肥つてゐるから丁度熊のやうでした。――私は熊が好きです。私は三十幾歳《いくつ》にもなつて、時々独りで怠屈な機《おり》などに屢《よ》く動物園を見に行くことがありますが、そんな時には何時も熊の前に一番長く立つて見てゐます。何だか熊とは私遊んで見たいやうな気がします。――私は猫とも遊ぶのです。全く、猫を飼つてゐると、私は猫が何人よりも一等好きな友人《ともだち》なのです。

で、その小猫を、妻《さい》が、『小僧々々』と呼んだのが元《もと》で、私も『小僧々々』と呼びますし、さういふと、間もなく小僧自身にも分るやうになつて来ました。

よくハシヤグのハシヤガないのつて、それはよく暴れました。私達が立つて歩いてゐると、裾に纏れて飛び付いて来る。それを『叱《し》つ！』といふと、サツと飛び退《の》いて、急遽向《いきなりむかふ》の方の柱に行つて掻き上る。私がそれを面白がつて追掛けると、直ぐまた逃げ出して、今度は床に私の親父《ちち》の肖像画を置いてある、それに行つてその額縁に飛び付く。それから其の壁に凭《もた》せ掛けた隙間にソツと隠れる。隠れた奴を片方から追ひ出す。遁《に》げる、遁げるを追ふと、今度は庭の松の樹に行つて掻き上る。それを下から追ふと、上へ〳〵逃げて行く。その時此方で忘れたやうに知らん顔をしてゐると、また高い処から段々下りて来て、私の立つてゐる鼻の先の枝を伝うて傍へ挑みに遣つて来ます。あまり枝の先の方へ来ると、落ちさうになるので小猫は自身の体《からだ》を持扱ひかねてゐます。その困つていゐるのを見るのが好でした。

最初の内は、妻《さい》が気を付けて糞をする処を拵《こし》らへて教へてやりましたが、それでも夜蒲団の上に小便《おしつこ》をするには困りました。さうすると妻《さい》は、『よく言つて聞かせねばならぬ。』と言つて、その小便《せうべん》で濡れてゐる処へ連れて来て、

『こら！　お前此様な行儀の悪いことをしてはいけないぢやないか。此処へ小便《おしつこ》をするんぢやないよ。』

と言ひながら小便《せうべん》に鼻を押付けて置いて、拳固で猫の頭をコ

ツ〳〵と叩きました。余り非道《ひど》く叩くやうですから、
『そんなに非道《ひど》くするな。』と私は言ひました。

さういふやうな調子で、一寸でも猫の姿が見えなくなると、私は何を置いても大騒ぎして探し廻るのでした。

そんな時《とき》には、妻も『直ぐ先刻《さつき》其処《そこ》にゐたやうであつたが、何《ど》うしたらう？』と言つて、起つて私と一所に探します。散々尋ねあぐんで結果《あげく》、知らずに閉めて置いた押入れの行李の中の襤褸《ぼろ》を入れた上に温々《ぬく〳〵》と丸くなつてさも好い気持に寝入り込んでゐる処を発見することがある。さうすると妻《さい》が、『あつ！　貴下《あなた》此処にゐましたよ。』と他を探してゐる私に呼んで置いて、『これ！　何《ど》うした？　お前がゐないので心配したぢやないか。温々《ぬく〳〵》と寝入つて、良く寝られたか。』と言ひながら抱へて連れて来ます。さうして畳の上に置くと、小い身体《からだ》を長く無格好に伸して大きな欠伸《あくび》をします。でも其様《そん》な時はその不様なのが厭でした。

そんなに可愛がつてゐる猫の為に、一遍、私も妻《さい》も寿命を縮めるやうな思ひをしたことがございました。猫が井《ゐど》に陥《はま》つたのです。その時くらゐ心配したことはありません。

私達その頃は小石川のある高台に住んでゐましたが、恐ろしいやうな深い井《ゐど》で、お勝手をするにもそれが第一の難渋《なんじふ》でした。処が、その小猫が、――親猫ならば幾許《いくら》動物でも訳が分つてゐますから、そんなことはしますまいが、――時々其の井《ゐど》の井筒の上に這ひ上つて歩いてゐるのです。それを見ると、妻はハラ〳〵して、先方《むかう》を吃驚《びつくり》させぬやうに、静《そつ》と、『小僧々々』と呼びます。さうすると、何でもなく降りてまゐります。

さうしてゐると、何日《いつ》か、私達昼飯を食べてゐると、突如《だしぬけ》に何とも言へない汚い声を出して猫の泣くのが耳に入りました。妻は早くもそれを聞付けて御飯を口にしながら、『あツ！　猫が井《ゐど》に陥《はま》たんだ。』と言ひなり、ガタリと茶碗と箸とを食卓の上に置いて、『私、一度は此様《こん》なことがあるに違ひないと思つてゐた………』と言ひ〳〵板の間から飛び出して井の方に駆けました。私も続いて出ました。

底の方を透《すか》して見ると、案の定、猫が陥《はま》つてゐる。併し不思議に水の中には落ちてゐません。御承知の通り大抵の井《ゐど》は、上の方に桶側を一つ入れて、その下は赤土で固めて、それからまたずつと底の方の水のある辺に行つて桶側を入れてある。それ故水と殆ど一所になつた桶側の縁の処と、その外側の赤土の処とに狭い段が一と周り出来てゐます、でも丁度其処の処へ甘《うま》く落ちてゐるのです。可愛さうに、其処へ這ひつくばつて、呼吸《いき》が切れさうな声で泣いてゐるのです。水際まで二丈はたつぷりあるのですから、何《ど》うすることも出来ません。

私達は井筒に取付いて、遠く底を窺き込んだなり思案に暮れました。

猫は火の付いたやうな声を揚げて泣き頻《しき》つてゐる。

『貴下《あなた》、何《ど》うしたら好《い》いでせう？………』

『………』私は何とも返事が出ません。

『井屋《ゐどや》を呼んで来なければなりますまいか。』

『井屋《ゐどや》を呼んで来たつて仕方があるまい。何《ど》うしたらよからう。本当に困つたなあ。』

『貴下《あなた》、此のまゝにしてゐたら、死んで了ひますよ………』

『ウム！　早く何《ど》うかしなけりやならん。困つたなあ、何《ど》うしよう。』

二人は、泣くやうな声を出して気を揉みました。

『あれ御覧なさい、貴下《あなた》あんなにして泣いてゐる。………確《しつ》乎《かり》してお出で、今直ぐ上げてあげるから………お前が此様な処を歩くから悪いんぢやないか！』妻《さい》は悲しい声を出して猫に理解るやうに叫びました。

『井屋《ゐどや》に行つたら好《い》い分別があるだらうけれど、そんなにしなくつても何《だ》うかならないかなあ。』

と言ひながら、試に釣瓶《つるべ》を動して猫の方に寄せて見たが、泣いてゐるばかりで、一向その方は気を付けやうともしません。

それから、ぢや待て待て斯《か》うして見やう。と言つて、今度は長い物乾し竿を二本継いで、その尖《さき》に、容易に猫が取着くことが出来るやうにと思つて、座蒲団を巻付けて、猫の傍に遣《ど》つて見ました。けれどもそれにも何うもしないで矢張り知らん顔で泣き続けて居ます。

『困つたなあ！　何《ど》うしよう？』

『何《ど》うしたら可《い》いでせう？』

唯、空しく凝乎《じつ》と見てゐると、猫の生命は刻一刻に迫つて来るやうで、私達も静《ぢつ》としてゐられません。貴下方《あなたがた》は、其様な時に何うしたら無難に猫を救ひ上げることが出来ると思はれます？


『あツ！　好い分別がある！』と、私は覚えず膝を叩きました。急遽《いきなり》私は座敷に駆け戻つて、押入れを開け、古雑誌を入れてある行李を取出して、そのまゝ、倒《さか》さまに座敷に引きあけ、其処にある細引を取つて、行李を十文字に吊りました。

『おい！　斯うしたら何うだらう？』と言ひ〳〵私はそれを提げて井辺《ゐどばた》に来ました。

それから、其れをスル〳〵と、細引を手繰つて井《ゐ》の底に下して、静《そつ》と猫の方に寄せました。――井《ゐど》は円い、行李は長方形ですから、私は、行李の幅の短かい方を井側に当てました。さうしないと、猫に行李との間に間隔が多く出来ますから。――

よく猫は犬に比べて馬鹿な物だ。と言ひますけれど、猫――寧ろ動物の本能性と申すものも、さう馬鹿なものぢやありませんねえ。さうして行李を側に近寄せますと、今まで何様《どん》なことをして見せても素知らん顔で泣き叫んでゐました小猫が、行李を井側にピタリと着けるや否やパタと泣き静まつて、直ちに行李の中に這入つて、さも恐れ慴《おび》えたもの〻やうに、小い四つの足を心持ち踏張つて、真中に恰度平蜘蛛のやうにベツタリ匍伏《はひふ》しました。

それを上から窺《のぞ》いて見てゐる私達は、急に気が軽くなつたや

うで、

『あツ！　這入る〳〵！』

『巧く這入つた。いくら畜生でも、之れならば這入つても大丈夫だといふ見分けが付くから感心だ。』

さう言ひながら引き上げました。

『おゝ上つた〳〵。よく上つた。』

行李を井端《ゐどばた》に置くと、妻《さい》は直ぐさま抱き上げて、

『これツ、もう之れに懲りて此様《こん》な処を歩くんぢやないよ。恐かつたらう。お前の為に生命が縮まつたぢやないか。……おう何だか少し喪失《がつかり》してゐるやうだ。』

それから牛乳でも買つて来て飲ましたらよからうと言つて、妻《さい》が買つて来て遣りましたら、よく飲みました。暫らくケロリとして温順《おとなし》くなつてゐましたが、晩からまた能くはしやぎました。

そんなに、此方《こちら》のすることがよく分つて、行李の中に這入つたりしたものですから、その後も一層可愛がつて、私の好い玩《おも》弄物《ちや》にしてゐました。妻《さい》は屡《しば》〳〵『貴下《あなた》は何もしないで、一日猫と遊んでゐる。』と言ひましたが、私の方からばかりぢやない、猫の方からも私を対手《あひて》に戯《から》かいに掛るのです。

『そらツ！』と追ふやうな声を掛けると、球《まり》を投げるやうに飛んで逃げるが、直ぐ静《そつ》と此方《こちら》の様子を伺ひ〳〵近寄つて来る。それが丁度回り縁の処で、障子の小蔭に身を隠してゐて、直ぐ鼻の尖《さき》まで遣つて来た時分に、トツと出て、また、

『それツ！』と声を掛けると、猫は正に二尺ばかり、身体《からだ》を扭《ね》ぢつて空に躍り上つて驚ろきながら、バタ〴〵と便所の傍の戸袋の方に退軍する。三分間ばかりもしてゐると、また脅やかして貰ひに静《そつ》と遣つて来る。散々其様なことをして戯《ふ》ざけた後、遂々《とう〳〵》捕まへて、此度は掌で戯《から》かふと、まだ足の裏の柔かい四つの足でパツ〳〵と蹴るやうにしながら小い口で指に噛み付きます。その手足に弾力があつて蹴られてゐると何とも言へない好い気持です。私は其奴を懐中《ふところ》に入れたり、冷い鼻の尖《さき》を自身の鼻に押付けたりして遣るのです。

其様《そん》なにして可愛がるものですから、よく知つてゐて、私が外へ出る時など、もう玄関の処からニヤア〳〵泣いて、門の外まで後を追つて来ます。それを種々《いろ〳〵》にして追ひ返へしたり、また妻《さい》が出て来て、抱へて入ることなどもありました。白い処は雪のやうに純白に、黒い処は漆《うるし》のやうに光つて、段段毛の艶《つや》もよくなりました。

夜は毎晩私が抱いて寝て遣ります。夜着の袖の処に入れて、床に入つた暫くの間は、添乳に猫を対手に、訳もない下らぬことを言つて、手を握つたり、口に指を入れたり、戯弄《からか》つてゐますが、その内猫も人間も段々眠くなつて来ると、私は、静《そつ》と背《せなか》を撫でながらつい寝入つて了ひます。それから一と寝入りぐつすり熟睡して此度目を覚ますと、猫は屹度袖から出て来て、私の褥《しとね》の上に寝てゐます。それが何だか寝返りをする時に圧潰しさうで気になるものですから、私も半寝入りながらに、静《そ》うと

足で裾の方へ押し遣るやうにすると、軟かい毛が暖《ぬく》〳〵としてゐて、丸く団子のやうになつて前後も知らず寝入つてゐるのか、生きた物ではないやうに、順直《すなほ》に足に押されながら裾の方へ、事もなくずつて行くのです。

それから私がも一と寝入りして、今度心地好く目を覚ますと、最早《もう》夜が夙《とつく》に明けてゐて、小猫は定つて私の夜着の天鵞《びらうど》の襟の上に来て、直ぐ鼻の真上の処にまた丸くなつてゐる。此方が眼を覚したのに気が着くと、ニヤアと言ひながら、上から軟かな手で私の顔を撫でるのです。猫の嫌ひな人は此様《こん》なことをされては、到底耐忍《がまん》してゐられませんが、私は嫌ひでないから、好い心地がするのです。私より早く起きてゐる妻《さい》の言ふのでは、猫は毎時も私を起さうと思つて襟の上で暫く泣いてゐるが、それでも私が目を覚さないと、自分も其処にその儘また丸くなつて寝入るのださうです。

私が出て行く時分にも後を追ひましたが、外から帰つて来た時にも、私の足音を聞き付けて、何様《どん》な奥の方や物蔭で遊んでゐても屹度《きつと》駈出して玄関に来てニヤアと言ひます。それが丁度『貴下《あなた》が居ないので、私遊ぶのに困つてゐた。』と言ひたさうなのです。妻《さい》は言つてゐました。『大抵《たいてい》貴下《あなた》の足音は知つてゐるやうですが、それでも何《ど》うかして、知らぬ人が来たのだと、玄関でフ、ウ！　と言つて背を高くしてゐますよ。』

そんなにしてゐる猫が、――その歳の十二月の確かに十日でした。ヒユウ〳〵木枯の吹きすさむ雨気を帯びた厭な日でしたが、その時も私は外に用事があつて、午後《ひるすぎ》に家を出ました。猫は例《いつも》の通り後を追うて門の外に駈けて来ました。処が、その時分の私の住居の直ぐ崖下が、大きな池のあつた後の窪地の原つぱになつてゐて、水草などが蓬《ぼう》〳〵と繁茂《はえしげ》つてゐました。其処を渉つて往来に出るのですが、私が向の道に上つて、後を振り向きますと、小猫は崖の草原の中にゐて、遠く私の方を見ながら、頻《しき》りに恋しがつて泣いてゐました。けれども門の外からその辺までは毎時も駈け出るのですから、独りで家に帰るであらうと思つて私は気にもせず行きましたが、その時妻《さい》も家で何かしてゐたのでせう。

それから夕暮方に私は戻つて来ましたが、つい猫のことは忘れてゐました。すると、全く暮れ果てても、何時もその時分には見える猫の姿が見えません。

『おい、猫は何《ど》うしたらう？』

『さうですねえ。何《ど》うしたでせう。』

それから、また押入れにでも這入つて寝込んでゐるのであらうと思つて種《いろ》〳〵探して見ましたが、見付りません。加之《しかのみならず》時刻が何《ど》うしても家に居さへすれば、出て来なければならぬ時刻なのです。

私は急に何とも言へない可哀さうな、淋しい気持がして来て、それでも今にニヤア！　と言つて何処からか出て来はしないかと思はれて、何度も空耳を立てました。さうして何卒《どうぞ》出て来て呉れるやうに祈りました。で、其の夜寝るまで、

『何《ど》うしたらうなあ？　あの時、外に出た切り家に帰らなかつたのかも知れぬ。さうして他を歩き廻つてゐる内に、道に迷うて、遂々迷ひ猫になつたのかも知れぬ。此の辺には屢《よ》く猫捕りが来るといふから、猫捕りに捕られたのかも知れぬ。それとも知らぬ処をウロ〳〵してゐる内に、可愛い猫だと言つて猫の好きな者が連れて行つたのかも分らない。それならばまあ好《い》い。』

妻《さい》と二人で此様《こん》なことを言つて、私が昼過ぎ出て行つた時分の事から、その時妻《さい》は家にゐて何《ど》うしてゐた、あの時はあゝであつた、斯《か》うであつた。と、繰返して猫の見えなくなつた時分のことを空しく想ひ出して見ました。

さうして、よもやに引かされて帰るのを待ち心地に十二時過ぎるまで起きてゐましたが、遂に戻つて来ませんでした。寝てからも例の通り夜着の袖に入れるものがございませんから私は寂しくつて遣る瀬がありません。

『可哀さうに、皮剥《かはゝ》ぎに捕つて剝《はが》れたかも知れぬ。あんなにピン〳〵跳ね廻つてゐたものが、剝《はが》れて仕舞へば、最早幾許《いくら》経つたつて、帰りつこはない。』

かう思ふと、昼間吾々が気を許して、一寸《ちよつと》油断をしたのが悪かつたのだ。可哀さうなことをした。

こんなことが止め度もなく思はれて、私は、

『猫がゐない！　猫がゐない！』と、夜着の中に頭を隠して泣きました。

妻《さい》は、『居なくなつたものは仕方がない。それが畜生の本性だから。』と言つて、サラ〳〵と諦らめてゐましたが、余りに私が本気になつて、猫を悲みますので寝ながら『それでも夜が明けたらヒヨツコリ戻つて来るかも知れない。』と気安めを言ひました。私は晩に暮れてからゐなくなつたのならば兎に角、昼間から見えなくなつたものが、夜が明けたからつて、何《ど》うして帰つて来るといはれやう？　と思ひましたが、それでも、また慾目で、朝になつたら出てくるかも知れぬ。と空頼みをしました。

けれども翌朝になつても遂に帰りませんでした。永久に、あの時私の後を追つて泣いてゐたきり姿は見えませんでした。

私はその後《のち》十日ばかり、寂しくつて、可哀さうで、何も面白くなくつて、夜寝ては夜着を被つて泣きました。妻《さい》は何とも思つてゐないばかりか、私が泣くのを冷かしましたから、私は掌で以つてなぐつてやりました。

それから後《のち》、神楽坂を通ることがあつて、寒い時分のことですから、毘沙門《びしやもん》の前に、夜店で、猫の皮を洒した襟巻を沢山売つてゐるのを見まして、私は『あゝ、家の猫も此様《こん》なにされたのだらう。』と立ち止つて、よく見ると、その中に何だか其の猫に酷く似た毛色のがあるやうな気がしました。

（「文章世界」大正元年8月号）

黄楊《つげ》の櫛

岡田八千代

人物

主人豊之助《とよのすけ》　二十九歳
父親藤平《とうへい》　五十二歳
去りたる妻。おつな　二十五歳
使ひに来る婆《ばあ》。おさつ　五十歳
近所の娘。お袖《そで》　十七歳
小僧為吉　十四五歳

時

夏

場所

東京

とある大通を反《そ》れたる横町。上手《かみて》に塀に囲まれたる蔵の裏面を見せ、蔵に添ひて細き露路あり、下手《しもて》同じく塀にて見切り、通路とせる露路あり。最中にのれんを下げたる櫛製造所の店先の体《てい》。店の下手及上手の一部に棚を釣り、製造されたる櫛を入れたる箱、及び木材などを置く、下手の隅に窓あり。窓のもとに台を置き、櫛をすく道具を置き、座布団を据ゑあり。すべて棚の前板《まへいた》の間《ま》。其外畳。奥とのしきりに硝《がら》子《す》の入りたる障子を立つ。その向ふ台処に続きたる茶の間の心。軒先に祭の提灯を下ぐ。店の端に煙草盆《たばこぼん》を置きて主人豊之助、苦みばしつたる好男子、さつぱりと小意気な浴衣《ゆかた》にて煙草を呑み居る。店先に小僧為吉。腰かけゐる。遠く祭の太鼓の音。

幕開く。

為吉。（立ちかゝりて）ぢや、豊さん。鬢櫛《びんぐし》の方は明後日《あさつて》までだよ。祭で気の毒だけどもつて大旦那が言ふんだから、いゝかい。お嫁さんの方もいゝかい。鬢櫛は明後日《あさつて》まで。お嫁さんは今夜だ。忘れずに連れて来ておくれよ。…………

豊之助。（考へ込みて）よし〳〵、分つてるよ。

為吉。ぢやきつと明後日《あさつて》までだよ。お内儀《かみ》さんも言つてたア。如何《どう》して豊さんともあらうものが、三十三枚の櫛なんか造らへたんだらうつて、如何《どう》して造《こさ》えたんだい？　豊さん。

豊之助。（紙に包みたる黄楊の櫛を出して見ながら）おれだつてわざ〳〵造《こしら》へた訳ぢやないんだらうな。

為吉。なぜ三十三枚歯のある櫛は縁起が悪いんだい？

豊之助。知らねえな。なんでも此歯をかうして指の先で撫でながら、いつとかの晩に四ツ角に立つて願ふと、どんな呪《まじな》ひでも利《き》くといふんだ。まア昔者の迷信さ。

為吉。へエ。ぢやもし、其時に己《おれ》なら、己《お》れが、もし今晩豊さんなら豊さんを殺してしまひたいと言つて呪《まじな》へば豊さんが死ぬんだね。

豊之助。（櫛の歯を上にして指先にて撫でゐたるが、フト止めて）縁起

でもねえ事いふない。もうお前は帰えんなよ。油売つてると
旦那に叱られるぞ。
為吉。ヘイ〳〵。ぢや、明後日《あさつて》と今夜だよ。あばよ。
為吉走け出して、下手の露路口より去る。
豊之助。（ぢつと考へて櫛の歯を数へる）ちよツ、如何《どう》したつて三
十三枚だ。今迄にこんなに気に入つた出来の櫛はねえのにな
ア。
二階にて煙草をはたく音す。
豊之助。ちよツ。まだ話して居やがら。
櫛を紙に包みて、懐へ入れ、奥のしきりの障子を開け、二階を見上げ
る心にて、
豊之助。おい、おとつさん。（間をおきて）お父つさん。
父親。（二階にて）オイよ。
豊之助。幾ら言つたて同じ事だ。好《い》い加減にして下りて来ね
え。
父親。あ、今、丁度下りやうと思つてる処だ。
豊之助。（店へ帰りて）此暑いのに。いつ迄居るんだらうなア。
なんだつてあんな奴をよこしやアがるんだらう。
父親。（柔和なる顔立。奥より出でゝ）豊や、おさつさんはお帰え
んなさるさうだよ。
おさつ。（卑しき顔。下品なるなり、父親に続いて店へ来ながら）ぢや
ア、如何《どう》してもおつなさんにはもう用は無いと言ふんですね。
父親。幾度《いくど》も申しました通り、もうあつし共は、男二人で充
分用は足りるんだから……
おさつ。（ぢろりと豊之助を見て）豊さんも男らしく無いね。お
前さんおつなさんに約束したのをお忘れかい？
父親。（豊之助のムツとして次から言はんとするを押へて）夫《それ》は最前《さつき》
も（豊之助を指して）是《これ》から申しました通り、いづれ亦《また》店でも
持つたら呼ばうと言ひましたのは。如何《どう》にもあの女が出て行
かないから申した方便でしてな。例へかうして今度は型ばか
りの店《みせ》を持つたのも、みんなお店《たな》のおかげなんですから、今
度また嫁でもとるにはお店《たな》の相談を借りねばならず。お店《たな》ぢ
や、おつなでは承知をしませんのでな。どうぞまアお前さん
から、あの子にも宜しく言つて下さいよ。
おさつ。ぢや詰り、今度はお店《たな》で承知しないからおつなさん
を呼びかへされないと言ふんですね。へ、エ、夫《それ》で分りまし
たよ。ぢやア今度はお店のお世話でお嫁さんが出来るといふ
訳なんですね。へ、エ、
豊之助。（堪へかねて）おさつさん、好《い》い加減にして呉んねえな。
たれが嫁を貰ふと言つたんだ。
おさつ。とぼけても不可《いけ》ませんよ。最前お前さんお店の為ど
んがお嫁さんを如何《どう》とか言つてたぢやないか。年はとつて、ゝ
もね。耳は近いんだよ。
父親。あれはお前さん……
豊之助。（遮りて）お父さん、こんな奴にうつかり言つてまた
お店《たな》の迷惑になると不可《いけ》ない。うつちやときねえよ。

父親。　さうだな。

おさつ。　どうせ私は鉄棒引《かなぼうひき》さ、だがね。頼まれ事は達さなきやならないんだよ。ねえ。まだお前さん達おつなさんの方は如何《どう》するんだよ。

父親。　とにかく、よく亦《また》忰とも相談するから、
豊之助。　相談も何にもねえよ。父親の身体《からだ》に手を上げるやうな女房は己《お》れは持てねえんだ。

父親。　なに、夫《それ》やあつしも我慢するがねえ。その為に年中忰に気を揉ませるのも気の毒だし、自然お店《たな》の方へも不義理になるし、まアどうぞ宜しく今度はお断り申しますよ。

おさつ。　それやおつなさんもね。お父《とつ》さんを打つたのは全く自分が悪い、夫《それ》もつまりはお前さんに……

豊之助。　（首をふりて）聞かねえ、聞かねえ。言訳は聞かねえよ。たとへ父親が呼んでくれと言つたつて己《お》れは嫌なんだ。なんだつてあゝもおつなは父親につらく当るんだらうと思つて、己《お》れは恨んでゐるんだからな。

おさつ。　夫《それ》はおつなさんも全く後悔してるんだから、ねえ豊さん。おつなさんもあゝして苦労のしつぱなしでおさらばぢや可哀さうぢやないか。ねえ。お前さんも今度はかうしてお店《たな》の近処へ店らしい店も持つた事なんだし、あの子も例へ今度は直ぐ出されても好《い》い。一日でも好いからこの店へ坐つてお女房《かみ》さんらしくして見たいつて言ふんだからね。ねえ、今度悪い事がありや私だつて利きやしないよ。うんとあの子をとつちめてやるつもりなんだからね。

豊之助。　（つとめておさつの言葉を耳に入れまじとして）何てたつて不可《いけ》ねえよ。お前の保証ももう何度だか知れねえんだ。この店だつて彼奴《あいつ》が居無ければこそ持てたんだ。どうしたつて己《お》れは父親を酷い目に合せるやうな女房は持てねえんだ。

おさつ。　ぢやお前さんはお父《とつ》さんに気に入らない嫁なら、何度でも出すつもりかえ。

豊之助。　如何《どう》だつて好いぢやねえか。

おさつ。　へエ。へエ。どうせ私は世話焼きばゝアだよ。だけどもね。誰の為でもなしさ。お前さんだつておつなさんにや惚《ほ》れてるぢやないか。

豊之助。　（立かゝりて）なんだと？

おさつ。　何も怒らなくつたつて好《い》いぢやないか。へゝゝ。ねえ大抵な事なら入れておやりよ。ねえおとつさん。

豊之助。　駄目だよ。己《お》れも二度や三度の中は我慢をしたんだ。父親にも詫《あや》まつて帰つて貰ひましたんだ。そりや、女房《かゝあ》が否《いけ》なけりややつぱり父親《おやぢ》に使歩《つかひある》きをさせなきやならずよ、己《お》れの忙しい時にやア飯の世話までもして貰はなきやならねえんだ。夫《それ》でも済まねえと思ふから、まア始めの中は詫びてくりや家へも入れてやつたんだが、如何《どう》してお前、あの女の疳《かん》癪《しやく》と来た日にや、他人の思ふやうなもんぢやねえんだからね。少しばかり己《お》れと父親とがこそ〳〵話しをしたからつて、お前。突然父親を向ふへ突き飛ばしてよ。見ねえな。（父親の肱《ひぢ》

をまくりて繃帯を見せ）いまだに癒《なほ》りやしねんだぜ。老人《としより》だから堪りやしねえやな。うつかり向ふて倒れる拍子に其処《そこ》に出てた庖丁の処へ肱を突いたのよ。そりや、ついだと言へばついよ。けれどもお前、仮にも亭主の親だと言ふ心掛《こゝろがけ》がありやこんな事にはなりやしねえんだ。己らは如何《どう》しても親に怪我をさせるやうな女ア家《うち》に入れることは出来ねえよ。

おさつ。ぢやア如何《どう》しても駄目だつて言ふんだね。

豊之助。うるせえな。もう黙つて帰りやアがれ。

父親。まア、さうお前《まへ》もぎだうに言ふもんぢやない。まアおさつさんも腹を立てないで一まづ帰つておくんなさい。あつしはなに、忰に気に入つてる嫁なら、ちつとやそつと怪我位したつて構ひませんがね。いろいろ之も外に苦労もある事ですから、とにかく又気の向いたやうな日にでも話しに来ておくんなさい。

おさつ。ぢやア豊さん、今度は如何《どう》しても家《うち》へ入れない覚悟なんだね。

豊之助。さうだ。その覚悟だ。

おさつ。ぢやアその通りあの子にも言ふよ。

父親。然《しか》しなおさつさん。亦《また》いつかのやうに刃物ざんまいでもされちや困るからね。なんとか上手に……

おさつ。豊さん。立派な覚悟だね。もう頼んだつてあの子は帰さないよ。

豊之助。（苦しげに）大きにお世話だ。手前《てめえ》の娘ぢやあるめえし。早く帰《けえ》れ。手前《てめえ》のお蔭で祭だつてえのにさんざんだ。

おさつ。へエ〳〵どうもおやかましう。覚えてるがいゝや。

おさつ、憎々しげにいひて下手露路口の方へ行きかけ。

おさつ。ぢやアおつなさんにやもう嫁さんの後口が定《きま》つたからつて言ひませうよ。

父親。おさつさん。そんな事を言つちや……

豊之助。いゝやな。お父《とつ》さんうつちやときねえ。

おさつ。豊さん。えらく強くなつたもんだねへ、、、。

露路口より去る。

豊之助。お父《とつ》さんお前さぞ厭だつたらう？　さつぱりと湯にでも這入つて来ねえ。

豊之助の顔、やゝ色蒼ざめて身体《からだ》も労《つか》れたる如く見ゆ。

父親。なアに。己《お》らは昨夜も行つたんだ。お前行つて来な。どうせ今日は休みだ。己《お》らは横にでもなつた方が勝手だから。

豊之助。（心悪しきを隠すがごとく元気よく）さうか。ぢや、今の中《うち》一風呂浴びて来やうか。

父親。（豊之助の顔色に心づきて）お前、なんだか顔色が悪いぞ。如何したのか？

豊之助。なアに。少しばかり肩が凝つてる丈だ。ぢや一寸《ちよつと》行つて来ら。

立ち上りて再び坐り。

豊之助。ねえお父《とう》さん。

父親。なんだ。

豊之助。　あゝは言つてやつたけれどもな。又あんな女だから、いつもの伝で、自分で文句を言ひに来ねえとも限らねえからな。もし己《お》らの留守にでもやつて来ても決して弱い気を出しなさんなよ。よくお前から言ひきかして帰してくんねえ。もしお父さんお気を弱くして置くやうな事があれば、今度は己《お》らが出て行くから。いゝかい？　此上お前、乱暴されて見ねえな。己《お》らア兄貴や姉貴に顔が向けられねえんだからな。

父親。　よし〳〵大丈夫だ。如何《どう》してお前の苦労するのを見ちや、己《お》れだつてそんなに意気地をなくしちやアいられやしねえ。だがな豊、お前気を悪くしちや困るがな、お前、もしもあの女が気に入つてるなら、家《うち》へ入れてやつた方がいゝよ。ようくいひ聞かしてやらア分らねえ女でもないんだからな。なア、豊。己《お》らはもう老人《としより》だ。ちつとやそつと邪魔にされたつて当前だと断念《あき》らめて居るんだから、なア、真実《ほんとう》の総領にだつて娘にだつて邪魔にされぬいた己《おれ》だ。末《すゑ》といふお前がこんなに孝行してくれるんだもの。その嫁ぐらゐに少しぐらゐ邪魔にされたつて己《お》らは決してお前を何とも思やしないねえ。決して思やしねえから、少しでもあの女が可愛さうだと思ふたら、も一度呼びかへしておやり、よく〳〵不可《いけ》なけりや、己《お》らは何処へでも行くから。

豊之助。　お父《とつ》さん後生だ。お前頼むからそんな事は言はねえでくんな。己《お》らもしお前に出てゞも行かれたるにや。そら見たか。立派な口を利いて引取つたくせをしやがつて、親に怪我をさせてまでも女にのろけて居やがるときつと彼奴等《あいつら》は言ふんだ。それぢやお前、威張つて引とつた己《お》れの顔の立て処がねえから、ねえお父《とつ》さん。もうそんな事は言はねえで家《うち》に居ておくれ、頼むから、己《お》ら、おつなんかに、何で未練があるもんかな。お父さんがもし入れでもすりや、己《お》らは全く出て行つちまふ積りだから。

父親。　よし〳〵。ぢやア、まア面倒でもお前に死水はとつて貰ふよ。

豊之助。　縁起でもねえ事を言ひなさんな。ぢやア、己《お》らア行つて来るから気をつけてゝ呉《く》んねえ。まさかもう来もしねえと思ふけれども、いつかのやうな事になるから、いゝかい、しつかりしてゝ呉《く》んねえよ。

父親。　大丈夫だ。心配しねえで行つて来な。

豊之助。　ぢや急いで行つて来るから。（奥へ行きかけてまた立止まり）それから袖《そで》ちやんがお母親《ふくろ》さんと来るかも知れねえから。もし来たら待たしといて呉んねえ。今夜お店《たな》へ一処に行く筈だから。

父親。　（嬉しげに）ぢやア、いよ〳〵上手《うはて》へ行くのかな？

豊之助。　うむ。もう大体の話は定つてるんだがね。大旦那のお内儀《かみ》さんが一遍本人を見たいつて言ふもんだから、本人には夫《それ》と言はずにお店でお祭の余興があるつて事で呼ぶ筈になつてるんだ。

父親。　さうか。夫《それ》や好《よ》かつた。何でも清元の御師匠さんとかで若旦那はあの子を見染めたんだつてな。金はねえがお母親《ふくろ》さんは堅いし、兄《にい》さんはしつかりものだし、お店《たな》にや好《い》いお嫁さんだ。

豊之助。さうよ。若旦那もあれでなか〳〵今時の学問もあつて商売だつて抜目がねえんだから、袖ちやんも幸福者《しあはせもの》さ、ぢや行つて来ら、己《お》ら水口《みづぐち》を閉めて、裏から出てゆくからな。店の方を頼んだぜ。

父親。あ、、ゆつくり行つて来な。

豊之助奥へ入る、やがて水口《みづぐち》の締る音す。下手露地口よりお袖。島田に結ひて人品《ひとがら》なる娘風。よそ行のなりにてめりんすの風呂敷包を持つて出づ。

お袖。（店を覗きて）おぢさん。おぢさん。

父親。（寝転びて居たるが起き上りて）よう、お袖ちやん。これは奇麗だ。

お袖。いやなおぢさん。

父親。まア、お上りなさい。お母《かつ》さんは？

お袖。（店先へ腰かけて）今ね、お客さんがあるから一足先へ豊さん処まで行けつていふのよ。

父親。おや〳〵。さうですかい。まアお上り。

お袖。此処で沢山。今ね（と露路を指し）其処で豊さんに逢つたわ。

父親。あ、一寸《ちよつと》湯に行きましたよ。

お袖。（心細げに）ねえおぢさん。豊さんのお店つてどんな処？　大きいの？

父親。さア大して広くもないのね。お庭なんかあつて。なか〳〵凝つてますよ。

お袖。さう？　大旦那だのお内儀《かみ》さんだの、若旦那だの、番頭さんだの、種々《いろ〳〵》な人が居るでせうねえ。

父親。そりや居ますよ。今日はお客をするんですからね。

お袖。でも私。余り余処の家へ行《ゆ》きつけないから。いやだわ。誰も居ないと好いんだけれども……

父親。アハ、、、、それぢやお客様が困りますわ。

お袖。私は困らないわ。

父親。アハ、、、。

お袖。でもね。お芝居があるんですつてね。番頭さんや小僧さんの。

父親。さうかな。あつしやア知りませんよ。お袖ちやんは芝居は好きですかい？

お袖。え、好きよ。でもあたし、めつたに見た事は無いの。夫《それ》も歌舞伎座つきりか知らないのよ。豊さんのお女房《かみ》さんの事をみんなが河合《かあひ》に似てるつて言ふけども、あたし河合《かあひ》なんて知らないわ。でも名字《みやうじ》を言つたりすると何だか会社の人見たいね。

父親。ハ、、さうですね。だがお前さんは大変清元が上手《じやうず》だつてな。ひとつ今度おぢさんにも聞かしておくんなさいよ。

お袖。ちつとも上手《うま》かないわ。お店《たな》の若旦那はそりや上手《じやうず》！

父親。ぢや、袖ちやんが三味線を弾いて、若旦那に語つて戴きたいな。

お袖。あたしなんかの三味線ぢやとても駄目よ。上手《じやうず》過ぎるんですもの。

父親。あつしやアまだ一度もお目にかゝつた事は無いが、どんな方だな?

お袖。どんな方つて、矢張り男の人だわ。

父親。アノ〳〵女の若旦那があるかな。

お袖。いやあたし、おぢさん揚足ばかり取るんですもの。

父親。そんなに脹《ふく》れちや、お嫁に貰ひ手がなくなりますぜ。

お袖。いゝわなくつたつて。

父親。夫《それ》では一生兄《にい》さんの厄介者かな。

お袖。一生でも二生でも兄《にい》さんは厄介なんかにしやしないわ。

父親。兄《にい》さんはしないでも、今にお嫁さんが来りやお袖ちやんは鬼千匹だからな。きつと厄介者だ。

お袖。あらまだ兄《にい》さんは学校へ行つてるぢやありませんか。お嫁さんなんか貰つちや可笑《をか》しいわ。

上手《かみて》の細き露路よりおつな。銀杏《いてう》がへし、意気な浴衣《ゆかた》がけにて黒繻子《くろじゆす》の帯の間に紅絹《もみ》に包みたる剃刀《かみそり》を差して豊之助の店を密がに覗ふ。

父親。アハヽ。今は貰はなくてももう直きでさ。

お袖。直きぢやないわ。

父親。まだゝ〳〵と思つて居たお前さんでももうお嫁さんだからな。

おつなやゝ気色をかへて聴耳を立つ。

お袖。あたしだつてお嫁さんなんかにならないわ。

父親。アハヽヽヽ。まアお上《あが》り、其中には豊も帰るし、お母《かつ》さんも見えやうから。二階へ行つてお茶でも呑まう、大分蒸して来たから、二階へお出で、少しは涼しいから。

お袖。お母《かつ》さんは如何《どう》したんでせう。

父親。直きに来るさ。さア、まア上つておいでなさい。

お袖風呂敷包を持ち、父親に続いて二階へ上る心《こゝろ》にて奥へ入る。おつな。そつと露路を出で嫉《ねた》ましげに奥を覗く。下手《しもて》に足音す。おつな露路へ隠る。下手《しもて》の露路より豊之助。湯上りの心にて石鹸《しやぼん》と、手拭とを持ちて出づ。

豊之助。(店を見て)お父さん。今帰つたよ。(お袖の下駄を見て)袖ちやん来てるんですかい?

返事なし。豊之助店先に腰を下す。おつな露路より出づ。

おつな。(声を忍びて)豊さん。

豊之助振り返り、ハツとして立上る。

おつな。お前さん気が変つたのかい?

豊之助。(店を見返りておつなの側へ寄り)まア待つてくれ。

と豊之助の店へ上らむとするおつなを押へる。

おつな。お前逃げるのかい?

豊之助。(強く)逃げやしねえやな。

おつな手を離す。豊之助奥を覗きて再び店先へ下りる。

豊之助。父親は二階だ。

おつな。二人は二階だとお言ひな。お父さんに優しいお嫁さんが定《きま》つておめでたうございます。

おつな、口惜しげに涙をぬぐふ。

豊之助。詰まらねえ事を言ふじやねえか。いつ己《お》らが女房《かゝあ》なんぞ貰つたんだ。

おつな。沢山《たんと》お隠しよ。どうせお袖さんはあたしよりも年は若し、綺麗なんだ。

豊之助。静かに言ひねえ。そんな馬鹿な事を言ふもんぢやありやしない。ありやお店《たな》の若旦那の処《とこ》へ行く人ぢやねえか。

おつな。馬鹿におしでないよ。お店ともあるべきものが。あんな処《とこ》の娘を貰ふもんかね。

豊之助。たとへどんな処《とこ》の娘だらうが気に入りや貰はねえとは限りやしねえんだ。やつかみも大概にしろ。

おつな。あゝ私はどうせやつかみ性だよ。そんな事で私をごまかさうたつて駄目だよ。今夜お前さんは袖ちやんを連れてお店へ行くんだらう。なんてつたつて知つてるよ。お店からもお嫁さんを連れて来いつて向ひが来たつてぢやないか。

豊之助。夫《それ》がお前の思ひ違ひなんだ。

おつな。思ひ違ひなものか。さつき聞いてりやア、お父さんも嫁のなんのつて私は口惜しいよ。お前さんはもうほんとに私を捨てるつもりなんかい？

豊之助。己《お》れの心はお前も知つてる筈ぢやねえか。

おつな。だつてお前さんは、今度こそ如何《どう》しても入ない積りだつておばさんに行つてよこしたぢやないか。

豊之助。お前、また何だつてあんな者を遣《よこ》すんだな。夫《それ》ほどお前早く話が定めてえのか？

おつな。（やゝ安どせるごとく）さう言ふ訳ぢやないんだけれどもね。お前さんのやうな男にや。何かしら私を思ひ出すやうなものを見せて置かなきや、気が長いんだもの。心配で心配でなりやしない。今度だつて、きつと何とかするからつておいひだから帰つたんだよ。もう半年にもなるのに何とも言つて来ちや呉《く》れないんだもの。お負《ま》けに私に内証で家中で越して終ふんだもの。

豊之助。そりや仕方が無いぢやないか。お店《たな》からは店《たな》の側へ来いつて言ふし、父親も彼処《あそこ》は越したいつて言ふんだから。

おつな。ぢやお前さんはお店《たな》とお父《とつ》さんの言ふ事さへ聞いてりや好《よ》いんだね。

豊之助。さう言ふ訳ぢやねえけれども、父親の気に染《し》みねえ家に片時だつて住んでりや不孝ぢやねえか。

おつな。ぢやア若《も》し、私が此処の家を探し出す事が出来なくても平気なんだね。

豊之助。さうぢやねえけれどもさ。だつてお前他国へでも越しやアしまひし同じ町内ぢやねえか。

おつな。だつてこんな露路の中ぢや運が悪けりや探し当てる事は出来やしないぢやないか。

おつな悲しげに涙をこぼす。

豊之助。　だつたつてお前父親《おやぢ》が……

おつな。　お前さんは二言目には父親《おやぢ》父親〳〵つて言ふけれどもね。お前さんはそんなにも父親《おやぢ》が大切なのかい。自分の好きな女房を振り捨てゝもあのお父《とつ》さんが夫《それ》ほどまでに大切なのかい？

豊之助。　さうだ。大切だ。己《おい》ら自分の身を捨てゝもあの父親《おやぢ》は大切なんだよ。己《おい》らは何故お前が己れの万分の一も父親《おやぢ》の事を思つてくれねえのかと思つて、口惜しくつて口惜しくつてなりやしねえ。


豊之助。涙を含みておつなの顔を見る。


おつな。　あゝ、何故《なぜ》。あたしにはお前さんのやうな優しい心を持つ事が出来ないんだらうね。何でもない事ぢやないか。あの袖ちやんのやる様におとなしくやりや好いんだもの。

豊之助。　さうだ。さうさへすりや好《い》いんだ。

おつな。　（何をか想像するやうに）あの、何と言はれても、どんな気に染《し》みない事があつても、ぢつとして耳を閉いで……あゝ私には小ぢれたくつて出来ない。

豊之助。　する気が無いから出来ねえんだ。己《おい》らだつてお前に袖ちやん位の優しい心がけがありや、何も好んで別れるたア言やアしねえんだ。

おつな。　ぢやお前さんは私を嫌つてるんぢや無いんだね。

豊之助。　嫌つてなんか居やしねえ。

おつな。　あゝ、嬉しい。ぢやアお父さんの前だけであんな事をおばさんに言つたんだね。

豊之助。　当前ぢやねえか。

おつな。　ぢやア、私と此処を逃げておくれ。

豊之助。　（驚きて）馬鹿な事を言ふな。親を捨てゝ女房と家を出られるもんか。考へても見ろ。

おつな。　だつてお前さん。此儘にしてちや。きつとお父《とう》さんは袖ちやんをお嫁さんにすると言ふだらうぢやないか。

豊之助。　何を言つてるんだねえ。ありやお店の………。

おつな。　嘘だよ。あんな優しい人があるのにと思つて、きつとお父《とう》さんは私を憎むだらう。

豊之助。　何も袖ちやんが特別優しい訳ぢやありやしねえんだ。お前さへ当前《あたりまへ》の女になつてくれりや好《い》いんだ。

おつな。　今迄にだつて何度も何度もあたしは当前《あたりまへ》の女になれるつもりで帰つては来るんだけれ共《ども》。なぜ私より外の女は私よりも優しいんだか。あたしはもう自分で自分に愛想がつきて居るんだよ。さうかと言つて、如何《どう》してもお前さんに別れちやア、あたしは淋しくつて淋しくつて、暮しちや行かれないんだから、お願ひだお金丈の事なら、如何《どう》にでもお父さんの世話はするから、さア今から直ぐに逃げておくれ。

豊之助。　そんな事は出来やしねえ。

おつな。　それぢやア私は如何《どう》したら好《い》いんだらうねえ。

豊之助。　父親の言ふ事なら、どんな事でもするやうな女にならなくちやとても添つて行く事は出来ねえのだ。

おつな。　ぢやアお前さんは？………

おつな、きつと豊之助の顔を見る。二階にてお袖の声す。豊之助無理におつなを連れて上手露路に入る。お袖。奥より出づ。父親も続く。

お袖。　あたし見て来るは。御母《かあ》さん如何《どう》したんでせう。

父親。　うむ。さうだな。豊も如何したのか。今声がしたやうだつたがな。豊や、………逢つたのかな。近処ぢやみんな祭に行つてしまつたし………豊や、豊ぢやねえのかな。

お袖。　石鹸《しやぼん》も手拭もあるのになんだか変ねえ。

豊之助上手露路より出づ。おつな忍ぶ。

父親。　なんだお前、そんな処に居たのか。何をしてたんだ。

豊之助。　なアに溝板《みぞいた》が外れさうになつてたから、又誰か落ちでもすると不可《いけ》ねえと思つてよ。

父親。　さうか。（豊之助の顔を見て）したがお前、やつぱり顔色が悪いぜ、如何《どう》したんだらう？

豊之助。　なアに、どうもしやあしねえがどうも肩が凝つて〳〵しやうがねえのさ。

父親。　其奴《そいつ》は不可《いけ》ねえな。余り気分が悪いやうぢやお店へも行けめえな。

お袖。　ぢやア私達も止しませうか。

豊之助。　其奴《そいつ》ア不可《いけ》ねえ。袖ちやんの為に行くんですからね。ぢや斯《か》うしませう。お父さんに済まねえけれ共己《おい》らの代理をして貰はう、ね袖ちやん好いでせう？

お袖。　でもおぢさんに悪かなくつて？

父親。　なアにあつしやア掛ひませんがね。

豊之助。　ぢやア頼まア。別に面倒な事はねえから、よく己《おい》らの事を言つて、急に斯う斯うだからつてね。尤も然うしたいに己らも店を閉めてゞも行くつもりだから袖ちやんの御母《おかあ》さんを誘つて、兎も角も出かけて呉んねえ。

父親。　ぢやアさうしやうかな。然《しか》しお前一人で大丈夫か。

豊之助。　大した事はありやアしねえんだ。

父親。　夫《それ》ぢやア一寸《ちよつと》羽織を引かけて来やう。

父親奥へ入る。

豊之助。　袖ちやん。お店《みせ》へ行つたら。お内儀《かみ》さんへどうぞ宜《よろ》しく言つておくんなさい。どんな人が来て居ないとも限らないから。余り笑つたりなんかしちや不可《いけ》ませんぜ。

お袖。　あらさう？………でもあたし、もし笑つたら如何《どう》しませう。

豊之助。　ハハハ只《たゞ》笑ふ位構ひませんよ。

おつな覗く。奥より父親出づ。おつな再び忍ぶ。父親奥より下駄を持ち出す。豊之助父親の下駄を取りて並べてやる。

父親。　どうも憚《はゞか》り。ぢや袖ちやん出かけませう。お前暫く横にでもなつて居ねえ。ゆつくり休んで夫《それ》から来ると可《い》い。

豊之助。　うむ、直きに行くから心配しないで行つてゝ呉《く》んねえ。通りが随分人が出てるから、気を付けてつてお呉《く》れ。樽《たる》みこしが危ねえからな。

父親。　よし〳〵成丈《なるだけ》横町を行かうよ。

豊之助。なアに大通りの方が好《い》いよ。袖ちゃん御母《おかあ》さんに宜《よろ》しく言つて下さい。直き行きますから。

お袖。ぢやお先きへ。

父親。早く横になつた方が好いよ。

　二人下手露路より去る。上手露路よりおつな出づ。

おつな。如何《どう》してあゝあの人達は仲よく出来るんだらうねえ。憎らしい、石でも投つてやり度《た》いよ。

豊之助。馬鹿な事をしちや不可《いけ》ねえ。よその娘に怪我でもさしたら如何《どう》するんだ。

おつな。だつて余りいま〳〵しいんだもの。

豊之助。いま〳〵しいのは手前の心ぢやねえか。如何《どう》してお前はさう気が荒くなつたんだらうなア。

おつな。あたしの気の荒くなつたのはお前さんの為だよ。

豊之助。なんだと? 己《お》れがお前の気を荒くしたんだつて?

おつな。あゝさうぢやないか。今更になつて叱言《こゞと》を言ふ位なら、なぜ始めつからやかましく言つて呉れなかつたの? お父さんが来る前まではお前さんあたしに向つて気が荒いなんて言つた事は無いぢやないか。あたしだつてこんなに気のいら〳〵した女ぢやなかつたんだよ。気が荒くなつたと言ふのならお前さんがさしたのだよ。あたしはお父さんが来る前までは少しも気兼も入らなかつたし、思ふやうな事を云つて思ふやうな事をして居たのだよ。夫《それ》でもお前さんはいつでも機嫌よく叱言《こゞと》なんか言つた事はなかつたぢやないか。夫《それ》が。お父さんが来て此方《こつち》といふものは、あゝしちや不可《いけ》ないかうしちや不可《いけ》ないつて。叱言《こゞと》は言ふし機嫌は悪し。朝から晩までお父さんお父さんで、あたしはもう居るんだか居ないんだか知れなくなつて終つたんだもの。たまにゆる〳〵話しがしたいと思つても、お父さんが一寸《ちよつと》咳でもすりや、お前さんは直ぐに飛んでつて終《しま》ふんだもの。一処に行き度い処があつたつて、いつでもあのお父さんの為めに駄目になつてしまふんだもの。………あたしはあの人の来るまでは一度もお前さんに押へつけられた事はないのに、あの人が来てからと言ふものは、あたしはいつが日にも自分が自分らしいと思つた事は一度もありやしない。いつでも〳〵小さくばかりされて居るんだもの、あたしは今更になつてそんなにされる位ならはじめつから押へつけて居て貰ひたかつたんだよ。あたしはお前さんの処へ来るまでは酒呑みの母親と、意地の悪い継母《まゝはゝ》にかゝつて居て、一日だつて一分だつて楽にしてた事はありやしない。年が年中くだと叱言《こゞと》の間に挟まつて小さく小さくなつて居たんだよ。夫《それ》がお前さんの処へ来てからは、急に大きくなつたやうな気がしたのだ。全で、寒い寒い荒野から、好い心持に暖かい奇麗な野原にでも来たやうな気がしたんだよ。たまに寒い処へでも帰されでもする事なら、夫《それ》も運だと思つて絶念《あき》らめられない私でも無かつたのに、さん〴〵心持の好い野原に置いてもう寒い味なんか忘れてしまつた時分に、また急に其処を追つぱらはうとしたつて、もう私にはそんな寒い処へ置かれて我慢する丈《だけ》の力はなくなつてしまつたんだよ。私は少しも荒野に居た時分にもつと好い野原へ行きたいと思つて居やしなかつた。思つたかも知れないけれ共《ども》、もうすつかり絶念《あきら》めて居た処へお前さんが来て、無理に好い処へ引出して呉れたんぢやないか。今更あたしをそんな処へ帰すんなら、あたしの身体《からだ》はこゞえて死ぬばかりなんだ。先《さき》のあたしなら、夫《それ》も堪へられやうけれども、もう今のあたしにさうしろと言つたつて夫《それ》は無理だ。あたしは如何《どう》かしてお前さんと一処に居やうと思つたから、泣いても見たの、さうしてお父さんからお前さんを取戻さうとしたけれどもいけなかつた。それからあたしはあばれて見たわ、それでもお前さんはお父さんの方ばかり見て丶振り向いても呉れない。これではとてもお父さんが居たんぢや駄目だと思つたから、あたしは如何《どう》かしてお父さんが居なくなれば好いと思つたわ。さうしてあたしは思入れお父さんに当つて見たけれ共、お父さんは少しもあたしに逆らつては呉れないんだもの。もうあたしはぢれつたくてぢれたくつて、如何《どう》したらお父さんが出て行くやうになると思つたの。夫《それ》もみんなお前さんの心を取戻さうと思つたから、した事だもの。あたしは少しも悪いとは思つて居ない。お前さんを取り戻し度い為めにあたしはお父さんが憎らしくなつたのだよ。夫《それ》だのにお前さんは少しもあたしの心を察してくれないで、あたしばかり責めるのだもの。そんなにあたしを責めたければ、何故はじめからあたしを攻めて呉れなかつたのだ?!　…………あのお父さんさへ居なければとあたしは思ふよ。あたしは誰にも彼にもあのお父さんをいぢめて貰ひ度い、優しくして貰ひたくない…………

おつな、急に声を放つて泣く。

豊之助。　お前のいふ事にも理窟はある。けれども、お前は自分の言ふ事ばかりを耳に入れて人の言ふ事には少しも身を入れてくれないのだ。なぜさうお前は片寄つた心ばかりを持つて居るのだ。お前は少しもお父さんを如何《どう》いふ人だと思つて見た事もねえんだ。

おつな。　少しも無いよ。お前さんを取つてしまつたやうな人に優しくする訳が無いんだもの。

豊之助。　又さう言ふ分らない事を言ふ。お前がいつまでもさう言ふ心で居るんぢや、己《おれ》らはいつまで丶もお前と一処になる事は出来ねえ。

おつな。　お前さんは如何《どう》してお父さんが来てからつてもの、そんなに気が強くなつてしまつたの?　どうしてもあたしにや、お前さんが前のやうにあたしの事を思つてるとは思はれないよ。

豊之助。　お前は思つても見ねえのだ。分らないのだ。

おつな。　どうしても分らない。分らない。分らない。

おつな、首を激しく振つて泣く。

豊之助。　しッ。誰か来る。来い。

二人再び上手の露路へ隠る。下手の露路より小僧為吉出づ。

為吉。（店へ来て）ヘイ御免。豊さん。豊さんお内儀《かみ》さんがね、待つてますよ、早く来て下さいつて。豊さん、豊さん。（店へ手を突きて奥を覗き紙に包みたる以前の櫛を拾ふ）さつきの櫛だな。三十三枚か。（思ひ出したやうに）豊さんは居ませんか。死んだんですかい。いやになつちもうなア。お嫁さんを連れて来て下さいつて待つてますよ。…………（店へ上りて奥の障子を開けて見る）誰も居ないや。ぢや出かけたんだらう。やれ〳〵御苦労さまだ。

櫛を店へ放り出して下手へ去る。暫くして豊之助顔色蒼ざめて上手露路より出づ。おつな其袂に縋り居る。

豊之助。放して呉れ。もうお店へ行かなきやならないんだ。

おつな。いやだ〳〵袖ちやんにまで馬鹿にされるのは嫌だ。

豊之助。なぜお前はさう分らねえんだらう。ありや若旦那のお嫁さんになる人だつてあんなに言つたぢやねえか。嫉妬も好い加減にしねえな、放せ。

豊之助振り払ふ。おつな転びながらなほ袂を離れず。

おつな。豊さん。後生《ごしやう》だ詫《あや》まるから今日はお店へ行かないでお呉れ。今日丈《だけ》行かないでゝ呉れゝば、あたしまつと優しくして見せる。死ぬ苦しみをしても優しくするから。…………

豊之助。夫《それ》はお前の奥の手だ。夫《それ》にやアもう幾度も騙されて居るんだから駄目だ。

おつな。そんな事を言はないで豊さん。詫《あや》まるから詫《あや》まるから。

地へ頭をつける。

豊之助。おつな。そんな事はしねえで呉《く》れ。己《おれ》は如何《どう》する事も出来やしねえ。

豊之助労れはてゝ店へ腰を下す。ふと其処にありたる櫛をとりて。

豊之助。さア之で髪でも梳いて今日丈《だけ》は帰つてくれ。さうしてお前もかう云う縁だと絶念《あきら》めて、お前が己《お》れと思つてるなら、どうぞ己《お》れが迎ひに行くまで待つてゝ呉れ。さうだ。この櫛は近頃になく己《お》れの気に入つた出来なんだ。之をお前に預けて置くから。な。夫《それ》を己《お》れだと思つて大切にしてゝ呉《く》んな。え、おつな。

豊之助。おつなの髪に櫛をさしてやる。

おつな。（泣きながら）あたしは。今日は死んでも帰らない。

豊之助。死んでも？

おつな。あゝ！　覚悟はして来たんだよ。

豊之助暫く考へ。

豊之助。駄目だ。そんな事を言つてももう己《おれ》にやお前がよく分つてるんだから。頼むから今日は帰つて時を待つてゝ呉《く》れ。もう己《お》れはお前に無理にお父さんの守をして呉《く》れとは頼まねえ。夫《それ》を無理にさせやうとしたのは己《お》れが間違つて居たんだ。お前が無理な頼みを聞いて呉《く》れなくてもいゝ、時が来たらきつと迎ひにゆく、己《お》れだつて位牌になつた父親にまで優しくしろとは言やしねえんだから。

おつな。そんな事言はないで豊さん。決してもう手は出さないよ。もし出したら七生《しやう》まで縁を切られても言分は無い。もしも右の手でお父さんの身体《からだ》へ触つたら、左の手であたしは死んでみせるよ。決して嘘は言はないから、ねえ、豊さん。

豊之助。駄目だ。今更そんな事を言つてももう遅いのだ。なぜ、今詫《あや》まると言ふ心をあの時に出して呉《く》れなかつたのだ。お前はあの時己《お》れが泣いて頼んでも、父親を突いたその手を覚えて突いてくれなかつた。己《お》れは好《い》い、夫《それ》でも好《い》い。お前が悪い事をしたと思つてる事を知つてるから夫《それ》でも好《い》いけれ共《ども》。父親に怪我をさせるやうな女を、幾ら、己《お》れが好きだからと言つて家に置いとく事が出来るか。夫《それ》でなくてさへ鵜の目鷹の目の兄弟の耳に、もしそんな事でも這入つて見ねえ。威張つて引とつて来た己《お》れの男が何処で立つんだ。

おつな。い丶え。詫《あや》まる、詫《あや》まる。きつとかう手をついて詫《あや》まる。

おつな。口惜しげに地へ手をつく。

豊之助。もう遅いのだ。今下げる頭をなぜあの時下げて呉《く》れなかつたんだ。

おつな。豊さん。

行かむとする豊之助におつな縋りつく。

おつな。お前さんは如何《どう》してさう気が強くなつてしまつたんだい？

泣く。

豊之助。如何《どう》してなつたのだか考へて見ろ、己《お》れはもうお前に何度騙されて居るんだ。その度に己《お》れは父親には苦労をかけ、兄弟にやア笑はれて居るんだ。夫《それ》でも今迄は我慢もして居たんだ。兄貴も姉さんも夫や父親を酷い目に合した。けれ共まだ一度だつて父親の身体《からだ》に手を出した事は無いのだ。立派に世話をすると言つて引取つた己《お》れの女房が、父親の身体《からだ》に疵をつけても己れに気に入つた女房だからと言つてお前を家へ置いて、己《お》れは何処へ向いて己《お》れの頭を上げる処があるんだ。己《お》れは強くなり度い。さうしてお前を押へつけてやり度いと思つてゐるのだ。お前の気を荒くしたのが己《お》れなら、己《お》れをこんなに強くしたのはお前だ。己達《おれたち》はお互ひになり度くもない身の上になつてるんだ。父親を無事に見送つてしまはねえ中は如何《どう》しても己《お》れはお前と一処になる事は出来ねえ。

おつな。屹度頭を上げて帯の剃刀を握み、走り出さんとす。

豊之助。お前血相を変へて、何処へ行くんだ。刃物なんか持ちやがつて。

おつな。お父さんさへ居なけりや二人は一処に居られるんだもの。

豊之助。（ひしと捕へて）手前は気でもふれたのか。

おつな。あ丶気もふれる、鬼にもなる、あたしはもうお前の家を三度も出て居るぢやないか。その度んびに家の母親《おふくろ》お父さんはもう〳〵勝手な事ばかりいふぢやないか。夫《それ》でも私はお前さんのお父さんと睨めくらしてるよりは我慢も出来たんだよ。でももう二度にもなつちや、だれもなんとも言つちや呉れないのだ。あたしやアもう家にも居られなくなつてしまつたんだよ。もうどうせお前さんが置いてくれなきや死んでしまふあたしだ。お父さんを殺してゞも好《い》い、一日でも一時間でもお前さんと元のやうに二人きり暮してからあたしは男に捨てられたみぢめな女で死たくはないのだよ。

豊之助。人を殺して手前一分でも安穏に暮せると思つて居るのか。

おつな。？　…………

豊之助。たとへ、夫《それ》が知れないにした処が、親を殺した女と一秒でも己《お》れが一処に住めると思ふのか。

おつな。あゝ…………

豊之助。放せ、人が来ると悪い。之を放せ。

豊之助剃刀を取らんとすれどもおつな必死となつて離さず、ぢつと豊之助の顔を見詰む。

豊之助。如何《どう》したんだ。気を落つけてくんねえ。如何とも話をつけるから、な、おつな。人声がする、おい放さねえか。

だん〳〵に近くみこしを揉む人声す。

豊之助。おい。みこしが来るんだ。危ないから放せ。人が見る。

おつな瞬きもせず豊之助を見詰む。

おつな。豊さん。

豊之助。なんだ。

おつな。二人でお父さんの居ない処へ行かう。

豊之助。え？

おつな突然豊之助を抱へて脇腹をさす。二人で重なりて倒る。二段近くなりたるみこしの声、再び遠くなる。二人半は起き上がる。

おつな。豊さん。堪忍しておくれ。

おつな、豊之助を抱きたるまゝ乳の下を貫く。みこしの声や、遠くなる。

静かに幕――。

（「演藝倶楽部」大正元年9月号）

大津順吉

志賀直哉

第壱

一

「自分の生涯にはもう到底恋と云ふやうな事は来はしない」かう云ふ事を思つては私はヨク淋しい想ひをした時代があつた。仕事にもマルデ自信がなかつたし、「恋が何だ！」とそんな強い音は迚も出せなかつた。

其頃私は生《なま》ぬるい基督信徒だつたのである。

境遇として色々な誘惑に遠かつた私はポーロの「汝等淫を避けよ」と云ふ言葉を殆どモツトオとして居た。私にとつて此モツトオを敷衍すると、妻にする決心のつかない女を決して恋するな、と云ふ事にもなつた。こんな事が私を益々女に縁のない生活に導いたのである。

十七の夏、信徒になつて、二十過ぎた頃からは私には女に対する要求が段々強くなつて行つた。私は何んとなく偏屈になつて来た。其偏屈さが自分でも厭はしく、もつと自由な人間になりたいと云ふ要求を時々感ずるやうになつた。然しそんな事も私の信仰を変へる迄には其頃の私としてカナリ長い時日と動機となるべき色々な事件とが必要だつたのである。

小供から学校が嫌いで、物に厭ツぽくて、面白くない事にはマルデ努力出来なかつた私は信仰上の事にも実際怠惰者であつた。私は自分の信仰は十七の時からヅーッと教えを聴いて居る角筈のU先生に預かつて居て貰ふやうな心持で居た。尤も先生はイツモかう云つて居た。「人間が同じ弱い人間に倚つて信仰を保つて居る位危険な事はない。第一吾々が師と呼ぶべき者は唯《たゞ》一人しかない。それはキリストである」然し我《が》の強い、いゝ意味で一本調子な先生は少しでも自分と異つた信仰を持つやうになつた弟子は只出入りする事さへ快く感じなかつた。それは弟子となつて居る者は誰でも感じないワケに行かなかたらうと思ふ。まして私は運動事と小説本を読む事、これ以外に殆ど得意のなかつた頃で先生の考へを批評する気もなかつたし、只々偉い思想家だと決《き》めて、それを手頼つて居たのであつた。

のみならず、私は何《な》によりも彼《か》によりも、先生の浅黒い、総て造作の大きい、何んとなく恐しいやうで親しみ易い其顔が好きだつたのである。高い鼻柱から両方へ思切つて、グツと彫り込むだやうな鋭い深い眼をして居る。それがニーチエにもカーライルにも何所か似て居る。ベートーヴエンが欧羅巴第一の好男子であると云ふやうな意味で、先生は日本第一のいゝ顔をした人だと私は独り決《き》め込むで居た。

――――「淫を避けよ」と云ふ言葉をモツトオにしてゐた位で、私にとつて教えでの最も不調和なものは姦淫罪の律であつた。教えに接するまでの三四年間に男同士の恋で自由を行つて来た、その習慣からも姦淫は私にとつて殆ど唯一の誘惑になつてゐた。私は教えに接すると間もなく烈しく自身の肉体を呪ふやうになつた。

其頃私はレイノルズの「天使の頭」と云ふ題の写真銅版の額を自分の部屋の鴨居にかけて置いた。可愛らしい子供の頭が四ツ五ツ、首のツケ根から生えた小さな翼で空を飛び廻はつて居る画だ。肉体を切りに呪つて居た私には此絵が殆ど来世での理想だつたのである。

或る日、先生の居ない時、弟子達が十人ばかり寄つて、「復活の時には此肉体は如何なるか?」と云ふ問題の相談をした事があつた。文科大学へ通つて居る人が、
「霊魂だけで飛び廻はつて居るとは僕には考へられないネ。若し何かそれの宿るべき物がなければならないとすると、それは今の此肉体であつて欲しいネ」かう云つた。それでは私には困るのである。未だ新米の信徒だつたから私は恐る〳〵小声で云つた。
「僕は首から上だけで復活して呉れないと困ると思ふんです。左うでないと天国も此世も結局同《おん》なじ事になつて仕舞ふと思ふんです」

誰も相手になつて呉れなかつた。

医科大学へ行つて居る人が云つた。
「毎日学校でアルコール漬けの人間を見て居ると、此肉体が其儘復活するとは考へられないからナ」

二

こんな相談をして居た頃からは五六年経つて、或るクリスマスの晩だつた。皆円形を作つて膳に就くと、先生は快さゝうに一座を見渡して、
「此中ではもう中野君と大津君が一番古狸だネ」と云つた。私もそんな事を云はれるやうになつた。尤も此長い間には自分の仕事と云ふやうな事に就いても色々と考へが変つた。「結局自分は伝導者のなるやうな事になりさうだ」かう云ふ聖いやうな、淋しいやうな心持になつた事もあつた。（宗教を聴く迄の私は外国貿易で大金持にならうと考へて居たのである）又私は哲学者にならうと思つた事もあつた。而して仕舞に私は純文学へ行く事に決《き》めた。然し此間最初から変らずに絶えず私を苦めて来たものは私の肉体に湧く力であつた。

或時先生がかう云ふ話をした。
「姦淫の大きな罪である事を本統に強く云ひ出したのはキリスト教が初めて、而して姦淫は殺人と同程度に大きい罪悪であ

る。」

私は此言葉から恐しく不愉快な響を受けた。

それは私の「心」と「体」とが絶えず恋する者を探しながら、「境遇」と「思想」とにさまたげられてゐる、その不調和が苦しくて〳〵ならない時だつたからでもあつた。其頃私は自分の部屋の床の間に人間の顔より少し大きいヴイーナスの石膏の首を懸けて置いた。私は美術品への愛好心からでも、文学的な洒落気からでもなく此石膏の女に一種の愛情を持つてゐて、悶えるやうな堪えられない気分になると時々私は其冷めたい固い唇に接吻をした。私の鼻を触れ合ふヴイーナスの鼻が仕舞に薄黒くなつた。私は或日自分が入る時、湯殿にそれを持ち込むでシヤボンですつかり洗つた事を忘れない。

左う云ふ私は先生の言葉に反対して「関子と真三」と云ふ小説を其時書いた。これが私には初めての出来上つた小説であつた。内容は結婚した夫婦の間にも姦淫罪はある。結婚しない相愛の男女の性交にも姦淫でない場合が幾らもあると云ふ考へで、一体姦淫とは何んだ、と云ふやうな事を書いたものであつた。

三

或日――――其日は殊に私の不機嫌な日だった。親しい友達の一人が近頃真理を恐れ始めた。とそんな事を私は独り部屋の中で考へて居た。私は所感を書きとめて置く小さな手帳を開いて、小むづかしい顔をしながら、「人間も自分が真理を知る事を恐れるやうになれば、もう救はれない堕落である」とこんな事を書いて居た。

其所へ女中が女の人から電話がかゝつたと云ひに来た。珍らしい事で私は少し胸を跳らせながら電話口へ出た。

「今度の水曜日に皆さんに来て頂いて遊ばうと思ひますから、貴方もどうぞ……」

「どんな人が出ますか?」

「明光《あきみつ》さんや佐藤礼吉さんもいらして下さいます」

「何時からですか」

「八時からどうぞ…… 今度はダンスは致しませんから是非……」

「大概あがります」

「大概なんて仰有らないで是非ね」

電話を断つて二階の部屋へ帰つて来ると、もう私の気分は余程変つてゐた。私は坐蒲団を四つ折りにして、それを枕にして寝ころんだ。而して私は四五年前、新富座で川上音次郎が「狐の裁判」と「浮かれ胡弓」のお伽芝居をした時に隣の桝に来てゐた十二三の真円に太つた何の表情もない顔をした混血児の小娘を憶ひ起して居た。

其時から私は其小娘の兄と知り合ひになつて二三度往き来をした。

一年から一年半程して、其男がドレスデンへ行く事になつた時、私は其家へ招かれた。仲間の会があつて、余程晩《おそ》くなつて私が行つた時には食事が済むで応接間の大きなテーブルで知つた顔の四五人がピンポンで夢中になつて居る所だつた。隅のソーフアでそれを見てゐると、少し酔つて赤い顔をした男が入つて来て、

「日本間で百人首が始まるとさ。出来る奴は行かないか――大津はうまいんだらう」こんな事を云つた。

　日本間へ行くと其所には新富座で見た時とは見違える程美しく、大きくなつた娘が居た。其母も兄も居た。私は其二人に挨拶をした。然し娘は何かしらんイヤに高慢な顔つきをしてゐるので、それが自然私をも娘にだけは高慢な顔つきにして了つて、遂に挨拶は互に仕舞ひまで仕ずに了つた。

　一度組になつて私は偶然其娘と並ぶ事になつた。私から娘、其向ふ隣りが娘の兄、と、かうなつてると、娘はソ、クサ起つて、

「私と更つて頂戴」と兄の向ふに身を差し入れて、無暗と兄の体を此方へ押してよこした。私は「生意気な奴だ!」と独り思つた。

――――娘とは其後色々な所で会つた。新橋の停車場で会つた。大晦日の晩に銀座で会つた。高等商業学校の外国語の大会で会つた。歌舞伎座で八百蔵が土佐坊昌俊の芝居をしてゐる時に会つた。上野の或る音楽会で馬車に乗つて来るのに門の所で会つた。麻布の谷町で擦れ違つた。而して其度々いつでも両方で知らん顔をしてゐた。


　或時速夫といふ、其頃大学へ通つてゐた五六年前にヨク遊んだ年上の友達が、

「ウィーラーの所《とこ》のダンスで男が足らないから君に来て呉れとさ」と云つた事がある。

「ダンスは閉口だ」

「西洋人が沢山来るから会話の稽古になるぜ」

「西洋人も閉口だ」

「なぜ?――そんなら何時か見に来いよ」

「見にだけなら何時か行かう」

「そんな事を云つたつて、直ぐ引つぱり出されるけど……」こんな事を云つてゐた。

　暫くすると速夫と其娘とが互に有頂天になつて居ると云ふ噂があつた。

　所が、間もない或日娘から電話がかゝつて、――私は其時初めて娘と口をきいた。

「男の方が足りないんですから、是非……」と云ふ。それが私には「習ひたての下手な方があつて、其相手に困つてるんですから」と云ふやうにも聞えた。少なくも其所まで用心しなければ――左う云ふ気が直ぐ起つた。断ると、

「でも此間速さんにいらつしやると仰有つたんでせう」詰《なじ》るやうな調子だつた。

　又半月程すると同じやうな電話がかゝつた。其時も私は断はつた。其時でも前の時でも、不愛想に断はつて置きながら、後

で暫く其事に就いて私は色々な事を考へないでは居られなかつたのである。而しては仕舞に私はヨク自己嫌悪に陥つた。

其暮れ、娘からクリスマス・カードを送つてよこした。それを受取つた日私はワザ〳〵丸善まで出かけて売れ残りから長い事か〻つて三枚撰むで、帰つて又それから一枚撰むで娘へ送つてやつた。——尤もかう云ふ事は相手が何者でも多少は必ず働く私の癖ではあつた。

——其の後娘からは電話がか〻らなくなつた。速夫は鎌倉で別荘を隣り合はせにしてゐた人の娘と結婚して、間もなく三井物産会社へ入つて、其所の綿の方の係りで米国のオクラハマへ出かけて行つた。而して彼と有頂天になつてゐた娘はそれからヒステリーのやうになつたと云ふ噂を私は聞いてゐた。

……………………四つ折りにした座蒲団を枕にして、かう云つた色々な事を憶ひ出して居る内に私は不意に身を起すと、本箱の抽斗から一冊の女の雑誌を出して来た。

其口絵に、或る外交官の家で、日露戦争が済《す》むだ祝ひの宴会でした活人画の写真が出てゐた。日の出前の海の背景で英国大使の娘の平和の天使がヤシの葉を片手に持つて、片手で大和姫の手を高くさ〻げてゐる。大和姫の一方の手には白い鳩がとまつて居る。神代風の両方へ分かれた髪の端が輪になつて、それが両乳の上あたりに軽く垂れて居る。耳を隠し、豊かな頬に添つて垂れた髪が肉附のよい顔を一層可愛らしい形に輪廓を取つて居る……………

四

水曜日と云ふ日が来たが、私は朝から気分が悪かつた。体《からだ》も妙に太儀で、午后一寸学校まで行つて帰るともう坐つてゐるのもツライ程に疲れて了つた。が、病気とは思つてゐなかつた。

日が暮れると曇つて来た。私は部屋へ寐ころんで、不愉快な心持で、ボンヤリ迷つてゐた。其内七時半になつた。イヨ〳〵決心して俥を呼びにやると、私は大学の制服に着かへて、秋の寒い晩だつたから外套も着た。

俥は其家から半町程手前の坂の上で降りて私はソロ〳〵と其所から歩いて行つた。其時背後《うしろ》から坂路を勢よく俥が二台私を追ひぬいて、娘の家の門を入つて行つた。

其二人とは私は玄関の中で出会つた。——顔も名も互によく知り合ひながら、知り人ではないと云ふ関係が都会の生活では殊に多いと思ふ。——其二人も私にとつて左う云ふ類の人々であつた。背の高い方が帽子掛けに附いた鏡の前でネクタイの傾を直してゐる所だつた。而して二人共燕尾服で踊り靴を穿いてゐた。

二人と入れ更つて私は右手の其小さい部屋に入つて外套と帽子をかけると、不快な気分に被はれながら二人の入つた客間へ足を運むだ。

「アー、大津さんでいらつしやいますか」久しぶりで会つた娘の母が直ぐ愛想よく迎えた。娘は其所に見えなかつた。明光も

礼吉も見えなかつた。娘の母は、

「暫く。お変りもありませんで？　何より！」

　妙な切れ〳〵な詞を使つた。

「ジョージさんは御変りありませんか」

「ありがたう。どうもあれは甚《ひど》く筆不精な児ですから、大方何《どち》方《ら》も御不沙汰で厶いませう。心では充分思つてるんで厶いますが……」

　こんな事を云いながら、ピアノの上の譜を撰り分けて居た二十四五の前にも此家で会つた事のある混血児の女に
「ミス高木」と呼びかけた。

「ハ」

「貴女御存知でせう？」と紹介の手だけを私の方へ延ばして
「大津さん」今度は私の方を向いて「ミス高木」と云つた。

　こんな風に毛バ立つた制服にあみ上げの靴を穿いてゐる私が、燕尾服からタキシードと順々に紹介された。

「ジョージさんは矢張りドレスデンですか？」

　私にはこれより他に話の種はなかつた。

「此春からロンドンの方へ参つて居ります。実は来年の春位まであちらへ置く心算《つもり》でしたが、独逸はどうも性に合はないとか申すもんですから……」

　髪を奇麗に分けた男が寄つて来て、馴々しく娘の母に
「お絹さんは？」と云つた。

　私は後ろのソーファの端に腰を下ろした。

「あちらで何かしてませうよ」

「病気はもうスッカリおよろしいんですか」

　こんな会話を聞いてゐると、同じソーファの他の端にゐた四十格好の赤ら顔の西洋人が腰をずらして私の方に寄つて来た。私は「オヤ〳〵」と云ふやうなイヤな気がした。西洋人は私の学校の事に就いて英語で話しかけた。然し独逸人らしかつた。

――娘の母は娘の病気の話をしてゐる。

「一時は貴方、何を頂いても上げて了うんでネ、頂く物がないやうなワケでしたのよ。ツイ先頃《さきごろ》まで林檎のおつゆだけ吸つて居ましたが、よくまあ、持ちました。それが貴方五六日前不図、久し振りでダンスでもやつて見やうかと云ふもんですからネ、父も喜びまして、疲れたら直ぐ休むやうにと申しましてネ、今晩皆さんに御いでを願つたんですの……」

　西洋人は文科ならフロレンツ君を自分はよく知つてゐるなど云ふ。

　外国語――中でも会話の不得意な私は人の居る所で話をするのがイヤで〳〵ならなかつた。然るに――余談になるが――私は大学では英文科に籍を置いて居た。そればかりでなく、私は卒業後は田舎の中学の英語の教師にならうと考へてゐたのである。生涯の仕事としては其頃から私は文学上の創作をしやうと云ふ考へであつた。それには相当の自惚れもあつた。然し仕た仕事が殆ど一つもない点で其自惚れにはマルデ裏うちが出来てゐなかつた。私は時々の気分次第で根こそぎ其自惚れを見失つ

て了ふ事が少なくなかつた。「イマニ何かする」かう思つても、それが何時《いつ》の事か少しも見当がつかなかつた。

「君は大きくなつたら何になるんだい？」

「僕はネ、陸軍大将になるんだ」

七つか八つの小供——勿論私も実際に其一人だつた——がかう云ふ事を云ふ。それと殆ど変らなかつた、仮令《たとへ》、それに「僕は世界的の大文豪になるんだよ」と云ふ言葉を用ひなかつたにしても……。只異つてゐる所は小供はそれに不安を感ずる事はないが、私にはそれが時々来る事である。

所で、私の父は私に就いてかう思つてゐた。

「偏屈で、高慢で、怒りツぽくて、泣虫で、独立の精神がなくて、怠惰者で、それにどうも社会主義のやうだ」

而して私にはヨクかう云ふ。

「貴様は大学を出たら必ず自活して呉れ。ええ？　これは貴様を一個の紳士と見て堅く約束をして置くからナ」

私が学習院の高等科になつた頃から、将来の話の出る度々に父は決してこれを云ひ忘れなかつた。父はかうして実世間的に私を教育しなければならぬと考へてゐた。所が、私はこれを云はれる度に「胆試し」の遊びで臆病者が強い子供に意地悪をされる時のやうな心細い心持を感じずには居られなかつた。私には自分の書いた物が実際に金と代へられる場合をどうしても考へられなかつた。——書いた物ばかりではない、自分の仕た事の報酬が金になつて自分の手に渡されるどんな場合をも想像する事が出来なかつたのである。——仮りに、或る時期に書いた物から金を得る事があり得るとしても、それで生活出来る程、左う多く書く事は私には到底出来ない。若しそれをすれば私は生涯の仕事として只ヤクザな作物を量に於て残すだけで、それも人類の間にでなく、自分の子孫（それらが若し祖先を尊ぶ気の多少ある人々であれば）それに残すだけである。こんなに思つて居た。

其位なら、持つてゐる或る固定した智識を見せては引込まし、見せては引込まし、十年一日の如く、そんな事をしてゐても立ち行き得る中学教員になつて、生活の費用はそれで得た方がいゝと考へた。或る限りある食物を三度づゝ食つて、それを毎日繰返して行くといふ物質的な生活の為めには実に格好な職業である、と考へて居た。虫のいゝ私は散々にナマケて来た自分の「中学時代」に其場合どれ程ひどい裏切りをされるかはマルデ考へてゐなかつたのである。而して私はそれに英語を撰むだ。尤もそれは不得意さの程度が国文も漢文も全く変りなかつたからでもあつた。

……………西洋人は何の文学を研究してゐるかと訊いた。私は日本文学だと答へた。後では、それでかまわなかつた、と思つたが、其時は答へながら烈しい不快に陥らずにはゐられなかつた。これ程明らかなウソを自分は何年ぶりで云つたらうと思つた。

西洋人は又何か私に尋ねたが、それが解らなかつた。問ひかへしても、未だ解らなかつた。私は当惑したやうな不機嫌な顔をして、もう黙つて了つた。西洋人も少し当惑したやうな顔をしてゐたが、微笑しながら起つて行つた。クサ〳〵して堪らなくなつた。少し前屈みになつて静かに歩いて行く西洋人の丸い肩を私は親みなく見送つた。其時私は少し離れた所から、サツキ玄関で会つた男の一人がそれとなく此方を見て居たのに気がついた。

広間との堺の大戸が両方に開かれた。寄木の床はスツカリ拭込むであつて天井の電燈を其儘に映《うつ》して居た。私の気分は益々悪くなつて行つた。額から油汗のやうなものが出る。私は太儀な体を起こして、広間に懸けられた色々な絵を見に行つた。黒い真円な椽《ふち》に入つた文晁の浪の絵があつた。其他は主《おも》に浮世絵派の物で、北斎の八十七歳の肉筆で雨中の猟人と漁夫の対幅などが其三四年前錦絵のコレクションに熱中しただけに私の心を惹いた。私は左う云ふ物で四囲を忘れやうとしたが、それは体の方で許さなかつた。私は元のソーフアに還つた。明光や礼吉は未だ来なかつた。

和服で紫がゝつた袴を穿いた十六七の脊のスラリとした細面ての美しい娘が其辺を歩いて居る。それが永い病気で左うなつた此家の娘だとは私は心づかなかつた。メランコリツクな顔の表情と細々と如何にも疲れたやうな弱々しい体の表情とが其所にゐる他の男や女の誇つたやうな一種緊張した心持で見得を張つて居る中に際立つて私に親しみの感じを起させた。コルセツトで緊めた程に腹の所が細くなつて居て、心持前のズリ下がつた帯の上に軽くふつくりと懐《ふところ》がたるむでゐる。その洋服のやうな着方にも一種の感じがあつた。

暫くして気がついて、私はその烈しい変りやうに驚かされた。二三日前自分の部屋で見た雑誌の口絵とは殆ど同人と信ずる事が出来なかつた。

プログラムがくばられた。金椽の小さなカードを二つ折りにして、小楊子より少し大きい金属性の美しい色をした鉛筆が絹のヒモでそれへ下がつて居た。男共は直ぐそれを持つて女に相手を申込み始めた。女のを受取つて其番へ自分の名を書き込むでゐる者もあつた。

「貴方は？　一番は誰方《どなた》と？」腰かけたつきりで居る私の所へ又娘の母が来た。

「オドリは出来ませんから、拝見してゐます」私は溜息でもするやうに答へた。

「エ、？　お上手なんでせう……」と笑ふ。

私は「底に鋲の打つてないだけの此靴を御覧下さい」と云ひ度かつた。然し第一にそれが軽く云へる程開けた人間で私がなかつた上に、其時の気分が益々私をカタクナにして居たから、返事を仕ずにゐた。

「遠藤さんの奥さん」娘の母はかう美しい混血児の女に呼びかけた。それは私の家から半町程離れた所に居る或る外国の会社の代理店の支配人をして居る人の細君で、内気ないゝ人であつた。

「貴女、どなたかと一番御約束があるの？」

「エヽ」

「二番は？」

「ありません」

「左う……。大津さんと御約束をして下さい」

軽く首肯《うなづ》いて其人は往つた。私にはもう直様にそれを断はる元気もなかつた。

「二番は？」と鉛筆で帯へ挟むで下げてゐたプログラムを取上げて見ながら、「ツゥ・ステップスですネ。易しいんですもの直ぐ出来ます」かう云つて娘の母も私の傍をどいた。

間もなく広間には男と女と二人づゝ並むで立つた。高木といふ女の弾くピアノが鳴り出すと同時に皆が動き出した。

私の性質からも趣味からも、かういふ事は好きである筈だつた。然し私には禁慾的な思想と、それから作られた第二の趣味と性質とがあつた。しかも、それらは本来の趣味や性質より私の意識でイヤに明らかなる点で私は知らず〴〵それへ義理立てをしないではゐられなかつた。私は殊更な軽蔑と呪ひの眼で、顔に血の気を上げて踏り廻はつてゐる人々を見てゐたのである。今の私は思想《かんがへ》に義理立てをするやうなかういふ弱い心を恥じてゐる。けれども、若し同じ事が今の私に來やうとも私は私の本来の性質や趣味にコダワリなく従ふ事が出来るかどうかを疑ふ。多分出来ない。


……………………それが済むと廿人近かい人々は私の居る部屋へ還つて来た。

娘とは未だ挨拶をしなかつた。娘は時々私の方を見てゐた。けれども私が私の顔に表はして居た表情が娘の近よる事をこばむでゐるらしかつた。

二番目の踊りが始まらうと云ふ時に内気らしい若い細君が私の側に来た。

「失礼します」私は或る努力を以つて、それを静かに慇懃に断はつたつもりだつた。所が、気分と体から来る不快が私の声帯で裏切つて居たから何んにもならなかつた。

内気らしい若い細君は顔を少し赤らめて只首肯いて行つて了つた。

トゥ・ステップスが済むで、スケーティングが済むで、四番目がウォルツだつた。

其頃は私はいつか自身の不愉快な気分に中毒して了つて居た。私はソーファに腰掛けた儘、不愉快な凝結体にでもなつたやうな気持がして居た。

人々は愉快さうに、時々話しながら、時々笑ひながら電燈の強い光りを頭や背にあびて烈しく踊つて居る。

娘は背の高い若い西洋人と踊つてゐた。西洋人は左手で娘の体を支へ、右手はハンケチと一緒に娘の左手と握り合はせて、それを高く挙げた儘、クルリ〴〵と軽くよく廻はつた。廻はる度に娘の体は両足共に殆ど床を離れた。娘は太儀さうに自身の肩の上に首を傾けて居た。青白く見えた顔には血の気が見られた。

其内如何にも疲れたらしい様子で、娘は相手の耳に何かさゝやいた。西洋人は首肯くと、其儘踊り続けながら、娘の体を抱くやうにして巧みに人々の間を抜けて其けん外に出て来た。

娘は私とスヂカイの隅の椅子に腰を下ろすと手近かな団扇を取つて独りあほいでゐた。

娘は時々此方を見た。私は踊りの方ばかり見て居た。少時すると娘は兎も角もと云ふやうに起ち上つた。其時私はヂツと寧ろ一層堅くなつて前からの姿勢を保つてゐた。其場合若し私が少しでもクツロイだ姿勢に変れたら娘は必ず私の方へ寄つて来たに相違なかつた。娘は体で話しかけた。所が私の体はそれに答へる自由を失つてゐた。娘はその儘ピアノの傍へ行つて、その側面に軽く倚り掛かると何気ない風で又踊りの方を見てゐた。私も踊りの方を見てゐた。然し私の意識は私の視野の最も端に置いてある娘の体にひたすらに集まつてゐた。

娘は思ひ切つたやうに体を此方へ向けると足を四分の一歩程ふみ出しかけて――又ヤメた。而して娘は首を垂れて了つた。遂に娘は首を垂れたまゝ進むで来た。

ソーファに並むで腰かけた。娘はダンスの事も明光や礼吉の来なかつた事も一ト言も云はなかつた。而して兄の噂とか速夫の噂とかをした。

「速さんから二三日前御手紙を頂きました。此方《こちら》の奥様にもうお児さんがお出来になつたんですつてネ」娘は少し笑ひながら、それに小供らしい悪意を見せてこんな事を云つた。

話してゐる内に私は段々に堅くなつて行く結びツこぶがゆるめられるやうな快さを感じた。

「兄と歌舞伎へいらした時、六代目の楽屋へいらしたんでせう？」

「エヽ」

偏屈な、邪気のある、不愉快な心理を散々にくゞつて来て私は今、意味もない小供らしい会話の相手になつて了つた。

「川上のお伽芝居で御一緒になつた事がありましたわネ。あの時分、私九つか十位でしたのネ」娘は覗き込むやうに私の顔を見た。

「そんな事はないでせう」と私は答へた。

踊りは中々済まなかつた。

「東京座の道成寺は御覧なりましたか？」かう私がきいた。

「エヽ。中々よござんすのネ。貴方は所作事がお好きなんでせう？」

「日本の踊りは大好きです。然しかう云ふダンスなんか見て居て不愉快です」

私には皮肉を軽く云ふと云ふやうな藝当は迚も出来なかつた。

娘はそれには済まして、直ぐ、

「十一日明治へ連中で参らうと思つてますが貴方も御入り下さいませんか。宅の親戚の者で大層左団次を贔負にしてる者があるんですの」と云つた。

私は此所でも、知らない人の中に入るのはつまらないからイヤだ、と重つ苦しい嫌味をいつた。娘は笑つた。然しこんな事でも私の気分は幾らかづゝよくなつて行つた。

其踊りが済むと皆は、軽い食事の用意された隣の部屋へ行つた。女の連中は既に盛つてある皿と飲物とを受取つた。

凝結しきつた心持から多少自由になつた私はもう帰らうと思つて、男の連中が皆受取る空いた皿は受取らずにゐた。それを見て娘の母は物を盛つた皿を持つて来てくれた。どうしたのか少しも食慾がない。若しかしたら病気かナ、と思つた。

間もなく、私は娘と娘の母と、其他口をきいた三四人の人々に挨拶をして此家を出た。十二時を少し過ぎてゐた。

五

翌朝も具合の悪い事は同じだつた。私は朝の食事もせずに部屋にトヂ籠つて、前晩の事などを繰返えし〳〵考へてゐた。考へれば考へる程、私が通俗な言葉で云ふ「開けない男」である事が腹立たしくなつた。自分は何時の間にこんな男になつて了つたらうと云ふやうな事を考へた。

私は又、娘の美しい細々とした体や、小供らしい其ツマラナイ言葉をてにをは一つ誤らずに憶ひ浮べては、長い〳〵痴考に耽つて居た。

其末に私は娘へ手紙を書かうと思つた。——哀哉《あゝ》、偏屈な心！——私はそれに前夜の不快を書いて送らうと考へた。

午後、私は手紙はヤメて、それを云ひに出かける事にした。太儀な体を起して洋服に着更へて家を出た。

幼年時代を過ぎてからの私には女の友達と云ふものが全くなかつた。だから、それは殆ど初めての経験と云へた。然し男の友達を多く持つてゐる、あの娘にとつては私から訪ねられると云ふ事は左う突然な事ではあるまいといふのが僅かに私に勇気をつけてゐた。

けれども、其日私はとう〳〵娘の家まで行かずに了つた。それは其途中で娘の母に会つたからであつた。

直ぐ引きかへす気もしないので、其儘渋谷の友達を訪ねたが、友達は留守だつた。私はどうにもならない体を運ぶやうにして其屋敷の裏の広い空地になつてゐる原へ来ると、木の影になつた草の上に横になつて、暫くは深い溜息をついて居た。

澄み切つた空の高い〳〵所を白い雲が静かに動いてゐた。時々烏《からす》が飛むで行つた。

——不知《いつか》眠つて、再び眼を開いた時には日が入つて其辺の風物が総て青味を帯びて、烏《からす》の群が忙しさうに一方へ一方へと飛むで行く頃であつた。私は幾らか軽い気分になつてゐたが、もう友達は訪ねずに其儘俥を雇つて帰つて来た。

六

帰ると、上の妹と其次の妹とが飛び出して来て、上の妹が直

ぐ、

「お兄様！　高ちゃんが赤痢になつたんですつて………」と其表情をしながら云つた。

「五日間は誰れも外出《ぐわいしゆつ》出来ないのよ」と次の妹が附け加へた。

門番が其辺に石灰を撒いてゐる所だつた。

其晩から私も下痢を始めた。医者は矢張り類似赤痢になつてゐる。然し極く軽いのだから此の方は警察へ届けなくてもいゝだらうと云つた。

谷中の寺のだつた表の門を入ると、直ぐ左に小さな石の門があつて、それを入つた右が母屋の台所で、左の突き当りがヤクザ普しんの二階建ての離れ家の玄関になつてゐる。此離れの事を自家《うち》では「書生部屋」と云つて、階下《した》に近頃田舎から出て来た書生がゐて、二階に此家が建つて以来十何年か私が住むでゐるのである。

高子といふ四つになる妹は奥の母の部屋で母と看護婦だけの看護で、家の中で交通遮断と云ふ事、又私は七十二になる祖母の看護で上下を通ずる恐ろしく嶮しい梯子段を堺にして矢張り自家《うち》の中での交通遮断と云ふ事になつてゐた。

祖母は隣りの四畳半の本箱や机や椅子などの置いてある狭苦しい中にて寝て、私の腹を温める為めの蒟蒻を時々起きて冷えたのと熱いのを取り更へてくれた。夜中も二時間毎に起きては煮てあるのを乾いた日本手拭に包み、それを又西洋手拭で巻き、私の幾重にも巻いたフランネルの腹巻の間に挟むで呉れた。段々に熱くなつて来て、腹の皮がヒリ〳〵して来る。それが如何にも利きさうな気がして私には快かつた。

私は病気の場合いつも祖母の世話にならぬと云ふ事はなかつた。伝染病では六つの時にした腸チブスで、其時は全く祖母一人の手で看護されたやうなものであつた。一つは私が祖母以外の人の世話をこばむからでもあつたらう。

「どんな伝染病でも気さえ張つてゐれば……」これが祖母の信念であつた。

私は何年ぶりかで又祖母だけの看護を受けた。或時仰向けに寝ながら、祖母の仕てくれるまゝに腹の蒟蒻を取更へて貰つてゐた。すると私には不図幼年時代の情緒が起つて来た。それは祖母の体の独特な香が私に幼年時代——其頃はいつも抱かれて寝てゐた——を突然に憶ひ起したのであつた。

「犬だネ」それを聞いた友達が私を笑つたが、此経験から色々な人の独特な香——それは其人々の顔程に異る香を中々多く自分が知つてゐる事に心着いた。

七

十日程すると病気は段々よくなつて行つた。よくなるにつけ私は段々食辛棒になつた。竹葉の鰻に、風月の西洋料理に、大金の鳥に、梅園の汁粉に………寝ながら切りとこんな事を考へるやうになつた。然し少しでも固形物を食ふと直ぐにサワツた。

下腹を絶えず懐炉で温めて置かないと直ぐ具合が悪くなる。外へ出られるやうになつてからは散歩して来ると云つては土橋の先の壺屋の陰気臭い二階に行つて、シュークリームのクリームだけを匙で嘗めた。

クリームがサワつたのではなかつたが、暫くすると遂にブリ返して、又烈しく血を下した。それが慢性のやうになつて了つた。

私は大きな金火鉢の炭火で部屋を温くして、床に入りながら呑気な気分で本などを見るやうになつた。

然し一寸でも懐炉は離せなかつた。仕舞に凹むだ下腹には縮が出来て、いつの間にか自然に焼けて其所の皮が赤茶けた色になつてゐた。

娘からは其後全く電話がかゝらなくなつた。

而して其頃は私も竹葉とか大金とか風月とかをそれ程考へなくなつた。

第弐

一

春の末から初夏へかけて私は毎年少しづゝ頭を悪くする。左うなると泥水に浮び上つた錦魚の心持であつた。それに焦々した気分の加はるだけが錦魚よりも苦しいと私は考へてゐた。

或午後私は独り左ういふ心持で二階の部屋に寝ころんでゐると、隣りの西洋人の家の芝庭でおほむがけたゝましく地声で鳴き立て始めた。私はおほむが薄黒い円い舌を見せて、羽ばたきをして、頭を振り立てながら、わめき立てる其ヤケらしい様子を想ひ浮べると、人間にもあんな真似が出来たら、こんな時には幾らかいゝだらうにと云ふやうな事を考へた。おほむは中々それを止めなかつた。仕舞に此方の気分までが段々焦立つて来る。

暫くすると、言葉はそれ程ハツキリしないが、アクセントだけは正確に、「前へ　オイツ」とか「気を附け」とか色々な号令をタテ続けに叫びだした。私の家の裏が師団の一聯隊で、西洋人の家の向ふ隣りが旅団司令部になつてゐる。それで自然そんな事を覚えてゐるのである。

千代といふ色の浅黒い十七八の女中が梯子段を登りきつた所に膝をついて、

「お茶が入りました」とそれを知らせに来た。私は起き上つて、椽へ出て、静かになつた、隣りの庭を眺めた。おほむは其時短かい首を出来るだけ延ばして籠の針金を熱心に嚙むでゐる所だつた。

茶の間で茶を飲むでゐると、急に前の建仁寺垣の向ふに七八人の靴音がして、大声に話しながら倉の横を庭の方へ行く。

「何んだ……」かう云つて吾々は顔を見合はせた。

「なりたけ長いのを借りて来い」こんな聲がする。

私は直ぐ下駄を突つかけて、出て往つて見た。——兵隊だ。

「どうだい、こいつの方が少し長えだらう」汚れきつた作業服を着た二人が物置の軒下にかけてあつた、三挺の梯子を取り下ろしてゐた。私などは眼中にない風《ふう》だ。その一挺をかつぃで倉の方に行くから私もついて行つた。

「どうだ、それで届くかな」と伍長が云つた。伍長の後ろに五六人の兵隊がかたまつて、三階になつてゐる土蔵の屋根を見上げてゐる。

「マア登つて見い。左う高くなくてえゝ」

「けれども、木がありますから……」

「いゝや、あの釘にかけたら見える」

伍長から畳一ぢやうよりも少し大きい布《き》れの標的を受取つて一人が梯子を登り始めた。——其時私は不意に怒り出した。兵隊共は吃驚して私の顔を見てゐた。

「オイ降りないか」私は可恐い顔を仰向いて梯子の上の者にも鋭くいつた。

伍長は山本小隊長殿からどうのかうのと弁解を始めたが、私はそれを諾《き》かなかつた。

私の大きな声で、小さい妹と千代とが出て来た。それについて、白といふイタヅラな小犬と赤と云ふ年寄りの利口な犬とが出て来た。白は嬉しさうに切りに私の足にからまりついた。ト、直ぐ又かたまつてゐる兵隊の汚れた脚胖に其房々とした美しい毛を擦りつけたりした。

千代は少し離れた所から、私に
「今朝旦那様がお出かけ遊ばした後に士官の方が御出でになりました」と云つた。

「何んだつて？」私は怒つた顔を其儘千代の方へ向けた。

「よく解《わか》らないから」と笑ひながら「お留守ですと申上げたんです」と云つた。

私は又伍長の方を向いて、云つた。

「そんなら駄目ぢやないか。何しろ帰つて貰はう」

何故私がそんなに興奮してゐるのか兵隊には解らなかつた。私は只ガミ〳〵と丁度鸚鵡がけたゝましい地声を出すかのやうにワメキ立てたのである。小さい妹はそれに驚いて還つて行つて了つた。

然し伍長も兵隊も皆善良な人々だつた。元通りに梯子を物置の軒下に仕舞つて、標的を巻いて帰つて行つた、
人が集つたので白はヒトリはしやいで、千代と私とに交る〳〵飛びついた。

二

私は怒つたやうな顔をして自分の部屋へ帰つて来た。然し其時は今迄の気分が大分直つてゐるのを感じてゐた。

白のイタヅラには皆弱つた。妹の植えた花壇の草花を根こぎにする。下駄の鼻緒を嚙み断る。父の大切にしてゐる盆栽の土を掘る。尤もこれはするめを煮た汁をかけて置いたからでゞも

あるが。毎日何か悪い事を仕ない事はない。雨降挙句の泥足で座敷中を歩き廻はつた時に、私は竹箒を振りあげて大きな声をしながら庭中を追廻はした事がある。仕舞に追ひつめられると尻を丸くして地面へ腹もノドも着けて了つて、目を細くして閉口しきつて小便をもらしてゐる。其癖二つ三つ撲つて許してやるともう直ぐ足へからまりついて来る。こんな事が何遍かあつた。

或日私は学校から帰つて来て直ぐ茶の間の椽側へ行かうとすると、庭の方から尾を下げて白が一生懸命に逃げて来た。立つて見てゐると倉の角から不意に千代が竹箒を丁度私がやるやうな格好に振り上げて飛び出して来た。私を見ると千代は急に笑ひ出して後ろを向いて了つた。耳から首筋まで赤くして笑つてゐる。

「何かやられたのか？」

「………」向ふを向いた儘で笑つてゐる。

「馬鹿！」かう云ひ捨て、私は茶の間へ来た。

茶をいれてゐた松といふ女中が、

「千代の外行《よそゆ》きの下駄を嚙まれたんでムいますよ」と母に話した。母は、

「まア白にも本統に困りもんだ」と云つた。

其時庭の方から未だ赤い顔をしてゐる千代が入つて来た。

「下駄を嚙まれたつて？」母は浴衣を縫ひながら云つた。千代は只笑つてゐた。

「もう穿けないやうにされたのかい？」

「エヽ」と笑つてゐた。

千代は私に

「順吉様に先刻《さつき》御電話がムいました」と云ふ。

「誰れから」

「伺ひましたが仰有いませんでした」

若しかしたらあの娘からだと私は思つた。

「女の人か？」

「エヽ」千代は少し云ひよどむで左う答へた。「又後程御かけ致しますつて……」

「よし」

祖母も母も押黙つてゐるのが何んとなく無心でないやうに感じられた。

三

電話は夜になつてからかゝつた。

「何だか余ンまり度々ですから止さうかと思ひましたが、昨日帰つて参りましたもんですから……」こんな事を云ふ。私には何の事か解らなかつた。

「それからネ、今日は貴方に少し御願ひがあるの……」

誰れによらず、かう云ふ順序で物を云はれるのが私は嫌ひであつた。其事の程度が知れない一種の不安を感じて私は胸を轟かすやうな事がある。

私は黙つてゐた。

「あのネ、貴方の御写真を頂かして下さい」

「……………それより貴女の大和姫の写真を下さい」

「アラ、私ぢやありませんよ、あれは」

「いゝえ」

「貴方が本統に下されば、他《ほか》のを差上げませう」

「今ないから写して送りませう」

「先《せん》に兄の頂いたのがムいましたのネ」

「エ、。然しあれはもうありません――兄さんには向うから送つて頂く筈になつてたんですが来ませんよ」

「それはネ。宅に参つて居りますよ」

娘のと娘の兄のとを送つて貰ふ事にして、私も近かい内に写して送ると云ふ約束をして電話を断《き》つた。

「余ンまり度々ですから」と云ふのが不思議に思へた。「昨日帰りましたから」といふのも何の事か解らない。私は私の留守にかゝつた電話を故意に取次がなかつた事を考へずにはゐられなかつた。

私は千代を呼んで、少し荒い語気で
「乃公の留守にあの女の人から電話がかゝつたらう」ときいた。

「エ、」

「何故乃公が帰つた時取次がない」

千代は真面目腐つた顔をして私をにらむやうな眼つきをして黙つてゐる。

「エ、?」と促すと、

「御隠居様が申上げなくてもいゝと仰有つたんです」

「何遍かゝつた」

「二三度」

「よし」

私は不機嫌な顔をして机の方へ向き直つた。千代は黙つて起つて行つた。


翌日娘からジョーヂの写真だけ送つて寄越した。其翌日に娘のが届いた。茶の間にゐる時来たのを私は其場で開封して、母に先づ見せてやつた。其後で祖母も見て、二人は着物の批評などをしてゐた。それは浪に鶴の裾模様で袖が裾位まである着物を着た全身の写真であつた。

私は写真屋で一枚、友達で上手な人がゐたから其人に二枚写して貰つた。写真屋から来たのは如何にも気六ケしさうに、寧ろ陰気な顔に写つてゐた。友達の写したの、一つが最も通俗な意味でいゝ顔に撮れてゐた。然しベートウヴエンやU先生の顔がいゝと云ふ標準からは写真屋で作つた気六ケしさうなのが一番いゝ事になる。その点で私は多少考へなければならなかつた。私は迷つた。ベートウヴエンも偉いが、モツツアルトも偉い。又ミケルアンゼロも偉いが、ラフアエルも偉いと思つた。其他ツルゲネーフとトルストイ、こんな比較も作つて見た。が、結局私は矢張り可恐《こわ》く写つた方を選ばずにはゐられなかつた。向ふから何も書かずに送つてよこしたから私も何も書かずに送つてやつた。

其晩娘から電話がかゝつて来た。

「私のは別に仕舞つて置いて下さるんでせう?」

「いゝえ」

「どうしてらつしやるの?」

「友達のと一緒に文庫に入れてありますよ」

「いけませんよ。チヤント別にしといて下さらなければ……。誰方《どなた》にもお見せんなつちやあイヤですよ。貴方も余《あん》まり見ちやあイヤですよ」

「承知しました」

其写真は実際に余り見なかつた。私にはそれが其娘より何んとなく美しくなく見えたし、又前の年の秋見て、以来半年の間私が頭に描いてゐた娘とは別人のやうに再び肥つて了つたからでもあつた。

四

湿気の烈しい、うつとうしい気候から来る不機嫌には私は中々打ち克てなかつた。而して其不機嫌は多くの場合他人に対する不快と一緒になつて私を苦しめるのが常であつた。私は其頃祖母に対して何んとなく不快でならなかつた。娘に対して或る警戒でもしてゐるやうなのも私の気分を焦々させた。私は其時の気分で二日も三日も此方からは一切口をきかない事などもあつた。祖父は前年の正月に胃癌で亡くなつた。而して今は私と云ふものに唯一の望を置いてゐる七十才を越した祖母に対してする科《しぐさ》としては少し残忍な感じも時々はした。然しこんな残忍もそれを安心して働ける人間は私にとつて祖母以外一人もない。こんな事が自分には云ひわけになつてゐた。

或午後、私は二階の部屋で新しく着いた外国の雑誌を見てゐると、祖母が登つて来た。

「角筈は何日《いつ》です」如何にも機嫌を取るやうな調子で云ふ。私は一寸間を措いてから、

「あしたです」と答へた。

「お庭の枇杷がよく熟したけど、持つてつて上げませんか?もう烏《からす》がかゝつたから此次と云つたらアラカタ無くならうものを……」

私が取り合はない様子を見せてゐるので、祖母は椽側へ出て往来を眺めてゐた。私は又祖母が其所にゐると云ふ意識ばかりハツキリして雑誌に読み耽けれなくなつた。私は同じ便で来た、The Theatre と云ふ演藝画報を開けてその写真版に只眼をさらしてゐた。

「米国の田中さんからか?」

「エヽ」

「此方《こちら》からもお送りしますか?」

「送つてますよ」

「矢張り雑誌ですか?」

「エヽ」

私は一字でも余計な字をいへば、それだけ好意が現はれてでも了ひさうに或る努力を以つて出来るだけ切りつめた返事をしてゐる。

「近頃雑誌にいゝ小説が出ますか?」

「どうですかネ」

又話が途断れた。

祖母は後手をして今更らしく鴨居の額などを見て廻はつた。

「何か丸善から買ひたい本でもありませんか?」

「今は別にありませんネ」

又沈黙が来た。とう〱祖母もそれに堪えられない風《ふう》で独言のやうに、

「明日先生のお家へ枇杷を持つて行くなら。今日の内に熊吉にでも庄兵衛にでも取らせなければならない」こんな事を云ひ〱静かに用心しながら、急な梯子段を降りて行つた。ドンと一番下のを降りる音が暫くして聞えて来た。

其後で私は独り泣いた。泣くと、いつも頭痛のするのが私の癖であつた。私は其儘昼寝をして了つた。

――――茶を云ひに来た千代の声で眼を覚ますと、気分の悪い時には一番いけない事を天井でやつてゐる。ギラ〱とそれで赤味を帯びて、それがふるへてゐる。どんな時でもこれを見ると私は焦々して了ふ。

自家《うち》との堺の塀に近かく隣りの温室があつて、それが私のゐる二階から見下ろされる。或る嵐の時に其温室の後側の屋根のガラスに被《か》ぶせてあつたよしずが破られて、それ以来、其所へ夕日が反射すると私の部屋の天井へ来て、ギラ〱と赤味を帯びたものが震へるのである。これが堪らない。――それは主《おも》に夏の事だが、冬は冬で、ステイームを作る石炭の油煙が風によると、私の部屋の椽側へ来て、コロコロ〱〱何か小さなイタヅラ者でも遊むでゐるやうに行列を作つて転げ廻はる。若し障子を閉め忘れてゞもゐると、机の上へ来てそれをやる。左う云ふ時は本気で腹を立てゝ、隣りに手紙でも出してやらうかと思ふ事もあつた。が、悪い事ばかりでもなかつた。夜更けて静まりかへつた頃、読み物でもして起きてゐると、あたりがシーンとして、何となく淋しさに襲はれるやうな事がある。そんな時、よく長火鉢などの銅壺がやるやうに、ゴトツ〱と老人でもつぶやくやうな厚味のある音をチユーブの中でステイームがたてゝくれる。出所の知れてるだけに、それが私の不安な心持を大変に慰めてくれるのである。だから一途にも憎めなかつた。

私は起き上ると其側《がわ》の雨戸を閉めて、下りて来た。

赤いたすきをかけて、手拭を被つた千代が直ぐ下の椽側で花蓙を敷いて単衣の引きのしをしてゐた。而して私の姿を見ると脱ぎ捨てて置いた私の下駄を其所へそろへた。

五

私は茶の間から部屋へ還ると

「何も彼も云つて了はう」と左う思つた。

　私は梯子段の上の小さい硝子窓を開けて、下で未だ引きのしをしてゐた千代を呼むだ。

「お祖母《ばあ》さんに一寸二階に……」

「お呼びするんですか?」と千代は軽く口を開いたまゝ見上げて居る。

「直ぐ」かう云つて私は部屋へ入つて歩きながら待つた。ソロ〳〵と登つて来た祖母は最後の段を上る時、

「どつこいしよ」といつて入つて来た。

「何だ?」と祖母は如何にも穏かな調子で云つた。

「……若しお祖母さんに少しでも僕を監督しやうといふやうな気があれば、それは大変な間違ひですからネ」突然にこんな事を云ひ出した。然しそれで、私が何を云はうとするかは祖母にも直ぐ解かつた。祖母も調子を変へた。

「お前はお父さんが平常《ふだん》どんな事を云つとんなるか知らないからそんな事を云ふんです」

「そんな事は別の問題です」

「…………全体お祖母さんが何を監督しました?」

「仕なくても絶えず左う云ふ気があるからいけないんです。僕ばかりの話ぢやありません。房子や順三にだつて同じ事です」

「孫の世話はお前でもうコリ〳〵です」かういつて押出すやうに祖母は笑つた。

「真ンからコリて貰ひたいもんだ」

「勝手にしろ。自分では何一つ本統に出来もしない癖に他《ひと》の小言ばかりいつて、年を取つたお祖母さんをイヂメル……」祖母は少し赤い顔をして私をにらんだ。「こんな眼には会ふし、お父さんや親類からはお祖母さんが甘やかしたからあんなヤクザになつたと云はれるし、もう本統に早く死むで了つた方がいい」

　祖母は極端に私を価打ちのないものにしてゐる。それが少し可笑しくも思はれた。

「そんな事を云つて、一体僕が何をしてゐるか、何を考へてゐるかゞお祖母さんに解かりますか?」

「エヽ、解かります。毎朝寝坊をして、学校は休でばかりゐるし、毎日お友達の所へ行くか集めるかして、やあ芝居だ寄席だと、そんな話ばかりしてゐる……」

「へえ。それが何んです?」

「用と云つたら手紙一つ本統に書けもしない癖に……書けないのもいゝが読めもしない癖に……」

　亡くなつた祖父の兄弟が未だ田舎で村長をしてゐる頃で左ういふ人々からよく来る手紙を読まされる。毛筆で走り書きにしてある昔の人の手紙はよく読めなかつた。で、大概いつも決まつてる内容の意味だけを「まあ大体恁んな事ですよ」と云つてやる。すると、祖母は返事を出して置いてくれといふ。候文の手紙を書く機会の殆ない私には、仮令言文一致を使つても候文的な内容きり書けさうもない叔父や叔母への手紙は容易に書け

なかつた。「困つたものだ」と祖母は其度々に嘆息した。

「兎も角近頃はお祖母さんに解かつて貰はうとも思はないけど、邪魔だけはなるべくして貰ひたくないんですよ。おかげで世間並な意久地なしになつたかも知れませんが、私はそれに少しも不平は持つてゐませんし、今更お祖母さんがウマク監督をやつた所で直るワケもなし。それに私だつてイマに何か仕ますよ。それがお祖母さんを喜ばす事かどうかは別問題として吃度何か仕ますよ。其『何か』は云つてもどうせ解かりはしないのだから、只『何かする』と云ふ事を信じてゐて貰へばいゝんです。それ以上は此方も望まないから、お祖母さんもいゝ加減な所であきらめをつけてゐて下さらないと困りますよ」

「どうせ理解は出来ないのだから、迷信的に信じておいでなさい」こんな事を私は繰返し繰返し云つた。

祖母は何を云はれてるのかよく解らなかつた。それに第一、二つの時から三週間と甞つて自身の傍を離した事のない此孫の中に理解するとか、信ずるとか、そんな事をすべき物が何所にあるのだらう?、又若しあるとすれば、何時の間にそんな物が出来たんだらう?、祖母は黙つてこんな事を考へてゐる態《ふう》だつた。

然しこんな事でも私の気分は大変すぐれて来た。祖母も何となく愉快さうに見えた。

二番目の妹が登つて来て、隣りの部屋で手をついて、

「お兄様御飯。お祖母様御飯」と云つた。

食事の時急に話が起つて、翌日、祖母と上の妹と私とで、明治座の堀江の人形芝居を見に行く事になつた。忠臣蔵の通しで、大隅太夫が七段目の由良の助と九段目一段を語る筈であつた。

六

私はいつか、段々に千代を愛するやうになつて行つた。私は不機嫌な時に殊に其事を感じた。不機嫌な時に千代と話をするとそれが直ぐ直る事がよくあつたのである。

私は日記の七月十一日の所に次のやうな事を書いてゐる。

「自分は彼を単に好きだと云ふだけではない。何故《なぜ》なら、彼の事を考へる時に必ず一種の苦みを感ずるもの……。自分は三時間その顔を見ないと或る淋しさを感ずる。彼も自分の傍で用をする事を好むやうである。自分にはどうして愛を云ひ表はすだけの勇気がないのだらう? それは悪い意味で自分は利口だからである。自分は彼を愛しつゝ、彼が美しい女でない事を知つてゐるからである。然し又彼が自分と自分の仕事を解するやうな女でないと云ふ気もするからである。一言にいへば結婚はしたくないと云ふ気が充分にあるからである。結婚する気のない恋を云ひ表はすのは只彼に大きい苦痛を与へるだけである。

自分は何も云ふまい。自分はもう眼で彼を追ふまい。二人の眼は日に幾度会ふか知れない。然しそれもヤメなければいけない」

七月十五日の所に

「外出しても自家《うち》の事が頭を去らなくなつた。千代は少なくも自分一人にとつては美しい女である。これまでの自分の空想は自分の妻として無限に美しい女を描いてゐた。この描かれた美しい女に比較されてはどんな女でも醜婦になる。千代も初めはそれに比較されてゐた。然し今は千代は自分の頭からその女を消してくれた。自分にとつては今は千代は唯一の美しい愛らしい女である。

自分はK.W.をも愛してゐるかも知れない。然しあの貴族主義な女とは徹頭徹尾結婚は出来ない事をよく知つてゐる。

自分は自分が其人をよく知り、又自分を其人によく知らせないでは結婚しまいと決《き》めてゐる。次に自分は其人を愛し、又自分が其人に愛されなければ結婚しまいと決めてゐる。最後に自分は自分の仕事と撞着する結婚は断然出来ないと決めてゐる。K.W.とは此の最後の条件でどうしても相容れない。それはよく解かつてゐる。

千代に於ては此点に少しの撞着もない。

自分は千代との関係が雇人と雇主の関係であるのが甚だ物足らない」

廿日の所に

「自分は千代を愛するやうになつて、雇人と云ふ者に対して今迄になかつた同情を持つやうになつた。雇人が台所でどういふ物を食つてゐるだらうと云ふ事を初めて考へて見た。雇人は雇はれてゐる間は一度でも自分が毎日入つてゐるやうな全くアカの浮いてゐない澄むだ風呂に入る事はないのだと云ふ事を初めて思ひついた。

自分は昨夜千代と話して彼が彼の家で両親や兄から丁度自分が祖母や祖父に愛されてゐたやうに愛され、丁度自分が自家の者に我儘を云ふやうに我儘を云つて育つて来た事を聴いて一寸異様な感じがした。」

――神経質に日に幾度か手を洗ふ癖のあつた私は殊に夏は何度となく湯殿に出入して其所の水道を使つた。湯殿の小窓の直ぐ下が井戸端の三和土で、洗物の多い頃で千代がよく其所で洗濯をしてゐた。私は其小窓を貫して千代とよく眼を合はせた。見まいと思ひながらツイ見る。すると千代はいつでも怒つたやうな可恐《こわ》い眼つきをして私の方を見てゐた。

七

或る午後私は二階の部屋で本を読むでゐると、表の往来で不意にキアーン〳〵と烈しい犬の啼声がして、続いて、棒か何かで肉体を直接《ぢか》に撲るバツタン〳〵と云ふ気持の悪い音が聞えて来た。全く受け身なむごたらしい犬の悲鳴と棒の音とが暫くは入り乱れて聞えてゐたが、段々に犬の啼声が細つて行くと、バツタン、バツタンと棒の音だけが続いて、仕舞にそれもとう〳〵止むで了つた。

私は急に落着かない気分になつて椽へ出て其方を見たが梅の枝の茂みで見えなかつた。其所に前の家の末つ子で其春から小学校へ通ひ出した太つた男の児が大きな洋傘をさしたまゝ肩にかついで堅くなつて二三歩先の地面を見つめて、急足で其方面から帰つて来た。顔色を変えてゐる。而して息をはづませながら、小声で、

「犬が殺された……犬が殺された」こんな独言を云ひながら真直ぐに自分の家の門を入つて行つた。車をひいた羅宇屋烟管の爺が「坊つちん〳〵」と声をかけたが小供は振り向きもせずに入つて行つて了つた。

其時私は「若し」といふ気が一寸したので直ぐ二階を降りて、「白、白」と呼むで見た。

庭の方から白が頭も尻尾も低く下げて。転がるやうに滅茶苦茶に駆けて来た。而して無暗と胸へ飛びついた。赤も少時すると庭の方から馳けて来た。

「まあ、どうしたんだらう」と物干から下りて来た千代が笑つてそれを見てゐる。

「今、外で犬が殺された」

「まあ」千代は驚いた顔をした。

「赤も一緒に、そつちで菓子でもやつて、暫く門を出さないやうにしといて呉れ」

かう頼むで私は門の所へ行つて見た。労働者としては奇麗な顔立ちをした若者がシヤツ一枚でむしろをかけた小さい荷車を惹いて急ぎ足で丁度前を通る所だつた。私は其興奮した赤くなつた顔を見ると、立派に「兇行者」の表情があると思つた。

——三四日すると急に白が見えなくなつた。何と云ふ事もなく私には此小犬が私と千代との間で何かの役をしてゐるやうな気がしてゐたから、変な淋しい感じを私は感じた。真白な房々とした美しい毛を持つた犬の事で、若しかしたら殺された、左もなければ盗まれたと皆思つた。兎も角警察へは届けて置いて、更に車夫や門番の男に近所を探さして見た。千代も五つになる高子の守をしながら自分で町へ探しに出たりした。

見えなくなつて、二三日すると不図した機会に飯たきの女が物置の炭俵を積むだ裏の狭いあはひからその死骸を発見した。

私が見に行つた時にはそれが物置の前に持出されてあつた。真白かつた毛が炭の粉で薄よごれて、前足は前の方へ、後足は後の方へ真直ぐに延ばしたまゝ腹をベツタリ地へつけて、妙に平つたくなつて死むでゐた。伯父さんと云ふ格だつた赤は少しシヤクレた平気らしい顔で、死骸の方は見向きもせず其所に立つてゐた。赤が近所での憎まれ犬だつたから、それへやるつもりの毒をこれが食べたのに相違ないと云ふやうな事に一致した。

いやな顔をして立つて見てゐた千代は赤が腰を下ろして横腹の蚤を嚙むでゐるのをイキナリつかまへて、

「エイ、憎らしい！」と平手で強く其頭を撲つた。皆は笑つた。

八

八月に入つて、私は祖母と妹二人と弟一人とを宰領して函根の蘆の湯に行かねばならなかつた。女中は千代を連れて行きた

いと祖母はいつた。然し私はそれに反対して、前からゐる松を連れて行く事に決めた。

「お祖母さんはお前を連れて行きたいとそ云ひなるがネ」と私は自分の部屋で千代にいつた、「松が旧くからゐて左ういふワケに行かないから乃公が反対してやつた」

千代は只笑つてゐた。

それも私自身では二週間でも三週間でも千代を離れて考へる必要があるといふのが主《おも》な理由であつた。

私は函根で考へた。が、それは狭苦しい中で、ドウ〳〵廻《めぐ》りをしてゐるやうな考へ方であつた。小さな帳面に千代の事をCとして、私は色々な事を書いてゐた。要するに私は私の躊躇は千代がそれ程美しくない事、及び千代の家が社会的に低い階級にあると云ふ事などから来てゐるといふ風に寧ろそれは脅迫観念的に左う考へられた。私は私のヴアニテイーを殺す事が出来ればそれで此問題は型がつくのだと考へた。

滞在中私は二葉亭の訳した「片恋」といふツルゲネーフの小説を其所の眼のタヾレた見すぼらしい貸本屋から借りて読むだ。その終りの方に、「若い私は未来と云ふものを際限もない永いものに思つて、何のこんな事（こんな恋）はこれから先にもまだ幾らでもある、もつと嬉しい事があると考へてゐた。然し遂に来なかつた」といふ意味の句を見つけると私にはそれが此問題に与へられた運命の暗示でゝもあるやうに感じられた。私は与へられた此機会を出来るだけ注意して進まねばならぬと考へた。今自分がこれを進まずに避けるならばそれは思慮あるしかたとはいへない、臆病者の行である。こんな事を思つてゐた。

八月廿日に帰つて来た。然し其時も未だ私には堅い決心が出来てゐなかつた。私は私の帳面に「若し此決心が一年も変らなかつたら……」とか「結婚するにしても今のCには二三年間の学校教育が必要である」こんな事を書いてゐた。

私は何しろ千代が私をどう思つてゐるかをハッキリ知らずにこんな事を考へてゐても仕方がないといふ気がした。若し千代に約束した人とか好きな人とかゞあれば自分は一も二もなく想ひ切つて了はうと思つた。私には千代に左ういふ人があつてくれゝばいゝと思ふ心さへあり得たと思ふ。若し千代が許嫁があるといつたら私は失望しながら喜むだかも知れなかつた。

函根から帰つた翌々晩私は千代を部屋に呼むで、自分が愛してゐるといふ事を話した。然し決して熱烈な愛といふ程度のものではないといふ事をも話した。

私は縁側へよつた隅の机に背をつけてゐた。千代は次の四畳半から敷居を越した所にかしこまつて坐つてゐた。

私は結婚の事は一ト言も云はずに千代がどう自分を思ふかを尋ねやうといふつもりであつた。私はまわりくどい自分でもよく分らない事を切りにいつてゐる。それが、自分の思つてゐることはスツカリ云はずに向ふの思つてゐることをスツカリきかうといふ様なズルイ態度であつた。その内に自分でもそれがミニク、て〳〵堪《かな》はなくなつてきた。

千代は想つてゐる。然し想つても、どうにもなりはしないからアキラメてゐる、といふ意味の返事をした。

　其所で私も何も彼も露骨に尋《き》いて了はうといふ気になつた。

「約束したとか、愛してるとかいふ人はないのか？……悪い事でも耻しい事でもないんだぜ」

「ありません」千代は真面目腐つた表情をしてゐた。

「そんなら、若し乃公が結婚を申込むだら貴様は承知するか？」

「…………」千代は一寸驚いたやうな顔をして黙つて下を向いて了つた。

「返事は何時《いつ》でもいゝぜ。一週間でも十日でも考へていゝぜ。只自家《うち》の人に相談して決められちや困るんだ。お前だけの考へが聞きたいんだ」

　私は「若し申込むだら」と或る場合として初めは話した。が、事実はその儘申込む事になつてゐた。千代は最初「身分が……」といふやうな事もいつた。それは私は諾《き》かなかつた。私はいつか興奮してゐた。私は起つて用簞笥の抽斗から亡くなつた母の不細工な金の指輪を出して来てそれを千代の指に穿めてやつた。而して私は首を抱いて接吻してやつた。

　私が千代の体に触れた事は二タ月程前暗い所で千代の持つて来た私の懐中時計を受取る時に私の指の先が千代の掌へ一寸さわつたのを覚えてゐるばかりだつた。其時私は自分の愛する女の掌が案外堅いのに驚いたのでよく覚えてゐる。

抱きすくめるやうにして接吻してゐると、何だか千代の体が急にグツタリと重く私にかゝつて来た。少し私が身を離すとガツクリ首を前へ垂れて、気を失つたやうになつて了つた。何かいつても黙つてゐる。

　其時私は驚くよりも不図、或るいまはしい邪推を起した。それは接吻以上の事をされはしまいかといふ恐れからする芝居ではないかしらといふ考へであつた。汗で後れ毛の附いた首筋を見せて千代は畳に突伏してゐる。私の心は妙に冷かになつた。一寸の間私は少し離れた所からジツとそれを見てゐた。而して起して見ると、千代が余りに青い顔をしてゐるのに今度は本統に驚いた。

　私は直ぐ硯に使ふ水で宝丹を含ませてやつた。

「女中部屋まで帰れるか？」

千代はカスカに首を振つた。

「誰れか呼むで、――乃公も一緒に連れてつてやらう」かういつたが千代は又首を振つてそれをこばむだ。もう少し此まゝにして置いてくれと勢のない声でいつた。

「そんなら、もつといゝ水を持つて来てやらうか」

千代は眼を眠つたまゝ首肯いた。

　私が段を急いで降りると段の下で岩井といふ、顔色のよくない、肥つた田舎から出たばかりの書生が狼狽した態《さま》で独りマゴ〳〵してゐた。

「せいでも松でもいゝからコップに直ぐ水を持つて来さしてく

れ」

岩井にかう命じて私は直ぐ又二階へ登つて来た。私は直ぐ千代の指から指環をとつて、それを机の抽斗へ入れた。

三十分程して他の女中二人に助けられて女中部屋に還つて行つた。

其後暫くは私は一種云ひ難いイヤな心持を感じてゐた。

九

翌朝起きて行つた時には千代は血の気のない顔をして他の女中と、縁側にピツタリと坐り込むで、新聞紙を開いた上にとぎ板を置いて前晩父の客で使つた、ナイフやフオークを磨いてゐる所だつた。千代は成るべく私に顔を見られないやうにしてゐた。

午前九時頃になつた私はペンと紙とを持つて奥の中二階に行つた。口でいふと直ぐ興奮して了ふ恐れから、手紙にして自家《うち》の人へ発表してやらうといふ考へであつた。庭で蟬が八釜しく啼く、私は其部屋にある唐木の机に倚りかゝつて、書くべき事を考へてゐた。其所へ未だ青い顔をした千代が登つて来た。

「具合が悪いか？」

千代は笑つて、

「もうスツカリ直りました」といふ。

「時々あんな事があるのか？」

「イヽエ、……あんな事は今迄で一度もなかつたんですけど、どうしたんですか……」

私は今自家の事にどういふ風に発表しやうかと考へてる所だと話した。千代は、暫く当惑したやうな顔をしてゐたが、それについては何も云はなかつた。

其日は午後になつて友達が来た。夜又一人来て私には遂に手紙を書く機会も云ひ出す機会もなかつた。其晩千代が来た時、

「お祖母さんとお母さんは大概いゝと思ふがお父さんが何んか吃度云ひなるよ」

「旦那様は六ケしい事は仰有いますまい……」と千代は気楽な顔をして云つた。

「そんな事ない」かう首を振つて打消すと、

「左うですかしら」と千代は不審さうな顔をしてゐた。

――――翌日の朝私は祖母を奥の中二階に連れて行つて、総てを打明けた。終いに
「然し、これはもう相談ぢやありませんよ。約束はして了つたんだから、その報告ですよ」

此高飛車な物言ひは私にとつて政略でもなんでもなかつた。祖母は母に来て貰つて、自分で、簡単に私の云つた事を繰返した。

「山本さんのお雪さんも元は矢張り女中だつた」

祖母は知つてゐる或る金持の家の事を云ひ加へたりした。

二人は勿論賛成はしなかつた。然し別に不賛成も云はなかつた。兎も角母から父に話すといふ事にして、三人で其中二階を

降りて来た。

其晩も私は一時間余り自分の部屋で千代と話した。

――翌朝私が独り部屋にゐると祖母が登つて来た。

祖母は大津家として、そんな事は嘗てない事だから、それに口約束だけなら何んでもないから断つて了へといつた。実は加藤さんの二番目のお娘が評判だから心ではあの人でもと思つてゐた所だつたといふ。尚祖母はかういふ事は大事な事だからと切りにそれを繰返した。

「大事な事だから僕はお祖母さんのやうな人には迚も任かして置けないんですよ」私はそのまゝ祖母を措いて部屋を出て了つた。

其日私は三浦岬へ行つてゐた重見といふ友達に手紙を出して「直ぐ帰つてくれ、こんな我儘は君だからいふ」といつてやつた。其晩私は千代と事実で夫婦になつた。私は初めて女の体を識つた。私は直ぐ又重見へ手紙を書いた。「事の内容を少しも書かずにこんな手紙を度々出すから随分君に心配をかけてゐる事と思ふ。然し、もう帰つて来てくれなくていゝ」かういふ意味の事だつた。

――翌朝、祖母の部屋へ行くと祖母は父が「そんな事は決して許さん」といつてゐる事を話して、

「今、どうして千代に暇をやらうかと考へてゐる所だ」といつた。その云ひ方が如何にも憎々しかつた。

私は急にカツとして了つた。

「若しそんなことをすれば、僕はお祖母さんを捨てる計りです」私はそれから烈しく祖母を罵つた。祖母もスツカリ興奮して了つた。而して烈しい剣幕で覚悟があるといつて立つて倉の方へ行つた。その倉の二階に刀箪笥といふのがあつてツマラナイ刀や短刀が七八本入れてある。

芝居気だとは思つた。然しそれから本統になり兼ねない位に祖母は興奮してゐると私は思つた。又芝居気もそれをハツキリと意識してゐないから場合によつては興奮からズル〳〵と他愛もなく本統の境へノメリ込み兼ねないと云ふ気がその時トツサに或る感じとして私に感じられた。私には「勝手におしなさい」とは云へなかつた。其所に母も出て来て止めた。

其晩も私は部屋で千代と十二時過ぎまで話した。

翌日の朝早く重見から、今帰つたといふ電話が掛つた。私は急いで糀町の彼の家へ行つた。

「海が荒れて船がチツトモ出なかつたけど、昨晩一艘だけ出たんで帰つて来た。」と重見は云つた。それが私の初めの手紙を見て間もなくの事で、「帰らなくていゝ」といつた手紙の届かない内だつた。

私は嬉しい興奮で何も彼も打明けた。

「然しチツトモ熱烈でないから時々迷ふやうな心持が起るんで不愉快で仕方がないんだ」

かう云ふと、重見は

「前後の考へも浮ばずに押し通すんなら左う偉くはないさ。今は心中する奴の恋がいゝとも美しいとも思へないからナ。前後を考へる余裕があつて其上で自分の行くべき道を自覚しながら進むで、それで敗れなければ、本統に偉いんだと思ふんだ」と云つた。

私は自家の者には少しも弱い態度を見せずに来たけれども却つて千代に対して弱い音を吹いたのを非常に気にしてゐた時だつた。

夕方まで話して、私は元気になつて帰つて来た。

帰つて部屋へ入ると直ぐ千代が登つて来た。千代は其日、私の留守に祖母と母とに、一切私の部屋に入つてはならぬし、而して兎も角一つたんは宿に下つてくれと申し渡されたと泣いてゐた。

千代は私にもうなるべく家を空けないやうにして呉れとそれを繰返えして云つた。

千代を還して私は直ぐ母に部屋に来て貰つた。

「家庭の問題でもありませうが、それ以上に私自身の問題ですからネ」私は興奮から息をハヅマセながらいつた「私も一切陰廻はりな事は仕ませんから、自家でも一切それはよして貰はないと困ります」

而して私の承諾なしには決して千代を宿へ下げないと云ふ約束をして貰つた。

母は私が千代と約束した事は早計であつて、その事には同情出来ないが約束して了つたものは添はねばならぬと云ふ意味を云つて同情して呉れた。話してゐる内に母は私が十三の時自家に来た其頃からの二三年間の我の強い祖母との関係での苦しい経験を話して泣き出した。私も惹き入れられた。十年間マヽ母と云ふ言葉から聯想出来る只一つの不快な感情をも嘗て私に経験させなかつた母に対しては私も涙を流がさずにはゐられなかつた。而して私は心から又祖母を憎く思つた。(祖父の没後は殆ど私一人の為めに生きてゐるやうな祖母——我の強い祖母は長い間、一人孫であつた私を、殆ど無意識的に自身の想ひ通りにしやうとする、私は又殆ど無意識的に左うなるまいとする、而して反つて祖母を自分の想ひ通りにしやうとする。二人のこの烈しい争ひは互に愛し合ひながら私の少年時代から絶えた事がなかつたのである。私は此祖母といふ敵を常に愛されながら、又愛しながら一方では憎まずにはゐられなかつたのである。)

私は母と話して大変いゝ気分になつた。

「大学を卒業したら二三年も洋行をさせて、帰つた所で相当の家から嫁を貰ふ事にしてあるのだし、今度のやうな事は決して許さん」かう云つてゐるといふ父には母からよく話して貰ふ事にした。

「何々する事にしてあるのだからと将来の事をいくらお父さんだからつて他人に左ふ勝手に定《き》められちやあたまりませんよ」笑ひながら私がこんな事を云ふ時分にはもう母も笑へた。

十

翌朝重見が来てくれた時に千代に会つて貰つた。話もなかつた。千代は少し横座りになつて下を向いたり、外を見たりしてゐた。暫くして、私は

「もうあつちへ行くとい〻や」かういつて還えしてやつた。

此日祖母は朝から眼まひがすると云つて居間で寝てゐた。私はそれに邪推を起したが、元来脳の弱い祖母の事で部屋へ行つて其ノボセたやうな顔を見ると満更手段の病気とも思へなかつた。

午後私は重見と芝公園から銀座の方を散歩した。

「なるべく早く帰らないか」途々重見は二三度かういつた。

其晩も十二時過ぎまで千代と話した。

「どうせ貧棒して暮らすんだぜ。お前は貧棒してもい〻か」

「い〻事はありませんけれど、仕方がないぢやありませんか」

「貧棒はいやか？」

「え〻、いやですよ」千代は軽く答へた。

「うまいものが食いたいのか？」

「い〻え」

「何んだい……い〻着物が着たいのか？」

「え〻」

「い〻着物が着たい」

「え〻、着物は着たうムいますよ」

「うまい物は食はなくてもい〻から、い〻着物が着たいのか」

「え〻」

こんな会話も私の耳には何んとなく物珍らしく響いたのである。

こんな話もした。

千代は未だ肩揚げをしてゐた。

「女は幾つ位まで肩揚げをつけてるだらう？」かう云つた時には千代はアゴを引いて自身の肩揚を見ながら田舎の自家《うち》の隣りの歯医者に未だ肩揚げをしてるのかとからかはれた時「これかい？　これは未だ中々とらんないよ」といつてやつたと云ふ話をワザと田舎詞のダイレクトナレーションで云つて笑つたりした。

四囲に全く味方のなかつた千代は重見を切りに頼りにした。而して「今度は何時来て下さいませう」などといつてゐた。

翌朝私は現在の事について巴里にゐる友人へ手紙を書いた。手紙の紙に三枚ばかり書き進むだ時に小供から一緒に育つた四つ上の叔父が鎌倉から上京して来た。松の知らせでペンを置いて私は茶の間へ出て行つた。

「鎌倉の方も段々人が減つて来ましたよ」叔父は紅茶を飲みながら母にこんな事をいつてゐた。

少時すると、

「一寸座敷へ来てくれ」

かう云つて、叔父は傍に散らばして置いた巻烟草の函を三つばかりカタビラの袂に入れると烟草盆を自分で下げて先に立つて大きなからだをユスリながら縁側を座敷の方へ行つた。

「乃公は電報で出て来たんだ。今単簡な事はお姉《あね》さんから伺つたよ。然し乃公も賛成はせんぞ」黒溝台の戦で片眼つぶしてから、軍人を止めて建長寺で参禅してゐる叔父は、かういふ調子で物を云つた。

「勿論乃公だつて、社会上の地位なんかは問はんけど、貴様のお父さんがそれを問はれるのは至当だと思ふんだ。然し貴様に廃嫡されても何でもかまわんといふ決心があるなら、い丶からそれでやつて見るさ、」

其所まではよかつたが、

「千代は変な奴だと思つたよ叔父は」とこんな事を附加へた。

更に呑気な叔父は繰返して千代にはコケテイツシユな所があると思つたよと云ふ意味の事を云つた。これは母か祖母にいふべき事で其時の私に直接に云ふべき事ではなかつたのである。私は腹を立てた。

此叔父は私については自ら常に或る責任を感じてゐるらしく私の為めに出来るだけの事は仕やうといつてゐた。

其午後重見から長い手紙が来た。

今神田に行く時君達のことを考へた、何となく、目が湿ふて来た、「もし君達のことが甘くいつたらどんなに嬉しいだらう」と思つた、僕の理窟は「君が苦しめば苦しむ程為になる」と云ふが、実云ふと早く君達の笑顔が見たい、

自分は出来るだけのことがしたい、手紙を書いて君に送つたら、君の勇気を付けることが幾分か出来ると思つた、すると、早く帰りたくなつた、

「どうしたらい丶だらう」と帰りに自分は思つた、その結果次ぎの小説（?）を書くことにきめた、まだ、例の如く終りまで考へてない、

……………………

不幸な祖母さん、

「実際、彼もその女も可哀そうだ、涙もろい彼はどんなにつらいだらう、それは察してゐる、またその女の人も、全く他人の意思によつて自分の身が定るのであるから不安でもあるし、つらくもあるだらう、しかし自分は祖母さんを一番不幸な方と思ふ、ありふれた小説風にゆくと、それは祖母さんが一番憎まれ役だ、しかし祖母さんになつて見玉へ、

七十幾才になる身で、自分の杖柱とも思つてゐた彼に、自分の最も愛してゐる彼に、その人にのみ望をおき、楽しみにしてゐた彼に、「見捨てる」と云はれたと思つて見玉へ、どんなにつらいかわかりはしない、祖母さんと云ふものは、いくらい、人でも、ひがみと云ふものがあるものだ、彼にそう云はれたらほんとに彼が自分を愛してゐないと思ひ、自分のことなんかど

うでもいゝと思つてゐると、思ふのは無理がないと思ふ、そう思つたと考へて見玉へ、今迄蔭になりひなたになり、二十何年と云ふ永い間、彼のために骨折り、それが為にどのくらい苦労し心配したかわかりはしない、この事を祖母さんは明らかに自覚してゐる、自分がこんなに思つてゐるのに、こんなに骨折つたのに、こんなに心配したのに、ハイ〳〵の出来ない時から大学に入つた今まで、一日否一時間だつて彼のことは思はないことはないのに、この自分を何とも思つてゐない、じやまに思つてゐる、こう思ふのは無理はない、決して無理のないことじやないか、こう思つたとしたまへ、祖母さんが不平に思ひ、悲しく思ひ、彼に口をきかず、彼の苦しみを察せず、なほ苦しめるのは無理はないと思ふ、祖父さんの死んだ後祖母さんの楽みは実に彼より他にないのだ、たよりに思ふのは彼より他にないのだ、そのことを明《はつ》きり考へて見玉へ、僕は祖母さんが一番可哀そうだと思ふ、

それは君の云ふ通り、祖母さんが「ウン」と一つ承知すれば、彼も喜び祖母さんもどんなに幸福か知れない、しかし君、昔の人なる祖母さんにこのことがわからないと云つたつて攻めることは出来ないと思ふ、それが分る様なら、祖母さんを不幸な人とは僕は云はない、

彼は今になつて、いくら祖母さんが泣こうが、笑おうが、怒らうが、おどかそうが、聞きはしまい、聞くような弱い男ではない、弱い男なら祖母さんは不幸ではない、聞かないに定つてゐる人を無理に聞かそうとするから、祖母さんを不幸な人、お気の毒な人と云ふのだ、

この場合祖母さんが折れるより仕方がない、祖母さんが折れたら、彼はどんなに喜ぶだらう、そうして必ず祖母さんの思つてゐる通り、望んでゐる通り、孝行をするにちがひない、それを知らないで、折れることの出来ない彼を折ろうとして、彼を益々怒らせる、祖母さんは不幸な方ではないか、

どうしてこんなことがわからないのだらうと思ふかも知れないが、そこが昔の人だから、やむを得ない、

幸になれるのに、ならないで、可愛い孫を苦しめ、柱と思ふ孫に嫌はれる、祖母さんを不幸と君は思はないか、祖母さんのことを考へると涙が出る、

彼もそれはつらいだらう、祖母さん思ひの彼が、祖母さんに「見捨てます」と云ふまでにはどんなにつらいかわからない、しかし彼は若いし、勝つにきまつてゐるし、自らつくつたことだから、今こそつらいが、望みがあるから、祖母さんよりいくらいゝか知れない、その女の人もつらいにちがいない、一番つらい位置にゐる、しかし彼にたよつてゐればいゝのだ、彼を信じてゐるらしいから、不幸な内に望みがある、

どうしても一番不幸なのは祖母さんだ、

責任の重いのと複雑な苦しみをしてゐるのは彼にちがいない、約束した今その女の人をすてれば、大罪人になり一生の不幸で

ある、そうかと云つて祖母さんを捨てることはどのくらいつらいか知れない、彼は祖母さんの自分を頼より、自分を愛してゐることをよく知つてゐる、彼は常に、祖母さんのことを心配してゐた、しかしこの苦悶は意味のある苦悶である、祖母さんのはそうではない、

しかし誰れが一番不幸であると云つたつて始まらない、たゞ僕等は祖母さんが承知して三人が互に愛し、幸福に生活するように努力しなければならない、

僕は無論、彼とその女の人とは結婚しなければならないと思ふ、祖母さんがいかに反対しても結婚するのがほんとゝ思ふ、だからどうかして祖母さんに、彼は折れるわけはないと云ふこと、、彼の思ふ通りにさす方がいゝ、さゝなければいけない、そうした時に、どのくらい幸福を得られるかを知らせたいと思ふ、実際君の云ふとうり、祖母さんさへ承知すれば、極上吉で三人とも幸福であるし、めでたし〳〵だ、しかしそこがわからないと云つて攻めることは出来ない、昔の人だもの、

実際彼の心が祖母さんにわかればいゝのだがね」終

……………………

なんの為めにこれを書いたかは御存じと思ひます、早々

此手紙は強い感動を与へた、私の其時に此位適切な手紙はなかつた、私は涙ぐむだ。

重見はそれを祖母に読むでやれといふつもりで書いてくれた事はわかつてゐたが、其日は其機会がなかつた。

十一

夜八時頃になつて、千代は戸を閉めに登つて来た。其時私は本を読むでゐた。

戸を閉めると千代は部屋に入つて来て、

「私の為にこんな騒ぎが起つたと思ふとツラクツテ〳〵……………」

こんなことを切りに云つた。

「自家の奴が、皆ワカラズ屋だからさ」私はこんな事をいつた。

こんな話でも一時間では何程も話せなかつた。九時頃湯に入るといつて千代は降りて行つた。すると千代は直ぐ又登つて来て、オド〳〵した調子で

「順吉様村井さんのおカミさんが今お茶の間に来てるんでムいますよ」といつて息をはづませてゐた。

父の出てゐる鉄道会社の下役をしてゐる男の妻で千代を世話した四十格好の女である。

「何を驚いてるんだ！」私は叱るやうに云つた。「乃公が承知しなければ決して下げない約束がしてあるんぢやないか、馬鹿な奴だナ」私は驚きから赤い顔をして私の眼を見つめてる千代の顔を見て笑つてやつた。

「千代！　千代！」硝子窓の下から角のある声で呼んでゐる。

「村井さんですよ。順吉様、村井さんですよ」

千代は膝頭で寄つて来た。私はその女が千代を連れて来た時に「お千代さん」と云つてゐた事を記憶してゐた。吾々が真面目に正面から行つてゐる此出来事に対する皆の失礼な態度が、此女の此呼捨てに露骨に現はされてゐるやうに感じて私は急に腹を立てた。

「千代！　千代！」かういふトガ〳〵しい声が梯子段の直ぐ下からして来る。

「あんなに怒つてゐる…………」千代は泣きさうな顔をしてオド〳〵した。

「行けよ、乃公も一緒に行くから…………」

私は立つて千代の肩を其方に押してやつた。私が段の上へ行くと其女はそれを登りかけてゐた。

「何か用なのか？」私は怒りから鋭い調子でいつた。

「え丶左うです」

「何の用だい」

「…………………」

「何の用か知らないけど、乃公も一緒にいつて聞かう」

「貴方には何んにも用はありませんよ」

「生意気いふな」私は大きい声をした。

茶の間へ行つた。其所には茶や菓子が出てゐて、母が一人坐つてゐた。

座につくと其女も興奮から眼の色をかへたま丶、

「何しろ急用でこれの兄が先程の汽車で上つて来て宅で待つとりますから、急いでゐると此の方がどうしたんだか大変な怒りやうで…………ワケが解りやしない」と一寸流し眼で私の方を見た。

「失礼ぢやあないか。何んだつて貴様は不遠慮に乃公の部屋へ入らうとした」

「だつて下女が主人の部屋で話し込むでるつて法がありますか。私はそれを怒つたばかりですよ」

「生意気云ふな」

私は若しかしたら松か、或はセイといふ飯たきかゞ、手柄顔に世話した此女に知らせたのではないかしらと思つた。会つても口をきく事さえない村井といふ下役の男やその妻などが自分達の或る運命に一ト言でも何かいふさえがヒドイ侮辱に思はれて気持が悪くてならない所に、女中までが、と思ふと取りかへしのつかない軽蔑を受けてゐるとしか考へられなかつた。私は一層烈しく腹を立てた。然し証拠も何もない事を私はどうしてい丶か解らなかつた。

「此方が正面から仕てる事に、若し陰廻はりをして手段的な事でもする奴があつたら、それこそどんな事をしても罰してやるからナ。決して許さないぞ」

私は一ト間と台所とをへだてた女中部屋まで聞えるやうな大きい声で、こんな事を繰返した。

寝間着の姿で祖母も起きて来た。

「何をいつてるんです。千代は用が済めば直ぐ帰つて来るんで

す」祖母はたしなめるやうにこんな事を云つた。母も、その女に

「此方にも今、少し片附かない事があるのですからネ、明日は用の済み次第、吃度直ぐ還して下さいよ」といつた。

私は若しかしたら自分が余ンまり気が早過ぎたかしら、とも思つた。前から一ツコクな女だと云ふ事を母から聞いてゐたし、千代の返事が遅いので腹を立てたのかも知れなかつたといふ気もして来た。それでも危ぶまれた。私は皆の前で千代に

「此事が何方《どつち》ともハツキリ決まらない間は決してお前に暇はやらない事になつてるんだからネ」二人の間では幾度か話された事を此所でも繰返して、尚叱るやうな調子で

「あしたは吃度帰つて来なくちやいけないぜ。…………それから若しも向ふで事情が変る様な場合があつたら、其時は必ず電話で一応乃公に相談しなければいけないぜ」といつた。

「ハイ」興奮してゐる千代はかうハツキリ答へると部屋へ着物を着更へに下がつた。私は起つて暗い椽側を往き来してゐた。

その女と千代は台所口から出て行つた。出て行く時千代に

「あしたは兄さんと一緒に帰つて来い。いゝか」と云つた。千代は何かしら不安な眼差してへつついの側に起つてる私の顔を見上げて首肯いた。

十二

私は其儘物置の屋根に作つてある、物干場へ登つて、又そのヤグラの上へ乗つた。星の多い晩だつたが、割りに蒸し暑かつた。

兎も角今の場合千代を一寸でも此所から離すのは不利な事だつたと考へた。此方の都合で還す事はならない。用ならあしたでも兄を寄越すやうにしろと云つて我を張れば、それで何の事もなかつたのにといふやうな考へも起つて来た。

私は遠く見える灯を見ながら、あの女に連れられて不安な心持をしながら急ぎ足で行く千代の姿を想ひ浮べずにはゐられなかつた。而して物足らない淋しさを感じた。

私はあした兄といふ男に会つたら何も彼も話して、向ふの方だけはどうか型をつけられるだらうといふやうな事も考へてゐた。錘のついたくさりで閉めてある小門を開けるケタ、マシイ音がした。その音で夕方から其春結婚した細君の実家へ行つてゐた四つ上の叔父が帰つて来たことがわかつた。私は同時に物干を降りて行つた。

「未だ起きてたのか？」

叔父はこんな事をいひながら台所から母屋へ入らうとしたのを

「一寸二階へ来てくれ玉へな」といつて一緒に私の部屋へ連れて来た。

私は其晩の事を話して

「若しかすると、陰で此事に邪魔しようとしてる奴がありやしないかと思ふんだ。誰か、他の女中ぢやないかと僕は疑つてる

んだがネ」といつた。

「女中なもんか。お父さんさ」と叔父は軽くいふ。

「何故《なぜ》」私はもう興奮して来た。

「今日会社で村井に『千代には何の過失もないが、セガレが不《ふ》埒《らち》をしたに就て、兎も角千代には暇を取つて貰いたい』と云ひなつたんだ」

「そんな筈はない。此問題が或る解決に達する迄は千代は決して還さない約束になつてるんだもの」と私は叔父のいふ事を信じなかつた。

「的《あて》になるものか、そんな事が。お父さんは貴様の事を痴情に狂つた猪武者だと云つとんなるんだぜ。約束に一々責任なんぞ持ちなるものか」

私は怒りから体が震えて来た。

「よし！　此方が何所までも真正面《まとも》から話をしてゐるのに皆が陰げ廻はりをする気なら此方も考へを変えるからネ」

かう云ふ事も私はもう叔父に対して云つてゐた。

叔父は切りに慰めて暫くして台所口から母屋へ帰つて行つた。

私は又物干場へ登つた。十二時頃だつた。汽車の笛とか電車のレールをキシル音などが未だ聞えて来た。

私は直ぐ其所の屋根の下に今までゐた千代はもう決して再び帰つて来る事はない、と云ふ様な事。明日から松か君かゞ自分の用をするんだといふやうな事、などを思つて感傷的な気分になつて行つた。又若しかしたら千代は今晩の内に佐原の方の郷里へ送りかへされたかも知れない、こんなことを思ひながら時々稲光りのする東の遠い空を見て私は今更に千代と自分との空間的な距離を感じた。父は今度の事については絶対に自分と直接に会はうとはしない。それはいゝ。自分もその前年の夏の下らない事からの烈しい衝突を考へると出来る事なら父とは直接に会はずに問題を進めて行きたいと思つてゐた。然し今晩のやうな事に会つて只痴情に狂つた猪武者のする事位に軽蔑されてゐる位なら、どんな衝突をしても、直接会つて、もう少しは解かつて貰はなければと思はれた。

私はそれだけの事を知りながら、私には少しも話さずに夕方から外出して了つた叔父に対しても、用が済めば千代は直ぐ帰つて来るといつた祖母に対しても、「此方にも今、少し片附かない事があるのだから………」といつてゐた母に対しても、その空々しさ、その行為の趣味の悪さ、其幼稚さなどを思ふと堪へ難い不快と悪意とを持たずにはゐられなかつた。

実際これらの人々には私は変則な発育をとげた小供以上には見えなかつたかも知れない。皆は私共のいふ事がいつまでたつても価値のない空想であつてそれが実際の人生では仕舞迄何の役にも立たぬものと決め込まずにはゐられなかつたであらう。私共は絶えず、何かしら自惚れ強い事を云はずにはゐられなかつた。然し仕事に対するその烈しい野心と、実際持ち得る自信とには何所か不均衡な所のあるのは自分でも感じてゐたのである。いひかへれば其時の現在に於ては多少なり自信を持ち得るやうな仕事が出来なかつた、その事が何となく私共の自惚れをいふのに幅のない声きり出させなかつたのである。如何にも甲ン走つた声であつた。而して此キイ〳〵声でいふ自惚れは実際その仲間以外には通用しなかつた。私が痴情に狂つた猪武者であるやうに仲間以外の人には私共は皆何かに狂つてゐる猪武者に過ぎなかつたのであらう。然し其所で吾々も止つてはゐられなかつた。而して其止ることなき若者についてそれから先を考へやうと全くしなかつたのが、それ等の人々が私共との関係で彼等自身を或る意味で不幸にした一つの原因なのだと思ふ。これは然し殆ど避けられない事とも思ふ。

十三

私は部屋へ帰つても迚も寝られさうにもなかつた。雨戸を〆めた椽側を往き来して考へた。どう考へても、腹立たしくてならなかつた。自家の者のやり方が余りに此方を軽蔑したやり方であると思ふ。

私はボンボリをつけて、其時はもう一時近かつた。台所口を叩いて、女中に其所を開けさせて、父の寝室に行つた。

父は中々返事をしなかつた。私は少しお話したい事があるから起きて頂きたいといつたが、父は承知しなかつた。

「そんなら明日の朝聞いて頂きます」

「明日は早く外出するから会つてゐられない」

「どうしてもそんな早くお出かけにならなければならないんですか？」

「左うさ今は会社で一番忙しい時だもの」

父は或る鉄道会社の専務取締りといふ役をしてゐた。其時は丁度其鉄道が官有になるについて、四五日で引渡しをするといふ時だつた。

「左うですか。そんなら聞いて頂かなくてよござんす」

私はハツキリ強い調子でかういふと起ち上つて来た。それが自身にすら「何をするか知れませんよ」とでも云つてるやうに聴えた。

部屋へ帰ると私は只々興奮した。

私は部屋の中を暫く歩るき廻はつてゐた。何か物でも叩きつけてやりたいやうな気がしてならなかつた。私は机の上から埃及煙草の百本入りの空箱を取るとクリツケツトの球でも投げるやう手を延ばしたまゝ力まかせに畳へ叩きつけて見た。角が当つた所が三角に畳の藺を切つて、函はイビツになつてハヅムだ。中からは小さな紙切れが五六枚飛び散つた。二三年前洋画家のF氏の所でデザインの参考になるべき小さな物をハツたスクラツプブツクを見て、左う云ふ事に或る程度の興味を持つ私は其時から気をつけて外国の雑誌や広告などから左うい ふ物をキリヌイてはためてゐた。その内の小さい部を百枚バカリその小函に入れて置いたのであつた。

私は此時程の急烈な怒りと云ふものを殆ど経験した事がなかつた。然しこんなヤケらしい様子も余儀なくされてするのではない事を其時の現在に於て明らかに知つてゐた。若し側に人がゐたら私はヴアニテイーからもそんな事は出来ないと知つてゐた。それでも腹立しい心持には何かそんな事がして見たかつた。それを努力して圧する必要もあるまい。こんな事が其時の現在で私の頭に浮むでゐた。

私は軽いブリツキの函の如何にも手答へのない物足らなさに戸棚を開けて九磅の鉄亜鈴を出して、それを出来るだけの力で又叩きつけた。

鉄亜鈴は斜めに一間余りハズムで、部屋の隅の机に飛び乗つて更に障子に当つてガタ〳〵と音をして机の裏へ落ちた。

私は戸棚の段にヒヂをつけて興奮から起る体の心の震えをおさえるやうにしてヂツとうつ伏しになつてゐた。ト、私の頭に不図下に寐てゐる岩井の様子が浮むで来た。鼻の低い顔色の悪い、然し肥つた、如何にも田舎者らしい新らしく来た書生が、真夜中寝てゐる直ぐ上の天井に今のエライ音を聞いて暗の中にムツクリ起き上つた様子を想ひ浮べて了ふと、私には堪えられない可笑しさがコミ上げて来て独りクスリ〳〵笑はずにはゐられなかつた。

(其後二年程して畳がへの時見たらカナリ厚い根太板が真ン中から折れてゐた。其時も私は其晩の事を考へて独り笑はずにはゐられなかつた。あれ程の怒りの中にあんな止められない可笑しさを感じた事を私は面白い経験だと思つた。又、「こんなヤケらしい様子も仕まいと思へば直ぐよせる、然しそれを圧えたつて偉らくもない」一方でこんな事を思ひながらしてゐる心の余裕、――これを考へた時私は其時に鉄亜鈴が机の上のランプとは五寸と離れない所へ飛むで行つた、それを見ながらヒヤリとも何んとも仕なかつた事を想ひ出して、自分は矢張り平常の心持ではなかつたと思つた。――私は子供からランプには非常に用心深くシツケられて来て、下の書生がそれをつけ忘れて寝た場合など私は本気になつてそれを怒つたものであつた。)

暫くして私は巴里にゐる絵かきの友達へ手紙の続きを書き始めた。

「今は夜の一時だ。

僕は今晩程の怒りを嘗て経験した事がない。今、僕は独り如何にも愚《おろか》な乱れ方をした所だ、乱れまいと努力するのが面倒臭いからだ。今晩は迚も眠れない。起きてゐれば益々気が焦立つばかりだ。それで午前の手紙を書きつゞける事にした

…………」

私は興奮から切れ〳〵な文章で書いた。

「……これでも僕は怒つては悪いか?」こんな句が所々にある。

レターペーパーの裏表に九枚書いた。仕舞に

「父は僕を廃嫡するとも此事は許せぬと云ふさうだ。

祖母は廃嫡は家のカキンである。これに比すれば地位の違つた女でも入れる方がよいと云ふさうだ。

そんな事はどうでもよい。兎も角僕はこんな人達とは共に暮らせない。

僕が孤独で平気でゐられる人間でない事は君もよく知つてゐやう。僕には君と重見と千代とがゐる、実を云ふと、もう一人祖母がゐると加へたいのだ。

もう書けない。」

書き終つて私は傍の懐中時計を見て又

「明治四十年八月卅日午前三時半」

と入れてペンを擱いた。

（「中央公論」大正元年9月号）

哀しき父

葛西善蔵

㈠

彼はまたいつとなくだん〳〵と場末へ追ひこまれてゐた。

四月の末であつた。空にはもや〳〵と靄のやうな雲がつまつて、日光がチカ〳〵桜の青葉に降りそゝいで、雀の子がヂユク〳〵啼きくさつてゐた。どこかで朝から晩まで地形ならしのヤ―トコセが始つてゐた………。

彼は疲れて、青い顔をして、眼色は病んだ獣のやうに鈍く光つてゐる。不眠の夜が続く。ぢつとしてゐても動悸がひどく感じられて鎮めやうとすると、尚ほ襲はれたやうに激しくなつて行くのであつた。

今度の下宿は、小官吏の後家さんでもあらうと思はれる四十五六の上さんが、ゐなか者の女中相手につましくやつてゐるのであつた。樹木の多い場末の、軒の低い平家建の薄暗くじめ〳〵した小さな家であつた。彼の所有物と云つては、夜具と、机と、何にもはいつてない桐の小簞笥だけである。桐の小簞笥だけが、彼の長い貧乏な生活の間に売残された、たつたひとつの哀しい思ひ出の物なのであつた。

彼は剝げた一閑張の小机を、竹垣ごしに狭い通りに向いた窓際に据えた。その低い、朽つて白く黴の生へた窓庇とすれ〳〵に、育ちのわるい梧桐がひよろ〳〵と植つてゐる。そして黒い毛虫がひとつ、毎日その幹をはひ下りたりまだ延び切らない葉裏を歩るいたりしてゐるのであつたが、孤独な引込み勝な彼はいつかその毛虫に注意させられるやうになつてゐた。そして常にこまかい物事に対しても、ある宿命的な暗示をおもふことに慣されてゐる彼には、その毛虫の動静で自然と天候の変化が予想されるやうにも思はれて行くのであつた。

孤独な彼の生活はどこへ行つても変りなく、淋しく、なやましくあつた。そしてまた彼はひとりの哀しき父なのであつた。哀しき父――彼は斯う自分を呼んでゐる。

彼にはこれから入梅へかけての間が、一年中での一番堪え難い季節になつてゐた。彼は此頃の気候の圧迫を軽くしよう為めに、例年のやうに、午後からそこらを出歩るくことにしようと思つた。けれども、それを続けることはつらいことでもある。カーキ色の兵隊を載せた板橋火薬庫の汚ない自動車が、ガタ〳〵と乱暴な音を立て、続いて来るのに会ふこともあつた、吊台の中の病人の延びた頭髪が眼に入ることもあつた。欅の若葉をそよがす軟かい風、輝く空気の波、ほしいまゝな小鳥の啼声……しかし彼は、それらのものに慄えあがり、めまひを感じ、身うちをうづかせられる苦しさよりも、尚堪え難く思はれることは町で金魚を見ねばならぬことであつた。

金魚と子供とは、いつか彼には離して考へることの出来ないものになつてゐた。

(二)

彼はまだ若いのであつた。けれども彼の小供は四つになつてゐるのである。そして遠い彼の郷里に。彼の年よつたひとりの母に護られて成長してゐるのであつた。

彼等は――彼と、子と、子の母との三人で――昨年の夏前までは郊外に小さな家を持つていつしよに棲んでゐたのである。世の中からまつたく隠遁したやうな、貧しい、しかし静かな生活であつた。子供は丁度ラシヤの靴をはいてチヨコ〳〵と駆け歩るくやうになつてゐたが、孤独な詩人の為めには唯一の友であり兄弟であつた。

彼等は縁日で買つて来た粗末な胡弓をひいたり、鉛筆で絵を書いたり、鬼ごつこなぞして遊んだ。棄てられた小犬と、数疋の金魚と亀の子も飼つてゐた。そして彼等の楽しい日課のひとつとして、晴れた日の午後には子供の手をひいて、小犬をつれて、そこらの田圃の溝に餌をとりに行くことになつてゐた。けれども丁度彼等のさうした生活も、迫りに迫つて来てゐたのであつた。従順な細君の溜息がだん／＼と力無く、深くなつて行つた、ながく掃除を怠つてゐた庭には草が延び放題に延びてゐた。

金魚は亀の子といつしよに、白い洗面器に入れられて椽側に出されてあつた。彼等の運命は一日々々と迫つて来てゐるのであつたが、子供の為めの日課はやはり続けられてゐた。それが偶ま訪ねて来たいたづらな酒飲みの友達が、彼等の知らぬ間に亀の子を庭の草なかに放してなくなしてしまつた。彼は云ひやうのない憂鬱な溜息を感じた。

『はア、カメない、カメノコない……』子供も幾日もそれを忘れなかつた、それからして彼等の日課も自然と廃せられることになり、間もなく、彼等の哀しき離散の日が来てゐたのであつた。――

㈢

彼は気の進まない自分を強ひて、午後の散歩を続けてゐる。そしていつか、彼は彼の散歩する範囲内では、どこのランプ屋では金魚を置いてる、置いてないかゞ大概わかるやうになつてゐた、彼は都会から、生活から、朋友から、あらゆる色彩、あらゆる音楽、その種のすべてから執拗に自己を封じて、ぢつと自分の小さな世界に黙想してるやうな冷たい暗い詩人なのであつた、それが、金魚を見ることは、彼の小さな世界へ焼鏝をさし入れるものであらねばならない。彼は金魚を見ることを恐れた。そして彼はなるべく金魚の見えない通りを／＼と避けて歩るくのであつたが、うつかりして、立止つて、ガラスの箱なかにしな／＼と泳いでゐるのに見入つてゐることがあつた。そして気がついて、日のカン／＼照つた午後の往来を、涙を呑んで歩るいてゐるのであつた。けれども、彼もだん／＼とそれに慣れては行つた。が、彼は今年になつてはじめて、どこかの場末の町の木蔭に荷を下ろし休んでゐた金魚売を見た時の、その最初の感情を忘れることが出来ない……

㈣

いつか、梅雨前のじめ／＼した、そして窒息させるやうに気紛れに照りつけるやうな、日が来てゐた。

彼は此頃午後からきまつたやうに出る不快な熱の為めに、終日閉ぢこもつて、堪え難い気分の腐蝕と不安になやまされてゐる。寝たり起きたりして、喘ぐやうな一日々々を送つてゐるのであつた。

陰気な、昼も夜も笑声ひとつ聞えないやうな家である。が、湿つぽい匂ひの泌みこんだ同じやうに汚ならしい六つ七つの室は、みんなふさがつてゐた。おとなしい貧乏な学生達と、彼の隣室には若い夫婦者とむかひ合つた室には無職の予備士官がはいつてゐた。そしていつも執拗に子供のことや、暗い瞑想に耽つてぐづ／＼と日を送つてゐる彼には、最初この家の陰気で静かなのが却つて気安く感じられたのであつたがそれもだん／＼

と暗い、なやましい圧迫に変つてゐるのであつた。

予備士官は三十二三の、北国から出て来たばかりの人であつた。終日まつたく日のさゝない暗い室にとぢこもつてゐて、何をしてるのとも想像がつかなかつた。大きな不格好な髪の薄い頭をして、訛音のひどい言葉でブツ〳〵と女中に何か云つてることもあつた。時々汚ない服装の、ひとのおかみさんとも見える若い女が訪ねて来ることがあつたが、それが近所の安娼買だつたと云ふことが、後になつて無口な女中から漏されてゐた。

それがつひ――まだ幾日も経つてゐないのであつた。ある朝女中が声をひそめて『腸がねぢれたんださうですよ……』と軍人の三四日床に就き切りであることを話してゐた。それから一両日も経つた夕方、吊台が玄関前につけられて、そして病院にかつぎこまれて、手術をして、丁度八日目に死んだのである。腸の閉鎖と、悪性の梅毒に脊髄をもおかされてゐたのであつた。

また隣室の若い細君は、力無く見ひらいた眼の美しい、透通るやうな青白い顔をして、彼がこの家へ来てから幾んど起きてゐた日がないやうであつた。細君孝行な若い勤め人の夫は、朝早く出て晩遅く帰るのであつたが、朝晩に何かといたはつてゐるが手に取るやうに聞えるのであつた。細君の軽い咳音もまぢつて、コソ〳〵と一晩中語りあかしてゐるやうなこともあつた。

彼は此頃の自分の健康と思ひ合はして、払ひ退けやうのない不吉な不安なかんがへになやまされてゐる病人の絶えない家のやうにも思はれるのであつた。裏は低い崖になつて、その上が墓地の藪になつてゐるが、この家の地所もやはり寺の所有なのであつた。ワクの朽つた赤土の崖下の蓋のない堀井戸から、ガタ〳〵とポンプで汲み揚げられるやうになつてゐて、その上が寺の湯殿になつてゐた。若い女の笑ひ声なども漏れてゐること があつた。そして崖上の暗い藪におつかぶされてゐるこの家では、もう、いやに目まぐるしく手足を動して襲うて来る斑らの黒い大きな藪蚊が、朝夕にふえて行くのであつた。

彼は飲みつけない強い酒を呷つて、それでやう〳〵不定な睡眠をとることにしてゐる。そして病的に過敏になつた彼の神経は、そこらを嗅ぎ廻るやうに閃めき働いて、女中を通して、自分のこの室にも病人がゐて、それが彼のはいる少し前に不治の身体になつて帰郷したのだと云ふことや、こゝの主人も丁度昨年の今頃亡くなつたのだと云ふことなど、断片的にきゝ出し得たのであつた。

彼は毎晩、いやな重苦しい夢になやまされた。

……彼の子供は裸体になつてゐた。ムクムクと堅く肥え太つて、腹部が健康さうにゆるやかな線に波打つてゐる。そして彼にはいつか二三人の弟妹が出来てゐるのであつた。室は広くあけ放してあつて、青々した畳は涼しさうに見える。そこは子供の祖父も、祖母も弟妹もゐるのだが、みんなはゴロ〳〵寝ころんでゐる。唯彼ひとりが、ムク〳〵と堅く肥え太つて、ゆるやかに張つたお腹を突出して、非常に威張つた姿勢をして、手を振つて大股に室の中を歩るいてゐるのであつた。

ふと、ペラ〳〵な黒紋付を着た若い男がはいつて来て、座つて何か云つてるやうであつた。すると子供は歩るくのを止めて、ちよつと突立つて、

『さうか。それではお前はおれの抱え医者になるか――』斯う、万事を呑込んでるやうな鷹揚な態度で云ふのであつた。それを傍から見てゐた父は、わが子のその態度やもの丶云ひぷりに、覚えず微笑させられたのであつた……

それが夢なのである。彼には幾日かその夢の場の印象がはつきりと浮かべられてゐた。夫は非常に大きなユーモアのやうにも考へられるのである。また子供と云ふもの丶如何にさかんなる矜りに生きて居るかと云ふことを思はしめるのである。それからまた、辛うじて医薬によつて支えられてゐた彼の父の三十幾年と云ふ短かい生涯から彼自身の健康状態からかんがへて、子供の未来に、暗い運命の陰影を予想しないわけに行かないのであつた。

㈤

久しぶりで郷里の母から手紙があつた、母は彼女の孫をつれて、ひと月余り山の温泉に行つて丶、帰つて来たばかりのところなのである。

彼女は彼女の一粒の子と、一粒の孫とを保護する為めにこの世に生れて来、活きてゐるやうな女であつた。そして月に幾度となく彼女の不幸な孫の消息について、こま〳〵と書き送りもし、またわが子の我がままな手紙を読むことに、慰藉を感じてゐた。

彼等の行つてゐた温泉は、汽車から下りて、谷あひの川に沿うて五六里も馬車に揺られて山にはいるのであつた。温泉の近くには、彼女の信仰してゐる古い山寺があつて、そこの蓴菜の生える池の渚に端銭をうかべて、その沈み具合によつて今年の作柄や運勢が占はれると云ふことが、その地方では一般に信じられてゐた。彼女もまた何十年となく、毎年今頃に参詣することにしてゐて、その占ひを信じてゐるのであつた。

母の手紙では今年の占ひが思はしくはないので気がかりだと云ふこと、互ひに気をつけるやうにせねばならぬと云ふこと、孫のたいへん元気であること、そして都合がついたら孫の洋服をひとつ送るやうにと云ふのであつた。孫は洋服を着たいと云つてきかない、そしてお父さんはいやだ、何にも送つて呉れないからいやだと云ふのであつた。彼女はそんなことは云ふものでないと孫を叱つてゐる。そして靴と靴下だけは買つてやつたが、洋服は都合をして送るやうにと云ふのであつた。

それは朝からのひどい雨の日であつた。彼は寝衣の乾かしやうのないのに困つて、ぼんやり窓外を眺めてゐた。梧桐の毛虫はもう余程大きくなつてゐるのだが、こんな日にはどこかに隠れてゐて姿を見せない、彼は早くこの不吉な家を出て海岸へでも行つて静養しやうと、金の工面をかんがへてゐたのであつた。

疲れた彼の胸には、母の手紙は重い響きであつた。彼は兎に角小簞笥を売つて、洋服を送つてやることにした。そして、『……どうか、そんなことを云はさないやうにして下さい。私はあれをたいへんえらい人間にしようと思つて居るのです。私はいろ〳〵だめなのです……。どうか卑しいことは云はさないやうにして下さい。卑しい心を起させないやうにして下さい。身体さへ丈夫であれば、今のうちは何にもいらないのです……』

彼は子供がいつの間にそんなことを云ふまでになつたかを信じられないやうな、また怖ろしいやうな気持で母への返事を書いた、そして彼がこの正月に苦しい間から書物など売払つて送つてやつた、毛糸の足袋や、マントや、玩具の自動車や、絵本や、霜やけの薬などを子供はどんなに悦んで『これもお父さんから、これもお父さんから』と云つて近所の人達に並べて見せたと云ふことや、彼の手紙をお父さんからの手紙と云つて持歩くと云ふことなど思ひ合して、別れてわづか一年足らずに過ぎない子供の現在を想像することの困難を感ずるのであつた。

霧のやうな小雨が都会をかなしく降りこめてゐる。彼は夜遅くなつて、疲れて、草の衾にも安息をおもふ旅人のやる瀬ない気持になつて、電車を下りて暗い場末の下宿へ帰るのであつた。

彼は海岸行きの金をつくる為めに、図書館通ひを始めてゐる……

彼の胸にも霧のやうな冷たい悲哀が満ち溢れてゐる。執着と云ふことの際限もないと云ふこと、世の中にはいかに気に入らぬことの多いかと云ふこと、暗い宿命の影のやうに何処まで避けてもつき纏うて来る生活と云ふこと、また大きな黴菌のやうに彼の心に喰入らうとし、もう喰入つてゐる子供と云ふこと、さう云ふことゞもが、流れる霧のやうに、冷たい悲哀を彼の疲れた胸に吹きこむのであつた、彼は幾度か子供の許に帰らうと、心が動いた。彼は最も高い貴族の心を持つて、最も元始の生活を送つて、真実なる子供の友となり、兄弟となり、教育者となりたいとも思ふのであつた。

けれども偉大なる子は、決して直接の父を要しないであらう。彼は寧ろどこまでも自分の道を求めて、追うて、やがて甦るべきである。そしてまた彼の子供もやがては彼の年代に達するであらう、さうして彼の死から沢山の真実を学び得るであらう――

(六)

苦しい図書館通ひが四五日も続いた、その朝であつた。彼はいつものやうに、暁方過ぎからうと〳〵と重苦しい眠りにはいつて、十時少し前に気色のわるい寝床を出たのであつた。

日が、燻べられたやうな色の雨戸の隙間から流れ入つて、室の中はむん〳〵してゐた。彼は雨戸を開けて、ビシヨ〳〵の寝衣を窓庇の釘に下げて、それから洗面器を出さうとして押入れの唐紙を開けた。見なれた洗面器の中のうがひのコツプや、石鹸箱や、歯磨の袋が目に入つた。

と、彼は軽く咳入つた、フラ〱となつた、しまつた！　斯う思つた時には、もうそれが彼の咽喉まで押寄せてゐた——。

熱は三十七八度の辺を昇降してゐる。堪え難いことではない。彼の精神は却つて安静を感じてゐる。

『自分もこれでライフの洗礼も済んだ、これからはすこしはおとなになるだらう……』

孤独な彼は、気まゝに寝たり起きたりしてゐる。そしていつか、育ちのわるい梧桐の葉も延び切つて、黒い毛虫も見えなくなつてゐる。彼の使つた氷嚢はカラ〱になつて壁にかゝつてゐる。窓際の小机の上には、数疋の金魚がガラスの鉢にしな〱泳いでゐる。

彼は静かに詩作を続けやうとしてゐる。


『大正元年八月十七日』

(「奇蹟」大正元年9月号)

馬車

舟木重雄

私の父はこの数年前軍籍から身を退いて、今では閑散な生活を送つてゐる。現役時代と違つて、僅かな恩給で私等一家の者が養はれてゐるのだから、生活に余裕などのあらう筈は無い。然し、幸ひに私の家は家族が少ないので、生活難を覚える程では無い。両親と一人息子の私と、それに召使ひの者どもが、平和にその日〱を暮してゐるが、過去の生活を振返つて、現在の生活と比較すると、穏かな凪の水面に、寂しい、灰色の陰影のかげつてゐるのを覚える。——

父は青年士官時代に永らく外国へ留学を命ぜられ、その後も度々洋行した事があつて、或る時代までは、軍人社会から新らしい頭を持つた敏腕家と目されてゐたさうである。在職当時は大概幹部の枢要の職務に就いてゐたのを私も記憶してゐる。進級も同僚と比較すると、非常に速かつたらしい。私の幼ない時代には、よくいろ〱の人から、「貴方のお父さんは屹度素晴しく出世なさる」と、聞かされた事がある。私は父にどれ程の腕があるか知らないが、そんな事を人から言はれると、小供心に、確かにさうだ、父は度々洋行したし、いゝ役目を勤めてゐるのだから、屹度大変に出世をするに相違ないと、独断的に信じ切つてゐたものである。

それが、数年前、突然現役から予備役に編入された。——その時、父は或る地方の司令官を勤めてゐたが、或る日、突然に東京の自家へ帰つて来た。いつも父が帰つて来ると、私は別に話を聞くの、話をするのといふ訳ではないが、何となく心が喜びと懐かしさに満ち溢れ、父の周囲につき纏つたものである。すると、父は柔かな慈愛に満ちた面で、私や母の話を言葉寡なに聴いてゐて、とき〴〵蟠りのない笑ひを洩らす。——それが、その時に限つて、無愛憎に黙り込んで、私が傍にゐるのさへ五月蠅気にしてゐた。私は張合が抜けたやうでもあり、又薄気味悪いやうでもあり、今日はどうして父が機嫌が悪いのだらうと思つた。——その頃、父はいつも長くて五六日ゐては任地へ引返すのだが、それから十日経つても、廿日経つても自家に引籠つてゐて、何か考事をしたり、滅多に見た事のない癇癪を母や家の者に洩らす事があつた。そして私にも殆んど口を利かないで、一日中書斎に引籠つてゐた。父がそんなだから家の中が遽かに暗くなつたやうに覚えた。——或る時は、私が口を利いても父が黙つて返事をしないので、何か私に悪い処があるのではないかと、次第に父と顔を会はすのも憚るやうになつた。——

そのうちに父の任地から、沢山のトランクや荷物が自家へ運ばれた。

私は父の煩悶の原因を薄々勘づいてゐたが、どうする事も出来なかつた。空しく遽かに暗くなつた重くるしい家庭の空気を吸つて、いやな不安に襲はれてゐた。……すると、父が帰つて来てから、一月位ゐ後であつた。或る日、私は父の室へ呼びつけられた。私は直覚的に或る事実を予想したので、一種の恐怖に胸をときめかせながら、おづ〳〵と父の室へ行つた。父は紫檀の机の前に眼をつぶつて座つてゐたが、私が膝下にゐざり寄ると、静かに瞼をあけて、私の顔を眤と瞰詰めた。——私はそれまで、そんな威厳のある父の様子を見た事がなかつた。

父は故意とらしく顔色を軟げて、

「お前は今年三年ぢやつたね?」と、知れ切つた事を尋ねた。

「えゝ。」

「……すると、卒業はいつじやね?」

「あと二年かゝるんです。」

私はその簡単の言葉にも声帯が強張つて、容易に声が喉を通らなかつたのを未だに覚えてゐる。父の声は別にいつもと変つてゐた訳ではなかつたけれど、私はそのあたりまへの言葉の中に、或る不安な事実を暗示されたからである。

すると、父は

「さうか。」と、首肯いて、

「もうこれからは小供ではないのぢやから、身を入れて勉強せにやならんよ。」

　這う言つて父は暫く黙つてゐる。私は俯向いた頭の中に、稲妻のやうな強い光が射通してゐるやうな恐ろしさを覚えた。

「遣る事は何でもよいが、その中で優れた者にならにやいかん――此間から話さうと思つてをつたが、実は今度、父さんは役を退く事にしたのだ。これからの父さんの楽みは、たゞお前が勉強して立派な者になるのを見たい計りぢや。」

　私はその前からほゞ父の意向を察してゐたが、それが事実となつて現はれるのに、どういふ訳か恐ろしい不安を懐いてゐた。そして今の今までその感じが昂ぶつてゐた。………しかし、さう打明けられると、反つて驚きも悲みの情も起らなかつたが、たゞ無暗と其の場の圧迫から逃れたいと計り思つてゐた。

　すると、父は急に打解けた、物優しい語調《てうし》になつて、

「ぢやが、父さんの役を退いた事などについては、お前達が心配する事は入らない。父さんは此れまで充分働くだけの仕事は働いた積りぢやから、これからは疲れた体を楽に休めたいのぢや――又、役を退いたと言つても、父さんがをる間は充分とは行くまいが、お前一人の学費位は必ず出してあげるのぢやから、そんな心配もいらん。たゞ熱心に勉強して一角のものにならうと常に心懸けてをらにやならんよ……。」

　私はそツと父の面を窺つて首肯いた。

「それが分つたなら、それでよいのぢやから。」と、父は口を結んだのである。

　私は息苦しいまでに重い空気から逃れ、そこ〳〵に私の室へ返つた。そして机の前にきちんと座つたが、考へると、遽かに寂しい、果敢ない気がし出して、涙がぽろ〳〵と零れた。


　その当時は父の親しい同僚が幾人も来て、意志を翻へすやうに勧告したやうであつたが、父はそれきり現役を退いてしまつた。――それからといふものは、庭の植木の手入や、小鳥を沢山飼つて毎年秋になるとヒル天や何かで鳥構へをしたりして、別に不自由もなくその日〳〵を送つてゐる。一時曇つてゐた父の眉も開け、その後は、不平や、煩悶を洩したのを見た事が無い。この二三年前からは、碁や謡曲を始め出して、賑かな来客どもの笑声が父の室からどよめく事がある――尤も住居は同じ町内ではあるが、今は昔より小さな家へ引移つてゐる。そんなやうな訳で、父を中心とした私の家庭は平和であるが、昔の春のやうなはれ〴〵した気持は殆んど認められない。寂しい秋の入日のやうなにぶい光が私どもを包んでゐる。

　時に新聞や何かで、昔の父の同僚が進級したり、爵位を授けられたりしたのを見ると、私は父の胸中を察して、ならうならそんな記事を父の眼に触れさせまいと願ふのであつた。が、父はそれを見ても、少なくも顔色や言葉に何等の嫉妬や羨望の影を現はした事がなかつた。

　時には母などに向つて、

「A――が長官になるといふ噂があるが、近いうちぢやらう。」

など、全く他処事のやうに言ふ。

けれども、屢々母は私と話し合ふ末には、

「お父さんが、今、勤めてゐらしたら。」などと愚痴らしい事を洩す事もある。私も父の昔の同僚の栄達を思ふ時には、何となく父の現在の境遇に同情せられ、又其等の人々の境遇が妬ましくも考へられる。――父が今まで現役に勤めてゐても定役年齢に達しないのだから。父は今年五十四歳である。

父はさうして役を退いたのだが、その後数年になる今日まで、父の口から辞職の原因を聞いた事が無いが、人々の噂でほゞその理由を私は知つてゐる。それは或る一人の上官と常に意見が衝突してゐて、その人から非常に憎まれたのだと言ふ。その人は軍人伴侶で最も勢力ある辣腕家で、今日でも最上級の軍職を占めてゐる。軍人として計りでなく、政治家としても、第一流の人物を以て一般の社会から認められてゐる人である。私もその人の人物論や、世間の風評から推して、現代一流の人物だといふ尊敬を払はない訳にいかない。けれども、その人と父とを結びつけて考へると、どうしても敵意を持たないではゐられない。勿論父の辞職の原因については父が直接に語つた訳でないから、人々の噂から綜合した私の推量が間違つてゐるかも知れないが、多年思ひつゞけた事だから、今でもたしかにさうだと信じ切つてゐる。――

その人は格幅のいゝ、髯面の、眼の鋭い人で、金銀で飾り立てた礼服を着、胸一ぱいに勲章をさげた厳めしい姿を、屢々公会の議場や、雑誌の口絵などで見る事がある。すると、いつも私は、その人の威厳にうたれながら、「父の敵！」といふ殺伐な感情に動かされる。

往来で見かける時には、その人は常に立派な黒塗の馬車に乗つてゐる。

その人の屋敷は私の家より可なり離れてゐる。殊んど半里も隔つてゐるが、屢々その人の馬車に、私の家の前の往来で邂逅す。私の家は裏通りになつてゐるから、特別の道順でなくては私の家の門前を馬車などの通行する訳が無い。だから、初めのうちは、私の家の近所でその人の馬車を見かけると、同じ町内の或る大きな屋敷をその人が訪ねるのだと、私は思つてゐた。が、或る日、其の大きな屋敷の門前で、その馬車に邂逅すと、その馬車はその門前を勢よく駆け抜けてしまつた――それからといふものは、近所でその馬車を見かけると、私は神経にたゞならぬ恐怖を気萌し始めた。――それはその人が、私の父を脅かす手段として、故意と馬車を駆り、蹄の音を轟かせながら自家の門前を通り過ぎるのではあるまいか……と言ふ事であつた。しかし、世の中に、縦令どんな事があつたにせよ、そんな執念深い人があらう筈がない。殊に忙がしい職務を勤めてゐる人が、そんな馬鹿気た事をする道理がない、と打消したのであ る。が、その馬車を見かける度に、そんないまはしい感じを払ひ去る事が出来なかつた。

——或る日の事であつた。私は父と一しよに自家を出懸けた。……すると、門前から半町と歩かないうちに、向ふから勢よく鞭うつて来る馬車があつた。私はすぐと、その馬車だな！と気がついた。私はその時、敵に刃をつきつけられたやうな恐ろしい戦慄を覚えた。車上の人は私等を見向きもせずに行き過ぎてしまつた。——私はその瞬間、車上の人と父との表情を、殆んど本能的に働いたといふやうな敏捷さで観察した。けれども、二人は宛で路傍の人と——しかも無意識に路傍の人と擦れ合つたやうに、何等の表情をも動かさなかつた。私は期待がはずれ、力抜けがした。一種の空虚な気持を感じた。が、黙つてゐると反つて私の胸の秘密を……父から見透かされやしまいかといふやうな気がして堪らないので、

「……今の馬車に乗つてゐた人はSさんですね？」と、そら〲しさを装ふとは思ひながら言つた。

「さうぢやつた。」

父は無雑作にそれに答へた。

「Sさんの馬車はよくこの往来を通りますよ。」

「さうか。」

私はそれでも猶父の眼色を偸見て、何物かをその中から探り出さうとした。その疑ひを確かめないうちはます〲私の不安の程を昂めるといふ感じがしたから。しかし其は無駄だつた。父の表情は普段と変らなかつた。

其の後も私はその馬車と時々諸方の往来で行き会ふ事がある。その度に、私の懐いてゐる恐ろしい感じが、全く神経の病的作用だと打消すが、心の底からそれを承認する事が出来なかつた。

それから大分経つての事である。

父は盲腸炎で或る病院へ入院してゐた。一時は危篤だと医者に宣告されたので、母を初め私等は毎日交る〲病室へ看護に行つた。……或る日——その時は危険期を通り過ぎて、余程快くなつてゐた。しかし時々体温が昇る事があつた。——父は病苦に疲れ果てゝ、憔れた体を白いベッドに埋め、うつら〲とまどろんでゐた。私は窓際へ佇立んで、窓硝子を開けて病院の玄関先を眺めてゐた。……すると、院長の馬車が礫を蹴つて、勢よく玄関へ乗りつけた。その時、肩後から父の苦しさうな呻き声が聞えた。振返つて見ると、父は突然ベッドの上に半身を起し、凄まじい相好をして、何物か眼前のものを睨みつけてゐるやうであつた。

ベッドの傍の椅子に腰かけてゐた母は立上り、父の耳許に口を寄せて、

「どうなさつたのです……？」と、おど〲してゐた。

父は頭髪や髯のもじや〲生へた、蒼白い面に血走つた眼を光らせて、猶暫くは黙つて四辺を見廻してゐたが、

「……あゝ、院長が来たのか……。」

と、其のまゝ安心したやうに、頭を枕に直して、又うと〳〵と睡つた。

　私は立すくんだなり其れを見てゐたが、神経纎維が一本残らず傷つけられ、渾身が高度の電流に触れたやうな戦慄を覚えた。そして私の長い間の疑ひが、本統の事実だつたか、と思はしめた。


　間もなく父は退院して、今ではもとのやうに、植木をいじつたり、碁をうつたり、謡曲をうたつたりして、たつしやで呑気に生活してゐる。しかし父の胸には恐ろしいものが潜んでゐるやうに私は思はれる。

　病院の譫語以来、父とその恐ろしい馬車とを結びつけて考へさせられたやうな事実が無い。いや、近頃では、病院の出来事も、冷静に考へると、余り直覚を土台として築きあげた事実だから、捉へたと思つた証拠も偶然の事で、それが皆私の病的神経の作用だつたかとも思ふ。従つてその恐ろしい感じも今日ではだん〳〵薄らいでゐる。

　――しかし近頃でもとき〳〵その馬車に邂逅す事がある。


（一二、一一、二）

（「奇蹟」大正元年9月号）

薔薇

水野葉舟

⁂

学生達には、一体に夏の休暇が近づいて来た。

山の手の、或る谷の降り口のやうになつた坂地に建つて居る、英国教会派の女学校では、ぼつぼつ夏の学期の試験が始りかけて居た。

　その中学科の三年級に居る森君子は、学校へは坂を一つ越した処に家があつた。毎朝七時に兄さんと一緒に朝の食事をして、すぐ、自分のお部屋に支度をしに行く。そこで、その日の事を心の中で一人で思ひ浮べながら、お荷物の包みをこさへるのが例になつて居るのである。

　目が、際立つて大きく見える子である。腮《あご》が細く尖《とが》つて居るのが、阿母《おかあ》さまにそツくり似て居る。それで蒼白い血色をして居るので、妙に寂しい。その大きな目が、却つて少し調子の外れた気持に見える。何もその奥に隠れて居るものはない。

それで、学校では極くあたりまへの子で、誰にも特色があるとは見られて居ない。


この朝は、晴れ切つて居た。日中の焼けた日の光が苦になるやうな、紅い、乾いた雲が朝早くから高い処に見えて居た。君子は内玄関から、門の方に出て来ながら、心の中が軽く躍つて居た。門を出ようとする時にふッと口拍子に、

「ミス、モリ……」と言葉尻に軽いアクセントを付けて自分を呼ぶ、ピアノの先生の若いミス、ケートの調子の真似をした。君子は胸の中には、何か心持のいゝ弾力のあるものが、一杯つまつて居るやうであつた。

今朝、お部屋に入つて、支度をしてしまふと、平生《いつも》のやうに、膝をついた儘で、一寸考へて見た。すると、珍らしい事が、自分の周囲にどつさりある……何より、芳川さんに逢つたら、昨夜、銀座の関口でフランスから来たばかりと言はれて買つたリボンの事と、教文館からへミーのシリーズを届けてくれた事とをお話しよう。それがすんだら木村さんと内田さんとを呼んで来て、昨夜の御膳の時に兄さんが話して居たパリの自働車強盗の話をしよう……今日は友達の中で、皆がびつくらした目をして、自分の話を聞くだらうと思つた時に君子は一人でそつと笑つた。その嬉しい心持が、今でも軽く胸に躍つて居る。

で、君子は家の門を出て平生《いつも》通りに坂を上つて行つた。道は焼けた灰の上が、僅かに露で湿つて居て、ほかほかと恐ろしいやうな暑さを含んで居る。君子はその道を小忙《こぜは》しい足どりで歩いて居たが、心の中では、早く友達に逢つて、わつと声が立てたかつた。


坂を下りると、そこから右に曲つて、少し上りになる道に出る。学校の裏門がそこにある。その町の曲り角まで来た時に、君子は、不意に立ち止つた。そして顔に微《かす》かに笑ひを浮べた。と、その顔がひどくませて見えるやうな、皺の影が、口の辺《あた》りに見えた。

『あ、ミス、ケートにプレゼントを持つて行かう。』と君子は突然思ひ付いた。で、道を右に曲らずにずつと坂を下りてしまつた。その坂を下りた道を少し行くと、赤坂の或る賑かな通街《とほり》に出る。君子はその道を急いで行つた。そして兼ねて家に出入する花屋を目当に歩いて行つた。

君子が、その家の入口に立つと、丁度肥つた禿頭《はげあたま》の主人が店に居て、

『お嬢様でございますか。何ぞ御用でも?………』

と頭を二度ばかり下げて言つた。君子は黙つて、店の中を見まはして居たが、

『そこにある薔薇を頂戴』と、目で、少し高くなつて居る棚の上の花を指した。

『へいへい。これは丁度今朝畑から切つて参りましたので……

仙翁《せんをう》と申しますのと大虹《たいこう》、御旗《みはた》と言ふ銘のある花でございます。この樺色のが仙翁で、赤い方の濃いのが御旗でございます。これは薔薇の中でも、極く上の部で……尤も夏の花でございますから、花は少し小さうございますが、……』花屋の主人が早口で話すのを、君子は気にも止めないやうに黙つて聞いて居たが、

『ぢやそれを皆一束にして……幾本あつて？』と言つた。

『へい、七本ございます。仙翁が二本で赤いのが五本ございます。』と言ひながら、主人は壺の中から花をぬいて、足の処をしべで縛りながら数へた。

『いか程？』

『へい……』と主人は軽く目を眠つて暗算をした。

『へい、五十五銭頂戴いたします。』

『さう？……』と言つたが、君子は意外に花のねだんが高かつたのに、一寸驚いた。

『では、貰つてつてよ。』と言つてその家を出て来た。

＊＊＊

歩きながら、そつとその花を鼻に当てゝ見た。少しも濁りの無い匂が、滲み渡るやうに感じられた。すると君子は下瞼の下に一寸皺を寄せた。そして藪視《やぶにらみ》のやうな笑つた目をして、すぐ前に来る人を見た。大きな馬のやうな顔をした老人が、傍《わき》も向かずに、とぼ〳〵と歩いて来る。それが、君子の心にはむら〳〵とをかしく思はれたので、目を定めるやうにして、横からその顔を見た。頬から腮《あご》にかけて、円い輪廓が、皮がたるんで、垂れ下つたやうに成つて居る。その顔を目で、ぢつと見送つて居ると、耳の耳角《じかく》の処に、真黒な大きい疣《いぼ》が一つ菌《きのこ》のやうについて居た。それが目に入ると、君子は不意と神経を刺されるやうに汚く、恐ろしい感じが心を襲つて来た。で、自分の口の中まで汚く思はれて道に唾《つばき》をした。

やがて、学校の門を入ると、すぐ入口の処になつて居る運動場に、もう七分通り集つて居た。


君子は門を入る時、顔が少し赤くなつて居た。手には大切に、薔薇の花を持つて居る。少し下目になつて入つて来た。

『森さん。』と校舎の玄関のドア傍《わき》から呼ぶ声が聞えた。君子はその方を一寸見ると、少し足を早めた。彼方《あちら》からも二人小走りに馳け出して来た。

『あなた今日は遅かつてね。』その中の一人が、君子の前で立ち止まると、忙《せは》しさうな息づかひをして言つた。

『まあ、いゝ花！』

と一人が嬉しさうな声を出した。君子は微に快い感じが生き返つて来て、その友達に笑つて見せた。

『ミス、ケートはもういらしつて？』と聞いた。

『いらしつてよ。』と、左の方に居た友達がすぐこれに答へたが、その目で狙ふやうにぢつと君子を見た。今、笑つて居た口が、堅く結ばれた。

『さう、いつものお部屋?』と君子は少し上づつた声を出した。

『ね、木村さんも、芳川さんも、一緒に行つて頂戴な。私、これをミス、ケートにプレゼントするの。』

『え丶……』二人が答へた。三人は並んで玄関のドアを開けて入つて行つた。


音楽室の入口に行くと、軽く戸をノックした。

『どなた?』

と中から声がして、戸が開いた。少し灰色のか丶つた髪をした丈の高い人が、戸の間から顔を少し出した。

『あ、ミス、モリ、ミス、ヨシカワ……』と言ふと、ずつと内から戸を開けて、三人を入れた。君子は一番先きに入つて、先生の前に立つた。そして、

『先生、お早うございます。』と、口の周囲《まはり》に笑ひを見せて挨拶をした。木村さんはその肩掛の処を見て居たが、冷笑するやうな、気持の悪るさうな目をして、芳川さんの顔を見返すと、相図をするやうに、二人で目交《めま》ぜをした。その目を返した時に、先生の顔が、自分達の方を向いて居るのに逢つた。

と、二人は
『先生、お早うございます。』と、懐しさうに笑つて挨拶をした。同時にさつと顔が赤くなつた。先生は二人にも君子と同じやうに少し白い歯を見せて、目で笑つて挨拶をした。

『先生』と、傍から君子が言つた。『これは私の家の庭に咲きました花ですから、今朝切つてまゐりました。』

『ありがたう。』と先生は馴れた調子の日本語で言つて、君子の手から、その花を受取つた。

『きれい!……きれいな花』と愛敬のある目をして言つた。君子は胸一杯が満足した気持になり、すぐ口に昨夜新しく届いたヘミーの譜の事を吹聴したくなつた。

『先生……』と口から出さうとする時に、木村さんの顔がその目を遮るやうに、正面に自分の方を向いた。

『あら、お庭の花?……』と少し首を傾げて、かすかに笑ひを見せた目が、君子の目を見た。

『何時お植になつたの?……私にも頂戴な!』と言つた。君子は胸が俄かに鐘をついたやうに慄《ふる》へ出した。で、一時は脈が躍つて、上気してしまつた。

で、一生懸命に落ち付いて、

『え丶、ようございますとも……だけど、今日大方切つてしまつたんですから、後《あと》が咲くまで待つて頂戴?』と言つた。

『え丶……』と言ふと、木村さんは笑つた目でぢつと君子の顔を見た。君子の幻はこれですつかり壊されてしまッた。

それで三人は、匇々《そこく》にして、先生のお部屋を出て来てしまつた。


***

運動場に来ると、君子は黙つてしまつた。泣いて、木村さん

の顔を掻きむしり度い気持がするのをぢつと堪へて居た。

木村さんも、黙つて居た。少し色の浅黒い面長な顔で、右の糸切歯が大きくやえ歯になッて居るのが、愛くるしく見える人である、その人が、今、不意に讐《かたき》のやうに口を堅く結んで、君子の傍に立つて居る。

その中に第一時間目の授業の始まる鐘《べる》が鳴つたので、運動場に居た生徒が皆教場に入つて行つた。

君子は頭がかあつとなつて居て、何にも考へられなかつた。如何《どう》してこの讐《かたき》を打つてやらうと、種々《いろいろ》な事を心の中で考へて見たが、たゞ心の中に渦が巻いて居るやうであつた。びしりと、思ふさま憎々しく自分の顔を打《ぶ》たれた後《あと》のやうである。

それで、その一時間と言ふものは、先生の声がまるで耳に入らずにしまつた。

時間が終つて、運動場に出ると、君子は寂しくつてたまらない心持が、心の何処かから湧いて来るやうで、出口のペーブメントの上に立つてぼんやりして運動場の方を見て居た。胸の中から、今にも涙が湧き上つて来さうで、もやくした頭の中では、悔しくつてたまらない心が一杯で………すると、その傍《かたはら》を避けるやうにして、人が通つて行つた。

ふと気が付いて見ると、それは木村さんと芳川さんとで、自身が立つて居るのを振り返りもしないで、身体《からだ》をひたりと接《つ》け合つて、何か囁き合ひながら、テニスのコートの方に行つてしまつた。

君子は一時にわつと泣きたくなつた。で、俯向いた儘で、一直線に歩きながら、人の居ない隅の方に行つて、蹲踞《しやが》んだ。

今迄、考へた事の無い大事に出逢つたやうに、胸が波立つて来た、自分の持つて居る誇《プラウド》を皆消されてしまつたやうである。友達が自分をまるで賤しい女か何かのやうに取扱つた………

君子の目には涙が一杯になッて居た、唇が間歇的に微に痙攣して居た。その顔の醜い処が際立つて見えた。

『芳川さんだつてあんまりだ………』

と、突然思ひ出した。君子の頭の中に、今二人で囁き合ひながら、自分に知らん顔をして行つてしまつたのが思ひ出されたのである。で、新しく苦しい心持が胸の中に起つて来るやうであつた。

『始終、あんなにしてるくせに、木村さんとばかり仲をよくして………いゝから』

で、その日は、学校が退けるまで、一人で考へて居た。自分が非常に悲しくなつたり、寂しくなり、一人で友達から捨てられてしまつたやうになつたり、俄に讐《かたき》が憎くつてたまらなくなつたり………さう思つた時には、不意と立ち上つて、運動場の中を見廻はした。そして、もし木村さん達の影でも見たらば、駈けて行つて、掻きむしつてやらうと思つた。しかしあいにくに、その目には敵の姿が入らなかつた。

で、明さまに、木村さんの前に立つて、なぜあんな意地の悪い事を言つたとも言はれない。木村さんは自分の家にはよく遊びに来て、庭に薔薇が一本もない事をよく知つてるのだつた。それで、自分が、今朝ミス、ケートに偽《うそ》をついたのもよく知つて居るのだつた。

学校の正科が終つた後で、今日はピヤノのお稽古のある日である。

君子は正科が終ると、すぐ逃げるやうにお荷物を包んだが、何となしにぐず〳〵して居た。その中に、級の人は大抵帰つてしまつて、ピヤノに残る人が、六七人になつた。自分から三列前に居る芳川さんが、譜の本を持つて、つツと立つと、すぢかいに後になつて居る木村さんに目交《めくば》せをして、机を離れた。すると、田沢さんと言ふ大学の教授の子が立つた。後の人も順々に立つた。君子は一番終までもじ〳〵して居た。

種々《いろ〳〵》に思ひあつかつて居たが、やがてずる〳〵となつたやうに、つい立つてピヤノの教室に行きかけた。で、包を解いて、中から譜の書を出した。今日は先生に見て頂かうと思つて居た、昨夜の書《ほん》も持たうかと思つたが、何となく気がとがめるやうで、止してしまつた。

で、一人で気が進まないらしく、教場の外に出た。

ピヤノの教場に入ると、皆が君子の来るのを待つて居た。で、先生は、君子の入つて来たのを見ると、待つて居たやうに、ピヤノの蓋を明けた。君子は少し慌てたやうに席についたが、見ると、窓際に寄せてある先生の机の上に、今朝の薔薇の花がちやんと、花瓶にさして置いてあつた。

それを見ると、君子はどき〳〵して来た。そして窺ふやうに先生の顔を見た。先生は平生《いつも》のやうに教へ始めた。

君子は身体《からだ》の何処かが、わな〳〵慄《ふる》へて居るやうであつた。今朝の花が、目の前にちらついて、如何《どう》しても、気が外に移らない。今にも先生の口から、『ミス、モリ……あなた偽《うそ》をつきました。』と言はれるやうに思はれてならない。何となく身体《からだ》の周囲《まはり》が冷くなつて居るやうで、心には此頃聞いた、種々《いろ〳〵》な聖人の事が思ひ出されて来て居た。冷い恐い目が身体《からだ》の周囲に光つて居るやうで………

家に帰つて来てからも、君子は興奮して、種々《いろ〳〵》な事が考へられてならなかつた。それで頻りに悲しいやうな罪を犯した人のやうな心持になつて黙つて居た。顔も醜い処ばかりが際立つて表はれて居た。

＊＊＊

それから五日ばかり日が経つた。

君子は学校に行つても、大方誰とも口をきかなかつた。上の級の人が、たまに来て話をしかけてくれたり、級の人が平生《いつも》のおしやべりさんの黙つてるのを、不思議さうにして話しかけたりするのにも小さな声で返事をした。

すると、その五日目の朝、門の入口に、木村さんが立つて居て、君子の入つて来るのを待つて居た。

君子が入つて行つて、ふッと顔を見合せると、木村さんは少し呼吸が高まつて居た、興奮した目と口とで顔が堅くなつて居たが、君子の前につツと立つた。

『森さん、此間の花は何時いたゞけて？』と切口上で言つた。君子はぎよつとしたやうに、友達の顔を見詰めて立つた。

『まだ咲きませんの？』木村さんは重ねて言つた。

『え丶………もう二三日。』と君子は僅かに言ふと、つツとその前を駈け出した。そしてその儘、教場に入つてしまつた。身体《からだ》がぶる〳〵波を打つて、涙がひとりでに流れて来た。

その日の午の時間に、君子は決心をして、木村さんに断らうと思つた。今朝まではこの木村さんと約束をした事は大方忘れて居て、たゞ訳もなく敵《かたき》になつた心で、その人が憎かつた。で、不意に斯う言はれたので、君子は半、当惑し、半敵愾心を起したのである。で、運動場に出て行くと、木村さんは芳川さんと、外に二三人の級のと一団《かたま》りになつて居た。君子は少し夢中になつて、その傍に近づいた。

『木村さん』と呼びかけた。木村さんの澄し切つた顔が此方を向いた。それと一緒に外の顔も君子を見た。

君子はそれで機先をくぢかれた。と、芳川さんが傍から斯う言つた。

『ほんとに此間の花はい丶んですわね』…………

『あら何の花？』と二人ばかりの声が一時に出た。

『薔薇よ。それはい丶の』と木村さんが言つた。『森さんのお家に咲いてるんですつて………私にも下さるのよ。ね』

君子は棒のやうに立つて居たが、不意に、切歯をするやうに

『上げてよ。明日持つて来ますわ。』と言つた。

で、暫くはぼんやりして皆の前に立つて居た。

***

その夜、君子は胸の中が不安でたまらなかつた。

次の朝、学校に行くのが、つく〴〵嫌に思はれたが、思い切つて出た。そして坂を下りて、学校が近くなると、ふツと立ち止つて、少し考へた。と、悲しいやうな堪らない気持がした。が、一息に目を閉つて、真直に歩いた。そして前の花屋の店に立つと、殆ど泣きさうな顔をして、薔薇の花を買つた。

（「文章世界」大正元年9月号）

興津弥五右衛門の遺書

森　鷗外

　某儀今年今月今日切腹して相果候事奈何にも唐突の至にて、弥五右衛門奴老耄したるか、乱心したるかと申候者も可有之候へ共、決して左様の事には無之候。某致仕候てより以来、当国船岡山の西麓に形ばかりなる草庵を営み罷在候へ共、先主人松向寺殿御逝去被遊て後、肥後国八代の城下を引払ひたる興津の一家は、同国隈本の城下に在住候へば、此遺書御目に触れ候はば、甚だ慮外の至に候へ共、幸便を以て同家へ御送届被下度、近隣の方々へ頼入候。某年来桑門同様の渡世致居候へ共、根性は元の武士なれば、死後の名聞の儀尤大切に存じ、此遺書相認置候事に候。

　当庵は斯様に見苦しく候へば、年末に相迫り相果候を見られ候方々、借財等の為め自殺候様御推量被成候事も可有之候へ共、借財等は一切無き某、厘毛たりとも他人に迷惑相掛け不申、床の間の脇、押入の中の手箱には、些少ながら金子貯置候へば、荼毗の費用に御当て被下度、是亦頼入候。前文隈本の方へは、某頭を剃りこくり居候へば、爪なりとも少々此遺書に取添へ御遣し被下候はば仕合せ可申候。床の間に並べ有之候御位牌三基は、某が奉公仕りし細川越中守忠興入道宗立三斎殿御事松向寺殿を始とし、同越中守忠利殿御事妙解院殿、同肥後守光尚殿御三方に候へば、御手数ながら粗略に不相成様、清浄なる火にて御焼滅被下度、是亦頼入候。某が相果候今日は、万治元戊戌年十二月二日に候へば、去正保二乙酉十二月二日に御逝去被遊候松向寺殿の十三回忌に相当致居候事に候。

　某が相果候仔細は、子孫にも承知為致度候へば、概略左に書残し候。

　最早三十余年の昔に相成候事に候。寛永元年五月安南船長崎に到着候節、当時松向寺殿は御薙髪被遊候てより三年目なりしが、御茶事に御用被成候珍らしき品質求め候様被仰含、相役と両人にて、長崎へ出向候。幸なる事には異なる伽羅の大木渡来致居候。然処其伽羅に本木と末木との二つありて、遥々仙台より被差下候伊達権中納言殿の役人是非共本木の方を取らんとし、某も同じ本木に望を掛け、互にせり合ひ、次第に値段を附上げ候。

　某時相役申候は、仮令主命なりとも、香木は無用の翫物に有之、過分の大金を擲候事は不可然、所詮本木を伊達家に譲り、末木を買求めたき由申候。某申候は、某は左様には存じ不申、主君の申附けられ候は、珍らしき品を買求め参れとの事なるに、此度渡来候品の中にて、第一の珍物は彼伽羅に有之、其木に本末あれば、本木の方が、尤物中の尤物たること勿論なり、それを手に入れてこそ主命を果すに当るべけれ、伊達家の伊達を増長為致、本木を譲り候ては、細川家の流を潰す事と相成可申と候。相役嘲笑ひて、それは力瘤の入れ処が相違せり、一国一城を取るか遣るかと申す場合ならば、飽く迄伊達家に楯を衝くが宜しかるべし、高が四畳半の炉にくべらるる木の切れならずや、それに大金を棄てんこと存じも不寄、主君御自身にてせり合はれ候はば、臣下として諫め止め可申儀なり、仮令主君が強ひて本木を手に入れたく思召されんとも、それを遂げさせ申す事阿諛便佞の所為なるべしと申候。当時未だ三十歳に相成らざる某、此詞を聞きて立腹致候へ共、尚忍んで申候は、それは奈何にも賢人らしき申条なり、乍去某は只主命と申物が大切なるにて、主君あの城を落せと被仰候はゞ、鉄壁なりとも乗取り可申、あの首を取れと被仰候はゞ、鬼神なりとも討果たし可申と同じく、珍らしき品を求め参れと被仰候へば、此上なき名物を求めん所存なり、主命たる以上は、人倫の道に悖り候事は格別、其事柄に立入り候批判がましき儀は無用なりと申候。相役愈嘲笑ひて、お手前とても其の通り、道に悖りたる事はせぬと申さるゝにあらずや、これが武具抔ならば、大金に代ふとも惜しからじ、香木に不相応なる価を出さんとせらるるは、若輩の心得違なりと申候、某申候は、武具と香木との相違は某若輩ながら心得居る、泰勝院殿の御代に、蒲生殿被申候は、細川家には結構なる御道具許多有之由なれば拝見に罷出づべしとの事なり、扨約束せられし当日に相成り、蒲生殿被参候に、泰勝院殿は甲冑刀剣弓鎗の類を陳ねて御見せ被成、蒲生殿意外に被思ながら、一応御覧あり、さて実は茶器拝見致度参上したる次第なりと被申、泰勝院殿御笑被成、先きには道具と被御候故、武家の表道具を御覧に入れたり、茶器ならば、それも少々持合せ候とて、始て御取出被成し由、御当家に於かせられては、代々武道の御心掛深くおはしまし、旁歌道茶事迄も堪能に為渡らるるが、天下に比類なき所ならずや、茶儀は無用の虚礼なりと申さば、国家の大礼、先祖の祭祀も総て虚礼なるべし、我等此度仰を受けたるは茶事に御用に立つべき珍らしき品を求むる外他事なし、これが主命なれば、身命に懸けても果たさでは相成らず、貴殿が香木に大金を出す事不相応なりと被思候は、其道の御心得なき故、一徹に左様思はるゝならんと申候。相役聞きも果てず、いかにも某は茶事の心得なし、一徹なる武辺者なり、諸藝に堪能なるお手前の表藝が見たしと申すや否や、つと立ち上がり、旅館の床の間なる刀掛より刀を取り、抜打に切附け候。某が刀は違棚の下なる刀掛に掛けあり、手近なる所には何物も無之故、折しも五月の事なれば、燕子花を活けありたる唐金の花瓶を摑みて受留め、飛びしざりて刀を取り、抜合せ、只一打に相役を討果たし候。

斯くて某は即時に伽羅の本木を買取り、杵築へ持帰候。伊達家の役人は無是非末木を買取り、仙台へ持帰候。某は香木を松向寺殿に為参、扨御願申候は、主命大切と心得候為めとは申ながら、御役に立つべき侍一人討果たし候段、恐入候へば、切腹被仰附度と申候。松向寺殿被聞召、某に被仰候は、其方が申条一々尤至極なり、仮令香木は貴からずとも、此方が求め参れと申附けたる珍品に相違なければ、大切と心得候事当然なり、総て功利の念を以て物を視候はば、世の中に尊き物は無くなるべし、矧や其方が持帰候伽羅は早速焚試候に、希代の名木なれば、「聞く度に珍らしければ郭公いつも初音の心地こそすれ」と申古歌に本づき、銘を初音と附けたり、斯程の品を求帰候事天晴なり、但被討候侍の子孫遺恨を含居ては不相成と被仰候。斯くて直ちに相役の嫡子を被召、御前に於て盃を被申付、某は彼者と互に意趣を存間敷旨誓言致候。

此より二年目、寛永三年九月六日主上二条の御城へ行幸被遊、妙解院殿へ彼名香を御所望有之、即之を被献、主上叡感有て、「たくひありと誰かはいはむ末匂ふ秋より後のしら菊の花」と申古歌の心にて、白菊と為名附給由承候。某が買求候香木、畏くも至尊の御賞美を被り、御当家の誉と相成候事、不存寄仕合と存じ、落涙候事に候。

乍去一旦切腹と思定候某、窃に時節を相待居候処、御隠居松向寺殿は申に不及、其頃の御当主妙解院殿よりも出格の御引立を蒙り、寛永九年御国替の砌には、松向寺殿の御居城八代に相詰候事と相成、剰へ殿御上京の御供にさへ被召具、繁務に被逐、空しく月日を相送候。其内寛永十四年嶋原征伐と相成候故松向寺殿に御暇相願、妙解院殿の御旗下に加はり、戦場にて一命相果たし可申所存之処、御当主の御武運強く、逆徒の魁首天草四郎時貞を御討取被遊、物数ならぬ某迄恩賞に預り、宿望不相遂、余命を生延候。

然処寛永十八年妙解院殿不存寄御病気にて、御父上に先立、御逝去被遊、肥後守殿の御代と相成候。次で正保二年松向寺殿も御逝去被遊、是より先き寛永十三年には、同じ香木の本末を分けて珍重被成候仙台中納言殿さへ、少林城に於て御逝去被成候。彼末木の香は、「世の中の憂きを身に積む柴舟やたかぬ先よりこがれ行らん」と申歌の心にて、柴舟と銘し、御珍蔵被成候由に候。其後肥後守殿は御年三十一歳にて、慶安二年俄に御逝去被遊候。御臨終の砌、嫡子六丸殿御幼少なれば、大国の領主たらんこと無覚束被思召、領地御返上被成度由、上様へ被申上候処、泰勝院殿以来の忠勤を被思召、七歳の六丸殿へ本領安堵被仰附候。

某は当時退隠相願、隈本を引払ひ、当地へ罷越候へ共、六丸殿の御事心に懸かり、責ては御元服被遊候迄、乍余所御安泰を祈念致度、不識不知許多の歳月を相過し候。

然処去承応二年六丸殿は未だ十一歳におはしながら、越中守に御成被遊、御名告も綱利と賜はり、上様の御覚目出度由消息有之、乍蔭雀躍候事に候。

最早某が心に懸かり候事毫末も無之、只々老病にて相果候が残念に有之、今年今月今日殊に御恩顧を蒙候松向寺殿の十三回忌を待得候て、遅馳に御跡を奉慕候。殉死は国家の御制禁なる事、篤と承知候へ共壮年の頃相役を討ちし某が死遅れ候迄なれば、御咎も無之歟と存候。

某平生朋友等無之候へ共、大徳寺清宕和尚は年来入懇に致居候へば、此遺書国許へ御遣被下候前に、御見せ被下度、近郷の方々へ頼入候。

此遺書蠟燭の下にて認居候処、只今燃尽候。最早新に燭火を点候にも不及、窓の雪明りにて、皺腹掻切候程の事は出来可申候。

万治元戊戌年十二月二日

興津弥五右衛門華押

皆々様

〰〰〰〰〰〰〰〰〰〰〰〰〰〰〰〰〰〰〰〰〰〰〰〰

○此擬書は翁草に拠つて作つたのであるが、其外は手近にある徳川実記と野史とを参考したに過ぎない。皆活板本で、実記は続国史大系本である。翁草に興津が殉死したのは三斎の三回忌だとしてある。併し同時にそれを万治寛文の頃としてあるのを見れば、これは何かの誤でなくてはならない。三斎の歿年から推せば、三回忌は慶安元年になるからである。そこで改めて万治元年十三回忌とした。興津が長崎に往つたのは、いつだか分からない。併し初音の香を二条行幸の時、後水尾天皇に上つたと云つてあるから、其行幸のあつた寛永三年より前でなくてはならない。然るに興津は香木を隈本へ持つて帰つたと云つてある。細川忠利が隈本城主になつたのは寛永九年だから、これも年代が相違してゐる。そこで丁度二条行幸の前寛永元年五月安南国から香木が渡つた事があるので、それを使つて、隈本を杵築に改めた。最後に興津は死んだ時何歳であつたか分からない。併し万治から溯ると、二条行幸迄に三十年余立つてゐる。行幸前に役人になつて長崎へ往つた興津であるから、その長崎行が二十代の事だとしても死ぬる時は六十歳位にはなつてゐる筈である。こんな作に考証も事々しいが、他日の遺忘の為めに只これ丈の事を書き留めて置く。

大正元年十月十八日

（「中央公論」大正元年10月号）

計画

平出　修

「昨日大川君から来たうちから、例のものを送つてやつて下さい。」亨一は何の気なしに女に云つた。畳に頬杖して、謄写版の小冊子に読み入つて居たすず子は、顔をあげて男の方を見た。云ひかけられた詞の意味がすぐに了解しにくかつた。

「静岡へですよ。」男は重ねて云つた。女はこの二度目の詞の出ないうちに、男が何を云ふのであるかを会得して居た。「さうですか」と云はうとしたが、男の詞の方が幾十秒時間か早かつたので、恰も自分の云はうとした上を、男が押しかぶせて来たやうな心持に聞取れた。それ丈け男の詞がいかつく女の耳に響いた。不愉快さが一時に心頭に上つて来た。

「ああ、それは私の為事の一つでしたわねえ。貴方に吩付けられた。」女は居住まひを直して男に真向になつた。

「そして残酷な……。」と云ひ足して女は微に笑つた。頬のあたりにいくらか血の気が上つて、笑つたあとの眼の中には暗い影が漂つて居る。

「どうしたと云ふのです。」亨一は著述の筆を措いて女の詞を遮つた。

「静岡へ送金することは、私の為事の一つでしたわねえ。貴方の先の奥様の小夜子さんへ手当を差上げるのが。」

「それが残酷な為事だと云ふんですか。」

「さうぢやないでせうか。」

「これは意外だ。私は貴方に強制はしなかつたでせう。」

「ええ。けれど結果は一つですもの。」

亨一は女の感情が段々昂つて来るのを見た。云へば云ふ程激昂の度が加はるであらうと思つたから、何も云はずに女の様子をただ見つめて居た。もう女は泣いて居るのであつた。

亨一と小夜子との間は二年前にきれてしまつたのである。趣味、感情、理想、それから亨一の主義と小夜子とは全くかけはなれたものであつた。殊に外囲からの干渉は、二人が育てた九年間の愛情をも虐殺してしまつた。小夜子は別れて静岡の姉の家に身をよせたが、亨一は之に対して生活費を為送る義務を負つて居た。毎月為替にして郵送するのがすず子の為事の一つであつた。亨一が一切の家政をすず子に任せたとき、すず子はこの為事を快く引きうけた。それから一年に近い間、この小い為事は滑に為遂げられて来たのだが、今日はすず子に堪へられない悪感を与へるのであつた。

しばらくしてすず子は泣声をやめた。けれども苛立つ神経は鎮まらなかつた。

「離縁した女に貴方がどうして義務を負つてるんですか。」すず子は声をふるはして云つた。

「そんなことを云つたつてしやうがないぢやありませんか。」

「私ねえ。前々から疑問でしたの。貴方は小夜子さんとは全くの他人となつた方でせう。それだのに……。」

「それな事を云つたつて、女の生活ぢやありませんか。どうするにも方法がつかないんです。」

「けれども理由のない救助は、救助する方もされる方もをかしいぢやありませんか。」

「理由がないつて、全然ないとも云はれませんよ。」亨一の眉字には迷惑さうな色がありありと見えた。女はそんなことには何等の頓着がない。

「『もと妻であつた』。それが理由でせう。しかし今は、『あかの他人』。さうでせう。」

「もう其事はよさうぢやありませんか」

「ねえ、さうでせう、今は他人でせう。その他人の小夜子さんと貴方との間に何の連鎖も残つて居ない筈ですわ。戸籍と云ふ形式の上にでも、愛情と云ふ心霊の上にでも。ですけど生活費と云ふ経済上の関係丈けは保たれて行つてゐますのねえ。私に、私にもしも貴方が飽きて入らしつたら、私もやつぱり、私も……。」女は込上みげる涙を押へて、

「私も只お側に居ると云ふ丈け、生命を維がさせて下さると云ふ丈け、なんにも、なあんにもないいんですわねえ。」女はだんだんやけになつて、泣きくづれた。

亨一も真顔になつた。こんなときは、いくら理合をつくして云つても何のききめがないものであると云ふことは明らかであるけれど、やつぱり黙つて居ることが出来なかつた。

「愛情がどうのかうのつて、私と貴方との間にそんなことを云ふのは、それは間違つてゐます。私は貴方をどうしました。私は、いつ貴方に背きました。小夜子は長年連れそつた女で、沢山苦労もかけたのですが、それでも私は棄ててしまひました。或は私の方が棄てられたのかも知れませんが、かうして別れ別れになつてる事は、恐らく小夜子の本心ではないでせうよ。それでも私は貴方と握手した。貴方は……あの蕪木君。私の友人、私の同志である蕪木君の妻であつた。その貴方を私は愛したため。私が何程の犠牲を払つたか、貴方はよつく御承知でせう。あの当時蕪木君は××の監獄へ送られて居たのでした……。」

男の声は嗄れた中にも熱を帯びて居た。

「貴方は蕪木も承知の上で手を切つたと仰有つたが、蕪木の心中はどうだつたんでせうか。私には分からなかつたのです。貴方は私と連名で蕪木へ発信した事があつたね。蕪木に比すれば私の狭い自由もまだ大きな範囲で、蕪木は手紙一本書くすら容易に許されない身でした。『汝、掠奪者よ』かう薄墨にかいた端書が来たとき、私は実に熱鉄をつかんだ様な心持がしました。私は友に背き、同志を売つた。と思ふと私は昼夜寐る目も寐られなかつたんです。それでも私は貴方に背きはしなかつたでは

ありませんか。それから私の窮乏困蹶が始まり、多数の同志は悉く脣を反らし、完膚なきまでに中傷しました。××は買収された××だとまで凌辱されました。生活に窮した為、蔵書や刀剣や、祖母のかたみの古金銀までも売り、母の住宅までも売らねばならぬ様になりました。それでも私は貴方に裏切りはしなかつたでせう。」

亨一ははふり落つる涙を払つて詞をつづけた。

「無拘束は私達の信条ですから、勿論恋愛も無拘束です。もし貴方の愛情が他へ移るのならそれも貴方の自由で私は何とも云はない積です。妻と云ふ詞が従属的の意義をもつて居るとすれば、貴方は私の妻ではありません、貴方は貴方で、独立の女として、私は貴方の人格を尊重しませう。現に今日迄も尊重して来て居るつもりです。只私も貴方も奮闘に疲れた。そして二人とも軽からぬ病気を抱いてる。私が貴方に家庭の人となれと云つたのは、貴方に従属を強ひたのではなくて、貴方に休養を勧告した積りです。

小夜子の問題なんぞ、私と貴方とに取つて大した問題ではないぢやありませんか。それよりも、私達は生きなけりやなりますまい。健全に、活々した生命を養はなきやなりますまい。」

云ひ来つて亨一はやさしく詞を和らげた。

「ねえ、もういいでせう。神経が起きると又いけないから。」

すず子は男の一語一語を洩らさず聞きとつた。それが中程になつた頃「もうよして下さい」と云はうと思つて詞が出て来ぬのであつた。「もういいでせう」と男が最後に云つたときは訣もなくただ悲しくなつてしまつた。

世に容れられない思想に献身する為に、亨一は憲法が与へたすべての自由を奪はれた。十年奮闘して何物をも贏ち得なかつた。国家の基礎が動揺して、今にも革命の惨禍が渦まくかの様に思つたことは、どうやら杞憂にすぎなかつたとも考へて見なければならなかつた。不満と不平とに胸をわくわくさせて居ながら、何にも云はずに立ち廻つて行く流俗が却つて幸福であることを今更らしく思つても見なければならなかつた。今の人は譲歩と云ふことの真意義を知らない。けれども姑息の妥協は、政治、経済の上では勿論、学問の上にも屢々行はれて、それで大きな勃発もなしに流転して行く。譲るべき途であると云ふ徹底的見地からするのと、譲るのが自己の利益だと云ふ利己的立場からするのと、意味がちがつて居ても、結果が屢同一に帰着する、そして社会の組織は割合に堅い根柢を作つて進んで行く。こんな平凡な議論にすら耳を傾けなければならなかつた。十重二十重にも築き上げられた大鉄壁を目がけて鏃のない矢をぶつけるやうな、その矢が貫けないからと云つて、気ばかりぢりぢりさせて居たことが、全く無意味に終つてしまつた。

僅に残つた親友の大川をはじめ二三の人々は、亨一の将来を気づかひ、あの儘にしておけば彼は屹度終りを全くすることが出来なくなると云つて、其前途を危んだ。それで誠実と熱心とを以つて亨一に生活の転換を説き、ある方法によつてある程度の自由が亨一に与へられるやうに心配もした。東京に居ちやいけないと、諸友は頻りに隠栖を勧めた。煩雑と抵抗の刺戟から逃れて温泉地へでも行けと云つた。之等の黙止すべからざる温情が亨一の荒んだ心に霑を与へた。三月の初に東京を逃れて此地に来た。山間の温泉場ではあるが、東京から名古屋へかけての浴客を吸集して、旅館の甍は高く山腹に聳えて居る。清光園と云つて浴客の為に作られた丘上の遊園地の一隅に、小さな空家があつて。亨一はその家を借りて移り住んだ。

五月になつた。太陽の熱が南の縁に白くさす日がつづいた。若葉はいい薫の風を生んだ。畑には麦の緑と菜の花の黄色が敷かれた。清澄な山気を吸ひ溢るる浴泉をあびて、筆硯を新にした亨一はすつかり落着いてしまつた。平安閑適の生活が形成されさうにも思はれて来た。土色の頬には光沢が出て来て、かすれた声にも凜とした響が加つて来た。かうして一年も二年もくらして居られたら、そしてすず子がもすこし自分の今の気分に調子を合せてくれたら、本当に読書人となつてしまふことが出来るかもしれない。亨一はかう思ふごとにすず子に教訓した。もつと落着いてくれませんかと、けれどもすず子のひねくれた感情は容易に順正に復さなかつた。此隠れ家にあてて多くの同志からの通信がくる。すず子はその名宛が誰れであらうともみんな自ら開封した。亨一には自分で読んで聞かせる位にして居た。返事は大抵自分で書く。亨一が著述に忙しいからでもあるが、すず子はまだ成るべく社会の人の音信が聞きたかつたのである。中に二三の人からすず子にあてた極めて簡単な手紙が、すず子の心熱を煽るらしかつた。時にはそれを亨一にも秘すことすらあつた。重大な予報が何であるか、亨一には略推測がついた。

女の頬には段々やせが見えて来た。朝からぢつと欝ぎ込んで、半日位は口をきかない様なこともある。さう云ふ時に限つて、女の様子は一面にそはそはして居るのであつた。夜なども胸苦しさうに溜息をしたり、寝返りをしたりして、容易に寝付かれないらしい。こんな事が幾晩も幾晩もつづくことがあつた。ある晩亨一は昼の労作につかれ宵の中からぐつすり寝入つた。そして夜中に目をさました。もう全くの深更であつた。そつと頭を上げて女の容子をうかがつた。すやすやと女の微かな寝息がする。

「今夜はよくねむつてゐる。」亨一はかう思つて枕許のまつちをすつて女の傍へ火をかざした。女の寝姿が明るく男の目にうつつた。きつと結んだ口元には不穏の表情がある。泣き乍ら寝入つたのではあるまいかとも思われる貌付である。火がきえると室は再びもとの暗に戻つたが、今見た女の寝顔がはつきりういて見える。亨一は起き上つてらんぷに火をつけた。女の頭の傍に拡げたままの手帳が一冊はふられてあるのが目に入つた。亨一は手をのばしてそれを取り上げた。

「犠牲は最高の道徳でない。けれども犠牲は最美の行為である。」女は書き出しにかう書いてゐる。

「死は人間の解体である。破壊は社会の解体である。死そのものは誰か罪悪であると云はうぞ。それと同じく破壊そのものは亦決して罪悪ではない。死は自然に来たる故に人は免れ難いものだと云ふ。然らば破壊が自然に来たときは、やはり免れ難い運命だと云ふべきであらう。破壊が自然に来る。自然に来る。破壊を企てる人間の行為は即ち自然の力である。我は自然の力の一部ではあるまいか。」こんなことが、極めて断片的に書きつづけられてある。殊に最後の一節は、亨一のと胸をついた。

「私共の赤ん坊はよくねかせてある。誰も知らない、日もささない風もあたらない、あの鴉共の目もとどかない処に、泣いたら泣き声が大きかつたさうだ。」

　亨一は明りを消して床の上に横はつた。女はまだあの戦慄すべきことを計画してゐるんだ。女に心の平和を与へて、ふつくりした情緒に生きることを訓練しようと思つて、この三月が間いろいろ苦心をして来たが、それが何程の効果もないらしい。女はやはり恐怖、自棄、反抗の気分から脱出することが出来ないのだ。かう思つて来ると亨一は今更ら自分の過失の罪悪を考へずに居られなかつた。

　自分はかう云ふ暴逆的×××義を宣伝する積りではないのであつた。自分が云つた改革は、訓練と教育との力を待つて、自然に起る変化の道程を示すと云ふことであつた。自分が呪つた権力は現在の政治が有つてゐるそれでは勿論ない。理想の上の妨害物たる権力そのものを指すのであつた。自由の絶対性を考ふるとき、一切の拘束力を無視しなければならないと云ふときの意味であつた。それを多くの者は混同させてしまつた。理想を云はずに現実を見た。今の政治が自由を奪ふと見た。同志と称する者がかう云ふ間違つた見方をした丈であるならまだよかつたが、政治家の多数が亦観察を誤つた。そして謬見を抱いて社会の継子となつた人々に対して、謬見を抱いた政治が施された。脅迫観念は刻々時々に継子共の上を襲つた。その襲はれた人の中にすず子があつた。自分自身もをつた。不知不識自分も矯激な言動をするやうになつた。ものは勢である。「かうしては居られない。」「進むべき道は死を賭した一事である。」こんな雰囲気が、すず子を深くつつんだ。ある夜すず子が自分にあることを囁いた。自分はその当時それを諫止することをし得ない程、自分自らが剋殺の感じに満ちて居たのであつた。

　その時の自分の態度が曖昧であつたのをすず子は賛同したんだと思つた。それも無理がない。実際に自分は暗に慫慂したやうな態度を示して居たからである。それから三阪に対しても、多田に対しても、同じ様な応答をして居つた。三人はいつの間にか共通の意思を作つたらしい。それも自分には分つて居つたが、自分は何とも云はなかつた。

　すべて自分である。戦慄すべき惨禍の醞醸者は自分である。自分は某責を負はなければならない。進んで身を渦中に投ずるか。退いて原因力を打ち断つてしまふか。自分はこの二つの何れかを択ばなければならない。

　爪先上りの緩い傾斜を作つて山は南の方へ延びて居る。斜面には雑木一本生へてない。鍬をいれたかとも思はれる様な丈の揃つた青草の中の小途を、亨一とすず子は上つて行く。途が頂上に達する処に一本の松が立つて居る。その木の下まで行けば、向ふは眼開がひろくなつて、富士山がすぐ眼近に見える。村の人は富士山の松と云ひならはして居る。二人はそこまで行つて草を籍いて腰を下した。五月の日盛りの空はぼうとして、起伏する駿州の丘陵が薄い霞の中から、初夏の姿をあらはして居る。風が温かく吹いて、二人の少し汗した肌を心持よくさました。

　二人は暫く黙つて景色に見入つて居た。

「私、弥々決心しました。」女の方から話しかけた。

「ええつ。」と男は問返すやうな目付をした。

「私、行つてきますわ、労役へ。」女はかう云つて男の手をとつた。そしてそれを自分の膝の上までもつてきて、指を一本づつ折るやうにして、まさぐつた。

「今決しなくともいい問題だ。」男はわざと空々しく云つた。

「とても罰金が出来さうにもありませんし、それに……。」

「金なら作る。屹度私が作る。」男は皆まで云はせずきつぱり断言した。

「それに私はいろいろ考へることがありますの。第一金銭問題で此上貴方を苦めると云ふことが私には堪へられないんですもの。」

「そんなこと……。」男の云はうとするのを今度は女が遮つた。

「まあきいて下さい。私度々貴方に叱られましたわねえ。落着かないつて。私もどうにかして平和が得たいと思つて、いろいろ反省もしたんですけど、何だか世間が私をぢつとさせて置かないやうで。どう云つたらいいでせう、私の身体ぢうに油を注いで、それに火をつけて、その火を風で煽るやうに、私は苦しくつて苦しくつて、騒がずに居られないやうな、折々気が狂ふのかと思ふやうな心持がして来ますの。私ねえ、貴方のお傍に居ないのであつたなら、疾にどうにかなつて居ましたのでせうよ。」

「貴方はまた亢奮しましたね。いけません。いけません。」男は女の膝から自分の手をもぎとる様にして引いた。

「いいえ。大丈夫です。今日は私はしつかりして居ます。私が労役に行くと云ふことも、畢竟は貴方の御意思通りに従はうと云ふにすぎません。なぜとおつしやるんですか。私は労役に服してそこに平和を発見して来ようと思つてるんですもの。あすこは別世界でせう。全く世間とは没交渉でせう。今日のことは今日で、明日のことは明日と云つたやうに、体だけ動かして居れば、時間が過ぎて行く処です。自由、自由つてどんなに絶叫して居ても、到底与へられない自由ですもの、いつそ極端な不自由の裡に身を置いてしまへば、却つて自由が得られるかもしれません。」

亨一は此話の間に屢々啄を挿まふとしたがやつと女の詞の句切れを見出した。

「馬鹿な、空想にも程がある。貴方だつてあの中の空気を吸つたことがある人ぢやないか。あの小い小ぜりあひ、いがみあひ、絶望が生んだ蛮性。あれを貴方はどう解釈してるのです。」

「私にはまだ大きな理由があります。蕪木のことがその一つ。」

女は男の体にひたと身をよせた。

「蕪木が私達を呪つて居ます。私が貴方の傍に居ることは、貴方の身体にも危険です。私があちらへ行つたら、ちつとは蕪木の憤激がやはらぐでせう。それから私は貴方の教訓に従ひます為に、三阪さん、多田さんとも文通を絶つ必要があります。官憲が丁度よく私と外界とを遮断してくれますから、私に対するあらゆる讒謗も、呪咀もなくなつてしまひませう。その代はり私が帰つて来ましたら……。」

女は今日に限つて涙が出ない。之れ丈の事を云ひ尽くすのに、何にも泣かずに云つてしまつたことが不思議のやうに思はれた。こんなにものを云つてる人間が自分の外にあつて、自分はただその仮色をつかつてるにすぎないのではあるまいかとさへ思はれた。

ふとこんなことを考へはじめると、今度は本当に悲しくなつて涙がおのづと流れ出た。

「貴方のお話は分りました。」男はかう云つて其次の詞を択ぶやうな様子をして、しばらく眼をとぢて居たが、

「貴方は貴方の健康と云ふものを考へて見ませんでしたか。」と云つた。

「いいえ。」女ははつきりと答へた。「私の健康。そんなものが何んでせう。私の肋膜は毎日うづきます、いつそ腐つてどろどろになつたら、それでいいでせう。それで。」

「いけない、貴方は又亢奮して居ます。そんな乱暴な。」

「乱暴でも生命は自ら壊りはしません。」

「さうでない。貴方は自分で死場所をさがして居るのです。」

「だつて人間には未来がわからない筈ですもの。」

「けれど貴方には、その未来がわかつて居るんです。死ぬる時、場所、方法それ等はみんな貴方にわかつて居る筈です。」男は女の為す処を見守つた。彼は決して自分の計画を棄てるのではない。彼が労役に行くと云ふ決心も、我を欺き世間を欺く一つの手段にさへ過ぎないと思はれた。

「私は貴方の未来が不明になつてしまふことを希望します。私が貴方を愛する力の及ぶ限りはこの希望の貫徹に向つて進まねばならない。」

女は涙のない以前に戻つた。自分が此決心を男に打明けるに至つた迄の径路を思返して見た。身にあまる大難問が三つも四つも重なり合つて、女の思考、情願、判断を混乱させてしまつたので、たどるべき径路の系統の発見に長い間苦しんだ。どうしても棄てることの出来ないのは三阪等と企てたある計画であつた。之は決して棄てない。かう断案を一番遠くのものにつけ

てしまつて、それから段々近い方の問題の整理を考へた。罰金のこと、蕪木のこと、それは労役に服すると云ふ方法で略解決がつくと思はれたから、最初に片付けてしまつた。自分と亨一との問題、之が彼には最至難のものであつた。男が目立つて血色がよくなつて、段段晴晴した気分に向つてゆくのを見ると、男の愛する「生」の歓喜の前に自分の計画の全部を捧げてしまひたいと云ふ心が萌すのであつた。それればかりではない。彼は真に男を愛して居た。普通の場合で普通の出来事が原因をして居るものならば彼はその原因を破つて破つて、どうしても男の傍に居るやうな手段に出づるに違ない。ただ彼の計画は普通の場合でない、普通の事件でない。彼は生命を犠牲にしても辞さない覚悟である。恋愛――勿論それを犠牲とすることに躊躇すべき筈ではないのであつた。それでも女は恋愛を棄てるに忍び得なかつた。両立すべからざる二つの情願を二つとも成就さす方法は到底発見し得られさうにもなかつた。

もし、もし女が大胆な計画に、も一層の大胆さを加へて、男をもその計画の一人に引き込んで、一緒に実行して一緒に死んでしまふ。と云ふ決心が出来れば、或は二つの情願が、死の刹那に融合してしまふ様にもならうが、之とて今の亨一に強ひることが出来なかつた。結局未解決にして置いて、先づ労役のこと丈をやつてしまはうと思つた。労役中で幾分か恋愛の情緒がゆるむかもしれない。又例の計画の狂熱がさめるかもしれない。なるべくは帰つて来て男の傍で、安易な生活の出来る女になつて見たいと思はぬでもなかつた。ただかう考へてくるときにいつも彼の目前に立ちはだかる一つの恐ろしい事実がある。それは病気の問題だ。彼の病はもう左肺を冒して居ると云ふことを彼は自覚して居つた。病気で死ぬ位なら、いつそ××の為に死なう。こんな風に端のない糸をたぐるやうに考がぐるぐるとめぐつてあるくのであつた。

今日男に打ち明けたときでも、無論最後の解決がついてるのではなかつたが、男はもう彼にその覚悟があるのだと思つてしまつた。そして其計画を止めてしまへと切諫をした。女は、「それはまだ考へなけりやならないことです」と云はうとしたが、それが女の自負心を傷けるやうにも思はれた。あの事を止めてしまへば自分は「ただの女」となつてしまふ。一旦は喜んで貰へるかもしれないが直に又侮蔑がくるであらう。

とうとう女は云つた。

「貴方は私をどうなさらうと云ふお積り。」女の詞の調子はやや荒々しかつた。

男は女が何を思違つて居るのであらうかと思つて、殊更に落着いて。

「どうしようとも思ひません。ただ貴方に平和が与へたいばかりです。」と云つた。

「そんなもの私には不必要です。私は戦士です××です。闘ひます。あくまでも。」かう云つた女の脣は微にふるへて居た。

「貴方は私の云ふことを誤解して居ます。貴方が労役に行く。

それもいいでせう。貴方がそれほどに仰有るなら、私も強ひて反対はしません。私はただ貴方の病気を心配するんです。毎晩の様に不眠症にかかつて、ねつけばすぐ盗汗がすると云ふぢやありませんか。熱も折々出るさうだ。そんな体で労役に行つたらどうなるかわからないぢやありませんか。そこで金銭でこの苦難が逃がれられるものなら、何とか工夫をして見たい。その工夫が大した犠牲を払はないでついたら、貴方の身体は私に任せてくれていいでせう。どうしても望が出来なかつたら、その時は貴方の考通りに私は黙つて見てゐませう。」男は云ひ終つて立ち上つて、

「話はそれで一段落だ。」と云つた。それは女の心を転じさすには恰好の調子の詞であつた。

翌日亨一は金策の為東京へ出かけた。一二の同志は疑深い目付をして此話を迎へたきりであつた。

「××から出して貰つたらいいでせう」と云はんばかりの顔色をして居る。買収云々のことがまだ彼等の念頭に一抹の疑団を残して居るのであつた。亨一は矢鱈に激昂した。此汚名は何の時にか雪がねばならぬと思つた。それ故目前の争論を惹き起すまいとして耐忍の上にも耐忍をした此日の苦痛は、心骨にしみ徹るのであつた。大川にはもう云ひ出すことが出来ない程沢山世話になつて居つた。けれども今は斯人より外に縋る処はないのであつた。自分には基督論の腹稿がある。それを書き上げるから前貸をしてくれと頼んで見た。大川は前後の話をよく聞きとつた上に次の如く云つた。

「原稿を買へと云ふんなら、買ひもしようさ。けれどその金がすず子さんの労役を救ふ目的に使用されると云ふのなら、僕は考へねばならんよ。君と僕との事だから僕は直言するが、なぜあの女を労役にやらないのか。君があの女と関係を絶つべき絶好の機会が到来してるぢやないか。あの女が君の傍にある間は、とても平和が得られはしないよ。君が男子として此上もない汚名をきせられて居るのも、もとはと云へばあいつの為だ。君の半生の事業はあいつが蹂みにじつて仕舞つた。此上、君に惑乱と危険を与へるのもあの女だ。僕は君が此迷夢からさめない間は、之れまで以上の援助を与へることは出来ない。」

亨一は千百の不満があつても、温情ある此親友の忠言に言を反らすことは出来なかつた。

「よく考へて見よう。」と云つた丈であとは何も云はなかつた。

東京に一泊して悄然として亨一は、伊豆の詫住居に帰つた。すず子の顔を見ることさへ苦しいのであつた。すず子は略事の結果を推想して居た。亨一の帰りを出迎へたとき、その推想が中つて居ることを了つた。そして亨一の心中を想ひやつて気の毒に思ふ心のみが先に立つて居た。

「すず子さん。」帰つてから、挨拶の外は何も云はずに考へ込んで居た亨一は、女の名を呼んだ。極めて改つた声であつた。

「私は貴方にお詫びします。私は生意気でした。金策の宛もな

いのに、無暗に意張つて、貴方の折角の決心を遮つた。もう貴方の自由に任せませう。どうならうとも私は異議がありません。」

すず子はやるせない思で之を聞いて居た。

「私の決心は一昨日とは変つて居りません。それよりかも一歩進めて考へました。私は貴方と別れます。今日限り別れます。」

「それはどう云ふ訣で。」

「訣など聞いて下さいますな、後生ですから。私はただ別れたいのです。貴方とかう云ふ間柄になつた初めのことを考へますと、やつぱり訣もなにもなかつたんですわねえ。だから別れるのにも訣はないことにしませう。」

「貴方と別れる位なら、私はこんな苦心をしやしないですよ。」

「さうです。それはようく私に分つて居ます。貴方がどれ丈け私を大切に思つて居て下さいますか、私はすつかり貴方の心を了解しつくして居ます。それでもまだ私から別れると云ふのですもの貴方が訣をききたいと仰有るのは当り前の事なのです。ねえ、貴方。それは今はきかずにゐて下さい。それを申しますと、私は悲しくなりますし、覚悟も鈍ぶります。訣は自然とわかつて来ませうから、それまでどうぞねえ。」

「ぢや訣は聞きますまい。其代りすず子さん、私も以前の生活に戻ります。貴方の計画。貴方と三阪と多田との計画の中へ、私を加へて貰ひませう。」

女は愕いた。なんと返事をして好いかも分らなくなつた。ただ男の顔を見つめた。

「私は男子として忍ぶことの出来ない汚名をきせられた。千秋の恨事とは正に此ことでせう。いつどうして、どこに之を雪ぐか、私には宛がない。ただ一つあるのは、貴方の計画です。あれに加つて、思ふ丈のことをすることです。」

亨一が東京へ行つて居る一日一夜を通してすず子の考へたことは、之れと全く反対の趣意であつた。すず子は自分の為すべき目的と、自分の愛する亨一との幷存がどうしても望み得られないと思つた。どれか一つを抛たう。かうも考へた。それがとうとう決断が出来ないのであつた。どれか一つを抛つことが出来なかつたら二つとも抛つてしまはう。こんどはその方をのみ考へた。そして自分が居なくなつた後の男の身の上を考へた。あの人は学者だ。あの人の行くべき道は今僅かながら拓けて来た。私と云ふものが傍に居るから、友人も同志もあの人に離れて居るけれど、独りになつてしまへば、誤解もとけ、嘲笑もきえる。あの人がもつて居る理性や聡明や智識も復活して来よう。平安閑適の一生があの人の今後に続くであらう。あの人は今私と一しよに殺すべき人でない。理想の人に実行を強ふべきものでない。私が一切を抛つて先づ此処を去る。これがあの人の為には最も善良な方法である。けれども別れた後の自分はどうなるのであらう。幾ばくもない余生ではあらうが、その間でも、寂しい。真暗な時間がどれほど続くかはしれないが、自分は果してそれに堪へ得るであらうか。堪へ得ぬときはどうしよう。

死ぬ。さうだそれより外はない。私は死んでもあの人は助かる。私はどうしてもあの人を助けなければならない。ここまで纏めてすず子はほつとした。亨一が帰つて来たら之に基いた相談をしようと決心をして居つた。しかし之を云ひ出すには余程の注意がいると思つた。

はしなく男の口からその機会が生れて来た。女は昂つた男の言出しを手ぐつて自分の本心を打明けようとも思つたが、それが果していいか悪いか一寸分らなくなつた。で、先づかう云つた。

「私は貴方とも計画とも別れてしまふんです。」

男は叱るやうに云つた。

「貴方まで私を疑つてる。貴方が計画と別れる。馬鹿なことだ。誰が信ずるものか。」

「本当です。本当に私は抛擲しました。」

「ぢやどうなるんです。」

「私、労役に行きます。それから逃亡します。」

「串戯《じやうだん》はよして貰はう。私は本気になつてるんだ。」

「決して串戯ではありません。私の最後の断案です。私、本当に独り身になつて、十七八の頃のやうな心になつて、初めつから考へ直して見たいと思ひます。貴方が恋しくつてたまらなくなれば又帰つて来るかもしれません。その辛抱が一日つづくか、三日つづくか。まあやらせて見て下さいな。私が居なくなつて、貴方のお心もどうなりますか、それも私は見たいと思ひます。」

「ぢや貴方は全く計画を抛つたのですか。」

「ええ。為方がありません。私は貴方を助けなけきやなりませんもの。これで私の心が分るでせう。之からまだ段々分つて来ます。さうしたら貴方は、かはいさうだと思つて下さるでせう。ねえ。」

泣くのではない、泣くのではない。泣けば決心が鈍ると、女は一生懸命に堪へて居たが、こみ上げて来る悲痛の涙は、もう胸一杯になつて居た。女はそれをまぎらす為に、ついと立つて縁端へ出た。

目の下の百姓家からはいくすぢとなく煙があがつてゐる。山の裾から部落の森の間をうねうねして谷川が流れてゐる。そのこちらの方の岸にそつた街道の中程の一軒家から母親らしい女がつとあらはれて、大きく手招ぎをした。何かが鳴つて居ると云ふ姿であつた。その貌の向いた方の少し先の畑で、子供が一人踞んで居たがやがて女の方へ走り出した。夕日はもう裏手の山へかくれて居た。向の山は頂が少しあかるいばかり、全体が黒ずんで来た。

かうときめたことに向つては、わき目もふらず直進するのがすず子の性格であつた。殊に此度のことは一層急いで決行せねばならないのであつた。少しでも心にゆるみが来れば一切が跡もどりになるかもしれない。手まはりの小道具の始末をしてゐる間にも、折々弱い心が意識の閾へあらはれて来るのであつた。

それを押し殺してすず子はあくる日の朝までに、すつかり仕度をしてしまつた。手近に置くべきもの丈を入れた信玄袋は自分で持つて行く。行李はあとから落着いた先へ送つて貰ふことにした。

「もうすつかりになりました。」長火鉢の前に坐つてすず子は独語のやうに云つた。いかにもがつかりしたやうな風も見えた。

亨一は昨夜からいらいらし通して居た。深更になつてからも、容易にねむれなかつた。やつとうとうとしたと思つたころには、もう夜は明け放れて居た。起き上つては見たが何だか人心地がしない。身体中が軽くしびれるやうな感じもする。之れつきりで女を手放してしまつて、それからどうなることであらうと云ふことは、いくら考へても考へても判断がつかない。たつた一つの希望は女の心の変化を待つことであつた。かうして居るうちにも、女は東京へ行くことをもうよしてしまひましたと云ふであらうとも思つた。もしさう云つて身を投げ伏せて来たら、両手で緊かり女を抱いてやらうと思つた。女はとうとう仕度をしてしまつた。待つた詞が女の口からもれさうにもない。かうなる以上は自分から進んで引き止めなければ、女は此儘行つてしまふことは確である。此確な未来が亨一の目の前に来てぴたりと止まつた。亨一はそれを払ひのける勇気もなくなつて居た。

「私、一寸母屋へ挨拶に行つて来ますわ。」

と女が立つたとき、

「あつ。」と男は呼んだ。

「何か御用。」女は男の方へよらうとした。

「跡でいい。」男は投げるやうに云つて、ごろりと横になつた。下の普請小屋から木を叩くやうな音が二三度つづいて聞えて来て、またやんだ。空はどうやら曇つてるらしい。

やがて女は帰つて来た。跡からお上さんもついて来た。

「奥様がお帰りになつたら、旦那様はおさびしいでせうになあ。」とお上さんは縁端に腰をかけ乍ら云つた。

「どうぞねえ。お上さんお願ひしますよ。私も病気の工合さへよければ、すぐもどつてきますからね。」

「え、え、私でできますことはなんでもしますから。」ときさくらしくお上さんは云つて、

「それでは車を呼んで来ませう。」と草履をぱたぱたさせて出て行つた。

「貴方、弥々お別れですわ。」と女はしみじみした調子で云つた。

「……。」男は答が喉につかへて出ないのであつた。そしてまじまじと女の様子を見つめて、その冷静な態度に比して自分の見苦しさを恥かしいと思つた。

「御無理をなさらないやうにねえ。」女はまだものを云ふ事が出来た。

「私よりも貴方の事だ。生は尊いものですよ。」

亨一はやつとこれ丈を云つた。

「有難うございます。私は私で精進しますから。」

「私は今は、云ふ事が沢山ありすぎて、却つて云はれません。何れ手紙で云ひます。あとからすぐ。」

「いいえ、いけません。手紙はよこして下さいませんやうに願ひます。」

「それはあんまり冷酷でせう。」

「決して、そんな訣ではないのです。私、貴方の手紙を見たら、その手紙でまた気が狂ひます。此上私は苦悶を重ねたくはないのですから。」

「さうですか。ぢや手紙も書きますまい。」男は此詞の次に「もう一度考へ直して下さい」と云はうと思つたが、この場合それが如何にも意久地がないやうにも思はれたので、口をつぐんでしまつた。

表に人のくるけはひがして、がたりと轅《かぢ》棒の下りた音がした。「車が来ました。」かう云つた女の声は重いものに圧し潰されたやうな声であつた。


（大正元年九月四日稿）

（「スバル」大正元年10月号）

夢

相馬泰三

（一）

そとは嵐である。高い梢で枝と枝との騒がしくかち合ふ音が聞える。ばら〳〵と時折り窓をかすめて落ち葉が飛ぶ。だが、それ等は決して、老医師の静かな物思ひのさまたげにはならなかつた。天井の高い、ガランとした広い部屋の中の空気はヒヤ〳〵と可成冷たかつたが、彼は大きな安楽椅子に身を深く埋めてゐたから、それも平気であつた。それに物思ひと云つても、それは彼のこれまでの忙はしい生活に附きまとふて居た様な、そんな種類のものとは全く趣きを異にした極めて呑気な、責任など、云ふものから全く離れたものであつた。

膝の上にきちんと手を重ねて、半ば眼を閉ぢてうつら〳〵と取とめもなく思ひに耽つてゐるうちに急に彼の口元から頰のあたりへかけて軽い笑ひが浮んで来て、やがて眼がぱちつと開いた、そして暫時可笑しさを口の中にこらえて居たが、こらえ兼ねてとう〳〵噴き出して仕舞つた。

それはこうである。つゐこの二週間ばかり前のはなし、自分の第三男の結婚式に臨む為めに上京して、その結婚披露の饗宴の卓上での出来事、——それが今、何かの関係からふと頭の中に浮んで来たのである。

…………彼は、自分の前に運ばれて来た一片の鳥肉を食べやうと思つて、覚束ない、極めて不調法な手附きで、しかも滑稽な程真地目な顔附をしてカチヤン〳〵と使ひつけないナイフを働かしてゐると、どうした機みにか余計な力がその手に這入つて、はつと思ふ間もあらせず、所もあらうにそれが彼の隣にゐた花嫁さんのスープの皿の中へ飛び込んで仕舞つたものだ…………

それは何時《いつ》までもおかしかつた。しかし又老医師は考へた。自分は自分の老後にこの様な笑ひが自分の身の上に来やうなどとは、これまでにつゐぞ思つて見た事さへなかつた。全く予想外な事なのであつた、自分にはこんな呑気な、伸々とした、楽な時間は一度も与へられずに自分の生涯は終るものとのみ独りで定めてゐた。

自分は選ばれなかつたのだ、こうした星の下に生れて来たのだ、半ばこんな風にも諦めて居た。

彼には男四人女四人、都合八人の子供がある。内気な、正直な彼にはこれ等の八人の子供の父であると云ふ丈でも、単純な意味での自分の為めの生活なんて事は思ひもよらないのであつた。彼は自分の最も働き盛りの殆んど全ての歳月と勢力とをその子供等の教育費や、それから娘たちの嫁入りの仕度の為めに費さなければならなかつた。

(二)

秋ももう半ばを過ぎ、このあたりではめつきり寒気が加はり、人の吐き出す息がはつきりと白く見えるやうになつてからの或るからつと晴れ渡つた朝、大勢の人足によつて、三百本あまりの美事な小松が老医師の裏の畑地へ運び込まれた。その日は老医師も朝早くから庭に出て、下男の権爺と二人で人足共の監督をしたりした。

その翌日から急に老医師の家は、ごた〳〵賑かに取りこむやうになつた、植木屋が毎日つめかける、人足が来る、石屋が来る。老医師の考では、つまり自分の閑散な老後を庭いぢりでもして暮らさうといふのであつた。彼がこれを選んだのは、これがまあ自分の手近な事の中で一番清らかな且つ静かな事であると考へたからである。

家の前の、半町歩ばかりの桑畑をつぶして庭を拡げた。

植木屋は色々の木を色々に取まぜ、或所へは谷合のやうな趣きをとり、或所へはまた築山などを拵へたりした方が、と勧めてみたが、主人はそんな風な事にはあまり興味を持たなかつた、出来るならば、自分の庭全体を一つの大きな松林にしたいと云ふ様な考をもつてゐた。そして植木屋の云ふのとは反対に今まであつた木も松でないものはなるべく之を取のぞくやうにした。

そのうちに朝な朝な霜がおくやうになつた。掘りかへしたボソ〱した土へ霜柱が立つて、その辺に捨置いてある鍬の柄のやうなものにまで真白に霜がおきそして松のチカ〱ととがつた針のやうな葉の一本一本にも白銀の粉でもふりかけたやうに美しく霜が光るのである。老医師は毎朝早く起きてこうした霜の庭をながめるのが非常に楽しみであつた。小松の高さはそれでも大抵人間の背丈よりは高かつた。中には人並よりは少し背丈の低い老医師とその項が丁度すれ〱位のもあり、極稀にはそれより低いのもあつた。彼はこんな木の前へ立つと、

「早くもつと大きくなれ、みんなに負けない様にしないといけないぞ。」

こんな事をつひ口に出して云つたりした。そして小犬でも愛する様にしてそれ等の小松を可愛がつた。

その後、又百本ばかり買ひ込んだ。そのうちに霙が降りつゞき、やがて雪がちら〱降り出した。さうすると、又根を囲つてやるんで一しきり忙しくなつた。

やがて雪が降りつもつて、庭中を蔽ふて仕舞つた。其小松の緑は真白の雪の中に一層愛らしく美しく見えた。

(三)

十二月の中旬。彼の第四男が、勤めてゐる会社の用で英国へやられた。それに少し遅れて第二女の縁付先から無恙男子分娩といふ手紙を受取つた。この二ツの出来事の外はこれと云ふ程の事も無くてこの冬は過ぎた。以上の二ツの出来事は何れも彼にとつては言葉には言ひ表はせない程うれしい事であつた。何れも半ケ年ばかり前から分つてゐた事であつたが、愈々こうなつてみねば多少の心配もあつたので。殊に第四男の文夫の事に就いては、これでこそどうやらあの子の出世の道もそろ〱開かれたと云ふものだ。こんな風に考へると、これでやうやく長い〱間の自分の重荷が本当にすつかりとれた様に感ぜられるのであつた。

春風が暖かく吹いて、黒い土が久方ぶりに表はれて来た。さうすると又人足を呼びあつめて今度は松の木の下、庭一面に青い芝生を敷きつめる事に取りかゝつた。

小松共は手入れが親切だつたので一本として枯れたのはなかつた。皆元気よく春を迎へて新たなる生長を営みはじめた。

やがて枝々の先きが柔かく膨れて来て、すーツと新芽が延び出した。そしてその根元の処へ小さな淡褐色の蕾が幾つも群がつて現はれた。

とかくするうちに松の花の黄ろい花粉が、ぽか〱と吹く風と共に烟のやうにあたりに散るやうになつた。最初老医師は、庭の隅々や置石の陰やに黄ろい粉のやうなもの、あるのを見て何だらうとのみ思ふてゐた。そしてそれが皆松の花粉であるといふ事を知つた時に、それを親しく指先につけてみたりして興がつた。

（四）

彼はその秋にまた、裏の畑を一町歩ばかりつぶしてそこへ小松を植へた。その翌年にも又小松を二百本ばかり植へた。こんな事をしてゐるうちに、第一年に植へた小松はもうその当時の高さの二倍にも三倍にも延びて行つた。風が吹けば一人前に蕭々として鳴るやうになつた。

そしてそれにつれて老医師の考もこの頃では大分最初とは変つてゐた。彼はこの松林を只庭として賞でやうなど、云ふ考からは遠く離なれてゐた。彼は誰にもそんな事は口外した事はないが、心の中ではこう思ふてゐるのである、自分はこの松林の中へどこか自分の一番気に入つた所を選んで、そこへ自分の墓をたてやう、真白ろの大理石で墓をたて、その下に心静かに休みたい。永久に——彼はこの頃夜更けて、物静かに鳴り渡る松風の音を聞きながら、あの下に、あゝあの下に、こう思ふのが何よりの楽しみであつた。冬になれば広い松林の上へ真白ろな雪が降るであらう。そして、この松の木がもつと〳〵大きくなつて行つたら——そんな遠い後の事も思ふてみた。或時は又、彼の頭の中でその真白な墓の数が幾つにも殖へた、自分の妻と、自分の子供達の数丈の墓を列べて考へたりもした。そしていつも最後には松風の音で自分の空想をペリユードするのが常であつた。

（五）

それから又五六年過つた。老医師の頭には真白な毛が過半を占めるやうになつた。今こそ彼には何の不足もなかつた。自分の子達は何れも人並すぐれて立派な出世を遂げ、幸福な内に益々その進むべき道に発展してゐる。可愛い孫の数も十位を以て数へなければならない程に増へた。そして松の木も今は皆美事に大きくなり、梢の方に赤い肌を見せたりして仰ぎ見るばかりに堂々たるものとなつた。

自分の墓を立てる処もちやんと定まつてゐる。真白な大理石の可愛らしい、美しい墓石もちやんと準備が出来てゐる、墓に関してのすべての遺言状も何遍となく浄書し直して、自分の文庫の中に丁寧に蔵はれてある。

彼は毎日庭の掃除をしたりして、只管死病の自分に来るのを静かに待つてゐるのであつた。彼にとつては、かの物静かな松風の音は今は何よりも偉大な慰藉であつた、そして何よりも強い憬れであつた。

（あの下に、あゝ、あの下に。）

（六）

ある日、彼はいつものやうに庭へ出て、自分の墓を立てる所に選んだ松の木の下にしやがんで、今更のやうに自分の松林の美しいのを眺めてゐた。頰白がいゝ声で近くの松の梢に囀づつてゐた。午後の赤々とした緩やかな日光が、松葉を洩れて彼の膝のあたりに落てゐた。

するると彼はそこにしやがんだ儘、我にもあらずいつか気が遠くなつてうと〳〵と眠つて仕舞つた。

………松風が物静かに自分の頭の上に吹いてゐた。どうやら自分はもう墓の下にゐるらしい。だがあたりはよく見える。自分は俯向いて何か深く瞑想に耽つてゐるのであつた。と、頭の上で何か、遂ぞこの数年間に聞いた事のない、あるあわたゞしい騒擾の音がしてゐるのに気が付いた。そしてふと頭を揚げてみると、こは何事であらう。四囲の松の木が皆真赤に枯れてゐる。驚ろいてなほ遠くを眺めると、あゝ、自分の松林の外囲に思ひがけもない広い〳〵松原が、果てしもなく連なつてゐて、そしてそれが皆救ふ事の出来ない全くの絶望を以て、真赤に枯れてゐるではないか。それにしても、何故こんなに醜くく真赤に枯れたのであらう。あまりの事に我を忘れて立ちあがらうとすると、夢はさめた。全身心持悪るくびつしよりと冷汗をかいてゐる。暫らく気を失つた様になつて、只茫然としてゐたが、我にかへつて四囲を見渡せば、我が松林は今や、夕日を受けてその緑は常にもまして美しく眺められた。そして頬白は矢張、遠くへは去らず、どこか近くの松の枝で囀つてゐる。

(夢だ。夢だ。)

と強く心にも打ち消し、口に出しても云つた。が何故か胸のさはぎはいつまでも沈まらなかつた。

(夢だ。夢だ。)

口癖のやうにこう云ふやうになつた。

と、それから四五日しての夜、又、夢に、………松風がごーつと悲しく吹き渡り、そしてそれから広い〳〵松原の醜く真赤に枯れた状がまざ〳〵と彼の目の前に現はれて来るのであつた。

(夢だ。夢だ。)

彼は何かを追ひのける様にこう叫んだ。

しかしこの夢はその後、幾度も〳〵彼の眠りに現はれて、執ねくも彼を悩まし続けて行くのであつた。

——一九一二年九月作——

(「奇蹟」大正元年10月号)

面影

後藤末雄

どんな人の生涯にも、きつと面白い話や、悲しい話が充ちてゐる。その話を家といふ箱に残してゆくと誰がが言つた。かう考へて下町の店蔵《みせぐら》を眺めるとことさら暖簾の古い大店は、「話のお庫《くら》」とも言ひたくなる。頽《くづ》れた扉、はげた上塗、赤さびた折釘《をりくぎ》なぞは、中世紀のお伽噺にもありさうな妖女や悪魔の棲家に似かよつて、いつも時代の碑塔《モニーマン》といふ言葉を思ひだす。派手ずきな昔の人が分限者《ぶげんしゃ》とか長者とか言はれたい心から、富に飽かして造りあげた店蔵は、その頃から今まで長い〳〵暦を改めて、激しい時勢の推移さへ見てきた。

あの店蔵には多くの人が栖《す》んでゐた。その起きふしに、どういふ話が醸されたらう。茶屋女に迷つた、お店の白鼠が奥蔵の梁《はり》で首を縊つた話も、観音開きに手をかけた旦那の死骸が焼灰のしたから出た話も、土蔵の暗やみで忍びあつた淫奔娘《いたづらむすめ》の話も、遠い昔から下町に言ひのこされた浮世噺である。まして、ゆかしい情話をしのぶほどのお内儀《かみ》さんや、箱入娘が、胸にひそめた物語を伝へることも出来ずに、今戸、橋場あたりの朽葉の多い墓地に葬られていつた。

さういふ人達の名は、なんといつたらう。優しい名をきくたびに、唐本《とうほん》にひそんだ蠹虫《しみ》を思だす。虫干の日に、黴臭い、埃だらけの一巻を手にすると、白い虫が小さな角を振りたて、逃げだす。さうして貴《たつと》い思想も、秀でた吟懐も、蠹虫の糧となつて読むことすら出来ない。

女の名は蠹虫である。独娘《ひとりむすめ》の行末を祝つてつけた名が、知らず〳〵柔かい心や身体《からだ》に巣をあんで、いつか陶器《すゑもの》の礫《さら》よりも脆《もろ》い女の幸福が亡びてしまふ。名といふ手に牽かれて化粧室に上靴を脱いだ娘の後姿は、愁《うれひ》の部屋に消えてゆく。その小さな窓から悔と嘆きの歔欷《すゝりなき》がきこえて、間もなく地下室におちた棺には優しい名さへ彫つてあつた。雨傘に記したお内儀さんの名にも、風呂敷にかいた娘の名にも、宿命の悲しさがしのばれる。

去年の夏であつたか、夕立もよひの冷たい風が氷屋の旗を吹いて、空は黒雲に蔽はれてしまつた。遠い雷の音も聞えだした。乾ききつた土に注ぐ雨の香や、今にも落ちさうな大粒の雫が、私の心にも沁みてきた。

その途端に、簾だれのかげから

『お糸さん寄つて入らしやいな。』

と、すつきりした声がきこえた。木肌の香ふ格子あけて、いそ〳〵這入つていつた赤い帯に、肩揚《かたあげ》の房々《ふさ〳〵》しい後姿を見ると、私は言ひ知らぬ悲哀にうたれたこともあつた。

お七、お富、お駒をはじめ、名のために滅びた女は多かつた。他人《ひと》は知らず、私の思做《おもひなし》から、かう信ずるのが私の楽しみである。それ故、古い店蔵のなかに育つたお袖と、お浦とが、優しい名のために亡びてゆく面影を、果敢ない情話のなかに写し出さうとする。

◎

鬱《ふさ》ぎの虫が、お袖の胸に棲んでゐた。世の中が舞踏室に見える娘ざかりにも、人こひしく思つた、ためしはなかつた。なにかに就けて物悲しく、目には見えない人かげが何時もお袖の耳に淋しい歌を唄つてゐた。長雨の宵なぞには、をやみない雨だれの音を聞きながら、ふと壁に映つた横顔に、言ひ知らぬ悲しさが忍ばれて、物指を捩りだしたまゝ、泣き俯すこともあつた。寝床へ這入つてさへ涙はやまなかつた。

『姉さん、また泣虫が始まつたの………』

とお沢が涙を擡《もた》げて、泣き顔を覗き込むのが、きまりであつた。

そのうちに山崎屋の若旦那に見染められて縁談の口が懸つた。お袖は厄年だつたし、気も進まなかつたが先方が隣り町内の旧家なので、両親の方が、すつかり気に入つてしまつた。

水に近い深川亭の奥座敷でお茶をすゝめながら、ちらと見た男がりは、蒼白い細面の気障《きざ》な様子であつたが、あれほど両親の気に入つたものを嫌と言ふのも済まないし、あれほど自分を望んで呉れるからには、きつと大切にして呉れるに違ないと考へて「はい」と恥しい返辞をしてしまつた。さうなると、新婚の夜が待たれた。

けれども其夜は恐しかつた。人間の密室から妖怪や、悪魔が飛びだして、到頭、お袖をお内儀さんにしてしまつた。あくる朝、良人の寝顔を見詰ながら、悪い夢から醒めた子供のやうに、身を顫《ふる》はしてゐた。

怖しい夜は続いた。お袖は、悪戯娘《いたづらむすめ》の膝に載つた人形であつた。

『お前みたいな女はない。』

と口癖に言ふ良人《をつと》の顔には、もどかしい不満の色が充ちてゐた。

お袖がきてから良人は遅く帰つてきた。時には渡り鳥のやうに、そことなく塒《ねぐら》を求めて、ぼんやり俥を降りた良人の顔には、昨夜の酔が醒めなかつた。さうして、

『お帰りなさい。』

とお茶をすゝめるお袖の、慎しい、素直な様子が、却つて良人には物足りなかつた。

ある晩、お袖は姑の前に呼ばれた。白髪《しらが》の交ぢつた、小さい髷を掻きながら、

『ねえ、お袖、どうして此頃は帰りが遅いんだらう。いつたい、お前さんは何にしに来たのだい。よく胸に訊いて御覧、つまりお前さんが女房になりきれないからさ。』

と姑は鋭い瞳を、お袖の顔に注いだ。寡婦《やもめ》暮しをしながら立派に暖簾を持ちこたへて来た女の誇りが、瞳のうちに炎えてゐた。

婚礼は女の係締《わな》であつた。お袖が嫁いでから、めつきり頬がこけて、やつれた腕から青い脈が透いて見えた。八百屋の附木に蜜柑とかいてある頃から垢皸《あかぎれ》が切れだして指貫《ゆびぬき》の固くなつた爪際に、ささくれの生えたものもお袖には初めてのことであつた。この間までは、姿見の前に立てば、淋しい心にも言ひ知らぬ衿《ほこ》りと、かすかな楽みがあつたが、今は鏡を手にするさへ嫌になつてしまつた。

四畳半に針箱を出したお袖は、ふと霜枯れた庭先を見詰めてゐた。今朝も時雨《しぐれ》がふつてゐた。

『姉さん何を見てるの……』

と襖のかげから言つたのは小姑のお柳であつた。お柳の心には、好いた男に憧れる人妻の果敢《はか》なさ、淋しさが忍ばれたほど、お袖の顔には愁が潜んでゐた。

『よく似合つて……』

とお柳は、手にした鏡に結立《ゆひたて》の島田を映しながら惚れ〳〵と見取れてゐた。

『よく似合つてよ』

とお袖は碌に見もしないで返辞をしながら、手をのばして火鉢の椽《ふち》に一寸敲《たゝ》いてから鏝《こて》を取りだした。お袖は黙つて鏝先を頬にかざしてゐた。お柳は張合の抜けた嫌な顔をしながら其処らを見廻はして、

『これりや何うしたの……。』

と新しい截屑を手にしながら地質や縞柄を散々、けなし抜いて、ぷいと出ていつた。そのあとで鏝を使ふとすると、いつか火鉢の縁に出してあつた。

『あら、仕様がない』

とお袖は炭を掻きたてて鏝を入れ直してから、仕事の句切もつかずに、ぼんやりと小姑の心を考へて見た。

台所の壁に張つた暦が燻《くすぶ》つて、心細い日の続くうちに、いつか初雪が降つてしまつた。お袖は実家の宮坂屋が恋しかった。宮坂屋は隣町内の角店で、物干に上ると鬼瓦の厳めしい土蔵の大家根が見えた。お袖はよく、ほし物を取り込みながら、からつ風の吹き立てる物干の欄干に靠れて、西日のさした大家根に、かあ〳〵鳴いてる二羽の鴉を見詰めてゐた。

近いだけに妹のお沢が、ちよい〳〵遊びにきた。どこかの帰り雨に、わざ〳〵傘を借りていつたこともあつた。お沢のほかに懐しい便りは聞けなかつた。両親の御様子、店の景気、売出しの支度から女中の代つたことまでおちなく並べて、昨日いつた芝居の噂さへ、お沢は惜しまなかつた。時にはお袖の好きな梅花亭のお菓子まで持つてきた。僅かなお小遣から好きなものを買つてきて呉れる妹の情愛には、ありがた涙も零《こぼ》れたが、却つて気苦労の種であつた。

『ねえ、沢ちゃん、あんまり来るのを廃《よ》して頂戴な、家で嫌や

がるから……私はきて貰らふ方が嬉しいけれど……』

と幾度も言ひ淀んだ末に、思ひきつて言つて仕舞ふと、妹ながら気の毒の思がした。

『さう……』

と妹は怪訝な顔をして、そこ〳〵風呂敷を畳みだした。

西日のさした裏口の障子をあけて、しほ〳〵出ていつたお沢の跫音《あしおと》が路次に消えるまで、お袖は台所の小窓から、しみ〴〵と後姿を見詰めてゐた。ふと廂合《ひやあひ》の風が身にしみた。

これきりお沢は来なかつた。

○

町には、すつかり靄がおりてゐた。お袖が裏口を出た時には、もう火の番の拍子木が大通りから裏町へ消えていつた。

『家《うち》に往つて見よう、きつとお湯が立てるわ……』

とお袖は石鹸《シャボン》包《つゝみ》を袂に忍ばせて小走りに横町へ曲つてしまつた。客待の提灯がちらりと動いて、

『お内儀《かみ》さん、お安く参りませう。』

と呼びかけても、お袖の耳には這入らなかつた。

やがて懐しい暖簾が目に就いた、明るい店先に腰をかけたお内儀さんは見かけたやうな後姿であつた。新柄を選びかねた娘のそばに、瓢軽者《ひようきんもの》の梅吉が殊勝《しほ》らしく筆を耳に挟んで頻りに愛敬を撒いてゐた。お袖は腰をかゞめて帳場を覗き込むと、時計の下に父親《てゝおや》の姿が見当らなかつた。

裏口にと懐しい呉服の香があつた。真暗な廂合《ひやあひ》を通つてお袖は勝手口に吾妻《あづま》下駄《げた》を脱ぎすてると、

『あら姉さん……』

と驚いたのは妹のお沢であつた。お沢は奥蔵へでもゆくつもりか、金網の雪洞《ぼんぼり》を提げてゐた。

『ちよつと、きたのよ、阿母《おつか》さんは……』

と忙しさうに茶の間へ這入つた姉の姿を見送つてから、お沢が雪洞の灯をふき消すと、白い煙が毛筋の鮮かな鬢をなぜて蠟の香が臭かつた。

薄暗いあかりの下で母親が、つぎ物をしてゐた。白髪の交つた小さい丸髷の横顔が、昔のまゝの母親であつた。こは〳〵這入つてきたお袖を見あげて、

『あら……』

と言つたきり母親は針を置いて、ぼんやりしてゐた。

『阿母《おつか》さん、心配しなくつても好いのよ。家でお湯が立たないから此方へ這入りにきたの……』

と言つてお袖は、お土産のやうに袂から手拭の包を取りだした。さうして小僧の乱暴するせいで、湯槽が激しく漏ることに言ひ添へた。

『まあ、さうかい、とんだことが出来たかと思つて、胸がどき〳〵したよ。』

と母親はやつと安心したやうに言つて、吸子《きふす》にお湯を差しだした。湯呑を手にしながらお袖は家のなかを見廻はしてみた。

相変らず、がた〳〵天井裏に鼠の駈ける音がして、燻《くすぶ》つた住吉《すみよし》

踊《をどり》が動く。欄間の鴨居には、お袖の使ひ馴れた二尺指《しやくざし》を載せてあつた。その裏に自分の名が書いてあることもお袖は思ひだした。引手の手ずれた唐紙《からかみ》に、お袖の横顔が影絵のやうに映つてゐた。

『姉さん、髷が似合つてよ。よく出来てるわ。』

『さう、今日は、しつつめて気持が悪くつて……』

と二人は、どんな時にも、女らしい言葉を持つてゐた。

折よくお湯が立つてゐた。妹と一緒に這入るのは幾月ぶりだか解らなかつたが、肉付の好い、真白な肌が湯気のなかから、ほんのりと透いて見えて、少し見ないうちに女になりきつた妹の身体をどこかの人にやるのが、お袖には、可哀相にも、口惜しいやうにも思はれた。その上、洋燈《ランプ》にちかい横顔から乳房《ちぶさ》にかけて、薄い燈がさしてゐた。

お袖は糠袋《ぬかぶくろ》を顔にあてたまゝ、

『お松、幾時になつて……』

といく度《たび》も、下女の答を待つうちに、鴉の行水が済んでしまつた。垢皹《あかぎれ》のきれた手先が帯にざらざら音を立てゝ、鬢を掻きながら姿見に映した面影には、驚くほどの、やつれがあつた。

やがて二人は茶の間へ帰つて長火鉢の前に坐つた。

『阿母さん、爪取鋏がなくつて……』

とお袖が、つひぞ取つたことの無い爪先を見詰めながら言つたので、母親は火鉢の抽斗《ひきだし》をあけた。乾き切つた、咽《むせ》つぽい香のするなかに、綴暦《とじごよみ》のしたから、やつと爪取鋏が出てきた。お袖が鋏を手にすると、焼けるやうに熱かつた。

『お前さんの好きな物を取つて置いたよ。』

と母親は片隅から広蓋《ひろぶた》を出した。広蓋の上には、御しるこのお椀が、ずらりと並んで赤塗の縁から人待ち顔の、温かい烟が立つてゐた。

割箸を裂いたお袖の顔には、初めて娘らしい笑が生れた。気の置ける人もなく、箸の上げ下ろしを誰にも見られず、すつかり娘らしい心持でお袖は幾杯も重ねた。

『喰べられるだけ、喰べておいで……』

と母親が言つた頃には、いつか箸を置いてしまつた。さうして、一寸、頸をこゞめて、

『御馳走様……』

と他人行儀が知らず〳〵出てしまつた。

話の袋が綻びていつた。お袖は、機嫌気褄《きげんきづま》の取にくさ、姑や小姑の意地の悪るさを事こまかに並べて辛かつた話を始めると、母親も煙草の輪を吹きながら、遠い昔、まだ花嫁だつた頃を懐しく思ひだして、

『私にも覚えがあるよ。姑や小姑ぐらゐ、うるさい者はないからね。』

と言つた途端に、柱時計が、せき立てるやうに撃ちだした。毎朝、見馴れた懸時計から昔のやうに鍵が下つて柱の節穴から大い油虫が覗いてゐた。

もう別れを告げなければならなかつた。使つた手拭をちやん

と下げて、お袖が裏口の閾《しきゐ》を跨いた時には、今まで思はなかつた心配が急に胸を衝いた。それは抜けかけて家へきたことが知れまいかと言ふ怖れであつた。お袖の後から松葉湯へ行く筈の人は、あの、おべつか者のお鶴に違なかつた。さうして姑の凄い目付、しやくれた顎がお袖の目に浮んで、とかく灰吹きを叩いて呶鳴《どな》りだす小言さへ聞えだした。

『どうしたの……急に考へ込んで……』

　と一緒に随いてきたお沢が、顔を覗き込んだので、お袖は暗い心の愁を打ちあけた。

『関《かま》やしないわ、悪い所へ来だんぢやなし、家へきたのぢやありませんか。私が証人になつてよ。』

『そりやさうだけれども何んだか心配で……それぢや家の前まで一緒に来て頂戴な』

　とお袖は、かう言いてお沢の肯く顔を見た。

　妹のきて呉れることは何より心丈夫で、叱かられても関まはないと思ひきると、今朝、かいてしまつた中櫛《なかぐし》の代りも、序《つひで》に買つて往きたかつた。少しの廻り道であつたか、閾の高い家へ帰るには、道草も喰べたかつた。

　其れに妹のゐて呉れることは疑ひ深い良人への楯であつた。

『沢ちやん、中櫛を買つて行くわ、すぐだから……』

　とお袖は水菓子屋の角を曲つて買馴染の店先へ腰をかけた。お世辞の好いお内儀さんは、手づからお茶をすゝめて揉み手をしながら、

『まあ、久《しば》らくで御座んしたねえ、つひお祝ひも申しませんで……』

　とお袖のお内儀さん振りを、じろ〱見詰めてゐた、お袖はお世辞を言はれて恥かしかつた。ふと横を振り向くと売物の鏡に、結立ての丸髷が映つてゐた。

　お袖とお沢は、硝子《がらす》の蓋をあけて、黄楊《つげ》の香が高い中櫛の歯を引いて、使ひよささうなものを選んでゐた。却つて沁点《しみ》の這入つた安物に手心《てごころ》の好いのがあつた。すると妹が、ぱたりと指先から櫛を落して、

『あら……』

　と驚きながら闇暗を指さした、派手な、長い袂に挟まれて、嬉しさうに笑ひながら瓦斯燈《がすとう》の下を通つて、矢の倉の横町へ消えていつたのは確に良人の後姿であつた。

○

　暮近い頃から山崎屋に思ひがけない人がゐた。この方は本郷の学生で、実家が商業の手違から田舎へ引込んでしまつたから遠縁続きの山崎屋へ寄寓することとなつた。山住さんの来るために、店蔵の二階座敷を片付けて、障子も張りかへ畳も入れかへた。新しい香のする青畳に机《つくゑ》や椅子や本箱が置かれて、綺麗な装幀の外国書が、ずらりと並んでゐた。小姑のお柳は博物館へ往つた田舎娘のやうに、本箱の硝子扉に前髪を映して、うつとりと見詰めながら、幾度も片手で錠を動かしてみた。けれども、鍵がさしてあつた。その上、鉄舟翁の燻つた額は取られ

て、古い釘あとには、見るのも恥かしい裸絵《はだかゑ》が懸けてあつた。

山住さんが来てから此老舗にも新しい匂が充ちてきた。さうして目に付くほど変つたのはお柳の素振であつた。生れつき軽いお尻を何時も山住さんの部屋に運んで、花瓶に差し代へたり、ペン皿を拭いたりして、自分の寝床さへ上げないお柳が、毎朝、嬉しさうに掃きだしてゐた。

『ねえ、可笑《をか》しいぢやありませんか、お柳さんが襷掛けで掃除してゐますよ。』

と態々お袖の処へきて、世帯崩《しよたいくず》しの仲働きが笑つてゐた。ほんとにお柳は山住さんのこと許《ばか》りを気にして、八時過ぎまで、裏口に靴音が聞えないと、

『ねえ、山住さんは何《ど》うしたんでせう。また会かしらん。』

とかういふ時ばかりは、淋しい眼付でお袖の顔を覗いてゐた。

山住さんは朝寝坊だつたから、なか〳〵お膳が片付かなかつた。殊に寒い日曜の朝は、目を醒しながら枕許の温かい日影を貪つて、亀の子のやうに蒲団にくるまつてゐた。

『ほんとに是ぢや仕方がないね。いつになつたら片付くのだい。』

と片隅に残つたお膳を見ながら、母親が長煙管に一服つけだすと、

『それぢや、起してくるわ。』

とお柳は嬉しさうに、ぱた〳〵跫音を残して店蔵の梯子を昇つていつた。母親はその後姿を見送りながら、

『ねえ、お袖、若い者同士だから、お前さん気を着けてお呉れ、間違ひがあるとお前さんの落ち度だよ。』

と舞台の姑らしく灰吹きを叩いた、あしたの支度に、鰹節《だし》をかいてゐたお袖は思はず手をやめて、

『はい……』

と低声で言ふより外はなかつた。

そして、か弱い心に、重い鎖が食ひ込むやうな胸の痛さを感じた。

もう家《うち》からは、お沢も来なかつた。遠い〳〵江北の国へ、使した女のやうに、淋しい、便のない月日が続くうちに、いつか新しい年の日影が障子に映つてゐた。元日の朝、真先にきた父親の、屠蘇《とそ》機嫌の顔だけが懐しかつた。

松の内から涙の零《こぼ》れる日が多かつた。さういふ時には、蔵前に往くのが、お袖のきまりであつた。其処は森閑として薄暗く、土蔵の編戸《あみど》を漏れる黴臭い風が頬を撫ぜるほかには、泣顔を見られる憂ひがなかつた。ときには編戸の蜘蛛の巣に怖しいほど大い蚊のかゝつてゐたこともあつたし、また観音開きに蛞蝓《なめくぢ》の跡が光つてゐた。此処にきて溜め涙を零ぼして仕舞へば、やつと悲しみが薄すらいで爽やかな心になつた。

ある夕方、蔵前でお袖は、しく〳〵泣いてゐた。すると、

『お袖さん、結婚は幸福ぢやないでせう。察してゐますよ。』

と軽く肩を叩いたのは、思ひがけない山住さんであつた。お袖は泣顔を見られて恥かしかつたが、優しい言葉を懸けられた

だけに、涙がやまなかつた。なぜ山住さんが、こんな処まで来たかと考へてお袖はふと縁側を見ると二人の姿がしよんぼりと映つてゐた。

向ふの家根から奴凧も覗いてゐた。

○

お袖にはまた辛いことが殖《ふ》ゑた。それは山住さんとお柳が差し向いで竹取物語を教はる机のそばに座つて、監督するのが姑からの厳しい言ひ付けであつた。もう、すつかり奥が片付いた頃から二階へ上つて、山住さんの前へ坐ると、山住さんは克《よ》く入らしやいましたと言ふ風に、火鉢の灰を掻き立て丶お茶を入れる真似もした。夜が長いだけに、手持無沙汰のお袖には、昼間の疲れが、とかく睡りを唆《そゝの》かして、重い瞼を外国の雑誌や、小説に曝らしてゐた。けれど、其れは絵を見るばかりであつた。恥かしい、嫌らしい絵が多いのでお袖は、はぐり〳〵見てゐた。さうして香の高い紙の上に、ざらざら音のするほど酷い垢皹《あかぎれ》の始末をしてゐるうちに、うと〳〵と睡に落ちたことも多かつた。

『姉さん、睡いなら階下へ往つてもよくつてよ。』

とお柳が邪魔物らしく言ふのが常であつたが、

『でも阿母《おつか》さんに叱られますもの………』

とお袖は答へて、重い目を擦りながら雑誌の、さし絵を見返してゐたが、また嫌らしい絵に逢と、何んとなく気恥しかつた。

山住さんは専門ちがひのことだから、胡魔化し半分の講義をして、いつも与太《よた》の方が多かつた。さうして、戯談《じやうだん》の末に、

『ねえ、お袖さん、そうでせう。』

と山住さんは笑ひながら、さつとお袖の顔を見た。その度毎に、お柳の顔から嫉みの光が炎《もえ》て細い眉をよせてゐた。お袖は窓際に坐つて細目にあけた障子から往来の杜絶《とだ》えた冬の町を見下ろして、なりたけ山住さんの言葉をさけてゐた。けれども面白い戯談が、肌寒い風と一緒に、身体《からだ》から心へ這入つてきた。

山住さんは生え抜きの江戸ツ子だけに話の面白い戯談者であつた。お柳は寄席でも行つたやうに、げら〳〵笑つて、つひぞ笑顔を見せたことのないお袖の口にも淋しい笑が充ちてゐた。殊に山住さんの口から新しい、思ひがけない話が二人の胸に這入つて、成程と肯かせたことが多かつた。その上、山住さんは驚くほど女の心を知つてゐて、時には女でなければ解らない身体のことも知り抜てゐた。

『そりや、君僕の商売ですもの。知つてゐまさあ……』

と山住さんは何時も愛敬のある眉をよせた。

土曜の晩なぞには、

『ねえ、明日は日曜だから緩り話しませう。』

と山住さんは本箱の中から綺麗な表装の小説を取りだして、その筋を話しだした。聖話をきく信徒のやうに二人は慎ましく耳を澄ましてゐた。その話には心をそそるやうな新しさ、泣いても泣き切れない物悲しさ、心をとろかすやうな物狂はしさが、様々の生涯に描かれて、お袖とお柳は思はず目を見交はして女と生れた果敢《はかな》さに驚いたこともあつた。口にするさへ不倫なエ

ヂプス王の昔話、夢のやうな遊仙窟の話、シユツセとサンドの恋語《こひものがたり》から無趣味な田舎医者に嫁いだ心の不満から若い法学生や老地主を愛した末に、罪深い我身を一塊《ひとがたまり》の砒素《ひそ》に葬つたボヴアリー婦人の話には、お袖の身がつまされてしまつた。さうした話が面白くなりだすと、きつと階下から迎へがきた。さうして怖《こ》はゞ茶の間へ這入ると、

『お前さん達は何をしてゐたのだい。若い人の前でさ。お袖なんか気を付けたら好いぢやないか。』

と姑は嫉妬深い目尻を吊しあげて、いきなり長煙管をお袖の前に叩きつけたこともあつた。十年あまりも寡婦暮《やもめぐら》しをしてきた女には此位の嫉みは無理もなかつた。

柳の芽が出たころ姑とお柳は伊勢路の旅に出かけた。女部屋の窓に凭りかゝりながら世帯崩しの仲働がお柳達の悪口を言つてるうちに、その日〳〵が暮れていつた。引窓から射し込む日向に、柔かい毛並を輝かせながら白猫が御膳の端を漁つても叱る人はなかつた。水口の掛金もささずに、一晩あかしたこともあつた。

お袖は台所の笑ひ声を聞きなから洗ひ髪を櫛巻に結つてゐた。気苦労の絶えないせいか。昔ほど柔かい、香の高い髪の手ざはりも無くなつて、梳櫛の歯に溜まつた脱毛の玉が悲しかつた。鏡のなかには病上りのやうな蒼白い、頰のやつれがあつた。その晩、遅く着いた葉書には明日の夕方、かへると書いてあつた。到頭《とう〳〵》、その朝になつてしまつた。お袖は姐さん冠りをしながら山住さんの部屋を掃きだしてゐた。お柳の掃除が行き届かないせいか、掃けば掃くほど日向から烟のやうな塵がたつて障子の桟には指痕だらけの埃があつた。

お袖は払塵《はたき》を手にしたまゝ、薄日のさした鴨居の裸絵を見つめてゐた。この絵を緩《ゆつ》くり見るのは今日が初めてであつた。若い人達の楼住するこの画像は、見れば見るほど嫌やらしい画であつた。けれども見れば見るほどお袖の心が其方に囚はれて、この恥しい裸絵のなかに這入つていつた。お袖は手拭の端から眉をあげて、ぼんやり見取れてるうちに、払塵が手から落ちたのも知らなかつた。

さうして、淋しい心に囚はれてしまつた。

日影の差し迫るほかには、物静かな座敷に佇んで恥しい裸絵に見取れるお袖の姿が、しよんぼりと壁にうつつてゐた。すると、

『お袖さん、何をしてゐるのです。』

と背後から声をかけたのは山住さんであつた。

『いゝえ、なにも……』

と答へたお袖は気まり悪るさうに、払塵《はたき》を拾つた。あの絵を見たのが女の恥かしさであつた。山住さんは制服を着ながら、

『ちよつと好い者を見せませうか。』

と上着の隠袋《かくし》から小形の写真を、ちらと見せて直ぐ仕舞つてしまつた。

『あら、見せたつて好いぢやありませんか。それだけ見せるな

ら……』

とお袖は子供のやうに手を重ねて写真を待つてゐた。けれども山住さんは知らん顔をしながら釦《ぼたん》をかけ出したので、お袖は上着の隠袋から無理に取らうとした途端に、

『あつ、痛い……』

と引き込ました指先には、隠袋にさしたペン先が刺つてゐた。細い人さし指から血が出てきた。お袖は指先を唇にあてながら、やつと山住さんの出した写真を見詰めてゐた。それは御友達の妹で、結婚の記念に贈つた写真とか、その裏には「懐しき山住さま」と優しい手でかいてあつた。

その晩、遅く二人は帰つてきた。入歯の口に咬れた煙管の煙から出てきた話には、美しい景色よりも旅屋の持做《もてなし》や、同客の欠点《あら》などの、虫はんだ話の方が多かつた。お柳は鼻緒の跡が着いた白足袋を脱ぎながら山住さんの居ないのを気にして家中を見廻はしてゐた。それから、

『私の留守に誰が掃除したの、山住さんのお部屋を……』

と訊いたので、姑の羽織を衣桁《えもん》にかけてゐたお袖が、

『私がしましたよ。』

と軽く答へた。するとお柳は繃帯を巻いた人差指を見つけて、その訳を尋ねたので、

『山住さんの写真を取らうとしてつひ怪我をしたの………』

とお袖は何気なく写真のことから怪我をしたことまで言ひ添へると、

『さう、姉さん、私の着物も、さぼして下さい。』

とお柳は嫌な顔をして、汗臭い長襦袢をお袖の前に抛りだした。お袖は、とんだ事を言つて仕舞つたと思つたが、もう遅かつた。

目尻の吊し上つたお柳の瞳から小さい蛇が赤い舌をだしてゐた。

あくる晩、人の寝静つた頃、

『さうだらうとも、お前は山住さんが好きなのだ。お柳がそういつてゐた。』

と良人の口から疑ひ深い言葉を、お袖は聞いたのであつた。

○

根も無い噂から家風に合はないと言はれて、お袖が実家へ帰されてから、もう一夏も過ぎてしまつた。昨日今日は肌寒い秋風が身にしみた。冷やし果物や、氷水に、やつと凌いだ土用の暑さも、すつかり忘すられて、岐阜提灯の涼しい灯影が、ゆらいだ縁側には、張立ての障子が締め切つてあつた。秋蠅が小指ほどになつてゐた。

お袖の胸にも秋らしい心が充ちてゐた。何にもかも思ひ出の種であつた。店蔵の二階座敷に、ずらりと並んだ柾目《まさめ》の新しい簞笥も、自分と一緒に送り還されたものであつた。中指の指環にも、もう取り返しの付かない後悔が潜んでゐた。殊に妹のお沢が縁付いてからは、しつかり握りしめてゐた片手を無理やりに取られた、独りぼつちの悲しさが、便りのない心に泌みてき

た。あの欝《ふさ》ぎの虫が、心の隅まで、小さい歯を立ててゆくのもお袖には痛かつた。

今朝も髪結ひのお常さんがやつてきた。庭先の四畳半に鏡台を置いて櫛畳《くしだとう》をあけると、油じみた櫛のしたから脱け毛の玉が出てきた。鏡台の抽斗には翡翠の中差が這入つてゐた。

柔かい日影のさした障子に、をり〳〵鳥影がうつつて、厠に続く椽の下には蟋蟀《きり〴〵す》の空き《むなし》籠が投げ込んであつた。積み重ねた朝顔の泥鉢から大い螽蝴《こうろぎ》が覗いてゐた。お世辞の好いお常さんは、いつも山崎屋の噂をして、

『まだ後がきまらないさうですの……お内儀さんも若旦那も貴方のことを大そう後悔してゐらつしやいますよ。』

と言ひ添へるのが常であつた。この言葉をきく度にお袖は古《ふる》創《きず》の痛むほど堪らなかつたが、今朝に限つてお常さんは何とも言はなかつた。しつかり根をしめた元結を、ぷつときつた鋏の音には秋の心が溢れてゐた。癖直しも、すつかり済んで、いつか前髪を取り上げながらお常さんは、

『また、ぢき髷にお結いでせう。』

と薄い唇を動かした。

『いゝえ、髷には生涯結はないつもり。私の代りに沢ちやんが結つて呉れますから……』

とお袖は膝の上で根掛《ねがけ》の球を拭いてゐた。妹の置いていつたものか縁側に吊した根髢《ねかもじ》が秋風にゆらいで、ふと大い楓の落葉が障子にうつつた。雀の鳴声も聞えた。お袖は何時か出来上つた銀杏返しを合せ鏡で見てゐた。結ひ心を知つてるせいか、お常さんの結ひ振りには、お袖も好い心持になつてしまつた。

妹のお沢は、とう〳〵嫁《かたづ》いてしまつた。あの晩、すつかり支度が出来て、いざといふ時に、お沢は角隠しに手をあてながら、

『姉さん、もう往くは、何んだか悲しくつてね。』

と流石《さすが》に別れ難い情愛の言葉を残して車に乗つた後姿は、お袖の目に残つてゐた。その晩、お袖は出戻りの悲しさに留守番をしてゐた。そうして折々、柱時計を見ながら、

『もう床盃《とこさかづき》も済んだらう……』

と自分の冷たい「過去」にそつと手を触れてみた。

あの小鳥のやうなお沢を男の腕に与へるのは見知らぬ人に仕立卸しの晴着をやるより惜しかつた。その前の晩、お袖は二階座敷へお沢を呼んで、其となく自分の果敢ない追懐から結婚といふこと、機嫌気褄《きげんきづま》の取りにくいことから恥かしいことも仄めかした。

『ほんとに、さうなの……』

とお沢は怜しい顔をしてゐた。

鼠捕りに這入る鼠のやうに、お沢は女の係締《わな》にかゝつて人妻となつてしまつた。それから一週間もたつていつた、お袖は独りぼつちの遣瀬ない淋しさを、冷え〴〵とした障子のかげに喞《かこ》ちながら、うつとり考へ込むと口さへ聞かないことが多かつた。寝床へ這入ると行末のなりゆきが胸を塞いで、とどの詰りは家のために、また兄のために、嫌〳〵ながら男の手にたよらなけ

ればならない女の悲しさであつた。お袖は出戻の身となつて、嫁いだ人の行末を考へてみた。けれども幸福の人はなかつた。それとてお袖には身すぎの藝もなかつた。

今日も糠雨《ぬかあめ》が降つてゐた。落葉のたまつた庭先がしと〳〵と雨にぬれて飛石伝ひの袖垣から蟇蛙《ひきがへる》が透いて見えた。折々秋風が身にしみる、薄暗い障子のそばに針箱をだして、お袖は冬物の支度をしてゐた。さうして、指貫《ゆびゆき》を抜きかへた時に、ふと爪際の赤い黒子を見つめた。これは山住さんの写真を取らうとしたはずみに、赤いインキの残つたペン先が刺つた痕であつた。お袖は何時も之を見ると、山住さんを思ひ出して、あの話の面白い方が自分の爪際に潜んでゐるかと思へば、懐しい面影さへも浮んできた。それに根もない噂の基も山住さんであつた。すると、

『お葉書が参りました。』

と小間使が針箱の上へ置いて行つた。見るから涼しい塔の沢の絵葉書で、

『姉さん、楽しい旅行に出まして、昨夜茲へ着きました。谷川の流が枕に通つて寝付かれませんでした。姉さん、また欝《ふさ》いでは往けませんよ。良人《うち》よりも宜しく。　妹より。』

と走書でかいてあつた。鏡のやうなお袖の心には、良人と肩を並べて橋の手摺に靠《もたれ》たお沢の横顔、山をめぐる雲のたゞすまひ、心の衰えを嘲けるやうな流の音、薄霧に頬のくづれる冷かさ、其処となく秋草の繁みに咲きたした真紅の花も、映つてゐた。硫黄臭い湯殿の姿見に、人妻らしい身体を映したお沢の姿が、ふとお袖の眼を掠めた。お袖はこの絵葉書を手にしたまゝ、うつとり考へ込んでしまつた。やつぱし自分ひとりが女のなかの不幸者らしかつた。

何時か糠雨も上つてしまつた。東の空が切れて、千切つたやうな薄雲が後から〳〵駈けていつた。湿つた土の香や樹の香が蕭《しめ》やかに仄めくうちに、台所では、もう庖丁の音が聞えだした。

『根掛でも買つて来やうかしらん。』

と独言を言ひながらお袖は針箱の蓋をしめた。娘のときから髪の道具がお袖の楽しみであつた。それからお袖は二階へ上つて用簞笥から紙入を取だすと、僅かなお札と銀貨が手のひらに冷たく零た。

台所の片付いた頃、お袖は勝手口から吾妻下駄の歯音を残して裏口を出かけた時に、肌寒い夜風に襟もとを掻き合はせながら立止つて耳をすました。どことも知れず土蔵の礎から蟋蟀《こうろぎ》が鳴いてゐた。

その晩は縁日であつた。雨上りの泥路《ぬかるみ》に、ちらほら人影が写つて疎らに並んだ夜店のなかに焼栗の香が芳しかつた。煎豆屋《いりまめや》の隣には赤黒い毛布に小楊枝の束を並べて頭巾を被つた老婆《ばあ》さんが黒文字《くろもじ》を削つてゐた。呉服屋の明い店先を曲ると菊の香が夜風に吹かれてきた。油煙に背いた横顔はお茶の先生らしいので、お袖は片側の暗い軒下を通り過して不動様の前へ出ると、母子《おやこ》の乞食がカンテラの下に名ばかりの附木を置いて袂の露を

願つてゐた。泥人形のやうに、子供を寝かした薦《こも》の端に、大なる泥路が開いてゐた。お袖は懐を探つて銅貨を抛りだすと、小走に歩きだした。若い身空で施しをするのを人に見られて何んとなく恥かしかつたが、ほんとに好い心持がした。それから米沢町に曲らうとした擦れ違ひに、

『お袖さん………』

と呼ばれて振り向いたお袖の瞳には、懐しい山住さんの顔が映つてゐた。

立話では尽きなかつた。二人は待合の多い矢の倉の暗闇を通りぬけて大川端へ出ていつた。久振りの話が胸から胸へ這入つて新しい心が生れた。今晩、友達を尋ねた帰りに久振りのお袖に逢つたとは偶然の幸であつたと繰り返して、山住さんは片手の雨傘を持ちかへた。もう河岸の柳も枯れてしまつた。満潮の差し迫る水面《みのも》が、柔かい、愁の多い女の胸のやうに動いて、水楼の灯影が長くさしてゐた。ふと擦れ違つたゴム輪から残香の漂ふ電車路を通り越すと、昔の儘の物静な御屋敷の土塀が続いて人通も少かつた。男と肩を並べて歩くのは、お袖の若い生涯に初めて起つたことであつた。お袖は話の糸口が付かず、唯だ思ひだす儘に答へるよりほかはなかつた。暗い角から、

『お合乗《あひのり》、いかゞです』

と若い、戯談半分の声はなんとなく可笑しかつたが二人は知らない振をして歩いていつた。まして根も無い噂のことは話の芽にも出さなかつた。

『僕の下宿へお柳さんが、うるさい程、遊びに来ますからね。一週に二度は来ますからね。貴方なら歓迎しますから是非入らつしやい。』

と山住さんは革の銭入から名刺を出した。

『ほんとに行きますよ。』

とお袖は街燈に透かしてから帯の間に挟んだ。河風が爽かにお袖の頬を撫ぜて、広重の手法に見るやうな旧大橋が、薄靄のなかに浮いてゐた。橋詰に来たとき、また踵を返したほど二人の話には様々の話材が尽きなかつた。夜釣の人が二人の姿を幾度も見送つてゐた。

『貴方は再婚するのでせう。』

『もう独身で暮す積りですの……』

とお袖は山住さんの薄い髯を見詰めながら来年卒業することを思ひ出してみた。

二人は、いつか枯柳の枝かげに佇んでゐた。

○

山住さん。

昨夜は誠に失礼いたしました。ほんとに、お邪魔を致しました。近所のほか出たことの無い私が本郷といふ処へ参るのは遠い国へ旅立つやうな気が致します。まして男ばかりゐらつしやるお城のやうな下宿へ参るのは、怖しくて仕様がありません。けれども思ひ切つてしまへば女は強い者です。昨晩だけは迷はずに貴方の下宿へ往くことが出来ました。薄暗い廊下を通つて

貴方のお部屋の前に出ますと、聞き覚えのある声が私の耳に這入りました。あの一年間も意地目ぬかれたお柳さんの声では御座いませんか。私は何うして忘れませう。悪い事とは知りながら私は立聞をしてをりました。貴方のお好きなカステラの折を抱へて、襖の前に立つてをりました。

『お袖さんは遊びに来る許りさ。』

『いゝえ、隠しても駄目ですわ、ちやんと解つてをりますよ。家に居らしやる時からお袖さんがお好だつたぢやありませんか。私、口惜しいわ。』

と一緒に手紙を裂く音が聞えました。私にもすつかり解りました。お柳さんの手で私の手紙が裂れたのです。私も口惜しくつて堪りませんから、夢中で襖をあけました。それから起つたことは御存じの筈ですから申上げるにも及びませんけれども、あれだけお柳さんを泣したのは、せめてもの慰めで御座います。

山住さん。私は克《よ》く存じてをります。なんでも初雪の降りだした晩でした。貴方は誰れかの言葉だと御有《おつしや》つて、

『ねえ、お袖さん、子供のときに影の踏くらをしたでせう。月の好い夏の晩なぞには克《よ》くやつたものでさ。それで女と言ふものは自分の影みたいなものです。逃げだすと後から蹤いてくるし、追つかけると逃げだします。だから女は始末にをいませんね。』

といふお話は私の胸にかいて置きました。

私のやうな時代遅れの女は男の後から蹤いてゆく影で御座んす。女と言ふものには誰れかの温かい手がなければ暮らして往かれるものでは御座いません。私は結婚といふ者に温かい手を求めました。けれども其は女を生捕る係締《いけどわな》でした。それから私はお沢といふ妹に冷たい手を預けようと致しましたがお沢も温かい手が欲しいために嫁いでゆきました。両親の手には、もう皺が寄つてをります。額にあてゝ嘆くほかにはもう私の手を預ける処が御座いません。その時、貴方にお目に懸りました。さうして貴方の面白いお話を伺つて便りのない胸の淋びしさを慰さめやうと致しました。けれどもお柳さんに疑ぐられるやうな嫌らしい考は御座いませんですが貴方の大嫌だと仰有るお柳さんと、お柳の大好きな貴方との間には何が御座いませう。言はぬが花で御座います。これほど嘘がお上手とは思ひませんでした。私はもう一遍申します。貴方の大嫌だと仰有るお柳さんと、お柳さんの大好きな貴方との間には、どういふ秘密が御座いませう。

山住さん。私の人差指には赤い黒子が御座います。貴方はお忘れかも知れませんが、貴方の写真を取らうとした機会《はづみ》に、ペン先が刺つて出来た創痕《きずあと》で御座います。赤いインキの着いてゐたせいか刺青《ほりもの》のやうに残つてしまいました。私はこの創痕を見詰めながら口のうまい嘘のお上手の貴方の面影を、指が腐るまで思ひ浮べます。もう私は冷たい手を誰にも預けようとは致しませんが、唯だ胸に置いて悲しい思出の芽を摘みませう。これは貴方に差し上げる最後の手紙ですから貴方とお柳さんの行末

を祝つて長く筆を擱きます。
十一月四日
山住さま　まゐる

お袖より

（面影の一、終）

◎

土蔵の廂合《ひあはひ》から海のやうな空に雲の峰の炎えたつのが見えて、瓦家根がぎら〳〵光つてゐた。手の平ほどの庭に繁つた蒼桐の葉がくれに、蟬の鳴く日も珍らしくなかつた。

『今年は余つぽど暑いのだよ。こんな処で蟬がなくから……』と誰も口癖のやうに繰り返して、額の汗を拭いてゐた。時には「おしいつく〳〵」の声さへ聞えた。その声は旅館の夏木立を思ひ出させたり、田舎家の樹蔭を偲ばせたが、却つて熱さの種であつた。台所にお待遠様と岡持を置いた氷屋の若者は、水瓶から柄杓《ひしやく》を取つて、ぐい〳〵飲んでゐた。

お浦には心も身体も蒸暑い十六の夏であつた。暑苦しい日盛りには店蔵の二階で昼寝をするのがお浦の癖になつてしまつた。店蔵は蒸暑いにしても棟の高いせいか、肌に触れない涼風が絶えず吹き込んで額の汗が乾いてゆく。それに寝姿を見られる憂がなかつた。

お浦の寝顔には、もう人形のやうな稚気《あどけなさ》がなかつた。唇のかげから白い歯並が見えて、豊よかな乳房さへ襟の奥から透いてゐた。洗髪が涼しい風に乱れて柔かい、香の高い胸が微な呼吸《いき》に動く。透き通るやうな手の平に蒼蠅が止まつてゐた。燻つた鴨居の額から俵の上の大黒様が、お浦の寝顔を見守るほかには、物静な日盛りであつた。

お浦はふと眼が醒めて仕舞《しま》つたうと〳〵とした許りで起されたやうに瞼が重かつた。お浦は眼を擦りながら窓際の金魚鉢から鴨居の額まで見廻はすと、あの大黒様がくす〳〵笑つてゐるらしかつた。その途端に、階子を駈け降る跫音が聞えた。

『あら、藤吉だツ……』

と言ひ放つたお浦の心には、処女らしい怒と恥かしさが充ちてゐた。お浦は寝姿を見られてしまつた。ぼんやりと窓の格子を見詰めながらお浦は深い思に沈んでしまつた。ふと乳母《ばあや》のことが胸に浮んだ。乳母は浜辺の入日に焦げた頰辺《ほつぺた》をお浦の寝顔におつ付けて、

『乳母ですよ。ほんとに大きくおなりですね。』

今でさへ、こんな戯談をやめなかつた。

お浦の頰には、男の脂さへ残つてゐるらしかつた。其となく匂を含んだ藤吉の素振りも今になつて見れば、すつかり解つた。けれどもお浦は昔の情愛からだと許り思つてゐたのだ。藤吉はお浦の腰巾着で学校の往き復りにきつと蹤いてきた。通用門のそばで近江屋とかいた番傘をさしながら、お浦に雨傘を差しかけて呉れたのも藤吉であつた。お花のお稽古の迎へにきた藤吉が敷台の上に待ち暮らして、克《よ》く居睡をして仕舞つたこともあつた。病気の時には枕許で十二煙草入を折つたり、絵草紙を切

りぬいて呉れたものだ。手のない時には二人で縁日へ往つたこともあつた。それだからお浦さんの腰巾着と朋輩に戯はれるのをきくと、お浦は幼心にも可哀相であつた。

『ねえ母ちやん、可哀相だから藤吉をよして頂戴。』

と其訳を話して学校の送り迎へをやめて貰つた。それから物心のつくのに随れて腰巾着に連れて往つたことも無いし、今は戯談の一も言はなかつた。かういふ古い事がお浦の胸に往来すると昔の懐しさが心に溢れた。さうして藤吉の綺麗な顔立や客をそらさない商ひ振りがお浦の眼に浮んだ。けれども、お浦は、

『雇人のくせに……』

と口では言つてゐた。お浦は富沢町に名高い木綿問屋の独《ひと》り娘《むすめ》であつた。

もう日盛りも過ぎたらしい。窓から吹き込む風の中には、涼しい夜の使が潜んでゐた。閉め切つて置いた筈の葭戸《よしど》が少し開いて、眩い西日が古い畳を焦してゐた。お浦は暑苦しい怖れを感じた。さうして今だに胸騒ぎの止まない身体《からだ》を起すだけの気もなかつた。壁の腰張に止まつた蒼蠅が髪から耳もとに羽音を残して窓から飛んで往つた。その行方を見ながら、心を盗まれた女のやうに、お浦は環《たまき》に暑中御伺とかいた糸屋の団扇を手にしながら、うつとりとしてゐた。蒼青な空に土蔵の家並が火のやうな息を吹いて、お浦の唇は焼石のやうに渇いてしまつた。けれども階下《した》に往くのが何んとなく怖しかつた。すると店の時計が撃ちだした。

『もう四時になつちやつた。』

と聞き澄ました耳にまた階子を跫音《あしおと》が聞えたのでお浦は何となく怖かつた。まもなく葭戸の陰からお杉の赤い帯が透いて見えて。

『お風呂が沸きました。旦那様がお留守ですから貴方にお這入り下さいとお内儀さんが仰有いました。』

とお杉が襷を外しながら言つた。

『それぢや今ゆくから湯上りを出しといて頂戴……』

ときくと、お杉は仰山な足音を残して降りていつた。お浦は枕許に置いて帯を手にしてやつと立ち上つた。薄暗い、埃臭い階子の手摺につかまつて、やつと階子をおりたお浦は帳場の後を通るとき、ふと店の方を見てみた。藤吉が頸垂れながら抽斗を探してゐた。お浦は、ぞつとした。

風呂の加減は丁度好かつた。硝子戸を開けると涼しい夕風が吹き込んで十日余りの宵月が物干しの上から覗いてゐた。糠味噌の香が鼻に泌みた。誰れか買つてきたのか、女中部屋の窓に朝顔の鉢が載せてあつた。虫の付いた葉がくれに小さい蕾が赤かつた。

『流しませう。』

とお杉が尻を端折りながら降りてきた。脊中を流しながらお杉の変に思つたのは、お浦が考へ込んで碌《ろく》に口をきかない事であつた。間も無くお浦は縁側の柱に靠《もた》れて庭先を見詰めてゐた。赤い襷をかけたお杉が尻を端折つて、力一杯に撒いた打水のあ

とから涼しさが湧き出して、水を汲込む焼石のにほひ、雫のたれる緑の爽かさ、真黒になつた土の潤ひ、四手の葉から、ぼた〲水が落ちて清々しい「夕暮」が湯上り肌に泌みてきた。けれども忍返しには微な西日が残つてゐた。

いつか生き返るやうな夜が落ちてきた。洗い立ての浴衣に着かへて母親と御膳に向つたお浦の姿が葭戸から透いて見えた。お茶漬も美味くはなかつた。

『阿母《おつか》さん。夏痩《なつやせ》がしなくつて……』

とお浦は思ひ出したやうに訊いて箸を置いた。

釣荵《つりしのぶ》の風鈴も爽かな音を立てた。お浦が長い袂を攪《から》げて岐阜提灯に火を入れると涼しい灯影が縁側に零《こぼ》れた。庭中に繁つた蒼桐の葉かげから降るやうな星が見えて明日の川開きも、お天気は請合であつた。

藤吉がつと這入つてきて母親の前に頭を低《さ》げた。お浦は、そつとしながら藤吉の口を見詰てゐた。

『宿から葉書が参りまして国から届け物が御座んすさうですから、今晩ちよつとお暇を……』

『あゝ、行つておいで、……だが旦那のお帰り前に帰つておいでよ。』

許しの言葉を聞いた藤吉は座敷の出がけに、ちらとお浦の横顔を見ていつた。

お浦が床に就いた頃にも藤吉は帰つて来なかつた。いろ〲の思出がお浦の小さい胸に機《はた》を織つて眠らうとすればする程目が冴えてしまつた。暑苦しい手足を蚊蟵《かや》の裾にも置いて見た。焼けるやうな身体《からだ》を畳の上にも載せてみた。けれども藤吉は帰つて来なかつた。

鼠の騒ぐ音を足音かと聞紛ふうちに、もう母親の鼾《いびき》が聞えだした。今晩も父親が妾宅へ廻はつて仕舞つたかと思ふと、母親の心が悲しかつた。昔は父親の泊つてくる度毎に言ひ争つた母親が今は、すつかり諦めて鼾をかくやうになつて仕舞つた。ふと足音らしかつた。

『只今帰りました。遅くなつて相済みません。』

といふのは確に藤吉の声であつた。お浦はほつと安心した。さうして藤吉の足音が店蔵の奥に消えてゆくまで耳を澄ましてゐた。

○

あくる朝、藤吉の御膳が人待顔に出してあつた。厠から出てきた藤吉の後姿を見たきり、逢つた人はなかつた。迷子の藤吉やいと大声を挙げながら奥蔵の三階まで探しぬいた諷軽者《へうきんもの》も、

『宿入に買つた帽子を抱へて路次から出ていつた。俺は見てゐた。嘘ぢやねえや。』

と言切つた小僧の言葉を疑ふことが出来なかつた。今晩の川開きを楽しむ人達の心にも、時ならぬ噂の種が蒔かれた。あれほど謹直な、女のやうに臆病な藤吉が、もう少しで年期の明るに、店を飛びだして往たのは、よく〲の事と思ふより、どうして藤吉に此んな事が出来たかと誰も驚いてゐた。さうして瀬

戸際の失敗には何時も女が潜んでゐた。さう言ふ例は此店にも多かつた。けれども藤吉には、そんな様子が無つた。縁側に雑巾掛けをしてゐたお杉の後姿を見ながら、

『ねえ、お杉、お前が藤吉を何《ど》うかしたのぢやないかい。』

と気さくなお内儀《かみ》さんが戯《からか》つてみたのも無理はなかつた。

『あら、存じませんよ。ねえ、お浦さん』

とお杉は雑巾を手にしたまゝ同情を求めるやうにお浦の横顔を見詰めてゐたが、お浦は聞えない振りをして花鋏を使つてゐた。わざ〳〵藤吉の宿へ尋ねに往つた小僧が帰つてきて叔母が今晩お詫に伺ふと復命して、

『何んだか藤どんが泣いてをりました。』

言ひたした顔には、花火のほかに飛んだ事件の起つたのが嬉しさうであつた。

とう〳〵川開の晩になつた。日盛りの内から物売の車が通り続けて、赤い毛氈《もうせん》を敷いた二階の出窓には、冷した果物にサイダーの瓶さへ添へてあつた。片影の付く頃、ポン〳〵と高く上つた二つ玉から福助や国旗が夕焼の空に落ちていつた。玉屋、鍵屋の囃し声に日が暮れて、昇る流星、星くだりは此土地に育つた人にも懐しい年中行事であつた。

台所が片付くとお杉を初め、奥の者が店先の涼台に集つて、戯《ふざ》けながら花火を見てゐた。奥は火の消えたやうに森としてゐた。今夜も父は妾宅へ往つてしまつた。邯鄲《かんたん》の鳴声が折々聞えるなかに、仏壇の下で母親が小遣帳をつけてゐた。

八時すぎた頃、藤吉の叔母がやつてきた。お浦は屛風の蔭に忍んで立聞をしてゐた。小さい玉子の折を差出してから年寄らしい挨拶がすむと、やつと藤吉の話に這入つた。

『……………………………………朝鮮へ参りたいと申して御飯も戴かないほど思ひ詰めてをります。永々、御世話になりましたのに御恩知らずの申分で御座いますが、どうか長のお暇を……………』

お浦は、はつと思ふと急に悲しくなつて、涙ぐんでしまつた。さうして屛風の蔭から足音を忍ばせながら店の方へ歩きだした。あれ程の事に気を揉んで、自分から身を引かうとする女らしい藤吉の心根を気の毒に思ひながら、お浦は階子の手摺に靠《もた》れて考へてゐた。

いつか昨日の二階座敷へやつてきた。鉄格子の嵌つた窓から花火の賑はひが涼しい夜風と一緒に這入つてきた。お浦は窓に靠れて袂を嚙みながら明い両国の空を見詰めてゐた。ポン〳〵昇つた流星が瓦の家並に開くと、赤い吊火が青となり紫となつて落ちゆく果てには何時か消えてしまつた。吊火の行方にもお浦の淋しい心があつた。

○

お浦の身の上に、何の話もなく二年の月日が経つていつた。唯だ父親が名誉職の椅子に就いたことが近江屋のまたない誇りであつた。紳商《しんしやう》の娘として婦人画報に出たお浦の姿は、目が醒めるやうな高襟《はいから》で、若い誇に富んだ目許には高い望が現れてゐ

た。同窓会の余興にも士官とか侍とか男の役に扮するのが好きで太い洋杖《すてつき》を突いて、荒縞の白袴を穿いた書生が花下《くわか》に逍遥する活人画は、評判の振つたものであつた。親類の年寄に縁談をきかれると、

『結婚なんかはしませんわ。』

と口癖に言つてゐた。古い下町の娘気質がお浦の心にも姿にも亡びて、男優《をとこまさ》りの我儘が近江屋の独娘《ひとりむすめ》を裹《つゝ》んでゐた。紫金《しこん》の袴を胸高に結んでパラソルを差しながら店蔵の並んだ下町を、靴先軽く歩きだした後姿には門並の眼が集つた。

お浦の友達に繁子といふ山の手の娘があつた。蒼梧の葉隠れにお揃のリボンをかけた二人の姿が蝶々のやうに並んでゐた。着物や風呂敷から同じ香が薫つた。お揃のパラソルが校門から出て往つた。校庭の長椅子に睦しく話し合ふ二人の側には、誰も往かなかつたほど、親交が深かつた。けれども繁子はお浦には似も着かない、優しい、しとやかな令嬢であつた。

雪模様の日、当番をすまして校門を出てからお浦と繁子が注《し》連《め》を張た銀杏の樹の広場まで来ると、ちら〳〵雪が降りだして襟筋にとけた。二人とも傘を持つてゐないので、あの樹蔭に佇んでゐた。もう、すつかり葉が落ちて、裸になつた梢に鴉が鳴いてゐた。落葉の堆《うづたか》く溜つた根もとの柵に、汚い頬冠《ほうかむり》のしたから白髪の見える労働者が凭りかゝつて、手の平から煙草をつけてゐた。汚い絆纏の襟に「河内楼」とかいてあつた。雪は止みさうになかつた。

『傘を借りて往かなくつて……知つてる人がありますから……』

と繁子は坂の上の下宿を指さした。昔の御屋敷とも言ひ度いやうに窓が並んで、ちらほら灯影の射した障子に海坊主のやうな姿が映つて、尺八の音が聞えてゐた。二人が足早に昇り詰めた坂の角で、古いポストから配達夫が腰をかがめて郵便物を鞄の口へ掻き出してゐた。片手には沢山の鍵があつた。いつか二人は下宿の前に出た。

『こゝよ』

と繁子は重い硝子をあけて、

『服部さん、ゐらつしやいませんか。』

と馴々しく案内を頼んだ。お浦が帳場を見ると、もう五時を過ぎた時計の振子《しんし》が忙しい音を立てゝ、電燈がぼんやりと主人の横顔を照らしてゐた。重い足音と一緒に薄い髯の生えた書生の姿が階子《はしご》から見えて、

『さあ、上り給へ。』

と武骨な手振をした。

『よくつてよ、一寸、傘を借りに来たの……』

『まあ、上り給へ、どうせ閑だから……』

二人の会話には隔てのない親しさが含まれてゐた。爪先の冷た靴を脱ぎ棄てゝ二人は服部さんの後から二階を昇り三階へ出ばなの部屋に這入つた。服部は机の上に翳した火鉢の灰を掻き起した。其後から好い加減に桜炭をついだのは繁子の細い指に

挟まれた火箸であつた。

『浦子さん。私の親類の方で法科へ入つてゐらしやるの………』

と紹介されてお浦はやつと手持不沙汰の思ひを免れた。服部は絶えず煙草を手にして、面白い話しを聞かせた。時々、噴き出すやうな高笑ひを湛へたり、眼鏡を指で直してるうちに、もう置場ないほど吸殻が溜つて仕舞つた。ふと笑ひに紛れて服部の指先が繁子の手に触つたのもお浦は知つてゐた。粉炭《こずみ》の無くなるまで話し明して二人は別れを告げた。

『其処まで送りませう………』

と服部はマントに鳥打を持つて蹤いてきた。雪模様の空は名残なく晴れて降るやうな星のなかに三日月が懸つてゐた。疎な足音が舗石に響いた。立木の枯尽した赤門から灯影が淋しく射してゐた。

『一寸、失敬………』

服部は煙草を点けだした。二本目の燐寸《まつち》を擦つた時に、繁子は袖屛風をしてやつた。燐寸の灯影に男らしい顔が赤くなつた。埃及煙草《エヂプトたばこ》の香を残して往く二人のそばに、お浦は邪魔物のやうに跪《つ》いて、碌《ろく》に言葉も掛けられなかつた。あれ程、弱々しい、いつもお浦を頼りにしてゐる繁子が服部のそばに居ると、女王のやうに振舞つて、お浦こそ其の待女《おつき》であつた。

本郷通りの四角へ出るとお浦はそこ〳〵別れを告げて、車掌が行先を繰り返てる電車の踏台《ステツプ》を上つた。邪魔物にされた口惜さと、あれほど親しい繁子を服部に取られて仕舞つた悲しさがお浦の心にこみ上げてゐた。さうして片隅の窓から向ふの停留場を見ると、二人は赤い電燈の下に佇んで、残り惜しげに立話を続けてゐた。

あくる朝、教室の窓際で靴の紐を結びながら、

『あの方はなんなの………』

とお浦は訊いてみた。繁子は顔を赤めながら四辺《あたり》を見廻はして、

『あの方はね………誰にも言ちや嫌やよ。私の未来の方なの………』

声を秘めて流石《さすが》に恥しく言ひ切つた繁子の瞳には処女らしい恋の誇が炎えてゐた。その日から他所〳〵しい素振が二人の間に生れた。校庭の樹蔭にも二人の姿は無かつた。

『また、お休ですか』

と何時も主任の先生が顔をしかめ乍ら、お浦の欠席を記してゐた。柳の青々と垂れた校門を、別れ〳〵に出てゆく後姿を見送り乍ら、

『この頃は、どうしたのでせう。』

とラケットを手にした級友《クラスメート》が囁《さゝや》きあつた。卒業の写真にも二人は並んでゐなかつた。

お浦の心は空しかつた。悪魔の爪痕ばかり深く残つてゐた。

「金魚、目高」と夏らしい売声の聞こえる裏町を通つて、お浦はパラソルの陰から友達の姿を探してゐた。茅蜩《ひぐらし》の鳴く上野の

森を、音楽会《おんがくくわい》の路に急いで、目が醒めるやうな盛装に、青い瞳を集めたこともあつた。時には長椅子の端から、祭壇に神を説く牧師の言葉を聞いても心の糧は無かつた。

○

須田町の停留場に、黒山のやうに人がたかつてゐた。故障のあるせいか、まるきり電車の影も見えず、段々人が殖えて待遠しげに扇を使ふ者も多かつた。お浦も待ち暮す仲間の一人であつた。すると、横合から、

『お浦さん、久《しば》らく、私で御座んす。』

と呼ばれて振り向くと、二年前に長の暇をとつた藤吉であつた。けれども、あの仕着羽織を着て算盤《そろばん》を手にした藤吉ではなかつた。絽《ろ》の羽織を意気な紐に結んだ先には末広形の翡翠がついて、真白なパナマから優しい顔が見えた。二人は測量師のやうに互の姿を見詰めてゐた。藤吉は慎しい口調に笑を交ぜて、店の様子や、主人の機嫌を訊いてから、

『貴方は何をしてゐらつしやいます。』

と言葉を結んだ。

『やつと学校を卒業して、ぶら〳〵してるの………』

お浦は、やり場の無い瞳を、停留場の時計にそらすと青々とした柳の陰から二時を指した短針が見えた。電車は未だ来なかつた。

『此れからお帰りですか………そんなら私の家へ寄つて入らつしやいませんか。すぐ其処ですから………昔のことでも話ませう。』

と藤吉は、麦酒《ビール》の広告が高く上つた向ふを指した。

『でもお邪魔でせう………そんなら………』

とお浦は答へて仕舞つた。藤吉が小い風呂敷包を持ちかへてお浦に寄り添うてゆく後姿を、黒山のやうな人が妬しげに見送つてゐた。二人は近頃植えた並木の舗石に薄い影を落しながら田町の方へ曲つていつた。市場には卑しい女が青物の屑を拾つてゐた。藤吉が帯の間から乗換の切符を出して、投げ棄てた中指には、延金《のべきん》の指環が光つた。

『さあ、玆が家ですから何卒《どうぞ》お構ひなく、………誰も居ませんから………』

と藤吉が拭き込んだ格子を明けると、驚魂《けたたま》しい鈴の音がした。

『お帰りなさい。』

と仲働きらしい年増が襷《たすき》を取つて頭を低げた。

『さあ、お構《かま》ひなく二階《かい》へ………』

と藤吉はお浦に勧めた。

六畳の二階座敷は人待顔に片付いてゐた。古びた軸の下に投げ込みの一輪が薫つて裸美人の腕に抱られた置時計が、見馴れぬお浦にチックタックと御世辞を撒いてゐた。出窓には西洋の草花が新しい香を送つた。お浦は昔のやうにお前とも、藤吉とも呼び棄てることが出来なかつた。話さうとしても唇が硬張つてゐた。けれども藤吉は克《よ》く話した。

『ねえ、お浦さん、学校の送り迎へをしたのは私ですから、貴

方を見ると何んとなく懐しう御座んすよ。丁度、乳母がお嬢さんに逢つたやうですねえ……』

と藤吉は斜《はす》にした吸子《きふす》から香の高い、濃いお茶がお浦の茶碗に溢れた。二人は過ぎ去つた日を振り返つてみた。其処にはあどけない事柄の繋るなかに、二人のほかに知る者のない秘密が黒い点を描いてゐた。それは夏の日の寝姿を見れたことであつた。けれども其話には手を触れることさへ好まなかつた。尽きない話の末に、

『何をしてゐるの……』

とお浦は訊いて見た。

二年前の夏、長の暇を取つた藤吉は決して朝鮮などへは往かなかつた。伝手《つて》を求めて兜町の人となつてから客引を勤めてるうちに、いつか独り立ちが出来るほど腕が冴えてしまつた。

『世間ぢや、株といふと、博奕《ばくち》のやうに言ひますが、決して、そんな者ぢやありませんよ。』

と言ふのを枕として藤吉は激しい取引、場の様子、浮き沈みの多い生涯から二本の出し工合で怖しい程の取引が成り立つことまで話しだした。

香の高い御鮨の皿を前にして話はなか〳〵止まなかつた。お浦の唇に小鮨《こはだ》の鱗《うろこ》が光つた。藤吉は張分の煙管を指先で廻はしながら、

『お店にも伺はなくつちや済みませんが、つひ閾《しきひ》が高くつて……』と繰り返してゐた。

もう昔の藤吉ではなかつた。あの気の小さい、娘よりも臆病な気質が悉皆《すつかり》、なくなつて、ほんとの相場師らしい藤吉であつた。百円、二百円は紙屑のやうに話して、時には大きい遊びの話もした。福々しいお腹の割に、卑しい光が眼にあつた。お浦は聞き馴れない話に吊り込まれて、向ふの物干に夕日が落ちた頃、残り惜しい別れを告げた。

その後、お浦は幾度も藤吉を尋ねた。さうして不思議なことには高襟《はいから》なお浦の姿に、下町の娘らしい様子が生れてきた。島田にも初めて結つてみた。半襟の掛つた着物も着だした。そのうへ鉄火ものらしい風さへ見えてきた。

藤吉は、とかく場の者と交際を避けて景気の好い時にも馬鹿な遊びはしなかつた。日曜の朝は、窓に靠《もた》れてお浦の姿を待つてゐた。

○

一等の待合室に、二人の姿を見かけた人も尠くはなかつた。

厄年になつたお浦には見られるのも恥しい後悔の種が宿つてゐた。もう袖では隠しきれないお浦の身体《からだ》を、母親は、今戸の別荘に運ばせたのであつた。

柱暦《はしらごよみ》が剝し尽された頃、お浦は死児を産み落した。けれども、その小さな蒼白い顔に、藤吉の面影を否むことは出来なかつた。

あくる年の春、お浦は店に帰つてきた。長い旅から帰つてきた人のやうに、身体のやつれを隠すことは出来なかつたが、女

の大役を済ましてきたとは誰にも思へなかつた。丁度、遊戯室から出てきた子供の疲れに似てゐた。

秘密の多い身体には言い知らぬ美しさが仄めいて、女らしい嫋《しなやか》さが熱してきた。処女らしい顔立は何時か亡びて湯殿の姿見には、人妻の身体が映つてゐた。その上、男勝りの我儘が「横櫛お浦」と言ひたい程、鉄火に姿を変へてきた。もう「はい」といふ返辞はお浦の口に無つた。店の者も、奥の者も口汚い罵りを怖れてお浦の側へは往かなかつた。永年、そばに附いてゐたお杉にさへも、

『お前は、どこに眼があるんだい。』

と掃除の足りない茶碗を抛りつけたこともあつた。時には仕立卸しの晴着を、ずた〳〵に裂いて、

『おゝ好い気持……』

と叫んだお浦の心には、憎い〳〵男を八裂きする楽みがあつた。

けれどもお浦の心は空しい花瓶であつた。をり〳〵いたましい追懐の火花が散つた。

別荘の四阿屋《あづまや》――水に近い小窓に凭りかゝりながら思ひ沈むと、お腹の塊が母親の罪を責めるやうに動き出したこともあつた。沢山のお金を割いて、もと雇人であつた藤吉の腕から、独《ひとり》娘《むすめ》を取り返さうとした親達の心も考へてみた。藤吉から来た最後の手紙には、熟した葡萄の実を吸つて、御馳走様と種を吐きだした面影さへあつた。あの通夜の夜半、お斎僧《ときそう》のお経を聞きながら、母親の罪を葬るために、果敢《はか》なくなつて呉れた我子を、いとしく思はずには居られなかつた。

お浦の心には悪魔の爪痕ばかりが、深く〳〵残つてゐた。男のために蹴られても、打たれても、お浦はやつぱり泣きたかつた。けれども女囚のやうなお浦は、一足も家の外へは踏み出せなかつた。

拙い散文のやうに月日が流れていつた。独りぼつちの淋しさがお浦には堪られなかつた。

ある晩、お浦は母親の膝許に呼ばれて、縁談を勧められた。

『ねえ、お前さん、後生だから行つて呉れないかい。お前さんばかりが私の気懸りだからね。あのことが知れても大丈夫のやうに附けて上げるものがあるからね』

と母親は涙を浮べて、お浦の答を待つてゐた。何処までも生《き》娘《むすめ》として片づけやうとする母親の心が嬉しかつた。

『はい……』

と珍らしい、また思ひ掛ない返辞が母親を歓ばせた。

間もなく今戸の別荘が人手に渡つた。それはお嫁入の支度と、秘密の多い身体に付ける持参金であつた。三越や白木の車が毎日、近江屋の裏口に止まつて、萌黄《もえぎ》の油単《ゆたん》をかけた吊台が、出入の者に担がれて春の町を煉つていつた。

とう〳〵黄道吉日《くわうだうきちにち》と言ふ古めかしい言葉に唆《そゝの》かされて、お浦の嫁ぐ晩となつた。朧夜であつた。

店先には黒山のやうな人だかりがして、名誉職の令嬢として、

又た近江屋の独娘として、目出たく嫁ぐ果報者のお浦を待つてゐた。乳母の肩から覗くお内儀さんの眉は綺麗に剃つてあつた。匂ふやうな高島田に重さうな笄《かうがい》をさして裾模様の褄をとつたお浦の心には、処女らしい歓びと、誇りが溢れてきた。

蛇のやうな瞳がお浦の顔に集つた。

『幌を早く……』

と車の上から低声で言つたお浦には、流石に女らしい恥かしさが残つてゐた。

（面影の二、終）

（「新小説」大正元年11月号）

世間知らず（抄）

武者小路実篤

一

C子から始めて手紙をもらつたのは五月十五日の夜だつた。よかつたら来たいと云ふ手紙だつた。

知らない女の人が来たいと云ふのは生れて始めてだつたから、図々しい女もゐるものだと思つた。一方では又ある期待ももつた。しかしその期待は恐らく破られるにちがいないとも思つた。しかし逢ふだけは逢つて見やう、さぞ自家《うち》の奴はおどろくだらうと思つた。それが又面白くも思へた。さうして来てもいゝが予期を少しでもつくつて来たら失望するだらう、その覚悟で来るならば火木土の内午後一時半迄に来てもらいたいと云つて返事を出した。

来るかと思つたが一週間あまり来なかつた。その間に二三度手紙をよこした。

その手紙の内にはこんなことがかいてあつた。

「私《わたし》は年ばつかし大きくなりましていつまでも赤ちやん見たいですからそのおつもりでいて下さいまし」
「私は女は大きらいです、昔のおいらんが好きです。けれども只だ姿だけ好きなんです。私は迷信家で困ります、神信心ぢやありませんの、たゞおばけだのけだものがこわいのです。そして目にちら〳〵していやでしようがありません。人に殺されはしないかと心配で〳〵たまりません。私はきつと長いきしませんかと心配で〳〵たまりません。たゞ死ぬ時さぞ苦しいだらうと思へばこわくていやで〳〵たまりません。けれどもほんとは生きているのは何よりいやなことですわ。

げいしやになるようなうちに生れたらうれしいでしようとおもひます。父は私を馬鹿だと思つて見すて、居ますけれど私はちつともばかじやないんですもの、孝行がしたくても私の真心がとゞかないんですもの、つまらないわ、母様《かあさま》はかわいそうでしようがありません、なぜお嫁にゆかないと馬鹿なんでせふ」
「私は泣きたいような気でしゞゆう居ますけど、つまらないと思つてしゞううれしそうな顔をしています。人間並と人に見くびられるのはいやですから、私はね、お月様のお申子で、お月様の精だとおもつて居ます。

女は大きらい、丸い女は一ばんきらい、くろい女もいや、長い女もいや、みじかい女もいや。

私は西洋の絵の女だけ好き、活きてゐる人間はみんなきらい。男の人にちつとばかり好きな人がありますだけ、私は日本ですきな人に今まで逢つたことはないの、ちつとも生きていたくないわ。

私は利口なのに、小供の時はお利口だ〳〵つて云はれどほしました。こんどはばかだ〳〵つてうちの者までい、ます、にくらしいわね。

ごめん下さい。どうぞ私を好きになつてくださる方ならうれしうございますが。

きらいだつたらそう申してください」
「私をばみんな宅の者だの伯母さんがFちやんと云ふつもりをCちやんと云ひますから一人か二人がCちやんにしてしまいました。そう仰《おつしや》つてかまひません」

自分はとんでもないものが舞込んだ様に友達に吹聴し手紙を見せて笑つた。

二

始めてC子が来たのは二十四日だつた。前に二十四日に来ると云ふハガキをよこして、その日午後三時半頃C子は自分の家に来たのだった。その日午後自分の処に高尾と長沢が来てゐた。自分は二人に今に女の人が来るかも知れないと云つた。さうしてどうせ不愉快な女にきまつてゐると口では云つてゐた。しかし美しい女かも知れない、さうあつてほしいと思つてゐた。何しろ藝者になりたいやうな口吻《こうふん》をもらす女なのだから。

しかし二時になつても来ないので来なくなつたのだらう。又あとで手紙でもよこすのだらうと思つてゐた。しかしくるかとも思つてゐた。三時半頃に女中が来て「女の方がおいでになつてお目にかゝりたいとおつしやります、どういたしましやう」と云つた。その顔には大変なことがと云ふ色があつた。自分はわざとおちついて、「こゝえお通しおし」と云つた。さうしてどんな女か知らんと思ひながら出て見た。

自分の室《へや》はもと自家の長屋だつたので一軒はなれてゐる。出て見ると変な女が立つてゐる。西に傾いた日の光を受けて顔色のわるい痩せたヒステリーのやうな女が、髪をお下げにして、単衣の友仙のひふを着て立つてゐる、目のふちがくろく、お白粉《しろい》をぬつた顔にはしみがあるやうに見えた。自分は変な非常な不愉快を感じた。しかし「帰れ」とも云へないので「お上りください」と云つた。女は躊躇してゐた。「お上りください」と自分は又云つた。女は上つた。さうして室に入る敷居の上に坐つて自分達三人にお辞儀をした。自分は坐布団を持つて来てその女の前において「お坐りください」と云つた。その間女は殆んど一口もしやべらなかつた。自分が何か云つても聞えないやうなかすかな声でものを云ふか、黙つてゐるかであつた。しかし自分達は、少くも自分は気がおちつくと少し気分の調子が高くなるのを覚えた。自分達三人は大声でしやべつた。さうして笑つた。自分は時々其女、即ちC子に愛想を云つた。あんまりC子がおとなしくしてゐるので少し可哀想になつて来た。その内に段々不愉快はなくなつて来た。しかしもう少しは美しくつてもいゝと思つた。自分はC子の方をふりむくのを遠慮した。

高尾と長沢は余りC子が黙つて敷居の処に坐つたまゝ、坐布団の上に坐らうともしないので、居ては気の毒と思つたので何か云ひわけをつくつて帰つて行つた。自分はとめなかつた。

二人が帰つたあと、自分はC子の前の坐布団をもつと奥の方に置いて「お坐りなさい」と云つた。するとC子はすぐ立つた。さうして坐布団の真中に坐つた。さうしてすんでゐない目を見はつて僕の方をぢつと見て淋しく微笑んだ。自分も淋しく微笑まないではゐられなかつた。

自分は絵を見せた。さうして「絵はすきなのですか」と聞いた。「さう好きぢやありませんの、ちつともわかりませんの」と云つた。自分は自分の知らない人が逢ひに来たがる時にはきつと絵を見にくるのにきめて、そのあつかいをするのにきめてゐた。C子はしかし黙つて絵を見てゐた。左の手をついて首をのばして、僕に左の側面を見せた。西日のギラ〱する光線はC子の右手にある障子を強く照りつけてゐた。自分は安心してC子を見つめることが出来た。のばした首から肩にかけての線の美しいのが気がついた。顔もわりに奇麗な可愛いゝ顔だと思へて来た。目の大きい、あごの小さい、口の可愛いゝ、ビードロでつくつたやうな感じのする顔だと思つた。自分は見とれてゐる内にC子の頬や首すじや喉を彫刻物をさするやうにさすつて見たい気がした。

この時自分はふと思ひ出したことがあつた「ロダンの展覧会の時見に来たでしよ」と云つた。「え﹅」とC子は答へた。「山脇の絵の前の椅子に腰かけて白樺《しらかば》を読んでゐたでしよ」と云つたら。「え﹅」と絵を見ながら答へた。自分は一歩進んで頬づえをつく真似をして見せて「かうやつて見てゐたでしよ」と云つた。C子はとぼけて返事をごまかした。

展覧会の時にC子は皆に評判された。何にしろ姿も顔も目立つてかわつてゐたので、「画かきだらう」と云ふ人もゐた。「酩酒屋の女か青鞜か」と云ふ人もゐた。「女優にしたらい﹅だらう」「女優にして気狂ひの役をさしたらい﹅だらう」と云ふ人もゐた。自分は実を云ふとその時のC子には可なり興味をもつた。その無遠慮な、非常識的な、人の注意をあつめて平気でゐるやうな処もすきだつたが、顔もすきだつた。島田がつぶれてゐて髪の毛が散つてゐるのも面白かつた。さうして何度も何気なく見に行つた。

自分はそれですつかり興味を持ち出した。「山脇の絵はどうでした？」と聞いた。「覚えてゐません」「あんなに見つめてゐたぢやありませんか」「い﹅え、妾《わたし》は絵は少しもわかりませんの」「それならた﹅見てゐるふりしてゐたのですね」又C子はとぼけてしまつた。「兄さんと一緒でしたか」「え﹅」とC子は答へた。

「僕が居たのは気がつきませんでしたか」「い﹅え、ちつとも。いらつしやらなかつたのでしよ」とC子は云つた。自分は開いた口がふさがらないやうな気がして一寸黙つてしまつた。

自分はもうC子とは遠慮なくなんでも云へるやうな気がした。この女なら何を云つても何をしてもすましてゐるだらうと思つた。

「齢はいくつ」と聞いたら、それには答へずに「兄は二十三です」と答へた。

C子は話しながら絵をくりかへして見てゐた。自分はC子が絵が好きで絵を見てゐるのではなく、一番自身《じぶん》に自信がある姿を僕に見せる為に絵を見てゐるのだなと思つた。

C子はゼーマンで出してゐる三色版を入れてある箱の中の絵を見ながら、

「この内の絵を戴くわけにはいかなくつて？」と云つた。

「僕にいらないのなら上げます」

「貴君《あなた》がいらないのはつまりませんわ」

「いるのはあげられません」

C子は絵を見ながら気に入つたのがあると、「之は？」「之は？」と聞いた。自分は一々明瞭にいる奴は「いる」と云つた。いらない奴は「いらない」と云つた。C子は好きなのを別にした。その内には僕の「いる」と云つたのも入れてゐた。随分いやな絵をい﹅方に入れたから悪口を云つた。すると好きでない方に入れた。

「貴女《あなた》が好きならい﹅ぢやありませんか」

と自分は云つた。

「それでも」と云つてC子は淋しく笑つて見せた。C子は淋しい女だと思つた。

「之だけ戴いてよくつて」と十枚許り撰んで云つた。やつて惜しいのは二三枚だけだつた。それも特に惜しいものではなかつた。皆やつてもいゝと思つた。しかし始めて来た女にさうやつてはC子の兄や、C子の友に自分が甘い奴と思はれると思つた。それで
「そんなには上げられません」

と云つた。

C子は不平さうな顔をして見せた。しかし僕がすまして黙つてゐるのを見たら、一枚その内から撰んであとを早々《さうく》箱にしまつて「それなら之を一枚戴いてよくつて」と云つた。

それはC子が始め撰ばなかつた絵だつた。それを自分が「その絵が嫌いなのですか」と云つた絵だつた。さうして「之れは戴けるの」とC子が云つた時、「あげられません」と云つた絵だつた。自分はC子の心を見ぬいた心算だつた。C子は僕から好かれてゐる証拠をほしがつてゐるのだと思つた。それで承知した。

あと白樺の旧いのと、写真版の絵を一枚やつた。ロダン号をほしがつたが、それは断つた。

C子は「今日は早く帰らないと兄に叱られますの」と云つた。しかし六時近くなつても帰らうとしなかつた。晩飯までゐられては母や女中の手まえ面白くないと思つた。それで「もう帰らないと兄さんに叱られるでしよ」と三度許り露骨に注意した。C子はやつと六時過に帰つて行つた。

自分は何年ぶりかに女の友を得たことを喜んだ。さうして気楽に愉快に若い女と話をしたので少し気分の調子の高くなつてゐるのを覚えた。

C子が帰つたあとで母は自分に女中達がC子についていろくうわさして大事件のやうにさわいでゐたことを云つた。さうして「女中が藝者が素人にばけて来たのかも知れないと云つてゐたから、Aのやうな人の処へ押しかけてくる程実意のある藝者ならおいてやつてもいゝと云つてやつた」と云ふやうなことも云つた。さうしてあんな娘を持つた親はさぞ心配だらう、あんな娘を嫁にもらう人があるだらうか、なぞと云つた。自分はいゝ加減に相槌をうつておいた。

自分はその晩、自家にぢつとしてゐられないので、恩地の処へ行つて、C子の話を可なりくわしくしやべつた。恩地は非常に興味を持つた。自分は油を注がれないでもいゝ加減に興味をもつてゐた所を油をそゝがれて帰つて来た。

三

翌日C子から次ぎのやうな手紙が来た。

「男の方が三人いらしつたつてほんとは私はちつともきまりなんかわるくはなかつたんですけれども、それではあんまりおてんばに見えますからわざとすましていました。

けれどもあなたがいろ〳〵お気づかひ下すつて話しかけて下すつたり、こちらへいらつしやいつて仰つてくだすつたりします度に、涙がこぼれそうになつてありがたく思ひました。

御兄様《おあにさま》のような方だと思ひましたけれどもあとであんまり我がまゝを申しましたけれどもあとであんまり我からきまりがわるくなりました。これは上げられないつて仰つたら私悲しくなつて憎くらしくなりました。なぜならそれまであなたはほんとにお優しくつてきつと私の云ふ事は何でもきいて貰えると思ひましたからそろ〳〵我がまゝを始めましたら叱られて、こわうござんしたの、それでてれかくしにみんなしまつてしまゐました。もう〳〵私にあんな大人見たいに遊ばせばとてもまゐられません。私ほんとは只じつと座つて、かまひませんの。

兄さんは人にあんなことを云つておきながら自分が遊びにいつてしまつてまだかへりはしません。私はほんとにもつと居ればよかつたと思ひました。(僕はこゝを読んだ時に居られてはたまるものかと可笑しく思つた)。

私かくさず申します。私はあなたのお顔を見ました時涙が出ました、なぜかしらないんです、かなしくなりました、私はほんとに泣きたくなりました。お淋しそうに見えたのんですもの。

あなたは私をきらひですか、御返事をください、だつてあなたはきらひな者とはつきあつて上げないつて仰るんですから、私はあなたのお友達になれるわ。

私はむつかしいこと何もわかりませんの、たゞ私は自分を人間以上だと信じてゐますから大変おかしいわ。(C子はかう云ふもの、云ひ方をよくする。)

私は蛇の生れかわりかもしれないわ、私はほんとは辰年三月十日生れですから、数え年二十一になります。

大へん小供つぽく見えませふ、みんな変な顔をします。でも羊の年の数え年十八としています。なぜならそうしないと下宿の家《うち》の母さんだのおばあさんがおや〳〵二十一にもなつてるくせにと思ひますから。

私が十八と云つてもほんとにしていないんですから、あなたも十七だとおもつて下さいまし。

なぜ羊にまでとびましたと云へば十二支の内で辰と羊より外にいゝ年はないんですもの。

私うそをつくのはきらひですから年をきかれるとすぐびく〳〵します、だつてほんと申せば何だ、いゝ年になつてと風《ふう》がうそらしく見えますから。ほんとにつらいんですからこれはないしよにしてくださいまし。

これからお友達の中《うち》で年をきかれましたら、Cちやんは羊の年の生れでやさしい子だと申してくださいまし、後生ですから。

もう私のまゐるのはおいやでございますか、私はづぼらですからきつとおきらひでせふと心配で〳〵たまりません。

今日はいろ〳〵戴きましてありがたうぞんじました、うれしくつてたまりません。兄がかへりましたらさぞよろこびませふ、ありがとう。九時」

自分はくり返して読んだ。さうして自分は面白い、いゝ友達の出来たことを喜んだ、しかし又あまり馴れ〳〵しく、うまいことを書くので恐ろしくも思つた。しかし自分は避けやうとは思はなかつた。むしろ正面にひきうけてゆく処まで行つて見やう、深か入り出来るだけ深入りして見やう、ひどい目にあつたら、どうひどい目に逢ふか逢つて見やう、自分はC子がいくら勝気な我儘な利口な女であらうとも、女には負けないつもりでゐた。又自分にはC子を運命が自分に与へてくれた得やすからざる送り物のやうな気もした。

自分は昨日は面白かつた、貴女を嫌いではない、貴女には何でも云へて気持がいゝ、来てほしいと思つた時来て呉れと云へばすぐ来てくれる気がする。いやな時には帰つてくれと云へばすぐ帰つてくれさうな気がする。自分は貴女と友になれることを嬉しく思つてゐると云ふ意味の手紙をかいた。しかし「あまり自家に来てもらつては困る」と書き加へるのを忘れなかつた。

それからC子とはよく文通した。さうして段々仲よしになつた。C子は恐ろしく痒い処に手のとゞく女だ。さうしてつけ上らせばいくらでもつけ上る女だ。さうして少しでもこつちがすきまを見せるとすまして其処に入つてくる女だ。そのかはり少しも気の毒に思はずに押えつけることの出来る女だ。自分はさう思つた。さうしてその猫のやうな処を可愛く思つた。

（大正元年11月、洛陽堂刊）

艦底

荒畑寒村

一

春頃、進水式を挙げた二等巡洋艦××号の艤装工事が、夏に入ると急に忙がしくなり、職工等は寄ると触ると、近い中に戦争が始まると、物の怪でも近づくやうに囁し合つた。黒い羅紗服を着た組長や、黒服青ズボンの伍長等は、日清戦争時分、乗込んだ工作船の事を思ひ出して、食後の休憩時間には、必ず上甲板に集まつて、工作船の利益と興味とを語り合つた。

昼飯後、上甲板に費やす十五分か二十分は、艦底の格納車の艤装に廻された安田には、何ものにも替へ難い楽しい時間だつた。上甲板には、マストと煙筒の立つべき大きな穴が、幾つか開いて居る限りで、まだ砲塔も、艦橋も、欄干もなく、敷き詰めた木材は泥に塗れて、黒いチヤンは汚らしく流れて固まつて居た。

安田は、烈しい日光を遮ぎる物蔭さへも無い、その上甲板に横たはつて、痺れる脚をさすりながら、艦長室や士官室の艤装に廻つて居る連中の話に聞き入つて居た。

「工作船へ乗つて、金が残らねえなんていふ奴ア、嬶がダラシが無えか、手前が賭博が何より好きか、孰ちかだ。」

「賭博ア流行るネ。何しろ工賃は二倍でよ、腮は向ふ任せでよ、小遣ひだけ残して置いて、後は皆な家へ送つてやれアいゝんだからナ。」

「処で、宛がひ扶持の外にや、食ふ物も飲む物も無し、それに一番毒な女つ気は更に無しと来てるんだから、小遣ひを使ひたいにも、使ふ途が些ともありやしやい。」

「でもよくしたもんだ、大低は嬶がダラシが無くつて、手前が賭博好きと来てるから、幾ら取つたつて残りつこは無えや。」

全くだ！と云はぬばかりに、彼等は声を立てゝ笑つた。

工作船の話の出る度に、安田は皆な工作船に乗組んで了つて、自分のやうな子供達ばかり工場に残つたら、後は一体如何なるだらうと、何時も不安の念に駆られるのであつた。

「お前だつて工作船に乗れるとも、木工科は一人残らず乗組むんだから。お前なんざ何処へ送るつて処もなしよ、一年も乗つて見な、金が残つて仕様が無えから。」一度、不安の余りソツと尋ねた安田の顔を眺めて、笑ひながらこう云つた伍長の語さへも、彼には冷かしのやうに聞へて、心細くて堪らなかつた。

幾棟となく打ち続いた、造船廠の黒い亜鉛屋根の工場と、構内の赭く焼けた地面と、製鑵部の煙突から湧き出る黒煙と、それ等をとり巻いて深く湛えて居る紺碧の海水とは、正午頃の直射する烈しい日光に包まれて、乾燥した大気の底に銀の如く輝やき、そしてビリビリ顫動して居る。安田は始業の鐘の鳴るまで、吃水線を高く海面に現はして、処斑らに醜く塗られた艦体を、船渠部に近い海上に浮べて居る××号の上甲板から、夢みる如く此の景色を俯瞰して居た。

二

艙口を降りて中甲板に行くと、明り取りの小窓から、かすかに日光がさし入つて、丸いガラスの窓蓋には、日に照された波がギラギラと反射して居る。そこの暗い蔭には、脚気で仕事の出来ない職工連が、幽鬼のやうな蒼い顔をして、膨んだ脚を投げ出しながら、組長に乞ふて座り仕事をさして貰つて居る。更に艙口を下甲板に下ると、狭い艦底は、幾室にも防水区劃が分れて居て、概ね格納庫に充てられてある。艦底の艤装工事に当つたものは、皆そこを『穴蔵』と呼んで居る程で、真夏の日光は艦側の厚い鋼鉄板を火のやうに灼き、艦底はまるで蒸し殺されるやうな暑さである。そしてゴミや屑と一緒に、凹処に溜つた水は、腐敗して悪臭を発して居る。それに蠟燭の光りを便りに仕事をして居るので、毒ガスのやうに立ち上る油煙は、身を屈めねば歩けぬ程狭い艙内の職工等に窒息するやうな苦痛を与へた。下甲板には、艙内に空気を送る為に、二三台の電気扇が取付けてはあるが、僅かに生温い、熱臭ひ、重く澱んだ微風を、無理に四方に押し流すに過ぎなかつた。

安田は、棚の鉄板を艦側にとり付ける為に、毎日ハンドボールで艦壁に穴を穿つて居るのであるが、此の『穴蔵』に於ける唯一の快楽といふのは、錐が折れるとそれを一纏めにして、一番近い船渠部へ取替に行く事であつた。彼は日に幾度となく波に全身を浸されて、孤島に打ち上げられた難船者のやうに、汗でビショ濡れになりながら、這ふやうにして上甲板に上つて来た。そして舌を刺すやうな、潮の香の強い、冷めたい空気を心の儘に吸つては吐いた。それから船渠部の工場に行つて、錐を揃へて貰ふ間、親しい橋場と、大人の眼を偸んでは話し合つた。

「見や、彼の野郎また来て、橋場とコソコソ話して居やがらア。」離れて働いて居る職工達が、冗談半分によくこう罵つた程、彼等は人眼を忍ぶ若い恋人同志のやうに話し会つた。

「工作船なんかへ乗るもんじやないヨ。皆な賭博をしたり、喧嘩をしたり、恐ろしい事ばかりして居るんだぜ。」橋場は潤んだ、考へ深そうな眼をして、安田を見詰めながら云つた。そして鑢で錐の頭を尖らしながら、絶えず咳をして居る。安田はこんな透き徹るやうな顔色をした、弱々しい少年が、如何してそんな事を知つてるんだらうと怪しんだ。

「それア、工賃だつて倍も取れるさ。だけど工作船は戦地へ行くんだぜ、もし敵弾が当つたら如何する?……。そんな時ア君、如何する?……。僕アいつでもそう思ふんだ、戦争だの、喧嘩だの、怪我だので死ぬなんて、ホントに厭だ。僕は静かアに、誰も居ない処で、自分独りで色んな事を思ひながら死にたいんだ……。」

安田は橋場の話を聞いて居る中に、苦しいほど胸が迫つて来た。橋場の蒼白いやせた顔を見たり、絶へずする咳を聞いて居て、そしてこういふ話を聞くと、明日にも橋場が、静かに、誰も居ない処で、独り色んな事を考へながら死にでもするやうに想はれて、堪らなく悲しくなるのだつた。

「だつて君、工作船へ乗る者が、そう恐ろしい事ばかりするなんて、如何して知つてるんだ。」橋場は安田のこの問には答へないで却つて安田に問ひかけるやうな事を云つた。

「だつて厭じやないか。あの××艦にしたつて、辛と立派に出来上つて、すぐ戦争に出たとするだらう。それが大砲だの、水雷だので、大きな穴が開いたり、マストが折れたり、煙筒が裂けたりして、引き返して来たとして見給へ。君、平気でそんな惨《むご》たらしい傷が癒せるか?……」

二人は眼を上げて、丘陵の横はつたやうな××艦の姿を眺めた。大きなクレーンを据え付けた船は、赤く塗つた大きなマストを艦上に曳き上げやうとして、ズック製の油じみた、ダブダブした上衣を着た数十名の職工等は、艦上から太い綱を曳いたり、叫んだり、馳せ廻つたりして居た。舷から吊り下げた板の上に腰をかけて、艦側を塗つて居るものもあつた。赤や白のペンキの色が、膏薬のやうに汚なく、大きく艦体を彩つて居た。

「もうぢき、砲が据えられるネ。」安田はこう云つて橋場を顧みた。上甲板には、砲塔を据付ける職工に交つて、作業服を着た海軍士官等が立ち働らいて居た。艦側に開いた砲門から身をのり出して、ハンマアを揮つて灼けた鋲を打ち込んで居る半裸の労働者もあつた。

「もう半月たつて見給へ、灰色に塗られた、立派な軍艦が出来上つて了ふから。だけどたつた一発、彼処に水雷をくつて見給へ、あの大きな艦体も、大砲も、人間も、皆な海の底へ沈んで了ふんだからネ。それア、五分と経たない中だそうだヨ。」橋場はこう云つて、赤く塗つた吃水線を指した。その大きな、深い海のやうな色をした眼には、深くものに驚いた少年の心があつた。

三

晴れ切つた、暑い日は幾日となく続いた。

長く一列に並んだ職工の群は、重い鉄板を載せて行く荷車が通る度に、舞ひ上り立ち登る、黄色な、熱い埃に咽んで居た。

列の中ほどに安田も交つて、健康診断の順番の廻つて来るのを俟つて居た。彼は脚気がまだ快くならない上、心臓も幾らか悪いと見へて、些し働らいてもすぐ息切れがしたり、動悸がしたり、時には呼吸が一時に止つて了つたかと思はれるやうな、烈しいショックを胸部に感じて、ハツト立ちすくんで了ふ事さへあつた。単調な、そして苦しい『穴蔵』の仕事は相変らず続いては居たが、彼の唯一の楽しみであつたハンドボールの仕事は無くなつて了つたので、今はもう前のやうに、自由に日光を浴び、空気を呼吸する事も出来なくなつた。それ許りでなく、毎日毎日、ほとんど日課のやうにして居た橋場と会ふ事さへも、今は全く絶へて了つて、電気扇の熱臭ひ微風と、暗黒の中に毒のやうに油煙を吐く蠟燭の光りと、溜り水と塵芥との腐れ合つた悪臭と、間断なしの単調な労働とのみが、終日、彼に附き纏つて居る友となつた。

安田の後には足を水腫病者のやうに張らして、黄い、光沢の無い顔色をした一人の職工が、青竹に縋つて、立つたり、シヤガンだりして居た。脚気患者は大低、青竹や杖に縋つて造船廠の門を潜つては、組長だの伍長だのに泣くやうにして頼んで、容易い座り仕事をさせて貰つて居た。安田は頸を伸して、列の後を見渡した。すると、自分から十人許り後の処に、橋場が立つて居るのを見出した。

橋場は今日、いつもより殊に蒼白い顔をして、やせた頰は消耗熱の為めにうすく紅でも刷いたやうに紅潮して居た。青服の胸を開げて、ポケツトに両手をつ、込んだ儘、考へ深さうな眼を何ものかに向けて立つて居たが、その頸に巻いた汚れた手巾が、いかにも暑苦しそうに見へた。

「ハ……シ……バ……」安田は両手を口の辺にかざして、小さい声で呼んだ。すると、吃驚したやうに此方を向いた橋場は、いつものやうにニツと笑つた限りで、今度はまたヂーツと安田の顔を見詰めて居る。安田がまた頸を伸して何か云はうとした時、列はゾロゾロ動き出したので、後をふり返りふり返り、人に押されて歩いて行つた。

診察室は、守衛の控所を仮りに用ひたので、二人の海軍々医が一人一人診察する傍では、一人の看護手が姓名を記すやら、病症を記入するやら、汗を拭く間もない位ゐ多忙を極めて居た。職工の健康診断は、一年に三回乃至四回は必ず行はれる例で、年を追ふて労働者に肺結核が増えるため、その有無を検査するのであつた。そしてもし些しでもその徴候がある者は、その日から直ちに解雇されるのである。

「人を馬鹿にしてやがる、肺病だつて心臓病だつて、好き好んでなつたんじや無え。皆なこゝの仕事のお蔭だ。埃と煤を吸つて、十日もブツ続けて徹夜なんかさせられたお蔭だ。やめるんならやめるでいゝから、此の病気を癒して呉れ。女房や子の食へるようにして呉れ。」そう云つて泣いて暴れる職工を、守衛等が笑ひながら引つ立てて行つたといふ一つ話を、安田はよく他の職工から聞いたことがあつた。

やがて安田等の番となつた。若い軍医は一と通り安田の体を診終つた後、指先で半裸の体を押しやりながら、

「些し心臓が悪いやうです……それに脚気も……。」と云つて軍医長を顧みた。

「肺は無いかネ、肺は?……。でなきやいゝ、心臓は伝染せんからネ。」軍医長はふり向きもせず、一人の職工のやせた胸を、念を入れて打診しながら云ひ放つた。

安田は青服に手を通しながら外に出た。彼は心臓が悪いと云はれても、脚気が悪いと云はれても悲しいと思ふやうな感は些しもなかつた。只だ、「肺でさへなきやいゝ、心臓は伝染しやしないから」と云つた軍医長の言が無暗に癪に障つて、平素は弱い彼の心も、どうされても構はぬ、ウソと罵つてやらうかと思つた位ゐ亢奮して居た。彼は泣いて暴れたといふ職工の事を思ひ出した。そして嶮しい眼をして硝子窓越に軍医長を睨みながら吾れ知らず「人を馬鹿にしてやがる」と叫んだ。地上に大きな蔭影を劃して居る製罐工場の棟を離れると、彼はもう何時だらうと思つて、港務部の時計台を仰いだが、やゝ傾むいた太陽の光は、烈しく大時計の硝子に反射して、眩しいばかりで何も解らなかつた。

安田が一日の労働を終つて、××艦の舷上から陸地に架け渡した仮橋を渡つて来ると、恰ど船渠部の工場の前に、橋場が此方を見て立つて居た。

「如何だつたい、今日の診察は?……。軍医長の野郎、随分人を馬鹿にした奴だらう?……。」安田は息忙しくこう問ひかけると橋場はいつものやうにニツと笑つて、

「僕はもう明日から工場へ来ないヨ、君ともうお別れだ……。僕の肺はもうすつかり腐り切つちやつてるんだつて、『こんな体をしてよく生きて居るナ』つて軍医が驚いて云つてたヨ。生きてる処か、毎日働らいて居るんだもの、ねエ……。」と云つ

た。そして更に声を上げて笑つたが、急に烈しく咳き出して、暫らく安田の肩につかまつた儘、絶へ入るやうに苦しんだ。

「で、君はこれから如何するんだイ。」安田は橋場の体を支へるやうに、背後に腕を廻しながら、静かに門の方に歩んで行つた。

「国へ帰らうと思ふヨ。僕はこゝへ来て、三年の間にこんな体になつて了つた。」肺が皆悉腐つて居るといふ恐ろしい事をさへ、平気で話して居た橋場は、沈んだ調子で嗟くやうに云つた。

（「近代思想」大正元年12月号）

赤い船

小川未明

一

露子《つゆこ》は貧しい家に生れました。村の小学校へ上つた時、オルガンの音を聞いて世の中には、斯様《こんな》好い音のするものがあるかと驚きました。其れ以前には、斯様好い音を聞いたことがなかつたのです。

　露子は生れつき、音楽が好きと見えまして、先生が鳴らしなさるオルガンの音を聞きますと身が震ひ立つやうに思ひました。而《そ》して、斯様好い音のする器械は、誰れが発明して、何処の国から、始めて来たのだらうかと考へました。

　或日、露子は先生に向つて、オルガンは何処の国から来たのでせうかと問ひました。すると先生は、其の始めは外国から来たのだと言はれました。外国といふと何処でせうかと考へながら聞きますと、あの広い広い太平洋の波を越えて、其の彼方《あちら》にある国から来たのだと先生は言はれました。

　其時、露子は言ふにいはれぬ懐かしい、遠い感じがしまして、此の好い音のするオルガンは船に乗つて来たのかと思ひました。其れからといふもの、何となく、オルガンの音を聞きますと、広い、広い海の彼方《かなた》の外国を考へたのであります。

　何でも種々《いろ〳〵》と先生に聞いて見ると、其の国は最も開けて、この他にも好い音のする楽器が沢山あつて、其の国にはまたよく其の楽器を鳴らす、美しい人がゐるといふことである。で、露子は其様国へ行つて見たいものだ。どんなに開けてゐる美しい国であらうか。どんなに美しい人のゐる処であらうか。而して其の国に行くと、至る処で好い音楽が聞かれるのだと思ひました。其れで露子は大きくなつたら、出来るものなら、外国へ行つて音楽を習つて来たいと思ひました。露子の家は貧しかつたものですから、いろ〳〵仔細《しさい》あつて、露子が十一の時、村を出て、東京の或る家へ参《まゐ》ることになりました。

二

　其の家は立派な家でオルガンの他にピアノや蓄音機などがありました。露子は何を見ても未だ名前すら知らない珍らしいものばかりでありました。而して其のピアノ音を聞いたり、蓄音機に入つてゐる西洋の歌の節など聞きました時、これ等の物も海を越えて、遠い〳〵彼方《あちら》の国から来たのだらうかと考へたのであります。昔、村の小学校時代にオルガンを見て、懐かしく思つたやうに、やはり懐かしい、遠い、感じがしたのであります。

其の家には、ちやうど露子の姉さんに当る位のお方がありまして、よく露子を憫《あは》れみ、可愛がられましたから、露子は真の姉さんとも思つて、常にお姉様、お姉様といつて懐きました。

よく露子は、お姉様に伴られて、銀座の街を歩るきました。而して、其時、美しい店の前に立つて、硝子張の中に幾つも並んでゐるオルガンや、ピアノや、マンドリンなどを見ました時、『お姉様、この楽器は皆な外国から来ましたのですか。』と問ひました。

お姉様は、『あゝ、日本で出来たのもあるのよ。』と言はれました。露子の眼には、其等の楽器は黙つてゐるのですが、一つ一つ好《いゝ》、奇《く》しい妙な、音色を立てゝ、震へてゐるやうに見えたのであります。而して、晩方など、入日の紅く射し込む窓の下で、お姉様がピアノをお弾きなさる時、露子は眤《ぢつ》と其の傍に佇んで一々手の動くのから、日の光がピアノに当つて反射してゐるのから、何から何まで見落すことがなく、また歌ひなされる声や、微《かす》かに戦《ふる》へる音の一つ一つまで聞き遺すことがなかつたのであります。

露子にはピアノの音が、大海原を渡る風の音と聞えたり、岸辺に打寄せる波の音と聞えたのであります。而して、ピアノをお弾きなさるお姉様が、すき透るお声で、外国の歌をうたひなさるお姿は、何時もよりか一層神々《かう〳〵》しく見えたのであります。水晶のやうなお眼は星の如く輝いて、涙が浮んでゐたのでありました。

露子は、自分の母様や、父様のことを思ひ出し、また村の小学校のことなどを思ひ出して、いつしか熱い涙が頬を流れたのでありました。

三

露子は、折々自分が船に乗つて外国へ行つたやうな夢を見ました。而して外国でオルガンを習つたり、ピアノを聞いたりして、大層自分が音楽が上手になつて、人々から褒られたやうな夢を見て大《おほい》に喜ぶと夢が醒めて驚いたことがありました。

＊

初夏の或日のこと、露子はお姉様といつしよに海辺へ遊びに参りました。其の日は風もなく波も穏かな日であつたから、沖の彼方は霞んで、遥々と地平線が茫然《ぼんやり》と夢のやうになつて見えました。白い雲が浮んでゐるのが、鳥影のやうにも、飛んでゐる鳥影のやうにも見えたのであります。

お姉様は好い声でうたひながら、露子の手を取つてお歩きになりますと、露子も奇麗な砂を踏んで波打際を歩きました。波は可愛らしい声を立てゝ笑つた。此時、沖の遥かに赤い筋の入つた一艘の大きな汽船が波を上げて通り過ぎるのが見えました。露子は、ふとこの汽船は遠くの遠くへ行くのではないかと思つて見てゐますと、お姉様も、また眤《ぢつ》と其の船をご覧になりました。

『お姉様この海は何といふ海なんでせう。』

と聞くと、この海が太平洋といふのですよ。とお教へ下さいましたので、この海を何処までも行けば外国へ行かれるのだらうと思ひました。

『あの、赤い船は外国へ行くのでせうか。』

と露子はお姉様に問ひました。するとお姉様は、いつも眤《ぢつ》と物をご覧になるとき眼に涙を浮かめられますが、やはり眼に涙を湛《たゝ》へて、

『さうねえ。』

といつて、暫時《しばし》、頭をお傾《かし》げになつてゐましたが、

『あゝ、きつと外国へ行くんでせうよ。』

と柔しく言はれました。

『幾日《いつか》ばかりかゝらなければ、外国へ行かれませんの。』

と露子は聞きました。

『幾日《いつか》も、幾日《いつか》もかゝらなければ、外国へは行かれません。幾《いく》千哩《せんまいる》といふ遠くへ行くんですもの。』

とお姉様は言はれました。

さう思ふと、何となく彼《あ》の赤い船が懐かしいのであります。あの赤い船は太平洋を渡つて、美しい国へ行くのかと思ひますと、あの赤い船にどんな人が乗つてゐて、何をしてゐるかと考へました。けれど遠く隔つてゐますので、たゞ赤い筋と、ひら〳〵翻つてゐる旗と、太い煙突と、其の煙突から上る黒い煙と、高い三本の檣《ほばしら》とが見えたばかりであります。而して船の過ぎる跡には白い波が泡立つてゐるばかりでありました。

露子は、どうしても其の赤い船の姿を忘れることが出来ません。自分も其の船に乗つて外国へ行つて見たい。而してオルガンや、ピアノや好い音楽を聞いたり、習つたりしたいものだと考へました。見るうちに赤い船はだん〳〵遠ざかつてしまつた。日は漸々《だん〳〵》西に傾いて、波の上が黄金色に輝いて、彼方《あちら》の岩影が赤く光つた時分には、もう其の船の姿は波の中に隠れて、煙が一筋、空に残つてゐたばかりです。

其の日はお姉様といつしよに海辺で遊び暮らして、疲れた足を引摺つて家に帰りました。

四

明る日、露子は窓に倚《よ》つて、赤い船は今頃何処を航海してゐようかと思つてゐますと、ちやうど其処へ一羽の燕が、何処からともなく飛んで来ました。

露子は、燕に向つて、『お前は、何処から来たの。』と聞きますと、燕は可愛らしい頸を傾げて、露子を眤《ぢつ》と見てゐましたが、

『私は、南の方の海を渡つて杳々《はる〴〵》と飛んで来ました。』

と答へました。

『そんなら、太平洋を越えて来たの？』

と、露子の顔には覚えず笑みが溢れたのであります。燕は、

『其れは幾日となく、太平洋の波の上を飛んで来ました。』

と答へました。

『そんならお前は船を見なくて?……。』

と露子は聞きました。

　すると、燕は、

『それは毎日、毎日幾艘となく船を見ました。あなたのお聞きになります船は、どんな船ですか。』

と問ひ返しました。

　露子は燕に、其の船は赤い筋の入つた船で、三本の高い檣《ほばしら》があることから、自分の見た記憶の儘を一々語り聞かせたのであります。

　すると、燕はまた頸を傾《かし》げて、この語《はなし》を聞いてゐましたが、

『其の船なら、私はよく知つてゐます。私が長い旅に疲れて、暮方、翼を休めるため海の上に止る船の檣を探してゐました時、ちやうど其の赤い船が、波を上げて太平洋を航海してゐましたから、早速、其の船の檣に止りました、ほんとうに其の晩は好いお月夜で、青い波の上が輝き渡つて、空は昼間のやうに明るくて、静かでありました。而して、其の赤い船の甲板では好い音楽の声がして、人々が楽しく打ち群れてゐるのが見えました。』

と語り聞かして、燕は、また何処へか飛び去つてしまいました。

　露子は、今頃は其の船は何処を航海してゐるだらうかと考へながら、しばし燕の行衛《ゆくゑ》を見守りました。


（明治四十三年十二月、京文堂刊）

桃咲く郷

野上弥生子

　お新《しん》は十三の今年まで何《なん》にも知らずに育ちました。お父さんも知らなければ、お母さんも知りません。何所《どこ》の何と云ふ人が、自分のお父さんお母さんと呼ぶ人であらう、如何《どう》した訳で自分はこんな悲しい辛《つら》い他人の家《うち》へ、小《ちひさ》い時からうち捨てられてしまったんだらう、自分と同じ年頃の子供には、みんなお父さんがある、お母さんがある、学校に上《あが》っていろ〳〵な御本を教はって、美しい着物をきて、美しいリボンを飾って、それでお父さんお母さんに甘へてゐられる。自分は——お父さんお母さんの顔さへ知らぬのである。自分にも本統にお父さんお母さんと云ふものがある事はあったのか知ら、よその人は自分を捨て子だの乞食《こじき》の子だのと悪口を云ふ。お内儀《かみ》さんもいつだったか、

「お前はね、ずっとお前のまだ赤ん坊の頃にうちの店先に捨て児にされてぎゃあ〳〵泣いてゐたんだよ。寒い冬の夜中さ、余りぎゃあ〳〵泣いてうるさいから出て見るとお前が汚れたボロ〳〵着物にくるまって泣いてるぢゃないか。それを亡くなっ

た此家《こゝ》のお婆さんが可愛想だって拾ひ上げてかうして育って来たんだよ。外に子供は大勢だし並大抵の世話ぢゃありやしない。命の親だよ。恩を忘れると本統に罰が当るよ。」

朝の用事がすむと銀坊《ぎんぼう》と云ふ三つになる子供をおんぶしてお守りが始まります。銀坊は三つにしては随分大きな赤ん坊ですから、お新の瘠《や》せた細《ほ》っそりした肩から食《は》み出しさうになっておんぶします。けれどもお新はこの銀坊が大好きなんですから少しも重いとは思ひません。全くお新はこの銀坊のお守りをしてる間《ま》が一日の中《うち》で一番たのしい時でした。

亭主や内儀《かみ》さんや他《た》の大きな子供達は、みんなしてお新を非《ひ》道《ど》くしたり、間抜けだの厄介《やっかい》ものだのと悪口を云ふけれども、銀坊はいつもお新の顔を見るとにこ〳〵して笑ひます。お新がみんなから酷《いぢ》められてしく〳〵泣いてゐる時でも、銀坊はお新の肩の上でカラ〳〵高笑ひをして機嫌よくしてゐます。余りお新が泣いてると、自分も一緒に泣き出しさうな顔をして、

「姉《ねえ》や、泣く児いけない〳〵。」

と云ひます。お新はかう云はれると、もう涙を流しながら笑《ゑ》顔《がほ》になるのでした。

そして銀坊の頬《ほ》っぺにチュク〳〵をして、

「銀坊、いゝ児いゝ児ねえ、姉やのいゝ児の銀坊。」

と云ひますと、銀坊も亦一緒になって廻らぬ舌で、

「姉やのいゝ児の銀坊。」

とお新の口真似をしてにこ〳〵します。お新は堪らず抱きしめて、可愛ゆくて〳〵食べてしまひ度い様におもはれるのでした。

こんな風ですから銀坊は誰《たれ》よりかもお新になづいてお新のあとばかり慕ひました。外の兄弟の子供達がおんぶをしてゐて泣いて〳〵仕方のない時も、お新が、

「おゝ誰《たれ》がよ〳〵、こんないゝ児の銀坊をねえ。」

と云ってすかすと直《す》ぐ泣きやみます。外の兄弟達はそれが半分憎らしい位ゐに思ふのでした。殊に二番目の男の子の倉《くら》ちゃんと云ふ児が一番いぢ悪でした。倉ちゃんはいつでも銀坊がお新になづくのをやっかんで、

「そいぢゃ銀坊は捨て児のお新の児になっちまいな、いゝかい、知らないよ。」

と荒々しく結《ゆは》ひ紐《ひも》を解いて脊中から下ろすと、銀坊ははづみを打ってどんと後《うしろ》に倒されて泣き出します。お新は腹が立って、

「なんだって其様《そん》な手荒い事をするのよ、云ひつけるよ。」

「云ひつけたって恐《こわ》かないや。」

と行きなり倉ちゃんは飛びかゝって、お新の胸をどんとつくと、お新はよろ〳〵とよろけて雨上《あまあが》りの泥路《どろみち》に転がりました。おんねこから結き紐から泥まみれに汚れました。お新の顔に大きな黒い痣《あざ》の様に泥がつきました。背中の銀坊も亦驚いてわ――ッと泣き立てます。お新は余りだ〳〵と悔《くや》し涙にくれながらそれでも銀坊を、

「いゝ児だから泣き止むのよ、飴買ってやるからね。」

と優しくすかしながら豆腐やの店先に帰って来ると、土間の土竈《へっつい》の鍋でぢぅ〱油揚《あぶらげ》を拵《こしら》えてゐた内儀《かみ》さんの眼がぎょろりと光りました。そして

「何もかも泥まみれでどうしたんだ。」

と咬み付く様な調子で聞きます。

「そこの辻で倉ちゃんがつき倒した……。」

「つき倒される様な事をするから悪いんだ。さっさと銀坊を下ろして泥の始末でもしないか。」

お新は倉ちゃんから苛《いぢ》められた涙のまだ乾かぬ中《うち》に、又内儀《かみ》さんの口小言にがみ〱云はれなければなりません。お新は小さい溜息を吐《つ》きながら、店の畳に銀坊を下ろして、汚れたおねんねこと結き紐を抱えて裏口の井戸傍《ゐどばた》に行くのでした。

其夜《そのよ》お新はお父さんお母さんの夢を見ました。いつも見るお父さんお母さんの夢は、何んだかうすぼんやりしてゐて、顔を見ても見えない様な、居ても居ない様なもどかしいものでしたが、其夜の夢は如何《いか》にも判然《はっきり》して、目が醒めてからも二人の姿《すがた》形《かたち》がまざ〱見える様に思はれました。

夢は何所《どこ》とも知らずまっ黄色い菜の花が、果てしもなく咲きつづいた中の小路《こみち》を分けて、お父さんとお母さんとそして小い赤ん坊のお新と三人で、とぼ〱と歩いてる所でした。お父さんとお母さんは六部僧の着る様な白い着物をきて、白い円い笠を被《かぶ》って、そして腰の前に提げた小い鉦《かね》をカン〱叩いてゐました。お新自身は抱《だか》れてゐたのか、又おんぶされてゐたのかその辺はよく分りませんが、たゞ赤ん坊の自分がその二人と共に居《を》ったと云ふ事は確《たしか》であります。そして行っても〱菜の花の黄色い路ばかりです。その間を鉦のカン〱となる音が遠くの空の雲に響く様に思はれました。お新はその美しい菜の花と、カン〱カン〱響く鉦の中にうと〱してゐると、

「お新ッ、起きな。」

と毎朝の内儀《かみ》さんの鋭い声に呼びさまされたのでした。お新は飛び起きて土間の挽き木につかまって豆を挽きはじめながら、まだ眼のまへには菜の花の一面に黄色い路が見える様に思はれました。而して耳の底にはまだカン〱カン〱と鳴る鉦の音《きう》が聞えてる様に思はれました。そして何とも云はれぬいゝ心持ちでありました。

銀坊をおんぶして表に出た時、お新は町の通りを東へ真直《まっすぐ》に急いで町端《まちはづ》れの田端《たばた》の見える所まで参りました。春も四月半《なかば》を過ぎて長閑《のどか》な暖いお天気でありました。畑《はた》には麦が青い穂を吹いて、野には紫雲花《げんげ》や菜の花が、紅《くれない》や黄や紫の色取り美しく、友仙模様の織物でも敷き詰めたかの様に見えました。空はぼーっとした霞でこめられて、その中に輝く太陽もうっとりと心持ちのよい夢でも見てる様な光です。その中を小い雲雀《ひばり》が高く〱上《あが》ったり、又石でも投げたやうに急に舞ひ落ちたりして鳴いてゐます。お新は銀坊を野路の柔かい草の上におろして、ぢっと四方の景色を見渡しながら、昨夜《よんべ》見た夢の事を考へました。さうすると向ふに見ゆる黄色い菜の花が、なんだか夢の中から

ずっと引き続いてる菜の花の様に思はれ出しました。耳をすまして聞いてゐると、雲雀のチ、、チ、、チ、、と鳴いてゐる声も、昨夜《よんべ》きいた鉦の音《ね》にまがふ様な気がいたします。お新は暖《あつた》かい心持ちのよい春の日の下に照らされて、嬉しかった夢の事を繰り返して見て、いつのまにか我知らずぼんやり眺め入ってゐました。その内自分は小い赤ん坊の時に、昨夜《よんべ》見た夢の様にお父さんお母さんに連れられて、あの向《むかふ》に見える菜の花の路を通った事があるに相違ないと云ふ感じがしました。そして向ふの菜の花の路がたまらず懐しく思はれました。

「なつかしい夢の中の菜の花、なつかしいお父さんお母さん、逢ひ度い、一目でもいゝから逢って見度い。」

と思ふと同時に、豆腐やの亭主の恐ろしい顔、内儀《かみ》さんのいつも睨《にら》める様な白い眼を思ひ浮べました。そして昨日は倉ちゃんからつき倒されて、泥まみれにされて、帰ると内儀さんに又怒鳴りつけられて——あゝ詰らない詰らない、今日も亦帰ると何かしら叱りつけられる事であらう、それを思ふと帰るのが厭《いや》で仕方がない、厭で〳〵仕方がない。

　お新は銀坊と並んで青草の上に両足を投げ出して坐りながら、いっそこれから何処《どこ》かへ足に任せて行って仕舞ったら、二度とあのうす暗い豆腐屋の非道《ひどう》な人達に苛《いぢ》められなくともすむだろらう、と云ふ様な考《かんがへ》が、お新の小い胸一杯を占領しました。けれどもたゞ一つ心懸りな事は、この可愛らしい銀坊であります。お新は銀坊を見捨てては何処にも行けません。お新は膝の上に銀坊をしっかり抱きしめて、

「銀坊は誰が一番ちゅき？」

とき〻ますと、銀坊は膝の上に飛び廻りながら、

「姉《ねえ》や一番ちゅき！」と申します。

「姉やは遠い〳〵に行《いく》のよ、銀坊も行く？」

「銀坊も行く。」

「母《かあか》、ゐない〳〵でもいゝの？」

「かあか、ゐない〳〵、いゝ、いゝ。」

と銀坊はお新の胸に円い小さい顔を埋《うづ》めてにこ〳〵してゐます。お新は嬉しい様な、可愛《かあゆ》いやうな、又悲しい様な思《おもひ》に胸は一杯になりました。そいで脊中をくるりと銀坊の前に向けて、

「さ、おんぶおしな、姉やと一緒にいゝ所に行かうね。」

と銀坊ののぼり付くのをしっかり結《ゆは》ひつけて、青草の柔らかい野路を、遥かに見ゆる菜の花の咲いた方角へ、当てどもなくとぼ〳〵〳〵と歩いて行きました。お新は夢と同じその菜の花の中を、どこまでも〳〵歩いて行くうちには、ひょっくり夢の中に見たお父さんお母さんに出合ひさうな、妙な気がして仕方がないのです。

　菜の花の道は行っても〳〵尽きません。その内に永い春の日もおひ〳〵かげりかけて、野の末はいつとなく紫の夕霞《ゆうがすみ》にこめられました。遠くの山の裾から薄ら寒い風が吹いて、空に遊んでゐた雲雀も気忙《きせは》しさうに麦畑の中の巣に落ちて来ます。お新も何となく俄《にわか》に心細い様な気が起って、来た方の路をふり返っ

て見ますと、いつの間にか高い山が後《うしろ》を遮《さへぎ》って、町はどの方面やら見当さへつかなくなりました。里数も大分蹈んだと見えて、両足が土から引つ張られでもする様に、一歩一歩運ぶのが重く大儀になりました。けれどもお新は耳に聞きあきた豆腐やの人々の罵《ののし》る声、腹立ち声、叱る声から暫時《しばし》でも離れたので、何となく気ものび〳〵してゐました。これから何所《どこ》へ行くと云ふあてもないのだけれど、たゞ重い足を引きずりながら、野から畑《はた》、畑から山の裾を縫ふて進むうちに、清く澄んだ谷川の側《そば》に出ました。川の両側には白桃《しらもも》や緋桃《ひもも》の樹が何本となく並んで見とれる程きれいでした。お新はその桃の木陰を通りますと、風につれて散る白い花片《はなびら》や紅《あか》い花片が、銀坊のくる〳〵坊主の上やらお新の髪の上やらに散りかゝりました。だん〳〵行くと流《ながれ》が少し広い野の方へ廻る様になった川床《かはとこ》の上に、五六人の村の娘が群れてゐました。川床の石の上にはいろ〳〵着物の解いたのが乾し並べられてゐました。村の娘達は河洗濯《かはせんたく》をしたところでした。中にはもう乾物《ほしもの》を畳みかけてゐる人もありました。お新は途々《みち〳〵》馬をひいたお爺さんだの、畑に鍬《くは》を動かしてゐる百姓だのにはあひましたけれども、かう年若な気軽な娘達には一度も出逢はなかったので、人懐しい様に思はれました。それで自然にその方へ足が向いて側に近づきますと、娘達は申し合せた様に、みんなふり向いてお新を眺めましたが、その人々の顔には少しも悪意のある様な邪見らしい色の見えないのが、何よりお新を慰めました。お新は思ひきって其中《そのうち》の一人に話しかけて、

「こゝは何と云ふ村ですか。」

と聞いて見ますと、

「大和村《やまとむら》。」

と答へました。その娘はお新より二つほども年上かと思はるゝ年恰好の、細い優しさうな目をした娘でした。お新は大和村なんて云ふ村の名は聞いた事もありません。

「町から遠いんでせうか?」

と又たづねて見ると、

「町からは四里ばかりの所です、お前さんは何所から来たの?」

「町から。」

と返事をした時、四里も歩いて来たんだらうか、と思ったら急にたより無い様な心淋しい気がおこりました。二人の話の内に他《ほか》の娘たちは、ぐるり円い輪なりに二人の周囲《まはり》をとり捲いて、その話を聞きました。そして、

「町からたった一人で来たの?」

と大きな娘が口を入れました。

「銀坊と二人で来たんだわ。」

「その子と二人で。銀坊と云ふ名? まあ可愛い子だこと。」

といつの間にかお新の脊中で眠ってしまった銀坊の罪のない寝顔をのぞきますと、他の娘たちも、「可愛い、可愛い。」ときやっ〳〵騒いだので、銀坊はア――ンと云って眼をさましました。そして四辺《あたり》に見馴れぬ娘の顔が沢山たかって居るけれども、

少しも人見知りをせず、却って浮かれてにこ〳〵してゐるので、娘達は又、「可愛い、可愛い。」と大騒ぎをしました。そして持ち合せの駄菓子《だぐわし》をやったりしていゝ遊び相手にしました。

その内日はだん〳〵暮にせまって、娘達はみんな帰り支度を始めました。けれどもお新には帰るところも行く家《うち》もありません。お新は一刻々々暗い淋しい夜の来《きた》りつゝある事を思ふて、隠しきれぬ当惑の色が現はれ出したのを、先刻《さつき》から注意してゐた年かさの一人の娘が、

「お前さん、町の家《うち》から逃げてゞも来たのぢゃないの？」

と思ひ通りに聞きました。お新は事実を云ひあてられて一寸顔を赤くしましたけれども、根が正直な性質《たち》ですから偽《うそ》を云ふ事は出来ませんでした。それも思ひきってこれ〳〵だと自分の身の上話をして、これから先如何《どう》したものか思案に暮れてる所だ、とうち明けますと、みんなお新の不幸な境遇に同情しました。中にも年かさの娘は可愛想だと云って涙ぐんでゐました。

「いゝからまあ兎に角私《あたし》と一緒に私の家へ今夜はお出《いで》なさい。こんな所《とこ》でどうしようたって如何《どう》なるもんぢゃないわ。」

と親切に引きうけて呉れると、他《ほか》の娘たちもみんな、

「それがいゝ〳〵。お島《しま》さん家《とこ》へ世話になればきっとお前さんの為にならん様な事はしませんよ。」

と云ってくれました。それでお新はそのお島さんと云ふ人の後《あと》から銀坊をあやしながら桃の花の下をついて行きました。お島さんは洗濯物の籠を頸の上に載せながら、川に添ふた一軒の小い草屋根の家《うち》へ連れて行きました。此所《ここ》には年老《としと》った親切らしいお爺さんとお婆さんとが、囲炉裏の両側に向ひ合って坐ってゐました。お島さんは、

「この子が町の豆腐屋から逃げて来て困ってたから連れて戻った。」

と云ひますと、お爺さんとお婆さんは声を揃えて、

「それは〳〵気の毒な、さあ上って此所《ここ》へ来てゆっくり休みな。どれ〳〵可愛い小坊主も一緒か。」

とお新の肩から銀坊を下ろさして、お爺さんとお婆さんとしてあやしました。お島さんは土間に下りてごた〳〵と夕飯《ゆふめし》の支度をしてゐます。やがて支度が調ふと囲炉裡の中に大鍋をかけて、それを取りまいてみんな坐りました。お爺さんの右が銀坊、その次がお新、その隣がお婆さん、その向《むかう》がお島さん。――鍋の蓋は吹き上るお汁《つゆ》の上に音を立てゝ鳴りました。旨《おい》しさうな匂ひがぷん〳〵いたします。

「さあさ、遠慮なくどっさり食べなさいや。」

とみんなして心《しん》からもてなしてくれます。鍋の中からはお芋だの、半片《はんぺん》だの、又玉子焼だのお肴《さかな》だのと百姓の夕飯には不似合な御馳走ばかり出ましたけれども、お新は子供ではあるし、ずっと何にもお昼から食べないので、お腹《なか》が空《す》ききってゐるので、そんな点に不審を打つ余裕もなく、おいしい〳〵と思って何杯も御馳走になりました。銀坊はお箸の先に半片とお芋をさして貰って、

「姉や、うま〳〵。」

と大機嫌でよろこんでゐます。

御飯がすむとお島さんは糸繰《いとく》り車を持ち出して炉の側に坐ってぶ――ぅん、ぶ――ぅん、と糸を挽き出しました。お爺さんとお婆さんは炉の両側にむかひ合って煙草を吹かしてゐます。お新はその間に坐ってゐます。銀坊はもうお新の膝におうっつをしてねてしまひました。

お島さんはぶ――ぅん、ぶ――ぅんと糸を繰りながら歌ひ出しました。

親のない子兎
　山を越えて野を越えて
桃咲く郷《さと》に
　ぴょん、ぴょこ、ぴょんと、飛んで来た。
親のない子兎
　親のほしいその時は
桃咲く郷へ
　ぴょん、ぴょこ、ぴょんと飛んで来い。

お新はその歌をきいてゐると、まことに好《い》い心持ちになって、うと〳〵と眠りさうになりました。そして赤ん坊の時、お母様《かあさん》の懐に抱かれながら、子守り唄をきいてすや〳〵と眠るのは、こんな気持ちだらう、など丶そんな事を思ってる間《ま》に、本統にお母様に抱かれてる様な気がして、我しらず心よく寐《ねむ》ってしまひました。すると、とろ〳〵と眠ったかと思ふと、

「お新っ、起きな。」

と鋭い内儀《かみ》さんの声で眼がさめました。お新は矢張り豆腐屋の薄い布団の中で夢を見て居《を》ったのでした。


（「少女の友」明治44年3月号）

家なき児

エクトル・マルー作
菊池幽芳訳

村にて（一）

　十歳になるまで私《わたし》はお母さんがあると思つて居た。私が泣くと、その人がすぐ傍へ来て私の涙の乾くまで優しく抱て遥ぶつてくれた。私はついぞその人に接吻《キッス》されずに臥床へ入つた例《ためし》は無つた。師走の身を切る風が、凍た窓玻璃《まどがらす》へ吹雪をへばりつける夕には、その人はいつも私の冷た両足を擁《かゝ》へて暖めながら歌をうたつて聞かした。その歌の節や文句もところ〴〵なほ私の耳に残つて居る。

　野良に家《うち》の牝牛《めうし》を連出してる時、驟雨《ゆうだち》に逢ふ事も度々であつたが、その人はきつとどこからか私の傍へ駈よつて来て、私を肩車に乗せ、毛織の裾をまくつて、すぽりと頭から着せかけながら私を連れて帰り〳〵した。私が仲間と喧嘩でもして泣かされて来やうものなら、その人はきつと得心の行くやう私を慰めてくれたり、また私の不心得を諭《さと》したりした。

私への物の云振や、私を見る慈愛の眼光《まなざし》や、その可愛がりやうや、私を叱る中にも優しみの籠る事や、それやこれやで私はその人はお母さんだと許《ばか》り思ひつめて居た。

　私がその人を生《うみ》の母でないと知つたのは次の通りの仔細——。

　私共の住んで居た村は鯖野《さばの》とて仏蘭西《フランス》の中央部《まんなか》の至つて寂れた貧しい村だつた。村の貧しいのは百姓の怠慢の為ではなく、全く地味のせいで、見渡す限りその辺一帯羊歯《しだ》や灌木の生えた荒地つゞき、形容には小高い丘がそこゝに起臥して居るが、その丘の上はいつも風当りが強く、其ため大きな木が育たぬかと思ふほどだつた。栗や樫などの大木はそれでもそこゝの谷間には生えて居た。瀬の早い小川がいくつか谷間を流れて、末は皆ロアール河にと落ちて行く。さゝやかな耕地や人家は皆小川伝ひにあつて、私はその飛び〳〵の一軒家に、川瀬のせせらぎを揺籠歌と聞きながら大きくなつたのだ。

　この物語の始まるまで私は男といふものをこの家で見た事が無かつた。と云つてもお母さん（と思ひつめた人）は寡婦《やもめ》では無かつた。所天《つれあひ》は石工《いしく》でこの土地の働き人が皆巴里《パリー》へ出稼に行く通りに、この人も巴里で働いて居た。けれど私が物心を知るやうになつてからといふもの、ついぞ村へ帰つて来た事がない。ただ時折村から出た同じ仲間の誰彼が帰つて来る時に、それに事づけては某かの金を届けさす。別段、口上といふほどの事もない。いつも極り文句で
「直《なほ》おツ母、権《ごん》は達者だ。いつも仕事があるから安心しなせえ。

そーら、これが頼まれて来た金だ。勘定して受取つてくんねえ」。

直は夫《それ》だけで満足して居た。所夫《つれあひ》が決して巴里から帰らぬのを見て、夫婦仲が面白くない為だらうと思ふと間違ひだ。巴里ほど金の儲かるところは無いから、働けるまで彼地《あつち》で懸命に働き、末は気楽に暮せるほどの貯金も出来た上で、帰つて来るのだと、直はいつも私に云聞した。

十一月の或夕暮だつた。私が焚附の小枝を折つて居ると、見知らぬ男が家の木戸の前で止つて、直おツ母の家はこゝかと声をかけた。さうだと答へると、その男は木戸を押て入つて来たが、私はこんなに泥まみれになつた男をついぞ見た事がない。帽子《しやつぽ》までハネが上つて、靴などは泥田から引出して来たやう、一目で悪い道を何里も歩いて来た事が知れる。

人声を聞つけて直が出て来た時に、此男は閾《しきゐ》を跨いで入つた。出合がしらに

「巴里の便をもつて来たのだが――」。と男は直に云ひかけた。けれどもいつもの調子ではない。『権は達者だ。いつも仕事がある』と聞馴れた言葉が続いて出さうにもない。直は上目に両手の指を組合せ、もう震え声になつて、

「権蔵がきつとどうかしたのだ。おゝ、神様！」。

（二）

「併し直おツ母、そんなに驚ろいちやアいけねえ。権は怪我をした丈だ。死やしねえから確《しつ》かりしねえ。たゞなによ、ひよつとしたら不具《かたわ》になるかも知れねえがな、なに、そんな事もあるめえ。今は、何だ、施療院に入つて居る、己等も実はそこに居たんで、癒つて帰つて来るについて、権から通り路に一寸寄つてくれと頼まれたんだ。どれ、もう日は暮れるし、道は悪いし、まだ三里歩かなけりやアならねえ。言伝は済んだ。己等ア帰るぜ」。

男は帰りかけたが直は詳しい事を聞たいから引止めた。こんな道の悪い闇夜に三里の山道を帰れるものではない。峠には狼が出て人をなやめる噂もある。ゆつくり宿《とま》つて朝立つがよい。かう云つて引止めながら早速夕飯を勧めると、男は炉の傍に陣取つて、ひもじさうに肉叉を使ひながら、仔細の話をした。

権蔵の働いて居た或建築《ふしん》の足場が崩れて権蔵はその下敷となつたのだ。併し権蔵が居るべきところに居なかつたゝめだといふので、受負主は弁償金の要求に応じない。筋はこれだけである。男は附加へた。

「権も運の無《ね》え男よ。巧く行きや一生の食扶持をものして帰れるのだが、強慾な受負にかゝつちやアかたがねえ。併し、己等ア権に裁判沙汰にするがいゝと勧めて来た」。

さう聞くと直は眼をみはつて

「裁判沙汰！　そんなお金のかゝる事をどうして！」。

「だつて、直おツ母、勝つた時の事を考へて見ねえな」。

話はそのまゝに済んで翌る朝早く男は立つた。直は夜の眼も

寝ずに心配した揚句、巴里に行つて見ると云出した。けれどもそんな長い、費用のかゝる旅がどうして出来やう。とつおいつの末、何かの時に智恵を借に行く村の寺院《おてら》の牧師に相談すると、出抜に出かけるのはよすがよい、手紙を書いてやるから一先づ返事を待つて見なさいとの事で、権蔵の居る施療院へ当て手紙を出して呉れた。

程なく届いた権蔵の返事によると、何の役にも立たぬのに巴里に来るとはもつての外だ、それよりも自分は受負主を相手取り、訴へ出たから、いくらでもよい、費用を送つてよこせとあつた。直は素直に巴里行を思ひ止まり、苦しい中を工面していくらかの金を送つた。暫くするとまた権蔵の手紙で、金が足らぬ、も少し送れとの催促、それもやつとの事でやり繰し、某か送つた。三度目の催促にはもう力も望も尽果て、工面のつけやうがないと云つてやると、それなら牝牛を売て都合をつけろと、無理な事を権柄《けんぺい》づくに云つて来た。

仏蘭西《フランス》の田舎に住んだ事のある人ならば牝牛を売るといふ事は百姓に取てどんなに悲惨《みじめ》なものか、すぐ合点《がてん》が行くだらう。博物学者に取つては牝牛はたゞの反芻獣《はんすうじう》であるといふまで、郊外を散歩する人に取つては、牝牛が居ると風景が引立つといふまで、都会の人に取つては、乳入珈琲《ちゝいりカフエー》や牛酪《バタ》の材料になるといふまで、それより深い事を考へて見る人もあるまい。けれども百姓に取つては牝牛といふものはそれよりもずつと以上のものだ。貧乏で子沢山の百姓でも、牛小舎に一匹の牝牛が居ると、決して此家族は餓死なぬといふ保証がつく。日中は仕事の出来ぬ小さな子がたつた一人で、野良へ連出して居れば、勝手に草をたべて何の世話なし、それで家内中の夕飯の汁《スープ》には手製の牛酪も入り、馬鈴薯《じやがいも》の牛乳煮も食べられる。朝の珈琲には此上ない味もつけば滋養にもなる。父も母も老人も小供等も誰もかも一様に牝牛のお蔭でその日〳〵を過ごして行くのだ。

私等とてもその通り、直と二人肉類などは滅多に食《たべ》る事もないが、家《うち》の赤《あか》（牝牛）が居るので牛乳《ちゝ》に事欠かず滋養分を取つて行る。赤は二人の生命の綱であるばかりか、同じ仲間とも友達とも家族の一人とも思つて居る。私等は始終赤を相手に話をする。赤はよくそれを聞分る。また赤の思ふ事もその大きな優しい湿味のある眼で、よく私等に通じさせる。私等三人は真に一生離れまいと思ふ家族なのだ。けれども今はどうしても赤と別れなければ権蔵を満足させる方法が無かつた。

（三）

牛買が家へ来た。さも気に入らぬといふ容子《ようす》で、長い事首を拈《ひね》りながら赤を吟味して、こんな痩牛はどうもならん、買取つても商売にならぬ、善い乳も出ぬ、悪い牛酪ほか出来ぬ、どうも迷惑だが、正直で評判の直婆やを助けるつもりで、買つてやらうといふ話だつた。

牛小舎から出さうとすると、赤はこの談判が分つたらしく、脚を踏張つて悲しい声を立てながら決して出ない。牛買は鞭を

私に渡して、後へ廻つて尻を叩けといふ。直はそんな事をしてはいけないと、自分から手綱《たづな》を取つて、優しく頼むやうに
「さアお出、赤や、出ておくれ」。

さういふともう赤は抵抗《あらが》はず、素直に出たが何か云たさうに湿《うる》んだ眼で私等を見た時には、私はもう胸が迫つて来た。牛買は赤を外へ連出し、荷馬車の後へ手綱を括りつけて、一緒に曳て行つた。私等は家へ入つたが、長い事赤の悲しさうな啼き声が聞えて居た。

最早乳もない。牛酪もない。朝は麵麭《パン》の一片、夕方は馬鈴薯と食塩《しほ》ばかり。カルナバルの祭礼《おまつり》が赤を売るとすぐに来た。去年の結日《けちにち》には直が、仏蘭西中の人がこの祭礼《おまつり》にする通りに、銅《ど》鑼焼《らやき》も焼いて呉れ、菓実入《くだものいり》の菓子も作つてくれた。私が沢山食べたのを見て、直はどんなに幸福であつたらう。

今年はもう饂飩粉《うどんこ》を解く牛乳《ちゝ》もない。焼鍋に引く牛酪もない。カルナバルの結日《けちにち》も何にもない。何たる悲しい事であらうと私は思つた。けれどもその結日に直は不意の御馳走をしてくれた。近所の一軒に行つては牛乳を、他の一軒に行つては牛酪を分て貰つて来たので、私が正午過《ひるすぎ》に帰つて見ると、直が饂飩粉を炮《ほう》烙《らく》に入れて居る。私は急ぎ傍へ行つて
「やア！　饂飩粉だ！」

私の眼を丸くした顔を見て、直は笑傾《えみかたむ》けながら
「さうさ、饂飩粉だよ。民や、触つて御覧、キメの細い上等の饂飩粉だよ」。

私はこの饂飩粉を何にするのかと聞うとした。その詞《ことば》が咽喉《のど》元《もと》まで出たのを一生懸命堪へて平気な顔をした。牛乳も牛酪もないのを知つてるから、銅鑼焼の事を直に思ひ出させるのが、小供心にも辛かつたのだ。私が黙つてるのを見て
「ねえ、民や、饂飩粉では何が出来るか知つてるかへ」

「麵麭《パン》さ」。

「その外に？」

「外には……さうさな、何だか知らないや」。

「いゝえ、知つてお出さ。お前は思ひやりの善い児だから私に云ないのさ。今日はカルナバルの結日ぢやアないか。銅鑼焼と菓実菓子の日なんだけれども、牛乳もなし牛酪もなしだから、お前気がつかない振をしてお出なんだらう。何て、お前は優しい児なんだらうね」。

「だつて、母《カア》や！」。

「そんな優しいお前なんだもの、どうして今日の結日に辛い思をさせて置けやう。民や、この提箱を開て御覧」。

急いで蓋を取つて見ると、いかな事、鉢には牛乳、小皿に牛酪、それを取巻いて、四ツの五ツの鶏卵《たまご》と三ツの林檎《りんご》！

「どれ鶏卵をお出し、そして林檎の皮をお剝き」。

私が林檎を剝いて刻む間に、直は鶏卵を饂飩粉の中に割つて落とし、時々匕《さじ》で牛乳を注してはそれを打つ。最終《しまひ》に刻んだ林檎を入れて善く掻雑ながら。その炮烙を熱灰の上に乗せた。夕方までこのまゝにして置けば、晩餐《ゆうめし》の時にはちやんとおいしい

菓実菓子が出来上るのだ。この上はたゞ時の立つのを待つ許り。あゝその待遠しさ。

漸との事で日暮間近になる。

「さア、民や、銅羅焼はお前がするがいゝ。竈《かまど》の下に焚火をお拵へ、煙を立てないやうにね」。

云ふにや及ぶ。早速小枝を折入れて上等の焚火を作る。祭礼の蠟燭が陽気に点された。直は饂飩粉をまた乳で解いて砂糖を入れて居る。私は指図されるまゝに揚物鍋を火にかけ、牛酪を落し込むとぢり〳〵と融け流れて、暫らく嗅《よ》だ事もない無類の善い匂が私等の御殿の中に充渡る。脂肪《あぶら》のハネる音じう〳〵云ふ音、私等の耳には陽気な音楽とも聞取れる。さアこゝへ饂飩粉を落として私が銅羅焼を作るのだと、嬉しさに小震をする時、私は庭先に重い人の跫音《あしおと》を聞いたやうな気がした。

あゝ、誰か、私からこの幸福を奪《うば》ふために来たのだらうか。

（「大阪毎日新聞」明治44年7月12日～14日）

沢子の嘘

高浜虚子

沢子は病弱なる子である。彼は神奈川県師範学校の附属小学校の二年生である。彼は今放課後に一人で彼の家に帰りつゝある。秋日和の日影が暑いやうに彼の顔に照りつける。彼は汗ばんだ顔に微笑を浮べ両方の手でオルガンを弾く真似をし乍ら、「君はァ千代ォませ八千代ォませ……」と唄ひつゝ、縄手道を帰りつゝある。其は唱歌の時の先生の態度を真似しつゝあつたのである。

ふと見ると東京の小学校の遠足会であらう紫の校旗を立てゝ、男女の教員に引率せられた多数の生徒が向うから此方に来つゝあつた。彼は一重瞼の乾いたやうな眼を瞠つて此の行列を見た。其校旗に書いてある文字は彼には読めなかつたが彼は忽ち彼が一年生の時半年余り通学した事のある富士見小学校の事を思ひ出すのであつた。

彼の家は一年許り前迄東京の麴町に住まつてゐた。富士見小学校は彼の姉、兄の共に通学してゐた学校で、彼も其処の幼稚園を出て小学校の一年級に這入つたのであるが、半年余り通学するうちに、彼の体の病弱なのも一つの原因で彼の一家は鎌倉に移住した。其れ以来彼は師範学校の附属小学校に通学してゐるのである。

彼は尚ほ時々富士見小学校を恋しがるのである。彼の組の受持であつた大島先生の事を彼は屢〻なつかしく思ひ出すのである。今年のお正月にも夏休にも彼は片仮名で端書を書いて大島先生に送つた。先生からも親切なる返辞が来た。彼の父母は固より彼の姉も兄も度々東京に行くのであるが彼は其後まだ一度も東京には行かない。父母や兄弟から東京の話を聞く度に彼の小さい心は富士見小学校を思ひ出すのである。大島先生を思ひ出すのである。

「此の遠足に来てゐる学校が富士見学校ならばいゝのに、あの女の先生が大島先生ならばいゝのに。」と彼は道端に立どまつて其行列を遣り過ごし乍ら此時も斯んな事を思つた。

あの先生が大島先生であつて、『まあ沢子さん。』と声を掛けられたらどんなに嬉しいだらうと思つた。『大きくなりましたね。此頃はお体は丈夫ですか。お母さんに宜しく仰しやつて下さい。』と彼は其時大島先生のいはるゝことを想像して見た。さうして其時又自分が先生に対して少し気取り乍ら時儀をすることや、甘えて先生を見上げる事やらをも実在せる如く空想して見た。

遠足の行列は埃を残して空しく過ぎ去つてしまつた。彼はぼんやりと其あとを見送つてゐたが、又とぼ〳〵と歩き始めて家路に向つた。もう「君はァ千代ォませ八千代ォませ」と唄ひながらオルガンを弾く真似をすることは忘れてしまつて、久しぶりに大島先生に出逢つて優しい言葉を掛けられた事許りを考へつゝ歩いてゐた。

「沢子の弱虫ヤーイ。」といふ男の子の声がする。其は同年級の何某といふブリキ屋の平地に波瀾を起こしたがる腕白であつた。沢子は恐れるやうに其方を見て小走りに其処を通り過ぎ暫くしてから振り返つて見たが腕白はもう他の子供をいぢめてゐた。

沢子は又大島先生の事を思つた。さうしていつの間にか彼の夢みるやうな錯誤を起しやすき頭は遂に先の遠足が富士見学校の遠足であつて、女の先生が大島先生であつて、彼の空想したやうな談話を実際大島先生は話されたもの〻やうに考へて、彼は俄に勇気を得、喜び勇んで自分の家に帰つて行くのであつた。

家に帰ると秋日南の縁に彼は学校道具を投げ棄てゝ、いきなり、

「今大島先生に逢つてよ。」と女中に言つた。此の女中は彼が富士見学校の幼稚園に行く頃から常に学校に出入して大島先生をもよく知つてゐるので、

「さうですか、何処で」と熱心に聞き返した。

「富士見学校の遠足よ。今海岸の方に行つたから、御飯が済んだら行つて見ようか。」

「え、行つて見ませう。」と女中も勇み立つた。

其処へ兄の子も学校から帰つて来た。これは道草を食ひ〳〵帰つて来たので妹よりも遅れたのであつた。

「お坊つちやん、今富士見学校の遠足会にお逢ひなすつて。」と女中は聞いた。

「い、え。」と兄は不思議さうな顔をした。

「でも今お嬢さんは大島先生に逢つたつて仰しやいましてよ。」

「さうかい」と此兄はどこかの学校の遠足会に出逢ひはしたが、其を何処の学校と見極めもせず、二三人の友達と何か或悪戯の相談に夢中になり乍ら道草を食ひつ、帰つて来たのであるから、さう言はれると或はさうかとも考へられはするもの、、どうもさうらしく無かつたやうに思へるのであつた。

「あれは富士見学校では無いだらう。」

「富士見学校よ。」

「富士見学校らしくなかつたよ。」

「でも大島先生に逢つたんですもの。」

「さうかい。」と兄はをかしく思ひ乍らも自分は十分に意をとめて見なかつたので或はさうであつたかとも疑ふのであつた。

「海岸の方へ行つたさうですから、早く御飯を食べて行つて、御覧なさい。」と女中は言つた。

「あ、行つて見よう。」と兄も四年間も通つた富士見学校の事であるからなつかしくもあり勇み立つて同意した。

「早く食べていらつしやい。」と女中は急き立てた。沢子も今は自分の作り事といふ事などは考へようともせず、早く急いで海岸へ行つて大島先生に逢ひ度いと思つた。兄にもまけずに大急ぎで時刻の後れた昼飯を掻き込んだ。

其から女中と三人で海岸へ行つて見た時には、其行列はもう遠く林木座の方へ行つてしまつたとかで滑川を渡らねばそちらへは行けなかつた。滑川は昨日、一昨日の雨で出水して渡れさうにも無かつた。三人は失望して家に帰つた。

折節家にゐなかつた母親は此事を聞いて残念がつた。彼の四人の子供が世話になつた富士見学校の遠足会があつたのなら、責めて一寸挨拶だけでもしたかつた。丁度家にゐなくつて惜しい事をしたと思つた。其から大島先生に逢つた時の模様を沢子に聞いた。沢子は先に自分の想像した通りを話した。

四五日経つて母親が上京した時電車の中で偶然富士見学校の或先生に出逢つた。母親は遠足の事を話すと、其先生は、

「其は私の学校ではありません。今年は鎌倉には参りません。」

との事であつた。

母親は帰つて父親に話した。

「本当に沢子にも困りますよ。あんな嘘を言つて。」と遠足会の一件を話した。

「富士見学校の遠足会に逢つたといふだけなら見誤りといふ事もあるのですけれど、大島先生に逢つて、先生が斯く〳〵仰しやつたなんていふんですもの。本当にしやうが無いわ。」と笑ひ乍らも嘆息するやうに言つた。

「しやうが無いね。」と父親も困つたやうな顔をして笑つた。

其処に淋しい顔をした沢子は丁度這入つて来た。母親は一寸躊躇したが、後々の為めと思へば猶予すべきで無いと決心したらしく、

「此間大島先生に逢つたといつたのは嘘なんでせう。」と優しく言つた。

「でも逢つたんですもの。」と沢子は自分を疑ふやうな眼附きをして言つた。

「嘘仰しやい。東京で富士見学校の先生に逢つて聞いて見たら鎌倉へ遠足に行きはしないと仰しやいました。何故そんな作り事をいふのです。」と母親は涙ぐんで叱るやうに言つた。沢子の淋しい顔は愈〻淋しく口許を堅く閉ぢてゐた。父親は此の病弱の子を責め叱らねばならぬ親の責任を苦痛に感じつゝ其所を立つて書斎に這入つてしまつた。母親の彼を諭す言葉が切れ〴〵に書斎に聞こえた。

父親は机に頬杖を突いて淋しい考に耽つた。其の沢子の夢みるやうな考は自分の遺伝であらう。羸弱の身体も自分の体質を伝へたものとすれば、脆弱な精神も亦た自分の遺伝といはねばなるまい。殊に彼が小さい時からの疾患つゞきは現実の快楽を自由に取ることが出来ぬ為めに彼をして動〻ともすると空想の快楽に満足せしめるやうに導いたのである。彼が三十八九度の熱を病んでゐる時に父親は其手足を擦つてやり乍ら、

「苦しいかい。」と聞くと、

「苦しい。」と彼は答へる。

「何かお話をしてやらうか。」といふと、

「え、して頂戴。」と彼は嬉しさうな顔をする。斯る場合に如何なる話が彼を喜こばすかといふと、其は彼の父親の幼時の話、即ち丁度彼と同じ年齢頃の昔し話と嘗て彼を拉して江の島、逗子、松山、修善寺等に遊んだことのある其の回想談等である。斯くして熱に難み乍らも頭の中では別個の天地を空想して僅に病苦を忘れるのである。斯ること、若しくはこれに似寄つた事は今迄の彼の短き生涯に絶えず〳〵繰返されつゝある。羸弱の身体が現実の刺戟に堪へ得ない為めに人一倍空想世界を住家とする彼の性癖は斯くの如くして自ら養成されつゝあるのである。大島先生に遇つて話したといふ事を嘘と言つてしまへば正しく嘘に相違無い。けれども其は憐れむべき嘘である。彼が東京にゐる頃よく遊んでゐた一人の女の子によく嘘をいふのがあつた。其は皮膚の張り切つた血の有り余るやうな壮健な体をして、其嘘は常に他を虐げ自ら利せんが為めの嘘であつた。其に比べれば沢子の嘘は少しも利害の念の伴なは無い嘘である。哀れに淋しい嘘である。多少の教訓を与へるのはよいが手強く叱るには余りに可哀想な嘘である。

父親は斯く考へつゝ聞いて居ると幽かに沢子のすゝり泣く声が聞こえた。彼は其の声を聞くに忍びぬやうに思つた。

其後母親は、

「到頭お詫をして今後はもう決して嘘は言はぬと申しました。」

と父親に言つた。其時隣家の同じ年頃の娘と庭で遊びつゝあつた沢子は何事も忘れたやうに血色の悪い淋しい顔に尚ほ楽しげな色を浮べてゐた。

（「ホトトギス」明治44年12月号）

供食会社《きようしくわいしや》

幸田露伴

一　自炊

五郎と十郎とは苦学生である。親類には相応な生活を為て居るものも有るが、それに頼つて学資を出して貰ふことは厭なので、一貧《ぴん》洗ふが如き中でも一向屈せずに、牛乳配達や新聞配達や写字生やで些少《すこし》の収入を得つゝ、家たゞ四壁立つばかりの小屋《せうをく》を、場末の或る町に借りて、輪番自炊で日を送つて居るのである。

今日は五郎の番であるが、五郎は十郎に比べては乱暴なところの有る男だから、炊事に当るのが面倒で堪らない。二人共に此頃は某事件の訴訟書類の謄写を托されて居るので、始終家にばかり居て労働を取つて居たのだが、夜が明けると、五郎が岸《が》破《ば》と跳ね起きて、水を汲む、火を焚く、ザツ〳〵、ガタ〳〵と働いて居る。十郎は、もう戸を繰り室を掃つて、そして筆耕の机に対ひ出した。

粗末な三徳竈《とくがま》に今戸《いまど》窯《やき》のやうな陶釜《やきものがま》を掛けて、一升ばかりの飯を炊くのである。燃料《たきもの》は炭屑が廉価だから、其を使つて居る。媒燃材《たきつけ》は古新聞や古雑誌、何でも関はず西洋紙の役に立たぬものを、手拭を絞るやうにキウツト絞り固めたのを、二ツ三ツ寄せ合せて、そして火を点けると、気抜《いきぬけ》の工合さへ宜ければマッチ一本で必らず失敗無しに点く。西洋紙は草木の繊維を材料としたものだから、少許《すこし》の土類の混つて居るのは嬉しく無いが、それでも乾燥さへして居れば失錯無《まちがひな》しに燃え出す。炭屑をそれに添へれば、工合《ぐあひ》よく熾《おこ》る。為熟《しな》れた事だから、無造作に火を熾し米を仕掛けておいて、扨《さて》副食物《おかず》の味噌汁を下ごしらへし初めた。簡易生活だもの、何様《どう》して摺鉢《すりばち》なぞは有りはしない。鍋の底に杓子の背で味噌を錬りつける。恰《あたか》も弁慶が飯糊《そくひ》を、こしらへるやうだ。少し水をさして溶き緩める。また水をさす。味噌汁はそれで出来るのである。実は小蕪菁《こかぶ》の四ツ割で、もう十日ばかりも同じ実であるが、十郎のさし図で、一度にウンと沢山買つて、清潔な地に埋めて置ては、必要だけづゝ出して使つて居るのだから、まだ幾日分も残つて居る。一昨日《をとゝひ》も昨日も、丁度十日ばかり、汁の椀さへ見れば、屹度《きつと》小かぶなので、ヤアまた小かぶか、おなじ実だナアと、五郎が嘆息すると、おなじみといふ事は、これより始まりけると、十郎が戯れたのは、昨日の朝の事だつた。今しも手早く其準備を終つても、まだ飯は出来上らない。五郎は竈《かまど》の傍《かたへ》に居て、空しく自分が炊事のやうな斯様《こん》な詰らぬ事に熟達したのを却つて恨むかのやうに、まだ飯の炊けるのに間のあるのをもどかしく思ひながら、ジツと火《ひ》の上《うへ》の物の煮え上る様子を見て居た。

座敷では、十郎が、既に一枚二枚と筆耕の功を挙げて居る。五郎は不足らしく、ボツ然として居たが、やがて、

『下らないナア。』

と独語した。

座敷の十郎は、気の細《こまか》い男で、しきりに筆を走らせて居たが、其の声を聞くと、

『五郎！　自暴《やけ》を云つては困る。何が下らないのだイ。己だつて明日は炊事をしなくちやならないんだ。』

とは口で云つたが、手は猶休まず働いて居る。

『ン、其はさうだ。だが今下らないと云つたは、自分が炊事をする煩はしさに就て云つたのぢや無いよ。』

『それぢやア何様《どう》いふ意味なのだイ。』

『今偶然《ふと》妙な事に気がついたのだがね。君オイ東京に家《うち》が何軒有るだらうな。』

『変な事を聞くね。さればさ、今東京に二百万人も居ようかナ。一戸五口と仮に定めると、マア四十万戸だナ。』

『四十万戸！、ウン、大した事だナア。かうと、四十万戸だから、ムム、アツ大層な事だぞ。』

『何がさ。』

『何がつて、一寸《ちよつと》考へてくれ給へ。飯を炊き、副食《さい》ごしらへをするのに、何分かゝると思ふ？』

十郎は終《つひ》に筆を擱《お》いてしまつた。

『然様《さう》さナア。余程《よつほど》馴れて手早くはなつたが、飯を炊くだけに三十分はかゝる。』

『米を研いだり淘《ゆす》つたりするのと、副食《さい》ごしらへの手数や前後の始末などを籠めて、食事の為に費す時間は、彼是《かれこれ》一時間になるネ。』

『マア其位はかゝるナア。』

『さうすると、戯談ぢや無い。四十万戸で、総計四十万時間は毎日費されるのだぜ。』

『ム。』

『八時間の労働を一人前一日の労働時間と仮定すると、カウト、五八の四十で、五万人だけが毎日炊事の為に費されて居る訳だなア。』

『成程。』

『炊事の労などに服するといふことは、最低級労働だから、八時間一人前の労働賃を三十銭と仮定しても一日に五万人で、一万五千円、一月には百五十万人で月に四十五万円、

二　一年に五百四十万円

だけが、東京のみで炊事の為に費されてゐる訳だぜ。』

『ム、成程。』

『炊事の延時間にして、最低級労働と勘定して見ても然様《さう》いふことになる。これは人間の時間を金にして論じただけのことだぜ。』

『ム、成程。』

『朝、昼、晩、三度の炊事の面倒さは、決して総計時間たゞ一時間では済まない。そして其の十六度の炊事の労働賃金を弁当自弁三拾銭で受合ふものは有るまい。が、仮に其だけで済むと仮定したところで、東京だけで一年五百万円から其の為に費されてゐる訳だぜ。』

『ム、驚いたものだナ。』

『僕《おれ》が今下らないナア、といつたのは、此の馬鹿々しさを幾年となく都会は繰り返して居て、そして一向に時間の節約や労働の節約といふ事に気がつかずに居ることを云つたのだゼ。』

『ナアル程。』

『オット飯ができたやうだ。』

と飯釜を下し、汁鍋を架《か》ける。やがて食膳が成立たせられて、二人は対食するといる段取になつた。

食事中猶談《なほはなし》は続けられた。

『そこで、今妙なことを考へ出したのだ。』

五郎の言は、十郎は興味を以て対へた。

『何様な事を考へ出したのだ。』

『マア聞き玉へ。大きく例を取つて云はうならば、蒸汽を以て何事かを為ようとすると、汽罐《きくわん》に対して火を働かせ掛け無ければならないのは知れ切つた事だが、其の汽罐其物を熱する間だけの熱量は無益に費される訳だ。そこで火を焚いて汽罐を温め

て、或作業を少しばかり為《し》てまた汽罐を冷まして仕舞つて、それから又明日新に汽罐を温めるといふ事は、無銭《たゞ》では得られぬ熱を無益に放散させて仕舞ふだけそれたけ損耗をすることになる。其様いふ理窟からして、紡績業の如きは、夜業の割増賃金を支払つても、作業を継続させて、そして徒《いたづ》らに汽罐を一度冷まして復熱するといふやうな事をせぬやうにした方が、利益だといふでは無いか。』

『ム、、其様いふ事は己《おれ》も聞いて居る。』

『東京中で、毎日々々戸々で飯釜を温めたり冷ましたりして居るために、何丈の燃料《たきもの》が無益に費されて居るか知れやしないゼ。』

『然様さナア、莫大なものに違ひ無い。』

『それから第一に米といふものが農夫の手から、己達《おれたち》の手に入るまでに、何丈の人々の手を経て、其の口銭や手数料が加へられて貴《たつと》いものになつて居るか知れたものでは無いゼ。』

『如何にもだよ。燃料の薪炭やなんぞも、其通りだ。』

『然様《さう》さ。そして副食物の材料も、塩噌の類も皆然様だ。だから此処に一つの大なる供食会社が有つて、廉価に精良なる食饌《しよくせん》を供給するの路を開いたならば、何程社会に益を与ふるか知れ無いナ。』

『成程。』

『飯だけで先づ論じて見よう。飯とは何ぞや。米を水と火とで処理したものに過ぎない。』

『なんだ教科書見たやうだナ。』

『まぜつ返しちやいけない。黙つて聞き給へ。新網《しんあみ》あたりの貧民窟の談《はなし》を聞くに、一升の飯をこしらへるのに、凡そ一銭の燃料を要するといふが、少量《すこし》のものを小買の材料で処理するといふ事は、そんな不経済なものだ。』

『ぢやあ己達も其様いふ不経済をして居るのだ。』

『然様だよ。之を洗つて数時間水に浸した後に、一定の火熱を水に与へて処理するに過ぎない飯のやうな簡単のものに対して、戸々で朝々多数の人民が少からぬ時間を費すといふのは、何といふ非文明の事だらう。』

『オイ論旨は可《い》いが、飯を食はずに演説して居るゼ。』

五郎は慌て丶一碗の飯を喫したが、又

『で、一升の飯を炊くのに、一銭の燃料と三十分乃至《ないし》一時間とを費すのを、若《も》し二升の飯を炊く場合には、一銭五厘の燃料と、時間は同じ時間とを以て足る訳になる。此の理を推すと、多量の米を炊く時は著《いちじる》しい節約が出来る訳になる。況《いはん》や米も燃料《たきもの》も、小買で無く、且又燃料は石炭の如き廉価の材料を用ゐるに於ては、飯は恐ろしく低廉《ねやす》に供給される訳だ。』

『それは然様だらう。』

『一体考へて見ると、各戸に飯を炊く器具を備へて、各戸で飯を炊くといふが如きは、若《も》しそれが自己等の心持の好い為だとならば、おそろしい奢侈《おごり》と云つても差支無い事だ。外国で自家でパンを焼かせて其を食べるといふ事は、富豪か貴紳の所為だといふでは無いか。』

『然様云つて見れば成程贅沢に近い。』

『米国大統領だつたグランド将軍が日本へ来た時、東京では貧民も猶且《やつぱり》自家で飯を炊いて食ふといふことを聞いて大に驚嘆して、日本は羨むべき国だと語つたといふが、これは日本の貧民が貧でないのでは無くて、実は社会組織が発達して居無いといふに過ぎぬ事なのだ。其の真相は、各戸で飯を炊くといふ事の不経済不利益に想ひ到らぬからの事であるといひたい。』

『其の説はたしかに一理有る。』

『今己《おれ》が飯を炊いたり何かして居る間に、君は何枚の筆耕を為《し》た？』

『三枚半ばかり書いた。』

『一枚二銭として七銭ほどの賃銀を君は得た。己《おれ》だつて其だけの時間には其位の事は出来る。即ち炊事にかゝつて居た為に、先刻の仮定の労銀三十分が一銭八厘余とすると、五銭余の損耗《そんもう》をして居る訳に当る。』

『厳しい算盤《そろばん》だが、理窟は其の通りだ。』

『仮に五銭づゝ一日に損を見るとして、四十万戸では日に二万円づゝの損で、月には六十万円、一年には七百二十万円の損だ。』

『驚いた算盤だが、仮定すれば其の通りだ。』

『斯様いふ訳だから、内職をしたり手間仕事をする者は、非常に食事の準備の為に時を費すのを厭《いと》うて、昼食の副食物には塩鮭の焼いたのが一番好いなどゝいふことを唱へるに至るのだ。』

『それは然様さ。物を煮たりなんどしてゐる間には、直に一銭や二銭乃至《ないし》三四銭の労働賃銀を産み出せるからサ。』

『それ見給へ。それだから、こゝに、

三　大供食会社

が出来て、不潔不良でない食物を廉価に供給して呉れたら、非常に便利では有るまいか。第一飯だけの事にしても、各戸で飯櫃や米櫃も要らなくなる。不究理千万な竈《へつゝひ》や、米研桶《こめとぎをけ》や、薪や、炭や、小贅沢な瓦斯設備なども要らなくなる。まして先日市中で見た米研器械だなんといふ愚にもつかない玩弄物《おもちや》のやうなものなぞも要ら無くなる。台所の場処も節約できる。何程《どれほど》無益な手数と配慮と器物と時間と空間とが省《はぶ》き出されるか知れ無い。そして其の時間だけが直接間接に生産的に使用されたら、何程国家の益になり且又各人の生活を簡易にして煩雑を除去し得るか知れ無い。』

『それは然様だ。然し米屋や、薪屋や、竈屋や、鍋釜屋や、桶屋なんどは困る。』

『困つたら転業するだらうから関《かま》は無い。一体米屋などと云ふものは、利益を得過ぎて居る。新聞紙の米価と、小売米屋の米価とを考へ合せると、利を取り過ぎて居る。だから貸倒れになる事さへなければ、米屋位に利のよいものはないと云はれてゐる。』

『併し然様云つては愍然《ふびん》だ。貸倒れが出来るから、仕方が無い。少しは割高にもならうでは無いか。』

『そこいらも社会組織の不完全なところに罪は有るのだが、不都合な人が借り倒すと、不都合も何もせぬ人、即ち善良な顧客《とくい》に割高に売るといふのは間違つた道理だ。不良者の為に善良者を犠牲にするといふ傾向《かたむき》は、何の商売にも有るが、善良な顧客《とくい》こそ好い面の皮だ。』

『怒つたつて仕方は無い、マア飯を終《や》り給へ。』

五郎は食事を終つて仕舞つた。

『米屋が米を売るのを一層進歩させて、供食会社で飯を売る事としたら何様だ。』

『しかし米は買つても飯は買ひたがらぬ人も有るだらう。』

『飯を買ふといふと、何だか甚だ貧乏臭く感じるだらうが、それが即ち因襲に囚はれて居るといふものだね。牛乳屋から牛乳を買ひ、蕎麦屋からそばの盛《もり》や澆《かけ》を買つたり、パン屋からパンの配達を受けたりするやうに、供食会社から飯の配達を受けるといふことになつたつて、少しもをかしくは無い。飯に限つて自家で炊かねばならぬといふ理《り》はない。』

『理窟は其の通りだが、感情が……』

『感情は歳月さへ過ぎれば変化する。』

『ハ、、、然様だよ、それは。』

『中等生活の人から以下は、都《すべ》て飯を配達させて、其を食べるといふやうになつたら、方々の細君は大助かりだらう。』

『それは助かるね。おらが女房を褒めるぢや無いが、ママも炊いーたーり、みづーしわざといふ唄の文句は、註釈を要する様になるがネ。』

『ハ、、、変に引張つたね。そりやア何だ。』

『長唄ぢやあ無いか。越後獅子の文句を知らないのか。』

『イヤ妙なことを知つて居るナ。何処で覚えた。湯屋か。』

『ナーニ蓄音機の窃聴《たちぎゝ》でサ。』

『ハ、、。しかし其の歌の様な事は越後の在郷位の事になつて、都会では、三度々々ポツ〳〵と熱い飯を、一日十銭か十五銭で配達して貰つて食ふやうになるのが当然だ。』

『一杯飯山盛一銭で、味噌汁が一銭、副食物《さい》一皿二銭、香の物五厘といふのが、下等飯屋の実際だ。米も悪いだらうが、飯は素通しで、飯では利を見ぬ事にして居るのが、飯屋の定めださうだが、感心に廉《やす》くして居るものさネ。』

『小買相場では、米が一升二十銭弱、一人五合として十銭足らずになる筈だが、五合食ふ人は、都会では労働者を除いては少い。』

『マア君位のものだらう。』

『蒸汽機関を備へて、蒸汽炊きにして飯を売つたら、米を大買にする利と、薪材の節約の利とで、需用者に対しては殆ど小買の米と同じ程の価《あたひ》で、熱い飯を供給することが出来ようとおもふ。』

『それは出来るだらう。』

『出来れば、需用者は、自家の煩労と器具の設備や、薪炭の消耗とを免れて、非常の便利になる訳だ。己は一つ社会の為に、富豪が斯様いふ公益の事を為さんことを望むナ。其の経営の労は、十二分に研究してから、己《おれ》が当つて見る。』

『エライ事を考へ出したな。』

『社会の状態は今や変ぜんとしつゝ有る。間借生活をして居る人は、非常に多くなつた。下宿生活をして居る人も非常に多くなつた。夫婦限《ぎ》りの生活なんぞは、炊事の労を執るのが面倒だから、夫婦で下宿して居る人なぞも、大分殖えて来た。生存競争は烈しくなる。人々は働くか楽むかの那処《どちらか》にか時間を費さねば、承知せぬやうになつて来た。下婢は下婢たるを望むもの、減少によつて給銀は上り、そして善良なものは少くなつて来た。中等社会は圧迫を感じて来た。中等社会の女子は、其の虚栄心や求逸心や放肆《はうし》や自堕落や高慢やから、著しく家庭内に於ける低級労働に服することを悦ばなくなつた。此時に当つて、市内の米屋の位置を奪つて、御飯配達供給会社を起したら、屹度大《きつとおほい》に行はれると思ふネ。』

『行はれるかも知れないナ。』

『アメリカ合衆国では、最近数年間に、

四　チヤイルド、レストラン

といふものが、非常に盛んになつて来たと聞いてゐる。此はチヤイルドといふ人の考案になつたのだが、出先で人が食事を取らうといふ場合に、従来のレストラン（料理屋）は余りに其の設備が人に快楽を得せしめるやうに出来て居る結果、何様《どう》しても人の財嚢《きんちやく》から多くの金員を請求するやうになつて居る。それから又珈琲店其他は単に食事を為ようといふ目的には不完全である。そこで実際に空腹を充たしめ、且つ時間と金銭とを無益に消費せしめぬ為に、清潔と迅速と上品と純粋とを保つレストランを設けて、些も虚飾や不純粋の目的やの交らない、単に食事を供するものをこしらへた。それが即ちチヤイルド氏式レストランで、パンとは聊《いさゝ》か異なつたバタケークを主食として、数種の副食物を好みによつて供する、至つて手軽い、併し清潔で、決して下劣で無い、純粋な供食所《きようしじよ》を現出させた。其の目的及び実際が甚だ社会に取つて有益であり必要であつたので、大に行はれると同時に、富豪のロツクフヱラーの如きは、此を賞讃して大金を投じ、同組織のものを各都市に設けしめたので、愈々《いよ〳〵》チヤイルド、レストランは勢を得て、今は各都市に皆繁昌を極めて居る。其のチヤイルド、レストランまでには至らずともせめて各国都市で麦粉を売らずにパンを売つて居り、都市住民は戸々にパンを作らずとも、買つて済んで居るやうに、米屋の代りに、供食会社を設立させたら、個人に取つても、一都市に取つても、甚だ有益な事だらうと思ふ。』

『賛成々々。』

『ヤ、談話《はなし》をして居て時間を大分費した。これも炊事会社の無いおかげで、損をしたのだ。今に吾輩が、供食会社をこしらへてやらう。』


（「実業少年」明治45年1月号）

評論

評論
随筆
小品
記録他

画界近事ほか〔「絵画の約束」論争〕

画界近事

木下杢太郎

昨年秋、文部省展覧会開催後に、私は読売の紙上を借りて、その秋の収穫を概評した。今、更に今年四五月にわたつて開かれた各大小の展覧会について概評を試みやうと思ふのである。その後大して新しい書物も読まず、各方面の変つた説を聞く機会をも多く持たなかつたから、別段自ら特に開発したといふ処を意識せぬので、実は控えてゐたのである。のみならず今は身の周囲も少しく忙しいので、特に此稿に関しては、他人の筆を煩はして私の話を筆記して貰ふ事になつた。時間の欠乏と、自ら筆を取らなかつた罪とに対しては、深く読者の諒を乞はねばならない。

一、概　目

今、四五両月に跨つて開かれた大凡の展覧会の名を挙げて見ると、私の興味を惹いたものだけでも

一、博物館の徳川時代浮世絵展覧
二、无声会
三、肉筆と版画展覧会
四、八官町の吾楽殿にあつた美術新報社の催しにかかる小品展覧会
五、山脇信徳氏作品展覧会
六、吾楽と交詢社と二ケ所で開かれた三宅克己氏の展覧会
七、東京勧業博覧会の一部に展覧された日本画と西洋画
八、太平洋画会
九、蔵原惟廓氏の帰朝土産とかいふものと、白馬会同人の作品
十、本郷のパラダイスに開かれたアブサント同人の小品展覧会

この位あつた。日本画の方では二葉会等もあつたが見ない。さして注意もしなかつた。此の外に、面白かつたのは神田の青柳であつた古書画展覧会、それから南葵文庫の道中画展覧会等の催しであつた。尤も此種のものは直接創作の部に属しないが、現今のある運動には直接間接に深い影響があると思ふ。であるから真に絵画に注意を払はんとする批評家は、一通りは之等を

系統的に批評し紹介せねばならぬ筈であるが、憾むらくは、日本の批評界といふものは未だそれ程の余裕を持たぬ。私のやうな門外漢が、かういふお話をするやうになるのも止むを得ないわけなのである。

さて、右の概目以外に、それと前後して現はれたのは藝術殊に絵画に関する批評及画論であるが、殊の外めづらしいもの奇抜なものは見つからなかつた。中に比較的面白く論じてあつたのは、西洋画に於ける正宗得三郎君、斎藤与里君等の、読売或は早稲田文学に寄せた各篇である。その他美術新報社にも此種のものは見えたが、注目すべき程のものではなかつた。

次に主なる四月中の現象は、青木繁君の死である。四月の二十二日に、新宿の碌山館に開かれた、荻原守衛氏の一周忌である。三宅氏の帰朝展覧会もその一つであつた。

二、私の態度

概評に先立つて極く簡単に、私の態度に就いて話させて貰ふ。

態度といつて別に去年より進歩したわけでもないが、元来私は、出来る事ならば、美術上の現象を時代とか文明とかいふものから見たいといふ側のものであるが、これは非常な時間と努力とを要する事で、とても目下の眼目とする事は出来ぬ。たゞ個々の画に対する印象的批評といふやうな事は、その折々の新聞紙の批評が進歩して居るばかりでなく、専門の画家連中に任せて差支へない事である。例へば、斎藤君の評論等にも、此の問題に触れて居る所が見えるが、兎に角現今の画界には特に論ずべき問題が多いやうである。社会対藝術家の問題とか、日本人が已に完成した、西洋の藝術に対する態度とかいふやうな問題に就いても、深い研究をして見たいのであるが、今はたゞその人を待つより外はないやうな有様にある。

三、博物館の浮世画展覧会

これは特に私が論じやうとする洋画界の運動に関してゐるものではなく、私自身の興味に従つて言ふのであるが、徳川の時代は過ぎて、今はそれをある完全なものとして回顧する事が出来る時であるから、その生活殊に市民の生活、政治、偶然の天変地異、精神的物質的の文明即ち衣服、装飾等の流行、各種の文字、音曲等は皆当代の絵画に関せしめて見る事が出来る。片々たる浮世絵もその一つ〳〵が已に背景としてある漠然たる時代といふものを背負ふて居る。浮世絵はそれを通じて時代を見るといふ見方からその味を得る事が出来るのである。一派の人々に言はせると、浮世絵といふものは、日本人が初めて自覚して作つた藝術である。例へば天平の藝術、明兆の画、雪舟の画等と昔から随分いゝ画もあるが、之等は直接間接に遠くは印度、近くは支那朝鮮の影響を受けてゐる。然るに浮世絵に至つては、その性質が全く日本的のものであつて、絵としても装飾としても、さう大したものではない。たゞそれが実によく徳川時代といふものを絵画的に表象して居るところから興味を惹くのである。それを徒らに過重するのは、言ふまでもなく、近頃の泰西の趣味に影響されたのであらうと思ふ。

博物館の浮世絵に就ては、世間ではあまり批評をせずたゞ読売新聞に藤掛静也氏が何か書いて居られたやうであるが、それも大体の説明に過ぎなかつた。然し、浮世絵に関する新しい流行が近頃になつて起つて来たのは事実である。その態度は非常に慊らぬが、宮武外骨といふやうな研究家もある。唯、万安、青柳あたりに折々開かれる古書画や浮世絵の展覧会等も盛大ではあるが、つまり商売の為でなければ、老人連の娯みに過ぎない。科学的研究の態度は更に見えないのである。余り感服もして居られないが、西洋では、ユリウス、クウルト氏のやうな人があつて、已に歌磨に関する大きな本を書き、近頃は春信、写楽等のモノグラフイイを書いてゐる。古くはフランスのエドモンド、ド、ゴンクウル等が、比較的不便な地に居ながら敬服すべき態度を以て北斎や歌磨の伝記をかいた。その中には、常磐津文字大夫が両国の京屋で名披露目の会を開いた時の引札の翻訳までものせてある。日本の浮世絵に就て、西洋人の事業は沢山にある。独り浮世絵のみならず、更に古い時代の解釈し難い南宗画のやうなものをさへ、研究し初めて居る。

先日、伯林博物館員のドクトル、クラアゼルといふ人が来て、折々談をも交へて見たが、時間や費用を惜まず、零細な小幅さへも、出来る丈け多く研究しやうとする態度は驚くの外はない。或は西洋人は日本人に先んじて完全な系統的な日本美術史を作るかもしれぬ。殊に今日、日本人の古美術に対する態度は、凡て骨董的宝物的である。深く個人の庫の中に蔵して、一般国民をして鑑賞に興からしめない。

一般の日本古美術は元より、徳川時代の事は近くもあるし統一して居るから、当時の浮世絵以外のクラシックな絵の宗派と共に、科学的に研究したら面白いに相違ないと思ふ。吾人は一近世絵画史では満足する事が出来ない。

四、无声会

此会に関しては格別言ふ程の事もない。たゞ当時の各新聞紙に載つた批評の中に、二三変つたものがあるから、それに対する私の意見を述べて見やう。

万朝報では、中にも石井柏亭氏の画を賞めて、「清新か潑溂か、新日本画か、聖母の樹の下に対すれば、世の色を論ひ、光を争ふ大家諸先生乃至青年作家のいとあはれにも見ゆるかな。柏亭の足の到り着く日、欧洲の画界は従来の日本画の何物が与へしよりも深き印象と強き感動とに打たれん事、蓋、疑ふよしもなし」と、奇抜な賞め方をして居る。

従来の日本画が与へたよりも、より以上の好果を与へたとなると、結局石井氏が古往今来日本第一の画家といふ事なのであらう。他人の賞賛にケチをつけるのはよくあるまいが、希くばも少し日本画に就いて、深い研究をしてもらいたい。石井氏は私の友人である。私は此の人の画に清新を発見するものには相違ないが、新しい日本画は唯此道一つから出やうとは思はない。従来ある日本画でも種々な性質を具へてゐる。支那から渡つた芥子園画伝的の骨法用筆もあれば、日本固有の諸大家が新しく発見した手法もある。そして剛柔正奇等の気性によつて、その画もさま〴〵になつてゐる。中にも骨法墨法は、昔の日本画が今に遺して呉れた貴重な宝であつて、古いものよりも新しいものを喜ぶ吾人でさへも、之等の価値を否定する事は出来ない。加之、これ等が大なる独創力ある天才によつて、今の世に於て新しい意味を持つて来る事と信ずる。新日本画の存亡に関しては私にも意見がある。日本画の亡失といふ事はどうしても考へられない。

元来、画といふものは、純粋なる自然の模倣ではなくて、自然と作品との間に人間の気性及能力を挿んでゐる。故に同時代に於ても。例へば十九世紀末のフランス藝術の如く、同じ女をかきながら、ドガアとルノアアル、マネ、ゴオガン皆別々に描き分けてある。名は忘れたが、近頃、人間の肖像を幾つかの小さい三角形の集まりで描き出してゐる人がある、その人は特殊の気まぐれからではなくて、已に多数の模倣者をすら生じてゐるさうである。美術の楽享はこれ一の自己投入《ジツヒアインフイウレン》であつて、必しも作品から、原の自然を探し出さうとするのではない。であるから眼が三角形であつても、山が芋に似てゐやうとも、往々差つかへない事があるのである。此の考へを否定したならば、古い日本画、南宗画又はルネサンス以前の画などは鑑賞する事が出来ない筈である。同じ意味で、今の油画とても、最も真にせまれる自然の再現だとは思はれない、矢張美術家の能力の発現である。写真ならいざ知らず画といふものは今の世の所謂写実といふものの凡てではない。同じ意味で、古い日本画が、今の世にその存在を主張し得るが如く、今後新しい日本画が生れないとはいへないのである。今後の日本画は西洋画と妥協すべきであるとはいはない。複写ながらフランスのマテイスの画等を見ると、今までとは全く違つた遣り方をしてゐる。

石井君は理解力を持つた画家であるから、往々今の日本画家のする（京都あたりにはこれが多い。近頃広業氏もこれを始めて居るやうだが。）下手の水彩画等を調和させようとしないで、何処までも種の純粋《ラッセンラインハイト》を保存しやうといふ処を、氏も亦持つて居られる、私もこれには勿論賛成である。たゞ石井氏の画に現はれた個性が同時に藝術家の個性の凡てゞはない。従つて石井氏の画を日本第一の日本画とする事は出来ない。ばかりでなく、石井氏の気がきいてゐるといふ描き方が往々にして、この画を浮滑にしてゐる弊がある。

私は又、所謂筆力能扛鼎的の沈著なる画の存在をも希望するものである。

素明、百穂、柳塢、香涯氏等の出品も見せては貰つたが、余裕を欠くので、止むなく評を省く。か丶る批評に対して一棒を呈するが主であつたからである。

五、新進作家小品展覧会

美術新報社で発起して、八官町の吾楽で催した。面白い企で、殊に新風の建築と調和した。

此の会に関する世間の批評は大抵一致して居る。読売の黒田鵬心氏は、殊に山下新太郎氏の諸作、山脇信徳氏の「午前」「街路」、中村氏の「ヒヤシンス」柳氏の「少女」等を賞めてゐた。国民では千山万水楼主人が紹介して、山本氏、富本氏の抱負を賛してゐた。

之等は孰れも片々たる紹介に過ぎぬから、格別言ふ程の事もなく、御尤と申すばかりである。

小さい作品に於て、文部省あたりの大作等に於けるよりも、個人の気質、その時の感興等が明かに出るのは面白い。私の記憶するところ丈けでも、何といつても、山下新太郎氏が一番うまくもあり、しつかりもしてゐる。殊に「セコヴヰアの市場」といふ絵は、素人の言ひ草だが、人物が生きてゐる。その他「セーヌの河畔」、「羅馬」「リユクサンブルゲンの公園」「パリの雪」等は皆面白く、一々異つた手管を味はせる。之に比べると、山脇氏の「午前」「街路」等は藝が無さ過ぎた。色と筆触、画の表面等の趣が一様なのは遺憾である。殊に「街路」等は、油画具でかいた昔の名所画といつたやうなものである。

小形駒太郎氏は例によつて河岸の画「雨後の河口」を出してゐる、小さい丈けに器用にまとまつては居たが、特別の気稟、個人性といふやうなものが出足りなかつた。調子は真珠、灰緑、薔薇紅といふやうな軟かい彩配調であつたやうに覚えてゐる。

正宗得三郎氏のもあつた。が余り感心しなかつた。

例へば椿の画等は無理におしつけられた画具が、雑然として窮屈に押し合つて居た。

国がせまいから、凡ての新しい現象が直ぐ一様に普通化せられて仕舞ふのは不愉快である。新しく輸入した手法色調乃至は或人の多少創意にかゝる、思ひ付きといふ風のものが直ぐに他の人のならふところとなるのは困る。此の小品展覧でも、多少上手下手はあるが、皆似通つて居て、全体を只三四の人が書いたかと思はれるやうだ。例へば五島といふ人の「庭の雪」等は、已に何処かで見たやうな色や筆触、全体の感であつた。大給氏の「花に雪に花」「紅葉」といふのは En Miniature の黒田清輝氏であつた。

富本憲吉氏の「花」、南薫造氏の「羊群」といふ水彩画は今でも思ひ出すやうな鮮美を有つて居た。そして此等新帰朝者の間には何処か情調に共通な処があるやうである。

リイチ氏のエツチングは、うまいやうであるが面白くなかつた。

繰返していふが、山下新太郎氏の「セコヴヰアの市場」は近頃見た日本の油画の中では最も気持のいゝもの、一つであつた。画中の人物の間にある戯曲的の統一がある為めにいゝのではない。風物が私達に珍らしい為めではない。図中の自然の如何は単にこの為めに興味のあるものではない。それとそれを現はす技巧と、絵の約束に対する理解のあるといふのが重要事である。その他の何処かに気のきいた処でもあれば、画の味は更に増すのである。

六、山脇信徳氏作品展覧会

四月の下旬から神田の琅玕洞で開かれた。作品の数は二三十もあつた。その作画の時期も一定して居ないから、画風も従つてさま〴〵である。私は氏の作品の間から進歩といふものを認めるよりも、却つて変化を認めた。

就中比較的最近の画としては「お茶の水」「橋」「入日」等があつた。が、全体として見るとそれは作家の感激が強烈であつたらうといふ事を思はせるばかりで、恰度怒つた唖者を見るやうに、如何にも表現の技巧に乏しい。私は元より感激といふものを、高く評価するものではあるけれども、この感激を自覚し、巧みなる手練を以て、よく理解されたる絵画の約束の下に発表されたならば、更にいゝ事であらうと思ふ。絵画といふものは、血圧計の曲線といふやうなものではなく、一つの技術であると思ふからである。例へば外光の為めにキラ〳〵光る橋の下の水面、橋梁及び家屋等の強烈なる印象によつて、画家の感情が激動するかもしれないが、その時、直ちにパレツトの色を秩序もなく筆にとつて、心臓の亢奮を筋肉運動として画面に現はすならば、その画は技術でなくてスフイグモグラフが描き出す表である。画といふものはこれ以上だ。感激と同時に、一方には静かな理解力を養つて貰いたいものである。

兎に角、どの画も〳〵ヴアミリオンとかコバルトとかオオクルとかの、一様な色彩配調《アレンヂメント》では、食傷するのである。私には却つて、比較的古い頃の「新橋」等の作品の方が面白い。その他「売店」「ウオータア、シユート」等は時代と古からうけれど、要するに、唯形へ色をはめこんだやうなつまらない絵である。

七、三宅氏滞欧作品展覧会

五月の上旬に、交詢社及び吾楽で開催した。

私は嘗て、氏が洋行される時に、読売新聞紙上で、送別の辞を述べたのであるから、今度は是非共この土産をよく享楽し、之を世間に伝へたいと思つて居た。

万朝報の記者ばかりを引合に出すやうであるが、彼は余りに喜悦して居ない。「変つた変つたと噂された三宅氏の絵画が、余りうれしく変つて居なかつた」事を失望して居た。その「変つた変つた」といふ事が恰度、円太郎馬車が鉄道馬車に変つたやうに、色はバアントシンナア、オオクルジヨンの一手販売である事と、並びに構図の非日本人的であるといふ事を不快におもつて居たやうである。之に反して読売の黒田鵬心氏は「変つた変つたといふ評判をきいたが、成る程一目見ると変つたやうである」が、然し実はそれ程変つて居るのではなくて、構図描法は矢張三宅式だけれども、「新しいもの」とならなかつたところに却つて、三宅氏の価値があると断定してゐる。黒田氏の評は余りに簡単で、両極の何れに賛成してい丶か分らないが、新しいものとならぬ所に価値があるといふのも聞えない話である。

成程、気稟とか感情とかは変るまいが、技巧といふものは、年齢見聞と共に変つて差支ない、又変るべき筈である。変らないでい丶ものなら、一枚の画で沢山だ。黒田氏の意見も、三宅氏の気稟及感情が、変色蜥蜴《カメレヲン》のやうな浮薄なる藝術家のやうに変らなかつたのを称賛したのであらう。

万朝報記者の方は、その口調によつて察すると、変つた事は認めたが、その変り方が円太郎と馬車鉄位で電車までは行かぬといふ謎かもしれない。之を非常に進んだ人から見ると、変化も変化に、進歩も進歩に見えない。この記者がどの位の鑑賞力を有つて居るか、余りに文章が短かくもあるし、只五六の好む作品から帰納してゞは、見識はわかりかねるのである。

私は三宅氏から絵画を習つて、氏の癖や何かをもよく知つて居るから、今度の作品を見ても、自分がやつて来たもの丶やうに愉快にも思ひ、又不満にも感ずる点がある。愉快に思ふ点は概して、個人的にした経歴が、形になつて現はれた処に存する。一作品の後には、恰度シエクスピアの一字一句の後に劇的行為とその情調が隠れてゐるやうに、悲しい慕かしい旅人としての情緒が潜んでゐるわけである。併しながら、これは主観的の事で、客観的には、個々の作品の間にある一々の異つた感情を見る事が出来ない。これが、私の所謂個人的といふわけであつて、第三者としてはも少し多様な技巧及情緒を味ひたいものである。此の多くの絵画は例へば、日記のやうなものであつて、余りに概念的に事実を語るの余り、その時の感情、境遇《シチユエシヨン》等の委曲を語る事が少いからである。

八、東京勧業博覧会展覧会

個々の西洋画については言ふ事がない。言ふ程の作品はなかつた。

大谷といふ人の橋の画が、うまくはなかつたが、特殊の心持を現はしてゐた事を今も記憶してゐる。

田中松太郎氏の肖像が、和田英作氏の筆によつて描かれてあつた。私は田中氏とは知合である。自分が若し画家であつたなら、肖像画をかいて見たいと思つた事があるから、田中氏の特性が如何に画かれた時に最も効果があるかをも考へておいた。

こ丶で見た肖像画は単に、田中氏に似た顔であるといふに過ぎない。もとより一寸した画であるから、是によつて直ちに鼎の軽重を問ふに足るものではないけれども、望むらくは片鱗もよく雲間の竜を想像するに足るといふ事を信じさせてもらいたい。

序に横山大観氏の「水国の秋」といふ画を評する。大観氏は「楚水の巻」以来、世の興味を集めてゐる画家である。私は氏が何処かにある独創力を有つてゐる事を信じてゐる。この用筆用墨の如きには非難もあるが、藝術家の有つべきあるものを有つてゐる事は確かである。此画の如きは氏が才人である事をよく現はしてゐるものである。

関如来氏は、読売新聞紙上に於て、此画の主眼は、後景の水楼に於ける歓譃と、河上の貧しき舟人との対照にあるとしたが、私はさう思はない。あれは支那の昔からの詩、歓楽及哀愁をうたへる多くの詩を吾々が知つてゐて、支那の狭斜街を想像してゐるが、此画はさういふ情調をサジエストせしめ、その聯想から見せるものであると想ふ。

鏑木清方氏の「お七吉三郎」があつた。構図に藝術的理解力のあつた事は認める。線、色孰れも非常に上手だ。たゞもつと別の所が欲しかつた。

国定、三代豊国等はいよ〳〵巧みになつたけれども、却つて単純な初代豊国に面白味が余計にあるといふ事は、主に時代が古かつたといふ事以外に、意味のあるものであつたらう。

九、太平洋画会

此の会についてては五月二十一日、二十二日の朝日新聞記者の所論がやゝ正鵠を得て居た。私はこれに余計な附加へをする事をさけやう。同月九日、十一日の国民新聞に出た、満谷国郎氏の意見は、私をして首肯せしむるに足りるものであつた。殊に後者の、年寄連が概ね現状維持に終り年少者は年寄連中から啓発される処が少くて、却つて漫りに新らしがつて居るといふコントラストを認めるといふのは、面白い考へである。それから又、吉田博氏の画を評して、種々の境遇を摑んでゐる割合に色彩の乏しいのを憾んでゐるやうであるが、これは尤もである、更に不折氏の婦人の裸体図を評して、「肉もよく出来てゐるし、第一スラリとした気持のいゝ作だ」といつて居る。

私は、少しくここに裸体画の藝術上の価値について、述べたい。

成る程スラリとして居るからいゝといふのは、尤もである。裸体画といふものは、別に之が模範的の体格だといふ事を示す科学的の標準でもない、さりとて、俗の考へるやうに色情を挑発するものでもない。作品そのものについて見れば、今の吾々が裸体の美を如何に見るかといふ事を、画家がよく表はしてくれゝばいゝのである。画家としては、美しいと思つた裸体を上手に描き出せばいゝのである。併しながら、文明史的の興味は、その時代が裸体の美をどういふ風に見たかといふ事と、それを発表する技巧と当時の文明とを関係させて見るから、面白くなるのである。

此画会に関する世評には、随分奇抜なものもあつたが省く。たゞ万朝報の記者が中川八郎氏を賞めそやした事実、それから小杉未醒氏の「白木蓮」が、一般に好評を博してゐた事実、この二つは私の腑に落ちない。

十、欧洲絵画展覧会アプサント同人展覧会

此の二つは批評を省きたい。

元より、自分はレンブラントやムルリオ等の複写《コピイ》に対して、批評しやうとは思はない。又之等の画の輸入が日本の画会に大した影響のある事とも思はない。今記憶してゐるのでは、藤島武二氏のパステルの女の首が、気持よく描けてゐた。

アプサント同人の方は、厳格の意味で批評するに足りるものは一つもなかつた。皆なりつゝある人々である。あれを以て公衆の厳格なる鑑賞に訴へたわけでもあるまい。私達はたゞ後の為めに、此等の作品を記憶しておけばいゝ。

一言だけ言つておきたいのは、非常に、ドラフトマンシップを忽諸に附して、色彩及構図の矜奇を貴んでゐるが、之は余りいゝ事だとは思はない。青木繁氏の遺作が一二枚交つてゐた。

十一　画論の概評

画論の方面では、別段注意するに足る程のものもなかつた。やゝ面白く感じたのは、五月十一日の読売新聞に出た、斎藤君の論文である。此の考へでは、今の日本に於ける生活と自分の理想の藝術との間に非常な矛盾があつて、常にそれより苦しめられて居るやうに見える。結果として、真面目な藝術のとる道に解決が二つある。一は全く世間からはなれて、自分一人で自己の藝術を斎き祀る事、又は自殺である。二は世の中にまき込まれて仕舞ふグツ〳〵なやり方である。実際斎藤君の挙げた問題は今の藝術界、寧ろ今の日本の精神文明に於ける重要問題であらう。

思ふに、現代の藝術家が不安は、第一に藝術が非常な継子扱ひを受けてゐる事である。これは日本の社会生活が各個人の自由な生活が集まつて、全体の大きな調和をなすのでなくて、個人性といふものは寧ろ圧迫されて、河上肇氏の所謂一様に方面を定められた個人が、国家といふ大きな重荷を背負ふて居るからであらう。

戯曲に於て、社会全体に対する個人の謀反が、殆ど凡ての作品の主題である様に、藝術といふものは個人の自由といふものからはなれては、生気を失ふものである。

兎に角、今は藝術家が単に見た目に綺麗だからといふのでそれを描く以上に、綺麗なものは何故に描かねばならぬか、或は綺麗なものを何故描いてはならぬかといふ問題に苦しめられて居る。元来、テエンが言つたやうに、ドイツ人は考へ性だから、ペンを持つにはいゝが、画筆を握るには適しないといつたやうに、藝術家といふものは、寧ろ無邪気に、物などは考へずに綺麗な事を描いてゐればいゝのだけれど、日本の今はこれを許さないから、いゝ批評家のない以上、藝術家自身が考へなければならぬ。「これ程、みじめな社会を了解しながら、その解決を握りつぶしにして身を退いて了ふのは余りに時代に対して冷淡の憾があるのである。然し藝術家に向つて社会の改善を求むる

のは極めて無理難題である」と斎藤君もいつて居る。純藝術の批評から社会乃至政治的批評に移らんとする傾向を窺ふ事が出来る。

こういふ傾向は喜ぶべき事とも悲しむべき事とも言はなれない。必然がさうしたのである。若し画家の心にかういふ問題の起つた時には、望むらくは、画家が之を哲学的乃至社会的の問題にせず、画の問題として丈けに止めて貰いたい。さすればその画が時代と密接な関係を持つやうになるのであらう。

近頃の流行で、画に思想を入れてはならぬといふ説が専ら行はれるが、それが必しも千古不変の真理だとは思はぬ。ドガやモネの画を見たすぐ後では、ベツクリンやクリンゲルの画は非常に不快に思ふが、又後者の画に自己を投入すれば、その画が又意味のある、力のあるものに思はれて来る。一頃印象画の盛んな時分にはストライキを描いた為めに、その画がいゝのではなくて、さういふ情景を描く色彩用筆がいゝからいゝのだといつた。必しもさうでないかもしれない。時代は推移して行く、絵画鑑賞の標準も亦、時代と共に推移せねばならぬ。

（「中央公論」明治44年6月号）

断片

山脇信徳

写実の追求は物象の崩壊を来し、崩壊は動揺となり、錯乱となつて、画家は次第に時代の観念に囚はれ、絵画は益々瞬間的のものとなる。

私はこの瞬間的気分を飽迄追求して、何処までも物象の形体をリズムによつて破壊せんと努めた。（もとより意識的に努めたばかしでなく私の理智と官能が内面的に崩れて来たから）そして最後に無形画の境に入つて縹渺たる象徴的気分に生きんとあせつた。

処が、僅に其努力の初歩に於て、早くも私の画は不変に転じた。

それは私が分解と破壊を追求すればする程、不思議にも私の画は反対の方向をとつて綜合と固定に逆戻りを為始めた。

実際これは私にとつて思ひがけない結果であつた。

刹那は永遠に転じ、動揺は静止に戻り、多変は不変に移り、抽象は具体に返り、時間は空間となり、分解は綜合となつて私の苛々した気分は何処となく静かな大きな心持ちになつて来た。

私は色彩の分裂を平面に伸べ、光の波動を線条に約した。そして絵画のエツセンス═══タイムとスペースを合せたるデコレーシヨンが生れた。

私は始めてポスト、インプレツシヨニストの画は単純なプリミチーヴのものでないことを知つた。もしあれを邪道といひ、堕落と呼ぶならば、先づ絵画其物の追求と推移を否定しなければならん。

天才は自己の形式を味ひ尽して余瀝を遺さない。自然の客観的真の描写は所謂前期印象派の人々に尽きてゐる。其後の画家が内面的に崩れて行くのは自然の勢である。

マネーはあまりに絵画であり、モネーはあまりに客観であり。ピサロは形式に偏し、シスレーは悧巧に過ぎる。何れも空虚である。

私はもつと〳〵神経と、多変と、理智と、力を要求する。

真の圧迫は恍惚より脱して苦痛に移る、苦痛は再転して沈黙に帰る。私にとつて絵画は最早単純なる快楽ではない。時に一瞬の存在を争ひ、時に永遠の実在を暗示する。私は始めて生きた心地がした。

画家が最も自己の存在を意識するのは描きつゝある時である。描き上げた時、もう其画は画家にとつて極めて縁が遠い。画家は既に新たなる自己であるから。

ウヰスラアの画をヱルレインやポーの詩に較べる人があるが、それは表面の形式丈けの話で、彼の画には此等詩人の内面が動いてゐないから其流動は何時も一本調子で流動其物に多様の変化がない。其線画は徒らに甘く其スケツチは一定の気分を常に色紙で胡魔化してゐた。

シンフオニーとか、ノクターンとか、アレンヂメントとか云つても先づ其内面が崩れなければ音楽沙汰も駄目である。彼の技巧の成算的なのもこの固定した主観の為めであらう。

もう私達はエポケーシヨンとか、イジイネスとか、技術の為めの技術なんて、そんなお目度いことは云つてゐられない。

筆触とは神経の顫動である、一片の筆触は全人格を反映する。一枚の画は一呼吸のもとに動かねばならん。要するにリズムの統一である。

一つの技巧は一枚の画に尽きる。同一技巧の器械的反復は私達の堪ゆる処でない。所謂日本画の如何なる傑作も到底私達の気分と和解することの出来ないのは此点である。

近代の洋画は最も日本画に接近して最も日本画に遠ざかつた。

日本画の存亡を憂ふるのは愚である、西洋画や日本画を何時までも生かさんと思へば先づ絵画を葬れ。

日本画のラインはリズムを平面に約してゐるが立面に這入つてゐない。旧式な線のクオリチーなどをよろこんでゐる人は幸福である。

所謂日本画にはタイムの観念がない。一定技巧の反復に甘んじてゐられるのもそれが為めである。

昨日の技巧は今日の技巧でない。今日の私は明日の私でないから。消失と存在、破壊と創造、私は此間に生きて行く。

技巧は拙劣よりも精練を厭ふ。

技術を得んと欲せば技術を破壊せよ。

自然の色は其時と、処と、物とを問はず常にピュアーでフレツシユである。有ゆる物象は絶えざるリズムに顫動してゐる。日光の強烈な時のみ物象が崩れ、色彩が乱れるなどと云ふのはあまりに他愛ない話である。

如何なる方面より自然を解釈するも極点に達すれば必ず同一点に邂逅する。光よりするも、色よりするも、形よりするも。

自然の核心に入る関門は無数に連続してゐる。唯天才のみ其鍵を許される。時代を追ふて此等の門戸は一つ一つ開かれて行く、一度開かれたる関門は其人の絶対所有であつて亦他の侵入を許さない。唯通過を諾す、通過せざれば新なる自己の関門を見出すことが出来ない。

天才は天才の為めに存在してゐる。彼等は同感すべきもので理解すべきものではない。妄りに彼等を説明し解釈して凡俗の理解に導かんとするのは寧ろ天才に対して一種の侮辱である。

天才の発見を緩和して技術といふ不純な液体を混じ稀薄な飲料をつくつて顧客に媚びるものを常識画家といふ。彼等は写実を描くにはあまりに悧巧で絵画を描くにはあまりに愚鈍である。

絵画も常に極端より極端に推移する。如何なる極端も後より見れば哀れな自然の模写に過ぎない。

一枚の絵の精髄は其時のパレツトとにある。

以上は理窟を捏ねたのではない。私の画布から得た貧弱な経験に過ぎない。

有島君の批評を読んで私はうれしかつた。褒めてくれたからではない。私の画の性質をよく見ぬいてくれたからである。実際私は写実以外に何んにも知らない。私の画が所謂印象派といふ形式の皮相な模倣であるか、又写実の追求より起る余儀なき過程にあるかは見る人の判断に委すより仕方がない。私の画に潤ひの乏しいのは此冷酷な写実の為めであることも自分に解つてゐる。唯第一の変化の時、自然の中に力や生命や輝きを感じて一種のパッシヨンに熱したといふよりは、寧ろ冷静な写実の追求は凝結せる技術の破壊を促したからであるといひたい。然し私は今直ぐに土手の画の様な二度目の変化には移らない積りである。私には未だ瞬間的気分を極度まで突詰めて見る余裕と慾望があるから。

　あまり早く不変に移つたので私は何んだか道を誤つて谷へでも辿り落ちた様な気がする。


　木下君は私の近頃の画を恰度怒つた啞者の様に如何にも表現の技巧に乏しいと評されたが、今少し筆触と動勢に潜む内面の気分に注意して貰ひたかつた。唯簡単に表現の技巧に乏しいと云つては私によく其意味が通じない。技巧の表現について云為する前に先づ表現すべき技巧の内容について考へて見る必要がある。色や線や形に対する固定した感覚の形式を絶対のものにされては困る。有ゆる画的要素の意味は真の追求と共に絶えず推移して行くからである。御忠告は有難いが氏の所謂理解ある絵画の約束とは如何なるものを意味するであらうか。もし既成の絵画より得る普遍的な美の概念ならば、其約束なるものは却つて画家の直覚力を暗《くら》ますものであつて、私の最も厭ふ処である。私は筆を執つた時何等の約束をも予想しない。寧ろ一切の約束より脱離せんと努めてゐる。たとへ人間の約束には違反しても自然の約束には背かない積りである。

　氏は又絵画とは血圧計の曲線の様なものでなくて一つの技術であるといつたが、一体技術とは何んであらう。私に云はすれば絵画とは血圧計検脈計の曲線の如きもので差閊ないのである。唯近代人の脈管に装置すべき精巧なる器械なきを憾むのである。思ふにゴオホの製作時彼の脈管を切断して精巧敏感なる血圧計を通ずれば試験板上其の絵画に彷彿たる波動線を得たに違いない。私達の官能世界は直ちに内面気息であつて絵画は即ち其鼓動脈搏に過ぎない。私は更らに絵画とは人格であつて技術以上であると云ひたい。但し此人格なるものを道徳的に解釈されては困る。人間官能の全部的存在である。云ふまでもなくウヰスラアなどが抜本主義を唱へて文学的ミイニングを絵画より斥けんとしても、それは唯文学といふ過去の形式を捨てたまでゞあつて彼の画は却つて新しき文学的ミイニングの中へ這入つて来たのである。此意味に於て絵画といふものが所謂技術といふ形式に限られるといふことはあり得べからざることで、もしありとすればそれはもう絵画でもなく技術でもないのである。要するに絵画も人間表情の一片に過ぎないから背後に全部的な人間を殺して部分的な技術といひ、絵画といふものが有得やう筈がない。近代画家のある者が一見技術の拙劣を放任して顧みない様に見えるのも徒らに死したる技術の形式に忠ならんより生きたる技術の内容を守らんが為めである。殊に近代人の日々変転破壊する主観の動揺は逃亡飛散する客観の捕捉に急しく所謂技術精練の余裕を許さないのである。遂には作品の未成完成を問ふ暇なく、画稿は即ち作品で作品は即ち画稿となつて、作品それ自身が画家の生涯を通じて技巧精練の断片的連続に過ぎなくなつたのである。恐らく彼の充実したロダンの作品でもあまりに済まし込んでゐると云ふ時代が早晩来るに違いない。果敢なきは藝術の形式である。

それのみならず、私は決して一時の感激に逆上して技術の意味を無視したのではない。ラインの運行、トーンの破壊、色彩の写実的分解、一時的幻覚、補色の配調、筆触の旋律、動勢の変化と統一、形体の単化と溶合、こう云ふ技術的慾望を精髄的に追求したればこそあゝ云ふ画が出来たので、外光の、一時的効果に眩惑した空虚な感激でもなければ、無暗に暴力を振つてパレツトの色を秩序もなく投げつけたのでもない。却つて冷静な客観的理解力の進歩は遂に内面と外面の燃焼を誘ふに至つたので、理解に感情が流れ、意志が熱し始めて真の圧迫となり、心臓の鼓動となり、ツウシユに動き、ムーブマンに表はれ、色は光となり、波動となり、音響となり、旋律となつて、自然の精髄に溶けながら私の世界は果てしもなく崩れて行くのである。

色彩の点に於てどれもこれも赤と青と黄の一本調子と見られたのは多少無理のないことゝ思ふ。技巧の単化と色彩の分析と此二つの矛盾した慾望は、小さな画面の上に調和ある結合を十分に収めることが出来なくて、微妙なイルユジヨンを起すに至らなかつたのである。けれども私の目には各々変化ある色調を呼び起す様に出来てゐるので、もしあの色調其儘をパツシイヴな小点技巧に遠慮して置けば誰れの眼にも変化あるものと見えたらうに、それが氏の眼に何れも同じ様に見えたのは致方がない。

氏が山下氏の画を賞し、私の少さな新橋の画を面白いと云ふのを見て氏の所謂理解ある絵画なるものを了解するに難くはない。

私は何にも自分の画を上手な画といつて貰ひたくもなければ、殊更らに新しがつたり、意味ありげなものにしたくも無い。唯何時までも絵画と云ふ美名に執して単純な美の享楽を標準として批評されるのが厭である。文字に馴れず思索に疎い画かきの癖にこんな生意気なことを書いたのも、要するに私の表現せんとする技巧の内容は世間の散文的絵画の生温るいものでないことを一言弁じたかつたからである。

然し氏の絵画批評は他の人のよりは好きである。其の比較的冷静な態度をとつて広く見渡してゐる処が好きである。唯一見精細な科学的分解批評をやつてゐるので案外徹底してゐないのは遺憾である。今一層突込んで貰ひたい。

（「白樺」明治44年9月号）

山脇信徳君に答ふ

木下杢太郎

九月号の白樺で、嘗て予が貴君の作画に加へたる批評に対する貴君の駁論を読みました。予が六月の中央公論に出した画論は筆記者の誤解の為めに非常な誤のある節もありましたが、幸ひ貴君の画に関する所には差して誤もありませんでした。而して今とても「怒つた啞者」云々のあまり妥当でない比喩を除ひては、同様に考へておるのです。

而して貴説を読んでも、予は貴君が予を誤解しては居ないと云ふ事を確信しました。故に貴君と予との説の合はないのは、決して誤解の上に原いてゐるのではなくて、立脚点が相違してゐるといふ事も確かだらうと思ひます。実は問題が興味深い諸点に触れて居ますから、精細に論じたいと思ひますが、それほどの余裕がありませんから、唯簡単に、答ふ可き所だけを申して置きませう。

そこで何ういふ点が貴君の立場と予の立場との相違であるかと云ふに、要するに、貴君の所論は純然主観的であつて、予の論は反之、客観的であると云ふのが大体の所です。

貴君は画家としての貴君の人格と、それの発現たる絵画との間に立派な合理、統一があると論ぜられます。その論の上に矛盾も無理もありません。然し予は貴君の人格、その作品を、無上のものとして、それ丈離して考へません、それを現代文明の一徴候として見、両者の間の関係を考へます。

さう考へてゆきますと予の申して、貴君がよくわからぬと被仰つた「理解ある絵画の約束」といふものも分つて来ませうか。予は決して貴君の所謂「既成の絵画より得る普遍的な美の概念」のみを以て「絵画の約束」としたものではありません。予とても美といふものが結晶のやうに固まつて居るものとは思ひません。美とは人の心の一種の状態だと思つております。けれどもこの状態を惹き起す外的所縁として藝術品が必要になります。若し藝術品が単に人心の変動が神経、筋肉に現れたる発現に止まるものだとすれば則ち止む。更にそれを通じて他人に心（単に思想とはいはず）を伝達する機関であるといふならば、そこに一種の「約束」といふものが必要になる。主観的の立場から論ずれば、この約束は個人的で可いことになる。予の立場から客観すると、この約束が広くなればなる丈外延的に価値が増す。といつて無知なる多頭の怪物たる公衆に、最大公約数的に分らせようとすると、藝術が堕落する。予とても決してそれまでは言はぬ。そこで両者の間の関係を熟く理解して、其間に処して、一方には十分自己の内的生命を発表し得、一方には成る可く多くの鑑賞者に了解（同感）せしむる事を得る方法が必要になる。之を予は仮に名付けて「絵画の約束」と言つたのであります。

かう云ふ風に考へてゆくと、予の用語と貴君の用語との間にも著しい感情上の差異のあることが分りませうかと思ひます。予は「表現の技巧」といふ事を申しました。勿論客観上の品藻に適した言葉であると思ふ。貴君は或は「内面の気分」といひ、或は「技巧の内容」といひ、無論句としては或事物の状態、作用を現はすものでありながら、また明瞭に把柱しがたき主観的分子を多く含蓄する言葉を用ゐられました。之は第一の頁丈で捜したものでありますが、ざつとこんな事故、それ故総体の感じからでも、貴君の御文章は事の理を諦めるよりも、信仰せる一物（自己の主張）を説法するといふ格です。丁度仏典などの説き、断じ、主張しながら、其理を客観し、証明せぬのと一般です。之れ嚮きに予が貴説に矛盾も無理もないと申した所以であつて且読者に力を鼓吹する所以です。貴君はペンに画筆の代用をさせたので御座いませう。玆に於ては議論は証拠論に移るより外は無いのです。

殊に貴君が自家の作画を以て「一時の感激に逆上して技術の意味を無視したのでなく」「ラインの運行、トオンの破壊、色彩の写実的分解、一時的幻覚、補色の配調、筆触の旋律………」を追求したものであつて「冷静なる客観的理解力の進歩は遂に内面と外面との燃焼を誘」ひ、「理解に感情が流れ、意志が熱し、始めて真の圧迫となり、心臓の鼓動となり、ツッシュに動き、ムウマンに表はれ、色は光となり、波動となり、音響となり、旋律となつて、「自然の精髄に溶けながら」崩れ以て成れるものであると御説きになるあたりは、普門品に観音力を説き、起信論に阿頼耶を説くのと一般まことに有り難くなるので御座います。

然し宗教にあの力のあるのは説明の力ではありません、信仰の力です、即ち公衆の求心的団結の力です。それは一方にはドグマを以て衆生を征服する事です。然れば既にドグマは予の所謂「約束」となつてたのであります。もし貴君が俗衆をして貴君の藝術を謳歌せしむること、恰も貴君が貴君の藝術を崇拝するが如くならしめようとお思ひになるならば、貴君は貴君のドグマを客観的な「約束」にまでしなければなりますまい。何となれば証拠論には鑑定者が要《い》る。而して鑑定者とは時の真理乃至勢力の代名詞である。故に貴君は第一に時の輿論を造らねばなりますまい。それにはどしどしと絵をおかきになる事です。貴君の眼で以て凡ての公衆に入れ目する事です。さういふ暁には予とても昔マネエをかついだゾラの役を演じなければならぬやうになるでせう。

当分予は貴君の「新橋」を賞し、山下氏の作品を鑑賞してゐねばなりますまい。

＊＊＊

終りに一寸一と言附け加へますが、血圧計で表はされるものは、脈管と血圧とからの唯簡単な関係だけです。あれから心まで読むと言ふ事はまだ中々出来ない事でせう。併し一つの血圧計の画く曲線は、学問の門外漢に比しては其専門家には更に幾倍かの意味のあるものであるのです。即ち血圧計といふものの「約束」がそれほど専門的で且いよいよ狭いのです。貴君が「技巧の単化と色彩の分析」とに走られるのはよい事ですが、「絵画の約束」を極めて狭いものにするといふ事はよい事か悪いことか分りませぬ。予は、白耳義のあのネオエンプレッショニストの人などがやつたことは、その理論からいふと絵画から人格を殺して画家を生理学的器械とするものではなかつたかと疑ふものであります。貴君は「私達と官能世界は直ちに内面気息であつて絵画は則ち其鼓動脈搏に過ぎない。私は更に絵画とは人格であつて技術以上であると言ひ度い。————（但しこの人格とは）人間官能の全部的存在である。」と云はれました。成程絵画をも色点の集団にしようといふやうな分析の時代に於ては、人間の人格を即ち官能の全部的存在にまで抽象するのは、尤も賢い矯飾《マニイル》でありませうが、予は、外来刺激——人格——反応及び発表といふ三段を以て生活する人間の中心たる人格と云ふものを、もつと広い意味にとるものである。単に生理学的関係だとするものでない。

そこで今度は予の傾向と理想がはいります。予は局外者として日本の文明といふやうなものを客観し、その平衡をとる上にも、所謂近世人中の近世人たる van Gogh や Cézanne よりも伝習の調停者と言はれた Manet の理解《フエアスタンド》が欲しいと思つてゐるのです。それで随つてあゝいふ風の結論になつたわけであります。

それから後に「気分」なり「官能」なりが独立して来たら結構な事でせう。(26. IX. II.)

（「白樺」明治44年11月号）

六号雑感

武者小路実篤

○自己の為の藝術

○自分は自己の為めの藝術を何処までも主張するものである。自己の興味、趣味、精神の要求に背かぬことを要求するものである。かく云ふのは勿論この態度さえあればいゝと云ふのではない、この態度が最初の必要条件だと云ふのである。

○自己をまげても時代の要求に応じやうとする人は個性と人格を無視した人である。魂のない人である。さう云ふ人のかくものは形式はいゝかも知れない。しかし人の心にはふれない。浅薄な藝術きり出来ない。

○自己をあざむかずに時代の要求に応じられる人は幸福な人である。しかし自分は時代の要求に応じられると云ふ事実になんとなく悪感を感ずる。それは或観念に捕はれてゐるのと、自己を生かす為にそんなことを幸福に感じない方が都合がいゝからである。それに時代の要求に応じることは次の時代に捨てられることを意味してゐるからである。自分は生きてゐる間、老ぼれたくない。

○自分はたゞ自己の為を計ることが同時に社会の為になり、人類の為になる時にのみ、社会の為、人類の為を計らうと思つてゐる。自己の為を計ることが同時に群集の為になる時にのみ、群集の為に働かうと思つてゐる。

○しかし社会の為、人類の為、群集の為を計ることが自己の為になる時は社会の為、人類の為、群集の為に働く気はない。さう云ふ気が出だすと堕落をするのだと思つてゐる。この処理窟では説明が出来ない、尊徳の所謂理外の理である。

○つまり、一言で云へばさう破廉耻（？）になると稍々もすると社会や、人類や、群集の奴隷になるからである。
○自分は藝術家が群集の趣味に自己をあはせやうとしたら確かに堕落だと思つてゐる。いくら先きばしりをしてもいゝ、自己に正直であればいゝ。いゝ処ではないすべての藝術家はさうであるべきはづだ。
○かう云ふ考を常に持つてゐる自分は本号に投稿して下さつた李太郎君の「山脇信徳君に答ふ」の内の左の文句が気になつた。「もし貴君が俗衆をして貴君の藝術を謳歌せしむること、恰も貴君が貴君の藝術を崇拝するが如くならしめやうとお思ひになるならば、貴君は貴君のドグマを客観的な「約束」にまでしなければなりますまい。」
○自分はこゝで一寸云ひたいことがある。自分ならば「恰も貴君が貴君の藝術を崇拝するが如くならしめやうとお思ひになるならば、貴君は済度しがたい馬鹿です」と云ひたい。実際山脇は俗衆に自分の絵を自分が理解してゐるぐらいに理解してもらいたがつてはゐる。しかしその不可能なことを知り其処に藝術家の味ふ淋しい力を感じてゐる。かく云つて今の自分は山脇の今の油画を新橋より好きだけれども絶対には尊敬してゐない。それから一行許りおいて李太郎君はかう云つてゐる。
○「故に貴君は第一に時の輿論を造らなければなりますまい、それにはどしどしと絵をおかきになる事です。貴君の眼で以て凡ての公衆に義眼をする事です。さういふ暁には予としても昔マネエをかついだゾラの役を演じなければならぬやうになるでしやう。」
○自分は此処を読んだ時「さう云ふ暁にはマネエもゾラを要しなかつたし。ゾラもマネエをかつがなかつたでしやう」と云ひたくなつた。公衆に義眼が出来た暁にマネエをかつぐことはゾラのやうな奴に出来る仕事ではない。自分の空想を許すならば、その時はゾラはマネエに向つて弓をひいた男であらう。自分にはゾラとマネエとは性格に非常な異いがあるやうに思へるから。
○さうしてマネエはまだ公衆に自分の眼で義眼することを完成したとは云へないと思ふ。まして生きてゐる内は。
○しかし自分は「然し予は貴君の人格、その作品を、無上なものとして、それ丈離して考へません、それを現代文明の一徴候として見、両者の間の関係を考へます」と李太郎君が云はれるのには全然賛成である。君がさう云ふ考をもつてゐるのを面白く思つてゐる。
○たゞ自分は李太郎君のやうに俗衆に重きをおくことが出来ないのである。さうして藝術家に俗衆のことを意識的に顧慮してもらいたくないのである。俗衆を気にしてのこ〳〵歩いてもらいたくないのである。自分は藝術家の先きの走りを喜ぶものである。内から強いられない先き走りはたまらない、悲惨なことだけれども。
○又自分は李太郎君のやうに個性を認めないことは出来ないのである。自分はマネエにこそマネエをのぞめ、セザンヌにはセザンヌをのぞみ、ゴオホにはゴオホを望み、山脇には山脇を望むものである。さうして山脇の態度を尊敬してゐるものである。
○自分は俗衆に理解された時、藝術は使命を果し、同時に価値を失なうものと思つてゐる。
○ジヨコンダの笑ひのなぞがとけた時、ジヨコンダは価値を大半失なうものと思つてゐる。
○味ひ尽されない間のみ藝術は存在の価値を有するものと思つてゐる。
○かくて個性の強く顕はれた藝術は価値があるのである。と思つてゐる。
○自分は最後にくりかへして「自己に忠実な藝術家にも随分くずがある、しかし自己に忠実でない藝術家は例外なしにすべてくずである」と云ひたい。（一一、一〇、一九、）

（「白樺」明治44年11月号）

無車に与ふ

木下杢太郎

予は十一月号の白樺に於て貴君の予の文章に加へられたる極めて挑発的なる批評を読んだ。一読してそれが儀容の後ろに隠れたる嘲罵であると云ふ事を知つた。何者それは予の言の細目に就て論評すると云ふよりも実は寧ろ、予の態度（予の人格の第一の発現たる—）を非難し、揶揄するものであつたからである。か丶る別々の立脚地に立つて居て、冷静なる討論をするなどは偽善者の言ひぐさだ。予も亦一の答弁をなす必要なきを知るのである。唯力めて怒らぬといふ予の主義は、理の諦められる丈は諦め、誤の解かれる丈は解かうといふ事に到着するのである。

たとへば「絵画の約束」と云ふ事でも、予には必然の理由があつて作られた言葉だ。予は人間界のあらゆる出来事は必ずいはれ、因縁があつて出来た事で、その因縁も、結果も亦人間界のうちに尋ねられる事と思つてゐる。たとへば山脇君の画風にしろ、それが忽然と謂れなく山脇君に湧いたものではない。予の眼からは、公衆といふものの内の一人なる同君に、他の公衆からの影響がはたらき、それを同君の気稟とか傾向とかが取り入れ、消化して自分のものにしたのだといふ風に見る。故に当然また再び他の人々に働きかけ得るものと思ふ。故にその間には必ず何等かの共通分子がある。之を「約束」といふのである。故に「絵画の約束」といふ言葉のうちにも、人間として感覚の共通、方処の認識の共通、更に細く入りては時の精神文明の共通といふやうな諸要素が含まれてゐるのである。さういふやうに離れて観ようとする予には、個人の斉く本尊の主観的の価値をば往々看過する事がある。何者予の欲する所は人間界に起つた一つの事の因果顛末を明かに視ようといふのが主であるからだ。唯予の屢用ゐ慣らした「ねばならぬ」といふ言葉は独逸語の sollen などと同じ心持で「さういふ筈だ」といふ意味である。

かかれば予は、貴君が、万事を「自己の為め」といふ大きな主義から演繹する確信ある人なるを知るけれども、敢て其主義を奉ずるといふ事が、いかに貴君に価値あるかを知る為めに、貴君の主観に同感しようとはせぬ。却つて傍観者として、かくの如き原則から出発する判断が、形式的に合理的でありながら、往々事理の機微を探究し、事象の奥底に透徹する役に立たぬ戯論となり、邪見となる事あるを嗤ふのである。

今かゝる暗指的の言葉を多く用ゐたのは、明かに事情を探究するといふ予の主義に反するけれども、近ごろ予は不慮の事で時日を空費し、事を詳説するの余裕を失したからである。不尽。

（十一月二十一日正午。）

（「白樺」明治44年12月号）

李太郎君に

武者小路実篤

君の「無車に与ふ」を拝見いたしました。実際君の云はれる通り君と私とは別々の立脚地に立つております。しかし実の処を云ふと私には自分の立脚地に立つて居ない人は中途半端な処に立つてゐる人のやうに思はれるのです。されば必然の結果として君の態度を非難し揶揄するのはやむを得ない処と思ひます。客観的に私の態度を御覧下さればそれのやむを得ないことは御察し下されること〻存じます。私の態度に就いて君は「貴君の主観について同感しやうとはせぬ（無車曰く不服は御座いません）却つて傍観者としてかの如き原則から出発する判断が、形式的に合理的でありながら往々事理の機微を探究し、事象の奥底を透く徹する役に立たぬ、戯論となり、邪見となる事あるを嗤ふのである」と云はれましたが、もし私の云ふことが浅薄にして戯論となり邪見となるならばそれは私の態度の欠点ではなく私の脳の足りないせいと存じます。しかし私はまだ戯論をした覚えは御座いません。この点証拠論をして戴きたく思ひます。邪見に就いては御教示を仰ぐより仕方がありません。誰も自覚して邪見する人はありませんから。さうして私には客観的態度ならばどんなことを云はふとも戯論になつたり邪見となつたりすることはないとは思へませぬ、殊に君の態度が客観的態度ならば。又少くも今の私が客観的態度をとつたからと云つて今より機微にふれられるとは思ひません、反つて今一層不徹底になりさうに思ひます。さうして君が主観的態度をとられるともつと徹底した議論が御出来になるだらうと残念に思つております。「絵画の約束」に就ての御説明は少し受けとれません。君の今度の御説明だと山脇の絵も「絵画の約束」に叶つてゐるやうに思はれます、しかし之は私の自覚なき邪見かも知れません。一体私は君の「絵画の約束」と云ふ言葉に就ては何も云ひたくなかつたのです。ですから前号にも何も申しませんでした。それは「絵画の約束」と云ふ言葉は余りに君一人の雲をつかむやうな主観的言葉だと思つたからです、この言葉に就いての君の説明は絶対に権威があり、又君にはこの言葉の内容を勝手につくることが出来るやうに思へたからです。なほ云ひたいこともあるやうに思ひますがそれは君に余裕が出来て「理の諦められる丈は諦め、誤の解かれる丈は解かうと云ふ事に到着」されるのを待つて云はふと思ひます。今日は之で失礼いたします。（十一月二十二日朝）

（「白樺」明治44年12月号）

木下杢太郎君に

山脇信徳

私は徒らに論議を好むものではありませんが、前月の此雑誌で私に答ふといふあなたの御文章を拝見しましたので、感じたまゝをお答へします。

実はあなたの絵画の約束なるものは、今少しは自然に根ざしたことかと思つてゐましたので、少からず失望致しました。然しあなたの所謂約束なるものが既に自然や技術に起因したものではなくて寧ろ国家とか文明とかいふものと藝術との関係から生れたものだとすれば、あなたの御意見は最早純藝術上の問題を離れてゐると云つてい丶でせう。それであなたの主として説いて下さらなければならん点は文明対藝術、国家対藝術と云つた様な問題に移つてゐるでせう。処があなたは私に対する答弁として、単に私が主観的で、あなたが客観的で、其の客観的立場からして絵画の約束なるものが生れると云ふこと丈けを云つて下さつて、藝術が国家や文明と如何なる交渉があつて、如何なる関係のもとに絵画の約束なるものが生じなければならんかと云ふことについては少しも論じて下さらない。あなたは今は精細に論ずる余裕がないから単に答ふべき点丈けにすると云はれましたが、それにしても其の答ふべき第一要件は此点でせう。又常に主動的な態度にゐる作家たる私が主観的で、可成感情の刺激をさけて冷やかな理智の判断に訴へんとする批評家としてのあなたが客観的であると云ふことはもとより始めから明らかなことで今更云ふまでもありますまい。それ故あなた御自身の客観的態度について説明をなさるよりも先づ作家の純主観的態度を否定して置かねばなりますまい。即ち画家が我儘一方に振舞つてはいけない、そこには何等かの約束と制限がなくてはならんと云ふことを論断しておかねばなりますまい。さもなければたとへ客観的な批評家の立場からして所謂絵画の約束なるものが存在してゐると云ふことは是認することが出来ても、画家が何故其約束なるものを意識して筆を執らねばならんかといふことを頷かしむることは出来ますまい。これがあなたの答弁を読んで私の感じた不満の要点です。

それから部分に移りませう。

私は自分の人格及自分の作品を無上のものとしてそれのみを切り離して考へて下さいなんて、そんな野暮な注文をした覚えはありません。あなたが藝術といふものを文明といふ大きな舞台の一現象として考へられるのは批評家の立場としてさもあるべきことで、これとても取挙げて云ふ程のこともないでせう。然しあなたが真に藝術なるものを文明批評乃至人生批評の一章として研究されるならば、あなたは今少し藝術批評の根本態度を明らかに発表しておかねばなりますまい。新聞や雑誌の雑評家の如く単に展覧会の作品批評や、批評の批評なんかなさつてゐては埒が明きますまい。あなたが何時かの読売新聞に文展批評の序言として批評の態度に就いて書かれてあつたのを拝見しましたが、其時でも私はあなたの所論の要点を十分に了解することが出来ませんでした。国家論や文明論を楯として所謂理解ある絵画の約束なるものに就いてすばらしい御議論を持つてゐられるか知りませんが、それならそれで大に陣を張つて論じて下さつては如何です。所謂藝術家などはそう云ふ点については極めて無頓着ですから只々お説を謹聴するまでです。然しあなたが滔々と弁じ尽したと思つた時、浮気者の藝術は一向そんなことにはお構ひなく、何時のまにか遥か向ふの方へひよつこり顔を出して「こゝまでおいで」つて手を拍つて笑つてゐるでせう。

「理解ある絵画の約束」そう云ふものは何処を探したつてありますまい。少くとも画室や絵具箱から出て来るしろものとは思はれません。ひよつとすると物知り顔な批評家や、分別臭い社会教育者のポケットにでも見つかりませうか。「絵画の約束とは普遍的な美の概念のみではなく、一方には十分自己の内的生命を発表し得、一方には可成多くの鑑賞者をして了解せしむることを得る方法——之を予は仮に名づけて絵画の約束と云ふ」。普遍的な美の概念をよそにし、しかも最大公約数的にまでは俗衆の御機嫌を伺はず、尚且つ可成多くの人に了解せしめる方法、さあどんな方法でせう。あなたも随分程のよいことをおつしやる。一体藝術とはそんな妥協的なものではありますまい、そんな御都合のよいものではありますまい。云ふまでもなく藝術とは人間慾望の止み難き爆裂です。更らに之を切言すれば人間の押へ切れないエキスプレツシヨンです。感極まつて慟哭したい時は、あたり構はず声を限りに泣いて見たい。悦び余つて躍りたい時は家もゆるぐばかりに跳ね廻つて見たい。其の時何んの分別と遠慮があるでせう。笑顔ばかしが表情ではない、美と快楽が絵画ではない。「美とは人の心の一種の状態だと思ふ、（精細を尊ぶあなたのお言葉としてはあまり曲がなさ過ぎる）けれどもこの状態を惹き起す外的所縁として藝術品が必要になる」。藝術品の対境を美の範囲に止めておくのは極めて甘い制限といはねばならん。私はもう美と云ふ字を見ると吐気を催す。

「若し藝術品が単に人心の変動が神経筋肉に表はれたる発現に止まるものだとすれば即ち止む。更らにそれを通じて他人に心を伝達する機関であるといふならば、そこに一種の約束と云ふものが必要になる」とはあなたのお言葉ですが、神経、筋肉によつて表はれたる発現によつて人心の変動を微細に読むことが出来ない様ならば共に藝術を語るに足りない。その位率直な、その位密接な官能と表現の間に一分のスキをも許さない様な藝術でこそ始めて生命あり、力あり、真に私等の要求する藝術である。それ以上他人に心なんかを伝達する必要はない。藝術はそんな面倒な仕事をするカラクリではない。重ねて云ひます、藝術とはエキスプレッシヨンです。自分の表情を可成多くの人に了解せしめんとして様々な表情をする、あれは役者のする表情です、女郎のする表情です。藝術はそんな作為的なものとは違ふ、もつと発作的で、もつと必然的で、もつと無目的である。自己の表情が他人に理解されようが、されまいが、但しは悪感を起させようが、快感を与へようが、そんなことを考へてゐる暇はない。そんなことを考へるからして俳優には表情法が出来、女郎には廓言葉が出来、絵画には約束と形式が生れるのです。

又私が「内面の気分」と云ひ、「技巧の内容」と云つたのが不明瞭だと云はれるならば、内面の気分とはよく世間で使ふ情調といふ言葉に換へませう。智情意の一緒になつたムードのことです。又技巧の内容とは例へばセザンヌの実在、ゴオホの神経、ゴーガンの原始、マチスの永遠と云つた風に、多様なる近代技巧の由つて生るべき作家の気禀と透察です。然しこんなことは頭の粗雑な私などの説明すべき限りではありますまい。かりにも近代人のつき詰めた心持ちに生きてゐる人なればすぐ頷かれることで、もし身自ら其境地にゐないならば、たとへ審美学や、心理学の煩瑣な術語を拝借して来て説明や分解を恣にしたつて何んの役にも立ちますまい。こゝは理解や説明ではありません。唯感応あるのみです。

あなたは又私の文章は「事の理を諦めるよりも信仰せる一物を説法すると云ふ格で丁度仏典などを説き、断じ、主張しながら、其理を客観し、証明せぬのと一般」だと云はれましたが、事の理を諦めたり、其理を客観したり、証明したりする様な、そんな迂遠な真似を好むなら、なんで画筆やパレットを握りませうぞ。仏典にまで飛ばなくても、もつと手近い処にいくらも其例証はあります。昔から藝術家の云つたことは大概断定と暗示でせう。

もし私の文字に少しでも力があつたとすれば、それは説明の力でもなければ、信仰の力でもありません。唯暗示の力です。廻りくどい説明といふことをする様なら、あんな雲を摑んだ様な、そして刺激的な書方はしない。又もし信仰の力なんかを借りる様ならば、もつと意味深遠な言葉が列んで、もつと金箔がつく筈です。もとより私の云つたことは総てドグマです。自分の画布から得た直覚と経験を画カキの怪しき言葉に托して断片的ドグマとして之を暗示した丈けの話です。又私の仕事としてはそれでよい。そうして置けば聡明な学者達が出て来られて、実は問題が興味深い諸点に触れてゐますから精細に論じて見やうと思ひますが」と云つて、むつかしい研究をして下さるから、私の処はもう至極荒仕事でほつとくのです。私は又ドグマを以て衆生を征服するなんてそんな大それた野心はもつてゐない。唯自己を拡張するのです、ドグマとは自然と人生と自己に対する自己の断案です。従つてそれが衆生の約束とならうが、なるまいが私の知つたことぢやない。もし私のドグマにして一片の真理ありとすれば、それは期せずして衆生の約束ともなることがあるでせう。私は自分の藝術を謳歌せしめるとか、或は自分の画を自分に崇拝するとかそんなけちな心持ちで画を描いてゐないから何にも自分のドグマを客観的な約束にまでしなくともいい。

「何んとなれば証拠論には鑑定者が要る、鑑定者とは時の真理乃至勢力の代名詞である。故に貴君は第一に時の輿論を造らねばなりますまい。それではどし／＼画をおかきになることです。」時と云ふ裁判官を煩はす様なれば天下のこと総て簡単明瞭で、何にも憐れな人間がやつきもつき騒ぐにも当りますまい。批評家も時の御沙汰を俟つ様では其オリヂナリチーの程も忍ばれて甚だ心細い。私は又絵画製造人ではない、人に入眼をしてやるに画をかく気にはとてもなれない。ゾラがマネーを理解した様な理解はして貰ひたくないものだ。マネーの技術上の発見はゾラの理解にある。

血圧計云々のことは枝葉のことですが一寸弁じておきます。あれの現はす表が脈管と血圧とからの唯簡単な関係であることは私も知つておりました。あなたが乱暴な画のたとへとして絵画とは血圧計の表の様なものでなくと云はれたのを私がそれを逆に使つて絵画をも血圧計の表の如きもので差閊へないと云つたのは、絵画も今や客観的な、他動的な、享楽時代を通り越して主観的な能動的な暗示時代に這つてゐるので近代人の絵画に表はる丶一線一色は恰も血圧計の表現する波動線の如く一見不得要領なものであつても、それは皆生きた人間の血と肉にうごく波動であつて、最早心理作用と生理作用とを区別して考ふるひまさへなく、その位官能と表現がピッタリ一緒になつて其間に一点の不純なものを挿挟むことが出来ないと云ふ意味に用ひたのです。近代人の脈管に装置すべき精巧なる器機なきを憾むといつたのも、もとより反語に過ぎない。

技巧の単化と色彩の分析によつて絵画の約束を極めて狭いものにするといふことは決して悪いことぢやありません。極めてよいことです。あなたの所謂約束なるものが狭くなればなる程、自他の境が明かになり個性は益々明瞭に発揮され、其間に少しの妥協も許さなくなつて、愈々微妙な個性のけぢめを争ふことになり個性の戦はやがて人間の和解となり、表面の差別は直ちに内部の平等となつて互に手を引きながら自然の核心に溶けて行く処は、真に近代藝術の向ふ処、また人生の歩まんとする道でせう。

白耳義のネオインプレッシヨンストのやつたことは疑ふまでもないことです。人間を生理的器械にしたくなければこそ、あ丶云ふ態度になつたのでせう。

絵画を色点の集団に分析するのぢやありやせん、綜合するのです。人間の人格を官能の全的存在にまで抽象するのぢやありません。具体化するのです。最も賢いマニイルではない。最も確かな断定です。自然と人生と自己に対して何等痛切な要求も矛盾も感ぜず、徒らに智識の断片を連接して矯飾と遊戯を事とする学者や文人の多い当節柄、そうおとりになるのも無理のないことでせう。

「予は外来刺激――人格――反応及発表といふ三段を以て生活する人間の中心たる人格といふものを、もつと広い意味にとるものである。単に生理学的関係だとするものではない。」それは科学者の人間生活に対する勝手な分類法でせう。人間生活を分類すればする程、私の所謂人格なるものは狭義になつて来る。私の称して人格といふのは、其外来刺激も、反応も、発表も総て之等のものを一団として人格即ち官能の全的存在だとしたのです。官能と云ふものは、生理の方面のみから考ふべき文字ではありますまい。心理の方からも考へた時、官能の全的存在即ち人格なるものが人間の全部を蔽ふことになる。

あなたは局外者として日本の文明を客観し、その平衡をとる上にも所謂近世人中の近世人たるバンゴオホやセザンヌよりも伝習の調停者といはれたマネーの理解が欲しいと云はれましたが、あなたは日本人の文明といふものが先づ存在してゐて、それに丁度嵌まる様な藝術を輸入せよと被仰るのですか。マネーを伝習の調停者と呼ぶのは、あとから批評家の奉つた形容詞でせう。マネーさん御自身にはまさか伝習の調停なんか志したんぢやありますまい。ベラスケスとゴヤとクルベと日本画を七分三分につぎ合せたのではありますまい。マネーは矢張りどうすることも出来ないマネーでした。歴史上一代藝術の要点に立つ人の藝術をあとから見れば皆伝習を調停した様にも見え、伝習を破壊した様にも見えるのです。マネーのオリンピアの画が始めて表はれた時、果して世間の人は理解ある絵画と思つたでせうか。マネーも亦あなたの所謂理解ある絵画の約束を無視した人でした。彼の理解は約束の理解ではない、自然の理解です。

日本の文明とか、日本の国民性とかを口にする人はすぐマネーをかつぐ、柏亭君もモネーよりもマネーだと云つたと覚えてゐます。要するにそれらの人々は絵画が欲しいのでせう。藝術が欲しくないのでせう。更らに生きた人生を要求しないのだ。マネーも今では美しき絵画に過ぎない。

（「白樺」明治44年12月号）

御返事一通

木下杢太郎

一、再び無車に与ふ

目下閑を得たから貴君の予に望む所を果さうとするのであるが、然し予は殆ど何も言ふ所なきやうに思ふ。予の感じを正直に告白すれば、貴君と予とは決して知的観相の上で争つては居らぬ。寧ろもつと原始的の所でして居る。即ち貴君が多分予に対して抱く所の嫌悪の感情が、予等の相乖く所以であると思ふ。此推断は予の錯覚ではないやうで、十一月号の白樺の貴君の書いた「六号雑感」に於て明かにそれを見る事が出来る。彼の文中予に関せる部分は、予が嘗つて山脇信徳氏に答へたる公開の書に対する貴君の感想なるにも拘らず、予の彼の書の言説の相を真に理解せず、諧謔を諧謔とせず、語勢の那辺に存するかを詳にせず、言説の細目を究めず、恣に予を自家作為の範疇中に拉して、非議したることその第一である。（之れ予が前号に於て貴説を邪見 falsche Anschauung なりとせる所以である。）随つてまた貴君は自家の抱懐する所を述べるが如くであるけれども、其原則（？）を彼の具象的な場合に応じて論究せんとせず、予等の（山脇氏対予）論争を批評しながら其論点を外れて、反つて他を言ふに至つた、之れ予の貴君の言説を戯論（Grübelei?）なりとせる所以である。論理、感情の統一はありながら、事の実相を弁ぜざるが故に。

而も貴君の文章は、その言説の相の後ろに一種の感情を潜ましてゐる。之は読書に慣れたる人には誰にでも直ぐわかる事である。予の解するが如くんば、その感情の主調は憎悪及び譏誚である。之れ予が嚮きになせる推断の所縁とする所の第二である。而して予が前号に於て、貴君の言説を以て「挑発的」なりとしたる所以である。（少くとも貴君がかの如き肆なる態度で、予等の論争に横槍を入れるといふことは、予には決して貴君に礼あるものと信ずる事が出来ぬのである。）

若し貴君にして故更に知的の観相を避け、ひたすら感情的に予と争はむと欲するならば、之を以て文筆上の討論は休《や》めねばならぬ。ひたすら感情を以てする争の、何処に其解決を、求む可きかは貴君も亦知るならむ。古へ宗教上の各派が宗論に決する能はざりし争を如何に解決したかを考へれば分ることである。貴君にして強ひて最後の解決を求める念があるならば、いかなる方法にても、貴君の要求する所を予は辞せぬつもりである。

然らずして、貴君の邪見が貴君の前号に言はるるが如く、「脳の足りない」所に原くならば、予は少しく弁ぜなくてはならぬ。

実際貴君は予と全然その立脚地を異にするものなることを認めた。で貴君の立脚地に立たざる凡ての人は皆中途半端な処に立つものと思ふ相である。が予が推量するに貴君の立脚地といふのは多分「自己の為め」といふ原則の事であらう。然らば借問す。「自己」とは之れ何を云ふか？——貴君が「自己」といふものに内容を与へぬ間は「自己」は唯二箇の虚空文字である。

次に貴君が素朴に自家の現在の「自己」を考へるとき、それは一個の実在的の「自己」となる。而かも固着して変ずる事なき、固体の如き「自己」である。貴君の素朴（？）なる心は初めて崇拝す可き像を認めたのである。而して貴君はこの偶像の如く、はた暴王の如き固定自己に「神に頼る」やうに頼るであらう。この際少しもその「自己」を知的に観相してはならぬ。その「自己」にはどの位の精神生活あり、どの位の動的生活があるのなどと検める事は、即ち一種の褻瀆となるからである。之れ「自己」を条件的とし、動的であると見做す科学的観相（宗教的意識を害ふ所の——）であるからである。貴君がひとりで、かかる「自己」に斉《いつ》いて居る間は予の関した事でない。

然し予の謂ふこの第二の「自己」に貴君が向《さ》きには空文たりし「自己の為め」といふ事を移すと予とても無関心では居れなくなる。即ち自己の為めにする所は何かある行為である。而して行為は必ず対他関係を生じて来るのである。而して凡ての対他的行為が貴君といふ自己の為めに行はれる場合には、第二者、第三者は常に利害を感ずるものであるからである。一体上述の意味では「自己の為め」といふ事は絶対的には行はれるものではない。それの出来得る極限は隠遁者になる位である。他人の言説に口を入れるなどと云ふ事は出来る事ではない。何者、その人は他人の「自己の為め」をも認めねばならず、それにはなる可く対他的関係から遠離せねばならぬからである。かくなれば「自己の為め」といふ事は、甚だしく「自己」を狭める事になる。けれども貴君の謂はれる自己の為めといふ事はさう云ふ意味ではないであらう。「他人は犠牲にしても自己の為めにする」といふ事だらうと思ふ。かくなれば予の言葉で「他人を征服する」といふ事までに帰着せねばならぬ。同時にこの場合には征服者の「自己」の現世相（所謂人格）をも、他人に課せねばならぬ。貴君の場合をいへば、貴君の人格の（多分―予は思ふ）純なる、知的よりも寧ろ感情的なる、而して etwas melancholisch und weinerisch の所までをも人に課し了らずんば休まぬ筈である。（また一方から見れば、この際は「自己」の内へ他人がはいるのでもある。）故に若し貴君の唱ふる所の「自己の為め」が空文の境を脱して、この第二の場合にまで具象化せられたるならば、それは往々貴君以外の公衆に害となり、迷惑となる所の智相となり、智識となるのである。そして始終貴君の心の平静はその為めに悩まされるのである。

けれども上述の予の解は尚分別の心に煩はされ、言説の相に拘泥し過ぎて居るやうに思はれる。更に貴君の「自己の為め」といふ原則を、予にも一種の威力を以て望む所の一段深いものとして検めて見よう。この場合「自己の為め」といふ言葉は、概念的なる「自己」でもなく、貴君といふ具象化せられたる「自己」でもない、第三の意味となるのである。パラドックツスのやうであるが、万人の「自己」であり、而かも唯一なる「自己」である、昔人が「神」とか「道」とかと云ふやうな言葉で暗指した一種の宗教的或は論理的意識である。予と雖も「自己の為め」といふことが近世の合言葉であることを知る。民衆の為めとか国家の為めとか、加之神の為めとかいふ言葉よりも、更に一段力強く響く所以をも知るのである。之が為めには有名なる経文も書かれたのではないか。幾多の伝教者が今尚ほ盛に怒号してゐるのではないか。即ち「自己」といふ名目の下に、明瞭には把捉がたきも、而も実在なる「現代思潮」を暗指するからである。而してかかる意味に於て貴君が「自己の為め」を宣言するのは、恰も「或人が耶蘇によつて神に頼るやうに」また貴君が「ロダンに頼つて自然に頼る」（白樺ロダン号の貴説参照）やうに、甚だ便利で且容易なことである。敢て貴君を待つて初めて知ることではない。婦女子、雷同者の輩も難しとせぬ所であらう。此際とても亦唯その宣伝者の自己（人格）の大小強弱によつて、其暗指の内容の甲乙を結果とする。何者実在はモツトオによつて決するものではなく、其内容の量及び質に依つて始めて崇拝するに足る可き威力を得来るものであるからである。

　而かも尚権威を不可侵とするに嫌きたらず、更に理義の諦められる丈は諦めんとする予等アリストテエレスの子孫には、こゝに Dogmalogie が造られねばならぬ。第一に「自己の為め」とは何ぞや。第二に「自己」とは果して何ぞや。かく考へ始めると、今迄素朴に考へて固定せる実在であつたやうな「自己」といふものが、曖昧なものになつてくる。それはその筈である。「自己の為め」といふ事が、実在なる現代思潮を暗指する合言葉となればこそ、力強く響きはすれ、字義其のものは極めて曖昧なるものであるからである。故に可い加減な中途半端の所に立ち難き人は自己の研究が始まらなければならぬわけである。実にまた予は今、改めて此問題を提げ、敢て貴門をたたかんと欲するのである。

　よく鰯の頭《あたま》も信心といふ事がある。確固たる信仰の機縁となるには鰯の頭でも不足はない。南無阿弥陀仏でも可いやうに、「自己の為め」でも可い。けれども「自己の為め」といふ事が既に名目の外に意味ある言葉であり、それが信仰の個条になつた場合には明瞭なる理解を欲する人間の欲求は之を検めて見なくては止まない。

少くとも予にはこの「自己の為め」といふ事を次のやうな幾許かの場合に分析して、具象的に考へて見ねば合点がゆかぬ。

　第一は日常行為の標準として、その原則をどう実行するのか。他人との交渉をどうするのか。

　第二は政治上、法律上に認めたる権利及び義務を有する個人。乃至順俗的道徳の上の個人の自由。（無論この範囲内では予も亦熱心なる個人主義者である。）

　第三には自己意識の対象としての自己。別言すれば客観的の内容を有する人間の心。

　第四に自己意識の最高所に置かるる枢石《シュルツフスタイン》としての「自己」。

　是等の場合即ち「自己」の世間相、出世間相を限定した上で、始めて「自己の為め」といふことが明瞭に解せらるるのである。所で予は今一々これらの場合を吟味して、貴答を待つ事はしないで、唯藝術家が藝術を作る場合に「自己の為め」といふことを本《もと》としたとして、その場合を見ようと思ふが、この際も所謂自己のうちに、それをよくよく穿鑿して見ると、案外他人があつたり、公衆の要求があつたり、相続の相や伝習があつたりする事を見出すに至るだらう。元来人間には耳がある。之は自然の音響の外に他人の声をきく為めにあるのだ。また目があり理解力がある。之は他人のする所を見、他人の要求するところを聞く官能であり、心耳である。故に「自己」の研究は往々公衆の研究となり、周囲の研究となり、伝習の研究になるのは当然のことである。また「自己」には sich Hingeben といふ働きがあり、また Sich Einfühlen など云ふ事もある。かるが故に人が時として疑を得た時に、先覚に聞くやうな事もあるのであつて、それがまた「破廉恥」の事ではない。かるが故に人は、絵画的自己を求むる時、素人《しらうと》に画かせないで、画工の作品に就く。かう考へると「自己」といふものも、貴君の考へるやうな狭いものではなく、他人の凡てを排斥する暴王でも、攘夷家でもないやうである。でまた具体的の例を取つて見るに、かのトルストイなどは、晩年書いた藝術論で藝術は容易く万人に理解せられるものでなければならぬと云うて居り、此点では、正に貴君の反対側に居るのであるが、それが為めに、トルストイが「中途半端の所」に彷徨して居るものだとは予には思へぬ。またロダンが、白樺社の誰かが名付けられたやうに Connaisseur de l' âme de tout le peuple であつたからと云うて別に俗衆に媚びたのだとも考へぬ。

所で今序に、そんなら、貴君はどの位の所で「自己」といふものを云うてゐるかと見るに、貴君のかかれた「六号雑感」で見ると、興味、趣味、精神等を有する主体となつて居つて甚だ曖昧である。そのうちで精神といふ言葉は甚だ意義多く、不明瞭であるから、少時措いて、興味、趣味といふものを考へると、これは決して固定的のものではない。また周囲と伝習との薫習によつて生ずる境界相である。故に絶対的に個人的のものではない。之等より推断すると、貴君の謂はれる「自己」といふものも、また境界相の「自己」であらう。果して然りとせば上述の如く、この種の「自己」のうちには伝習も相続相もあるのである。而して貴君の蛇蝎視せらるる「時代の要求」と云ふものも、実に亦その内に包蔵せられて居るのである。然るに貴君は恐らくはその考察の疎漏の為めに「時代の要求」といふものを何か別の固定した実在の如く見做し、全然これが「自己」といふ者と対立して居るかの如く断定し去つたのである。「自己を枉げても時代の要求に応じようとする人は個性と人格とを無視した人である」と貴君は云はるる。何たる無意味なる言辞ぞや。

所で今度はこの無数の境界相の「自己」なるものが、各箇別々の要求をするといふ状態が考へられる。蓋し貴君の考へでは、この場合に別々の「自己」は皆その「自己」の為めに行動しろと言ふのであらう。之は貴君の言はれるまでもなく、各人が一通りはそのやうに行動して居るのである。然しこの場合は、皆絶対的に相異りて居るのでなく、境界に応じて其相を異にして居るのであるから、其間またいろいろの共通分子がある。之れまた藝術に於て暗指《ズグスチオン》の成立する要素である。之れまた他人に感情を伝達する機関たる藝術に「約束」の存する所以である。之れまた感情及その表白ある人間のうちに、特に藝術家といふ階級の存する所以である。而してそれが為めに吾人は、深く人間の心を知り、而してその心を、他人の解しうる藝術的条件(約束)の下に発表する藝術家を片々たる技巧家新顔料の発見者などより尊重するのである。(尤も順俗的《コンエンチヨネル》に習熟したる運筆の機巧が反つて内心の発露を妨げる事のあること、または新しい藝術上の約束が、順俗的に教練せられたる鑑賞者の眼に久しく理解せられないやうな事は無論ある。それらの細目は必要がないから今は述べぬ。)

所でまた自己といふ境界相の、特殊の部分、殊に趣味とか云うものが、愈々特殊のものとなり、其範囲内では約束といふものが非常に狭く(山脇君の言を藉りていへば女郎に廓言葉が出来るやうに)随つて藝術上の暗指がまた甚しく狭隘になるといふ状態も考へられる。たとへば仏蘭西の或る詩人が母音を色に分つたといふやうな場合である。さうすると、其趣味に遠い人には藝術などはまるで謎のやうなものになる。ここへ貴君の言説を応用すると、それが適用されるやうにも思はれる。即ちある「自己」(ein gewisses Ich)の要求と時代の要求(と仮に名付くるもの)とは非常に懸隔を生じて来るのである。若し藝術がかう云ふ謎ならば、それが解けた時にはその使命が尽きるのであらう。でなければ、何もジヨコンドの笑が人に解せられたとて、その価値が損したわけはないし、又ロダンが多くの人に喜ばれて来たからとて、その作品が堕落したわけもない。何者ロダンが俗衆に謎をかけて居たのでは無い。俗衆がロダンほど早く、且大きく感ずる事が出来なかつた丈のことである。ロダンの作品が全然理解する事の出来ないものであつたら、それは藝術品でも何でもない無用のものであつた筈である。

で、貴君は予が人の個性を認めぬと云ふけれども、別に予は山脇氏にマネエになり給へと云つたことはない。唯山脇氏の所謂個性の発表手段(表現の技巧)に就て云為したまでである。もつと具体的にいへば、同氏があまりに特殊な感情ばかりを誇張するのを注意したまでである。

終りに「自己」といふものが、更に別の意味を有し来る場合を述べよう。それは即ち「自己」といふ名目が人間意識の最高の核子を暗指する(向《さ》きに云ふ第四の)場合である。この場合、この究竟の本体が何であるかは予も知らぬ。故に昔からいろいろの名称もついてゐるのである。それを貴君は素朴に「自己」と名称せられたのであらう。若しくは「仏」、若くは「神」、若くは「法」などといつたものと同じ種類のものであらう。之れ予が向きに貴君の「自己の為め」の言を以て、貴君の信仰の所縁たる名目となしたる所以である。然るに貴君はその意味に於ける「自己」とは言説相の「自己」とを混同したるが為めに、甚だ曖昧なる論をなしたのである。而かも貴君の宗教的の性格は、日常の行為をこの本源より導かんと欲したるが為め、この名目たる「自己の為め」が言説の相のままに信仰個条となしたのである。貴君曰く「自分はただ自己の為めを計ることが同時に社会の為めになり、人類の為めになる時にのみ、社会の為めになり、人類の為めを計らうと思つてゐる。……然し社会の為め、人類の為めを計ることが自己の為めになる時は社会の為め、人類の為め、群集の為めに働く気はない。さう云ふ気が出だすと堕落するのだと思つてゐる。

云々。何んたる偏狭の議論ぞや。即ち知る。貴君は自己に相対する群集なるものを仮定し（所謂悪魔といふものと同じ様な関係に立つものとして）之と相競ふ所に「淋しき力」を感じ、そこに昔の殉教者の心持を体得する人なる事を。

所でここまで論点が進んで来ると、勢ひ今度は予が自分の意識の最高所（？）に置いておく本尊を擁し、貴君に当らねばならぬ（昔の武士の名乗りあひのやうに。）しかしそれは少し困るのである。以て高く標榜し、楯となし本尊となすほどに明瞭に摑み得可き一物がないからである。別言以てすれば、予には貴君の所謂「自己」となどといふ立派な対象がないからである。止むを得ずんば即ち「盲動」とはいはんか。予は今迄盲動して来たやうに、今も尚盲動してゐるのである。唯少し前までは言葉にすれば「藝術の為め」といふやうな意識の下に活動して来た。いまは少し変りかけて Nuance の所にゐるが、強ひてそれを絞つて見るとまづ「道の為め」とか云ひませうか、平々凡々の事である。とは云へ近ろ実際もつてゐる当座の意識はなる可く独立的の実際生活を営むといふ事の外には明かに見るといふ事、深く geniessen するといふ事、まづこんな事である。児島喜久雄君の言葉を藉りていへば伝習、衣鉢の研究といふやうなところである。その際殆んど自己を没してやつてゐるのである。上述するが如く予には、恰も形ある対象のやうな自己がないので、漫然たる自己意識（心身体等）をなる可く広いもの、深いものにしようと欲して、いろいろのことをやつてゐるのである。或ひと曰く木下杢太郎は詩をかくと思へば戯曲を作る。或は「美の概念」を穿鑿する、所が実際は何とかいふ本名を持つた医学の書生ださうだ。又曰く彼には自己といふもなく、或は時代の要求に屈し、或は俗衆に重きを置く云々。予答へて曰く、詩は木下杢太郎の「自己」である、戯曲もそれである。医学もそれである。時代の要求も彼の要求の一部である。俗衆も彼の分身である。而して同時に予は貴君の云はるるやうに「耶蘇」によつて神に頼るやうにロダンによつて自己に頼る」種類でなく、貴君の欲せざる「耶蘇教徒が耶蘇に対するやうにロダンに対す」る種類の人である。同様に仏陀によつて真理に頼るものでなく仏陀そのものに頼るものである。同様に自然には自然自身行性坐臥乃至飲食には、行性坐臥乃至飲食そのものに頼るものである。そして他人が見てその総和となす所が実に予の「自己」といふものである。予はゲエテ、トルストイ乃至ロダン等が彼等の自己が純だからといつて尊重するものではない。反つて彼等の自己が大きかつたといつて崇拝するのである。――と、とんだ告白になつたが、論理を追ひ詰めて行つたら此《ここ》まで来たから止むを得ぬ。更に曰く、予の行動は盲動である。或は順俗的の言ひ廻はしをすると、予は自己を空しうしたる求道の一居士である。――――

以上書く所を以て、貴君の考へ方と予の考へ方との相違はお分りになつたらうと思ふ。で本論はここで一先づ切り上げ、次に山脇信徳君に予が答へた書翰についての貴君の批評に対し、その文字の相より見て多少弁ずる所あらんと欲するのである。
固より貴君は山脇君の作画を縁として、予と絵画論をしようとはなさらないから、予もその方面には立ち至らない。一体貴君は予が以て山脇君を揶揄した文章を引き、直ちに之を予の態度となし（若し貴君がかの文字の後ろより真相を観破したのなら言ふ所はないが）真面目《まじめ》に予を譏誚する材としてゐる。彼の山脇君が自分の作画を（物それ自身、自らを説明する藝術品として）予等公衆の前に陳列し、予等が各自の依つて其印象を摑まんとするに委するに満足せず、更に文筆を以て説明し、之れわが意志の熱し、心臓の鼓動となり、音響となり、旋律となつて自然の精髄に溶けたる所なりなどと指示し、強いて丹碧の色彩より心臓や意志を捜させようとする説法を聴き、而かもそれを客観的に述ぶるにあらで（作画の効果《エフエクト》より）、反つて自己の心持（「技巧の内容？」――この画はかう云ふつもりでかいたものなりといふやうに）を暗指的なる、六つかしい文字で説くのであるのを知り、私かに之をえらい見識の青道心が山を下りて直ちに行人を説伏せんと欲するに比し、而かもかの沙門の尚且之を能くする所以は、自己の後ろに忍ばせたるドクマ（相続の大法）を暗指する故なること、恰も山脇君が舶来の現代思潮を暗指するに似たるを嗤つたのであつて、而して早く俗衆を説伏するには自己の色眼鏡を配ち与ふるに如くはない所以を述べて揶揄一番したのである。それ況んや、予に何の茶気があつて貴君のお厭ひになるゾラの弁護までしませうぞや。

上述の諸言は貴君の書を読み了るの後、数瞋数喜の予の性の激した時かいたのゆゑ、或は儀礼に嫻はない所があつたかも知れぬが、貴君願くば言語の相の後ろに、暴露せられたる予の真相を観破し、意あらば更に示教せられよ。更に終りに臨んで、一言を添加するを得ば、予は貴君の純なる自己のいや更に純ならんことを切望するといふ一事である。それ貴宝は深く函中に蔵して置くに如くはない。予は貴君の、「自己」の為めに一つの温室《むろ》を造られんことを望むのである。（四十四年十二月十二日稿）

再び山脇信徳君に答ふ

○実は私も貴君と同じく徒らに論議するのを好むものではありませんが、行掛り上一寸御返事を書いて置きます。本当の事を白せば、貴君の御文章は実に立派でいつの間にか対手《あひて》の私までがつひ釣り込まれて同感いたし、成程さうかなあと思ひましたが、之では可かぬと考へ直ほしました。で、さう立場をかへて同感から自分といふものに立ち帰つて見ましたら貴君が一体何を云つてお出でになるのかといふ事に気が付き、そしてつくづく貴君は魔術者であり文章家であるといふことを感服致しました。
○で、一体貴君はあの書で何を言うて居られるかと吟味を致して見ました所、どうも私の云ふ事とはてんで交渉のないもののやうです。全篇六千箇の文字は実に貴君の所謂「暗示」とか

「エキスプレッション」とか申すものらしく、いはば貴君の感激とも申す可きものを有形の文字にしたものに過ぎぬやうに思はれます。実際貴君は万事が自己の発表ださうでして、自己を他物に移すと申すやうな作為的のまねは出来ないさうですから、一寸でも予の考へ方に同感し、予の言の真相を摑むなどと申す事は出来ないかと考へられ升る。所が論議と申すものは貴君の所謂「藝術」とは違ひ、他人は分らなくてもどうでも可《よ》いものではありませんから、対手の考へ方に同感することの出来ない人はまづまづ議論をする「約束」をもたない人と申しませうか。ですから私が一々御答へ申す義理もないので御座います。がそれで済まない性分ですから一寸書きます。

○予の如き「客観的」のものには、貴君のあの堂々たる御文章が、貴君の絵がどんな考から出たものであるかと云ふ事を知るに役立ち、大層有益でありました。蓋し、また画作者の心理状態の一例としても、また研学上の有益なる文書といはねばなりますまい。

○或は曰く「セザンヌの実在、ゴオホの神経―」、或は曰く「作家の気禀と透察」、或は曰く「感応」、或は曰く「近代人のつき詰めた心持」、或は曰く「暗示」、或は曰く「直覚」乃至「官能の全的存在」「自然の理解」……凡て近世の画論家なるものの、顔料の作用に珍重するピカントな意味ありげな合言葉は、若くは丹、若くは碧、若くは黄、若くは紫の顔料の如く、縦に組まれたる活字の幀上に配調せられてゐるのである。而して其真意は遂に追究する可からず、遥かに「暗示」「神秘」等の境に消えて居るのであります。此《こゝ》にもまた予等は一日本画工が如何に近時舶来の画論に影響せられたるかの一例を見るを得て、呵々として一笑せざるを得なかつたのであります。此《こゝ》に於て議論は藝術となつたのである。文字は顔料となつたのである。本来有する所の意義を失つて、新に錯綜せる情緒の文《あや》を織る糸となつたのである。或は曰く「人間の人格を官能の全存在までに具体化す、之れ最も確かなる断定です云々」、或は曰く「官能といふものは生理の方面からのみ考ふ可き文字ではありますまい。心理の方から考へた時、官能の全的存在即ち人格なるものが人間の全部を蔽ふることになる。」借問す、之れ何の謂ひぞや。一体官能とは何ぞや、心理とは何ぞや、はたまた人格とは何ぞや。願くば予等の為めに貴家一流の辞典を作られんことを。若し予にして貴君の抱懐する所を揣まず、偏へに言説の相のみに依つて解せんと欲すれば、宛然として之れ燥狂者の Wort-salad のみ。たかだか象徴派の詩の断片のみ。

○故に貴君は曰く「事の理を諦めたり、其理を客観したり、証明したりする様な、そんな迂遠なまねを好むならなんで画気やパレットを握りませう」そんなことは「頭の粗雑な私などの説明すべき限りではありますまい。」云々。思ふに貴君の所謂「頭」といふものは貴君の人格即「官能の全的存在」の外《ほか》のものと見ゆ、貴君も亦分を知つて居なさる。而かも貴君は徒に論議を好むものにはあらずと曰ふ。然らば即ち貴君の予に与へらるる書は即ちこれ予の所謂「藝術」のみ。責任なき大言壮語のみ。

○貴君曰く「藝術とは人間欲望の止め難き爆裂です。（ダイナマイトの一種と思はる。）更に之を切言すれば人間の押へ切れないエキスプレッシヨンです。感極まつて慟哭したい時は、あたり構はず声を限り泣いて見たい。悦び余つて躍りたい時は家もゆるぐばかりに跳ね廻つて見たい。其時何の分別と遠慮があるでせう云々」、予答へて曰く善哉、善哉、畢竟藝術とはただつ子の叫喚なりと見ゆ。然らば何の隙があつてパレットと顔料を執るのであるか。誰か感極まつて慟哭したい時に悠然として三脚坐を携へ顔料函を取るものあらんや。貴君も亦「随分程のよいことをおつしやる」。

○次で貴君は予の「美とは人の心の一種の状態だと思ふ」といふ言を引き、揶揄一番して曰く「精細を尊ぶあなたのお言葉としてはあまり曲がなさ過ぎる」云々、予弁じて曰く予は最初一言も「美」に就て云為せず（画界近時参照）、「美」或は「美の概念」を問題とした事は実に貴君に始まる。貴君始めて「普遍的な美の概念」などといふ言葉をお造りになつたのである。何故かといふて予は「美」といふものを、既に独逸あたりの学者たちがむづかしい、むづかしいものにしてしまつたのを知つて居る。故にこと更にかかる問題をば回避して、単に「美」とは藝術品その他を所縁として惹き起されたる「人の心の一種の状態」だと詮義したのである。之は成程貴君のお言葉の通り曲がなさ過ぎるかも知れぬ。然し予は精細と同時に正確を尊ぶものである。精細を尽すこと難き場合にはむしろ姑く正確に近きを取らんか。若しそれ貴君が尚予と所謂「美の概念」を討論せられやうと御思ひになるならば、伝習の研究者なる予は、精々図書館なりへ通うて、及ばず乍ら御対手仕りませうか。

○貴君更に曰く「笑顔ばかしが表情ではない。美と快楽とが絵画ではない。（誰がさうだと情張《じやうは》りさしたか。）……私はもう美と云ふ字を見ると吐気を催す」云々。借問す、その「美」とは一体どんなものですか。やはり吐剤などの一種でもありませうか。

○貴君はまた屢「暗示」といふ言葉を用ゐられる。一体暗示とは何ですか。自己催眠術のことでもあるのですか。一体暗示する人は誰、暗示せられる人は何、はた暗示する事は何であるか。通常知的に見れば、暗示といふことは上述の三要件が具備せざれば成立せぬものである。而して貴君は藝術は暗示だと申され升。然るに貴君は藝術品は他人に心を伝へる必要がないと一方に申して居り升。さあそれならその暗示は自己が自己へ伝へたものであるでせう。

○所でそれまで文字に拘泥せずに貴論を見ると、貴君の暗示は次のやうな人に与へられてあるのです。即ち「神経、筋肉によつて表はれたる発現によつて人心の変動を微細に読むことが出来る人、」即ち貴君の「共に藝術を語るに足り」得る人々の群である。すると予が成る可く多くの人に了解せしむるのを取ると反対に「なる可く少い人に了解せしむる」を貴君は可《よ》しとせられるのである。なるほど貴君も随分程のよくない事をおつしやるわけですね。それを予の言葉でいへば「絵画の約束をなる可く狭くする」といふのに当ります。貴君も同じことを九七頁で申して居ります。少し煩雑になりますが、念の為め引用すると貴君の申されるには「技巧の単作と色彩の分析とによつて絵画の約束を極めて狭いものにするといふ事は決して悪いことぢやありません。云々」さうすると兎に角貴君も絵画にて「約束」のあるといふ事をば是認したのでせう。で枝葉は捨て、貴君が第一にかかる意味で「約束」といふことを認容すれば、それからは予等は同一の標準面で本当に画論といふが出来るのです。で貴君は狭い方がよい。予は広い方がよいといふのです。次では内容と、それを現はす官能的方面(もとよりこの二つは強いて分離することが出来ぬ。ものの両面でなくて、一つつながりにあるものである。而して敢ていへば、貴君は後者に近く位してゐる。)との関係が問題に上ります。次では近来の西洋画界(不幸にして through European eyes だか)の傾向、それから普通市民と藝術家との関係などが論題となるのです。——で貴君は自己の表情を強ひて他に理解せしめようとするから俳優には俳優の表情法、女郎には廓言葉が出来るのだといひます。所が予の考へでは、俳優のにしろ、女郎のにしろ、その感情の表白が確かに出来るものはやはり純粋の表情です。それらにいやな臭味の出来るのは一つはいやなコンエンチオンがあるからです。二つには表情の約束を狭いものにし、さういふ嫌《いや》味《み》のある人の間限通用するやうなものにしたからです。而して貴君の絵画にいや味の存するのは、実に近世大家の(セザンヌならセザンヌ、ゴオホならゴオホの)藝術的約束のせまい一部分(特殊の傾向をもつた気分、及び技巧の Tradition になり得る方面)を取り入れて、それによつて同臭味の人々へ或る大きな背景(貴君の言葉でいへばドグマ——一体貴君はドグマといふ言葉を、何か自分固有の思想といふやうに使はれて居るが、あれは教条 Lehrmeinung といふやうに解す可き文字です。即ちドグマといふものは、予の言ひ廻はしでいへば、以て他人或は衆生を征服す可き具であるのです。貴君自身の「自然と人生とに対する断案」は直ちにドグマとは云はれません。それを積極的に主張して他人に臨むといふ時にドグマの意義が生ずるのです。ですから僕が十一月号で云つた「貴君は貴君のドグマを客観的な「約束」にまでしなければなりますまいと申したのは、遠廻はしに云つた揶揄で、真意は「貴君が公衆を感化しなければなりますまい」といふ程の意味です。ですから貴君のかかれた「もし私のドグマにして一片の真理ありとすれば、それは期せずして衆生の約束となる事があるでせう」と云ふ文句は無意味です。貴君が貴君のドグマ以外に、何か外の客観的の、「真理」をも認めて居るやうですね。予には貴君が、あぶなかしい中途半端にぶらぶらして居るやうに考へられてなりません、もとより心の上のことで。)——即ち西洋画界の最近の傾向といふやうなものを暗指する通弁のやうな役をしてゐるからではありますまいか。

　――上述の諸言は、予自身にも、あまり文字の末に拘泥したやうに思はれ、ぞつとしませんから、之れからお互に喧嘩腰になつて、売言葉、買言葉を交換することは止《や》めませう。予も亦藝術の謙遜なる熱愛者である。（尤も藝術を予の為めだなどといふ風な考へ方はせぬ。何かさういふものがいはゞ客観的に存在してゐるやうに見、それに自身の幾分と hingeben してゐるのですが）故に藝術の役に立つ事なら出来るだけ尽しませう。

予も今後「藝術の約束」を明瞭に分析し、後に自分固有の理想から上述の約束のどの方面を余計に高調したいかを論じませう、貴君も亦願くば「セザンヌの実在、ゴオホの神経、ゴオゲンの原始、マチスの永遠」などと、「理解や説明」を絶し、唯「感応」で会得しうるもののいひ方を少時やめ、画工として貴君の確かに掴まれたそれらの人の特徴を、貴君の熱烈なる、美妙なる文章で以て予等客観党に御教示下さい、予等も亦欧人の書や復写などを通じて、出来る丈それらの人を「理解」することを力め、それに予自身の意見に加へて近々高覧に入れませうから、どうぞその時は、御手柔かに御批評下さいまし。（四十四年十二月十七日午前。）

　附記す。貴君若し好意あらば更に予の為めに「人格とは官能の全的存在なり」といふ貴君のドグマを詳説せられよ。次で予も愚見を述べませうから。

（「白樺」明治45年1月号）

杢太郎君に

武者小路実篤

君の「再び無車に与ふ」を今朝ある感心をしながら拝見しました。

　多く云ひたいことがありますがもう何と云つても時間がありません。ですから次号に御返事をしやうと思ひました。しかし一寸今云ひたいことがありますから云はして戴きます。

　それは私が君に悪感を持つてゐて君の「山脇君に答ふ」に横槍を入れたやうに君が思はれてゐることです。一寸見ればさう見えるかも知れません。しかし私は君と山脇の論争に横槍（？）を入れたのは君の彼処で云つてゐる主張、君の所謂態度（第一人格の発現たる）、に私の許せない態度があつたからです。君は云ひ訳をされるかも知れませんが私には彼処に顕はれた文句の裏には明らかに公衆本位の態度があるやうに思はれたのです。それが見逃したくない態度だつたのです。

　君は何と思つて云はれたか知りませんが「第一に時の輿論を造らねばなりますまい」とか、「貴君の眼で公衆に入れ目をする事です」とか「当分予は貴君の新橋を賞し、……の作品を鑑賞してゐねばなりますまい」とか云はれてゐれば、私の立場からは黙つてゐられないのが当然かと存じます。

　君はこの前白樺のロダン号に、「ロダンの輸入は少し早過ぎる」とおしやいました。私にはあの時君は私達の内心の要求を無視されてゐる方のやうに思はれたのです。「少し早過ぎる」とか、「当分」とか云ふことを云はれると一寸黙つてはゐたくありません。黙つてゐるのが礼かも知れませんが、自分の目に入る所で余り自分の常に主張してゐる事に反対なことを当然な事でも云つてゐるやうな顔して云はれるとつい口が出したくなります。

少し滑稽な云ひ方を許して下さるならば、実は私は君の公衆本位、他人本位にのみ切り込んだ心算だつたのです。そうすると手答もなく君の公衆本位や他人本位かの姿が消えてしまつたので、さては幽霊の類だつたのかと、あつけにとられてゐるのです。

「自己の為」と云ふことに就ては可なり云ひたい事がありますから次号で申しますが、君が「漫然たる自己意識（心身体等）をなる可く広いもの、深いものにしやうと欲していろ〱のことを」やつてゐらしやるのは誰の為ですか、何の為ですか一寸質問したい気がします。

まだ云ひたいことがあるやうにも思ひますが、六号のものすら三秀舎へ廻してしまつた今落着いてはゐられませんから之で。

（十二月二十一日）

（「白樺」明治45年1月号）

杢太郎君に（三度び）

武者小路実篤

（前号の「再び無車に与ふ」をお読みにならない方には読んで戴くことを謝絶いたします。）

君は「再び無車に与ふ」を「数瞋数喜の予の性の激した時かいたのゆゑ、或は儀礼に嫺はない所があつたかも知れぬが、貴君願くば言語の相の後ろに、暴露せられたる予の真相を観破し、意あらば更に示教せられよ」と云はれております。なるべくお心に従がはふと苦心いたしました。

苦心の結果がお気に入るかどうかは知りません。しかし私の苦心は認めて戴きたいのです。

性の激した時にお書きになつたものにかゝわらず、無駄な御講義が多いのには一番苦しめられました。

私の君のかの言葉で君の御言葉の責任を許さうとは思ひません。なぜかと云ふのに書き上げてから一週間も御手許に置いておゝきになつてから公開されたのですからその間にまちがつた云ひ方をされたと思はれた処は十二分におなほしになる時間があつたと思ひますから。儀礼に嫺はない点は何とも思ひませんでした。

之から本文に入ります。

先づ前置のながいのにおどろきました。長々と私の「自己の為」の解釈について御講義があるのでその不服な処を申さうと思ふと「けれども上述の予の解は尚分別の心に煩はされ、言説の相に拘泥し過ぎて居るやうに思はれる」（百四十八頁下段）と云はれるのでおや〳〵と思つて今度こそと思つて又長々と御講義を批評しつゝ、拝見してゆくと「所で予は今一々これらの場合を吟味して、貴答を待つ事はしないで」（百四十九頁下段）と又断りが書いてあるので落胆して、さても長い前置きだと感心いたしました。

私の御答へは先づその次ぎから始めます。

先づ第一に百四十九頁の下段の六行の唯「藝術家が」から百五十頁の上段の三行の切りまでの内で申したきことを申します。

この間の君の御言葉にも他の処と同じく不明な所が多いのです。「この際も所謂自己のうちに、それをよくよく穿鑿して見ると、案外他人があつたり、公衆の要求があつたり、相続の相や、伝習があつたりすることを見出すのである……故に「自己」の研究は往々公衆の研究となり、周囲の研究となり、伝習の研究になるのが当然のことである……かるが故に人が時として疑を得た時に先覚に聞くやうな事もあるのであつて、それがまた破廉恥なことではない……かう考へると「自己」と云ふものも貴君の考へるやうな狭いものでもなく、他人の凡てを排斥する暴王でも、攘夷家でもないやうである」

私は実際こゝを拝見した時、なぜこんな御講義をして戴かなければならないかわかりませんでした。何んだか狐につまゝれた気がしました。

さうして更に君が「でまた具体的の例を取つて見るに、かのトルストイなどは、晩年書いた藝術論で藝術は容易く万人に理解せられなければならぬと云ふており、此点では正に貴君の反対側に居るのであるがそれが為に、トルストイが「中途半端の所」に行為して居るものとは予には思へぬ」と云はれてゐるので「之が前の具体的の例なのですか」と始めて合点がいつたやうな、いかないやうな気がします。

トルストイの言葉は之だけ離されては勿論私は軽蔑します。私は藝術をわざ〳〵難解にするものには勿論反対です。しかし「容易く万人に理解せられなければならぬ」とは決して思ひませぬ。君自身もまさか思つてはお居でにならないと思ひます。思つておゐでならばこの点に就て是非御議論したいと思ひます。如何？

今度は

百五十頁の上段の「所で今序に」から「何たる無意味の言葉ぞや」までについては質問したい処を申します。

「之等より推断すると貴君の云はれる自己と云ふものも、また境界相の自己であらう、果して然りとせば上述の如く、この種の「自己」のうちには伝習も相続相もあるのである。而して貴君の蛇蝎視せらるゝ時代の要求と云ふものも、実に亦その内に包蔵せられて居るのである。然るに貴君は恐らくはその考察の疎漏な為めに「時代の要求」と云ふものを何か別の固定した実在の如く見做し、全然これが「自己」といふ者と対立して居るかの如く断定し去つたのである。「自己を枉げても時代の要求に応じようとする人は個性と人格とを無視した人である」と云はるゝ、何たる無意味なる言辞ぞや。」と君は云つておられます君の御言葉だと「時代の要求」は固定してゐないし自己の内にふくまれてゐるから「自己」といふものとはどんな事があつても対立することがない、又矛盾することがないと断言されてゐるやうに思はれます。さもなければ私の「自己を枉げて云々」の言葉を何たる無意味なる言辞ぞやとはおつしやりますまい。果して然らば之れ程結構なことは御座いません。しかし果してさうでしやうか。果してさうならば私は時代の要求にかわつてかう申します。「木下杢太郎君にはいゝ趣味があるのだから不得意な評論はされない方がいゝ、創作許りをされる方がいゝ。」と。

又申します。軍艦をつくるのをやめてセザンヌやゴオホの絵を買へよ、之時代の要求なれば也と。

君の御言葉によると時代の要求と云ふものは千人ゐれば千あるはづになるわけです。時代の要求と時代の要求とが衝突した時君はどうなさります。

今度は

百五十頁上段逆六行の「所で今度は」から同下段の「尊敬するのである」ですが、こゝで君は、「所で今度はこの無数の境界相の「自己」なるものが、各箇別々の要求をするといふ状態が考へられる、蓋し貴君の考へでは、この場合に別々の「自己」は皆その「自己」の為めに行動しろと言ふのであらう。之は貴君の言はれるまでもなく各人が一通りはそのやうに行動して居るのである」一通りと云ふ御言葉が気になります。

それから君は「然しこの場合は、皆絶対的に相異りて居るのでなく、境界に応じて其の相を異にして居るのであるのであるから、其間またいろ〳〵の共通分子がある、之れまた藝術に於て暗指の成立する要素である。之また他人に感情を伝達する機関たる藝術に「約束」の存する所以である」こゝの御言葉だと私が何にか、各自の人が皆絶対に相異つてゐると云つたやうに見えますがそんなことは申した覚えがないので変な気がします。私が各自の人が絶対に相似だと思はないと云つてこんな御講義をされる覚えは御座いません。最も絶対に相似だと云ふ君の御考へなれば、さうしてたゞ境界に応じるのみで其相が異なると云ふ御考なればくわしくその御考を講義をして戴きたく思ひます、しかし真逆さうお思になりもしますまい。

偖、百五十頁下段の六行目からのカツコ内の御言葉について申します。

「尤も順俗的に習熟したる運気の機巧が反つて内心の発露を妨げる事のあること、また新しい藝術上の約束が、順俗的に教練せられたる鑑賞者の眼に久しく理解せられないやうな事は無論ある。それらの細目は必要がないから今は述べぬ」

君はこのことを如何に深く考へられて云はれたか知りません

が、私にはこの君の御言葉は実に根本問題にふれてゐると思ひます。君は細目は必要がないから今は述べぬとおつしやつてゐらつしやいますが、是非左の諸点について他日（一日も早く）お考をのべて戴きたく思ひます。

「「君の所謂新らしい藝術上の約束」と云ふものは客観的に存在するものか」

「君は「君の所謂新らしい藝術上の約束」を知つてゐらるゝか」

「「君の所謂新らしき藝術上の約束」に叶つた絵か、叶はぬ絵かはどうしてわかるか」

「「君の所謂新らしい藝術上の約束」が、順俗的に教練せられたる鑑賞者の要求と背く時藝術家は新らしい藝術上の約束に従ふべきと思ふが如何に？」

「「君の所謂新らしい藝術上の約束」に叶つた絵をかく為には容易く万人に理解せらるゝ絵をかゝなければならないか、どうか」

「「君の所謂新らしい藝術上の約束」に叶ふ絵をかく為にも俗衆を顧慮せず、自己の内心の要求に従はざる可からずと思ふが如何に？」

この解答を立派に与へて下されば若い藝術家はどのくらい喜ぶでしやう。耶蘇教徒が神を見たやうに喜ぶでしやう。

しかし私には君にこの解答は与へられないと思ひます、少くも「他人を顧慮せずに、俗衆を顧慮せずに自己の為に絵をかけよ」より以上にこの解決を与へることは出来ないと思ひます。されば空なる「言葉の遊」を嫌ふ私は自己の為の藝術を主張するのです。

少くも全智全能でない一個人が「絵画の約束」と云ふ物指しをもつて生きた個性なる藝術家の作品を批評するのは潜越な話ではないでしやうか。尤も君が「旧い絵画の約束」は勿論、「新らしい絵画の約束」をすべて御存知ならば私は平身低頭して罪を謝します。しかし私にはそんな奇蹟は信じられません。

さう云ふ奇蹟が信じられゝば私は「自己の為の藝術」と云ふやうな暗示的な言葉は申しません。しかし之より外に仕方がないと云ふことを信じてゐます。外によりよき方法があつたら是非教へて戴きたく思ひます。少くも君とて「自己本位の藝術」の方が、「国家本位の藝術」や、「公衆本位の藝術」や、「教師本位の藝術」よりは遥かに力あるもの、君の所謂絵画の約束に叶つたものと云ふことはお認めになると思ひますが、如何が？

君は又かのカッコの内の言葉によつて、順俗的に習熟したる運気の機巧が反つて内心の発露をさまたげることのある事を認めておゐでゞす。私達は君の云ふ「絵画の約束」は実にこの順俗的に教練せられて出来たものゝやうに思つてゐたのです。ですから反対したのです。君も私達がさう思つたのを不快に思はれる前に御自分の云ひ方の粗漏だつたことをお認めになつていゝやうに思ひます。誰か「理解ある絵画の約束」が以心伝心の機関のやうなものだと思ひましやう？

かくて又私が自己の内心の発露をさまたげる順俗的な公衆の要求や、相続の相や、伝習などを憎悪する理由もお認めになつたでしやう。しかしかく云つて私は人々が自己の内心の要求に叶ふ範囲では相続の相や、伝習を尊敬しなければいけないと云ふ者だと云ふことは、自己の為を主張するのによつてもお認め下さる可きはづと思つてゐます。

この調子で一々御答したいのですが（それより外御答する方法がわかりませんから、雲をつかむやうで）余りながくなりますし、枝葉のことに入ると面白くありませんから、それは他日機会に強いられた時にいたしましやう。云ひたいことが随分ありますが。

終りに君の議論の御文章について一言したいのです。

私はつく〴〵君の議論文を拝見していろ〳〵のことを考へました。なぜかと云ふのに余り御議論が散漫で雲をつかむやうですから。そうして議論にしめくゝりがなくつてどん〳〵すべつてゆきますから私は何度も君の頭をうたがつてゐました。今度の「再び無車に与ふ」でやつとその理由がわかりました。「……行住座臥乃至飲食には、行住座臥乃至飲食そのものにたよるものである云々」の御言葉の通り、文章も一句々々そのものに自己を空ふし、反省することなしにおたよりになつてゐるからだと云ふことがわかりました。さうして相手を軽蔑されて云ひくるめやうとされるからだと思ひました。

私は君に「反省」の二字を進呈したいのです。

君が他人の言を批評されるやうに御自身の議論を一々批評されたらどんなに君のお考が進むでしやう。私はその時のくるのを鶴首してゐます（一月七日）

追白

君と私の考のちがいは君は妥協的で、私には妥協的のことが出来ない点にあるのだと思ひます。

君は「政治上、法律上に認めたる権利及び義務を有する個人。乃至順俗的道徳上の個人の自由（無論この範囲内では予も亦熱心なる個人主義者である）」と云つてゐらつしやいますが、私にはこの範囲内では満足が出来ないのです、少くもさう云ふものは顧慮したくないのです。殊にどう云ふ意味かはつきりはしませんが「順俗的道徳上の個人の自由」では満足が出来ません。私は「力限り自己を生かせ」と申します。さうして遠慮せずにお互に征服しあひ、調和しあふ処に興味を持つております。調和し合ふ時の場合は君と私と考が似てゐますが、私には君は調和を第一の目的にされるやうに思はれるのです。私はそれでは満足が出来ないのです。私は目的としては寧ろ調査することを僥倖のやうにあつかひます。第一の目的は自己拡張です。

（白樺第二巻第八号個人主義者の感謝参照）

こゝに私と君との相容れない処があるのです。見かけは似てゐます。しかし実際になると可なりひどいちがいが生ずると思ひます。さうして調和を第一の目的にすると盲動より外仕方が

ないと思ひます。云ふ迄もなく私にはそれでは我慢が出来ません。（十四日）

（「白樺」明治45年2月号）

公衆と予と（三たび無車に与ふ）　木下杢太郎

無車曰く「少し滑稽な云ひ方を許して下さるならば、実は私は君の公衆本位、他人本位にのみ切り込んだ心算だつたのです。さうすると手答もなく君の公衆本位か、他人本位かの姿が消えてしまつたので、さては幽霊の類だつたかと、あつけにとられてゐるのです。」云々。

古い言ひ艸だが麻縄蛇の譬と云ふ事がある。石の燈籠も幽霊に見える事があるものです。貴君が自己本位で予が他人本位となると云ふと、旗色鮮明で大に便利ですが、思想の問題はいろ〱複雑なものだからさうはなりません。それで今日はこの間論じ漏らした「予と公衆との関係」を遅れ走せながら貴君の御注意によつて一寸目録風に書き下しませう。だがその前に、予が「漫然たる自己意識をなる可く広いもの深いものにしようと欲する」は何の為めかといふ御尋ねですからその方に一言御答へ申しませう。

一体貴君は大さう簡単明瞭な考へ方をするのが好きと見えて。生活は自己の為めであるとかいふやうに、複雑な問題を二つ三つの言葉に縮める術を御存じですが、予の行為の前段の作用たる意識にはそんな風に明瞭には出て来ません、そして予は意志活動を思想上に換算して humanity とか、自己本位とか何とかいふ一群の思想系統を作るのは愚だと思つてゐるのです。

wille には wille の世界がある。その活動はそれ自身純なものである。Herrschsucht, Humanismvs ——そんな名は皆うその Uebersetzung である。誰か、予の生活は「科学の為めなり」「藝術の為めなり」といふ言を聞いて、真に然りと思ふものあらんや。貴君の「自己の為め」の如きは、これ恐らく denkfaul の結果ならん。自己の為め」といふ事は、或思想体系の Motto となるに及んで初めて価値を生じ来るのである。さうなるまでは、（少くとも思想の上では）唯自分一人の目安となるに過ぎないものである。まさか貴君は他人の言説（思想体系）の「自己の為め」を受売りなさるのではあるまいから。

次に貴君が、予が他人本位であるといふことを断定せらる、為めに甚だ有力な材料を以て居られる。即ち貴君は「勘」といふものを判断の唯一の機関とせられたやうである。二三の言語の語尾から或人の言説の真相を直観するといふ事も尤もさう無理な事ではないかも知れぬ。また貴君がさう取る事も多少は möglich である。何者予は他人本位、公衆本位ではないけれども（他人本位、公衆本位といふ事は、貴君に申しあげれるけども、あれは専ら人間の外的生活 exoterische Lebensführung の改善を目指す場合にのみ行はれることで、即ち純政治的乃至社会的問題の対象となり得るものである。而してこの方を余り顧慮する事は人間の内的生活 esoterisches Leben の甚だ邪魔になるものであるからして、多少さう云ふ生活の方への素質を持つてゐる予は、どうも貴君の予の為めに作つてくれた範疇へは入り兼ねるのです。成る可くはいつてあげたいと思つたけれども、思想といふものは、それほど融通の附くものでないからやめます。）然し実際生活の場合には公衆、他人といふものは或一種の大きい力を以て予（個人）へ押し寄せてくるものだといふ事を感ぜずには居られないのです。それは人間が少し無風域から出て所謂「世間」といふ潮流の中心へ滑つて行つて見ると直ぐ分る事です。

それからまた真理といふものはFaustでは無いけれどもPergament の中ばかりにはないものですからね。

それで予（個人）と公衆といふことが問題になるのです。元来「自己の為め」と云ふ結論を唱道する前に、一度上述の問題を解決しないのは考察に慊いといふ事です。是非貴君からも伺はねばならぬ事です。所が個人及び公衆といふ事は思想の問題にすると大した事で哲学に縁の遠いい予などは一寸困るのですから、予の今なす事は、予の実際上の経験からの目録書きです。

その前にまた個人の内的生活とも公衆が大なる関係のある事を一寸申して置きませう。明瞭には分りませんが、予の今努力してゐるのは精神文明の為めだとしませう。所がたつた一人で作り出す精神文明と云ふものはありません。譬へてかの蝸牛が殻にはいつてゐるやうな平穏な、四囲と没交渉な個人主義なら、それは夢睡生活です。さうでない、もつと積極的な個人主義だと、実際は公衆と対照の地位にある生活になると或ひとは申して居ます。Denkfaul のところは幾重にも御詫致して他人の言を引用しませう。或曰。Der Individualist fühlt sich der Umgebung überlegen, aber den Abstand ermessen und geniessen kanner nur, sofern er die anderen im Auge behält ; so bleibt er auch hier an sie gebunden. Er wohnt im stolzen Gefühl der Unabhängigkeit, aber er muss dabei unablässig die anderen als Zuschauer und Bewunderer solcher Grösse denken. Das Leben kommt also nicht zu einer festen Ruhe und einem freudigen Schaffen bei sich selbst, es steht nicht auf seinen eignen Notwendigkeiten. So kann es die Beziehung zum Menschen nicht aufgeben, so muss es vom Kontraste leben, vom Kontraste zehren, so überwindet es nie den Stand einer inneren Abhängig Keit. ——ですから貴君に向つては予が他人本位乃至公衆本位であればある丈非常に都合のよい事になるのですが、実は現今の公衆対個人の問題は、そんな原始的の所に居るのでは無いですからね。且予は貴君が予との論争の為めに煩はされて幾分「自己の為め」を傷け、貴君の Eigne Not = wendigkeit 以外の為事をなさらねばならぬやうになつたのを御悔み申します。

いよいよ本論に入りますと、

一、人間には内的並に外的の生活があること。

二、内的生活には個人主義を便利とし、其哲学体系を作るに及んで、尤も完全のものとなる事。その方に固より人間の欲求はあり、されどもそれに偏する事は実際生活の回避となり易き事。隠遁者の言説は過重せられたる Altruismus 乃至 Philistertum に対しては蘇生回春の薬となる事。

三、Subjektivismus の外にまた別の世界がある。それは劣らず興味ある、否更に生き甲斐のある生活の世界なる事。それは個人対公衆の相拶の世界である。また価値の世界である。即ち "gegenständlich" の世界である。

四、この世界の深底を潜らざる一切の理論、一切の教条は凡て是れ戯論《けろん》なる事。また曰く、weltanschauung そのもの自身は無価値なる事、反つて、それに対する Prozess を後ろに有するによつて初めて尊重す可き価値を生じ来る事。

五、而かも専らこの外的の生活を考究する学問並びに主義、行為は、常に浅薄に流れやすき事。即ち一度も自己問題の急所に触れざる人々によりて説かる、一切の Demokratismus, Ökonomismus, 乃至 Politismus は人間生活に有害なる事。

六、而して予等の意志生活の対象は両方面の調和（見せかけの妥協にあらず）なる事。之れ折衷説にあらずして万人の信ず可き真理なる事、而かも実際上には常に両者間に過不及、不調和、懸隔の存する事。

〔註。予が Rodin 論に一種の軽き諷刺『実際 Rodin の輸入は少し早過ぎる。』と書いたのを貴君は予の公衆本位なるが為めの論説と見做し譏謗せられて居られる。予は貴君の真正直なる、屢微妙なる修辞法を看過し誤解する事あるを嗤ふ。予があれを書いた頃は——今も尚然りであるが——日本の中老の階級は実に Politismus を中心として蠢動してゐたのである。個人の放釈など云ふ問題は殆ど顧られないといふよりもむしろ社会主義の亜流として排斥せられた。さういふ所であの Rodin がはいつて来るといふ事を絵画的客観し、且皮肉に批評したのである。恐らく広く見むとする癖の予が、当時の日本の政治的の状態をも考察の内に入れたといふ事が、広く且 objektiv に見ると云ふ事を罪悪視する一圏なる且 subjektiv なる貴君の忌諱に触れたこと、思ふ。人間も亦馬車馬のやうに狭い目隠しをせねばならぬものか。〕

七、実際上、予は少年より近きころまで甚だしく subjektiv であつたが幸ひ予の余り好まなかつた Wissen = schaft（殊に Naturwissenschaft）を捨てずに、兎に角それを固執した事が予を多少 objektiv にしてくれたのを今では感謝してゐる事。

八、固より Subjektivismus —— Objektivismus それからまた内的生活への欲求と——必然なる外的生活との争などが思想上にも実際上にも断えまなく起つて来る。然れどもそれらの凡てを、予は現世相と見做し、それの解決への欲求が生活へ薪炭を投ずるものなりと観相してゐるのである。故に予はいはば理論上の Pessist で、実行上の Optimist である。

九、最後に現在の予の何者、それに対する他人の何者なるかを明にするといふ事は、この公開の書翰の中に於てしようとは思はぬ。何者それは一つには実際上の問題である。一つにはそれに尤も適した小説等の文体が他にある。

右は目下予の統覚の表に現はれた事を多少安排して書き下したのでありますが、多分この号にて貴君も予に返書をかゝれたのでありませうから、何れそれを読んだのちに、言ふ可き事あれば詳言するでせう。（一月十八日夕八時半）

（「白樺」明治45年2月号）

「自己の為」及び其他について

「公衆と予と」を見て杢太郎君に

武者小路実篤

君の「公衆と予と」を今朝拝見しましてこの文をかく気になつたのですが、君の「公衆と予と」の答へとしてかくよりはもつと独立したものとして書くつもりです。君と議論をするとわき道の事を多く云ひさうな気がしますから。君の「公衆と予と」に対して改めて御答へする必要があれば次号にしますが別にないやうな気が今はしてゐます。

私の云ふ「自己」と云ふものは自己と名づけ得るものをすべてふくんでおります。私にとつて自己と云ふ言葉は人間と云ふ言葉が明白であるやうに明白であり、不明であるやうに不明です。なぜと云ふのに自己と云ふものは人間と云ふものと同じ程度に私には不可解なものですから。しかし或点まではわかつてゐる心算です。少くも私には「自己」と云ふものを君よりはよく知つてゐる心算でおります。元より君自身は君自身で私より「自己」と云ふものをよく知つてゐらつしやる心算でゐらつしやるでしやう。しかし私には「自己」と云ふものを私以上に知つてゐる人は「自己本位」になるべきはづのやうに思つておりますから。私はなにも「自己の為」と云ふことを珍らしい主義とは思つておりません、最も当然な主義のやうに思つております。それと同時に「自己の為」と云ふことは決して容易に出来るものではありません。

マーテルリンクは「自己の如く隣人を愛すると云つたつて第一自己を愛することを知らなければ始まらない。又自己の如く隣人を愛するのでは未だたらぬ。他人の内の自己を愛するのでなければ」と云ふやうなことを「智慧と運命」の内に申してをりましたやうです。この言葉を今より五六年前に読んだ時私には天啓のやうに響きました。

私がトルストイ主義に反抗しだしたのはこの時に始まつてゐるやうな気がしてゐます。

私はそれから常に「自己の為」と云ふことを頭において行動しております。又自分の行動を一々「自己の為」と云ふことで解釈して見ております。その結果私はこゝに今迄の日本人の知らなかつた、生命へ行く道を見出しました。

私がトルストイ主義にいぢめられなかつたら、又私が日本人でなかつたなら（所謂仏教や武士道の感化を受けてゐなかつたら）又私達の階級の人が世間を今程恐れてゐないならば、私は「自己の為」と云ふことを今の程度に主張することはしなかつたでしやう。

話はわきにそれましたが、私は自分の今迄の経験で「自己」と云ふもの、内容の恐ろしく広く恐ろしく深いものだと云ふことを知りました。かくて私は自然と云ふものに対する考が全くかわつて来ました。しかし私は今自然に就いて自分の感じを説明することは出来ません。何しろ私は「自己」と云ふものをいく分か理解して驚嘆してゐるのは事実です。

始め私は「自己」と云ふものを浅薄にきり解釈することが出来ませんでした。その時分私は「自己の為」と云ふことを軽蔑してゐました。所謂利己主義と同じものと心得て居ました。かくて私は「利己的」な行動を皆罪悪のやうに思ふやうになりました。私は犠牲程美しいものはないやうに思つておりました。

トルストイの教は私に理性の価値を教へました。私はトルストイによつて自己の理性の権威と云ふものを知つたのでした。しかしトルストイは「自己の力」と云ふものを顧慮させることを忘れてゐます。（トルストイの伝記は随分「自己の力」と云ふものを思はせますが）少くも私はトルストイの教によつて「自分の力」と云ふものを顧慮するのをさえ卑劣なこと、思ふやうになりました。私は随分それで苦しみました。自分を随分罪人だと思つて苦しめました。その苦しさから私を救つたのは前に云つたマーテルリンクでした。私はマーテルリンクによつて「自分の力」だけのことをしなければゐけないこと、さうして「自分の力」をだん〳〵養つてゆくこと、又、「自己」と云ふもの、深さのわからない代物だと云ふことを教へられました。

それから私は一本立になることに苦心しました。自分の経験しない主観については一言も云はないやうに苦心しました。さうしてなるべく主観を広く深くするやうに苦心しました。

かくて私は他人の主観を信ずる前に自分の主観を信ずるやうになりました。自分の主観に矛盾する他人の主観は信用しなくなりました。元より私は自分の主観を広く深くすることに骨折つております。私はまだ今の人間が真の客観をすることが出来るとは思へません。客観々々と云ふ人の多くは私の目から見ると潜越な人のやうな気がします。今の時代はもう自然主義の云つてゐる客観では満足が出来ませぬ。もつと個人的です。今にまた客観の出来る時代がくるでしやう、しかし又すぐ主観的な時代が来ます。私達は自然派前の主観には満足は出来ません。

しかし自然派以後の主観時代のなぜ来つ、あるかを察知することの出来ない人を嘲笑します。

かくて私は自己と云ふものを最も信用するやうになりました。私にとつては「自己」以上に権威のあるものはありません。私は左だと思つてゐる間は左だと思つております、右だと思つて来れば右だと思ひます。私は左だと思つてゐるのにある人が右だと云へば私はその人をまちがつた考を持つてゐる人と思ひます。そのかはり自己が右だと思つてゐることを左だとは申しません。
私は「自己」と云ふもの、内に、
個人としての慾望
社会的動物としての慾望
人間としての慾望（個人としての慾望と区別する為に私はよく人類としての慾望、或は人類の血と云つてゐるもの）
動物としての慾望
地球としての慾望
物如としての慾望、等、
のあることを信じてゐます。このことの真であることは「内包は外延と反比例す」の論理に叶つてゐる上に、内省しても或処までは感じられます。（二十二日夜十一時半歌舞伎座から帰つて）
私の申す自己の為に働けと申すのは之等の慾望を出来るだけ調和させ、その調和されたる慾望を出来るだけ満せと云ふことになるのです。このことは元より容易なことではありません、しかし不可能な事ではありません。
私達は耶蘇や仏陀よりもこの慾望の調和を心得ております、されば私達は最早や性慾を罪悪とは思つておりませぬ、こゝで私達と云ふのはホイツトマンやロダンやマーテルリンクや、ベルハーレンや、オイケンやベルグソン等の現代人をさすのです。昔の思想のエピゴンネンをさすのではありません。昔の思想より一歩進んだ人をさすのです、さうして未来の人はもつとずつと統一されたる自己を有すると思ひます、私のこゝで云ふ調和とか統一とかはお互の慾望が遠慮しあつて妥協する意味ではないのです。
私は「社会的本能」にかられゝば社会の為に死ぬこともありましやう、しかし自分の内の社会的本能にかられないのに社会に強いられて自分を殺すのは嫌いです。さうして私は自分の内の「社会的本能」にかられる時、私はその本能のまゝに従ふがいゝかわるいかを自分の内の「個人的本能」や「人類的本能」や「動物的本能」や「地球的本能」や、「物如よりくる本能」やに聞いて見ます。（私は自分が宗教家になる天賦を持つてゐるせいか聞くことが出来るやうに思ひます。トルストイは之を理性と申してゐます、もつと深いものと私は思つております。）それ等の本能が許してくれなければ私は「社会的本能」にはかられません。
私は仏陀のやうに「物如の本能」に身をまかせるだけでは満足が出来ません。耶蘇のやうに「動物的本能」を殺すのも惜しいのです。
（之等についての考は他日深く研究した時に発表したいのです。しかし私が自己の為を計れと云ふのは、之等の自己の内にある欲望を調和し統一し、その慾望を満すやうに骨折れと云ふのです。こゝに於て如何に調和し統一すべきかゞ最大の問題になります。私はその問題を解決する唯一の道として又自己の為を計れと申すのです。）

少くも統一的傾向の強い、二元的にはなれない性格の私には、さうしてあらゆる慾望の弱くない、さうしてあらゆる慾望を生かさうとする私には今迄の人間の教では殊に日本の教では満足が出来ませぬ。

日本の今迄の教は潜越な、暴君的な、或は女々しい、奴隷的な教です。かくて日本人は妥協的になつてゐます。私の勘では君も余程妥協的な気がします。今の世に自然派前の主観をのみ主観と思はれてゐるのは私にはお可笑しく思へます。私は自己が自然と合一するまでは客観には何に事も知ることが出来ないと思ひます、自然派の作物は如何に人間が僅かの客観性きりもつてゐないかを語つております。

要するに今の私は真一文字に「自己の為」につくします。目的地の幻が目の前にちらついてゐます。直覚を軽蔑されるらしい君には私の心はおわかりにならないのは御尤です。

私も、もう君の思想の深さを知りました。もう君とは議論する興味を半分以上失ひました。

私のこゝで申したことは甚だ簡単です。私は「自己」と云ふものについての自分の考を今系統をたてゝ申すことは出来ませぬ。今まだやつとある点迄、ある自己を直覚することが出来た許りで、その自己についてはもう西洋の現代思想家がくわしくかいてゐるやうな気がします。私はまだマーテルリンクや、ロダンや、ベルハーレンの域に達するのが遠いのです。だからあせつております。

私は実は今はその目的に向ふ道にある、一里塚について語りたいのです、山を下つた青道心にもまだなれないのです。山をのぼる赤道心ぐらいなものです。私は話す道づれを求める為にものをかいてゐます、今の私の云ふことは、未来の私から見れば幼稚を極めたものゝ気がします、しかし日本人の云ふことは十が九までなほ幼稚に私には思へるのです。

君は不幸な話相手をお持ちになつたものだと、御気の毒に思つております。

いそいでおりますので煮つめたものが書けないで、失礼いたしました。察して読んで戴きたく思ひます。

君と私の興味を持つてゐる問題は面白い程交喙鳥《いすか》の喙のやうにくひちがつてゐますね。（二十三日朝）

追白、

君との議論は私には今度もう一度君からの御答を戴き、私から御答へすればおわると思つております。君が御自身の領土を自覚され、他人の主観的仕事を尊敬することを知られ、小学校の先生のやうな教えるやうな態度を改められゝば、私は今の君とはもう議論する必要はないと思つております。山脇は利口な道をとりました。

（「白樺」明治45年2月号）

木下杢太郎君に

山脇信徳

前月の御返事を見致しました。

色々申上げたいことはありますが一切よします。

両度の御返事によつて木下君と云ふお人柄がよく解りました。そして私が最初予想してゐた木下君とは丸るで違つた人であることを知りまして、私はすつかりあなたに失望して了ひました。もう何にも申上げたくありません。

それで私はこれ迄通り何処までも自分の取るべき道を進み、時々作品を発表しますから其時は何時もの通り遠慮なく嘲弄して下さい。

あなた達に唖者と呼ばれ狂者と笑はれるのは、寧ろ私の甘んじてお受けする処であります。

さやうなら。


（「白樺」明治45年2月号）

彼岸過迄に就て

夏目漱石

事実を読者の前に告白すると、去年の八月頃既に自分の小説を紙上に連載すべき筈だつたのである。ところが余り暑い盛りに大患後の身体《からだ》を打通《ぶつとほ》しに使ふのは何んなものだらうといふ親切な心配をして呉れる人が出て来たので、それを好《い》い機会《しほ》に、尚二箇月の暇を貪ることに取極めて貰つたのが原《もと》で、とう〳〵其二箇月が過去つた十月にも筆を執らず、十一十二もつい紙上へは杳《えう》たる有様で暮して仕舞つた。自分の当然遣るべき仕事が、斯ういふ風に、崩れた波の崩れながら伝はつて行くやうな具合で、只だらしなく延びるのは決して心持の好いものではない。

歳の改まる元旦から愈《いよ〳〵》書始める緒口《いとぐち》を開くやうに事が極つた時は、長い間抑へられたものが伸びる時の楽《たのしみ》よりは、脊中に脊負された義務を片附る時機が来たといふ意味で先何よりも嬉しかつた。けれども長い間抛り出して置いた此の義務を、何《ど》うしたら例《いつも》よりも手際よく遣《や》つて退けられるだらうかと考へると、又新らしい苦痛を感ぜずには居られない。

久し振だから成るべく面白いものを書かなければ済まないといふ気がいくらかある。それに自分の健康状態やら其の他の事情に対して寛容の精神に充ちた取り扱ひ方をして呉れた社友の好意だの、又自分の書くものを毎日日課のやうにして読んで呉れる読者の好意だのに、酬いなくては済まないといふ心持が大分附け加はつて来る。で、何うかして旨いものが出来るやうにと念じてゐる。けれどもたゞ念力丈では作物の出来栄を左右する訳には何うしたつて行きつこない、いくら佳いものをと思つても、思ふやうになるかならないか自分にさへ予言の出来かねるのが述作の常であるから、今度こそは長い間休んだ埋合せをする積であると公言する勇気が出ない。そこに一種の苦痛が潜んでゐるのである。

此の作を公にするに方《あた》つて、自分はたゞ以上の事丈を言つて置きたい気がする。作の性質だの、作物に対する自己の見識だの主張だのは今述べる必要を認めてゐない。実をいふと自分は自然派の作家でもなければ象徴派の作家でもない。近頃しば〳〵耳にするネオ浪漫派の作家では猶更ない。自分は是等の主義を高く標榜して路傍の人の注意を惹く程に、自分の作物が固定した色に染附けられてゐるといふ自信を持ち得ぬものである。又そんな自信を不必要とするものである。たゞ自分は自分であるといふ信念を持つてゐる。さうして自分が自分である以上は、自然派でなからうが、象徴派でなからうが、乃至ネオの附く浪漫派でなからうが全く構はない積である。

自分は又自分の作物を新しい〳〵と吹聴する事も好まない。今の世に無暗《むやみ》に新しがつてゐるものは三越呉服店とヤンキーと夫《それ》から文壇に於る一部の作家と評家だらうと自分はとうから考へてゐる。

自分は凡《すべ》て文壇に濫用される空疎な流行語を藉《かり》て自分の作物の商標としたくない。たゞ自分らしいものが書きたい丈である。手腕が足りなくて自分以下のものが出来たり、衒気があつて自分何上を装ふ様なものが出来たりして、読者に済まない結果を齎すのを恐れる丈である。

東京大阪を通じて計算すると、吾朝日新聞の購読者は実に何十万といふ多数に上つてゐる。其の内で自分の作物を読んでくれる人は何人あるか知らないが、其の何人かの大部分は恐らく文壇の裏通りも露地も覗いた経験はあるまい。全くたゞの人間として大自然の空気を真率に呼吸しつゝ穏当に生息してゐる丈だらうと思ふ。自分は是等の教育ある且尋常なる士人の前にわが作物を公にし得る自分を幸福と信じてゐる。

「彼岸過迄」といふのは元日から始めて、彼岸過迄書く予定だから単にさう名づけた迄に過ぎない実は空しい標題《みだし》である。かねてから自分は個々の短篇を重ねた末に、其の個々の短篇が相合して一長篇を構成するやうに仕組んだら、新聞小説として存外面白く読まれはしないだらうかといふ意見を持してゐた。が、つい夫を試みる機会もなくて今日迄過ぎたのであるから、もし自分の手際が許すならば此の「彼岸過迄」をかねての思はく通りに作り上げたいと考へてゐる。けれども小説は建築家の図面と違つて、いくら下手でも活動と発展を含まない訳に行かないので、たとひ自分が作るとは云ひながら、自分の計量通りに進行しかねる場合が能《よ》く起つて来るのは、普通の実世間に於て吾々の企てが意外の障害を受て予期の如くに纏まらないのと一般である。従つて是《これ》はずつと書進んで見ないと一寸《ちよつと》分らない全く未来に属する問題かも知れない。けれどもよし旨く行かなくつても、離れるとも即くとも片の附かない短篇が続く丈の事だらうとは予想出来る。自分は夫でも差支へなからうと思つてゐる。

（「東京朝日新聞」明治45年1月1日）

革命の画家（抄）

柳　宗悦

一

——私《わたし》は此中の絵を一枚是非買おうと思つてゐる——

——若しそんなものをお買ひになるなら、もう貴方と御一緒には住みません——

若い男の興奮した口もとからかゝる言葉が放たれた時、女は怒つて明瞭《はつきり》とかゝる返答をした。

千九百十年の十一月、英京倫敦のグラフトン画堂で、後印象画家（Post-Impressionist）の作品が展覧せられた時、湧くが如くに人々の唇に登つたかゝる批評は、いつ定まるとしも思へなかつた。此革命の颶風に襲はれて歴史を新にする事を強ひられた彼等は、何れに自己の運命を択ぶ可きかを迷はざるを得なかつた。早くも開かれたる心に数多い画布の前を、甦つた者の如くに激動し乍ら夢中で歩き廻つた人々が居たが、此近世の鮮かな血の藝術を納めた画堂は、又嘲り笑ふ声と、怒り罵る言葉とに充たされてゐた。一日此会の主催者たるロッヂャー・フライが公衆の前に、此絵画の新運動の意義と価値とを、理論あり情緒ある言葉で述べた時、ヰリアム・リッチモンドは一講演をローヤル・アカデミーに設けて、厳かな句調の許に、神が其恩寵によつてかゝる「不快なる塵芥」から永く学生を救ひ給はん事を希願する由を述べた。

神の判きが如何なるものにまれ、此後印象派の藝術は二千年の美術史に養はれた吾等には、殆ど新奇なる異相を呈してゐたのである。旧套を無視し只自己の存在を知り、技巧よりも個性を先にして筆をとつた是等の絵画は凡てに非れば無である。或人にとつてはそは藝術の精髄、生命の再生とも目せられ、或人にとつてはそは忌はしい自負の念が産んだ限りない理知の侮辱を意味してゐた。げに褐色なせるタヒーティ（Tahiti）の女と、燃え上れるアール（Arles）の森とは、人々をして悪魔の植えた罪悪を思はせずば、神の与へた天啓を感ぜしむるの力があつた。

人々は何が故に一枚の絵画がかくも違反せる二個の見解を齎らすかを顧みねばならない。「古き地震ひて新しき泉迸る時」人はそこに蘇生の想ひを感せずんば、有毒の怖れを懐くのである。そも亦革命の気運に伴へる必然の運命である。歴史の発展とは古きを破る新しき力の反復である。未だ甞て絵画の目録に記載せられなかつた吾が後印象派の藝術も、来る可き歴史を創れる革命の運動である。そが全く相反せる二極の批評を受くる事は、やがて此運動が歴史を新にせる事を意味してゐる。誤解せらるゝ事が偉人たるが如く、恐怖せらるゝは革命の素質である。恐怖せられつゝある是等の絵画に於て、今や藝術の方向は改まり、人生の意義は新にせられたのである。若し後印象派とは如何なるものであるかを尋ねるなら、答へは明白である。

――汝が拠る可き唯一の王国を汝自身の裡に見出し、其旺溢せる全存在を真摯に表現し様と思ふならば、汝は既に後印象派の気息に於て活ける人である。而して一切の物象が汝に於て活き、汝を一切の物象に於て見出し、汝の全人格が自然の全実在と一つの韻律に流るゝ時、残るものは永遠に肯定せられたる汝自身の生命である。此人生の肯定充実こそはやがて後印象派の絵画を産める力である。而して汝の個性が偉大なる時、汝の藝術は普遍の価値と意義とを齎さねばならない。そこには一切の真と美とが体現せられるのである。かくて汝が何人をも恐るゝ事なく、此世には只汝と自然と神とがある事を信じて、汝が汝の云はざるを得ざる事を画く時、汝は後印象派の画家である、詮ずる所個性の裡に現はれたる人生の厳然たる存在が彼等の出発にして帰着である。而して其本然なる発露表現こそは彼等の藝術である。――

二

げに藝術は人格の反影である。そは表現せられたる個性の謂に外ならない。従つて藝術の権威とはそこに包まれたる個性の権威である。而して個性の権威とはそが全存在の充実に於て始めて発露せらる可きものである。空虚なる個性より未だ嘗て偉大なる藝術は生れなかつた。従つて生命の統一的全存在そのまゝなる表現こそは藝術最後の極致である。永遠なる藝術とは感覚及手工の作為に非ずして、全人格の働きである。そは厳粛なる「自己」の存在に対する絶叫である。玆に於てか吾人の認許し得べき最も真摯なる唯一の藝術とは「自己の為」の藝術である。換言せば厳密なる意味に於て、藝術が藝術家自らに於て最も偉大なる時にのみ、そは普遍的価値と久遠の権威とを齎すのである。かくて人生に対する固執性の強烈な時、その藝術は最も威力ある藝術である。自己の人生、生命を離れてそこには何等の真理もなく美もない。従つて美とは藝術の目標に非ずして、自己の表現こそは其目的である。美とは只其表現に伴ふ必然の開発に過ぎない。然も藝術が人生の厳粛なる全存在の表現たる限りそは常に真にして美である。

而して吾人の人格の全的存在が充実せらるゝ時とは如何なる場合を指す可きであらうか。一言にして云へばそは実在経験の謂である。実在経験とは物象が吾に於て活き、吾を物象の裡に感じ、両者主客を没したる知情意合一の意識状態である、かくて自然と自己とが一つの韻律に漂へる時、彼に残るものは、具象的実在そのものであり、全人格の存在そのものである。若し実在なる語を神なる文字に移すならば、彼はかゝる時に神に於て活ける人である。そを又物如 (Ding an sich) なる言葉に移すならば彼は物如を捕へたる人である。而して自然と個性とがかゝる共鳴韻律の裡に表現せられた時偉大なる藝術は生れねばならない。よし彼の筆が如何なるものを画くにせよ、彼が此韻律の裡に活くる間、其韻律は如何なるものにも美を齎さねばならない。最も純なる美とは常に韻律的である。如何なる些末なるもの醜なるものも、そが韻律として吾等の内生命に入る時、そは常に美として現はれねばならない。

而して今の世にかゝる藝術の法則を以て立つ人があるなら、彼等は如何なる人と目せらる可きであらうか、人格の権威が地に墜ち、技巧の末枝に人生を忘れたる今の世に、彼等は云ふ迄もなく革命の人である。而して吾が後印象派の画家とは実にかゝる抱負と主張とを自らに体現せる画家である。今玆に後印象派の名の許に革命の画家たる運命を負ひて、吾等が前に特種なる権威を保てるものは、即ちセザンヌ (Paul Cézanne) ヴァン・ゴオホ (Vincent van Gogh) ゴオガン (Paul Gauguin) 及マティス (Henri Matisse) である。

表現画家 (Expressionist) の名こそ彼等を表はす可き応はしい文字である。彼等が藝術はげに彼等の個性の不断なる表現である。一切の天才が然りし如く、彼等も亦内心の追求に其生涯の努力を捧げたのである。藝術とは彼等には自己を離れたる遊戯に非ずして、常に彼等の第一義的生命であつた。彼等が技巧を後にして人格の要求に駆られて起りたるは之が為である。若し吾々にして事象の奥底に入り、其内生命に追迫するならば、吾々は表現派の人として立たざるを得ないのである。生命が事業にして、事業が生命たる真摯の態度は、彼等に秀れたる一切の意義と価値とを齎した所以である。彼等は常に生ける生命の画家である。真の藝術家、大なる天才とはか丶る人々にのみ許さる可き名辞である。物質的外形を美はしく画くものは単なる挿絵画家に過ぎない。吾が表現派の画家にとつては、精神的意義が藝術のアルフアにしてオメガである。かの修辞的、伝習的絵画は彼等の耐ゆる処ではない。彼等の強い内生命の要求は、彼等に四囲を顧みるの愚な余裕を与へなかつた。人々の罵詈と誹謗とを受ける事は彼等が生涯の端初よりして宣告せられた運命である。若し彼等の背後に潜む精神的苦悶要求の叫びを聞き得ないものには、彼等の絵画は意味なき戯作である。然れども求むるものは与へられねばならない。彼等は只自己と等しく人生の問題に苦しみたる人々のみ打ち開かれた絵画である。未だ嘗て生きた人生を要求せず、生命の充実を追求せざる人々には彼等は永遠に閉された画家である。彼等は知的批評によつて理解せらる可き藝術に非ずして、心霊の感応によつてのみ理解し得べき藝術である。そは尺度し得べき事物ではない。力そのものである。

三

古きを破つて新なものを創る時、彼等は常に誤まられた人として活きねばならない、然も彼等が其痛ましい運命を甘受して忍辱の衣に自らを安ずるの所以は、省みて自己の使命が人生本然の要求に出づるを知り、遠き国に於ていつの日か彼等の王国の建設せらる可きを信ずるが故である。世は永遠の運動、創造的発展である。運動とは所詮は古き位置に対する新しき破壊である、破壊とは抑へ難い本然なる要求の発露である。未だ嘗て等しき事例なく、二千年の間美術の綱目から拒絶せられてあつた彼等表現派の革命的藝術も、要するに最も正順なる個人の要求にして又社会の要求である。突如として現はれ一切の歴史をさへ無視したと目せらる丶彼等の作品は、又自然の必要にせめられたる時代そのもの丶最も純なる要求の発現に外ならない。彼等は徒らに新しきを欲し奇を衒つて画いたのではない。彼等は止み難い個性の必要と、抑へ難い内面の涙とを以て購はれた藝術である事を忘れてはならない。世は創造的発展の永遠なる持続である。吾等若きものは新しき時代を生む可き唯一の人である。絵画史上に於て、はた人文史上に於て最も新しき時代を劃したる表現派の事業は又吾々によつて最もよく理解せられねばならない。試みに此革命的運動の背景を辿り其内面的発生を窺ふ事は、即ち彼等の意義を闡明し引いては彼等の価値を理解する所以ともなるのである。

十九世紀は偉大なる世紀である。そは偉大なる発展の世紀なるが故である。あらゆる文化の方面に於て、古典派に掲げた革命の旗旗は、よく文明の進路を変へ、人生の方向を転ぜしむるの力があつた。人類は此「驚く可き世紀」に於て始めて自個に帰り自由なる発展の喜びを味つたのである。個性の肯定と自由なる呼吸とは此時代が生みたる最も著しき産物である。自由なる個性の歴史は之より始まらねばならない。藝術に於て此使命を残りなく全ふして、近代の絵画を生みたるものはかのマネー(Edouard Manet) である。マネーの歴史上に於ける価値と意義とは吾人の最高なる形容詞を受くるに余りがある。人々が激した彼のオランムピアは此絵画に於ける新王国設立の宣言であつた。かくて彼が一代に於ける事業は長く歴史の方向を変へる可き力があつた。世人が加へたる痛ましき迫害も遂に一マネーの厳然たる存在の前に力なくせられねばならなかつた。世は更にドガー(Edgar Degas)を出しルノアール(Auguste Renoir)を生む事に急であつた。然も世は尚進まねばならない。若きモネー (Claude Monet) なる名は印象派の運動を栄えしむ可き更に新なる力であつた。晩年のマネーがモネーの絵画に接して、使命を終へた先駆者の悲哀を甞めた事を想ふ時、世の発展の急なる事を驚かざるを得ない。

然もピサロー (Camille Pissarro) シスレー (Alfred Sisliy) が彼等の産みたる光と彩との藝術を追ひたる間、印象派は更に新印象派 (Neo-Impressionism) の名によつて其進路を尚も一転したのである。シュラー (Georges Seurat) シニヤック (Paul Signac)及びライセルベルヘ(Théo Van Rysselberghe) の所謂彩点画家 (Pointillist) は此新印象画家の代表者である。光線と色彩によつて立つた印象派は茲に於て光の分解によつて更に強き効果を納めねばならない。此新印象派に於て絵画の法則は科学的法則と相伴つて進んだのである。波動の攻究に基ける色及音に関するヘルムホルツの研究と、太陽のスペクトラムの分解によつて美はしい学説を立てたシュブルールの書とは、新印象派の画家が好んで読んだ書と云はれてゐる。又かのヘンリーが科学と絵画との法則を結ぼうとした企図は、彼等に影響する処が多かつたと伝へられてある。新しかりしマネーも此光線の分解に立てる新印象画家の前には過ぎし人として思惟せらるゝの日が来たのである。

然も世は此急激なる進歩にも尚止る術を知らないのである。其光の分析より来る理学的方式が彼等の藝術を現はす可き方法となつた時、そこに欠けたものは実に人生の活きた力であつた。彩点のモザイツク的組成の為に、色彩と筆触とに忙がしかつた彼等には、衝動せられたる生命の表現は多く顧みられなくなつた。茲に於てか内精神の追求に憧るゝ人心の要求は、尚も其方向を変へねばならない。かくて新印象派の画家が自然に潜む光彩の分析に余念ない時、一団の画家は内面的気息を出発として、自己表現の藝術に志したのである。所謂後印象派 (Post-Impressionism) の名の許に総括せらるゝ画家は此運動を負ふて起てる人々である。印象派の画家が自然より受くる印象をそのまゝに画いた時、彼等は其受動に止る術を知らないで、遂に自然に自己を投射するの能動に進まねばならなかつた。彼等の志す処は自然より起る印象の分解に非ずして、自己に潜む生命の綜合であつた。一言にして云へば藝術は彼等に於て人生を出発点とし帰着点としたのである。従つて自己の生命の要求は引いて藝術の要求である。彼等に於て藝術と人生とは一つにして二ではないのである。此外面より内面に移り、受動より能動に至り、分解より綜合に変る時、後印象画家は吾々に与へられるのである。即ち彼等の藝術とは彼等の人格そのもの、表現に外ならない。彼等に与ふるに表現派（Expressionism）の名を以てせられるのも之が為である。セザンヌ、ヴァン・ゴオホ、ゴオガンの三人は時を同じくして出でたる此運動の使徒である。

今日アンデパンダンのサロンを訪ふ者は、新印象派の力が漸く衰へて後印象派の颶風に襲はれつゝあるのを見ねばならない。要求なき摸倣者の為に幾度か此運動の意義は誤られてゐるが、然も此後印象派の画家こそは、人生に対する新しき時代の切実なる要求を代表せるものである。彼等の藝術は人生を豊富にす可き藝術である。そは自己の内生命に対する苦悶の反影である。彼等は単に事象を描かずして、自然が自己に於て活き、彼我相融合して生命の事実が残れる時にのみ筆をとつたのである。彼等はげに印象以上の画家生命そのもの、画家である。人々が徒らに印象の記述を喜ぶる時、彼等は既に百尺竿頭一歩を進めてゐたのである。徒らに自己を離れたる美はしい描写は彼等には耐ゆる処ではなかつた。人々は其絵画が空しく約束を離れて美を欠き醜に終れる事を罵つて云ふ。然し彼等は厳然として答へるであらう――汝が美とする処のものは単なる習俗の美である。吾等が藝術とは公衆の眼を喜ばす可きものに非ずして自己を充実す可き為である。吾等の信ぜる動かし難き事実は、自己に与へられたる厳粛なる生命の存在である。此生命をおいて何処に藝術があろう。吾等は活きつゝあるのである。かくて余が余自身に向つて最も真摯たり、偉大たる時、余が全存在の表現たる余の藝術も亦権威ある可き事を確信するものである。空虚なる生命とは藝術に対する最大の侮辱である――

然も未だ曾て人々の予想しなかつたかゝる叫びが放たれた時、心ある人は立つて更に其道を前進し様とした。世は彼を目して狂者とし、彼の藝術を目して人生を軽侮するものなりとした。アンリ・マティスの名は、今や藝苑に立てるスフィンクスとして奇しき謎を吾々に呈しつゝある、然も吾等はいつの日か此奇異なる現象を解く可き時の来るを信ずるものである。

一度はオラムピアに憤つて石をマネーに投じたる仏国民が、歓声の裡に永遠の画布としてそをルーブルの画堂に納め、然も新印象派の出現によつて印象派が過ぎし画風と目せらるゝ時、尚も後印象派の勃興が今日敵し難い勢力を占むるに至る迄、人々は其憤怒と歓喜との送迎に繁忙なる日を送つたのである。然も之が僅か半世紀に満たざるを想ふ時、公衆の尺度の常なきを知ると共に人文の急激なる発展に驚かざるを得ないのである。然も尚罵倒の裡に、埋もれたる生涯を送れる是等偉大なる藝術家を想ふ時、吾等は運命の謎に一たびに痛み、一たびは其崇高なる前に跪いて、感謝の祈りを棒げざるを得ないのである。

（「白樺」明治45年1月号）

所謂高等遊民問題

山路愛山
木下尚江
内田魯庵　談

高等遊民問題は、昨年に於ける社会上、最も重要な問題であつた。これに関して経綸家と云ふ可き側の人々の間には、盛んに議せらるゝ所があつたが、未だ之を思想的方面より論評する者がなかつた。高等遊民問題は単に社会経済上の問題ではない時代思想に直接関係ある問題である。茲に三家の説を乞うて掲ぐる所以である。

力即権威

山路愛山

高等遊民に二通りある。一つは何時《いつ》の時代にでもある敗北した不能力者、即ち、時代に適応して生きて行くことの出来ない劣敗者の位地に在る者。之れは何《ど》うも仕方のない奴だ。最《も》う一つは力量才幹ともに決して役に立たぬではないが、其の時代に於て勢力を得ない党派に属して居る人間である。それが已むを得ず閑地に置かれる。たとへば徳川時代の学者でも林家《りんけ》が非常に勢力を占めて居た、林家に属さない学者は、相当の学殖識見があつても殆んど禄を得ることが出来なかつた。さう云ふ風に党派の関係から已むを得ず閑地に就かせられる。斯くの如く相当の力がありながら而も勢力を伸べることを得ないで、其の時代に反抗し、呪咀する不平児が、何れの世にも存在する。之が即ち高等遊民の階級だ。斯う云ふ種類の高等遊民があることは其の社会に取つて決して憂ふ可き問題ではない。寧ろあつた方が好いのである、彼等は其の時代の反抗者、呪咀者の地位に立つて居るから、当時の成功者、即ち実務の批評家である。時代の権力を壊倒打破せんと睨めて居る連中であるから、時代の実務に対して忌憚なき批評を遣る。だから現状を維持しようとする時を得て居る実務家は勢ひ自己の仕事を省みるやうになる。時代の改善進歩はそれに依つて促がされる。

さう云ふ風な遊民は何時の時代にも多い。昔は浪人と言へば幕府の禄に有り付くことの出来ない奴であつた。今では何う云ふ社会にも此の浪人がある。独り政治界のみに限らず、実業界でもある。二三日前の「時事新報」に、実業界にも学閥があつて、官界に縁故のある者が勢力を得て居ると云ふことが書いてあつた。今の実業界で、小ぽけな実業家は別として、大きな実業家で官界に縁故のない者はない。それが学閥になつてそれ以外の者は勢力を得られない。浪人である。新聞記者にだつて矢張りさう云ふ学閥がある。早稲田で盛んに養成して、今では此の早稲田党が新聞界に跋扈して居る形である。文学界でも自分の党派に属する者の作品はお互ひに褒めたり、賞揚したりする。さう云ふ風に党同伐異が烈しいから、勢力を得る一派と、敗れる一派とがある。しかし、どし〳〵後進が輩出して来るから、党派それ自身に於ても一種の老朽淘汰が行はれる。老いた奴は滅ぼされて、若い奴が勝つて行く。昔は大学の連中と言へば皆勢力があつたが、今では同じ大学の連中に於ても、老いたる奴と、若い奴との間に競争があつて、自然と老朽淘汰が行はれて居る。其の勢力を得、地歩を占めるまでの人間が遊民である。どし〳〵卒業者が出て、供給が需要に超過すれば、だんだん遊民が多くなる。天下遊民の多きに堪へざらんとして居る。

僕は一体力の信者である。学閥と云ふけれども、力があればこそ学閥を維持して居るのである。力是れ権威、力是れ真理である。何時の時代でも力のある奴が勝利者である。支配者である。力のない奴は劣敗者、被支配者の位地に立つのは当前のことだ。しかし、勝ち誇つた奴は必ず敗れる。だからどんなに遊民が多くなつたところで、或る程度までは苦労にしない。今の遊民は他日の勢力者である。

さりながら、考へて見たいことは教育である。無益な教育で多くの遊民を作りたくない。今の当局者――凡ての実務に当つて居る人間は、世界の文明を本当に理解して居ない。能《よ》く洋行などして外国の組織や設備の皮相を見聞して来て、それを直ちに応用しようとする。しかし、世界の文明を本当に知らないで、人真似は危険である。自分のした仕事から自分の予期しない結果が起つて、狼狽して居るのが今の世界の文明である。たとへば、科学を絶対に尊重して、それの生んだ社会制度は、ソシアリズムが出たり、アナキリズムに陥つて居る。インペリヤズムで盛んに軍艦を造つて見たところが、青年は無暗に兵隊に使はれて、其の反対の個人主義思想が瀰蔓《びまん》して来る、皆自分の見当とは反対の結果を生じて、狼狽《うろたへ》て居るのが世界の文明である。恰《あた》かも子供がマッチを擦つて其の爆発に驚いて居るやうなものだ。独逸でも、仏蘭西でも、先進国は火事場の泡をくつて居る。さう云ふ様を真似る必要はない。火事に逢つて狼狽へて土瓶を下げてウロ〳〵して居る奴があるからと云つて、何も其の者の通りに土瓶を下げてウロ〳〵しなくても好い。もつと冷静な心を以て世界の文明を批判しなくてはならぬ。そして、本当の日本と云ふものゝ教育を受けねば駄目だ。人真似をした空想の教育を幾ら施したつて何の役にも立たない。実際の日本の社会とは懸け離れるばかりだ。懸け離れるのが偉いと云ふ意味ではない。それが遊民を作る原因である。当局者が何でも彼でも拡張主義で、学問の不必要な人間にまで高等の教育を授ける。其の手本が混沌を極めて居る世界の文明だから堪らない次第だ。さうかと云つて日本に人物が要らないのではない。たゞ、教育を根本から誤つて居るから可けない。人間と云ふ者は自分で自分を教育するのが一番である。父兄や国家はそれを導びけば好い。ところが教育の方針が国家にあつて、其の国家がそれ自身を理解して居ないから間違つた人間が出来る。遊民は国家が製造したものである。教育に根本の改革を加へない限りは、益々遊民の数は増加するばかりだ。こんな遊民は何の役にも立たない。

天下を取つたところが、そんな遊民に依つて造られた天下では仕方がない。

　本当の力さへあれば遊民自身がやがて天下を取る。力がなかれば黙つて居るだけのことだ。徳川の盛んの時代に、それを倒す力のない間は何うすることも出来なかつた。力さへ出来れば覆へすことが出来た。我々の養ふのは力である。其の力は何所にあるかと言へば時代に適応した教育である。本当に力があれば天下行くところとして可ならざるはなしである。役に立たない奴の遊民は仕方ない。

　僕は、日本人がもつと党派心に強くならなければ可《い》けぬと思ふ。何んでも強い奴に負けて了ふやうでは駄目だ。本当の強い国民は何時までも人の尻尾について居る者ではない。必ず天下を取る。

文明の讃美者は悉く高等遊民也　木下尚江

　高等遊民は何時の時代にもある。高等の教育を受けた奴は皆高等遊民なのだ。治乱興亡など丶云ふ人騒がせをする役者は皆是れ高等遊民である。そして、何時でも高等遊民と云ふ奴は、其の時の社会に取つて危険分子なのだ。高等遊民の扶持に有り付いたのが、即ち社会党の謂ふ略奪階級である。扶持に有り付けない奴が出来て来ると、其奴が何か扶持に有り付かうとして扶持を得て居る階級を呪つたり、其の時代の社会組織を打破しようとする。其所で、扶持を得て居る側の奴は、己の腰掛の下をほじくつて来る者を、危険なる高等遊民呼はりするのである。西郷隆盛だつて、木戸孝允だつて、皆此の高等遊民であつた。

　それが、何故最近になつて此の高等遊民と云ふ問題が、今更らしく識者の間に彼れ是れと論じられ、総ての人々が此の問題に注目するやうになつたのか。今迄で日本の社会では高等の教育を受けさへすれば、彼等は何時でも扶持に有り付けたのである。其所でどしどし高等の教育を受ける奴が出来て来て、それ等の人間に扶持を与へることが出来ない社会が不安を感じて来たのだ。扶持を得て居る高等遊民は現状を守らうとするし、扶持を得ることの出来ない高等遊民は、飽くまで現状を打破しようとする。其所で此の両者の間に競争軋轢が起る。何時の時代だつて要するにそれだ。危険と思ふのは現在成功した略奪者が、自分の土台を覗ふ奴があるので、それを危険と感ずるのである。其の証拠には、今の政府に取つては、国民の負担が重いと云ふ声が則ち危険思想なのだ。国民の負担が重いと云ふ声を揚げる者は、それが政府に関係する官吏であらうが軍人であらうが、皆危険分子として待遇されて居るのである。さう云ふ人は地方の青年会や、農会で招待しようとしても、直ちに妨害される。

　謂ゆる此の社会と云ふ奴は、高等遊民の競争場裡である。富豪も、華族も、実業家も、皆是れ最初から高等遊民である。たゞ、生活の安定を得て居ると居ないの差と、権力者であると然らざるとの相違である。生活と権力とは何時も関聯して居る。

生活の安固な人間はやがて権力者である。此の権力者を倒して、己が権力者にならうとする。現在の権力者に取つては之れ程危い奴はない。此の非権力者が多くなればなる程、其の競争が烈しくなる。是れ最近に於て高等遊民問題の盛んな所以だ。けれども、何時でも此の権力者は非権力者の為めに覆へされる。それが即ち革命である。歴史に徴して見たつて事実は分明だ。北条滅びて足利起り、足利滅びて徳川が起り、徳川滅びて今の時代になつた。

されば、救治策も何もあつたものではない。抑々《そも〳〵》斯《か》う云ふ烈しい競争の起ると云ふのは、人間に慾望の動く結果だ。だから、人間に慾望のある限りは此の状態は何時までも続く、斯う云ふ状態から救つて、社会を平和安固な下に置くには、人間の慾望をなくして了はねばならぬ。慾望を解脱した人間は、さう云ふ競争の外に立つて居る。謂ゆる遊民的生活を名誉とか、権力とか心得て居る輩《やから》は、何時でも此の浅猿《あさま》しい競争を繰返して行く。だから、社会を安慰な状態に置くには、何うしたつて総べての人間が慾望の外に立たねばならぬ。慾望の奴から見れば、解脱した人間は死んだ者のやうに見える。慾望に迷へる者の眼には其所に深い人間の生活があることが分らない。其の迷ひから覚醒解脱せしめるには、何うしても宗教の力を俟たねばならぬ。釈迦や、キリストの出《い》でたる所以である。

人間の慾望煩悩から出たさう云ふ競争が、社会の進歩や文明を生むとも言へる。しかし、そんな者の生んだ進歩や文明が我々の魂に取つてどれだけの意義と価値があるのだ。何の役にも立たない。誠の生命は外にある。

其所まで行くと、如何に生きるかと云ふ、問題にまで触れて来る。其本位の置き方で要するに問題は決する。魂の悩みなどは何うでも好い。自働車や電車の走る外形の文明を望み、それを偉い智識だと思つて居る奴は皆高等遊民だ。謂ゆる文明の讃美者は悉く高等遊民である。即ち、他人の学力を奪つて自分の贅沢をしようとする奴である。現在奪はれて居る奴も、何うかして奪ふ奴にならうとする。其所で競争軋轢が初まる。其の結果謂《いは》ゆる社会の進歩文明を促すやうなわけになる。しかし、さう云ふ外形の進歩や文明だけに甘んじて生きて行かれない人間がある。人間の権力とか、名誉とか社会の文明とか、さうした一切の皮相の虚飾を排して、直ちに自己の生命に触れねば承知出来ない。それ等の人々には高等遊民の生んだと云ふ謂ゆる文明の社会も、三文の値もない。

高等の教育を受けた人間は皆高等遊民である。それ等の人間が各々自己の慾望に盲ひて戦ふところに、いろ〳〵な問題が起る。けれども、慾望さへ解脱して了へば、危険も何もありはしない。さうしたいろ〳〵の問題の起るのは煩悩の餓鬼の間に於てのみである。（談）

文明国には必ず智識ある高等遊民あり　内田魯庵

遊民は如何なる国、何《いつ》れの時代にもある。何所の国に行つても全国民が朝から晩まで稼いで居るものではない。けれども、国に遊民のあるは決して憂ふるに足らぬことだ。即ち、これあるは其の国の余裕を示す所以で、勤勉な国民に富んで居るのは、見やうに依つては其の国が貧乏だからである。遊民の多きを亡国の兆だなど、苦労するのは大きな間違ひだ。文明の進んだ富める国には、必ず此の遊民がある。是れ太平の祥であると云つて何も遊民を喜ぶのではない。あつても決して差支へないと言ふのである。

其所で、遊民があるとして、無智で下等な遊民の方が好いか、智識ある高等の遊民の方が好いかと言へば云ふまでもない高等遊民が好い、同じ貧乏人でも、無智で低級で下等な奴よりは、智識ある高等な貧乏人の方が好いのである。それで、何所の国にでも此の遊民はあるのだが、其の遊民に智識があると否とで、其の国の文明が別れる。智識ある高等遊民のあるのは其の国の文明として喜んで好い、遊民其の物を喜ぶのではないが、国が文明になれば遊民も亦智識が進み、文明になる。それは、国が文明に進むに伴れて教育の進歩した結果、当然来ることで、それを恐れて教育を加減するが如きは可笑《をかし》い話である。一国の文明に於て国民の智識は平等を欲するが、其の平等は高い程度に於てでなければならぬ。例へば大臣から下級官吏の間に、其の器度才幹《きどさいかん》に於て差はあつても、智識に於ては同じからねばならぬ。それでなくては一国の文明は完全なる進歩と発達を遂げることが出来ない。さう云ふ風に一般の階級の人間の智識程度を高めるには、一般の人間が高等の智識を受け入れることが出来るやうな設備が必要である。高等遊民の出来ることを恐れて教育の手加減をするなどは愚の極だ。

最う一つ言へば、一体国民の智識の高まるのは必然の大勢である。文部省の方針や、制度の塩梅手加減で何うすることも出来るものではない。文部省の施設如何に拘らず、国民はそれ自らに大勢に依つて進歩する。我々は高等遊民其の物を決して国家の為めに恐れるものではない。たゞ、高等遊民を恐れて、高等の智識に走らんとする国民の大勢を抑へんとするものあるを恐れるのである。（談）

（「新潮」明治45年2月号）

ノラさんに

平塚らいてう

ノラさんあなたのやうに徹頭徹尾、本能的な盲目的な女が十四五の小娘なら知らず三人の母親としてあらうとは日本の女には一寸信じられません。

ノラさん、あなたは人間の誰れでも有つてゐる二重の生活と云ふものをおもちにならなかつた。舞台の上でお芝居をする役者としての生活は有つて居らつしやるけれど、傍観者として自分のことをも他事に見てゐる色も香もない静平な世界を有つてゐらつしやらなかつた。だからあんなことになつたのです。併し私はそれを咎めるのではありません。

ノラさん、あなたのいつも浮々として、無邪気に、飛んだり跳ねたりしてゐらつしやつた事を内に堪へ難い重荷、――秘密があるからあゝでもして居なければゐられないのだと解するのは間違ひでせう。

ノラさん、あなたの家出だつてやつぱり盲目的のやうです。自分が思つて居たとはあんまり御良人が違つて入らしつたので、俄に他人のやうに感じられていらしつたところから半ば本能的に出た自衛の態度に過ぎないやうに私には思はれてなりません。あなたの御本意ではないでせうけれど。

ノラさん、あなたは「この八年といふもの、私は見ず知らずの他人と斯うやつて住んでゐて、そして其人に三人の子まで生した。あゝ其事を考へると私はたまらなくなつて―自分の身を引裂きたいやうに思ひます。」といかにも口惜しさに堪へぬやうに仰有いました。さぞ無念なことでしたでせう。この言葉をきいて多くの女は泣いたでせう。併しこれは恋したほどの女は誰だつて一度は味はねばならぬことです。あなたの醒めるのは随分遅かつたのですね。八年間―何だか嘘のやうです。

ノラさん、あなたは愛する夫の為に秘密と重荷を、繊弱い身一つに負つて居たことは誠に可憐なことでもあり、御苦労なことでした。けれど、あなたはそれを誇として入らしつた計りでなく、夫の愛が今になくなつた時言はうと考へたり、奇蹟を予期したりするなんて、その愛が不純だと云ふよりは随分たわけた考ぢやありませんか。私はあなたが夫からも愛されやうと思つて入らしつた、即自分の愛に対する応報を夫に求めて来らしつたその乞食根性を残念に思ひました。と同時にあなたが男性の心根をあまり御存知なかつた其不明を惜しみます。男を愛するのは男から愛されやうが為めでせうか、多少理智の眼の開いた女は男の利己的な、打算的なこと、そこに名誉とか、功名心とか伴ふ場合の外自己の生命を賭するやうなことはしない位なことは承知の上です。(只其利己の上手、下手の別、文明的と野蛮的の相違がある丈です。あなたの御良人は不幸にして前者に属したので容易にあなたに気付かなかつたのでせう。)百も承知の上でなほ女は男を愛するのです、女の愛は己を他に与へるだけで、与へるといふことを楽しむので、他から与へられやうが、与へられまいがそれは問ふべき限りではありますまい。あなたは少しく、御自身の不明と、乞食根性とをも同時に恥ぢて下さい。

ノラさん、あなたは御良人の利己的なのに気付くとすぐ、夫の侵略を喰い止めやうとなさいました。否侵略を喰ひ止めることによつて辛うじてあなたは自己といふものを御立てになることが出来た丈だつたのです。そこに何等の自己主張はなかつた。積極的な何ものもなかつた。

ノラさん、あなたの響かせたドーアの音は全く威勢がよう御座いました。併し一歩踏み出した戸外はあなたにとつては真暗でした。西も東もわかりませんでした。あなたの足どりは見て居ても危つかしい。後から蹤いて行きたい程危つかしい。

ノラさん、あなたは何よりか第一に私は人間ですと仰有つて、「人形の家」をお捨てになつた。けれどまだあなたは人間になつたのではありません。何でも人間にならねばならぬ、とやつと気付かれた丈です。その人とは果してどんなものなのかはまだ御存じない。あなたは御良人に「あなたと同じやうに私も人間です」と仰有つたけれど実はあなたの御良人も種類こそ違ひますが矢張り人形でした。人為的な法則といふものに支配されてゐらつしやる人形です。独立した何ものもお有ちにならない。物の根底に少しも触れてゐらつしやらない。

ノラさん、あなたの響かせた戸の音はお二人の呱々の声です。おふたりの人生はこれから始まるのです。あなたのなさつたお芝居は婦人の問題の発足点であると共に男子の問題です。御良人の仮面は落ちました。そして又一方には女性に対する見解と云ふものを根本的に御考へにならねばならなくなりました。

ノラさん、けれどあなたのなさつたお芝居は夫婦の関係、男女の見解の相違、親子の関係、社会と個人との関係、法律と自己の信念(もし信念と云へれば)との衝突等とあなたが二重の生活を御もちにならなかつたと云ふことから起つた悲劇で、そしてあなたは御良人や御子様と御別れになりましたけれど、そこには自分、自分と仰有るまだあなたには正体の分つて入らつしやらない、虚幻がありました。其自分を独立させやうといふのですから、何となく派手なあなたの所謂晴がましい気のする、どこかおめでたい悲劇のやうに私には感じられます。

ノラさん私はあなたがあれで自覚を得られたものとはまだなか〳〵信じてゐません。あなたは少し思ひ違へをしてゐらつしやりはしないかとさへ心配してゐます。あの本能的な盲目的な雲雀や、栗鼠であつたあなたがさう申しては口幅つたいことですが、自覚なさるにはあまり容易に過ぎはしますまいか。女といふものがこの位のことで人間になれると思つたら大間違でせう、真の自己はさう容易に見えるものではありません。

ノラさん、あなたがほんとに自覚なさるのはこれからです。あなたの行手には第二の悲劇がまつてゐます。それは虚幻の自己を捨てる悲劇で、曾て御良人や、お子さんを御捨てになつた時の様な華やかなものではなく、もつと悲惨な、深酷な、沈痛な、個人としてあなたの内部御心の奥底から湧いてくる心霊問題です。曾ては夢にも御存じなかつた自己心霊上の悲劇に御出逢ひになります。

ノラさん、あなたは家出後、冷かな他人の取囲む中で、人間とならねばならぬ、自分に対する義務を第一に果さねばならぬ、己れに誠意誠心を致さねばならぬと、其為めにはあらゆる苦痛にもよく御堪へになつたことでせう。と同時に色々の疑問を解く為めに出来るだけ社会の人間生活を御覧になつたでせう。既成の宗教道徳法律はもとより、今日の政治状態其他何でも手のとゞく限りは御調べになつたでせう。又それらの矛盾の中に悪闘を続けられたでせう。そして終に個人として勝利を得られた暁、ノラさん、あなたはどんなでした。そこに何がありましたか。私はそれを伺ひたいのです。自己の独立を得た時そこに自由はなかつた。「自己の自由を得た時そこに独立はなかつた。」とあなたは悲しげに仰有るでせう。いや、その自己と称して何ものよりも重じて来たまぼろしが、他と対立して存する為めに却て自己の自由独立を得られなかつたと御気付きになるでせう。あなたの御心の底からは涙のない悲哀と寂寞が湧き出て来ます。そして自分自身が疑はしくて不安で、不安でならなくなつて来やしないでせうか。流石に内省を欠いて入らしつたあなたもかうなつてはまづ何よりも、社会がどうだ、在来の道徳、法律がどうだ、男がどうだかうだと云ふよりも、自己の心霊を救済せねばならぬと御思ひになるでせう。「全体自分とは何だらう」と内に向つて御尋ねにならずには居られなくなるでせう。そしてあなたは何を発見なさるでせうか。それは今迄自分自分と思つて居たものが、虚偽の自分、幻影の自分であつたと云ふことです、そのまぼろしの自分の為めに真の自分が隠されてゐたと云ふことです。

ノラさん、私があなたに申した、第二の悲劇とはこの虚偽、幻影の自己の呪咀です、否定です自己絶滅の苦闘です。

ノラさんあなたは第二の悲劇を経て、ノラと仰有るものを痕跡もなく殺し尽した時あなたはほんとの自覚を得られるのではないでせうか。真の意味で心の底からの新しい女になられるのではないでせうか。その時あなたは真の自分のいかに大きくありとあらゆる他人を容れてなほあまりあるほど空しいものだつたことに驚嘆せられるでせう。今迄冷たい他人と思つてゐた人達、自分に対する義務を尽す為めに他人よばはりをして御捨てになつた御良人や御子さんはもとより全人類が皆んな御自分であつたことを御悟りになるでせう。いやありとあらゆるものが皆んな御自身の心の造つたものだつたと云ふことを見出されるでせう。

ノラさん、私は自覚したあなたが、真の人間となつたあなたが、全人類に向つて私の血はあなた方の飲物で、私の肉はあなた方の食物ですと叫ぶと共に、御良人や御子さんに向つても同じ様に、たとへ利己的な自分を愛してくれないばかりか、仇を以て報ゆるやうな夫や子であらうともそれを十分承知の上でなほかつ平然として、

「あなたは私です、私はあなたです。私の血はあなたの飲物にして下さい、私の肉はあなたの食物にして下さい。」と云ひ放つことの出来る妻であり、母である日の来るのを信じて待つて居たいのです。

ノラさん、よく聴いて下さい。奇蹟の奇蹟、ほんとの奇蹟とはこれです。この外にありますまい。女の生涯は各個人によつてそこに大小の差異こそあれ、高く、美しい一曲の宗教的音楽でなければなりません。一篇の詩として真実なものでなければなりません。ノラさんあなたは若しこゝに入らつしやることが御出来にならなければこの奇蹟を身に現すことが御出来にならなければ、ピストルを、毒を御求めなさい、さよなら。

――H――

(「青鞜」明治45年2月号)

描写再論

岩野泡鳴

徳田秋聲氏の『黴』を東京朝日新聞で読過して、僕は同氏の為に喜ばないわけに行かなかつた。いつか鳥渡云ひ及んで置いたことだが、秋聲氏の作は正宗白鳥氏のと同じ性質もしくは傾向を持つてゐるのだが、前者はどうしたものか後者の如く引き立たない。文章が整ひ過ぎて上《うは》すべりがするのが一つ、その上に鋭敏性がある方だが後者だけの特色が欠けてゐるのが一つ、この二個の理由はどうしても動かすことが出来まい。第一の理由は硯友社時代のマンナリズムを脱し切れないのであるが、第二の理由は渠自身の性来であつて仕方がないのかも知れない。

然し渠の神経は、白鳥氏までの鋭敏はないにせよ、自然主義の勃興と共に覚醒して来たのは事実だ。それが二三年来の自作に充分現はれやうとして而も現はれ難い点があつたのは、僕等のいつももどかしく思つてゐたところだ。所が、今回の長篇に於て渠は漸く一歩もしくは数歩を抜いて出たのである。或人はこれを渠の一世一代の作と云つたが、渠にして若しこの程度の努力を続けることが出来るなら、なほ継いて藤村氏や花袋氏の程度を容易に乗り超えられるだらうと思はれる。

硯友社時代の小説家で新時代の空気を呼吸するやうになつたと云はれるのに、秋聲氏と小栗風葉氏とがある。然し風葉氏がただ筆さきの上手を以つて、新時代に向きさうに材料を取り扱つてゐるに反し、秋聲氏はこれまでにも多少の新時代的実質を持つてゐた。それが今回の作に於て可なり充分に現はれて、活人生の事実と作者の描写的鋭敏性とが、充分とは行かないまでも、ぴつたりと融合する結果を見せて呉れた。

ここに一つ変挺な謙遜と云ふことが思ひ浮べられる。風葉氏は新派小説勃興の為めに随分身づから発奮もし、煩悶もしたやうだが、ただ意気込みばかりが強いからでもあらう、自己その物を反省するまでに至らないので、自己の生命たる創作の内容までを改めることはまだ出来てゐない。之に反し、秋聲氏は初めからさう目立つた苦悶をその作中に見せなかつた代り、その素質が微妙な神経の働きを要求する新傾向を受け易かつた為めでもあらうが、殆ど余り定見もないかのやうに藤村氏や花袋氏の外形を追《お》つてゐたやうなところが見えた。『黴』にもよくその跡が見えてゐる。

秋聲氏に取りては、白鳥氏の行き方は却つてお手の中と思つているだらう。筋の運び方に於て藤村氏の『家』を、対話もしくは独語と描写的技巧に於て花袋氏の平面論を、内容の盛り方に於て白鳥氏の諸作を、『黴』はそれ〴〵考慮中に入れてゐたやうに受け取れもする。古くからの作家としては、こんな考慮は余りに虚心坦懐に過ぎたやうに見えるが、もし果してさうだとすれば、それが却つてこの作家の実質を発展させる所以になつたのではないかと思はれる。

花袋氏は描写論に於て一個の定見があるやうだが、その創作を通じて見ると、渠の態度はただがたツぴししてゐて、まだ本統の特色が見えない。従つて、秋聲氏今回の佳作は藤村氏と白鳥氏との間を行つた物だと云つてしまつてもいいだらう。然しこの作者の立ち場は今の場合鮮明な新派の人として取り扱ふには頗る割が悪い。と云ふのは、内容に乏しい藤村氏の作風には無論属してしまひたくはないだらう——からと云つて、また白鳥氏のそれには今少し鋭敏な神経的微動を要する。寧ろ白鳥側《がは》の作家になつてしまうべき筈だが、さうすれば、秋聲氏自身の単独な特色は失はれてしまう。僕は曾て白鳥氏を藤村氏と花袋氏との間を行く人だと云つたが、その行き方には藤、花両氏に全く発見することの出来ない特長がある。然し秋聲氏が今回発達せしめた長所を押し進めれば、今の所、つまり、白鳥氏になつてしまうより外に道がないのは、少し気の毒に思はれる。

然し今、『黴』に於ける白鳥的長所を拾ひ出して、それを藤村氏の『家』（並に『犠牲』）に比較して見ると、前者が暗示的、表象的傾向を帯びてゐるだけ多少内容的披瀝があるに対して、後者はその反対であるのが浅薄の感に堪へられないのである。すべての筋すべての出来事が主人公の心持ちから見られてゐること、恰も主人公が第一人称で書かれてゐるやうなのは、両者とも同じだが、笹村の心持ちには周囲の空気もしくは気分も可なり充分に現はれてゐて、その場で直ぐ作者が用意しただけの内容までも攫めるのに反し、三吉のには『内容は後で分りますから』と作者が断り書きをして安心してでもゐるかのやうにうはつ面《つら》の説明で通り抜けて、遂に何物も出ないで済むのは、僕が藤村論で批評した通りだ。

『家』全部に現はれた事実もしくは筋は、記憶のいい人が一度読んだから覚えてゐるか、センチメンタル家がそのセンチメントに触れたから単にありがたがつてゐるかの孰れかであつて、実際に深い印象を残させるやうな所はない。単にお話が上手だから読めると云ふ工合は、丁度、この頃小説を書き出した歌人窪田空穂氏の作と大した変りはない。然し『黴』はその場〳〵を読んで兎に角よく印象を刻んで呉れる。詰り、藤村氏の描写は遅鈍だが、秋聲氏今回のは相応の鋭敏性を発揮したからである。

試みに、『家』から左の句を抜いて見やう。

たすき掛けの細君が腰を曲めて、しきりに何か洗つてゐた。その細君が三吉の方へ向いた。お雪であつた。

之を僕はさきに『余りに遊んでゐる書き振り』と云つたが、実際三吉の細君が洗濯をしてゐたといふ説明をまはりくどく書いたに過ぎない。之に反し『黴』にある句、

女は別れる前に、ある晩、笹村と外で飲食をした帰りに、暗い草原の

小逕を歩きながら云つた。女は口に楊枝を啣へて両手で裾《すそ》をまくしあげてゐた。

は説明その物でもない。秋江氏が或新聞で云つた通り、之によつて直ちにお銀の性格並にかの女を妻にしてゐる笹村の生活状態までも現はしてゐる。鈍《にぶ》い藤村氏の筆には、こんな用意はあつても少い。又、この行き方を秋聲氏が旧作家連の常套的に落してしまはなかつたのは、白鳥的な鋭敏性が伴つてゐたからである。

僕はいつも白鳥氏ばかりを賞揚するやうに見為されてゐるが、それは、今のところ、同氏ほど充分な描写が出来る作家がないからである。渠の取り扱ふ材料がいつも同じだと云ふ批難は免れ難いが、それは世間的経験が割合に狭いからで、——然し小川未明氏の作風を文章世界記者が評して『いつも（一篇の中が）同じ所をまはつてゐる』と云つたのとはわけが違ふ。握つた材料を兎に角充分に取り扱つてゐさへすれば、創作家の役目は済む。若し秋聲氏にして同一傾向の白鳥氏を乗り越えることが出来たとすれば、その特長は世故に長《た》けた点に於て後者よりも広く材料を有し得られることであらう。

今一つ序に論じて置きたいのは、作者の議論、主観もしくは人生観が作中の主人公の性格に現はれてゐるとしても、それが具体的に出てゐれば、小主観とか大主観とか区別するまでもなく、その作を害するものではない。曾て僕自身の創作中の例を引いてこの理由を説明したことがあるが、今、文章世界十一月号の米川正夫氏に由つて訳出されたツエンスキの『仮面』から引例して見やう——外国崇拝熱のまだ残つてゐるわが国人には、何でも外国人の作例なら早く納得させられるやうに思はれる。

人生全体は恰も鉄の針金で地上の方に引きつけられてゐるやうな物である。人生全体、その中には善もなければ悪もない。

この場合、作者の主観、人生観もさうであるを敢て妨げない、と云ふのは、その主人公が仮面のやうな顔を実際に有してゐる人に向つて『面を取れい』と猛り狂ふほどな気分の人物であるからである。

無論、これは余りに特殊な事実である。秋聲氏は勿論、白鳥氏でも、一般に思索力の低級なわが文界だから、そこまで明確な、印象の深い特殊性を発揮することはまだ出来ないだらう。またそんな勇気も出まい。が、然し、渠等も神経の鋭敏と微動とを土台にして、或程度までは同じ傾向にあるものだ。笹村が

如何ともすることも出来ないほど血の荒立つて行く自分を、別にまた静かに見詰めてゐる「自分」が頭の底にあつたが、それは唯見詰めて恐れ戦いてゐるばかりであつた。

と云ふのは、作者の人生観とまでは行かないながらも、一種の主観であるらしい。然し笹村の描かれた生活やら、『打たれるよりか、物を壊されるのが惜かつた』女の所帯じみた様子やらに照り合はせて、この心持ちが具体的、内容的になり、進んでまた『仮面』の主人公と同様な表象的暗示にも多少は受け取れる。

花袋氏もこんな傾向を曾て氏の所謂『自然主義の転化』と称したこともあるが、平面《へいめん》描写を正直に説き出してからは、物質的半《はん》面的事実の外はすべて主観的だと云つて排斥するやうになつた。渠並に渠と同説者等が白鳥氏の態度から懐疑的もしくは虚無的主観分子を退けやうとするのなら、花袋氏のからも物質的主観分子を去らしめるやうにすべき筈だ。物質的だから客観的だと思つては違ふ。花袋氏は物質的人生観——とまでは行かなくとも、さうした主観——を以つて材料を取り扱つてゐるのである。従つて、平面描写客観説は、詮ずるところ、空想に終はつてしまう。花袋氏の作がいつもがたツぴししてゐるのはこの空想を実現しやうとするからであらう。描写論に於て、客観は必ずしも第一の問題ではない、具体化、これが重要なのだ。して、物質的に描写の具体化を確かめるには、白鳥氏が懐疑的傾向の人物を描くと同じやうに、物質的人生観もしくはその傾向を有する人物を描くより外に道はない。

　然し花袋氏はそこまで自覚してゐないやうに見える。氏は描写論はいつまでしても切りがないと云ふやうなことを曾て早稲田文学で云つたが、それは創作家としてはそのやつてゐることを無意識で過しても左ほど障害のない場合があるからで、評論家としては決してさうは行かない。創作家の尻を追つかけてゐる雑評家ならいざ知らず、苟もわが文界の方向を指示する一個の評論家たる以上は、作家自覚の程度並に状態如何を指示して、最善の指導を為すのが役目だ。花袋氏は身づからフローベルに事寄せて平面描写論に於て行き詰るところがあるかのやうに云つてるが、それはまだ深慮が足りてゐない。フローベルが行き詰つたのは、メレジコウスキの論を読んで見ると、単に物質的描写論のやうな簡単なものに於てではない。その冷酷な人生観に於て行き詰つたのである。

　フローベルの人生即藝術——之は決して花袋氏が考へるやうな区別的藝術ではない——の冷静酷烈な隠遁主義は、『無信仰、無道義、無政見』であつても、その所有者が『人間下層の洞察』に自信と気力と意気込みとを持つてゐた間は、その実生活と藝術とに具体化が出来て、渠の『如何に獣人《じうじん》を飼育しても…………渠はなほ一個の獣類である』といふ意見に矛盾はなかつた。然し『渠は初めその思想をその藝術に建設してゐたのに、今や推定してまた別な且一層高尚な基礎があつて、その上に藝術その物は安住しなければならないとする』に至つて、世間の宗教にでも降参しなければならない羽目になつた。然しそれは『渠の力以外』であつた。ここに至つて、渠は『涙に瀕する』と云つてゐる。詰り、渠のそれまで守つてゐた隠遁的、傍観的な狭い眼界が広がり出したと共に、気分にゆるみを生じて、主義がぐらついて来たのである。

　僕は大阪に来てから自己の確信に対しては不充分な仕事にかまけてゐるので、矢張りゆるみを生じた為め、僕の悲痛の哲理が破れかかる。然しそれが破れたら、僕自身も破れるのであるから、僅かに踏みこたへるやうな場合もある。フローベルもそれと同じ心持ちだらう、矢つ張り自説を守つて創作に努力したが、突然机の上で卒倒して死んだ。今の創作家にそれだけ緊張した作を出した実例があらうか？　技巧や外面の描写に苦心して死んだところで犬死である。藤村氏は不真面目にも若しくは遅鈍にも内容を残した技巧に安心してゐるし、花袋氏は正直だが描写の枝葉に迷つてゐる。白鳥氏が先づ正当な態度を取てるが、欠点を云へば、前項に述べたやうな表象力がまだ〳〵足りない。して、秋聲氏は『黴』の内容に於て後者の道を追つて来たのである。

僕は客観若しくは静観と云ふことを第二の問題として残したが、ここで鳥渡例証して見やう。メレジコウスキのフローベル論に於ては、ラオコーンの彫刻を例に出してある。それを彫刻しやうとするには、大蛇に巻かれたラオコーン並にその子等の苦痛と傍観者等の驚愕哀泣とを『無感動の観察者』として傍観しなければならない。それは単に手段として尤《もつと》もだが、傍観だけで出来た彫刻は虎を画がいて眼を点じないやうな物だ。平面描写の突き詰めた欠陥はそこにある。僕が十一月の早稲田文学で、花袋氏等の行き方で内容的披瀝が少しでもありとすれば、窓から内部を窺いたくらゐの物だと云つたのもそこだ。僕の意味を明かにすれば、眼点の代りに、少くとも最後に作者の人間もしくは獣人《じうじん》としての主観的感動の心持ちが這入らなければ、その藝術は生きて来ないのである。独逸の自己主義的哲学者リツプスはそこを最善の『自己客観』にあて塡め、感情遊離説を以つて説明したが、渠の主義はまだ僕の自己主義ほど微妙な神経的活動をまで考慮に入れてないから、かの頑迷なカントの抽象癖がまだ残つてるらしい。花袋氏の作物がぱさ〳〵したり、がたツぴしたりしてゐるのは、その抽象癖が根本の態度に於て破れて居無いからである。

試みに同氏の『髪』を読んで見給へ。わざ〳〵白鳥氏の傾向に遠ざかつて、情けないほど藤村氏へ傾いて行つて、後者が『家』でうるさいほど使つた無内容の説明句、『考へ深い眼付き、』何々『したやうな眼付き』など云ふことをまで同じやうに連発してゐる。然しこれは他の作家も近頃よく用ゐ出したから、『何て間がいいんでしよう』の流行語のやうな物で、それを使ひ初めたと云ふ光栄を藤村氏は有してゐるとして置かうが、平面描写は決して説明的、概念的もしくは抽象的になる所以でなかつたらうと思はれる。それに『髪』はその作者としては読ませる技巧も熟したやうだのにも拘らず、その行き方はどこまでも藤村氏のと同様抽象的、説明的であるのはどう云ふわけだらう？

前項に藤村氏と秋聲氏との筆致を対照した句と同じ様な場合のを挙げて見よう――

女は今一度合せ鏡をして後ろの髷の具合を見て、是でいいと言つたやうに、バタ〳〵と鏡台を畳みかかつた。襟をかき合せた派手な中形が殊にその姿を艶に見せた。

『お綺麗になつたでせう！』

わざとこんなことを言つて男の方を見て笑つた。

如何にもこんなことはある。が、あると云ふだけでその印象が生きて来ないのは、記事中に既に『艶に見せた』といふ作者の中途半端な説明が付いてゐるのが邪魔になるからでもあるが、前後の関係から推して、その全体がまた説明に過ぎないからである。三者とも同じやうに一個の女を紹介するのだが、藤村氏のは意味のない平凡、花袋氏のは意味を持たせやうとして概念的になつた平凡、秋聲氏のは平凡の背景に非凡の実質が見えてゐる。物の説明を読むものは必らず跡でその実質が出るのだらうといふ気になる。然し実質がその場で出ないで跡で出れば、もう、抽象的になつてゐるものだ。藤村氏のにはそれさへも出ないことが多いが、花袋氏のにはそれが出ても果して抽象的だ。続き物の一回〳〵に具体的実質が出ないものなら、何回続いても出るわけがない。だから、『髪』はまだ国民新聞に掲載中だが、僕がこんな批評を加へる権利がないとは云へないのである。『家』が零細な日記の連続なら、『髪』は最初の四十回以上を占領する中禅寺の場に於てはセンチメンタルな天然描写と云つてよからう。吉江孤雁氏などのそれと相違するところは、単に小説的人物が中に紹介してあるだけのことだ。その人物と云ふのも、概念的プロトに従つて局所〳〵にはめ込んだもの、その心理解剖らしいのも初歩の自然主義ゾラのと同じやうに形式的な理論を局部〳〵におツかぶせたものに過ぎない。余ほど得意らしい風景の叙述と男女の苦悶とに融合がない。若しありとすれば、それは新派的文藝に必要な神経までの融合ではなく、単にセンチメントの上に於てだ。作者が新たに又日光案内を書き初めたのかと僕は思つたほどだ。天然描写もベツクリンの絵画の如く行けば胸の奥でも頭脳の底でも深く頷かれるところがある。然し花袋氏のには、抽象的な運命さへも裏付けられてゐない。まして具体化した人生に於てをやだ。絵で云へば、形式より外ない北宗画の山水であらう。

静観〳〵と云ふが、それが概念的説明を意味してはゐまい。

今日に限らず、男はかうした場合には、いつも女の媚に対して一種の軽い憎悪を覚ゆるのが常であつた。

＊

あさましい人間の醜い心、醜い形、醜い姿、それが恐ろしいまでにあり〳〵と見えるやうに思はれて、かれは戦慄した。

かういふ主人公の考へ若しくは心持ちはいつもわざ〳〵くツ付けたやうに出て来るので、――それが作者の所謂『離れた』書き方でもあるまい――しんみりと印象が浮んで来ない。藤村氏は概念的事件をきちん〳〵と書いて行くので、その結果がステレオタイプ的になつて融通が利かない、それを避けやうとしてか、花袋氏はよく追憶を挿入したが、それも余り落ち付いてゐない。

かうした幕をこれまでにも二人は幾度打つたか知れなかつた。

と云ふやうなことが前後二回も書かれてあるが、――二度も同じことを出すのが拙いと云ふやうなことは、ここでは論外にして置くが――二度とも殆ど全く具体化されてゐない。かう云ふことはすべて空想的なもしくは思ひ違ひの描写法を追行しやうとしてゐるところから来る欠陥であらう。そこへ行くと、秋聲氏の『黴』には、追憶も〳〵不順序な又突然な追憶がいくらも出て来るに拘らず、それが皆相応にこなれて行つて、頑固な概念ではなくなり、相応に内容的気分を現じさせる。これ、藤村氏や花袋氏に発見し難い表象的傾向を秋聲氏が多少でも発揮した所以だ。平面描写は遂に空想であつて、外形的な傍観は遂にまた概念に停止してしまうのである。

主観はどうしても客観に伴ふ。否、初めから主観と客観とが融合してゐる方が表象力も強く且特色もよく発揮される。して、その主観は、実のところ、所謂『大』でも『小』でも構はない。物質的でも、心霊的でも、物心合致的でも構はない。どんな種類のにせよ、その主観を有する人物を具体化すれば、充分な描写は成立する。フローベルもさうした範囲の物質的藝術家であつた。そこが乃ち作家の実生活、実思想とその藝術とに区別がなくなる所以だ。と同時に、作家等の真正な特色が分立する所以だ。この点に於て、森田草平氏の鋭敏過ぎるほどの『自叙伝』(並に『未練』)も悪くないが、余りに度々長い手紙の往復やエピソードが這入つてゐるので、緊張した気分を技巧上に鈍らせた嫌ひがある。それから見ると、『黴』の第三人称的自叙伝はずツと緊縮もし又印象も強い。

僕がさきに花袋氏の物質的描写を難じたのは、ただにそれよりもいい物心合致的描写法があるのを注意したばかりではない。この一篇中にも論じた通り、又物質的描写を押し通すなら、主観にも迷はないで氏自身も物質的人生観に確立する必要があることをも含んでゐたのである。物質的でもいいから、人生の一局部を見又見せると云ふのでなく、一局部でもしツかり捉へてそこに人生の内部乃ち、全部を吸集すべきだ。さうすれば、印象も強くなり、表象力も出で、結局、物心合致の結果を実現することが出来るのである。

(四十四年十一月六日稿)

(「早稲田文学」明治45年2月号)

生を味ふ心

相馬御風

一

いつの頃であつたかはつきり覚えて居らぬが、永井荷風氏からの手紙の終りに「此頃はいろ〳〵と俗務に追はれ勝で、落ちついて作をして居る隙もない、仕方なく昔の事を思ひ出しては、チヨイ々々したものばかり書いて居る。するともう世間では追懐文学と云ふやうな名をつけて、とやかく云つてくれる。をかしなものだ」と云ふやうな意味の言葉が洩らしてあつた。

私が今このやうな記憶を喚び起して見たのは、何もさう云つた永井氏の作品に追懐文学と云ふ名を冠らせた世間の評家の仕打を、今更こゝで批難しやうと云ふのではない。いや寧ろ、追懐的な心持で過ぎ去つた事を書いた文学である以上、それを追懐文学と名づけたとて、何の不思議もないと思つて居る。それでは私は前に掲げたやうな言葉のうちに含まれた永井氏その人の藝術製作上の態度でも説明しやうとするのかと云ふに、さうでもない。たゞ此の頃の文壇で、チヨイ々々眼に触れたり耳に触れたりする作品なり作家なりの情調と云ふ事に対する、自分の態度を少しばかり説明して見たい為めに、永井氏には迷惑と知りつゝも、それとなく引き合ひに出て貰つた訳である。

前にも云つた如く例へば追懐的な情緒を寄せて書かれた文学を、追懐文学と名づけると云ふやうな事については、私は聊かの異存もない。たゞさう名づけるだけならば何でもない事であるが、それが往々にして名づけるだけに止つて居ない場合がある。前にあげた永井氏の作品などの場合がそれで、つまりその作品を包んだ追懐と云ふ情調ばかりを取り出して来て、直にその作品の全特色としやうとするが如きがそれである。それも当の作品に対してだけならばまだ我慢も出来るが、更に進んでその作者の傾向の全部をもそれで蔽ひ尽さうとするやうな事になつては、それはもう単純な思ひ違ひ如きではなくなつて来るのである。

此の種の実例は他にいくらもある。例へば嘗て永井氏の作と同じく「三田文学」に掲載された阿部省三氏の『山の手の子』についてゞある。此の作も矢張前にあげたやうな永井氏の諸作と同じく、その作を包んだ追懐的情調の匂ひ高き故を以て、多くの人々に推奨せられた作品である。或る自然主義藝術の鼓吹を特色とした雑誌に於てすら、「追懐文学の一逸品」と云ふ銘を打たれた程、さう云ふ特色の鮮やかな作品である。吾々も亦同じく此の作に於て、その所謂追懐的情緒の豊かなるうるほひを充分に味つた事は事実である。而して此の作を以て追懐文学と云ふ一種の範疇に入れて、その特色を他と弁別する事についても、強ち異議を挟まうとする者でもない。けれども一歩を進めて、此の作の吾々にとつて価値ある理由の凡てを、若しくはその理由の要点を、たゞ偏にその所謂追懐的情緒に求めやうとする事は、到底吾々には同じ得ない所である。吾々と雖此の作品のかなでる追懐的情緒のメロデイーに心惹かれぬ事はない。併し吾々にとつて此の作の価値あり興味ある所以のものは、決してその追懐的情緒のみではない。寧ろその追懐的情緒そのもの以上に、吾々を引きつけて離さぬ興味ある要素が、此の作品のうちにあるのである。もつと極端に云へば此の作がその所謂追懐的情緒によつてうるほはされて居やうが居まいが、そんな事はどうでも好いとしても、なほ且吾々の心を引きつけて離さぬ此の作の生命が他にあるのである。その生命とは何か。曰く真実にして且複雑なる現実生活の味である。単純なる追懐的情緒のメロデイーではなくして、複雑なる生活のハルモニーである。たゞ一条離れて流るゝ追懐的情緒と云ふが如き単純なメロデイーでなくして、複雑なる生活の味より立ち騰る雑音の相寄り相奏でるハルモニーである。

此の意味からして、私は永井氏の所謂追懐的作品や阿部氏の『山の手の子』などの少なくとも私自身にとつて有する価値の存する所は、必ずしもその所謂追懐的情緒でないと云ふ事を明言し得る。何となればあれらの作品からその所謂追懐的情緒を消し去つても、若しくはあれらの作品を書いた作者の追懐的情緒をぬきにしても、なほ且私にはあれらの作品の与ふる興味の大部分がつながれるからである。就中最も好い例は『山の手の子』である。仮にあの作が作者の追懐的情緒に基づいて書かれた作品でないにしても、又あの作のうちに作者自身の追懐的情緒があらはれて居ないにしても、なほ且あの作のうちには私をして優れた作品であると認めさせるに充分な人生の味がある、「山の手」と云ふ言葉で代表されて居る東京に於ける或る種の生活の空気、前代の教育あり地位ある人々の家庭生活、さう云ふ空気のうちに養はれる幼児の心理、さてはその幼児と空気の違つた外の世界との交渉、その幼児を中心にしてチラリ〳〵と姿を見せては消えて行くさま〴〵の人々の運命――つまりさう云つた風な複雑な生活を通して味はれる人生そのもの、味が、此の作に内在して居る。而してさう云ふ複雑な味を蔵した人生の一角が、此の作に於ていみじき藝術的表現を以て臨む所に私にとつて此の作品の価値の大部分があるのである。此の作の作者が自分の過去を追懐して覚えるメロデイアスな情緒や、または此の作者が自分の過去を追懐して想ひをやらうとする如き心持は、他にいくらも味ふ人があらう。けれどもその追懐して喚び起した過去の生活の現実に対して、此の作者が味ひ入り味ひ出したやうな複雑な生活の味を味ひ得る人々は少なからう。味ひ得て之れを藝術化し得る人々に至つては、更に少なからう。

かう考へて来る時、吾々――少なくとも私には、或る種の情調そのものが、必ずしも藝術の中心興味であるのではなくして、寧ろその情調を浮べて居る人生の味そのものが藝術の生命を成して居る事が、明らかになつて来る。作者自身にとりての価値如何は別として、少なくとも吾々の如き藝術を味はうとするものにとりては、私はかく断言して憚らない。情調を以て情調を誘起せらるゝに任せて喜ぶが如き人々については、吾々は問ふ所でない。苟くも現実生活の味をいよ〳〵深く、いよ〳〵密に、而していよいよ強く烈しく味はうとする一念に燃ゆるものである以上、誰れか単純なる情調を以て複雑なる生の味を塗抹し去る事に安んじ得るものがあらうぞ。誰れか複雑なる生活のハルモニーを捨てゝ、単純なる情調のメロデイーにのみ満足し得るものがあらうぞ。

二

然しながら、こゝに一つの重大な問題が起つて来る。それは前に述べたやうな単純な或る一つの情調の流るゝに任かせたやうな藝術は、つひに吾々の胸に何等の共鳴を与へる事が出来なくなつたのか否かと云ふ問題である。此の問題に関しては、つひ先頃阿部次郎氏が「読売」の日曜附録で「一つの感情が旋律をなして流れて行く文藝は固より美しいに違ひない。併し二重意識の洗礼を受けたる吾人は、様々の感情が即いたり離れたり調和したり反照したりし乍ら複雑な和声を拵へて行く文藝でなければ物足りない」と云つて居るのは、一面に於て吾々と一致した見解である。けれども如何にその所謂「二重意識の洗礼を受けた」吾々でも、時にはその複雑な生活意識の全体を挙げて、線香の煙のそれの如きゆら〳〵と立ちのぼる情調の行衛に、我知らず生命を托して、そゞろなる事がないでもない。ギオリンのかぼそい絃の啜り泣くナイーヴなロシヤ民族のメロデイーに心奪はれ、寒い月夜にどこともなく流れて来るかの単調な尺八の哀音に思をまかせる、いづれもそのそゞろなる刹那の感興ではないか。その刹那のそゞろ心のある限り、吾々は矢張永久に単純なる情調の藝術にも、生命の内在をゆるさなければならぬのではないか。

けれどもかくの如き藝術の吾々に及ぼす魅力は、もはや以前のそれの如くでなくなつた事も亦事実である。誘はるゝがまゝに誘はれ、魅せられるがまゝに魅せられて、われとわが心の行方を知らなかつた、素直にして純なる以前の心は、もはや吾々の胸にはなくなつた。響けば必ず応じた尺八の哀音に対する吾々の心は、今は稀にその素直な昔の心持に帰るに過ぎなくなつた。而もその稀な刹那のそゞろ心も、覚めての後の淋しさ物足らなさを思はす外、何の身に沁む響も残さなくなつた。情調に始まり情調に終る藝術の与ふる歓びは、かくの如くにして日一日と吾々の興味から遠ざかり行かうとするのである。

けれどもかくの如く情調それみづからを生命として、吾々に臨む美しき藝術が、情調それみづからの魅力を吾々に対して将に失はうとしつゝある時、吾々の心の奥に何とは知れずしふねきもの、力あつて、その逃げ去らうとするかよわい藝術の絆を飽くまでも吾々のうちに引き留めやうとする。引き留めてその味を飽くまでも貪り味はうとする。以前よりはもつと〳〵深くこまかく、そしてしつこく味はうとする。而もこの深く強くしつこく味はうとする心は、情調の藝術が情調それみづからの魅力を吾々の心に失はうとすれば失ふほど、ます〳〵根づよく吾々のうちにその力を逞しうして行く。例へば性慾を満たすべき能力を失つたものにとつて、いよ〳〵烈しく性慾がその暴威を逞しうするが如きである。

単純なる恋愛の情に、あらゆるわが生命をあげて歓び得た幼い頃に比べて、吾々の酔ひ得ず夢み得ざる今の心が、より多く強烈に、より多く複雑に幼き日の夢見心地を味はゝうと欲するは何故か。純なる情調の藝術が、その純なる情調の魅力を吾々に対して、いよ〳〵失ひ行かうとするに当つて、それを味はうとする欲念が吾々の心にます〳〵強く烈しく根を据ゑて来るのは何故か。

三

純なるが上に純なるヴエルレーンの詩を私は愛する。あの小鳥の歌のやうな細くして沁み入るごとき悲しみの歌を私は愛する。「ちまたに降りそゝぐ雨の音」の沁み入るやうな悲しい彼の歌、「底知れぬ深みから響いて来る唏嘘」のやうな痛ましい彼の歌、「苦しみにさいなまれた霊の、まだ死に切らぬ蛇のもだえ苦しむさまを思はせるやうな呻き声」、さては身をも命をも捧げつくしてなほ足らぬやうな熱烈なる神への祈り、さう云つたさま〴〵な純なる彼の情緒のメロデイーは、一つ〳〵に吾々の乾枯びて亀裂を生じた心の曠野に、例へば夏の日の夕立の一しきり天地をうるほし去るが如くに、何等かのうるほひを与へずには居ない。それだけは如何にかたくなゝ吾々の心と雖拒む事は出来ないには違ひない。けれどもその、時には懐しき情緒のうるほひも、やがては徒らに貪慾なる吾々の心をして物足りなさ、頼りなさの思に苦しましめるに至らざるを得ない。玆に於てか吾々は更に強く、更に大いなる何ものかの力を、その果敢なく消え行かうとする情緒のメロデイーに向つて求める。来たるがまゝに応じ、離れ去るがまゝに離れ去らしめるべく余りに吝なる吾々の心は、その果敢なく消え行かうとするかよわき情緒のメロデイーにまでも、何等かの根強い生命を与へて引きとめずには措くまいとする。

此の貪慾の一念から、吾々の心は努力的に意識的にそのはかなく響きはかなく消え行かうとするメロデイーの一つ〳〵を強ひても捉へ来つて、その雑多無数のメロデイーのさま〴〵な関係の上に、或一つの複雑にして力強きハルモニーを聴かうとする。かくして初めてかの果敢なく頼りなく吾々の胸から消え去らうとするかよわい情調の藝術が、吾々にとつて一個の新生命を以て臨み来たるのである。

前章に於て私が情調それみづからを生命として吾々に臨む美

しき藝術が、その情調それみづからの魅力を吾々に対して将に失はうとしつゝある時、吾々の心の奥に何とは知れずしふねきもの、力あつて、その逃げ去らうとするかよわい藝術の絆を飽くまでも吾々のうちに引き留めやうとすると云つたのは、要するに此の味はうとする欲求の積極的な一面を暗示しやうとしたのである。与へられたる情調のメロデイーを、メロデイーそのもの、去来に任かせないで、それ等雑多のメロデイーの消え去らうとするのを引きとめてその相着き相離れる関係の上に構成せらるべき複雑にして力強きハルモニーを、われから積極的に聴取し味到しやうとする、その積極的な欲求と努力との内在を暗示しやうとしたのである。而して前に引用した阿部次郎氏の見解の一面吾々のそれと一致しながら、他の一面に於てあきたらぬ一物あるを思つたのも、此の積極的に努力的に味はうとする心の力を認めて居るらしい口吻を其の言説中に見出し得なかつたからである。

　或る種の藝術の奏でる美しく純なる情調のメロデイーを、われから更に捉へ来つて能ふ限り複雑なるハルモニーを構成せずば満足する事の出来ぬ吾々の味欲は、純の純なるヴエルレーンの藝術をも捉へて、之れをかの醜く穢き放浪漢の肉体内へ引き戻さうとまでする。血を絞るやうな怖ろしいもろ〳〵の淫欲と、オパール色をした毒酒との為めに、見る目も物凄く爛れた唇へ、強ひてもその美しき歌声を引き戻さうとする。

『天刑病のやうに青白い光沢を帯びて腫れ上つた額には、数へる程しかない黄ろい頭髪が汗に濡れてぴつたり着いて居る。口の周囲には涎のついた縮れた髯が藪のやうに生ひ茂り、目に立つ皺は蹙面したやうな微笑を湛へ、飲酒と血を絞り取る罪悪の為めに霞んだ眼からは、時々稲妻が光る。この面相に向つては、流石に鉄面皮な給仕たちも、唯怖る〳〵一瞥を送る許りである。一体人間の面相が斯様な眼も当てられぬ態になる迄には、随分恐ろしい激しい淫乱を極めずばなるまい。秘中の秘なるもろ〳〵の罪悪や、惨絶酷絶の葛籐と煩悶を経ずばなるまい。

　巴里の都の街々に、湿うた黒い薄絹の幔幕が懸る黄昏時になると、この畸人は蝙蝠のやうに、またも蹌踉と咖啡店を出るのである。この人は実に眠ることも無ければ、食事する事もなく、さりとて何か考へて居る様子も無く、殆んど生きてるか死んでるかも解らぬ程で、二六時中たゞ深いアルコールと深い悲愁とに酔ひ、ふみにぢられて息も絶え〳〵になつて居る情慾の苦悶に呵責せられて殆んど憩ふ暇もないのである』

　更に此の野犬の如き酔漢が、巴里の真夜中、暗と悪臭とに閉された狭い路次の奥底で、しびれるまでに酔ひくづれた半ば腐つた肉体を、若くしてなほ美しき少女の腕にゆだねる時の有様を思つて見たらどうであらう。而もこの罪悪にさいなまれ果てた物凄い酔漢が、無我夢中でとある路傍の寺院へところげ込んで、寂として音なき伽藍の薄明の底に、我知らず慄然として恐怖と悔恨と而して憧憬との襲ふ所となつて、魂をも破るばかりの悲痛の傷手の下に、嗄れ果てた声の限りを振り絞つて、『主よ、僕は御足の跡を踏むだに足らず。御前にひれ伏し、息も絶え〴〵なる、穢れたるこの僕は』と泣き叫ぶ事あるを想像して見たらどうだらう。いや更に〳〵その「孤独の酔漢」が、悲痛と暗黒との呵責に寺院を追はれて、又もや穢ない珈琲店の擦り切れた天鵞絨のソフアに倒れて、魂のしびれるまでアブサントの烈しい酔を買はうとする有様を思つて見たらばどうであらう。

（片山孤村氏訳『洛陽の酒徒』参照）

美しき詩人ヴエルレーンの藝術が奏でるかの純なる上に純なる情緒の訴へのまにまにひたすら悲しみつ泣きつしてある事に、純なる歓びを感ずるだけで心足つて居る事の出来なくなつた吾々の味欲は、此のやうな残忍悲痛なる現実生活の底までも探り入らねばやまぬのである。此の論の始めに於て、永井氏や阿部氏の追懐的作品が吾々に対して有する価値は、単にその追懐的情調の純なる味が吾々の胸に触れる所に存するよりは、寧ろその情調を浮べた生活そのもの、複雑なる味であるとしたのも、要するに此のヴエルレーンの純なる情調の藝術を味はうとして、つひにはその背景にかくれた残忍、悲痛なる事実にまで探り入らねばやまぬ吾々の貪婪なる味欲の致す所である。

之れを藝術を本位とした立場から考へて見れば、情調藝術はその背景を俟つて始めて吾々の心にその存在価値を全うすると云ふ事になる。就中近代の情調藝術が其の作者の生活を離れては、到底味ひ尽す事の出来ぬと云ふのは、彼等自身既に作者の切実なる生活情調のハルモニーを構成する役目を担つて居るからである。如何なる純なる情調のメロディーと雖、それ自身離れて流る、がま、に流るべく発せられて居ないからである。

それは兎に角として私が此の短い感想文に於て、特に述べて置きたく思ふのは、寧ろ以上述べて来た所からおのづと考へ及ばれる吾々の生活を味はうとする心の行く先である。刹那に起り刹那に消えて行くが故に美しかるべき情調のメロディーをさへ、捉へて以て現実生活の中に其の真味を味はうとする。ヴエルレーンの詩の如き美しく純なる情調の藝術の源を醜く怖ろしき現実生活の事実にまで求め入つて、其処に却て悲痛なる味欲の歓びを叫ばうとする。それ程までに吾々の味はんとする心は、執着的である。

かう考へて来ると藝術の鑑賞が、単に作品そのもの、鑑賞にのみ甘んずる事が出来なくなつて、作者その人の内的弁びに外的生活の探求にまで立ち入らねば満足する事が出来なくなつたと云ふ事実は、誠に意味の深い事ではないか。如何なる大宗教家の信念の叫びと雖、如何なる大思想家の思想と雖、或は又如何に純美なる詩人の情調の音楽と雖、吾々は単にその信念、思想、情緒そのもの、うちに我みづからを没して、ひたすらそれらの有する権威なり魅力なりのうちに自己の生命を托して安んじて居る事は出来なくなつた。キリストの信仰も、釈迦の信仰も、ルソーの思想も、ニーチエの思想も、それらが其の人々の生活のうちにあつてこそ、其の価値を全うして居た。而してそのいづれにも我れみづからの全生活を托す事の出来なくなつた今日の吾々は、それらの大思想大信仰をそれらの人々の生活そのもの、うちに置いて、それを味ははうとする。またしかするにあらざれば、吾々には到底それらの思想なり信仰なりの真実の味は味ひ得ないのである。理想のうちに生活を溶かし込まうとするのではなくして、飽くまでも生活のうちに理想を味ははうとするのである。夢のうちに現実を托さうとするのではなくして、現実のうちに夢を味ははうとするのである。主観をも客観化して味はうとするのである。大詩人の主観藝術をも、我みづからの客観藝術として味ははうとするのである。かくの如くしてつひには自己そのものをも、われみづからの味ひの対照とせねば、安んずる事は出来ないのである。

此頃の文壇でよく生活の藝術化と云ふ事が云はれて居る。「自己の生活そのものを藝術品とすること」が新らしい文藝の行き方であるやうに云はれて居る。それと同時に「自分の気分のうちに此の現実を浸潤せしめ、自分の気分のまゝに現実を支配せうと欲する一念」が、それ等の文藝を産むもの、やうに云はれて居る。而して「緊張し充実せる現実生活の追求のみが、ひとりよく徹底せる生の享楽を与へ得る」とまで云ふ人がある。

いかにも此の人達の云ふやうに、「自分の気分のうちに現実を浸潤せしめ、自分の気分のまゝに現実を支配せうと欲する」ことも、生活の藝術化であると云へるに違ひない。けれどもさう云ふ意味での藝術化ならば、吾々は既に〳〵遠い昔のロマンチシストの悲惨な生活に於ていやな程見せつけられて居る。シエレーを始め、幾多のロマンチシストの悲惨なる生涯は、凡て自己の夢のうちに人生を浸潤せしめ、自己の情調を以て現実を支配しやうとして倒れたもの、哀れなる生活歴史ではないか。彼等哀れなるロマンチシストの多くは、自己の気分を以て人生を支配しやうと欲するの一念に燃ゆるのあまり、つひに何等生活の味をも味ひ得ずして倒れたのではないか。此の意味での藝術化ならば恋の一念に燃え立つ青春の男女が、その恋の一念に現実の凡てを支配しやうとするの結果、つひに若き命を冷たき死の手にゆだねるのも亦、これ一種悲壮なる人生の藝術化ではないか。

此の意味での藝術化ならば、前に引用した阿部氏の所謂「二重意識の洗礼を受けた」吾々には、到底甘んずる事の出来る訳がない。甘んじやうとしても甘んずることは出来ない。嘗て永井荷風氏の『冷笑』を或る評家が「享楽主義の文学」であるかの如く云つたのに対して、永井氏自ら『紅茶の後』に於てあれは寧ろ享楽主義に生きやうとして能はざる者の悲しみを書かうとしたものだと云つたのも、要するにその心を告白したものではないか。最近の文藝に対してよし藝術化と云ふ言葉が云はれるとしても、それはもう旧いロマンチシストの「自分の気分を以て現実を支配しやうとする一念」に燃ゆるのみの藝術化ではない。寧ろその一念に燃ゆる自分の生活そのものを味はうとする心でなければならない。自分の生活をもその味はうとする心の犠牲として顧みざる程の藝術化でなければならない。さま〴〵な気分、さま〴〵な情調を追うて生活して行く我そのものゝ生活の味を、我れみづから味ははうとする意味の藝術化でなければならない。

既に緊張充実せる現実生活の「追求」と云ふ事がゆるされる以上、既に生活を「味ふ」と云ふ事がゆるされる以上、それはもう決して旧時の所謂「自分の気分を以て現実を支配しやうとする一念」に燃ゆるのみでなくて、寧ろその現実を支配するに足るべき自己の気分のキーノートを攫まうとするプロセッスが、真によく緊張充実せる現実生活を「追求」する歩みでなければならない。自己の生命を托するに足るべき現実生活の基調を攫まうとするの努力でなければならない。而して此の基調の攫まれた暁に至つて、始めて、自分の気分を以て現実を支配する事も出来るのであらう。此の現実生活そのものの味のうちから、自己の生活の基調を攫み来らんとするプロセッスなればこそ、最近の文藝も吾々には胸に徹する響を伝へるのではないか。

かう云ふ意味での藝術化は、味ははうとする欲念に突き出されたる観照の営みに外ならない。われの理想のうちに現実を溶かし込まうとするのではなくして、現実のうちに理想を攫まうとする営みである。われの神秘のうちに現実を化せやうとするのでなくして、現実のうちにわれの神秘を突き当てやうとする営みである。燃えたる観照である。熱したる観照である。吾々の考へ得る藝術化は、此の外にはない。

自分の情調を追うて生きて行くだけが、生活の探求であるならば、自分の気分で現実を支配しやうと欲する一念だけが貴い営みであるならば、藝術はつひに若い女の眼の媚ほどにも値しないであらう。

四

旧きロマンチシストは、ひたすらわれの藝術を以て現実を支配しやうとする一念に逸るのあまり、つひにみづから予測せざる悲劇的運命の囚ふる所となつた。そして彼等自らの意識に残したものは、結局癒すべからざる不満と絶望とであつた。彼等はつひに現実を味ひ得ずに倒れた。けれどそのわれ自らの藝術に現実を支配しやうとして失敗したロマンチシストの後を承けて、ひたすら自己の現実欲のまに〳〵徹底せる生活を営まうとしたヴェルレーン一流のデカダンの一群も亦、困憊疲労懐敗の果に見出し得た境致は、たゞ限りなき暗黒と回復しがたき絶望とであつた。ひとりフローベル、モウパッサン、ドストイエフスキー等の徒のみが、自己の気分を以て現実を支配しやうと欲する一念に燃ゆると同時に、その現実を支配し得べき自己の気分のキーノートを現実そのものゝ味のうちより攫み出さうとする積極的な意識的な営みのある事を知つて居た。就中モウパッサンの如きは、ヴェルレーンの生活を二重にしたやうな烈しい戦の生活を営んだ。味ははうとする欲念と共に、味ふ生活の歴史が始めて開かれた。新らしき観照の世界の曙が来た。前に倒れたる人々を墓より喚び出して、その人々に代つてその人々の生活を味つてやる時が来た。けれども苦しい営みは矢張苦しい営みであつた。旧き故郷を失つたもの丶、新らしい故郷を求め且打ち立てやうとする苦しい努力は、幾多の人々を空しく絶望の墓へ追うた。かくして新生活の真の暁はまだ来ない。

臆病にして賢明なるデイレツタンテイズムの一群は、此の薄暗い世界を彼等の舞台として現れた。ひとり野暮にして執念ぶかき新生活の探求者のみが、今なほ苦しき努力をつゞけて休まない。

傍観を実験にまでも押し進めやうとする、痛ましき人生観照者の努力、勇ましき戦闘員であると同時に、厳正なる従軍記者たらんと努むる人々の苦しき営み、これが果して人生の享楽であるか、将又新らしき Anything unknown を渇し求める苦しい努力であるか。味はんとする心の拗執なる要求よ。(一月十九日)

(「早稲田文学」明治45年2月号)

近代文学十講(抄)

厨川白村

第二講　近代の生活

三　疲労、及び神経の病的状態

心身の過労に基因する病的状態――ヹルハアレン作『触手ある都会』――都会の膨脹――都会生活――神経に与ふる刺戟――近代文学は都会人の文学――精神病患者――ノルダウの所説――変質者とヒステリイ患者――精神的不具者

一方には物質慾が益々盛になつて、しかも之を満たす方の困難が増してゐるから、人は勢ひ過度の労役をしなければならぬ。匆忙繁劇なる近代の生活は何人にも避け難いことになる。しかし人間の体力には限があるから、この過労はやがて心身の病的状態となつてあらはれざるを得ない。勿論この繁劇の度合も徐々に漸を以て増すのであるならば、自然に人間の精力の方も之に応じて増して行くから差支は無いわけであるが、近代のやうな急激な変化に対しては、勢ひ肉体の営養が到底脳や神経の消費を償ふことが出来ないといふ事になる。従つてこゝに人間は疲労 blasé といふ一種の病的状態に陥る。精神病 psychopathy 神経衰弱 neurasthenia は、「世紀末」の人間に通有な病となつたのである。或る学者の所説によれば疲労の状態そのものが既に一時的なる精神病である、普通の健全な人も之を疲労させれば一時 hysteria の患者となるので、精神病者は即ち此疲労といふ病的現象が永続的慢性的になつたものと見れば可いのである。

此問題に関聯して第一に注意すべきは、近代における都会生活のことである。

さきにも引用したあの白耳義の詩人ヹルハアレンは、かつて「触手ある都会」Les Villes Tentaculaires といふ作を公にして、近代における都会の膨張が漸次田園の清境を穢し、鉄道だの製造場だのといふ、まるで動物の tentacles のやうな物を、それからそれへと遠慮会釈もなく延ばして、しきりに美しい山野を喰ひ込むでは荒らして行くのを嘆いた。

La plaine est morne et lasse et ne se défend plus,
La plaine est morne et lasse et la ville la mange.
(田園はうらさびて疲れ果てたり、自ら守る事なし。
田園はうらさびて疲れ果てたり、都市これを食ふ。)

自然科学の進歩に伴ふて種々の器械が発明せられた結果として商工業は著るしく、盛になり、農業の方は漸次勢力を失ふに至つた。即ち製造機械や交通機関の発達の為め、人は多く田舎を去つて都会に集まるといふ有様である。殊に田舎者のうちでも教育あり活動力ある者が自由な発展と享楽とを望むで都会に出て来るから都会は益々繁昌する。のみならず近代は各国みな中央集権《セントラリゼーシヤン》を重むずる為めに首府は益々繁華となり、他の小都会も漸次重要の位置に立つやうになつた。実際この都会に於ける人口集注は最近欧洲各国に於て、統計が明かに示す所の現象である。倫敦の人口が最近における激増の結果、蘇蘭土全体のそれよりも多くなつた如きはその一例である。

いふ迄もなく都会は生存競争の最も激烈な所で、所謂黄塵万丈の巷に奔走して「成功」を求むる人は、過度の刺戟の為めに疲労は一層甚しく、絶えず興奮して feverish になる。今迄は田園の清く静かな生活を送つて居た人も、人口稠密なる地へ来て煤煙に汚れた空気を吸ひ、鋤鍬を棄てゝ商工の仲間に入るがためにおのづから躰質は衰弱する。一般に都会の死亡率は、全人口の平均よりも四分の一だけ多いさうである。狂者病人の類は増し、人が皆早熟早老になるのも、みな都会生活から来る疲労の結果である。殊に物質的進歩の著るしいため、生活状態が益々自然を遠ざかつて人工的になり、歩くところも電車、少し寒くても暖炉、といふ風にして、身体はおのづから天然に対する抵抗力を減じて delicate になり、少しの事にも健康を損するやうになつて、神経のみが益々鋭敏になる。

朝から晩まで視神経や聴神経に受ける刺戟も、之を田舎や或は昔の時代に比すればその烈しさに於て実に数十層倍であらう。看板広告の強い色、白熱電燈の光、電車の響、器械の運転する音、すべて外界から絶えず惩うい ふ強烈なる刺戟を耳や目に与へる。実際「都会病」の原因は単に激しい生存競争ばかりでなく、神経に及ぼす外界の激しい刺戟が有力な原因をなしてゐる事も疑を容れない事実である。之を要するに都会は近代文明の恩恵に浴する事最も大なると共に、其弊害を受くる事も亦最も甚しき場所である。

だから近代の欧州文学は都会の文学である。それも決して十八世紀頃のやうな都雅な典麗な上品な文学といふ意味でいふのでは無くて、刺戟の強くはげしい都会生活を中心としたる文学の謂である。都会生活のあらゆる病的現象が最もよく現はれてゐる文学である。勿論近代に於ても田園文学と称すべきものが無いではない。然しそれも昔の Burns《バアンズ》 や Wordsworth《ウオヅウオルス》 等の作品とは全然性質を異にしたものである。たとへば、都会生活に倦み疲れてしまつた人の心には、幼少の頃に親しかつた田園の風光とか或は其簡朴な生活とかをなつかしむ一種の望郷心 nostalgia がある。またあらゆる刺戟に飽き果てた人には、静穏無事なる田園生活そのものが却つて一種清新な刺戟となるのであつて、近代の田園文学は皆多く惩うい ふ風な心持から生じたものだ。従つてそれは決して純粋の田園文学ではなく矢張り都会生活を中心とした文学、都会人の見たる田園の文学たるを免れないのである。近頃独乙で郷土藝術《ハイマアトクンスト》と呼ばれてゐる類の小説なども、都会生活を離れた作家の郷土を其地方丸出しの語で描いた文学で、矢張り惩うい ふ種類の文藝に外ならぬだらう。

かくて所謂「都会病」といふ精神病的の状態が、世紀末に著るしく現はれた。殊に文藝の方面の人にはさういふ傾向が著るしいと云つて、或る一部の学者は近代の作家を以て、明かに高等変質者 dégénérés supérieurs であると断じた。即ち神経の働きが全く pathological になつて了つて、恰かもそれは常人と狂人との中間に位する者であると見做してゐる。実際またニイチエやモオパッサンのやうに瘋狂院の厄介になつた人もある事だから、之も必ずしも誣妄であるとは云へないかも知れぬ。

か丶る一派の所説を代表する者は Max Nordau《マクス ノルダウ》 氏である。此人はブダペストで生れた猶太人で、元来が医者である。巴里に居つて盛に多くの著書を公にして、種々の方面から近代の文明を攻撃非難して人の注目を惹いた。数ある著述のうちで「変質」Degeneration といふ一冊は、全巻すべて病理学的の立ち場から近代文藝を観察し、痛快に之を罵倒し去つたものである。もとより普通の道学者流の空漠たる攻撃論ではなく、一方には科学の確かな論拠により、一方には文藝の作物を精細に調べての論であるから、確かに一顧の価値はある。いま参考の為め、此一巻の議論の中心となつてゐる「世紀末」の diagnosis を紹介しよう。近代人の精神病的状態を診断するに、著者は欧羅巴各国の法医学者や精神病学者などの所説を参照して、統計を挙げ、博引旁証甚だつとめた者である。殊に此間死むだ伊太利のLombroso《ロンブロソ》教授——天才は即ち狂気なりといふ議論で夙に文学の方でも名高い——などの説は最も有力な拠りどころになつてゐる。

ノルダウ氏の説く所に拠れば、これら「世紀末」の疲労から生ずる変質者には、第一その肉体に於て既に常人と異つた特徴が見られる。即ち顔面や頭蓋が左右不平均に発育してゐるとか、耳の形が不完全だとか、或は目が斜視であつたり歯並《はなみ》が不規則であつたり、すべて種々雑多な点に於て身体上の不具者である。それと同時に渠等はまた其精神状態に於ても不具者である。常識を欠き、善悪無差別に、殆むど道徳観念の無い moral insanity の有様にある。そして無闇《むやみ》に自我の念の強い事と一時の衝《イム》動《パルス》に動かされ易い事とが、此没常識不道徳の心理的原因をなしてゐる。次に著るしいのはその情緒を動かされ易い事、即ち emotionalism で、何でもない事に笑つたり泣いたりする。平凡な詩文絵画或は殊に音楽に対して烈しく感動するが如き類である。そして当人は却て此感じの鋭敏なのを誇りとし、凡俗の解する能はざる処なりとして独り得意がつてゐる。第三の特徴は心意の薄弱なると元気の銷沈と。之は其人の周囲の状況によつて或は厭世悲観となり、或は宇宙人生すべてに対する恐怖となる。平生つねに困憊倦怠と云つたやうな ennui《アンニユイ》 の心持になやみ、人の顔さへ見れば同じやうな愚痴をばかり並べる。万事に触れて自己を浅ましく思ふ。第四には著るしく活動にものうき状態となり、脳力の欠乏と意志の薄弱なるが為めに、ひたすら安逸無為を貪る。しかも自分は独り超然として、quietism の哲学われに在りと云つたやうな気でゐる。第五には取りとめも無き夢想に耽る事。ながく注意を一事に集注して、之を判断し追究し、纏つた思想にする丈けの脳力が無い。従つて漠然たる、曖昧の、順序なき、断片的の妄想にばかり耽るのである。第六は懐疑的傾向、即ち種々の問題に疑惑を抱いて其根底を詮索する、そして解決が得られないからと云つて煩悶する。また凡べて自己の周囲にある現状に満足しないから、矢鱈に革命だの改善などと騒ぎ立てるが、さて其結果が旨く行つた験《ためし》は無いのである。最後には神秘狂、即ち mystical delirium の状態で、神秘的な宗教信仰などに凝り固まる。以上はノルダウが、近代変質者の病的特徴として論じたものの要領である。

ノルダウ氏はまた更に近代人の hysteria《ヒステリア》 の病的状態を説いて、第一渠等は何事にも印象を受けること敏《さと》く、暗示に感じ易い。摸倣は勿論人間の天性ではあるが、病的なる渠等にあつては殊にそれが甚しい。他人のつまらない思ひ付きを見ても直ぐにそれを真似る。文藝作家などの新しい傾向を迎ふるには驚くべき程熱心で、作中人物に自らを擬して、其態度から衣服まで模倣しやうとする。或る流行児《はやりつこ》の女優が黄色の着物をきて人々から喝采せられると、巴里の社交界は一夜にして黄色の服装に変ずるといふ風に、すべて何事にも近代の一時的流行熱の盛なのは之が為めである。第二には、何事につけても渠等は自己中心で、「我」といふ者が其眼界の全部を蔽ふてゐる。甚だしいのは異様な服装や行為をなして、ことさらに他人の注意を自己の一身にあつめ、世間の噂の種になつて得意がる者すら多い。第三には、党同伐異の風盛に、徒らに何々主義《イズム》を標榜しては多数が其旗幟のもとに集まり、太鼓や喇叭で騒ぎ立てる、俗衆また之に雷同するといふ有様である。文藝は常に純粋な個人的活動であるにも拘はらず、近代に於ては、さながら銀行か会社でも創めるやうに、党をなして団結するのは是れまた一種の病的現象であると、ノルダウ氏は説いてゐる。

然し恁ういふ diagnosis から考へて、之等の精神的不具者を以て直に無能な腑甲斐ない人間だと思ふならば、それこそ大なる誤解である。すべての天才、殊に文藝上の天才と云はれる人々は、其人の精神的能力が偏頗に発達し、一方面にばかり延びた為めに、他の能力が萎靡振はなくなり、従つて病的になつた者であると解釈されてゐる。天才を一種の神経病患者なりといふ説を、今更ら繰返へすのも古いが之もまた一面の観察である事だけは注意せねばならぬ。殊に近代に於ては物質的進歩の結果として、分業と云ふ事が益々細別され、各人専門の範囲が狭くなるに従つて、或者は視神経ばかりを過度に使ひ、或者は聴神経にばかり鋭敏な刺戟をうけ、腕力ばかり働かす人、脳力ばかり使ふ人、といふ風に分業が盛である。そして多く用ゆる部分が多く発達するのは一般進化の原則であるから、勢ひ他方面の能力を萎縮せしめ之を犠牲にして、能力が一方面にばかり限られて偏頗に発達するといふ結果になる。音楽家の耳、画家の色彩感《カラアセンス》の如きは此適例で昔の Titian は、人の一色を見る所に五千の色を見たとさへ伝へられてゐる。之が即ち近代に於て精神的不具者の多い原因で、故ロムブロソ教授の如きは、是等の変質者こそ人類一般の文明を進歩せしむる活力であるとさへ断言した。

ノルダウ氏の此説に関しては随分是非の論が喧ましい。現に Bernard《バアナアド》 Shaw《ショオ》氏の「藝術の健全」The Sanity of Art や無名氏の『再生《リゼネレイシヤン》』といふやうな書物も、皆此説に対して書かれたものである。それは兎に角、ノルダウ氏の論は全く病理学の見地からのみ説かれた純然たる物質的観察であつて、思想界に於ける大勢の推移といふやうな大切な側は全く閑却されてゐる。とかく医者だの科学者だのといふ者は、いつも恁ういふ一方に偏した僻説を吐く者で、恋愛は単に性慾に外ならぬなどと云ふのも同様で、物はさう簡単に気ばやく解釈し得らるゝものでもなく、また殊に複雑錯綜を極めた近代思潮の如きに至ては、勿論また別に他の種々の方面からも慎重な考察をする必要があるとおもふ。

四　刺戟

刺戟物興奮剤の需要激増――刺戟を求むる心――獄裏の囚人と近代人の生活――強烈なる肉感的刺戟――フォレル教授の説――官能のみの生活――麻痺――新奇な不自然な刺戟――病的なりといふは俗説のみ

以上述べて来た病的現象に関聯して、忘るべからざる問題は、刺戟といふ事である。

烈しい生存競争場裡に悪戦苦闘する近代人は、過激な労役から生ずる疲労や倦怠を覚えるから、何とかして人工的に心身を興奮させやうとする。また余りに鋭くなつた神経を静め、之を休めむが為めにも、種々不自然な手段を要する。即ち色々な刺戟物、睡眠剤、興奮剤等の必要は之から生ずるので、つまり恁ういふ物を用ひて、暫くたりとも生活の苦痛や外界の圧迫から逃れやう、或はそれを誤魔化さうとするのである。欧州の文明国に於て、近頃酒や煙草の消費高が年々激増するのは統計表が明かに示す所で、ノルダウ氏の本に挙げてある一例を云へば、仏蘭西の煙草の消費高は、千八百四十一年に一人で〇・八キログラムの割合であつたものが、千八百九十一年には、一人について一・九キログラムの割となつた。即ち僅かに半世紀間に於て二倍以上の増加を示したのである。なほ普通な酒や煙草の外に、鴉片だの、hashish《ハッシッシュ》だのといふ物の需要も増せば、また同じく酒のうちでも absinthe《アブサント》 のやうな特に強烈な種類を要求する。この酒は仏蘭西の軍隊では飲用を厳禁せられてゐる程で、飲むだ人の頭に一種特別な hallucination を起こさせるので名高い。英吉利の Marie Corelli《マリイ コレリ》 女史の小説「苦蓬《にがよもぎ》」"Wormwood" のなかには、巴里の人が之を飲む恐ろしい有様を精細に写したのがあるが、またかの詩人 Verlaine《エルレイン》 が年のわかい頃から之を嗜むだ事も人のよく知る有名な話だ。

英国十八世紀の或る文豪が恁ういふ事を書いてゐる、吾人の住むでゐる世界には、青の色が一番主要な部分をなしてゐる、それは、他の色が人間に与へる刺戟は、或は強きに失し或は弱きに過ぎてどうも都合が悪い。そこで神様はわざ〳〵青といふ色を撰むで、恰度好い加減の刺戟を人間に与へるやうに工夫せられたのださうだ。此古い論の可否は別問題として、人間の生活が絶えず適度な刺戟を要求する者である事だけは疑ひを容れない点である。ところが或場合には、私共は極めて不自然な人為的な刺戟を求め、遂には一種の苦痛をすらも喜ぶ事がある。例へばかの悲劇に対する快感などは、アリストテレス以来美学上の説明は区々であるにもせよ、矢張りこの刺戟といふ方面からも解釈が出来る。わざ〳〵金銭と時間とを使つて芝居を見て涙を流しに行くのは、人間の酔狂でも何でも無い、全く刺戟を求むるのあまりに苦痛を喜こぶ一例に他ならぬのである。殊に人間の生活が単調であり、四囲の境遇が平凡なるに従つて、この刺戟を求むるの念は益々強烈の度を加へるが常だ。或はまた過労の為めに倦怠疲労の極に達した時などは、何等かの刺戟によらなければ、到底自己存在の意識が得られない。恰かも眠くて堪らない時に自分の手でも足でも抓《つめ》ると、その痛いといふ刺戟によつて、はじめて自己の存在を認むるが如くに、此刺戟によつて意識の内容を知り、己れの死物にあらざるを覚るのである。

かの獄中囚人の生活ばかり世に単調無味なものは恐らく無からう。ありとあらゆる束縛を一身に受けて四囲の圧迫に殆むど身動きもならず、朝から晩まで同じ処に同じ事を繰返して彼等は生きてゐる。しかも病人とは違つて肉体の活力は依然として盛なのであるから、人間は恁ういふ時に浅ましいほど其獣性を露出する。即ち自己存在の意識が得たさに、刺戟を貪る心は非常に熾であるが、その刺戟は全く之を肉感的官能的方面にばかり求める。かかる時肉慾に餓えたる其有様は実に驚く可き程であるといふ事は、実見者が現に私共に語つてゐる所だ。さてこの事を近代の人々の生活に移して考へて見ると、渠等も亦た或る意味に於てはまさに獄裏の人である、少くとも渠等自らは然かく感ず可き理由があるのである。近代の生活は昔の浪漫的《ロマンテイツク》な時代と違つて、それは極めて平凡てある、そして其平凡な生活を送るのにさへ、昔に倍した努力を要し、苦痛を忍ばねばならぬ有様である。後段に於て説くべき渠等の人生観が既に圧迫せられたる行き詰つた者であるのみならず、外部の日常生活そのものが既に平凡単調にして、また倦怠疲労を招くものである。外界の圧迫に殆むど身動きの取れない状態である。従つて渠等は此一種の獄裏の生活に堪え得ずして、肉感的方面にのみ強い刺戟を猟《あさ》るのである。之が為めには或は不自然な人工的手段により、或はまた道徳法律の埒外にも飛び出す事をすら敢てするのである。恁ういふ刺戟が無ければ、渠等は実際自分で生きてゐる心地がしないからである。殊に前に云つたやうに、近代は其平凡生活そのものが既に酷《ひど》く官能的刺戟に富み、人々を病的神経質のものにしてゐるから、其求める刺戟は勢ひ一層強烈ならざるを得ない。そして成るべく新らしいものを、珍らしいものをと追求するに至るのも、蓋し自然の結果であらう。すべて肉慾――殊に性慾の問題が現代生活に於けるほど重要なる意義を持つに至つたのは、古来多く例の無い事で、その原因の重なる者は、恐らく此肉感の刺戟に餓えたる精神病的の状態に外ならぬのであらうと私は思ふ。恁ういふ現象は仏蘭西自然派の文学はいふ迄もなく、また Andreyev《アンドレイエフ》や D'Annunzio《ダンヌンチオ》の小説に著るしい事は人のよく知る所である。殊に肉慾が如何に病的な近代の人間を悩まして居るかは、トルストイ伯の作“Kreutzer《クロイツエル》 Sonata《ソナタ》”などに著るしく現はれて居たとおもふ。

すべて精神の病的状態と刺戟を求める心とは、結果がやがてまた原因となつて両者の間に相即不離の関係があることは云ふ迄も無いが、殊にそれが官能的方面に於ては、顕著にあらはれるのである。神経が病的であるから熾に刺戟を求める、刺戟が多いから、なほさら病的になるといふ次第である。元来多く刺戟を受ける官能が多く鋭敏になるのが原則であるから、飽く事を知らずに新らしい強い刺戟をばかり求める人は、勢ひ遂には官能的生活のみの人間のやうになつて了ふ。今日欧羅巴で恁ういふ方面の研究を以て特に有名な瑞西の August《アウグスト》 Forel《フオレル》 教授の説によると、現代文明国の都会人は余りに烈しい官能の刺戟の為めに、その生殖機能をすらも損つてゐる。即ち舞踏だの ballet だの流行は勿論、曲馬とか軽業とかいふものが盛に人を引きつける、恁ういふ遊戯には皆若い女が肉襦袢一枚の半裸体で、男と一緒に躍つたりなどして、乳房の恰好から脚の形まで、裸体同様に外に見せてゐる。まだ歳の行かないうちから恁ういふ物ばかりを見るのであるから、人の生殖機能が完全に発達しないうちに、官能にうける強烈な刺戟のために先づ愛情ばかりが不自然に発達する。其結果は病的になり、遂には本当の結婚によつて健全な子孫を得る事が出来ぬといふ有様になるのだと云つて氏は躍起となつて奮慨してゐる。此論は今、別問題として、兎に角今日の都人には、思想とか理智の力とかいふものを欠いて殆むど全く官能ばかりに生きてゐるやうな人物が甚だ尠くない。近代文学に見えたさういふ人物の著るしい者は、ダンヌンチオの「死の勝利」(Il Trionfo della Morte) の主人公 Giorgio《ジオルジオ》同じ人の「無辜者」(L'Innocente) の主人公 Tullio《テユリオ》或は Oscar《オスカア》 Wilde《ワイルド》の小説 "Dorian Gray" の主人公などが其好適例であらうと思ふ。

また此官能的生活が極度に達して、それが遂に或る限度を越へるといふ程までになれば色情狂《エロトメニ》とが酒精狂《デイプソメニア》とかいふ色んな名のつく者が出来るのである。それがまた更に遺伝といふ事のために、子孫に伝はつて、益々病的状態が昂進する。即ち Zola《ゾラ》の作や、イプセンの戯曲「幽霊」(英訳 "Ghosts") などにあるやうなあゝいふ現象が生ずるのである。或はまた、後段に説くべき仏蘭西の象徴派の詩人なども、官能の発達が極度に達した者に外ならぬので、例へばかの Arthur《アルテユウル》 Rimbaud《ラムボオ》が母音には色があると云つた名高い「母音」(Voyelles) と題した詩の第一行、

A noir, E blanc, U vert, O bleu, voyelles.

(母音よ、Aは黒、Eは白、Iは赤、Vは緑、Oは青)

と歌つた恁ういふ感じは、それが果して不健全呼ばはりす可きものか否かは暫く別として、とにかく此詩人ほどに鋭敏な神経を持たない普通人には到底感じ得られない極度のものであるには相違ない。

刺戟にはまたやがて麻痺といふことが伴ふ。即ち余りに刺戟を続けると、感じがおのづから鈍くなつて、遂には刺戟を刺戟だとも何とも思はなくなり、それが日常の米の飯と同様に必要な物になる。即ちこれ無くしては堪へられなくなり、生きて居られなくなるのである。例へばモルヒネを多量に用ゆる事が長く続くと其結果、之を用ひなければ其人は三日間も眠るといふ話である。またかの画家詩人 Rossetti《ロゼッテ》が最愛の妻に死に別れ、其悲痛の為めに起つた不眠症の苦みを逃れむ為めに chloral《クロラル》を飲むだが、後には段々その量を増して、遂には之なくては全く睡眠が出来なくなつたといふ事は、どの伝記にも書いてある。

世間にはよく、酒気を帯びなければ仕事が出来ないといふ人があるが、あれなども麻痺の結果、酒精の刺戟が必要物となつて了つたのであらう。その他煙草が一日一時間も止められないなぞは毫も珍らしくない話で私なぞもかつてさうであつた。すべて恁ういふわけで刺戟は、麻痺したる近代人に取つて、既に生存上必要欠く可からざる物となつて了つたのである。

既に麻痺の域に這入ると、先づ刺戟の量を増して益々強度にする必要があるのみならず、遂には其質をも変じて、種々の異なつた新奇な刺戟を要求するに至るので、甚しきに至つては時々珍らしい瞬時の刺戟をさへ猟るといふ有様になる。たとへば、近代に於ける凡べての流行が猫の目のやうに変遷して行くなぞも、矢張り此新刺戟を求むるの心に外ならないであらう。之に関しては独逸の Hanstein《ハアンシュタイン》 氏が一寸面白い例を挙げてゐる。即ち

Wie der Hypochonder einen gewissen Genuss darin findet, sich jeden Tag neue Krankheiten eiwzubilden, so sclhwelgen diese Art Künstler darin, ihre nerven in jeden Augenblick alles aufmerksam zu machen, was dazu geeignet sein Könnte, sie zu erschrecken und sie noch nervöser werden zu lassen. —— *Das Jüngste Deutschland,* S. 243

（鬱憂病患者《ヒポコンデル》が毎日何か新しい病気を妄想して、それで一種の満足を得ると同じく、恁ういふ風な藝術家は、時々刻々何でも都合の好ささうな物に自分の神経を喚起して、それを驚かせ、益々それを過敏ならしめて喜こむでゐるのである）。

此鬱憂病者《ヒポコンデル》の例も少《ち》と酷いが、実際近代の人間は尋常一様の刺戟には満足せず強いて無理やりに人工的な事をしてまで刺戟に渇してゐるのは事実である。種々雑多な珍らしい刺戟を貪ぼるから、其結果は大抵のものではこたえなくなるし種も尽きて了ふ。そこで益々不自然な病的な方面に刺戟を求め、優美なものよりも妖艶なもの、淡泊なものよりも毒々しいもの、否な遂には、美なる物よりは却つて一見醜なる物にさへ趣味を持つやうになつて、近代人の美感は実に昔日と千里の差を生ずるに至つた。文学藝術の方でも作家が好むで恁かる作品を出せば、世人も亦た喜むで之を迎へるといふ有様になる、（勿論之は一般に近代の藝術が、古法を棄て因襲を脱し、つとめて新意を創めやうとする為である事は固より云ふ迄もないが）。例へば彫塑の方では、古代希臘のそれのやうな典雅沈静の作、美学でいふ均斉、対等といふやうな点に重きを置かれた作物よりは、現代仏蘭西の印象派彫刻家の巨擘 Auguste《オオギュスト》 Rodin《ロダン》の作の或物のやうな、形の極めて不規則な、整つたといふよりは寧ろ乱れた、一見殆むど醜なりとも見ゆるやうな彫塑が貴ばれる。絵画も同様に現代の趣味は決して昔の Raphael《ラファエル》 時代のやうな美しい作物に向つてゐない、それよりはかの物凄い妖艶険奇な Arnold《アァノルド》 Böcklin《ベックリン》 の作や、或は印象派の画家が強い光線強い色彩を画面に現はした刺戟の強い物が歓迎せられてゐる。（殊に後者の場

合の如きは、一般の近代人が色彩感覚の特に鋭くなつた事を証明してゐる)。また劇の方で一例を挙げると、古代希臘の芝居などでは舞台で血を流す事を一切避けたものである、然るにOscar《オスカア》 Wilde《ワイルド》の名作“Salomé《サロメ》”などには、銀盤に予言者Jokanaan《ヨカナアン》の血汐したたる生首を載せて、之に接吻する所がある、観客は恁ういふ処を見て大喝采をするといふ風である。すべてがさういふ奇抜な新奇な不自然な方面に刺戟を猟らうとするから、その為めには道徳や法律の埒外に飛び出して罪悪をすらも敢てする。Wilde《ワイルド》やVerlaine《ヹルレイン》が女色などには飽き果てて、不自然な男色のために遂に獄裏の人となつた話なども、この例証であらう。

さて玆に注意して置きたいのは、以上述べたやうな現象を以てあながちに病的であるとして、之を貶し去る事の出来ないといふ点である。蓋し神経の鋭敏を以て直に病的なりと論断するが如きは、単に半面の観察であつて、或る場合にそれは甚だ皮相浅薄の俗説たるを免れないのである。第一この多忙繁劇な時代に、神経衰弱などで世の中が渡れやう筈が無いでは無いか、さういふ病人がどうして近代生活の大浪に身を投じ、抜手を切つて泳いで行く事が出来るであらう。あらゆる感覚の鋭敏は文明人の特色である。蒙昧野蛮の田夫野人とculture あり智識ある人間とを比較すれば、後者の著るしき特徴は凡べての感じの鋭敏であるといふ点に存するのである。Ruskin《ラスキン》の語を以て言へば、delicacy を欠いてゐることが即ち vulgarity である。即ち近代文明に哺育せられた人は、其特有たる鋭敏な感受性を以て、昔の人が粗雑な感覚を以てしては到底味ひ得なかつた所のものを味ひ、感じ得なかつた所のものを感じ得るのである。それだけ精神的にも肉体的にも、生活の内容が豊富となり、広闊になり、変化に富むやうになつたので、之を譬ふれば、昔の生活は、田舎者の単調な、見すぼらしい内容の貧弱なしみつたれた生活で、近代のそれは、都人の花々しい派手やかな、そして霊肉両方面の生活に盛な驕奢を競ふものであると見て可いのである。

(明治45年3月、大日本図書株式会社刊)

生の要求と藝術

片上　伸

一

藝術に向つて吾々の求めるところは何であらうか。藝術の製作と鑑賞が吾々に与へるものは何であらうか。藝術は吾々の生活の価値を高めるものであるとも言へる。また藝術は吾々に、生の妙味を広く深く味はしめるとも言へる。然らば更に、生の妙味を広く深く味ふといひ、生活の価値を高めるといふことは、吾々にとつて何を意味するか。私は先づこのことを考へて見たい。

吾々の生活は、常に弛みなく、溌剌とした生気に充ち耀やいてゐるとは言へない。否寧《いなむし》ろさうでないのが吾々の生活の常態である。欲望の矛盾分裂、乃至《ないし》散漫が吾々の生活の常態である。吾々の心持ちに、多少でも緊張があり、充実があり自由な活躍があり、光りがあることは、寧ろ少ない方であると言はねばならぬ。吾々の生活は、苦痛や悔恨や、自卑や焦躁や、浅薄な得意や、空想の歓喜やに充ちてゐる。自惚れなく考へて見て、真によく心往くまで自由な生彩ある自己の生活を生き得たと思ひ得る程の生活が、長さに於いても雅量に於いても、果たしてどの位有り得やうぞ。

けれども勿論吾々はこんな状態にぢつとしてゐることは出来ない。このつまらない、生きがひの少ない、空疎散漫の生活を、何等かの方法によつて価値あるものにしなければならぬ。充実し、緊張した、光彩あり生彩あるものとしなければならぬ。而して藝術は、実に斯くの如き吾々の生活に光彩と生気とを与へるものである。藝術は生の妙味を味はしめるといふが、そも〳〵この味ふといふ心持ちは何を意味するか。日常の生活が、欲望の矛盾相殺によつて、だん〳〵散漫微薄となり妥協的となりつゝ、而かもその間に没頭し浮沈せる吾々は、斯くの如き生命の動揺にも深く想ひ到ることがない。たとひ想ひ到つても、生命の苦闘が発する見えざる火花に心を射らるゝこともなく、茫々として生の皮相に泛んでゐる。たゞそれが一と度力ある藝術となつて吾々の前に展開せられるとき、吾々の心は初めて沈潜し、緊張し、集中して、生の事実に眼《まなこ》を瞠《みは》るである。眼を瞠つて藝術が示す生の活図を凝視するに至つて、吾々のだらけた、空疎散漫の心が、初めて何ものか非凡異常の生命に光被《くわうひ》せられた如くに緊張し活躍する。そこに初めて吾々の生活は、力あり光ある刹那の火と燃焼する。

之れを要するに、生を味ふとは、散漫なる生活に、常に新らたなる生命の焦点《フヲーカス》を求めることである。生命の感応なき微薄なる吾々の生活に、強き緊張を与へんとすることである。没頭浮沈して昏迷せる吾々の盲目の生活に、睛《ひとみ》を点じ光りを掲げんとすることである。生命の焦点《フヲーカス》を捉へ、睛を点じ光りを掲げて、吾々の生活を観照するとき、吾々の生活は、新らしき光りと力とを以て吾々の心に迫つて来る。吾々はこゝに初めて自分の生ける命を感得するのである。これを生の意識に覚めると言つてもよい。生命の充実緊張を感ずると言つてもよい。生を味ふと思ふ刹那に、ハツと思ふ心のとゞろきは即ち生命の活躍である。空疎散漫なる生活が、生気と光彩との活躍燃焼に蘇るのである。生を味ふといひ、生を観照するといふのは、所詮この生命の充実、緊張乃至活躍を欲する一念の発動に外ならない。

二

斯くして吾々が藝術に求めるところは、生命の充実緊張であり、生命の活躍である。自己の生命の充実を感得することによつて、自己の生活を生きがひありと思ふことである。われ真に生けりと思ふよろこびを、観照の刹那に強く感ずるとき、吾々は生を主張し要求する一念の更に高まることを禁じ得ない。

而《し》かも吾々の見出だす生の焦点《フヲーカス》は無限に同じからず、生の充実緊張の感じは、絶対に個人的である。時を異にし人を異にして、吾々の主観内容は、その強さに於いてその質に於いて無限に不同である、そこに生活の個性があり、進化があり、又そこに藝術の個性があり、進化が在る。たとひ、吾が生活こそは常に充実し緊張し、常に統一あり、常に生気の潑剌として、照り耀やける生活であると、敢て言い得る非凡異常の人が在りとするも、それが為めに藝術を要せずと言ふことは出来まいと思ふのである。非凡異常の人と雖も、一層高き生活の価値を求め、一層強き生の充実を欲する無限の欲求に生きてゐる限り、藝術は常に必要であらねばならぬ。たゞこの場合に於いては、その要する藝術も亦た非凡異常の生命を光被し得る底のものでなくてはならぬ。生活の充実に求める心の鈍く乏しいものは、低き藝術によつても生ぬるき生のよろこびを感ずることが出来る。所詮生活に求める心のさま〴〵が、藝術のさま〴〵となつて現はれるのに過ぎない。

三

生の観照が吾々の生活の意味乃至価値を高めるとは言つても、それが直ちに生活の色彩と光明とを高調して、生活の積極面光彩面を強めるといふことには限らないのである。それが必ずしも生活の一面を人工的に強め飾つて、他の一面を抑圧するといふことではないのである。藝術は何等かの仕かたを以て、結局生活を主張するものであらねばならぬ。生活を否定し、若しくは生活の価値を散漫微薄にする藝術が、価値なきものであることは今さら繰り返すまでもない。けれども、謂はゆる生の充実緊張乃至活躍の感じが、単に花やかな明るい官能の刺戟の生活や、何等かの新らしい理想を夢む生活によつてのみ得られるものと解するのは、解するものゝ誤りである。かくの如き生活を、謂はゆる生の積極面光彩面と名けるなら、この一面の生活の主張も、亦た確かに生の充実を欲する心の現はれではある。しかしながら、謂《い》はゆる生の積極面にもせよ、またその消極面にもせよ、単に明るいとか暗いとか、苦しいとか楽しいとかの区別を標準として、生の充実を欲し、生の活躍光耀を欲する一念の強さ弱さを判ずることは出来ないのである。積極面といひ消極面といふのは、また明るいといひ暗いといふのは、つまりその一念の発動する方向を示すのに外ならない。更に言ひ換ふれば、生の充実緊張を欲する心の質の差である。生の充実を欲する心の強度に至つては、明るきが故に強く、暗きが故に弱いと言ふことは、必ずしも出来ないのである。

　現実描写の藝術は、生の真実を吾々の眼前に展開して、寧ろ多く生活の暗面を露呈する。苦痛と不安との生活は、暗中に発する火花の如く、吾々の心に強き閃めきを投ずるのである。現実描写の作品に於て、吾々の求めるところは、具象的実質ある活人生である。鋭敏なる神経と官能との顫動《せんどう》である。描写に光つたところのあるといふのは、神経と官能との顫動から触発する、生の活躍の火花を意味するに外ならない。而《しか》して現実に触発する火花の強ければ強いほど、吾々は愈ゝ深く生活の緊張を感ずるのである。自己の生命の活躍を感ずるのである。この意味に於いて、現実描写の藝術は、明らかに散漫なる生活に焦点を与へ、盲目の生活に睛《ひとみ》を点じ光りを投ずるものである。微薄なる生活の呼吸はこれによつて緊張する。吾々が現実描写の藝術に憂ふるところは、その花やかに明るい生活の積極面を強く掲げ示さない点ではない。やゝもすれば散漫なる生活を唯そのまゝに模写して、これに強き焦点《フヲーカス》を烙《や》きつけることの足らざるを危ぶむのである。生の緊張を欲する吾々の心は、現実描写の作品に趨《はし》つて、生を味はんとする心の満足を求めるのに、真によく散漫なる生活を緊張してくれる、力ある生の具象的実質に触接することは稀れである、描写に現実の深さを求めるのも、所詮は現実の奥深く沈潜して、その描写に、強き生の焦点《フヲーカス》を烙きつけよといふ意に外なるまい。また一層強く深き生の活躍を吾々に与へよといふ意に外なるまい。この意味から私は今の現実描写の作品に、尚多くを求めるものである。現実描写の藝術は、更に深く更に強く、生の緊張と活躍とを吾々に与へ得る可能を有してゐるのである。

四

けれども、現実描写の藝術が、謂はゆる光彩ある生の積極面を強め高めるものでないことは事実である。現実描写の藝術は、散漫なる生活そのものを、飽くまでもそのまゝに認めるところに根柢を有する。生活の散漫なる実相を変化することなしに、その奥に動ける生命を捉へんとするのである。言ひかへれば、現実そのものゝ中に、自己の生命の火花を触発せしめんとするのである。而してこの現実に自己の生命を触発せしめんとする精神が、光彩ある生の積極面を強め高めんとするロマンテイシストの心と結び着いて、そこに一種の複雑なる要求を生じて来る。即ち苦痛と不安と矛盾との現実のうちに、技巧的に光彩ある生活を創造せんとするのである。或ひはまた、生の積極面を高調しつゝ、而かもその中に現実の破綻を認めやうとするのである。更にまた光彩ある生活を技巧的に創造することの困難と、その中に生きて生の充実を感ずることの不可能を意識して、自から欺くことの快さと苦しさと、生の冷熱と明暗との不思議なる交錯から生ずる一種の緊張に生きんとするものである。吾々はこの要求に、光彩ある生活に対する傷ましき憧憬を認めねばならぬ。

　吾々にとつて、真に光彩ある積極面の生活は果たして如何なるものであるか。散漫に集中し、だらけたものを引き緊めて、生の緊張を強めるばかりでなく、更にその緊張せる生を明るくし、花やかにする力ある藝術は、如何なるものであるか。かくの如き生活も、かくの如き藝術も、その出生は必ず可能であらう。けれどもこれ等の実現は、凡て未来のことに属する。たゞ、現実の観照によつて、生の緊張を感じ得た人々の心が、明るい花やかな綾ある世界に向つて、無限に伸長することを慾望するやうになつて来たことは事実である。而《しか》してこの慾望は如何なる処に由来するか。単に散漫空疎なる現実の生活を緊張するに止まらずして、更にその生を増大し充実せんとする一念に基くことは言ふまでもない。生の伸長増大を欲し、充実歓喜を願ふ無限の慾望が、結局今日以後の生活と藝術とを支配するであらう。而《し》かもその慾望の愈ゝ強くして愈ゝ充たし難く、愈ゝ充たし難くして愈ゝ募り行くことも、今後の生活と藝術との重大なる特徴であらう。所詮そこには葛藤があり悲劇が在る。吾々はその葛藤と悲劇に、更に新らたなる生活の意味を味はねばならぬであらう。

（「太陽」明治45年3月号）

三山居士

夏目漱石

二月二十八日には生暖たかい風が朝から吹いた。其風が土の上を渡る時、地面は一度に濡れ尽くした。外を歩くと自分の踏む足の下から、熱に冒された病人の呼息の様なものが、下駄の歯に蹴返される毎《ごと》に、行く人の眼鼻口を悩ますべく、風の為に吹き上げられる気色に見えた。家へ帰つて護謨《ごむ》合羽《がつぱ》を脱ぐと、肩当の裏側が何時の間にか濡れて、電燈の光に露の様な光を投げ返した。不思議だから又羽織を脱ぐと、同じ場所が大きく二ケ所程汗で染め抜かれてゐた。余は其下に綿入を重ねた上、フラネルの襦袢と毛織の襯衣を着てゐたのだから、いくら不愉快な夕暮でも、肌に煮染んだ汗の珠が此所迄浸み出さうとは思へなかつた。試ろみに綿入れの脊中を撫で廻して貰ふと、果して何処も湿つてゐなかつた。余は何うして一番上に着た護謨合羽と羽織丈が、是程烈しく濡れたのだらうかと考へて、私かに不審を抱いた。

池辺君の容体が突然変つたのは、其日の十時半頃からで、一時は注射の利目《きゝめ》が見える位、落ち付掛けたのださうである。夫《それ》が午過《ひるすぎ》になつて又段々険悪に陥つた揚句、とう〳〵絶望の状態迄進んで来た時は、余が毎日の日課として筆を執りつゝある「彼岸過迄」を漸く書き上げたと同じ刻限である。池辺君が胸部に末期の苦痛を感じて膏汗《あぶらあせ》を流しながら藻掻《もが》いてゐる間、余は池辺君に対して何等の顧慮も心配も払ふ事が出来なかつたのは、君の朋友として、朋友にあるまじき無頓着な心持を抱てゐたと云ふ点に於て、如何も残念な気がする。余が修善寺で生死の間に迷ふ程の心細い病み方をして居た時、池辺君は例の通りの長大な軀幹《からだ》を東京から運んで来て、余の枕辺に坐つた。さうして苦《にが》い顔をしながら、医者に騙《だま》されて来て見たと云つた。医者に騙されたといふ彼は、固より余を騙す積《つも》りで斯ういふ言葉を発したのである。彼の死ぬ時には、斯いふ言葉を考へる余地すら余に与へられなかつた。枕辺に坐つて目礼をする一分時さへ許されなかつた。余はたゞ其晩の夜半に彼の死顔を一目見た丈である。

其夜は吹荒《ふきすさ》む生温い風の中に、夜着の数を減《へ》して、常よりは早く床に就たが、容易に寝つかれない晩であつた。締りをした門を揺り動かして、使ひのものが、余を驚かすべく池辺君の訃をもたらしたのは十一時過であつた。余はすぐに白い毛布《けつと》の中から出て服を改めた。車に乗るとき曇よりとした不愉快な空を仰いで、風の吹く中へ車夫を駆けさした。路は歯の廻らない程泥濘《ぬか》つてゐるので、車夫のはあ〳〵いふ息遣《いきづかひ》が、風に攫《さら》はれて行く途中で、折々余の耳を掠めた。不断なら月の差すべき夜と見えて、空を蔽ふ気味の悪い灰色の雲が、明らさまに東から西へ大きな幅の広い帯を二筋許り渡してゐた。其間が白く曇つて左右の鼠を却つて浮き出す様に彩つた具合が殊更に凄かつた。余が池辺邸に着く迄空の雲は死んだ様に丸で動かなかつた。

二階へ上つて、姑《しばら》く社のものと話した後、余は口の利けない池辺君に最後の挨拶をする為に、階下の室へ下て行つた。其処には一人の僧が経を読んでゐた。女が三四人次の間に黙つて控へて居た。遺骸は白い布で包んで其上に池辺君の平生着《ふだんき》たらしい黒紋付が掛けてあつた。顔も白い晒しで隠してあつた。余が枕辺近く寄つて、其晒しを取り除けた時、僧は読経の声をぴたりと止めた。夜半の灯に透かして見た池辺君の顔は、常と何の変る事もなかつた。刈り込んだ髯に交る白髪が、忘る可からざる彼の特徴の如くに余の眼を射た。たゞ血の漲ぎらない両頬の蒼褪《あをざ》めた色が、冷たさうな無常の感じを余の胸に刻んだ丈である。

余が最後に生きた池辺君を見たのは、その母堂の葬儀の日であつた。柩の門を出やうとする間際に駆け付けた余が、門側に佇んで、葬列の通過を待つべく余儀なくされた時、余と池辺君とは端なく目礼を取り換はしたのである。其時池辺君が帽を被らずに、草履の儘質素な服装《なり》をして柩の後に続いた姿を今見る様に覚えてゐる。余は生きた池辺君の最後の記念として其姿を永久に深く頭の奥に仕舞つて置かなければならなくなつたかと思ふと、其時言葉を交はさなかつたのが、甚だ名残惜しくてならない。池辺君は其時から既に血色が大変悪かつた。けれども其時なら口を利く事が充分出来たのである。

（「東京朝日新聞」明治45年3月1日）

「土」に就て

夏目漱石

「土」が「東京朝日」に連載されたのは一昨年の事である。さうして其責任者は余であつた。所が不幸にも余は「土」の完結を見ないうちに病気に罹つて、新聞を手にする自由を失つたぎり、又「土」の作者を思ひ出す機会を有たなかつた。

当初五六十回の予定であつた「土」は、同時に意外の長篇として発達してゐた。途中で話の緒口を忘れた余は、再びそれを取り上げて、矢鱈な区切から改めて読み出す勇気を鼓舞しにくかつたので、つい夫限《ぎり》に打ち遣《や》つたやうなものゝ、腹のなかでは私かに作者の根気と精力に驚ろいてゐた。「土」は何でも百五六十回に至つて漸く結末に達したのである。

冷淡な世間と多忙な余は其後久しく「土」の事を忘れてゐた。所がある時此間亡くなつた池辺君に会って偶然話頭が小説に及んだ折、池辺君は何故「土」は出版にならないのだらうと云つて、大分長塚君の作を褒めてゐた。池辺君は其当時「朝日」の主筆だつたので「土」は始から仕舞迄眼を通したのである。其上池辺君は自分で文学を知らないと云ひながら、其実摯実な批評眼をもつて「土」を根気よく読み通したのである。余は出版界の不景気のために「土」の単行本が出る時機がまだ来ないのだらうと答へて置いた。其時心のうちでは、随分「土」に比べると詰らないものも公けにされる今日だから、出来るなら何時か書物に纏めて置いたら作者の為に好からうと思つたが、不親切な余は其日が過ぎると、又「土」の事を丸で忘れて仕舞つた。

すると此春になつて長塚君が突然尋ねて来て、漸く本屋が「土」を引受ける事になつたから、序を書いて呉れまいかといふ依頼である。余は其時自分の小説を毎日一回づゝ書いてゐたので、「土」を読み返す暇がなかつた。已を得ず自分の仕事が済む迄待つてくれと答へた。すると長塚君は池辺君の序も欲しいから序でに紹介して貰ひたいと云ふので、余はすぐ承知した。余の名刺を持つて「土」の作者が池辺君の玄関に立つたのは、池辺君の母堂が死んで丁度三十五日に相当する日とかで、長塚君はたゞ立ちながら用事丈を頼んで帰つたさうであるが、それから三日して肝心の池辺君も突然亡くなつて仕舞つたから、同君の序はとう／＼手に入らなかつたのである。

余は「彼岸過迄」を片付けるや否や前約を踏んで「土」の校正刷を読み出した。思つたよりも長篇なので、前後半日と中一日を丸潰しにして漸く業を卒へて考へて見ると、中々骨の折れた作物である。余は元来が安価な人間であるから、大抵の人のものを見ると、すぐ感心したがる癖があるが、此「土」に於ても全くさうであつた。先づ何よりも先に、是は到底余に書けるものでないと思つた。次に今の文壇で長塚君を除いたら誰が書けるだらうと物色して見た。すると矢張誰にも書けさうにないといふ結論に達した。

尤も誰にも書けないと云ふのは、文を遣る技倆の点や、人間を活躍させる天賦の力を指すのではない。もし夫れ丈の意味で誰も長塚君に及ばないといふなら、一方では他の作家を侮辱した言葉にもなり、又一方では長塚君を担ぎ過ぎる策略とも取れて、何方にしても作者の迷惑になる計である。余の誰も及ばないといふのは、作物中に書いてある事件なり天然なりが、まだ長塚君以外の人の研究に上つてゐないといふ意味なのである。「土」の中に出て来る人物は、最も貧しい百姓である。教育もなければ品格もなければ、たゞ土の上に生み付けられて、土と共に生長した蛆同様に憐れな百姓の生活である。先祖以来茨城の結城郡に居を移した地方の豪族として、多数の小作人を使用する長塚君は、彼等の獣類に近き、恐るべく困憊を極めた生活状態を、一から十迄誠実に此「土」の中に収め尽したのである。彼等の下卑で、浅薄で、迷信が強くて、無邪気で、狡猾で、無欲で、強欲で、殆んど余等（今の文壇の作家を悉く含む）の想像にさへ上りがたい所を、あり〳〵と眼に映るやうに描写したのが「土」である。さうして「土」は長塚君以外に何人も手を著けられ得ない、苦しい百姓生活の、最も獣類に接近した部分を、精細に直叙したものであるから、誰も及ばないと云ふのである。

人事を離れた天然に就いても、前同様の批評を如何な読者も容易に肯はなければ済まぬ程、作者は鬼怒川沿岸の景色や、空や、春や、秋や、雪や風を綿密に研究してゐる。畠のもの、畔に立つ榛の木、蛙の声、鳥の音、苟くも彼の郷土に存在する自然なら、一点一画の微に至る迄悉く其地方の特色を具へて叙述の筆に上つてゐる。だから何処に何う出て来ても必ず独特《ユニーク》である。其独特《ユニーク》な点を、普通の作家の手に成つた自然の描写の平凡なのに比べて、余は誰も及ばないといふのである。余は彼の独《ユニ》特《ーク》なのに敬服しながら、そのあまりに精細過ぎて、話の筋を往々にして殺して仕舞ふ失敗を歎じた位、彼は精緻な自然の観察者である。

作としての「土」は、寧ろ苦しい読みものである。決して面白いから読めとは云ひ悪い。第一に作中の人物の使ふ言葉が余等には余り縁の遠い方言から成り立つてゐる。第二に結構が大きい割に、年代が前後数年にわたる割に、周囲に平たく発達したがる話が、筋をくつきりと描いて深くなりつゝ前へ進んで行かない。だから全体として読者に加速度《アクセレレーション》の興味を与へない。だから事件が錯綜纏綿して縺れながら読者をぐい〳〵引込んで行くよりも、其地方の年中行事を怠りなく丹念に平叙して行くうちに、作者の拵らへた人物が断続的に活躍すると云つた方が適当になつて来る。其所に聊か人を魅する牽引力を失ふ恐が潜んでゐるといふ意味でも読みづらい。然し是等は単に皮相の意味に於て読みづらいといふ本意は、篇中の人物の心なり行なりが、たゞ圧迫と不安と苦痛を読者に与へる丈で、毫も神の作つてくれた幸福な人間であるといふ刺戟と安慰を与へ得ないからである。悲劇は恐しいに違ない、けれども普通の悲劇のうちには悲しい以外に何かの償ひがあるので、読者は涙の犠牲を喜こぶのである。が、「土」に至つては涙さへ出されない苦しさである。雨の降らない代りに生涯照りつこない天気と同じ苦痛である。たゞ土の下《した》へ心が沈む丈で、人情から云つても道義心から云つても、殆んど此圧迫の賠償として何物も与へられてゐない。たゞ土を掘り下げて暗い中へ落ちて行く丈である。

「土」を読むものは、屹度自分も泥の中を引き摺られるやうな気がするだらう。余もさう云ふ感じがした。或者は何故長塚君はこんな読みづらいものを書いたのだと疑がふかも知れない。そんな人に対して余はたゞ一言、斯様な生活をして居る人間が、我々と同時代に、しかも帝都を去る程遠からぬ田舎に住んで居るといふ悲惨な事実を、ひしと一度は胸の底に抱き締めて見たら、公等の是から先の人生観の上に、又公等の日常の行動の上に、何かの参考として利益を与へはしまいかと聞きたい。余はとくに歓楽に憧憬する若い男や若い女が、読み苦しいのを我慢して、此「土」を読む勇気を鼓舞する事を希望するのである。余の娘が年頃になつて、音楽会がどうだの、帝国座がどうだのと云ひ募る時分になつたら、余は是非此「土」を読ましたいと思つて居る。娘は屹度厭だといふに違ない。より多くの興味を感ずる恋愛小説と取り換へて呉れといふに違ない。けれども余は其時娘に向つて、面白いから読めといふのではない。苦しいから読めといふのだと告げたいと思つて居る。参考の為だから、世間を知る為だから、知つて己れの人格の上に暗い恐ろしい影を反射させる為だから我慢して読めと忠告したいと思つて居る。何も考へずに暖かく生長した若い女（男でも同じである）の起す菩提心や宗教心は、皆此暗い影の奥から射《さ》して来るのだと余は固く信じて居るからである。

長塚君の書き方は何処迄も沈着である。其人物は皆有の儘である。話の筋は全く自然である。余が「土」を「朝日」に載せ始めた時、北の方のSといふ人がわざ〳〵書を余のもとに寄せて、長塚君が旅行して彼と面会した折の議論を報じた事がある。長塚君は余の朝日に書いた「満韓ところ〴〵」といふものをSの所で一回読んで漱石といふ男は人を馬鹿にして居るといつて大いに憤慨したさうである。漱石に限らず一体「朝日」新聞の記者の書き振りは皆人を馬鹿にして居ると云つて罵つたさうである。成程真面目に老成した、殆んど厳粛といふ文字を以て形容して然るべき「土」を書いた、長塚君としては尤もの事である。「満韓所《ところ》々《〴〵》」抔が君の気色を害したのは左もあるべきだと思ふ。然し君から軽佻の疑を受けた余にも、真面目な「土」を読む眼はあるのである。だから此序を書くのである。長塚君はたま〳〵「満韓ところ〴〵」の一回を見て余の浮薄を憤つたのだらうが、同じ余の手になつた外のものに偶然眼を触れたら、或は反対の感を起すかも知れない。もし余が徹頭徹尾「満韓ところ〴〵」のうちで、長塚君の気に入らない一回を以て終始するならば、到底長塚君の「土」の為に是程言辞を費やす事は出来ない理窟だからである。

長塚君は不幸にして喉頭結核にかゝつて、此間迄東京で入院生活をして居たが、今は養生旁旅行の途にある。先達てかねて紹介して置いた福岡大学の久保博士からの来書に、長塚君が診察を依頼に見えたとあるから、今頃は九州に居るだらう。余は出版の時機に後れないで、病中の君の為に、「土」に就いて是丈の事を云ひ得たのを喜こぶのである。余がかつて「土」を「朝日」に載せ出した時、ある文士が、我々は「土」などを読む義務はないと云つたと、わざ〳〵余に報知して来たものがあつた。其時余は此文士は何の為に罪もない「土」の作家を侮辱するのだらうと思つて苦々しい不愉快を感じた。理窟から云つて、読まねばならない義務のある小説といふものは、其小説の校正者か、内務省の検閲官以外にさうあらう筈がない。わざ〳〵断わらんでも厭なら厭で黙つて読まずに居れば夫迄である。もし又名の知れない人の書いたものだから読む義務はないと云ふなら、其人は只名前丈で小説を読む、内容などには頓著しない、門外漢と一般である。文士ならば同業の人に対して、たとひ無名氏にせよ、今少しの同情と尊敬があつて然るべきだと思ふ。余は「土」の作者が病気だから、此場合には猶ほ更らさう

云ひたいのである。（明治四十五年五月）

（明治45年5月15日、春陽堂刊）

萩原栄次宛書簡
—明治四十五年六月三日付

萩原朔太郎

(前略)

兄の歩む途と自分の歩む途と少しく相違があると認めたのは明星で晶子の歌を論じた時からである、私は晶子といふ人を恋人のように崇拝して居た、その時分鳳晶子といふ若い女流詩人の歌つた者は焼ゆるが如き青春の血潮であつた、

若い人の心をそのまゝ、つかみ出して叫んだようなあの大胆なる歌はまるで少年の私を魅して仕舞ふ力があつた、やる瀬ない少年の悲哀や空想は晶子の歌によつて残りなく歌ひつくされた、

同時に自分の妻まで追ひ出して美しい恋を遂げようとした鉄幹といふ詩人が限りなく慕はしくなつた、例の不忍池の長酡亭で若い二人の詩人がローマンチツクな恋を語り合つて居た折の詩を読むと何時も涙がきりもなく流れて来る、

晶子、晶子、私はこのうら若い乙女の詩人のまへにひざまづいて、その靴を結ぶ光栄だに得なば死して遺憾なしとさへ思つたのである、

また「文壇照魔鏡」といふ小冊子を読んだ時にはメチヤ〳〵にひきさいて仕舞ひたいように思つた、我が神聖なる鉄幹と晶子に非難の声を浴びせたる当時の文学記者を憎しむの情はその極に達した、「詩人の行動は天馬空を行く」私が晶子を弁護する言葉はいつもこれであつた、

然るに兄は晶子を攻撃された、何の理由であつたか忘れたが……たしかその詩が婬卑であるといふ点であろうと思つた……

当時私にはその事を少しく意に落ちない様に思つたがクリスチヤンの眼から見れば詩人はすべて罪人でなければなるまい、といふ風に考へて敢て兄に対しては悪感を抱く事がなかつた、のみならず兄に対する尊敬と信仰は非常な者である上に殊に文学趣味の指導者……先生であるといふ考から何でも兄の言にあやまりはないと信じて居た、

そこで自分も晶子を捨てゝ栄次兄の賞賛せられる服部躬治や金子薫園の詩風に習ふ事に勉めた(此の事は古い私の詩集の序にかいてある)

処が躬治や薫園の生ぬるい歌は私の強猛な感情には適しなかつた、自分の情緒は焼ゆる様なのに此等の人の歌はいやに冷えきつて到底私には満足があたへられなかつた、

当時世間の晶子に対する非難、攻撃は盛んなもので人身攻撃から、引いてその歌を春画だのヌエ歌だのとさへ罵る人さへ出来て来た、

そういふ世評をきくにつけ私は晶子といふ人が痛ましくもあり恋し〔く〕もあり、とても我慢が出来なくなつて来た、春画でもヌエ歌でもかまはない、私の感情を一番適切に歌つて呉れるのは晶子である、私が思ふに晶子は日本古来より第一の天才である、その歌はいづれも千金の価がある、何故世間の人は此の人の前にひざまづいて月桂冠を捧げないのであるか、何故世間の人には、あの高潮に達した歌の意味が解らないのであろうか、実に不思議である、

『晶子の君よ、乞ふ、安んぜよ、世間はすべて君に背き石を投げうつ共、我は只一人君の味方たらん、今に見よ、彼等は自ら無智を悔ひて君の前に悔悟する日あらん、天才は最後の勝利者なり』

当時の日記には憤慨の極こんな事が書かれてあつた、

そこで私は兄の教に背いて二度晶子の詩風を崇拝し之に習ふようになつた、

当時学友の間に詩を作る友があつた、

然し彼等の詩は皆自分とはちがつて極めて平凡な、言葉を美しくした所謂薫園式の者であつた、私の詩は難解なりとの非難を蒙つて彼等から仲間はづれにされて居た、実際に於て当時晶子の歌の意味が解つて居たのは仲間の中に一人もなかつたらしい、

彼等詩作をする友人等は自ら小文士を以て気どつて居た、中に平井晩村といふ先輩も居た、此の人などは文士気取りの親玉であつたろう、

私に取つては此の人々の態度が非常に飽き足らなかつた、彼等のイヤに気取つて落付きすました様子が私には不思議でたまらなかつた、

歌を作るといふ事は私に取つては決して遊戯でなかつた、恋を恋する情調、休みなき物欲の脳み、勃々として圧へきれない青春の力、やる瀬ない憂愁の嘆き、一口にいへばすべて居ても立つても居られない烈しい官能の刺戟や苦痛が自分をして少年の詩を作らしむべく余儀なくさしたのだ、それだから私の考では詩を作る人といへば皆、狂熱な男であると思つて居た、然るに平井晩村初め友人等は一向そんな処がない、またその詩を見ても私には生ぬるくつて歯ごたへのしない者ばかりだ、

田園の生活、叙景詩、源氏物語から抜き出したような叙情、熱もなにもないような恋、

晩村の得意として唄ふところは重にそんな者であつた、そして彼もまた晶子を罵る一人であつた、又彼の家へ遊びに行くとよく机の上の原稿紙を取つて私に進めて、そして「どうです一首作りませんか」といつた、此の言葉をきくと私は侮辱されたような腹立たしさを感じないわけには行かなかつた、晩村といふ人を知つてから私は文士といふ者が何となく嫌ひでたまらなくなつて来た、

たがら小文士を気取つて居る学友とも自ら遠〔ざ〕かつて仕舞つた、そして却つて学校で評判の道楽家といふような人と交

際した、彼等と一所に色街を歩いたり、茶屋の内幕をきいたりして悦んだ、ところが、そふいふ男は小文士の連中からは俗人あつかひにされて居るのである、彼等は往来を歩くにも、わざと淋しい通をえらんだ、何故ならば繁華の道は俗であるといふのだ、然るに私はいつも〳〵賑やか〔な〕処人混の中を好むで歩いた、

そういふ様で晩村一派の人々は私をまるで毛色のちがつた者として彼には文士の資格がない、俗物であるといふような評をして居た、

私が此の評を却つて悦んで居たのは勿論であるが今思へばその頃から私には都会に対する強烈な愛着があつたのです、田園や自然に対して私は感興をひく事が少なかつたのである、

私の憧憬したのは強い強い赤や青の色彩であつた、自然でなくて人工であつた、芸術であつた、

都会は私の恋人で田園は私の卑しむところであつた、明るい燈灯とか、劇場とか、舞姫とか、夜会とか、恋…それも都会を背景にした華やなの恋とか夜の歓楽とか、音楽とか、すべて私の憧憬はそういふ風の方面にあつた、あの冷静な大自然は私には余り沈黙の痛ましさを思はせるのみであつた、

中学校を卒業した頃から私は生の苦痛といふ事を考へ始めた、何の目的で私は生きて居るのか？

これが私には分らなかつた、また肉体的にも精神的にも労働といふ事が最も卑しい事だと思はれて来た、私は初めに神の存在を疑つて遂に解釈が得られなくなつた、私に取つては人生の生存は只、歓楽の追求といふ事より外にないとより思はれなかつた、

然し宗教上では悉く歓楽といふ者を罪悪視して居る、若し神が果して有りとすれば言ふまでもなく私の考はあやまつて居る、悪魔の思想である、けれ共神が若しないとしたならば……私の思想は決して正義にはずれて居ない、

神の存在、霊魂の有無、その当時の私には此の問題の結論が得られなかつた、

此の世の中で何か大事業をする、それは痛快の事にちがひない、けれ共死んで仕舞へば一切が無になるのだ、霊魂がなく、未来に極楽、地獄がなければ人間は何のために働く必要があるだろう、善をなすのも無益である、只切那々々の楽欲を飽くまで貪るのが最も賢い方法ではないか、

こんな思想は私には小学校に行つていた子供の時から芽生を出して居た、たしか以前の高等一年級位の時、楠正成の事について非常に考へこんで仕舞つた事がある、正成といふ人はエライ人である、大忠臣であると教師が説いた、私にはそれが呑み込めなかつた、エライ人であり忠臣であるならば何等かの報酬を得なければならぬ、

彼正成は生きて天皇のために力を尽くし最後まで報酬を得られなかつた上に、死して尊氏のために頭を四条河原にさらされたのである、

私の質問に対し教師の答は斯うであつた、否正成は死ぬとも彼の霊は死なゝい、今日明治聖代の世となつたのも彼の霊が感化をあたへた為である、旦つ今日人々から神の如くに崇拝されて居るではないかと、此の答には子供ながら私は満足する事が出来なかつた、若し人間の霊といふものに知覚があるならば教師の言の如くであるが、死んで仕舞つた人の霊魂に智覚や感覚があるといふのは可笑しい、後世からどんなに賞讃された処で正成そのものには一向感覚がない筈だ、そうすれば彼は現世に於て苦痛を嘗めたゞけ損である、あゝ善人とは馬鹿らしいものである、忠義なんて者は決してやる者ではない、小供の考であるから漠然たるものではあるが大体以上のような懐疑に頭を脳めた事もある、斯ういふ懐疑的思想は年をとるに従つて益々烈しくなつて来た、最初は霊魂と神の存在だけであつたのが仕舞には道徳に対してまで疑ふようになつて来た、高等学校時代には社会主義者の友人と交際した為に革命的の思想が大分吹き込まれた、而して兎に角キリスト教よりは社会主義の方が少しく真理があると考へた、けれ共社会主義なんて者は要するに耶蘇教と五十歩百歩である、殆ど取るに足らぬ偶説であると結論を下す様になつた、此の時は殆ど宗教なんて者は少しの価致も認めて居なかつた、

岡山の時キリスト信者の友と大議論をして到々相手を言ひ負かしてやつた事がある、

私の思ふに宗教は人造物である、何故ならば宗教でいふ神の本体といふものは吾々人間と少しも異ならない喜怒哀楽の官能を有して、人間の善とする処を矢張善とし人間の悪とする処は同じく悪として居るではないか、若し神が全智全能の真理の本体であるならば人間以上の崇高なる官能や理性を有して居なければならない筈である、吾々と等しく些々たる喜怒哀楽に色を変へるエホバの如き者をどうして信ずる事が出来よう、己れに、へつらひ膝まづく者は天国に連れ、然らざるものは地獄に下し、己を讃美する者を善とし、己を罵り汚す者を悪〔と〕すといふのは我々人間と少しも選ぶ処はない、

そんな小人根性の神にどうして吾々がすがる事が出来よう、神といふ以上は人間の所謂正邪善悪、喜怒哀楽の外に立つ超人でなければならぬ、神は全能である、そして姿も形も全く感覚も有して居ない者でなければならぬ、善を愛し、悪をにくむといふのは本当の神でなくて人造の神である。

此の私の論旨は例の失楽園物語を読んだ時に得たのである、エホバに媚びへつらひ、自分の本能を殺してまでもその寵愛を得んとしたイエス、キリストに対する烈しい憎悪の念から、叛旗を翻かへして天上に大争闘を開始した悪魔王リユーシアン、サタンが意志の強烈と権威に屈せざる自我の発展はイエスに比してどれだけ立派な者だか分らない、私のサタンに対する讃嘆はやがて、根本的に宗教の懐疑論となつて仕舞つたのである、

私の懐疑説はしだい〳〵に地盤が固まつて行つた、

神既になしとすれば、玄に道徳また信ずるに足らずといふ結

論が起らなければならない、未来なく地獄なくして人間は何のためにか道徳を守る必要がある、日本人の大部分が殆ど無神論者でありながら道徳に対して何等の懐疑を抱かないで居るとい ふ事は私には今でも解釈の出来ない謎である、善は善である故に行ふべし、悪は悪である故に遠ざくべし、といふ様な議論では私には満足が出来ない、

道徳問題に就いても私は遂に結論をえた、即ち正邪善悪とは人間が共同生活を営む必要上定めたもので法律と少しもちがひはない、全く価致のないものである、真理といふ立場から見たら吾々は絶体にそんな者を守る必要がない、只法律と等しく之を守らざれば社会に生存する事が出来ないから止むをえず習慣的に盲従して居るのだ、

良心は元より遺伝性によつて発達したもので、之を信ずるに足らない、却つて真理に生きようとする英雄に取つては厄介者である、

丁度此の時文壇には自然主義が起つて来たので私は双手をあげて賛成した、高山博士の平清盛論や本能美的生活論はまるで私の思想に裏書した様のものであつたので私は一層自説を確守して仕舞つた、私が高山博士の清盛論を初めて見た時は涙が出る程嬉しかつた、何人も狂人あつかひにしてロクに耳も借してくれなかつた私の思想がまるでそのまゝ其処に書いてあるではないか、悪の讃美！　本能の発展！　世には同感の人もあるもの哉と私は卓を叩いて此れなる哉と叫絶した、けれ共その時分の私は未だ此れが所謂、近代思想であるといふ事は知らなかつた、只だん〳〵世間には自分と同様に懐疑に陥つて居る人が多くなつて来るなと感じた計りである、

此頃になつて、以上の様な私の思想は既に古の哲学者の考へたところだといふのが解つた、

シヨツペン、ハウエルの哲学は根本に於て私の独創哲学と一分一厘もちがつて居なかつたのを知つた時に私は自分の説の少しく時世おくれなる事を悟つた、同時に多少、得意の微笑が頬に浮ぶのを禁ずるわけにも行かなかつた、

此頃になつて私を一層驚かした者はニイチエのヅアラトウストラである、罪悪を犯し、堕落の底に沈む事の出来る者でなければ超人となる事は出来ない、自個の発展のためには、あらゆる万物を犠性に供してもかまはない、自我あつて他人なし、

邦語訳ヅ〔ア〕ラトウストラの中には私には不可解の文句も大分あつたが大体の要領を得るは差支へなかつた、読つ終つて私は偉大な権威と巨人の力のまへに圧服されるのを感じた、

支那の墨子とかいふ人は極端な利己主義を唄導したそうである、私はその説を読まないから知らないが、恐らくニイチエ以前にあれ程、個人の権威を大胆に嘔歌した人はないであろう、

さて一方に斯ういふ哲学的瞑想に耽つて居る間にも他の一方には強暴な本能慾の圧迫が絶えず私を苦しめて止まない、実をいへば私は哲学なんて者は初めから好まない、ヅアラトウストラや他の哲学講義のような書物に接したのも哲学そのものに興

味を以て研究したのでなくて、絶えず煩悶に煩悶を重ねて自ら安心出来ない現状の苦境を何等かの解釈によつて慰安を求めようと欲した結果に外ならない、
　煩悶とは何ぞ、人生に対する懐疑である、性慾の衝動と之に反抗しようとする力の衝突、それから二六時中間断なく自分を苦しめる一種の不安である、それは死の恐怖でなくて生の恐怖である、
　一方に於て私が生を執愛する念は恐ろしい程強烈であるが、その一方には何時も死に対する憎悪と恐怖がおのゝきふるへて居る、
　此の矛循した二つの思想が我を苦しめる事は一通りでない、その上に尚歓楽の追求が人一倍烈しい、煙草を吸ふか、酒をのむか、刺戟なしに私には生きて居られない、浅草公園のような都会的色彩の猛烈な処ばかり自分は歩いて居る、
　時として私は苦痛にたえられない事がある、
犬の様なみじめな生活！　追へ共追へ共際限なき慾望、不如意なる社会、廃頽した身体！　そんな事に一度思ひ至ると、頭脳は錐でもまれる様に痛い、たまらない苦脳だ、絶望だ、
　どうしたら此の七顛八倒の苦痛から免れる事が出来るだろう、最後の結論としてはそこに自殺といふ奴が出て来るばかりだ、「自殺」といふ事を今日までに私は何度考へたか分らない、曾て一度は書置きといふべき者さへ書いた事もある、然し私は死な〔な〕かつた、否死ねなかつたのだ、あゝ私には、とても自殺する事は出来ない、自殺する瞬間の快楽……一切の苦痛と責任からのがれた様な、いはゞ羽化登仙といふ風な快楽を私は常に欲して居る、しかもその一瞬間を経過した死後の事を考へると到底自殺は出来ない、私の生を愛する念は何物にも代えがたい程強いのだ、その大切な生をムザ〳〵亡ぼすといふ事は私には出来ない、
　私が死を願ふのは決して生をいとふためではない、
　生を愛し生を充実させようとし、あらゆる努力を尽してもそれが出来ないので苦痛を感ずる、その苦痛が烈しくなつてたまらない時に私は彼の死を思ふのだ、つまり死を欲するのは生から享受する苦痛を捨てようとするに外ならぬ、
　だから私は酒を猛烈に飲む、若し日本に阿片といふ者があるなら吸つて見たい、
　肉体は全く廃唐して妖怪の様になつても精神だけ絶えず自由なイリユージヨンの天地に浮遊する事が出来ればそれで満足なのだ、
　要する〔に〕今の私の思想は全でデカダンである、田山花袋氏は日本にデカダンが一人でも居たら大した者だと言つたのが私は正にその一人なのだ、
　意志が弱くて注意が散漫で私にはデカダンの素質を欠いて居る処は不幸にも只の一ケ所もない、
　近代思想といふ言葉を近頃知つて来た、近代人といふ奴は皆私の仲間で、近代思想といふのは、いはゞ理智の方向に完全な

発達を遂げた一種のデカダン思想であるとも思はれる、何となれば近代思想はどれもこれも根本に於て私と同じく懐疑の上に立つて居るもので、近代人の有して居る素質は、強い自我の発展と欲望の飽くなき満足にあるのであるから……、

然し私の思想は決して文学から仕込まれた者でなくて私自身の本性がこゝに至らしめた者である、

近代思想といふ事もデカダンといふ事もそれを知つた時には既に自分が立派な近代人となりデカダンとなつて居た時なのである。

私が今十年程以前に生れたならば尚更私は不幸であつたかも知れない、

何故ならば私はあらゆる社会から只一個の狂人として葬り去られたのみであるから……

兎に角、新思想といふものが正義であり、真理であると叫ばれる今の世に生れて狂人あつかひにされる代りに近代人なる名称を附されたる他の多くの同類と新文明の為に祝盃をあげる事が出来るだけでも幸福であるといはねばならぬ、(後略)

(萩原隆『若き日の萩原朔太郎』一九七九年六月、筑摩書房刊)

俳句入門

高浜虚子

「俳句入門」といふ名前は明治三十一年四月余の最初の俳話を集めて刊行した時に附けた名前であつて、其後別に稍々俳句を詳解したものを「俳句入門叢書」と名附けて刊行する積りであつたが之は果たさなかつた。本号以後余の俳句に対する管見を陳べようとする場合に当つて何と標題を附けようかと思つたが、別にいゝ名前が無い。矢張り此の自分に親しい古い名前を用ゆることにした。蓋し初学者の為めに説くの意である。

素より系統立つて論ずるものでは無い。折りに触れた小所感を陳べる迄である。

今の俳句に対する二通りの意見

俳句に指を染めたものは誰も面白いものだといふ事は知つて居る。其でゐて俳句に携つてゐる人は多く方向に迷つてゐるやうである。何処やら行詰つたやうな感じがしてゐる。作つて見ようとするとどうも陳腐であつたり晦渋であつたりする。今後

どうしたらい丶のかと屈托してゐる。

扨て此の時に当つて俳句に対する人々の意見はどんなものであらう。其を伺つて見ると凡そ三つに別れるやうである。簡単に陳べて見ると、

其一は、俳句は要するに古い趣味の文学である、新らしい事を言はうなど丶いふ事が間違ひである。陳腐も差支無い。芭蕉以来の古人の遊んだ境界に遊べば其でい丶では無いか。謡曲を謡ひ、茶の湯を嗜むと同じ意味で俳句に遊べばい丶。と斯ういふ説である。此説にも一応尤もな所があると思ふが併しこれでは文学としての立場が無くなる。骨董品扱ひにするといふものである。

其二は、五七五といふ調子も出来るだけ破壊するがいい。字余り字足らずも自由に試みて見るがい丶。季題趣味も出来るだけ自由に取扱つて見るがい丶。囚はれぬやうにしろ。斯くすればどうかかうか新文藝と追随する位の新境地を開くことが出来るであらう。と斯ういふ説である。此説にも一応尤もな所があるし、殊に此出来るだけといふ点が問題ではあるが、併し其結果はどうかといへば、僅に五七五の調子を破壊したり、僅に季題趣味を自由にした位では、已に古人も明治の先輩も試みてゐるところであつて、更に目立たしい効果も見えぬところから、少し思ひ切つて其を遣つて見ようとすると其はもう俳句では無いやうな奇怪なものとなつてしまう。併し或は此うちから何等か新らしい詩形が生まれて他日は立派な一新詩として成立するやうになるかも知れぬが、其は建築が一の様式から他の様式に移るには少くとも百年を要すといふ如く、迚ても五年や十年の短日月では出来上るものでは無い。要は指導者といふやうな側に立つてゐる人が何処迄も精進不退転の勇気を鼓舞して生涯を其に投ずるの覚悟が無けりやならぬ。少し油断したら忽ち元の形に退転してしまうであらう。此の退転の恐れさへ無ければ兎に角文学上の事業としては相当の価値を認むべきであるが、併し俳句としては最早之を遇することは出来ぬ。何となれば前にもいふ通り俳句といふもの丶特質をしらべて見ると、其は五七五、季題趣味といふ二大性質にあるに拘らず之は其を非認せうとするからである。若し退転して又是等の特質を具有するやうになれば兎も角然らざる以上は寧ろ別名を附して何処迄も前方に突進して然るべきである。

其三は、此の二性質は飽迄保全して其範囲内で出来るだけ新らしい句を作つて見よう、又作り得るといふ主張を持つて居るものである。斯ういふ一見煮え切ら無い主張は、主張としては力の薄いものであるが、併し事実は此道を歩む事が最も自然で、其一も其二も結局は此処に落ちて来ねばならぬかと思ふ。

平明の句

君子の道は何とやらいふ事がある。真理は簡明である。立派な文学は判り易いものである。芭蕉の文学も判り易く子規の文学も判り易い。諸君は平明の句に安住しなければならぬ。

複雑といふ事

新らしい文藝の多くの特質の上に複雑といふ事がある。新らしい俳句にも複雑といふ事は伴ふ。けれども俳句であることを忘れてはならぬ。俳句は簡単な文藝であることを忘れてはならぬ。我等は複雑な思想の上に立つて簡単な句を作ることを忘れてはならぬ。

露月君に答ふ

僕は実際、や、かなのある句が好きなのだ。必ずしもや、かなのある句に限るとは言はぬが。

（「ホトトギス」大正元年8月号）

俳句は簡単なる詩形

前にもいふたやうに俳句は簡単なる詩形であるといふ事を忘れてはならぬ。若し複雑な言ひ現はしをせうと思へば複雑な詩形を選むがいゝ。戯曲、小説、長詩、其等は俳句よりも複雑なことを言ひ得る文学である。

俳句が俳句として比較的複雑なことを言ひ得たとして驚喜する時に、俳句は簡単な形の文学であることを顧みなければならぬ。他の文学であつたら俳句で言ひ得たことよりももつと複雑なことが言ひ得ると気附いた時、我等は俳句が短詩形の文学であつて、他の文学に無い簡単な叙法を取り得る処に却つて強味を有することを意識せなければならぬ。

力強い句

力強い句といふのは句の面に現はれたものゝみによつていふ事は出来ぬ。句は極めて簡単な句であつても、其背後に潜んでゐる作者の主観に、広いもの、深いもの、強いものがあれば其句には強大な力があるのである。

句は万斛の憂を胸に蔵して僅に一言を洩したやうなものであり度い。

芭蕉の句子規居士の句

客観の叙法の巧拙を主として論じた場合には固より芭蕉よりも蕪村の方に重きを置かねばならぬ。而も一見平浅と思はるゝ芭蕉の句にも尚ほ湿潤せる主観の力を認めない訳にはゆかぬ。子規居士の句にも同じやうな傾向を認めることが出来る。子規居士の句は上手な句では無いが背部に潜んだ力である。

余韻のある句

平明の句には連想を呼び易く、晦渋の句には連想を呼びにくい。

単純の句には連想を伴ひ易く、複雑の句には連想を伴ひにくい。

唯平明、単純なるが故によいのでは無い。其が容易に連想を伴ふが故によいのである。余韻の深い句といふのは斯ういふのをいふのである。

文学は凡て余韻を生命とする。象徴的であり暗示的であるといふのも同じ意味の上に立つ。必竟は多く解し、味ひ、悟り、而して少く言ふの謂ひである。

形式を先にして生まるゝ文学

若し形式に囚はれるのを好まぬならづつと俳句を離れて了う

がいゝ。第一、十七字を基準とした字数の制限を造るのが無用の事である。思想の動くに従つて文字を駆使するならば、其がいつも十七字若くは其に近い文字に盛られるといふ事が不自然である。或時は数字或時は数十字或時は数百字を為すべきである。斯うなれば思想を先にして形を後にする文字といふ事が出来る。長詩が之である。然るに当然長詩を生むべき主張の下に矢張り十七字、季題趣味といふ事に或点迄囚はれるのは未練である。他を批難する言葉を以て自らを批難すべきである。

余の俳句に対する考は是等の人と全然違つて居る。俳句は形式を先にして生まるゝ文学である。クラシカルな匂ひを生命とすべきである。十七字、季題趣味といふ二大質の上に立脚して、或限られたる詩の一角を領有すべきである。

俳句は古典文学として、而も出来るだけ個性的に、出来るだけ清新ならんことを望むのを至当とする。

（「ホトトギス」大正元年9月号）

簡単な文学としての根柢の要求

此頃「懸葵」を見ると碧梧桐君が蕪村の

宿の梅折取ほどになりにけり

の句解を試みてをる。此に此句と其句解とを読みつゝあるうちに何となく感じたことを一言陳べて見ようと思ふ。句解を評するのが目的では無く、平生思つてゐることを之を縁として陳べて見るのである。

此「ほどになりにけり」を碧梧桐君は滑かに過ぎると評し、併し其が叙してある事相と当てはまる為めに此場合には冗漫の感を与へずに済むといふやうな意味のことが言つてある。

余は斯ういふ言葉を評する場合に一概に滑かに過ぎるとか、冗漫の感を与へるとか言つてしまへぬやうに思ふ。其は事相とそぐふそぐはぬといふ事も一つであることはいふ迄も無いが、俳句が簡単な文学としての根柢の要求に基く所もあると思ふ。此に言ひ度いのは其根柢の要求に基くといふ事である。

此の事を説明する為めには此句よりももつといゝ例が外に沢山あることゝ思ふが、併し此句でもどうかかうか余が思つてゐることを説明するだけの役目は果たすことゝ思ふから間に合はすことにする。

度々いふ通り俳句は簡単な文学である。簡単な文学として俳句の力強いところは文章にすれば百言千言を費さねばならぬところを僅々十七字で言ひ現はすところに在る。

其処が問題になるのである。其なら十七字でなるべく多くの事を言つた方がいゝか、若くはなるべく少く言つて他は連想に任せた方がいゝか。

之も一概にどちらがいゝと答へてしまふことは出来無いが、往々にして、もう此上いふと無駄だ、これだけで沢山なのだが、唯十七字に足らぬから殆ど無意味の言葉を足して十七字にしようといふやうな場合があるものである。

これは此上に他の意味のある言葉を持つて来ると、連想で十分に想像し得るものを態々文字で説明することになつて、其だけ句の力のポーテンシアリチイを減ずることになるのである。又た連想以外の意味のある文字を加へると其文字が力強きものとなつて容易に起し得る筈であつた連想を容易に起し得ぬといふやうな結果ともなるのである。其処でもつと言へば言へるものを態と言はないで、強ひて無意味の言葉を附加へて碧梧桐君の所謂、滑かに過ぎる、冗漫の感を与へる調を為すやうになるのである。

　宿の梅折り取る程になりぬ（二字不足）

此の二字の不足を補ふ場合に種々の意見が起り得る。

第一は、其儘にして置くがいゝ。二字不足するのは元来其だけの言葉が現はし得る思想なのだから其上に無用の二字を附加へる必要が無いといふ。

第二は、二字の不足があれば其だけ他の意味のある言葉を附加へて、もつと複雑な、意味の充実した句とするがいゝ。といふ。

第三は、もうこれだけで十分に言ひ現はしてゐるのである。此上意味のある言葉を附加へると其だけ疣物が出来るのである。折角これだけの言葉で要領を言ひ得て他は凡て連想に任さうとしてゐるものを、態々其連想を壊すことになるのである。それで「なりぬ」を「なりにけり」として字数を充たすがいゝ。といふ。

第一は井泉水君が議論で主張して実行で躊躇してゐる場合である。第二は所謂新傾向句？なるものに多く見る場合である。（無暗にごた〳〵といろんな文字が加はつてゐて、所謂意味の充実？が試みられてゐる、其実極めて空疎な感じのするものが之である。）而して第三は蕪村の実際に試みた場合である。

碧梧桐君も、此場合「なりぬ」と「なりにけり」とを比較して一解を試みてをるが、何故に「なりぬ」に満足せずして「なりにけり」と為したるかについては十分に明快な解答を与へてをらぬ。余は俳句の作者が屢ゝ実験してをるやうに、これは無論字数の関係より後者を選びたるものと解するを妥当とするのである。併し乍ら余の此論は其方面の弁よりも、前言つたやうに、簡単な文学としての俳句をより多く有功ならしめる為めに、他に疣贅の文字を附加へずして無意味の助詞を附加へた、即ち連想を多からしめんが為めに叙写を簡単にした、といふ事を弁ぜんが為めであるからして、其方の論は此上に歩を進めぬことにする。

よく人が平生話をして居る場合でも、其を聞いてゐるものが、もう其だけで止めて置けばいゝ、其だけで済ませて置けば大変強く響いて力があると思ふに拘らず、談話者は、其上尚ほくど〳〵といろんな事を喋る為めに、聞くものは倦んでしまふといふやうな場合が多い。

之は文章にもある。簡潔な文章を賞める場合に「文字を惜むことを知る」といふやうな評語があるが、其通りで、なるべく無用の文字を使はぬことを心掛けた文章には力がある。唯だ此の「無用の文字」其ものが人によつて見解が違つて来る。

よれば此「にけり」の如きを無用の文字と見て其を省いてしまふか、若くは他の有用な文字を其代りに入れよといふやうな前陣の第一、第二の場合のやうな論を試むるであらうが、此の場合では其は素人論で取るに足らぬ。十五字になつても平気でゐやうといふ第一の場合は非俳句となつてしまふから論外として、第二の他の文字を附加へる場合は、即ち其の他の文字を附加へるといふ事が文字を惜むことを知らないといふ事になるのである。成程一寸素人考へには「にけり」といふ冗漫な文字は無用の文字のやうに見えようが、其を使つて他の文字を入るゝことを許さなかつたところに真の意味に於ての「文字を惜む」意があるのである。

俳句が限られた短い言葉で多くの意味を現はすといふ事は、句の表面に意味のある言葉が羅列されてゐるといふことでは無くて、隠くれたる多くの意味が単純なる言葉の裏に潜んでゐるといふ事である。簡単な句を作るといふ事は何も簡単な句を作るといふ事が目的ではない。其によつて自由に多くの連想を呼んで、短い文学をして短い文学の機能を全からしめんとするに在るのである。

更に一言して置き度いのは、我等が心《しん》から思ひ込んで物をいふ場合には、さう複雑な言葉が口に上るものでは無いのである。しぼり出したやうな単純な言葉、其が無限の連想を呼んで人の心を千々にくだく力を持つのである。古来の佳句は多く此のしぼり出したやうな純粋な、此上ランビキにかけてももう減りやうの無いところのものである事を思はねばならぬ。「折り取る程になりにけり」も「なりにけり」が長いとか短いとかいふのは枝葉の論で、もう如何なる薬を用ゐても此上焼き尽くすことの出来ぬ混り気の無いものである。

単純にして平明なる句を要望するのは、簡単な文学としての俳句の根柢の要求に基くのである。

子規居士の句

子規居士の句を尊重することを忘れてはいかぬ。余は嘗て本誌に掲げられつゝあつた子規句集講義を見て不満に思つた一人である。居士の句には諸君が解するよりも今少し深い、隠くれたる趣味がある筈である。其が今の俳句界に解されぬといふ事は残念なことである。

（「ホトトギス」大正元年10月号）

拘束といふ事

私が朝飯を済ませて机に向つて、今日は一日静かに何事をかしようと考へた時の心持はゆつたりしてゐます。

扨て何事をしようかと考へて見ますと、其処には種々雑多の事が頭に浮んで来ます。麗かな朝日がガラス障子を透して縁にさし込んで来るところを見てゐますと、まだ今日為すべき仕事の何事と極まつてゐないといふことが馬鹿にのんびりしたいゝ感じを与へます。座右の火鉢の火の上に巻煙草の先を押し附けますと灰埃りかと思ふやうな煙が立ちます。煙の色は灰の白さと違つた光沢のある弾力のある鮮かな色をしてゐます。

斯ういふ時に限つては仕事は容易に私の手につきません。此の自由な延んびりした心持を、或一つの仕事の選択によつて容易に破壊してしまふといふ事が何だか残り惜しくつて堪らないのであります。

私の頭の中には為すべき色々の仕事が頭を見せたり尻尾を見せたりします。併し私は容易に其一つを摑まへては遣りません。其等の頭や尻尾は私の手の出ぬのに失望して其儘影を隠くしてしまひます。

のんびりした自由な時間は麗かな日影と共に尚ほ暫くの間室内に漂ふてゐます。私は絶対に自由であります。私は声を放つて唄ひ出し度いやうな心持が致します。

其うち昼飯の時間が来ます。さうして私は午前の間何もせずに過ごしたのだつたといふ事を考へるやうになりますと、其午飯を終へて机の前に坐つた時の心持は朝飯後の心持とは大分違つた状態の下に在ります。何だか重い空気に圧せられ始めたやうな気分を覚えます。

其が午後三四時頃になると愈〻激しくなつて来ます。西に傾いた冬の日は、

「驚くな。もうすぐ暗くなつてやるのだぞ。」といふやうに力の弱い黄色い日影を椎の木の間からガラス戸に落してゐます。其日影を見たゞけでももう先の短かい、気のいら〳〵した老人を思ひ出させますのに、昼頃から次第〳〵に圧迫せられて来た私の気分はもう迚てもぢつとしてゐられ無くなつて来るのであります。

「さあ、時間が無いのだ。何でもいゝから兎に角手を着けなけりやならん。斯うしてはゐられ無い。」

此時私は愕然として驚かなけりやなりません。今になつて見ますと今朝の絶対に自由だと思つてゐたことが却つて自由では無かつたことを明にするのであります。若し、今朝のあのゆつたりした気分の時に、私は前の日の行きがゝり上、任意選択の自由を欠いて、或一つの仕事に厭でも応でも著手しなければならなかつたものとしたら、私は今頃はもう其仕事を終へてゐるか、さうで無くつても、其仕事の興味の中に没頭して極めて愉快に執務しつゝあるに相違無いのであります。

之に似たことは、父子相伝の職業といふやうな事は現在の社会には賤しめられて、子弟は何でも自分の好む職業を選み得るといふ事が人間の自由として尊重されてゐるやうでありますが、併しこれも考へものだと思ひます。染工の子が染工になるといふ事には種々の便宜と利益とがあります。染工の子が大工の弟子になり、大工の子が染工の弟子になるといふのには種々の不便と損害とがあります。況や染工の子も大工の子も其職業を選む迄に種々の困難に遭遇することがあるとしたならば其の不便と損害は二重であります。

私は俳句が十七字、季題趣味といふ拘束の上に立つてゐることを祝福し度いと思ひます。

季題趣味の破壊は俳句の破壊

たとへば此に「時雨」といふ季題を取出すとします。時雨といふもの、趣味は芭蕉以来——もつと其より前から——最早動かすべからざるものとして取扱はれてゐます。「猿蓑」などを開けて見ますと芭蕉、其角、去来、丈草などいふ人々が力を極めて其趣味を歌つてゐます。其等が享保、安永、天保時代を通じて今日に伝はつた時雨の趣味であります。

けれども習俗打破を叫ばうとする人々の心は其限られた時雨の趣味には満足しかねます。実際時雨るゝ時の光景なり心持なりを辿つて見ますと、其は春雨かと怪まるゝ時もあり又秋雨を聞く思ひのする時もあります。其を我等は古人の解釈に従つて或狭い範囲内のものに限らうとするのは虚偽であつたのです。況や芭蕉以来時雨の趣味とせられるところのものは全然誤つた一個の解釈であつたかも知れません。極端に申しますれば、時雨の本来の趣は或は従来春雨の趣とせられたやうな濃艶なものであるのかも知れないのであります。「時雨の趣はからびたものの。」としてゐる先入が主になつて我等は全く古人に欺かれてをつたのかも知れないのであります。此に於てか我等は古来の約束を全く破壊し従来の季題趣味といふもの、外に立つては生れたまゝな自由な趣味を唄はねばならぬと斯ういふ主張も必ず起ること、考へます。

此の主張は私は結構だと思ひます。併し斯ういふ主張を持つてゐる人は願はくは俳句よりも今少し自由な形の文学に携はることを私は切に勧告し度いと思ひます。「時雨るゝ一夜」といふ題を置いて、春雨のやうな濃艶な感じのした一夜を文章に綴つて見ることは私も好ましいことだと思ひます。併し其を十七字に纏めることは私は労多くして功の少ない仕事だと考へます。

斯ういふ議論をしてゐると、私はいつでも、

「俳句はたつた十七字ですよ。」と判り切つたことを大きな声が言ひ度くなります。僅か十七字でゐて或意味を現はすといふ事は作者と読者との間に共通な或約束があるからであります。元来言葉其ものが人類の間の或約束でありまして、其約束を互に了解してをればこそ意味を伝へ得るのですが、其が極端に十七字といふ短い言葉であつて、其で文章にすれば百字にも二百字にも相当する意味を伝へようといふのでありますから、其うちの言葉には、作者と読者との間に共通する厳粛な約束が無ければ到底独合点の謎となつてしまふ外はありますまい。時雨の趣味はからびた趣味、淋しい趣味……とさういふ種々の特色は動かすことの出来ぬものとして互に同一解釈の上に立つて居ればこそ、「時雨かな」とか「時雨るゝや」とか言つたので直ちに広がりもあり深さもある或連想を惹起し得るのではありませんか。然るに全然其約束を離れて「時雨かな」と言つて却つて春雨のやうな濃艶な趣味を他に伝へようとしたところで其が僅か十七字の働きでどうして成功することが出来ませうぞ。

季題趣味の破壊といふ事も文藝上の一面の事業としては私は

之を認めます。併し其は同時に俳句の破壊であることを考へ無ければなりません。

季題趣味の拡充

それでは俳句に於ける時雨の趣味は元禄以降今日迄一毫の変化もしてゐないのかといふ質問が必ず出ることでせう。私はたいした変化は無いやうに思ふ、と答へ度いと思ひます。唯だ年を経るに従つて幾らかづゝ其趣味の拡がつて来たことは事実であります。今後も亦幾分かづゝは其を拡げて行くことは出来ると思ひます。併し其は季題趣味の拡充であつて、破壊ではありません。其を同一視することは出来ません。

慌だしき自然主義の影響

私は祖先の極めてくれた着物を着てゐます。中には洋服を着るものもあります。けれども時に私は其等の拘束を全然離れて、外に自分の任意な物を体に纏つて見たいやうな心持のすることがあります。家屋でも同じ事であります。此木造の日本家屋、西洋まがひの家、先づ其等に住むのが今日の日本人の普通状態でありますが、時に私は、何故我等は斯んな極り切つた家に住まはなけりやならぬのであらうか、何故全然創意的な家屋に住んで見ることが出来ぬのであらうかと考へて見たりすることがあります。

けれども私はどうすることも出来ずに着物を着てゐます。羽織を着て羽織の紐をぶら下げてゐます。朝鮮人の服装などを見ました時に私は思はぬところに妙な装飾のくつついてゐるのを極めて滑稽に思ひましたが、併し羽織の紐が胸から腹にかけてぶら下つてゐるのを滑稽とも思はずに私は澄ましてゐるのであります。家屋も同様であります。私は必ず床の間のある部屋を一つ以上持つてゐて、其処に掛地を掛けたり花を生けて見たりしてゐます。何故私はそんな約束を守らなけりやならぬのであらうかと考へて見ると馬鹿〳〵しくなつて来ます。其等の自然の約束を離れて考へて見ますと、床の間の上にテーブルと椅子を置いて其処で事務を取つても差支無いわけではありませんか。何も日本の事情を知らぬ西洋人を出し抜けに連れて来たら、必ずそんな事は遣り兼ね無いことだと思ひます。私は我等が別に考慮を費すこと無しに知らず識らず或約束に支配されて生活しつゝあるものであることを考へて、常に自由を絶叫してゐる人間の存外意気地の無いものであることを笑つて遣り度くなるのであります。

斯ういふ事は独り衣服や家屋のやうなもの許りで無く精神生活の上にも数多くあります。文学に於ける自然主義の運動も其辺から促されて来たものだらうと考へられるのであります。私は新文藝の上に於ける此の運動を是認致します。

けれども余所目には、其自然主義運動の影響を何の顧慮も無く、余りに慌だしく受け入れたのでは無いかと疑はるゝ俳句界に於ける新傾向の主張は私の首肯し兼ねるところであります。

私は俳句は着物を着、床の間のある座敷に坐つてゐるやうな文学だと考へてゐるのであります。

私は着物を着て床の間のある座敷に坐つてゐることをも興味あることだと考へ得る人間であります。

興味あることどころではなく、私の生涯も、私の子供の生涯も、又其子供の生涯も、或は十世、百世の後迄も同じやうな生活を我等は続けるのかもしれません。

現に私は今着物を着て床の間のある座敷に坐つて此原稿を書いてゐます。今朝から曇つてゐると思ひましたら今はら〳〵と寒い雨が降り出しました。

「あ、時雨が降つて来た。」と私は考へました。

（「ホトトギス」大正元年12月号）

叫びと話

伊藤左千夫

（一）

一篇の歌論を試みやうとして、かういふ題目を掲げたのである。自が歌論を試みやうとするに何ぜこんな妙な題目を掲げたかと云ふに。何時の頃よりとなく、アラ、ギの評壇に『叫び』と云ふ詞が幾度も使はれて。斎藤君も能く云つた、柿乃村人君も屢用ゐられた。かくいふ予も能く云つたやうに覚えて居る。

それで後から気をつけて考へて見ると、同じ叫びといふ詞ながら、三人が各違つた意味に使つて居る。少くも予が歌に就て云ふ叫びといふ意味とは余程違つて居る。従て其為に互に論旨を誤解した点が少なくなかつたやうである。

予はさう気づいてから、歌と叫びといふことの関係に就て、少しく自分の考を云つて置かねばならぬと思つたのである。

叫びは即ち叫びで、普通の意義は甚だ簡単明瞭であるが。之れを文学的意義の上に考察を試みて見ると。非常に複雑にさうして非常に深い意義の含まれて居ることが発見されるのである。

単に叫びの歌など、無造作に云つて終へば、多くの歌の中に稀れに見る一部分であるかの如く思はれるけれども、予の考では短歌の如き小詩形の韻文に於ては叫びが文学的要素の大部分であると思ふのである。概して、韻文に、力といふもの無く熱といふもの、無いのは、其韻文中に含まれて居る叫びの分量の乏しきに基因するとの結論を見るのである。

勿論熱の存する処必ず力がある。力は即ち総ての物の生命である。それで短少なる三十一文字詩に、生命の力を附与する主要なる原素は、叫びの含有にあるのである。

予は短歌研究に心を潜むること十有余年、今にして始めて、三十一文字詩の詩的生命が、叫びに負ふ処最も大なることを気づいたのである。

予はさきに、短歌に生命の附与せらる、は、必ず言語の声化に待たねばならぬを論じた時、短歌評論の上に一歩の闡明を進め得たとの自信が深かつたけれど、今になつて考へると、言語の声化は殆ど叫びの作用に外ならぬことを気づいたのである。

予は是れから本論を進めるに就て、最う少し、叫びの用語を説明してか、らねばならぬ。世人の多くは絶叫とか叫喚とかいふ、痛切な激越な用語に耳馴れて、日常平易な場合に於ける、叫びの表示を殆ど閑却して何等意に留めないのが普通である。

乍併吾人の日常に於ては、小なる感激小なる驚異、若くは些々たる愉悦嗟嘆に於ても、屢叫びを発するが常であるのだ。而して吾人が不用意に発する口語の自然的声調は、能く叫びの程度を錯りなく表示しつ、あるのである。

然るに叫びなる詞を、只強烈なる感情の表示とのみ思ふは甚しき誤りであるのだ。要するに一般に於て表情的の口語中には、殆ど叫びを含み居らぬ場合は無いのである。叫びと云へば直ちに、絶叫的叫喚的叫びの単なる意味を以て、無造作に詩論を試むるならば、其結論に大なる錯誤を伴ひ来るべきは、極めて自然の数であるのだ。

人は常に如何なる場合に叫びを発するものなるか。吾人は虚心に我が平生を省察して、極めて容易に発語の所因を知り得べきである。各個人の異なれる性格は口語に発する叫びにも多くの相違あるべきは勿論であるが、歓喜哀傷嗟嘆異驚等、総て感情の動揺を禁じ得ざりし時に、我知らず叫びを発するに至らぬものは少なからう。如斯吾人の叫びは、声音表情の最も自然にして、個性的なるべき理由を有するのである。

禁じ得ざる感情の動揺は、吾人の創作上重要なる動機であつて、表情の自然的声調や、個性的感情の表現やはいづれも又短歌生命の重要な要素である。かう推論してくると創作と叫びとの深大な関係が略解るであらう。

(二)

叫びと話。かう題目を掲げたところで、叫びの歌話の歌のやうに、さう簡単に云ふことは出来ない。話が直ちに歌でない如く、叫びが直に歌にはならない。で叫びに近い歌話に近い歌と云つたら良いであらう。

叫び其物の根抵には固より智も意も含まれて居る如く、話の方にも感情は籠つて居る。況んやそれが一首の歌とまで構成されてくると。愈両者が相近づき相似寄つてくる。で叫びに近い歌と話に近い歌とは。其要素に於て其価値に於て、決して相混ずることの出来ないまでに相違して居ながら、漫然として之を見るならば、容易に鑑別の出来ないまでに相似寄つて居る。それで鑑賞評論共に随分進歩して居る今日に於ても、話に近い短歌が天下に満て居つて、盛に鑑賞家の歓迎を受けて居るのである。予と雖も話に近い短歌を絶対に非文学と云ふのではない。只話に近い短歌は韻文として余りに其要素を欠いて居る。話に近い歌の常弊は、一首の含有が殆ど智と意とを以て満たされ。一首を統一融合すべき感情化が足らないから。大抵は散文の一節に堕して、記述的報告的になつて居る。

叫びに近い歌と話に近い歌との相違を出来る限り指摘分解して、其要素を明かにし其価値を定むることは短歌研究の最大重要な問題である。論理の闡明が足らないから、真仮の差別が解らないのだ。葉と花との見別けがつかないのである。花に似た対象を見て、花なりと早合点して、盲目的に空虚な感興に耽つて居る。薄暗い中に白い或物を見て直に女と合点しつゝ、独恋情を湧かすやうな痴態を悟り得ない鑑賞家許りである。

之は兎に角、歌が話に近くなつたのは決して新しい事ではない。万葉集にはさすがに話に近い歌は少ない。それでも憶良や家持の歌には、頗る話に近い歌があるやうである。

思ふことを三十一文字に言ひ出づれば、それが歌であるやうに心得て居たらしい。貫之に至つては、愈話に近い歌許りとなつて終つた。土佐日記に、船子どもの云つた詞が歌のやうであると面白つて書いてある。其船子の云つた話は、

御船より仰せ給ぶなり朝北の出て来ぬさきに綱手早や引け

貫之はさすがに歌になつてるとは云はない、只歌に似た詞だと云つてお茶を濁して居るけれど。当時の歌と云ふものに比べて船子の詞は立派な歌である。それだけ当時の歌が話に近くてつまらぬものであるのだ。日記中から手に任せて二三首、

ひく船の綱手の長き春の日を四十日《よそか》五十日《いそか》まで我は経にけり

行けと猶行きやられぬ妹かうむをつの浦なる岸の松原

今更こんな歌を彼是れ云ふでもないが、三十一字になつた船子の話と何程の差があらう。詞を綾なして少し許り句に飾りがついて、さうして三十一字になれば悉くそれが歌であるのだ、始めの歌は、永い春の日を然かも四五十日船暮にした其退屈の情を歌ひながら、其退屈した鬱情は少しも現はれないで、平気に『我は経にけり』と云つてるから話になつて終ふのである。おまけに『ひく船の綱手の永き』など、句の飾りに気を取られて居るから。嗚呼永かつたと嘆息の叫びが消えて終つたのである。是れを『なか〳〵し夜を独かもねん』に比べて見ると直ぐ

に解る、此歌の方にも飾りは随分あるけれど。それでも此歌には『ながいながい夜を独りで寝るのかなア』といかにも人待かねた物足らなさの情が叫ばれて居る。其叫びが含まれて居るから此歌に僅に生命があるのだ。それにしても此歌にも一二三句の飾り、『山鳥の尾のしたり尾の』は全く無要として苦度々々しい飾りに過ぎない。此無要な飾りの為に一首の情化を荒増傷つて終つてゐる。併し此歌が話に陥らないのは、下二句が殆ど叫びに近い句で結ばれてあるからである。

以下万葉集から現代に渡つて、叫びに近い歌話に近い歌を列挙し、対照して批評を試みる前に、猶少しく叫びと話との文学的関係を説明して置かねばならぬ。

叫びには余裕がない。さうして無我の発作が多い、従て自己の計らひが殆ど無い。其人の性質に依て多少の誇張がありとするも、個性の自然に出る場合が多いと信ずることが出来る。話は多くはそれと反対で、余裕の無い場合が稀にありとするも、多くは話には余裕がある。従て我を忘れて話すといふやうな事は少ない。必ず自己の計らひが加つて誇張が多い。

叫びは内感情の発散かさもなければ訴へる感情を以て居る。話は互に鬱情を話し合ふといふこともあれど題目の興味を逐ふことが多い。叫びは感情の純表現であるが、話は説明報告が多い。叫びは直ちに自己の発表である、話は自他を紹介する。叫びは必ず熱情を伴ふ、話は多くの場合冷静である。話が或場合に頗る熱して感情興奮し来れば話はいつしか叫びに変じて居る。叫びに智と意とが少くして話は殆ど智と意とのみである。

（「アララギ」大正元年9月号）

（二）

云ふまでもなく叫びは声の調子を通して、叫者の心を伝へるものである。心を伝へると云ても、殆ど意と云ふ程のものではなくて、単なる感情を伝へるに過ぎない。で之れを言換へると最も単純化された、叫者の心を伝へるものである。それだけ聴者の心には純粋な感じを与へるのである。勿論叫び其物が、殊更にわざとらしく出たものでなく、叫者の無我な自然の叫びであるならば、其叫びが固より純粋な感情の表現であるから、聴者の心に純粋に響くのは自然であるのだ。

それを聴者の興味と云ふ方から考へて見ると、さういふ純粋な単純な感情の表現に対しては、どんな高級な詩的感能を有するものでも、それを詩として味ふには足らないに極つて居る。詩といふものは、天地間の有りと有らゆる物の内に於て、最も寧ろ極端に純粋であるべきものではあるが、詩は一つの詩たるべき多くの要素の組成に依つて一個の躰形を為すものであるから、絶対な純粋を要求しても、絶対に単純を要求するものではない。詩と叫びとの関係は、さういふ意味に於て交渉を有するものである。要するに叫びは詩の要素中に於て、最も重要な最も高級な要求であるのだ。

故に詩に対する最高の鑑賞及び其吟味と批評とは、既成詩の組成中に、作者の叫びが如何なる程度に含有されて居るか、さうして其叫びは如何なる程度に自然であるか。以上の絶対的に重要な二個の問題を最も高級な詩的感能に依て解決されねばならないのである。

さうは云ふもの丶、詩は多くの要素を以て組成さる丶ものであるからして、勿論思想も大事である、詩材も大事である。技巧も大事である、更に言語の採択といふことも大事である。決してそれ等の要件を軽んじてはならないのである。乍併前に云うた、叫びの重要なるに比しては、それが第二義第三義のものであると云ふことを、確実に了解して居らねばならぬ。

思想を重ずる人は、思想即詩であるやうに思ひ、宗教も哲学も皆詩であるなど丶思つてる人も随分あるやうだ。詩材即ち題目を重ずるものは、材料や題目をそれが直ちに詩であるやうに思ひ、人生即詩であるとか人間其物が詩であるとかさういふやうに云つてる人も又少くないやうだ。技巧を重ずる人は又技巧即詩であると云ひ、言語を重ずる人は、言語それが詩であると云つたりしてゐる。さうかと云つてそこに徹底した自信が、あるのでも無いらしく迷つてる。であるから今の創作家や批評家はいつも岐路を辿つてるやうな者が多い。

議論が少し横に入りかけたが。叫びは詩の重要な要素である、叫びを含んでゐない歌は、駄目であると云つたからとて、叫びを模擬したり、叫びを偽作したりしてはいけない。外形がよし叫びになつてゐてもそれに少しでも模擬や偽作の意味が混じて居つたならば、それは決して予の言ふ処の叫びではない。さういふ叫びは、戯談の一部でなければ、空騒《からさは》ぎといふものである。戯談や空騒《からさは》ぎは詩作と何の関係もない。無造作に叫びの歌が作れると思ふものがあるならば、駄洒落の歌を文学と思てる程度の者と云はねばならぬ。

之を要するに、詩の情調化と云ひ、単純化と云ひ、或は思想詩材の融合と云ひ、言語句調の渾成と云ひ、又予の常に云ふ言語の声化と云ひ、いづれも自然にして節調された、叫びの働きが其根柢を為して居るのである。

そこで一歩を進めて、創作家といふもの丶立場から考へて見るならば、詩人として最も需要な資格は鋭敏にして高級な感激性を持つて居ねばならぬことは云ふ迄も無いが、予は感覚と云はずして特に感激と云ふ。其感激性の鋭敏なだけ、驚異讃嘆哀傷怨怒怪疑等有らゆる境遇に接して、自然的に叫ばれねばならない、内的状態を起して来る。詩作の動機は必ずそこに発して来ねばならぬ。

そこへ思想や詩材や言語の採択や技巧が加つて、創作が起つて来るのである。故に詩人の用意としては、自個の天分を自覚し、さうして其天分を発達さすべく、修養と努力とを必要とするのである。自覚のない詩人、自覚がなくても立派な詩を作る人も随分あるにはあるが、遂に自覚のない詩人は、創作が永続しない、養はれない感激性は境遇の変化に持続を保たれないものと信ぜられる。

言換へると感激性の持続する間詩人は性命を有して居るのである。古来の聖賢偉人は、皆死に至るまで叫んで居る。さう思ふと感激性の持続は、必ずしも詩人に於てのみの性命でないとも云へやう。

詩人も勿論、万物に対して、観察、分解、批判等の脳力が充分なければならぬ。併し詩脳的高級な観察分解批評力があつても、感激性がなければ叫びが起らないから高級な詩は作れない。感情の興奮が乏しければ、到底詩の情調化を望むことは出来ないからである。

詩的な思想や題目や言語句調を只三十一文字で記号しただけでは到底話に近い歌であるのだ。思想や詩材が何程新しく、言語や句法が何程詩的に面白くあつても、又作者の詩材に対する感じ方見方が有価的であつても。単に言語が有する意義に依てのみ伝へらるゝ興味は要するに談話の興味である。

叫びと云ひ情調化と云うても、必ずしも抒情詩の上にのみ云ふのではない。叙事詩でも叙景詩でもそれに少しの相違もない。其事件に対し其景物に対し、作者の興奮した感激がなくて、否其興奮した感激が声調に伝へられてゐない歌には、談話以上の興味は無いと断言する。

詩的な感想や詩的な題目を、巧に詩的句調の形式を取つて構成せられた歌を。単なる記述である報告紹介であるとは云はない。少くも作者の物に対する詩的な見方感じ方、対象に対しての或る憧憬の気分が、三十一文字に依て伝へられて居る以上、それを敢て詩でないとは云はない。只それ等の作物から受ける興味が談話の興味以上に出ないから、それ等の歌を低級な詩であると言つて置きたいのである。

談話と云つても、説明報告交渉等純実用的の場合は別として。苟も相手者の感情に訴へる談話であるならば、必ず自然に抑揚緩急の調子が加つてくる。況して興味を主とする談話であれば益相手者を動すべく自づから口調が働いて来るのが普通である。此の如く談話でさへも自己の感想と興味とを、より完全に聴者に伝へようとするには、語調の働きに待つ処が多いのであるが、叫びが声調を通して聴者の心を伝へるのとは、大に趣きを異にして居る。同じく調といふ詞であつても、其意義と働とは全く別のものであることを注意して置かねばならぬ。

談話に於ける調子は、話者の内感情を伝ふるものではなく話者が話さうとする事柄と其意味とを興味的に聴者に伝へんが為めに働く処の語調である。故に談話の興味はどこまでも、事件と題目とそれに対する話者の説明解釈が主であるのである。であるから談話の興味は、要するに散文的であつて、韻文が与ふる興味とは、其根柢を異にして居るのである。少し立入つて云へば。話者自身の感興が談話の主要ではなく、話さうとする題目の興味が談話の主要であるのである。従つて其興味は人間其儘人生其物で無くして、人間を描写し人生を説明し得た処から起る興味である。でさういふ興味が文学的でないと云ふのではない。只さういふ興味は散文的興味であつて、形式に依つた韻文本来のものでないと云ふのである。

事件的題目的談話的興味は、散文に待つ外はなく、又散文が相当して居るのである。翻つて韻文は何故に形式があるかと云ふことを考へて見るに、人間の興奮した感情はさう永く持続すべき筈のものではない。されば欝情発散の要求から起つた韻文が、それに適応した長くない形式を為すに至つたのは。思ふにそれが自然の成立であつて、人が作つたのでは無く出来たのである。さういふ風に、韻文の成立した本来の精神から考へて見れば、事件的題目的興味を韻文に要求するのが初めから間違つてるのである。韻文は原来情調表現から起つたものであるからどうしてもさう長かるべき筈のものではない。其長かるべき筈のものでない処から自然に形式が出来たのだ。

既に形式が出来て、其形式内に於て、韻文成立の精神に戻つて、描写的に事件的題目的興味を伝へんとするは、甚だ不自然な要求であつて、韻文散文の起因を忘れた誤謬と云はねばならぬ。

日本語の歌といふ詞は、訴へるの語源から転じた詞で、古来歌は思ひを遣る情を放つ為めのものであると解釈されて居る。即欝情を発散するのである。さうすると歌といふ詞は、能く韻文成立の源因を説明して居る。

以上歌は描写的のものではなく咏嘆的のものである。談話的のものでなく、叫び的のものであるといふことを稍説明し得たと思ふ。

猶茲に断つて置かねばならぬ。談話にも散文にも、幾分必ず叫びが含まれて居る。叫びが含まれて居なければ其談話にも散文にも、熱がなく力がない。であるから、談話にも、散文にも叫びの含まれて居るといふことは大事なことである。只散文や談話に含まれて居る叫びは、其働きがどこまでも助成的であつて。韻文のそれの如く主性要素でないといふだけである。繰返しいふ、叫びのない歌は詩ではない。叫びの乏しい歌は低級の詩である。最う一言断つて置く。今の藝術界では、絵画も彫刻も作者の叫びであると云つてるやうだが。絵画や彫刻をどういふ意味に於て、作者の叫びであると云ふのであるか。予は未だ其意味を能くは解して居ないけれども、予が今歌に就て云ふ叫びといふことは全く其意味を異にして居ること勿論である。

(四)

叫びを含んだ歌、話に近い歌。と歌の種類をかう判然と二つに分けて終ふことは固より出来ることではない。叫びを含まない歌であるから皆話に近い歌とも云へない如くに。話に近い歌は皆叫びのない歌であるとも云ひ切れない。であるから立論の便宜上二つに分けて論じたものゝ。どつちにも附かない歌もあると云ふことを云つて置かねばならぬ。

随分長く書いたけれども、未だ充分には歌に含まれたる叫びの意味が云ひ盡せない。で最う一言云つて実例に移らうと思ふ。作者が対象に依て得た感激の情緒。其情緒の動揺を抱いて居る胸から出で来る声調が、読者の同感を引くまで歌の上に現はれて居れば、それを叫びの歌叫びの含まれた歌と云ふのである。思想や詩材や作者の感じ方現し方と云ふものゝ外に、声調が伝ふる情緒の揺《ゆれ》の乏しい歌を、話に近い歌と云ふのである。

万葉集以後の歌には叫びの含まれた歌が実に少ない。独実朝卿の歌には不思議に叫びの含まれた歌がある。それも何十首といふ程は無論ないけれども、凡だが二十首以上はあるだらうと思ふ。

物いはぬよもの獣すらだにもあはれなるかなや親の子を思ふ

山はさけ海はあせなん世なりとも君に二心我れあらめやも

此二首などは何人にも解るべき叫びの歌である、自然を歌つた歌にも、叫びの含まれた作が随分ある。

古今集新古今集あたりの歌を今更例に引くのも煩はしいが。各巻頭の歌二首づゝを引いて見る。

年の内に春は来にけり一とせを去年とやいはん今年とや云はん（古今）

かういふ歌が話にしても埒もない話である事が解るであらう。

袖ひぢてむすびし水の氷れるを春立つけふの風やとくらん（古今）

此歌の中にどこを探しても感情はこもつてゐない。

みよしのは山もかすみて白雪のふりにし里に春は来にけり（新古今）

ほの〴〵と春こそ空に来にけらし天の香具山かすみたなびく（新古今）

前者は古い里に新しい春が来たと云ひ、後者は春が空に来たらしい山にかすみが棚引いたと云ふ。さう詞の綾に興を持つて作つた歌であるから、固より春の感じや春といふ情緒などのありやうはない。談話としての興味も無い歌である。徳川時代になつて真淵も景樹も、以上の古今集などを絶対に佳作として居つたのであるから、茲に例に挙げる必要はない程、二集の歌に似寄つた歌を詠んで居る。田安宗武と僧良寛とに、僅かに叫びの含まれた歌がある。茲に例に挙げたいが余りに長くなるのを恐れるから省く。曙覧にも元義にも殆どないと云つてよい。曙覧は話に近い歌を、元義は空虚な歌を以て満たされて居る。かう云つて来て見ると、真文学として藝術的要素を充分に含んだ歌は、古来実に少ない。

結局万葉集より外に、ほんとうに韻文の要素を具備した歌を多く見ることは出来ない。万葉集の始めの方には、手に従つて例歌を挙げることが出来る。

いづくにか舟はてすらんあれの崎漕たみゆきし棚なし小舟

どこに舟泊りをするのであらう。はる〴〵崎を漕ぎ廻つて行つた小さな舟は。と心もとなく詠嘆した心の揺れを、一首の声調の上に味はれるであらう。思はず溜息を突く心の叫びが歌の背面に籠つてゐるのである。以下一々評釈は省いて例歌を挙げる。

ながらふる雪吹く風の寒き夜に吾背の君は独か寝《ぬ》らん

葦べ行く鴨の羽がひに霜ふりて寒きゆふべは大和しおもほゆ

みよしぬの山した風の寒けきにはたや今宵も我が独寝ん

くしろつくたぶしの崎に今もかも大宮人の玉藻苅るらん

潮さゐにいらこの島べこぐ舟に妹乗るらんか荒き島みを

以上の二首は人丸の歌である、思ふ女が行幸に従つて荒い海辺の舟乗などに困つてゐるのを思ひやつてもどかしがつた情のある歌である、さう思つて見なければ此歌の味が解らぬ。

吾背子はいづくゆくらんおきつ藻のなばりの山を今日か越ゆらん

打麻《うつそ》を麻《を》読《み》の王《おほきみ》あまなれやいらこが島の玉藻刈ります

古への人に我れあれやさゞなみの古き京《みやこ》を見れば悲しき

以上殊に佳い歌として挙げたのでは無い。比較的情調の感じ易い歌を抜いて見たのである。かういふ歌をようく味つて見ると、材料的題目的な歌の、浅さ軽さが能く解るのである。

併し万葉集の歌は皆佳い歌許りだと思ふと、大きな間違である、憶良や家持の歌には随分話に近い歌が多い。以下のやうな歌がそれである。

銀もくがねも玉も何せんにまされる宝子にしかめやも

歌もかうなると子を思ふ感情よりは、子は大事なものだ可愛いものだといふ考の方が主になつて居るから、歌から受ける興味の主体が作の考即思想にあるのである。前に云つた話に近い歌であつて、一般の人には面白がられるだらうが詩人の感興には甚だ低能なものである。外に憶良の選定したといふ歌を挙げて見やう。

龍の馬も今も得てしが青丹よし奈良の都に行きて来んため

うつゝには逢ふよしもなしぬばたまの夜の夢にをつぎて見えこそ

徒らに想を弄んだ歌である。次でに云ふが太宰帥大伴卿の宅で詠んだ多くの人の梅の歌も、大抵は話しに等い歌である。只此時代の人の詞つきが朴訥である為に、厭味といふものが無く、一寸面白いまでの事である。

たるひめの浦を漕ぐ舟梶間にも奈良の我家《わぎへ》を忘れておもへや

ほとゝぎすこよ鳴き渡れ燈火を月夜になぞへ其影も見む

卯の花の咲く月立ちぬほとゝぎす来鳴きどよめよふゝみたりとも

居り明し今宵は飲まんほとゝぎす明けんあしたは鳴き渡らんぞ

是れが家持の歌である。家持もこんな風に遊戯に堕した、つまらぬ歌を詠んだかと驚く程である。話も真面目な話ではなく、戯談話《じやうだんばなし》である。声調も情緒もあつたものではない。憶良家持等には拵へた歌が多い。僅かな時代の相違であるが、家持の時代になつて万葉集の歌も漸く堕落し始めて居る。予は折を見て憶良と家持の歌を厳粛に吟味して見ようと思つてる。

此歌論は是れで終りを告ぐべきではない。以上所論の旨趣を以て、現時の新作歌に批判を与へねばならぬ。乍併予は是れまでの経験から。現代の歌人は真面目な批評を要求して居ないやうに思はれてならなくなつた。かういふ時に正直な批評を書くなどは愚である。今になつて気がついたかと笑ふ人があらう。実際予は愚であつた。で予に称揚の出来る歌が出るまで、暫く黙することにする。

（「アララギ」大正2年2月号）

千曲川のスケッチ（七）

島崎藤村

落葉の一

毎年十月の二十日といへば、初霜を見る。雑木林や平坦《たひら》な耕地の多い武蔵野へ来る冬、浅々とした感じの好い都会の霜、左《さ》様《う》いふものを見慣れて居る君に、斯の山の上の霜をお目に掛けたい。こゝの桑畠へ三度か四度もあの霜が来て見給へ、桑の葉は忽ち縮み上つて焼け焦げたやうに成る、畠《はた》の土はボロ〳〵に爛れて了ふ……見ても可恐《おそろ》しい。猛烈な冬の威力を示すものは、あの霜だ。そこへ行くと、雪の方はまだしも感じが柔かい。降り積る雪はむしろ平和な感じを抱かせる。

十月末のある朝のことであつた。私は家の裏口へ出て、深い秋雨のために色づいた柿の葉が面白いやうに地へ下るのを見た。肉の厚い柿の葉は霜のために焼け損はれたり、縮れたりはしないが、朝日があたつて来て霜のゆるむ頃には、重さに堪えないで脆《もろ》く落ちる。しばらく私はそこに立つて、茫然と眺めて居た位だ。そして、其朝は殊に烈しい霜の来たことを思つた。

落葉の二

十一月に入つて急に寒さを増した。天長節の朝、起出して見ると、一面に霜が来て居て、桑畠も野菜畠も家々の屋根も皆な白く見渡される。裏口の柿の葉は一時に落ちて、道も埋れる許《ばか》りであつた。すこしも風は無い。それで居て一葉二葉づゝ静かに地へ下る。屋根の上の方で鳴く雀も、いつもよりは高くいさましさうに聞えた。

空はドンヨリとして、霧のために全く灰色に見えるやうな日だつた。私は勝手元の焚火に凍えた両手をかざしたく成つた。足袋《たび》を穿いた爪先も寒くしみて、いかにも可恐しい冬の近よつて来ることを感じた。斯の山の上に住むものは、十一月から翌年の三月まで、殆んど五ケ月の冬を過さねば成らぬ。その長い冬籠りの用意をせねば成らぬ。

落葉の三

木枯が吹いて来た。

十一月中旬のことであつた。ある朝、私は潮の押寄せて来るやうな音に驚かされて、眼が覚めた。空を通る風の音だ。時々それが沈まつたかと思ふと、急に復《ま》た吹きつける。戸も鳴れば障子も鳴る。殊に南向の障子にはバラ〳〵と木の葉のあたる音がして、其間には千曲川《ちくまがは》の河音も平素から見るとずつと近く聞えた。

障子を開けると、木の葉は部屋の内までも舞込んで来る。空は晴れて白い雲の見えるような日であつたが、裏の流《ながれ》のところに立つ柳なぞは烈風に吹かれて髪を振ふやうに見えた。枯々とした桑畠に茶褐色に残つた霜葉《きうえふ》なぞも左右に吹き靡いて居た。

其日、私は学校の往《いき》と還《かへり》とに停車場前の通を横ぎつて、真綿帽子やフランネルの布《きれ》で頭を包んだ男だの、手拭を冠つて両手を袖に隠した女だの、行き過ぎるのに遇つた。往来《ゆきき》の人々は、いづれも鼻汁《はな》をすゝつたり、眼側《まぶち》を紅くしたり、あるひは涙を流したりして、顔色は白ッぽく、頬、耳、鼻の先だけは赤く成つて、身を縮め、頭をかゞめて、寒さうに歩いて居た。風を背後にした人は飛ぶやうで、風に向つて行く人は又、力を出して物を押すやうに見えた。

土も、岩も、人の皮膚の色も、私の眼には灰色に見えた。日光そのものが黄ばんだ灰色だ。その日の木枯が野山を吹きまくる光景《さま》は凄まじく、烈しく、又勇ましくもあつた。樹木といふ樹木の枝は撓《たは》み、幹も動揺し、柳、竹の類は草のやうに靡いた。柿の実で梢に残つたのは吹き落された。梅、李、桜、欅、銀杏なぞの霜葉《きうえふ》は、その一日で悉《こと〴〵》く落ちた。そして、そこゝに聚《たま》つた落葉が風に吹かれては舞ひ揚つた。蕭条と言はうか、寥郭《れうくわく》と言はうか、左様《さう》いふ言葉を借りて来ても、その趣を君に伝へることが出来ない程、急に山々の景色は淋しく、明るく成つた。

炬燵話

私は君に山上の冬を待受けることの奈様《いか》に恐るべきかを話した。しかしその長い寒い冬の季節が又、信濃に於ける最も趣の多い、最も楽しい時であることをも告げなければ成らない。

それには先づ自分の身体《からだ》のことからして話したい。斯の山国へ移り住んだ当時、土地慣れない私は風邪を引き易くて困つた。斯様《こん》なことで凌いで行かれるかと思ふ位だつた。実に、人間の器官は生活に必要な程度に応じて発達すると言はれるが、丁度私の身体《からだ》にもそれに適したことが起つて来た。次第に私は烈しい気候の刺激に抵抗し得るやうに成つた。東京に居た頃から見ると、私は自分の皮膚が殊に丈夫に成つたことを感ずる。私の肺は極く冷い山の空気を呼吸するに堪えられる。のみならず、私は春先迄枯葉の落ちないあの椚《くぬぎ》林を鳴らす寒い寒い風の音を聞いたり、真白に霜の来た葱畠《ねぎはた》を眺めたりして、屋の外を歩き廻る度に、斯ういふ地方に住むものでなければ知らないやうな、一種刺すやうな快感を覚えるやうに成つた。

草木までも、こゝに成長するものは、柔い気候の中にあるものとは違つて見える。多くの常磐樹《ときはぎ》の緑が、こゝでは重く黒ずんで見えるのも、自然の消息を語つて居る。試みに君が武蔵野辺の緑を見た眼で、こゝの礫地《いしぢ》に繁茂する赤松の林なぞを望んだなら、色彩の相違だけにも驚くであらう。

ある朝、私は深い霧の中を学校の方へ出掛けたことが有つた。五六町先は見えないほどの道を歩いて行くと、これから野面《のら》へ働きに行かうとする農夫、番小屋の側にシヨンボリ立つて居る線路番人、霧に湿りながら貨物の車を押す中牛馬《ちうぎうば》の男なぞに逢つた。そして私は——私自身それを感ずるやうに——斯の人達の手なぞが真紅《まつか》に腫れるほどの寒い朝でも、皆な見かけほど気候に臆しては居ないといふことを知つた。

『奈何《どう》です、一枚着やうぢや有りませんか——』

斯様なことを言つて、皆な歩き廻る。それでも温熱《あたたかさ》が取れるといふ風だ。

それから私は学校の連中と一緒に成つたが、朝霧は次第に晴れて行つた。そこいらは明るく成つて来た。浅間の山の裾もすこし顕れて来た。早く行く雲なぞが眼に入る。ところ〴〵に濃い青空が見えて来る。そのうちに西の方は晴れて、ポツと日が映《あた》つて来る。浅間が全く見えるやうに成ると、でも冬らしく成つたといふ気がする。最早あの山の巓《いたゞき》には白髪のやふな雪が望まれるのだから。

斯様ふ風にして、冬が来る。激しい気候を相手に働くものに取つて、一年中の楽しい休息の時が来る。信州名物の炬燵の上には、茶盆だの、漬物鉢だの、煙草盆だの、どうかすると酒の道具まで置かれて、その周囲《まはり》で胡燵話《こたつばなし》といふやつが始まるのも、そろ〳〵これからだ。

小六月

気候は繰返す。温暖《あたゝか》な平野の地方ではそれほど際立つて感じないやうなことを、こゝでは切に感ずる。寒い日があるかと思ふと、また莫迦《ばか》に暖い日がある。それから復《ま》た一層寒い日が来る。いくら山の上でも、一息に冬の底へ沈んでは了はない。秋から冬に成る頃の小春日和は、斯の地方での最も忘れ難い、最も心地の好い時の一つである。俗に『小六月《ころくがわつ》』とはその楽しさを言ひ顕した言葉だ。で、私はいくらか斯の話を引戻して、もう一度十一月の上旬に立返つて、左様いふ日あたりの中で農夫等が野に出て働いて居る方へ君の想像を誘ひたい。

小春の岡辺

風のすくない、雲の無い、温暖《あたゝか》な日に屋外《そと》へ出て見ると、日光は眼眩しいほどギラ〳〵輝いて、静かに眺めることも出来ない位だが、それで居ながら日蔭へ寄れば矢張寒い――左様《さう》だ、蔭は寒く、光はなつかしい――斯の暖かさと寒さとの混じ合つたのが、楽しい小春日和だ。

左様いふ日のある午後、私は小諸《こもろ》の町裏にある赤阪の田圃中へ出た。その辺は勾配のついた岡つゞきで、田と田の境は例の石垣に成つて居る。私は枯々とした草土手に身を持たせ掛けて、眺め入つた。

手廻しの好い農夫は既に収穫を終つた頃だ。近いところの田には、高い土手のやうに稲を積み重ねて、穂をこき落した藁は其辺に置き並べてあつた。二人の丸髷に結つた女が一人の農夫を相手にして立ち働いて居た。男は雇はれたものと見え、鳥打帽に青い筒袖《つゝつぽ》といふ小作人らしい風体《ふうてい》で、女の機嫌を取り〳〵籾の俵を造つて居た。そのあたりの田の面には、斯の一家族の外に、野に出て働いて居るものも見えなかつた。

古い釜形帽《かまがたぼう》を冠《かむ》つて、黄菊一株提げた男が、その田圃道を通りかゝつた。

『まあ、一服お吸ひ。』

と呼び留められて、釜形帽と鳥打帽と一緒に、石垣に倚りながら煙草を燻し始めた。女二人は話し〳〵働いた。

『金さん、お目はどうです――それは結構――あゝ、あゝ、さうとも――』などゝ女の語る声が聞えた。私は屋外に日を送ることの多い人達の生活を思つて、聞くともなしに耳を傾けた。振返つて見ると、一方の畦の上には菅笠、下駄、弁当の包らしい物などが置いてあつて、そこで男の燻す煙草の煙が日の光に青く見えた。

『さいなら、それぢやお静かに。』

と一方の釜形帽はやがて別れて行つた。

鳥打帽は鍬を執《と》つて田の土をすこしナラし始めた。女二人が錯々《せっせ》と籾を振つたり、稲こきしたりして居るに引替え、斯の雇はれた男の方ははか〴〵しく仕事もしないといふ風で、すこし働いたかと思ふと、直に鍬を杖にして、是方《こちら》を眺めてはボンヤりと立つて居た。

岡辺は光の海のやうに見えた。黒ずんだ土、不規則な石垣、枯々な桑の枝、畦の草、田の面に乾した新しい藁、それから遠くの方に見える森の梢まで、小春の光の充ち溢れて居ないところは無かつた。

私の眼界にはよく働く男が二人までも入つて来た。一人は近くにある田の中で、大きな鍬に力を入れて、土を起し始めた。今一人はいかにも背の高い、痩せた、年若な農夫だ。高い石垣の上の方で、枯草の茶色に見えるところに半身を顕して、モミを打ち始めた。遠くて、その男の姿が隠れる時でも、上つたり下つたりする槌だけは見えた。そして、その槌の音が遠い砧の音のやうに聞えた。

午後の三時過迄、其日私は赤坂裏の田圃道を歩き廻つた。そのうちに、畠側の柿や雑木に雀の群のかしましいほど鳴き騒いで居るところへ出た。刈取られた田の面には、最早青い麦の芽が二寸ほども延びて居た。

急に私の背後《うしろ》から下駄の音がして来たかと思ふと、ぱつたり立止つて、向ふの石垣の上の方に向ひて呼び掛ける子供の声がした。見ると、茶色に成つた桑畠を隔てゝ、親子二人が収穫を急いで居た。子供はお茶の入つたことを知らせに来たのだ。信州人ほど茶好な人達も少なからうと思ふが、その子供が復《ま》た馳出して行つた後でも、親子は時を惜むといふ風で、母の方は稲穂をこき落すに余念なく、子息《むすこ》はその籾を叩く方に廻つてすこしも手を休めなかつた。遠く離れては居たが、手拭を冠つた母の身を延べつ縮めつするさまも、子息のシヤツ一枚に成つて後ろ向に働いて居るさまも、よく見えた。

子供に彼様《あん》なことを言はれると、私も咽喉《のど》が乾いて来た。

家へ帰つて濃い熱い茶に有付きたいと思ひ乍ら、元来た道を引返さうとした。斜めに射して来た日光は黄色を帯びて、何となく遠近《おちこち》の眺望《ながめ》が改まつた。岡の向ふの方には数十羽の雀が飛び集つたかと思ふと、やがてまたパツと散り隠れた。

農夫の生活

君は何程《どれほど》私が農夫の生活に興味を持つかといふことに気付いたであらう。私の話の中には、幾度か農家を訪ねたり、農夫に話し掛けたり、彼等の働く光景《さま》を眺めたりして、多くの時を送つたことが出て来る。それほど私は飽きない心地で居る。そして、もつと〳〵彼等をよく知りたいと思つて居る。見たところ、Open で、質素で、簡単で、半ば野外にさらけ出されたやうなのが、彼等だ。しかし彼等に近づけば近くほど、隠れた、複雑な生活を営んで居ることを思ふ。同じやうな服装を着け、同じやうな農具を携へ、同じやうな耕作に従つて居る農夫等。譬《たと》へば、彼等の生活は極く地味な灰色だ。その灰色に幾通りあるか知れない。私は学校の暇々に、自分でも鍬を執つて、すこしばかりの野菜を作つて見て居るが、どうしても未だ彼等の心には入れない。

斯うは言ふもの丶、百姓の好きな私は、奈何《どう》かいふ機会を作つて、彼等に近づくことを楽みとした。

赤い茅萱《ちがや》の霜枯れた草土手に腰掛け、桟俵《さんたはら》を尻に敷き、田へ両足を投出しながら、ある日、私は小作する人達の側に居た。その一人は学校の小使の辰さんで、一人は彼の父、一人は彼の弟だ。辰さん親子は麦畠の『サク』を掛け起して居たが、私の方へ来ては休み〳〵種々《いろ〳〵》な話をした。雨、風、日光、鳥、虫、雑草、土、気候、左様《さう》いふものは無くて叶はぬものであり乍ら、又百姓が敵として戦はねば成らないものでもある。そんなことから、斯の辺の百姓が苦むといふ種々な雑草の話が出た。水沢《みづおも》潟《だか》、えご、夜這蔓《よばひづる》、山牛房《やまごばう》、つる草、蓬《よもぎ》、蛇苺《へびいちご》、あけびの蔓、がくもんじ（天王草）、其他田の草取る時の邪魔ものは、私なぞの記憶しきれないほど有る。辰さんは田の中から、一塊《ひとかたまり》の土を取つて来て、青い毛のやうな草の根が隠れて居ることを私に示した。それは『ひやう〳〵草』とか言つた。斯の人達は又、その中から種々な薬草を見分けることを知つて居た。

『大抵の御百姓に、斯の稲は何だなんて聞いても、名を知らないのが多い位に、沢山いろ〳〵と御座います。』

話好きな辰さんの父親は、女穂《めほ》、男穂《をとこほ》のことから、浅間の裾で砂地だから稲も良いのは作れないこと、小麦畠へ来る鳥、稲田を荒すといふ虫類の話などを私にして聞かせた。『地獄蒔《ぢごくまき》』と言つて、同じ麦の種を蒔くにも、農夫は地勢に応じたことを考へるといふ話もした。小諸は東西の風をうけるから、南北に向つて『ウネ』を造ると、日あたりも好し、又風の為に穂の擦れ落ちる憂が無い、自分等は絶えず其様《そん》なことを工夫して居るとも話した。

『しかし、上州の人に見せたものなら、斯様《こん》なことでよく麦が取れるツて、消魂《たまげ》られます。』

斯う言つて、隠居は笑つた。

『斯の阿爺《おとつ》さんも、ちつたア御百姓の御話が出来ますから、御二人で御話しなすつて下さい。』

と辰さんは言ひ置いて、麦藁帽の古いのを冠りながら復《ま》た畠へ出た。辰さんの弟も股引を膝までまくし上げ、素足を顕して、兄と一緒に土を起し始めた。二人は腰に差した鎌を取出して、時々鍬に附着する土を掻取つて、それから復た腰を曲《こご》めて錯々《せつせ》とやつた。

『浅間が焼けますナ。』

と皆な言ひ合つた。

私は掘起される土の香を嗅ぎ、弱つた虫の声を聞きながら、隠居から身上話を聞かされた。斯の人は六十三歳に成つて、まだ耕作を休まずに居るといふ。十四の時から灸、占の道楽を覚え、三十時代には十年も人力車を引いて、自分が小諸の車夫の初だといふこと、それから同居する夫婦の噂なぞもして、鉄道に親を引つぶされてから其男も次第に零落したことを話した。

『お百姓なぞは、能の無いもの、為るこんです……』

と隠居は自ら嘲るやうに言つた。

其時、髪の白い、背の高い、勇健な体格を具へた老農夫が、同じ年恰好な仲間と並んで、いづれも土の喰ひ入つた大きな手に鍬を携へながら、私達の側を挨拶して通つた。肥し桶を肩に掛けて、威勢よく向ふの畠道を急ぐ壮年《わかもの》も有つた。

収穫

ある日、復《ま》た私は光岳寺の横手を通り抜けて、小諸の東側にあたる岡の上に行つて見た。

午後の四時頃だつた、私が出た岡の上は可成《かなり》眺望の好いところで、大きな波濤《なみ》のやうな傾斜の下の方に小諸町の一部が下瞰《みおろ》される位置にある。私の周囲には、既に刈乾した田だの未だ刈取らない田だのが連なり続いて、その中である二家族のみが残つて収穫《とりいれ》を急いで居た。

雪の来ない中《うち》に早くと、耕作に従事する人達の何かにつけて心忙しさが思はれる。私の眼前には、胡麻塩頭の父と十四五ばかりに成る子とが互に長い槌を振上げて籾を打つた。その音がトン／＼と地に響いて、白い土埃《つちぼこり》が立ち上つた。母は手拭を冠り、手甲《てつかふ》を着けて、稲の穂をこいては前にある箕の中へ落して居た。その傍《かたはら》には、父子《おやこ》の叩いた籾を篩《ふるひ》にすくひ入れて、腰を曲《こゞ》め乍《なが》ら働いて居る、黒い日に焼けた顔付の女もあつた。それから赤い襷掛に紺足袋《こんたび》穿《ばき》といふ風俗で、籾の入つた箕を頭の上に載せ、風に向つてすこしづゝ振ひ落すと、その度に粃《しひな》と塵埃《ほこり》との混り合つた黄な煙を送る女もあつた。

日が短いから、皆な話もしないで、塵埃だらけに成つて働いた。岡の向ふには、稲田や桑畠を隔てゝ、夫婦して笠を冠つて働いて居るのがある。殊にその女房が箕を高く差揚げ風に立てゝ居るのが見える。風は身に染みて、冷々として来た。私の眼前に働いて居た男の子は稲村に預けて置いた袖なし半天を着た。母も上着《うはつぱり》の塵埃を払つて着た。何となく私も身体がゾク／＼して来たから、尻端折《しりはりをり》を下して、着物の上から自分の膝を摩擦しながら、皆なの為ることを見て居たいと思つた。

鍬を肩に掛けて、岡づたひに家の方へ帰つて行く頬冠りの男もあつた。鎌を二挺持ち、乳呑児を背中に乗せて、『おつかれ』と言ひつゝ通過ぎる女もあつた。眼前の父子《おやこ》が打つ槌の音はトン／＼と忙しく成つた。

『フン』、『ヨウ』の掛声も幽《かす》かに泄《も》れて来た。そのうちに、父はへな／＼した俵を取出した。腰を延ばして塵埃の中を眺める女もあつた。田の中には黄な籾の山を成した。

其時は最早暮色が薄く迫つた。小諸の町つゞきと、彼方《あなた》の山ゝの間にある谷には、白い夕靄《ゆふもや》が立ち籠めた。向ふの岡の道を帰つて行く農夫も見えた。

私はもうすこし辛棒して、と思つて見て居ると、父の農夫が籾をつめた俵に縄を掛けて、それを負《しよ》ひながら家を指して運んで行く様子だ。今は三人の女が主に成つて働いた。岡辺も暮れかゝつて来て、野面《のら》に居て働くものも無くなる。向ふの田の中に居る夫婦者の姿もよく見えない程に成つた。

光岳寺の暮鐘が響き渡つた。浅間も次第に暮れ、紫色に夕映した山々は何時しか暗い鉛色と成つて、唯白い煙のみが暗紫色《あんしょく》の空に望まれた。急に野面がパツと明るく成つたかと思ふと、復た私は響き渡る鐘の音を聞いた。私の側には、青々とした菜を負つて帰つて行く子供もあり、男とも女とも後姿の分らないやうなのが足速に岡の道を下りて行くもあり、左様かと思ふと、上着《うはつぱり》のまゝ細帯も締めないで、まるで帯とけひろげのやうに見える荒くれた女が走つて行くのもあつた。

南の空には青光りのある星一つあらはれた。すこし離れて、また一つあらはれた。斯の二つの星の姿が紫色な暮の空にちら〳〵と光りを見せた。西の空はと見ると、山の端は黄色に光り、急に焦茶色と変り、沈んだ日の反射も最後の輝きを野面に投げた。働いて居る三人の女の頬冠り、曲めた腰《こゞ》、皆な一時に光つた。男の子の鼻の先まで光つた。最早《もはや》稲田も灰色、野も暗い灰色に包まれ、八幡《やはた》の杜《もり》のこんもりとした欅の梢も暗い茶褐色に隠れて了つた。

町の彼方にはチラ〳〵燈火《あかり》が点き始めた。岡つゞきの山の裾にも点いた。

父の農夫は引返して来て復た一俵負《しよ》つて行つた。三人の女や男の子は急ぎ働いた。

『暗くなつて、いけねえナア。』と母の子をいたはる声がした。

『箒探しな——箒——』

と復た母に言はれて、子はうろ〳〵と田の中を探し歩いた。

やがて母は箒で籾を掃き寄せ、蓆《むしろ》を揚げて取り集めなどする。女達が是方《こちら》を向いた顔もハツキリとは分らないほどで、冠つて居る手拭の色と顔とが同じほどの暗さに見えた。

向ふの田に居る夫婦者も、まだ働くと見えて、灰色な稲田の中に暗く動くさまが、それとなく分る。

汽笛が寂しく響いて聞えた。風は遽然《にはかに》私の身にしみて来た。

『待ちろ〳〵』

母の声がする。男の子はその側で、姉らしい女と共に籾を打つた。彼方の岡の道を帰る人も暗く見えた。

『おつかれでごわす』と挨拶そこ〳〵に急いで通過ぎるものもあつた。そのうちに、三人の女の働くさまもよくは見えない位に成つて、冠つた手拭のみが仄かに白く残つた。振り上ぐる槌までも暗かつた。

『藁をまつめろ。』

といふ声もその中で聞える。

私が斯の岡を離れやうとした頃、三人の女はまだ残つて働いて居た。私が振返つて彼等を見た時は、暗い影の動くとしか見えなかつた。全く暮れ果てた。

巡礼の歌

乳呑児を負《おぶ》つた女の巡礼が私の家の門に立つた。

寒空には初冬らしい雲が望まれた。一目見たばかりで、皆な氷だといふことが思はれる。氷線の群合とも言ひたい。白い、冷い、透明な尖端は針のやうだ。斯の雲が出る頃に成ると、一日は一日より寒気を増して行く。

斯うして山の上に来て居る自分等のことを思ふと、灰色の脚絆に古足袋を穿いた、旅窶《たびやつ》れのした女の乞食姿にも、心を引かれる。巡礼は鈴を振つて、哀れげな声で御詠歌を歌つた。私は家のものと一緒に、その女らしい調子を聞いた後で、五厘銅貨一つ握らせながら、

『お前さんは何処ですネ。』と尋ねた。

『伊勢でございます。』

『随分遠方だネ。』

『わしらの方は皆な斯うして流しますでございます。』

『何処の方から来たんだネ。』

『越後路から長野の方へ出まして、諸方を廻つて参りました。これから寒くなりますで、暖い方へ参りますでございますわい。』

私は家のものに吩咐《いひつ》けて、斯の女に柿を呉れた。女はそれを風呂敷包にして、家のものにまで礼を言つて、寒さうに震へながら出て行つた。

夏の頃から見ると、日は余程南よりに沈むやうに成つた。吾家の門に出て初冬の落日を望む度に、私はあの『浮雲如二故丘二』といふ古い詩の句を思出す。近くにある枯々な樹木の梢は、遠い蓼科の山々よりも高いところに見える。近所の家々の家根の間からそれを眺めると、丁度日は森の中に沈んで行くやうだ。

（「中学世界」明治45年3月号）

詩歌

詩
短歌
俳句

詩

阿毛久芳＝選

人見東明

「夜の舞踏」抄

楽屋の薄ら明り

窓《まど》のあたりにのぼり来る薄《うす》ら明《あか》り
こぼれた白粉《おしろい》と紅《べに》の汚点《しみ》に薄《うす》ら明《あか》り。

見のこした夢さへ青い窓のあたりに
ちんちろりんの鳴《な》くさへも悲《かな》しい薄《うす》ら明《あか》り。

ちんちろりんが鳴けるとき
鬘《かつら》のみかかる壁の寂しさ。

窓《まど》のあたりにのぼり来る薄《うす》ら明《あか》り
こぼれた白粉《おしろい》と紅《べに》の汚点《しみ》に薄《うす》ら明《あか》り。

（四十三年十月）

珠乗り

くるくると珠《たま》は舞ふ
赤と白との珠《たま》はくるくると……

はらりはらりと緋鹿《ひが》の子《こ》の袖は小鳥の
滑らかな舞台を赤と白との珠《たま》ふたつ。

さつとひらく緋《ひ》の扇
少女《せうぢよ》の笑みのにこやかさ。

くるくると珠は舞ふ
赤と白との珠はくるくると……

（四十四年三月）

つまらないから

つまらないから白い兎《うさぎ》の毛を撫《な》でつつ
五月の一日《ひとひ》を心《こころ》なく暮したい。
思《おも》ふこと更らにない日の情《つれ》なさに

白い兎《うさぎ》を抱《だ》きあげて庭をさまよふ。
口笛《くちぶえ》を吹いて見るけれども慊《あき》たらはねば
白い兎《うさぎ》の眼《め》をながめつつさまよふ。

池のほとりを回《めぐ》り咲く躑躅《つつじ》の花の蘂《しべ》に
五月の光《ひか》りが瞬《また》いて。

池《いけ》のほとりをめぐりつつ
味気《あぢき》ない日《ひ》を日ねもす……

つまらないから白い兎《うさぎ》の毛を撫でつつ
五月の一日《ひとひ》を心なく過《すご》したい。

（四十四年三月）

酒場の一夜

酒の上をぬめる夜《よる》
盃
真白な指の先に滑《したた》り爪をつたふ夜《よる》。

絵となり小唄となりて
瓦斯の光りに溶け合ふ闇
青白い闇。

白い夜はため息《いき》を洩しながら
睫《まつげ》をつたひ
蚯蚓《みみず》脹《ば》れした眼のふちをすべり落ちる。

○

昼から
酒壺の内へ
盃の底へ迷《まぎ》れ込む赤い唄。

ひとつびとつの
酒泡《さかあわ》を滑る
唄の節ぶし。

その唄にわがこころ泡立ち
燃え上り
火を抱くやうな心もち。

○

紅《べに》いろをした爪先きを頬にあて
ゐくぼを突いて
くろい眼が光つてゐる。

生欠伸《なまあくび》を噛みしめる
酒場の女の美しさよ。

「さあ、手を出せえ
斯うして何時までも握らうじやないか」

○

赤い唇で
その靨《ゑくぼ》を血の出るほど吸うてやりたい。

蛇のやうに
擁きしめて。

其許《そなた》の乳房に
指跡を刻みたいとおもふ。

○

さあさあ注いでくれえ
歓楽と酒と。

盃の底に、夜があり、死がある
不快な者が潜んでゐる。

享楽の世界を
銀の盃になみなみと湛へて飲まう。

その白い手を高くささげて
一滴ものこさず飲み尽さうではないか。

卵を飲むやうな口元《くちもと》をして
盃の縁を吸うて見せてくれえ。

○

光りを乱し
薔薇の花弁《ち》を散らす五月蠅《さばへ》の羽音の
囂《かしま》しさ。

けれども、夜は熟睡を思ひながら
更け行き
窓に沁み入りて青く。

壁を腹這ふ影に
寂しい夢を浮べる深夜。

マントルを廻りつつ唄ふ
五月蠅よ。

五月蠅の声は細まりつつ顫へて
悲しい眠りは尖る。

（四十三年一月）

紫色の匂袋

オフエリヤの心臓《しんざう》のやうにもえる
赤い肌着《はだぎ》の下に
肉体の温さ嬌《なまめか》しさ。

肌着と肉体の中ほどに
円い肉置《しゝおき》と
燃えたつ色に包まれた紫色《ししよく》の匂袋《にほひぶくろ》。

雛鳥《ひなどり》と云《い》はうか
さては太陽のかがやきでもあらうか
温《ぬく》められてはずむ匂ひ袋。

あかくもえあがる肌着《はだぎ》に触れて眠《ねむ》る
匂ひ袋
その紫をおす乳房のおもさ。

（四十二年十一月）

しづかなる厨

しづかなる夕《ゆふべ》のしばし
白きパンを折れば寂しくも頼《たよ》りなし。
いたづらなる「生の記録」と恋の白き頁《ページ》を
ぽたぽたと繰り返すとき。

青脹《あをぶく》れた窓はうすら明るく
柔な蠟のうすら明《あか》く。

しづかなる厨《くりや》のしばし
白きパンを折れば寂しくも頼《たよ》りなし。

（四十四年一月）

「浜千鳥」抄　星野水裏

今一度《いまいちど》泣《な》いてくれぬか

梅薫《うめかを》る　二月如月《にぐわつきさらぎ》
鶯《うぐひす》が　庭《には》で啼《な》いてる
花咲《はなさ》けば　鶯《うぐひす》でさへ
庭《には》に来《き》て　啼《な》くではないか
暖《あたゝ》かき　母《はゝ》の乳房《ちぶさ》が
この様《やう》に　張《は》り切れる程《ほど》

いつ来《き》ても　吸《す》はれる様《やう》に
うまき香《か》に　満《み》ちてるものを
いかなれば　我《わ》が児《こ》さよ子《こ》は
乳《ちゝ》欲《ほ》しと　泣《な》かぬであらう
手《て》を挙《あ》げて　乳房《ちぶさ》見付《みつ》けて
泣《な》きながら　来《こ》ぬのであらう

あゝさよ子《こ》　我《わ》が児《こ》さよ子《こ》は
正月《しやうぐわつ》に　死《し》んだのである
おめでたい　この正月《しやうぐわつ》に
かなしくも　死《し》んだのである
あゝさよ子《こ》　我《わ》が児《こ》さよ子《こ》も
生《い》きてをれば　もう二《ふた》つなのだ
さよ子《こ》ちゃん　いくつときけば
指《ゆび》を二本《にほん》　出《だ》して見《み》せるのだ

桜咲《さくらさ》く　去年《きよねん》の四月《しぐわつ》
いさましく　生《うま》れたのだが
ぢきに梅《うめ》も　咲《さ》くといふのに
もう死《し》んで　仕舞《しま》ったのである
あゝさよ子《こ》　我《わ》が児《こ》さよ子《こ》は
愛《あい》らしい　いゝ子《こ》であった
いゝ子《こ》だと　どこへ行《い》っても
人様《ひとさま》に　ほめられてゐた

パッチリと　黒目《くろめ》勝《が》ちの
鈴《すゞ》の様《やう》な　丸《まる》い眼《め》をして
ポテ〳〵と　紅梅色《こうばいいろ》の
つやのある　頬《ほゝ》ぺたをして
低《ひく》うはない　高過《たかす》ぎもしない
形《かたち》のいゝ　品《ひん》のいゝ鼻《はな》
乳《ちゝ》吸《す》ふに　丁度手頃《ちやうどてごろ》な
蕾《つぼみ》の様《やう》な　口元《くちもと》をして

肉附《にくづ》きも　いゝ塩梅《あんばい》に
丈夫相《ぢやうぶさう》な　児《こ》であったが
あんな児《こ》が　どうしてまあ
こんなに早《はや》く　死《し》んだのだらう
死《し》にはすまい　死《し》んだのではあるまい
たかの知《し》れた　百日咳《ひやくにちかぜ》に
あんな子《こ》が　どうしてそんな
死《し》ぬなんて　事《こと》のあらうや

さうだ〳〵　死《し》んだのではない
医者《いしや》が屹度《きつと》　薬《くすり》を違《ちが》ひて
よくすれば　よくなるものを

間違《まちが》って　殺《ころ》したのだらう
いや〱　これはひがみだ
あれほどに　親切《しんせつ》な医者《いしゃ》が
どうしてそんな　悪《わる》い事《こと》をしよう
さうだ〱　これはひがみだ

あんな寒《さむ》い日《ひ》　しかも夜中《よなか》に
こころよう　医者《いしゃ》は来《き》てくれた
こんな事《こと》を　私《わし》が思《おも》ふのは
罰《ばち》があたる　勿体《もったい》ない事《こと》だ
かぜではあるが　百日咳《ひゃくにちかぜ》は
恐《おそ》ろしい　病気《びゃうき》ださうだ
このかぜに　我《わ》が児《こ》さよ子《こ》は
かなしくも　取付《とりつ》かれたのだ

世《よ》の中《なか》へ　生《うま》れたばかり
罪《つみ》も何《なに》も　知《し》らぬ児《こ》が
死《し》ぬといふのは　これはよく〱の
前《まへ》の世《よ》の　因縁《いんねん》であらう
仕方《しかた》ない　あきらめよう
言《い》ふたとて　返《かへ》らぬ事《こと》だ
泣《な》いたとて　死《し》んだ者《もの》は
もう二度《ど》と　生《い》きては来《こ》ない

もう泣《な》かぬ　決《けっ》して泣《な》かぬ
とは言《い》っても　涙《なみだ》は出《で》る
併《しか》しこの　私《わし》の涙《なみだ》は
何事《なにごと》も　知《し》らぬ涙《なみだ》だ
あゝさよ子《こ》　それにしてもお前《まへ》は
知《し》らぬ道《みち》を　たった一人《ひとり》で
歩《ある》く事《こと》も　出来《でき》ない足《あし》で
這《は》ひながら　どこへ行《い》くのか

地《ち》の下《した》の　死出《しで》の旅路《たびぢ》は
まっくらで　淋《さび》しいさうだが
母《はゝ》なくて　そんな処《ところ》で
たった一人《ひとり》　淋《さび》しくはないか
お前《まへ》の様《やう》に　罪《つみ》のない児《こ》は
まさかそんな　淋《さび》しい処《ところ》へは
行《い》くまいと　思《おも》ふけれども
なんだか私《わし》は　気掛《きがゝ》りでならぬ

母《かあ》ちゃんが　抱《だ》いてくれないで
だれがお前《まへ》の　傍《そば》についてゐる
母《かあ》ちゃんの　乳《ちゝ》をのまないで
若《も》しやお腹《なか》が　すきやしないか
抱《だ》いてくれる　者《もの》がないと言《い》って

泣《な》いたとて　だれもゐないだらう
乳《ちゝ》をのまないで　お腹《なか》がすいたとて
だれも乳《ちゝ》を　のましてくれないだらう

あゝさよ子《こ》　矢張私《やつぱりわし》は
お前《まへ》の事《こと》が　心配《しんぱい》でならぬ
雨降《あめふ》って　濡《ぬ》れはしないか
雪降《ゆきふ》って　寒《さむ》くはないか
若《も》しやお前《まへ》が　知《し》らぬ処《ところ》で
たった一人《ひとり》　泣《な》いてゐたら
どうしよう　あゝどうしよう
そればかりが　心配《しんぱい》でならぬ

かあちゃんよう　かあちゃんようと
たった一人《ひとり》　泣《な》いてゐたら
どうしよう　あゝどうしよう
私《わし》はそれが　心配《しんぱい》でならぬ
この母《はゝ》は　この世《よ》に出《い》でて
罪《つみ》を犯《をか》した　事《こと》がないから
悪《わる》い報《むく》ゐは　お前《まへ》には行《い》くまいが
それでもなんだか　心配《しんぱい》でならぬ

焼野《やけの》の雉子《きゞす》　夜《よる》の鶴《つる》
子《こ》を思《おも》はぬ　親《おや》があらうや
母《かあ》ちゃんは　お前《まへ》がゐないで
毎日《まいにち》〳〵　泣《な》いてばかりゐる
あゝさよ子《こ》　何故《なぜ》お前《まへ》は死《し》んだ
母《かあ》ちゃんが可愛《かあい》くはないか
この様《やう》に　母《かあ》ちゃんの泣《な》くのが
お前《まへ》には　わからないのか

あゝさよ子《こ》　乳《ちゝ》が欲《ほ》しいと
今一度《いまいちど》　泣《な》いてくれぬか
あゝさよ子《こ》　母《かあ》ちゃんの願《ねが》ひだ
今一度《いまいちど》　泣《な》いてくれぬか　（結）

「春のゆめ」抄　福田夕咲

おぼろ夜より

柱暦をめくる時

柱暦《はしらごよみ》をめくる時、
わが指先は幽《かす》かにも疼《うづ》くをおぼゆ
大理石《なめいし》のごと白かりし紙の肌《はだへ》もやや煤ばみ
黒髪のごと艶《つや》やかなりし印刷《いんさつ》の文字もうすれ
匂やかなりし春の日の美しきかげもとどめず。

その日その日の空しき幸福を夢みつゝ、
朝毎に、一ひらごとに只浮々とめくりしが……
花の匂ひのうすれゆく如く
若き日のいのちは一ひら一ひらに褪せてゆく……
さまざまのいたましき追憶をのこして……

柱暦をめくる時、
わが指先はかすかにも疼《うづ》くをおぼゆ

心の梭

とんとんからり　とんからり……
こころの梭《おさ》がひらひらと
燕《つばめ》のやうにひらひらと。

五色の糸が経緯《たてよこ》に
みだれ合ふたり、もつれたり……

昼はひねもす、夜はよもすがら
なにを織るぞへ　緞子《どんす》か綾《あや》か

夢の青縞、うつつの黄縞
うれし浮織、かなしい飛白《かすり》

花や女や……ゑたいのしれぬ
かげやかたちや不思議な模様

なにを織るやら、わたしも知らぬ
生きてゐりやこそ織りもする。

とんとんからり、とんからり
こころの梭《おさ》がひらひらと

燕《つばめ》のやうにひらひらと。

五月の昼

淡青《うすあお》い若葉の反射
鰭がうごけば藻のふさもそよろとゆらぐ……
しづけさ。
びいどろの鉢の金魚のあざやかさ。

ついうとうとと青柳《あをやぎ》の萎垂《しなだ》れかかるたわいなさ
忍び足していたづらな風が揺《ゆす》つてねむらせぬ
五月《さつき》の昼のしづけさ。

秋の調べ

三味線のこころの音締《ねじ》め
きりりきりり、と二をあげて
その悲しみを弾《ひ》く宵は
絃《いと》より秋の立ち初《そ》めて……
しめやかにほそき音色《ねいろ》の流れゆく

末はそよ風
うすらさみしく消えてゆくはかなさ……。
ゆるやかにかろき音色のまろびゆく
果はしら露
草の葉末《はずゑ》にほろほろとちらつくあはれさ……。

夜の鳥

十二階の尖端《てつぺん》をかすめて
流れ星――
空には青く一すぢ、
爪の痕《あと》みたやうな線をひいて……。

ちよいといらつしやいよ
ちゆう〳〵と吸ひつけるやうな鼠鳴き
銘酒やのほの暗い格子から
くつきり白い片頬をみせて。
ちよいといらつしやいよ

暗く、ものすごい十二階の陰の巣に
あはれ音を啼く夜の鳥

細い路次の奥の奥から
洞穴の様な心の底を吹き透すうすら寒い微風

何がなしこゝろさみしい
冬近き夜のうす暗がりに
あはれ、音を啼く夜の鳥。

逢魔時より

花壇の白昼

こころよき匂ひといろと……
しなやかなメロディーと……
……………………。
眠れる虞美人草《ひなげし》の……
とろけるやうな優しいメランコリー……。
泉水にくちつける
和《やは》かい春の光線、
しめやかな水の密語《さゝやき》……。
静かに燃ゆる
、、、
せきちくの花のくれなゐ。
さつと、ひとすぢ
怪しくひかる青蜥蜴《あをとかげ》……。

少女の死骸の上に

薔薇いろのカーテンをひけ！
美しい少女の死骸《なきがら》の上に
醜い現世の光を落さしむるな。
あらゆる香水をふりそそぎ
あらゆる香料を焚《た》き薫《くゆ》らし
あらゆる花びらを撒《ま》きちらせ、
然も少女の死を飾るに余りに貧きを悲しむ。
醜き衣を脱ぎ去りて
美しい草花の上に
美しい少女の死骸を横たへよ！

いぢらしい乳房を
可愛らしい眼を、昏を
大理石のやうな白い肌を
ああ、すべて此上もなく美しい清らかなものを
あるがままに照さしめよ、
ロマンチツクな聖燭の火光《ほかげ》に……。

静かに静かに静かにピアノを掻き鳴らし
静かに静かに睡眠《ねむり》の歌を奏せよ。

香の匂ひもなびかぬほど
睡眠《ねむり》の翅《つばさ》もふるへぬほど静かに……。

火の渦

昏の――
火の渦《うづ》
眩《めくるめ》く。

火の渦
しだいに
心を巻きしめる。

ああ、
神経に魅入る
くれなゐの魔睡《ますゐ》。

火の渦
たましいが
吸ひこまれる。

病める少女

悲しい追憶《おもひで》の酔ざめの青いほゝゑみ、
病院の白いベツドと
くつきり紅いダーリヤの花と。

『熱が高いのよ
こんなに
脈も早いわ』

窓から射しこむ薄日《うすらび》に、
大理石《なめいし》のやうな胸をひろげる。

『随分、痩《や》せたわね

指環《ゆびわ》がこんなにゆるいんですもの
爪も延びたわね』
うとましさうに顔を曲《ゆが》める
媚《こび》るやうな
いぢらしい、その目ざし。

薬の匂ひの滲《し》みた
乾《かは》いた唇がこゝろもち紅らむ。

ツワイライト

ほろほろと
花散る……
うつろなる心の奥の
ゆうぐれの
ツワイライトに。

女の肌のぬくもりのやうな
やはらかい風——
うつろなる心の奥へ
吹きおくる
淡《あは》い淡いにほひを

花の——
メランコリーの……。
ああ、うつろなる心の奥の……
うらさみしいツワイライトに
ほろほろと
花散る……。
ほのかに
漂《たゞ》よふメランコリー——。

「夜の葉」抄

森川葵村

悲しきくちづけ

ほのぼのとあひ見しは、
ほのぼのとわかれしは、
潮濡《しほぬ》れの砂地《すなぢ》にうつる
月光のうれひのみ。

夢なりや、うつゝと知れず、
美しき偶像《ぐうぞう》の、今こゝに
何なればわが眼《め》に汝《なれ》の見ゆる。

ねむる女《をみな》をながめつゝ
かはたれどきのたよりなさ、
たゞその宵の月光のうれひを恋ひて
蠟《らふ》のごと静かなる頰《ほ》に接吻《くちづ》けぬ。

駒形

駒形なる吾が生ひ育ちける家に、今は知らぬ人の住めるを、
通りかゝりし節　思出にたへで。

駒形《こまかた》の河岸《かし》のうれひのなつかしや、
色白《いろじろ》の子役《こやく》の詣《まゐ》る駒形堂《こまんだう》
観音《くわんのん》さまに願《ぐわん》かける子供心のなつかしや。
たわやかに水に溺るゝ花あやめ、
その紫のあどけなき愁《うれひ》の色のなつかしや。
雨の桟橋《さんばし》、さすほどもなき傘さして
水にや映《うつ》るすねし心の薄明《うすあか》り、
いつ知りそめし河岸《かし》のうれひのなつかしや。

★

隅田川、風にうれひのなからめや。
暮れてゆく東京のオーケストラに
浮《う》くうたかたの夢のひときれ——都鳥《みやこどり》
ほんのり白いを何かと見れば
消えてゆくむかしの『恋』の姿《かげ》なそな。
ほのぼのとわたしの胸を離《さか》りゆく
ほのかに白き思ひ出の今はかくれぬ。

歔欷

かすかに胸に
くづれゆく薔薇《さうび》の歎《なげ》き……
倦み暮るゝよどみの底へ、

吾となく人波《ひとなみ》にはぐれて立てば、
叫喚《きやうかん》の都会の屋根に
夕暮の倦みし心に、
宵の月ほのかに出でぬ。
かすかに胸に、
おもかげのかひなき嘆《なげ》き、
歔欷《さぐ》りつゝ花は頽《くづ》る、……

喜びの日悲しみの日

よろこびの日、
君が胸かゞやかの夢はあふれて
白日《はくじつ》の湖《うみ》とひらけつ、
そが映《は》ゆき水面《みなも》に浮かぶ
わが魂《たま》はさこそ白鳥——
身はもとろけ
愛恋《あいれん》の香《かう》の流れに
かたち無き水に足掻《あがき》てうつらうつら………

かなしみの日、
君が胸ひやゝかの涙たゝへて
たそがれの谿《たに》とくぼみつ、
そが深き闇に羽伸《はの》せる
わが魂《たま》はさこそ山鳩——
「欝憂《うつゆう》」の実《み》を啄《ついば》みて
さゝ鳴けば
ほろ〳〵と「沈黙《しゞま》」の枯葉《かれは》乱れ散らふ。

とりえぬ影

手をとれば
かたち失ふわが君よ、
立てば立ち、歩めば歩み、
つかの間《ま》も眼離《めか》れぬ君が
日に新《あらた》なるよそほひの香《か》を親《なつ》かしみ、
手をとれば形失《かたちうしな》ふわが君よ。

花見れば
花のまなかに君は住み、
雲見れば雲のまなかに、
笑《ゑ》める君、あゝ泣ける君《きみ》、
「恋《こひ》」とや君を名づけつゝ、共に住まんに
手をとればかたち失ふわが影よ。

三木露風

「勿忘草」

北原白秋

な忘れそ勿忘草の空いろの消《け》なば消《け》ぬべき
いのちにもせよ

現身

春はいま空のながめにあらはるゝ
ありともしれぬうすぐもに
なやみて死ぬる蛾のけはひ。

ねがひはありや日は遠し、花は幽にうち薫ず。
ゆるき光に霊の
煙のごとく泣くごとく。

わが身のうつゝながむれば
紅玉の靄たなびけり。
隠《かぐ》ろひわたり、染みわたり
入日の中に志づく声。

心もかすむ日ぐれどき、
鳥は媚びつゝ、花は黄に、
恍惚の中吹きすぎて
色と色とは弾きあそぶ。

慕はしや、春うつす
永遠のゆめ、影のこゑ。
身には揺れどもいそがしく
入日の花のとゞまらず。

春はわが身にとゝまらず。
ありともしれぬうすぐもに
なやみこがるゝ蛾のけはひ。

露風

宝石商

私は思ふ、あのうらわかい天才のラムボオを、
さうして哀しい宝石商の息づかひを、心を。

アーク燈《とう》いとなつかしく美くしき宝石商の
店に春ゆく

白秋

白い月

わがかなしきソフイーに。

白い月が出た、ソフイー。
出て御覧、ソフイー。
勿忘草《わすれなぐさ》のやうな
あれ、あの青い空に、ソフイー。
まあ、何《なん》て冷《ひや》つこい
風《かぜ》だらうねえ、

出て御覧、ソフイー。
綺麗だよ、ソフイー。

いま、やつと雨がはれた――
緑いろの広い野原に、
露がきらきらたまつて、
日が薄《うつ》すりと光つてゆく、ソフイー。

さうして電話線の上にね、ソフイー。
ぴしよ濡れになつた白い小鳥が
まるで、三味線のこまのやうに留つて、
つくねんと眺めてゐる、ソフイー。

どうしてあんなに泣いたの、ソフイー。
細《こま》かな雨までが、まだ、
新内のやうにきこえる、ソフイー。
――あの涼しい楡の新芽を御覧。

空いろのあをいそらに、
白い月が出た、ソフイー。
生きのこつた心中の
ちやうど、片われでもあるやうに。

白秋

黄色い春

黄色《きいろ》、黄色、意気で、高尚《かうと》で、しとやかな
棕梠の花いろ、卵いろ、
たんぽぽのいろ、
または児猫の眼の黄いろ………
みんな寂しい手さはりの、岸の柳の芽の黄いろ、
夕日黄いろく、粉《こな》の黄いろのふる中に、
小鳥が一羽鳴いてゐる。
人が三人泣いてゐる。
けふもけふとて紅《べに》つけてとんぼがへりをする男、
三味線弾きのちび男、
俄盲目のものもらひ。

街《まち》の四辻、古い煉瓦に日があたり、
窓の日覆《ひよけ》に日があたり、
粉《こな》屋の前の腰掛に疲れ心の日があたる。
ちいちいほろりと鳥が鳴く。
空に黄色い雲が浮く、
黄いろ、黄いろ、いつかゆめ見た風もなく、

道化男がいふことに
「もしもし淑女《レディ》、とんぼがへりを致しませう、

美くしいオフエリヤ様、
サロメ様、
フランチエスカのお姫様。」
白い眼をしたちび男、
「一寸、先生、心意気でもうたひやせう」
俄盲目も後《うしろ》から
「旦那様や奥様、あはれな片輪で御座います、
どうぞ一文。」
春はうれしと鳥も鳴く。

夫人《おくさん》、
美くしい、かはいい、しとやかな
知らぬ夫人《おくさん》、
御覧なさい、あれ、あの柳にも、サンシユユにも
黄色い木の芽の粉《こ》が煙り、
ふんわりと染む地のにほひ。
ちいちいほろりと鳥もなく、
空に黄色い雲も浮く。

夫人《おくさん》。
美くしい、かはいい、しとやかな
よその夫人《おくさん》、
それではね、そつとここらでわかれませう、
いくら附《つ》いて行つてもねえ。

黄色、黄色、意気で高尚《かうと》で、しとやかな、
茴香《うゐきやう》のいろ、卵いろ、
「思ひ出」のいろ、
好きな児猫の眼の黄いろ、
浮雲のいろ、
ほんにゆかしい三味線の、
ゆめの、夕日の、音《ね》の黄色。

白秋

といき

いろあかききんれんくわのはなをまへにをきてものおもふひのゆふぐれのこころよ。

ものおもへばかたのうしろにこそばゆきわかきソフイーのといきこそすれ
わかきひのもののといきのそこここにあかきはなさくしづこころなし
ゆふぐれのとりあつめたるもやのうちしづかにひとのなくねきこゆる

白秋

たぐる毛糸

思ひ出の赤き毛糸よ、
たそがれの薄らあかりに、たゞたぐれ、静こゝろなく。

やはらかに赤き毛糸をたぐるとき夕とどろき
の遠くきこゆる

白　秋

おしろい

ふろれんしやあやめの粉おしろいのその香
の肌のわすれがたさよ

嗅ぎなれしかのおしろひのいやうすく冷たき
情《なさけ》忘られなくに

白　秋

春のおもて

ソフイー、気づかはしさうなおまへの瞳に、け
ふもまた薄い雲がゆく薄い雲がゆく。

春のそら静こころなし歇私的里《ヒステリー》の女の顔のさ
みしきがごと

白　秋

ヒヤシンス

ある遊女の部屋に、薄い硝子の水盤があつた
夏の夕方、夜のひきあけ、ひけすぎの薄いあか
りにほのかにウオタアヒヤシンスの花が咲いて
はまた萎れてゆくのであつた。

水盤の水にひたれるヒヤシンスのほのかに咲
きて物思はする

白　秋

芥子の葉

芥子は芥子ゆゑ香もさびし。
ひとが泣かうと、泣くまいと
なんのその葉が知るものぞ。

ひとはひとゆゑ身のほそる、
芥子がちらふとちるまいと、
なんのこの身が知るものぞ。

わたしはわたし、
芥子は芥子、
なんのゆかりもないものを。

白　秋

月

さぎりのみねにたなびきて
銀に音なき波はこゆ。
空をはるばるたのめなく、
はるばる空を月の旅。

いつも変らぬ君がゐみ、
うれひの中にうちみれば
青ざめがほの美しく。

月さすかたや、をり〳〵は、
幽にくらき細雨のふるとしもなく湿《しめ》れども。

ゆくゐさだめず、くもりせず
おちばちりかふ幻に
ほゝゐみ落つる月のこゐ。

さぎりのみねに、彼の空に、
青ざめがほの美しく。

露風

汽車はゆくゆく

汽車はゆくゆく、二人《ふたり》を載せて、
空のはてまでひとすぢに。
今日は四月の日曜《どんたく》の、あひびき日和《びより》、日向雨《ひなたあめ》、
塵にまみれた桜さへ、電線《はりがね》にさへ、路次にさへ、
微風《そよかぜ》が吹く、日があたる。
街《まち》の瓦を瞰下《みを》ろせばたんぽぽが咲く、鳩が飛ぶ、
煙があがる、くわんしやんと暗い工場の槌が鳴る
なかにをかしな小屋がけの
によつきりとした野呂間顔《のろまがほ》。
青い布《きれ》かけ、すつぽりと、よその屋根からにゆつと出て
両手《りやうて》つん出《だ》す弥次郎兵衛姿《すがた》、
あれわいさの、どつこいしよの、堀抜工事の木遣《きやり》の車、
手をふる、手をふる、首をふる――
わしとそなたは何処《どこ》までも、

汽車はゆくゆく、二人を乗せて
都はづれをひとすぢに。
鳥が鳴くのか、一寸と出た亀井戸駅の駅長も
芝居がゝりに戸口からなにか恍然《うつとり》もの案じ、
棚に載《の》つけたシネラリヤ、
紫の花、鉢の花、色は日向《ひなた》に陰影《かげ》を増す。

悪戯者《いたづらもの》の児守さへ、けふは下から真面目顔《まじめがほ》
ふたつ並べたその鼻の孔《あな》に、眇眼《すがめ》に、まだ歯も生えぬ
たゞ揉《も》みくちやの泣面《なきつら》のべそかき小僧が口の中《うち》
蒸気噴《ふ》きつけ、驀進《まつしぐら》、パテー会社の映画《フィルム》の中の
汽車はゆくゆく、――空飛ぶ鳥の
わしとそなたは何処《どこ》までも、

汽車はゆくゆく、二人を乗せて、
広い野原をひとすぢに。
ひとりそはそは、くるりくるくる、水車《みづぐるま》
廻る畑《はたけ》のどぶどろに、
葱のあたまがとんぼがへりて泳ぎゆく、
ちびの菜種の真黄《まつき》いろ
堀に曳きずる肥舟《こえぶね》の重い小腹にすられゆく。
さても笑止や、垣根のそとで
障子張るひと、椿の花が上に真赤に輝けば
張られた障子もくわつと照る。
烏勘左衛門、烏啼かせてくわつと吹く
よかよか飴屋のちやるめらも
みんなよしよし、粉嚢《こなぶくろ》やつこらさと担《かつ》いで、
禿げた粉屋《こなや》も飛んでゆく。
蒸気噴《ふ》き噴き、斜《はすかひ》に
汽車はゆくゆく…………椿が光る。

わしとそなたは何処《どこ》までも。
汽車はゆくゆく二人を乗せて
空のはてまでひとすぢに。
硝子窓から微風《そよかぜ》入れて、
煙草吹かして、夕日を入れて、
知らぬ顔して、さしむかひ――
下ぢや、ちよいと出す足のさき
ついと外《そら》せばきゆつと蹈む、――
雲のためいき、白帆のといき
河が見えます、市川が。
汽車はゆくゆく、――空飛ぶ鳥の
わしとそなたは何処までも。

梨の畑

白秋

あまり花の白さに
ちよつと接吻《きす》をして見たらば、
梨の木の下に人がゐて、
こちら見ては笑うた。
梨の木の毛虫を
竹ぎれでつゝき落し、
つゝき落し、

のんびり持つた喇叭*で
受けて廻つては笑うた、
しよざいなやの、
梨の木の畑の
毛虫採のその子。

*紙製の喇叭見たやうなもの

白秋

春愁

わかき日の路上にて

歎けとていまはた目白僧園の夕の鐘も鳴り
いでにけむ

白秋

夜曲

あの青い活動の中の見知らぬ国の夜景のなつかしさよ。ソフイー、二人でよく見に行つたつけね。

かの曲よ、思ひいづるはほの青きシネマのな
かの雪の夜の月

白秋

そなた待つ間

チヨンキナ、チヨンキナ、
チヨンキナ踊を、
けふの踊をひとをどり、

そなた待つとて、いそいそと、岡を上《のぼ》れば日が廻《まは》る、
雲の草木もうつとりと、
それかあらぬか、わがこゝろ円《まる》い真赤《まつか》な日が廻《まは》る。

チヨンキナ、チヨンキナ、
チヨンキナ踊を、
岡の草木がひとをどり。

そなた待つとて、ピンのさき池に落せばくるくると、
生きて駈けゆく水すまし、
それかあらぬか、投げ棄てたマニラ煙草の粉《こ》の光。

チヨンキナ、チヨンキナ、
チヨンキナ踊を、
池の面《おもて》がひとをどり。

そなた待つとて、夏帽子投げて坐れば野が光る

ほけた鶯、すみればな、
それかあらぬかたんぽぽか、羽蟻飛ぶ飛ぶ、野が光る。
チヨンキナ、チヨンキナ、
チヨンキナ踊を、
楡《にれ》の羽蟻がひとをどり。

そなた待つとて、そはそはと風も吹く吹く、気も廻る。
空に真赤な日も廻る。
それかあらぬか、足音か、胸もそはそは気も廻る。

チヨンキナ、チヨンキナ、チヨンキナ、
チヨンキナ踊を、
白い日傘がひとをどり。

＊チヨンキナの繰返しはやはりチヨンキナの囃子にて歌ふ。

白　秋

薄荷酒

「思ひ出」の頁《ペエジ》に
さかづきひとつうつして、
ちらちらと、こまごまと、
薄荷《はつか》酒《さけ》を注《つ》げば、
緑《みどり》はゆれて、かげのかげ、仄かなわが詩に啜り泣く、
そなたのこゝろ、薄荷ざけ。

思ふ子の額《ひたい》に
さかづきそつと透かして、
ほれぼれと、ちらちらと、
薄荷《はつか》酒《さけ》をのめば、
緑は染《し》みて、ゆめのゆめ、黒いその眸《め》に啜り泣く、
わたしのこゝろ、薄荷ざけ。

白　秋

悲みの奥

白く悲しく、数《かず》あまた
釣鐘の花咲きにけり。
緑こまかき神経の
悲しみの径《みち》、園の奥、
金《きん》の光にわけ入れば
アスパロガスの葉の陰影《かげ》に、
涙はしゞにふりそゝぎ、
小鳥来鳴かず、君も見ず、
空も盲《めし》ひし真《ま》昼時《ひるどき》、
白く悲しく、数あまた
釣鐘の花咲きにけり。

白　秋

あそびめ

たはれをのかずのまにまに
じだらくにみをもちくづし、
おしろいのあをきひたひに
ねそべりてひるもさけのみ、
さめざめとときになみだし、
ゆふかけてさやぎいづとも、
かなしみはいよゝおろかに、　ながねがひいよゝつめたし。
あはれよのしろきねどこの
まくらべのベコニヤのはな。

白秋

小歌

芥子の葉が芥子のにほひをいたはるやうに
わたしやわが身がたゞいとし

白秋

石竹

障子閉《し》めても、石竹の
花は出窓にいと赤し。
障子閉《し》めつつ、自堕落《じだらく》に
二人《ふたり》並んで寝《ね》そべれど、
花はしみじみ、まだ赤し。
愚かなる花、小《ち》さき石竹。

白秋

珈琲

六月が来た、紫の薄いヂキタリスと苦い珈琲の時季が来た。さうしてなつかしい心の時節が来た。

やはらかに誰《た》が喫《の》みさしし珈琲ぞ紫の吐息《といき》ゆるくのぼれる

白秋

吹上

吹上の水の白さよ、鳥も鳴く、たんぽぽの花。いまははや春のなごりのたんぽぽの花、君はいづこに。

廃《すた》れたる園に踏み入り吹上の白きを見れば春の泣かるる

白秋

栴檀

せんだんの花のうすむらさき
ほのかなる夕ににほひ、
幽なる想の空に

あくがれの影をなびかす。
しめり香《が》や、染みつゝきけば
やはらかに忍ぶ音《ね》もあり。
とほつ代《よ》のゆめにさゆらぎ
木のすがた、絶えずなげかふ。

ああゆふべ、をぐらく深く、
わがむねをながるるしらべ。
せんだんの花にふるへて、
わがむねをながるるしらべ。

世は闇に、はやも満つれど
たぐひなきあくがれごこち。
消えて身は空になびくか。
せんだんの、あはれなる花のこころよ。

露風

恋の囀り

光の消ゆるいやはてに
おもひはゆるくとびゆけり。
茜のにほひ軟らかく
つゝめども、なほそよげども。

をちこちに啼く砂ひばり
音色《ねいろ》をゆりてこゑ微《かす》か、
海べも、丘も、なみだちて
うす緑ひく靄の中。

時はしめりもあたたかく、
茜のしづく、草の栄《はえ》
ほゝゑみかはす空間《そらあひ》に
恋のさへづりなほのこる。

恋のさへづり、わがむねに
空《あだ》に染《し》みゆくゆめごこち、
光は消えつ、やはらかに
おもひ飛びさる日暮時。

露風

白百合

そはそはと汽車の出でゆくゆふかげにうち
かたむきて白百合のさく

白秋

水注

薄い硝子の水注の薄らあかりのかげのいた

さよ。
水注《みづさし》に薄きグラスをさしよせて眠《ね》ればほの
かに月さしにけり

白秋

いつとなく

あるあはれなる女に

いつとなく親しむとなく寄るとなく馴れし
情《なさけ》も忘られなくに

白秋

昼見えぬ星

ゆかしきはなつかしきゆめのけはひのそれ
となく捉へかねたる。

昼見えぬ星のこころよなつかしく刈りし穂
に凭《よ》り人もねむりぬ

白秋

河岸の雨

雨がふる、緑いろに、銀いろに、さうして薔薇《ばら》いろに、薄黄に、
絹糸のやうな雨がふる、
うつくしい晩ではないか、濡れに濡れた薄あかりの中に、
雨がふる、鉄橋に、町の燈火《あかり》に、水面に、河岸《かし》の柳に。

雨がふる、啜泣きのやうに澄《す》みきつた四月の雨が
二人のこころにふりしきる。
お泣きでない、泣いたつておつつかない、
白い日傘《パラソル》でもおさし、綺麗に雨がふる、寂しい雨が。

雨がふる、憎くらしい憎くらしい、冷《つめ》たい雨が、
水面に空にふりそそぐ、まるで汝《おまへ》の神経のやうに。
薄情なら薄情におし、薄い空気草履の爪先に、
雨がふる、いつそ殺してしまひたいほど憎くらしい汝《おまへ》の髪の毛
に。

雨がふる、誰も知らぬ二人の美くしい秘密に
隙間《すきま》もなく悲しい雨がふりしきる。
一寸おきき、何処かで千鳥が鳴く、歇私的里《ヒステリー》の霊《たましひ》、
濡れに濡れた薄あかりの新内。

雨がふる、しみじみとふる雨にうち連れて、雨が、
二人のこころが啜泣く、三味線のやうに、
死にたいつていふの、ほんとにさうならひとりでお死に、
およしな、そんな気まぐれな、嘘《うそ》つぱちは。私《わたし》はいやだ。

雨がふる、緑いろに、銀いろに、さうして、薔薇《ばら》色に、薄黄に、
冷《つめ》たい理性の小雨がふりしきる。

お泣きでない泣いたつておつつかない、
どうせ薄情な私たちだ、絹糸のやうな雨がふる。

白秋

雪

雪でも降りさうな空あひだね、今夜も
ほら、もう降つて来たやうだ、その薄い色硝子を透かして御覧。
なつかしい円弧燈《アークとう》に真白なあの羽虫のたかるやうに、
細《こま》かなセンジユアルな悲しみが、向ふの空にも、
橋にも柳にも、
水面にも、
書割のやうな遠見の、黄色い市街の燈にも、
多分冷たくちらついてゐる筈だ。それとも積つたかしら。
幽かな囁き…………幽かなミシンの針の
薄い紫の生絹《きぎぬ》を縫ふて刻むやうな、
色沢《いろつや》のある寂しいリズムの閃めきが、
そなたの耳にはきこえないのか…………湯から上つて、
もう一度透かして御覧、乳房が硝子に慄へるまで。

曇つた、のぼせさうな湯殿に、
白い湯気のなかに、
蛍が飛ぶ…………燐のにほひの蛍が、
ほうつほうつと…………あれ、銀杏がへしの
つんと張つた鬢のうらから、
肩から、タオルからすべつて消える。
　ほうつほうつと、

さうではない、さうではない、
すらりとした両《ふた》つのほそい腕から、
手の指の綺麗な爪さきの線まで、
何かしら石鹸《シャボン》が光つて見えるのだ、さうして
魔気のふかい女の素はだかの感覚から
忘れた夏の記憶が漏電する。
ほうつほうつと、蛍が飛ぶ…………
あれごらんな、綺麗だこと、
青、黄、緑、…………さうしてうすいむらさき。

雪がふる…………降つてはつもる…………
そつとしておきき、何処かでしめやかな三味線が、
あれ、もう消えて了つた、鳴いたのは水鳥かしら、
硝子を透してごらん、小さな赤い燈が
ゆつくらと滑つてゆく、河上の方に
紀州の蜜柑でも積んで来たのかしら…………
何だか船から喚《よ》んでるやうな…………

ほうつほうつと蛍が光る。

不思議な晩だ、まだ鋏《き》を取つたまゝ
何時までも足の爪を剪つてゐるのか、お前は
泪芙藍《サフラン》湯《ゆ》の温かな匂から、
香料のやはらかなながきから、
おしろいから、
夏の日のゆめも美しく
女は踊る、なつかしいドガのDancer。

雪がふる…………降つてはつもる…………
しめやかな悲しみのリズムの
しんみりと夜ふけの心にふりしきる…………
ひつそりとしたではないか、
もう一度、その薄い硝子からのぞいて御覧、
恐らく紺いろになつた空の下から、
遠見の屋根が書割のやうに
白く青く光つて、
疲れた千鳥が静な水面に鳴いてる筈だ。
サラリとその硝子を開けて御覧…………
スツカリ雪はやんで、
星が出た、まあ何て綺麗だらうねえ、
あれ御覧、真白だ、真白だ、
まるでクリスマスの精霊のやうに、
ほんとに真白だねい。

白秋

ベンギン

見知らぬ海と空とに
鳴いてゐる、鳴いてゐる、ベンギン、
なにを鳴くのか、ベンギン、
光と陰影《かげ》の申子《まをしご》。

冷たい氷のうへから、
歌ふてくるベンギン、
なにを慕ふのか、ベンギン、
寂しい空のこゝろに。

おそれも悔《くひ》もない気《け》ぶりで、
あるいてくる、ベンギン、
なにが楽しいのか、ベンギン、
大勢《おほぜい》あつまつて、のんきに。

紺と白との燕尾《えんび》服で、
ものおもふベンギン、
なにが悲しいのか、小意気な
わかい紳士のベンギン。

さらさら悲しい様子も、

うれしさうにもない、ペンギン、ペンギン、
なにを慕ふのか、ペンギン、
幽かな空の光に。

白秋

わかれ

わかれの夜がきた、銀座の美くしい飾窓の硝子の中にも、私たちのためにはもう既にかなしい夏が見えたのである。

さりげなく角《かど》の酒場の金蓮花見つゝわかれし君ならなくに

白秋

風見

ほのぼのと軋《きし》むは
屋根の風《かざ》見か、矢ぐるま、
まんじりともせぬわがこゝろ、
わかれた夜から、夜もすがら、
まだ、あかつきの空かけて、
きりやきり、きり、やほろろ。

白秋

夏

折ふしのものゝ流行《はやり》のなつかしくかなしければぞ夏もいぬめる

白秋

外光

春が逝《ゆ》く。……………廃《すた》れはてたメトロポウルホテルに、
やはらかな日の光る五時半、
萎れた千鳥草と、石鹸《しやぼん》の泡のやうな
白い小さな花をつけた雑草のなかを、
やつと五歳《いつゝ》のタアシヤーが押されてゆく、乳母車に載つて、
『銀《ぎん》だ、黄色だ、紅《あか》だ、緑だ、ようい……………』

春が逝《ゆ》く。……………暖かな外光のなかを、
軽い小児《こども》の夏帽が光つてゆく、河の見える方へ、
さうして、支那人の老婦《ばあや》が後《うしろ》から黙《だま》つて、
のんびりとその車を押してゆくと、遠くで
意味のない叫びがきこえる、なつかしい五月のものゝ、ねが、
『銀だ、黄色だ、紅だ、緑だ、ようい……………』

春が逝《ゆ》く。……………幽かに汗ばんできた棕梠の木と、
低く燻《くす》ぶつた樫の木の間から、

鉄柵を透いて、道路が見え、白い蒸気の檣が見える。
大河に恍惚《うつとり》とゆく帆船、短艇《ボウト》、煙、水面、
それらが揃つて日に蔭《かげ》る、と、何といふことなしに、
『銀だ、黄色だ、紅《あか》だ、緑だ、ようい…………』

春が逝く。…………夏が来てさへ、一人の旅客も
もうたづねて来る気色《けしき》もない寂しさ。
みんな閉《し》めきつた窓硝子の
ところどころに孔があいて、屋根にはいつのまにか
草が生《は》へた…………車から抱いて下ろすと
坊やのリンネルの薔薇《ばら》色がかゞやく。
『銀だ、黄色だ、紅だ、緑だ、ようい…………』

春が逝く…………外廊《ヴェランダ》の古びた円い石柱《せきちう》に、
その陰影《かげ》に坐つてゐる、支那の老婦《ばあや》が
黒い繻子の服の寂しさ…………タアシヤーは地面《ぢべた》の
雑草の花をつまんでは揉《むし》る、さも無心に。
さうして春が暮れてゆく、月島の方から、何といふことも
　なしに、五月が、
『銀だ、黄色だ、紅だ、緑だ、ようい…………』

白秋

書束

木蔭で芭蕉の句に読み耽る。願くはこの詩人のやうに、詩の三昧境で果てたいと思ふ。併し僕の心は曇りがちだ。今となつては物のかたちもおぼろげで瞭《はつ》きりと映してくれぬ。うつかりしてゐる間に霊《たましひ》を聴く僕の耳は塞がれてゐる。不思議の影を捉へる僕の目は塗り潰されてゐる。一体これは僕の油断と横着とから起つたことに過ぎないのだ。

僕の立場としては——勿論君が斯くあるのは当然であるが——作詩の情調を惹き起すまでには、非常に努力して象徴の世界に棲まねばならない。象徴の世界に僕等が居るのは鳥がとまり木にゐるやうなものだ。で飽く迄僕はこの理由を信じてゐる。それには知るとほりたとへ一聯の詩句でも、厚い雰囲気と特異な美しさでつゝまれざるかぎり、その詩は何等の生命をも帯びて来ぬことをよく〳〵経験が誨へてくれるからだ。殊更Verlaine《ベルレエヌ》を引つぱりださなくとも可い、君でも僕でもこのことは熟知してゐる筈だ。もし僕があまり長く地上にこだわらずに、早くこの領域へ立帰ることが出来てゐたなら、僕はずつと仕合せで、秩序的で、詩作に励みがついたゞだらうと思ふ。

今や僕は藝術的な苦悩に犯される。そしてあてもなく豁間をぶらつく。哀れな癡人となり、立派な啞者になつて。——けれども目に地上の一切の生活が消えゆくにつれて、それこそぢきに、愛するに堪えた幽かな「黄昏の詩想」が、僕の胸に羽ば

たいてくれることは信じて疑はない。

何をおいて君の詩作の感興が盛んに続かんことを祈つてやまぬ。

五月十八日

湯河原にて

白き手の猟人生

北原君

余録

○愈六月が来る、あの真白な窗の日覆のかげに皆朱の金蓮花やひなげしや、仄かな金剛石花《ダイヤモンドフラワー》や、空色の勿忘草の鉢やが懐かしげにさし置かれる最も私の好きな季節である。この詩集に仄かな勿忘草の名をつけたのはその陰影のなつかしさを惆れむけふ日の心と、純一な藝術の気分を慕ふ二人の好尚が何かしらその花の匂を棄てがたく思はしめた故である。それに、ひとつにはあまり凝り過ぎた六かしい題目を選ぶでもないと思へたのである。表紙の色はなるべくその葉と花の色をうつしたつもりだけれども、薄紫のインキのつきが多少とも危ぶまれる。兎に角薄い乍らもたつた二人で気持よく作つたこの詩集を、このなつかしい六月の季節に、自分たちの慕はしい人々の前に、献げる事が出来るといふ、それが何よりも作者自身に取てうれしく思はれるのである。

○六月号を開放して、たつた二人の詩集にしてみたいといふ、この新らしい企ては多少贅沢ではあるが、約束までの短時日の内に相応の質量を各自に提供せねばならぬといふ一事が非常に苦しく思つた。この度のはこの十三日頃偶然に二人が会つてたゞ何となしに取極めて了つたので、時日も極々短かつたし、制作の上に随分無理な事もあつたやうに思ふ。今後はもつと余裕を置いて、折々かうした企を試みたいものである。

○この約束ができた翌日、私は早速越前堀に引越し、三木君は湯ケ原へ行つた。而してお互に創作もし、通信もせうといふのである。そのうちに、私はまた『桐の花』の編輯に急がしく、三木君は書束にある通りの悩ましい日を送つてゐたらしかつた。而してまた二人が一緒に、私の書斎に顔を合す事になつたのは、それから一週日も経つて後である。二人は詩作に疲れると、いつも大川端へ出て見たり、新川新堀の酒倉のかげ、霊岸島の汽船問屋の待合室、それから高橋から鉄砲洲を抜けて明石町の居留地附近を朝となく夕方となく、よく何がなしに漫歩するのであつた。さうしてゐる内に愈三十日が来た、それまで、二人には作詩の外にはたつた一つの小さな評論《エッセー》でも書き綴る余裕を持たなかつたのである。

○藝術品の真価は無論その容量の多過に依るものではない、私は三木君の何れも完成した、その珠玉のやうな象徴詩をながめて何より懐かしく思ふと、同時に、自分の制作品の随分不完全な欠点沢山なのに少らず羞耻の念を感ずる。たゞ私は抑えつけても抑えきれない激しい感興の亢奮から是が非でも書かざるを得なくて書いたといふ一事で、多少とも私自身が心安い慰めを覚ゆるだけである。然し、私の今月に入つての藝術的感興はまだその発作の初めに過ぎない、今一ケ月ももしこのまゝで続けてゆけたら、そのうちにやゝ落ついた、少しは満足のできる詩が作れやうかとも思ふ、随分の無茶で実際お耻しい次第である。
○三木君のは凡て新作だし、私のは「雪」と「黄色い春」の二篇を除いては凡て今度の制作品である、歌は「桐の花」から抄出した新作で、中に二三の旧いのが雑つてゐる。
○何分期日が切迫してゐる結果、校正をひた急ぎに急ぐので、多少の誤謬はあるかも知れぬ、それが何より私達には辛く思へる。
○なほ三木君の詩集『白き手の猟人』はこの九月に、私は『邪宗門』以後の詩を二つにわけて単に東京に関しただけの『東京景物詩』と、象徴風の異国趣味のものを集めた『宝石商人』の二詩集とを相前後して出版する手筈である。
○私はまた転居した　京橋区越前堀一ノ四（お岩様の側）

（三一、五、一九一二　白秋）

（「朱欒」明治45年6月号）

藍色の蟇

大手拓次

藍色の蟇

森の宝庫の寝間《ねま》に
藍色の蟇は黄色い息をはいて
陰湿の暗い暖炉のなかにひとつの絵模様をかく。
太陽の隠《かく》し子のやうにひよわの少年は
美しい葡萄のやうな眼をもつて、
行くよ、行くよ、いさましげに、
空想の猟人《かりうど》はやはらかいカンガルーの編靴《あみくつ》に。（十一月十二日）

慰　安

悪気のそれとなくうなだれて
慰安の銀緑色の塔のなかへ身を投げかける。
なめらかな天鵞絨《びろうど》色の魚よ、
忍従の木蔭《こかげ》に鳴らす timbale《タンバール》
秘密はあだめいた濃化粧《こひけしやう》して温順な人生に享楽の罪を贈る。
わたしはたゞ空《そら》に鳴る鞭のひびきにすぎない。
水色に神と交遊する鞭にすぎない。（十一月十四日）

（「朱欒」明治45年12月号）

短歌

来嶋靖生＝選

日記より

与謝野晶子

二《ふた》つ三《み》つ忘《わす》られぬ文書《ふみか》きこして心《こゝろ》の上《うへ》を走《はし》りゆく人《ひと》
夜《よ》に来《きた》り寝《ぬ》る人《ひと》よりも昼《ひる》かたる友《とも》の恋《こひ》しくなりし頃《ころ》かな
この子故淋《こゆゑさび》しくなると彼《か》の子故淋《こゆゑさび》しくなると少《すこ》しことなる
この頃《ごろ》は心《こゝろ》ならざる歌《うた》よみぬ君《きみ》を軽《かろ》んじわれを軽《かろ》んじ
な見《み》せそようらはかなさの重《かさ》なると書《か》きやる文《ふみ》は外《ほか》の少女《をとめ》に
ある時《とき》にわれの盗《ぬす》みし心《こゝろ》よと公《おほやけ》ざまに返《かへ》しに行《ゆ》かば
旅《たび》に行《ゆ》かばいつも変《かは》らぬこと云《い》はで心《こゝろ》のしめる消息《せうそく》もせよ
わが妻《つま》も相住《あひずみ》すなる琴弾《ことひき》も雪《ゆき》のふる日はたをやかに見《み》ゆ
青《あを》ぞらの明《あか》るき時《とき》も雲《くも》のゐる時《とき》も失《う》せぬは日《ひ》と同《おな》じこと
三十路人荒海《みそぢびとあらうみ》の海布《め》に似《に》し髪《かみ》は馬《うま》に食《は》ますもよろしけれども
ひたすらによその少女《をとめ》を語《かた》るより悪心《あくしん》おこり口《くち》びるを吸《す》ふ
恋《こひ》をする男《をとこ》になりて歌詠《うたよ》みしありのすさびののちのさびしさ
また外《ほか》に人《ひと》をおもはぬうら安《やす》き日《ひ》をいく日《か》ほどわれ見《み》たりけむ
ねたみ故《ゆゑ》いく年前《とせまへ》にかへりこしわが心《こゝろ》とも見《み》ゆるダリヤよ
ちかふとてこゝろ正《たゞ》しく云《い》ひいづる古《ふる》きことばをおろかになせそ

（「帝国文学」明治43年1月号）

歌　その一

与謝野晶子

生来《せいらい》の二重《ふたへ》の心二《ふた》やうに事を分くるがここちよきかな
この年の春より夏へかはる時病ののちの落ち髪ぞする
羽負ひて登天の日のここちする小雨まじりの初夏の風
真菰吹く風にまじりてはしきやし香取の宮の大神はある
黒き家灯のともる時旅人は涙こぼしぬ川のこなたに
中空に人のましろき背に似たる燈台見えし松原の道
岩鼻の燈台を見る何となく今死の苦よりのがれしごとく
川口の初夏の雨はなやぎぬ対岸の灯と恋をするごと
たはぶれに青き真菰の葉を組める指ちかくくる川あきつかな
かきつばた香取の神の津の宮の宿屋に上がる板の仮橋
皐月来ぬ薄黄の棕梠の花おちて池のにごれる旅の宿かな
筆とれば涙おちきぬ指痩せてふるるに似たり枯木と枯木
この人は世を楽むに似たれども悲しきことを背後《うしろ》にぞする
きちがひか継子ごろか情《なさけ》てふものにことごとうらかくごとし
悲しくも鬼殺《おにごろし》てふ田舎酒飲むむれに居ぬそのかみの人
麦の穂の黄ばめる上に物の葉のうら見る如き海の色かな
十年前まだすなほなる風俗のわが里に来し獅子の息子よ

開山の法師よりけにたふとばれ恋の話をきく人となる
思ふことしそんじつるが多かりと誰にもわれのいまだ云はなく
いちじくの若葉の如きものきたり目をおほふなり人を思へば
雨白く土を洗へば瀬戸かけの藍の模様のひかる夕ぐれ
ほのかなる紅絹《もみ》の色かな夜に祈るギリシヤ教の寺の灯のごと
かの人にかかはりなづむ心をば今しるがごと頰の染まるかな
あらぬ恋すれば日毎に鬼きたり血をこき下《おろ》すここちこそすれ
かりそめの物語より涙おつ病めども心をどる人かな
春過ぎて木蔭に小く咲きいでぬ末の子に似る山吹の花
一切をややあきらかに見透す日われに来りて物足らぬかな
二十をば七八つこせし放埒の弟が穿くひだなき袴
吾妹子がくるぶし痛む病して柱によればつばくらの飛ぶ
恋さへもわがなすさまに飽きたらぬ心の奥の心と知りぬ
藁積みて新造船の腹を焼く街のうしろのほのぐらき川

（「昴」明治44年6月号）

いつはりごと

片山広子

夫と子にさゝげはてぬるわが身にもなほのこるかな少女の心
いはけなき髪かきなでてをみなてふうつくしき名の君をかなしむ
うつし世もとはにとぞ祈る君によりあらたに得つる命をしめば
稚子三人わが黒髪に秋風のふくを悲しむわかき母かな
われとわが心にだにもはゞかりしきのふの我は若かりしかな
つまづきし一人の人を惜しむかな大き都のほろびつる如
いと高き星と見えつる君もまた人の子なりし神よゆるさせ
わが涙小蛇となりて美酒にゑひたる人の夢に入らなむ
ゆかりなきわが身かなしも罪の野に草つむ人の跡を追ふべく
ますらをや心のいたみしのびつゝ友なき旅になほまよふらむ
思ふとも恋ふともいはじいとせめて忘れ難きを神よあはれめ
あたゝかき少女心に思ひつる同じ思の恋ならなくに
わが心とらへし人をにくむべくをみなに過ぎし力をぞ祈る
さだめ何ぞかよわき花もいきの間はしばらく神をうたがひて見む
わが心み空の雲と動く時抑へむちから神も持たさぬ
神もなく夫も恐れぬをみな我人にものこふみちはしらずも
ねびはてしいもとと我とたゞ二人此世さびしと笑みて語りぬ
わが子またわがくるしびを知るべくは今幼くて死ねよとぞ思ふ
うつせみは今日にも逢ひぬ一夜へて髪白くなるおもひせし我
波くらき涙の海をまよひ来て鬼すむ島に舟がかりしぬ
老いぬればいつはり言は息の如たやすくいでぬひえし胸より
向ひゐて友か仇かとふと思ふおも忘れせし人ならなくに
恋はなほひつぎをかざる花の如上うつくしくにほやかにして
夕ぐれを庭の落葉にたちまじり舞はむとぞ思ふ胸かろらかに
をみなわれせまきわが世にあきはてぬつま子の外の声もきかねば
美くしき衣着てならびそねむ時をみなまことのをみながほしぬ
胸せばき詩人のむれ一あなにうめてひしめく声をきかずや
一方にひとりさそへばみなはしる風に吹かるゝ木の葉の群と

うた人のよりふるしつる古ことも書きのばされて書となりぬる
よき人のひそみにまねぶ万人のかほ見苦しき世のすがたかな
昼暗き大竹藪のひまもりてかぐろきつちに春の日動く
縫ひさしの小袖はおきて君が文に一人ほゝゑむ春の日の窓
山茶花は淡くぞゑめる夫うせてわかくさびしき女のすがた
いてふ散る日枝のやしろに町の子ら長き袖ふり神詣でする
黒み行く都のちまた夢の如夕富士立てりあかねの空に
天地のわかれはじめし朝の如たゞ光みてる霧の海かな
かくまでに人の心を動かすと知らで小草の花は咲くらむ
身をかへてなほ後の世もうたはばや花もみ空も此まゝにあれ
ものなべてはてあり死ありやすみありうまずもあらせしばらくの間を
もみぢ葉は峰より降りて鶯の眠る谷間につもりぬるかな
ひろらなる君が心のうれしさよ夫ともいはじ友とたのまむ
あたゝかき吾子《あこ》を抱きていねし夜の夢なごやかに明けにけるかな
夕ぐれやあまりさびしき心には仇とにくみし人もこひしき
いふべくも行ふべくもあらぬ事夢におもひてわが世終らむ
八千草の花みな泣きて野のはてにきこえし声のなごりをぞ思ふ（野の人うせ給ひぬと伝へきゝて）
富士の嶺は雲間にたちて守るらむ花の兄弟《ふたり》のおくつきの山
柑子みのる広野わたりて夕しほの遠音ひゞくやさめぬ枕に
かへりいにし天姫またも下り来て夢路の君にささやくか今

（「心の花」明治43年1月号）

一九一〇暮春調

北原白秋

その翌朝《よくあさ》おしろひやけの素顔《すがほ》吹く水仙の芽の青きそよかぜ
茴香《うゐきやう》の花のなかゆき君の泣くかはたれどきのこゝちこそすれ
「春」はまたとんぼがへりをする児らのかなしき頰のみ見つゝかへるや
あひびきの朝なゆふなにちりそめし鬱金ざくらの花ならなくに
サラダとり白きソースをかけてましさみしき春のおもひでのため
しみじみと瓦斯の光もこゑたてぬビーフの味《あぢ》の舌につめたし
つゝましき朝の食事に香をおくる小雨にぬれし泪芙藍《さふらん》の花
やはらかに君の告げたるひとことは金糸鳥《かなりや》のごと耳にのこりぬ
蒜《にら》の香のかなしきばかりにじみたる背広のまゝに君に抱かる
らつきやうの紫の花蒜の花淡《あは》き食後に君とわかるゝ
カステラの黄なるやはらみ新《あたら》しき味《あぢはひ》もよし春のくれゆく
やるせなき春のつかれをおぼゆるやほしひまゝにも女舞踏《おど》れる
紫のいたましきまで一人舞踏《ひとりおど》る裳裾《スカート》の陰影《かげ》に春はくれゆく
こゝちよく白粉《おしろひ》の汗《あせ》のにじみいづるdancerの頰の青き月光
つゝましくひとり休憩《やす》みしこしかけの衰緑色《すゐりよくしよく》のなつかしきかな
あでやかに舞踏《おど》りつかれしさみしさか長椅子《ベンチ》に人を待てるこゝろか
つやつやとランプの沁《し》みる円卓《ゑんたく》の皿の青みに乳《ちゝ》のこぼれぬ
dinnerのあとのさみしさ春の日は紅茶の色に沈みけるかな
混血児《あいのこ》のわかきGirlのひとりゆく暮春の街《まち》のゆふぐれのそら

紫《むらさき》の光かすかに暮れにけり静物《せいぶつ》の陰影《かげ》にひとりおもへば
髪あかき女と小児《こども》汝《な》がごともかたらひてあり春の小鳥よ
干葡萄ひとり摘みとりかみくだく食後のほどをおもひさびしむ
梨の花青く小さき果《み》となりぬ靴などみがき君のかへる日
なほ青きバナナのにほひちらぼひぬとりかたづけし卓《しよく》の上の皿
乳のみ児の肌のさはりか三の絃《いと》なするひびきか春のくれゆく
ふはふはとたんぽゝの飛びあかあかと夕日の光り人の歩める
ピエローの白き服きて人の泣くこゝちこそすれ春の日はゆく
二上りの宵のながしをきゝしより棄身《すてみ》のわれとなりにけらしな
さみしげに銀の笛とり吹くは誰ぞ玉乗小屋の青きあけぼの
山羊の乳と山椒《さんしよ》のしめりまじりたる微《そよ》かぜ吹いて夏は来りぬ
目のふちのすこし黒める横顔《プロフアイル》新緑《しんりよく》のなかに君は疲《つか》れぬ
力《ちから》づよく樫の新芽《しんめ》のもゆるとき寝ころびてあれば涙ながるゝ
東京の五月のかをり胸をうつ寂しき家を一歩いづれば
君もまた涙ながしてかへりきぬいちはつぐさに花のなきころ

（「創作」明治43年5月号）

思ひ出の時

北原白秋

「春」はまた古きピアノをかいさぐり白くさみしく泣きいでにけり
片おもひけふの春日《はるび》のさみしさはたんぽぽも知る燕《つばくろ》も知る
黒鶫《くろつぐみ》森にさへづり燕麦《からすむぎ》すべて花咲くきみはいづこに
寝て読めば黄なる粉《こな》つく小さき字のロテイなつかしたんぽぽの花
あはれにも春はむなしや姿見鏡《すがたみ》のすすけしなかにたんぽぽのさく
あはれなるキツネノボタン春くれば水に触れつつ物をこそおもへ
あたたかに洋傘《かさ》の尖《さき》もてうちちらす毛茛《きんぽうげ》こそ春はかなしき
春よ春よひとり野にいで戯《おど》けゆく小さき老女にしばしかがやけ

＊

空見れば円弧燈《アアクライト》に雪のごと羽虫たかれり春よいづこに
かはたれのロウデンバツハ鴫の声ほのかに白き夏はなつかし
君待つとひとりゆめみる腰掛《こしかけ》の青き蜥蜴《とかげ》をはねのけにけり
鳴りひびく甲斐絹《かひき》のごとしさやさやと胸にな触れそ弱きものゆゑ

＊

食堂の黄なる硝子をさしのぞく山羊《やぎ》の眼のごと秋はなつかし
避雷針細く光りて百舌啼ける都はづれのにくき君が家《や》
水すまし針のごとくも逃げまはるその水面《みづのも》に涙を落す
ピンのさき落ちて光れりまひるどき君気強くも去りし野末に
これやこの空のわかれにむくろじの葉こそはなげけ秋はかへらじ
涙してひとり点《つ》けたる燈火《ともしび》もやもりの腹を青くてらしぬ

＊

雪しろき朝の舗石《しきいし》さくさくと林檎嚙みつつゆくは誰が子ぞ
雪ふれば紅《あか》きダリヤの思ひ出のひときは染みて君の恋しき
風邪《かぜ》なひきそよ朝はつめたき鼻の尖《さき》ひとり凍《こゞ》えて春を待つ間に
雪の夜のサンタクロスがかづけもの君かざらせて窓に立たしめ
pierrot《ピエロオ》. pierrot《ピエロオ》 昼の寝台に眼をあけてかなしく春を呼び入れにけり

（「朱欒」明治45年1月号）

哀傷篇

北原白秋

一

ひとすぢの香《かう》の煙のふたいろにうちなびきつつなげくわが恋

二

君と見て一期《いちご》の別れする時もダリヤは紅《あか》しダリヤは紅《あか》し
君がため一期《いちご》の迷ひする時は身のゆき暮れて飛ぶここちする

三

われら終に紅《あか》きダリヤを喰ひつくす虫の群《むれ》かと涙流すも

四

かなしきは人間のみち牢獄《ひとや》みち馬車の軋みてゆく礫道《こいしみち》
鳴きほれて逃ぐるすべさへ知らぬ鳥その鳥のごと捕《とら》へられにけり
しみじみと涙して入る君とわれ牢獄《ひとや》の庭の爪紅《つまぐれ》の花

五

監獄の庭にも小さい花壇があつた、私がはじめて運動に出た時は其処に赤い鳳仙花とヂキタリスと黄色なダリヤとがしみ〴〵と咲いてゐた。毎朝に一度私達はその花を見る事が出来る。

いつまでか日は東よりのぼるらむ昨日《きのふ》に同じ赤き花咲く

運動場の壁に瀬戸ものの便器が据ゑつけてある。外へ出てのびのびと放尿する気持は何とも云へない。

狂人《きちがひ》の赤き花見て叫ぶときわれらしみじみ出て尿《いばり》する
赤き花見つつ蹲《うづな》り頑《かたく》なのこの囚人《めしうど》は物言はぬかも

六

真昼の監房にて、ある時。

おのれ紅《あか》き水蜜桃の汁《つゆ》をもて顔を画《か》かむぞ泣けるなれが顔
驚きてふと見つむれば悲しきかわが足の指も泣けるなりけり
わが睾丸《ふぐり》つよくつかまば死ぬべきか訊《き》けば心がこけ笑ひする

七

裁判所へゆくとて、囚人馬車にのる前三分間、庭には可哀いい瓦鳩が五六羽飛んでは鳴いてゐる。私共は十二人手錠をはめられて一列に並んだ、その十二人目が私である。

一列《ひとつら》に手錠篏《は》められ十二人涙ながせば鳩ぽつぽ飛ぶ
鳩よ鳩よをかしからずや囚人《めしうど》の「三八七《さんはちしち》」が涙流せる

八

日暮より夜にかけて、

曇り日の桐の梢に飛び来り蜩《かなかな》鳴けばひとの恋しき
霊《たましひ》の緑の闇となりにけり蜩《かなかな》鳴きてひとときののち
たれこめて深き眠りに堕《を》つる時監獄《かんごく》の庭に赤き花咲く

九

向日葵《ひぐるま》向日葵囚人馬車の隙間《すきま》より見えてくるくるかゞやきにけれ

十

監獄を出てくれば、すぐと世間には黒い喪服の時節が来た。

烏羽玉の黒きダリヤを一枝《ひとえ》折り日のてる径《みち》に涙を流す
烏羽玉の黒きダリヤのあまつさへ日に光るこそ哀《かな》しかりけれ

十一

木更津へ渡る。海浜に出てあまりに悲しかりければ

いと酢《す》き、赤き柘榴《ざくろ》をひきちぎり日の光る海に投げつけにけり

十二

松川といふ旅館に泊る、不思議なほど猫の多くゐる家だ。もとは五十匹もゐたといふ。

白き猫あまたゐねむりわがやどのかがやく真昼極《きはま》りにけり
驚きて猫の熟視《みつ》むる赤蕃茄《あかトマト》投げつけてわれもかなしくなれり

十三

ある晩、浅草公園の噴水池のほとりを彷徨ひ乍ら、私はとある電柱の上に木兎のやうな鳥の子が二羽ばかしもぞもぞとしてゐるのを見た。親らしいのがあちこちとアーク燈の雰囲気を飛び廻つてゐた。大勢群つて見てゐた中で、あれは鳶の子だと私に教へてくれた人があつた。

電線《はりがね》に鳶の子とまりアーク燈月夜《げつや》に光るあはれ鳶の子

十四

あかあかと騒《さや》ぐな童《わらべ》人の世の夕日に痛《いた》く泣く男あり

十五

またぞろ、ふさぎの虫奴《め》がつのるなり黄なる鶏頭赤い鶏頭

秋――冬

一

乞食《かたゐ》があかき赤茄子《トマト》の腐されたる拾へば街は午《ひる》となりにけり

武蔵野《むさしの》のだんだん畑《ばた》の唐辛子いまあかあかと刈り干しにけれ
あかあかと胡椒刈り干せとめどなく涙流るる胡椒刈り干せ
父親と一人の息子《むすこ》ひと日赤く胡椒刈り干し物言はずけり
男子らは心しくしく墾畑《きりばた》のおのが胡椒を刈り干しつくす

二

悪夢のあと

狂ほしき夜《よ》は明けにけり浅みどりキャベツ畑に雪はふりつつ

（「朱欒」大正元年9月号）

雲の峰　石榑千亦

友禅の小ぎれはぎぬひ経来りし甘かりし恋のくさ〲を見る
袖の奥にふかくかくしぬ黄泉にひく魔の手に触れしおびえ心地に
わが胸の絃なき琴にふれて鳴りし泪の行方たづねまどひぬ
灯くらき河岸《かし》にまはりぬ人波の中にたゞよふ息ぐるしさに
泪のみて人見おくりぬ半織りし布たゝれつる惜しみ心に
胸にかきし元の名消ちて筆太に又あたらしく人の名を書く
九十九谷ごとに妻かこひおきて夜昼おちずうつり住まばや
譬ふれば手斧打ふり牡丹きるくるほし人と知りて近づく
時計の音枕に更けぬ我目より耳より物の食むけはひして
美しくつくり飾りし口車わが胸の鍵のせて去にけり
水鳥の裳裾遠ひき江をいづるうしろ姿と君が舟見る
帳の中にひき入れられぬ天の下握りたる手のはたらきもなく

日の入りて後のはなやぎ待つ如きはかなきことをたゞにたのみぬ
君ゆゑにうけたる痛手癒肉《いえじし》もいまだあがらぬ胸の痛手見よ
何とかやいひし始めの一言をうせ物の如胸にさぐりぬ
我が為はつらきうき世に誰といひて人も定めず人呪はしき
隈もなくけがれし胸に君おもふよき心は萌えむとすらん
恋ひあまり蛇になりしとふきよ姫を疎ましといふにうとみ始めし
世に人にしかも馴染まず我妹子が手織布子の着心地に似て
ふくよかに少女はなりぬ消し護謨のやう〳〵痩せて黒ずみし時
星の尾に地のもろ〳〵の払はれむ時かにも消えむ胸の悶は
たゆき目を強ひて見はればつやけしの硝子に動くゆく春の影
天地のよろこびは皆坑にしてほゝゑめる魔の群に入らばや
花耻づる少女峠はゑましげに薄むらさきの被衣して立つ
渓にさやる巌ふみさくみふみさくみ憤り下る水の音かな
物のけの立てるが如く黒ずみし杉とよもして鶯の鳴く
狂ほしく鬼は笑ひぬ太刀の鞘とばりのかげにぬすみかくして
鞘もちて刀にむかふおろかしき物争ひとしりてあれども
人は皆榛名に去りし野の昼を蠅とり草の蠅とりて食む
青物の山なす中に半天のともゑをほこる男ぶりかな
今もかも波立ちぬべき海の色とそりたる髯の跡きはやかに
眠りたる海の巨人の髪胸毛もつれてとけて波にゆらぎぬ
玉なせる神代の人の骨守りていやが上にも藻は生ひにけり
息づけば髯ことごとく氷柱しぬ土のひとやのくだちゆく夜を

（「心の花」明治43年7月号）

旅愁記

若山牧水

秋風《あきかぜ》のそら晴れぬれば千曲川白き河原《かはら》に出てあそぶかな
薄暗《うすぐら》きこゝろ火に似て煽り立つ野山《のやま》もうごき秋かぜの吹く
顔ぢうを口《くち》となしつゝ双手《もろて》して赤き林檎を嚙めば悲しも
秋くさの花の寂しくみだれたる微風《びふう》のなかのわれの横顔《よこがほ》
わがこゝろ碧玉《へきぎよく》となり日《ひ》の下《もと》に曇りも帯びず嘆く時あり
長月《ながつき》のするともなればほろほろと落葉《おちば》する木《き》のなつかしきかな
われになほこの美《うるは》しき恋人《こひびと》のあるといふことが哀《かな》しかりけり
松山《まつやま》の秋の峡間《はざま》に降《お》り来れば水の音ほそしせきれいの飛ぶ
うちしのび都を落つる若人《わかうど》に朝の市街《ちまた》は青かりしかな
身もほそく銀座通りの木《こ》の蔭《かげ》に人目《ひとめ》さけつゝ旅をおもひき
絶望《ぜつばう》のきはみに咲ける一もとの空《そら》いろの花に酔ひて死ぬべし
黄ばたみる広葉《ひろば》がくれの幹をよぢ朴の実をとる秋かぜのなか
せきあげてあからさまにも小石《こいし》めく涙わりなき小夜《さよ》もこそあれ
汝《な》が弾ける糸のしらべにさそはれてひたおもふなり小枝子《さゑこ》がことを
衰ふる秋の日ざしにしたしみて昼も咲くとや野の月見草
沈みゆく暗きこゝろにさやるなく家をかこみてすさぶ秋風《あきかぜ》
濁り江のうすむらさきの水草《みづぐさ》のこゝにも咲けば哀《かな》しわが生《よ》は
わが母の涙のうちにうつりたるわれの姿のあさましきかな
おほかたの彼の死顔《しにがほ》ぞ眼にうかぶこゝろうれしく死をおもふ時
惘れめとなほし強《し》ふるかつゆに似て衰へし子は肺を病むてふ

恋人よわれらひとしくおとろへて尚ほ生くことを如何におもふぞ
こゝろやゝむかしの秋にかへれるか寝覚《ねざめ》うれしき夜もまじりきぬ
ほろほろと啼くは山鳩さしぐみしひとみに青し木《こ》の間松《ままつ》の葉《は》
黄なる山まれに聞ゆる落葉《らくえう》はかなしき酒の香に似たるかな
むらさきの暗くよどみて光る玉夢ののちにも寂しくひかる
秋かぜの信濃に居りて海のうへの鷗をおもふ寂しきかなや
わがいのち闇のそこひに濡れ濡れて蛍のごとく匂ふかなしさ
なげやれなげやれみな一切《いつさい》を投げ出せ旅人の身に前後《ぜんご》あらすな
あざれたるわれの昨日の生活の眼にこそうつれ秋草《あきくさ》に寝《ね》る
酒嗅《か》げば一縷の青きかなしみへわがたましひは走りゆくかな
秋かぜの都の灯《ほ》かげ落ちあひて酒や酌むらむかの挽歌等は
こほろぎの入りつる穴にさしよせて野にまろび寝の顔のさびしさ
さらばいざささきへいそがむ旅人は裾野に秋の草枯れてきぬ
山麓《さんろく》の古駅《こえき》の裏をながれたる薄《うす》にごり河の岸はなつかし

（「創作」明治43年11月号）

書斎と市街

土岐哀果

ペン拭《ふ》きの兎馬《うさぎうま》の耳が虧《か》けにけり、
かゝる哀しき真面目《まじめ》なる事、

＊

いつよりのボタンがとれしシャツの袖、
　たくし上ぐるに、
ふいと寂しき、

＊

なめなめて薄くなりたる鉛筆を
　また甜めて書く、
けづらむともせず、

＊

めづらしき人が毎日来《く》ることかな、
珍らしずきと、われを知りけむ、

＊

一束《たば》に束ねたるまゝしまひ失《な》くせし手かみのことを
　思ひ出づるころ、

＊

このおもちや、
　こゝをねぢれば、黒ンボが白い歯を出《だ》す君におくらむ、

＊

なぜかうも、ものゝ寂しき男ぞ、と、
われみづからも、あやしむ事あり、

＊

むしやくしやして、
　急にすつかり片づけし、わが六畳の、
秋の夜《よる》かな、

＊

秋の夜《よ》の、吸取紙の、

青黒く、古く、悲しき――
インクのあとかな、
*
台ランプ、
卓子《テーブル》の上に輝《かゞや》けり、
これに何等の不思議も無きかな、
▽
かたはらの、
本《ほん》の表帋がそりかへりぬ、
秋の日南《ひなた》に物おもひする、
*
前《まへ》の家《いへ》の座敷のさまの、
二階より、
あらはに見ゆる秋のさびしさ、
*
煙草のめば、
すぐにあたまの痛くなる事、
秋の寂しき一つなるべし、
*
かきねより、やねへ飛んだる白ねこの、
柔かき昼も、
十月なれや、
▽
わが前に、
いたいけな顔を突き出して、Akanbe をする――
秋の心か、
*
ドアを出づ、
秋風の街へ、
ぱつと開《あ》けたる巨人《きよじん》の口に飛入るごとく。
*
めづらしく、Zinriki に乗りて走らせぬ、
東京の街を、秋風がふく、
*
だぶだぶの、古きヅボンのポケットに、
両手つき入れて、
秋風を聴く、
*
神経衰弱のときにのむ水ぐすりの
ごとき黄いろき
秋の空気かな、
*
古靴をはいて出でしに、
爪が皆、
ちくちくうづく秋の夕ぐれ、

＊

焼あとの煉瓦の上に、
Syobenをすればしみじみ、
　秋の気がする、

＊

水あさぎ、
この一本《ぽん》のネクタイの萎《な》へて久しくなりけるかなや、

＊

わが秋の夜《よる》の女の、
眼の下の、
　あるかなきかの、ちいさき痣かな、

＊

死刑囚が死刑の前に喫《の》むといふ煙草を喫めど、
　慰まぬかな、

▽

これほどまでつまらぬものと思はざりし、
わかれむ、といへば、
　わかれむ、といふ、

＊

殺さむとまでおもひたる女ありき、
あはれ、屁のごとき事なりしかな、

＊

あはあはと、
　まがなすきがな笑ひて居り、
それゆゑにこそ人の亭主か、

＊

かの女、
銀座の街のおもちや屋の店番《みせばん》になりぬ、
忘れ果てけむ。

＊

うしろより、「わ」とおどせしに、
先方の、おどろかざりし——
　ごとき寂しさ、

＊

帯を曳ずりてゆく男あり、
をしへてやるも、ものうき夕ぐれ、

▽

ぼろ靴が泥を喰ひたる気味わるさ、
ぬかるみを来て、
　音楽をきく、

＊

プログラムにいたづら書きをしてありぬ、
ピアノの音《おと》、
ヰオリンの音《おと》、

＊

むちやくちやにかきまはすごときピアノの音《おと》、

喉が涸きて、たへられぬかな、

▽

ふつくりと、
白き布団に寝るときこそ生きた気はすれいろいろと思ふ、

＊

わがむすめ、
ひとり寝台に目ざめたる小さきあくびの、
春のあけぼの、

（「創作」明治43年11月号）

十月の黄昏に

土岐哀果

すべてを、悪まず、めでず、死にしごとき
こころにならんと、
眼をつぶりにし。

＊

哀しくも、をかしくもなく、おのづから、
涙の湧くも、
はかなしや冬。

＊

泣け、泣け、
たそがれの街に、泣ける子よ、
咽《のど》のさくるまで、泣けよと思ふ。

＊

ゆふがたの、膝のたゆけさ、
十月の、
心のみいたく働きしごとし。

＊

よせの、いま、はねしたいこの、
ふとさめし、冬のよひ寝の、
枕になれる。

＊

一日の子守につかれて、うとりとする
夜のやはらかさ、
こほろぎのなく。

＊

不平ある心のまへを、あゆみ行く、
見もしらぬ子の、
なつかしきかな。

＊

この国の男も女も、
さもしげに、黄なる顔して、
冬をむかへぬ。

＊

露西亜巻の煙草を喫ひつゝ、
哀しみぬ、

露西亜へ行くは、いつのことならむ。

*

わが子と、拾ひては投ぐる
十月の、
　こころしづけき路の石かな。

*

大門《だいもん》の車庫《しやこ》の広場に、
品川の鷗の遊ぶ、
　冬のあけぼの。

*

門の前、一路の冬に、
六つばかりの子の遊びをり、
　風のふきいづ。

*

十月のあさのひかりの、
すりがらすに、白くよどみて、
　虫のきこゆる。

*

ゆふまぐれ、
隣のいへの戸を閉づる、
　それにも、心泣かんとはせり。

*

十月の一日の雨の、
たそがれに、霽れむとするや、
　空の赤める。

*

いまもなほ、青き顔して、
革命を、ひとり説くらむ、
　ひさしく逢はず。

*

空あをく、いづこの家の、
栗をやくにほひしづけし、
十月の午後。

*

背のすこしやぶれて着ける、仮綴《かりとじ》の、
外国の書よ、
　それも、なつかし。

*

口のうちの、埃の香こそさびしけれ、
黄昏に向ひ、
　唾《つばき》するかな。

（「詩歌」明治44年11月号）

無言

土岐哀果

まづは、けふも、もの言《い》はぬ日《ひ》の暮《く》れたりと、

たそがれの椅子《いす》に、
煙草《たばこ》をすへり。

＊

鍬《くは》を持《も》てば、その柄《え》にからびし
土《つち》の香《か》の、さびしくもあるかな、
合歓《ねむ》の樹《き》を植《う》う。

＊

汽船《きせん》にて、旅館《りよくわん》のあるじの送《おく》りこせし
かの半島《はんとう》の、
小《ち》さき合歓《ねむ》の樹《き》。

＊

消《け》せば、ふと、
疲《つか》れし脳《のう》に、夏《なつ》の夜《よ》の、
ガスのにほひの、流《なが》れたるかな。

＊

労働《ろうどう》をよろこぶ心《こゝろ》をころすなかれ。
夏《なつ》の街路《がいろ》に、
口笛《くちぶえ》をふく。

＊

快《こゝろよ》く談《かた》りし後《のち》に、いきなり、
その顔《かほ》が擲《なぐ》りたくなりて、
あわててわかれぬ。

＊

ドアを押《お》し、おもひがけなく
正面《しやうめん》の鏡《かゞみ》にみたる
われのいとしさ。

＊

新《あたら》しき、白《しろ》き表紙《へうし》を披《ひら》かんとして、
手《て》のよごれをば、
かなしめるかな。

＊

妻子《つまこ》を遊《あそ》びにやりて、
庭《には》の樹《き》の、五月《さつき》の風を、
眼《め》をとぢて聴《き》く。

＊

ソフアがほし、ソフアがほしと言《い》ひしこと、
ともだちの噂《うはさ》になりて、
六月《ろくぐわつ》となる。

＊

はれやかに踊《をど》らんとする、
あはれさよ、
銀座《ぎんざ》の街《まち》の、たそがれの心《こゝろ》。

＊

わが指《ゆび》の、
わがものとしも感《かん》ぜざる、
六月《ろくぐわつ》するゑの、午後《ごゞ》のつかれかな。

*

あけがたの、真珠《しんじゆ》のごとき
鼻《はな》のうへに、汗《あせ》のうかめり。
　むすめよ、むすめよ。

*

わがむすめも、
真白《まつしろ》な靴《くつ》を涼《すず》しげに、はくやうになれり。
　露草《つゆくさ》を摘《つ》む。

*

夏《なつ》くれば、白《しろ》き窓《まど》かけ、
　まづ掛《か》けて、
街《まち》にしたしむ、さびしき書斎《しよさい》。

*

いつ、札幌《さつぽろ》へゆきにけむ。
　ひとかごの、
あをき林檎《りんご》をおくりきたれり。

*

たいぷらいたの悲《かな》しさよ。
指《ゆび》さきの、かすかに痛《いた》み、
　雪《ゆき》のふりいづ。

*

その声《こゑ》のするどさ。
わが怒《いか》れる、そのままなる、いとしさ。
泣《な》くな、泣《な》くな、むすめよ。

*

ゴムまりの、はづまずなりし
　さびしさを、
壁《かべ》に投《な》げては、悲《かな》しめるかな。

*

おとなしくなりぬるものかな。
言《い》はんとして言《い》はざりしこと、
　けふも二《に》どあり。

（「早稲田文学」大正元年9月号）

九月の夜の不平

石川啄木

秋の風今日よりは彼《か》のふやけたる男に口《くち》を利《き》かじと思ふ
大海《たいかい》のその片隅につらなれる島々の上を秋の風吹く
くだらない小説を書きてよろこべる男憐《をとこあは》れなり初秋の風
男と生《うま》れ男とまじり負《ま》けて居りかるが故にや秋が身に染《し》む
燐寸《マチ》擦《す》れば二尺ばかりの明るさの中を過《よ》ぎれる白き蛾《が》のあり
その昔秀才《しうさい》の名の高かりし友牢《らう》にあり秋の風吹く
いつも来るこの酒舗《さかみせ》のかなしさよ夕日赤々と酒に射《さ》し入る
わが友は今日も母なき児《こ》を負《お》ひてかの城跡をさまよへるかな
この日頃ひそかに胸にやどりたる悔《くい》あり我を笑はしめざり
公園のとある木陰の捨椅《すていす》子に思ひあまりて身を寄せしかな

公園のかなしみよ君の嫁《とつ》ぎてよりすでに七月《なゝつき》来しこともなし
やとばかり桂首相《かつらしゆしやう》に手とられし夢みてさめぬ秋の夜の二時
実務《じつむ》には役《やく》に立たざるうた人《びと》と我を見る人に金《かね》借りにけり
女あり我がいひつけに背《そむ》かじと心をくだく見ればかなしも
ふがひなき我《わ》が日《ひ》の本《もと》の女等《おんなら》を秋雨の夜に罵《のゝし》りしかな
時ありて猫《ねこ》のまねなどして笑ふ三十路《みそぢ》の友《とも》が酒のめば泣く
ダイナモの重き唸《うな》りの心地よさよあはれこの如く物を言はまし
新しき背広《せびろ》など着て旅をせむしかく今年も思ひ過ぎたる
売ることを差止《さしと》められし本《ほん》の著者に途《みち》にて会《あ》へる秋の朝かな
何となく顔《かほ》がさもしき邦人《くにびと》の首府《しゆふ》の大空を秋の風吹く
つね日頃好《この》みて言ひし革命の語《ご》をつゝしみて秋に入れりけり
今思へばげに彼《かれ》もまた秋水《しうすゐ》の一味《いちみ》なりしと知るふしもあり
この世よりのがれむと思ふ企《くはだ》てに遊蕩《いうたう》の名を与へられしかな
わが抱く思想はすべて金《かね》なきに因《いん》する如し秋の風吹く
秋の風我等明治の青年《せいねん》の危機《きき》をかなしむ顔撫《な》で、吹く
時代閉塞《じだいへいそく》の現状《げんじやう》を奈何《いか》にせむ秋《あき》に入りてことに斯《か》く思ふかな
忘られぬ顔《かほ》なりしかな今日街《まち》に捕吏《ほり》にひかれて笑める男は
人ありて電車の中に唾《つば》を吐くそれにも心傷《いた》まむとする
朝まだきやつと間《ま》に合ひし初秋の旅出の汽車の堅《かた》き麺麭《ぱん》かな
地図《ちづ》の上朝鮮国《てうせんこく》にくろぐろと墨《すみ》をぬりつゝ秋風を聴く
誰《た》を我にピストルにても撃《う》てよかし伊藤《いとう》の如く死にて見せなむ
いらだてる心よ汝《なれ》は悲しかりいざいざ少《すこ》し欠伸《あくび》などせむ
何事も金《かね》、金といひて笑ひけり不平のかぎりぶちまけし後《のち》
明治四十三年《ねん》の秋わが心ことに真面目《まじめ》になりて悲しも

（「創作」明治43年10月号）

都合わるき性格

石川啄木

過ぎゆける一年《ねん》の疲れ出《で》しものか、
元日《ぐわんじつ》といふに
うとうと眠し。

＊

それとなく
その由《よ》るところ悲しまる、
この元日の眠たき心。

＊

青塗りの瀬戸の火鉢に凭《よ》りかかり、
目閉ぢ、目を開《あ》け、
時を惜しめり。

＊

何となく明日《あす》はよき事ある如く思ふ心を
叱りて眠る。

＊

Y《ワイ》といふ符牒《ふてふ》
古日記の処処《しよしよ》にあり。
Yとはあの人のことなりしかな。

＊

やみがたき用忘れ来ぬ。
途中にて口に入れたるゼムの為なりし。

＊

ひと晩に咲かせて見むと、
梅の火鉢に焙《あぶ》りしが、
咲かざりしかな。

＊

いつしかに正月も過ぎて、
わか生活《くらし》が
またもとの道にはまり来れり。

＊

おれが若しこの新聞の主筆ならば
やらむと思ひし――
事の数数《かずかず》。

＊

目さまして直《す》ぐの心よ。
年寄《としより》の家出の記事にも涙出でたり。

＊

珍らしく、
今日は議会を罵りつつ涙出でたり。
うれしと思ふ。

＊

百姓の多くは酒をやめしといふ。
もつと困らば、
何をやめるらむ。

＊

何となく案外《あんぐわい》に多き気もせらる、
自分と同じ事を思ふ人。

＊

人と共に事をはかるに
都合《つがふ》わるき
自分の性格を思ふ寝覚《ねざめ》かな。

＊

外套の襟に頤《あご》を埋《うづ》め、
夜ふけに立ち止まりて聞く――
よく似た声かな。

＊

自分よりも年若き人に
半日も気焔を吐きて、
つかれし心。

＊

神様と議論して泣きし、
あの夢よ――
四日ばかりも前の朝なりし。

＊

いろいろの人の思はく
はかりかねて、
今日もおとなしく暮らしたるかな。

＊

家にかへる時間となるを
ただ一つの待つことにして、
今日もはたらけり

＊

石狩の空知《そらち》郡《ごほり》の牧場《ぼくぢやう》の
お嫁《よめ》さんより送《おく》り来《き》しバタ。

（「創作」明治44年2月号）

猫を飼はば

石川啄木

解けがたき、
不和のあひだに身を処して、
ひとりかなしく今日も怒れり。

＊

猫を飼はば、
その猫がまた争ひの種となるらむ。
かなしきわが家。

＊

俺《おれ》ひとり下宿屋にやりてくれぬかと、
今日も、あやふく、
言ひ出でしかな。

＊

ある日、不図、やまひを忘れ、
牛の啼く真似をしてみぬ—
妻子《つまこ》の留守《るす》に。

＊

かなしきはわが父！
今日も新聞を読み飽きて、
庭に小蟻と遊べり。

＊

ただ一人の
をとこの子なる我はかく育てり。
父母も悲しからむ。

＊

茶まで断《た》ちて、
わが平復を祈りたまふ
母の今日また何か怒れる。

＊

今日ひよつと近処の子等と遊びたくなり呼べど来らず。
心むづかし。

＊

やまひ癒えず、

死なず、
日毎に心のみ険《けは》しくなれる七八月《ななやつき》かな。

*

買ひおきし、
薬尽きたる朝に来し、
友のなさけの為替《かはせ》のかなしさ。

*

基督を人なりと言へば、
いもうとの眼が、かなしくも、
我をあはれむ。

*

秋近し！
電燈の球《たま》のぬくもりの
触《さは》れば指の皮膚に親しき。

*

何がなしに、
肺が小さくなれる如く思ひて起きぬ──
秋近き朝。

*

児を叱れば、
泣いて、寐入りぬ。
口すこしあけし寐顔に触《さは》りてみるかな。

*

昼寐せし児の枕辺に、
人形を買ひ来て飾り、
ひとり楽しむ。

*

椽先《えんさき》に枕出させて、
ひさしぶりに、
ゆふべの空に親しめるかな。

*

庭のそとを白き犬ゆけり。
ふり向きて、
犬を飼はむと妻にはかれる。

（「詩歌」明治44年9月号）

この日ごろ

斎藤茂吉

うつせみのいのちを愛《を》しみ世に生《い》くと狂人守《きやうじんも》りとなりてゆくかも
うらがなしいかなる色のひかりはやあれの行方《ゆくへ》にかゞよふらむか
みちのくの通草《あけび》むらさきに垂るほとりきちがひ守《もり》は生《あ》れて乳《ち》のみし
狂人をもりて幾ときかすかにも生きむとおもへばうらなごむかな
しきしまのやまとの国のいづべにか病《やみ》ほゝけたるニーチエもゐむ
このごろの日の入りがたは何《な》にかしら癢《かゆ》きやうなるこゝろ落ちゐず
生くるものわれのみならず現《うつ》し身の死にゆくを聞きつゝ飯《いひ》をしにけり
生くるもの吾《あ》のみならねばなみだ落ちつゝ常無《つねな》しの世をかなしみにけり

をさなごのひとりあそぶを見守《みも》りつゝ心よろしくなりてくるかも
入りつ日のあかきひかりのみなぎらふ花野はとほく恍《ほ》け溶《と》くるなり
散乱《さんらん》のこゝろしづまりこよひ聞くこほろぎや吾《あれ》に消えいらむとす
さだめなきもの、魘《おそひ》のくるごとくむなゆらぎして街をいそげり
尺八のほろほろとゆくかなし音《ね》もこの世の涯《はて》にとほざかりなむ
かなしみの世にうまれたる吾なればひとをなげきつゝ泣きて居るかも
こほろぎもほろび果てぬる野をきつゝ煙草廃《や》めなむとこそおもひしか
ほゝ笑ふをとめらきこゆすがしこゐかなしきほどになつかしむかも
よるさむく火を警むるひようしぎの聞えくる頃はひもじかりけり
母うへに銭をもらひて帰り来しこよひもふけてのびのびとぬるも

（「アララギ」明治44年1月号）

女中おくに

斎藤茂吉

なにかいひたかりつらむその言《こと》もいひなくなりて汝《なれ》は死にしか
はや死にてゆきしか汝《いまし》いとほしといのちのうちに吾《あ》はいひしかな
とほ世べに往《い》なむ今際《いまは》の眼《め》にあはずなみだながらに嬉しむものを
なにゆゑに泣くと額《ぬか》なで虚言《いつはり》も死にちかき子に吾《あ》はいへりしか
これの世に好きななんぢに死にゆかれ生きのいのちの力なしあれは
あのやうにかい細りつゝ死にし汝《な》があはれになりて居《を》りがてぬかも
ひとたびは癒《なほ》りてくれよとうら泣きて千重にいひたる空しかるかな
この世にも生きたかりしか一念もまうさで逝きしよあはれなるかも
なにもかもあはれになりて思ひづるお国のひと世はみぢかゝりしも

にんげんの現実《うつゝ》は悲ししまらくもただよふごときねむりにゆかむ
やすらかなねむりもがもとこの日ごろ眠りぐすりに親しみにけり
なげかひもひとに知らえず極まればなにゝすがりて吾はゆきなむか
しみいたるゆふべのいろに赤くゐる火桶のおきのなつかしきかも
現《うつ》し身のわれなるかなとなげかひて火おけをちかく身に寄せにけり
ちから無く鉛筆きればほろほろとくれなゐの粉が落ちてたまるも
灰のへにくれなゐの粉の落ちゆくを涙ながしていとほしむかも
うつし世に生けるなんぢを語らひて煎餅などをす宵もしづけく
まめまめし汝《なれ》がすがたのありありと何にゝ今ごろ見えきたるかや

（「アララギ」明治44年4月号）

木の実

斎藤茂吉

しろがねの雪ふる山に人かよふほそほそとして路見ゆるかな
赤茄子の腐れてゐたるところより幾ほどもなき歩みなりけり
満ち足らふこゝろにあらぬ　谷つべに酸《す》をふける木の実《このみ》を食《は》むこゝろかな
山とほく入りても見なむうらがなしうらがなしとぞ人いふらむか
紅蕈《べにたけ》の雨にぬれゆくあはれさをひとに知らえず見つゝ来にけり
やまふかく谿の石原《いしはら》しらじらと見え来るほどのいとほしみかな
かうべ垂れあがゆく道にぽたりぽたりと橡《とち》の木の実は落ちにけらずや
ひとりのみ朝の飯食《いひ》むあが命は短かゝらむと思《も》ひて飯はむ

（「アララギ」明治45年1月号）

赤光

斎藤茂吉

○睦岡山中

寒《さむ》ざむとゆふぐれて来る山のみちあゆめば路は湿れてゐるかな
山ふかき落葉のなかに夕《ゆふ》のみづ天《てん》より降《ふ》りてひかり居りけり
何もの、眼《まなこ》のごときひかりみづ山の木原に動かざるかも
うれひある瞳かなしと見入りぬる水はするどく寒く光れり
都会のどよみをとほくこの水にくち触れまくは悲しかるらむ
なげきよりさめてあゆめる山峡に黒き木の実はこぼれ腐りぬ
さびしさに堪へて空しきあが肌に何《なに》か触れて来《こ》悲しかるもの
ふゆ山にひそみて玉の紅き実を啄みてゐる鳥見つ今は
風おこる木原をとほく入りつ日の赤きひかりはふるひ流るも
赤光《しやくくわう》のなかのあゆみはひそか夜の細きかほそきゆめごゝろかな

○ある夜

をさな妻をとめとなりて幾百日《いくもゝか》こよひもはや眠りゐるらむ
寝《い》ねがてにわれ烟草すふ烟草すふ少女《をとめ》はもはや眠りゐるらむ
いま吾は鉛筆をきるその少女安心をしてねむりゐるらむ
わが友は蜜柑むきつゝしみじみとはや抱《いだ》きねといひにけらずや
けだもの、暖かさうな寝《いね》すがた思ひうかべて独りねにけり
寒床にまろく縮まりうつらうつら何時のまにかもねむり居《ゐ》るかな
水のべの花の小花の散りどころめしひになりて抱《いだ》かれて呉れよ

○

おきなぐさに唇《くちびる》ふれてかへりしがあはれあはれいま思ひ出でつも
猫の舌のうすらに紅き手の触りのこの悲しさに目ざめけるかも
陰《ほと》ひさぐ街のかなしきひそみ土こゝに白霜は消えそめにけり
ほのかなる茗荷の花を見守《みも》るときわがおもふ子ははるかなるかも
曼珠沙華こゝにも咲きてきぞの夜のひと夜の夢のあらはれにけり
とろ〱とあかき落葉火もえしかば女《め》の男《を》のわらはをどりけるかも
幾天《いくあめ》をさかり来ぬらむ母の国雪ふる国に汽車入りにけり
天さかるひなの雪路にけだもの、足跡を見ればこゝろよろしき
雪ぐものしづまるなべにひむがしの山並の天にむらさき立てり
酒の糟あぶりて室《むろ》に食むこゝろ腎虚の薬尋ねゆくこゝろ

○両国のこゝろ

両国に来ていま肉太《しゝふと》の相撲とりに通りすがへれかゝはりは無し
われのみのわれなるゆゑに都会の街のどよみをおほに行くなり
われのみのわれ一瞬にしてけだもの、猿の相《すがた》に身ふるひにけれ
猿の肉ひさげる家にゆふされば紅き灯は揺りつこのこゝろかな
あかき面《おも》安らかに垂れ小猿も死にて冷《つめ》たき、このこゝろかな
さながらのわれを見らむと売りもの、死猿にこそ寄りて来にけれ
浄玻璃にむかふこゝろになげかへば醜きもの、いとほしさかな

○七面鳥

雨ひと夜さむき朝けを目のもとに死なねばならぬ鳥を見て立てり
あが力のいたはり兼ねて黙《もだ》すときものいはぬものは死にてゆくなり

（「アララギ」明治45年2月号）

落木集

与謝野寛

われの齢《とし》やや長《た》け斯《か》かる朝《あさ》を愛《め》づうすき明《あか》りの藍色《あゐいろ》の山《やま》
毛《け》を垂《た》れて骨出《ほねい》でし馬三《うまみ》つばかりわが門過《かどす》ぎて冬《ふゆ》の日《ひ》の入《い》る
冬木立《ふゆこだち》むらさき薄《うす》く引《ひ》く中《なか》に銀《ぎん》をなげうつ鵯《ひよどり》の笛《ふえ》
軒下《のきした》の痩《や》せし乞食《こじき》の目《め》ぞ光《ひか》る雪《ゆき》にならんと曇《くも》るゆふぐれ
荷《に》ぐるまの轅《ながゑ》の触《ふ》れし痕《あと》つける土手《どて》も凍《こほ》りて土《つち》のこぼるる
粘《か》れし木《き》に片手《かたて》を掛《か》けて「冬《ふゆ》」は見《み》ぬ骨《ほね》もて積《つ》める白《しろ》き切崖《きりぎし》
花《はな》のまま枯《か》れて黒《くろ》める山《やま》あざみ二尺《にしやく》の茎《くき》に春《はる》の降霜《しもふ》る
けうとしや老木《おいき》の桑《くは》の黄《き》ばみたる枝《えだ》に上《のぼ》りて野鼠《のねずみ》の啼《な》く
わが馬《うま》の息《いき》に触《ふ》るれば蔦《つた》の葉《は》も櫨《うるし》も散《ち》りぬ赤《あか》く悲《かな》しく
青白《あをじろ》き荻《をぎ》の葉風《はかぜ》にひろき野《の》の入日《いりひ》の朱《しゆ》をば消《け》して降《ふ》る雪《ゆき》
蠟燭《らふそく》を誰《た》が家《いへ》よりか啣《くは》へきて枯木《かれき》にとまるさびしき鴉《からす》
うす赤《あか》く青《あを》く野火《のび》もえ枯草《かれくさ》を打《う》ちて光《ひか》りぬ長《なが》き柄《え》の鎌《かま》
かれがれの甲斐《かひ》の葡萄《ぶだう》を手《て》に採《と》れば細《ほそ》き茎《くき》より白露《しらつゆ》の泣《な》く
野《の》を焼《や》ける名残《なごり》のけぶり庭《には》に入《い》り這《は》へばしづくすわが檐《のき》の霜《しも》
宿無《やどな》しと更《ふ》けし霜夜《しもよ》のたはれ女《め》と慄《ふる》へて言ひぬ酒《さけ》の銭欲《ぜにほ》し
実《み》の黄《き》ばむ橙《だい〳〵》の樹に鶏《にはとり》を追《お》へば上《のぼ》りぬ山里《やまざと》のごと
木《こ》ずゑよりこがねの薄《はく》を切《き》りて撒《ま》きその老顔《おいがほ》を隠《かく》す霜月《しもつき》
冬《ふゆ》くれど短《みじか》きころもあはれなるわが娘等《むすめら》は膝《ひざ》のあらはる
妻《つま》を見《み》て寒《さむ》く笑《わら》ひぬ貧《まづ》しきは面《おも》を背《そむ》けて泣《な》く暇《ひま》も無《な》し
太《ふと》やかに曲《まが》るぱいぷを啣《くは》へつつ顔《かほ》を顰《しか》めて組《く》める後手《うしろで》
衣朽《きぬく》ちてわが露《あらは》るる肩《かた》のごと干潟《ひがた》に白《しろ》き一《ひと》ひらの貝《かひ》
溜《たま》りたる水《みづ》をめぐりて草《くさ》の芽《め》の青《あを》めば枝《えだ》に紅《あか》き梅《うめ》さく
石土手《いしどて》に身《み》をのしかけて物言《ものい》ひぬ赤《あか》き傘《かさ》さす船《ふね》の少女《をとめ》と
青《あを》やかに二月《にぐわつ》の朝《あさ》の海明《うみあ》けて赤《あか》き切崖雪《きりぎしゆき》をいただく
いなづまに髪青《かみあを》き鬼乗《おにの》りて馳《は》せ無辺《むへん》に投《な》ぐる白《しろ》き髑髏《どくろう》
よろづ世《よ》に白《しろ》くさびしき身《み》と知《し》りて刹那《せつな》を染《そ》むる紅《あか》き杯《さかづき》
わが問《と》へる事《こと》に違《たが》ひしいらへをば寒《さむ》くつれなく天地《あめつち》はする
片隅《かたすみ》の卓《たく》にはなれしかの人《ひと》も寒《さむ》くやあらん前《まへ》のさかづき
しばらくは君《きみ》が髪《かみ》をばまさぐりぬ舞台《ぶたい》の上《うへ》の若人《わかうど》の如《ごと》
わが前《まへ》に紅《あか》き風吹《かぜふ》きやつくちのそよげば見《み》ゆる白《しろ》き片肘《かたひぢ》
ちりめんの紅《あか》き襦袢《じゆばん》の片袖《かたそで》と船《ふね》と映《うつ》して霞《かす》みたる水《みづ》
加茂川《かもがは》も四条《しでう》の橋《はし》にいざよひぬ別《わか》れがたしと人《ひと》の泣《な》く時《とき》
紅《あか》き鳥《とり》なにに驚《おどろ》く鳴《な》きさしてわれの夢《ゆめ》よりをちかたに逃《に》ぐ
杯《さかづき》の下《した》の陰影《かげ》にもおどろきぬかの怨《うら》む子《こ》の髪《かみ》の端《はし》かと
つぶつぶと泡立《あわだ》つ水《みづ》を底《そこ》に聞《き》く魚《うを》のたぐひか倦《う》めるたましひ
わが為《ため》にわかきうぐひす花《はな》に来《き》てわが失《うしな》ひしたましひを喚《よ》ぶ
この苦《にが》き李《すもも》は身《み》をば傷《そこな》へどかの嘲《あざけ》りを聞《き》くは我《わが》ため
わが行手《ゆくて》しやぼてんに似《に》る棘《とげ》の木《き》の藪《やぶ》を作《つく》るも人《ひと》と異《ことな》る
こころよき前《まへ》の鳴川《なるかは》いつの日《ひ》も石《いし》より落《お》ちて石《いし》を流《なが》るる

（「三田文学」明治44年2月号）

白日社詠草

前田夕暮

その壱

泥水《どろみづ》によわりし魚のなかば浮きしばし動かであるたよりなさ
運命は遠まはりしつわが顔をうす笑ひして見てありしかな
吾を葬れ犬の死骸を埋《う》めるごとわが魂を女よ葬れ
蝙蝠に吸はれし魂《たま》かふら〳〵と夜《よる》の巷をさまよひ歩く
手も足も蛙に似て空《くう》を攫《つか》みたる赤児の死骸みるにたへざり
ふとみたる汝の眼《まなこ》犬に似る馬に似る猿にはた鳥に似る
人々の眼の鋭さにおびえたりうまき肉喰《く》ふその時の顔
一方をみつめて命をはるまであるらむ人を親にもちにき
ておひたるとさか顫はせ眼をとぢし鶏の顔をわれはみてあり
盲腸の痛みにたへでめざめたる冬夜《とうや》にひゞく水の音かな
いまごろは泣き笑ひして君あらむ灯のかげ赤き酒宴のなかに（友に）
一人して飲まむと思ふうまき酒、甕をかかへて逃げありくかな
めしひたる獣の顔のわれをみるわれをみるわれをみてある
戦ひに行く人を送るこゝろもて廓にかへる友を見送る
豚の棲む大藪かげのうす暗き小舎のなかより吾を呼ぶこゑ
雛に別れ五月幟に別れ来しうからさびしやちり〳〵となる
君が小指《をゆび》チヨークにまみれ白かりき学校がへりに誘《いざな》ひし日は
大凧のうなりをきゝによく行きしふるさとの岡のぼけの花かな
オルガンの鍵板《けんばん》を押す君が指わが唇はさびしかりけり
ほころびを縫うて貰ひしなさけより世に淋しさの一つふえけり
甘藷《いも》の芽のあかくのびたる苗畠《なえはたけ》ひそかにすてし黄の水ぐすり
さくら咲く濁りし海に抱かれし汝が墓の上わが心行く
別れをば君も悲しく思ふらむされども今も悔いはせざらむ
春すぎし女の夢にまぎれいるわが魂のあはれなりけり
やるせなく男のおもみ知りし夜のうら悲しさも忘れはてけむ
老嬢のさびしき群れに君いりてまたあひもみず山桜咲く
うつり行く時のうしろにのこされし君も淋しき一人なるべし
君が家のオルガンひきに悲しみを忘れに吾のよく行きしかな
今もなほひとり棲むらむ老嬢《ろうぢやう》のうら寂しさに老いやしぬらむ
白梅は咲きぬさくらは莟み来ぬ老嬢《オールドミス》のさびしきほこり
幼稚園の姆母《ほゞ》となりしとききしのみ白梅咲けば君の思はる
春ふたつ海のかなたに秋二つ山のかなたにおくる相見ず
少年の胸にかゝへし悲しみと老嬢《オールドミス》のうらさびしさと
基督《やそ》教《けふ》の女校の門をくぐり入る女恋しきいたづら心
銀ぶちの眼鏡の下に光りける舎監の眼などおもいでらる
荒《すさ》みたるわが生活にまじりいる君が昔の唄の悲しさ
年上の女がもてる秘密など知らで許せし夢なりしかな
ベコニヤの花を見入れる君が眼のけはしくなりぬ継母《けいぼ》の如く
ちりちりに母となりけむ人妻となりけむさびし今年の春は
扉《と》の外《そと》の鈴《ベル》にあてたるわが指のふるはれしかなあひに行きし日
泣き顔を春の風吹く日となりぬ君が好みしたんぽぽの咲く
たんぽぽの黄《き》いろき春の日の暮れを男を知らぬ君の泣くらむ

汝が死にし十九の歳に遠ざかりさくらを見入いるわが眼いたまし
日の色の濁りそめたる春の午後大川端《おほかはばた》に来て水をみる
おしろいのはげゆく顔の醜くさをおもひいでては泣く女かな
よろこびてまろうなりつゝわがそばに寝《い》ぬる女と知りしはかなさ
茫然と物を思ひて行くわれのうしろに起る喇叭のわらひ
汝《なれ》もまた遠ざかり行く一人ならむわが顔をみてかくわらへるは
あはれみにまじる異性のにくしみを悲しみ逢ひつ別れつすなり
終りまでわれにいなみし唇を噛み悔ゆる日の疾くに来つらむ
来しかたに桜は咲きぬ来しかたに桜はちりぬ君老いぬらむ
故郷の小学校のあはれなる代用教師にもらはれしかや
笑ふこと久しくせざるわが顔を春がのぞきにまた来にしかな
停車場の空色の橋の外がはに白くかゝれし駅の名悲し
たゞひとつ群《むれ》をはなれし信天翁《あはふどり》けふも古巣へ帰るとすらむ
おそる〳〵此方寄りくる犬の顔その表情の人間に似る
ふと気づきしそのはづかしさうつとりと知らぬ女の顔ながめゐし
戸の外につきいだされし小娘の泣きなむとしてこらへたる顔
神経のこはばりしわが顔を吹く春の風吹くなまあたゝかく
いぬるよりほかに知らざる女をもあはれとおもふ年ごろとなり
悲しともたえて思はぬこゝろさへくづるゝ如くあわてふためく
あちこちにところまだらに散りのこる雨にしらけし梅のさびしさ
人並に家のあるじとなりしかと国なる人の語りをるらむ
大凧のうなりをきけば驚きてかへり来るなり少年の夢
生《なま》ぬくき下僕《をとこ》の広き脊にあてわが横顔の思はるるかな
髭むしやの赤黒き顔わらへとてわれをあやしに来し春の暮
君来ぬ日小学校の広庭にとりのこされぬたんぽぽの花

（「詩歌」明治44年4月号）

火の山

佐佐木信綱

荒鷲は羽うちて過ぎぬ星一つ暮れゆく秋の空守りをり
火の山の煙は高く天に立つわがこの心しる人のなき
立ち走り門にむかふるほゝゑみと五月の空の高き緑と
春の灯《ひ》やアルプの森の鹿狩を語る主人《あるじ》と少女と客と
芝の上になげし煙草のもえさしの煙るを見つゝ悲しみぞ湧く
南国の春ぞこひしき南国の春ぞ恋しきわが胸さびし
花がめの花よくかをる食卓のむかひに君がほゝゑみし宵
西班牙の人がおこせし古への書よむよりもわきがたき文
白金の花さかせたる花笠を君にさゝげむ初夏の雨
穴倉の底にをさめし葡萄酒の古き恋こそうらがなしけれ
雨はれて生るゝ朝の日の色の青葉にはゆる君がまなざし
天地や今くつがへるしか我を君の見たまふまじろぎもせず
青葉もる月の光のやはらかし心安らにいねむ此夜を
いきどほる思もうせて芝原のとほき夕日に泪こぼるゝ
上賀茂やしげき若葉のかげ出でて川原歩み来《く》紅の帯
ほとゝぎす港の口の大船に星のやうにも火にともりけり
堀ばたに燕《つばくろ》のとぶ夏は来ぬ我むねしばし安きこのごろ

われしらず泪ぞおつる樹の海の繁木《しげき》がもとをさまよひ行けば
牡丹さくいとあてはかにおほどかに若葉の国の御后がねと
くれはてし山すそ村のともし火のまたゝく見つつ歩みつゞくる
夢かそもあらず現かをのこさび笑ひし声音《こわね》耳にあれども
紀三井寺夕日にむかふ三人《さんにん》の中の一人《ひとり》をうつくしと見ぬ
煙突はみ空に立ちて煙はく旅につかれし身は町を行く

（「心の花」明治44年7月号）

幻の華

柳原白蓮

うとくしてありへし人の今さらに何恋しくて涙そふらむ
我が為めによろこぶものゝ一人あらば我が世の凡て捧げてくいじ
玉のかひな王者の手にもまかれじと思ひしことも夢の世の春
わが夢のとけて流れて久方のあけゆく空に入るかとぞ思ふ
停車場の柳のみどり深くなれば吾妻の人も帰り来といふ
思ひ出に泣くべき宵かありし世の其夜に似たる山ほとゝぎす
にぎはしき花妻の日のともすれば心の奥の淋しきや何
年へては我も名もなき墓とならん筑紫のはての松の木かげに
妙法華経勧持品よむ昨日今日浮世のせめも忘られにける
犬も猿も物をいふなる面白のお伽噺の夢のむかしや
五十年のみじかき命何故に生きて浮世のあはれさを泣く
汽車の窓に浪の色来たり山めぐり風しづかなる初夏の旅

（「心の花」明治44年8月号）

そぞろごと

谷崎潤一郎

ゑぐりたる皮肉云はれてからからと笑ふ人こそあはれなりけれ
我が顔に似たる男のなくもがな心許してともに語らむ
会葬は悲しされどもちりめんの晴衣の襦袢肌によきかな
三十里離《か》れつつ住めば吾妹子の鼻の形状《かたち》をふと忘れぬる
日に夜《よ》に我を指さし手をたたき嗤ふものあり何処ともなく
新しきキヤラコの足袋に桐の下駄先づころころと砂礫《じやり》蹴りて見る
ひたひたと湯上りの肌たたきつつ鏡に向ひ生きんと思ひぬ
汗の香に夜こそ明けぬれ浅ましき有明雲をうす眼して見る
みづからを特みかねつつしかすがに恋すとまでは云はずに置きしかな
ふと朝《あした》眼ざめし空は冴え返りさやかに秋の色ぞ見えける
悲しみに似たる涙ぞ流れける擦れ合ふ美女に眼を払はれて
電車先づ到らんとして夜の空に電線《はりがね》鳴れば物思はする

（「朱欒」明治44年11月号）

秋の女

吉井 勇

海を見ていと悲しげに犬吠えぬ由井が浜辺の秋のゆふぐれ
黄に光る岬のいろぞ安からねこよひは君に会はでかへらむ
黒猫は君にふさはず海鼠《なまこ》売る長谷《はせ》の媼に贈るべきもの
よく愁へよく涙ぐむわが君を秋の女と名づけけるかな

鎌倉のつれづれびとの花火見ゆまだ宵闇の浜のあなたに
君とわれ鈴虫となり露吸ひぬ秋の夢こそかなしかりけれ
君が家の山羊の白髯ながながとわが撫でをれば秋の風吹く
大海に石を投ぐるをよろこびぬ君によく似し君のをとうと
年老いし伊太利亜びとの独身《ひとり》ものあはれに栖めり君が隣家《となり》に
鶏はいとけたたまし砂烟海におどろき君におどろく
浜鴉さはな啼きそねさなきだにものを怖るる君なるものを
砂山に登らむとしてためらひぬかしこにゆかば涙ながれむ
海に入り死なむと書きし君が文われにとどきて秋は来にけり
わが君が苦《にが》しと云ひてこぼしたる薬のあとにこほろぎの鳴く
うつくしき肺を病む子がいちはやき冬身支度のあはれなるかな
あらそひは秋のことより始まりぬかくて情無《つれな》のことに及びぬ
恋がたりをかしと笑ひ崩れては藻を焼く煙にむせびたまふな
赭顔のをかしき漁夫よ指差してわれらふたりが往くを笑ふや
君が手を枕とすれど夜もすがらかなしや「秋」の跫音《あしおと》を聴く
秋かぜが薬秤をうごかすを笑ふかあはれ君がはした女
海草の赤き実おほく流れ寄る浜なつかしや君と拾はむ
砂の上にひとりさびしく遊びたる支那人の子をいとしがる君
紅のホテルの旗のひるがへる松の林に君はかくれぬ
船虫がわれらが接吻《きす》におどろきて遁ぐるもをかし岩のかなたへ

19. X. II. Kamakura.

(「朱欒」明治44年11月号)

きさらぎ

茅野雅子

わがぬげる羽織のうらの白さへも泣くがごとくに青む夕ぐれ
あぢきなくもの思ひ伏すかたちしぬ厩の横のなでし子の花
はらはらと涙こぼれぬしら玉の散り落つるにも似てこころよく
友禅を水につけつつ逢ひに来し人とものいふ河原の男
大比叡もきぬがさ山もしろがねの冠おもげにみゆるきさらぎ
わがしろき夢のなかにも二三人おどけ囃《はやし》をしてありしかな
仰ぎみて涙こぼれぬ青しろき入日の中に立てる常磐木
待ちあかす夜の水盤の花のごと白くつめたき星あまた見ゆ
火を得むと冷たき灰をかき探すごとしこころにわれをさぐれば
黍の穂のやや傾かむそのころにまた逢はましと別れけるかな
あなわびし子を尼にする日にたれむ帳のごときそらの色かな
いとよろし刀ぬくとき衝立の後にかくるるおかるのかたち
恋の火のかつ消えつつもわがこころ洞《ほら》のごとくに静なるかな
蠟梅のうらさびしくも匂ふかな病める小指の癒えそめし日を
化物の出るとききたる穴倉をのぞきにゆきぬわれと久吉
かなしげに枯木の伏せる谷あひに耳ちかく来て啼きぬ鶺鴒
たはむれに云へる言葉の不思議にもわれをさいなむ日となりしかな
うす青み梅匂ふらむふるさとのわが夢のあとわが恋のあと
われうまれ母さへしらず世にあれば思ふことみなあはつけきかな
水晶のごとくつめたくすき透る心にむかひあれば神めく

（「青鞜」明治45年3月号）

わが身

三ヶ島葭子

灰色の空のやうなる恋なればのがるる道のあらばのがれん
思はると云ひてしばしば苦しめし捨てられ人のあだし心尽く
もだえ死ぬわが身をかけて毒しぼる搾木の如し床も柱も
悔恨胸にあふれて身浸るもあらぬ名負ふも恋なればよし
うつそ身を忘るる刹那たのもしや捨てて年経し人の心も
あはれぞと打嘆かれし己のみめでられもせじ恨まれもせじ
死の道をたどれる身ぞと知りながら疑ひ泣きぬ君や見ゆると
ひとへにものの光に遠ざかる心と知れど救ふすべなし
堪へがたき秋こぬほどに死にてましはやり病も夏痩もして
おのが身をはかなみ死ぬも誰ゆゑとおしはかられんことの悲しき
この憂この寂しさもみづからが招きしなればあぢきなきかな
もとむるは光にあらず火にあらず氷の鎖とこしへのやみ
おほかたの心は捨てぬなほ一つのこれる恋の心を捨てん
夜をとほしあくがれ泣きし心には薔薇の花の露も痛まし
合歓の花水に浮べばうすものの袂のぬるる心地こそすれ
また鳴きぬよき声かなとほとゝぎすほめしはずみに人の去りける
見とほして泣きし日よりもとらはれて泣くこの頃ぞやすき運命

（「青鞜」明治45年7月号）

草

木下利玄

乳いろに緑にごれる芥子の葉はわれの心にしたしみ易き
柿の木が黄色の芽ふく春の日に黒き雲出《で》て雷《かみなり》のなる
真中《まんなか》の小さき黄色のさかづきに甘き香もれる水仙の花
二階より君とならびて肩ふれて見下《おろ》す庭のヒヤシンスかな
菜の花の黄色小雨にとけあひてほのににじめる昼のあかるみ
薔薇《ばら》色に雲のにほへば朝の唄鳩のうたひて花壇おとなふ
白百合のあまりに清き花びらを少しよごせる黄色の花粉
病院の記憶まざ〳〵よみがへる白窓かけよ百合のにほひよ
黄ばみ行く穂麦の上を強く射て光まぶしき初夏の日輪
薬めく牡丹のかほり日に蒸され園にたゞよひ眩暈《めまひ》もよほす
金魚草にトンボとまりて金《きん》の眼《め》を口にまはす時ドンのとゞろく
桐の花露のおりくる黎明《しのゝめ》にうす紫のしとやかさかな
ゆづり葉の新芽かはゆし柔かき緑もたぐる桃色の茎
芍薬の黄色の花粉日にたゞれ香をかぐ人に媚薬《こびくすり》吐く
あつき日を幾日《いくふ》も吸ひてつゆ甘く葡萄の熟す深き夏かな
真昼野に昼顔咲けりまじ〳〵と待つものもなき昼顔の花
桃の実の肌のやうなるうぶ毛して少年の頬のうひ〳〵しさよ
恐しき夏の闇夜に飛びかひし蛍の燐の記憶かなしも
雛芥子のうち傾きて露いとふ夜の花壇を月の覗ける
すかされて泣く目をやりし夕空に遠くやさしき月照り居たり

大風の吹き過ぎ行きし遠き音きゝつゝ居れば夜のおそろしさ
売りに来し籠の鮎買ひにほひかぐ六月初めとある昼前
清き瀬に鮎の泳ぐを橋の上に見下し居たる何処やらの川
初夏の真昼の野辺の青草にそのかげおとし立てる樫の木
夏草のにほひの中にたゝずみて物思ひ居れば日のかげろへる
打ちしめり町のどよめきひゞき来る山の手町はかなし夏の夜

（「白樺」明治45年7月号）

夏の末

木下利玄

遠く行く夜汽車の窓の暗き灯のいくつも過ぎぬ踏切に立つ
何事か待たるゝ如くおちつかぬ蒸し暑き夜の稲光かな
何処《いづこ》にか子供の遊ぶ声きこえ樹陰《こかげ》の闇の身じろぎもせぬ
女の子「かごめ〳〵」を声々に唄ふはかなし町の夕闇
膝折りて湿りを持てる土の香をかけば子供の遊びなつかし
少年の記憶かなしも遊びすぎて闇のせまりしぬりごめのかげ
ふくらめる桃の蕾のふくよかさ頬に持つ君の愛くるしさよ
君が頬日なたの薔薇の花びらの暖かさもて我が頬に触る
いぢらしさ忘れもかねつ泣き居たる浴衣の胸の乳のふくらみ
忘れめやかの時君があたゝかき指にありたるふとき繃帯
静脈のうす青く透く白き手のなめらにさみし昼の汗ばみ
くろみたる葉末に赤き花つくる夾竹桃の夏のあはれよ
しみ〴〵と古歌のあはれをなつかしみ小夜の蛍の息づかひ見る
今夢に見しかの町は此の前も二度ばかり見ぬ他所とは思はず
四十雀頬の白粉《おしろい》のきはやかに時たま来り庭に遊べる
桜木の一葉二葉の黄葉の青葉に交りそよげるを見よ
ネルに着る袷羽織の甲斐絹裏《かひきうら》つめたき光沢《つや》のさびし雨の日

（「白樺」大正元年9月号）

ほろびの光

伊藤左千夫

おりたちて今朝の寒さを驚きぬ露しと〳〵と柿の落葉深く
鶏頭のやゝ立乱れ今朝や露のつめたきまでに園さびにけり
秋草のしどろが端にものものしく生きを栄ゆるつはぶきの花
鶏頭の紅《べに》古りて来し秋の末や我れ四十九の年行かんとす
今朝のあさの露ひやびやと秋草や総べて幽けき寂滅《ほろび》の光

（「アララギ」大正元年11月号）

俳句

平井照敏＝選

『雑草』抄　長谷川零余子

明治四十五年・大正元年

春

楽師迎ふ国守の葬や江の柳

秋

明治大帝御大葬

御霊車焼く煙の見ゆれ後の月

冬

除夜の灯の明るさに鐘を知らで寝し

紋を抜く廓の暖簾や夕時雨

発電所の窓明るさや雪の森

嵐山の枯木にとまる千鳥かな

宿で借りし傘さす船の千鳥かな

足なへの伯爵河豚を食はぬかな

（大正13年6月、枯野社刊）

『山廬集』抄　飯田蛇笏

明治四十五年（大正元年）三十九句

春

炉を塞ぐ　炉塞や不破の関屋の一とかすみ

雁風呂　雁風呂や笠に衣ぬぐ旅の僧

針供養　古妻や針の供養の子沢山

畑を打つ　畑打や代々につたへて畠の墓

涅槃会　門前の花菜の雨や涅槃像

釈奠　釈奠や古墨にかきて像尊と

社日　門畑に牛羊あそぶ社日かな

水口祭　関の戸や水口まつる田一枚

野おぼろに水口祭過ぎし月

人丸忌　二三人薄月の夜や人丸忌

若草　若草や空を忘れし籠の鶴
蒲公英　蒲公英や炊き濯ぎも湖水まで
薊　森の神泉におはす薊かな
土筆　みさゝぎや日南めでたき土筆
蕨　高野山春たけなはのわらびかな
石楠花　石楠花の紅ほのかなる微雨の中
海棠　海棠や縁を往き来す狆の鈴
竹の秋　竹の秋一焼す蘭のやまひかな
　竹秋や雨露風雪の榻の寂び
菜の花　菜の花や五十三次ひとり旅
柳　書楼出て日の草原のやなぎかな
慈姑　慈姑田や透垣したる社守

冬

雪　みだるゝや箙のそらの雪の雁
　雪掃けば駅人遠く行きにけり
　踏切の灯を見る窓の深雪かな
　なつかしや雪の電車の近衛兵
　雪風や書院午ぢかく掃除すむ
　ふるさとの雪に我ある大炉かな
　湯婆こぼす垣の暮雪となりにけり
草枯　草枯や又国越ゆる鶴のむれ
　草枯や野辺ゆく人に市の音
冬木立　阿武隈の蘆荻に瀕す冬木かな
　寒林のしきみは古き墓場かな
水仙　道具市水仙提げて通りけり
　枯蓮は阿羅漢水仙は文珠かな
山茶花　山茶花や日南のものに杵埃り
茶の花　茶の花も菅笠もさびし一人旅
落葉　窓の下なつかしき日の落葉かな
　絵馬堂の内日のぬくき落葉かな

（昭和7年12月、雲母社刊）

ホトトギス巻頭句集

草摺に蛞蝓《なめくぢ》をりし朝の陣　迷堂
島人の錦絵を紙魚《しみ》喰ひにけり　同
〈明治四十五年7月号〉
本堂に蠅一つ飛ぶ虚空かな　臍斎
絵日傘を染むわだづみの蒼さかな　禾人
〈大正元年8月号〉
撫子の大河受けたる微風かな　同
撫子の根より晴れしが茜かな　同
人声《ひとごゑ》や鵜飼果てたる静かさに　同

山国の夜を遊べる鵜飼かな　同
草の戸を焦がして明き鵜飼かな　同
島人の吾世かくある裸かな　同
〈大正元年9月号〉
秋風や女《をな》子《ご》生れし草の宿　月舟
夕空や馬の腹吹く秋の風　同
秋風や謎のやうなる古酒の壺　同
秋風やよろこび飛べる露の虫　同
〈大正元年10月号〉
秋天の虚空落ち落つ木の実かな　宙斗
蟷《かま》螂《きり》の死ぬべき風雨ありにけり　同
〈大正元年12月号〉

解説・解題

中島国彦

編年体　大正文学全集　第一巻　大正元年　1912

解説　大正文学出発期の時代精神

中島国彦

1 「一九一二年」への眼

一九一二年（明治45＝大正元）という時代の節目となる一年の文学界の実相を考える時、わたくしにすぐさま想起される二つの文章がある。その全く質の異なる二つの文章が示すものは、一つの過渡期を見据える立体的な視点の必要性であり、二つの文章に含まれる視点、方向性、主体のあり方、文体などの諸要素の響き合いの中に、一つの時代のドラマが感じ取れるのである。わたくしの言う二つの文章とは、一つは「早稲田文学」（一九一三・二・一）の「彙報」欄の四ページ足らずの「明治四十五年及び大正元年文藝史料」（無署名）であり、もう一つは、四〇〇字詰原稿用紙八十二枚相当の分量を持つ、萩原朔太郎の従兄萩原栄次宛書簡（一九一二・六・三付、＊本巻収録、以下本巻収録作品には＊印を付す）に他ならない。

「早稲田文学」の「彙報」が、明治末から大正期にかけての文壇状況を知るのに恰好な資料の一つであることは言うまでもないが、前年を簡潔に要約する「文藝史料」の記述は、その年を充分に相対化する眼がいまひとつであろう。現代における『文藝年鑑』（日本文藝家協会編、新潮社刊）の前年度概観にも同じ困難さはつきまとうが、逆にそうした記述が後代から見るとその時代のあり方を明瞭に示していたりして、実は見逃せないものとなっている。言うまでもなく、「明治四十五年及び大正元年文藝史料」は、なるべくバランスのとれた客観的論述を目指しており、そうしたことから生じるプラスとマイナスはあろう。が、この一文を読み進んでまず気付くのは、論述の歯切れの悪さであり、言葉が時代の動きに追いつかず絶えず後追いをしているようなもどかしさに違いない。では、その論述の骨子はどういう所にあるのか。

筆者はまず、「かの自然主義的傾向を辿つて今日に至つた客観的観照態度を持する在来作家の多数の作品が、漸時その描出する人生味の平板単調的境致に停滞しつゝあるが如き観を呈して来た」とし、「わが国現在の客観派作家の作品には、此の生活内容の発展と云ふものがない。観たまゝを描き出す才能の進歩はあつても、描き出すところの生活そのものゝ内容的発展がない。停滞して居る」と論じ、「生活内容」「生活そのもの」が空疎化していることに注意している。現実感の希薄は、一時期時代へのアンチテーゼとして意味深かつた「享楽的傾向」「耽美的傾向」そのものの意味を無化することにつながり、そうした傾向の中に見える、「自覚的内容の浅薄貧弱にして単に一種の快楽味を遊戯的に漁る事にのみ止まつて、何等積極的追求的要素のなき」現実を浮かび上がらせることになろう。「客観派的傾向」と「享楽的傾向」の「何れに向つても生命の根柢に触れ来る化力を感ずる事を得ない」ことにより、新しい第三の方向が望まれるわけだが、それも決して定かではない。

　われらはあらゆる部面を通じて最も多く主張の方面に昨一年の文壇の潜在的生命を認めやうと思ふのである。そこには緊張充実生の要求が呼ばれた。個性の権威が極端に主張せられた。更に藝術の生活化が説かれ、全我的活動の創造的進化が説かれた。惟ふに之れ新文藝第二の而して真の第一歩の自覚期に到つたのではないか。昨一年の文壇は正にその序曲を奏でつゝあつたのではないか。少なくとも不断に生命の新を求めて止まざらんとするわれらはこゝにそが将来の可能を信じて希望ある新年を迎へたのである。

（傍点中島）

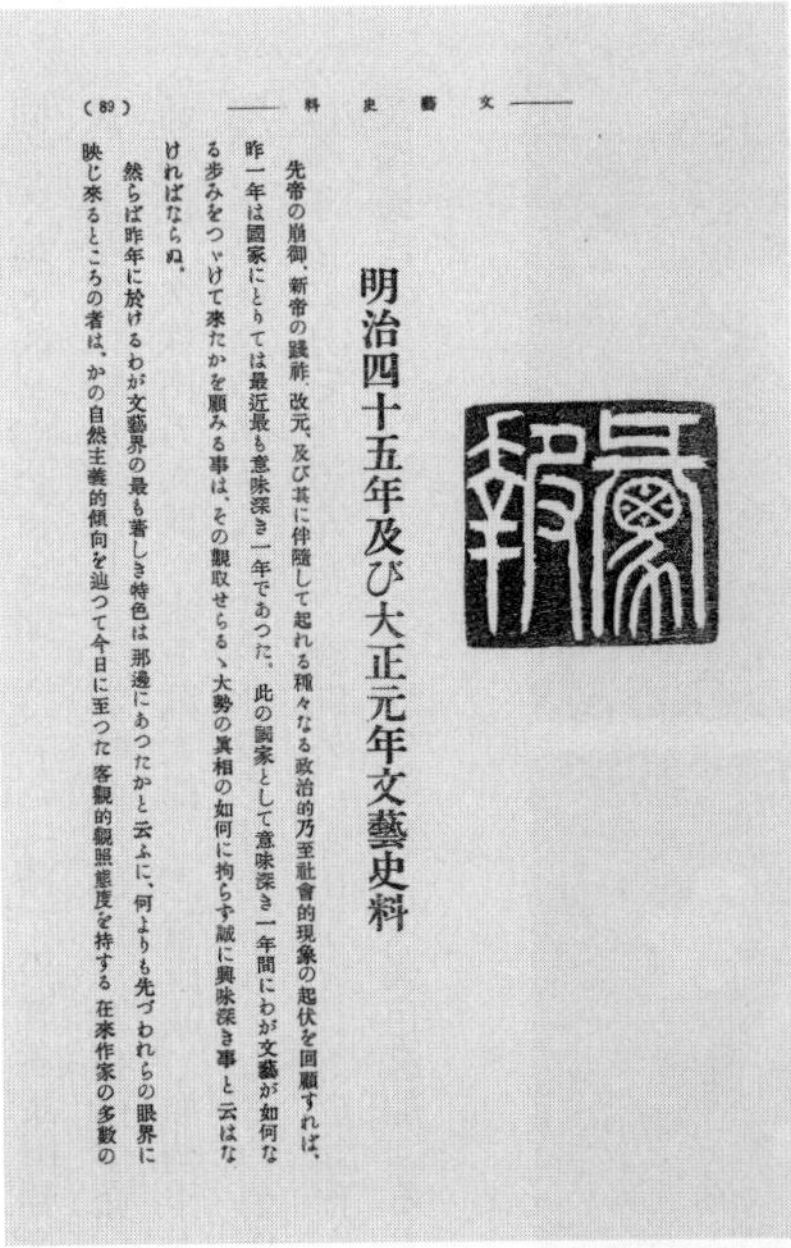
文藝史料

明治四十五年及び大正元年文藝史料

先帝の崩御、新帝の踐祚、改元、及び其に伴隨して起れる種々なる政治的乃至社會的現象の起伏を回顧すれば、昨一年は國家にとりては最近最も意味深き一年であつた。此の國家として意味深き一年間にわが文藝が如何なる歩みをつゞけて來たかを顧みる事は、その観取せらるゝ大勢の眞相の如何に拘らず誠に興味深き事と云はなければならぬ。

然らば昨年に於けるわが文藝界の最も著しき特色は那邊にあつたかと云ふに、何よりも先づわれらの眼界に映じ來るところの者は、かの自然主義的傾向を辿つて今日に至つた客観的観照態度を持する在來作家の多數の

(89)

「早稲田文学」大正2年2月号

　確かに、気持だけが先走ってはいる。が、こうした行文の中に垣間見える、「生」「個性」「生命」などの語は、大正文学の内実を形成する要素のいくつかとして、正に光輝ある混沌の状況を示してもいるのである。問題は、その混沌への認識が、単なる平面的な現状認識にとどまるものか、それともそこから一つの新しい方向性を生み出す萌芽ともなっているかということに違いない。「早稲田文学」のこの号には、早稲田文学記者「推讃之辞」が恒例によって掲げられているが、その冒頭は次のように記されている。

　本年度の我が文藝壇は、之れを前年に比して特異の出現と見るべきもの無し、事業ある藝術家の多くは、既に其の以前に於いて記録に上りたる人々なり。

　小説にありては、正宗白鳥氏の『毒』夏目漱石氏の『彼岸過まで』田山花袋氏の『髪』島崎藤村氏の『食後』等其の例と見るべし。たゞ鈴木三重吉氏の『小鳥の巣』小川未明氏の『魯鈍の猫』等、新作家が独自の途を歩める前年来の傾向を一層顕著にしたるものと謂ふべし。鈴木氏に新ロ

マンチシストの繊細なる頽廃的心理を見るべく、小川氏に同じく現実的苦悶の声を聞くべし。『澪』の著者長田幹彦氏、前年度に特色を示したる谷崎潤一郎氏、及び田中介二、鈴木悦、久保田万太郎、水上瀧太郎、志賀直哉、加納作次郎、平出修等の諸新人が其の地歩を確実ならしむるの製作は今年後に見るを得んか。森鷗外、森田草平氏等の諸作、長塚節氏の『土』等亦た小説界にそれ〴〵異色を加ふるものといふべし。

萩原朔太郎（大正2年ころ）

大正4年1月、左より萩原朔太郎、北原白秋、尾山篤二郎

これでは、実は何も言ったことにはならないのではないか。まだ、「早稲田文学」（一九一〇・一二・一）での「推讃之辞」で、自然主義の牙城であった「早稲田文学」が永井荷風の前年の活躍に注目して推讃した思い切った評価の方が、阿部次郎の批判（「自ら知らざる自然主義者」、一九一〇・一二・六「東京朝日新聞」）が存在するにしろ、時代の大きな転換のエネルギーを的確に把握していたのではなかったか。それだけ、一九一二年という一年は、明治から大正への推移といった単純な理解を超えて、文学史的位置づけが難しいのである。

2　朔太郎の従兄栄次宛書簡の位置

新しい時代の出発には、時代の混沌を一身に背負って、さまざまな重荷を受けとめつつその中から自己の個性を明らかにして行くようなタイプの文学者が、時折見られるものである。一九一二年に満二十六歳になっていた萩原朔太郎も、その一人であろう。北原白秋主宰の「朱欒」終刊号（一九一三・五・一）に、『みちゆき』（のちの『夜汽車』）など六篇の詩を発表し、新進詩人として中央の文藝誌に登場する前夜の姿は、ではどうだったのか。手書き歌集『ソライロノハナ』が編まれたのが一九一三年四月で、一九一二年の朔太郎は、東京と郷里前橋を往復しつつ、文学活動の傍ら、芝居を見たり、マンドリンを習ったり、音楽会に行ったりして、文学という一ジャンルにはまり切らない自己の感受性を全開させて、文字通り自由で、しかし若い時期特有の感傷的とも言える苦悩を体験しつつ日日を送っていたように思う。そうした中で、自己の精神遍歴を振り返りつつ、詩人として自立する直前の心のさまを記したのが、長文の従兄萩原栄次宛書簡（一九一二・六・三付＊）である。当時朔太郎はどういう日常を送り、その書棚にはいったいどういう書物が置かれ、どういう音楽会に通っていたのか。その書簡の記述からは、そうした興味深い事実がうかがえるように思う。

その長文書簡の冒頭近くで、朔太郎は、「今まで御話しなかつた私の思想」や「長い間私を苦しめて居た問題」を打ちあけると言い、若い時期特有の「怖ろしい性慾の力」や「少年の悲哀ともいふべき一種のローマンチックの憂愁」について語り、学校をさぼる自分自身を、「あの頃の自分はまるで詩そのものであつた」（傍点原文）と認識する。クリスチャンだった従兄栄次の影響もあり、キリスト教に接近はするが、『聖書』の文句、オルガンの音色や讃美歌の「情調」に眼を向けていただけで、「キリスト教に伴ふ詩趣を味ふとしたにすぎなかつた」（傍点中島）と振り返っている。「情調」「詩趣」へののめり込みは、明治二十年代の雑誌「文学界」の若者たち、例えば北村透谷や島崎藤村などにもあり、朔太郎は実は同じ道程を辿りながら、いち早くそうした明治的ロマンティズムの一側面を相対化する立場に辿りついていたと言ってもよいだろう。そこで問題になるのが、雑誌「明星」、そしてその象徴としての与謝野晶子への関わり方である。この長文書簡の本巻収録部分を、改めて辿らなければならない。

「明星」（一九〇〇・四〜一九〇八・一一、全一〇〇冊）が地方在住の青年文学者に与えた影響は量り知れないが、石川啄木（一九〇二・一〇初上京、一九一二・四・一三歿）、北原白秋（一九〇四・三上京）、そして朔太郎と並べてみると、最も若い世代の朔太郎は、「明星」の先輩文学者たちの辿った道を再び念頭に置きながら歩む、一種の孫弟子としての位置にいるとも言え、『悲しき玩具』（一九一二・六・二〇、東雲堂書店）を遺著として、明治末に歿してその文業を「明治」という時代と重ね合わせることとなった啄木などの仕事を、短い時間で一気に走り抜け、自己の青春のあるページに組み込みつつ、自己の個性の新たな発現の機会をうかがっていたように思う。「明星」、そしてその後継誌としての色彩も濃い「スバル」（一九〇九・一〜一三・一二）に短歌を投稿して来た朔太郎の原点は、書簡の中でも表明しているように、「居ても立つても居られない烈しい官能の刺戟や苦痛」＝「生の苦痛」（傍点原文）であった。朔太郎は、晶子や啄木・白秋ら先輩文学者の作品をそのまま真似たと言うより、それらを通して自己の立場を実感することが出来たのであり、自分が「狂熱な男」であることを認識したのである。

文学作品の創造に一種の内的エネルギーが必要であることは言うまでもないが、朔太郎が、「詩を作る人といへば皆、狂熱な男であると思つて居た」と、「狂熱」という二文字を用いて

萩原朔太郎、栄次宛ハガキ

萩原朔太郎、手書き歌集『ソライロノハナ』（日本近代文学館蔵）

いることからも理解出来るように、そのエネルギーに何らかのデモーニッシュな要素を見ていたことに注意しよう。文学世界の内実が大きく展開し、一歩先に踏み込んで新しい世界が生まれようとする時、この生みの苦しみの中で「狂熱」ということが問題になることはないだろうか。実は、日露戦後に自然主義の諸作によって一応の達成を見た近代小説の文体と現実描写の方法が、一九一〇年前後の新しい文学の形成の動きの中で根底から問い直された時、さまざまな形でこの「狂熱」の問題が浮かび上がってはいなかったろうか。ここでわたくしが想起するのが、雑誌「白樺」（一九一〇・四～二三・九）直後の「ロダン号」（一九一〇・一一・一）に典型的に示されている、「白樺」同人たちのロダン発見と熱狂の現場においても、「狂熱」「狂熱な男」の概念がうかがえるという事実である。「白樺」のロダン発見のきっかけは、フィッツジェラルド W. G. Fitz-Gerald の論文 "A Personal Study of Rodin"（「The World's Work」一九〇五・一一）が偶然読まれたことによるが、その英文論文に "exalté"（狂信者、熱狂者）というキイワードがあり、それは実は、モークレール C. Mauclair の筆録したロダンの言葉に拠っていたのである。モークレールの英訳本を高村光太郎も読んでおり、問題の "exalté" を「狂信者」と訳し、更にロダンの奥深い言葉の一節、「しかし其の狂熱は私にあるのではなくて、自然の中、動勢の中にあるのです」（傍点中島）を訳出している（『ロダンの言葉』、一九一六・一一・二七、阿蘭陀書房）。[1]「狂熱」の一語を橋渡しとして、朔太郎・光太郎・「白樺」の人たちが、ある同じものに眼を向け、それは各個人の営為を超えて、一つの時代の共通の藝術のコアとして存在していたように思う。「狂熱」は一つの時代の文化圏を、見事に形成するフレームとして機能した。とすれば、問題は、その「狂熱」の質の違いということになるだろう。

3　「近代思想」という言葉の背後にあるもの

もう一度、朔太郎の与謝野晶子への関心に戻って観察してみよう。

明治42年3月2日、左より志賀直哉、武者小路実篤、木下杢太郎

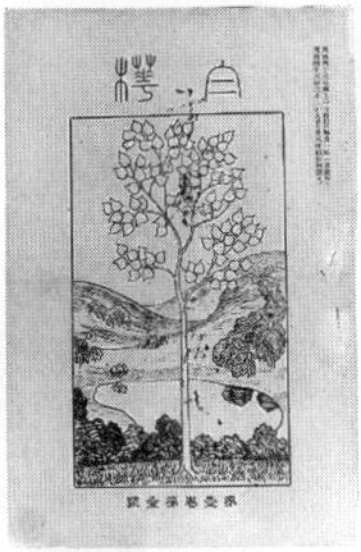

「白樺」創刊号（明治43年4月）と「ロダン号」（明治43年11月）

私が晶子を崇拝したのは兄（＊栄次）が非難された頃からです、そして今でも彼は私の最も敬愛する一人です、然し私の最も崇拝する晶子は今の晶子夫人でなくて以前の鳳晶子です、

強烈な恋の情火に身を焦し、遂には道徳を破り社会の痛烈な非難を一身に被つても之を意とせずして自我を押し通した、彼は近代思想の第一人〔者〕で、その勝利者である、当時の彼の歌は真に血と涙と情慾にもえて居た、けれ共古今集の歌の如く熱烈なる恋の影に悲しきあきらめに啜り泣くような無気力の者でなくて晶子の歌には恋の熱火のまへにはあらゆる道徳も習慣も打ちまかして進むといふ強い意志と本能がひそんで居た、「恋のまへには道徳何かあらん、社会何物ぞ」といふ叫びは晶子のどの歌にも現はれた居た、鳳晶子は堺の一商店の娘にすぎなかつたけれ共、彼の詩には王侯と呈も及ばぬ権威があつた、当時の詩集「みだれ髪」は古今に渡る日本文壇の宝玉として千古に伝ふべき者だと思ふ、

「みだれ髪」の詩は形式の上からは未だ不完全で且つ幼稚な者であつた、けれ共その内容には千金の価がある、かの、

△何となく人に待たるゝ心地して、出でし花野の夕月夜かな

△忍び足に君を追ひ行く薄月夜、右手の袂の文がら重き

△和肌《ヤワ》のあつき血潮にふれもせで、淋しきからずや道を

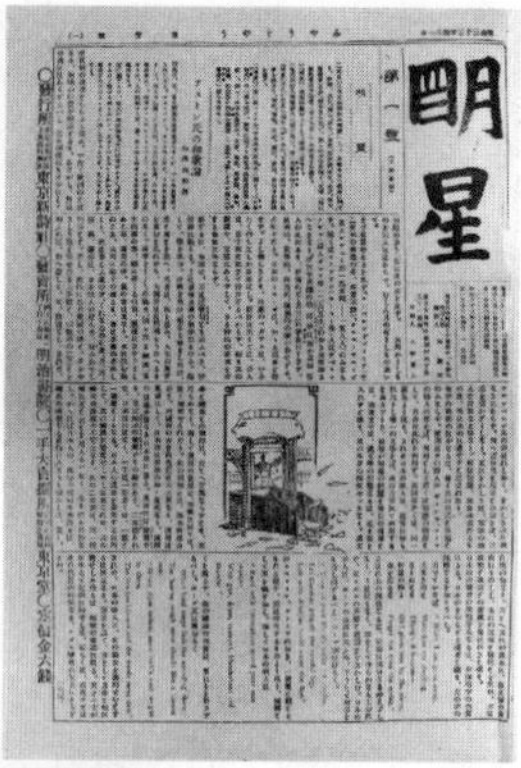

上＝「明星」創刊号（明治33年4月）と終刊号（明治41年11月）

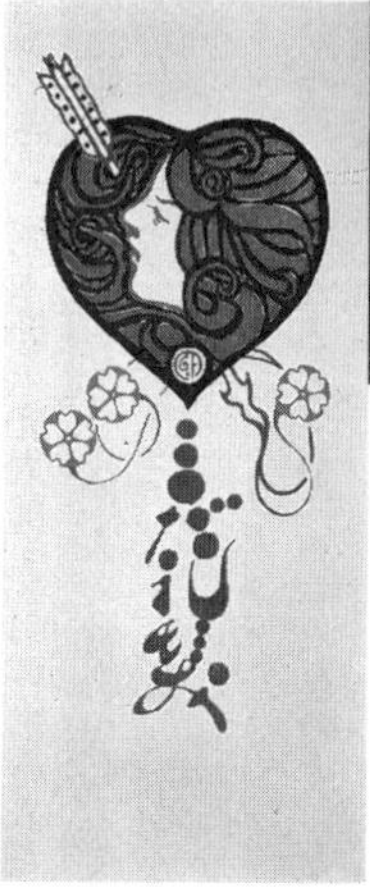

明治33年11月5日、与謝野晶子（右）と山川登美子。左・『みだれ髪』（明治34年8月刊）

説く君、

斯くの如く大胆に恋の歓楽とその詩趣を唄つた者は前古未聞である、

（傍点原文、・印は朔太郎の誤記を示す）

『みだれ髪』（一九〇一・八・一五、東京新詩社）による晶子の華華しいデビューからすでに十年余経過しているが、朔太郎の意識にある晶子像は、そのデビュー当時のものに他ならない。「強い意志と本能」のままに自己を押し進めた晶子は、「狂熱」の一典型として朔太郎に認識されている。と同時に、そうした晶子に心引かれる自分も、実はそういう「狂熱」の圏内にいるのだという心情を生み出したのではないか。『みだれ髪』自体よりも、むしろそれに感動することの出来た自分という存在に感動しているのだ、と言ってもいいように思う。ここで注意すべきは、この書簡の末尾近くで、朔太郎が従兄栄次に、「晶子の『みだれ髪』が欲しいのだが当地には、どこの本屋にもない、若し大坂で発見されたら一冊買つておいて下さい」とたのんでいる事実である。三六判のあの『みだれ髪』初版は、明治末の朔太郎の手元には存在しなかったのであり、朔太郎は愛唱歌を自分の記憶をたよりにこの書簡で再現したのではないか。事実、引用された三首目は、正しい原文は、「やは肌のあつき血汐にふれも見でさびしからずや道を説く君」であり、表記の乱れや誤記すら見られるのである。朔太郎に大切だったのは、そうした晶子の歌に共感し、すぐさま多少間違ってはいても口に出せるそうした心情の存在だったのである。

ただ、朔太郎は、晶子の近作の第九歌集『春泥集』(一九一一・一・二三、金尾文淵堂)を視野に入れつつ、「然し次第に老成、完美の域に入るに従つて狂熱は冷めて来た、彼は詩人から思想家へとうつつて来た、けれ共彼の天才は決してその光を失はない」(傍点中島)とし、「私は今では詩人としての晶子より思想家としての晶子を崇敬するのである」(同)とも書く。晶子を「思想家」と評するのは、朔太郎に人間を見る眼の成熟があったからであり、人間と時代とのかかわりにおいて、その精神のかたちが客観化出来るようになったためであろう。言わば、「狂熱」というあり方を強いるものに、眼が向けられるようになったのである。

朔太郎は更に、随筆集『一隅より』(一九一一・七・二〇、金尾文淵堂)における、現代の学者・教育家への批判(「雑記帳」の項の諸文)に共感を持つ。「情調」「詩趣」よりも、「思想」の内実を問題にするのである。朔太郎の永井荷風評価においても、この書簡で、「又『荷風集』(一九〇九・一〇・一七、易風社)の中にある新帰朝者日記の憤怨するところは同じく私の憤慨する処である、/すべてに於て西洋は自然で、日本は不自然である」(傍点原文)と記しているように、その批評性が高く評価されている。『妾宅』(一九一二・二・一「朱欒」、五・一「三田文学」*)を書き、短篇集『新橋夜話』(一九一二・一一・一、籾山書店)をまとめた、文字通り江戸的情調の中に耽っていた荷風は、朔太郎の視野に入っていない。言わんや、荷風のそうした姿勢を「思想」として取り込む余裕すら、まだ無いのである。

二十六歳になった朔太郎の立脚地を、改めてこの書簡から見据えようとすると、この文章の中には時折、「近代人」「近代思想」という用語が用いられていることに気付く。本巻収録部分にも、「何人も狂人あつかひにしてロクに耳も借してくれなかつた私の思想」が、「所謂、近代思想」であることを知った体験が記され、その「近代思想」の形成にショーペンハウエルやニーチェの影響があったことが表明されている。とりわけ、ニーチェの哲学からは、「自我あつて他人なし」という思想を吹き込まれたようで、生田長江訳『ツァラトゥストラ』(一九一一・一・二三、新潮社)は、詩歌における『みだれ髪』と同じような機能を、思想の側面において果たしたのではなかったか。

邦語訳ヅ(ア)ラトウストラの中には私には不可解の文句も大分あつたが大体の要領を得るは差支へなかつた、読み終つて私は偉大な権威と巨人の力のまへに圧服されるのを感じた、

支那の墨子とかいふ人は極端な利己主義を唄導したそうである、私はその説を読まないから知らないが、恐らくニイチエ以前にあれ程、個人の権威を大胆に嘔歌した人はないであろう、

さて一方に斯ういふ哲学的瞑想に耽つて居る間にも他の一方には強暴な本能慾の圧迫が絶えず私を苦しめて止まな

永井荷風。大正元年11月、『新橋夜話』刊行のころ

谷崎潤一郎。明治42年ころ

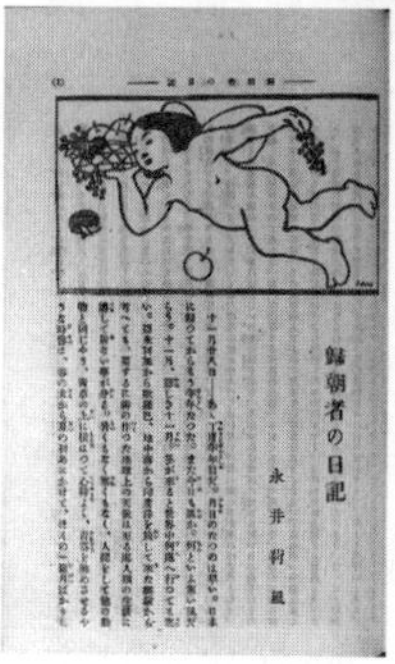
歸朝者の日記
永井荷風

永井荷風「帰朝者の日記」(「中央公論」明治42年10月号)

悪魔(續篇)
谷崎潤一郎

谷崎潤一郎「悪魔　続篇」(「中央公論」明治45年2月号)

い、実をいへば私は哲学なんて者は初めから好まない、ヅアラトウストラや他の哲学講義のような書物に接したのも哲学そのものに興味を以て研究したのでなくて、絶えず煩悶に煩悶を重ねて自ら安心出来ない現状の苦境を何等かの解釈によつて慰安を求めようと欲した結果に外ならない、煩悶とは何ぞ、人生に対する懐疑である、性慾の衝動と之に反抗しようとする力の衝突、それから二六時中間断なく自分を苦しめる一種の不安である、それは死の恐怖でなくて生の恐怖である、　(傍点中島)

ここに言う「哲学的瞑想」の語は、確かに言い得て妙である。ニーチェの著作の一節一節の意味や概念よりも、自己内部の「懐疑」「不安」「恐怖」の認識を明らかにすることが、この時期の朔太郎にとって必要だった。そして、そうした行為は多かれ少なかれ当時の文学者たち、新進の文学者たちのみでなく一応のキャリアを持っていた文学者たちにとっても、同じだったのではないか。重苦しい汽車の旅での体験を冒頭に据えた谷崎潤一郎『悪魔』(一九一二・二・一「中央公論」*)の記述でも、「物の一時間も乗つて居ると、忽ち汽車が恐ろしくなる」とか、「何時《いつ》やられるかも知れないと云ふ恐怖に始終襲はれ通して居た」とあり、主人公をおびやかす「恐怖」が、谷崎特有の措辞で形象化されている。そうしたベースの中から、ヒロインの照子が谷崎的女性形象として姿を現わすのである。確かに「悪魔主義」という語はこの時期の谷崎の営為と密接に結び着いては

いるが、そのベースにはこうした時代背景があったことを忘れてはならない。

4 「世紀末」のイメージとその超克

朔太郎書簡に戻り、「近代思想」を朔太郎がどう認識しているかの一節に眼を注ごう。

要する〔に〕今の私の思想は全でデカダンである、田山花袋氏は日本にデカダンが一人でも居たら大した者だと言つたのが私は正にその一人なのだ、

意志が弱くて注意が散漫で私にはデカダンの素質を欠いて居る処は不幸にも只の一ケ所もない、

近代思想といふ言葉を近頃知つて来た、近代人といふ奴は皆私の仲間で、近代思想といふのは、いはゞ理智の方向に完全な発達を遂げた一種のデカダン思想であるとも思はれる、何となれば近代思想はどれもこれも根本に於て私と同じく懐疑の上に立つて居るもので、近代人の有して居る素質は、強い自我の発展と欲望の飽くなき満足にあるのであるから……、

然し私の思想は決して文学から仕込まれた者でなくて私自身の本性がこゝに至らしめた者である、

近代思想といふ事もデカダンといふ事もそれを知つた時には既に自分が立派な近代人となりデカダンとなつて居た時なのである、

「近代人」「近代思想」をめぐっての一応の概念規定が見られる部分だが、「デカダン」の一語を正確に理解するのは、思った以上に難しいだろう。その際、何らかの資料となるのが、この書簡の末尾近くで朔太郎が次のような読書体験を記している事実である。

厨川白村著「近代文学十講」は近代思想や文学の性質を知るために好都合の書物です、私は読んで益する処が多かつた、「輓近倫理思想の傾向」といふ書も面白いと思つた、小説では評判のいゝ「アルネ」を読んで見たいと思つて居る、

朔太郎は、「此の頃私の日課が図書館通ひだといふ事も一寸附言して置きます」と記しており、朔太郎が「入学準備のため」とは言っても、多方面な書物に眼を向けていることが理解出来よう。最後のものは、ビヨルンソン作・矢口達訳の『アルネ』(一九一二・五・一、新陽堂)で、このノルウェーの作家の自然描写や抒情性、更には少年アルネをめぐる空想に富んだ物語性はもし朔太郎が読んだとしたら、「近代思想」に疲れた彼の気持をそっとほぐしてくれるものであったろう。ここでの問題は、前の二書の存在である。

厨川白村『近代文学十講』(一九一二・三・一七、大日本図書*)は菊判六〇〇ページ近い大冊であり、「欧羅巴近代における文藝思潮の大勢を説かう」、「欧州文藝の新潮は如何なるものかといふ事を忠実に紹介し説明したい」(第一講 序論)という

本書の論述は、「近代思想」の簡明なガイドとして多くの人々に親しまれた。(2) 厨川白村のオリジナリティが強いというより、この素述によって当時の著者は自分たちの置かれた思想的状況を明らかに理解したのに違いない。「デカダン」の語と響き合うのは、言うまでもなく、「第二講 近代の生活」の中で説かれている「世紀末」のイメージであろう。「第二講」の「一 世紀末」の中には、「この『世紀末』の語は人によつて、また場合によつて、種々雑多の意味に使はれてゐた。のみならず近代それ自身が既にその内容に於て非常に複雑なる、また甚だ矛盾多きものである」とすら記されている。「世紀末」の一語は、ややともすると、人々の精神そのものを酔わせる機能すら持っているのだ、と言ってよい。「三 疲労、及び神経の病的状態」で具体的に説かれている部分には、「疲労」とか「神経衰弱」といった言葉すら頻出する。もう一度、朔太郎の書簡のいくつかの話題、都会の問題、トルストイのことなどを考え合わせると、朔太郎の記述はこの『近代文学十講』の内容を、無意識のうちに自分なりにトレースしていることがわかる。

ここで忘れてはならないのは、厨川白村の論述の根底にうかがえる、マックス・ノルダウの『退化論』(英訳 Nordau "*Degeneration*" すでに一八九八年の Heinemann 版がいち早く日本にもたらされている)の存在である。厨川白村はノルダウの名を、「『世紀末』の疲労から生ずる変質者」の説明の箇所に出すが、全体の項目を一覧すると、ノルダウが文学・絵画・音楽と幅広く藝術と思想を見据えて論じていることに気付く。(3) ノルダウの論述は、『近代文学十講』のあちらこちらに見え隠れしている、と言ってもよいのではないか。そして、「世紀末」の語も、「デカダン」の語も、ノルダウの書物にあちこち見られるのである。

朔太郎がもう一冊「面白い」と記したのは、イギリスの倫理学者ソーレイ W. R. Sorley の "*Recent Tendencies in Ethics*"(一九〇三年にケンブリッジ大学で講述されたもの)の翻訳『晩近倫理思潮の傾向』(千葉鉱蔵訳、一九一二・四・一、警醒社書店)に他ならない。この二冊とも刊行されて間もなく朔太郎の眼に入っており、それだけ朔太郎の勉強ぶりがうかがえるわけだ。この訳書も翌年すぐ再版(一九一三・四・一五)が出ており、一応歓迎されたものの一冊であろう。注意すべきは、訳出された部分よりも、巻頭に置かれた四十七ページにもわたる千葉鉱蔵の文章『晩近倫理思潮の傾向の序』が、ニーチェを中軸とする「近代思想」の歴史を上手に辿っており、「世紀末」の時代状況の概観として巧みな論述で、一読して示唆に富むことである。恐らく、朔太郎に印象深く感じられたのは、翻訳本文よりもこの長文の序文だったのではないか。千葉鉱蔵(掬香)は周知の通り、イプセンの『ヘッダ・ガブラー』『蘇生の日』『建築師』の翻訳も試みた人で、そうした新思潮への眼配りも充分である。

この千葉鉱蔵の序文で示唆的なのは、時代の状況へのバラン

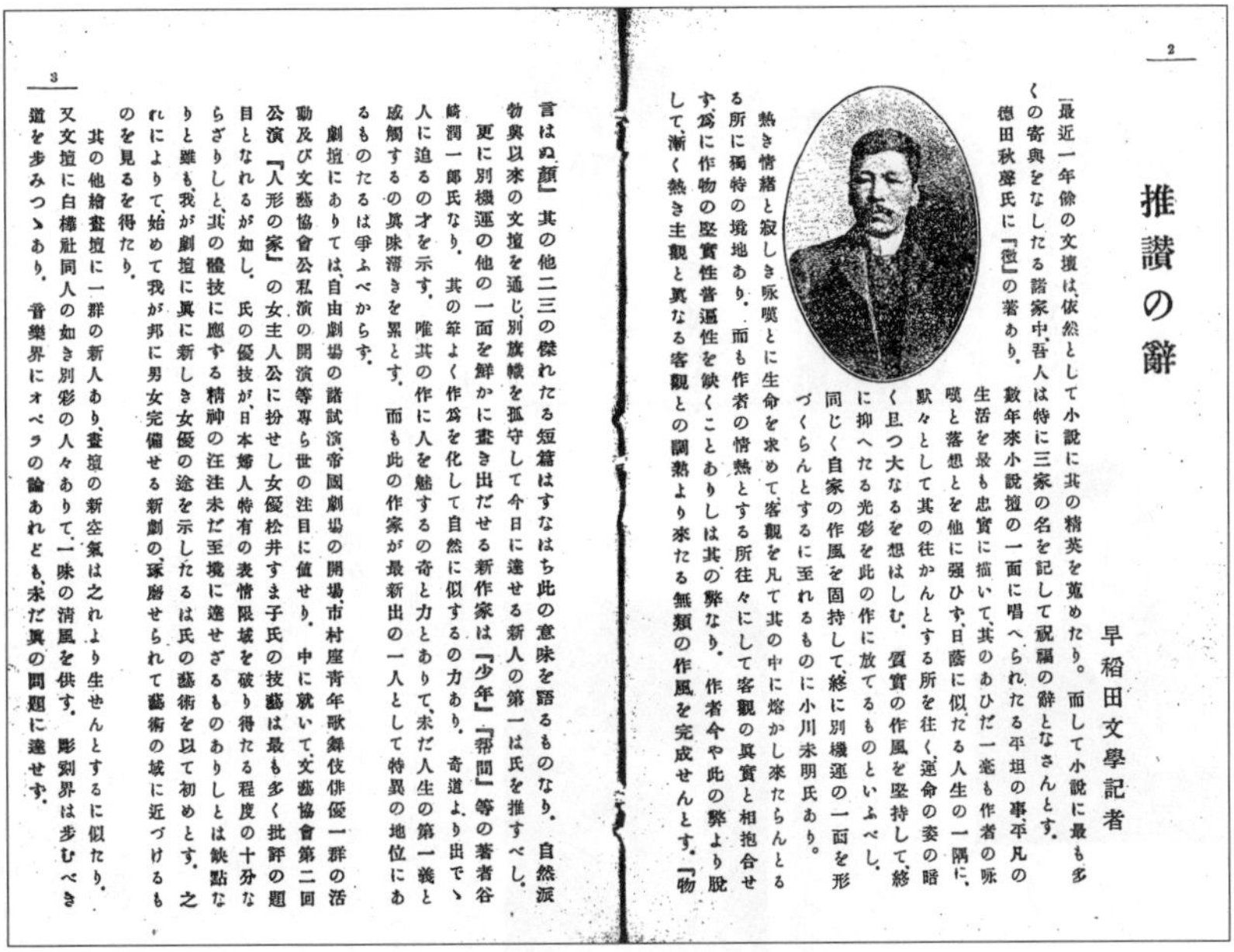

2

推讃の辭

早稲田文學記者

「最近一年餘の文壇は、依然として小説に其の精英を蒐めたり。而して小説に最も多くの寄與をなしたる諸家中、吾人は特に三家の名を記して祝福の辭となさんとす。

德田秋聲氏に『黴』の著あり。數年來小説壇の一面に唱へられたる平坦の事、平凡の生活を最も忠實に描いて、其のあひだ一毫も作者の詠嘆と落想とを他に强ひず、日蔭に似たる人生の一隅に、默々として其の往かんとする所を往く運命の姿の暗く且つ大なるを想はしむ。質實の作風を堅持して、終に抑へたる光彩を此の作に放てるものといふべし。

同じく自家の作風を固持して、終に別機運の一面を形づくらんとするに至れるものに小川未明氏あり。熱き情緒と寂しき詠嘆とに生命を求めて客觀を凡て其の中に熔かし來たらんとする所に獨特の境地あり。而も作者の情熱とする所往々にして客觀の眞實と相抱合せず、爲に作物の堅實性普遍性を缺くことありしは其の弊なり。作者今や此の弊より脱して、漸く熱き主觀と異なる客觀との調熱より來たる無類の作風を完成せんとす。「物言はぬ顔」其の他二三の傑れたる短篇はすなはち此の意味を語るものなり。自然派勃興以來の文壇を通じ、別旗幟を孤守して今日に達せる新人の第一は氏を推すべし。

更に別機運の他の一面を鮮かに畫き出だせる新作家は『少年』『幇間』等の著者谷崎潤一郎氏なり。其の筆よく作爲を化して自然に似するの力あり。奇道より出でゝ人に迫るの才を示す。唯其の作に人を魅するの奇と力とありて、未だ人生の第一義と感觸するの眞味滞きを累とす。而も此の作家が最新出の一人として特異の地位にあるものたるは爭ふべからず。

劇壇にありては、自由劇場の諸試演、帝國劇場の開場、市村座青年歌舞伎俳優一群の活動及び文藝協會公私演の開演等専ら世の注目に値せり。中に就いて文藝協會第二回公演『人形の家』の女主人公に扮せし女優松井すま子氏の技藝は最も多く批評の題目となれるが如し。氏の優技が、日本婦人特有の表情限域を破り得たる程度の十分ならざりしと、其の體技に應する精神の汪洋未だ至境に達せざるものありしとは缺點なりと雖も、我が劇壇に眞に新しき女優の途を示したるは氏の藝術を以て初めとす。之れによりて始めて我が邦に男女完備せる新劇の琢磨せられて藝術の域に近づけるものを見るを得たり。

其の他繪畫壇に一群の新人あり、畫壇の新空氣は之れより生せんとするに似たり。又文壇に白樺社同人の如き別彩の人々ありて、一味の清風を供す。彫刻界は歩むべき道を歩みつゝあり。音樂界にオペラの論あれども、未だ眞の問題に達せず。

3

「早稲田文学」明治45年2月号

ス良い視点が少しでもうかがえることであろう。千葉はストラフブルグ大学のジーグラー Theobald Ziegler の“*Die geistigen und socialen Strömungen des Neunzenten Jahrhunderts*”の要旨を次のように紹介する。決して新しい見方ではないが、「デカダンス」を乗り超えるベクトルをも暗示している点、注目されよう。

所有《あらゆ》る思想、所有《あらゆ》る事物が矛盾牴捂を極めて居るところは、宛かも謝肉祭《カアニヴル》と、Aschermittwoche の一時に来たやうなものである。力の充実した発展心の再生（Renaissance）と厭世的の頽堕萎靡せる Dekadence とが同時に出遭《でつくわ》して鉢合《はちあはせ》をして居るやうである。是れを一言に云ふと、現代は実に矛盾牴触の世界（Eine Welt von Gegensätze）である。（中略）矛盾撞着は事実には相違ないが、亦一方から観ると、即ち之れを一段の高処深処より観ると、現代の社会人生の内容は殆んど前代には曾てあらざる程豊饒になり、複雑になり、又多方面になつて来た。従つて人をして極めて熱誠に、敬虔に、亦真摯に是等の対相にぶつかつて、之れを緊握し、研鑚し、理会せんと努力せしめる機会を与へる。此の努力は単に形体上にのみ止まらず、亦精神上の努力をことに要するのである。故に現代の人生と社会生活との内容は殆んど前代未聞と云ふ程に豊富になつたのである。

ここで言われている、「力の充実した発展」「精神上の努力」

の内実は、どういうものであろうか。時代の混沌の中で、この時期の文学者は、どういう拠り所を持って新たな文学世界の形成に努力したのかを、本巻の世界から確認することが大切であろう。『かのやうに』（一九一二・一・一「中央公論」＊）から始まる連作を書き継ぐ過程で、明治天皇崩御（一九一二・七・三〇）と乃木殉死（同九・一三）に触発されて、自己の精神の核《コア》を見据えつつ、それを『興津弥五右衛門の遺書』（同一〇・一「中央公論」＊）へと形象化した森鷗外の営為の内実も、そうした構図の上で考えるべきであろう。「疲労」「神経衰弱」の語にもつながる『剃刀』（一九一〇・六・一「白樺」）『濁つた頭』（一九一一・四・一「白樺」）と書き継いで来た志賀直哉も、一九一二年の時代の転換の中で、『クローディアスの日記』（一九一二・九・一「白樺」）や『大津順吉』（同「中央公論」＊）を相次いで書く。この年の三月ごろに構想された『クローディアスの日記』が「世紀末」のイメージの直截な形象化だとすれば、六月から書かれた『大津順吉』は、これまでの自己の心情とその背景を少しでも相対化しようとする努力の産物と言ってよいだろう。若干の筆致のよどみが感じられるとすれば、その相対化の努力の痕跡によるものであり、それを通して大正期の志賀の世界が形成されたと言えるのではないか。

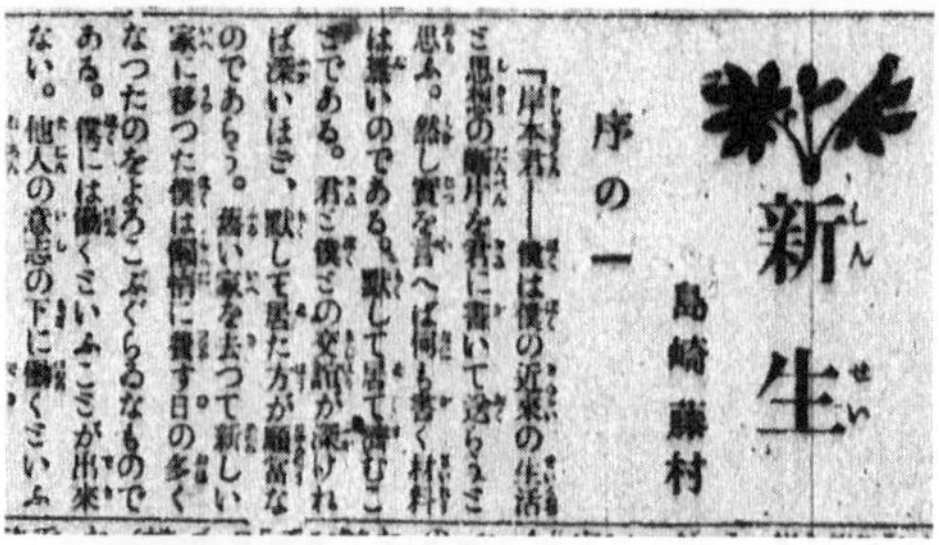

新《しん》生《せい》

序の一

島崎藤村

「岸本君――僕は僕の近来の生活と思想の断片を君に書いて送らうと思ふ。然し實を言へば何も書く材料は無いのである、默して居て濟むことである。君と僕との交誼が深ければ深いほど、默して居た方が順當なのであらう。舊い家を去つて新しい家に移つた僕は愉快に費す日の多くなつたのをよろこぶぐらゐなものである。僕には働くといふことが出來ない。他人の意志の下に働くといふ

上・「新生　序の一」（「東京朝日新聞」大正7年5月1日）と島崎藤村（大正元年冬）

志賀直哉（大正元年）

　ここで、自然主義作家の仕事にも、眼を向けたい。一九一二年の収穫と言えば徳田秋聲の『黴』（一九一二・一・七、新潮社、初出一九一一・八・一〜一一・三「東京朝日新聞」）や岩野泡鳴の『発展』（一九一二・七・一、実業之世界社、初出一九一一・一二・一六〜一二・三・二五「大阪新報」）がある。『黴』は「早稲田文学」（一九一二・二・一）の「推讃の辞」で推讃を受けており、同号には泡鳴の『描写再論』（＊）も載っていて、この作品の描写が分析されてもいる。しかし、時代状況の中での模索という意味では、島崎藤村の仕事が見逃せない。妻の不意の死による倦怠感から、姪のこま子との関係が生じたのも、この年の六月頃のことであり、藤村の内面は一つの危機を迎えていたからである。わたくしが注目して来た朔太郎の書簡にも、次のような一節がある。

最近に読んだ小説の中で、私の感興をひいたのは藤村氏の「食後」である、広告の文句にもある通り、どうかして生活を充実せしめんと欲して充実させる事の出来ない中年者の苦悩や悲愁があの一巻のどの短扁にも現はれて居る、

藤村の第三短篇集『食後』（一九一二・四・一八、博文館）への好意的な感想だが、ここで言われている「生活を充実せしめん」とすることが、当時の多くの文学者の共通の心情であることは、これまでも確認して来た。が、藤村の場合、そして恐らく朔太郎においても、この「生の充実」（書簡の別の部分に出て来る）は、簡単には得られないが故に、その中味よりも一つの言葉としてそれを口にするという行為そのものの中に、強い意味と精神的実感を持つことが出来たのではないか。わたくしは『食後』を繙きつつ、藤村の作品よりも、実は巻頭の蒲原有明の序文「『食後』の作者に」のトーンに注目せざるを得ない。次の一節など、実は、藤村が『新生』（一九一九・一・一、一二・二八、春陽堂）序の章の「一」「二」で、友人の言葉として本文に引用している部分にも出ており、一九一二年の精神状況が典型的に浮かび上がるものともなっているように思う。

僕の生活は相変らず空な生活で始終して居る。そして当然僕の生涯の絃の上には倦怠と懶惰が灰色の手をおいて居るのである。考へて見れば、これが生の充実といふ現代の金口に何等の信仰をも持たぬ人間の必定堕ちゆくはめであらう。それならそれを悔むかといふに、僕にはそれすら出来ない。なぜかといふに僕の肉体には本能的な生の衝動が極めて微弱になつて了つたからである。（傍点中島）

蒲原有明は、すでに創作活動を停止している。が、しぶとい藤村や若い朔太郎はまだまだこれからである。随想風の小品『日光』（一九一二・四・一「中央公論」＊）は、ボードレールやオスカー・ワイルド『獄中記』に触れながら、「心が渇いて来た――どれ、日光を浴びやうか」という「短い言葉」に「私の願ひ」を込めようとする。「春が来た」という一節もある。「春」「日光」のイメージは、この時の藤村にとって、「世紀末」を抜け出すための、少なくとも心情的にそれを実感するための、一種の呪術の言葉でもあったはずである。

5 社会への眼、自然への眼

藤村の『日光』の末尾近く、「春が来た。正月らしい朝日が私の部屋の障子にあたつて来た。電車の車掌や運転手が同盟罷工を行つて、東京の町々はめづらしく静かだ」という一節がある。一九一二年正月の東京市電のストライキ（発生は前年の大晦日）を記した部分だが、藤村はそういう社会現象にことさら眼を向けることはしない。すぐさま、「国府津の海」や箱根の「温泉の浴槽」に、気持を向けてしまうのである。

かつて一九〇六年（明治39）三月の東京市電電車賃値上反対運動を『野分』（一九〇七・一・一「ホトトギス」）に書き入れて強い社会的関心を示したのは、夏目漱石である。一九一二年を

迎えた夏目漱石は、修善寺の大患後の最初の長篇『彼岸過迄』（一九一二・一・二〜四・二九「東京朝日新聞」「大阪朝日新聞」）を連載するに先立ち、両新聞に『彼岸過迄に就て』（同一・一*）を書き、「成るべく面白いもの」を書きたいと表明した。

夏目漱石（大正元年9月）と「彼岸過迄」（「東京朝日新聞」明治45年3月9日

漱石五女ひな子。明治44年11月急死

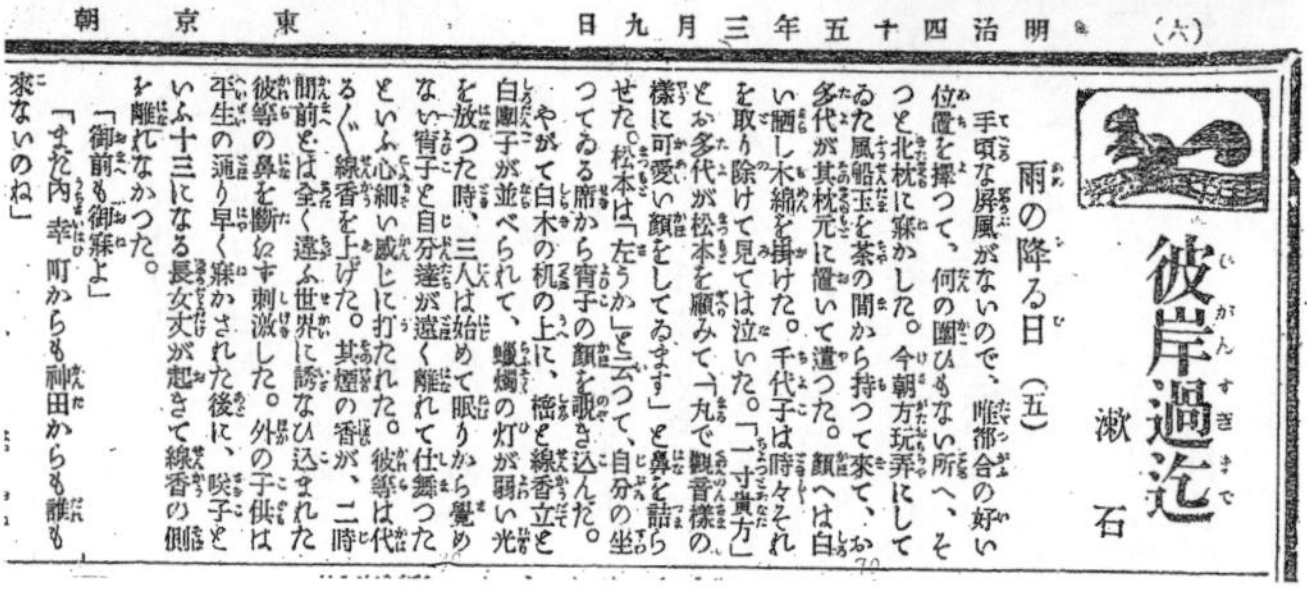

（六）　明治四十五年三月九日　東京朝

彼岸過迄《ひがんすぎまで》　漱石

雨《あめ》の降《ふ》る日《ひ》（五）

手頃《てごろ》な屛風《びやうぶ》がないので、唯《たゞ》都合《つがふ》の好《い》い位置《ゐち》を擇《よ》つて、何《なん》の圍《かこ》ひもない所《ところ》へ、そつと北枕《きたまくら》に寐《ね》かした。今朝方《けさがた》玩弄《おもちや》にしてゐた風船玉《ふうせんだま》を茶《ちや》の間《ま》から持《も》つて來《き》て、お多代《たよ》が其枕元《そのまくらもと》に置《お》いて遣《や》つた。顔《かほ》へは白《しろ》い晒《さら》し木綿《もめん》を掛《か》けた。千代子《ちよこ》は時々《とき〴〵》それを取《と》り除《の》けて見《み》ては泣《な》いた。「一寸貴方《ちよつとあなた》」とお多代《たよ》が松本《まつもと》を顧《かへり》みて「丸《まる》で觀音樣《くわんのんさま》の樣《やう》に可愛《かあい》い顔《かほ》をしてゐます」と鼻《はな》を詰《つま》らせた。松本《まつもと》は「左《さ》うか」と云《い》つて、自分《じぶん》の坐《すわ》つてゐる所《ところ》から宵子《よひこ》の顔《かほ》を覗《のぞ》き込《こ》んだ。

やがて白木《しらき》の机《つくゑ》の上《うへ》に、樒《しきみ》と線香立《せんかうだて》と白團子《しろだんご》が並《なら》べられて、蠟燭《らふそく》の灯《ひ》が弱《よわ》い光《ひかり》を放《はな》つた時《とき》、三人《にん》は始《はじ》めて眠《ねむ》りから覺《さ》めない宵子《よひこ》と自分達《じぶんたち》が遠《とほ》く離《はな》れて仕舞《しま》つたといふ心細《こゝろぼそ》い感《かん》じに打《う》たれた。彼等《かれら》は代《かは》る〴〵線香《せんかう》を上《あ》げた。其煙《そのけむり》の香《か》が、二時《じ》間前《かんまへ》とは全《まつた》く違《ちが》ふ世界《せかい》に誘《いざな》ひ込《こ》まれた彼等《かれら》の鼻《はな》を斷《た》えず刺激《しげき》した。外《ほか》の子供《こども》は平生《へいぜい》の通《とほ》り早《はや》く寐《ね》かされた後《あと》に、咲子《さきこ》といふ十三になる長女丈《ちやうぢよだけ》が起《お》きて線香《せんかう》の側《そば》を離《はな》れなかつた。

「御前《おまへ》も御寐《おね》よ」

「また内《うち》幸《さいはひ》町からも神田《かんだ》からも誰《だれ》も來《こ》ないのね」

社会的関心はやや影をひそめてはいるが、折から人々の関心を集めた東京の市電を、『彼岸過迄』という、地理的空間と精神双方の「迷宮」（これも「世紀末」的イメージの一つだが）の物語に組み入れている。「日光」にのみ眼を向けて現実から逃れようとするのではなく、漱石は当時の社会状況にも眼を向ける。折から、山路愛山・木下尚江・内田魯庵らの発言『所謂高等遊民問題』（一九一二・二・一「新潮」*）などもあり、そうした社会現象も無視出来なかったろう。すでに注意されているように、漱石が、「高等遊民」の語を小説で用いたのは『彼岸過迄』のみで、それも松本恒三についてのみ用いられている。時代の流行語を眼にしながらも、この四文字を、漱石は決して安易に用いてはいなかったのである。一方『彼岸過迄』の『雨の降る日』の章（*）で、愛児の死というパーソナルな事件を形象化していることでもわかるように、『彼岸過迄』には思った以上に複雑な要素がからまっている。『彼岸過迄』の新聞連載に割り込むように紙面に載った『三山居士』（一九一二・三・一「東京朝日新聞」〈大阪では三・二〉*）のトーンも、『雨の降る日』と決して無関係ではない。

「成るべく面白いもの」とは言っても、そうした文学方法が書き進むうちにさまざまな要因で崩され、結果的に混沌とした文学世界を生み出してしまうというのが、『彼岸過迄』に典型的にうかがえる現実の姿なのではないか。そして、それは一九一二年という時代そのものの姿でもあったように思う。さまざまな位相で誠実に現実を受けとめ、それを背負い、そして歩き出そうとすると、すぐさまそうした混沌にのめり込んでしまう——そうした姿を改めて見据え、その内部に潜む可能性を探らねばならないだろう。

かつて「東京朝日新聞」に連載（一九一〇・六・一三〜一一・一七）された長塚節の『土』が刊行された（一九一二・五・一五、春陽堂）。『彼岸過迄』の混沌をかろうじて乗り切った漱石は、校正刷に眼を通し、序文「『土』に就て」（＊）を寄せた。「作としての『土』は、寧ろ苦しい読みものである。決して面白いから読めとは言ひ悪い」とする漱石は、「面白いもの」を相対化するような長塚節の重厚な描写を、改めて重く受けとめたろう。時代が混沌としているのなら、その混沌をまず第一にそのものとして定着し、それに言葉を与えることが何よりも大切だ、という心情がこの一文に流れている。

「土」を読むものは、屹度自分も泥の中を引き摺られるやうな気がするだらう。余もさう言ふ感じがした。或者は何故長塚君はこんな読みづらいものを書いたのだと疑がふかも知れない。そんな人に対して余はたゞ一言、斯様な生活をして居る人間が、我々と同時代に、しかも帝都を去る程遠からぬ田舎に住んで居るといふ悲惨な事実を、ひしと一度は胸の底に抱き締めて見たら、公等の是から先の人生観の上に、又公等の日常の行動の上に、何かの参考として利益を与へはしまいかと聞きたい。余はとくに歓楽に憧憬する若い男や若い女が、読み苦しいのを我慢して、此「土」を読む勇気を鼓舞する事を希望するのである。余の娘が年頃になつて、音楽会がどうだの、帝国座がどうだのと言ひ募る時分になつたら、余は是非此「土」を読ましたいと思つて居る。娘は屹度厭だといふに違ない。より多くの興味を感ずる恋愛小説と取り換へて呉れといふに違ない。けれども余は其時娘に向つて、面白いから読めといふのではない。苦しいから読めといふのだと告げたいと思つて居る。参考の為だから、世間を知る為だから、知つて己れの人格の上に暗い恐ろしい影を反射させる為だから我慢して読めと忠告したいと思つて居る。

『土』は、一九一二年という年の作品ではない。しかし、その年にこのような特定の年の状況を超えた、普遍的な視野からの発言を漱石がしたことに、深い意味を見ておきたいのである。「世紀末」に関係する語句は、「歓楽」の語を除き、この一節にはほとんどない。静かな口調のこの論旨が、時代を相対化しているさまを、改めて確認したい。

「『土』に就て」で重要なもう一つのポイントは、漱石の長塚節の自然描写に対する暖かい眼である。漱石は『土』は長塚君以外に何人も手を著けられ得ない、苦しい百姓生活の、最も獣類に接近した部分を、精細に直叙したもの」とした上で、次のように記している。

人事を離れた天然に就いても、前同様の批評を如何な読者も容易に肯はなければ済まぬ程、作者は鬼怒川沿岸の景色や、空や、春や、秋や、雪や風を綿密に研究してゐる。畠のもの、畔に立つ榛の木、蛙の声、鳥の音、苟くも彼の郷土に存在する自然なら、一点一画の微に至る迄悉く其地方の特色を具へて叙述の筆に上つてゐる。だから何処に何う出て来ても必ず独特《ユニーク》である。其独特《ユニーク》な点を、普通の作家の手に成つた自然の描写の平凡なのに比べて、余は誰も及ばないといふのである。余は彼の独特《ユニーク》なのに敬服しながら、そのあまりに精細過ぎて、話の筋を往々にして殺して仕舞ふ失敗を歎じた位、彼は精緻な自然の観察者である。

長塚節（明治39年）と「土」原稿（日本近代文学館蔵）

『土』の自然描写の「独特《ユニーク》な点」を、漱石は具体的に分析し説明しているわけではない。藤村の『千曲川のスケッチ』（一九一一・六・一〇～一二・八・一〇「中学世界」）の自然描写は、ものの輪郭を見事に明らかにするが、『土』のようにものに住みつくような粘着性は無い。「土も、岩も、人の皮膚の色も、私の眼には灰色に見えた。日光そのものが黄ばんだ灰色だ。その日の木枯が野山を吹きまくる光景《さま》は凄まじく、烈しく、又勇ましくもあつた。樹木といふ樹木の枝は撓《たは》み、幹も動揺し、柳、竹の類は草のやうに靡いた。柿の実で梢に残つたのは吹き落された」（「七」、一九一二・三・一〇「中学世界」＊）という描写も、藤村は色彩に眼を向け、更に「蕭条」とか「寥郭」とかいう漢語に頼ったりもしているのである。『土』のような、モノクロームの自然描写とも、若干趣を異にする。

ここで想起すべきは、明治末から大正初期に一つの高まりを見せる小品文の存在であり、その代表選手の一人である水野葉舟の達成である。水野葉舟はこの年、『森』（一九一二・七・一五、新潮社）を上梓している。自然を描写するリアリズムの方法がほぼ完成するのと重なるように、自己の感受性を全開させ、「気分」「情調」を巧みに言語化する葉舟らの仕事は、例えば佐藤春夫に代表されるような大正文学の達成にも深く関わる大切な文学表現となっていよう。本巻には『森』からではなく、翌年の『郊外』（一九一三・一一・二、岡村盛花堂）収録の物語風の作品『薔薇』（一九一二・九・一「文章世界」＊）が収められたが、小道具として用いられた「薔薇」は、客観的な対象としての植物の域を超え、文脈にアクセントを付ける、水彩画の画面にさり気なく点じられた原色のかすかな絵の具といった色彩を持っていよう。ここで改めて、『森』を見据えると、その「序」の次のような記述には、葉舟の感受性の原点がうかがえ、見逃せないものとなっているように思う。

自分は野の草の葉の一枚にも、林の木の枝の一つにも、人の顔の皮膚にも、その表に消すことの出来ない力をもつて「生命」の力が光つてゐるのを感じた。感ぜざるを得なかつた。しかもそれ等凡てのものはこの自然の中に同じやうに生きてゐると思はずにはゐられなかつた。人間の持つてゐる霊魂は木も草も持つてゐる。人間が声を発してものを言ふやうに木も草もものを言ふ。自分はどうしてもさう信じて思はずにはゐられない。この心は決して過去のものではなく、今日の今の時にも確と自分の心に生きてゐる信仰である。

ここにあるのは、『土』に描かれた客観性を持った自然と全く対極にある、感受性の中で息づく自然である。「木も草ももものを言ふ」は、決して異常心理などではない。自然の内的生命にまで手を伸ばし、そこに神秘性を感じつつ、全世界を力あるものと感じる心情である。(4) では、明治から大正への時代の推移の中でおのずと浮かび上がって来た、「生命」なるものは、いったい何なのであろうか。折に触れ考えて来た、「生」ということとは、どうつながるのか。

6 「生命」の輪廓づけ

大正時代に顕著となる「生命」への凝視に注目し、大正の時代思潮の一つに「生命主義」を見据えようという試みが、近年高まっている。鈴木貞美を中心としたこの動きは、すでに何冊もの成果を挙げていて示唆に富むが、(5) ここでは本巻に収録されている評論に触れつつ、改めて素描を試みておきたい。

大正文学の出発期の一傾向を「生命の文学」として、その軌跡をたんねんに追跡した早い時期の仕事として、わたくしは、田中保隆「近代評論集II解説」(『日本近代文学大系58 近代評論集II』、一九七二・一・一〇、角川書店)を挙げたい。ベルグソンやニーチェの生命哲学の移入から始まり、中沢臨川・稲毛詛風・大杉栄・相馬御風・片上天弦を始め、高村光太郎・石井柏亭や「白樺」同人たちまで幅広くたんねんに追った労作である。片上伸(天弦)『生の要求と藝術』(一九一二・三・一「太陽」*)、ニーチェを論じた金子筑水『生命の力』(一九一三・六・一「太陽」)、大杉栄『生の拡充』(同七・一「近代思想」)の三篇の詳細な注釈も、田中保隆によって試みられている。こうした文章に加え、相馬御風の第一評論集『黎明期の文学』(一九一二・九・二二、新潮社)の巻頭に置かれた『生を味ふ心』(同二・一「早稲田文学」*)などを視野に入れつつ、そこで説明されている「生」「生命」の語のニュアンスを跡づけてみよう。

相馬御風『生を味ふ心』は、早稲田派でありながら反自然主義系の文学者の仕事にも関心を持っていた御風ならではの幅の広さがある。永井荷風や阿部省三（水上瀧太郎）の処女作『山の手の子』（一九一一・七・一『三田文学』、のち『処女作』と改題）に触れながら御風がまず注目するのが、「複雑な生活を通して味はれる人生そのもの、味」であり、「情調を浮べて居る人生の味そのものが藝術の生命を成して居る」ということである。が、御風の筆致はその後「味」あるいは「味ふ」ということの方に急速に傾き、「生」「人生」の概念は深められることなく放り出されている感じがする。「味」を逆に「生」「人生」を生み出すものとする、逆の論理が背後にあるためであろうか。

明治45年1月4日「白樺」同人新年会。前列左より田中雨村、志賀直哉、里見弴、柳宗悦、園池公致、三浦直介、有島生馬、後列左より武者小路実篤、小泉鉄、高村光太郎、木下利玄、正親町公和、長与善郎、日下諗

相馬御風（左）と片上伸

それに対し、片上伸の処女評論集『生の要求と文学』（一九一三・五・一六、南北社）の中の中心論文でもある『生の要求の藝術』の方が、短文ながら、論理的に腰が据わっている感じである。「藝術は吾々に、生の妙味を広く深く味はしめる」という出発点から、「生を味ふとは、散漫なる生活に、常に新たなる生命の焦点《フヲーカス》を求めることである」という指摘も手堅い。片上伸は更に、「現実に自己の生命を触発せしめんとする精神が、光彩ある生の積極面を強め高めんとするロマンテイストの心と結び着いて、そこに一種の複雑なる要求を生じて来る」とし、次のように続けている。

　更にまた光彩ある生活を技巧的に創造することの困難と、その中に生きて生の充実を感ずることの不可能を意識して、自から欺くことの快さと苦しさと、生の冷熱と明暗との不思議なる交錯から生ずる一種の緊張に生きんとするものである。

問題は、そうした「真に光彩ある積極的の生活」の「実現は、凡て未来のことに属する」という、やや悲観的な認識である。こう辿って来て、わたくしは片上伸のこの論旨と、この文章の最初で照明を当てた「早稲田文学」の「明治四十五年及び大正元年文藝史料」の記述に共通するものがあることに気付かざるを得ない。ともあれ、御風と伸とに共通するのは、人間の生活者的側面との関わりで藝術を捉えようとする態度である、と理解出来よう。

それに対し、一九一二年一〇月に創刊された雑誌「近代思想」の中心人物の一人でもあった大杉栄の『生の拡充』は、人間の社会存在的側面から論旨を展開している、と言えるだろう。「生と云ふ事、生の拡充と云ふ事は、云ふまでもなく近代思想の基調である」、「生の拡充は生そのもの、根本的性質である」ぐらいまではいいとしても、それが後半で、「生が生きて行く為めにはかの征服の事実に対する憎悪が生ぜねばならぬ」と「近代社会の征服事実」に触れられると、一気に高揚して行くわけだ。

現実の上に立脚すると云ふ、日本のこの頃の文藝が、なぜ社会の根本事実たる、しかも今日その絶頂に達したる、かの征服の事に触れないのか。近代の生の悩みの根本に触れないのか。

相馬御風は、のちに『大杉栄君に答ふ』(一九一四・二・一「近代思想」)の中で、「君と僕のちがうところは、態度のちがひである。僕は自我を目覚しめ、燃焼せしめて外に向はしめんとする。君は個人を自由にせんが為めに、外を革《あらた》めやうとする。僕は孤独の力を以て社会に衝らうとする。君は孤独の力を集めてある一つの目的を遂行しやうとする」と書くが、両者の出発点においての人間認識の違いは大きかった、と言わざるを得ないだろう。

それに対して、水野葉舟に典型的に現われ、そして佐藤春夫などの感受性に受け継がれている別の傾向は、いかにもこうした苦悩や意志と比較して繊細に見える。大正文学が個性の時代であり、それぞれが特色のある作風を見せて自己を主張するのだ、という見方は、一面真理であろう。が、この人間の感性的側面を第一にする態度を改めて見つめながら、大正文学の出発期の混沌とした精神基盤の姿に驚かざるを得ないのである。同じように「生」という言葉を用いても、御風や伸が「生活」といった側面に傾いているのに対し、感性に拠る流れにおいては「生命」の意味あいで用いられることが多いのではないか。なまに「生命」の語が、表面に現われたりもしているのではないか。

文学よりも絵画などの美術を扱った文章においては、言うまでもなく感性第一ということもあり、「生命」の語が目立つ。柳宗悦『革命の画家』(一九一二・一・一「白樺」*)は、文字通り「生命」一辺倒である。「生命の統一的全存在そのまゝなる表現」を「藝術最後の極致」とし、後期印象派の画家たちを「生ける生命の画家」と絶讃する。「個性」は絶対的なものとされ、彼らの作品は「溌溂たる生命そのもの」と理解されている。もとより、当時の美術壇が、こうした調子で全て覆われているわけはない。ここで、「白樺」周辺の人々の動きも視野に入れた、田中保隆の明快な跡づけを紹介しておきたい。

高村光太郎は大正元年ころから武者小路ら「白樺」の同人たちとの交わりを深め、二年には「パンの会の狂瀾からの決定的脱出」を行なったが、一〇月には「文展の彫刻」（時事新報24—28）、さらに「文展第二部に聯関する雑感」（「読売新聞」大2・11・11、13、14）を発表して、「生《ラヴイ》」の根底を持たない作品を批判した。光太郎は「私は生《ラヴイ》を欲する。ただ生《ラヴイ》を欲する。其の余の贅疣は全く棄てゝ顧みない。生《ラヴイ》はただ一つである」（「文展の彫刻」）と言い、「大きな『自然』の生命力と交通の無い者の芸術を見てゐるに堪へない」（「文展第二部に……」）と痛論した。これに対しては、パンの会の常連であった石井柏亭が「生の芸術の主張に対する反感」（「太陽」大3・1）という短文で反論を書いた。柏亭は「生の芸術、生に基礎を置いた芸術と云ふことが、文学美術の両面に於て近来頻に主張され力説されて居る」、自分も「生に基礎を置いた芸術でなければ活力を欠いた浅膚なものになる」と思うが、しかし実作を見る場合何をもってそれを見分けるか疑問を生じる。高村の批評は、どの作にむかっても生《ラヴイ》の根底のないことを責めるにとどまっていたが、これでは作品評にはならないと言った。これは、明治四四年から四五年にかけて山脇信徳・武者小路と木下杢太郎との間でかわされた論争を想起させるものであった。山脇らが、「技巧は拙劣よりも精練を厭ふ」「技術を得んと欲せば技術を破壊せよ」（山脇「断片」、「白樺」明44・7）と言い、技巧よりも「内面の気分」を重視し、自己のための芸術を主張したのに対し、杢太郎は芸術が自己表現であると同時に伝達である以上は、「一方には十分自己の内的生命を発表し得、一方に成る可く多くの鑑賞者に了解（同感）せしむる事を得る方法が必要になり」、「絵画の約束」を守るべきであるとした（「山脇信徳君に答ふ」「白樺」明44・11）。武者小路を加えて数次の応酬が行なわれたが、光太郎・柏亭の論争も類似の問題を取扱うものであった。

後半で説明されている論争が、所謂「絵画の約束」論争（＊）であり、本巻には思い切ってスペースをさき、関連する諸文を集成したので、中村義一『続日本近代美術論争史』（一九八二・七・二五、求龍堂）などの先行研究を参照しつつ、改めてその論争の意味あいを再検討すべきであろう。ここでは、「生命」の一語が、思った以上に大正文学出発期にさまざまに形を変えて問題にされていたことを確認するのにとどめたいと思う。

7　叢書・雑誌に見る新しい息吹き

ここで一九一二年における特色のある動きを、単行本や雑誌の刊行状況を再検討することで追跡してみたい。ここで示唆的なのは、紅野敏郎『大正期の文芸叢書』（一九九八・一一・二〇、雄松堂出版）が試みている叢書の跡づけであろう。その達成は、いち早く「叢書・文学全集・合著集総覧」（『日本近代文学大事典』第六巻、一九七七・三・一五、講談社）に素稿として公になっていたが、今回はその達成をふまえて、一つの試みとして、籾山書店の美しい「胡蝶本」シリーズに照明を当ててみたい。一九一一年一月に出発した「胡蝶本」は、最初の年に次の六冊を出した。

泉鏡花　三味線堀　明・44・1・1
永井荷風　すみだ川　明44・3・5
正宗白鳥　微光　明44・6・20
永井荷風　牡丹の客　明44・7・20
永井荷風　紅茶の後　明44・11・25
谷崎潤一郎　刺青　明44・12・10

それに対し、翌一九一二年は次の八冊を刊行する。収録作品まで記しながら、引用しておこう。

永井荷風『紅茶の後』

谷崎潤一郎『刺青』

久保田万太郎　浅草　明45・2・25
暮方　Prologue　遊戯　挿話《エピソオド》　話　朝顔　浅草田原町　小説「浅草」の跋（永井荷風）
森鷗外　みれん　明45・7・5
長田幹彦　澪　大元・8・10
澪　零落　寂しき日　母の手
森林太郎　我一幕物　大元・8・15
プルムウラ　玉篋両浦嶼　生田川　静　日蓮聖人辻説法　仮面　なのりそ　団子坂（対話）　さへづり（対話）　影（対話）　建築師（対話）　長宗我部信親（叙事詩）　脚本プルムウラの由来　玉篋両浦嶼自註　両浦嶼の衣裳と道具と　日蓮上人辻説法故実（久保田米僊）　長宗我部信親自註
永井荷風　新橋夜話　大元・11・5
序　掛取り　色男　風邪ごゝち　名花　松葉巴　五月闇　浅瀬　短夜　昼すぎ　妾宅　わくら葉（戯曲）
水上瀧太郎　処女作　大元・11・15
処女作　もの、哀れ　ぼたん　うすごほり　嵐　いたづら
長田幹彦　尼僧　大元・12・10
尼僧　砂丘　海辺の町
岡田八千代　絵の具箱　大元・12・15
序（小山内薫）　絵の具箱　三日　同居人　お島　五月雨の頃　賊　九段坂下より　眠　相模屋　しがらみ草紙　習作戯曲の第一　黄楊の櫛

森鷗外（明治44年）

右＝左より泉鏡花、小村雪岱、水上瀧太郎
下＝岡田八千代、三郎助夫妻（大正元年ころ）

八冊のうち、久保田万太郎、長田幹彦、水上瀧太郎、岡田八千代の四冊が、耽美派系の青年文学者の処女作品集であり、岡田八千代二十九歳を別にして、いずれも二十三～五歳の時の刊行である。若い世代の台頭がうかがわれるわけで、「三田文学」（一九一〇・五創刊）の版元籾山書店の刊行とはいえ、それをシリーズとして形成するには、新しい気運が無ければ不可能であろう。本巻に収めた久保田万太郎『暮れがた』（のち『暮方』と表記、一九一二・一・一「スバル」＊）、水上瀧太郎『うすごほり』（同二・一「スバル」＊）、長田幹彦『零落』（同四・一「中央公論」＊）などのデビュー時の佳篇や岡田八千代『黄楊の櫛』（同九・一「演藝倶楽部」＊）などの特色のある作品、個性豊かな作品が、「胡蝶本」に収録されたわけである。なお、「胡蝶本」は翌一九一三年五月まで、更に十冊を半年の間に一気に刊行するが、若い人が支えた新気運が無ければ、そうした現象も無かったろう。試みに、タイトルだけ記録しておこう。谷崎潤一郎の『悪魔』は単行本『悪魔』に、平出修『計画』（一九一二・一〇・一「スバル」＊）は『畜生道』に入っている。

小山内薫　大川端　大2・1・15
久保田万太郎　雪　大2・1・20
谷崎潤一郎　悪魔　大2・1・20
水上瀧太郎　その春の頃　大2・1・20
森林太郎　青年　大2・2・10
松本泰　天鵞絨　大2・3・5

「三田文学」創刊号（明治43年5月）

「朱欒」創刊号（明治44年11月）

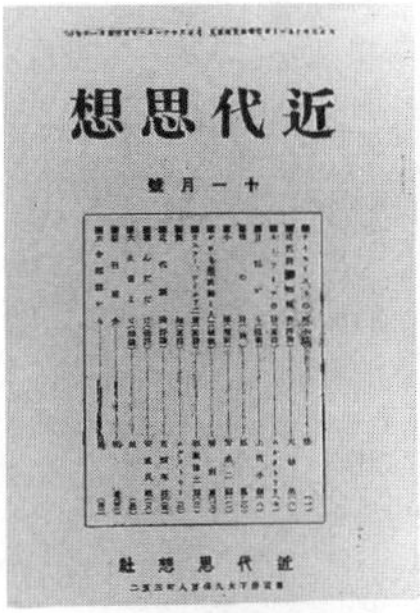

「近代思想」創刊号（大正元年11月）

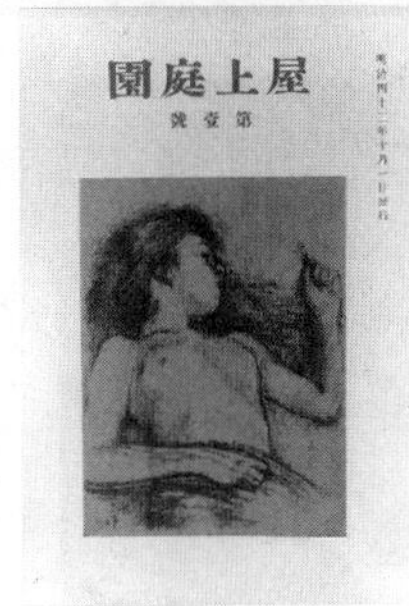

「屋上庭園」創刊号（明治42年10月）

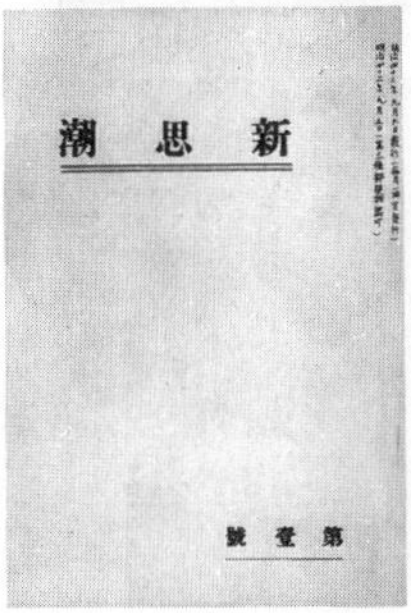

「新思潮」（第二次）創刊号（明治43年9月）

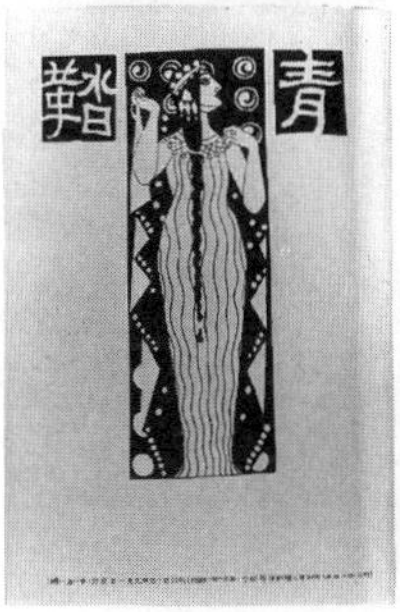

「青鞜」創刊号（明治44年9月）

平出修　畜生道　大2・3・13
小山内薫　鷭　大2・3・25
森林太郎　新一幕物　大2・3・30
吉井勇　恋愛小品　大2・5・25

一九一四年ごろからは、新しい叢書が目白押しであり、新たなうねりが生じていることは、言うまでもないだろう。

雑誌に眼を転じると、すでに触れた「スバル」「白樺」「三田文学」「朱欒」「近代思想」などの他に、明治末には、「屋上庭園」（白秋、杢太郎ら、一九〇九・一〇、一〇・二、全二冊）、「創作」（若山牧水ら、一九一〇・三～一一・一〇）、第二次「新思潮」（谷崎潤一郎、和辻哲郎、後藤末雄ら、一九一〇・九～一一・三）、「詩歌」（前田夕暮ら、一九一一・四～一八・一〇）など個性ある雑誌の創刊が印象的である。中でも、「青鞜」（一九一一・九～一六・二）は、「山の動く日来る」と歌い出される与謝野晶子の詩『そゞろごと』や、それに呼応するようなマニフェストである平塚らいてうの『元始女性は太陽であつた』を創刊号に掲げ、大正初期の女性の意識を高らかに謳うものとして深い意味を持つ。平塚らいてうの有名な一文は、単なる女性の解放という社会的コンテクストを超えて、途中にロダン藝術への言及もあるように、論理的に組み立てられた社会性・階級性を持った醒めた認識の産物と言うより、背後のらいてうなりの「生命」への認識によって支えられた詩的情調のほとばしり、といった色彩も持っていた。

平塚らいてう。大正5年9月、奥村博と

左より葛西善蔵、相馬泰三、舟木重雄

平出修

後藤末雄

田村俊子

平塚らいてうの『ノラさんに』（＊）は、松井須磨子のノラ役で注目されたイプセン作・島村抱月訳『人形の家』公演（一九一一・九・二二、文藝協会試演、一一に帝劇で再演）に関連して原稿募集（一九一一・一二・一「青鞜」で広告）されたものの集成である小特集「附録ノラ」（一九一二・一・一「青鞜」）の一篇である。この小特集には、「社員の批評及感想」として、葉（上野葉《よう》）『人形の家より女性問題へ』、みどり（加藤みどり）『イブセンの「人形の家」』、君（上田君《きみ》）『「人形の家」を読む』、Y（保持研《やすもちよし》）『「人形の家」に就て』も載り、全体的にノラの行動への支持が表明されているが、らいてうの『ノラさんに』のみが、ノラの家出を「盲目的」だとし、「まぼろしの自分のために真の自分が隠されてゐた」と一歩深まった理解をしている。こうした認識が多くの女性の中でどう問題化されたかが、その後の大正期の女性の文学的営為を決定するように思う。すでに『あきらめ』（一九一一・一・一～二・二一「大阪朝日新聞」）を持つ田村俊子の一九一二年の飛躍（本巻には『魔』〈一九一二・四・一「早稲田文学」〉を収録＊）を、その文学性、女性の感性で何が言語化し得る実感として把握されたのかという視点から改めて検討する課題も残っている。

　そうした雑誌の動きの中で、いかにも大正文学の出発を告げる作風をそっとスタートさせていたのが、雑誌『奇蹟』（一九一二・九～一三・五、全九冊）に集う早稲田系の若者たちだった。『哀しき父』(一九一二・九・一*)、『悪魔』(同一二・一)と佳篇を書いた葛西善蔵には、「だん〳〵と場末へ追ひこまれて」(『哀しき父』)行くという閉塞感、「頽廃の発作は悪夢のやうに、意地わるく、襲ひつかまへる。悪魔の舌は、ひとりでに、乾きを覚えて来る」(『悪魔』)のようなデモーニッシュな形象を持ちつつも、それを「自分」ではなく「彼」という人称の突き放し、オノマトペをも援用した独特の文体で包み込むような、一種の余裕がある。創刊号巻頭の舟木重雄『馬車』(同九・一*)も、淡淡とした「父」の回想の中に、「恐ろしいもの」の存在を示しているが、相馬泰三『夢』(同一〇・一、*)は、「夢」という甘美な言葉の背後に潜むものを声高にではなくおのずと感じさせて、巧みな造型を見せていた。仲間の広津和郎の『夜』(同九・一)、『疲れたる死』(一九一三・三・一)も、チェーホフの影響を受けながらも、日露戦後に重苦しく流れ続けていた閉塞感、「神経衰弱」という言葉にも響き合う心情に、少しずつ眼を向けようとしたものだったと言ってよい。そうした当時の若者の心情に歓迎されたのも、『六人集』(一九一〇・五、易風社)『毒の園』(一九一二・六・二五、新潮社)にまとめられた、昇曙夢の手になるチェーホフ以後の新しいロシア文学の翻訳であったことも、忘れてはならない。このように、大正文学の出発期の時代精神は、個個の文学者の営為からも、その一つ一つを支えるメディアの状況からも、いろいろと意味づけることが可能なのである。

(1) ロダンをめぐる「白樺」の人びとの動向については、拙著『近代文学にみる感受性』(一九九四・一〇・二〇、筑摩書房)で跡づけた。

(2) いち早く六月一一日に再版が出て、初版になかった「索引」が付せられたり、のち縮刷本になったりして、多く人々の便宜となった。一九二四年(大正13)五月一〇日には、第七十九版が刊行されている。

(3) "*Degeneration*" の目次を紹介しておこう。BOOK I Fin-de-siècle (1. The dusk of nations 2. The symptoms 3. Diagnosis 4. Etiology) BOOKII Mysticism (1. The psychology of mysticism 2. The pre-raphaelites 3. Symbolism 4. Tolstoism 5. The Richard Wagner cult 6. Parodies of mysticism) BOOK III Ego-mania (1. The psychology of ego-mania 2. Parnassians and diabolists 3. Decadents and æsthetes 4. Ibsenism 5. Friedrich Nietzsche) BOOK IV Realism (1. Zola and his school 2. The 'young german' plagiarists) BOOK V The twentieth Century (1. Progonosis 2. Therapeutics)

(4) 水野葉舟の自然観と大正文学との関わりについては、拙稿「内的生命としての自然」(鈴木貞美編『大正生命主義と現代』一九九五・四・五、河出書房新社)で考えた。

(5) 鈴木貞美『「生命」で読む日本近代』(一九九六・二・二五、日本放送出版協会)の他、前出の鈴木貞美編『大正生命主義と現代』や鈴木貞美編『「生命」で読む20世紀日本文芸』(一九九六・二・一〇「国文学解釈と鑑賞」別冊)など。

(二〇〇〇・四)

解題　中島国彦

凡例

一、本文テキストは、原則として初出誌紙を用いた。ただし編者の判断により、初刊本を用いることもある。
二、初出誌紙が総ルビであるときは、適宜取捨した。パラルビは、原則としてそのままとした。詩歌作品については、初出ルビをすべてそのままとした。
三、初出誌紙において、改行、句読点の脱落、脱字など、不明瞭なときは、後の異版を参看し、補訂した。
四、初刊本をテキストとするときは、初出誌紙を参看し、ルビを補うこともある。初出誌紙を採用するときは、後の異版によって、ルビを補うことをしない。
五、用字は原則として、新字、歴史的仮名遣いとする。仮名遣いは初出誌紙のままとした。
六、用字は「藝」のみを正字とした。また人名の場合、「龍」、「聲」など正字を使用することもある。
七、作品のなかには、今日からみて人権にかかわる差別的な表現が一部含まれている。しかし、作者の意図は差別を助長するものではないこと、作品の背景をなす状況を現わすための必要性、作品そのものの文学性、作者が故人であることを考慮し、初出表記のまま収録した。

〔小説・戯曲〕

11かのやうに　森鷗外
明治四十五（一九一二）年一月一日発行「中央公論」第二十七年第一号に発表。パラルビ。大正三年四月五日、籾山書店刊『かのやうに』に収録。底本には初出誌を用いた。

29暮れがた　久保田万太郎
明治四十五年一月一日発行「スバル」第四年第一号に発表。パラルビ。明治四十五年二月二十五日、『暮方』と表記を変え、籾山書店刊『浅草』に収録。底本は初出誌。

41お絹　青木健作
「読売新聞」明治四十五年一月一日より二月五日まで連載。総ルビ。大正二年三月十日、春陽堂刊『お絹』（現代文藝叢書第二十二編）として刊行。底本には初刊本を用い、初出紙を参照し、ルビを補正した。

87 **悪魔**　谷崎潤一郎
明治四十五年二月一日発行「中央公論」第二十七年第二号に発表。パラルビ。大正二年一月二十日、籾山書店刊『悪魔』に収録。同書には、大正二年一月一日発行「中央公論」第二十八年第一号に発表された続篇『続悪魔』も収録されている。底本は初出誌。

102 **妾宅**　永井荷風
明治四十五年二月一日発行「朱欒」第二巻第二号（一～五の部分）、明治四十五年五月一日発行「三田文学」第三巻第五号（六～九の部分）に発表。パラルビ。大正元年十一月五日、籾山書店刊『新橋夜話』に収録。底本は初出誌を用い、章数の誤記を正し、ルビを取捨した。

117 **魔**　田村俊子
明治四十五年二月一日発行「早稲田文学」第七十五号に発表。パラルビ。署名田村とし子。大正二年五月十八日、新潮社刊『誓言』に収録。底本は初出誌。

127 **死**　ザイツエフ作　昇曙夢訳
明治四十五年二月一日発行「新小説」第十七年第二巻に発表。総ルビ。明治四十五年六月二十五日、新潮社刊『毒の園』に収録。底本には初出誌を用い、ルビを取捨した。

136 **うすごほり**　水上瀧太郎
明治四十五年二月一日発行「スバル」第四年第二号に発表。パラルビ。大正元年十一月十五日、籾山書店刊『処女作』に収録。底本は初出誌。

145 **雨の降る日**　夏目漱石
「東京朝日新聞」明治四十五年三月五日より三月十二日まで連載。「大阪朝日新聞」も同日。明治四十五年一月二日より四月二十九日まで連載の『彼岸過迄』の一章。総ルビ。大正元年九月十五日、春陽堂刊『彼岸過迄』に収録。底本には初出紙を用い、ルビを取捨した。

156 **日光**　島崎藤村
明治四十五年四月一日発行「中央公論」春季大附録号、第二十七年四号に発表。パラルビ。大正二年四月十八日、新潮社刊『微風』に収録。底本は初出誌。

160 **零落**　長田幹彦

明治四十五年四月一日発行「中央公論」春季大附録号、第二十七年四号に発表。パラルビ。大正元年八月十日、籾山書店刊『澪』に収録。底本は初出誌。

187 **道成寺**　郡　虎彦

明治四十五年四月一日発行「三田文学」第三巻第四号（自由劇場号）に発表。パラルビ。署名、萱野二十一。底本は初出誌。

201 **魯鈍な猫**　小川未明

「読売新聞」明治四十五年四月二十四日より六月五日まで連載。総ルビ。大正元年九月十五日、春陽堂刊『魯鈍な猫』に収録。底本は初出紙を用い、ルビを取捨した。

250 **媾曳**　徳田秋聲

明治四十五年五月一日発行「新潮」第十六巻第五号に発表。総ルビ。大正二年二月十八日、春陽堂刊『媾曳』に収録。底本は初出誌を用い、ルビを取捨した。

256 **小猫**　近松秋江

大正元年八月一日発行「文章世界」第七巻第十一号に発表。総ルビ。署名、徳田秋江。大正二年十一月二十二日、南北社刊『別れたる妻に送る手紙』後編に収録。底本には初出誌を用い、ルビを取捨した。

263 **黄楊の櫛**　岡田八千代

大正元年九月一日発行「演藝倶楽部」第一巻第六号に発表。総ルビ。大正元年十二月十五日、籾山書店刊『絵の具箱』に収録。底本には初出誌を用い、ルビを取捨した。

278 **大津順吉**　志賀直哉

大正元年九月一日発行「中央公論」秋季大附録号、第二十七年第九号に発表。パラルビ。日記によると、六月六日から執筆が始まり、明治天皇崩御の前日の七月二十九日に書き上げられている。大正六年六月七日、新潮社刊『大津順吉』（新進作家叢書）に収録。若干の削除と手入れがある。底本は初出誌。

314 **哀しき父**　葛西善蔵

大正元年九月一日発行「奇蹟」第一巻第一号に発表。署名、葛西歌棄。大正八年三月一日、新潮社刊『子をつれて』に収録。底本は初出誌。

320 **馬車**　舟木重雄

大正元年九月一日発行「奇蹟」第一巻第一号に発表。パラルビ。底本は初出誌。

325薔薇　水野葉舟
大正元年九月一日発行「文章世界」第七巻第十二号(創刊百号記念)に発表。総ルビ。大正二年十一月二日、岡村盛花堂刊『郊外』に収録。底本には初出誌を用い、ルビを取捨した。

332興津弥五右衛門の遺書　森　鷗外
大正元年十月一日発行「中央公論」第二十七年第十号に発表。ルビなし。大正二年六月十五日、籾山書店刊『意地』に収録。底本は初出誌。

336計画　平出　修
大正元年十月一日発行「スバル」第四年第十号に発表。パラルビ。大正二年三月十三日、籾山書店刊『畜生道』に収録。底本は初出誌。

348夢　相馬泰三
大正元年十月一日発行「奇蹟」第一巻第二号に発表。大正六年十二月十四日、新潮社刊『夢と六月』に収録。底本は初出誌。

353面影　後藤末雄
大正元年十一月一日発行「新小説」第十七年十一巻に発表。総ルビ。大正三年二月二十五日、浜口書店刊『素顔』に収録。底本は初出誌を用い、ルビを取捨した。

376世間知らず　武者小路実篤
書き下ろし。大正元年十一月十四日、洛陽堂刊『世間知らず』(「白樺叢書」の一冊)の㈠から㈢まで抄録。

382艦底　荒畑寒村
大正元年十二月一日発行「近代思想」第一巻第三号に発表。パラルビ。大正五年五月十五日、東雲堂書店刊『逃避行』に収録。底本は初出誌。

〔児童文学〕

388赤い船　小川未明
明治四十三年十二月十五日、京文社発行『赤い船』に収録。

391桃咲く郷　野上弥生子
明治四十四年三月五日発行「少女の友」第四巻第四号(増刊春霞号)に発表。総ルビ。底本は初出誌。

398 **家なき児**　エクトル・マルー作　菊池幽芳訳
「大阪毎日新聞」明治四十四年七月十二日より四十五年二月十二日まで連載の冒頭三回分。総ルビ。底本は初出紙を用い、ルビを取捨した。

402 **沢子の嘘**　高浜虚子
明治四十四年十二月一日発行「ホトトギス」第十五巻第三号に発表。底本は初出誌。

406 **供食会社**　幸田露伴
明治四十五年一月一日発行「実業少年」に発表。大正四年一月一日、東亜堂書房刊『立志立功』に収録。総ルビ。底本は初刊本を用い、ルビを取捨した。

〔評論・随筆・小品・記録他〕

415 **画界近事**　木下杢太郎
明治四十四年六月一日発行「中央公論」第二十六年第六号に発表。以下論争文は、いずれも底本は初出誌。

424 **断片**　山脇信徳
明治四十四年九月一日発行「白樺」第二巻第九号に発表。

428 **山脇信徳君に答ふ**　木下杢太郎

431 **六号雑感**　武者小路実篤
明治四十四年十一月一日発行「白樺」第二巻第十一号に発表。

433 **無車に与ふ**　木下杢太郎

434 **杢太郎君に**　武者小路実篤

435 **木下杢太郎君に**　山脇信徳
明治四十四年十二月一日発行「白樺」第二巻十二号に発表。

439 **御返事二通**　木下杢太郎

450 **杢太郎君に**　武者小路実篤
明治四十五年一月一日発行「白樺」第三巻第一号に発表。

451 **杢太郎君に**（三度び）　武者小路実篤

456 **公衆と予と**（三たび無車に与ふ）　木下杢太郎

459 **「自己の為」及び其他について**　武者小路実篤

463 **木下杢太郎君に**　山脇信徳
明治四十五年二月一日発行「白樺」第三巻第二号に発表。

463 **彼岸過迄について**　夏目漱石
「東京朝日新聞」明治四十五年一月一日に発表。「大阪朝日新聞」も同日掲載。総ルビ。大正元年九月十五日、春陽堂刊『彼

岸過迄』に収録。底本には初出紙を用い、ルビを取捨した。

465革命の画家（抄）　柳 宗悦
明治四十五年一月一日発行「白樺」第三巻第一号に発表。底本は初出誌。

471所謂高等遊民問題　山路愛山　木下尚江　内田魯庵（談）
明治四十五年二月一日発行「新潮」第十六巻第二号に発表。底本は初出誌。

476ノラさんに　平塚らいてう
明治四十五年二月一日発行「青鞜」第二巻第一号の「附録ノラ」の一篇として発表。署名H。大正二年六月十日、東雲堂書店刊『扃ある窓にて』所収。底本は初出誌。

480描写再論　岩野泡鳴
明治四十五年二月一日「早稲田文学」第七十五号。底本は初出誌。

487生を味ふ心　相馬御風
明治四十五年二月一日「早稲田文学」第七十五号。大正元年九月二十二日、新潮社刊『黎明期の文学』に収録。底本は初出誌。

495近代文学十講（抄）　厨川白村
明治四十五年三月十七日、大日本図書株式会社発行。「第二講」のうち「三」「四」を抄録。

505生の要求と藝術　片上 伸
明治四十五年三月一日「太陽」第十八巻第四号。大正二年五月十六日、南北社刊『生の要求と文学』に収録。底本は初出誌。

509三山居士　夏目漱石
明治四十五年三月一日「東京朝日新聞」。「大阪朝日新聞」は二日。総ルビ。底本は初出誌。

511「土」に就て　夏目漱石
明治四十五年五月十五日、春陽堂刊、長塚節『土』の序文。

515萩原栄次宛書簡　萩原朔太郎
昭和五十四年六月二十五日、筑摩書房発行、萩原隆著『若き日の萩原朔太郎』に収録。・印は朔太郎の誤記を示す。

521俳句入門　高浜虚子

「ホトトギス」大正元年八月三日第十五巻第十一号、大正元年九月一日第十五巻第十二号、大正元年十月三日第十六巻第一号、大正元年十二月八日第十六巻第三号。パラルビ。底本は初出誌。

530 **叫びと話**　伊藤左千夫

「アララギ」大正元年九月一日第五巻第九号（一）～（二）、大正二年二月一日第六巻第二号（三）～（四）。底本は初出誌。

539 **千曲川のスケッチ㈦**　島崎藤村

明治四十五年三月十日発行「中学世界」第十五巻第三号に発表。総ルビ。底本は初出、ルビは取捨した。

〔詩〕

551 **夜の舞踏** 抄　人見東明

明治四十四年六月十日、扶桑社書店発行。

554 **浜千鳥**　星野水裏

明治四十四年七月三十一日、実業之日本社発行。

558 **春のゆめ** 抄　福田夕咲

明治四十五年一月一日、文星堂発行。

562 **夜の葉** 抄　森川葵村

明治四十五年五月十日、東雲堂書店発行。

564 **勿忘草**　三木露風　北原白秋

明治四十五年六月一日発行「朱欒」第二巻第六号に発表。

581 **藍色の蟇**　大手拓次

大正元年十二月一日発行「朱欒」第二巻第十二号に発表。署名、吉川惣一郎。

〔短歌〕

582 **日記より**　与謝野晶子

明治四十三年一月一日発行「帝国文学」第十六巻第一第八十二号に発表。

582 **歌　その一**　与謝野晶子

明治四十四年六月一日発行「スバル」第三年第六号に発表。

583 **いつはりごと**　片山広子

明治四十三年一月一日発行「心の花」第十四巻第一号に発表。

584 **一九一〇暮春調**　北原白秋

明治四十三年五月一日発行「創作」第一巻第三号に発表。

585
思ひ出の時

明治四十五年一月一日発行「朱欒」第二巻第一号に発表。

586
哀傷篇　北原白秋

大正元年九月一日発行「朱欒」第二巻第九号に発表。

587
雲の峰　石榑千亦

明治四十三年七月一日発行「心の花」第十四巻第七号に発表。

588
旅愁記　若山牧水

明治四十三年十一月一日発行「創作」第一巻第九号に発表。

589
書斎と市街　土岐哀果（善麿）

明治四十三年十一月一日発行「創作」第一巻第九号に発表。

592
十月の黄昏に　土岐哀果（善麿）

明治四十四年十一月一日発行「詩歌」第一巻第八号に発表。

593
無言　土岐哀果（善麿）

大正元年九月一日発行「早稲田文学」第八十二号に発表。

595
九月の夜の不平　石川啄木

明治四十三年十月一日発行「創作」第一巻第八号に発表。

596
都合わるき性格　石川啄木

明治四十四年二月一日発行「創作」第二巻第二号に発表。

598
猫を飼はば　石川啄木

明治四十四年九月一日発表「詩歌」第一巻第六号に発表。

599
この日ごろ　斎藤茂吉

明治四十四年一月一日発表「アララギ」第四巻第一号に発表。

600
女中おくに　斎藤茂吉

明治四十四年四月一日発行「アララギ」第四巻第四号に発表。

600
木の実　斎藤茂吉

明治四十五年一月一日発行「アララギ」第五巻第一号に発表。

601
赤光　斎藤茂吉

明治四十五年二月一日発行「アララギ」第五巻第二号に発表。

602 **落木集**　与謝野寛
明治四十四年二月一日発行「三田文学」第二巻第二号に発表。

603 **白日社詠草**　前田夕暮
明治四十四年四月一日発行「詩歌」第一巻第一号に発表。

604 **火の山**　佐佐木信綱
明治四十四年七月一日発行「心の花」第十五巻第七号に発表。

605 **幻の華**　柳原白蓮
明治四十四年八月一日発行「心の花」第十五巻第八号に発表。

605 **そぞろごと**　谷崎潤一郎
明治四十四年十一月一日発行「朱欒」第一巻第一号に発表。

605 **秋の女**　吉井勇
明治四十四年十一月一日発行「朱欒」第一巻第一号に発表。

606 **きさらき**　茅野雅子（雅）
明治四十五年三月一日発行「青鞜」第二巻第三号に発表。

607 **わが身**　三ケ島葭子（よし）
明治四十五年七月一日発行「青鞜」第二巻第七号に発表。

607 **草**　木下利玄
明治四十五年七月一日発行「白樺」第三巻第七号に発表。

608 **夏の末**
大正元年九月一日発行「白樺」第三巻第九号に発表。

608 **ほろびの光**　伊藤左千夫
大正元年十一月一日発行「アララギ」第五巻第十一号に発表。

〔俳句〕

609 **雑草** 抄　長谷川零余子
大正十三年六月二十五日、枯野社発行。

609 **山廬集** 抄　飯田蛇笏
昭和七年十二月二十一日、雲母社発行。

610 **ホトトギス巻頭句（虚子選）大正元年**
明治四十五年七月一日「ホトトギス」第十五巻第十号。
大正元年八月三日「ホトトギス」第十五巻第十一号。
大正元年九月一日「ホトトギス」第十五巻第十二号。

大正元年十月三日「ホトトギス」第十六巻第一号。
大正元年十二月八日「ホトトギス」第十六巻第三号。

＊本巻収録の詩歌・児童文学については、本全集全十五巻の通巻担当者である、阿毛久芳（近代詩）、来嶋靖生（短歌）、平井照敏（俳句）、砂田弘（児童文学）の選による。なお本巻に限り、一九一二年以前の作品も含まれている。

著者略歴

青木健作—あおき けんさく—一八八三・一一・二七〜一九六四・一二・一六 本名 井本健作 小説家 山口県出身、東京帝国大学哲学科卒『お絹』『若き教師の悩み』

荒畑寒村—あらはた かんそん—一八八七・八・一四〜一九八一・三・六 本名 荒畑勝三 社会運動家・小説家・評論家 神奈川県出身、横浜市立吉田小学校高等科卒『谷中村滅亡史』『艦底』『寒村自伝』

飯田蛇笏—いいだ だこつ—一八八五・四・二六〜一九六二・一〇・三 本名 飯田武治 俳人 山梨県出身、早稲田大学英文科卒『山廬集』『山廬随筆』

石川啄木—いしかわ たくぼく—一八八六・二・二〇〜一九一二・四・一三 本名 石川一 歌人・詩人 岩手県出身、岩手県立盛岡中学校中退『一握の砂』『時代閉塞の現状』『呼子と口笛』

石榑千亦—いしくれ ちまた—一八六九・八・二六〜一九四二・八・二二 本名 石榑辻五郎 歌人 愛媛県出身、琴平皇典学会付属明道学校卒『潮鳴』『鷗』『海』

伊藤左千夫—いとう さちお—一八六四・八・一八〜一九一三・七・三〇 本名 伊藤幸次郎 歌人・小説家 千葉県出身、明治法律学校（明治大学）中退『左千夫歌集』『野菊の墓』

岩野泡鳴—いわの ほうめい—一八七三・一・二〇〜一九二〇・五・九 本名 岩野美衛 小説家・詩人・評論家 兵庫県出身、明治学院普通学部本科中退、専修学校（専修大学）中退、東北学院中退『耽溺』『泡鳴五部作』

内田魯庵—うちだ ろあん—一八六八・四・五〜一九二九・六・二九 本名 内田貢 評論家・翻訳家・小説家 東京都出身、東京専門学校（早稲田大学）英学本科中退『くれの廿八日』『思ひ出す人々』

大手拓次—おおて たくじ—一八八七・一一・三〜一九三四・

四・一八　詩人　群馬県出身、早稲田大学英文科卒　『藍色の蟇』

岡田八千代―おかだ　やちよ―一八八三・一二・三～一九六二・二・一〇　小説家・劇作家　小山内薫の実妹、岡田三郎助の妻　広島県出身、成女学校専科卒　『新緑』『黄楊の櫛』『若き日の小山内薫』

小川未明―おがわ　みめい―一八八二・四・七～一九六一・五・一一　本名 小川健作　小説家・童話作家　新潟県出身、早稲田大学英文科卒　『赤い蠟燭と人魚』『野薔薇』

葛西善蔵―かさい　ぜんぞう―一八八七・一・一六～一九二八・七・二三　小説家　青森県出身、早稲田大学英文科聴講生　『哀しき父』『子をつれて』

片上　伸―かたかみ　のぶる―一八八四・二・二〇～一九二八・三・五　号 天弦　評論家・露文学者　愛媛県出身、東京専門学校（早稲田大学）英文科卒　『生の要求と文学』

片山広子―かたやま　ひろこ―一八七八・二・一〇～一九五七・三・一九　別名 松村みね子　歌人・翻訳家　東京都出身、東洋英和女学校卒　『翡翠』

菊池幽芳―きくち　ゆうほう―一八七〇・一〇・二七～一九四七・七・二一　本名 菊池清　小説家　茨城県出身、茨城県尋常小学校（県立水戸一高）卒　『己が罪』『乳姉妹』

北原白秋―きたはら　はくしゅう―一八八五・一・二五～一九四二・一一・二　本名 北原隆吉　詩人・歌人　福岡県出身、早稲田大学英文科中退　『邪宗門』『桐の花』

木下尚江―きのした　なおえ―一八六九・九・八～一九三七・一一・五　小説家・社会運動家　長野県出身、東京専門学校（早稲田大学）邦語法律科卒　『火の柱』『良人の自白』

木下杢太郎―きのした　もくたろう―一八八五・八・一～一九四五・一〇・一五　本名 太田正雄　詩人・劇作家・小説家　静岡県出身、東京帝国大学医学部卒　『食後の唄』『和泉屋染物店』

木下利玄―きのした　りげん―一八八六・一・一～一九二五・二・一五　本名 利玄（としはる）　歌人　岡山県出身、東京帝国大学国文科卒　『銀』『紅玉』『一路』

久保田万太郎―くぼた　まんたろう―一八八九・一一・七～一九六三・五・六　小説家・俳人・劇作家　東京都出身、慶応義塾大学文科卒　『春泥』『花冷え』『大寺学校』

厨川白村―くりやがわ　はくそん―一八八〇・一一・一九～一九二

三・九・二　本名　厨川辰夫　英文学者・文藝評論家　京都府出身、東京帝国大学英文科卒　『近代文学十講』『象牙の塔を出て』

幸田露伴―こうだ　ろはん―一八六七・七・二三～一九四七・七・三〇　本名　幸田成行　小説家　東京都出身、東京英学校（青山学院大学）中退、電信修技学校卒　『五重塔』『一国の首都』

郡　虎彦―こおり　とらひこ―一八九〇・六・二八～一九二四・一〇・六　劇作家・小説家　東京都出身、東京帝国大学英文科中退　『鉄輪』『松山一家』

後藤末雄―ごとう　すえお―一八八六・一〇・二五～一九六七・一・一〇　小説家・仏文学者　東京都出身、東京帝国大学仏文科卒　『素顔』『桐屋』

斎藤茂吉―さいとう　もきち―一八八二・五・一四～一九五三・二・二五　歌人　山形県出身、東京帝国大学医学部卒　『赤光』『あらたま』

佐佐木信綱―ささき　のぶつな―一八七二・六・三～一九六三・一二・二　歌人　三重県出身、東京帝国大学古典科卒　『山と水と』『佐佐木信綱歌集』

志賀直哉―しが　なおや―一八八三・二・二〇～一九七一・一〇・二一　小説家　宮城県出身、東京帝国大学国文科中退　『小僧の神様』『暗夜行路』

島崎藤村―しまざき　とうそん―一八七二・二・一七～一九四三・八・二二　本名　島崎春樹　詩人・小説家　長野県出身、明治学院普通部本科卒　『若菜集』『破戒』『夜明け前』

相馬御風―そうま　ぎょふう―一八八三・七・一〇～一九五〇・五・七　本名　相馬昌治　評論家　新潟県出身、早稲田大学英文科卒　『黎明期の文学』『相馬御風歌謡集』

相馬泰三―そうま　たいぞう―一八八五・一二・二九～一九五二・五・一五　本名　相馬退蔵　小説家　新潟県出身、早稲田大学英文科中退　『田舎医師の子』『荊棘の路』

高浜虚子―たかはま　きょし―一八七四・二・二〇～一九五九・四・八　本名　高浜清　俳人・小説家　愛媛県出身、第三高等学校、東京専門学校（早稲田大学）中退　『俳諧師』『柿二つ』

谷崎潤一郎―たにざき　じゅんいちろう―一八八六・七・二四～一九六五・七・三〇　小説家　東京都出身、東京帝国大学国文科中退　『刺青』『痴人の愛』『春琴抄』『細雪』

田村俊子―たむら　としこ―一八八四・四・二五～一九四五・

四・一六　本名　佐藤俊子　小説家　東京都出身、日本女子大学国文科中退　『あきらめ』『木乃伊の口紅』

近松秋江—ちかまつ　しゅうこう—一八七六・五・四〜一九四四・四・二三　本名　徳田浩司　小説家　岡山県出身、東京専門学校（早稲田大学）英文科卒　『別れたる妻に送る手紙』『黒髪』

茅野雅子—ちの　まさこ—一八八〇・五・六〜一九四六・九・二　本名　茅野まさ　歌人　茅野蕭々の妻　大阪府出身、日本女子大学国文科卒　『金沙集』

土岐哀果—とき　あいか—一八八五・六・八〜一九八〇・四・一五　本名　土岐善麿　歌人　東京都出身、早稲田大学英文科卒　『NAKIWARAI』『土岐善麿歌集』

徳田秋聲—とくだ　しゅうせい—一八七一・一二・二三〜一九四三・一一・一八　本名　徳田末雄　小説家　石川県出身、第四高等中学中退　『黴』『あらくれ』『仮装人物』『縮図』

永井荷風—ながい　かふう—一八七九・一二・三〜一九五九・四・三〇　本名　永井壮吉　小説家　東京都出身、東京外語学校清語科中退　『ふらんす物語』『すみだ川』『断腸亭日乗』

長田幹彦—ながた　みきひこ—一八八七・三・一〜一九六四・五・六　小説家　長田秀雄の実弟　東京都出身、早稲田大学英文科卒　『澪』『零落』

夏目漱石—なつめ　そうせき—一八六七・一・五〜一九一六・一二・九　本名　夏目金之助　小説家　東京都出身、東京帝国大学英文科卒　『吾輩は猫である』『こゝろ』

野上弥生子—のがみ　やえこ—一八八五・五・六〜一九八五・三・三〇　本名　野上ヤヱ　小説家　野上豊一郎の妻　大分県出身、明治女学校（明治学院）高等科卒　『海神丸』『真知子』『迷路』

昇　曙夢—のぼり　しょむ—一八七八・七・一七〜一九五八・一一・二二　本名　昇直隆　翻訳家　鹿児島県出身、正教神学校（ニコライ神学校）卒　『白夜集』『六人集』『毒の園』

萩原朔太郎—はぎわら　さくたろう—一八八六・一一・一〜一九四二・五・一一　詩人　群馬県出身、慶応義塾大学中退　『月に吠える』『青猫』

長谷川零余子—はせがわ　れいよし—一八八六・五・二三〜一九二八・七・二七　本名　富田諧三　俳人　長谷川かな女の夫　群馬県出身、東京帝国大学薬学科卒　『雑草』『零余子句集』

人見東明—ひとみ　とうめい—一八八三・一・一六〜一九七四・

二・四　本名　人見円吉　詩人　東京都出身、早稲田大学英文科卒　『夜の舞踏』

平出　修―ひらいで　しゅう―一八七八・四・三～一九一四・三・一七　小説家・弁護士　新潟県出身、明治法律学校（明治大学）卒　『畜生道』『逆徒』

平塚らいてう―ひらつか　らいちょう―一八八六・二・一〇～一九七一・五・二四　本名　奥村明　評論家　東京都出身、日本女子大学家政科卒　『元始、女性は太陽であった』

福田夕咲―ふくだ　ゆうさく―一八八六・三・一二～一九四八・四・二六　本名　福田有作　詩人　岐阜県出身、早稲田大学英文科卒　『春のゆめ』

舟木重雄―ふなき　しげお―一八八四・一二・二五～一九五一・六・二八　小説家　東京都出身、早稲田大学哲学科卒　『馬車』『山を仰ぐ』

星野水裏―ほしの　すいり―一八八一・？～一九三七・五・四　本名　星野久　詩人　新潟県出身、早稲田大学国漢科卒　『浜千鳥』『赤い椿』

前田夕暮―まえだ　ゆうぐれ―一八八三・七・二七～一九五一・四・二〇　本名　前田洋造　歌人　神奈川県出身、中郡中学中退　『収穫』『生くる日に』『原生林』

三ケ島葭子―みかしま　よしこ―一八八六・八・七～一九二七・三・二六　本名　倉片よし　歌人　埼玉県出身、埼玉女子師範退学　『吾木香』

三木露風―みき　ろふう―一八八九・六・二三～一九六四・一二・二九　本名　三木操　詩人　兵庫県出身、慶応義塾大学文学部中退　『廃園』『白き手の猟人』

水野葉舟―みずの　ようしゅう―一八八三・四・九～一九四七・二・二　本名　水野盈太郎　小説家　東京都出身、早稲田大学政治経済科卒　『微温』『草と人』

水上瀧太郎―みなかみ　たきたろう―一八八七・一二・六～一九四〇・三・二三　本名　阿部章蔵　小説家　東京都出身、慶応義塾大学理財科卒　『大阪の宿』『貝殻追放』

武者小路実篤―むしゃのこうじ　さねあつ―一八八五・五・一二～一九七六・四・九　小説家・劇作家　東京都出身、東京帝国大学社会学科中退　『お目出たき人』『友情』『人間万歳』

森　鷗外―もり　おうがい―一八六二・一・一九～一九二二・

七・九　本名　森林太郎　小説家・戯曲家・評論家・翻訳家・陸軍軍医　島根県出身、東京帝国大学医学部卒『青年』『雁』『高瀬舟』

森川葵村―もりかわ　きそん―一八八九・三・八～没年未詳　本名　森川勝治　詩人　東京都出身、東京高等商業学校卒『夜の葉』『雪の言葉』

柳原白蓮―やなぎはら　びゃくれん―一八八五・一〇・一五～一九六七・二・二二　本名　宮崎燁子　歌人　東京都出身、東洋英和女学校卒『踏絵』『几帳のかげ』『荊棘の実』

柳　宗悦―やなぎ　むねよし―一八八九・三・二一～一九六一・五・三　宗教評論家・民芸研究家　東京都出身、東京帝国大学哲学科卒『工藝の道』『朝鮮とその藝術』『美の法門』

山路愛山―やまじ　あいざん―一八六四・一二・二六～一九一七・三・一五　本名　山路弥吉　史論家・評論家　東京都出身、東洋英和学校卒『頼襄を論ず』『現代金権史』『日本英雄伝』

山脇信徳―やまわき　しんとく―一八八六・二・一九～一九五二・一・二一　画家　高知県出身、東京美術学校西洋画科卒

与謝野晶子―よさの　あきこ―一八七八・一二・七～一九四二・五・二九　本名　与謝野しよう　歌人・詩人　与謝野寛の妻　大阪府出身、堺女学校補習科卒『みだれ髪』『君死にたまふこと勿れ』

与謝野寛―よさの　ひろし―一八七三・二・二六～一九三五・三・二六　号　鉄幹　詩人・歌人　京都府出身『東西南北』『紫』『リラの花』

吉井　勇―よしい　いさむ―一八八六・一〇・八～一九六〇・一一・一九　歌人　東京都出身、早稲田大学政治経済科退学『酒ほがひ』

若山牧水―わかやま　ぼくすい―一八八五・八・二四～一九二八・九・一七　本名　若山繁　歌人　宮崎県出身、早稲田大学英文科卒『別離』『路上』

編年体 大正文学全集

第一巻 大正元年

二〇〇〇年五月二十五日第一版第一刷発行

著者代表――志賀直哉
編者――中島国彦
発行者――荒井秀夫
発行所――株式会社 ゆまに書房
東京都千代田区内神田二―七―六
郵便番号一〇一―〇〇四七
電話〇三―五二九六―〇四九一代表
振替〇〇一四〇―六―六三一六〇
印刷・製本――日本写真印刷株式会社
落丁・乱丁本はお取替いたします
定価はカバー・帯に表示してあります

ISBN4-89714-890-1 C0391